U0886277

岳麓書社

读名著　选岳麓

中国古典小说普及文库

结水浒传

〔清〕俞万春 著

岳麓书社·长沙

宋江

劉慧娘

陳麗卿斗箭射花榮

忠義堂
魯智深大鬧忠義堂

出版说明

在《水浒传》中，来自四面八方、各个阶层的好汉啸聚在水泊梁山，除暴安良，替天行道，演绎出一段段可歌可泣的英雄故事。这么一部歌颂英雄好汉的伟大作品，把"强盗"写得可亲可敬，把朝廷、官府写得可憎可恨，自问世以来就深受底层人民的喜爱，正所谓"茶坊酒肆，灯前月下，人人喜说，个个爱听"。更重要的是，梁山好汉的故事，会激励人心，对明清以来的阶级斗争，特别是农民起义产生了一定的积极影响，不利于朝廷统治。因此，《水浒传》势必会引起统治者和维护正统人士的痛恨，从而遭到污蔑、抵制、禁毁。成书于清代的《结水浒传》（原名《荡寇志》），就是一部抵制、批判《水浒传》的小说。该书承接金圣叹腰斩的七十回本《水浒传》，从第七十一回写起，以七十回的篇幅演绎了一出尊王灭寇、清剿梁山、维护朝廷的故事。

"结"，即了结、完结，从书名就可看出，该书的创作意图是踏破梁山，填平水泊，结束梁山好汉和《水浒传》的生命。为了达到这一目的，该书增添了陈希真、陈丽卿父女，以及云天彪、刘慧娘等智勇双全、全忠全孝的人物形象，安排他们辅佐张叔夜围剿梁山，而《水浒传》中原本义薄云天、武艺高强的好汉，却不堪一击，尽数被剿灭。该书为了颠覆梁山起义的正义性，一方面极力丑化好汉们的形象，如写宋江带人刺杀招安使节侯蒙，却在危急关头只身逃跑，原来全忠仗义、号称"及时雨"的义军首领宋江，在这里俨然是一个口是心非、假仁假义的无耻小人。另一方面，极力美化大宋王朝，将原本内忧外患不断的"宣和乱世"，粉饰成君明、臣忠、官廉，国运兴隆、百姓安居乐业的太平盛世，以此来抹杀梁山好汉造反的理由。

该书作者俞万春（1794—1849），虽一生没有出仕，却坚决拥护朝廷统治，早年曾随父亲在广东镇压农民起义，深知《水浒传》在民间的影响力，便用二十二年的时间撰写《结水浒传》一书，后因其病逝，便由其子代为润色，于咸丰元年（1851）刊行。由于此书宣扬“知忠义之不可伪托，而盗贼之终不可为”（《半月老人续序》）的思想，具有鲜明的反水浒立场，故深受统治者欢迎。太平天国运动爆发后，《结水浒传》便被清政府拿来维系摇摇欲坠的“世道人心”，而太平军则对此书十分痛恨，攻下苏州后就将其书版付之一炬。《结水浒传》在当时的社会影响力，可见一斑。

《结水浒传》之所以能在民间广泛流传，除了政治因素外，也在于其作为一部文学作品所具有的较高艺术性和可读性。鲁迅曾对其评价道：“书中造事行文，有时几欲摩前传之垒，采录景象，亦颇有施、罗所未试者，在纠缠旧作之同类小说中，盖差为佼佼者矣！”（《中国小说史略》）在作者的精心雕琢下，该书在行文布局、造语设景、人物刻画、情节构造等方面都独具匠心，其中也不乏生动有趣的故事，无怪乎鲁迅称其是同类小说中的佼佼者。

《结水浒传》给世人编造了梁山好汉的另一种命运，无论立场如何，都和《水浒传》一样演绎着英雄末路的悲剧。当我们看到梁山好汉们的形象被颠覆时，看到他们被所谓的正义之师诛灭时，不免气愤、惋惜、哀伤，甚至反思，而这种种情绪和心理，恰恰是《结水浒传》带给我们的阅读体验和历史思索。

此次出版的《结水浒传》以湘潭大学图书馆藏同治十年（1871）刻本（玉屏山馆藏板）为底本，参校他本进行标点、整理，以满足广大读者的需求。

目　录

这一部书，名唤作《荡寇志》。看官，你道这书为何而作？缘施耐庵先生《水浒传》并不以宋江为忠义。众位只须看他一路笔意，无一字不描写宋江的奸恶。其所以称他忠义者，正为口里忠义，心里强盗，愈形出大奸大恶也。圣叹先生批得明明白白：忠于何在？义于何在？总而言之，既是忠义，必不做强盗；既是强盗，必不算忠义。乃有罗贯中者，忽撰出一部《后水浒》来，竟说得宋江是真忠真义。从此，天下后世做强盗的，无不看了宋江的样，心里强盗，口里忠义：杀人放火也叫忠义，打家劫舍也叫忠义，戕官拒捕、攻城陷邑也叫忠义。看官你想，这唤做甚么说话？真是邪说淫辞，坏人心术，贻害无穷。此等书，若容他存留人间，成何事体？莫道小说闲书不关紧要，须知越是小说闲书，越发播传得快，茶坊酒肆，灯前月下，人人喜说，个个爱听。他这部书既已刊刻行世，在下亦不能禁止他。因想当年宋江并没有受招安、平方腊的话，只有被张叔夜擒拿正法一句话。如今他既妄造伪言，抹煞真事，我亦何妨提明真事，破他伪言，使天下后世深明盗贼、忠义之辨，丝毫不容假借。况梦中既受嘱于真灵，灯下更难已于笔墨。

看官须知，这部书乃是结耐庵之《前水浒传》，与《后水浒》绝无交涉也。本意已明，请看正传：

第七十一回　猛都监兴师剿寇　宋天子训武观兵

话说梁山泊上天罡星玉麒麟卢俊义，当夜做了一场凶梦：梦见长人嵇康，手执一张弓，把一百单八个好汉，都在草地尽数处决，不留一个，惊出一身大汗。

醒转来，微微闪开眼，只见“天下太平”四个青字，心头兀自把不住的跳，想道：“明明清清是真，却怎么是梦？”披衣坐起，看桌子上那盏残灯半明不灭，便去剔亮了灯。再看那四壁静悄悄地，只听得方才那片哭声，还在耳边，真个不远。卢俊义大疑，道："怕他真有此事！"跳下床来，走到房门边细听，越听越近越不错，只在房门外天井里，哭得好不悲伤。卢俊义大怒道："著鬼么，我此刻还怕他是梦！"便去床上拔了腰刀，右手提著，左手去拔了门闩，拽开房门，大踏步赶出天井里看时，只见满庭露气，残月在天，那片哭声兀自在青草里。卢俊义直赶到外边一看，呸，原来是青草堆里许多秋虫，在那里唧唧嘈嘈的乱鸣乱叫。卢俊义看了一转，走进房来，把房门仍就关上，把腰刀插好了，坐在那把椅子上，灯光下想将起来，好不凄惶，叹口气道："再不道我卢俊义今年三十三岁，却在这里做强盗。梦虽是假，若只管如此下去，这般景象难保不来。招安不知在何日。可恨那班贪官污吏，闪到我这般地位！今日如果做得成，亦未尝不妙。"听那谯楼更次，已是四鼓一点。又想了一回，只得上床去睡，翻来覆去，那里睡得著。听著更鼓，渐渐五点。

正要睡去，忽听外面人声热闹。卢俊义听了半歇，愈加惊疑，正要起身去看，房门外一派脚步声，已赶到房门前，乱敲乱叫道："卢头领快起来！"卢俊义吃了一惊，跳下床来，忙问甚事，外面两三个人应道："头领快来，不好了！"卢俊义大惊，一面开门，一面问道："甚么事不好？"那四个外护头目道："忠义堂上火起了，正烧著哩！"卢俊义听说是火起，倒反放了心，随那几个头目赶到忠义堂前，只见蒸天价的通红，那面替天行道的杏黄旗，已被大火卷去，连旗竿都烧了。宋江同许多头领，立在火光里，督押火兵军汉，各执救火器具，乱哄哄的扑救。那火那里一时救得灭，只见哔剥爆响，黑烟红焰，火片火鸦，翻翻滚滚的只顾往天上卷去。西风又大，烈焰障天，残月曙星，都无颜色。那些水龙水箭，横空乱射，好似与他浇油，满地下的水淋得像河里一般，那火总不肯熄。只见公孙胜打散头发，仗剑噀水，驱那力士天丁就摄泊里的水来泼。虽有几处乌云肯拢来，怎当得火势甚盛，反把乌云冲散，落下来的没得几点，全不济事。公孙胜只顾踏罡步斗，诵咒催逼。直到天色大明，火势已衰，那乌云方得盖紧，大雨滂沱，泼灭了余火。及至太阳出来，忠义堂已变了一片瓦砾白地。那两边的房屋，也不免延烧了几处。众军汉把一切器具，及各头领的箱笼什物，仍搬归原处。

宋江到后面厅上坐落，大怒，叫把忠义堂上本夜值宿的两个头目、三十个军汉，一齐拿交铁面孔目裴宣严讯，因何失火，立等回报。山前山后各处头领，已自得知火起，不敢擅离职守，都差人来禀安。少刻，裴宣亲来禀覆："严讯两个头目，都供称四鼓时候看见一个人，身子甚长，手执著一张弓，走上忠义堂来。众人喝问，那人并不答应，上前去捉他，却不见了。正骇异间，不知怎的却火起。又研讯众人，都这般说。只有几个睡着的说不知情。"卢俊义在旁边听得，心中大惊。众头领也都骇然。只见宋江道："这厮们眼见是不当心，不知薰蚊烟，煮饮食，走了这火，却将这荒唐话来支吾。竟照我们定的条律，凡失火烧毁忠义堂、忠义堂上房，及军营内烧毁中军帐房、令旗、令箭、兵符、印信者，不分首从，皆斩立决律，斩立决。"说罢，便伸手去案上取那面刑人的白旗，拔下来掷去，就叫裴宣典刑。卢俊义忙上前止住道："哥哥容禀：这事委实蹊跷。小弟四鼓之时，也得一梦：梦见一个长人，执弓到忠义堂，醒来便已火起。正与头目、军汉们的口供相符，恐真有别情。"宋江笑道："兄弟，这班男女，你救他则甚！我若赏罚不明，何以令众。"遂不听卢俊义的话，催裴宣斩讫报来。裴宣只得拾起那面旗来，走出去。只听得辕门外炮响，须臾，血淋淋的三十二颗首级献于阶下。

裴宣缴令毕，宋江吩咐将首级去号令了，对众头领道："皆因我宋江一个人做下了罪孽，平日不忠不孝，以致上天降这火灾示警。倘我再不改，还望众弟兄匡救我。"众头领道："兄长过谦。"吴用道："那日识天书的何道士在山上时，曾对小可说起。他说深明堪舆相地之术，说这梁山本是廉贞火体，那忠义堂紧对山前南旺营，门壁朱红的，又是甚么祝融排衙，今年七月尽，防有火灾。小可以为无稽之谈，不放在心。今日果应其言，何不再叫他来问一声？"宋江道："军师何不早讲？"便差人赍带银两，去聘请何道士。这里山前山后众头领差来禀安问候的，络绎不绝。宋江也辞了众人，去上房里禀了太公的安。

不两日，何道士请到。宋江请他进来，见礼毕，赐坐。宋江问起忠义堂将要动工，却如何起造。何道士道："小道前日在此，曾对吴军师说起，七月大火西流之时，忠义堂必有火灾，今日果应。将来造时，不可正出午向，须略偏亥山巳向，兼壬丙三分，大利。四面都用厂轩，露出天日，比旧时低下三尺六寸。门壁不可用红，即使仪制如此，也须带紫黑色，不可全红。‘忠义堂’三字，旧用全红金字，今须绿地黑字。如此起造，不但永无凶咎，而且包得山寨万年兴旺。”宋江大喜，便邀何道士同一干头领，到那忠义堂屋基地上。那瓦砾已自打扫干净，何道士就在空地上安放罗经，打了向桩，另画了四至八道的界限。都毕，宋江设筵款待。宋江闲问道：“山下近来有甚新闻否？”道士道：“别的没有，只有近来一个童谣，不知怎解。”便说那童谣道：“‘山东纵横三十六，天上下来三十六，两边三十六，狠斗厮相扑。待到东京面圣君，却是八月三十六。’人都解他不出。”宋江笑道：“‘东京面圣君’，明明是应我们将来受招安之意。”吴用道：“谣里之言，共四个三十六，那三个正应我们现在一百八人之数，还有一个，想是未来的弟兄之数。”宋江便邀何道士入伙。道士道：“深蒙头领雅爱，只是小道有个老娘，染患疯瘫之症，不能起床，受不得惊恐。先父殁了多年，兀自未曾入土。更加家兄出仕在外，恐连累他。”宋江道：“既如此说，待令堂归天之后，邀令兄同来聚义。”何道士欣然应了。宋江将金帛谢了道士，便叫道士一发择个吉日兴工。那道士把左手五个指头掐了一回，选就了一个黄道吉日。

当日，宋江著人送道士下山，便叫青眼虎李云采办木料砖石等物，依吉日动工起造，直至十二月方才落成。依旧金碧辉煌，焕然一新，仍竖起替天行道的杏黄旗。

忠义堂两边又造了两座招贤堂。凡有已后入伙，在一百八人之外者，便都在招贤堂上，依先后入门排坐位。众头领连日庆贺欢饮。

那梁山泊一百八人，自依天星序位之后，日日兴旺，招兵买马，积草屯粮，准备拒敌官军，攻打各处府厅州县的城池。自那徽宗政和四年七月序位之后，至五年二月，渐啸聚到四十五六万人。连次分投下山，打破了定陶县；又渡过魏河，破了濮州；又攻破了南旺营、嘉祥县；又渡过汶水，破了兖州府、济宁州、汶上县。宋江又自引兵破了东阿县张秋镇、阳谷县。各处仓库钱粮，都打劫一空，抢掳子女头口，不计其数。都搬回梁山泊。吴用又劝宋江说:“孤山恐难久守,择平地州县有形势之处,把据几处不妨。”宋江便教豹子头林冲,带领赤发鬼刘唐、摸著天杜迁、云里金刚宋万、操刀鬼曹正,带八万人马,镇守濮州;双鞭呼延灼,带领天目将彭玘、百胜将韩滔、圣水将军单廷圭、神火将军魏定国、活阎婆王定六、险道神郁保四,带九万人马,镇守嘉祥县,兼管南旺营。

其南旺营,便是单廷圭、魏定国带领王定六、郁保四驻扎。八字大开,向著东京。各处的官军,那里敌得他过。四方的亡命强徒,流水般的归附梁山。看官,数与你听:都是沂州府管下青云山,江南冷艳山,直隶盐山,青州府管下清真山。那几处的强徒,都倚仗著梁山作主,年年进纳供奉。

别处且不题,单题那盐山上四个为头的最利害。一个叫做金毛犼施威,本是个私商头脑,因醉后强奸他嫂子,他哥哥叫人拿他,他索性把哥哥都做手了,逃来落草;一个叫做毒火龙杨烈;一个叫做截命将军邓天保;一个叫做铁枪王大寿。四个都是狼躯虎背的好汉,擎山倒海的英雄,同心合意,统著四五千喽罗,据著盐山。梁山泊的党羽,此一处最强。

那时,正是政和五年二月下旬,梁山上宋江、吴用正同众头领商议大事,忽报上来说:“直隶盐山有公文到,差体己人在此。”宋江唤入。那人进来叩首毕,递上公文,拆开看时,上面说:“东京蔡京,因大寨破了大名府,撺掇赵头儿,起二十万大兵,要来侵伐大寨。隆冬不便兴兵,今年春暖,官家日日操演人马,不日就要起兵。”宋江道:“我们早知道了,正在此要差人去探听备细。”那来人又呈上一封信,上写著:“施威等于正月间攻打南皮县,吃沧州、东光两个兵马都监,一个是邓宗弼,一个是辛从忠,引兵杀败,我兵即忙退回,叵耐那两个都监,引二千多官兵,逼到盐山。我军连战不利,乞大寨救援。”宋江、吴用都吃一惊。宋江叫那来人且退,同吴用商量道:“施威等已归附我们,为我们的辅佐,不能不去救他;东京又来,怎好?”吴用道:“那怕东京二十万来,对付得他,只不知是何人为将。施威受困,如何不去救!就差美髯公朱仝、插翅虎雷横,带一千兵马,明日就动身。

东京之事,差戴院长带一个伴当去打探备细。”只见徐宁说道:“小弟在东京,有个至交朋友,姓范,名天喜,现在蔡京府里做旗牌。小弟修一封信去,劝他入伙。戴院长就在他那里好居住。”小霸王周通道:“说起范天喜,我在东京时也认识他,我便同戴院长去。”宋江大喜,便教徐宁快修起书来。吴用道:“不必请他上山,就教他在东京。戴院长来往,好在他家歇脚。这里财帛照股分与他。”

到了次日,朱仝、雷横点齐人马,正要起身,忽报盐山又有紧急公文到来,宋江取来拆看,上写著:“邓宗弼用埋伏计,施头领遭擒,共伤了八百多人,求大寨速发救兵。”宋江、吴用都大惊。宋江便要亲自去救,吴用道:“哥哥岂可轻动!”便传令教再添霹雳火秦明、急先锋索超二位头领,再加一千人马,一同速去。李逵也要去,吴用道:“东京兵马便来,正有用你处。”止住了他。又叫戴宗、周通亦同往:“如无大事,便往东京;倘有缓急,速来通报。”

六位头领一齐辞了宋江,带领二千人马,星夜飞奔盐山,一路秋毫无犯。不日到了盐山,邓天保、王大寿下山来迎。六个头领见那二人同喽罗都挂著孝服,连忙惊问,方知毒火龙杨烈前日上阵,中了辛从忠的飞标阵亡,只夺得没头的尸首回来。秦明听罢大怒,道:“我们都不要上山,就去厮并他。倒要看怎样一个邓宗弼、辛从忠!”索超也要去。朱仝劝道:“孩儿们辛苦了。”雷横道:“天色已晚,何争一夜。”邓王二人俱劝道:“诸位鞍马劳顿,且请少歇。”都一齐上山。邓王二人吩咐杀牛宰马,与众人接风,犒赏三军。那杨烈的尸身已用香木刻了头颅,盛殓好了。秦明动问邓宗弼、辛从忠二人的形状,邓天保道:“那两个都是北京保定人。那邓宗弼身长七尺五六寸,使两口雌雄剑,各长五尺余;那辛从忠使丈八蛇矛,身长八尺。”王大寿道:“那辛从忠一手好飞标,杨二哥正被他伤。”秦明、索超听了,恨不得天就亮,吃饱酒饭,气忿忿的都去睡了。一早起来,众好汉吃些饮食,只留戴周二人守寨,其余六筹好汉,点起了喽罗,到官军营前挑战。

邓宗弼、辛从忠正领了人马要来厮杀,恰好两阵对圆,邓辛二位英雄威风凛凛立马阵前。那邓宗弼头戴乌金盔,身穿铁铠,面如獬豸,双目有紫棱,开阖闪闪如电,虎须倒竖,腕下挂著霜刃雌雄剑,座下惯战嘶风良马。那辛从忠面如冠玉，剑眉虎口，赤铜盔，锁子甲，骑一匹五花马，手挺丈八蛇矛，腰悬豹皮标囊。两个英雄立在阵上，分明是两位天神，一齐大叫道："杀不尽的草寇快出来！"那边秦明脑门气破，不待布阵完，飞马先出，大叫："认得霹雳火秦明么！"邓宗弼大骂道："背君贼子，还在人间！"秦明大怒，直取邓宗弼，宗弼舞剑敌住。索超亦拍马上来夹攻，辛从忠出马来迎。两边阵上战鼓齐鸣，喊声大振，朱仝、雷横、邓天保、王大寿一齐都出。只见邓宗弼剑光落处，把秦明的马头砍落。秦明掀下地来，幸亏朱仝马到，救了回去。五个好汉攒那两个英雄。秦明飞跑回阵，换了马重复出来。正酣战间，忽然天色变了，风雷大起，骤雨、雹子一齐下来，两边只得收了兵。到晚来风雨甚大，一连三日不止。邓宗弼与辛从忠商量道："我兵粮草将完，这雨看来一二日不能止，器械都湿透，他那厮又来了帮手，不如权且收兵。"从忠道："他来追怎好？"宗弼道："我已安排下了。"都依计而行，把施威的槛车钉坚固了，用木桶盛了杨烈的首级，连夜冒雨退兵。

去了四日，秦明等方哨探得是个空营，悬羊击鼓，虚插旌旗。众好汉要追赶，探得已是去远，众好汉都望西痛哭而回。秦明、朱仝道："这厮必把施大哥解赴东京。这里去劫，路又不便。叫戴宗、周通速去东京托范天喜，万一有门路救得，亦未可定。"戴周二人忙作起神行法来，冒雨而去。秦明等一面申报梁山，恐官兵再来。

又住了几日，天已晴明，恰好梁山上来探问信息。秦明先发文书禀覆，对邓王二人道："待回大寨与公明哥哥、吴军师商量，替二位头领报仇。"却同了索超、朱、雷等，带了本部兵马，怏怏而回。

却说邓辛二将亲自断后，将施威正身、杨烈首级直解到景州来。天色晴正，景州太守大喜，一面详报冀州留守司，一面加派得力将弁，多添军健，一同解到冀州。邓辛二将把本部人马都安顿本营，自己带了随身兵役将弁，一路小心解去。冀州留守司听说拿了施威，斩了杨烈，大喜，亲出郊外迎接。邓辛二人忙下马施礼，随著留守司进城。看的人无千无万，都说道："害人强贼，今番吃拿了。这厮一身横肉，正好喂猪狗！"施威在槛车内骂道："待老子二十年后，再来收拾你们！”又看了邓辛二人道：“这两位将军好了得！”留守司与他们把了下马杯，簪了花。邓辛二将又把那活擒的二百多人，并首级五百余颗，都一发献上。留守司先把施威收入死囚牢里，对邓辛二将道：“二位将军战阵辛苦！本司这里先申奏朝廷，从优保举。贼犯我自拨干员解到东京去，二位将军回营候旨。”二将谢了，自回沧州、东光去。留守司传令，把那二百多喽罗，分绑各城门，尽行斩首；并那五百余颗首级，都去号令。把那施威取出来，并那杨烈的首级，俱派上等将校，多带官兵，解去东京。一面又檄各路营汛防护，那个敢来抢夺。一面写了奏章，少不得把自己也叙些功在里面。

那日天子正同枢密院、兵部商议征讨梁山的庙算，接到冀州留守司这道本章，龙颜大悦，也不交兵部议奏，自提御笔，降旨升授邓宗弼为天津府总管，辛从忠为武定府总管，就著来京引见。部下将弁，照例升赏，官兵有功者擢升，死伤者轸恤，其余都赏钱粮三个月。又赏二将白银各一千两，玉带各一围。冀州留守司、景州太守，亦各加恩。又谕众臣道：“武将擒斩盗贼，本不为十分奇异。朕特念方当大阅发兵之际，此二将却深慰朕意，不能不破格鼓励，非朕滥恩也。”便传旨将杨烈首级号令，施威交兵刑二部审讯了，押去市曹凌迟处死。那时戴宗、周通已早到了范天喜家，知道这事，大家只叫得苦，那里去寻门路救他。只得同范天喜商量，偷得些残骨碎肉瘗埋了。戴宗、周通都催范天喜速去打听，几时兴兵，将帅是那几个，“早早付回信，弟等要回去了，公明哥哥十分盼望”。天喜道：“里面机密得紧，实无处打听。据蔡京的意思，恨不此刻便到梁山泊，但不知官家的意思怎么。明日是蔡京代天检阅的日子，我和二位打扮了混进御教场探听，或者得他些口风。明日却不是我的班期，没公事缠障，再借两面腰牌与二位。”

次日一早，范天喜叫戴周二人一同公人打扮，带了腰牌，出了神武门，到御教场来。将近教场，只见许多披甲顶盔的已是纷纷走动。到得教场偏门首，把门的见他们是做公的，验了腰牌，都放了进去。范天喜低声对二人道：“若是官家亲来，我们却不能进来。”三人到里面看时，只见那御教场十里正方，周围四十里，开方一百里，团团红墙围著。演武厅乃是九间大殿，朱门黄瓦。面前华表石兽，文石龙墀，都有朱红栅栏护著。左首将台上竖著一枝冲霄拔地的黄漆旗竿，上有一面杏黄旗；又一枝红旗竿，比那黄的短得一半，上有一面红旗，大大书著一个"帅"字，都随风荡漾。台上许多军官，全装盔甲，立著看守。那架子上许多鲜明杂色令旗，又有乐器金鼓。台下如意顶帐篷内，端坐著掌旗鼓的兵部尚书，旁边无数人伺候著。中间一条黄土甬道，从龙墀起，望过去杳杳茫茫的，直接到照墙边。照墙上好似彩画著五云捧日。那时太阳离地，晓雾尽散。教场里静荡荡的，存著那二十万大军，毫不挨挤。只见那些军官兵丁，都全装著，却不归队伍，也有立的，也有走来走去的，也有坐在草地上说话的，纷纷乱乱。那些战马都背著鞍鞒，散放著地下啃青。那些大纛旗帜，却都归队伍，按方位齐齐整整的插在地下。又只见密密层层，成千成万，无数的帐房，一带一带的鱼鳞也似比著。说不尽那旌旗耀日，剑戟如林。范天喜要引著二人到上面丹墀上去看，关防得紧，那里敢上去？止好在那外边各处探看。

正看时，只见远远地照墙脚边一骑马飞上来，须臾到教场中心。乃是知阁门事的军官，手执一面黄旗，传谕道："车驾启行！"那教场里各路将弁，都云收雾卷的归回本阵，排齐队伍，对面立著，露出当中的一条御道。少刻，照墙外又来了一阵马上官员，飞奔上来，都是御前供奉捧日、天武左右四厢亲军，转到九间大殿后面去了。

又等了许久，只见照墙边浓烟冲起，扑通通的九个号炮响亮，卤簿仪仗到来。教场里静悄悄的，谁敢做声。御前驯象一对一对的，从照墙两边分头进来。象队之后，都是神龙卫兵马，豹尾枪排得麻林也似。羽林军后，尽是左右金枪班，殿上撞钟伐鼓。这边将台上大吹大擂，鼓角齐鸣。兵部尚书率领部属，都到甬道边立著，伺候接驾。金枪后面，黄罗伞盖，龙凤旌旗，自有那些内官掌管。当朝太师蔡京，全身朝服，骑著高头大马，做那车驾的前驱。一派仙乐嘹亮，提炉内龙涎香袅，导引著九龙宝辇。那辇却是空的，官家并不亲到。辇内一张金龙交椅上盖著龙凤披罩，三十六个校尉抬著那辇。陪辇大臣，乃是同平章事赵忭、领枢密院事枢密正使童贯、经略大将军种师道、殿帅府掌兵太尉高俅。辇后又有无数随扈的精兵猛将,按部随班进教场来。二十万天兵,分两边齐齐的俯伏。蔡京到龙墀边下马,就那御道右边,与兵部尚书对面跪下;赵忭、童贯、种师道、高俅都按本位,夹御道跪下,俯伏接驾。法驾直上正殿,转身朝外大座。龙墀下又飞起九个号炮。鼓吹已罢,蔡京等众大臣都上金阶,依班舞蹈毕,分列左右。蔡京代天宣旨发放,当驾官高喝“起去”。二十万天兵齐呼“万岁”,震天震地的一声,一齐立起。卤簿仪仗分头撤去,各营兵马倒卷下去,各归本营。那些帐房都变了十八座大营,中间一座御营。霎时间二十万众收尽,营门都闭,教场里不见一个兵马,静荡荡的只有十九个大营寨。

戴周二人都把舌头伸出缩进,范天喜轻轻的道:“就要操大阵也。”

许多时,只见那兵部尚书顶著阵图册本,到龙墀上跪著进上,当驾官接了去。殿上喝声“下去”,兵部尚书便到将台上伺候。须臾,蔡京代天传旨,喝叫“开操”。只见种师道、高俅二人,早已捧著那上用的令旗、令箭,齐到将台上来。兵部尚书领了旨,就传令开操。将台下又一连三个号炮响,鼓角齐鸣,那两旁十八座营门大开,马队当先,徐徐而出;到了界限,一声鸣金,齐齐的收住。只见三通鼓罢,将台上黄旗招飐,马军队站在第一层;红旗招飐,大炮鸟枪队站在第二层;蓝旗招飐,弓弩队站在第三层;黑旗招飐,刀牌队站在第四层;白旗招飐,长枪队站在第五层。二十万兵马共作五层,旌旗飘动。那阵的后面又有许多大纛,都是各营压阵的大将,齐对殿上立著,只等号令下来。只见那黄旗忽地分开,那些马军队泼剌剌分头撤去,绕著抄到大阵后面去了,露出大炮鸟枪来;一声号炮,红旗往下一压,阵后战鼓催动,阵前枪炮齐发。那一片声响,好一似地裂山崩。看官,那大炮、鸟枪一切火器,实是宋末元初始有。以前虽有硫黄焰硝,却不省得制火药。

《格致镜原》称吕望作大铳,此语失据。如果吕望所作,春秋无数战阵,何不一见?《六韬》内天潢、飞楼、云梯之类都说起,何无一语及铳炮?即使《六韬》后人伪托,总在吕望之后。或又云范蠡作大礮,亦非。按礮系砲本字,汉以前无此字。范蠡不过以机运石,后人目之曰礮,乃是石砲,非今之火炮也。总之,但看许洞《虎钳经》可以知矣。《虎钳经》并不语及火药铳炮。许洞系南宋人,南宋时尚无此物,况北宋徽宗时乎？今稗官笔墨游戏,只图纸上热闹,不妨捏造。不比秀才对策,定要认真。即如《三国演义》《水浒前传》亦借此物渲染,是书何必不然？不要只管考据,且归正传。那官军一阵枪炮放毕,大阵移到第二进;又依号令,再放一阵枪炮,大阵移到第三进。

话休絮烦,递连移到第九进,放了九阵枪炮。到那第九进上,红旗霍的往地下一扫,竖起来,只见信炮飞起,阵里鼓角齐鸣,枪炮兵按著连环步位,递放那连环枪炮,乒乒乓乓,好似数万雷霆霹雳一齐崩炸,震得那教场里的地都有些动摇。鸣金一声,一齐收住,寂然无声。红旗又是一掠,那大炮不动,连环枪直卷上来,直打得烟尘障天,黑烟内电焰乱射。二十万天兵都裹在浓烟里面,那里还见一个人影。红旗一拂,鸟枪都退。只见蓝旗竖起,弓弩手往浓烟里拥出,万弩齐发,那乱箭如飞蝗骤雨一般。将台下信炮连催,黑白旗起,长枪随刀牌一齐杀出。黄旗又起,马军分两翼抄出阵前,对仗厮杀。枪炮兵去那两下埋伏,齐震一声,马军都两边分散。将台上磨动那面五色总旗,一片锣鸣,吹打得胜鼓乐,大炮、鸟枪、弓弩、刀牌、长枪都收住了,各归部伍,齐齐立起八个方营。大吹大擂,按著次序,缓缓归营,营门都闭了。御营里中门大开,里面设立龙凤仪仗,黄钺白旄,听得那笙箫管籥,奏动细乐,仙音嘹亮,悠悠扬扬的。忽然营门又闭,御营内连珠炮响。一声呐喊,海覆江翻,八营兵马随著旌旗飞出,把御营护住,翻翻滚滚结成一个大方阵。御营里一个号炮,那些大炮、鸟枪刮剌剌的从东北往西南上,流水也似的赶过去,那片声音殷殷的往四面山里卷了去。又一个号炮,仍从西南往东北赶过来。如此三转,一齐呐喊,战鼓齐鸣,仍归到起先接驾的所在,队伍齐齐整整的立著。那御营并八个大寨都不见了,教场中间又起一面大红猩猩旗,上面写著"天下太平"四个大金字。将台上下画角吹动,一齐奏那四海升平的乐。只见旌旗翩翻,春风荡漾,鞭敲金镫,草衬马蹄。兵部尚书传令操演龙虎杂阵,云梯技击。

号令方下，照墙边一马飞来，一个将官手执黄旗，叫道："圣旨下！"须臾，几个内相骑著马，顶个黄包袱进来，众大臣接上殿去，开读圣旨云："后宫诞生皇子，著停操演三日。旨到，未操的阵都免。著蔡京宣旨发放。公卿大臣，由三品以上，令赴龙符宫赐筵。各营将弁军校，著枢密院会同户兵二部，候旨赏赉。"群臣谢恩毕，内相先回。蔡京等伺候法驾回銮。卤簿仪仗排齐，种师道、高俅缴旨毕，蔡京等仍就陪辇。扑通通九个号炮，殿上钟鸣鼓动，法驾启行。殿前并那将台，军中的鼓乐一齐奏动，二十万天兵仍就俯伏送驾；御前供奉官员，齐随驾出。照墙边号炮九声，法驾出了教场，官兵齐呼万岁，立起身来。兵部尚书传令发放，只听得地动山摇的一声呐喊，将台下三个号炮，金鼓齐鸣，鼓乐喧天，奏动《将军得胜令》，倒卷珠帘，星移斗转的收了阵势，霎时散尽。

兵部尚书大摆头踏，鸣锣喝道的也去了。范天喜等趁哄齐出了御教场。戴宗、周通都魂惊魄荡，暗暗的咂著舌头道："果然利害！把我们山泊里的操演，直比得没了。如果真来征讨，这般军威，如何敌得？"

却说众大臣齐赴龙符宫恭贺天喜。天子赐筵已罢，对兵部尚书道："一切庆典，朕已委派众卿。惟官兵赏赉，卿去查核调停，务须都沾实惠，不可致有侵蚀。"兵部尚书领旨。童贯奏道："官家诞生圣嗣，业已恩赦各犯，梁山泊宋江，亦祈圣恩缓征，以养天和。"天子道："非也。梁山泊宋江，屡次抗敌天兵，罪大恶极，律无从宥。使其稍有可恕，朕亦何必为此已甚。朕已定于十六日躬行大阅，二十八日告庙誓师，四月初四日辰时出师。太师蔡京既屡请欲行，业已准其所奏。今日便加蔡京辅国大将军、鲁郡开国郡公，赠节钺，便宜行事。朕已令显谟阁学士撰露布，颁发天下。"蔡京舞蹈谢恩。高俅奏道："官家伐梁山，当出其不意，方可取胜。若先发露布，恐走漏消息，吃那厮们防备。"天子道："非也。两国相争，不妨各尚诈力。今梁山不过草寇，朕命将帅征讨，正当使天下闻知，明正其罪，预示师期，何必行狙诈侥幸之术！"种师道、赵忭都道："圣论至正。"当日议毕退朝。

却说戴宗等三人看完了操演，走入城来，已是辰牌时分，各处又游玩多时。到得太师府门首，正遇蔡京回来，头踏执事，挨挤闹热，只好立了半歇，方得行动。不数步，忽见辕门外边一个大茶店内，有许多官人做公的，三三五五，在那里吃茶。数内一人欠身叫道："范旗牌安好！何不吃碗茶去？"范天喜见了那人，便撇了戴周二人，进茶店同那人坐下，说了好一歇话。戴周二人在外面立地。

少刻，范天喜辞了出来，与二人同行。到了静僻之处，范天喜道："好也，得实信了。方才那人是蔡京亲随人的伴当。他说得知十六日大阅，二十八日告庙，四月初四日出师。蔡京拜帅，今晚可有露布。"戴宗道："如此说，我们就好动身。"周通道："大阅不知怎的仪注？"范天喜道："便与方才见的一般，只是陪辇大臣都全装披挂。何争这半日，就明日一早动身罢。"范天喜又对二人说道："今日东城酸枣门外玉仙观蟠桃大醮，十分热闹，我们去看看也好。"二人甚喜。

三个重复出城，转弯抹角来到玉仙观。未到山门，已觉挨挨挤挤。只见照墙边有一座鳌山，上面那些人物，都有关捩子曳动，如活的一般。范天喜道："我们且看了再进去。"周通道："何不吃著茶看？"三人就在山门外茶摊上坐下，茶博士泡上三碗茶。范天喜又去买些点食之类，一同坐著看。只见那些人来来往往也有骑马的，也有坐轿的，老的、少的，男的、女的，贫的、富的，流水也似的行动。看了一回，周通道："偌大一个东京，却不见一个好女娘！你看，便有妇人，也都是七老八十。再不然，就是些七八岁的孩儿们。若年纪中等的，都是丑恶不堪。"范天喜道："近来一样不好，那些官宦子弟们十分罗唣，所以小户人家略好看看的女娘们，都不敢出来。"

说不了，只见一个公子打扮的走过，范天喜努一努嘴，对戴周二人低声道："这就是高衙内，高太尉的儿子。——当年害林教头的就是他！"二人定睛观看那衙内，头戴一顶盘金红青缎书生巾，上面一块羊脂玉方版，顶上老大一颗珠子，三蓝绣花飘带，穿一领大红湖绉海青，雪白的领儿，海青里面露出西湖色的衬衫，脚下踏一双乌缎方头朝靴，手里拿一柄湘妃竹折叠扇。年纪约莫不到三十岁，虽不十分俊俏，却也扭捏出十二分的风流。后面跟著许多闲汉，带著些乐器杆棒。前面有两三个矮方巾陪著。只见那衙内指指画画，口里说话，一面摆呀摆的踱进山门去。范天喜指著衙内背后那一个大汉道："这是东京有名的教头，好手脚，是衙内的亲随。那厮也倚著衙内的势，在外面无所不为，没人不让他。"周通道："怎得搂著这厮到手，把去双木兄，倒是一分礼物。"大家都笑起来。范天喜道："轻些，耳目近！"

又吃了一开茶，戴宗指著一处叫周通道："你说没有好女娘，兀那不是两个来了！"众人举目看时，只见一个女子，骑著一匹川马，背后随著一个使女，也骑著一匹黑驴子，面前一个马保儿招呼著。那女子打扮俊俏，却将青纱罩蒙著脸。

看官，原来北方风俗，因旱地多，妇女们往往骑头口，不足为奇。不似南方人，动动是船是轿。但是年轻的，只将青纱罩面，便是回避之意。闲话搁开，那女子到了庙前，跳下了头口。随后那个养娘也跳下来，倒也有颜色，将一个锦花包袱放在茶摊空桌上。众人看那女子，系一条湖色百折罗裙，上面盖著一件猩红湖绉袄子，窄窄袖儿，露出雪藕也似的手腕，却并不戴钏儿。肩上衬著盘金打子菊花瓣云肩，虽然蒙著脸，脑后却露出那两枝燕尾来，真个是退光漆般的乌亮。那些来往的都立定了脚，那茶摊上的人都立将起来看。只见那个养娘打开锦花包袱，取出一个拜匣儿，一柄象牙销金折叠扇，一件对襟桃红花绣月色紫薇缎的罩衫儿。那女子接过衫儿披在身上，自己去系带儿。那养娘替他除下青纱罩儿来。不除时万事全休，一除去，那一声喝采，暴雷也似的轰动。只道是织女擅离银汉界，嫦娥逃出月宫来。那女子埋怨养娘道："你恁的这般性急！"只见绾著时兴的麻姑髻，包一顶珍珠点翠抹额，耳边垂著明月珰。那养娘递过扇子，又替他插上对凤头钗。那女子挪步前行，吩咐养娘道："把头口交保儿管了，包袱亦交与他，你同我进去。"养娘应了，并纱罩亦交与马保，挟了那拜匣，约莫是香烛祝文之类，跟随进庙去了。有那些不学好的子弟们，一阵儿往山门里乱夹。众人没一个不称赞道："好个绝色女子！"

周通浑身觉得有些麻酥，正要打听，只见茶博士过来冲茶，说道："方才那个进去的女娘，是我家的紧邻。他姓陈。"范天喜道："你家里住在何处?”茶博士道:“在东大街辟邪巷。我自己的茶店在巷口,他就在巷里。他的父亲叫做陈希真,起先做过本处的南营提辖,如今告休在家。只得这个女儿,又没儿子。我自小看他大的,不知抱过多少回,今年十九岁了。方才他不看见我,不然他总叫我声。”范天喜道:“哦,不错,不错。莫不就是陈丽卿,又叫做女飞卫的?”茶博士道:“著,著,著,就是他!”范天喜摇著头道:“果然名不虚传。他的老儿为何不同来?”茶博士道:“他老子一清早便到观里来听讲,此刻想未完毕。”忽听一个座头上叫“水来”,茶博士提著壶抢过去了。戴宗、周通问道:“怎么叫做女飞卫?”范天喜道:“二位不知,那陈希真表字道子,十分好武艺,今年五十多岁。却最好道教修炼,绝意功名,近来把个提辖也都告退了。高俅倒十分要抬举他,他只推有病,隐居在家。这个女儿天生一副神力,有万夫不当之勇。他十二分喜欢,将生平的本事,教得他同自己的一般。那女子却伶俐,又自己习得一手好弓箭,端的百发百中,穿杨贯虱。他老子称他好比古时善射的飞卫,因此又叫他是‘女飞卫’。陈希真我素亦认识他,他自己日常如此说,所以晓得。”周通和戴宗都骇然说道:“这一个文弱女子,却那里看得他出!”别座几个吃茶的也听得呆了。三人又说了好一回闲话,那周通屁股上好像有刺的一般坐不住,说道:“何不进庙去?”二人也起身,会了茶钞,拔步进庙。

方才走进山门,只听里面发一声大喊,那些人潮水般的涌出庙来。三个人力大,不被人冲倒,只听得说:“高衙内今番著打坏了!”三人挨进看时,只见那个女子扎抹紧便,拈著一条杆棒,纺车儿也似的卷出来,两旁打倒了许多人,那个敢去近他。戴宗等见他来得猛,又不好去劝,又恐怕凑著,只得盘在朱天君暖阁上。看时,那女子赶到山门边,人多拥挤不开。那女子大叫:“众位没事,暂闪一步!我单寻高俅的儿子!”众人那里让得开。那女子焦躁,撇下杆棒,把那些人一把一个的提开去,好似丢草把儿一般,霎时分开一条去路。那高衙内刚从人堆里挣出山门口,见女子来,叫声“阿也”,没命的跑。吃那女子三脚两步追上,抓小鸡一般拈来放在地上。周通等三人赶出来看时,只见那女子左手揪住高衙内的发际,直按下去,一只脚去身上踏定;右手提起粉团也似的拳头,夹颈脖子杵下去。有几个逃脱的闲汉,只远远的叫苦,那个敢上前劝解。说时迟,那时快,那女子拳头还未曾落去的时节,观里早跑出一个道士来,把那女子拦腰抱住,一手夺住拳头,喝道:“不要无礼,这是高衙内!”若不亏这道士劝住,有分教:阿鼻狱中添一色道饿鬼,佳人拳下断送浪子残生。

不知那道士是谁,且看下回分解。

第七十二回　女飞卫发怒锄奸　花太岁痴情中计

说那陈丽卿正要下手结果高衙内，吃一道士拉住拳头，打不下去。丽卿回头看时，认得是父亲陈希真，便回言道："我怕不认识高俅的逆种，倒是我无礼！待我结果了他，为大家除害。"说罢，又要挣脱拳去打。希真那里肯放，叫道："我儿，你且饶他起来，为父的与你做主！"丽卿挣脱手道："便饶他，也取他一个表记。"一头说一头去撕衙内的耳朵。陈希真忙去挖他的手，已自撕出血来，兀自不肯放。希真喝道："小贱人，我这等说，你还不放么！"陈丽卿见父亲发怒，只得松手放了，立在一边。

那高衙内兀自在地上气喘，抖得起不来。看的人围了一个大罗圈，都说："这位姑娘好了得！"只见养娘捧着衣服等物，人丛里挨进来。陈希真一面取袄儿把与女儿披了，钗簪替他插了，一面口里埋怨道："烧完了香，叫你就去，是不肯，偏要随喜，却无故闯出这头祸来。高太尉我又认识的，不争你万一把衙内打坏，叫我怎生对他？"丽卿一头解去汗巾，放下了裙子，穿好袄儿，一头指着高衙内骂道："我把你这不生眼的贼畜生，你敢来撩我！你不要卧着装死，你道倚着你老子的势，要怎么便怎么，撞在我姑娘手里，连你那高俅都剁作肉酱！"希真喝道："胡说！还不打算回去！"高衙内那里敢回言。看的人都吐出舌头来，半晌缩不进去。马保儿笼过马，希真取青纱罩仍与他蒙了脸儿，吩咐道："你先回去了，路上休再闹事。"丽卿道："爹爹法事完毕，为何不同回去？"希真道："我就来，你先去。"丽卿便上马去了。那养娘已把那衫儿依旧折起，收拾好包袱，也上了驴子去了。

陈希真回头看高衙内时，已坐在地上，要爬起来。希真上前扶起，笑着唱喏道："小女冒犯，都看老汉面上，恕罪恕罪！"衙内又气又羞道："陈老希，我呢，也不晓得是你的女儿，倒得罪了。只是令爱太没道理，我不过远远地说了一句顽话，便这等毒打，你行前我须放不下来。”希真陪着笑脸说道：“诸事休题，老汉回去训饬小女，衙内处再行陪话，太尉前遮盖则个。”衙内道：“说他作甚，打也打了。”那些跟随的渐渐拢来，看那衙内右边耳朵兀自流血，都说：“怎了？”陈希真道：“还没甚大伤。”又笑道：“若老汉再迟一步，多管做出来，如今还好。”说不了，只见两个人搀着那鸟教头走出庙来，打得鼻塌嘴歪。原来被丽卿扫坏了孤拐骨，行走不得，一步一颠的扶出来，口里叫道：“衙内与我作主！”衙内道：“原来是陈老希的令爱姑娘，怪道我们着他的手。”那教头挣着眼，对陈希真道：“太尉待得你好，你叫女儿打衙内，禀过太尉，慢慢和你讲！”希真只是赔礼，道：“小人总要来赔罪舒气。”衙内劝道：“陈老希是我的至交，吃些亏也说不得。”几个矮方巾见衙内不发作，也来相劝。

众闲汉也有打破头的，打肿手的，都说道：“我们同教头受些伤，且丢一边；衙内这耳朵却怎好见太尉？掩盖杀也是我们的干系，总要衙内与我们做主。”衙内道：“我会说，你们放心。”希真听得这话，心中暗喜道：“这厮中俺计也。”便对那些人道：“众位有受伤的，老汉来医治、陪话。这里不是说话处，且到前面那座酒楼上去。”那教头道：“似衙内这般仁厚君子，实在少有。”众闲汉道：“用得你说！”一步一颠去了。那些看的人都笑道：“这个老道士，亲生的女儿被人调戏，还去这般陪小心！”范天喜亦笑道：“怎么一个好汉，学道士学得连气都没了。”对戴周二人说：“我们再进观去。”

三人又一同进来，果然热闹。真个是灯彩耀眼，箫鼓喧天。只见那西廊下有几架执事头踏，都吃打倒在一边，那些道士庙祝在那里扶持收拾；又见那地下打落的许多乐器杆棒零星之类，满地下乱踏。又听得有几个烧香的老妇人说道：“不知是那家的女娘，这般利害，许多男子汉都吃他打得没路走！”又有几个子弟们道：“高衙内今番也吃了苦。便是复得仇，也吃尽了眼前亏。”戴宗等三个都肚里暗笑。看了多时，又去各处随喜了。范天喜邀他二人出来，也到那大酒楼上吃些酒饭。到得酒楼上，那陈希真、高衙内一班人已散去了好一歇，只听那些人还在那里纷纷讲说。戴宗等周回看了一转，只有那楼角边有个空座头，三人就去坐下。叫过卖搬些果品酒肉来，三个人吃着。戴宗说道："端的这女子了得!"周通道："就是一丈青武艺了得，庞儿俊俏，却没得这般文雅。"戴宗四面看了一看，低声道："小可意思欲乘机说他入伙，何如?"范天喜称是。三人又吃了一回酒，取饭吃罢，下来算完账，周通便道："东大街往那里走?"范天喜道："你们都随我来。"三个人进城，一路奔希真家来。

却说陈希真当时在酒楼上，安妥了高衙内这一班人，一径奔回家来，敲敲门，那个苍头来开了。陈希真走入堂前，只见女儿笑嘻嘻的迎着道："爹爹回来了。"希真也不答应，直走进后轩。丽卿随在后面说道："孩儿又不当真要结果他！爹爹不许我动手，一记也不曾上身，太便宜了这厮。"陈希真回身坐在懒椅上，看看女儿，做出面孔，大声道："恁的高兴！闯出这般大祸来，我被你害死了!"说罢，别转脸去。丽卿叫起屈来道："爹爹，你彼时不看见那厮啰唣的形景。口里放出来的屁，还听得？不由我不动气。且我不过推了他一把，他便叫人捉我，你想如何忍得?"希真道："是便是了。如今我再三陪话，他那肯干休。高太尉得知，早晚便来生事，怎好?"丽卿道："怕他怎的！便是高俅亲来，我一箭穿他一个透明窟窿。"陈希真道："啧，啧，啧，说得好燥脾！我问你，你活了这几岁，吃你白射杀了几个人？年纪十八九了，说出话来同小孩子一般，疯头疯脑的。"丽卿道："杀了他不过完他一命，值甚么!"希真道："你舍得命，我须舍不得你。我年过半百，只望着你，将来得个好女婿，我便有靠。你说出这话来，兀的不教我伤心。如今没甚了不得，只拼着把你攮与他，我怕不太平了。你想，这事我怎忍心下得?"丽卿停了半晌，道："女儿倒有条计。"希真道："甚计?"丽卿道："三十六计，走为上计。何不投奔一个去处，爹爹领孩儿去避了。事到其间，也说不得。"希真道："我儿，计怕不妙，只是走不脱。高俅那厮掌握兵权，五城十三门兵马，八十万禁军，尽在他手。他同我作对，插翅也难飞。你可记得，凡是被他害的人，只走脱了一个王进，其余那个走得脱？你讲动武，那林冲何等好汉，被他颠倒得有家难奔，有国难投。他只同你文做，把王法当圈套用，那里防备得这许多？古人说得好：覆巢之下，那有完卵；权臣煽威，人无死所。我的儿，我不忍舍了你，我同你性命不知怎的，想走那里去?"丽卿起先嘴硬,听到这话也有些惧怕,便道:"怎好?莫不成真个把女儿丢入粪窖里?据着这口志气上,便对付了那厮,死也博个名头,只是女儿也舍不得你,罢,罢,罢!爹爹,我是你生下的,你要我怎的,我都依了。拼得个一世没出场,只要你安稳便了。"一头说,一头泪珠儿扑簌簌的滚下来,双膝跪下去,呜呜的只是哭。陈希真见女儿认起真来,看了一看,咄的一声笑道:"你起来,我对你实说了罢!"丽卿掩着泪立起来。希真道:"我的儿,你坐了,听我说。你说走是上计,倒也被你猜着。我的意思,只是要走也不容易。高俅那些帮撑的好不刁猾,吃你同他这般闹了,他怕不防着我们逃走。那时走不脱,一发决裂了。要走,只这一两日内还好脱身。只是有件事累坠,我祭炼五雷都箓大法,只争得十五日不曾完结。今遇着这魔头,若半途废了,正不知何时再有因缘。不得已将计就计,邀那厮们到酒楼上,将甜话稳住他。这厮痴心未断,必不来恶我。高俅曾受我恩,今尚不昧良心,挨他半个月,必不至于用强。且疏了他的防备,那时同了你高飞远走,他怎生奈何我?这叫做唱筹量沙的计。"丽卿听罢欢喜道:"爹爹方才却怎的稳住他?"陈希真道:"我说道:'我这女儿虽是性急,却回心得快。我若回家去说他几句,衙内来时,管叫他出来伏罪。'那厮信实了,说道:'我也正应到尊处赔礼。'说了许多的好话去了。临去时,欢欢喜喜地。我料他早晚必有人来缠障。待他来时,你须依我如此如此作用。这厮们虽刁,却未必识得这计,管教他着我道儿。不知你可依得么?"丽卿大喜,应道:"依得,依得。"

正说话间,听得外面打门。陈希真出堂来看,那苍头已去开了门。只见三个人进来,问道:"陈提辖在家否?"陈希真看时,认得一个是范天喜,又看了那二人一看,忙接应道:"范兄难得来此,里面坐地。"三人上堂来,都见了礼,分宾主坐下。

戴宗、周通看那陈希真,眉似青峰,眼如秋水,八尺以上身材,丹朱口唇,飘着五绺长须,戴一顶束发枣木七星冠,穿一领鹅黄鹤氅,系一条九股丝绦,踏一双挽云轻履,飘飘有神仙之概。虽是五旬以外,须发一丝不白。陈希真道:"这二位高姓?"范天喜道:"都姓李,都是小弟交好。这位是江州人氏,这位是北京人氏,因到京赶买卖勾当,在弟处居住。”戴宗、周通道：“久仰提辖大名，今得因范兄汲引奉拜，甚慰生平。”陈希真对苍头说道：“你去后面看茶。”苍头进去了。陈希真笑着对范天喜道：“范兄恁的与弟相交，说话却瞒我。我岂不认识这位是梁山泊的神行太保戴院长！”三人大吃一惊，范天喜道：“求仁兄方便则个。”陈希真道：“我是歹人，不说破了。且请后轩坐地。”

三人大喜，一同进去坐下。看那里面，果然松篁交翠，花草争妍，好个所在。苍头献茶出来，陈希真道：“你自去看门，叫你时再进来。”苍头出去了。陈希真道：“这位却不认识。”戴宗答道：“是小霸王周通。仁兄何处认识小人来？”陈希真道：“兄自不留心。几年前，我因公干到江州，同一个江州衙里的干办，在琵琶亭上吃酒。见吾兄同一个配军打扮的黑矮人，又一个黑大汉，也在那里吃酒。那干办指着兄对我说：这是神行太保戴院长，一日能行八百里。小可也自吃惊，看了兄长好半歇，本待要上前厮见，因公事匆匆，不好冒昧。少顷，那黑大汉同渔船上打起来，小可等一哄走了。所以至今还认得兄长。”

三人听罢，呵呵大笑。戴宗道：“实是失顾。仁兄见的那配军打扮的，便是及时雨宋公明大哥，彼时因有事在江州。”陈希真道：“我那时却不认识是宋公明，可惜错过了。今二位光临草舍，必有事故，却为何范兄同来？”范天喜便把接徐宁的书，入伙的一节，说了一遍，遂说：“这二位因方才见高衙内冲撞令爱，路见不平，本要相助。是弟惧怕高衙内的势力，恐连累二位；又见令爱已自得胜，故力阻住。今二位放心不下，务要到府，一来奉拜，二来要打听仁兄此事如何行止，弟辈可相助处，无不上前。”

陈希真对着三人深深唱个喏道：“深感大义。说起高俅那厮，他微贱时，也在小可这里略学些枪棒。我也好生看觑他，那厮自不学好。他如今发迹，倒也不忘记，屡次要抬举我。我不愿走他的门径，因此挨下了。他仍与小可世情来往，小可三节寿日也到他那里。我不是时常对范兄说起？至于小女，素日亦不抛头露面，今日因他的母亲阴寿，故到玉仙观里进香，不意弄出这等事来。如今高衙内他也认错不迭。小可想，柔和处世之宝，亦不计较了。深费三位兄长盛心。”戴宗道：“高俅那厮虽与仁兄交厚，此事恐未必肯休，眼见必来缠障。不是戴宗纠合仁兄，据仁兄这一身本领，埋没蓬蒿，岂不可惜？年纪又不衰老。况且奸臣不明，贤路闭塞。良禽择木而栖，大丈夫岂可不虑日后？不是小弟斗胆，依着愚见，何不径请到梁山聚义？公明哥哥，何等好贤下士，得仁兄这般英雄，真是锦上添花，那个敢不恭敬？将来受了招安，岂不是现成封诰？”周通道：“愿仁丈俯准戴宗之言，便择日带同令爱启行，一同上去。小弟情愿一路奉陪伏侍。岂不胜如在此受权势欺压？”陈希真道：“深感头领如此提挈，本当执鞭随镫，只是小可已结世外之缘，一切都懒，恐无这等厚福。又加这个小女，如同吃乳的孩子一般，离不得我。再者贵寨那林冲头领，小弟和他有些仇隙，虽不计较，然竟住在一处，觉得无趣。头领这等恩情，图报有日。”戴宗正要问如何的仇隙，只见那苍头来报道：“外面有高太尉差来两个人，请老爷说话，现在堂前坐着。”陈希真便立起身道：“三位少坐。”戴宗、范天喜见话不投机，又见高太尉处有人来，便也起身道：“今日轻造，容再奉拜。”陈希真道：“明日拜谢，简慢勿罪。”周通亦起身谢了，同出来。陈希真送出大门相别，转身来见那两个，叫苍头关了门。那戴宗出得门走了几步，回头对二人道：“叵耐这厮不识抬举。”范天喜道：“这厮不肯，也是无法。”周通在后面说道：“院长，我们回山去同吴学究商量，好歹弄他上山。卢俊义犹吃请到手，岂但他！”戴宗、范天喜道：“出巷人多，低声。”

不说三人回去，却说那陈希真回身，认得那两个矮方巾，正是起先同在酒楼上说话的，一个叫做拨火棒孙高，一个叫做愁太平薛宝。二人起身施礼，希真回礼道：“何事又劳二位光降？”二人道：“便是高衙内特差小可二人登堂赔礼，求姑娘开罪。衙内本要亲来，因恐姑娘见怪，故差小可们代来。”陈希真道：“说那里话！方才酒楼上已说开了，却又生受二位。小贱人被老汉着实拷了一顿，兀自没好气哩。”一面让坐，一面叫苍头道：“快去里面叫养娘伏侍姑娘出来，有话说。”苍头进去没多时，丽卿故意把眼揉得红红的，同养娘、苍头一阵出来。丽卿道：“爹爹，有客在此，又叫孩儿出来做甚？”希真道：“你快过来，这位是孙伯伯，这位是薛伯伯。为你这孽障闹事，累二位在衙内处陪多少小心。你恼了二位伯伯，还不快去拜谢！"丽卿上前，叉玉臂，折柳腰，深深的道了两个万福，口里说道："深感二位伯伯。方才实是奴家卤莽，不识高低。我爹爹已将奴家责罚过了，还望二位伯伯，衙内前替奴家周旋则个。"看那两个没脑子，涎着脸儿，连忙答喏道："姑娘说那里话！还是衙内冲撞姑娘，特叫我们来姑娘前求开罪。"说罢，又唱个肥喏。陈希真连忙拉住道："二位，这等小孩子，兀的不折杀他。孩儿，难得二位伯伯恕罪，你进去罢。快教他们安排酒肴。"丽卿又道两个万福，进去。那两个没脑子连珠箭的推辞道："并不饥饿，不敢承赐。"立起身就走。希真拦住道："小酌数杯何妨？"两个齐声道："天色暗了，衙内盼望。"一定要去。希真虚拉着送出门外，道："恁地要紧，明日却来草舍小酌。"两个略答应一声，又唱个无礼喏，慌急慌忙奔出巷去了。

希真关上门，进后轩来。那养娘同苍头安排夜饭去，希真见女儿只一个人，便悄悄的说道："卿儿，计策便有些意思。往常本师张真人说你的姻缘却在东北，我亦于东北上有段魔障必须去完了他，方好打点内丹。我想别处也无可托足，只有山东沂州府你的姨夫刘广。他义胆包天，与我最投契，只有他那里安得我们。但不知他为何削了职，近来又没个书信。你那两个表兄去年应武举，又都不中。我也正记念着要去看他，如今正好与你同去。你精细着，慢慢地把些细软收拾起，随身只打两个包袱，其余都撇下了，不必可惜。只不可使养娘打眼。"丽卿道："爹爹吩咐，孩儿都省得。只是母亲的坟墓，又没个亲人，托谁照看？"希真道："不妨。因我又看得高俅那厮的气焰也不久了，不过四五年之间，必然倒马。那时太平，我同你再回故里，有何不可！"丽卿道："这房子同这些器皿都弃了？"希真道："我看得功名富贵如同粪土，连身子尚是假的，不过套着他，不得不为他应酬，何争这些房屋器皿！"丽卿道："先来的三个客，是甚么人？"希真道："你不听得，一个姓范的，是本城人，我亦认得他，只是不十分深交。那两个是梁山上的强盗，没来由说我去入伙。我恁的没路走，也不犯做贼！便做贼，也不犯做宋江的副手！吃我回覆了他。那厮们再来缠我，也未可定。只恐他那军师吴用亲来，那厮会放野火，倒要防备。闻得蔡京就要进兵，那厮未必敢离巢穴。余外怕他怎的！”丽卿道：“爹爹何不早说，我们却好捉住那厮，去到官领赏，可惜吃他走了！”希真瞪了一眼道：“你又来了！干你甚事？你捉来献与高俅，他便封赠你不迭？”说罢，养娘正掌上灯，搬出饭来。父女二人吃罢，苍头、养娘收拾去，亦吃了。希真道：“卿儿，去睡了罢！我去静室祭炼都箓也。”丽卿应了一声，叫养娘照着，到后面箭园内亭子上看了个转身，弓箱内照应了火缸，又将各样军器料理了一番出来，关好园门，上楼去睡了。希真自去静室做了一番功课，祭炼毕，又运了一回内观坐功，恰已是三更天气，也归房去睡了。

一早起来梳洗罢，叫起女儿来，吩咐道：“我去回拜客，就回来。今日高俅那里倘有人来，我不在家，你不可出头。”丽卿应了。陈希真一直走到九曲巷范天喜家，只见大门已开，一个苍头躬着腰扫地。希真问道：“大官人起来否？”苍头忙丢了扫帚，应道：“大官人因亲戚家婚嫁喜事，一早出门了。”希真道：“还有两位客官何在？”苍头道：“两个客官都回乡去了。天不亮动身，顶城门出去的。老爷请进里面拜茶。”陈希真道：“我不进去了。大官人回府，相烦说声：陈希真亲来谢步，夜来怠慢。”苍头道：“小人说便了，陈老爷慢去。”

陈希真一直回家，进得门时，只见那拨火棒、愁太平两个，早在厅堂上坐等。希真忙抢一步上前道：“失迎，失迎！二位好早，点心用未？”那两个起身答道：“便是一件要紧事，要报提辖得知。”希真惊道：“甚么事？”两个道：“便是夜来小可见衙内回那话，衙内在府里整整吵闹了一夜，磕头撞脑只要奔到府上来，吃我们捺住了。小可们兀自一夜不曾合眼。”希真道：“却是为何？莫非老汉有恁不是处。”两个道：“只为小可们嘴快，不应说出姑娘被责一节。衙内听得，跌脚捶胸，恨不得寻死，声声说道害了好人，自己扑自己，连夜要过来负荆。挨到天高，又不敢径来。此刻已在巷口茶店内候着，叫我两个先来通知。”希真听罢，呵呵大笑，谢罪道：“什么道理，衙内这般克己！快去请进来坐地。”三人脚不落地赶出巷口，只见衙内已在巷口探看，后面又有两个亲随。

见了陈希真，便来唱喏。陈希真连忙扶住道：“罪过。老汉该死,请草堂上赔罪。”挽着手,一同回来。到得堂上,衙内先跪下去,磕头捣蒜也似的道:“我的老子,我再三求恳你,你恁的这般执性儿?如今反把令爱姑娘冤屈责罚,教我高某死了做鬼也难过。”陈希真连忙跪倒回礼,扶起衙内道:“恁的这般颠倒说!老汉生出这种不肖女儿,冒犯了衙内,此等责处,算得什么?衙内不怪,已感激不尽,不料衙内这般情深。衙内坐地,老汉唤这小贱人出来。”高衙内假拦阻着,陈希真已进去了。好半歇,领着丽卿浓妆艳裹,慢慢地出来。衙内望见,扑翻身就拜。希真慌忙架住道:“衙内怎的……怎的不是折杀人?孩儿快回礼!”丽卿只得连忙跪下去,也拜了几拜。两个一齐立起。衙内道:“姑娘,小人兀自不知,害得你苦,小人兀自难过了一夜。”丽卿道:“奴家实是卤莽,懊悔不迭,亏杀衙内海涵。不省衙内身子有事不?”衙内连连答道:“没事,没事。只愁姑娘闪了贵手。”两个没脑子呵呵大笑道:“真叫做不打不成相识。好个宽洪的衙内,好个贤德的姑娘!”陈希真道:“旧话休再提起,且坐了谈心。”只见那孙高、薛宝上前道:“衙内还有一件事,要恳台允。”正是:粉蝶贪花,撞着蛛丝殒命;灯蛾扑火,惹来红焰烧身。

毕竟不知高衙内还说甚么话,且看下回分解。

第七十三回　北固桥郭英卖马　辟邪巷希真论剑

却说孙高、薛宝当时上前说道："衙内还有一件事求恳，提辖切勿推却。"希真道："请教。"两个说道："衙内夜间对我等说，提辖这般仁德君子，实在少有，衙内情愿过房与你老人家做个干儿子，万勿推却。"陈希真道："阿也，甚么话！谅陈希真是何等样人，虽是稍长几年，与太尉厮熟，此时贵贱悬殊。虽是衙内雅爱，不怕辱没，太尉得知，须怪陈某无礼。"衙内道："家父处已禀明了。"孙高道："正是太尉的主意。"

说时迟，那时快，两个亲随早明晃晃的点起两枝臂膊大的蜡烛，插在那带来的台儿上，捧上画桌来摆着。希真那里拦得住。拨火棒便去拖过一张椅子，那愁太平便把陈希真推在椅子上按定。高衙内跪下去便拜。希真欲待回礼，吃两个没脑子帮住了手，实足足受了八个头儿。那丽卿立在屏风边，光着两眼看他们做作，呆獃獃地只不做声。那苍头、养娘都忍不住笑。拜毕，陈希真道："二位哥，这不是弄我，折尽了我的草料！说不得，我儿过来，同哥哥厮见了。"丽卿走到中间来，同高衙内又拜了四拜。

陈希真让了坐位，丽卿去老儿的肩下坐了，苍头、养娘送茶过来。希真吩咐苍头："快去叫个庖丁，整顿酒筵。倘来不及，酒楼去做些现成凑上，色色都要美好。"高衙内道："恁地要费事！"却坐着不起身。苍头去巷口庖丁家转了回来道："今日大好日，庖丁不得空，不在家里。"希真道："只好委曲酒楼上去胡乱搬些来罢。"希真道："我记得衙内今年好似二十九岁了？"衙内道："旧年孩儿曾对干爷说过二十八岁。"希真道："衙内长你妹子十岁。"衙内道："如此说，贤妹是十九岁了。"陈希真道："虽则衙内大十岁，看去却与小女差不多，全不似三十光景。毕竟富贵人家，安养得好。"高衙内道："孩儿那有贤妹这般后生。"孙薛二人道："却真是差不多。"只见陈丽卿缓缓立起身,对父亲道:“孩儿没事进去罢?”希真道:“你进去不妨,各位处告了。”丽卿又都道了万福,冉冉的往屏风后转去了。养娘也随了进去。高衙内那双眼睛直送进去。

少顷,酒保挑了酒席,送到后面去。苍头安排搬来。那衙内两个亲随也来相帮伏侍,摆桌凳,安杯箸。陈希真苦苦的劝衙内坐了首位,孙高第二,薛宝第三。轮流把盏,吃了两三巡。希真只将素酒相陪,自有几种蔬菜。衙内道:“爹爹真不开荤么?”希真道:“我昨日说过的,要到月尽夜。”两个矮方巾起身告辞道:“小可委实要到亲戚处贺喜,不能奉陪。衙内在此宽用杯不妨。”希真已知其意,假留了一回,送出门去。转身来,高衙内已出席候着。希真一只手挽着衙内的手,一只手拍着他肩道:“我的儿,我怎想有这块福气!如今已是一家人,进到里面去何妨。”便叫把酒席移到后轩去,吩咐养娘:“一发请姑娘出来陪哥哥。”高衙内听见这一句,好似哑子掘着藏金,心里说不出的欢喜。只见养娘伏侍丽卿出来,高衙内又唱个喏,丽卿又道个万福。希真笑道:“家无常礼,只管文绉绉的几时了!”遂自己居中坐了,教女儿同衙内对面坐了。养娘来斟酒。高衙内亦不敢十分多看,只是左一眼右一眼的飘过去,险些儿把魂灵飘落。丽卿有时眼光同他撞着,只不怎么。高衙内问道:“西门外鸳鸯岭好景致,贤妹去过否?”丽卿道:“不曾。”衙内道:“那里有个天妃庙,近来桃花盛开,干爷何不领贤妹去耍子!”希真道:“家里无人,老汉不十分教他出门。”衙内道:“耍子何妨。”那衙内想不出的话去逗引丽卿开口,丽卿只答应了便住口,再不多说。希真去陪他说些闲话。看看下午席散,高衙内只得动身,却又坐下,吃两杯茶。外面亲随也吃了酒饭,备好了马。希真送衙内出来,亲随也来谢了饭。希真叫苍头把自己烛台来替换了,将那原来的烛台交还亲随带回。希真道:“容日来谢太尉。今日初次,不便留你,下次就在老汉处歇宿都不妨。”衙内道:“爹爹不要反劳,孩儿不时的会来。”高衙内上马去了。附近的邻舍有几个识得的,都说道:“这老儿从新颠倒,这般举止!花枝般的女儿,岂不吃他勾引了?”那陈希真进来,叫把两枝大烛移到后轩吹灭了,看着女儿长叹一口气道:“我只因势力不敌,故此降志辱身,求个出路。只是委曲了你,多受几日腌臜。我成就了都箓大法,皆你之功也。”丽卿道:“爹爹休说这般话,孩儿夜来原说已都依了。只要爹爹安稳,就是那厮有些长短,我只捺着便了。”希真甚喜,道:“好孝顺儿子!我计必成。但只是家中只得一四川马,临走时还少一副脚力。我亦时常头口行里去留心,不是拼不得银钱,实在好的绝无。”丽卿道:“只好再商。”

却说高衙内得意扬扬回到殿帅府前,孙高、薛宝已在那里等着,拱手道:“衙内恭喜!”衙内大笑。一同进府,到书房里都坐下,孙高道:“衙内,我这计如何?如今这人怕不是衙内的!”高衙内道:“计便有大半灵了,只恐求亲时他却推阻,岂不是加倍的陪了吃亏。”孙薛二人齐说道:“没事,那老儿却不比得那年张教头。你看他方才的那些言语,却十分迎着来。我看他已是千肯,只不好自己开口。我这边若一去说,必成无疑。却不可太说得骤了。衙内不时的去温存着,不可冷落。太尉处便趁早去禀知,恐那老儿早晚来谢,弄得两不斗头。”衙内道:“说得是。”

当晚衙内就去见了父亲,把这节事从头至尾说了一遍。高太尉道:“你这厮想不到的去做!陈老希虽则起先同我认识,他不过一个退休的提辖,你却去拜他做老子,又要他的女儿,少不得又是讨来做正,无故撳我同他做亲家公。况且你左弄一个女娘,右弄一个女娘,还怕不够。劝你不如省些精神,断了念罢!”高衙内磕头礼拜道:“我的爷,断得来时,孩儿早自断了,只是那人委实的可人心坎儿。爹爹这一次与我作成,下次就有好的也不敢再要了。”太尉道:“我不是意懒,你记得那年为林冲的老婆,费尽多少心血,只一场空。陆谦、富安的老小,现在还养着。”衙内接口道:“不,不,这陈老希不似那林冲,他已千肯,只要父亲一说便成了。只不可就说。”高太尉道:“我见他时,只谢过寄你。至那亲事,你自去说。做不成时,休来缠我。”衙内道:“只须父亲如此。”当夜无话。

次日,陈希真换了在家服色,骑了女儿那匹川马,叫个马保儿招呼着,到殿帅府来拜谢。适值高太尉伺候官家大阅,不在府里。希真等他不回,只得留下帖儿,嘱咐了言语,与衙内相见了。衙内道:“正要到干爷府上来。"当时款待了酒饭。

希真辞归,将钱开发马保儿,便问那保儿道:"我要买匹好马,但一时好的难遇,你可晓得那里有?"保儿道:"今日听得他们说,北固桥郭教头昨日死了,他有匹枣骝好马,有名唤做'穿云电',因无丧葬之费,听他娘子说要卖。小人亦曾见来,果然好马。"希真惊问道:"莫不是郭英教头么?"保儿道:"正是他。"希真叹口气道:"我却知道那郭英是个好汉,端的好武艺,年纪又不大,家里又贫,妻儿又弱,并未发迹,怎么就死了?他坐下的马,怕不是好的,不知此时卖去否?"保儿道:"这却不知。"希真道:"你少待,同我走遭。"希真忙去后面,叫丽卿取出银子,只拣一大包,不必称,取来揣在怀里,叫保儿领路,一口气奔到北固桥郭英家。

却是几椽平屋,只听那郭英的娘子在里面冷清清的哭。陈希真进去,叫声:"郭大嫂!"那娘子收泪,抱着个孩子出来,见了问道:"丈丈府上何处?寻谁说话?"希真道:"小人姓陈,住在东大街,素亦认识郭大哥,不知怎的不在了?"娘子道:"便是撇得好苦。丈丈到寒舍何事?"希真道:"听说郭大哥有匹坐骑,不要了,要卖,可有此事?"娘子道:"有的。"希真道:"可卖去否?"娘子道:"先夫未死的前两日,便放信出去。至今莫说买,看也不曾有人来看。还有几个看也不曾看见,先说道这马不值甚钱。奴气不过,将来拴在后面,不去问人卖。"希真道:"小人委实要买,肯出价钱,可叫小人看看否?"娘子道:"在后面,请进来看,不妨。"希真叫保儿外面坐地,跟那娘子进里面天井内看时,吃那一惊,只见那马拴在槽边,垂着头啃那蹄子。希真把他周身相了一相,问娘子道:"为何饿得他这般瘦?"娘子道:"便是先夫在日,虽甚爱惜,亦有时不能喂饱他;及至病重时,那里有心理会到他,所以落了膘。"希真又去看了看牙齿,道:"你要卖多少银子?"娘子道:"不瞒丈丈说,说价也由我讨,只奴是本分人,老实说与你,先夫病重时,并不说落价钱,只对奴说:有识得的,便贱些也卖了;倘不遇着识货的,情愿没草料饿死了他,也不卖。前日有一个人劝我卖与汤锅上,说倒有五七两银子。吃我发挥他一顿。今丈丈真个要买,随你自说罢。"希真道:"我说不要怪。"娘子道:"何怪之有!"希真委实看得那马合意得紧,便脱口说道:“与你一百两足色纹银何如?”娘子暗惊道:“却不道还值这许多,落得再要些。”便道:“一百两少些,求加加。”希真道:“竟是一百二十两。”娘子忖道:“再不卖时,恐决裂了。”遂问道:“丈丈,你端的买这马去做甚?”希真道:“不瞒大嫂,我有个儿子在南营里做提辖,别的马不中他骑,特访闻府上这匹好马,故而来买。”那娘子道:“这般说,你只管将了去,银子却要好的。”

希真忙去斜对门钱铺内,唱个喏,取出银包,央那朝奉天平上称足一百二十两,忙捧过来,交付娘子收了,便叫马保儿入里面去牵那马出来。那娘子收了银子,见牵了马去,想起丈夫在日,止不住那腮边的泪,雨点般的落下来。希真老大不过意。娘子道:“丈丈,还有副鞍鞯,是这马上的,你一发买了去罢,省得在奴的眼角头。”希真去看了看,已是破的了。希真道:“鞍鞯我便不要,你如果嫌马价少,我再添你些罢。”说罢,去银包里又取出十两来重的一锭银与娘子。娘子那里肯收,说道:“奴自己睹物伤心,并非嫌银少。”希真道:“把与郭大哥买陌纸钱,小官官买些饮食也好。”硬安在桌儿上。又取了二十两银子,赏与马保儿道:“你取了,不可这里来讨除头。”保儿接了。娘子道:“那副鞍鞯,便送与丈丈罢。”希真道:“家里自有。”便唱个喏道:“小人告辞了。”娘子抱着孩子回个万福,道:“丈丈慢行。孩儿有好日,必当补报。”希真叫保儿牵马先走,自己随后随着去了。那四邻看见的人都不信了,说道:“这老儿忒好癖,好道有些疯了,拼一百五六十两银子,却来买这么一匹马,马肉只不过十六文钱一斤。王老儿家那匹磨麦的骡子,买来时只十五六两银子,比他强壮得多哩!”却说那娘子有了那些银两,便去央亲族相帮,料理了丈夫的丧事。将那副鞍鞯,就丈夫灵前哭着烧化了。不必题他。

且说那陈希真买了那马,转了个弯,找一个茶店坐下,把那马拴在茶店门口,对马保儿说道:“你自去罢,马我自己会牵。郭寡妇家不许再去缠,我在这打听。”保儿应道:“小人不去。”谢了谢,欢欢喜喜跑回自己家里去了。

那希真吃了一回茶,又把那马看了好歇,起身牵了回去。兀自走几步,回转头来看看。到家门口,敲开门,自己牵入后面,拴在廊檐柱子上,叫声道:"卿儿,那马我已买了来也。"丽卿正在楼上,听见这句,飞跑的下胡梯来,忙问道:"爹爹,马在那里?"笑嘻嘻的到廊下来看了一回,十分欢喜,问道:"爹爹,多少银子买的?"希真道:"正价银一百二十两,又添了三十两,共一百五十两。"丽卿连声道:"便宜,便宜。"希真道:"不贵么?"丽卿道:"不贵,不贵。那四川马也是一百两银子买的,虽然好,那里及得他来。但不知几岁口了?"希真道:"我看过,八岁口了。"又笑道:"你便恁的相得准,我且去箭园里放个辔头看,试试你的眼力何如?"丽卿摇手道:"此刻还骑他不得。此刻他正落膘,勉强骑必然骑坏,反不如那四川马。待用好水草,好米料,将息他到十来日,再多溜他几转。那时孩儿骑上他,出个辔头来叫爹爹看。"希真笑道:"恁地你倒好去做马保了。天晚了,我且牵到箭园马房里去,好好喂养。我得这副脚力,缓急可靠矣。"就把用剩的银两,仍交丽卿收好了,自己牵马到后面拴好,上了料,走出来。只见苍头来回道:"高衙内来回拜……"说不了,那衙内已先进来,将着高俅的名帖,说道:"家父因官家议论讨梁山的军务,国事在身,不能亲来,特着孩儿回拜。"陈希真道:"什么道理,反要衙内劳步,且里面坐地。"希真叫道:"卿儿,你的哥哥来了。"丽卿在楼上应了一声,好一歇,慢慢地走下来,相见了。希真便以酒食相待,教女儿一同相陪。

说话间,高衙内看那轩亭精雅,称赞了一回。只见那壁上悬着一口宝剑,便问道:"这口剑可是贤妹的?"希真道:"正是。"衙内便要看,希真自去取来。到席上看时,只见那剑靶上细丝绦结着,上面赤金嵌出"青錞"两个字,靶上又坠着蝴蝶结子,双歧杏黄回须卷毛狮子吞口,剑鞘上裹着绿沙鱼皮菜花铜螭虎铰链,上面有十四个字道:"秋水铓寒鹏鹈膏,虹光锷吐莲花质。"也是赤金嵌的。希真便把那口剑,抽出一段来与高衙内看。只见那高衙内打了个寒噤,觉得那股冷气夹脸的喷出来,毛发皆竖。看那锋刃时,乃是四指开锋,一指厚的脊梁,镜面也似的明亮,远望却是一汪水,照耀得人的脸都青了。连靶共重七斤四两,长四尺二寸。高衙内问道:"干爷,你这口剑是那里买来的?"希真道:"那里去买,这是老汉祖上留下来。这剑砍铜剁铁,如削竹木。我祖上随真宗皇帝征讨澶渊,带去边庭上,不知出过了多少人。这剑归家后,但逢阴雨天,他便啸响。老汉幼时听得先祖说,那几年这剑悬挂的所在,灯下往往见有人影立着,细看却又不见。又那啸响时,往往跃出鞘外。近年来想是那些精灵也渐渐销散了,这些景象亦不多见。我这个痴丫头,就把他当做性命一般,放在他床里面,陪着他睡。今日因鞘上有些损坏,方才修好了,所以挂在这里。"衙内道:"妹子,你既这般好他,谅必舞得更好,便请舞一回何如?"丽卿笑道:"刀剑是杀人的勾当,有什么好看!"高衙内道:"好妹妹,不要着我吃碰。"希真道:"我儿,既是哥哥恁地说,你就舞了一回罢。"

丽卿吃催逼不过,只得立起身来,挽起袖子,去鞘里抽出那口剑来,走下阶檐,开了一个四门。高衙内夹着一双眼,看着丽卿,连珠箭的喝采。丽卿舞罢,把来插入鞘内,交付养娘捧去楼上收了,放下袖子,仍去坐了。高衙内道:"端的舞得好。"希真笑道:"衙内污眼。"当时又吃了几杯。希真又引衙内到轩后看了一回,也有些假山湖石花木之类,右手一带曲折游廊。天色已晚,高衙内辞了回去。

话休絮烦,自此以后,衙内日日到希真家来,时常送些衣服、玩好、饮食之类。希真便将酒食待他,只陪住他,不去应酬别事。衙内有时也歇在希真家,从不教女儿回避。那丽卿打起精神,只和亲兄妹一般看承,片言微笑,都不苟且。那衙内看得那丽卿吹弹得破的庞儿,恨不得一口水吞他下去,只碍着这老儿夹在中间讨厌。有时故意说些风话挑拨,希真一面顾着女儿的颜色,一面把闲话架开去。那丽卿只记着他父亲吩咐的言语,捺住那股气。衙内只管去催孙薛二人来说亲,二人只劝衙内再宽耐几日更好。不觉已是八九日了,希真对女儿道:"我的都箓大法,又磨去了一大半日子,那厮却不来说起亲事,却更妙。再挨到几日,功程圆满,得空就走他娘。"丽卿道:"孩儿也巴不得快快过去,实在受不得了。"希真道:"好儿子,再是一两日,你只推身子不安,去回避了罢。"

说着话,高衙内又到。希真接他进来。那衙内将着一块碧玉禁步、一颗珠子,说道:"送与贤妹添妆。"希真笑道:"怎么只管要你费钱。"叫丽卿谢了收去。衙内道:"自家兄妹,谢什么!"

那一日，大家说说笑笑，少不得又是吃酒。刚至半酣，苍头进来回道："外面张老爷来辞行，老爷说要会他，已请进厅上了。"希真道："我晓得了。你只顾自去，我就出来。"希真忙换了件道袍，说道："你二人宽吃两杯，我会客就来。"吩咐养娘道："你小心伏侍，不许走开。"忙走出厅上去了。

那衙内见老儿已去，放心大胆，笑眯眯的只管盯住了丽卿看。丽卿吃他看不过，也笑了，一面把头低了去。衙内吃他那一笑，弄得七魄落地，三魂升天，骨头酥软了。一时色胆如天，便将右脚桌底下来勾丽卿的脚。叵耐那张八仙桌子生得阔，丽卿那双脚又缩在椅子边，却勾不着。高衙内叫声："妹子，我和你到轩后假山洞里去耍看。"丽卿道："不过如此，有甚好看。哥哥自己也好去，并非不认得。"衙内道："听得妹子的箭园十分好，哥哥却不曾见，何不领我去看看？"丽卿道："且待爹爹来，一同去。"衙内见他只不动身，便对养娘道："你去把酒烫烫来。"养娘捧着壶道："酒还火热，烫他怎的！"衙内道："妹子，你的酒冷了，我与你换。"一面说，一面把丽卿面前酒杯内的残酒，抢来一饮而尽；去养娘手里取那壶，花花花的满斟一杯，先自己尝了尝，双手捧与丽卿道："妹子，你尝尝哥哥的这杯热酒。"那丽卿已是坐不稳了，又吃他这一拨，那里再忍得，便霍的立起身来，那两朵红云夹耳根泛上来，恨不得一把抓来摔杀他；转一念，记起父亲的千叮万嘱，只得捺了又捺的捺下去，走去外边那椅上坐着，低了头只不做声。衙内觉得没趣，只顾吃酒，还只道他怕羞。

希真送那客去了，急转后轩，只见女儿坐在一边，衙内独自吃酒，见希真来，起身道："干爷请坐。"希真道："我儿，何不陪你哥哥吃杯，却在外边坐地？我儿，哥哥已是一家人，不要只管这般生刺刺地。"丽卿半晌说道："哥哥要与孩儿把盏，不敢当他的，故而让开。"说罢，仍起身入席。丽卿道："爹爹，哥哥说要到箭园里去耍子。"希真道："最好，我们何不就移杯盘到箭厅上去。"三人正要立起身，只见苍头来禀道："太尉府里差一个体己人来，请衙内快回去，说有要紧事。"希真道："既然尊大人有正事，衙内且请自便，过日再见。那箭园内桃花还未谢哩。"衙内道："孩儿也不吃饭了，就此告辞。"希真送了衙内转来,问女儿道:“方才那厮可说甚么?”丽卿摇着头道:“不说甚。方才厅上甚么客,爹爹去陪这半日?”希真道:“就是到沂州府去的那张百户,我托他带那信。我儿,将来那厮再来,你竟回避罢,我有话支吾。”

却说衙内回去,老子前去完结了那件事,便自去叫孙高、薛宝两个到面前道:“我要死了,看来这命不久矣!”孙薛二人道:“衙内怎说这话?”衙内道:“这话,这话! 你两个全不替我分忧。他索性不肯,我也断了念。许多日子,只叫我去干嫖,引得那雌儿睡梦里都来缠我。我没处消遣,只好把家里的这几个来熄火,却又可厌。正是吃杀点心当不得饭! 鱼儿挂臭,猫儿叫瘦。你两个到底怎地?”两个没脑子慌忙说道:“衙内息怒。并不是我二人不当心,只是这节事,不得不如此长线放远鹞儿。今衙内这般说,我二人便去,管取成功。”衙内道:“好呀,我平日又不待你们错。”那衙内觉得小便处有些涩痛,到里面去了。

这两个没脑子,飞也似的到希真家里,见了希真。希真问道:“二位少晤。”两个齐说道:“正是多日不来亲近。今日一则来候候,一则有件正经事。”希真道:“甚么事?”二人道:“替令爱姑娘说一头媒,不知肯俯允否?”希真笑道:“感谢二位。想二位说的,谅必不错,但不知是那一家?”孙高道:“提辖试猜猜看。”希真把眼泛了一泛,笑道:“我怕猜不着。莫不是我那干儿子仰之弥?”二人呵呵大笑道:“你老人家真是神仙。便是这头亲事何如?”陈希真道:“我听说衙内已有两房正室夫人,却又要小女做甚?”孙高道:“提辖听禀:那衙内虽有两房正室,他却顶着三房香火。太尉是第二房。那两位一位是大房的,一位是三房的,只有太尉这第二房,还不曾定。提辖若肯俯允,令爱便是太尉的亲媳妇,比那两位不同,但不知尊意若何。”希真道:“实不瞒二位说,这头亲老汉甚是愿意,但与太尉贵贱不敌奈何?”孙高道:“提辖休说这话。太尉与提辖心腹至交,岂可因贵贱而论,只求台允,太尉那有不喜。”希真道:“如此说,深仗二位大力。但只是老汉尚有三件事,并非勒掯。若太尉依得,莫说这个丫头,便是十个女儿,我也送上。如不能依,休怪老汉执拗,却是不肯。”孙薛二人道："请教。"希真道："一件是不必说，太尉定依得：我老汉又无男儿，只靠这个女儿，衙内既与我做女婿，便要他把我做亲爷看待，我后半世就靠着他。"孙薛二人道："这事不难。""第二件，小女虽是第三次进他的门，闻知得衙内就要铨选知府，那副恭人紫诰，却要先把与小女。第三件，老汉性好静养，太尉那后花园内的那座虚明阁，须要送我定居。这三件事，若半件儿不依，休提。"孙、薛二人商量道："这事我们难好做主，且去禀过太尉定夺。"

二人辞去，对衙内说了。衙内欢喜得个狮子滚绣球，便道："有何依不得，有何依不得！只是一件事，我在这里不乐。"二人问道："甚事？"衙内道："那雌儿的脸好像撒过霜的，装呆搭痴，恐他不省得风流，取来却不淘气。"孙高道："非也。衙内你不晓得，他是清白人家女儿，那肯同那三瓦四舍的奉迎。他既与你做夫妻，自然又是一样。衙内，女娘们须要这般稳重的好。"衙内便引他二人同去禀了高俅。高俅道："那两件都应了他。只他要我的虚明阁，且去虚应着，等过了门再商。"

衙内大喜，便叫孙薛二人去回报了希真，"就在他那首选日子，我在这里等信"。二人去了两个时辰，转来道："事已妥洽。那陈老希说道，日子太迟，恐怕天热；太近，他又要赶办些妆奁，拣定了四月初四日下聘，初十日合卺。"高俅道："如此甚好。到底你们两个会干事。"叫备酒筵，先谢二位大媒。当日高俅叫衙内陪他二人饮酒至夜，二人谢了归家。

不说那薛宝，单说那孙高，吃得酩酊烂醉，回到家里。方才坐下，苍头禀道："大老爷回来了，方才到得。"孙高听得，一个跳踵立起来道："快请来叙话。"原来那孙高排行第二，他还有个哥子，叫做孙静。为人极有机谋，浑身是计，又深晓兵法，凡有那战阵营务之事，件件识得。只是存心不正，一味夤缘高俅，是高俅手下第一个篾片。凡是高俅作恶害人之事，都与他商量；但是他定的主意，再无错着。因此高俅喜欢他，提拔他做到推官之职。他却不去就任，只在高俅府里串打些浮头食，诈些油水过日子。高俅也舍不得他去。京城里无一个不怕他，都叫他做孙刺猬。那日因奉高俅的钧旨，到归德府公干方回，天色已夜,不便进府。当晚两兄弟见了,各说些寒温。孙静道:“近日高府里没甚事么?”孙高道:“没甚大事,只是我今日与他儿子张了一头雌儿,却甚顺利,一弄就成,少不得有些谢我。”孙静便问:“是谁家的?”孙高把陈希真那节事从头至尾说了一遍。孙静听罢,摇着头道:“你且慢欢喜。这事尴尬,其中必有诈,这是唱筹量沙的计。”孙高沉吟半晌道:“这计我却拟不出,莫不成叫他女儿做甚歹事害人?”孙静道:“他也不能害人,只不过高飞远走而已。你们空费气力,张罗一番,吃人嘲笑。且待我明日见高俅时,点破了他,再设一个法儿,管教他插翅也飞不去。今日你醉了,且去睡,明日我对你说。”

不知孙静定出甚计,且看下回分解。

第七十四回　希真智斗孙推官　丽卿痛打高衙内

话说第二日早上,孙高问孙静道:“哥哥夜来怎知那陈希真是诈?”孙静道:“这事不难知。你想那陈希真平日最精细,诸般让人,却自已踏着稳步,里面深有心计,外面却看不出。沉静寡言,不妄交人,高太尉那般要抬举他,他尚支吾推托。有人称他是高俅至交,他反有羞惭之色。今日岂肯把亲生女儿许配他的儿子,况又是三头大。闻知他那女儿绝标致,又有些武艺,你们又亲见来。他爱同珍宝,多少官宦子弟,正正气气地要同他对亲,兀自不允。那高衙内浮荡浪子,绰号花花太岁,那个不识得。倒反是他去,一说就肯?就算陈希真爱慕高俅的权势富贵,早为何不攀亲?何至厮打一场之后,越加亲热?这明是惧怕高俅生事害他,却佯应许着,暗作遁计。却又勒掯高俅这样那样,以防他疑心。一件他却没见识,既然如此,早就该走了,不知何故尚挨着。”孙高听罢,如梦方觉,道:“哥哥,你用甚计止住他?”孙静道:“你放心,我自有计,包你不淘气,教那厮走不脱。”

兄弟两个梳洗毕,吃过饮食,齐到太尉府里。见了高俅,先把那起公事缴消了。高俅慰劳毕。

少顷,衙内进来,也相见了,同坐。孙静道:“世兄恭喜,又定了一位娘子。”高俅道:“便是,费了令弟的心,还未曾谢。下月初十日,还要烦推官照应。”孙静道:“不是晚生多管,这事正要禀明太尉,那陈希真这头亲事,恐怕不稳。”高俅、衙内齐问道:“推官,怎见得不稳?”孙静道:“昨日听见舍弟这般说,猜将来,他未必情愿。”高俅道:“我与他联姻,又不辱没了他,为何不情愿?”孙静道:“便是太尉不辱没他,那厮却甚不中抬举。他那女儿,不知要养着怎地,东说不从,西说不就。今日太尉去一说就肯,他非贪太尉富贵,实畏太尉的威福,不敢不依。他得空必然逃遁,没处追寻,须准备着他。晚生虽是胡猜,十有九着。”衙内道:“孙老先生,你也太多心。他若要走,那一日走不得,挨着等甚?多少人扳不着,他却肯走?"孙静道:"衙内不要这般托大说。陈希真那厮极刁猾,他岂肯一番厮打之后,便这般撇头低?他走虽不能定他日期,或者因别事纠缠,却随早随迟也难定。不是孙某夸口说,肯听吾言,管教他走不脱。"高俅看着衙内道:"何如?我说早知他同你厮打,你还瞒着我,说耳朵自己擦伤,今日破出了。"衙内涨红了脸道:"实不曾厮打,只不过争闹,他女儿推了我一把。"高俅道:"你这厮老婆心切,甘心吃亏,我也不管。今事已如此,推官之言不可不听,万一被他溜了缰,却不是太便宜了他!你且说,计将安在?"孙高道:"家兄说有条妙计,那怕他插翅腾云也飞不去。"孙静道:"依着晚生愚见,最好乘他说要虚明阁,就把与他,劝他把老小移来同住,拼着拨人伏侍他,好来好往的绊着。只待成亲后,便放下心。"高俅道:"这计恐行不成,他推托不肯来,不成捉了他来。"孙静道:"他不来,便是有弊。既不便行,还有一计,请屏左右。"高俅便将左右叱退,房里只得四个人。孙静悄悄地道:"莫如太尉叫人预先递一张密首的状子,告他结连梁山泊,将谋不轨等语,把来藏着里面。他如果真是好意就亲,俟完姻后就消毁了,不使人得知。这几日却差心腹,不离他家左右,暗暗防着他。见他如果行装远走,必系逃遁,便竟捉来推问,这状子便是凭据,他有何理说?看他还是愿成亲,还是愿认罪。"高衙内听罢大喜道:"此计大妙!"高俅道:"须得几个人出名才好。"孙高道:"晚生做头。"衙内道:"薛宝、牛信、富吉,都与他写上。"孙高当时起了稿底。出名的是孙高、薛宝、没头苍蝇牛信、矮脚鬼富吉。——那富吉便是富安的兄弟。——状子上写着"密首陈希真私通梁山贼盗,胆敢为内线,谋为不轨"的词语。孙静道:"公呈只四人不好看,再加几个。"又想了四个人上去,共八个原告,当时誊清。

高俅收好,方唤左右过来道:"唤魏景、王耀来。"须臾把那两个承局唤到面前。这两个是高俅的体己心腹,那年赚林冲进白虎节堂的,就是他两个。当时高俅吩咐道:"你二人精细着,到东大街辟邪巷陈希真家前后左右罗织,私自查察。暗带几十个做公的远远伏着,但见陈希真父女两个行装打扮出门,不问事由,只管擒拿,我有定夺。

我再派军健将弁临时助你。须要机密,不可打草惊蛇。他若随常出门,不是行装,亦切不可造次。只等过了四月初十,方准销差。那时自有重赏。"二人领诺去了。孙静对衙内道:"世兄不时到他那里去走走,兼看他的动静。"衙内道:"我就要去。"

当日人散之后,衙内换了大衣,把个子婿帖儿,带了仆从,便到希真家来。进得门时,只见许多锡匠、木匠在那厅上打造妆奁。希真背着手在那里督工,见衙内来,连忙接进。那衙内忙递过帖儿,扑翻身便拜道:"泰山,小婿参谒。"希真大笑,连忙扶起,让进里面。只见后轩又有些裁缝在彼赶做嫁衣,丽卿倩妆着立在桌案边看,一见衙内来,笑了一声,飞跑的躲去楼上。衙内叫声"妹子",丽卿那里应他,只顾上去了。希真笑道:"他同你已是夫妻,新娘子应得害羞,你也该回避。"衙内大笑。希真道:"不知那个兴起什么害羞,难道下月初十就不做人了!"二人大笑,那几个裁缝也都笑起来。希真叫养娘道:"快与你姐夫看茶来。"二人坐谈一歇,希真道:"贤婿,你前日说要到箭园里去,今日老汉陪你去看看。"便同衙内起身,转过那游廊后,到了箭园。

只见一带桃花,争妍斗丽,夹着中间一条箭道。左首一条马路,尽头篷厂里,拴着两匹头口。这边居中三间箭厅。箭厅之前又一座亭子,亭子内有些桌椅。走到厅上,只见正中一方匾额,乃是"观德堂"三字,两边俱挂着名人字画;靠壁有四口文漆弓箱,壁上挂满箭枝;又有两座军器架,上面插着些刀枪戈戟之类;当中一座孔雀屏风,面前摆着一张藤床,床上一张矮桌。

二人去床上坐定,望那桃花。衙内道:"这园虽不甚宽,却恁般长。"希真道:"先曾祖置下这所箭园,甚费经营。亦有人要问我买,我道祖上遗下的,不忍弃他,如今教小女却用得着他。"猛回头,只看床侧屏前朱红漆架上,白森森的插着那枝梨花古定枪,希真道:"这便是你夫人的兵器。"衙内立起,近前看一看,那枪有一丈四五尺长短。衙内一只手去提,那里提得动,他便双手去下截用力一拔,只见那枝枪连架子倒下来。希真慌忙上前扶住,道:"你太卤莽,亏杀老汉在此,不然连人也打坏。"衙内道:"有多少重?"希真道:"重便不大重，连头尾只得三十六斤。”一面去把那枪架扶好。衙内道：“不过鸡子粗细，怎么有这许多重？”希真道：“这是铁筋，不比寻常铁，选了三百余斤上等好镔铁，只炼得这点重。又加入足色纹银在内，刚中有柔。你方才拔他下截，那上稍重，你力小吃他不住，自然压下来。”衙内道：“这般重，却怎好使？”希真笑道：“你怕重，你那夫人手里，却像拈灯草一般的舞弄。”衙内听得，虽然欢喜，却也有些惧怕，暗想：“前日玉仙观里，真错惹了他也。”再细看那枪时，只见：

太平瓜瓣尖，五指开锋，头颈下分作八楞，下连溜金竹节一尺余长；竹节当中穿着一个古定，也是溜金的，上面錾着梨花；梨花里面，露出如意二字。那一面也是一样的花纹。再下来一个华云宝盖，撒着一簇干红细缨；底下烂银也似的枪杆，绕着阳面云头；枪杆下一个三楞韦驮脚，也是溜金的。

希真道：“这枪本是老夫四十斤重一枝丈八蛇矛改造的，费尽工夫。今重三十六斤，长一丈四尺五寸，小女却最便用他。”衙内称赞不已。希真又道：“我这小女舞枪弄剑，走马射飞，件件省得。只是女工针黹，却半点不会，脚上鞋子都是现成买来，纽扣断，也要养娘动手。将来到府上，还望贤婿矜全则个。”衙内道：“泰山说这般话，小婿那里怕没人伏侍他。”二人又说了一回，希真就在箭厅上邀衙内酒饭。

那衙内因不见丽卿，也不耐多坐，就去了。出巷口，正遇着魏景、王耀在那里。衙内在马上叫过二人，轻轻吩咐道：“下次我在他家，你等离开些不妨。”二人应了。

衙内回去，一路暗忖道：“希真这般举动，那有不肯，却不是老孙多疑。”见了老子说及此事，高俅道：“我也这般说，他如果不肯，却为何问我要虚明阁，又要约定那两件事。但是孙静的计备而不用也好。”衙内又去了两次，总不能见丽卿，觉得无趣，也懈了，连日不到那里。只恨那轮太阳走得慢，巴不得就是四月初十。

却说那希真自许亲之后，进出时常在巷口遇着王魏二人，有时邀希真吃茶，有时回避着。希真有些疑忌。一日，希真早上自开门出，见那王耀已立在门首张看。一见希真，便问道：“提辖好早？”希真道:“承局有何贵干?”王耀道:“等个朋友说话,却不见来。”慢慢的踱出巷去了。希真忖道:“这巷里面又走不通,他寻那个?”下半日,又见那魏景在巷口立着,看见希真便避开。希真走出巷外,却不见了。心中愈疑,半晌亦不见他。希真便去茶店内坐下,叫那茶博士泡碗茶来。茶博士笑道:“你老人家今日难得,从不曾到小店来。”希真笑道:“便是紧邻在此,照顾你一次。”遂问道:“那两个承局模样的,常在这里吃茶做甚?”茶博士道:“便是不识得,两个轮流来坐着,两三日了。开着茶永不肯走,讨厌得狠。想不知是那座衙门里有察访的案。”希真道:“你听见他说些什么?”茶博士道:“不曾听得。”希真道:“他可问起我么?”茶博士道:“昨日那个穿紫衫的,他却问小人,说提辖要出行,到那里去。小人答他不晓得,他也不问下去了。”

希真暗暗点头,已是明白,辞了茶博士回家,对丽卿道:“你看那厮们刁猾么!我这等不动声色,他还如此备防着我。”丽卿道:“恁地时,我到干陪了小心。我看不如先结果了那厮再走。”希真道:“你不要着急,我自有道理。”希真立在廊下,捻着须,想了半歇,寻思道:“高俅必不能料得,不知是那个献勤,莫不是孙静那厮归也?自古道:辅强主弱,终无着落。还不如用这个法门破他。”

当时叫苍头来:“你把我一个名帖,去殿帅府号房处投下,说我要请衙内来说话。”苍头去了。希真对女儿道:“明日二十九,正是都箓圆满之日,午时送神。这个月小尽,后日初一日,一黑早我同你就要走了。又难得撞着是个出行大吉日,不争被他作梗,只可用这条计,略愚他一愚。即被他识破,我已走脱矣。”

正说着,苍头先回来道:“衙内就来也。”不多时,衙内欢欢喜喜的进来,道:“泰山唤小婿有何见谕?”希真放下脸来道:“那个是你泰山,你是谁的女婿?我的女儿须不臭烂出来,一定要挜与你。”衙内大惊道:“干爷为何动怒,孩儿有甚冲撞?”希真道:“我好意把女儿许配与你,我须不曾犯罪,你为何叫人监防着我?”那衙内听见这句,便是雷惊过的鸭儿一般,说道:“那……那……那有此事!”希真道:“若要人不知,除非己莫为。你那两个承局来盘问我好几次,问我出门否。我说就要嫁女儿,不往那里去。兀自不肯信,在我门首踅来踅去。又叫做公的四面打听我。请问这是甚么意思？监防我恐我逃走不成？我便不把女儿许与你,我也不犯私逃。我陈希真顶天立地,看着这条命如同儿戏。我不过难得你老子一番抬举,又爱你的仁德聪明,恐错过了,不成夺了那个的宠？这事也没甚气我不过,你与我既是翁婿,不值便把我如此看待,还说肯养我过老！你不信,叫那两个来质对。”衙内慌忙诺诺连声道:“爹爹息怒,想是下人之故,孩儿去打听明白,就来回爹爹的话。”连忙出门上马,出巷又不见那两个承局,飞奔去见了老子,从直说了。高俅惊道:“怎的走了风?”衙内道:“魏景、王耀去盘问了他,被他得知。”高俅大怒,便叫:“捉这两个奴才来!”须臾叫到面前。高俅骂道:“你这两个不了事的狗头,叫你们去暗防陈希真,那个叫你去盘诘!”魏景道:“不过在茶店里问了一声不打紧。”王耀道:“小人只不过在他邻舍处略打听些。”高俅大怒道:“攮糠的蠢才,谁叫你打听！此等机密事,容你在茶店里乱讲。左右,与我背驮起来,每人各抽五十皮鞭,教他醒睡。”

众人请免,二人亦伏地哀求,高俅喝退了两个。衙内道:“此事怎好？我想已泄漏了,不如竟照孙静的计,竟去捉了来硬做。”高俅道:“胡说！你只不过要他的女儿,他已自肯了,又去冤屈了他,认真寻死觅活,却不是自己弄坏？如今只有叫薛宝同你去,将这般话盖饰了。这事都被那孙静多疑,早不听他也罢,如今不必教他得知,省得他又来聒噪。”衙内便唤薛宝同到希真家,谢罪道:“家父实属不知,那魏景、王耀因误听人说,泰山要远行出外,故来问声,以便通报,实无他意。”薛宝道:“太尉已将那厮重责了,以戒其造次之罪。太尉还要自己赔罪。”希真道:“这等说,老汉倒错怪了。只因太尉这等以贵下贱,旁人多看得骇然,只道是老汉扳高,方才盘问得太蹊跷,不由老汉不动气。明日到太尉处赔罪,贤婿先与老汉周旋则个。”希真又款待了二人,送出门外。希真道:“贤婿,老汉是这般榾柮性儿,幸勿芥蒂。”衙内连说“不敢”,辞别了,回覆高太尉去。

孙高得知此事,那肯隐瞒,便见孙静道:“那两个承局不小心,露出马脚。如今太尉发怒,申饬他两个,不但不去防备他,反怪哥哥多事。”孙静只是仰面冷笑。孙高道:“哥哥笑甚?”孙静道:“且等陈希真走了，叫他识得。”

却说希真送了二人，丽卿迎出来道：“爹爹，这事怎的了？”希真笑道：“好教你放心，明日就成功了。”叫进苍头来道：“我有一封银信，你与我带去陈留县王老爷家交付。再与你二十两银子盘费。只明日一早，就要与我动身。”苍头道：“陈留县去，何用二十两盘费？”希真道：“余多的仍好带回。”苍头领了去。当夜希真仍去祭炼，事毕就睡。

一清早起来，打发苍头出门去了，唤那养娘道：“你也好久不曾回家，今日叫你回去看看你的爹娘，住几日不妨。”那养娘听得这句话，好似半天里落下一道赦书，欢天喜地的应了一声，便去换了件衣服，穿双新鞋，搽脂抹粉，打扮了，收拾起一个包袱。希真与了他一包物事，道：“这是与你父亲的。”养娘接来收了，觉得有些沉重。丽卿又与了他十两银子，道：“你去买些东西。”养娘暗想道：“这回回去，姑娘却为何把这许多银子与我？”谢了收起。希真便自去叫个马保儿，牵了匹驴子，先付了工钱，叫他送去。那养娘辞了主人，又对丽卿道：“姑娘，我那盆建兰，姑娘照应着，时常浇浇水，不可枯干了。”丽卿暗笑，应了他一声，却又看着他凄惨。那养娘跨上驴子去了。丽卿直送他出了大门，望他出了巷去，觉得鼻子一阵酸，怏怏的转来，一所房子只剩得父女两个。

希真去安排些早饭，父女二人吃了。希真便去写了封辞高俅的信，叫女儿把衙内所赠的物件，都取来一处，预备完他。看看午时已到，希真便去静室内撤了祭炼，又步罡踏斗诵咒，将神马送了，方叫丽卿同入静室来收拾。丽卿看那静室里面，只供着一面古铜镜子，圆可三寸，一盏灯尚点着。希真叫他将香炉、烛台、灯盏、剑、印等物都收过了，自己把那镜子藏好，又把那书架上的图书卷帙一切来往信札笔迹尽行烧毁，只存着自己注的《道德经》《参同契》《阴符经》《悟真篇》《青华秘录》，及内外丹经，符箓秘法，一束儿交与丽卿收在包裹里。自己又去见高俅谢罪，恰好高俅着人来请陪话，便叫丽卿关了门，到高俅府里说了些克己的话。却不见衙内，问起，说外面游戏去了。

希真辞了回家,已是申刻时分。那丽卿便去箭架上挑选了十五枝雕翎狼牙白镞箭,把来插在箭袋里;弓箱内取了一张泥金塔花暖靶宝雕弓,换了一枝新弦,套在弓囊里;又去把两匹马喂好。那枣骝已是将息得还原,周身火炭一般赤,父女二人都骑试过,端的好脚步。希真取了两副军官服色,叫女儿也扮做男子,先看一看。丽卿改梳了头,摘去耳珰,脱去了裙衫,裹了网巾,簪一顶束发紫金冠,穿上那领白绫战袍,系上一条旧战裙,戴上大红镶金兜儿,脚下套一双尖头皮靴。装束毕,果然一个美貌丈夫。希真看了笑道:"我真有这般儿子,却不是好!可惜是个假的,好笋钻出笆外。"丽卿把面镜子来照,忍不住咯咯的笑,仍复换下了。希真道:"天将晚了,你把干粮都收拾好。我去安排些饭食。惭愧,那厮今日倒不来。早些安歇,明早五鼓就走,顶城门出去,你醒睡些。"丽卿应了。

正在吃饭,忽听外面叫门。希真出来接应,只见一个汉子挑着一副大盒担,问道:"你们这里是陈希真家么?"希真道:"正是。"那汉便一直挑进来。希真道:"你们那里来的?"那汉道:"高衙内同几位官人,教我挑到这里来。"希真看那盒担里,都是鸡鹅鱼肉果品酒肴之类,正要再问,只见衙内一个亲随进来,说道:"只顾挑进去。"希真道:"什么道理,又要衙内送酒席。"亲随道:"衙内从李师师家来,在后面就到。"那汉卸去担儿,拿着扁担出来,亲随道:"赏钱明日总付你。"那汉应一声去了。

少顷,衙内带着拨火棒、愁太平,又一个亲随,已有三四分醉了,踵踵跌跌的进来。希真道:"怎的只管要贤婿坏钞!"衙内道:"值什么,今日特与泰山开荤,休嫌轻微。本要早来,却吃那李师师兜搭了半日。"希真道:"我们何不都请去箭园里坐地。"衙内道:"这两位也正为箭园而来。"希真去关了大门。一干人同去箭园内亭子上坐定,看那亭子,果然起盖得好,拱斗盘顶,文漆到底。两个没脑子的见那箭园,喝采不迭。两个亲随,一个把酒食发去厨下,一个来亭子上伏侍。那薛宝最喜的是烹调肴馔,见没人动手,便去厨房相帮照应。希真道:"怎好生受?"便连忙自去取杯筷安排。衙内道:"泰山,一个苍头那里去了?"希真道:"便是他妻子病重,昨夜追回去了。又没个替工,好生不便。"孙高道:"衙内处便拨个人来伏侍极便。"衙内对那亲随说道:"你便在此伏侍陈老爷几日。"希真道:"怎好生受?"却便谢了。希真去里面同女儿商量安排明白,却出来点起灯烛,陪众人吃酒。酣饮至初更天气,衙内道:"小婿醉了,省得去备马,要歇在泰山处。"希真应了。说说谈谈,已是二更,希真道:"我有一瓶好酒,本留着开荤用,就请三位尝尝。"说罢,去里面取了出来,烫热了,换了大杯儿,每人面前花花花的斟满,说道:"请尝尝!"三人一饮而尽,都称赞道:"好酒,真有力量,多吃看醉倒。"希真道:"这二位尊管辛苦了,也都请用一杯。"便递过两杯去。衙内连称不敢,两个谢了,也都吃尽。希真重入席坐下。不多时,希真拍着手叫道:"倒也,倒也!"只见那五个人,口角流涎,东倒西歪的躺下去。希真大笑道:"今番着我道儿!"正要去叫女儿来看,只见丽卿拽开箭园门,提着那口宝剑,奔上亭子来杀高衙内。希真与他撞个满怀,连忙扯住道:"我儿且慢下手,听我说。"丽卿道:"说甚?"希真道:"他虽是可恶该杀,念他老子素日待我尚好。他虽要打算你,却不恁地使歹计坑害人。杀他不打紧,那冤仇太深,高俅必加紧追捕。——我们只走脱了罢休!"丽卿听了,气得乱跳道:"爹爹,你却这般不平心!我那件不曾依你?没来由,叫我与他做了场干夫妻。他认真便是你的好女婿?便一点得罪他不得,尽他调戏我,兀的不胀破女儿的肚子!"希真笑道:"我儿,你恁般性急。你不省得,这厮不止一刀一剑的罪,他恶贯满时,自有冤对惩治他。他那死法好不惨毒,不久便见。你这等结果他,倒便宜那厮。那日你在玉仙观前要取他的表记,今日正好取,只切不可伤他性命。"丽卿道:"这般说,还略出口气。"便取下灯台去照着,飕飕的把高衙内两只耳朵血淋淋的割下,又把个鼻子也割下来;又看看那两个道:"这厮也不是好人!"去把孙高、薛宝的耳朵也割下来。又要去割那两个亲随,希真喝住道:"干他甚事!快去取些金创药,与他们止了血,恐流得太多,真个死了。"丽卿抹了手,插了宝剑,执了灯台,去取了些刀创药来与他们敷上。希真道:"我这蒙汗药多年了,恐力量不足,他们醒得快,索性与你寻些麻绳来捆了这厮。"父女二人便把灯来照看,一齐动手,把那衙内同孙高、薛宝都洗剥了上盖衣服,连那两个亲随,都四马攒蹄,紧紧的捆了。希真又做了五个麻核桃,塞在各人口里,俱用绳子往脑后箍了,防他吐出。就取那封信,去缚在衙内身上。并衙内送的物件,都把来放在他身边。把那五个人,就像摆弄死尸一般。

正播弄着,听那更楼上正交三更,丽卿道:“爹爹,你听前面好似有人打门。”希真道:“果然。你不要出来,待我去看。”希真提了灯,走出前面大门内看,只见外面灯火明亮,拍着门大叫:“提辖开门!”希真问道:“是那个?”外面应道:“太尉府里差来接衙内的。”希真只得开了门。那人提着灯笼进来,却是一个太尉府里的张虞候。当时见了希真,唱个喏道:“提辖,小人奉太尉的钧旨来寻衙内,何处不寻到,亏得李师师家指引,说在提辖府上。巷口又问了更夫,说他尚不曾去。今有要紧事,务要接他回去。”希真道:“在便在我家,只是吃得烂醉,睡着了,怎好去叫他?”那张虞候道:“醉也说不得,只好叫他起来。因他第二位娘子临蓐,十分艰难,不得不接他回去。如今却睡在那里?小人自去请他。”希真道:“你且坐地,我去看看来。”希真慌忙提了灯进来。丽卿正把那些人伏侍停当,提了灯正要出来,遇着希真,把那事说了,又道:“此事若破了,我你性命都休。如今事已至此,你且闪在这门后等待。退得他时更好,倘退不得,竟诱他进来,一发做了他再说。”

丽卿听罢,便放了手里灯,抽出那口带血的剑来,在黑影里等着杀人。

希真遂提了灯,到前面见张虞候道:“衙内兀自疲乏,不肯回去,只吩咐道,教请天汉州桥钱太医诊视便好。又说明日一早就回。”张虞候道:“他的亲随,着一个出来。”希真道:“只有一个在里面,兀自伏侍不迭。你不信,同我进去,自己见他去说。”张虞候道:“提辖的话怎敢不信,只是上命差遣。如今只得照提辖这般说,去回话便了。”希真一面提灯照着他,送出来道:“明日早些来接,我也劝他早归。”送出门外,便关了门进来。丽卿已提着灯出来,道:“爹爹,他虽然去了,还防他再来,我们索性守着。”希真道:“正是。你去把前前后后多点些灯烛,省得手里提进提出。”

父女二人坐在灯光下，守了两个更次。听那更鼓，已是四更五点，不见动静，希真道："许久不见动静，想是不来了。五更将近，我们趁早收拾，预备动身。"丽卿便去提那两个包袱放在面前，又吃些饮食。

父女二人提了包袱到箭亭子上，只见那五个人，一个个都醒来，叫喊不出，挣扎不得。丽卿把灯来照看，只见那衙内睁着眼朝他看。丽卿想到他那平素的可恶，便去弓箱内取出两枝旧弦，折叠着一把儿捏在手里，去那衙内的背上、腿上着力鞭打，骂道："贼畜生，也有今日！你那风话说不说了？"打得那衙内一条青一条紫，血殷往裤子外面渗出来，好似哑子吃了黄连，肚里说不出的那般苦，喉咙里只是阿阿阿的叫不响，身子乱动乱摆，那里强得？可怜从不曾吃过这般利害。丽卿打够多时，希真笑着劝道："卿儿，也亏他受用了，饶了他罢！天不早了，我们干正经事。"丽卿丢了弓弦，又骂了几句。希真道："我儿，去装束了好走。"希真看着衙内笑道："衙内，你不亏我，此刻好道进鬼门关了，那得在此处受用。你癞虾蟆想吃天鹅肉，这事不是我来寻你。你经此番后，父子二人少去作恶，万一遇着你的冤对，性命难保。此刻我却放你不得，明日自有人来救你。"

丽卿装束停当，道："爹爹，我们备马去。"希真笑着，也去装束了，同丽卿把那新买的两副鞍辔背在马上，扣搭好了，牵出槽来，拴在亭子柱上。丽卿便把弓箭系好，挂了那口青錞剑，枪架上取了那枝梨花枪。希真去提了两个包袱，道："你带着弓箭，小的这个把与你，大的我拴了。"丽卿接过来，拴在腰里。希真拴了那大包袱，便去刀枪架上拔了口朴刀；那口腰刀已是选好，跨在腰里。丽卿便来解马，希真道："且慢，你去取碗净水来。"丽卿道："要他何用？"希真道："只管取来。"丽卿便舀了一碗，递与老子。希真取来，念了几句真言，含那水望空噀去。丽卿道："此是何意？"希真道："这便是都箓大法内的喷云逼雾之诀，少刻便有大雾来也，我同你乘着大雾好走。"放下碗，更鼓已是五更三点。只见天上那颗晓星高高升起，鸡声乱鸣，远远的景阳钟撞动，椽子、窗格都微微的有亮光透进来。希真道："真不早了，快些去罢，城门就要开也。"父女二人牵着马往外就走。丽卿回头看了那箭园、亭子、厅房，又看了看屋宇，止不住一阵心酸，落下泪来。希真劝道："不要悲切。天可怜见，太平了，我定弄回这所房子还你。"丽卿哽咽道："早知如此离乡背井，那日不去烧香也罢。"希真道："还追悔他做甚，快走罢。"丽卿拭了泪，随着他父亲出了箭园，穿出游廊。只见天已蒙蒙的起雾，各处灯烛明亮。没得几步，忽听得外面擂鼓也似的叫开门，父女二人一齐大惊。

这一番打门，有分教：曲折游廊，先试英雄手段；清幽轩子，竟作凶顽收场。正是：冲开铁网逢金钩，剔亮银台飞血雨。

毕竟不知那个打门，且看下回分解。

第七十五回　东京城英雄脱难　飞龙岭强盗除踪

却说那希真父女正待要脱身逃走，不防外面又有人打门，火刺刺的般紧急。父女都大惊，丽卿道："爹爹，怎好？我们不如杀出去罢！"希真道："我儿不要心慌，待我去看来。走不脱也是大数，便死也同你在一处。你索性把马拴好，卸去了弓箭、包袱，只把那口剑，就在这里看风色，不可擅动。"一不做，二不休，希真解了腰刀、包袱，倚了朴刀，把那腰刀拔出，插在腰里，取件道袍披在身上，抢到门边。只听得三四副声音，连珠箭叫开门，硼硼硼的乱敲。希真隔门张时，好多人立着，都提着灯笼。希真喝道："甚么事乱敲门?!"外面大声应道："高太尉亲自来接衙内回去!"希真一面开门，一面发话道："我留女婿过夜，不曾犯罪。"只见那两个承局闯进来，正是那魏景、王耀，走到厅上齐发话道："陈提辖，你老大不晓事，把衙内留住，不放他回去，着别个受气！他的娘子生产，十分危急，你只不放他。如今太尉大发作，又着我等来催。衙内便真走不动，备了一乘轿子在此，务要即刻接他回去。"希真道："你二位太不谅情，他是我的亲女婿，醉倒我家，不肯回去，不成热赶他出门？他此刻醒来，正劝他回家。你二位来得正好，同我进来，不然他还不信。"

二人提着灯笼，跟着希真进来，只见里面灯烛辉煌，王耀道："你们昨夜做甚?"希真道："你去见了衙内便知。"希真让他二人先行，转过游廊，灯光下只见丽卿闪在那里，倒提着剑等候。希真大喝道："我儿快动手!"喝声未绝，丽卿剑光飞处，那颗人头骨碌碌的滚到扶栏外青草里去了，尸身便倒在一边。王耀大惊，叫声"阿也"，要往外走。被希真一把揪住，往里一推；丽卿迎面一剑，连臂带肩劈下，心肺倒流出来。果然好剑，不论衣服筋骨一齐削断。可怜那两个小人，平日倚仗着高俅无恶不作，今日却化作南柯一梦。希真道："消停消停，且把灯来，照我身上有无血迹。"丽卿道："没有。"那丽卿倒吃喷射了一脸鲜血。希真道:“且慢,还有人哩。”提了灯复出大门外。只见那两个轿夫立在轿子边,仰面道:“天在这里起雾了。”希真招手道:“衙内走不动,你们把轿子抬进来。”两个把轿子绰到厅上歇下。希真道:“你们着一个进来背衙内。”一个轿夫道:“吃得恁地醉!”便跟着进来。转过后轩,希真豁去道袍,撇了灯台,左手便揪住那轿夫,右手抽出腰刀,去喉咙上一抹,早已了账。一把丢开尸首,转身大踏步赶出厅上。那个轿夫正在那里闲看,被希真夹耳根一刀剁倒,又去搠了两刀,眼见得不活了,连忙进来。

丽卿抹去脸上血,把地下两盏灯笼踏灭,还在那里探看。希真大叫道:“我儿了也,快走罢!”丽卿连忙插了剑,系上弓箭,拴上包袱,提了枪,又替老子拿了朴刀,牵着两匹马,往外就走。希真取刀鞘插了,跨好,取那包袱,一面走一面拴。

殿帅府前明炮响亮,更楼上收擂,天已大明。走出门外,只见那大雾漫天。丽卿先上了那四川马,道:“爹爹先走,孩儿不识路。”希真道:“且慢,我还有一事未了。”把枣骝交与丽卿,却从复走了进去,把大门关了。丽卿甚是惊疑。不多时,只见希真从那边墙头上跳下来,翻身上马,接了朴刀,叫道:“我儿,快随我来!”

两骑马出了巷口,只见白茫茫的重雾盖下来,数步外不见人影。上了大街,已是有人行动。父女二人乘着浓雾,只顾走。到得朝阳门,城门早已大开。父女二人从大雾影里闯出城去,奔上大路,马不停蹄,往东又走了五六里,出了浓雾之外,已是没人家的所在。希真到那一座高桥上,兜住马叫道:“我儿,你回头去看!”丽卿勒住马,回头看时,只见那座大雾,密密层层,把东京城护着,好一似蒸笼里热气一般,腾腾地往天上滚卷。自己身子立在雾外,相去不过一箭之路。初出地太阳,照映得格外分明。丽卿喜道:“妙呵,爹爹!你有偌大的道法!”希真道:“这值甚么。我受本师张真人传授都箓大法,有若干作用,这是里面逼雾的法儿。我这法能逼起三十里方圆的大雾,此刻我只起了十二里。你且少住,待我发放了他们好走。”希真把朴刀递与女儿,双手叠一个驱神的印诀,口中念念有词,喝声道:“疾!”双手放去,只见一道白光射入雾里去了,那雾便纷纷的落下来。希真看那丽卿的脸上，兀自血污未净，便下马道："待我与你洗去，省得着人看出。"去桥下浸湿了一角战裙，替他脸上、眼堂下、眉毛里、鬓边、嘴角，都拭抹干净。衣领上也有几点抹不去，只可由他。希真一面拭一面说道："凡是迎面去杀人，总要防他血射出来。今幸而不是斲杀，不然，眯了两眼怎使手脚？"丽卿笑道："孩儿却从不曾干过，却不道这般爽利。"希真道："咄，有甚么高兴！"丽卿看那雾，已消挫了大半，有几处高的楼阁都露出尖来，好像在大洋海里浸着一般。希真接过朴刀，上了马道："不要呆看了，走罢！恐有人赶来。"

父女二人下了桥，迎着日光，一直顺大路，往东进发。丽卿道："爹爹，我们今夜何处投宿？"希真道："我儿，你休怕辛苦，我们今夜且慢提投宿的话。那高俅有个门客孙静，昨夜闻知他已回。那厮好不刁猾，又吃你把他兄弟的耳朵割去，那厮必料我投奔梁山，恰不应奔梁山也同此一条路上。他若挑选人马，并力顺这条路追赶，我们必遭毒手。如今我若由正路，投沂州府，须出宁陵，渡过黄河，到山东曹县，方可与梁山分路。我的主意，不如大宽转，从宁陵就分路，岔出虞城，跨过砀山，由江南界过微山湖，出山东峄县，教那厮没处捞摸。这里到虞城不过五百多里，随常走须得三四日，如今也顾不得头口乏，连夜赶去。前路不远是张家店，热闹所在，就那里买两盏油纸灯笼，多备些蜡烛，明日午刻便好到那里。你可受得起否？"丽卿道："不过马上再熬一夜，值什么！譬如出师打仗，这点路也要走。"希真道："路上倘有人盘问，只说到山东曹县，兵差紧急公干。逢人自己称声'小可'，不要又是'奴家'。"丽卿笑道："这怕不省得！"这正是：鳌鱼脱却金钩钓，摆尾摇头再不来。

不说希真父女二人竟奔虞城。却说高俅五鼓时上朝，便吩咐魏景、王耀再去接衙内。太阳离地，高俅回府，早点罢，同几个门客在上房赌博。只见一个养娘出来禀道："二娘子还不能分娩，太医的药已吃了，此刻忽然晕了去，衙内又不回来。"高俅道："这厮恁的还不归？"一个亲随在旁边道："便是魏景、王耀也不曾回来。"高俅道："这厮两个，近来恁地这般糊涂！你们再着两个去催。"好半歇，只见去的人来回报道："到陈提辖门首，只见大门不曾开。敲了半歇，只不肯来开,又没个人答应。等了许久,仍不开。只得回来禀覆。”高俅道:“陈老希每自夸他不睡早觉,今却这般颠倒,想是昨夜都噇醉了。你们少刻再去催催。”那人应了出去。“魏景、王耀一定是不曾去,待我查出肯饶他!”一面又赌了好两转,已是辰牌时分。只见孙静到来,见了早礼,便坐下来同赌。

少刻,那个去的又来报道:“门仍敲不开,仍没人答应。”高俅同几个门客齐说道:“这厮们想是睡死了!太阳这般高了,恁地?”孙静问道:“什么事?”高俅道:“便是我这儿子忒弃旧恋新。昨日到他新丈人家过夜,这里他第二个老婆做产,不得分娩,连夜去唤他不回来。我道他丈人好意留他,不好接连去催。你那兄弟也不晓事,天明叫魏景、王耀去接,两个狗头索性不去。此刻又去催了两回,门尚不开……”还未说完,孙静大惊失色,把赌具丢在桌上,立起身道:“快着人去救衙内,着了他道儿也!”高俅同众门客道:“怎说?”孙静道:“晚生屡次说陈希真不怀好意,恩相只不信,今日他把出毒手来也!恩相明鉴:他便是留女婿过夜,必不肯留许多人在家,一个不放回。昨日晚生兄弟孙高不归,都说他同衙内在外面游玩,只道他在三瓦四舍陪衙内在一处;衙内既在陈希真家,晚生这个兄弟不是不晓人事的,何至同在他家过夜?已知娘子做产,这早晚还不归,必遭毒手了,快多派将弁去救人要紧!”

众门客还有几个未信。高俅见孙静恁地着急,便吩咐左右道:“你去传我的号令,叫派府里值日的殿制使两员,速去赶衙内回家。”孙静道:“不够,不够!多派两员,再多带几个军健们同去。”高俅便又叫加派两个。须臾四个制使进里面来声喏,禀请言语。高俅道:“不必多说,务要到陈希真家,立请衙内回来。”孙静道:“门不开,只管打进去!便是陈希真还在里面,他发作,我对付他。四位长官快去!”那四个制使旋风也似的去了。高俅道:“推官料得不差,但愿没事才好。”孙静道:“不是晚生多说,那得没事!”

不多时,只见两个制使飞跑回来,汗雨通流的道:“恩……恩相……不,不,不……不好了!”高俅大惊,忙问:“怎的不好?”两个制使道:“小将们到陈希真家,叫了好歇门不开。叫一个军健,借张梯子爬上墙头，又叫了两声，无人答应。军健说墙里面也有张梯子靠着，便盘进去，开了门出来。小将们一齐进去观看，只见那正厅上一乘空轿摆着，一个轿夫杀死在厅上；赶到后面轩子背后，也杀翻一个轿夫。游廊下又有两个尸身：一个正是王耀；一个没头的，认他的衣服，却是魏景。前前后后寻来，家伙什物都不少，只没一个人，连衙内一干人也不见面。如今分那两个，押同地保邻佑在彼看管。特请钧旨。”高俅听罢，好似一交跌在冰窖里，嘴里叫不及那连珠箭的苦，往屁股里直滚出来。孙静道：“罢了，罢了！气杀我也！”那众门客一齐大惊。孙静劝高俅速发人去，“那厮便害了衙内，亦必藏在屋里，不能带了逃走”。高俅定了一定，上厅去点齐家将，带了百余名军健，同那两个制使，刀枪棍棒杀奔辟邪巷去。半路上，迎着一个先一起去的军健奔回道：“衙内一干人有了，都捆在他后面园里，还不曾死。那颗人头也寻着了。”那两个制使便着他先去回报太尉。

这里一干人赶到希真家，一齐哄进去，只见前后许多灯烛，兀自点着。到后面箭园里，只见那些人已将衙内等解放，扶着穿衣服，面上血污狼藉；满地都是麻绳、蜡烛油，亭子上酒席杯盘兀自摆着。有几个精细的拾了一把耳朵，到太尉处献勤。众人把衙内等五人扶出来，将衙内扶上那乘空轿子，另寻两个轿夫抬了，先着人送回去；又另叫四乘轿，抬了那四个人，也先送归太尉处。这里众人前前后后搜寻了一遍，把那门封锁了，带了一干邻佑同地保等，到太尉府里来听审。这件事哄动了东京，人都说道：“陈希真这人好利害！”

那太尉等待回来，看见儿子耳鼻俱无，又见那几个人这般模样，气得说不出话来。三尸神炸，七窍生烟，忙传军令，叫把京城十三门尽行关闭，挨户查拿。一面奏准天子，说：“奸民陈希真，私通梁山盗贼，谋陷京师。经人告发，臣差亲子荫知府高世德，督率兵役捕擒。希真胆敢拒捕，杀死兵役四人，将臣子并幕友孙高、薛宝截去耳鼻，弃家在逃。臣先闭门查拿，伏请准行。”一面把邻佑、地保带齐，就花厅上，把孙高等四人坐在一边质审。邻佑、地保都供并不知情，说他东京并无一个亲友，“他还有个苍头、养娘，求拘来审讯，或者知情”。两个亲随道：“小人们到他那里时，苍头、养娘已不见了。”高俅便问苍头、养娘名姓，家在那里。数内一个邻人道："那苍头只知他姓王，不知其名，听说是城外大东村人氏。养娘实不知道。"高俅推问半日，实不知情，只得取保释归。

孙静对高俅道："恩相闭城查拿，总是无益。那厮既敢做这等事，必然早出京了。晚生料他必投梁山泊入伙。不然，便投远方亲戚。恩相此刻只查他出那一门，便有影响。他尚杀了魏景、王耀走，已是天亮，必非半夜越城。"高俅道："怎生去查?"孙静便问孙高四人道："你们后半夜醒来，可看见他怎生打扮出门?"四人齐道："我们都看见的。"孙高道："陈希真穿一件酱红色战袍，系一条绿战裙，提一口朴刀，跨一口腰刀。他女儿也改作军官打扮，是一件白绫子大镶边的战袍，系一条大红色的旧战裙，提一枝白银枪，跨一口剑，腰里还有弓箭。"薛宝道："希真腰里拴一个蓝包袱，女儿拴一个桃红包袱，都戴大红金镶兜子。希真里面戴的是顶万字巾，他女儿戴一顶束发紫金冠。"两个亲随道："骑的马一匹红的，一匹白的。"孙静便叫人分头抄写了，到十三门查问：一早开城时，有无此等人出城? 那十二门都回报道："近日军官进出甚多，实不留心。"只有朝阳门校尉禀道："开城门不久，有一老军，看见两个军官如此打扮。大雾影里，也不十分看得清。好像一老一少，提刀的在前，插弓箭提枪的在后，急忙忙的出城去了。"孙静对高俅道："这厮们一准是投梁山去了，所以直出朝阳门。只选得力之人，就这条路专追，或可擒拿。但必须勇将名马，方可济事。"

高俅正要想一个人，只见阶下一人挺身而出道："小将愿去。"高俅看那人时，膀阔腰细，耳大面方。那人姓胡，单名一个春字，现为京畿都监，就快升授都虞候，时常在高府里趋奉。孙静道："胡将军虽然英雄，只恐无好马，如何追得他们上?"胡春道："太尉那匹御赐乌云豹，愿借一骑，包管追上。"高俅道："陈希真那厮好武艺，更兼他女儿也了得，胡将军一人恐难擒他，我再差一个人帮你。东城兵马司总管程子明，我一力抬举他到此地位，必然肯与我出力，叫人速去请了他来。你二人同去，不怕捉他不来。"那程子明系山西人，生得豹头环眼，黄发虎须，人都唤他做金毛铁狮子，使一枝五指开锋浑铁枪，重五十斤，有万夫不当之勇。当时闻高俅呼唤，即便到来，问道："相公有何差遣？"高俅把那话说了。程子明道："不消胡将军同去，我那匹黄膘马，足追得他们着。如果他们走那条路，管情擒他父女两个献于阶下。"高俅道："胡春一意要去，不可锉他锐气，便同将军一行。"当时叫备了乌云豹，与胡春骑坐，把了上马杯，道："望二位将军马到成功。"

二人谢了，各带了干粮灯烛，飞身上马。那胡春抡一口泼风刀。当时天色已晚，高俅付与令箭二枝，一枝去开城，一枝带在身边，以便各处营汛调人马策应。二人当即飞马出朝阳门，往东追去。

高俅对孙静道："不料陈希真如此昧良，悔不听推官的言语。若追着那厮，碎尸万段，方泄吾恨。"左右将陈希真的信献上。高俅大怒，道："这等信还看则甚！"扯得粉碎，丢在地下。叫送孙高、薛宝回家将息；叫太医医治衙内的伤痕，觅巧手善补五官的匠人补了假耳鼻；两个亲随也着去将息；魏景、王耀并两个轿夫的尸身首级，都着有司检验了，叠成文案，具棺木着亲人领去，少不得赔些钱财与他们老小。陈希真的家私尽行抄扎，房子发官变价。孙静搜希真的书札笔迹，一毫不见。

不数日，程子明、胡春都空手回来，说道："追到宁陵把守关隘的所在，问那些办兵差的公人，果有一个长髯大汉，骑一匹枣骝马，手提朴刀，跨口腰刀；后面一个美貌军官，骑一匹银合白马，提一枝梨花古定枪，腰悬弓箭宝剑。所穿服色，与所说无二。又说他们初二日辰牌时分过去的，问他时，说殿帅府高太尉相公有兵差紧急事，差往山东曹县公干。小将闻知，即渡过黄河，追到曹县。在那黄河渡口，却问不出；曹县亦问不出。直追过定陶，亦毫无踪迹。不知他岔路走，还不知是改换了服色。恐恩相不信，取有定陶县印信批回在此。"高俅请孙静来商量。孙静道："多管这厮上梁山，防我们料着他，故意说到曹县，却往别处大宽转走了。恩相且去捉缉了苍头来讯问，或那厮不上梁山，必有些踪迹。养娘小儿女，不济事，不必去捉。"高俅置酒筵酬谢了程子明、胡春，遂差眼明手快的公人，仍拘那几个邻佑做眼，到大东村去捉那王苍头；一面又将陈希真父女画影图形，遍天下行文访拿。连日官家议出师之事，高俅也不得空，都放慢了，不提。

却说陈希真父女二人，自从初一日一清早逃出东京，一路马不停蹄，走了一日一夜。次日辰牌时分，早到宁陵地界。那个地名，叫做柳浪浦。右首一条大路，却通那归德府虞城县。一路上，只见地方官乱哄哄的办大兵差役。希真立住马，看那四面无人之际，父女二人岔进那条大路，放缓辔头而行。希真道："好也，我们今日方才脱了虎口，可以放心大胆，缓缓而行。我一时匆忙，失于检点，改换装束时，却被那厮们看见。孙静这刁徒，必然想到，寻踪迹追赶。他必不料我们进这条路，我们也不改换服色了，只管走我们的。"丽卿道："爹爹，今夜还走不走了？"希真笑道："痴丫头，我这般说，你不听得？今夜好教你享福！"

父女二人又行了三四十里，一路花明柳暗，水绿山妍。那丽卿在马上，有些摇桩打盹。希真道："卿儿，前面不远，就有宿头。"又走了几里，到了个市镇上，已是未正时分。寻了个大客店，父女二人下马，两个捣子牵了头口进去，找间干净房屋。丽卿去寻了个净桶，更了衣。希真叫店家做饭，丽卿道："孩儿不吃饭了。"房里倚了梨花枪，去摸些干粮，讨口水一吃；便去包袱里抽出那床薄被，脱去靴子，撮去兜儿，把弓箭宝剑去桌上一丢，倒剥下战袍战裙，一团糟塞在床铺里面，倒翻身拉过被来便睡。希真去照应了头口，去看了饭，亦觉得有些困倦，走进房来，只见丽卿已齁齁的睡着，东西丢了一世界。希真笑道："到底还是个孩子，不曾熬炼得。"想着他又可怜，只得去替他收拾好了，把那被与他盖好。自己吃了些茶饭，对店家道："我们辛苦了要睡，不必来问长问短。"遂关上门，解衣而寝。不觉窗外鸡啼，希真起来，推醒了丽卿，店里那些人已都起来。父女二人梳洗装束已了，吃些茶饭，上马就走。

行够多时，天色已明。希真对女儿说道："我儿，出门不比在家，昨日你虽困倦，不合把行李乱丢。包袱里都有细软，吃人打眼怎好？你一双脚在被外，我与你盖好。下次须精细着。"丽卿道："孩儿昨日委实乏了，便是这张弓也忘了卸弦，熬夜赶急路，恁的吃力！"希真笑道："谁教你务要割他们的耳朵，却吃这般厮逃！"丽卿看那山明水秀，甚是欢喜，道："爹爹，想孩儿在东京长大，却不能时常游览。虽有三街六市，出门便被纱兜儿厮蒙着脸，真是讨厌。那得如此风景看！"希真道："你也爱山水么？"丽卿道："这般画里也似的，如何不爱！"

那时正是四月初旬，天气有些燥热。忽到一处池塘，当中一条长堤，堤的两旁都是袅袅的杨柳。池塘对面那一岸，却有一村人家。父女二人纵马上了长堤，那两边柳树遮蔽着日光，却十分清凉。丽卿仰面看道："那得如此长堤，直到沂州府，岂不大妙！"希真道："天气渐觉热了，你我两个包袱拴在腰里，却耐不得。你且少待，我去前面人家的所在，雇个庄家来挑着走，落得身子松动。"丽卿道："孩儿也正这般想。老大包袱，拴在腰里，不但燥热，倘或遇着什么强人，厮杀亦不灵便。"希真骂道："讨打的贱人，出门出路再不说吉祥话，开口闭口只是厮杀！再这般胡说，吃我老大马鞭劈过来。"丽卿咬着唇笑，轻轻的说道："既不为厮杀，兵器却带着走……"希真回过身来，扬起马鞭道："你再说下去！"丽卿低着头只是笑。

希真下了马，解去包袱，带些散碎银子；又教女儿也下了马，把头口拴在柳树上，包袱、朴刀都交付他道："好好看守着，我去了就来。不要只管疯头疯脑的，吃那往来人笑。"丽卿笑道："那个疯头疯脑？"

希真顺着那条路，到了那人家处，却也是个大市镇。看了一歇，寻了个庄家，与他说定了价钱，问了他的姓名住址，叫他写了一纸送行李到沂州府的承揽。央他左右邻都书名着押，把来收起。先付他些安家盘费，又照例谢了邻人。那庄家是个筋强力壮的后生。当时提了根滑溜溜的枣木扁担，自己也有个小包袱拴在腰里，雄赳赳的随着希真回转柳堤，只见丽卿正立着闲看。庄家到面前，相了相那包袱，道："二位官人，这包袱好打开来否？"希真道："你要开他则甚？"庄家道："一大一小，轻重不匀，配好了好挑。"希真道："有何不可。"便同丽卿把两个包袱匀好了，希真又把两个铁丝灯笼捎上。庄家穿上扁担，挑在肩上道："两个包袱，却恁的重，路上倒要小心。"希真道："你休嫌重，我还买点零碎搭上。"庄家道："再重些我也挑得。只是到了地头，多把些酒钱与我。"希真道："何用你说。"希真同女儿提了兵器上马，同到那市镇上。希真道："我们买些酒肉吃。"三人同去吃了一回。希真又去买了两把雨伞、几张油纸，防天落雨；那庄家也去买了一把伞，都搭在担上。希真路见那黄酒、牛肉甚好，又买了个葫芦，盛了几斤酒，黄牛肉也切了三五斤带着。

三人离了市镇，奔上路就走。庄家道："二位官人从东京到沂州府，为何打从这条路走？"希真道："我们有别的事，必须往这里过。"庄家道："二位官人都做甚么官？"希真道："都做提辖。"庄家道："这位小官人是你那个？"希真道："是我儿子。"庄家称赞不已，道："这位小官人，年纪不上二十岁，手里这枝梨花古定枪，怕不是四十来斤。若使得出时，却了得！"丽卿笑道："你却识货。莫非也在道，说与小可听听。"庄家道："不瞒二位说，小人今年二十二岁，彻骨也似好要枪棒。虽也学得几路，只恨家私淡泊，不能拜投名师。"希真笑道："你既这般好，且把你生平学的说些我听，有不到处，好指拨你。"那庄家大喜，便卖弄精神，一面走，一面指手画脚，夹七夹八的说了一大片。有些也听得，有些难免发笑。丽卿笑道："你把与我做徒弟还早哩！可惜你住在此地，若肯同我们在沂州府，似你这般身材，教你一年过来，包你一身好武艺。"庄家叹道："那得有此福缘。"当夜投宿，那庄家便来请教，父女二人便指授他些。那庄家十分欢喜，一路小心伏侍，颠倒把钱来买酒肉，奉承他们父女。

话休絮烦，三人连行了几日。日里都是平稳路，夜里都就好处安身。每晚得空，庄家便来请教武艺。已到砀山地界。路上过往人见了丽卿，无不称赞道："好一个美少年，却又是个军官。"那丽卿坐在马上，空着双手没事做，你看他挂了梨花枪，握着那张鹊华雕弓，抽一枝箭搭在弦上，看见虫蚁儿便去射。不论天上飞的，地下走的，树上歇的，但不看见，看见便一箭取来。那庄家又助他的兴儿，有时他不看见，便指引他；射落地，便连忙放下担儿，替他连箭取回。丽卿接过手，把箭仍收了，却把虫蚁儿来鞍鞒上，慢慢地拔毛。有那毛片异样可爱的，便连皮剥下来要子。希真只是埋怨道："你们恁地没得吃，只管去射他做甚，岂不耽误了路程？"丽卿那里肯听。

一日，行到一个所在，只见一条大岭当面。上得岭来刚一半，只见一个粉板牌楼，上面大书着“飞龙岭”三字。希真道：“我幼年时从此地经过，曾记得这飞龙岭那面转弯处，叫做冷艳山。转落北，一直有一百多里没人烟。此刻时候已是午过，眼看赶不到了，岭上有几个小店，只好在这里安歇。”又上了几步，有两个客店，火家来兜揽道：“西来的客官，东去宿头远哩！就我家安歇，有好房间，好槽道！”一面说，一面去庄家手里夺了那副担儿，先挑着走；一个便来拢头口。希真跳下马来道：“且慢，我要自己看来。”那火家应道：“不消看得，只有我家的好。”说着，同到岭上。只见左侧一带房屋，有五七家小店面，带卖些杂货。东头尽处，有一座大客店。店门那边一棵大槐树，过去便是下岭的路。那个火家把担儿直挑了进去。丽卿也到店门首，跳下马来，那枝枪和弓箭已是庄家接了。丽卿按着那口青錞剑，走进店去。希真看了看道：“我三十年前从此过，却不见这个大店。”

只见那树下坐着一个黑森森的肥胖大汉，摊着胸肚，露出一溜黑毛，腿上生着老大一个烂疮，敷些药，流脓出血的把腿搁在一张柳木椅上。看见他三人到来，心中欢喜；又见那般兵器，也有些吃惊，点着头叫道：“客官请进，我起立不便，休罪。”说着，便叫个火家扶绰进来，到柜台里。柜台边又一个妇人在那里做生活，见他们来，便起身接应道：“客官，随我来！”三人看那里面，院子十分宽阔：上面高坡上三间正厅，旁边右首一带耳房，左侧好几间槽道，还有几条弄堂通后面。那两个捣子牵那两匹马到槽上去，希真道：“待他收收汗，不要当风便揭去鞍子。”两个捣子道：“我们伏侍惯头口，这些怕不省得。”

那妇人引他三人到高坡正厅上道：“右边这间朝南向日，十分明亮。”进去看时，上面一张正床，侧首一个小铺，一张柳木桌子，几把椅子。那妇人道：“床铺不够，别间好去拆。”希真道：“够了，我们这庄家他另外睡。”那妇人道：“耳房里好歇。”丽卿看那妇人，四十光景年纪，生得鼻高颧大，眼有红筋，穿一件红春纺短衫儿，也露着胸脯，系一条青绫子裙，单裰裤，搽抹着一脸脂粉，梳一个长发心元宝髻。丽卿道：“奶奶，你是店主？”妇人道：“正是。”希真道：“那大汉是谁？”妇人笑着道：“是我的公公。”丽卿道：“你养家人那里去了？”那妇人摇头笑道："多年没有了。"

那庄家把丽卿的枪和弓箭都送到房里放了，却拿自己的个包袱，提了枣木扁担，竟到对面左首那间房里去，对那妇人说道："我不耐烦那间耳房。倘有客来，我挪出让他。"自去倚了扁担，寻个床铺安排。那妇人道："那房又暗又潮，不如耳房干净，你倒欢喜这里。"一面说，一面出去了，心里想道："却有这般美貌的男子！"

丽卿去上面床里，把老子的被先摊好了，却自己就侧首铺上开了一个铺，把那口宝剑放在头边。一个火家提了桶面汤进来，问道："二位客官吃甚的？"希真道："酒肉我便自己有，你去做两分饭来，多打些饼。"丽卿道："你那出笼馒头，先把些来，一发算钱还你。只要白面的，荞面我却不要。"火家应了出去。父女二人洗抹了，都把里面衬衣脱去。火家把一盘馒头进来，放在桌上道："白面黄牛肉馒头，共三十个。"丽卿道："爹爹吃馒头。"希真道："我不喜馒头，你饿了先吃。"希真去取那路上买的牛肉，把葫芦里酒倾来吃。看见那庄家把一大串野味，血淋淋地挂在那边房门首，希真皱了眉头道："我儿，你却何苦！此时的虫蚁儿，伤害他做甚？你们两个，都这一般孩子气怎了？明日那副弓箭，我自带着，省得你再去射。"丽卿道："爹爹既这般说，孩儿不射便了。"

那丽卿果然饿了，拖过馒头盘子，低着头只顾吃，一口气吃了大半盘。忽然皱了眉头，口里一头嚼着，一头把那馒头拍开，看那里面的馅子。拍了一个，又去拍一个。希真看见喝道："什么样子！将来到了你姨夫家，也是这般？"丽卿道："不知为何，这黄牛肉却这般味。"希真道："不好吃便少吃些。"丽卿道："也不是不好吃，只是肝涅涅地。"丽卿被老儿说了两句，只得把那几个拍开的也都吃了，还剩了几个。只见那火家提一壶茶进来，丽卿道："小二哥，我们这房里要个净桶使用。"火家指着屋里旁边个土墙门道："客官要净桶，这间空屋里尽有。"丽卿便起身，进那里面去。

只见那间空屋，阴凄凄地没有一物。那个土墙门，亦无门扇。那屋里却有三四个净桶，里面堆些芦柴。丽卿去拣个干净的净桶坐着，看那侧首墙壁上做着木栅，木栅下面有一块松木板，阔有尺半，长约二丈,横卧在墙脚边;外面一个青石墩子,厮挨着那板。丽卿一面更衣,一面看着,想道:"这块板却放在这里,想是防小人的。我那床铺里边土墙上老大潮湿,何不取他去遮当也好。"更衣毕,便走近前,又相了相,要往上拔。那板吃那木栅当住,两头又离壁不远,眼见是抽不出。看那青石墩子,约有三百多斤重,有半尺余埋在地里。丽卿想道:"不把这块石头搬开,却怎取得他出?"那丽卿性儿厮强,务要挖那块板出来,便把那块青石墩双手捧定,摇了几摇,早已离地,轻轻扳倒在一边,便去掇起那板来。只听刮喇喇一声响亮,一阵阴风卷起,透进亮光来。原来那板的尽头,遮着一个圆溜溜的窟窿。那板里面两根索头拴着,通出墙那面有个关捩子,把索子往里拉,板便让开,露出窟窿来;往外拉,板仍盖上,这面全看不出。被丽卿这一掇,两根索子都带进来。丽卿道:"这里何故做一个洞?"撇了板,便低倒头往洞里去张。不张时万事全休,一张时好不惨人,只见那里面低坡下,正是个人肉作坊,壁上绷着几张人皮,梁上挂着许多人头,几条人腿,两三个火家在那里切一只人的下身,洞边靠着一张短梯子。那几个火家听见刮喇喇滑车儿响,回头早已看见有人张他,叫声:"阿也!"一个喝道:"甚么人敢张?!"丽卿也吃一惊,大叫:"爹爹,这里是黑店!"希真正吃酒,听见这话,一脚跳进空屋里道:"怎见……?"丽卿道:"你张这洞里开剥人!"希真一见那洞,急忙跳出。那外面的火家刚进房来,听得一句,回身便走。希真抓他不及,吃他走了。希真便抢那口朴刀追出房去。庄家撞个满怀,道:"怎么是黑店?"希真挥手道:"你快顾自己的命去！打得脱,前面等我们。"庄家忙轮枣木扁担,往外就走。门前有几个捣子知道走了风,齐执家伙打进大门来。那庄家不要性命,一路扁担,横七竖八直打出去。倒也吃他打翻了两个,挣脱身,一溜烟的逃走了。陈希真随后杀出。同这时候,丽卿已跳出空房,看那屋里不好使枪,忙去床铺上抽了那口青錞宝剑,提在手里,赶出院子寻人厮杀。却不见一个人,只听那黑大汉在柜台里面高叫道:"二位好汉息怒！且慢动手,请里面坐地,有话说!"那丽卿是个绣阁英雄,那省得江湖上结纳的勾当,听得外边叫唤,提着剑大踏步抢到面前,隔柜身一剑剁去。那大汉见不是头,又走不脱,忙抢一条门闩来格。怎抵得丽卿的力猛剑快，飞下去门闩齐断，一只左膀连肩不见了，倒在柜台里面。希真赶上那几个捣子，早已搠死。丽卿见那大汉倒了，把剑略点一点，纵上柜身，正要结果他，只听得背后脚步声响，忙回转身，只见那个妇人上半截脱剥着，解去裙子，捻一把五股钢叉搠来。丽卿托地跳离柜身，挺剑来斗那妇人。希真翻身杀入，那妇人纵入院子中间。丽卿横刺着剑，直赶入去。那妇人却不是丽卿对手。只见店后面十多个火家，一齐扎抹停当，拿了家伙杀出来；那外面五七家小店，也都是一起，当时闻变，也一齐取了家伙拥进来。希真看见，反闪在一边，让他们都进完，却去截住店门，不放一个出去。

那店里店外的鸟男女何止三五十，把丽卿团团围在垓心，叉钯棍档一发上。正是：鼠子那堪同虎斗，虾儿枉自与龙争。

不知丽卿父女怎样敌他，且看下回分解。

第七十六回　九松浦父女扬威　风云庄祖孙纳客

却说当日飞龙岭上黑店里那妇人，同若干火家，外面又有接应的，刀枪棒棍，把丽卿团团围住厮杀。

希真恐有人逃去报信，把店门截住，杀那逃走的，不好上前来帮。原来那丽卿受他父亲传授，有空手入白刃的手段，便是枪戟如麻，他空着手也进得去，何况当日手里有那口青錞宝剑，那里把那些人放在眼里。只见那口剑和身子在枪戟丛里飞舞旋转，忽上忽下，忽左忽右，忽前忽后，好一似黑云影里的闪电一般，霍霍的飞来飞去，捉摸不定。但见那四边头颅乱滚，血雨横飞。杀得那些鸟男女叫苦连天，各逃性命。往前门来的，吃希真截住，来一个杀一个，来两个砍一双，都纷纷往后面逃走。只剩得那妇人一个，正待想走，被丽卿闪开柳腰，左臂一卷，夹住那把钢叉，右脚卖一步进，那口剑顺着手横削去，正砍中那妇人鼻梁上，半个脑盖已飞去了，仰面就倒。

丽卿转身同希真赶出柜台里面，见那大汉尚未曾死，倒在血泊里挣扎不得。希真揪起来，掷在柜台上，喝问道："你这厮开了几年黑店？那个叫你做眼？"那大汉睁起眼道："你要杀便杀，何必多问！"希真、丽卿俱大怒，一顿刀剑，剁成肉泥。丽卿又提着剑去前前后后搜寻一回，不见一人；又去那死不透的身上找补了几剑，杀得尸首满地，血污狼藉。希真道："眼见这厮还有后门，吃他逃了，我们快走罢！"连忙去槽上牵了马，都拴在房门首，鞍子却好都未揭；连忙去打好两个包袱，又去替那庄家的包袱打了，并一切行李都收拾起，捎在那枣骝马上；又去跨了腰刀，提了朴刀，把丽卿的弓、箭、枪并那剑鞘一齐带出，把马牵出店门外。却只不见了丽卿，恨得那老儿只得把马从复拴了，兵器丢在地下，拿着朴刀，重走入店里，到院子中高叫道："好请动身了！还有什么放心不下？"只见那丽卿从厨房里走出来，腰里插着那口剑，做了十几个草把儿夹在怀里，手里又点着一个，去那前前后后放火。希真道:“走我们的路罢了,务要去烧他做甚?”丽卿道:“不烧了,留着他做幌子?叫他识得我老爷的手段!”丽卿去各处都点着了,忽然看见那串野味挂在房门上,仍复取来。希真道:“我真被你怄死!”同出店门,他且把剑上血就死人身上㧽干净了,插在鞘里,把那串野味挑在枪上,系好了弓箭,跨了剑,提了枪。看那店里,哔哔剥剥的爆响,各处房屋窗格门户里,都骨都都的冒出浓烟来,火光已是透发。希真只得等了他歇,埋怨道:“只管慢腾腾的,万一有大伙追来怎好?”丽卿一面上马道:“这般男女,来两万也扫净了他!”

希真牵着那枣骝马走下岭来,却不见庄家踪迹。希真道:“这人不知怎么了,反是我害了他也。”走下平地又三里多路,又恐有人追。只见前面林子里,那庄家在那里竖着扁担探望。看见那岭上烈焰障天,火光大起,料着他父子们得胜,便迎上来。只见希真二人浑身血污,庄家欢喜道:“二位官人脱身也。”希真看见庄家,也甚欢喜,问道:“你不曾伤损么?”庄家道:“左边臂膊上着打了一下,却吃我走得快,还不怎的。二位官人倒还好?”丽卿道:“容得那厮们展手脚!”庄家去把包袱行李配好,穿上扁担挑了。希真上了马道:“我们须紧走几步,防恐后面来追。你恐跟我们马不上,包袱权把与我们,你轻了好走。”庄家道:“不防,小人好脚步,二位只顾自走。”

三人紧走了二十余里,回头看那火光已远,却无人追赶。希真略放了心,缓辔而行。希真道:“我儿惭愧!鬼使神差,被你看见,险些着了毒手。却怎的被你识破?”丽卿把那挖板的话说了一遍,又说道:“怪得那馒头馅不像猪羊牛肉,肝涅涅的,原来就是人肉。此刻想起来,好不心泛!”庄家道:“不好了,我也饱吃了一顿。”希真道:“吃也吃了,想他做甚。幸而我不曾吃,不然道法都被他败了。方才也是我大意,不曾顾盼得。幸而天可怜见,着你打眼。”丽卿道:“他这般掩饰,爹爹如何留心得。”希真道:“你不知道,我这面祭炼的乾元宝镜,运动罡气在上面,能教他黑夜生光,数里内的吉凶也照得出。我因恐耗精神,不敢轻用,险些坏事。”

父女二人说着话,又行了十里之遥。正是冷艳山脚边,一望平阳,直落北去,并没个人烟村舍。只见那夕阳在山,苍翠万变。丽卿在马上喜孜孜的正看那山水,希真远远望见前面转弯头一带松林,说道:“这等所在,防有歹人。”叫庄家说道:“大哥,休辞辛苦,我们大宽转往那边走,不要进林子里去。”

说不了,只听得一片价锣响,山谷应声,林子里拥出一彪人来。那庄家大惊道:“怎好?那边大伙强人来也!”丽卿道:“你休慌,把我这枪上的虫蚁儿摘去,待我结果了这厮们好走。”希真道:“你不要卤莽,且等我看来。”望去只见那边约有一百多喽罗,为头有两个人骑马,都出林子来。

原来那两个正是冷艳山的强徒,一个是飞天元帅邝金龙,生得赤须蓝脸,使一根金顶狼牙棒,兖州人氏,因一口气上杀了本地一家大富户,奔这山来落草;一个是摄魂将军沙摩海,本是个教门回子,因盗了人的马,刃伤事主,逃在江湖上,教门不肯容他,来投邝金龙一同为盗,生得疙瘩麻脸,使一口九环截头大砍刀。那两个魔君啸聚了五七百人,占了这座冷艳山,打家劫舍,抢夺过往客商,已自投在梁山泊的麾下,年年纳些供奉,早晚要去入伙。那飞龙岭上的黑店,正是与他做眼的。当日两个强徒在山寨里,望见飞龙岭火起,正差人去探听。半路上迎着得命逃回的捣子,又那小店里不曾动手的人,一齐回山寨,报知了两个大王。那两个大王大惊大怒。沙摩海便叫:“差得力头目,带孩儿们去捉这厮们!”邝金龙道:“不好,邓云、诸大娘都吃他杀了,那厮两个必然了得,我和你须亲自去走遭。那厮们既说到山东沂州府去,必从山下九松浦经过,我们抄近,就那里斜刺截出,怕那厮走那里去!”两个强徒商量了,当时结束,点了一百多人,其余都叫看守山寨,便一齐杀出九松浦。探得希真还不曾过去,便迎上来。

希真当时看见这两个大汉骑着马,便对庄家道:“你把担儿靠后。卿儿随我来,索性扫荡了这厮。”丽卿一把拉住了老儿,道:“爹爹,你不要去,这几个贼男女,把与孩儿杀了罢!”希真道:“江湖上尽有好汉,你不要轻敌。”丽卿拉着老儿道:“我不。我只要自己一个人去!杀不过时,你再来帮我。”希真道:“你这丫头,见了厮杀,好道撞见了亲外婆。既要去时,我和你换转了马。须要小心,输了休来见我。”

丽卿大喜，当时绰了那枝梨花古定枪，骑了老子的枣骝火炭马，奔上前去。希真惟恐有失，在后面尾着他。说时迟，那时快，希真父女在此商量，那邝金龙、沙摩海已逼近了一段，就在那山光里摆开杀上来。那匹枣骝马看见有人来厮杀，双耳竖起，长嘶了一声，不待加鞭，泼喇喇的放开四个蹄子直冲过去。丽卿在马上挺着那枝梨花枪，绽破樱桃，大喝："无知贼子，快来纳命！"邝金龙大骂道："你们是那里来的撮鸟，敢来搅乱大王的道路！"丽卿道："特把你们来祭枪，欢喜死的都上来。"邝金龙大怒道："我着人相帮，不算好汉。"回顾众人道："你们且扎住，看我单擒这厮。"飞马过来，轮开金顶狼牙棒，拦腰便打。丽卿挺枪接战。斗了十五六个回合，沙摩海见邝金龙不能取胜，提那口九环大砍刀，纵马助战。丽卿展开那枝枪，敌住两般兵器，撒圆了解数，又战了十余合。那枝梨花枪，浑身上下飕飕的，分明是银龙探爪，怪蟒翻身。两个强贼，一个美人，好一场恶战。陈希真在后面一望之地，看女儿使开了枪，端的神出鬼没，暗暗喝采道："好个女孩儿，不枉老夫一番传授！"那邝金龙、沙摩海使尽平生本事，兀自不能取胜。那些喽罗胡哨呐喊，刀枪剑戟一拥杀上来。希真看见，恐女儿有失，大喝："我儿精细着，我来助你！"便把马一夹，上前两步，挂了朴刀，双手画起印诀，念动真言，运口罡气吹入，向空撒放，半天里豁硠硠的起了个震天震地的大霹雳，轰得那山摇地动，空中那些雷火撇历扑碌成块成团的跌下来，四面狂风大起。那些喽罗都惊得呆了，人人胆战，个个心惊，谁敢向前。原来那陈丽卿本是雷部中一位正神降凡，得那个霹雳助他的威势，精神越发使出来。

少刻，只见杀气影里，沙摩海中枪落马。邝金龙吃那一惊，不敢恋战，卖个破绽，拖了狼牙棒往斜刺里就走。丽卿大叫道："走到那里去！"随后追来。那邝金龙正要用拖棒计，吃那匹枣骝马快，早已赶上。邝金龙刚回身横得棒转，丽卿乖觉，早已识得，便把那枝枪往里逼开狼牙棒，又往下一捺，枪尖直挑上来，对咽喉里便刺。邝金龙急闪，吃那枪锋把喉管割断。丽卿乘势把枪往外一摆，呜呼哀哉，倒撞下马来，又去复了一枪。正是："两个强徒离世界，一双恶鬼到阴司。那些喽罗只恨爷娘少生两条腿,弃棒抛枪各逃性命。丽卿追上去,赶着一枪一个,尸首都撅得老远。希真也追上来,相帮做了几个,叫道:“我儿歇手,随他们去罢。”丽卿按倒了一个,收住马,把枪点在他心窝上,喝道:“不许动,动一动,与你个透明窟窿。我且问你,山上还有多少鸟强盗?”那喽罗捧着枪头道:“……好……好汉,只……只得这两个。不干小人事,上……上命差遣。饶了狗命,还有……八……八九十岁的老母。”丽卿道:“要杀你,也不管你有没有老母。你有老母,谁教你做这勾当?如今只留你的鸟嘴去说,还有强盗,叫他尽数一发来。快快去说,姑娘在这里等!”喽罗道:“小……小人去说。”只听背后一人道:“好一个姑娘,你还杀得不畅快,还要等甚?”丽卿回头看时,却是希真,自知失言,不觉都笑起来。

希真去接了那枝梨花枪,道:“我们趁早走罢。”两骑马仍归旧路,只见那山霭蒙眬,月已舒光。丽卿道:“爹爹,方才天上这大霹雳,好奇怪,又没半点云彩!”希真道:“你难道不知是我放的?”丽卿大喜。希真道:“雷霆,天之威令,不比风雾,可以胡乱戏弄。今不得已而用,只好到地头醮谢了。庄家处瞒得过,且不可说。我方才看你那枪法,果然去得。在家操练,倒还有些破绽,上起阵来反觉分外清灵。初次出马,便如此得采,我好喜也。”只见那庄家担了行李上来,丽卿道:“强盗都杀完了,我们走罢。”庄家也欢喜说道:“二位客官,真是两位天神。江湖上好汉,小人也略见几个,那有这般了得。方才无故起这个青天雷,也想是二位的洪福。”父女二人暗笑。三人一齐进发,只见方才那些杀翻的,死的已是不动了,半死的还有几个在那里挣扎。

不多时,三人穿过那座大松林,早见那半轮明月当天,照耀得山林寂静,如同白昼。又赶了一程,希真道:“我们且就这山脚边略歇歇马。”父女二人都下了马,庄家亦歇下担儿,便在一块山石上取出些干粮充饥,两匹马权放在水草边去啃青。丽卿道:“这匹枣骝马端的好,来往回转都随着人的意儿。恁般的厮杀,他却不用人照顾。好爹爹,把与孩儿骑了罢。”希真道:“你既这般爱他,就把与你骑了。”丽卿大喜。少刻,希真道:“我们不可久停了,直北去,尚有七八十里，方有宿头。再俄延，恐月亮落了，不好走。”三人遂都起身，趁着好月色，穿林渡涧，走勾多时，离得那座大山远了。走的尽是平津大路。那半轮明月渐渐的往西山里坠下去。又好歇，希真马上回头，看那房心二宿正中，四月初旬天气，已是子末丑初时分。希真正待打火点灯笼，庄家把手指着路旁树林里道：“那边好像有灯火光。”希真、丽卿都道：“果然是有人家，我们一同岔过去。”

三人走过林子背后，不多路，只见现出一座大庄园来，余外又有许多人家，路口三座大碉楼，正是那座庄园门首灯火明亮。原来那家人家正做佛事，众僧才散。希真跳下马来，把朴刀递与女儿接了，到那家门首，对个庄客唱喏道：“小可东京差官，往山东公干，途遇歹人打劫，厮杀脱命。路过宝庄，借宿一宵，明日一早便行，拜纳房金。”那庄客看了一看道：“汉子，我们这里不是客店。前去不过十来里，便有宿头。”希真道：“明知府上非客店，无奈路远夜深，方便则个。”庄客道：“我们已是大半夜不睡，你休来讨厌?”希真未及回答，丽卿在马上道：“你不借宿便罢，怎么是讨厌?”希真止住女儿道：“你不许多说，我们去休。”里面又一个老庄客出来，说道：“客官，并非我们不留你，实因今夜已久。”希真对女儿道：“我儿，此处不留人，自有留人处，何必执着，去休，去休!”正欲上马，只见里面一个少年出来，问道：“什么事罗唣?”庄客道：“有三个客人，这等时分，硬要来投宿，你道好笑么？小官人不必去睬他。”那小官人便去庄客手里夺个提灯来，照看了他们二人一看，说道：“二位客官，且慢行。”便问了来历，又知是厮杀脱命。那小官人便道：“二位请少住，我去就来。”说罢，连忙进去了。不多时，那小官人出来，吩咐道：“已禀过老相公，叫请二位进来。”庄客没奈何，只得把火来照，那小官人便自去开了中门。丽卿也下马，三人都进来。

小官人便叫庄客把头口牵去后面槽上喂养，又叫把那间耳房床铺让出，又叫把房里灯火点了，指点那庄家把行李挑入耳房里去，说道：“客官想未曾吃饭，快教厨房预备。”希真深深唱个喏，道：“萍水相逢，如此滋扰，实属不安。”小官人道：“休这般说。未闻二位上姓。”希真道：“小可姓王。”小官人又问道：“这位少年客官上姓?”希真道:"便是小儿。"希真道:"官人上姓?"小官人道:"小可家姓云。"希真道:"尊府几位大人?"小官人道:"只家祖、家慈在堂,家父出外。"希真欠身道:"祈转致叱名。"小官人谦让。只见庄客搬出饭来,却只是些蔬菜。小官人眉峰一皱,道:"不瞒二位客官说,今日寒舍作佛事,未有荤腥,胡乱请用些。小可不及奉陪。"希真称谢。那小官人自进内去了。

希真只得叫庄家同坐,吃了一回,起身去那耳房里一看,只有两个床铺,又不甚大。希真对庄家道:"大哥乏了,先睡。"对丽卿道:"我儿,你也辛苦,且权去躺躺。天不久将明,我在你床前运会坐功便了。"丽卿道:"杀这班贼男女算甚辛苦,便陪奉爹爹坐坐罢。"庄客来收碗筷,丽卿道:"大哥,如有热水乞讨些。"庄客道:"热水却无。"只见小官人出来,听见说道:"热水怎么没有? 快去厨房里取来!"庄客只得去提了一桶来。丽卿起身道个万福,便去净了手面;又去取那枝梨花古定枪,那口青錞剑,去热水里洗抹了。那小官人灯光下,见那希真二人的模样,正在惊疑,又见那两般兵器,烂银也似的,一发吃惊,便去立在水桶边,看他洗毕。

丽卿收了兵器,又唱了个喏。希真道:"官人何不请坐?"那小官人一面携着希真的手,同进耳房里坐地。希真同小官人坐在铺沿上。只得一张椅子,丽卿去坐了。那庄家已是齁齁的同死人一般,在那个铺上挺着。小官人一面问道:"二位客官方才说什么遇着歹人厮杀得脱,愿闻其详。"希真把那飞龙岭一节才说得头起,丽卿嘴快,便抢过去,把那怎的落黑店,怎的挖开那板,怎的张见那人肉作坊,怎的杀了那班贼男女,怎的放火烧了他的巢穴,怎的下岭到那冷艳山,怎的遇见两个贼强盗,带着若干喽罗……希真恐他说出放雷的话来,忙喝住道:"长辈在此说话,你这般乱抢,什么规矩!"丽卿笑着低下头,不敢做声。那小官人却不甚晓得东京口音,听他那莺啭燕语,咭咭汩汩的,已是辨得大半,心中大喜,立起身道:"二位客官且莫睡,请少坐。"出了房门,飞跑进去了。希真埋怨丽卿道:"你这厮恁地教不理,方才索性道起万福来,吃人看破怎好?"丽卿笑道:"晦气,没来由做了多日的男子,好不自在。"只听里面一片声的叫"开厅门"。

那小官人跑出来,到耳房门边道:“家祖请二位客官里面相见。”希真与丽卿忙随那小官人进内。只见里面厅上,灯烛辉煌,几个小厮掌着灯,照那云太公出来。希真看那太公时,河目海口,鹤发苍髯,堂堂八尺身材,穿一领紫绢道袍,头戴鱼尾方巾。希真忙迎上厅中,一边施礼,那太公连忙一只手拉住袖子回礼,便请上坐。云太公道:“适才村汉无知,说甚么过往客人投宿,以致简慢。幸小孙看见,识得二位英雄。特请开罪。”希真拜谢道:“仓忙旅客,得托广厦,已属万幸;何期世兄青睐,又沐谦光。”云太公吩咐叫厨房杀鸡宰鹅,准备酒馔,一面动问二位在东京官居何职,到山东有何公干,却为何又从敝地经过,怎的遇着强人。希真道:“晚生姓王名勋,在东京充殿帅府制使,奉着钧旨到山东沂州府等处采办花石纲;这个是犬子王荣,叫他路上做个伴当,因顺便探个亲戚,惊动贵地。”又把那飞龙岭、冷艳山的事细说一遍。

云太公大喜道:“二位果然是大豪杰。那两个强徒,一个是飞天元帅邝金龙,一个是摄魂将军沙摩海。这厮们屡次烦恼村坊。那飞龙岭上黑店,是与他做眼的,来往客商俱受其累,官兵又不肯去收捕他。那厮倚仗着山东梁山泊的大伙,无恶不作,几处市镇,被他搅乱得都散了。老夫这里叫做风云庄,共有六百多家,只是风云二姓。我这里深防那厮来滋扰,是老夫与一位风姓的英雄,叫做风会,为首倡募义勇,设立碉楼木卡,土圍濠沟,防备着那厮。那厮们倒也识得风头,这里却不敢来。今被贤乔梓一阵扫绝,为万家除害,实属可敬。老夫东京也到过几次,颇亦结识几位好汉,却怎的不识仁兄?”希真道:“晚生系微职新进,未及追随。敢问老相公阀阅。”云太公道:“老夫姓云名威,表字子仪,本处人氏。少年时因军功上,曾滥叨都监。神宗年间征讨契丹,在边庭上五年,屡沐皇恩。只恨自己不小心,三十六岁那年,追贼抢险,左臂上中了鸟枪铅子。虽经医治好了,只因流血太多,筋都挛了,骨头也有些损伤,不能动掸,只得告退,辜负了官家也说不得。今年七十一岁了,精神还好;只是一臂已废,全身无用。我有个儿子,今年三十八岁,名唤天彪,颇有些武艺。平日最是爱慕汉寿亭候关武安王的为人,使一口偃月钢刀,寻常人也近他不得。老夫胡乱教他些兵法，也理会得。老种经略相公十分爱他，一力抬举，感激圣恩，直超他做到总管，现在总督山东景阳镇陆路兵马。仁兄前去，正到那里，老夫大胆，托寄一家信可否？"希真道："此却极便。既有府报，晚生送去。"云威谢了。只见酒食已备好，搬出厅上。

云威让希真二人坐了客席，自同孙子坐了主位，开怀畅饮。云威回顾那小官人，对希真说道："这个小孙，便是他的儿子，名唤云龙，今年十七岁了。十八样武艺也略省得些。只是老夫手废，不能指拨他。叫他父亲带了去，他父亲务要留在我身边。"希真道："这是大官人的孝思，不可拂他。"丽卿看那云龙，面如满月，唇如抹朱，戴一顶束发紫金冠，穿一领桃红团花道袍，生得十分俊俏。云龙也不落眼的看那丽卿，暗想道："此人这般文弱，倒像个好女子，却怎的邝金龙、沙摩海都吃他一人杀了？我明日和他比试看。"

云威、希真二人，一面饮酒，一面谈心。丽卿、云龙陪奉着。谯楼五更，丽卿望外看道："天要变了，怪道日里那般潮湿。"不多时，黑云压屋，凉飙骤至，霹雳震天，电光射地，霎时大雨如注，檐前瀑布澎湃，好一似万马奔腾。希真皱眉道："天明便要动身，这般大雨怎好！"云威道："仁兄休这般说，难得光降敝地，宽住几日。"希真道："已是深扰，只恐误了限期。"云威道："此刻总走不得，夜来辛苦，权去将息。"云威自己掌火，引到厅后面侧首一间精雅书房，两张楠木榻床，被褥帐子俱已另外设好，房里桌椅摆设。希真的行李已放在里面。希真谢了。云威叫了安歇，领了孙儿自去了。希真父女上床去睡。

天已大明，那雨越下得大了。早上庄客们起来，方知道夜来两个客官杀了冷艳山的强盗，又去细问了庄家，一发惊骇。少刻，云威出堂，吩咐庄客："整办酒筵，务要美好。"又叫庄客："去后庄看风大官人归家不曾，如已归家，一发请来相见。"巳牌时分，希真父女起来。那云龙挨房门进来，问候毕，丽卿还未下床。云龙便坐下，七长八短的和丽卿扳谈。那丽卿有许多遮掩的事要做，吃他纠缠定了，举动不得。希真只得把他演了出去，同到厅上与云威相见。丽卿忙去关了房门，色色做完，装束好，方去把房门开了。已有庄客进来送汤送水，自不必说。丽卿到厅上见了云威，各慰劳已毕，那雨兀自未住。

早饭罢,已是晌午。希真同云威论些古今兴废,行兵布阵的话,说得十分入港。丽卿同那云龙在廊外扶栏边,说些枪剑击刺厮杀的勾当,也十分入港。少刻,一个庄客来报道:“到风大官人家去过,还不曾归家。他庄客说还要三五日哩。”云威道:“可惜,不然会会也好。”希真问是那个,云威道:“便是老夫昨夜所说的那风会。端的是个好汉,可惜不在家。”云龙拉他祖父到外边去低低说了几句,云威呵呵大笑,入座来对希真道:“小孙痴么!他见令郎英雄了得,要想结拜盟弟兄,就要求令郎教诲。这等攀附,岂不可笑。”希真道:“世兄这般雅爱,怎当得起。论武艺,小儿省得什么。”云威道:“仁兄不必太谦,只是老夫忒妄自尊大了。”一面说,一面去携了丽卿的手过来,问道:“荣官几岁?”丽卿答道:“小可十九岁。”希真道:“看这厮混账!对祖公说话,难道称不得个孙儿?”云威大笑道:“不敢,请证盟了再称。”当时叫庄客备了香案,丽卿、云龙二人结拜。丽卿长两岁,云龙呼丽卿为兄,又去拜了希真;希真亦拜了云威,云威比希真父亲年少,从此叔侄称呼。云龙引丽卿进去拜了母亲,那母亲看了丽卿仪表,又听说好武艺,甚是欢喜,说道:“可惜我没有女儿,有便许配他。”丽卿暗笑,谈了几句便出来。

那时天已下午,雨点已住。那庄前庄后多少远近邻舍,都哄讲云子仪老相公家,昨夜来了二位壮士,剿灭了冷艳山的强贼,无不惊喜,都来探问,又不能禁止。有的上厅来拜问,有的在厅下标看,来的去的络绎不绝,都商量要去报官。希真慌忙止住道:“小可兀自公差紧要,恐误日期。我等虽杀二贼,彼时只求脱命,并不曾割他首级来,毫无表记。万一他的余党未散,冒昧请功,官府必疑我们捏造,反为不美。”有几个说道:“也说得是。”有几个疑信相半。希真十分忐忑,只恐走漏了消息,见人略散,便向云威讨书信,辞别要行。祖孙二人那里肯放。云威道:“贤侄直如此见外。不来欺你,前去十余里,本有个大市镇,被那畜生们搅得散了。如今只几间破的空房子,鸡犬也无,你赶去做甚?你不信,骑了头口去看了回来。多少收青苗手实的公人,到那里没处寻人。”希真吃留不过,只得歇下。少刻,摆上酒筵,肴馔十分丰饫,希真甚是不安,云威殷勤侑对。

酒至数巡,食供数套,丽卿与云龙也都吃得微醺。云龙对云威道:"孙儿要与哥哥交交手,以助一笑。"丽卿笑道:"兄弟不当真,愚兄就和你耍耍。"云威道:"吃酒不好,比试他做甚!"两个都不肯歇。云威道:"既如此,到后面空地上去。"云龙道:"厅前院子空阔,何必定要后面。"云威叫小厮们取束杆棒来,放在地下。丽卿、云龙都去扎抹紧便了。丽卿按了一按紫金冠,去地下挑选一根杆棒,走入院子里。云威、希真都起身来到滴水下。看云龙也取根杆棒出来,云威道:"且住!"叫小厮取张茶几放在中间,上面放个劝杯。云威亲自取酒壶,花花的满斟一杯,道:"你两个比试,那个输了,罚他这一杯。"二人大喜,当时下厅来放对。外面许多庄客听见,都哄进来挤在墙门边来看。里面云龙的母亲,并些内眷仆妇养娘等,也都出来立在屏风边。丽卿把那棒使出个天女散花势,希真叫道:"且住。我儿过来!"希真把丽卿叫到檐角边,低低吩咐道:"我儿,强宾不压主。如果敌得过,也要收几分。"丽卿点头应了。那云龙的母亲也把云龙叫到屏风边,也低低的不知说了几句什么。二人仍入院子,云威道:"各放出本领来,不要你谦我让。"那云龙取棒来使出个丹凤撩云势。二人把两条棒,各顾自己理了几路门户,好似一对轻燕掠来掠去。云龙叫道:"哥哥请合手!"丽卿道:"你只管进来。"二人交上手,那两枝棒好似双龙抢珠,在院子中飞舞。斗了二十余合,不分胜负。庄客们无不喝采,屏后那些内眷们都看得呆了。

希真对云威道:"孙儿的棒法还看得么?"云威只摇着头笑道:"总还不是这样的。"说不了,只见那丽卿不合用个高探马,被那云龙得了破绽,使个叶底偷桃直搠进来。丽卿连忙一扫隔开去,险些儿吃他点着了腰眼。那些庄客都笑起来。云龙道:"哥哥错也,那杯酒还该你吃!"丽卿笑道:"兄弟,你道我真个敌你不过,看我来也!"又是五六合,丽卿耐不住,忽然变了手法,使出那三花大撒顶,浑身上下都是棒影,飕飕的劈下来。云龙乱了手脚,只办得抵当遮拦。云威背着手在阶沿上看,也自吃惊。丽卿得了势子,趁分际一个鹞子翻身,卷进中三路。云龙那里敌得住,直退到墙脚边。丽卿直逼过去,希真连忙喝住,跳下来劈手夺了棒,骂道:"你这厮十分卤莽!兄弟倒让你,你只顾厮逼上去，墙边雨后苔滑，你把他跌坏了怎好？”丽卿笑道：“使得手溜了，那里收得住。”希真道：“你还嘴强！”掉转棒来便要去打，云龙连忙来挡住。云威看见丽卿棒法心中甚喜，及见希真去训诫他，连忙下来护住丽卿，笑对希真道：“你这老儿杀风景，没事鸟乱。他们弟兄耍子，倒要你来当真！”希真又说了丽卿几句，四人同上堂来。

庄客们把杆棒收过了。丽卿去解了扎抹，穿了衣服。云龙亦里面去换了衣衫出来，对丽卿拜道：“哥哥真了得也！怪道冷艳山两个强徒，吃你杀了。”丽卿连忙答拜。云威道：“龙儿闲话少说，这杯酒你自己讨来的，还不受罚！”云龙便去取来。丽卿连忙道：“换杯热的。”云龙已一饮而尽。希真道：“你也快陪兄弟一杯。”丽卿也满饮了一杯，又唱了个无礼喏。四人重复入席，云威看他二人面上都泛起桃花，想到丽卿那般英雄，孙儿虽弱些，也还去得，十分欢喜，对云龙道：“你这孩子总不当心。你看哥哥比你只大得两岁，便恁地了得！这三花大撒顶，风二伯伯也点拨你过，只是不留意。这叫做平时不肯学，用时悔不迭。”云龙有些赧颜。希真道：“方才实是兄弟让他些，贤侄只不肯使出来。”云龙道：“侄儿兀自敌不过。若是我那表兄不曾去，他与哥哥正是一对敌手。”希真道：“令表兄何人？”云威道：“可惜贵乔梓不早来几日，好叫你会会。”希真问那一位，云威道：“那人与荣官一般年纪，本贯东京仪封人氏。老夫侄女是他母亲，与龙孙中表弟兄。那人生得面如傅粉，唇若朱砂，伏犀贯顶，猿臂熊腰。莫说他一身好武艺无人及得，便是胸中韬略兵机也十分熟谙。老夫亦曾问他，兀自盘他不倒。却又性情温良，庄重儒雅。那人姓祝，双名永清，因他浑身上下如一块羊脂玉一般，人都顺口叫他做‘玉山祝永清’。可惜这般英雄，也只做得个防御！”说不了，希真接口道：“此人名姓，小侄也听得，只不曾相会。莫不就是铁棒栾廷玉的徒弟、祝家庄祝朝奉的庶弟？”云威道：“正是。然他却不是栾廷玉的徒弟，乃是栾廷玉的兄弟栾廷芳的徒弟。廷玉、廷芳两弟兄却是一样本领，祝永清是廷芳最得意的头徒，端的青出于蓝。”希真道：“栾廷玉还在否？”云威道：“听祝永清说还在，隐在博山县更生山内。栾廷芳做了一回提辖，不得如意，亦告休了。”云威又说：“那祝永清还有一副本领，他一手好书法，却在苏黄米蔡之外。前日从我这里过，写下了四幅屏幛，明早把来与贤侄看。”希真道：“可惜小侄来迟，不曾相会。”云龙对丽卿道：“我那祝永清表兄若还不去，哥哥，不怕你了得，他总对付得你住。”丽卿笑道：“他或者也同你一般的让我怎处？”云威、希真又叹息了一回，都说：“可惜这班英雄，都生不遇时！”

当日那酒筵直到二更始散，天又蒙蒙细雨，各自归寝，都已带醉。那云龙爱丽卿不过，便要同榻。希真极力饰辞，丽卿苦苦哀求，方才得免。云龙出去，丽卿关了房门道：“爹爹，我们明日快走了罢。”希真道：“谁在这里过世！”丽卿已醉了，脱衣净手，进床便睡。希真看了房里一看，叫声苦，不知高低，那些行李兵器影迹无踪，情知是藏过了。开门去问那外间睡的小厮，那小厮在床里应道：“上午老相公已吩咐收了进去。”希真道：“这明明是不许我去的意思，怎好？”关了房门，坐在床上思想道：“难得他这般厚意，他那孙儿虽武艺不曾学全，看他使出来的，也不是寻常家数；将来这副品格，坐稳是个英雄，不如就把女儿许配了他，却不知他曾否完姻？只是本师张真人又说，女儿的姻缘不是这一方。”好生摆布不下去。那边床上看那丽卿，却朝外睡着，脸儿朝霞也似的通红，叫了两声也不应。又坐了一回，只得上床睡了。当夜无话。天明，父女起来。丽卿先装束完了，方去开门。云龙已在房外，进来问慰毕，同去见了云威。父女谢了，苦苦要行。云威道：“大雨就来了。”没多时，果然大雨倾盆。希真十分心焦，云威却引希真又到侧首一个小巧精舍里早饭。

饭毕闲叙，叫云龙把祝永清的墨迹取来一看，只见是四副东绢。打开看时，原来是草书的曹子建《洛神赋》，果然精神焕发，笔气纵横，恍如悬崖坠石，惊电移光。喝采了一回，收过去。丽卿与云龙都没坐性，走开去了。云威又咏叹了祝永清一回。云威道：“正要问贤侄：东京还有一位超伦绝类的奢遮好男子，贤侄该识得他？”希真问是谁，云威道：“此人官爵也不大，端的是如今一位出色英雄。前年小儿入都觐见，便叫他去访问，因限期太促，不及去访得。近来也没个实信。那人只做得个东京南营里的提辖，叫做陈希真。贤侄可识得？他如今怎的了？”希真听罢，心中大惊，便答道：“此人小侄怎么不识得，但不知叔父何处会过他？”云威道：“我却不曾会过，我有一个至交，是东里司捕盗巡检张鸣珂。他对我时常说起，那陈希真智勇都了得，那年轮困城一战，官兵只得八千，败西夏兵五万，都是他一人的奇谋。可惜都被上司冒了去，至今惋惜他，又钦佩他。”希真道：“那张鸣珂，莫不就是郓城县知县盖天锡的旧东人？”云威道：“便是。你且说那陈希真到底怎的了？有东京来的，说他辞了提辖去做道士，可真么？”希真道：“是真的。”云威吁口气道：“英雄不遇，至于如此！”希真道：“他如今连道士也做不成了。”云威惊问道：“此话怎说？”希真道：“小侄动身的前几日，此人为一件事上，恶了高太尉，逃亡不知去向。现在各处追捕紧急，若吃拿住，决没性命。”云威听罢，拍着桌儿只叫得苦，口里说道：“怎么这般颠倒？如此英雄，屈他在下僚，已是大错，怎的竟把他逼走了，却怎生还想望天下太平？他万一被追捕不过，心肠变了，竟去投那梁山泊，却怎好？贤侄，你可晓得他往那方去的？”希真道：“这却不知。这人恐未必上梁山。”云威道：“他不上梁山，不过一身之祸；他上了梁山，天下之祸。我料他也未必便上梁山，但不知何处去了。贤侄，贤侄，便似你也只得如此微职，岂不可悲！”那云威一片叹息之声，从丹田里直滚上来，眼角上津津的有水包着。

希真见他这般肝胆相许，也止不住那心里的感激。看那云威背后只一个小厮，便道：“小侄有句话要禀叔父，叫尊纪回避了。”云威便叫那小厮出去。希真把格子门掩上，走去云威面前扑的双膝跪下。云威大惊，忙亦跪下来搀道：“贤侄有话，但说不妨，这却何故？”希真流泪道：“小侄不敢欺瞒，叔父不要愁苦，只小侄便是落难逃亡的陈希真。”云威大惊。“梁山泊已曾兜揽过，要小侄去入伙，小侄那里肯去。如今四海飘荡，无家可奔。却不知叔父如此错爱，使小侄悲酸钻入五脏，此生父母之外，只有叔父。”说罢，磕头不止，泪如泉涌。云威一只手拦不住他，尽他磕完了，又把希真的脸细看了看，叫道：“我的哥！你何不早说，忧得我苦！”二人从地上起来，抖抖衣服，仍复坐了。云威道：“怪道你说什么王勋，叫我无处落想。你且把高俅怎生逼你，说说我听。”希真道：“高俅逼迫，尚未露形迹，是侄儿见机先走。”就把那衙内怎的调戏女儿丽卿，再三盘算，怎的虚应着他，到后来怎的不得脱身，不得已坏了他两个承局，怎的叫丽卿男装投奔山东沂州府，怎的恐有追赶，特从江南大宽转得到贵地。云威又惊又喜，道：“不料阁下与老夫做了侄儿。你不必到沂州去，就住在敝庄，只说我的亲戚，无人敢来盘问。老夫养得你父女二人，待奸邪败了，朝廷少不得有番申理，那时再归故里。那庄家就这里开发了他。”希真道：“这却不敢。虽蒙厚恩，如父母一般，只是沂州舍亲处已是得信，在那里盼望，不如让小侄且去罢。”

正说着，听得格子门外笑语之声，丽卿、云龙兄弟两个，手绾着手推门进来。二人见两位老的，都双眼揉红，眼泪未干，正惊疑要问，云威开言道：“龙儿，不要厮绾着。他不是你哥哥，他是东京女英雄陈丽卿，乔扮男装。”丽卿大惊失色。云龙也吃了一惊，连忙放手，退了几步，看了看，说道：“怪得我有五六分疑他是女子。”希真道：“我儿不要吃惊，我已向祖公公将真情尽告，切不可教外面庄家得知。”云威道：“你二人便姊弟称呼。”云龙就向丽卿唱个喏，丽卿答了个万福，二人不觉笑起来。云龙又细问缘由，云威一一说了，又对希真道：“贤侄既是这般说，令亲盼望，老夫亦不敢多留，只是显得老夫薄情。今日却去不得，与贤侄此一别，未知何日再会。卿姑有人家否？”希真道：“不曾。”云威道：“可惜龙孙正月里已定了一头亲事，不然扳附令爱，岂不是好。如今贤侄且将令爱送到令亲处安置了，自己再到这里来住几日何如？”希真道：“山高水长，有此一日。小侄如无出身，定来追随几杖。只恨小女无缘，不能扳龙附凤。”希真方知丽卿果然不是此地姻缘。云威道：“贤侄休怪老夫说，似你这般人物，不争就此罢休？你此去，须韬光养晦，再看天时。大丈夫纵然不能得志，切不可怨怅朝廷，官家须不曾亏待了人。贤侄，但愿天可怜见，着你日后出头为国家出身大汗。老夫风烛残年，倘不能亲见，九泉下也兀自欢喜。”希真再拜道：“叔父清诲，小侄深铭肺腑。”云威又道：“你那令亲处，万一不能藏躲你，你可即便回到我家来。那时卿姑同来不妨，这里自有内眷，有好郎君我相帮留心。今日便从直不留你了。”

说罢,便叫小厮进来道:“你去传谕他们,预备两席酒筵,须要整齐。一席今晚家里用;一席备在青松坞关武安王庙内,明日五鼓,我亲到那里,与王大官人祖饯。”小厮应声去了。云威对希真道:“我不合欺众人,说你已于清早去了,免他们只顾来聒噪。原要多留你,不道你就要去。既如此,你明日去倒缓不得,恐吃人看见。”希真称谢领诺。那些庄客都在背后说道:“不过一个过路的人,又非瓜葛,这般亲热他做甚!”云威去把写与儿子的家信拆了,重新写过。云龙知丽卿是女子,也不敢来厮近。

看看天晚,雨歇云收,天上现出皓月,房栊明静。摆上酒筵,比昨日的更是齐备。四人坐下,云威、希真细谈慢酌,各诉衷曲,说不尽那无限别离之情。丽卿、云龙对面相看,都低着头不做声,颜色惨凄。云龙叫小厮取那张琴来,就座上操了几段《客窗夜话》,那月光直照入座来。希真叹赏不止。丽卿虽不善琴,听到那宛转凄其之处,不觉落下泪来。云威止住道:“不要弹下去了。”酒筵已散,四人散坐,看那月光已自下去了,鸡鸣过几次。云威与希真一夜兀自眼泪不干。

那庄家已起来,在外伺候。庄客去备好那两匹马,牵出外面,点起十几个火把候着。云威只得叫云龙进里面去,同几个小厮搬那行李兵器出来。希真、丽卿已装束停当。云威送过家信,希真收了。又取一百两银子送作盘费,希真那里肯收,吃云威硬纳在包袱里面。又把十两碎银子赏与庄家道:“大哥累你,包袱内又加了些干粮,重了,这些微礼送你作酒钱。”云龙便去把随身佩带的一口昆吾剑取来赠与丽卿,丽卿道:“兄弟,我自有宝剑,你不可割爱,我不敢受。”云龙道:“姊姊既这般说,这钩子送与你罢。”便把那嵌花赤金钩子解下来,系在丽卿的青錞剑上,丽卿只得收了。父女一齐谢了,就此拜辞。希真又叫丽卿进去辞了伯母,便起身要走。云威已叫另备两匹马,祖孙二人同送。云威问道:“贤侄投沂州,你那令亲姓甚名谁?”希真道:“小侄襟丈,姓刘名广。”云威道:“可是住在沂州府东光平巷,做过东城防御的?”希真道:“正是。”云威呵呵大笑道:“贤侄何不早说!行李挑转,请进来,我还有话问你。”

不知云威说出甚么话来,且看下回分解。

第七十七回　皂荚林双英战飞卫　梁山泊群盗拒蔡京

话说陈希真父女二人辞别要行,云威问到刘广的来历,大喜,重复留住道:"贤侄且慢行,我有话要问你。你何不早说,你原来同老夫是亲戚。"希真又惊又喜道:"请问何亲?小侄实不知,失瞻之至。"云威笑呵呵的指着云龙道:"你道你的襟丈刘广是那个,便是他的岳父。"希真大喜道:"几时订的?"回顾丽卿道:"原来你秀妹妹许在这里,真不枉了。"丽卿亦喜。云威道:"昨日所说,正月里定的。小儿天彪在景阳镇,与令襟丈最为莫逆,一时义气相投,便结了儿女亲家。写信来问我,我有何不肯。老夫因闻得令甥女绝世的聪明,又说兵法战阵无不了得,究竟何如,贤侄是他的姨夫,必知其详,何不对老夫说说!"希真笑道:"若问起小侄这个甥女儿,却也是个女中英雄。小侄四年前到他家见过,果然生得闭月羞花。他别的在其次,天生一副慧眼,能黑夜辨锱铢,白日登山,二三百里内的人物都能辨识。自小心灵智巧,造作器具,人都不能识得。甚么自鸣钟表,木牛流马,在他手里都是粗常菜饭。一切书史,过了眼就不忘记。今年十八岁了。十六岁上,他老子寄信来说,有一老尼要化他做徒弟,他爹娘都不肯,忽一日竟不见了他。各处访觅无踪,夫妻二人哭得个要死。过了半年,忽然自己回来,说那老尼把他领到深山古洞里,教他一切兵法战阵、奇门遁甲、太乙六壬之术,半年都学会了,老尼送他到门口。刘广忙出去看,那老尼已不见了。从此后越加聪明。刘广夫妻二人爱他不过,叫他做'女诸葛'。他小字慧娘,乳名又唤做阿秀。便是他两个哥子刘麒、刘麟的武艺也了得,与他父亲无二。"云威听罢,大喜道:"寒舍有幸,得此异人厘降。"回顾云龙笑道:"你还不上心学习,将来吃你浑家笑。"云龙低着头,说不尽那心里的欢喜。丽卿对云龙笑道:"兄弟,你原来又是我的妹夫。"云威道:"我们已是至亲,不比泛常,贤侄一定要去,卿姑可在这里盘桓几日,贤侄再来接他不妨。"

希真见云威如此厚谊，真不过意，便对丽卿道："我儿，祖公公这般爱你，你就在此住几日罢，我总就来接你。"丽卿一把拖住老儿的袖子，道："我不。我要跟着爹爹走！"云龙道："姊姊何妨在此，勿嫌简慢。"丽卿道："爹爹在这里，我便也在这里。"希真笑道："祖公公看，活是个吃奶的孩子。既不肯在这里，须放了手。"云威见他父女执意不肯，只得由他们去，因说道："日后千万到寒舍一转。"父女二人谢了。看那天色已将黎明，众庄客将火把照出了庄门。大家上了头口，都到了青松坞关王庙前下了马。那壁厢已有庄客在那里伺候。大家进了庙门，那酒筵早已摆好。丽卿看那庙里关王的圣像，装塑得十分威严。云威与云龙替希真父女把了上马杯，又说些温存保重的话，少不得又流了些别泪。

天已大明，云威还要送一程，希真再三苦辞。云威又同希真拜了几拜，方才洒泪上马，叫道："龙儿，你多送一程！"云威作别，带了几个庄客先回家去了。云龙在马上陪着希真父女，谈谈讲讲，缓辔而行，不觉已是十余里。望那前面都是一派桑麻，平阳大路，希真道："贤侄，古人说得好：送君千里终须别。前途路远，请贤侄就此止步罢。后会不远，愚伯告辞。"云龙只得跳下马来，把缰绳递与庄客，在草地上扑翻身便拜。希真父女也忙下马回拜了。希真道："令祖盼望，贤侄早回府罢。"云龙道："伯父闲暇便来舍下，不可失信。姊姊一路保重。"说罢，泪落下来。丽卿也流泪道："兄弟，如有便人，把个信来。我爹爹到府上时，或同你再会也。"希真道："免你姊姊记挂，勤寄信来。请早回府罢！"大家上马分手。

那云龙立马在路口，直望得希真父女不见影儿，方回马怏怏的循旧路回去，纵马加鞭，好半歇到了家里。云威因落了一个通夜，早上无事，却去安息了。云龙不敢去惊动，便去母亲处请了安。云夫人与众仆妇谈论丽卿，称羡不已。过了几日，风会也回家，得知此事，懊悔不迭，道："可惜我回来迟了，不能与他相见。"遂与云威商量去做那件事，不题。

却说希真父女离了风云庄，奔上大路。行了半日，方遇着人烟，大家去打个中伙。那庄家笑道："这几日在他家里，大酒大肉，把胃口都吃倒了,竟不觉饿。”希真叹道:“‘桃花潭水深千尺,不及汪伦送我情’,萍水相逢,承他这般厚爱,且喜又是亲眷。”丽卿道:“爹爹说还要到他家,孩儿却未必再来了。”希真道:“痴儿子,嘴这般说,得知有无此日? 我只待你有了良缘,终身有托,我便逍遥世外。四海甚大,何处不可以住? 且因缘遇合怎说得定。”当日,父女同那庄客行了一站,晚上到了一个镇上投宿。那客店却不是黑店。当晚希真把包袱解开打铺,父女二人都吃了一惊,只见那包袱里面的衣服都换了新的,皆是锦缎制造;又有一套女衫、百褶罗裙,衣服里面又有两枝金条,每枝约十余两重;又有一对凤头珠钗,一对赤金缠臂,约四五两重。余外还有干粮等物。希真道:“这是怎么说起!”叹道:“真难得他这般厚待我,日后却怎生补报他?”丽卿道:“他送孩儿的这些物事,孩儿想不如转送了秀妹妹罢。”希真道:“也说得是。我到了山东,也带些土仪回敬他。”当夜安寝,次日起行,一路上晓行夜宿。丽卿果然听他老儿吩咐,再不去射虫蚁儿,幸而那几程路上虫蚁儿也不多。

一日,早行不多路,面前又是一座大岭。父女纵马上了岭。那岭却不比飞龙岭,却是平安路途。上得岭来,只见左边一带都是皂荚树林,行了半歇,还过不完。丽卿道:“这条岭好长。”希真道:“就快完了。”那庄家道:“前面那树低下去的所在,便是下岭的路。”希真用鞭梢指着道:“卿儿你看! 望去那座青山,转过去便是沂州府的城池了,你那姨夫就在城里。明日此刻光景好到也。你到那里须斯文些,不可只管孩子气,吃表嫂兄妹们笑。”丽卿甚喜,因问道:“爹爹,沂州城里的风景,比东京何如?”希真道:“开封府是天子建都的所在,外省如何比得。”正说着,丽卿道:“爹爹,你先行一步。这匹枣骝马只管撩蹶子,想是肚带太扣得紧了,待我与他松松。”希真应了一声,又说道:“长路头口肚带不可太紧,朝你说过多次。”一面说,一面同那庄家下岭去了。

这丽卿跳下马来,倚了枪,翻起踏镫,掀起披鞯,用手去摸了摸,三条肚带都不甚紧;又去看那后鞧,也不紧。丽卿骂道:“你这亡人,不是讨打么! 肚带、后鞧都好好的,何故撩蹶子? 不要恼起我的性子来,拷折了你的马腿。”说罢,又去那边掀起看了看,咦,怪不得!原来早上备鞍子的时节不留心,把替子一角反折转,人坐上去,那马被鞍孔里的皮结子垫得疼,故只管撩蹶子。丽卿看了笑道:“你这厮忒娇嫩,一点委曲都受不得!”忙去解了肚带,揭松鞍子,弄熨帖了,仍就扣搭好,已有好半歇。

丽卿提了枪,翻身骑上,抖抖缰绳,走得没几步,忽听得泼喇喇一声,路旁右侧窜出一个老兔儿来,拦丽卿的马头横窜过。丽卿一时又手痒起来,忙挂了枪,取出弓来,抽一枝箭搭在弦上。那兔儿已窜入林子里去了,丽卿便纵马追入林子。那兔儿早窜出林子那边,往青草里钻了入去。丽卿追过林子,不见了兔儿,料想钻入草里,没处寻觅,说声:“可惜,恐爹爹等得心焦,去了罢休!”便兜转马回旧路,忽听得头顶上又是泼喇喇一声。丽卿抬头看时,只见一只芝麻角雕,劈出林子来,只在那树梢边旋磨,侧着头往地下看,好似在草里寻东西一般。丽卿笑道:“就取你来耍子。”收住马,想道:“射他别处,万一不死,到吃他带箭飞了去,不如射他的头。”便扭转柳腰,翻身向天,拽满弓,飕的只一箭。那雕正在盘旋,见箭来,急避不迭,射个正着,冲上去倒跌下来,扑的直落在对面深草里。丽卿大喜,跳下马,插了枪,用那张弓拨开深草,把那只雕提了出来。看时,只见那枝箭正射中下颏,箭镞从眼珠中穿出。丽卿拔出了那枝箭,收入壶里,弓也收好。提着那只雕走到平地上,看了看,笑道:“你这厮撞着我,该晦气。”那雕忽然两翼翅拍拍的扑起来,双爪乱抓。丽卿恐抓伤手,忙丢在地下。待他颠扑过了一阵,却使个拿法,双手去捉定了翼翅,反并着提在手里。满手都是鲜血,就去他的毛上捆了捆,称赞道:“好一副翎翮,倒有几枝箭好配。”走到马边,解了缰绳,拔起枪,骑上了马,一面走回原路,一面看那只雕。

忽听得有人说话,丽卿回头看时,只见一个少年,面如冠玉,唇如抹朱,骑着匹银合白马,手执一张弹弓,头戴一顶软纱武士巾,身穿鹅黄战袍。背后两三个跟随,数内一个捐着口三尖两刃刀,飞奔过来。那少年见丽卿提着那只死雕,吃了一惊,大喝道:“兀那小厮!你这雕那里来的?”丽卿见叫他小厮,怒道:“雕是我射来的,干你屁事!

你敢来问我怎地?”那少年大怒道:“这是我的猎雕,方才追一个兔儿到这里,你何故敢射杀他?”丽卿道:“你的猎雕,有何凭据?射杀了,你待怎的?你莫非是剪径的恶强盗,来夺我的雕!识风头趁早走,再挨教你同冷艳山的贼汉一样。”那少年气得咆哮如雷道:“你是那里来的贼蛮子,且杀了你,与我的雕偿命。”一面说,一面拽满弹弓,一弹丸劈面打来。丽卿霍的闪过。那少年连放数丸,都被丽卿躲过。怄得丽卿性起,撇了那只雕,双手挺枪,拍马来刺那少年。那少年忙丢了弹弓,抢过三尖两刃刀来急架忙还。战了两个回合,丽卿喝道:“且住!这里草又深,树根又多,不是放马之处,拣个空阔所在,并个你死我活。”那少年道:“空阔处,再过去就是。你敢同我去,谁来怕你。好汉子,不许暗算人。”丽卿道:“啐!量你有多大本领,值得暗算你。”

二人纵马前行,不上百十步,已见一片空阔的绿芜芳草地。那几个跟从人同上去,数内有一个往别处跑了去。丽卿同那少年到芳草地上,放开对子,刀来枪往,枪去刀迎,二人足足战了三十余合,全无胜负。丽卿暗暗喝采道:“这厮好武艺!”那少年也暗自吃惊。二人又酣战了十余合,正在性赌命换之际,只见又一个少年,手舞双锏,骑一匹黄马,如飞也似的赶来,大喝道:“那里来的野蛮子,敢这般无礼!”先来的那少年大叫道:“兄弟快来,一同杀这贼。他射杀我们的雕,还要口出狂言。”那后来的少年大怒,两条锏直上直下的劈进来,也十分勇猛。丽卿敌住两般兵器,只办得抵格遮拦。得个空子,偷转右手,抽出那口青錞宝剑来,左手抡枪,右手使剑,狠斗那两个少年。

这一场厮杀,比那冷艳山前更是凶险。那丽卿杀得浑身大汗,没半点便宜。那两个少年也使尽本事,不能得他破绽。丽卿暗想道:“这两个果然利害,不如诈败,待他赶来,用回马箭射倒他一个,那一个便好收拾。”心里这般想,怎奈三匹马旋灯儿也似的厮并,两个英雄兵器都不偷闲,一时脱身不得。正在难分难解之际,只见又一个大汉飞马横刀杀来,大叫:“贼子不得无礼,我来也!”丽卿道:“我今番休也!”那大汉赶到面前,看了他们三人一看,大叫道:“快住手,都是自己人!”三人都收了兵器,定睛看那大汉,更非别人,便是那陈希真。那两个少年看见，叫声阿呀，滚鞍下马道："那阵风吹你老人家到这里！"扑翻身便拜。希真忙下马还礼道："贤乔梓可好？"那两个少年道："这位少年将军，又是那个？这般英雄了得！"希真笑着，看了看丽卿，对二人道："你道他是男儿？这就是那女飞卫。"两个英雄大惊大喜，连声喝采道："原来就是卿妹妹，快请见礼。"

丽卿在马上喘息方定，弄得个不知所以，只得跳下马来，问希真道："这二位是谁？"希真道："你还问哩！这就是你两个表兄。这使刀的是你大表兄刘麒，这使锏的是你二表兄刘麟。"丽卿连珠箭的叫得罪道："二位哥哥何不早说？险些吃我做出歹事来！"二刘忙唱个无礼喏，丽卿也唱了个喏。希真道："你说松马肚带，我先走了一步，等你竟不来，我只得倒寻转来。直寻过岭的那边，没你的踪迹，重复又走转来。想你必在林子里，又射甚么虫蚁儿，故寻进林子来，叫得个喉干。忽听得喊杀之声，一抹地追寻来。只道你遇着歹人，却为何同二位表兄厮杀？"丽卿道："孩儿无意中射了一只雕，那知是二位哥哥的猎雕。孩儿又不认识，故此相闹。"那从人已寻着那只死雕，在旁边提着道："这就是。"希真看见，骂丽卿道："你这丫头，番番闯祸！你自己看，可惜不可惜？我折断你的手指头才好！"刘麒、刘麟忙说道："没事，没事，不值什么。姨夫因何到此，却又同表妹齐来，且请到舍下相叙。"希真道："一言难尽，且到府上再说。二位贤甥为何到这里？"二刘道："姨夫不知，如今舍下不在沂州城里了。只因家父落职之后，吃那青苗手实钱追逼不过，只得把祖遗的一所房子变卖了赔偿，另买了一所房子在乡间。此去下山落北十里，胭脂山下，地名安乐村便是。甥儿兄弟无事，来此射猎消遣，顺便操演武艺，却遇着姨夫、表妹。"希真感叹不已，说道："我还有一担行李在前面，我去招呼了他，一同到府上去。"二刘道："我们同行。"大家都不骑头口，从人牵了那四匹马，一齐步行出了林子。只见那庄家等得不耐烦，挑了担儿倒寻转来，看见希真、丽卿，欢喜道："小官人寻着了，在那里这半日？"希真道："正是。"

希真见那庄家，蓦然记起一件事来。待走下了岭，只见路旁一个村落酒店，希真对众人道："你们在此略等一等，我同这庄家酒店去说句话。”众人应了，都立定脚。希真邀那庄家到酒店内，烫了两角酒。希真开言道：“大哥，累你远来。我方才知道，我那亲戚不在沂州府，已到泰安州去了。我此番要到泰安州去寻他，现在有伴同去，大哥不必同往。我账已同你算清，就此分别。”说罢打开包裹，取出了那包碎银子，抓了一大把与他道：“这是送你的酒钱。”又抓了一大把道：“那日飞龙岭上，累你受惊，这些是与你压惊的。”那庄家那里肯收，道：“小人蒙二位官人指教多少秘传，恩同父母。没得孝顺你老人家，那敢再受赏赐。”希真道：“这算什么。江南那条路，我不时要走，后会有期。”庄家只得收了，说道：“小人无缘，不得常同二位官人在一处。官人再到敝地，务到舍下光临。”说罢，朝希真扑翻身拜了四拜。希真忙还礼。庄家道：“小官人处也去辞辞。”希真道：“不必，我说便了。”庄家那里肯，便会了酒钱，挑了行李，到大路边，去丽卿身边跪倒就拜。丽卿不知所以，忙扶住道：“做甚，做甚？”希真道：“我儿快回个礼，这位大哥辞了回去也。”丽卿道：“你为何不送我们到地头？”希真道：“我们自有伴，不必央他了。”那庄家把行李都交代明白，希真取出那张承揽还了他。庄家抽出了那枣木扁担，又把自己的包裹拴在腰里，唱了两个喏，道：“二位官人保重，后会有期。”说罢，自己去了。

丽卿道：“爹爹，为何不叫他送到？”希真道：“有个道理。这些行李，仍就马上捎了去。”刘麒道：“何用如此？叫这些伴当们相帮拿了回去。”众庄客一齐动手，两个包裹两个人背上，一切零星，提的提，捎的捎，抢得罄净。正是俗语说得好：只要人手多，牌楼抬过河。刘麒请希真、丽卿上马，大家骑了头口，一齐奔安乐村来。刘麟道：“哥哥，你陪姨夫、妹妹慢慢来，我先去报知爹爹。”说罢，加鞭如飞的去了。希真、丽卿看那座胭脂山，果然明秀非常，靠山临水，一带村烟。还未到村口，那刘广已同刘麟迎上来。

希真等下马相见，大喜，齐到庄里。刘广的母亲，刘广的夫人，刘麒、刘麟的娘子，并慧娘，都出来相见，厅上人满。都叙礼毕，坐下，各道寒温。刘母道：“大姑爷那阵顺风得到这里！这秀丫头的占数真灵，他是说今日必有远方亲戚来，再不想到是你。”丽卿看那慧娘，生的娉娉婷婷，好像初出水的莲花，说不出那般娇艳。丽卿暗暗吐舌道：“天下那有这般好女子！”“你在家几时动身？”希真道：“本月初一日。”刘母道：“也走了二十多日了。这个小官人是谁？”刘广对道：“这就是丽卿甥女，乔妆男子。”刘母道：“哦，也有这么大了，今年几岁？”希真道：“十九岁了。虽是十九，还是孩子气。”刘母道：“年纪本小。”刘麒、刘麟道：“卿妹妹一身好武艺，孙儿们都敌不过。”刘母道：“你们省得甚么。却为何扮男子？”希真道：“路上便当。”只见丽卿立起身来，对希真道：“爹爹，已到了姨夫家，还假他做甚！由孩儿改了妆罢，这几日好不闷损人。”希真道：“何用这般性急，少刻也来得及。”刘广道：“此事何难。”就对刘夫人道：“你快去领甥女去改扮了。”丽卿甚喜，便随了刘夫人、两位表嫂，同到楼上，把男妆都脱了，一把揪下那紫金冠来，仍就梳了那麻姑髻，带了耳珰。那刘麒、刘麟的娘子开了箱笼，各取出几件新鲜衣服与他妆扮起来。刘夫人又取出一双新鞋子来道：“甥女嫌大，再小些还有。”丽卿笑道：“阿耶，惭愧杀人，这双我还穿不着！别样学男子不来，若论这双脚，却同男子一样。”众人都笑。丽卿妆点好了，刘夫人同二位娘子仔细观看，果然赛过月里嫦娥、瑶台仙子，十分欢喜。刘夫人对两个媳妇道：“这两表姊妹，怎样生就的！却又各自归各自的庞儿。”刘夫人同二位娘子引丽卿下楼，到厅上。刘母见了，也甚欢喜，笑道：“同我们秀儿真是一对。”二位娘子道：“卿姑娘用的那两般兵器：一枝枪，一口剑，更是惊人。”原来刘麒、刘麟的娘子也是将门之女，也会些武艺，只是苦不甚高。刘母对刘夫人道：“你不要在此叙阔，且去厨下看看他们，没甚菜蔬，就把那两只黄婆鸡宰了。你妹夫总是一家人，不比外客。”刘夫人应了声，两个媳妇都同了进去。

那刘母同希真谈论家务，絮絮叨叨，一直到晚。厅上摆上酒肴果品之类，众人让坐。希真道：“太亲母请先坐了，小辈们好坐。”刘母起身道：“大姑爷稳便，我持长斋，不便奉陪。我儿陪你襟丈多饮几杯，秀儿也叫他在此陪姊姊，我进去也。”说罢，拄着拐儿移入屏后去了。

陈希真同女儿坐了客位，刘广同两个儿子、一个女儿坐了主位。

希真道："太亲母精神康健，同四年前一般。"刘广叹道："近来也衰弱了些，得了个胃气疼的症候，不时举发。小弟境遇又不顺，累他焦忧。老人家近又持长斋。幸亏这沂州城里有一个姓孔的孔目，名唤孔厚。此人医道高明，时常邀他来医治。但吃他的药，一服便好，只不能除根。据孔厚说，必须开荤，方能全愈。老人家一意信佛，终日念《高王经》，那里劝得。那孔厚是曲阜县人，大圣人的后裔，现为沂州府孔目，为人秉性忠良，慷慨正直，专好抑强扶弱。本府太守高封那厮也惧惮他，小弟那场官司也深亏他。"希真道："小弟正要问襟丈。何故为一场屈官司落职？"刘广咬牙切齿道："不说也罢，说起来教人怒发冲天。高封那厮，是高俅的族分兄弟，被梁山上杀的高廉，是他的亲哥子。他也识些妖法，专一好的是男风。他标下一个队长阮其祥，生得一个儿子，名唤招儿，眉目清秀。那阮其祥要钻挖小弟这东城防御缺，把他儿子献于高封做伴当，情投意合，遂无中生有寻我的错处，把我无端褫革，又要把我家私抄扎。幸亏那孔目一力保持，买上告下，方成得个削职。那厮得补了东城防御，辅佐着高封，无恶不作。小弟归农之后，那厮就把青苗手实钱，追逼甚紧，没奈何，我把那沂州城里的房子变卖了，搬来这里。两个外甥也时运不济，我也无志于此了，意欲挈眷到东京投姨夫处，另就机会，恰好姨丈到此。"一面说，一面叫刘麒道："你把那卷宗取来，与大姨夫看。"希真接过手来，看了看大略，也不禁忿气上奔，骂道："这贼子的心肠好毒！"刘广道："高封这厮，自已年轻时也从男风上得了功名，后来反把他孤老害杀。这等狠心，实是少有。"丽卿问希真道："爹爹，什么叫做南风？"希真笑喝道："女孩儿家，不省得，便闭了嘴！不许多说。"刘麒、刘麟、慧娘都忍不住暗笑。丽卿肚里想："不省得，便问声也不打紧，不值便骂。最可恨说这种市语！"刘广道："卿姑同你爹爹来，家中都托付那个？"希真叹了口气道："不瞒姨丈说，小弟此刻已无家了，特带了小女来投姨丈，望乞收留。"刘广同儿女都吃了一惊。刘广道："却是为何？"希真指着丽卿道："只为这个孽障，一言难尽。"刘广叫道："姨丈，我与你异性骨肉，平素做事，大家看见肝胆，今有话只管说。我这左右都是心腹，凡是我用的人，没一个敢怀异心。你便犯了弥天大罪,也没那个敢去出首。不要吞吐,直说不妨。"希真便把东京高衙内那一节事,细细说了一遍,"因防追捕,特往江南绕道走,得遇令亲云子仪,盘桓数日,故走了二十多日方到此地。今不意姨丈亦在失意之际,怎好滋扰?要投别处,又无路可奔"。说罢,掉下眼泪来。刘广父子四人听罢,都甚惊叹。

刘广道:"姨丈宽心,方才小弟虽这般说,然舍下也还支撑得定,何争二位在此。"希真称谢。刘广道:"但只是此地也难存脚。秀儿这妮子他会望气,尝说此地不久当有刀兵杀戮。往常说的休咎都验,也不能不信。我想此地有甚刀兵?若论猿臂寨来借粮打劫,那苟桓又同我相识,不成知我在此地便下得……"希真惊问道:"怎的苟桓当真落了草?"刘广道:"正是。那猿臂寨的真祥麟、范成龙都尊他做头领,招集了四五千人,在那里打家劫舍。我恐他去投梁山入伙,屡次写信去止他。他也时有信来,又动问姨丈,感激姨丈的洪恩,同父母一般。我想便是他来,有云天彪镇守景阳镇,当他的咽喉,他也一时未必到得这里。"希真叹道:"那苟桓、苟英弟兄二人,被童贯屈杀了他的父亲,无穷的怨毒在心,也怪他不得。怎能得他报了仇,归正才好。说起你令亲云总管,他老子有封家信托我寄与他,必须亲到,不知景阳镇离此多远?"刘广道:"有七十多里。他此时也不在任上,闻得蔡京调他去攻打嘉祥县,许久不闻动静,正不知几时归哩。一员兵马都监代他护理印务,此信不如由他那里发官封寄去。"希真又称扬云威的义气,丽卿道:"那云龙兄弟的武艺也好。那表人物,与二位哥哥相仿。秀妹妹好福气,得这般好老公,谁及得来!"慧娘被他说得脸儿没处藏,低下头去。希真喝道:"你这丫头,认真疯了!路上怎的吩咐来?偌大年纪,打也不好看,只好缝住了你这张嘴。"

丽卿被骂得笑着脸,不敢做声。刘广也笑起来。刘麒、刘麟道:"卿妹妹的武艺,真及不来。飞龙岭、冷艳山,我们虽不曾见,便是我那只雕,一箭便着,真是赛过飞卫。"刘广笑道:"不见你们两个,四五月天气,颠倒去放起雕来!"丽卿道:"奴家委实冒失,把哥哥的爱物坏了,爹爹那里去寻架好的,买来送哥哥。"二刘连说:"不打紧,妹妹切勿放在心里。"希真笑道:"哥哥当真还想你赔,你下次手少热些就是了。你看秀妹妹,比你还小一岁,便恁地斯文,你也学学他。"刘广笑道:"姨丈夸奖,却不曾见他也是孩子气。"希真道:"贤甥女聪明绝世,那木牛流马怎样缘故会走?"慧娘道:"甥女怎敢当得聪明二字,只不过依成法略变化些。那木牛流马妙在机括不多,运动灵变。武侯老师的法儿,大都如此。"说罢回转头去对身边那个养娘低低说了几句,养娘答应了声,就去了。

不多时,只听得侧首耳房里,㟼硠硠的铜铃乱响。房门开处,一个青狮子窜出来,直扑到筵前。丽卿只道是个真的,吓了一跳,连忙跳开。那狮子走到天井里,摇头摆尾,张牙舞爪的跳舞。慧娘挪步上前去狮子项上拍了一下,便四只脚立定了不动。希真同丽卿近前观看,只见绒线织就的毛衣,樟树雕刻的头额,烧料石的眼珠,象牙牙齿,大红湖绉舌头;自背至地高五尺,自头至尾长八尺;项上套一串茶杯大小的溜金铜铃,身上脚上又有许多小铜铃。慧娘叫那养娘扶绰,骑在狮子背上,坐稳了,把那狮子耳朵扭了一把,仍复行动。要进要退,要左要右,紧跑慢行,登高下低,都由人的主意,跳舞了一回。慧娘又叫那养娘把那大红舌头取出了,不知那里点拨着,那狮子口里便喷出烟火来。那时天色已暗,黄烟红焰,分外明亮。戏够多时,慧娘跳下来。丽卿问道:"是那个躲在里面?"希真笑道:"傻丫头,都是做就的关捩子,却有那个躲在里面!"问慧娘道:"里面的机轴看得见否?"慧娘道:"看得。"便叫养娘把毛衣掀起,里面是榆檀木的架子。

希真讨火来照看,只见肚里不多几样事件,却斗心勾笋,一时也看不明白。欢喜得个丽卿不住的拍着手叫道:"妙阿,妙阿!好妹妹,几时也与我做一个,好骑着耍子。"慧娘笑道:"我本做了一对,这一个就送了姊姊罢。"丽卿大喜。"索性把骑的法儿都教了你。只是日日戏弄,只得一个月用,机轴便磨坏了。今夜且放在这耳房里,明日连箱子送归姊姊处。看他如此大,拆卸了盛在箱子里,却没得多少。"便叫养娘仍拿去耳房里收了。大家重复入席,又吃了一会酒,慧娘道:"这便是木牛流马里化出来的。当年武侯征南蛮时,亦曾用过。骑了阵上也去得,只是不能厮杀。"希真称赞不已,道:"真是个女诸葛。"刘麒道:"还有家下舂米的木人,磨麦子的木驴,都是秀妹妹制造的。”

刘广笑道：“我恁般烦恼，他们却恁般的开心。”希真道：“姨丈，非是这般说。小弟想来，我们的绝技异能，都会集一处，天地生我们，决非无故。静待天命，必有一番作为。只是小弟无心尘世，所以张百户来时，曾寄信问及家师消息，意欲相从入山。”刘广道：“正要告达姨丈，令师张真人已不在日观峰了。令师弟王子静来辞行，说从你令师到庐山去。你那封信到，知足下要留王子静少待，无如他去在先，无从挽留。我就托张百户寄回信与足下，也是这般说。”

希真听罢，叫声苦，不知高低，道：“姨丈大不该寄回信与我。小弟信上，明明注着不候回音。你信内题及挽留王子静的话，那张百户没处寻我，信尚在他那里，万一漏在冤家手里，必猜到我在此处。我想姨丈这里住不得，求姨丈怎生为我画策。”刘广道：“姨丈多心，那里便有这般巧。”慧娘笑道：“姨夫只管放心，甥女已替你占过一课，不害事。此封信必然漏泄，高俅必来追捕，却追捕不得。姨夫只不可离此地，断不遭毒手。”希真不信，问道：“既是脱漏了，又来追捕，却为何说不害事？”慧娘道：“便是这些奇奥。此课文书逢破，玄武乘日，故知书信必漏泄，追捕必来。但此课是斩关夺锁之格，最利逃走。又且天罡塞住鬼户，贵人入天门，任他千军万马围住，也走得脱身，怕他怎地！”希真也熟悉六壬之术，当时问了慧娘的三传神将，默想了一回，慧娘又解释了一回，略为放心。众人欢叙至二更过方散。刘广已收拾一间书房与希真安寝，丽卿在后面与慧娘同榻。刘广吩咐众庄客道：“陈老爷在我这里，外面不许走漏消息。有人问，只说姓王。”众庄客都应了。看官牢记：陈希真父女自此以后，就隐姓埋名，住在安乐村刘广家里，不题。

却说那江南冷艳山，被陈丽卿坏了两个头领，败兵逃回山寨。众头目大惊，真是蛇无头而不行，那个还肯思量去报仇，大家都要夺那把交椅，直鸟乱了十多日，你杀我砍。内中有一个头目，叫做王俊，略有些见识，情知这般胡做，没甚好账，便带了自己的几个贴身伴当下山，投梁山上去。果不出他所料，那冷艳山正当鸟乱之际，忽然四面到了无数官军杀来，又有风云庄上的乡勇夹在里面。那里抵挡得住，一阵攻打,山寨破了,把那些男女捆的捆,杀的杀,收拾了个罄净。这个名色,就叫做滚汤泼老鼠,一窝儿都走不脱。把那山寨一把火烧了,荡涤得个光滑脱脱。那王俊得知这个消息,叫声惭愧,幸而预先走脱了,连夜扮做客商,奔山东梁山泊去了。

却说梁山泊宋江,因折了盐山的施威、杨烈,十分懊恼,便叫分朱仝、雷横,就在盐山驻扎,帮助邓天保、王大寿镇守。宋江与吴用商量,对众人道:"我等山寨兴旺,又得远方的兄弟们朝向。如今坏了施威、杨烈,我若不与他报仇,别处的好汉心都懈了。我要亲提大军,攻破沧州、东光二处,与他二人泄恨。"吴用忙止住道:"不可。兄长所论虽是正理,但此刻东京兵马正要来厮杀,戴宗、周通还未回,不知虚实,切勿轻举妄动。"宋江怒气未息。吴用只得请众头领,大家来再三劝解,方才按住。

不数日,戴宗、周通都回,说:"赵头儿命蔡京为辅国大将军,统领二十万大兵,于四月初四日出师,要来奈何我们。施威哥哥已被害了,兄弟与范天喜再三打算,竟无门路救得。"宋江、吴用大笑道:"只道是种师道来,还有三分惧怯他。若是那蔡京,真是胖子的裤带,全不打紧。"

遂设筵庆贺,聚集众头领,缓缓商议拒敌之策。席间周通说起陈希真父女恁般英雄了得,众头领听了无不欢喜。周通又说到劝他入伙不肯相从的话,宋江对吴用道:"怎能够得他父女也来此聚义,军师有何妙策?"吴用摇头道:"这个人不必去结纳他,即使勉强收了他来,山寨中也用他不着。听周家兄弟说他这般举止,此人的胸襟真不等闲,可惜他心已冷了。却也好,倘使他锐意功名,又有高俅的汲引,此刻早与我们作对头过了,倒也是个大患。如今他已游心方外,随他去休。"林冲道:"他说同小弟有仇隙,却也一时想不起。除非是那年,我同他兄弟陈希义夺八十万禁军教头之时,我用重手点坏了他。然当时大家都递生死甘结,原说死伤勿论。况且他兄弟又隔了一个多月,自己病死的,却怎么记仇在我身上?"吴用道:"非也。他并不为此,这是他的饰词。兄长既这般爱他不过,前日除非是小可在东京,或有降他的法儿。只是此刻正当用兵之际,我怎能脱身前去。不然，烦戴院长再去走一遭，赍了金帛，兄长恳切发一封书信，又加林兄一封谢罪的书信，速速的送去。然亦未必济事。”宋江道：“既这般说，何不就等破了蔡京之后，军师亲去一行？”吴用道：“此人决不肯再住在东京了。他这般举止，明是唱筹量沙之计，敷衍着高俅，得空便高飞远走。戴院长的神行，火速便去，尚未知来得及否，那里等得破蔡京。”

宋江闻言，便教圣手书生萧让修起两封信来，端正了金帛，就打发戴宗、周通当日起身，仍去东京聘陈希真带探军情。周通大喜。吴用道：“这几日沿途必然严紧盘查，二位宁可绕路别处去。”戴宗、周通领命下山去了。

这里宋江请吴用商量，叫林冲仍回濮州镇守，再酌添兵将，同去协力相助。这里第一拨，九纹龙史进、跳涧虎陈达、白花蛇杨春；第二拨，双枪将董平、镇三山黄信、病尉迟孙立；第三拨，小李广花荣、铁笛仙马麟、玉幡竿孟康；第四拨，扑天雕李应、摩云金翅欧鹏、火眼狻猊邓飞；第五拨，金枪手徐宁、丧门神鲍旭、白面郎君郑天寿。

宋江同吴用、公孙胜、吕方、郭盛、王英、扈三娘、薛永、穆春督领中军。统共挑选马步精兵七万，准备迎敌，只等蔡京到来，即便开兵。宋江道：“官兵有二十万，军师为何只用七万，不敌他一半之数？”吴用道：“兵不在多。蔡京无谋，那怕他兵再多些，我只消七万人足矣。”分派定了，遂传令各营日日加紧操演，准备厮杀。

数日，戴宗、周通回寨，说道：“小弟到了东京，已是三月二十九日，探听陈希真已与高俅对了亲，一时未敢造次去说他。忽到次日，得知陈希真把高俅的两个承局、两个轿夫杀了，又把高衙内的耳朵、鼻子割去，弃家在逃。现在各处严拿无踪，小弟只得禀覆。”宋江并众头领都吃了一惊。戴宗又将捉拿陈希真抄白的榜文呈上，宋江与众人观看，上写着道：“殿帅府掌兵太尉高，为奉旨严拿叛逆大盗，悬赏务获事；照得叛逆大盗陈希真，向充南营提辖，于政和元年勒休回籍。该犯与梁山渠魁宋江，交通往来，欲为内应，图谋不轨。旋经告发，本帅签兵往缉。该犯情急，胆敢拒捕，杀伤在官人役，携其女陈丽卿弃家远遁。此等穷凶极恶之犯，法网难宽。为此奏准，奉圣旨严拿务获。”云云。又将陈希真父女形貌装束，细细开载，并画两幅图形。

宋江看毕，众人无不惊叹。宋江骂道：“高俅这厮无端推在我身上，可恨么！此人到底不知往那里去了。”吴用道：“此人必先有安身的所在，然后逃走。我想枉是无处寻他，且管我们破敌。”便问戴宗道：“蔡京那厮知他由那路进兵？”戴宗道：“小弟看他初四日启行，一路随了他来。小弟先渡过黄河，探得官兵由定陶、曹县进发。”吴用大笑道：“真没见识，攻我这一路，不是来讨死吃！”遂传令来日下山去迎官兵。这里留玉麒麟卢俊义并不下山的众头领，看守山寨。

本日杀牛宰马，祭了旗鼓。众头领散福畅饮，说话间论到官阶升迁。戴宗道：“俗语说得好，朝里无人莫做官，真是不差。那蔡京的女婿梁中书，做北京留守失了城池仓库，折了无数军民。御史议他削职，也算从轻发落了。他丈人再三设法，与他遮护，在官家前隐瞒着，只降了个知府。如今已铨河北蓟州府知府，赴任去了。小弟看见他动身，一路地方官趋奉迎接，好不威风。”

话未说完，只见吴学究鼓掌大笑道：“妙哉，贤弟何不早说！却在这里与他起偌大潮头。你早说了，退蔡京只须一人足矣，何用七万兵马！”宋江并众人惊疑不信，问道：“军师有何妙计？一个人却用那个？”吴用道：“只消铁叫子乐和兄弟去，如今还来得及。”便去宋江耳边低低说了几句，“只须叫乐和带了如此行头，如此如此行事，那怕蔡京不退！乐和走不快，叫戴宗同去”。宋江、卢俊义、公孙胜听罢，都大喜，连称妙计。忽山下李立店内，差人来报：“冷艳山被官兵破了，头目王俊逃出来求见，理在店内等候。”宋江等大惊，忙唤王俊见。

那王俊叩头参见毕，哭诉：“四月初九日，有两个军官过飞龙岭投宿。邓云、诸大娘不合去撩拨他，吃他并了合店人，放火烧了店屋。邝沙二位头领领众追赶，都吃他害了。山寨无主，被官兵打破，大伙都沉没了，小人逃命到此。”宋江听罢，只叫得苦，看着吴用说不出话来。吴用道：“什么军官，如此利害？你可曾见怎生模样？”王俊道：“小人虽不亲见，听说如此如此形貌装束，不知他的姓名。”回顾几个伴当，对宋江道：“他们数内有从九松浦得命回来的，都曾见来。”卢俊义、公孙胜惊道:“莫非就是陈希真父女?”宋江叫取那抄白榜文画像来与王俊等观看。那几个伴当一齐说道:“一点不错,是这般装束,竟是他两个。”宋江大怒道:“我倒这般企慕他,他反伤我的羽翼,此仇如何不报!”吴用劝道:“此刻却顾不及,只好缓商。”宋江便将王俊一干人在部下听用,一面吩咐乐和、戴宗下山依计行事。这一条计上,有分教:二十万貔貅,俱作虎头蛇尾;一百八大虫,依旧舞爪张牙。不知甚计策,且看下回分解。

第七十八回　蔡京私和宋公明　天彪大破呼延灼

话说蔡京辞了圣驾，带领二十万雄兵，浩浩荡荡，杀奔梁山泊来。大军渡过黄河，蔡京与众谋士商议道："梁山泊重兵都屯在嘉祥、濮州二处，我兵不如直攻梁山，由曹县、定陶进兵。"一个谋士道："呼延灼、林冲都最利害，我兵抵梁山，那两路来接应，我兵岂不是三面受敌？晚生的意思，不如发前部兵马先进，太师领大队为后应。"蔡京依了他的主意，便分前部骁将，带领八万人马，先往梁山进发。蔡京自统大兵十二万，驻扎定陶。那曹州府知府张觷，系蔡京亲戚，当时军营参见毕，蔡京邀他进后帐私礼相见。张觷道："前日杨龟山在我处，曾说起，据他的见识，大兵不宜由定陶竟取梁山，战必不利。"蔡京大喜道："原来杨龟山先生在你处，快请他来。"张觷道："他因探亲来此，我故与他相见。他昨日已去了。"蔡京忙叫记室写了书信，差一个从事赍了聘礼，同张觷追上去，"务要请他转来。说我蔡京军务在身，不能亲到"。那张觷同那从事领命，飞奔追去。

却说那杨龟山名时，字中立，剑南郡将乐县人，性至孝，熙宁年间举进士。是明道程夫子的门人，他与谢良佐、吕大临、游酢，称为"程门四先生"。后因见奸臣当道，政事不好，遂告休隐于龟山，人都称他为"龟山先生"。当日因探亲在曹州，张觷却也认识他，亲去见他，问及军情之事。杨龟山但说道："大军若直出曹县、定陶直攻梁山，必受其困。"那杨龟山也恐蔡京来逼请他，所以闻得蔡京来，早已走了，竟回龟山去。谁知蔡京差人兼程追上，务要他转来。杨时起先也推有病，不肯就聘，怎奈蔡京连次书信追来，末后一信有几句说道："先生无意功名，独不哀山东数十万生灵之命乎？"杨时被他这一句也说得心软了，又想了想，便当时应允。杨时有一门人随在身边，当时问道："先生常说蔡京是个奸臣，为避着他，隐在岩谷，今日却为何就他的聘？"杨龟山叹道："你不知道，老死岩谷，原非我的本心。蔡京虽是个奸臣,今日却难得他这般谦下,天下没有劝不转的人。或者我的机缘,在此人身上,也未可定。蔡京不谙兵法,门下多是谄佞之辈,决非宋江、吴用的敌手。我若执意不去,那二十万大兵性命不知何如。且去走遭,看他待我何如,合则留,不合则去,主意是我的,有甚么去不得!"当时杨龟山便同张骕及那个从事,齐转到蔡京军营。

蔡京闻他来了,大喜,传令开门迎接。相见叙礼毕,蔡京以上宾之礼待杨时。蔡京开言问道:"本阁久仰先生大德大才,如渴如饥,先生却何故远遁山林?"杨龟山道:"实因晚生常有采薪之忧,不能侍奉左右,勿罪。"蔡京道:"本阁奉圣旨提大兵征剿梁山,宜先取何路,应如何进兵,求先生教我。"杨龟山道:"太师明鉴:宋江那厮,起先不过潜伏草泽,今擅敢割据州县,倘使这厮兵力不足,何敢如此?所以此时贼势的猖獗,较从前更甚。那厮不取别处,单据嘉祥、濮州者,明是恐官兵直取他巢穴,故把重兵立成犄角。若由定陶直攻梁山,正中他的机会。据晚生愚见,不如发精兵先攻嘉祥。嘉祥城小壕浅,呼延灼勇而无谋;更兼南旺营的百姓都是威势胁逼,不得已而从贼,天兵到处,必然反戈,嘉祥唾手可得。得了嘉祥,林冲不来救则势孤,必为众贼厌弃;来救,则濮州可图。攻倒了这两处,梁山还有什么倚仗?今舍此两处,先图梁山,那水泊辽阔,正面山势险恶,郓城一带港汊又多,急切攻打不下。那厮把嘉祥、濮州两路精兵,抄袭后面。虽是我兵分做先后二队,进去容易,退出却难。万一前路救不出,二十万大兵先失陷一半了。所以竟攻梁山之计,恐防不稳。"

蔡京听这一席话,大喜道:"先生真是妙算。"遂传令依计而行,把那先发的八万人马撤回,改攻嘉祥县。杨龟山又道:"天津府总管邓宗弼,开州统制张应雷,武定府总管辛从忠,广平府总管陶震霆,四人都有大将之材,望太师重用。更有那景阳镇总管云天彪,晚生也认识他。此人之材,仿佛春秋时的郤偲。此人若在军中,必能使上下一心,盗贼胆寒。"蔡京道:"云天彪乃种师道最得意之人,谅必不差,我叫他独当一面,攻梁山泊的后路。邓宗弼、辛从忠二人,今年斩了杨烈,擒了施威,我也十分爱他。陶震霆、张应雷,也有人说起武艺甚好。"便传檄文调邓、辛、张、陶四将来军前听用。不日陆续都到,蔡京看了四个英雄,威风凛凛,大喜,便叫四人为前部先锋,领兵攻打嘉祥县。四个英雄得令,带了八万人马,旋风也似的杀奔嘉祥县去了。杨时又劝蔡京调云天彪亦到嘉祥,不必带景阳镇兵马,蔡京也依了。

这里蔡京将大军屯扎定陶,只等濮州的动静,便乘势进兵。不到一二日,忽然接到河北天津府一角公文,上面插着鸡毛,蔡京拆开观看。不看万事全休,一看把那蔡京吓得魂飞天外,魄散九霄。看官也忙惊问道:"什么事?"这事也不关紧要,不要着忙,且把那申文读与众位听。上面写着道:"河北天津府知府为申报失陷命官紧急军务事:某月某日,有新任蓟州知府梁世杰,挈官眷,由卑府所辖盐山县地方经过。行至伏虎冈地面,遇一伙歹人,假扮盐山县知县,带领假扮人役,沿途殷勤迎接,酒内用蒙汗药,将该知府梁世杰,并上下一切人等,尽行麻倒,用车载劫入盐山。卑府半途闻知,急会同沧州兵马都监何武,督兵剿救。不防有梁山之大盗朱仝、雷横,伏兵两路突发。官军大战不利,都监何武阵亡,卑府亦遭重伤,折兵无数。现在探听盐山群贼,已将梁世杰等劫入梁山。卑府不敢隐瞒,除申报河北制置司外,合肃禀明宪台,作主施行。"

蔡京看罢,魂灵儿还不曾叫转,忽又报梁山泊宋江差人下战书。蔡京大惊,忙看那封皮上,写着"蔡太师开拆"。蔡京拆开看时,上写着:

> 梁山泊天魁星义士宋江致书于蔡太师阁下:宋江因奸臣擅权,不容人进步,故启请众位豪杰,聚义山东,一同替天行道。上应天星而列位,下随人志而抒诚。天既与之,人不能废。初未尝得罪于执政,不知阁下何故兴此无名之师?夫佳兵不祥,战者逆德。宋江不喜战斗,只得邀请令坦蓟州太守梁君,暨令爱恭人,光降敝寨,与之商议。蒙慨发尺素,祈阁下暂息雷霆,怡情富贵。如不获命,宋江不得已愿借重令坦并令爱之尊首祭旗,尊血衅鼓,慢散儿郎,以与阁下相戏。阁下勿将官家作推,阁下调元赞化,秉国之钧,有所指陈,官家焉有不允。今日战与不战,悉请尊裁。守候回玉,书不尽言。

封套内又有梁太守并蔡夫人的亲笔信一封,都是哀求老儿、丈人退兵救性命的话。

蔡京看了,惊得个一佛出世,二佛涅槃,口里只叫道:"这却怎好?这却怎好?"半日没摆布处,只得叫:"请杨先生来商议退兵。"杨龟山道:"太师差矣。天子亲临太庙,托付太师重权,非同小可。县君与贵人失陷,固是失意事,太师独不闻乐羊啜中山之羹,袁公箭射亲儿。这两个君子,岂真无骨肉之情哉?只为迫于大义,不敢以私废公。今太师为一女婿、女儿,轻弃君命,二十万大兵无故卷旗,岂不为天下所笑?"蔡京道:"我也深知此是正论,怎奈本阁这个小女十分孝顺,最可人意,不值便这般下得。"说着,掉下泪来。杨龟山道:"太师若要生全贵人、县君,火速进兵,宋江必不敢就下手。晚生料邓、辛、张、陶四将勇冠三军,云天彪持重多谋。这五员虎将,八万雄师,取一嘉祥县,如大炬之燎鸿毛。就着落五将身上,务要生擒有名贼将一二人,与宋江兑换县君、贵人,看他如何!今一退兵,县君、贵人必无生还之日矣。"蔡京未及回言,杨龟山又道:"即使万有不幸,县君、贵人遇害,捉住宋江时,碎割碎剐,报仇有日。并非晚生心狠,把他人骨肉不关自己疼痒。"

蔡京不做声,摇着头只是叹气。杨龟山情知劝不转,便道:"如要退兵,须得有名,堂堂正正的,休吃天下人说太师怕强盗。"看官须知:此言是杨中立深恐朝廷损威,并非为蔡京画策。"只是晚生夜来肺病大发,军中医药不便,求给假回山将息。"蔡京道:"这个自然。但是先生如何便去?"杨龟山道:"委实有病。"再三告辞。

蔡京也明知不投机,虚留了一回,便厚以金帛相赠。杨龟山初时分毫不受,因见蔡京有不悦之色,只得略受了些。当日辞了蔡京,竟回龟山。一路便将蔡京所赠的金帛,散给贫民。直到后来,宣和元年冬十一月,徽宗征他为秘书郎,他方出仕。后来做到右谏议大夫,兼侍讲、国子监祭酒。高丽国王都闻他的名,托中国的使臣路允迪问候。享寿八十余岁,成了一代大儒,配享孔庙。人多有议论他不该就蔡京之聘,不知他实出于不得已也。

闲话休题,且说蔡京送了杨龟山去后,便同众谋士商议。一个谋士道:"要救贵人、县君,自然还是退兵。"一个谋士道:"也须要他还了人再退。”蔡京道：“只是班师无名，恐官家见责。”一个谋士道：“值甚么！现在天气暑热，军马多病，太师奏上一本，只说军营瘟疫盛行，求降旨班师。官兵离乡背井，听说归家，谁不愿从！”蔡京道：“此计大妙。但我不便奏，童贯与本阁最好，我写信去托他转奏。”一面又发移文与河北制置使，教将蓟州太守被劫一案，且从缓动本；一面飞檄云天彪、邓、辛、张、陶五将，且慢攻打嘉祥县；一面写回信与梁山泊，说：“只要放回梁太守、蔡夫人，本阁便退兵。”又差一员心腹官员，能言舌辩的，同了梁山的送信人去。

不数日，宋江又有回信，差一个小喽罗，同差去的官员一齐来，说道：“太师如果班师，便送太守、恭人回营，决不食言。先将恭人的亲随一人发还。”书后又写一行道：“太师如果愿战，望先示师期。”蔡京看罢，便叫那蔡夫人的亲随私问道：“县君怎地苦，他病尚未全好？郡马贵人好否？”那亲随道：“县君与贵人被劫了去，众头领都佛眼相看，并且置酒压惊。争奈那玉麒麟卢俊义记得前仇，定要把贵人处死。众头领都劝阻不住，连宋江的号令都禁不得。幸亏杨志、索超二人抵死相救，再三哀求。卢俊义兀自怒气不平，将贵人捆翻，打一百背花。打到四五十，却得杨志覆在贵人身上哭求，索超夺去棍棒，众好汉都劝，方才放了。已是皮开肉绽，昏晕几次。如今杨志、索超领去将息，却也还转了些。县君虽是吃些惊恐，却未曾受苦，病已好了。”蔡京听罢，潸然泪下，便发回信，应许宋江，圣旨一下，即便退兵；又写信与蔡夫人、梁太守，慰他二人宽心。

不数日，天子诏到，说道：“据枢密使童贯奏称，蔡京军中瘟疫盛行，人马不安。如果属实，着蔡京核实奏闻，暂且班师，毋得俄延，以重朕愆。朕惟夙夜修省，祈禳天休。诏到，蔡京即便遵行，用示朕体恤将士之至意。”

蔡京得诏大喜，便传令各营遵旨班师，并飞檄云天彪等即行收兵。各营军将听令，无不骇然，都说道：“养兵千日，用在一朝。我们都要建功报效，却怎地不见半个贼兵，就无故班师？”不数日，宋江又有信到，说：“太师退兵过了黄河，即送梁太守并恭人回营。”蔡京大喜，传令克日班师，挑选几员骁将断后，拔寨竟退。过了黄河，屯扎了，一面覆奏天子，一面差人问梁山催讨梁太守夫妻。宋江回报，必待攻嘉祥的兵马都退尽，方肯送还。蔡京连忙飞檄催云天彪等退兵。

却说邓、辛、张、陶四将，那日得令，带领八万兵，如飞也似杀奔嘉祥县。呼延灼接战不利，闭城坚守。四将围住，八面攻打，一时难克。忽报景阳镇总管云天彪，奉檄前来助战。四将大喜，出营迎接。原来云天彪在景阳镇上正打探大军的消息，忽接到蔡京檄文，教他赴嘉祥节制四镇，一同攻打，无须自己带兵等语，便将兵符印信都交与都监护理，自己带了随身五百名砍刀手，星夜奔赴嘉祥县来。

邓辛等四将接入，看那天彪生得面如重枣，凤眼蚕眉，龙行虎步，美髯过腹，声如洪钟。四将十分惊喜，各行礼参见。天彪忙答礼道："何故如此？"四将道："小将奉太师钧旨，受总管节制，应得如此。"云天彪谦逊了一回，当时问起军情。四将答道："连日攻打不能得利。"天彪便乘马出营，看了一回，入来说道："此处城小壕浅，必为吾等所破。但城里钱粮充足，恐一时难拔。俄延时日，防那厮有救兵到。"邓宗弼道："防濮州林冲来救。但蔡太师现把大军屯在定陶，那厮未必敢离巢穴。"天彪道："林冲不来，也须防梁山来救。小弟愚见，攻打此城，不必用八万人的全力，只须五万人足矣。小弟愿领三万人去屯在城北，扼住他的咽喉，休吃那厮来救。南旺营的百姓皆有义气，不得已从贼，若以大义招抚，必然归降。降了南旺营，嘉祥势孤矣。素来只道蔡太师无谋，今先攻此处，却甚有见识。"邓宗弼道："他聘请杨时为军师，杨时与他定的主意。"天彪惊喜道："怪得！龟山先生在军中，我们不枉了一番气力。"只见张应雷、陶震霆起身禀道："云将军为三军司令，岂可轻离此地！小将不才，愿领三万人马去守要害，误事甘当军令。"天彪大喜，就分三万人与二将同去。

却说那张应雷、陶震霆二人，都是河南郾城人。两个是姑表弟兄。生得八尺以上身材，四十以内年纪。那张应雷使的是一柄赤铜刘，重五十斤；那陶震霆使两柄枣瓜锤，每柄重三十斤。张应雷现为河北开州统制；陶震霆现为广平府总管。两个都是拔山举鼎的英雄，当日得令，带了三万人马，到城北要路去镇守。

这里云天彪同邓宗弼、辛从忠一应骁将，率领五万人马，将嘉祥县东南西三面围定,只留北门不围。架飞楼,竖云梯,弓弩枪炮,悉力攻打。呼延灼同彭玘、韩滔百计守御。连攻了数日,呼延灼等都有些困乏,守城兵卒伤了许多,忽然蔡京的飞报到来,叫且休攻打,“静候本阁军令,毋得故违干咎”。天彪与邓辛二人都吃一惊,道:“怎地这般没主意,忽起忽倒?不遵军令,又是我们错。”邓宗弼、辛从忠道:“再是两三日,此城必破。今无故退兵,真是可惜!”天彪道:“可不是么,如今只好丢开。”遂把兵马约退了。呼延灼见官兵忽然退了,也不知其故,只恐有计,不敢便出,只望南旺营来策应。云天彪与邓辛二人在中军帐内说道:“凡是攻城,全仗一鼓锐气。今牵延着,不许我们动手,养成敌人气力。一旦那厮的救应人马到来,却怎生取得?”

正说间,辕门外来报道:“外面有一壮士,口称是南旺营人,名唤杨腾蛟,斩了王定六、郁保四,带了百数人,前来投诚。”天彪大喜,传令叫进来相见。那杨腾蛟提着王定六、郁保四两颗首级,直到中军,伏地请罪。天彪忙叫请起,赐位坐了。小校上前接了那两颗首级。众人看那杨腾蛟,是个彪躯大汉,青黑色面皮,眼有神光,果然英雄。天彪问道:“壮士何方人氏?怎生斩得这两名贼将?愿闻其详。”杨腾蛟道:“小人姓杨,双名腾蛟,祖贯南旺营人。小人父亲砍柴为业,年老做动不得,靠小人打铁营生,养赡着他。小人有些膂力,生平最好枪棒武艺,也略识些文字。南旺营村前村后五七百家,都识得小人。叵耐去年梁山泊那伙鸟男女来烦恼南旺营,俺那里寡不敌众,吃那厮平吞了去。那厮是什么单廷圭、魏定国,霸占住了,众百姓都不忿气。那厮见小人好武艺,要小人做亲随。小人看父亲病在床上,恐吃他害了性命,没奈何忍口鸟气,只得依了。那知小人的父亲吃他一吓,竟病重死了。小人一发恨那厮,屡次想杀他,只是没个帮手。今见相公们领兵到来,那厮两个正待要来救嘉祥县,要小人同这王定六、郁保四做前部。众百姓撺掇小人为头,小人暗地里集下四五千人,约定时候,是小人刺杀这两贼,杀了他二千多人,余党都散。那单魏二贼吃他逃走了。特将首级来相公前请罪。”云天彪道:“这是壮士的大功,怎说是罪!”众人都大喜。天彪便叫辛从忠督兵前往南旺营,安抚百姓复业;一面备文申报蔡京,并将王郁二首级解去,留杨腾蛟在军中。

候了多日,不见蔡京教进兵。天彪与邓辛二人十分焦躁,张应雷、陶震霆也等不过,只管来问信。忽蔡京有紧急公文到,众皆大喜。忙接来看,却是因瘟疫奉诏班师的话,众皆大惊。邓宗弼、辛从忠道:"费了若干钱粮,到得这里,为何不战而退?"天彪道:"钱粮在其次,一路兵差徭役,百姓膏血都用尽了。"张陶二将也回中军,说道:"有甚么瘟疫!暑热天气,数十万人难保无人生病,这也算不得,此中必有别情。"便将来人细问,来人道:"闻知是太师的女婿梁世杰同女儿被梁山上掳去,太师恐他伤害,谎奏朝廷,只说有瘟疫退兵。"张应雷、陶震霆一齐大怒,道:"放他娘的屁!我等那个没有老小,单是他为一己之私,废天下大事?我等便死,也要灭了梁山方回!"天彪喝道:"二位将军休要胡说!诏书已下,岂可抗违。但是众位不服气,小弟设一计,杀他一个落花流水,然后退兵。"众人大喜,大小军士都叫道:"如要厮杀,我等情愿死战!"天彪便吩咐四将如此如此;又给杨腾蛟提辖职衔,着他带一枝精兵,埋伏在嘉祥县东门外卧龙山内,吩咐道:"我一退兵,呼延灼必叫别将守城,亲自来追。我预使人打着梁山旗号,假作兵败逃回,赚他开门,却又故意露出破绽,教他看出,诱他来赶杀。待他出了城,你只看号火四起,便并力攻打东门。军前多用佛郎机,此城必破。倘或那厮竟被赚开门,你也看号火起,便来策应,也是你的功劳。不得有误!"杨腾蛟领令去了。

天彪传令军马一齐围城,鼓噪攻打,呼延灼忙上城督兵守御,不及一个时辰,官兵一齐退去,当时卷旗俱走。呼延灼已得梁山信,知蔡京讲和退兵;又见单廷圭、魏定国一齐奔入城来,知南旺营已失,王定六、郁保四遇害,正忿怒之时,见天彪等一攻便走,愈怒,便叫:"开城追赶!"彭玘道:"这厮恐有计。"呼延灼道:"非也。这厮定是得蔡京的号令退兵,恐我追赶,故先虚作攻打一番,以便退去。我想那王定六、郁保四的仇,如何不报,追上去杀他一阵,也稍出口闷气。"便提双鞭上马,叫单廷圭、魏定国守城,同彭玘、韩滔带领兵马开城追来。云天彪拍马舞刀转身迎战,不数合,拖刀便走。呼延灼驱兵追赶,只听号炮响亮,邓宗弼左边杀来,辛从忠右边杀来,三面夹攻。呼延灼望见本城火光冲天,无心恋战,忙收兵回去。三路兵一齐追转来。

呼延灼到得城边,只见吊桥拽起,一声鼓响,满城上都是官军旗号。一位英雄立在敌楼护栏边,正是杨腾蛟,指着城下骂道:"直娘贼,你来!"城上乱箭雨点般射下。呼延灼大惊,同彭玘、韩滔夺路绕城而走,望正北投梁山去。

追兵渐远,走不上十里,忽然山鸣谷响,两彪军杀出来。正是张应雷、陶震霆,大叫:"贼子休走,我在此等候多时了!"呼延灼、彭玘、韩滔一齐来迎,张陶二将各奋神威,酣战三人,五十余合不分胜败。背后杨腾蛟也到。那杨腾蛟使一柄蘸金开山斧,十分利害。当时陶震霆敌住呼延灼,张应雷敌住韩滔,杨腾蛟敌住彭玘,捉对儿厮杀,三军大战。只见张应雷卖个破绽,让韩滔一刀砍入来,搠到分际,张应雷右手倒提铜刘,左手伸开虎爪,揪住韩滔勒皂丝绦,生拖过来掼在地上。众官军上前按住,活捉了去。呼延灼、彭玘情知不是头,不敢恋战,回马便走,三位英雄一齐追赶。陶震霆赶呼延灼不上,便挂了双锤,背上卸下那杆溜金火枪,火药、铅子已是装好,当时扳起火机,上面自有玛瑙石自来火。陶震霆双手擎枪,钩动火机,扑通一枪,对呼延灼打去。这回也是呼延灼命不该死,那一枪却打在那匹马的后跨上,一颗铅子直穿入马肚里去。那马倒了,把呼延灼掀下地来。陶震霆上前去抢,吃那边救了去。可惜那匹御赐踢雪乌骓,竟死在陶震霆手里。云天彪拥大队都到,追杀了一阵,一齐收兵回嘉祥县。

呼延灼大败亏输,单魏二人也引败残兵马奔来,会在一处,商议不如且回梁山。恰好大刀关胜领兵来救嘉祥县,遇着呼延灼。知嘉祥县已失,关胜道:"那厮大胜之际,锐气甚盛。我却素知那云天彪用兵如神。我军新败,若再去攻打,战必不利,不如且回大寨商议。"当时定了主意,一齐回梁山泊去了。

却说云天彪等五员大将,并南旺营的好汉杨腾蛟,收聚得胜兵掌鼓回嘉祥县。进了县城,天彪传令安抚军民,将钱粮仓库一齐查盘封好,申文飞报蔡京,说道:"小将等遵太师军令退兵,叵耐呼延灼猖獗厮逼,小将等回兵大战,呼延灼败走,收复嘉祥县,生擒贼将韩滔一名,斩首八千余级,特此报捷。”一面将韩滔用囚车钉了,就差邓、辛、张、陶四将解去,并请委文武官员来嘉祥治事,自己同杨腾蛟分兵在嘉祥县权且镇守。

却说蔡京已把大军退过黄河,只等梁山上放回梁知府、蔡夫人,忽接到云天彪捷书,说义民杨腾蛟斩了王定六、郁保四,恢复南旺营;接连又得捷报,云天彪恢复嘉祥县,生擒韩滔,押解前来。蔡京肚皮里叫不迭那苦,口里却说不出,只得与几个心腹谋士预先商议定了。

不日邓、辛、张、陶四将解到韩滔,来禀见蔡京。四将齐说道:“小将营内仗太师洪福,兵马却都不病。遵大令退兵,叵耐呼延灼追逼不舍。小将等情急,回兵迎战,那厮败走,弃了嘉祥县而去。小将等捉了韩滔,斩首八千余级。云天彪恐嘉祥县复失,在彼分兵镇守,不敢擅离,请太师速委员弁下去。”蔡京怎敢说他们错,只得做出大喜之状,慰劳了四将,叫去各回本任,与云天彪一并听候号令。一面委心腹员弁二人,私下嘱咐了,去嘉祥县接印管事。只得买下一个顶替凶身,充作韩滔,趁黑夜绑出辕门,斩了号令。王郁两颗首级,早已换过。却私地将韩滔藏入后帐,开了囚车,请出来,只得再三赔罪,说道:“并非蔡京背盟。实因路远,号令呼应不及,以致冲犯了好汉。今暗地里送好汉回梁山,小女、小婿望乞照拂。”韩滔谢了。蔡京便将王郁两颗首级,用香木匣儿装好,只得差心腹数人赍了,护送韩滔,一同回梁山去了。

却说宋江探得蔡京已奏准退兵,大喜,正要商议要留梁世杰夫妻为质当,忽报大刀关胜领兵转来,呼延灼等都败上山来。宋江大惊,忙接进来。众人齐禀道:“南旺营兵变,王定六、郁保四被害,云天彪用诡计破了嘉祥县,韩滔遭擒,折兵一万二千人。”宋江大怒,道:“这厮安敢反覆不常!”即吆喝:“速把梁世杰夫妻捉出去砍了,与我王郁两位兄弟报仇!”正是:蔡相已成平地虎,中书又作釜中鱼。

不知梁世杰夫妻二人性命何如,且看下回分解。

第七十九回　蔡太师班师媚贼　杨义士旅店除奸

却说宋江大怒，要斩梁世杰夫妇。吴用忙劝住道："哥哥容禀：王定六、郁保四已死，韩滔兄弟尚在他处，今杀了他女婿、女儿，蔡京绝望，必将韩滔伤害。不如留他两条命，诱他放回韩滔，再作商议。且差人去责问蔡京为何背盟，他若不明道理，再斩二人不迟。"宋江便将梁世杰夫妇叫到面前喝骂，吓得夫妻二人伏在地上抖做一堆。吴用道："你二人快写信去，问蔡京为何背盟！"梁世杰道："……奴……奴才就写。"夫妻二人就在阶前，铺纸磨墨，肐搭搭的写完，呈上与宋江看了。宋江又指二人骂道："看你丈人老儿此番对答何如，倘不在理，便立宰你两颗驴头，祭我的大将！"喝叫："牵去，着杨、索二位头领处管押。"又发一角移文，并梁世杰夫妻的手书，差人赍去蔡京。还未送到，早接到蔡京的差官送来韩滔，并王郁两颗首级。宋江唤入，差官伏地请罪，呈上书信。

宋江怒忿忿地拆信看了，双眉竖起，大骂道："蔡京奸贼，安敢欺我！我倒有心放还他女婿、女儿，他反夺我城池，伤我大将，怎说得过?"差官磕头不止道："请大王息怒，容禀：太师实不敢背盟，实因路隔遥远，军令招呼不及，以致误伤头领。今太师自知理屈愆重，特差小官膝行请罪，倘蒙赦回了贵人、县君，太师情愿送还嘉祥县、南旺营，已嘱咐了该处官吏，大兵到时，一鼓可下。"言未毕，宋江愈怒，道："放你娘的狗屁！我等一百八位好汉，替天行道，义同生死，不争被你们一起伤损我两个，此仇岂有不报。谁稀罕你还嘉祥县、南旺营！"便传令："立斩梁世杰夫妻，将两个驴头付他带回，着蔡京来，刻日交兵。"差官未及开言，只见吴用、公孙胜一齐谏道："请哥哥息怒。此事委实不干蔡京之罪，但他只如此赔礼，却不能轻恕。梁世杰夫妻且暂免其死，监禁在这里，问蔡京如何理会。"宋江道："既如此，且看二位军师面上，蔡京须要依我三件事，便送女儿、女婿还他。半件有违,教他休想!”差官道:“莫说三件,三十件都依了。”宋江道:“一件,还我嘉祥、南旺,自不必说;一件,仍要十万金珠,作王定六、郁保四祭奠之礼;一件,三个月内,就要云天彪、杨腾蛟二人的首级照面。这三件趁早去说,等你回话。”差官诺诺连声,奔回去见蔡京。

没多日,差官转来说:“三件事,太师都依了。只是云天彪是种师道得意之人,种师道在官家前最有脸面。云天彪得他庇护,根基深厚,摇撼不得,只可觑机会下手,亦不过弄他落职。若取他首级,太师怕不肯,实恐力不能及。至于杨腾蛟首级,必当献上。”宋江道:“既这般说,也罢。只是你太师反覆不常,今把梁太守夫妻权居在我处,我佛眼看他。教你太师放心,等他三件事完毕,再还他不迟。”那差官那敢再说,只得领了言语,回覆蔡京去了。

却说蔡京因梁山泊变卦,深恨云天彪入骨。及差官回营,听了宋江这番言语,又见女儿、女婿仍讨不到手,一发懊恨,与心腹谋士商议道:“云天彪那厮,仗着老种的势,枉是动摇他不得。杨腾蛟却好收拾,我想不如取他这里来杀了他,将首级把与宋江,换我女儿,件件依他到底,看他还有何说!”那谋士道:“弄他这里来,若寻事杀他,恐多延时日,且又费事;若暗地害他,又恐耳目众多。太师不如差心腹勇士去取他,伴他同来,只就路上如此行事,岂不机密?”蔡京大喜道:“此计甚妙。”便唤那心腹勇士刘世让,吩咐道:“与你令箭一枝,札谕一封,到嘉祥县,问云天彪讨取义民杨腾蛟来大营听用。到半路上,须如此结果他性命。首级不必将来,便同此书信,送至梁山上宋江处,回京来缴令,自有重赏。切切不可泄漏,首级休教腐烂,不得有误。也不必带伴当,恐走风声。”刘世让道:“闻知杨腾蛟那厮武艺也了得,小人独自一个,恐降他不落。且不能禁他不带伴当来。小人意见,有一个兄弟叫做刘二,也有些武艺,做事灵便。不如教他扮做伴当,同了小人去,也好做个帮手。”蔡京道:“可行则行,须要小心。”便将刘二叫来看了,即便准行。

刘世让弟兄两个当时收拾起,领了令箭公文,投奔嘉祥县来。

蔡京班师回朝,不日到了东京,面圣谢恩,同童贯朋比为奸。官家竟被他们瞒过,只道真有瘟疫。不日,河北制置使奏到梁世杰中途失陷的本章，天子怒道："这厮敢如此无状，且待将士休息，朕当亲统六师，剿灭此贼。"

原来天子不知蔡京、梁世杰是翁婿。况且河北制置使的奏章故意迟延日期，天子如何想得到。朝中有晓得的，都畏蔡京的势，无人敢言。蔡京竟把收复嘉祥县、南旺营，斩王定六、郁保四的功劳，尽行冒了去。只将擒韩滔的功，归于云天彪等，仅奏请加了一级。官兵将弁，毫无奖励。按下慢表。

且说云天彪在嘉祥，等候新任文武官弁到来，即将兵符印信钱粮仓库城池地方都交代了，对杨腾蛟道："足下忘生舍死，建此奇功，蔡京竟置之不问，且连军士儿郎们的犒赏，半点俱无，人人怨嗟。我也恐青云山、猿臂寨两处的盗贼，乘我不在景阳镇，窃发滋事，须得早回。这里嘉祥县、南旺营两处，是梁山泊必争之地。我看那两个官员，都是蔡京之党，那厮们害百姓有余，御强盗不足。你若仍归南旺营，日后必受人谋害。南旺营的百姓也甚可怜，我已晓谕他们都迁移了，省得遭梁山蹂躏，只恐有根生土养的一时迁移不得。足下只有一个人，如不见弃，何不同下官到景阳镇去，日后图个出身。下官得足下相助，多少幸甚。"杨腾蛟听罢，再拜流涕道："小人蒙恩相抬举，愿终身执鞭随镫。只是小人昨夜得了一个怪梦，梦见一个黑面虬髯的大将，手持青龙偃月刀，好像关王驾前的周将军模样，对小人说道：'你有大难到，切戒不可饮酒，不可带伴当，放心前去，临时我来救你。'说罢惊醒，满屋异香，却不知何故。"云天彪想了想，也解不出。

正说话间，忽报蔡太师有令箭差官到。天彪接入，拆看了公文，知是要杨腾蛟"赴京授职，毋得观望"等语。云天彪也一时不道是计，甚是欢喜，便缮了申覆文书，叫杨腾蛟收拾起，同了刘世让起身。天彪吩咐杨腾蛟道："足下一路保重，我想你所说之梦，莫非应在此行，你就不可带伴当，从此戒了酒。只是你有功无罪，又且与蔡京无仇，不成他来害你？但是此辈心胸亦不可测，你到了东京，见风色不好，即便退步，到我处来。"腾蛟顿首拜谢道："恩相放心，便是蔡京肯用小人，小人亦不愿在他那里，今日只是令不可违。小人到京，不论有无一官半职，誓必辞了，仍来投托麾下，便肝胆涂地，也不推却。"

天彪大悦，又取三百两银子送与腾蛟作盘费，又赠良马一匹、宝刀一口。腾蛟都收了，拜辞了天彪，当时提了那柄金蘸开山斧，跨了那口宝刀，同刘世让都上了头口，起身往东京去。

云天彪公事都毕，仍带了那五百名砍刀手，回景阳镇去。众官兵百姓都舍不得天彪，沿途大摆队伍，扶老携幼的相送，哭声震野。天彪在马上也洒泪不止。那天彪所分一半大兵，得蔡京号令，只等山东制置使堵御兵到，都随了本部将领回京去了。

却说杨腾蛟同了刘世让一同上路。正是五月初的天气，十分炎热，三人都赤了身体。那刘世让见杨腾蛟身边有三百两银子，又不带伴当，心中甚喜，一路与刘二商量，趋奉着他。那刘世让本是个篾片走狗的材料，甜言蜜语，无般不会。那杨腾蛟是个直爽汉，只道他是好意，不防备他。世让说道："杨将军，你此番到京，蔡太师一定重用，小可深望提挈。"腾蛟道："你说那里话！你前日说你已是太师得意近身人，怎的还说要人提挈？"刘世让道："杨将军，你今年贵庚？"杨腾蛟道："小可三十七了。"刘世让道："小可今年三十六。"便撮着嘴唇上两片掩嘴须笑道："杨将军，如蒙不弃，小可与你结为盟弟兄，尊意何如？"腾蛟大喜，道："刘长官见爱，小可万幸。只是小可不过一个铁匠出身，怎好攀附？"刘世让大笑道："兄长休这般说，便是小弟也因铁器生涯上，际遇太师，得了本身勾当。"

看官：凡是篾片走狗的话，十句没有半句作真。他见杨腾蛟说三十七岁，他便说三十六岁；见杨腾蛟说铁匠出身，他便说铁器上际遇。那杨腾蛟是个直性男子，那里理会得？当时心中大喜，暗想道："我为人粗笨，又是初次到东京，正没个相识。此人虽是武艺平常，人却乖觉。我到东京，即有人暗算，我也好同他商量。"

当晚投宿，杨腾蛟便教店小二预备香烛纸马，买下福礼，邀了刘世让，结拜证盟了，二人便兄弟称呼。就在那院子中心葡萄架下，散福饮胙。刘世让道："可惜兄长不肯吃酒，今日我二人结了异姓骨肉，兄长何妨吃几杯？"杨腾蛟暗想梦寐之事，也不必十分拘泥，胡乱吃几杯打甚紧，便说道："我不是不肯，委实吃下去便头眩颓涨，心里不自在。既贤弟这般说，我便吃几杯。"当时取个盏子放在面前，世让先敬了一杯,便把酒壶交与刘二。那刘二殷勤伏侍,腾蛟再不识得他却是真正弟兄。店小二进来说道:“二位官人欢聚,何不叫个唱的粉头来劝两杯?”刘世让道:“最妙,你去叫了来。”

不多时,店小二引着一个花娘进来,后面一个鸨儿跟着。刘二忙去掌上灯花,那花娘上前折花枝也似的道了两个万福,便上前来把盏。那店小二自去了。刘世让道:“你叫甚么名字?”那花娘道:“婢子小名阿喜。”杨腾蛟道:“你会跑解马否?”阿喜道:“婢子不是武妓。”世让笑道:“哥哥老实人,到底不在行。凡是跑解马的武妓,他那打扮都是单叉裤,不系裙子,头上穿心抓角儿。”阿喜道:“近来武妓好的绝少。有得一二个有名的,都是东京下来的。”腾蛟道:“原来如此。”阿喜问刘世让道:“二位大官人上姓?”世让道:“那一位官人姓杨,我姓刘。你好一副喉音,请教一枝曲儿。”那鸨儿便递过琵琶来。阿喜接过来告个罪,便去世让肩下坐了,把一只脚搁在膝上,把琵琶放在腿上,挽起袖口,抱起琵琶来,轻轻挑拨,和准了弦索,忽然十个指尖儿抓动,四弦冰裂,先空弹了一套溜板儿,顿开莺喉,唱了一枝武林吴学士新制的《哀姊妹行·惜奴娇》。唱道:

梦绕青楼。叹莲生火里,絮落池头。一任你娇红温玉,谁竟逢杜牧风流。堪愁,薄命红颜君知否?那里个匹鸳鸯联翡翠,下场头只落得花残月缺尽人憔悴。

唱毕,世让喝采一番。阿喜笑道:“粗喉咙献丑。”腾蛟道:“你可有战场上的曲儿么?”阿喜道:“略有几套。”腾蛟大喜,道:“请教妙音。”便自己满斟一杯,一饮而尽。阿喜便又拨动琵琶,唱一枝《马陵道》的《中吕·粉蝶儿》。唱道:

打一轮皂盖轻车,按天书把三军摆设,谁识俺阵以长蛇。端的个角生风、旗掣电、弓弯秋月,喊一声海沸山裂。杀得他众儿郎不能相借!

那四条弦索铮铮的爆响,果然像金鼓战斗之声。欢喜得杨腾蛟一叠连声的喝采。阿喜便收过琵琶,执壶来二人前把盏。杨腾蛟连吃了五七杯,忽然想道:“不要太高兴了。”那刘世让便把阿喜抱入怀里,尽意的罗唣。杨腾蛟看不惯那恶模样,把眼去看别处。刘世让见了,就把阿喜推开,道:“兄长再吃两杯。”腾蛟道:“我吃不得了,贤弟宽用。明日是端阳佳节,我和你畅饮。”世让道:“这般说也罢,取饭来。”阿喜道:“婢子还有事去,不在此吃饭了。”世让便去身边摸出五两一锭银子,道:“这是杨大官人的。”又摸出照样一锭,道:“这是我的。你将了去。”阿喜收起,道个万福谢了,同鸨儿出去。杨腾蛟道:“怎的要贤弟坏钞?”刘世让道:“休这般说。小弟同哥哥知己弟兄,一切银钱,你的就是我的,我的就是你的。我无时向哥哥讨用,小弟有时哥哥只管来取,计较什么。”杨腾蛟道:“兄弟,休怪我说你,似你这般英年,正当要熬炼筋骨,将来边庭上一刀一枪,全仗身子做事。不争这花色上滑了骨髓,不但吃人笑话,抑且自己吃亏。贤弟须要依愚兄的言语。”世让笑道:“遵教。我也不过逢场作戏。”

正说话间,只见那鸨儿、阿喜拿着灯烛,着地照进来。店小二也随在后面。世让道:“你们寻找甚么?”阿喜道:“一枝翡翠玉搔头,不知怎地脱落了。”杨腾蛟惊道:“方才还见你插在鬓边。”刘世让道:“我却不留心。”刘二道:“你出去时还在你头上。”阿喜听得这话,心里越发惊惶,道:“外面都寻遍了不见,只道二位大官人与婢子作耍,故意藏过了,故寻进来。”杨腾蛟道:“谁与你这般恶耍!便是作耍,此刻也还了你。且不可心慌,要在总在。”那刘世让便把椅子、板凳都拖过一边,相帮乱寻乱照。店小二、刘二芸田也似的地面上寻看。杨腾蛟也看了,不见。只见那鸨儿指着阿喜咬牙骂道:“糊涂屄里挖出来的贱坯子,倒你娘的屄运,心肝里不知对付那里!回去剥了你娘的屄皮使用!”那阿喜吓得面如土色,立在那边不住的抖。鸨儿上前一个耳光子,打了个踉踵,啼哭起来。杨腾蛟不过意,便问:“你那搔头值多……”刘世让连忙踢腾蛟的脚,连忙丢眼色,腾蛟不便再问。鸨儿挽着袖口骂道:“你哭,你哭!”又要上前打。店小二架劝着,一阵儿都出去了。刘世让对腾蛟道:“这是衏院里的苦肉计,兄长去睬他则甚。”刘二道:“此等老把戏,小人见得最多。”杨腾蛟半信不信,只听得外面不知是拳头、板子、巴掌一片价响,鸨儿平头的骂嚷,粉头的啼哭讨饶,众人的劝解,搅做一片。杨腾蛟忍不过,立起身要出去看,吃刘世让、刘二劝住了,好半歇方得平静。刘世让道:“夜不浅了，请哥哥安歇了罢。”腾蛟道：“再乘凉片刻何妨。”二人又谈说了些闲话，刘世让便诉说家下十分窘急，老母有病不能赡养。腾蛟道：“贤弟何不早说！”便去取了一百两银子送与世让。世让也不谦让，径直收了。三人归寝，当夜无话。

次日一早起身，正是那端阳佳节，一路上只见家家户户都插蒲剑艾旗。二人在马上说说讲讲，正是五里单牌，十里双牌，不觉走了多路。二人忽然说到夜来阿喜歌唱之事，腾蛟道：“十五岁的女孩儿，实是亏他。那枝玉搔头终不知怎的，贤弟聪明，所见谅必不错。”只见刘世让笑着，怀里取出一件东西与腾蛟看，道：“这厮们该晦气！昨夜我们不但不出钱，反得了他的。”杨腾蛟一看，认得是那枝翡翠玉搔头，吃了一惊，问道：“怎的到你手里，却为何不还了他？”刘世让笑道：“这厮自不小心，他坐在我怀里时，便脱在桌子脚边。我见他去了，不查起，我便收拾了。衏院中白受人的钱财多哩，叨他这点惠，值甚么！”杨腾蛟听罢，不觉心中勃然大怒，那把无明火烧上了焰摩天，正要发作，忽然一个转念道：“且慢！这厮既是这种人，枉是劝化不转，同他论理亦无益，不如剪除了他。这里人烟稠密，不便下手，且敷演着他。”便笑道：“兄弟，你忒爱小，这搔头能值几钱。”世让道：“看不得，也值二十来两银子。”刘二道：“管他值多少，总是白来的。”

杨腾蛟心内十分懊恨道：“不道我杨腾蛟这般瞎了眼睛，错认了一个贼，当做好人。我想这厮在蔡京手下，这般得势，还要贪这小利，平日不知怎样诈害百姓。如今若除了这贼，却救多少人！这里人多，我想过了金银寨，地广人稀，今日还赶得到，明日就那里路上，砍了这厮，却投别处去，蔡京抬举，我要他则甚？有理，有理！”思量定了，便对世让道：“贤弟，我们今日赶紧走，到得金银寨，明日好趁黄河早渡。”世让应了，心中暗喜。

当晚果然到了金银寨，投了客店。原来那金银寨是个僻静所在，只得三五家小店。世让私地里对刘二说道：“这呆汉赶紧奔来此处，想是死期到了。我连日嫌人多，不好下手，今到这里，你把那蒙汗药端正在手头，今晚就用。正是阎王注定三更死，谁敢留人到五更。”刘二道：“此地虽是小所在，到底有人，不如明日路上动手。”世让道：

"不过三五个人家,凑不到二三十人,谁敢拦挡我!况此去郓城县只得五十里,投梁山最近。你只依我去安排。"商议定了,世让来对腾蛟笑道:"我等赏端节,却在夜里。"腾蛟也大笑。

那店里房屋甚窄,腾蛟独自一人在西边一间安了铺,世让同刘二在东边那间安了铺。世让便将酒肴摆在自己房里,掌上灯烛,邀腾蛟过来畅饮。刘二已预备下两角酒,把一角有药的放在腾蛟面前。腾蛟也一心要杀刘世让,更不转变,想道:"这贼有些气力,不如就今夜灌醉他,就这里砍了他,省多少手脚。"那刘二便把那有药的酒与腾蛟满斟一杯,又将那好酒斟在世让面前。世让举杯道:"哥哥请。"腾蛟便一饮而尽。不饮万事全休,一饮了那杯酒,便觉得天旋地转,浑身发麻,便道:"兄弟,我吃不得了。这杯酒下去,好不自在,我要睡了。"世让道:"哥哥如此量贵,且去睡睡。"腾蛟忙走入房内,倒在床上。世让轻轻对刘二道:"药发了。且慢动手,待他透了。"

那杨腾蛟在铺上,说不出脏腑难过,心里明白,身子动不得,想道:"不要是中了麻药,这却怎好?"心里正急,忽然红光满眼,一阵异香扑鼻,心内顿觉清凉,安然无事。但觉得腹内异样的搅疼,里急难忍,便去窗外天井里更衣。却又好了,方立起身,隔窗子只见刘世让同刘二两个,捏手捏脚的踅进房里来,手里都拿着利刀。世让叫道:"哥哥好些否?"腾蛟隐在黑影里不做声,只看那世让、刘二笑道:"已着了道儿!"两口刀一齐剁下,却砍了个空。二人惊道:"眼见卧在床上,却怎的刀剁下去不见了?"刘二道:"必是药少,他醒得快,到后面去乘凉。我去看来!"世让道:"我在此寻觅,你去诱他来。"二人一齐抢出房去。腾蛟吃了一惊,叫声:"惭愧!多亏神天保佑,这厮倒来捋虎须!"当时大怒,便从窗子槛上轻轻的跨进房去,抽出那口云天彪赠的宝刀,奔出房来。正迎着刘世让,腾蛟大喝道:"贼子焉敢害我!"世让大惊,措手不及,急忙一闪,早被腾蛟砍着腰胯,倒在地上。腾蛟抢进一脚,踏在胸脯上,骂道:"直娘贼,我与你无冤无仇……"世让叫道:"不干我事,蔡太师的差遣。"腾蛟骂道:"贪婪无厌的恶贼,正要除灭你,你却先来撩我,教你识得我,吃我一刀!"说罢,咔察一刀,割下刘世让的头来。

那店小二同几个火家，虽关了店门，还未睡，听见后面热闹，都点着灯火来照看。只见杨腾蛟杀死一个人在血地上，身首两处，吓得跌跌爬爬，都叫起撞天屈来。杨腾蛟提刀上前喝道："那个敢叫，叫的便与他一刀两段！"众人见他勇猛，俱不敢响，抖做一堆。杨腾蛟道："你等不要慌，还有一个不曾收拾。"便去店家手里夺了烛台，翻身扑入后面园里去。那刘二见腾蛟杀了世让，心碎胆落，不敢往前面来，逃转园里爬墙，身子方过得一半。吃腾蛟赶上，左手撇了烛台，拖定后腿，扯离了墙头，往草地上一掼，只听得扑的一声，跌得个发晕章第十二，动弹不得。腾蛟去一把揪了头发，曳到前面。

那几个店家早都开门出去，喊叫邻舍。叫得几个拢来，却都在店门外厮觑，不敢进内。腾蛟高叫道："既有高邻，同店家齐请进来，有话说。我不是歹人，休得惧怕。"众人听了，方敢进来。店小二道："杨爷杀了人不打紧，只是苦了小店。"众人道："壮士贵乡何处？既做了事，与我们做主，不要就走了。"杨腾蛟左手揪着刘二，右手把刀指着众人，说道："众位听者：我杨腾蛟顶天立地的好汉，再不连累平人，你们放心。且取绳索来，把这个活的捆了，听我说。"杨腾蛟这席话上，有分教：销声匿迹，武士权归岩壑；辨奸折狱，文官显出经纶。

不知杨腾蛟说出甚么话来，且听下回分解。

第八十回 高平山腾蛟避仇 郓城县天锡折狱

话说当时杨腾蛟叫众人取了绳索,将刘二四马攒蹄捆了。那刘二已慢慢的晕了转来。腾蛟对众人道:“我姓杨,名腾蛟,南旺营人氏。因斩了梁山王定六、郁保四,建立军功,蔡太师取我进京授职。不知为何,这两个狗头起意要将我谋害,我不能不结果他。今趁众位在此,特留这个活口,一者与我做个干证,二者脱了众位的干系。众位休慌,我不肯搅乱了丝走,且借副纸笔来。”店小二忙去取来,放在面前。杨腾蛟道:“那位高邻请执一执笔,替我写写。”众人推出一位老者。那老者没奈何,只得应道:“……老……老汉写就是了。”杨腾蛟把刀搁在刘二的脸上,喝道:“你这厮因何起意要谋害我?不从实说,剁你一堆肉酱。”刘二哼道:“好汉,不干小人之事。蔡太师吩咐,要好汉的首级,送上梁山宋大王处,小人们不敢不依。小人再不敢做这歹事了,好汉高抬贵手,实因家有老母,时常有病,昨日曾对好汉说过,求饶狗命。”腾蛟道:“咦!你主人的老母,干你鸟事!”刘二道:“实不瞒好汉说,刘世让是小人的亲哥子,因要害好汉,乔扮做主人伴当。”

腾蛟听了,央那老者一句句依直写了,教众人都书了名,着了押。杨腾蛟把那供单看了一遍,又取出刘世让的包袱,打开看时,只见几件衣服,三百两散碎银子,并腾蛟赠的一百两银子,也原封不动在内。腾蛟又搜出蔡京与宋江那封信来,就灯下拆开看了,骂道:“奸贼焉敢如此!”遂把来揣入怀里,另取纸自具亲供,写道:

> 具亲供人杨腾蛟,本贯南旺营人,年三十七岁,某年月日随大军征讨梁山,斩贼将王定六、郁保四,建立军功。讵料蔡京欲救其女婿梁世杰,差心腹刘世让、刘二,将腾蛟诱至金银寨地方,欲取杨腾蛟首级,献于宋江,奸谋败露,杨腾蛟知觉,将刘世让登时杀死,远扬走脱。并不干金银寨店小二及一切邻佑等人之事。

现有刘二活口供单可质。所具亲供是实。

写罢,便把自己行李收拾,牵了马,提了大斧,预备要走。

众人见这亲供,又见他要走,一齐叫起苦来,道:“壮士,你方才说不害我们,今却不与我们做主,我们便死也不敢放壮士去。”又对店小二道:“这是你家的事,不要害别个。”腾蛟道:“胡说,不成我偿这厮的狗命!有刘二的活口,我的亲供在此,你们都洗得脱。”说罢,便取赠世让的那一百两银子与众人道:“这银子原是我的,与你们做官司本钱够了。余外是他的,不干我事,不去动他。你们拦定不许我走,恼了我的性子,再砍几个,我也仍就走了。”店小二磕头捣蒜也似的道:“杨爷吩咐,怎敢不依。只是官府前怎容得小人分辨,说杀总是我们放走了凶手。”众人都拜求不已。杨腾蛟沉吟半晌,说道:“有了,我再与你们一个凭据。”便提了那开山大斧走出店来,叫众人随了出来,把火照着,去溪边松树里拣了一棵拱斗粗细的老松,抡开大斧,乒乒乓乓只得三五斧,那一棵松树虎倒龙颠,往溪里倒下去。众人都吐出舌头。杨腾蛟道:“官府来检验,把与他看。这松树还吃不起我的钺斧,何况你们的头颈。”众人都不敢则声。腾蛟又道:“你们休要疑惑,我也是走得脱时落得走。我在前面探听,如果累众位吃屈官司,分辨不脱,我再挺身投首不迟。蔡京这封信索性也送了你们,也好替我剖白。”众人都拜谢,腾蛟提了斧,重复同众人进店,指着刘二骂道:“我要救这一干人,造化你这直娘贼!”又索性把刘世让的尸首剁成十七八段。可惜那枝翡翠玉搔头,在刘世让身边一齐剁碎了。杨腾蛟当时收拾起,便取了蔡京那枝令箭,点起灯笼,扑翻身拜谢了众人,飞身上马就走。众人谁敢拦阻他,看他远远的去了。

杨腾蛟离了金银寨,仍复往东,一路马不停蹄,有路便走。五月天气夜最短,看看晓星离地,东方发白,腹中好生饥饿。细认那个所在,已到了栖霞关热闹的地方,说道:“却怎地岔出这里?”又想道:“虽是云总管有这言语,叫我去投奔他,只是此刻我已杀了人,追捕得紧急,须连累了他,不如休去。只是不投奔他,却往那里去托足安身?仔细思量,不如竟去投首,也落得出个好名声。却只可惜爹娘生我这副铜筋铁骨,又学成全身十八件武艺,不曾与皇家出得半分气力,不争便这般罢休?”在马上踌躇半晌,好生委决不下。看看太阳离地,人家店面都渐次开了,只见左侧一间生药铺,也下了排门,有人出来悬挂招牌。猛然记起一个人来,不觉笑道:“我呆么,现放着钜野县我的知己好友徐溶夫。我同他幼年莫逆至交,此人义气深重,必能救护我。近来他在高平山乡卖药度日,屡次有信来叫我去耍子,如今正好去探望他。只是他十分贫困,我又怎好去累他。我想把这二百两银子帮助了他,在他那里暂避几时,再作道理,他也好了,我也好了。”主意已定,便下马去寻个吃食店,沽了两角酒,切了三五斤牛肉。腾蛟问过卖道:“这里到钜野县还有多少路?”过卖道:“进这栖霞关,往南走,顺着官塘,六十五里。”腾蛟道:“这里到高平山乡多少路?”过卖道:“这却远哩。你若到了钜野,再到高平,还有五十里;若不往钜野转,从孤云汛分路,脚下去只得八十余里。”腾蛟问了备细,便会了钱钞,骑马到关上来。关尚未开,等了好歇,方才放炮开关。

那栖霞关是个险峻要害,堵御的将弁兵丁果然森严。少刻,一位将官坐出来放关。杨腾蛟下马,捧着令箭,上前道:“蔡太师军令,到城武县公干。”那将官连忙起身,请过令箭来验了,见是真实,便问差官名姓。腾蛟捏造了个鬼名字。那将官便吩咐注了面貌册。注毕,那将官拱一拱手道:“差官请。”杨腾蛟收回令箭,飞身上马,倒提金蘸斧,径闯过关去了。那将官与众人猜疑道:“这差官好古怪,既是奉大令,却不叩关,直等我放他,又自己下马,却是何故?”

杨腾蛟骗过了栖霞关,奔上官塘大路,一气走了四十余里,已到了孤云汛。腾蛟问高平山的路,有人指引道:“往这小路上向东去再问。”腾蛟走了一程,想道:“我这般装束碍眼,方才关上那将官只管朝我看,想是有甚破绽动疑,不如改扮了。”便开包袱取出那条单被,把令箭钺斧齐包了,军装衣服都换下,方才慢慢的前进。一路都是乡村小路,真是大路生在嘴边,腾蛟陪着小心,见人便问,随湾转湾,到了高平山。只见万树蝉声,夕阳西下。那杨腾蛟一抹地寻着了徐溶夫家里,二人会面大喜,各诉离怀。自此以后,杨腾蛟便隐藏在徐溶夫家,不题。

再说金银寨客店内一干人,见杨腾蛟去了,只得商量着人到南村去请张保正,邀他亲来。原来那南村还有五里多路,店小二与众人只得哀求刘二方便。刘二道:"你这厮们螃蟹把来放了,鸡蛋倒把来缚了。我不晓得,我是苦主,见了官府,我有分辨处。"众人越慌,又求够多时,刘二方才道:"要我方便也容易,你们把杨腾蛟的亲供,并勒我写的供单,都烧了,只说他劫我的财帛,杀死我的哥子。你众人来救,他已得赃逃脱。并把那一百两银子还了我。我便包你们都没干系。"一个老者道:"且等保正来了商议。"刘二道:"你等既要我方便,须解放了我。"众人怕他行凶,却不敢便放。

正俄延着,只听得门外人声热闹,那张保正骑着马,带了十几个庄客到来,店外下马。众人一哄出来,把张保正围住,备细诉说了。张保正道:"这一起无头公案,你们须精细着。刘二这话由他不得,这知县相公盖青天,不是胡乱蒙混得的,一个显了底,大家都洗不脱。刘二放刁,有我对付他。你且再把那亲供另写一副假的;这一百两银子大有关系,切不可与他。"众人大喜,一齐到里面。张保正叫解了绳索,放了他起来。原来那刘二吃杨腾蛟这一掼,左边大腿擗脱了臼,行立不得,店小二忙掇把椅子与他坐了。你看他还大剌剌的装甖虎。那张保正板着脸道:"刘客官,你休要拿捏我们,不要倚仗着你是个苦主。你弟兄两个行歹事,须知败坏了,想在那个身上来翻本?我们无故为你拖累,口供便依了你的,那杨腾蛟一百两银子,你休妄想。就是你的,也要借我们用用。你不顺从,就此刻送你上西天,教你回不得东京。我们左右只不过会了一场人命。"刘二见不是头,便道:"你们既依了我的口供,我再说什么。"张保正做个眼色,叫众人把那两张假口供,当他的面烧了。一面自具禀单,盖了钤记,叫人飞奔到郓城县去报官,天色已是大明。

却说那郓城县知县姓盖,双名天锡,祖贯汝南人氏。他父亲曾任河北沧州太守,那年梁山泊宋江、吴用要收朱仝上山,用计叫李逵杀死太守那个小衙内,便是盖天锡的同胞兄弟。那太守捉拿朱仝不得,后来接高唐州高廉移文,收捕柴进的老小,带讯出杀小衙内一节,方知是吴用毒计,不干朱仝之事。太守切齿痛恨,过得几时,因老病告休,退归林下,临终吩咐天锡道:"吾生平爱贤重士,自谓文教武功,略省一二,不能大得志,今日将死,这佩刀赐你。我看你日后必然发迹,梁山泊害你兄弟之仇,不可忘了。你有日能替朝廷出力,捉住吴用、李逵、柴进那厮,就把我这口刀剐那厮们,泄我一口无穷的怨气。"天锡哭拜收了。三年服满,由进士铨选山东郓城县知县。那盖天锡年方二十六岁,身长七尺五寸,论武艺也骑得劣马,盘得硬弓,文才自不必说。独有一件及不来的本领,最善长的是决狱断案,不论甚么疑难讼事,经他的手无不昭雪,因此上人都呼他为"还魂包孝肃"。到得郓城不久,便就兴利除害,风清弊绝,吏民无不欢喜,又呼他做"盖青天"。

那日盖青天正升厅理事,忽接到张保正的禀报,说金银寨有过客杀人、凶手在逃一起事件。盖天锡见是命案,怎不当心,即标委案下县尉,带领了书吏衙役刑仵,速往前去检验报来,并查凶手下落。当时那县尉领了知县的堂谕,带了一干做公的飞奔到金银寨来。到那客店内,将刘世让的尸骸凑好,扛放平明所在,如法检验,一一填注了尸格。那县尉唤齐众人,将大概情形问了一番。众人都说凶手杨腾蛟,武艺利害,膂力过人,众人不能擒捉,吃他逃走了。又将砍倒的松树指点与县尉看,县尉也是心惊。当时责令保正备棺木将刘世让尸首浮封了,一面多派公人开具杨腾蛟脚色,四散查拿,天已将晚。县尉将案内有名应讯之人,并刘世让行李马匹等物,一齐带了,连夜回郓城来。那刘二因闪了腿,行走不得,只得取扇门板抬了他。

次早,盖天锡升厅,县尉禀覆了退去。天锡将尸格供单看了,便唤刘二上来讯问。刘二道:"小人刘二,与刘世让同胞兄弟,世让是哥子。今年某月某日,蔡太师差哥子刘世让,赍令箭往嘉祥县提取杨腾蛟进京,小人同行,随身带有六百多两银子。取了杨腾蛟正身回程,五月初五日行至金银寨客店,不料杨腾蛟见财顿起不良,乘小人等睡熟,将银两窃取,希图逃走。吃哥子惊醒看见,当时吆喝,起身捕捉。腾蛟情急,擅敢行凶,杀死哥子世让,打伤小人右腿,抢去银子、令箭,即刻脱身逃走,众人来救不及,求相公伸冤。"那盖天锡看那刘二生得蝇头鼠面,满脸奸诈,已有五分瞧科,又听他这番口供,一发动疑,又亲验了刘二的伤痕,当时叫带过一边,叫店小二一干邻佑上来。

店小二道："小人在金银寨，领公牌开设客寓。本月初五日，有东京差官刘世让，又一军官杨腾蛟，同着这伴当刘二，齐到小人处投宿。当日天晚，他三人俱在后面吃酒。小人同伙计在前面算账未睡，忽听后面喊叫，急去看时，见杨腾蛟已将刘世让杀死。小人喊起邻佑，怎奈杨腾蛟凶猛，捉他不得，他又砍倒松树一株做样，小人等害怕，不敢阻他，吃他走了。"众邻人也都这般说，又道："实是小人等力弱畏死，不敢擒捉，并非故意放走凶手。"

盖天锡听了，叫张保正上来，问道："这节事你必尽知底里，有无别项情节，从实说来，不许隐瞒。"张保正道："小人家离金银寨五里，四鼓时分，店小二差人来报说，他店内有客人杀死人命的事。小人急忙奔到金银寨，那杨腾蛟已逃走了。据刘二说，是杨腾蛟抢他的银两，杀死事主，拿赃在逃。小人亦曾再三盘问，刘二矢口不移。不知有无别项情节，求恩相研问刘二。"盖天锡听罢，忽然大怒，喝道："亏你这厮充当保正！怎敢与众人串就，欺瞒本县？"张保正道："小人怎敢欺……"天锡喝道："你这厮还敢强！现放着县尉检验尸格，刘世让只有腰跨一伤与斩断头颈一伤是生前，其余俱是死后，决不是一时砍的。我又验刘二伤痕，见他手足腕上都有绳索捆伤痕迹，此是从何而来？眼见杨腾蛟不是一杀了人便走。至于抢银一节，亦大有可疑，杨腾蛟既抢此银，却为何刘世让包袱内，又剩此三百余两？他敢道嫌多，不好一总将去？显然有别项情弊。你从五鼓候县尉至日中，难道竟毫无风声消息？便是刘二不肯说，这店小二一干人必有些在眼里，他们岂肯瞒着你？你不实说，我先斥革了你的保正，再夹断你的腿。"张保正磕头道："恩相明鉴：小人如何识得到，只求细审原告。"天锡道："你这厮还支吾推托。"吆喝皂隶："整顿夹棒，先把这店小二夹起来！小二招了，不怕你这厮赖那里去。"店小二慌了，大叫道："青天老爷，小人招也，招也！不干小人事……"遂把那杨腾蛟怎样写亲供，刘二怎样勒措，小人等不依他，又恐怕被他连累，一是一、二是二的都说了。张保正也磕头道："小人也教店小二等不许欺瞒相公，争奈他们畏惧刘二诬扳，央求小人。小人一时不忍，徇着情依了。今被恩相勘出，罪该万死。他现有凭据在此。"遂将杨腾蛟的亲供并刘二的口供呈上，又说道："杨腾蛟临走，又留一百两银子，与众人做官司本钱。小人等不敢擅受，一并呈验。"盖天锡看了道："胡说！杨腾蛟正身在逃，这一面之词何足为凭，眼见是你们得他这一百两银子，卖放了凶手。"张保正道："恩相不信，现有蔡太师的书信，系杨腾蛟留下，现在店小二处。"店小二便把那书信呈上。

盖天锡细看，认得是蔡京的亲笔，图书也不错，暗忖道："杨腾蛟那厮，我也多听人说他是个义士，杀了梁山贼目，投诚大军。如果贪财忘义，何如仍向梁山？况且据说他武艺了得，并非走不脱，却又留此一百银子买嘱什么？那蔡京往往陷害平人，这节事必有蹊跷。我且研讯这刘二。"便把张保正一干人隔开一边，叫刘二上来，问道："你哥子在蔡太师手下做甚官职？"刘二道："骁骑都尉。"天锡道："他武艺如何？"刘二道："却也了得。"天锡道："比你怎样？"刘二道："小人却不及哥子。"天锡道："你两个人为何却还对付他一人不过，反吃他杀人走脱？"刘二道："杨腾蛟那厮，委实凶猛异常，小人弟兄两个都输了。"天锡道："他还是先伤你，先杀你哥子？"刘二道："他先打坏小人，小人动掸不得，哥子一人敌他不过，被他害了。"天锡道："他杀你哥子之后就走，还是俄延着？"刘二道："他得了手便抢去银两、令箭走了，众人也不拦他。"天锡道："现在众人都供你拦他不住，追上去吃他打坏；又说并不曾见有银两抢去，到底怎样？"刘二道："小人实是先被打坏，喊叫众人，又都厮看，由他走了，抢去六百多两银子。众人明明都看见，只因杨腾蛟就将一百两送与众人，所以众人相帮他厮赖。"天锡道："我也因追出这一百两银子，心中有疑，所以问你。是你的可认识？"刘二道："为何不认识！"天锡就将这银子与刘二，认定丝毫不错。天锡道："你二人从东京到嘉祥，来回盘缠，也用不到六百多银子，不要是你浮开。日后捉住杨腾蛟，追赃不出，须是本县的干系，你不要累我。"刘二道："小人浮开甚么！这六百多两银子，是太师发出来采买物件的，并这盘缠，一总在包袱内，怎说没有？相公不信，现有太师是见证。"天锡道："真个有，本县怎好不与你追。只恐你将别样银子算在太师项下，不得不问个明白。"刘二道："都是太师府里领出的，都是内库的银两，有甚两样出来？譬如相公的仓库钱粮，敢怕也有甚两样？如今只求捉得凶手，诸事俱明白了。”天锡道：“你既被他先打坏，动不得，他然后抢银子，你这手足上的伤痕又是那个捆坏的？”刘二吃了一惊，半晌道：“这是那厮怕我不倒，又捆了我。”天锡道：“你这厮老大脱卯，自不识得。他捆你，少不得有一时半刻。你方才又说他抢了银子，即刻就走，众人救不及。你前言不对后语，现有你的口供在此，众证确凿，你自去看来！”便叫张保正一干人齐来质对，把那两纸供单掷下去。

刘二暗自叫苦，方知着了众人的道儿，便道：“小人不识字。”天锡哈哈大笑道：“你诈那里去？”就叫书吏读与他听。刘二听罢，叫起撞天屈来，道：“这是何人捏造的？又非我的亲笔，又没我的花押，怎便作得真？”众人都道：“你老实认了罢，省得害别人。这盖青天相公前，比你再高些的也漏不过。”刘二叫道：“你这厮们得了赃，卖放凶手，却捏这字据陷我。”天锡道：“你这厮不用赃不赃，现在这一百银子都是棋子块儿，上有嘉祥县军饷的戳记，与你那三百余两内库印子迥别，怎说不是两样？杨腾蛟既要抢劫，不好连包袱齐抢去，却又留些还你？你这厮一虚百虚，不用强辩了。”刘二已是心怯，又请原银看了看，道：“小人方才不看明白，这是景阳镇总管云天彪赠我们的盘费。”天锡大怒，喝令掌嘴。两边虎狼般的公人，一声答应，一个上前绑了手，一个揪住头发，将头按在膝盖上，一个举起黄牛皮的掌子，一声呼喝，向那左边面颊上足足的盦了二十个大巴巴。刘二叫屈叫皇天道：“苦主这般吃亏！”天锡大怒道：“便活打杀你这狗才值什么！”喝声再打，掉转头来，右边又是二十个，方才放了。只见满口流血，那张脸汤泡屁股也似的红肿起来。天锡道：“你既称你哥子怎般了得，又有你相助，尚且近杨腾蛟不得，却怎说这些老弱男女卖放他？还有一个凭据在此，莫非也是他们捏造的？”便把蔡京的原信掷下。刘二见了，吓得魂不附体。“你既不去谋害人，无故自己的亲弟兄，乔扮甚么主人伴当？包袱内带这一大包蒙汗药何用？你这厮狐假虎威，将蔡京来唬吓本县。本县就先将你处了死，叫那蔡京识得我，不问你招不招！”原来宋朝的法律，待守令最宽，知县官便治得人的死罪，所以盖天锡敢说这话。

当时刘二见堂讯利害,干证确凿,又恐天锡认真做出来,理屈词穷,抵赖不去,只得招认了,因说道:“实是奉上差遣,盖不由己。哥子的冤枉,求相公伸理。”天锡当堂录了供,唤过押司来叠了方案;一面加紧责令公人,画影图形,严拿杨腾蛟。对张保正等一干人道:“叵耐尔等通同欺瞒本县,本当重责,姑念因人受累,又是热审减刑之际,从宽豁免。日后休得如此!”众人叩谢。就着张保正领了店小二一干人,回家保释,再候呼唤。杨腾蛟的一百两银子封寄入库。刘二着去城隍庙内安置,令医士调治,令公人伴着他,行李盘缠马匹俱发还收管。

不日,押司将申详文案办齐,天锡过了目,画稿盖印。那捕捉公人来禀:“杨腾蛟不见影迹。只有栖霞关面貌册上开载,初六日卯时有一蔡太师的差官王福,奉着令箭过关,口称到城武县公干,面貌、衣装、马匹、军器,与所拿未获之杨腾蛟符合无二。守关将官验得令箭是实,放他过去。”天锡道:“多应那厮仗着令箭,撞关到城武、钜野一带去了,移文过去,一同缉捉。我本为另有一起公事,正要上府,顺便就亲解了刘二去。”叫县尉权理县事,自己带了护从,解刘二到曹州府来。

不日到了曹州,那曹州府知府张甯,平素最敬爱盖天锡,上司下属,可称莫逆。当日盖天锡见了张甯,参谒都毕。天锡禀到刘二这一起命案,将文书送上。张甯看了,便请天锡内厅叙坐,开言道:“这起案被盖兄如此勘出,足见明察秋毫。只是依下官的愚见,却照直办不得。”天锡道:“若照刘二的原供,杨腾蛟是用强劫抢,杀死事主,获到案时,照律定罪,应得斩决枭示。今照此真情议罪,杨腾蛟不过一时忿怒,擅杀有罪之人,尚到不得死罪。一轻一重,出入悬殊,若不照直办,卑职怎敢,望太尊三思。”张甯道:“并非说不当如此办。此中有老大碍手处,盖兄且听下官说这情由。”那张甯说出这段情由来,有分教:奸邪太师,反感知县恩德;避难豪杰,直共日月争光。

诗云:既明且哲,以保其身。其斯之谓欤!

第八十一回　张玘智稳蔡太师　宋江议取沂州府

却说张甯对盖天锡道："足下所定之案，原是真情实理。只是此刻的时风，论理亦兼要论势。蔡京权倾中外，排陷几个人，全不费力。你此刻官微职小，如何斗得他过？枉是送了性命，仍旧无补于事。圣人云：邦有道，危言危行；邦无道，危行言逊。若只管直行过去，圣人又何必说这句话？孔子未做鲁司寇，不敢去动摇三家；郑子产不到时候，不敢讨公孙皙。后来毕竟孔子堕了三都，子产杀了公孙皙。足见圣贤干事，亦看势头，断不是拿着自己理正，率尔就做。足下如今将此案如此办理，蔡京可肯服输认错？足下大祸，即在眼前。那时足下无故捐了身子，却贪得个什么？蔡京虽是我的至亲，此事却并非我帮他。"天锡道："太尊之论，固是至言，但是此案如何办理，不成当真照了刘二的初供？"张甯道："非也。此案只要不去伤触蔡京，只办做刘世让、刘二窃取杨腾蛟的银两；腾蛟看破，与世让理论；世让不服，反殴伤腾蛟；腾蛟一时性起，杀死世让在逃。如此杨腾蛟拿获到案之时，仍问得个擅杀有罪人之罪。我却将这封信还了蔡京，私下写信去劝诫他，叫那厮知罪。古人又说得好：小人当令他畏惧，不当使他怀恨。盖兄休要疑心下官帮助他，须知此事不但你我远祸，也须要周全杨腾蛟的性命。据你说来，杨腾蛟倒也是个好男子，若认真擒来办了他，岂不可惜。蔡京处我荐杨龟山与他，他为女婿、女儿之故，竟不能用，便见得他胆虚气馁。我此一封信去，管教唬吓得他不敢十分追究。我虽与他亲戚，实不肯趋奉他。他班师之际，无故要将我叙入军功，我再三辞脱，他有怪我之意。我也不久便谢职归家，不肯恋恋于此了。"盖天锡听罢，大喜道："太尊高见，真非常人所及，卑职遵教便了。"当时天锡将文书都改换了，仍呈与张甯。天锡辞了回郓城县去。

张甯升厅，唤过刘二来，顺了口供。此时刘二已是搓熟的汤团，不由他不依。张鬯办了转详文书,将刘二送到山东制置使处。转解入京;一面饬各处捉拿杨腾蛟。张鬯又备细写了一封书与蔡京,正要差心腹人送去,忽门上来报:“登州太守蔡攸进京,过路求见。”张鬯笑道:“好,来得凑巧!着他进来。”

原来蔡攸是蔡京的儿子,是张鬯的侄辈,又年幼时曾从学于张鬯。当时蔡攸进来参拜,张鬯扶起,赐位坐了。寒暄慰劳都毕,张鬯屏去左右,对蔡攸道:“怎的你父亲掌握朝纲,却做出这般荒唐事来!”蔡攸道:“爹爹为姐夫、姐姐无故退兵,侄儿也甚骇异。”张鬯道:“岂止此。”便把杨腾蛟一起事说了一遍,取出蔡京与宋江的原信与蔡攸看。蔡攸见了,笑道:“爹爹做这等事,岂不是活得不耐烦!如今怎的了?”张鬯道:“还问怎的!幸亏落在郓城县知县盖天锡手里,他来连夜与我商量,如今定了如此如此的公案,可好么?”蔡攸叩头流涕道:“深感老恩师救了我爹爹的性命。此恩此德,何以报之!我爹爹爱家姊真是性命一般,小侄亦屡次几谏,今日做出这般事来,想都是手下人撮弄。”张鬯道:“这信我本要还你父亲,如今你已见了,也是一样,把来烧毁了。我另有书一封,你寄去与你父亲,劝他杨腾蛟一案,切勿再题。你父亲无故退兵,糜费无数粮饷,军民怨声载道,今又因此一案,物议纷纷。你父亲若再追下去,一旦激出事端,我却拚挡不住。”蔡攸道:“老师吩咐,一一去说便了。爹爹这封信,仍带去还他好。”张鬯道:“万一失误,留他则甚!”便取火来烧了。

当晚张鬯留蔡攸酒饭。张鬯酒兴微酣,问蔡攸道:“贤契可曾学跑路否?”蔡攸道:“侄儿却不曾学。”张鬯道:“此事最要紧,为何不学?我有学跑的妙诀:两腿上各缚铅条两枝,各重四两,带着铅条飞奔,一日三次。铅条日逐加重来,路也日逐加远来,熬炼得一年半载,解放铅条,便举步如飞,行及奔马,岂不妙哉!”蔡攸笑道:“侄儿出入有人护从,旱路有轿马,水路有舟楫,此事却学他则甚?”张鬯道:“咳,你那里晓得!这是我为你的身命打算,你却看得不打紧。天下大事,被你家的老子搅乱得是这般规模了,天愁民怨,四海之人都恨不得食你父亲的肉,你还想安稳得到底哩!一旦贼发火起,你父亲必第一家遭殃。所以我劝你趁早学会跑路,临时也好逃命。”蔡攸听了，默然不语。停了片时，张鯗亦自己觉得嘴闲多说，便托醉散席，归寝。

次日，张鯗送了蔡攸起身，独坐想了夜来那番话，忖道："我却是何苦！我劝诫盖天锡危行言逊，自己却去犯他，不如同他撒开了。"又挨了几日，竟递病本，辞官归乡去了。那张鯗本贯福州人，日后蔡京败露，他仍复起用为剑南太守，破巨寇范汝为，救了无数生灵，众百姓无不感激。这是书外之事，不必题他。

却说蔡京自差刘世让、刘二去后，眼巴巴的只等成功报来，好救女儿、女婿。望了多日，忽接山东制置使咨文：杨腾蛟杀了刘世让，打坏刘二远扬，严拿未获；刘二半途患病已死等语。蔡京见了，叫不迭那连珠箭的苦，正与谋士商量，怎生严缉。

不数日，蔡攸到来，将张鯗的书信呈上与老子看，又将上项事说了一遍。蔡京又惊又愧。蔡攸故意铺张，说道："各处的人民都知道此事，痛恨爹爹。众口一词，说如果拿了杨腾蛟送与梁山，大家都要进京叩阍，击登闻鼓。孩儿想，姊姊与姊夫到底是外人，不如弃舍了罢休。"原来蔡攸素日深恨他父亲久占相位，更恨爱着姊姊、姊夫，待自己淡薄，所以把这话来唬吓他老子。俗语说得好：奸臣生逆子，天理昭彰。那蔡京果然惶惧，深恐嚷到天子耳朵里，只得不敢认真，只移文与山东制置使，行个海捕文书。刘世让、刘二本无家小，尸棺就着地方埋葬。山东制置使见蔡京不上紧，把这起案也放慢了。蔡京只得差心腹人报知宋江。

那心腹人到了梁山，见了宋公明，呈上书信，说道："并非蔡某不尽心，争奈机缘不巧，至于如此。头领不信，郓城一带俱可探听。所许十万金珠，业已办齐，因路途遥远，起解不便，不如就近盐山交纳，此刻想已解到矣。务望放还小女、小婿，感恩无涯"等语。宋江对来人道："你太师的心事，我也尽知了，实是苦了他。但是我王郁两兄弟平白遭杀，此仇怎容不报，你那贵人、县君未便送还。你太师如不放心，我叫你看了去。"便叫请梁世杰、蔡夫人到面前，道："本欲放你二人回去，无奈我王郁两兄弟的仇人未到，且暂留你二人多住几日。你夫妻二人便算了我的女儿、女婿，就此刻拜认了，我同你爹爹、丈人一般爱惜你们。只是书信来往须从我这里过目,不得私通消息。你二人心下如何?”二人怎敢不遵,况已是出于望外,当时拜倒在地,称宋江为“爹爹”“泰山”,叫得一片响。宋江便吩咐打扫宽绰的房屋,与他夫妻二人居住,拨人去伏侍;衣食器皿,供应不缺,并留来人也暂住几日。宋江宴会众好汉,也叫他夫妻二人来吃,坐在宋江肩下。

不数日,盐山有文书到,说已收到蔡京金珠十万。宋江大喜,便吩咐蔡京的来人道:“你只如此去覆你的太师,我想不久是六月十五,你太师的生日到了,我有些礼物付你带去,与太师庆祝。云天彪、杨腾蛟的首级,总望太师留意,有心不在迟。贵人、县君在此,叫他放心。”差官只得领了礼物、书信,回东京去回覆蔡京。蔡京得了这信,真是无可如何。

却说宋江打发差官去后,对吴用笑道:“军师此计,果然大妙。蔡京竟被你牵制得动展不得,东京一路兵马,不必忧矣。”便择日安葬了王郁二人,对众人流泪道:“我等一百八人聚义,不料先坏了两个兄弟,怎不伤心!若有日捉了云天彪、杨腾蛟,剖心沥血祭奠他。”众人无不感叹。吴用道:“王郁两兄弟为大义捐躯,虽死犹生,况招贤堂上又添多少新弟兄,仁兄休要烦恼。”宋江便道:“军师说得是。”

却说众头领因蔡京退兵,酬神谢将,连日欢饮。盐山、清真山、青云山的头领,都遣人来申贺。那招贤堂上,除施威、杨烈、邝金龙、沙魔海、邓云、诸大娘已死之外,尚有青云山的艾叶豹子狄雷、瘦脸熊狄云、饿大虫姚顺、铁背狼崔豪,清真山的锦鳞蟒马元、铁城墙周兴、飞廉皇甫雄、黑鑃神王伯超、鬼见愁来永儿、烈绝大郎赫连进明,盐山的截命将军邓天保、铁枪王大寿,并东京范天喜,共是十三位好汉的坐位。

宋江记起冷艳山的事来,对吴用道:“邝沙二位兄弟遇害,仇尚未报,陈希真那厮不知逃往那里去了?”吴用道:“前日曾闻王俊说,他那挑行李的人说到山东沂州去。那厮真在沂州,也未可定。”卢俊义、公孙胜一齐道:“哥哥容禀:昔日汉光武不因伏隆之仇杀张步,天下豪杰归心。今陈希真虽杀了邝沙二位头领,也是出于不得已。倘能寻着了他,还是劝他来聚义好。愿兄长思之。”宋江道:“他如果肯来,却胜于邝沙二人远矣,我岂肯再记前仇。只是不知他在那里!"吴用道:"多敢在沂州。兄长如此爱他,小生愿亲自同戴院长往沂州踹缉,撞着了他,凭三寸不烂之舌,说他来入伙。"宋江大喜。周通便道:"陈希真父女的模样,小弟都认识,愿同军师一往。"吴用道:"如此最好。只是再得一位勇力的兄弟,同去更好,万一那厮真个说他不动,竟刺杀了他,以绝后患。"李逵便大叫道:"既如此,我同了你们去。"吴用道:"你奇形怪状,恐吃人疑,却去不得。"李逵道:"你要我装聋作哑,便用着我,今去杀人,偏不许我上前!"戴宗道:"我们此去,都是作神行法,你要去便同了我们走。"李逵叫道:"阿也也!让你们去罢,我是不要作兴。"众人都笑。吴学究便教行者武松同行。宋江送他们四人去了。

次日,只见呼延灼上厅,俯伏在地启请道:"小弟前日失机败事,兄长只从薄谴罚,感愧交并。小弟自思,既是蔡京有言,肯送还嘉祥县、南旺营,小弟愿去收复二处地方,以盖前愆。不知兄长肯再用小弟否?"宋江连忙扶起道:"贤弟前日失机,原是公罪,故暂革去五虎将之职,法律如此,不敢徇情,贤弟休怪。我正欲收复二处地方,贤弟愿去,有何不可。明日便与贤弟饯行,仍与单廷圭、魏定国、彭玘、韩滔同去。"呼延灼大喜。

第二日,宋江正调遣人马,要送呼延灼起兵,忽山下朱贵差人报上山来道:"店内有一军官,自称呼延绰,说要求见宋头领,并呼延灼头领。"呼延灼便起身禀道:"此是小弟堂房兄弟,向在延安为廉访使,端的一身好武艺。今到此处,不知何事。"宋江忙叫:"请上来相见。"小喽罗去不多时,引那好汉上来,先参拜了宋江,又与呼延灼相见。宋江看那呼延绰,生得面方耳大,膀阔腰细,果然英雄,便问道:"壮士远到荒山,有何见谕?"呼延绰道:"小人向在延安府充当廉访使,叵耐本官上司苛求太过,一口气上杀了那厮,亡命江湖。因闻得宋头领招贤纳士,替天行道,家兄在此,深蒙提挈,为此斗胆来投奔麾下,望赐收录,充一名小卒。"宋江大喜,便教与众弟兄相见,就在招贤堂上坐了第十四把交椅。便叫与呼延灼为先锋,一同领兵,往嘉祥县、南旺营去。

呼延灼等领命，带领人马，杀奔嘉祥、南旺二处。那蔡京的两个心腹官员，闻梁山兵马到来，便开门投降，迎接呼延灼兵马。百姓只得扶老携幼，焚香迎接。呼延灼、呼延绰、单廷圭、魏定国、彭玘、韩滔一齐入城。呼延灼便传军令，尽洗嘉祥、南旺两处的百姓，以报昔日背叛之仇。可怜那两处的军民，不论老幼男女，直杀得鸡犬不留一个。差呼延绰回山寨报捷。宋江大喜，便仍叫呼延灼等五人镇守嘉祥县、南旺营，复了旧职。自此以后，梁山兵马每破了城池，常洗涤百姓，实是从这一回开手。

不觉已是六月尽的天气，吴用同戴宗先回山寨。宋江忙问陈希真的消息，吴用道："小弟等四人，在沂州府城里城外各处寻觅，竟撞不见他。如今倒另寻出个好机会，报与兄长得知。"宋江问："什么好机会？"吴用道："小弟看那沂州城内钱粮充足，各乡村人民富庶，高封那厮贪婪不仁，人人怨嗟。若攻取了来，山寨中却有一二年用度。"公孙胜道："此事虽妙，只是云天彪这厮好不利害。他镇守在景阳镇正当要路，此去恐难得意。"吴用道："我也见到此，云天彪在景阳镇勤于训练，深得军心，此去真要小心。我已计较定了，那景阳镇东北上有一山，名曰神峰山，正当沂州、景阳冲衢的要路，我等先将一枝兵马守在神峰山口，着那厮们接应不迭，方可取事。不但此，现在云天彪复兴烽火高墩，我等若从本寨发兵前去，不惟吃他预先预备，更恐兖州府飞虎寨的官兵半路上邀击，我们也老大不便。我想不如就近发青云山的兵马前去，狄雷兄弟了得，他那里有一万七八千人，都精壮可用。我来时已留武松、周通在彼等候，这里再请几位头领去相助，成功必矣。"宋江大喜，道："军师真是高见，此事还须得军师亲自一行。"便首点霹雳火秦明。这里派没羽箭张清、董平、徐宁、丁得孙、龚旺、黑旋风李逵、陈达、杨春、孔明、孔亮、呼延绰、白胜，共十三位头领，只带百余名喽罗，改扮了，随着吴用齐到青云山来。狄雷等迎接上山，酒筵欢聚。

次日，吴用传令，教没羽箭张清、双枪将董平，带同徐宁、呼延绰、丁得孙、龚旺，共领七千兵马，攻打沂州府，"但见东门内火起，悉力攻打。那沂州府兵马都监黄魁，武艺了得，须防着他"。张清等领令去了。又对狄雷道："云天彪那厮了得！他若来救沂州，必过神峰山。你可同武二、杨春，领三千兵去把住山口，休要放他一人一骑过去。直等我大事成功，即来接应你收兵。切勿轻与他战。"狄雷领令去了。又教跳涧虎陈达，同孔明、孔亮、周通，共带二千兵马，在胭脂山各村庄上收罗油水，就移兵去接应秦明的兵马，同去助张清攻城；沂州乡庄只有安乐村、卧牛庄最富庶，就教霹雳火秦明，同崔豪、姚顺，带二千兵马，先打两处庄子。秦明、陈达等领令去了。却教白胜带领二十名精细喽罗，扮演了踅进城去，探听消息，东门内觑便放火，接应张清的兵马。白胜领令去了。派令将毕，李逵大声道："这番又用我不着么！?"吴用笑道："我早留下一项差使，正要派你去，你却先嚷起来。"李逵问："甚差使?"吴用暗忖道："此人太莽，去亦无功，但教他去游奕村落，助助声势，亦无妨碍。"便道："你可带领步兵三百名，沿途哨探接应。"李逵欣然领令去了。吴用在青云山寨坐等捷报。按下慢表。

却说云天彪自那日由嘉祥起程，一路上观看形势，甚是辽阔，见有旧设烽火高墩，尽皆坍坏。因想到梁山强寇贪婪无厌，吴用又诡计绝人，如其遍处寻衅，兖沂二州亦可径到。现在虽无其事，亦当早备不虞。因即咨檄各处，将烽火台各复旧制，传令守汛弁兵，加紧防守，毋稍疏忽，遇有贼盗，递相举报。不日间回到景阳镇，护理官送交印信，各营官弁齐来禀安。天彪便问道："近日青云山、猿臂寨二处强徒，尚知敛迹否?"众将对道："匪徒畏相公虎威，近日毫无举动。"天彪道："虽如此，汝等总宜格外防守，不可懈怠。"众将诺诺称是而退。护理官请内衙复叙，并送交云太公书信而去。天彪拆阅家信，得知太公身安，甚为欣慰；并知陈希真父女现在刘广处一事，叹息不已。正欲消停数日，命驾往访。

这一日，沂州府高封差人投文，因府城修整完固，移请督同阅视。天彪即于次日进城，会同查阅，果然城郭如新，砖石坚固。高封治酒相请，接谈之间，都是套谈，并无关切。只因一佞一忠，平素本不相合，不过共事一方，各完门面而已。其余各官禀安道候，不必细表。又因拈香拜客，住了两日出城，遂传谕绕道到安乐村，便拜刘宅。不多时到了刘家，公人投进名刺。刘广正与希真在后堂闲谈，见了云天彪的名刺，便对希真道："云亲家来也，我与你同去见他。"

希真欣然，即偕刘广出厅相见。天彪已在厅上。希真看那天彪，果然天表亭亭，轶类超群，心中先已敬佩。天彪见希真仙风道骨，仪度非常，便向刘广道："这位想就是东京陈道子兄了。"刘广道："正是。"希真道："久钦山斗，未识荆颜，今日驾临，实为深幸。"天彪道："渴慕大名，相见恨晚。小弟前在东京，极欲奉访，因公程迫促，无缘相遇。难得仁兄适到此间，真天赐也。"彼此欣然就坐。刘广道："亲家嘉祥一役，威震人寰，未知几时回署的？"天彪道："因人成事，一无功绩。方于旬日前返署，现因公事由城里而来，专诚奉候两兄。"希真道："不敢，不敢。在尊府蒙太公厚谊，多多打搅。本欲趋叩台阶，因知阁下王事勤劳，尚未进谒。"天彪亦道："岂敢。"又道："家父来示，云及仁兄到此原委。小弟于未接家信之前，先见东京殿帅府一角公文，即为仁兄之事，并牵连令爱，甚为惊异。料想其中必有不平之事，正在无计。到底如何起衅，再望细谈。"刘广道："一言难尽。总而言之，高俅该死。"希真遂将丽卿打伤高衙内说起，从头至尾，直说到冷艳山遇贼，云太公相留，现在权避此处的缘故，细细说了一遍。天彪叹道："世事不平，英雄遭屈。难得贤父女如此有才有勇，甚为敬佩。当今天子圣明，必有昭雪之期。即如亲家怀才不遇，亦是暂且之事耳。仁兄乐天安命，毫无怨尤之气，真是可敬。"希真道："吾兄过奖。小弟因游心方外，已无心于世，故尔一切荣辱得失之事，勉强看开耳。"正说间，刘麟出来告："请太亲翁便饭。"刘广便邀天彪进内厅去，希真亦同进去，只见里面酒筵早已摆好，彼此相逊入坐。三人席间畅谈，酒至数巡，天彪对希真道："吾兄超游物外，固是高旷，但据吾兄这副奇才，似宜先为朝廷出一番大力，然后恬退，方是正理。"刘广道："小弟也这般奉劝道子。据道子说来，实是道味已深，世味已淡。"希真道："弟非不知君臣大义不可轻弃，但因时运一定，不能妄求。更兼自幼好阅丹经，参究秘籍，性之所近，专在于此。至于今，日引月长，个中玄理，略解一二，愈觉爱恋不能忘怀。承吾兄之劝，只好看日后机会何如，再行定见耳。"天彪叹息不已。三人又复纵谈一切，情投意洽。希真又提及太公相待之情，天彪因记得太公信中，命其照应希真，便道："仁兄在此，离敝署不远，弟意欲屈吾兄过临，盘桓朝夕，千万勿却。"希真欣然领诺。刘广亦道："相去无多，可以常来常往，彼此皆不寂寞。"三人说说谈谈。酒饭毕，天彪遂命备舆，邀希真同回景阳镇。

二人辞了刘广，一同起行，不多时同到了景阳镇署内。天彪邀希真到一所精舍坐地，从人看茶，二人坐谈。希真看那里面，两旁架上，图书卷帙，鱼鳞也似排着；正中间供一幅关武安王圣像，又供一部《春秋》，博山炉内焚着名香；桌案边架子上，竖着那口青龙偃月钢刀，套着蓝布罩儿。天彪指着那部《春秋》道："小弟不揣愚陋，窃著《春秋大论》一编，隐括二百四十二年之事，尚不曾脱稿。昔年泰山居士孙复曾著《春秋尊王发微》十二卷，便是我的粉本。我看那孙复之论虽好，却嫌他有贬无褒，殊失圣人忠厚待人之意。今我此编，颇与他微有不同。"说罢，便取那稿本与希真看。果然议论闳博，义理渊深，希真十分惊服。那天彪与希真食则同案，寝则同榻，十分爱敬。希真每念起刘广那封回书在张百户处，深自忧虑，时常对天彪说起。天彪道："这不妨事。仁兄恐此地不稳，不如仍到舍下家父身边去。令爱或在此，或同去，都好。只是目下天气炎热，且待秋凉动身。"希真犹豫未定，有时回刘广家看看，慧娘时常把术数劝解，希真只得暂住在云天彪处。光阴迅速，不觉已是七月初旬天气。只因这一番，有分教：群居家小，忽遭意外干戈；失势英雄，另建草茅事业。

毕竟后事如何，且听下回分解。

第八十二回　宋江焚掠安乐村　刘广败走龙门厂

却说陈希真在云天彪署内盘桓,光阴迅速,已是七月初旬天气。

那刘广家中老小,安闲无事,慧娘、丽卿与二位娘子商量,安排酒脯瓜果,一同乞巧。慧娘道:“我们今年乞巧,不如到后面晒台上去,又高,又凉快有风。今年的七夕,月姊与天孙同度,巧云飘渺,必定分外鲜妍。”众人甚喜,便叫使女养娘们预先把晒台打扫干净。

次日正是七夕,看看天晚,刘广已命刘夫人备下酒筵,同两个儿子请刘母出庭来庆赏七夕。刘母道:“我今日早上《高王经》未诵满,晚上要补足。既如此,生受你们,我出来略坐坐便了。”那希真已在景阳镇吃天彪留住。丽卿、慧娘、二位娘子,便将那纠办的香花瓜果酒醴一切供养,你一盘我一盒的都将出来,叫养娘们先去插了香烛,盛了净水,将供养都去铺陈好了。刘夫人见他们要去乞巧,预先安排酒饭,着叠他们先吃了。慧娘为首,同丽卿等人去禀告了刘母、爹、娘去后面乞巧。刘母、刘夫人都笑道:“恭喜今年乞个好巧,你们大家都吉祥如意。”

四人欢欢喜喜,都来到后面晒台边。丽卿一向性急,撩起罗裙,踏着梯子,三脚两步先跳上台去了。这里二位娘子道:“秀姑娘脚小走不来,我们一个在先,一个在后,扶绰你上去。”慧娘道:“不必,二位嫂嫂先请,我有养娘们扶持。”二位娘子便先上去了。上得台来,只见丽卿在那里四面瞭望,喝彩不迭。回头看二位娘子道:“二位嫂嫂,太阳落山好久,怎么天上还是这般通红?你看这些房栊树木,好像笼罩在红绡纱帐里的一般。”二位娘子道:“便是奇怪,却从不曾见。”说不了,慧娘已上台来。三人正指与他看,只见慧娘定睛细细一望,大惊失色,叫声“呵呀”,惊得往后便倒,面如土色。三人同两个养娘都吃一惊,连忙扶住,问是什么。慧娘道:“我等合家性命,早晚都休也!你等不知,这气不是什么红光,这气名曰赤尸气,兵书上又唤做洒血。这气罩国国灭，罩军军败，罩城城破，所罩之处，其下不出七日，刀兵大起，生灵灭绝，俱变血光。却怎地罩在我们村庄上？我们这些人却怎好也？”三人都将信将疑，还要问时，慧娘道：“快请爹爹上来。”丽卿道：“我去。”飞跑下去了。

不多时，引着刘广上来，慧娘与二位娘子把这话细说了一遍。慧娘道：“吉凶在天，趋避由人。孩儿常对爹爹说，此地当遭刀兵，想是就应在此时了。望爹爹做主，速速携家远避，可免大难。”刘广沉吟半晌道：“我儿，你果然看得准么？”慧娘道：“孩儿受师父指教，自己又参悟得，那得有错！快把细软先收拾起，我看这气已老，起得不止一日了，看来还挨不到七日，多则五日，少则三日，吉凶便见。”刘广道：“我们一时搬到那里去？只有定风庄乡练李飞豹，我同他认识。虽然认识，却不甚亲近，怎好就去投托？想来除非到你孔叔叔家里。我们且下去商议。”众人都下了高台。刘广同夫人说了，夫人道：“秀儿的话比神仙还灵，怎好不依！我们赶紧收拾，慢慢禀告婆婆。”刘广道：“有理。”众人都点灯烛，纷纷乱乱去集叠细软。众庄客都知道了，也有信的，也有笑的。

那刘母正在佛堂面前，跪念《高王经》，见他们交头接耳价纷乱，便起身查问。刘广不敢隐瞒，只得实说了。刘母坐下道：“你去叫了秀儿来。”把慧娘叫到面前，刘母道：“你这贱人，发甚么昏！无缘无故撺掇你老子搬家，待要搬到那里去？我请问你！”慧娘道：“禀告祖母：孙女委实识得望气，今见刀兵将到，大灾临头，故劝爹爹请祖母避难。”刘母骂道：“放屁，什么大灾不大灾！一家灰火，移入别家屋里，从新再搬回来，遗亡物件，再吃别人笑话。你这贱人，着什么邪！单是你会望什么娘的气不气，天下不会望气的人，都好死光了不成？”刘广道：“方才那气果是奇怪，孩儿也从不曾见过，母亲却不看得。孩儿往常也听得他们出过师的说，军营中不论城池营寨，有血光黑气下罩，皆主凶兆。又兼本村社庙前老柏树夜哭，多人都听见。秀儿之言，宁可信其有。”刘母便骂刘广道：“你这畜生也来混说！偌大年纪，听个女孩儿驱遣，连我前都不来禀明，七夕佳节，却怄我动气。那个再敢乱说搬家，我老大拐杖，每人敲他一顿。”骂得刘广诺诺连声，不敢再响，刘母直骂到二更天，方去睡了。

慧娘到刘夫人房里来，向着娘垂泪道："孩儿是为一家性命的事，祖母如此阻挡，怎好？不成束手待毙？"少刻，刘广同两个儿子进房来。刘广问慧娘道："我儿，你果然不错么？恐你万一拿不稳，认真弄出笑话，却不是耍处。"慧娘道："阿呀，连爹爹都疑心起来，这事怎好？孩儿如果看错，由爹爹处治。"刘广道："既如此，我们趁老奶奶睡熟，大家连夜先把要紧的东西打叠起，把车子装了。"回顾刘麒、刘麟道："你兄弟两个带几个庄客，先押运到沂州城内孔厚叔叔家里去。明日便写信去景阳镇，追你大姨夫回来，老奶奶不肯动身，也好央他代劝。"二刘领命，大家都去收拾，瞒着刘母忙了一夜。天色未明，已将那些东西满满装了两辆太平车子，二刘便带了五七名庄客，押着运了去。

早上刘母起来，刘广领着夫人、慧娘、两个媳妇上堂请过了安。刘广上前求告道："老娘容禀：非是孩儿乱听秀儿的话，只因青云山和那猿臂寨两处的强人，时常有心看相这几处村庄，只惧惮着云亲家镇守景阳，不敢蠢动。不是孩儿夸口，若自己不落职，亦不怕那些贼男女怎的。如今无尺寸之权，我这庄上又没个守望，万一那厮当真来，却怎生抵挡？孩儿愿奉请老娘，到孔厚家去暂住几日，另寻个稳善的所在迁移。"那刘母隔夜的气还未曾消。听了这话，未及开口，慧娘又说道："万一那厮们有见识，先截住神峰山口，再烦恼此地，景阳镇呼应不及，莫说这几个村庄，便连沂州府也摇动。闻得那山口营汛上只得五十几名官兵，济得甚事！"刘母大怒，指着刘广骂道："你父女两个，都敢是失心疯了！好端端居在家里，无故见神着鬼，夜来我这般训诲，大清早又来放屁。佛祖云：家有《高王经》，兵火不能侵。我每日如此虔诵，佛力维持，甚么刀兵敢到这里？不见上面所载，当年高欢国孙敬德诵了千遍，临刑时刀都砍不入。我活了这七十多岁，永不曾见过甚么是刀兵，你们这般嚼舌！"慧娘笑道："都要见过，方才算是有，孙敬德砍不落头，祖母又几曾见来？这等说，天下凶恶囚犯，只要会念《高王经》，都杀他不成了？祖母不听爹爹的言语，恐后悔不及也，望祖母三思。"刘母气得暴跳如雷，拍着桌子大骂：

"贱婢！把我当做甚么人，这般顶撞。将什么凶恶囚犯来比我么？"刘广同夫人齐喝慧娘道："小贱人焉敢放肆，还不跪下！"慧娘只得跪了。刘母连叫："取家法来！"刘夫人只得捧过戒尺来，跪下道："婆婆息怒，待媳妇处治这贱人。"刘母劈手夺过戒尺道："谁稀罕你献勤，好道扑杀苍蝇！教这贱人自己伸过手来。"二位娘子一齐跪下去求，那里求得。

却说丽卿当夜将希真的法宝行头收拾了，又帮他们集叠了一夜，早上梳洗毕，正在楼上掠鬓，听得下面热闹，忙赶下来，胡梯边撞着刘麟的娘子，道："卿姑娘快来！只有你求得落，老奶奶打秀姑娘哩。"丽卿忙赶到面前，双膝下跪道："太婆看丫头面上，饶了秀妹妹罢。"慧娘已是着了好多下，刘母见丽卿下跪，连忙撇了戒尺，扶起道："卿姑请起，不当人子。"便骂慧娘道："本要打脱你的手心皮，难为卿姊面上，饶你这贱骨头，起去！"慧娘拜谢了丽卿，哭着归房去了。刘母又把刘广夫妻痛骂了一顿，弄得合家都垂头丧气，谁敢再说。

丽卿与二位娘子都去看慧娘，只见他靠在几儿上，脸向着里只是痛哭。丽卿笑道："秀妹妹烦恼则甚！什么娘的刀兵不刀兵，那怕他千军万马团团围住，我那枝梨花枪也搅他一条血弄堂，带你出去。"二位娘子道："秀姑娘且莫性急，从长计较。"慧娘道："我只恐时不待人，早得一刻是一刻。大姨夫不知几时来，也好与他设法再劝。"丽卿笑道："太婆真不肯去，我倒有个计较：太婆最喜饮高粱烧酒，一醉便睡。待我去劝他，把来灌醉了，扛在车子上，不由他不走。便是半路上吃他醒了叫骂，已是白饶。"二位娘子笑道："这却使不得。"引得慧娘也笑出来。

不说慧娘只盼望希真回来，心似油煎。不觉挨到天晚，养娘来请吃晚饭，慧娘只得来到面前。刘母兀自板着脸没好气。

众人正吃饭时，只听泼剌剌一声响，一只鸽子钻入屋来，随后一只角雕追进来，抓了那只鸽子夺门而去。丽卿放下饭碗道："可惜，可惜，弓箭不在手头，造化这亡人！"慧娘大惊，推开椅子大叫道："快走，快走，难星已到了！"众皆大惊，只见刘母摇摇头叹一口气。慧娘跪倒面前，拖定祖母的衣服，磕头捣蒜也似的道："祖母，祖母！我并不虚谬，再挨着，都是刀头之鬼。”刘母回转头，椅子边捞过拐棒，向慧娘没头没脑的劈过来。刘广夫妻都手足无措。正吵闹间，只听庄外鸾铃响亮，一人飞奔进来，气急败坏，正是陈希真。大叫道：“祸事了！青云山贼兵遮天盖地价杀来也，景阳镇官兵都起。我来时卧牛庄已都沉没，贼兵已在桃花堰，就要到此处，我们飞速快走！”

原来桃花堰离安乐村只得五里。众人都大惊失色，刘母立起身道：“当真？”刘广道：“叫庄客们快备头口。”希真道：“腰间带些盘缠，手头细软也备些。”慧娘道：“细软早上已都运到孔叔叔家里去了。”正说间，只听得庄外人喊马嘶，只见刘麒、刘麟都归跑进来道：“贼兵已在攻打沂州，城门都闭，车子进不去，现在只好寄在龙门厂雷祖庙内，留几个庄客同车夫在彼看管。贼兵就到，为何还不走？”慧娘发恨道：“那里肯依我的话，直弄到如此！”刘母吓得只是发抖，说不出话。刘广上前道：“母亲，母亲，你休要惧怕，我们大家管住你。”众人乱纷纷的扎抹，备马，取兵器，点火把。希真道：“且休乱，定个主意，怎样保老小？”刘广对两个儿子道：“你等同我管住祖母，余外丢开。”刘麒、刘麟怎敢不依，便对二位娘子道：“母亲全仗贤妻护持。”二位娘子应道：“丈夫放心，再得大姨公助我们方好。”希真道：“这个自然。”丽卿道：“我只好管着秀妹妹。”刘夫人道：“丈夫须要小心。”慧娘道：“我跟定卿姊不妨事，爹爹、母亲不必记挂。”刘广扶持刘母上了头口。那刘母口里不住的“南无佛，南无法，南无僧。佛国有缘，佛法相因，常乐我静。人离难，难离身，一切灾殃化灰尘”，颠三倒四价念那《高王经》。

此刻安乐村各家已都得知了，霎时间一派哭声，携儿挟女，觅母寻爷，分头逃难。刘广家内妇女并使女养娘们，幸而都会骑头口；二十多庄客都省得武艺，各持兵器护从。那刘麒的娘子使一口雁翎刀，刘麟的娘子使一对雌雄剑，忙忙乱乱，出得庄门。只见丽卿早已绰枪挂剑，骑在枣骝马上。只听西边村庄上喊声大震，鼓角喧天，贼兵已到。众百姓抛儿弃女，自相践踏，各逃性命，哭声震天。火光影里，已望见“替天行道”的杏黄旗，当头大将正是霹雳火。刘母、刘夫人心胆俱裂，大家一齐取路，投东而走。欲过大溪木桥，转弯往南去，只见桥上人已拥满，两边都挤落水去；不移时桥梁压断了，满溪里都是人。刘广等见了，只得沿着山再往东走。已到安乐村东边尽头，只见林子里飞出一片火光，无数贼兵都在火光背后，正是黑旋风李逵的步兵，顺风胡哨杀将来。东风正大，黑烟卷来，人马皆惊。刘广叫道："左有高山，右有大水，前有烈火，后有追兵，这却怎好？"希真忙叫一个庄客，就地下挖起一把沙土来，念动真言，运口罡气吹入，撒开去。只见一阵怪风，飞砂走石，把火头倒吹转去，烧得李逵并那些贼兵，叫苦连天，各逃性命。刘广等趁势闯出村口。行得不远，又一片喊声，拥出一二百兵马来。只见丽卿挺枪跃马，大喝一声，当先冲杀过去。这里众英雄各奋神威，带领庄客，舞剑抡枪，一拥杀上。好一似虎入羊群，那一二百人都落花流水的散了。

众英雄护定老小，只顾往前走。前面已是丁字坡，那条大路一头往南，一头往北。刘广回顾老小人等，幸喜一个都不失散，并无损伤，稍为放心。杀声渐远，大家都下马就坡上少息，商议投奔的所在。望那安乐村，已变做了一座火焰山。慧娘问希真道："大姨夫来时，可知道神峰山口失陷不曾？"希真道："我也恐贼兵在那里堵截，对你公公说。你公公说不妨，已预先准备了。倘得那里不失陷，你公公必能来救，贼势不久便退。我等若迎上去投他，一则路远，二则贼多，又恐杀不出。不如先投定风庄去，那里有碉楼濠堑，李乡练又同你爹爹认识。"刘广道："贼兵骤来，我恐府城里不作准备，吃那厮们打破，那肯便退。"希真道："不妨，城里已有准备也。昨夜云令亲的青龙刀啸响了一夜，早上正同我说吉凶，日中便接着沂州的飞报，说孔厚拿获了梁山上的细作白日鼠白胜，并喽罗十五名，禀交高封，审出情由。这贼兵都是青云山来的，城里已点兵守城。接连又得你的书信，我即忙回来。"刘广道："我等细软家私，都运在龙门厂神霄雷院，不如到龙门厂去。"希真道："我说定风庄近，投北去恐撞着贼兵。"慧娘道："方才我们出来是酉时，此刻走得没多路，不过酉末戌初，天马在午，正南大吉。"刘广道："既如此，就投定风庄。"

说不了，只见正南上火光冲天，喊声大起，逼近来。众皆大惊，刘广忙扶了娘上马。众人一齐都上马，投北便走。不多时，撞着一队贼兵,正是陈达、孔明、孔亮的兵马,来接应秦明、崔豪、姚顺,同去打城。秦明等劫了安乐村,正杀过来,合兵一处,将刘广、陈希真等一班英雄老小都裹在乱军之中。那知道正南上的兵马,倒是他们的救星,他们却反投北去,也是数该如此。

当时众英雄在乱军里面,彼此不能相顾。话内单表刘广同两个儿子,紧紧护着刘母,只往前厮杀。拦头一员贼将,乃是跳涧虎陈达。当时陈达大喝道:“你是甚么鸟人,敢在大军内乱搅!”刘广更不答话,拍马舞刀,直取陈达。陈达正抵敌不住,斜刺又来了旄头星孔明,双斗刘广。刘广奋勇厮杀,孔明、陈达败走。刘广回头不见了刘母并两个儿子,心里甚慌,急转旧路杀回来,一口刀逢人便砍,竟寻不见母亲。刘广越慌起来,遏不住心头乱跳。不防黑影里弓弩射来,一枝箭正中腰窝,坐不住鞍鞒,跌下马来。背后陈达已到,举刀劈面就剁。说时迟那时快,却得刘麒的娘子一马赶到,大喝:“谁敢动手!”挺手中雁翎刀敌住陈达。那孔明又转来相助,刘广已跳起身来,抡刀步战,希真也保着刘夫人赶到,三位英雄,两马一步,又杀退陈达、孔明。刘广道:“我的娘在那里?”又要杀转去。希真道:“太亲母好像已在前面。”刘广便转身往北追。希真道:“你受了伤,步战不便,我的马让你骑。”刘广便骑了希真的马,希真步下提枪保护。

且说孔明、孔亮、陈达聚在一处道:“这是一伙甚么人?如此猖獗,休吃他走了。”便呐喊杀拢来,声声吆喝:“不要放走这几个牛子!”后面又有崔豪、姚顺的人马拥上来,四面贼兵围住。希真、刘广、刘麒的娘子保着刘夫人,苦战不得脱。刘广只叫得苦,希真一时也用不迭那都箓大法。正危急时,只见孔亮一边人马大乱,火把丛里一位女英雄杀入来。你看他撕去红纱衫儿的两只袖子,赤着两条雪藕也似的臂膊,舞动梨花枪,纵开枣骝马,好一似降魔的哪吒太子,风掣电卷冲进来。众人见丽卿到来,大喜,忙护着刘夫人,杀上前来接应。丽卿大叫:“爹爹见秀妹妹否?”孔亮不识高低,便去抵敌,吃他一枪对心窝里刺个正着,翻斤斗撞下马去,一道灵魂回梁山泊去了。贼兵乱窜。希真道:“我儿前面开路!”众人护着刘夫人,奋勇杀开一条血路,透出重围。希真顺便夺一匹马骑了,大家离得贼兵已远。那刘母、刘麒、刘麟、刘慧娘、刘麟的娘子，一切庄客仆妇养娘，俱失陷在贼里。陈达、崔豪等见他们勇猛，不敢便追，恰好秦明也到，大家说有如此一伙人，孔亮被他坏了。秦明大怒，便要奋力追上。忽报："正南上一彪乡勇，为首一个军官，是长髯大汉，十分利害。周通哥哥抵敌不住，败下来，伤了好些人。"秦明转怒，便同陈达、崔豪、姚顺、孔明杀奔正南大路去，不来追赶希真等人。

却说希真、刘广等都去溪涧边鹅卵石滩上息下，星光下，刘广中的那枝箭透入数寸，拔出来血流不止。希真看了箭疮如此深，也大吃一惊。暗里又辨不出血色，不知有毒也无。刘夫人忙撕下袖衫儿的里襟，与他裹定。刘广道："我娘的性命好道休也，我再去寻来！"希真、刘夫人一齐劝道："你这般伤痕，去不得了。"刘广喝道："你是媳妇，也这般乱说！"便忍着疼痛提刀上马，怎奈疼痛难忍，跨不上鞍鞒，跌倒在地。希真、刘夫人忙去扶住。希真道："姨丈依我言语，你们在此，待我再杀转去，务要寻了太亲母出来。"刘广咬着牙齿点点头。丽卿在旁叫道："爹爹在此保护，不要离开。孩儿总还要去寻秀妹妹，接应他们，一同救了太婆出来。"希真道："既是你去，须要小心。"丽卿绰枪上马，重复杀入虎窟龙潭去了。刘麒的娘子已带重伤，战斗不得，撇了刀，倒在露水滩上厮唤。刘夫人流泪，一面按摩刘广的箭疮，一面念诵着道："天地佛爷，可怜见婆婆一生好善，丈夫孝敬无罪，得能转凶化吉，垂佑则个！"刘广果然觉得疼痛减了些。希真自去滩上那鹅卵石堆里，只顾口诵真言，步罡踏斗价禁咒。只见正南上天都通红，哭声不绝。

刘广等了许久，不见丽卿消息，更耐不住，又要上马自去。忽见一人匹马单刀奔来，希真只道是贼，忙提枪在手。再近来一看，却像是刘麒。刘广、希真齐叫道："我们在这里！"刘麒下马，见了爹娘甚喜。刘广道："祖母那里去了？"刘麒道："孩儿保着祖母寻爹爹，不意祖母、兄弟都失散了。孩儿寻了几次不见，又恐爹娘有失，追寻到此。"刘广听罢大怒，拿过刀来便杀刘麒。慌得希真连忙夺住。刘广骂道："畜生，叫你保护祖母，你撇下他自己走了，谁要你来看我！"吓得刘麒俯伏在地，不敢则声。希真道："姨丈息怒。"刘广又骂道："如今用不着你这畜生，待我自去！”便飞身上马。希真、刘麒忙追上去，不到得一望之地，刘广箭疮迸裂，又跌下马来，晕了过去。希真、刘麒忙去靠住，叫了半晌，才醒转来。刘夫人也赶到，哭着叫道：“丈夫耐耐。”便对刘麒道：“我儿，你快去罢！”

刘麒连忙提刀上马，仍回旧路。刘麒的娘子看见，痛哭不已。刘麒赶到乱军中，没命的杀进去，来往寻觅，可怜那里见个踪迹。忽然撞着丽卿，浑身血污杀将出来。丽卿道：“哥哥见他们么？”刘麒道：“别人由他，只是我失陷了祖母，爹爹要斩我。我救不出祖母，回去不得了。好妹妹，帮我同去寻寻。”丽卿道：“我方才遇一员贼将，载了四五车的妇女。我恐秀妹妹也在内，杀败那员贼将，只见车内都是别人家的妇女，邻舍王美娘亦在内，我也无暇救他。再杀转来，却撞着你。我听那壁厢喊杀连天，枪炮震动，这些狗男女都纷纷投南去，不知是那里的兵马同他厮杀。我和你索性望正南上去寻，或有些踪迹。”二人便一齐纵马往南去，将近丁字坡，天已黎明，只见满地男女老少的尸骸纵横，血流成渠。刘麒道：“我祖母多敢是休也，这却怎好？”丽卿道：“不到黄河心不死，索性再上去，寻不着也是无法。”

正说着，只听山坡上有人叫道：“哥哥、妹妹快来！”二人抬头看时，只见山坡上一个小庵，刘麒认得是白衣观音庵，只见庵前一人开门出来，手持黄金双锏，喊叫他们，正是刘麟。二人大喜，忙纵马上山坡，到庵前。刘麟道：“你等冲散后，我同浑家保着祖母，冲杀不出。祖母胃脘病又发，他坐的马又坏了。是我挟了祖母，投这庵内，将祖母藏在佛柜里面。我孤掌难鸣，只得关了门，从门内张望，盼个人来，同救祖母出去。”刘麒大喜，便同丽卿进庵下马，佛柜内扶出刘母。那刘母哭道：“虽承你们救我，我却不愿活了。是我透心糊涂，不识好言语，累你们遭此大祸。你们顾自己去，由我这老骨头死罢。”刘麒跪下垂泪道：“祖母休说这般话，爹爹、母亲眼巴巴的盼望，请祖母就去。”刘母哭着问道：“我那秀儿心肝肉怎的了？”丽卿道：“正还不曾……”刘麒忙接口道：“秀妹妹已在前面，祖母放心。趁此时贼兵稍散，快请动身，再挨着，恐那厮们掠进庵来。”刘母道：“我胃口疼得紧，骑不得头口。”刘麒道：“孙儿背了你去——只是将甚么兜缚？”刘麟便去僧房内寻看,那几个和尚影也不见,却寻出些酒肉来。大家都饿了,就乱吃了一回。劝刘母吃些,刘母那肯破荤。把那几匹战马,都去后面菜地里,由他啃嚼。刘麒、丽卿问道:“二嫂也冲散了?”刘麟垂泪道:“他已身带重伤,又同一个贼将厮杀,失手死在乱军里了。我救祖母要紧,那里还顾得他。”说罢,止不住痛哭起来。刘麒、丽卿大惊。众人又悲哭了一回,刘麒便将大士面前两挂长幡扯下来,兜了刘母,背上,扎缚得牢了,便提了三尖两刃刀上马。刘麟、丽卿都上了马,各拿了兵器保护着。

出得山门,远远的望着胭脂山脚西边大路上,那些贼兵将打劫的油水,大小车担解回山寨去;正南上喊杀连天。众人下了山坡,一路投北去,幸喜不遇贼兵。丽卿见路上已是太平,便道:“二位哥哥保了太婆去,我再去寻秀妹妹。”说不了,喊声大起,一彪贼兵斜刺里冲出来,阻住去路,比夜里的更是利害。原来正是狄雷、武松、杨春,抢神峰山口不得,奉吴用号令,知白胜失陷,景阳镇官兵已出,速来接应秦明、张清等,火速收兵,所得油水先运上山。也是刘母、刘麒难星入度,巧巧撞着。丽卿大叫道:“二位哥哥顾着太婆,跟我来!”便左手舞枪,右手抽出青錞宝剑,旋风儿也似的卷过去,大喝:“让路!”二刘保着祖母,一齐冲过去。丽卿正遇着武松,步马相交,狄雷、杨春三面夹攻,众喽罗一齐来助。二刘保着祖母,只好各顾自己混战。丽卿见贼兵愈多,不敢恋战,长啸一声,往横头闯去,开一条血路走了。狄雷等三人惊讶道:“那里杀出这一个女子,却恁般勇猛,竟被他滑了去!”有几个喽罗道:“正不知那里来这女子,听说在大军中混杀了一夜,没人近得他。”武松道:“如今军师号令,去接应秦明要紧,这女子只好由他去。”三人便催兵往南杀去。只见东边一阵兵马,呐喊扬威杀来,正是沂州府都监黄魁,见解了围,引官兵追到,与狄雷等两军相遇,开旗大战。

却说丽卿一抹地枪挑剑砍,冲出重围,却撞到西边大路上。回看刘麒、刘麟、刘母都失散了,便纵马到那土岗上了望,只见各处烟尘障天,喊杀之声盈耳,那队贼兵都投南去,并不见刘母等人的下落。丽卿想道:“厮杀了一夜,救不得一个人出来,怎好回去?爹爹便不骂,也须对不过二姨夫。方才那两个,不知是什么强盗,倒也了得。不要管他,再杀上去,寻他们不得,便多砍些头颅来,也好壮观。”便插了剑,双手抡枪,拍马下了土岗,仍复杀转来。未到一望之地,只见树林内转出五七十喽罗,把许多妇女都反剪了,连连串串的牵着走。后面老大的杆棒赶打。那号哭之声,那里听得。丽卿又恐慧娘亦在内,便大喝一声奔上前,杀散了喽罗,细看里面,却又没有慧娘。正待转身,只见后面又是许多喽罗,拥着一个大王。那个大王头戴撮尖干红凹面巾,鬓边插一枝秋海棠,赤着上半截身子,露出一身疙瘩虬筋,系一条销金包肚红搭膊,着一双对掩云跟牛皮靴,骑一匹高头卷毛大白马。丽卿却不认得,那大王便是小霸王周通。那周通马旁边一个喽罗,背上驮着一个女子。丽卿看见,吃了一惊。那女子大叫:“卿姊救命!”果然是刘慧娘。丽卿便来抢夺。

看官听说:原来周通并不干正经,只带领喽罗各处抢掳妇女。这慧娘自半夜里与丽卿失散之后,在乱军中不见一个亲人,心急意乱。其时天昏地暗,星斗无光,那里辨得东南西北,幸亏得一双慧眼,看黑夜如同白昼,便纵马加鞭只顾望黑地里无人处乱走。不防遇着二三十火把,都是周通部下的喽罗,当时把他捉了去,献与周通。周通把火来照看,那曾见过这般美貌娉婷,欢喜得浑身发寒噤,魂灵儿飞去半天里,忙吩咐不许绑坏了,只叫一个老成喽罗驮着,厮傍着马前走。周通当时恨不得就回山寨,只恐吴学究埋怨,只得勉强再巡逻着。慧娘在那喽罗背上,正没法寻死,恰好正撞着丽卿到来。当时周通却认识丽卿,一见了大喜,叫道:“我的心肝,那里不寻遍,你却在这里!”便拍马舞枪来捉丽卿。丽卿正挺枪奔过来,交马不到两个回合,被丽卿一枪刺中肩窝,一个倒栽葱拄下马去。

丽卿那有工夫去杀他,忙顺手带定了那匹空马,便来夺慧娘。众喽罗见捌翻了周通,发声喊,撇了慧娘,一哄都散了。那周通连滚带爬逃了性命,前面那几个喽罗救了去。丽卿忙拉慧娘骑在周通的马上,保着他投北就走。只见背后一骑马追来,大叫:“二位妹妹少待!”丽卿、慧娘回头,只见却是刘麟,也杀得浑身血污,气急败坏到面前道:“哥哥与祖母竟不知去向了,这却怎好?我本要再寻转去,怎奈贼兵都是生力军，越杀越多，战马又受了伤，实在支持不得也。”丽卿道：“我已寻得秀妹妹，只好先送了他到前面，再作商量。”慧娘流泪道：“卿姊既说大姨夫也在前面，快去与他商量，必定有妙策，好歹要救祖母、哥哥出来。”

大家都奔到夜来的那石子滩上，却又不见了希真、刘广一干人。丽卿大惊，道：“明明记得是此处，兀那不是二姨夫折断的那枝血箭还在，他们却都到那里去了？”众人正惊疑间，只见后面尘头大起，风吹胡哨，鼓角震天，大伙贼兵追来，望去何止一千余人。只听得一片声叫：“陈丽卿想逃那里去！”此时丽卿、刘麟都已人困马乏，刘麟的战马已倒，眼见是走不脱。便使人不乏，马不倒，也只得丽卿、刘麟两个人，又要保着慧娘。这两个便都算了三头六臂的哪吒，也怎生与这一千多生力兵马相持？

务要问个明白，只好请看下回。

第八十三回　云天彪大破青云兵　陈希真夜奔猿臂寨

却说丽卿等三人正寻不见希真、刘广，心中惶惧，只见后面大队贼兵追来。

看官须知：这一路贼兵，并非凭空捏造，你道是那几个？便是张清、董平、徐宁、呼延绰、龚旺、丁得孙。原来这六筹好汉正攻打沂州城，忽接吴学究的军令，说机谋已泄，景阳镇救兵都到，攻必不利，速速收兵，会合各路，全师归山。六筹好汉急忙遵令退兵，来到此地，正遇着周通带伤来见，诉说遇见陈丽卿，吃他伤了一枪，投北去了。随行的喽罗又说道："得知孔亮哥哥也吃他坏了。"六筹好汉一齐大怒道："这贱人焉敢如此！我等就追上去，誓必生擒活捉了来。"周通道："这婆娘果然了得。"张清道："那怕他了得，叫他先吃我一石子。"董平道："周兄弟平日只管说起陈丽卿怎样了得，我倒要会他。"呼延绰道："小弟上山无寸箭之功，愿擒了他来献与众位。"徐宁道："我也随了你们去。"四筹好汉吩咐龚旺、丁得孙将人马去接应各路，又多派军汉送周头领先回山寨将息。这里四人带了一千人马，飞风追来，声声只叫拿住陈丽卿。丽卿对刘麟道："事已如此，不得不同他拼个死活。"刘麟道："正是。"慧娘跳下马来道："二哥、卿姊，休要顾我，这马二哥骑了去。"那慧娘便看看两边，决意要寻个自尽。

正忙乱间，那贼兵已逼近来。丽卿、刘麟正要放马，忽听背后刮剌剌起一个震天震地的惊霆霹雳，贴着地往前面打过去。只见霹雳到处，那滩上的鹅卵石子平空飞起，随后希真一马飞到。希真又念念有词，向巽地上呼风，只见狂风大起，那滩上布过罡气的石子，遮天蔽日价起来，随着狂风满天飞舞，骤雨雹子般的落往那贼兵队里打过去。那些贼兵魂飞魄散，喊不迭的神灵垂佑，又只恨爹娘不与他生个铜头额、铁脊梁。只见连人带马打倒无算。张清头上也着了一下，鲜血迸流，几乎落马，身上不消说得。四筹好汉都伏鞍而逃。欢喜得个丽卿扑着手不住口的喝采。希真见石子落尽，贼兵都退，方收了风势，对刘麟等三人道："我道此地凶多吉少，把姨丈等都先护送到神霄雷院，急忙转来寻你们。这些贼果来寻死，却吃我先准备了。如今祖母、大哥、二娘子都何在？"刘麟道："都失陷了。"希真伤感不已，说道："如今且同回神霄雷院，再计较。"

四人便都起，刘麟仍把那马与慧娘骑了，到得那神霄雷院。那龙门厂是僻静之处，有许多得命的百姓也在。被几个庄客先看见，便道："老爷等都在后殿的楼上。"四人齐进去，刘夫人正叫庄客们去行李内寻出些金创药，与刘广、刘麒的娘子敷治，见他们进来，忙问消息。四人细说前由，刘广、刘夫人、刘大娘子闻知刘母、刘麒失陷，不知生死，二娘子阵亡，一齐放声大哭。众人无不悲恸。

刘广便教慧娘起一数，看看吉凶。慧娘拈着符头，掐指寻纹，心中大惊，口里不敢便说，但云："灾星尚未退，不久便有救。"却私对希真道："此课大凶，祖母与大哥俱有牢狱之灾，杀身之祸。大哥或有救星；祖母本命乘死气，挨不到六七日了，这便怎好？"希真听了这话，一发焦急，对刘广道："我等都已人困马乏了，且过一夜，明日我同卿儿再去寻觅，务要得个实信。"刘广顿首拜谢。慧娘道："孩儿看此地天英星坐镇，有吉无凶，居几日不妨。"当晚希真意欲收视内观，开辟元关，探个吉凶消息，争奈整日价厮杀劳顿，百神扰乱，再也澄不下。

且慢表希真、刘广都权息在雷神庙，却说张清等四筹好汉兵马，吃希真的都箓大法一阵石子打得七零八落，逃走了性命，查看军士，打死了小半，其余带伤者无数。董平、徐宁、呼延绰也略伤了些。大家说道："不料这贱人却会妖法，早知不去惹他。"正说间，只见小校来报道："狄雷头领杀败黄魁，秦明头领也得了胜。那些乡勇都退入定风庄去死守，请众位将军速去策应，定风庄就好破也。"董平大喜，对众人道："若打破了定风庄，钱粮却不少，须速前去。"便请张清领带伤的兵马后面屯住，却与徐宁、呼延绰三个头领，督令精兵，前来助战。

且说那定风庄的乡练使李飞豹，自前半夜率领乡勇来剿贼，杀至丁字坡，遇着秦明厮杀。直战到天明后，贼势浩大，黄魁的官兵又退，抵敌不住，退入定风庄。秦明、狄雷赶到，四面围住攻打。碉楼上灰瓶金汁，弓弩枪炮，雨点也似的往下打。渐渐也支持不住，庄里哭声喧闹，幸亏黄魁又来声援。那黄魁虽然骁勇，争奈兵微将寡，那防御阮其祥，上起阵来全不济事，只望后面退。

正在支持不得之间，忽报西南上杀气冲天，枪炮动地，景阳镇官兵齐到。狄雷忙领兵迎敌，只见那官兵旌旗严肃，部伍整齐，也是心惊。两军便交锋合战，景阳镇的兵马端的如虎如罴，中军队内五百名砍刀手，捧出一员大将，凤眼蚕眉，绿袍金铠，青巾赤面，美髯飘动，骑一匹大宛白马，倒提偃月钢刀，大骂："无端草寇，焉敢犯境！"杨春拍马来迎，只一合，天彪青龙刀起，杨春身首异处。狄雷见天彪斩了杨春，大怒，抡两柄赤铜锤，直奔天彪。天彪挥刀迎战，十余合，胜败不分。武松舞戒刀来夹攻，天彪不慌不忙，施展神威，大战二贼。背后秦明也到，忽听得景阳兵阵后一个号炮，飞起半天，两旁喊声大振，左有谢德，右有娄熊，两位团练使分两路抄出，截断归路。只见天彪的兵马，翻翻滚滚，变成常山阵势，铜墙铁壁价裹来。秦明、武松、狄雷困在垓心，死战不脱，亏得董平、徐宁、呼延绰狠命杀入来，谢德、娄熊抵敌不住，吃救了出去，却又遇见黄魁，大杀一阵。

李飞豹望见官兵得胜，也放下吊桥，开了庄门，领乡勇来助战。只见阴云四合，惨雾漫漫，半天里一团黑气罩下来，空中无数精兵猛兽，力士天丁，纷纷杀下，乃是沂州府太守高封，带领三百名神兵亲到。云天彪只顾驱兵掩杀，那阵里的枪炮，好一似轰雷震电着地卷去。青云山的贼兵，那里挡得住，杀得大败亏输，弃甲抛戈而逃。高封追到五里，便收了法。原来高封的妖法，只有五里路好使，再过去便不灵；便是当年他哥子高廉的妖法，亦只有七里路好使：却怎及得希真的都箓大法，包含先天真乙之妙，变化无穷。

当时天彪直追过卧牛庄方回，斩获无数，夺了许多器械马匹，大获全胜。原来天彪自初八日中午得了孔厚的飞报，与希真商量，料道贼兵必从鳌背疃来，堵截神峰山口。那鳌背疃虽是条正路，却两边树木丛深，百草丰茂。天彪即火速传令，就叫那山口营汛里五十名官兵,先去就彼放火,烧断贼兵进路。狄雷等领兵杀到鳌背疃,吃大火阻住,只得绕道由皂荚岭进来。比及赶到山口,天彪已领大队兵马渡过神峰山了。谢德问云天彪道:"恩相在先何不就在皂荚岭埋伏,截杀狄雷,岂不大妙?"天彪道:"你那晓得兵贵养气,不在遇敌便斗。若先与狄雷厮杀,把人马都用乏了,怎好救此地?只图赢狄雷,却弃了沂州府,岂不是贪小失大,正中吴用的计。"谢德拜服道:"恩相神算,真不可及。"这一场胜仗,幸亏得孔厚先捉住了白胜,断了内线,城中先有准备;又亏云天彪救兵来得早,虽失了几个村庄,却不吃贼兵全得了便宜去,皆二人之功也。

且说贼兵败回青云山,宋江正差时迁来探听消息,吴用大惊。查点人马,坏了孔亮、杨春二位头领,伤了张清、周通二位头领,失陷了白胜一位头领,李逵被火烧去髭须,风沙眯了两眼,先已救回山寨,其余马步头目军兵折了五千余人,此外中箭着枪受伤者无数,虽打破几处村庄,得了许多钱粮油水,金银子女,却是功不补患。吴用大怒道:"吾自用兵以来,未尝遭此大败。今误了众位兄弟,皆我之罪。"一面差戴宗、时迁先回梁山报信,"我随后就回,誓必兴兵灭了沂州府、景阳镇,以报此恨"。便问狄雷道:"白胜兄弟失陷在城内,怎生去救得他出?"狄雷道:"闻得那东城防御阮其祥,这人最贪财,高封最听信他。小弟差人去他那里,多费些金银,通了关节,先留了白胜的性命,再去劫牢救他。"吴用道:"正合吾意。我恐沂州城内经此一番,加紧防备,倘劫牢不便,不如诱他解上济南,就半路上救他也妙。须要机密小心。"便留周通、张清在青云山养病,李逵两眼已好,同了吴用回梁山。

却说戴宗、时迁回梁山报与宋江,宋江大怒,便要尽起山寨兵前往报仇。戴宗道:"军师就回,待他来商量。"不日,吴用同众好汉一齐回山,宋江便议起兵。吴用道:"要报此仇,非大队兵马,必不济事。云天彪那厮极会用兵,更兼高封有妖法,须得公孙先生一行。只是这一番厮杀,若非旷日持久,不能成功。东京一路,虽不必忧,也防赵头儿另委别个,可叫梁世杰夫妻再写信去,托他丈人周旋,别的都不害事,我只恐大队兵马一出,运粮之路甚是不便,兖州府飞虎寨的兵马虽不敢十分猖獗,他若来劫我粮草,阻我归路,这个伎俩却能。那时瞻前顾后,却甚费力。那飞虎寨总管真茂,虽也有些武艺兵法,却为人狐疑不决;那兖州知府,更不在话下。小生之意,不如先去打破了兖州、飞虎寨两处,一者绝了后患,二者也好取那里钱粮使用。那时长驱大进,直捣沂州,还怕甚么!猿臂寨仍不归顺,便一总剿灭了他。"宋江道:"此计最妙。"

当日便点李应、杜兴、孙立、孙新、顾大嫂、乐和、邹渊、邹闰、解珍、解宝、时迁,共十一位头领,带领马步军三万,吴学究为军师,——倘若得了两处,便分派十一位头领镇守。——克日兴兵。又差杨雄、石秀,往青云山助狄雷,救白胜。按下慢表。

却说那日云天彪大败贼众,掌得胜鼓收兵,会合了高封、黄魁。天彪请高封速发号令,抚救百姓,一面申报都省,并查勘被难地段人口,分别赈恤。天彪又对高封道:"李飞豹这人,才勇出众,堪以重用。屈在乡练,却是可惜。"高封道:"我早晚便保举他升授团练,调去沂州城外西安营把守。"

天彪别了高封,领兵回景阳镇,发放三军都毕,即忙差得力军弁去探听刘广家口人等的消息。正要退衙,只见辕门官禀道:"沂州有一差官,说有机密事禀见相公。"云天彪唤来,只见那人相貌清奇,吏员打扮,向天彪声喏施礼。天彪一看,在刘广庄上也曾会过,认得是沂州的当案孔目孔厚。天彪大喜,忙下座答揖,让到客厅相见。天彪道:"先生何事到此?沂州保全,幸仗先生之力。"孔厚道:"小吏有机密事禀报。"天彪道:"左右皆吾心腹,但说不妨。"孔厚道:"阮其祥那厮,苦死要与令亲刘防御作对,昨日在乱军中撞着刘大公子背负着祖母逃难,他竟把作贼人擒捉。刘大公子寡不敌众,连刘母都遭那厮擒去,却特地瞒着总管。阮其祥又买通白胜,诬扳刘防御父子作梁山内线。拷逼刘防御的财帛。大公子不招,已吃了刑法,连刘母也下在班馆。今日又接着高太尉文书,说东京捉着了陈希真家内王苍头,从张百户处追出刘防御的回书,已知陈希真藏匿在刘广家。提出刘公子来审问,公子抵死不肯承认。高封将刘母请入后堂,甜言哄骗,刘母却被他赚出来。现在严拿刘广、陈希真,那刘母并大公子眼见难活。

小吏官微职小,拗不过,因想总管相公是他至亲,特地偷身来此商量,怎生救得。"天彪听罢大惊,想了半晌,说道:"我无别法,只有去向高封处替他二人分剖。但他二人此时不知在何处。多感先生大德,请先回府,下官即来也。舍亲在狱,山高水低,还望足下照看。"

天彪送孔厚去了,独坐书斋,半晌没摆布处。正待唤从人备马上府,忽报刘二公子到,求见。天彪大喜,忙接进来。刘麟拜见毕,诉说:"全家避难在龙门厂雷祖庙内,家祖母并家兄都失散了,本要去投孔厚,因小妹慧娘说城中杀气甚盛,为此不敢去。家父说只好聒噪太亲翁,来此暂住几日,再购房产。"天彪道:"贤侄只知其一,现在宅上另有一起奇祸,孔厚才去……"便把上项事说了一遍。刘麟大惊,几乎跌倒,便道:"太亲翁可好相救?"天彪道:"事不宜迟,你速去请你爹爹一干人,先来我处躲避。便避不得,也送到我父亲处。令祖母、令兄,我再设法去救。我弃了官也不打紧,好歹要与高封剖个曲直。你快去,我便上沂州府也。"刘麟忙出衙上马,飞奔回龙门厂去了。这里天彪带了三五十个亲随,都是关西大汉,各跨口腰刀,飞奔沂州。

却说刘麟一口气到了雷祖庙,报知此事。众人一齐大惊,刘广叫苦道:"这却怎好?既蒙云亲家高谊,不如就去。他与高封同僚,或说得下。"希真道:"断乎去不得!去了不但自己无益,反害了云亲家。若到云太公处,千里迢迢,带着老小逃难,更不稳便。高封那厮怎肯听人情,云亲家不去说还好;今已去说,云亲家为人心肠耿直,性如烈火,素来又看不得高封,不来头与高封闹起来,这祸愈速。我想这事,皆是我来害你,怎敢不生条计救太亲母、贤甥还你。"刘广道:"姨丈怎说这话,你只要有妙策救得我的娘,要我怎地,我都依你。"

正说间,只见云天彪着体己人到。刘广唤到楼上,那人呈上书信,说:"家老爷快请二位老爷并官眷,速到景阳镇去。现在城里城外各乡村,挨门逐户查拿二位老爷。若不趁早动身,必遭毒手。"希真答道:"虽承尊上救援,我们委实去不得,去了两边不美。我写回信与你,多多拜谢尊上。"希真便写信谢天彪,又劝他从长计较,切不可与高封恶识,便将信付了那体己人,那体己人又苦劝了几番,刘广、希真是不肯,那人只得领了回书去了。慧娘道:“此事药线最紧,既要救祖母、大哥,又要避得自己之难,大姨夫速速定计。”希真道:“自然。”丽卿道:“孩儿不如同爹爹趱进城去,刺杀了高封、阮其祥两个狗头,岂不完结了。”希真道:“你不要来乱说。”希真打发一个精细庄客,趱进城去,到孔厚家探消息。那庄客领命,又恐天晚赶不出城,急忙去了。

当晚,刘广、慧娘、刘麟等,都在后殿楼上商议。陈希真独自一人在楼下,千回万转没个生发,心里念里只有走那一条路,只是碍着道理,又不好向刘广说。绕着那回廊走去走来,地皮都蹋光了,把一个足智多谋的陈道子,弄得半筹都拍划不开。只见月色盈阶,银河耿耿,希真不觉走近雷祖面前,看那香炉边有一副杯珓。希真动个念头,便向神前跪倒,叩头无数道:“弟子陈希真与刘广,终能报效国家,不辱令名,当赐弟子一副立珓,圣、阴、阳三者,俱不算。”祷罢,捧过杯珓望空掷去,月光下,只见那副杯珓壁直的立在阶下,希真吃那一惊。只听胡梯上脚步响,看时却是慧娘下楼来。慧娘道:“大姨夫主意若何?”希真道:“未得良策。”慧娘道:“甥女有个见识,不好便向我爹爹说。我想只有猿臂寨的苟桓,认识我爹爹,又感激大姨夫的洪恩。他那里有四五千兵马,事到其间,也说不得,何不竟去投奔他,哀求他发兵,打破沂州,只救俺祖母、哥哥何如?”希真叹一口气道:“我想了许久,也只有这条门路,方才如此向神灵祷告。”指着阶下道:“兀那不是一副杯珓还立着。”慧娘看了,也是惊异。希真道:“事不宜迟,便去向你父亲说。”希真收了杯珓,叩谢神恩,便同慧娘上楼。只见刘广坐在那床上只是哭,刘夫人、刘麟、丽卿都坐在旁边。希真道:“襟丈怎样计较?”刘广道:“我主意已定,高封那厮止不过要我的家私,我把带来所有的都与了他;再不肯时,我便挺身而出,由他碎刀万剐,只要他完我的活娘便了!这几个孽障,都托与姨丈罢。”刘夫人、刘麟、慧娘听了,都放声恸哭。希真道:“你这却是甚么意见!你便舍了一百条性命,也救不出太亲母、大贤甥。”刘广道:“依你却怎地?”陈希真道:“我有妙计,恐你依不得。”刘广道:“我已说过,不论汤里火里都依你。我此刻箭疮已好,竟无痛苦,你快说!”希真就把投荀桓求救的计说了，刘广听了泪如雨下，叫道："襟丈，听我说！我同你都是大宋臣民，活着是大宋的人，死了是大宋的鬼，你怎说这没长进的话，岂不是上辱祖宗，招那万世的唾骂？"希真道："襟丈，你也听我说：须知忠孝不能两全，你依了我，报效朝廷有日；不依我这计，眼见太亲母有杀身之祸，如何解救？况这事药线甚紧，那里去耽搁十日半月，再迟疑一时半日，遭了那厮毒手，悔之晚矣！"慧娘道："大姨夫的话也说得是，望爹爹权且依了，祖母的性命要紧。"刘广道："日后却怎的？"希真道："日后再说日后的话……"

说不了，只见到孔厚家去的那庄客奔回来，喘着气说道："老爷快走罢！高知府要带做公的亲来此踹缉了。"丽卿跳起来道："这厮亲来最好，捉这厮来先与太婆、哥哥偿命。"希真喝住了他。刘广忙问："老太太、大衙内怎地了？"庄客道："老太太、大衙内险被高封斩了，已自上了绑索，只争不曾开刀。却吃阮其祥劝住了。"众人大惊，问其原由，庄客道："云总管见了高封，替老爷再三分剖，争奈高封全不容情。云总管发怒，与高封争执，要与高封到都省质对。高封也怒，立意要先害老太太、大衙内，与白胜一齐斩首。阮其祥说斩了白胜一干人，恐老爷到案没把柄，因此才都放了，仍旧监下。这都是孔老爷对小人说的。孔老爷又说，此庙内切不可再存留，高封正猜疑此地，要亲来稽查，请老爷速避到别处，再作计较。城里实是盘诘得紧，小人进去吃查问了多次。"

只见刘广霍地立起身，便要下楼。陈希真扯住道："襟丈往那里去？"刘广道："去看看我娘，便死在一处到也安耽，哥哥与我报仇。"希真那里肯放，说道："姨丈，你不要心乱，但依我言语，管要救太亲母出来。"刘麟、慧娘都跪下痛哭。刘广道："依你便怎么？"希真道："你依我方才的言语，如救不出太亲母，我誓不立于天地之间。"刘广道："既是姨丈拿得稳，全仗着你。如此，我们就走。"便去唤醒那几个庄客车夫，套好那两辆太平车子；刘麒娘子伤痕未愈，也载在车子上；其余众人都上了头口，点齐火把，连夜动身，投猿臂寨去。希真见刘广身体无事，甚是欢喜，说道："我也在军营里多年，每见箭疮如此深重，多是性命不保，今姨丈如此好得快，岂非孝感所致。"

众人连夜奔走，天色发白，已到芦川渡口，觅了船只，渡到那岸。刘广对刘麟道："此去猿臂寨不远，你可先去报信，不要造次，我等在此等候。"刘麟领命，挂了双锏，纵马前行，一二程路，到那山南墩煌边。只见林子里一棒锣响，跳出五七十喽罗来，喝道："兀那牛子，留下买路钱，放你过去！"刘麟高叫道："列位好汉，我非过客，是苟大王的故交，来探望他的。"众喽罗道："说了姓名，好去通报。"刘麟道："我姓刘名麟，排行第二。我爹爹刘广，与苟大王、范大王都是至好。"众喽罗道："原来是刘防御的二公子，快去通报。"

却说苟桓，表字武伯，河南卫辉府人氏，乃是战国时名贤苟变的后裔。苟变有大将之材，子思夫子也器重他，荐于卫君，卫君不肯用。到宋朝，这一支派流在卫辉。那苟桓的父亲苟邦达，政和年间曾为殿前都虞候，端的是忠良正直，不畏权势，时常去恶识童贯，童贯恨他入骨。那时童贯主谋，要与女真国金邦讲和，夹攻辽邦，天子准了。苟邦达苦谏，天子不从。童贯就在天子前进了谗言，便将苟邦达下狱。童贯深恨苟邦达，与赵嗣真商议用计，在官家前奏称："臣在辽时，曾见苟邦达时常遣心腹人与辽主往来，馈送礼物，有他的亲笔呈览。"天子听了一面之词，又见捏造亲笔，不觉大怒道："怪道这厮要与辽邦讲和！"便传旨将苟邦达绑出市曹处斩，众臣都求不下。可怜那苟邦达一片丹心，匡扶社稷，竟被奸臣陷害，军民无不流泪。

那时陈希真已做了道士，闻朝廷要斩苟邦达，大惊，连夜见高俅，求他圣上前求救，那里救得。童贯知道苟邦达还有两个儿子苟桓、苟英，武艺了得，恐日后为害，又假传圣旨，捉拿苟邦达的眷属进京，除灭了以杜后患。苟邦达的夫人闭门自尽，只拿了苟桓、苟英两弟兄到来。希真一闻此信，又素知苟桓是个英雄，再四哀求高俅设法救拔他兄弟两个。原来高俅自富贵之后，最好风水，见希真有块坟地在东京城外凤凰山内，端的水抱沙环，龙飞凤舞，多少高手地师都说此地当发十八世公侯将相，希真却葬了他的浑家。高俅方才晓得，正要商量谋算他的，一时不便开口。适值希真来求他救苟桓兄弟，高俅假醉着笑道："仁兄要我救苟桓不难，须知重赏之下，必有勇夫。仁兄肯把那凤凰山的牛眠佳城相让，我立救苟桓。"希真便一口应承，认真把浑家的灵柩移去别处葬了，将那地献于高俅。高俅得了那地，大喜，连忙设法与希真定计，差心腹人依计就半路上放了苟桓、苟英，只做了个中途脱逃。也免不得费了些钱财，买通了童贯的左右。高俅又去里外打点，童贯前弥缝。童贯却被瞒过，便各处行文严拿。

那苟桓、苟英得了性命，兄弟商议投奔何处去。苟英道："不如去投真将军。"兄弟二人夜行昼伏，赶到马陉镇，来投指挥使真祥麟。那真祥麟乃是苟邦达旧日帐下的将弁，山东曲阜县人氏，受过苟邦达的恩惠，最有义气，一身好武艺，深晓兵法，为人精细。当时收留了苟氏弟兄，住了多日，怎奈缉捕得紧，真祥麟便弃了官职，同了苟氏兄弟，逃奔山东沂州府兰山县范成龙家。

那范成龙与真祥麟至好朋友，也是能文能武，深通算法，最有家财，好结交英雄豪杰，开一个骡马行，又在本县充当里正。怎奈那骡马行仗，官府科派徭役十分烦重，范成龙有时被人撺掇不如落草，范成龙却不肯下得。那日真祥麟领了苟氏弟兄投奔到来，祥麟说起是旧日的小主。范成龙见了甚喜，便藏了他三个人在家里。范成龙又与刘广相厚，引了他们三人见刘广。刘广说起希真迁葬献地与高俅的话，并将出希真称赞他兄弟二人的书信。苟氏弟兄方知性命全是希真再造，当时放声大哭，遥望东京叩头，对天证盟，誓愿为希真效死。

那范成龙的父亲，曾做过开封府尹，曾将高俅发遣过。高俅富贵，欲待报仇，范成龙的父亲已死，数日内新任兰山县知县到任。那知县却是高俅的一个门客，到任后放参点卯都毕，那知县便细察范成龙的祖贯脚色履历。范成龙闻知风声，大惊，便与苟桓等三人商议道："这厮如此查察我，必然要与高俅报仇。我若不及早预备，必受其害。科派又煎熬不过。我想就不如权去落了草罢，不知三位肯同去否?"苟桓等三人想了一想，实是无路可奔，叹口气只得应了。三人问到何处去落草，范成龙道："我常说起投北二百五十里那猿臂寨，有平地雷强大力，聚集七八百人霸占了，我们就去投他入伙。"真祥麟道："仁兄与他向不通款，且先发封信去。"范成龙道："他若不肯容留，就并了他。"

商量定了，便将家财暗暗收拾起，将妻小先运开了。范成龙同苟氏弟兄、真祥麟，都带了兵器，点了五七十名没老小的土兵，只说奉知县相公的密谕，去访拿盗贼。到得猿臂寨，那知强大力那厮正如邓飞所说："不成器的小厮"，果不肯容留他们。吃那真祥麟用了条妙计，诱他下山，四筹好汉攒他一个，活擒了过来，招降了那七百多人，夺了山寨。范成龙见苟桓人材智勇，件件不及，便让苟桓坐了第一把交椅。那强大力受伤深重，将息不好死了。那苟桓同范成龙、真祥麟，并兄弟苟英，连本山七八百喽罗，并带来的五七十名土兵，不上一千人，占了猿臂寨，招兵买马，积草屯粮，数年来渐啸聚至四千多人，也免不得打家劫舍，抢夺客商。梁山上屡次来招致他们，众人都不肯从。刘广亦有书信，劝他们不可通梁山。

到了这日，苟桓探知梁山上来攻打沂州府，恐他来攻山寨，小心防备。后又探知梁山兵被云天彪战败回去了，众人都放下心。当晚苟桓得了一梦，梦他父亲苟邦达，金冠玉佩，叫苟桓道："明日大恩人到了，速去迎接。上帝怜我忠耿，已封我为神。你也在天神数内，切勿背叛朝廷，错了念头，坏我的家声。"苟桓惊醒。次日，正与众好汉说起，都甚诧异。苟桓道："我的大恩人只有陈提辖，几日前闻知人说起，他恶了高太尉，逃亡不知去向，正在此忧苦，莫非是他到也?"范成龙道："梁山兵马焚掠了安乐村，那刘广家不知怎的了。他与陈希真至亲，必有些风声，何不差孩儿们去探刘广的消息?"苟桓道："是极。"正要差人下山，忽然报上山来道："刘广的二公子刘麟，单骑到此求见。"众人都吃一惊，范成龙叫苦道："想是刘广家都沉没了，只逃得刘麟来也。"忙迎接上山。刘麟诉说："家父同姨夫陈希真，被官府、强盗逼得无路可奔，齐来投托大寨，望乞收留。"苟桓听见陈希真三字，那一天欢喜从九霄云里滚下来，忙问道："我的大恩人在那里?"刘麟道："同家父齐到了芦川渡口。"众人都大喜。苟桓连忙吩咐兄弟苟英："跟随刘公子，迎上去接恩公并刘将军来。"又吩咐道："须要穿了青衣去。见了恩公，务要亲身执鞭随镫，勿得怠慢。"苟英领命，随了刘麟先去了。苟桓连忙点齐合寨大小兵马，尽行全身披执下山，五里外排队迎接。自己也连忙换了青衣，同真祥麟下山去接希真,请范成龙守寨。范成龙道:“大哥与众头领都去,小弟何得落后,愿一齐去。”苟桓大喜,便一同下山。

且说苟英随同了刘麟,到了芦川渡口,迎着希真一干人。苟英上前参拜了,便来执鞭。希真那里肯,让苟英骑马,苟英也不肯,大家都下了头口步行。刘广的家眷都随在后面,一齐往猿臂寨进发。不多时已近山前,只见路旁无数兵马,旌旗蔽野,刀枪如林,一齐俯伏,高称“迎接”。那苟桓擎着香炉,跪在路旁。希真忙上前扶住,回拜道:“老汉有何德能,敢劳如此恩礼!”苟桓那里肯起,噙着两汪眼泪道:“垂死囚徒蒙恩公全活,今见金容,如睹天日。”希真再三谦让扶起来,从人上前接过香炉。苟桓又与刘广等相见了。八个喽罗抬上一乘暖轿,请希真坐了。众人都骑了马。苟桓传令发放,号炮飞起,众军大呼虎威,一齐起去,散了队伍,面前头踏执事,开锣喝道,把希真抬上山去。

希真看那猿臂寨,果然雄壮:左有芦川,右有虎门,后面靠着峥嵘山,面前一望尽是良田桑木,水深土厚,直接青云山;山上要害之处,都有关口,松杉树木围抱不交,各处都有镇山炮位,吊挂着垒石滚木,精严无比。好多时,方到了山寨。那里又有迎接伺候之人,鼓乐喧天,寨门大开,把希真的轿子飞拥抬上正厅。众人都到。苟桓弟兄扶了希真出轿,去正厅中间摆一把虎皮交椅,纳希真去坐,二人纳头便拜,阶下大吹大擂。希真大惊。这一番有分教:烟霞笑傲,清流权作绿林豪客;锦绣城池,街市变成血海尸山。且请看:报仇雪恨英雄士,放火偷营娘子军。

不知希真所惊何事,且看下回分解。

第八十四回　苟桓三让猿臂寨　刘广夜袭沂州城

却说苟氏兄弟二人，当日将陈希真推在中间交椅上，扑翻虎躯拜倒在地。希真大惊道："居中之位，岂是我坐的！"苟桓道："恩公容禀：不但小人弟兄两条狗命，出自洪恩救放，便是小人的祖宗，都蒙延绵，并累及老夫人窀穸不安。此恩此德，真是重生父母，再造爹娘，苟桓抠出心肺，也报你不得。只就今日，便是良辰，请恩公正位大坐，为一寨之主。苟桓兄弟二人，愿在部下充两名小卒，不论刀山剑树，恩公驱遣，只往前去，誓不回头。"希真道："小弟投奔二位公子，一者求救刘舍亲之令堂太夫人，二者逃脱自家性命。二位公子若要如此，是不容小弟在此了，情愿告退，断难遵命。"苟桓再三要让，希真那里肯。刘广道："陈舍亲怎肯僭上，苟将军从直好。"苟桓道："既如此，且权分宾主坐了，再有商议。"

当时众英雄分宾主两边坐下。刘广老小并丽卿，自有范成龙家眷接入后堂去款待。希真请苟桓弟兄换了衣服，苟桓开言问道："不知恩公因何与高太尉相恶，弃家避难，愿闻其详。"希真把上项事细细说了一遍，"此刻不意反累及刘舍亲令堂、令郎，都陷在缧绁，望乞将军救援"。苟桓道："恩公与刘将军放心，此事都在苟桓身上，管要救老伯母、大公子出来，杀了这班贪官污吏，与众位报仇。"刘广叩头拜谢。

当晚苟桓杀牛宰马，大开筵席，与希真、刘广等接风。席间，苟桓又复擎杯洒泪，求希真坐第一位交椅。希真道："公子听小弟下情：念希真本是江湖散客，又且获罪在官，怎敢僭越？公子隆情，深感肺腑，让位之言，休要再题。圣人云：名不正则言不顺。希真若受了此位，名、言何在？只求公子救了刘舍亲令堂、令郎，希真虽死，九原感激不尽。"苟桓见希真必不肯受，心生一计，当夜席散，唤过苟英来吩咐道："我看恩公文武双全，胜我十倍，我不当居他之上。他不肯受，我有一计在此，你明日依我如此如此，不由他不从。”苟英领命。

次日，希真早起，梳洗毕，出厅相见。苟桓弟兄却都不出来。不移时，只见苟英慌慌张张跑上来，到希真面前跪拜道：“家兄命在呼吸，求恩公速去救援。”希真大惊道：“此话怎讲？”苟英道：“求恩公随小人去，一见便知。”众人皆惊。希真疑惑，却也有些瞧科，便一同随了苟英，从正厅左首侧门外转出去。没多路，便是操军的大教场，甚是空阔，两旁都是枫树林。只见最高一株枫树杪上，赤膊吊着一个人，真祥麟、范成龙并十数个头目，都立在树下。希真近前看时，吊的那人正是苟桓。那苟桓把一手两脚总缚了，吊挂在树上，只一条索头生根，散着右手执一把利刀。希真大惊道：“公子何意？”苟桓高叫道：“恩公听禀：我受你天地洪恩，夜来都说完了。恩公不容我让位，我便一刀割断了绳索，拼得个粉骨碎身，报你的大德。”说罢，便把刀锋搁在绳上。慌得希真没口的答应道：“遵命！遵命！快请下来！”苟桓道：“大丈夫休要翻悔，请立盟言。”希真忙应道：“不翻悔，不翻悔，快请下来！我死在刀剑下，决不翻悔。”刘广、刘麟都也急得呆了。

苟桓见希真应了，真祥麟、范成龙才教人盘上树去，解了苟桓下来。于是众英雄拥希真上了演武厅，居中坐了，众人一齐参拜。希真滴泪道：“众好汉如此见爱，不料希真尚有这般魔障，容我拜辞北阙。”众人忙设香案。希真望东京遥拜道：“微臣今日在此暂避冤仇，区区之心实不敢忘陛下也。”说罢，痛哭不已。众人无不下泪。希真转身拜谢了苟桓，又谢了众人，然后到正厅上坐了第一把交椅。让苟桓坐第二位，苟桓那里肯，苦苦的让刘广坐了。苟桓再要让时，希真、刘广齐说道：“公子再要如此，我等情愿告退。”苟桓不得已坐了第三位。范成龙坐了第四位，真祥麟坐了第五位，刘麟坐了第六位，苟英坐了第七位。后堂陈丽卿、刘慧娘两位女英雄也排了坐位，共是九位头领坐了。众头目军兵都来参拜毕，希真开言道：“众位弟兄儿郎听者：陈希真今日蒙苟大公子让位，一切章程俱照旧例，不必改移。我与刘防御、苟大公子同掌兵权，各无异心。甥女刘慧娘参赞军机，刘麟甥与小女陈丽卿护卫中军，范将军兼管仓库。大家务要齐心努力。

今日便昭告了天地、本处山川神祇。”

众人齐声领喏。行礼都毕，希真又道：“并非希真大权在手，作事先私后公，实缘刘防御的母亲、儿子陷在囹圄，命在呼吸，若不急救，必误大事，今欲诸位协力同去。”厅上厅下一齐应道：“悉凭主帅驱使，谁敢规避！”希真便教刘广将家私将出，尽分俵众头目喽罗。众军无不感激。希真问众人道：“我欲救刘太夫人，当用何策？”苟桓道：“本山孩儿们，经小弟时常教练，精熟可用，一凭大哥调遣。”希真道：“此事只好智取，不可力敌。我昨日已差刘防御的得力心腹，到孔厚家探听，若能够他将太亲母、麒甥解去都省，我等于路上抢夺，此是上策。如其不能，我想后日是中元佳节，沂州城内慈云寺兰盆胜会，香火最盛，四方的香客，三教九流，买卖赶趁的，云屯雾集。我们挑选下精明强干之人，扮演了混入城去，索性瞒了孔厚。兵到城下，里应外合，必能成事。此计如何?”众人齐喝采道：“此计大妙！”希真道：“只是探事人还不见回报，好不烦闷。”却说那探事人到了孔厚家，孔厚方知刘广、希真等都落了草，吃了一惊，叹惜不已，只得将来人留下，去堂上探听动静。

那高封自将刘母、刘麒拿到之后，与白胜煅炼成一片，一意要捉住希真、刘广，与高俅报仇，对阮其祥道：“刘广谋叛，在逃未获。叵耐云天彪与他儿女亲家，一味扛帮。我要上济南都省，面禀制置使，休教那厮抢原告。”阮其祥已得了青云山的金银，一意与白胜方便，便撺掇道：“太守便亲解了这一干人犯去，以便质对。”高封摇手道：“不可，不可。此去都省，必从青云山经过，那厮们中途抢劫，即有官兵防护，到那里已是寡不敌众。我到都省，将这案情禀明了，这干人犯便于本地处斩，再拿陈希真、刘广。我又恐那厮们扮演了来劫牢狱，劫法场，我已出了告示，各门严紧稽查。今年慈云寺的兰盆会不准举行，不可又似那年江州城、大名府两处，都吃那厮们着了手去。我又派心腹人在牢里监督，防那厮越狱。你再去添选五十名精壮兵丁，管守狱门。又请都监黄魁，各城门小心防守。”高封便带领傔从上都省去了。阮其祥暗暗叫苦道：“这不是败了我的勾当！”密地里递信与狄雷去了。孔厚知这消息，也暗暗叫苦道：“刘母、刘麒的性命怎好也?"便归家对刘广的心腹道:"此段冤狱,非有大脚力的人救不得。我想只有都省检讨使贺太平,他看觑得云天彪极好,我与他也有些瓜葛,制置使前最有脸面。叫你主人宽耐几日,好歹要寻他的门路,救老夫人、大公子的性命,你便将了这封回信去。"孔厚在书信后又写了十数行,劝刘广、希真但得救了刘母、刘麒,千万离了绿林等语。

来人不敢怠惰,飞风回猿臂寨。希真等得了此信,见沂州府劫牢,不能下手,众人都大惊,刘广只是痛哭。希真把眉峰绉了半晌,问那心腹人道:"城里慈云寺的兰盆会既不举行,城外法源寺的举行否?"那心腹人道:"小人也看过告示上,只禁止城里慈云寺,却不见有禁城外法源寺的话头。"希真笑道:"既这般说,法源寺的兰盆会一准举行。我们就往那里,此城仍好破。"刘广道:"法源寺在城外,又与城相隔五六里的路,便到了那里,却怎能入得城去?"希真道:"你不晓得,我起先之计,原要大队兵马前去,里应外合,一鼓而下,像那年吴用破大名府救卢俊义的故事。如今这厮既这般狡猾,我就另换一副局面。我等挑精壮人马,仍扮演了,走的走,坐船的坐船,去赴兰盆会,就半夜里举事。只是这般铁桶的城池,没个内线,如何破得?城里黄魁利害,若不用上将去,如何敌得?如用上将去,姨丈与麟甥的面貌,谁不认识?范将军亦是本地人,恐防打眼。苟氏昆玉却又人地生疏,口音不对。只有真将军,熟悉江湖上的勾当,又伶俐材干,可以去得。只是他一个人孤掌难鸣,必须再着一个同去。我想来,除非叫小女丽卿如此改扮了去,那厮们虽然盘查得紧,此却未必料得。又妙在他是东京口音。"刘广道:"计虽好,只是怎好叫甥女如此装束?"希真道:"不妨,叫他来,我吩咐他。"遂将丽卿唤到面前。

希真道:"我儿,你前日不是说,要踅进沂州城去,刺杀高封、阮其祥?如今用你的妙计,就着你去。"丽卿大喜道:"几时去?"希真道:"你休高兴,我料你杀他不得。"丽卿道:"爹爹说那里话,量这些男女,何足道哉!这厮两颗驴头,都在我钞袋儿里,指尖儿一撮便到手。"希真道:"你那里晓得,此刻画影图形拿你,谁不识得你是陈丽卿!未进城门,先吃拿了,怎想去刺他。如今只要你乔妆改扮了去。”丽卿道：“改扮便改扮，值什么！”希真道：“恐你不肯。”丽卿道：“有何不肯！”希真笑道：“我要你乔妆跑解马的武妓，你可肯？”丽卿笑道：“阿也，爹爹不是说笑话，我好端端的女孩儿，没来由怎教我去扮粉头，这却恁的使得？”希真道：“我儿，天理良心，天下通行。不是为父掂斤估两，你太婆、大哥，端的为着我们爷儿两个，遭此大难，你不去救他，谁去救他？况且不过赚进城门，片刻工夫，又不叫你认真去做武妓，左右是个假扮。”丽卿道：“虽则假扮，孩儿一生话靶。”希真道：“再没人说起。”只见刘广道：“贤甥女，你救得我的娘，真是我的大恩人，也受老拙一拜。”便向丽卿下跪，流泪不止。慌得希真连忙扶住，叫声：“罪过”，又叫丽卿道：“好儿子，依了罢，也记得太婆日常待你的好处。”丽卿又想了想，笑道：“爹爹宽心，姨夫不要烦恼，我都依也。只是扎抹了形景难看，大家却都不许笑我。”希真道：“你干正经事，谁敢笑你。”希真便对真祥麟道：“真将军可与小女扮做兄妹，诸事照应他，休教漏出马脚。”真祥麟辞道：“既是小姐肯去，足以敌得黄魁，小将不必同行。”希真道：“真将军休避嫌疑，老夫便与你二人同往。”祥麟方才应了。只见慧娘出来对希真道：“姨夫教卿姐这般扮演，虽是一时片刻赚进城去，万一遇着个不晓事的，认真要留住跑解，那时做又做不得，不做又要露马脚，怎好？”祥麟道：“不妨。小姐扮演了，再将一方帕儿束了头额，伏在鞍鞒上，诈作有病。有人要做买卖，我有言语支吾他。只是没个做鸨儿的却不像，却着那个去好？”苟桓道：“我看就是王头目的妻子尉迟大娘，生得黑麻面皮，身躯长大，两臂有千斤之力，也识得些武艺，也是东京人氏，现在寡居。此人可以去得。”真祥麟道：“不差。”便将尉迟大娘唤来，参见了希真、丽卿。丽卿欢喜道：“我正少个伴当，你果然去得，快去扮了鸨儿。成功之后，必重用你。”尉迟大娘叩头谢了。

商议已定，希真便请苟桓权理事务，与范成龙、刘慧娘同守山寨。传令共点一千五百名军汉，配搭了身材相貌，一大半扮了香客，分做水旱两路，旱路令苟英统领，都用车马驮轿，往太保墟进发，水路用二十多只拖篷船，由芦川逆流而上，便将刘广、刘麟父子二人藏在里面；一小半多扮了各行赶趁的，里面的领袖都是苟桓的心腹。希真吩咐密计道:“你等不可结做一阵走,都要三三五五,陆陆续续,十五日黄昏,到法源寺前取齐;挨到三更,便来沂州北门外策应。”又挑选了二三十名精细喽罗头目,“都要沂州城内有亲眷相好的,各人自使见识,预先混进去,或是客店,或是亲友家存身,临时齐来北门内接应。成功后重赏,误事者立斩”。对刘广道:“你与麟甥、苟英带了孩儿们,一到北门外,不可近城,亦不可离得太远,只先带三五十人近城门边,就对着敌楼往半天里放旗花。我同真将军、丽卿在里面,见旗花起,便斩关夺锁,接应你们。夺了城门,方把大队人马拥进去。苟英不必进城,恐李飞豹来策应,就好抵敌他。姨丈同麟甥破进牢去,救得太亲母、大贤甥出来,便下船先走。真将军把住城门,切勿远离。”叫丽卿道:“卿儿,老实对你说,教你去杀高封是假话,高封并不在城里。因恐那兵马都监黄魁利害,特教你去都司前截住他,休吃那厮来策应。你不认识路,有人引你。我又恐你一人支不住黄魁,临时我来帮你。得了手,你先走,我后出来。”丽卿笑道:“与这等匹夫厮杀,何用爹爹帮?那厮既要替高封强出头,便先结果了他。”

那日正是七月十四日,众人都去纷纷的依着密计安排了各色行头。当夜无话。

次日一清早,希真对真祥麟道:“我不可与你们一阵走,我扮做个卖西瓜的行贩,从别门进去,到北门内来兜你们取齐。”又吩咐丽卿道:“你那枝梨花枪恐防打眼,不可带去,只选两口好朴刀配在担儿上。那青錞剑,也好充做行头,佩了去不妨。”刘广道:“我这两日不知怎的,只是心惊肉颤,神魂不安。”众人道:“只因你记挂老伯母、大令郎之故。”真祥麟去打扮了,头戴一顶撮尖瓜瓣帽,穿一领印花布斗衣,系一条鸭绿缠肚包,一对三蓝绣花护膝,腿上都缠了鸾带,脚蹬一双细针打子扳头獠鞋,仍把一领青衫儿罩了身体。那希真将五柳长髯打了辫结,蓬了头发,挽个揪角儿,穿一领棋子布的破小衫儿,戴一顶旧草笠儿,赤了双脚,着一双多耳麻鞋,又取些烟煤,把浑身皮肉都擦成黎黑之色。那办事的喽罗已整顿了一副箩担,把八个大西瓜盛在里面。丽卿早已扎扮好,又讨些脂粉,涂抹了花面,俨然是个东京武妓。尉迟大娘扮了鸨儿,伏侍丽卿。

都结束停当，正待要下山，只见真祥麟一迭连声叫起苦来，不知高低，说道："主帅，此条计委实行不得，内中有个老大毛病。"众人惊问："有何毛病？"祥麟道："主帅不知，凡是江湖上的勾当，不论跑解，走索，串社火，使枪棒卖药，都要投托地方上有势力的户头，先去参拜了，求他包庇，名唤坐靠山。坐了靠山，方准做买卖。没有时，别的不打紧，怎当得那些破落户泼皮们的罗唣，忍耐又做不得，不忍耐又做不得。小将不妨事，胡乱同他们鬼混，小姐金枝玉叶，如何去得？"希真道："阿也，此事我也不想起，却怎好？众位可晓得，沂州城内可有甚土豪？"刘广想了想道："有了，沂州城内有一个万俟通判，名唤万俟春，与他兄弟万俟荣，两个是沂州城内有名的土豪，专一结交当道官府，并那些不三不四的，欺压良善，无恶不作。四方走江湖的，并那些不成才的闲汉，都去投奔他。恰好正住在拱辰门内……"说不了，范成龙道："敢是那厮绰号司马师、司马昭的？"刘广道："正是。万俟春眼泡下生个黑瘤，人都叫他'司马师'。"希真道："拱辰门是那一门？"刘广道："便是沂州城的北门，唤做拱辰门。"希真道："如此说，便去参拜他。"丽卿道："谁耐烦去参拜那畜生！那个敢来罗唣，先把来开刀，就动起手来。"希真连忙止住道："我儿快不要如此，此去最要机密，切切不可任性！"丽卿笑道："我不过这般说。"祥麟笑道："姑娘不要耽忧，到那里我自有见识，不用你去参拜。"商议已定，大家一齐下山。慧娘道："爹爹、二哥小心！天可怜见，但得祖母无事，先飞报个信来。"说罢，啼哭不止。刘广也不知其意。苟桓、范成龙送了众人动身，回山寨把守不表。

却说希真等离了猿臂寨，行不到五七里之遥，只见大路上一个人背着包裹雨伞，气急败坏，飞奔而来。走近前，希真、刘广认得是孔厚的心腹庄客。希真忙叫："主管那里去？"那庄客见了刘广道："恰好此处迎着刘老爷，家老爷有紧要信一封在此，老爷请看。"刘广忙接过手，只见信面上写着："内紧要事件。飞送刘老爷亲拆，毋得刻迟。"刘广大惊，把不住心头乱跳，拆开时，只见信内云："老伯母连日胃脘病大发，高太守不准小弟医治，又不准保释。太守到都省去，阮其祥把持更甚。老伯母竟于十四日戌时，在班馆仙逝。"只读到这里，刘广大叫一声，往后便倒，口喷鲜血，不省人事。

众人忙扶住唤救，半晌刘广换转气来，怒发冲冠，跳起来抽出腰刀，向路旁一块顽石上乱砍，大骂："高阮二贼，我捉住你，不碎嚼你的心肝肺腑，誓不为人！"只见刀光落处，火星四射，那块顽石竟被他剁得粉碎。众人无不骇异。刘广插了刀，喝令喽罗们快行。希真道："消停着，待我再看信内还有甚言语。"只见下文道："小弟现将尸身领出，备棺草草殡殓，停柩在东门外地藏庵内，竟欲便兄长来取。大贤侄无恙。此实天灾大数，见信伏望万万珍重。"希真看罢，唤过一个精细喽罗，私地里吩咐了言语，便对庄客道："累你远来，我等不便写回信，就托你转覆贵主人：多多拜上，竟于二三日后，我等自来迎取灵柩便了。这人是刘老爷的体己，着他同你去，就在地藏庵内伴灵。"又取些银两赏了那庄客，教他们先去了。刘广问道："此是何意？"希真道："我等此去，便抢灵柩。只是地藏庵内尸棺甚多，知道那一口是，所以我叫这孩儿去，先认定了，临时便好动手。又恐孔厚知觉，故假意说是去伴灵。"便吩咐苟英道："你不必进城，只带二三十孩儿们，径去地藏庵抢了灵柩，便到船上等我们。别项事都不必管。"苟英领命。众人齐到芦川渡口下了船。刘广父子便在船上，逆流而上；希真同祥麟、丽卿、苟英都渡过那岸，奔太保墟去。

且说刘广父子二人，率领众头目军汉，假扮香客，驾船到了法源寺泊定。那法源寺的兰盆会，果然热闹，有十数处的灯棚，都有焰口坛场，钟磬悠扬，人声喧闹。那些游人、香客、买卖人等，挨挨挤挤。但是山寨中人见了，都大家会意。刘广、刘麟恐人打眼，都睡在船舱内，不上岸去，只等夜深动手。按下慢表。

却说那太保墟，乃是城外一个三、六、九的市集，都是空的房屋廨宇。希真一干人到了那个所在分路，希真对苟英道："你只管去法源寺前等候，与刘广一齐举动，不得有误。"苟英去了。希真对丽卿道："我先进城去，你同真将军后来，诸事听他的话，切勿使性。"希真便挑了西瓜担儿先走，又恐吉凶难定，密诵真言，唤几名黄巾力士在暗中随护。那二三十名喽罗，已是陆续趱进城去了。

话中单说真祥麟请丽卿上了马，尉迟大娘跟随着，祥麟把行头担儿挑了,一行三众往拱辰门进发。不多时到了拱辰门外,城墙上果然挂着捉拿希真父女并刘广的榜文,画着他们的面貌。祥麟见天色尚早,就都去那槐阴下坐了乘凉,只等候到黄昏,混城城去。有许多闲杂人围着来看,果然有那些子弟们就要做戏,来问价钱。真祥麟陪笑脸回覆道:"小人们尚未进城去参拜靠山,不敢开手。待参拜了,再来伏侍列位。"众人问道:"你们靠山是谁?"祥麟道:"是城内万俟大官人。"众人听是万俟春,谁不惧怕,都不敢再说。丽卿恐人看出破绽,便装做有病的模样,靠在尉迟大娘肩胛上,把粉脸儿藏了。众人看了许久,也都散了。

看看日落西山,天色已晚,敌楼上起鼓攒点,将闭城门。祥麟等起身,到门前对门军声喏施礼,道:"小人等是东京下来跑解的,特到城里慈云寺赶趁。启过长官,方敢进去。"那门军道:"你们来得没兴,慈云寺的兰盆会今年不举行,待进去恁的!"祥麟故意惊问道:"却是为何?"门军道:"你不见知府相公的告示,他不准举行,我知道为何。"又一个门军道:"法源寺的兰盆会闹热,城里多少赶趁的都出去,你们不到那里去,反进城去则甚?"祥麟道:"既这般说,只是小人有个孤老万俟大官人,他正月里便订下我们,说中元节必要到他府上。如今没奈何,只好去参拜他。他肯发放我们,明日一早再到法源寺去。"众门军见他们一行只得三众,又说是万俟春的门眷,果然不疑心,便说道:"你们既要进去,趁早走,就要关城了。"祥麟又唱个喏谢了,领了丽卿等进得城去。

只见希真早在城根下坐着等待,箩担里还剩了两个西瓜。四顾无人,希真轻轻对祥麟道:"前去四五家门面,那倒垂莲八字墙门,门前有许多轿马的,便是万俟春家。我来做挑担的火虞,你去递手本参谒。"真祥麟便把担儿递与希真,希真把那箩筐并做一个担儿挑了,又说道:"那厮家里有喜庆事,听说是与他娘庆寿,恐他乘兴要做戏,你须要回覆得好。"祥麟应了,拿着手本,走到万俟春门首。

那时候天已昏暗,各处都掌上灯火,城门已关了。祥麟到了门楼内,向一个大肚皮的门公声喏毕,叉手立在一边,道:"小人东京跑解的,兄妹二人,并火虞、鸨儿,一行四众,初到贵地,特来参拜大官人。

望爷方便,禀报一声。”说罢,袖里取出一锭五两重的门包,道:“些小微物,孝敬爷买碗茶。”那门公接了银子、手本道:“你那粉头,为何不来?”祥麟道:“禀爷知道:小妹路上感冒风寒,现在发疟,今日正是班期,身子烧得狠,不能来伏侍,明日一早叫他来伺候,恕罪则个。”那门公把手本一摆,递与旁边一个年纪轻的管家道:“你去替他禀一声。”那小管家拿了手本,走上花厅去。

原来万俟春弟兄与他娘上寿称庆,万俟春适有要紧公事,到推官衙里去,只有万俟荣在家里待客。正要安席,那小管家将手本到面前禀了。万俟荣问道:“那粉头为何不来?”小管家道:“小人也曾问他,他说粉头有病,明日一早来参拜。”万俟荣喝道:“胡说!既是有病,来做甚买卖?到我这里敢摆架子!对他说,粉头亲来便罢,不肯来时,连夜赶出城去,休想城里存脚。”众宾客都笑道:“是呀,既有病做甚买卖。”小管家忙应了出来,埋怨祥麟道:“你这厮真不了当,惹二官人发作,吆喝下来,说不叫了粉头来,连夜赶出城去。你莫道城门关了,官人们要开便开。没来由害我淘气!”把手本掼在地下。祥麟喏喏连声,拾了手本,赔罪道:“爷息怒,小人便去唤了来。只是参拜还可,若要他做戏伏侍,委实支持不得。”那门公道:“你快去唤了来,闲话少说。”

祥麟转身出来,对希真说了,道:“此事怎好?”希真皱眉半晌,对丽卿道:“好儿子,没奈何,胡乱去参拜了。”丽卿那里肯。希真道:“我有一个计较在此,包叫你不吃亏。”便吩咐祥麟道:“你再取三十两一锭大银,向那个门公如此托他。求得脱更好,倘或不能,我儿听为父的话,只管去参拜,休要性起。那厮如果罗唣无礼,你也不必动武,便走出天井,仰天叫一声雷神何在,我放霹雳助你。休说这几个狗头,便连房屋都轰倒他的,着那厮们没处讨命!你放心去,倘耐得住,切勿轻试。”丽卿笑道:“爹爹休要哄我!”希真道:“你胡说,我几时哄你过!”丽卿道:“既如此,我就去。”便随了祥麟前行。希真不放心,挑了担儿,也跟上去。尉迟大娘也牵了马随在后面。

希真暗暗捏诀念咒,向空作用,将一个巨雷祭在空中,只待丽卿呼唤,便放下去。方到得门首,只见正南上来了一丛火把,数十对缨枪,拥簇着马上一个官人到来。祥麟等连忙靠后。那官人到门首下马,相貌十分鄙俗。希真等却不认识是谁,只听传呼道:“防御大官人到了!”里面开中门迎了进去。等了半歇,从人散了,祥麟方引丽卿进前。祥麟又捧一锭大银送与门公,说道:“小妹已唤到了,但是委实病重,望爷在官人前方便。”门公接了道:“你们候着,我与你去禀来。”丽卿诈作病相,尉迟大娘扶绰着他,一步步挨到门楼下那条阔凳上坐了。丽卿便靠在旁边那张桌儿上,假意儿气喘。众人灯光下见丽卿的相貌,都吃一惊。丽卿斜睃着眼,看那大厅旁边一带花墙,侧首圆洞门内便是花厅,天井里摆着许多花卉,厅上挂红结彩,灯烛辉煌,里面许多笙歌杂技,吃得好不热闹,那伏侍走动的穿梭价来往。

门公进去多时,还不见出来。只听得府衙前靖更炮响,各处的梆声雨点般的打起来。丽卿等得心焦,按着那股气。又是许久,门公才出来吩咐祥麟道:“侥幸你们,二官人适有正经公事,与防御相公讲话,免你们的参见,手本已收下了。既是大姐身子不自在,且去将息了,明日早来伺候。叫个打杂的同你们去,对门王小二客店里吩咐了,与你们安息。二官人包庇,没人敢来问你们。”祥麟唱喏,谢了门公。丽卿早已立起身便走,只听背后有人发话道:“不见这样粉头,大剌剌地人都不睬,明日和你说话!”希真生怕丽卿发作,低低道:“我儿休去睬他,正经事要紧。”丽卿忍着一肚皮气,只不做声。希真暗暗的念动真言,收了那神雷。同到斜对门的饭店里,那打杂的吩咐了王小二,自去了。王小二对祥麟道:“你们造化,后面三间歌楼俱空着,尽你们去住。若是往年兰盆会的时节,你们同行住满,休想如此自在。”希真等便掌灯到后面歌楼上去,果然清雅。祥麟去安顿了行李担儿,丽卿叫尉迟大娘将马去后面喂好,希真搬上饭来,大家吃饱了。

希真去楼上将那侧首的吊窗挂起,暗暗叫声惭愧,原来那吊窗紧对拱辰门的敌楼,望旗花极便。那时已是二更,希真叫他们都去略睡,养养精神。祥麟在楼下安歇。希真在那窗口边望外面时,只见满天星斗,月色盈街;听那万俟春家,箫管歌唱,呼幺喝六的喧闹。少刻,只见城墙上数十骑人马,灯笼火把拥簇将来,乃是都监黄魁亲来巡查,高叫各窝铺小心看守。渐渐行查近来,从人喝道:“兀那楼窗里，为何不息火！”希真忙把灯吹灭了。

黄魁巡查过去，更楼上已交三更。希真眼巴巴望那旗花，不见飞起，心中焦急。那条街上同那两边小巷人家，并客寓内，已是伏下了二十多个喽罗，也在那里盼望号令。希真进里面房里，剔亮残灯，看丽卿、尉迟大娘却都睡着，楼下真祥麟兀自做声。转身出来，只见一道亮光射入窗来，忙去看时，那敌楼对出数十道旗花，好似金蛇闪电，往半天里乱窜。希真大喜，忙叫醒丽卿道：“你们快起来，好动手也！”丽卿、尉迟大娘一轱辘爬起来。丽卿便佩了青錞剑，希真拈条朴刀先走。正到胡梯边，忽听有人打店门。希真立住脚道：“且听是甚么人。”只听店小二起来开门，好似一个人提灯笼进来，叫道：“那新来的粉头在那里？大官人才回来，叫他去伏侍，防御相公也要见他，快去！”只听得祥麟道：“小妹兀自病重，还不曾出汗，支撑不得。”那人喝道：“放屁，大官人吩咐，谁敢拗他！便是病，也要去。快叫他起来，不必梳洗，就随了我去。”希真回头叫道：“我们只顾下去。”三人一齐抢下楼，只见祥麟还同那管家支吾。希真挺着朴刀上前大喝道：“你这厮休不生眼！我非别人，便是各处查拿不着的陈希真，今在猿臂寨做大王，扮做跑解来打这城池。不干你事，快逃命去！”那管家吃了一惊，正待问时，只见希真背后钻出丽卿，手起剑落，一个斜切藕，尸首劈做两半边，骂道：“贼畜生，教你认识粉头！”吓得店小二屁滚尿流，往柜台下钻入去。

希真便怀里探出那串百子炮仗，就灯火点着，丢出街心，乒乒乓乓响起来。附近的喽罗先来接应，真祥麟抽出短刀杀出去，尉迟大娘去后面提口朴刀，牵了枣骝马出来。那敌楼上的看守军官见城外旗花乱起，正要查问，不防希真已领喽罗从马道上杀上来，一刀一个，剁下城去，砍断吊桥索子，就敌楼上放起火来。真祥麟早把瓮城内的军士杀散，扭断铁锁，拽开城门。刘广望见城门大开，吊桥放下，点起一个号炮，后面的人马齐到，呐一声喊，拥进城来。苟英早带领喽罗扑到地藏庵去抢灵柩。

却说丽卿提剑跳出街心，本待要同希真杀到城上去，忽见对门万俟春门首灯烛辉煌，转了个念头，大踏步竟奔万俟春家来。抢进门楼,那大肚皮门公拦住喝道:“休要乱闯,且待通……”还未说完,剑光飞下,剁倒在一边。那一个惊得呆了,待叫,横抹过去,早已了账。直奔到花厅上,万俟弟兄正同众宾客,杯盘狼藉,猜拳行令,吃得快活。那防到跳进一只母大虫来,不分好歹,一剑一个,排头儿砍去,只见尸骸乱跌,血如泉涌。也是那些孽障恶贯满盈,难逃大数。当时丽卿见下面交椅上一个落腮胡子,眼泡下一个黑瘤,正待挣扎,料道是万俟春,上前对顶门一剑,脑袋劈开,连交椅都剁倒了。只苦了那些歌童舞女,供奉的人,大半都吓得僵倒了,那里走得动。只见一个人往屏风边躲,正是方才那马上的官人。丽卿赶上去取他,那人把椅子来抵格,大叫:“我是朝廷命官!”丽卿停剑问道:“甚么官?”那人道:“小人是东城防御使。”丽卿猛然记起道:“你敢是阮其祥?”那人道:“便是下官。”丽卿大笑道:“正要寻你,十门齐挂榜,你却在这里！不必挣扎,随了我去。”一把夺去了椅子,抓小鸡也似的把阮其祥提了出来。还有几个杀不及的,逃出去正遇着尉迟大娘,同十数个喽罗杀进来,算子爆都放倒了。丽卿道:“这个人与我捆了带去!”尉迟大娘忙叫喽罗解下条搭膊,把阮其祥反剪了。

丽卿吩咐就花厅上放火。只见希真带了些喽罗赶进来道:“你不去干要紧,旁人杀他则甚?”丽卿道:“孩儿捉得阮其祥了,原来就是此人。”希真见了大喜,叫押了出去,对丽卿道:“我儿,快去干正事。我已探得黄魁还在衙内,你去都司前截定,休放他出来。”丽卿便连忙出门上马,尉迟大娘递过那口朴刀。只见火光照天,本寨兵马都拥过去。丽卿自有喽罗引路,杀到都司前去了。希真恐李飞豹来,忙去城门边接应。

却说刘广同儿子刘麟,带了人马奔府衙前大牢来。那五十多名官兵,因阮其祥不来,大半都回家去度中元,只得头二十人在牢门口,睡梦中惊醒,都逃走了。刘广等打破牢门,直杀入去。里面的节级牢子,都得了阮其祥的金帛,通知消息,见他们杀进来,只道是青云山的人马来救白胜,便先动手,把高封派来那管牢的心腹人杀了,开了匣床,放出白胜。白胜提着枷,从牢眼里钻出来,火光影里却一人都不认识。白胜大叫:“众位头领,我在这里!”正撞着刘麟。刘麟喝问道:“你是何人?”白胜道:“小弟便是白胜。”刘麟听得白胜二字,怒从心起,手起一锏。白胜不备防,打得脑浆迸裂,死在一边。节级牢子们见不是头,欲待逃走,那里逃得,那五六十喽罗杀进来,好一似滚汤泼老鼠,扫个罄净。刘广打进牢房,大叫:“我儿刘麒何在?”连叫十数声,那曾有人答应。各处笼门都打开,囚犯数内细看,更没有刘麒。直寻到狱底章字号,方才寻着。原来那章字号,是牢狱中最吃苦的所在,看那刘麒时,已是一丝两气,那里还像个人形。刘广见了,泪如雨倾,忙打开匣床,解了绷扒。刘麟上前扶起来,驮在背上,一齐出了牢门。

刘广对刘麟道:“你先送你哥哥到船上去,我不把高封的老小洗涤了,怎出这口怨气!”正说间,只见真祥麟飞也似赶来道:“刘将军,小弟已将阮其祥那厮一门良贱杀尽了,砍了许多头颅在此。只不见阮其祥,有的说那厮已被卿小姐擒捉了。老伯母灵柩,苟二公子已送去船上了。我此刻到都司前接应小姐去。”刘广大喜道:“你快去,我就来。”刘广领着众人,呐喊一声,杀入府衙,虽有百十个做公的,那里敢抵敌。一直打入宅门,奔到上房,见一个砍一个,见两个砍一双,将高封一门良贱五十多口,不留一个。将箱笼只拣重的扛抬了便走,放把火算结了总账。刘广吩咐头目,先把辎重运了去,自去接应丽卿。

却说黄魁睡梦中听得喊声大震,跳起来见满天火光,连起来报无数贼兵进城,放火劫狱。黄魁大怒,忙叫备马,不及披挂,提了那柄七十斤的开山大斧,带了本衙内值宿的三五十名军汉,奔出衙来。

只见火光中,一个女子带领喽罗跃马横刀杀来。黄魁大怒,抡斧冲杀过去,丽卿挺朴刀迎住。战了十五六合,丽卿暗暗称奇道:“这厮好武艺,想必就是黄魁。叵耐这口朴刀不着力,不如诱他来追,用拖刀计斩他。”丽卿拨马便走,黄魁纵马追来。只听背后一人大叫道:“黄将军不必动手,看小将来斩这贱人!”黄魁正回头看时,不防那人一枪刺来,正中咽喉,死于马下。那人便是真祥麟。众军汉都惊散了。丽卿见了大喜,便撇下那口朴刀,叫从人拾起黄魁那柄大斧来,接过手称赞道:“好家伙,就暂用他。”便同真祥麟杀转来,正迎着刘广。刘广得知除了黄魁,甚喜,便对丽卿道:“贤甥女委实辛苦了!

你先行一步,城门边会你爹爹去,我同真将军断后。”丽卿便杀奔拱辰门,只见刘麟在城门边把守。丽卿道:“我爹爹那里去了?”刘麟道:“我送了大哥下船,转身来接应你们,大姨夫教我把住城门。他自带领孩儿们,去抵敌李飞豹去了。我爹爹在那里?”丽卿道:“同真将军断后,就来。你且在此,我去接应爹爹来。”丽卿便飞马出城,只见喊杀连天,李飞豹正率领人马与陈希真大战。

丽卿大叫道:“爹爹,我来也!”冲开士卒,抡斧直取李飞豹。李飞豹虽则英雄,怎当希真父女二人并他一个,不能招架,回马便走。丽卿枣骝马快,追上去,一斧劈下,飞豹措手不及,劈中坐马后胯,飞豹掀下地来。希真追到,连声喝住。丽卿第二斧早下,砍入胸膛,鲜血飞出,可怜一位英雄竟丧黄沙。希真埋怨道:“你这丫头忒个手馋!他已走了,务要追上杀他!”丽卿道:“爹爹好道有些夹脑风,既同他厮并,却又不许杀他,还同他讲仁义哩!”希真道:“你那晓得,此人也是个忠勇汉子,又与二姨夫相识,对仗时只得同他性命相扑,不能让他。他已走了,追去杀他,却是何苦?今已如此,不必说了,快去接应了他们同回。”那些官兵见坏了李团练,正是蛇无头而不行,也都退了。希真、丽卿回马,只见刘广父子、真祥麟已都出城,收齐兵马,聚在一处,齐到太保墟。

天已大明,回望城里烟火不绝。城中虽然还有几个军官,见黄魁已死,又不知贼兵多少,谁敢来追赶。孔厚得知抢了刘麒并刘母的灵柩去,情知是刘广、希真干的事,只叫得苦。希真等收兵回山。刘广下船,只见刘麒卧在舱里,众喽罗把阮其祥捆得粽子一般,丢在刘母的棺材旁边。刘广把朴刀柄没头没脸的乱劈,骂道:“腌臜杀才,今日也落在我手里!”真祥麟挡住道:“一顿打杀,倒便宜了这厮,带回山去慢慢的收拾不好。”刘麒呻吟道:“爹爹休要结果他,待孩儿割这厮。”众头领开船,恰好南风正大,扯起风帆,又是顺水。众好汉并那兵马,也有坐船的,也有岸上走的,齐回山寨。还未到芦川,只见喊声震天,一标人马拦住去路,众皆大惊。正是:方才报得仇雠恨,又怕重逢甲胄来。

不知来的究是何路兵马,且听下回分解。

第八十五回　云总管大义讨刘广　高知府妖法败丽卿

话说希真等正收兵回猿臂寨，忽路遇一彪人马，忙着人探看，原来正是苟桓。因希真下山，放心不下，深恐有失，便教范成龙、刘慧娘镇守山寨，自己领了二千人马前来接应。

当时见了，俱各大喜，一齐渡过芦川。刘广扶了刘母的灵柩，丽卿亲自押了阮其祥，又将一乘轿子抬了刘麒。真祥麟把阮其祥老小的首级结在一处，并高封的家私，一总抬上山来。苟桓吩咐搭起庐厂，停了刘母的灵柩。刘麟将刘麒送入后堂将息。当日将刘母棺木打开，尸骸尚未变坏。哭得个刘广死而复苏，遂用香汤沐浴，另换一具好棺木，凤冠霞帔收殓了。希真传令合寨军士尽皆挂孝，请苟英主治丧事。刘广要碎剐阮其祥祭刘母，希真道："高封那厮必来报仇，待捉了高封，一同祭奠。"便将阮其祥监下。刘广谢了众头领，又特向真祥麟、丽卿拜谢道："此行实是委屈了将军与贤甥女，皆刘广之罪。"刘广一番悲伤辛苦，不觉箭疮又发，去医治将息。希真将高封家私一半收入库内，充作军饷，一半分赏众头目喽罗。

次日，希真升厅对众将道："我等打破城池，高封那厮必来报仇。他不打紧，我只恐云天彪来。这人智勇超群，难以轻敌，须勇猛上将统领前部，那一位肯当此任？"话未说完，只见屏门后跑出陈丽卿来道："爹爹要出兵打仗，孩儿愿做前部先锋。"希真道："我儿，你虽有些武艺，且在帐下听候军令，先锋你做不来。先锋不全是武艺，也要省得战阵上的事务，性灵机警，随敌应变。你这个性子，如何去得！"丽卿道："爹爹时常说起先锋的勾当，孩儿听都听熟了，那个是阵上学会的。但不信，孩儿做这一次与你看。"希真未及回言，只见真祥麟上前禀道："告禀主帅：此番破沂州府，实是亏杀姑娘，功劳最大，此次先锋理合委他。"丽卿道："可知是哩。爹爹想：你要孩儿做粉头，我都依了；我只不过要做个先锋，爹爹都不许我，教孩儿如何气得过?”众人都道:“小姐英雄无敌,做先锋正当其职,求主帅便委信牌,我等都愿奉让。”希真道:“我儿,既是众位将军都保你,你须要小心在意,军务重事,不是作耍,休要挫我的锐气。非是为父作难,你须知用兵之时,赏罚最要紧。我此刻同你是父女,一领了信牌,照公办事。你万一违误了军法,我也救你不得。莫说是你,便是众位将军,都是我至交弟兄,当用兵之时,亦是如此。不然,他们何故推我为首,坐这第一位。”丽卿道:“不劳爹爹吩咐,孩儿都省得,断不违误军法。万一违误了,爹爹只管处治。就是犯到了斩罪,爹爹也不必哀怜。若是畏刀避斧便能长寿,生起病来不死人了。就是阵上一刀一枪,山高水低失陷了,命里注定,爹爹也休记挂。爹爹且把先锋事务付与孩儿。”

众人见丽卿这般说,无不称羡。希真见丽卿如此决烈,亦甚叹息,便捧过信牌付与丽卿,又吩咐些话,当厅参授了前部先锋。丽卿领了信牌。希真又命真祥麟为前军左翼,刘麟为前军右翼,明日便同丽卿下山,往燉煌南首下寨,等待高封。苟桓道:“恩公教前军下寨,为何不据守芦川,却紧靠燉煌,何也?”希真道:“高封不知兵法,又不受云天彪节制,报仇心切,必先渡芦川。诱他过来,邀击最便。先擒了高封,便好一心对付云天彪。今若守定芦川,不过敌人攻我不进,胜负未定,相持日久,靡费粮草,不是胜算。若是天彪一人掌兵,我早把住芦川了。”苟桓听了,甚是拜服。

当晚众头领酒筵畅叙,席上说起可惜坏了李飞豹这筹好汉,大家都叹息不已。丽卿笑道:“你们早对奴说了,须不做出来。”刘广道:“云亲家处,我已修下一封书,备极苦衷,差一能言舌辩的心腹人寄去,求他不可发兵。”希真道:“你如此虽好,却未必济事。此人忠义如山,必不肯徇亲戚之情。此事实是亏了孔厚,我已差人去如此如此,劝他也来聚义,不知他肯否。”

不说次日丽卿等领兵下山扎寨,且说沂州城内文武官员军民人等,吓得心胆碎裂,谁敢出头。直待天明,不见响动,那西城防御使万夫雄,方才点兵上城,把各门都关了,查拿城中,恐有余党躲匿。那护印的推官,率领夫役,扑救了余火。孔厚禀请推官,安抚百姓,休教惊惶。那推官问道："这伙贼兵是那一路？"孔厚道："他劫牢救了刘麒，打杀白胜，抢去刘婆的棺材，怕不是刘广被逼情急，结连了猿臂寨的贼兵，干出这事。如今太尊又不在城，相公速发通禀，一面移咨景阳镇总管，预备征剿。"推官道："孔目说得是，我也道必是这些鸟男女。"当时查点：拱辰门杀死守门军官军士五十多名，被伤未死者十多名；牢里节级牢子，并太守心腹人，俱被杀死；各囚犯除白胜身死之外，其余都乘机越狱逃脱；太守官衙上下，主仆男妇，俱遇害，衙署家私俱遭抢劫烧毁；兵马都监黄魁，西安营团练使李飞豹，俱阵亡；阮其祥遭擒，全家被害；万俟春、万俟荣兄弟，同庄客亲随，共三十余人被杀，又杀死宾客二十余人，房屋被烧，家财被劫；王小二客店内被劫去钱财，杀死万俟春家人一名。公人军士阵亡者，四百余人。其余百姓人家，都无伤损。仓库钱粮，亦俱不动。那推官查点毕，叫押司书吏叠了文案，缮发文书，通详都省，移咨景阳镇，迎报高太守。

却说云天彪正设法要救刘母、刘麒，不得个计较；又差人到龙门厂神霄雷院，探得刘广一干人不知去向，甚是惊疑。那日中元节，景阳镇上也有几处兰盆会，天彪派军官弹压。半夜后，报东北上有火光，望去似在沂州府城里。天彪登高望时，吃了一惊，对左右道："我望这火光中有杀气，定是兵火。"急差探马去打探。比及黎明，各营汛塘房，雪片也似报来道：有贼兵直陷沂州城焚掠。天彪大惊，便传令点兵。少刻，探马回来，报称是猿臂寨的兵马攻破沂州，杀死官吏，劫牢放火，抢劫仓库而去。接连沂州推官的公文也到，拆看时，方知是陈希真、刘广勾连猿臂寨，攻城劫狱。

天彪勃然大怒道："是非曲直，朝廷自有公论，鼠辈焉敢造反！"就传号令起本部军马，征讨猿臂寨，克日兴师。忽报刘广遣人下书。天彪愈怒，将来人唤入。见书面上写着"云亲家"字样，天彪大怒道："背叛之贼，与你何亲！"将书掷于地下。来人道："家主并不敢造反，只因……"天彪喝道："休要巧辩！他攻破国家禁城，杀死朝廷命官，抢劫仓库，怎说不是造反？饶你性命，寄信与他，趁早伏阙请罪，或有生路；如再执迷，官家便是他亲爷，也恕他不得。"喝左右将来人叉出去，更不容分辩。书信把来毁了，便吩咐那兵马都监小心镇守，防青云山贼兵乘虚而来。自己便点标下指挥、防御、团练、提辖，共发马步官兵三千，大刀阔斧往猿臂寨进发。

未及半路，后军流星马追到，报说都省有紧急火牌到，并有青州马陉镇总管魏虎臣同来。天彪吃了一惊，便取火牌来看，上写道：

> 检讨使贺仰景阳镇兵马总管云天彪知悉，照得奉制置使札开：据沂州府知府高封禀称，已革防御使刘广，窝藏在逃奸民陈希真，胆敢为青云山盗贼内线，煽惑勾连，同为鬼蜮。该总管云天彪，与刘广系儿女姻亲，难保无容隐偏护情弊，合请撤回等因。据此覆查：云天彪容隐偏护，虽无实迹，然究与刘广姻亲，理应回避，未便在青云山左近驻扎。查有青州马陉镇总管魏虎臣，堪与对调。为此飞檄魏虎臣前往更替，所遗马陉镇缺，着云天彪迅即前往接任，一面咨请枢密院札付。牌到，即便遵照，毋违！

天彪看罢，叹道："我岂肯如此！高封鼠子把小人待我。"便传令收兵。天彪心腹人谏道："相公既已出师，且待擒了刘广，岂不白了心迹，又灭倒高封那厮的口。"天彪道："尔等不知，陈希真足智多谋，料事如神。我如今去征他，一时难灭，旷日持久。万一胜他不得，那时无私有弊，一发吃他们口实。况且近日军官们多不遵上司约束，紊乱纪律，我岂可效尤。魏虎臣夤缘高俅，到此地步，又没才干。他与高封两人，若去征猿臂寨，必死于陈希真之手。却无故害了这些儿郎，可叹。我有个外甥祝永清，他从五郎镇调补此处，将次可到。他十三岁时，我曾见过他，近闻得他十分英雄了得。可惜我已去了，又不能与他相见。"众人无不叹息。

候了两日，魏虎臣到了。天彪便将兵符印信都交割了魏虎臣。那魏虎臣问起地方情形，天彪将方略要害，军民风俗，说了一番。虎臣又问道："此地每年出息何如？"天彪变色道："总管差矣！天彪为一方大将，替朝廷镇守封疆，只晓得有贼杀贼，无贼安民，从不省得什么是出息。总管既论出息，何不做商贾去？"说罢，起身便走，也不告辞。虎臣满面羞惭，心中甚是怀恨，对左右道："这人如此不通世故，日后必遭大祸。"

天彪次日束装，起身赴青州去。景阳镇的军民人等，那里有一个舍得他去，家家焚香，户户祖饯，扶老携幼，直送出三十里外，哭声振野。到了沂河渡口，天彪辞了众人下船。众人直望到船不见影，方痛哭而回。日后绅耆等又在沂河口建一亭，名曰“望来亭”，盼望天彪再来。天彪于路上，方探知刘广因高封害了他母亲性命，怨毒难忍，方报仇雪恨，并不抢劫仓库，也甚叹息，不觉潸然泪下，便到青州马陉镇赴任去了。

却说高封从都省回任，半路上迎着沂州推官的飞报文书，拆开见是刘广、陈希真打破城池，全家被害，惊得跌下车来，五内皆裂，痛哭不止。那阮其祥的儿子阮招儿，随在高封身边，听得他老子被擒，也撒娇撒痴，要高太守报仇，哭个不了。高封兼程趱路奔回沂州，那推官同孔目孔厚、万夫雄，及一应属下官吏，齐来迎接。

高封到了府衙，但见一片瓦砾，地上供养着无数棺材。高封哭得死去还魂，便择日治丧殡葬。也不等都省文檄转来，便权在城隍庙坐落，点齐本部官兵，只留一千守城，其余都令出战。令万夫雄为前部先锋，赵龙、钱飞虎、孙麟、李凤鸣四提辖为左右辅弼，用孔目孔厚为行军参谋。起兵五千，征剿猿臂寨。并移文景阳镇总管魏虎臣，一齐兴兵。魏虎臣得了那角移文，好似囚犯见了提牢虎头牌，心里十五个吊桶打水，七上八落。怎敢不依，只得勉强提兵出神峰山，安营下寨，探望动静。

却说孔厚自沂州遭劫之后，在外办公弹压，并不回家。那日领了知府钧旨，着他为参谋，当晚回家整顿行装。只见孔厚的娘子出来道：“官人出去后第三日，有一个人，不知是谁，敲门进来，掼了一包物事在地，回头便走，更没言语。奴盼你不回来，不好开看，约莫是金银之类。”孔厚取来，打开看时，见是一锭赤金，重一百两，拦腰剪断；又有一把青草，更无别物。孔厚会意道：“这明明是刘广、陈希真劝我也去落草，同心断金之意。虽是他们爱我，此事我如何做得！”便吩咐娘子道：“你把这金子收好了，不要用他。我此番随高太守出师，生死未卜，你与我看着孩儿。”娘子吃惊道：“丈夫何出此言？”孔厚道：“贤妻不知，太守虽用我为参谋，那陈希真乃智勇之士，我万不及他。他手下的头领都了得，高封又不得军心，战必不利。我回来是人,不回来便是鬼也,你撒开我。”娘子听了,啼哭不已。孔厚当晚收拾了行装,次早便随高封出师。

高封提了五千人马,带了随身法宝、三百神兵,杀奔猿臂寨来。将近芦川,前军探马来报说:“贼兵将船筏尽拘到北岸,靠墩煌扎三个营寨。我兵水路船少,难以济渡。请令定夺。”高封传令去各村庄捉拿船只添足,渡过去。孔厚谏道:“陈希真那厮颇晓兵法,他不守芦川,反退保墩煌,必然有谋。兵法云:绝水必远水。我兵先渡,他万一半渡攻我,怎好?”高封道:“他把船只都拘到北岸,明是惧怯。贼众不满四千,我兵半万有余,况且下官道法玄通,怕他怎地!若不渡过河与他决战,守到几时去?”孔厚再三苦劝,高封不从。孔厚道:“太尊不依小吏之言,战必不利。”高封大怒道:“你焉敢阻我锐气?我晓得了,你与刘广最好,今日从中替他掣肘。我不念你前日擒白胜之功,立斩你的首级,号令军前!”遂取过簿册,把孔厚的职名一笔勾销,喝令:“逐出营去!从此斥革,不准复充。”孔厚出营叹道:“忠言逆耳,替这等愚夫决策,原是我错。”遂回沂州,带了妻小回曲阜县去了。

高封逐去孔厚,便叫万夫雄领五百兵先渡北岸安营,“我提大兵随后进发”。当夜高封在芦川南岸下寨。高封在中军帐内,只是悲伤老小,那里睡得稳。那阮招儿只把云情雨意撩拨他,高封就与他淫戏散闷。刁斗方传四鼓,忽听得北岸喊杀连天,忙出帐看时,只见火光蒸天价红。高封大惊,又不见探马报来,便点齐兵马杀奔芦川。

天已黎明,猿臂寨兵马都已退去。有几个识水的败残军士,赴水逃了性命回来,报道:“苦也,四鼓时分,贼兵分三路来劫营。中一路是一员女将为头,万夫雄与他交锋,只一合,吃他刺杀了。左右两路是两个少年,也了得。我兵都沉没了,帐房、器具、河里的船只,都被夺了去。那厮得了胜,仍回墩煌寨里去了。”左右对高封道:“那女将就是陈希真的女儿陈丽卿。”高封大怒,传令斩伐木植,就芦川上搭起五座浮桥,提兵渡过北岸下寨。高封对左右道:“好笑么,孔厚那厮只管说渡不得,防他半渡中邀击我们。我如今已过来了,那厮可敢来?且掘好了濠堑,排密鹿角,我明日便直捣那厮巢穴。”当夜无话。

却说丽卿斩了万夫雄，将首级送去希真处报捷。希真闻天彪起兵，正预备小心迎敌，续后探得天彪被调到青州去，止有高封自来，又接丽卿捷音，大喜，便请苟桓、范成龙守寨。刘广、刘麒虽已病好，希真却不肯叫他们出战。这里带领刘慧娘、苟英，提兵一千下山。且说丽卿报捷希真，还未得回信，忽报高封亲领兵来搦战。丽卿便要迎敌，真祥麟道："既是高封亲来，且待主帅亲来定夺。"丽卿道："此等小辈，何足道哉！待奴家一鼓擒了他，省得爹爹费力。"便传令出营迎战。祥麟劝不住，私对刘麟道："姑娘虽然勇猛，只是轻敌者多败，我同你去接应他要紧。"刘麟道："将军说得有理。"便一齐领兵都出。

却说高封怒气填胸，恶狠狠地带领兵马搦战，杀过一派柏树林，望见一片平原，排成阵势。只见猿臂寨兵马蜂拥而来，当头一阵红旗，捧出一员女将，骑着枣骝马，全装披挂。近身数十骑，俱是女兵。原来丽卿自到猿臂寨，便挑选头目喽罗中的妻小妇女，不论美丑，但是有气力武艺的，拔做亲兵，亲自教他们武艺，轮班扈从，教尉迟大娘统领，号为"红旗女儿郎"。年纪都是二十上四十下。当日出迎高封。高封左右道："这正是陈丽卿。"高封大骂道："你父女二人犯了弥天大罪，本府前来征讨，你焉敢抗拒！"丽卿大怒，挺枪骤马，直奔高封，赵龙、钱飞虎、孙麟、李凤鸣一齐迎战。丽卿展开那条枪，好一似云飞电掣，四将抵敌不住，都败下阵来。高封见了，掣出背上那口宝剑，敲动聚兽牌，念念有词。丽卿已赶到面前，高封拨回马便走，喝声道："疾！"丽卿正引兵追过去，只听得豁硠硠一声响亮，面前涌起一座恶山，挡住去路，不见一个敌兵。丽卿与女兵们都吃了一惊，看那山却又不像个真山，那峰峦馉饳也似的涌起，上面都是黑毛，毵毵的会动。后队都叫起苦来，原来霎时间，四面八方都涌出山来，团团围住，更没条出路。丽卿大惊道："这是恁地原故？"尉迟大娘叫苦道："这是妖法，人力如何敌得！"丽卿听是妖法，忙叫道："你等不要慌！我常听得爹爹说，凡遇妖法，皆是虚妄。休要怕他，只顾随我杀上去！"

正待杀上，忽又一声响亮，这声响亮非同小可，真个是地裂山崩，只见对面那座山豁地分做两半边，中间无数夜叉鬼怪，罗刹猛兽，随着狂风恶雾，蜂队价拥出。为头一个魔王，身长二三丈，眼如明灯，手持钢叉，直抢过来。那女兵并一切头目兵将等，心胆都裂，魂飞魄散。丽卿大怒，道："什么邪魔，敢来犯我！"拈弓搭箭，对那魔王咽喉射去。弓弦响亮，那魔王中箭，往后便倒。那些鬼怪猛兽看见，回头便走。丽卿驱兵掩杀，只见风雾俱散，那四面高山仍现出平地。看见那高封领着兵马，屯在那边柏树林内土冈上，鬼怪猛兽都化作旋风不见了。你道这是何故？只因丽卿原是雷部中正神降凡，第六回中不是交代过？因他在天上时，本有飞罡斩祟的分权，虽经转劫，灵光不昧，那些邪魔外道怎敢近他，自然害怕，都纷纷逃避。

当时高封在冈上，见丽卿破了他的法，便另使个作用，拘那天丁力士杀下。那天丁力士见了丽卿，却都不敢下来，只在半空中厮张。丽卿在下面往来冲突，望见高封，便引兵杀入柏树林，来抢土冈。高封见了大怒，便把剑来刺破左臂，吸一口热血，仰天喷去，这个作用，名唤"混海天罗"。真不比寻常，只见半空中结成遮天大的一团黑气，分明是一座泰山，软哈哈当头压下。可怜丽卿纵然英雄，难逃此厄。那团黑气把丽卿并一彪军马，都裹在里面。那时真祥麟、刘麟的接应兵都到，望见那黑气比窑烟还浓，腥臭难闻，人人呕恶，不能杀入去相救，只在外面叫得苦。

那丽卿在黑气里如同昏夜，伸手不见五指，但听得四下里鬼哭神号，那一股血腥臭比烂尸还利害，夹鼻子冲来，那里受耐得住。急得三尸神炸，七窍生烟，冲突不得，把梨花枪乱扫乱划。磕头碰脑，又都是些树木，不能动步，头盔早已落地，万缕青丝披散，绕住了枪杆。当时丽卿也不望有性命，忽然打了个寒噤，觉得丹田内一道热气，冲上头顶，一派红光火云也似从囟门里涌出来，冲得那黑气四散纷飞。丽卿挣不定主意，伏在雕鞍上昏迷了去。

尉迟大娘同众女兵喽罗，忽开眼看得见人物，寻那丽卿时，只见他伏在鞍上，忙去叫了几声。丽卿心里却理会得，运过气来定定神看时，身子在柏树林内，兵马都聚在一处。那黑气化成浓雾，蒸笼也似的把他们罩住。那些妖兵鬼卒，在虚空中往来奔驰，却都不敢拢来。丽卿道："这厮妖法好利害，我今番吃了亏也。且收兵回营。"尉迟大娘道："四面黑雾围住，东南西北也没处辨，又没个罗经，晓得那方是归路。"丽卿看见林子那边一株枯树，忽地心灵机巧，便去那枯树上周围摸了一转，指着一方道："这边是正北方的归路，只顾冲杀出去！"尉迟大娘道："姑娘怎地晓得？"丽卿道："我们交兵时，太阳不过辰刻。这枯树一面热，一面冷，那晒热的一面必是东方。"众人闻言大喜，便一齐奋勇往正北冲杀。

只听得喊声大起，金鼓震天，高封早已引兵追来。丽卿不敢恋战，引败兵奔走，又只见迎面飞起万道金光，震天震地价霹雳响亮，一队兵马杀来。丽卿大惊，看那为首一人，身骑白马，穿一领皂衣，披发仗剑，左手执着那面乾元宝镜，认得是他父亲陈希真。丽卿大喜，大叫："爹爹快来救我！"希真把丹田内的罡气都运在乾元镜上，那镜面放出金光万道，射入黑雾，只见半空中纸人纸兽纷纷的落下来。霎时间，把那些黑气扫得丝毫不见，但见满天都是祥云瑞气。希真见了丽卿，大惊道："你快回营去，厮杀不得了。"丽卿引兵回营去了。恰好高封已到。

原来高封见混海天罗还迷不倒丽卿，心中大怒，带了拘魄金绳，领着神兵来捉丽卿。追到分际，见法被破了，大吃一惊，正撞着希真。希真已收了法宝，挽起头发，挺丈八蛇矛来战高封。高封祭起那拘魄金绳要捉希真，希真见了大喜。说时迟那时快，希真右手持矛，忙将左手结个真武诀，向那金绳一指，那拘魄金绳倒飞了回去，把高封捆下马来。苟英骤马去捉，却吃赵龙救了去。希真麾兵掩杀高封的兵马，真祥麟、刘麟也一齐杀来，大败高封。那钱飞虎被苟英一刀斩于马下。高封败回营去。

希真也不追赶，收兵回营，依旧换了装束，升帐查点丽卿领去的兵马，三停折了一停。希真道："唤丽卿过来。"丽卿上帐，俯伏请罪。希真道："你这丫头一味卤莽。我听得高封亲来，忙传令叫你且慢出战，已阻挡不迭。如今不是我到，险送了性命。"便对众将道："前日小女参授先锋时，我原曾说过，若失机败事，定按军法。今日非我护短，委是高封妖法利害，人力不能抵敌，小女这场败北，情有可原，可否从宽饶恕？"众将齐声道："主帅怎这般克己？小姐天性忠孝，上阵交锋，不顾生死，便是真个失机，也要从宽将功折罪。况且高封妖法利害，谁不见来，却怎怪得小姐！主帅若将小姐治罪，众人心都不安。”希真对丽卿道：“既是众位将军前都请命过了，恕你无罪。”丽卿谢了起来，又谢了众将。众将见希真军法严明，无不钦佩。

希真方对丽卿道：“我儿，你怎好也？你可晓得，你的阳寿只有七日了。”丽卿与众将都大惊道：“此话怎说？”希真道：“你今日遇着的那妖法，名唤混海天罗。虽是妖法，却是采取大天鬼宿中的积尸气凝炼而成，得人血接引，立能感召，生灵吃他裹住，只消六个时辰，魂魄散尽，尸骸为泥，我所以赶紧来救。如今为时不久，我看众人都不怎地，你为何已是真神离了舍？你可觉得自己身上有甚景象，快对我说。”丽卿道：“孩儿被那黑气罩住，眼不见物，腥臭难闻，施展不得手脚。正在着急，忽然发了一阵寒噤，觉得丹田下一股热气冲上来，囟门里冒出红光，孩儿便似酒醉一般昏晕了去。尉迟大娘相叫，方醒转来。看那黑气已是散开，便往北冲杀，却得爹爹来救。此刻只觉得头颅劈开价疼痛，身子烧得狠，精神恍惚，好似在云雾里一般。”希真叫道：“苦也，这是你的根器厚，所以得这先天真乙元神飞出来，与那妖气对敌。妖气战退了，飞出的神光不能归舍，七日之后，性命决不能保，又无药医得，这却怎好也？”众将听了，都大惊失色。丽卿流泪道：“孩儿死不打紧，撇得爹爹怎好？”慧娘哭道：“卿姐三长两短，奴也不能久存了，姨夫可有方法救得？”希真道：“你等休乱，且取我这乾元镜与他照看。如镜里没影子，还不妨事；若是有影，连我也没法。”众人问其原故，希真道：“我这宝镜，乃先天虚灵之体，不落后天气质，所以不论仙佛神圣，并一切鬼怪精灵，凡是无形之物，都能照见；一切有形质血气之类，照去反没影子。若人照见了影子，便是形质将坏，去鬼类不远也。”说罢，便教众人与丽卿照看。众人照时，只见那镜子内，空空洞洞，不存一物，果然都没有影子。又照丽卿时，大家都叫起苦来，单单只有丽卿有个影子在内。希真也忍不住流下泪来，便把丽卿抱入怀内，取那镜子与他厮并着脸儿再照。希真叫声：“惭愧！还有救星。”众人都欢喜，忙问：“怎的救法？”希真道：“虽然有影，却四肢五官都模糊不清，真元尚未伤尽。事不宜迟了，卿儿快同我回山寨，我自有作用救你。只是此地军事怎撇得？”慧娘道：“姨夫放心，只顾带了卿姐去。高封无谋之辈，甥女不才，略施小计，捉这厮到手，尽足有余。只是高封妖法却不能敌他。”希真道：“不妨，这厮炼习的不过是三山九候之术，只有那混海天罗最利害，已吃我破了，其余俱不打紧。我留一法物与你，足以破他。”便唤军士们寻一只黑犬来杀了，将血盛入器皿内。希真把来禁咒了，又将些符篆烧入，取羽箭三百六十枝，将犬血涂蘸了箭镞；又于弓弩手中挑选三十六人，都要命中带六甲的，每人领了十枝箭去。吩咐慧娘道：“如那厮用妖法，便教这三十六人将这法箭射过去，任他是甚么外道，都化乌有。”慧娘大喜。

希真便将兵权交与慧娘，带了丽卿回寨。刘广、苟桓等闻知都大惊，忙叫刘麒来迎。希真见了刘麒，欢喜道：“贤甥恭喜好了！”刘麒道：“甥儿好的，卿妹妹怎么说起？”希真道：“且到寨中再说。”到得寨内，刘广等忙来动问。希真将前因说了，大家看丽卿时，脸如蜡裹，精神困顿，倒在椅子上。刘广大哭道：“为与我报仇，累贤甥女遭此大难，人非草木，怎不伤心！”

希真道：“姨丈且勿悲伤，速叫人备一间净室，四壁要不漏些屑亮光，只于顶上开一圆孔，大如鸡子，透入天光，再要蒲团一个，大铜镜八面，床铺一所。其余俱不用。”刘广遵命，顷刻备完。希真领丽卿进了暗室，叫他将头发两路分开，挽了一双丫髻，盘膝坐在蒲团上，将囟门对了圆光，瞑目端坐，虚静凝神，又教他内观秘法。倘身体困倦，上床睡不妨，但醒了便坐，倦了便睡，全凭自然，昼夜不息。饮食用老妇人按时馈送。将那八面大镜，按八卦方位，围着蒲团，安放房内。周围十二雷门，都书了符箓，布了罡气。又吩咐道：“你须要耐心静守，坐过七七四十九日，自然无事。这七日内最要紧，我日日在此照看你。寅、午、戌三时，我来步罡三遍，替你收摄。倘那圆孔中有火光飞入，或现五色云霞，便是你元神归也。只顾内观，休去看他，他自能寻窍返舍。你若看他，惊动了他，便又飞去也！切记，切记！这景象不止一次，见一次元神便复得一分，守到不见，他便全归也。再将这乾元镜放在身边，自己照看，倘影子渐渐淡了，以至不见，那时性命全到手了。亦不可多照。”丽卿句句都听了。希真方出来,又诵真言,唤下多名黄巾力士,在虚空中轮班保护,防那外道天魔侵扰。

希真都安顿了,对苟桓、刘广道:“慧娘与高封厮杀,再得那位去助他?”刘广道:“我去活捉高封。”希真道:“你箭疮才好,休要激冲他。”刘麒道:“甥儿已将息好了,身体无事,愿代爹爹去。”苟桓道:“小将愿同刘大公子去。”希真大喜道:“二位去极好。麒甥身体乍愈,须要保重。”二人便领了五百人马,连夜下山去了。这里不说希真早晚照应丽卿,与刘广、范成龙看守山寨。

但不知刘慧娘怎生胜得高封,且看下回分解。

第八十六回　女诸葛定计捉高封　玉山郎请兵伐猿臂

且说慧娘送希真去了，当晚带领数十骑，教刘麟保护出营，到一高阜处，吩咐手下人把那新制的飞楼装起来。慧娘坐稳了，二十人拽动绳索，楼内四小卒搅起桦车，那座飞楼豁剌剌的平地涌起四十余丈，众人无不骇异。那慧娘在飞楼上，往下观看高封的营寨，只见各帐房灯火照天，梆锣喝号，雨点蛙鸣价的热闹；又看到营后芦川上五座浮桥，也有些灯火，芦川的水汤汤的响；又把那两边的形势看了，笑了一笑，吩咐四小卒把桦车销钉拔去，那座飞楼豁剌剌的溜了下来。慧娘同刘麟回营，对众人笑道："高封这厮全不知地利，背水扎营，又当着天灶，破他时真不费力。今夜若去劫营，便可了账。只是孩儿们都辛苦了，且将息着。饶幸这厮们再宽活一夜，明日取他不迟。"

正说间，忽报苟桓、刘麟二位头领都到。慧娘甚喜，接入相见。慧娘把明日破敌之计说了，苟桓道："姑娘见的甚是。只是我不去劫他营，也要防他来劫我。"慧娘道："那厮吃主帅破了他法，今夜未必敢来，然不可不防。"遂将那三十六名弓弩手调在前营，防高封用妖法劫营。这里吩咐军政司，暗备火攻器具。那知这夜高封竟不来。

次日早晨，慧娘传令道："今日巳时，必有西风，二哥可将芦苇干柴载大船五只，另用小船二十只，带领五百名水军，在芦川上流埋伏，高处探望。但等妹子收兵，便乘顺风驾火船，烧他的浮桥，断高封归路。二哥深知水性，可当此任。真将军领一枝人马，多带飞天喷筒、火球、火箭，去柏树林内埋伏。只看浮桥上火起，这厮们必去救，便领兵直抢他的左营，烧他的寨栅。高封回兵来救，真将军且退，放他过去，却绕出柏树林后掩杀。那时他军心惑乱，不敢厮杀，不死于火，必死于水也。大哥病体初愈，未可冲锋，领一枝兵去芦川下流高官坟埋伏。高封败走，必走这条路，大哥就彼擒他。高封遇着高官坟，不死何待？二位苟将军相助奴家，领正兵出战，须要如此如此，后面树林内多用旌旗，教他疑惑，不敢穷追。”调遣都毕，真祥麟道：“那有全营兵马，一齐都出战之理？”慧娘笑道：“与这等无谋匹夫厮杀，何必尽如法。”当时苟桓、真祥麟见慧娘遣兵调将，用计微妙，甚是吃惊，喝采道：“真不愧是女诸葛！”当时都依计而行。慧娘同苟桓、苟英领兵直叩高封寨前挑战。

却说高封被希真捆倒，抢回营来，众人都解不开那拘魄金绳。高封将解索咒念了几遍，那条索子只是解不脱。高封惊道：“这厮的真武诀有雷门罡气在内，我的法宝被他禁住了。若待十二雷门旋回本位，须得一个周时。只好等待天明，取太阳真气破他。”那高封直捆了一夜，寻思道：“我的法术修炼多年，到处无敌，却不料陈希真这厮有如此法力，怎得胜他？可恨魏虎臣这狗才，我一力举荐他来守景阳镇，他只袖手旁观！”便叫军政官再行公文，去催魏总管进兵；一面申详制置使，请严行申饬魏虎臣按兵不动之罪。

挨到天明，偏又是个阴天，不见太阳。高封又没有驱云的本领，只好忍耐，等一个周时。将近辰刻，听得营外金鼓呐喊之声，报进来有贼兵讨战。高封被捆绑，动展不得，令紧守寨门，休要出战。慧娘见高封不出，教军士们辱骂许久。

时候恰是正午，高封的拘魄金绳方才脱下，手脚都捆肿了。看那金绳时，灵气散尽，已是无用之物。高封便领兵出营对敌，只见猿臂寨兵马排成阵势，苟桓兄弟分列两旁，居中刘慧娘，身乘银合白马，淡妆素服，扬鞭大骂道：“高封贼子！你害我祖母性命，如今自投死地，早早下马受缚，免得姑娘费力。”高封大怒，捏诀念咒，把剑向空一指，只见黑云盖下，狂风大起，半空中成千成万的飞刀，雪片也似劈下来。慧娘便教那三十六名弓弩手，把希真的法箭望空射上去。发不到百十枝箭，早风云皆散，那些飞刀纷纷飘落，原来都是芦苇叶。高封见法被破了，叫孙麟、李凤鸣出马。苟英出迎，略战数合，慧娘便鸣金收兵，将人马退了。

高封道：“这厮无故收兵，莫非有谋，且叫探看。”回报没有埋伏，高封方驱兵追赶。慧娘领着兵马只顾走，更不回头。高封追了一程，只见小校来飞报道：“前面杂树林内有无数旗帜隐现。”高封道：“我料这厮必有埋伏，且休追赶。”只见猿臂寨的兵马，抹过树林转弯去，都不见了。那时秋高气爽，风声甚大，吹得那些树上的红叶都飒飒的飘下来。后军忽然发起喊来，高封大惊，忙问何故。军士道：“望见本营火起。”高封道：“休要惊慌，快收兵回。”便叫孙麟、李凤鸣断后。众军汉急行没好步，气急败坏。正走间，只见本营败残兵马奔来道：“苦也，上流头一队火船，乘着顺风冲来，烧毁浮桥。我等去救时，不料旱路上柏树林内，又杀出一路贼兵来偷营。西风正大，怎敌得他顺风纵火，大营已被他夺了去也。”众军齐声叫苦，高封魂不附体。赵龙道：“小将也劝太守不要背水下寨，如今浮桥烧断，怎寻归路？”高封道：“我原要置之死地而后生。”便大叫道：“众军将听者：我等已无归路，何不随本府死战！”对赵龙道：“这厮全兵都出，燉煌必然空虚，可乘虚夺了他的，再做道理。”赵龙道：“此计大妙！这厮必料我回救大营，半路上截我。我偏不由他打算，竟夺他的燉煌。正所谓攻其无备，出其不意。”

高封大喜，便引兵杀奔燉煌。正走得高兴，只听得军笛嘹亮，山坡下转过一位绝代佳人，乘马缓辔而出，只得十余骑护从，正是慧娘。慧娘道：“高封，你已渡过芦川，可想还有活路哩！倒不如早早受缚，也不过一死，却不省了许多惊恐力气。你待要夺我的燉煌，不要想失了心。”

高封大怒，见慧娘没多几人，便回顾众将道：“上去捉这婆娘来，再与刘广说话。”众将呐喊抢杀上去，慧娘回马便走。忽然一声号炮，苟桓、苟英两路杀来，两翼下万弩齐发，矢如骤雨。那弩便是诸葛连弩，慧娘遵依旧法改造过。原来诸葛孔明的连弩，是一臂一弓，一弓发十矢，每一发十矢齐出，矢长八寸，匣内共容矢八十枝；慧娘改作一臂三弓，每一弓发三矢，三弓并发，九矢齐出，矢长一尺五寸，匣内共容矢七十二枝，弓硬箭细，又远又准。慧娘一到猿臂寨，便画出图样，教巧手匠人连夜打造，名曰“新法连弩”。当时连弩乱放，把高封的兵马射倒无数。高封抱头鼠窜，孙麟早射死在乱军中。苟桓、苟英驱兵掩杀，迎头又撞着真祥麟杀回来，两面夹攻，杀得高封七零八落。李凤鸣被祥麟一枪刺死。高封用一用妖法，便吃那法箭射掉了。慧娘传令:“只顾抢夺器械马匹,休去追他。”苟桓道:“再一阵战就擒住了,何故放走他?”慧娘笑道:“怕这厮走到那里去,落得送与大哥处擒了,也教我大哥出口气。”众皆大笑。慧娘收兵回营,吩咐军士们将器械衣装都收拾起,整顿一辆槛车,封皮先标好,只待囚了高封,一齐回山。又遣人报上山去,请刘广先将刘母灵前打扫洁净,待高封解到,就好祭奠。降兵并活捉的,都另监一处。

却说高封引败残兵往东逃走,回顾追兵已远,看手下只剩三百多人,大半都是带伤,哭声不绝。高封仰天大呼道:“我高封有何罪,一败至此!”便下马少息,对赵龙道:“我兵不得过河,且顺着下流,到沂水县去,讨船只渡过岸,回府调兵,再来报仇。制置使刘彬总是我哥子的门生,未到得治我失机之罪,况有魏虎臣坐视可推。沂水县不知还有多少路。”便问:“此地是何地名?”有军汉认识,道:“这里是高官坟。”高封心惊道:“这地名不美。我姓高,又在此为官,高官坟莫非是我死地?”说不了,喊声大起,山凹里一彪军马杀出,为首一筹好汉,横着三尖两刃刀,分明是二郎神下凡,大骂:“腌臜害民贼,想逃那里去!”高封见是刘麒,魂飞天外,上马便走。赵龙知道刘麒武艺了得,当年应武举时曾吃过亏,到此怎敢抵敌,保着高封逃走。刘麒追上,赵龙心慌手乱,抵挡得五七合,被刘麒连臂带肩,砍下马去。

高封逃到芦川岸边,跳下马,怀中探出一件东西,抛入水内,只见一条鼍龙浮起,高封骑上鼍龙,乱流而渡。刘麒追到,高封将到中流。刘麒忙挂了刀,卸下弹弓,搭上一粒铜丸,拽满扣子,一弹丸打中高封肩胛,一个筋斗拄下水去,鼍龙已不见了。恰好上流头二十余只钻风船,冲波激浪价飞下来。船上站着一筹好汉,赤条条穿着条犊鼻裤,手拿一把钩链枪,正是刘麟。当时刘麟见高封落水,撇了钩链枪,跳下水去,将高封捉上岸来,取绳索捆了。刘麒大喜。那三百多兵,已都投降。兄弟二人欢欢喜喜解高封回营。慧娘将高封下了槛车,齐掌得胜鼓回山寨。

慧娘领众将缴令已毕,希真、刘广大喜,当夜先将高封同阮其祥一处监下。希真传令,将投降的官兵并活捉的共一千二百余人,尽皆释放,各赐酒食压惊,受伤的急与医治。希真抚谕道:“你等休要疑心，我并不造反。只因高封这厮残害百姓，是我大仇人，不能饶他。你等都是清白良民，为这厮受累，我心不安。你等可都回去，免得父母妻子悬望。有不愿去的，我也重用。悉听你等之便。”众军都流涕拜谢，内中大半有老小的都愿回去，有小半愿在山寨。

希真便将要回去的都送下山，只将衣甲器械马匹都留下。苟桓道：“山寨正在招兵，恩公何不都把他们留了。”希真道：“强用人者不畜。我开发他们去了，不惟杜绝后患，且教他们去传扬我山寨仁义。日后官兵再来，其势必散，受我所制。”众皆叹服。真祥麟道：“还有阮其祥的儿子阮招儿，是高封的兔子，小将已活捉在此。这个逆种，休要轻饶。”希真教带过来。众人看时，只见那小杂种生得杏眼桃腮，打扮来又标致。又有一样作怪，不知怎的，那脸庞儿却活像真祥麟的模样。正是夫子貌似阳虎，只是邪正不同。希真又细细看了看，大喜道：“快解放，休绑坏了！不要杀他，留了我有用处。”刘广道：“这等逆种，姨丈留他则甚?”希真道：“我自有用处，众位不知。快去备间房屋，将好饮食调养他起来，休要惊坏，我自有用处。”众人都不解其意。

次早，刘广将刘母灵前铺陈起，侧首又设立刘二娘子的灵位。将高封、阮其祥周身洗净，对面缚了，跪在刘母灵前。刘广率领两个儿子亲自动手，将高封、阮其祥剖腹剜心，祭奠了刘母。众头领都换了素服临祭，刘广都谢了。祭毕，将高封、阮其祥的尸首搬出去，做一堆烧化了。教慧娘就那焦原山下峥嵘谷左近，选块吉地，并选个吉日，安葬了刘母。刘广对希真道：“我等本不欲拒敌官军，今杀了高封，难保无官兵再来。倘来时，索性再败他一阵，教他日后不敢正视我。”希真道：“此言有理。”便教真祥麟领五百兵镇守燉煌；丽卿将息未愈，教刘麒代理前部先锋，在山南下寨；其余都照旧职事。刘麒坐了第六位，刘麟排在第七，苟英排在第八，连丽卿、慧娘，共是十位头领坐位。又差细作到东京、梁山两处，探听消息。

希真每日寅、午、戌三时，进丽卿的净室步罡踏斗，替他收摄神气。到那七日头上，虽然无事，尚兀是昏晕了一二次。到二十日后，希真将乾元镜照看那丽卿时，见他元神已收复了大半。希真喜道：

“这遭不妨事也！好个妮子，根器恁地厚实，此后我不必日日扶持。”又吩咐道：“你越要安心静养。这乾元镜切勿时常照，将房子照得通亮，元神得了亮光，又要往外飞走。”丽卿都应了。希真又叫人采买青铜，叫冶匠铸就铜钟一口，高一丈三尺，重五千四百斤，上面都是雷文云篆宝箓天书。铸成，便筑坛祭炼。众将问要此何用，希真道：“众位休问，日后自见。”自此以来，猿臂寨日日操演军马，整顿军务，不题。

却说魏虎臣屯兵神峰山，不敢便进，只探听高封胜负，欲待高封得胜，他方进兵。虽连接高封的公移催逼，他只不敢动。那日探得高封兵败遭擒，全军覆没，吓得魂灵儿逍遥于无何有之乡，便收兵回景阳镇。踌躇不决，想道：“都说这景阳镇怎样一个美缺，不料地面如此不平静，起初钻谋他则甚？”意欲告病休致，又舍不得目下地位。不多日，都省飞檄下来，催魏虎臣进兵，句语十分严重，却还不知高封阵败。急得个魏虎臣，大小便只顾往下厮逼。当日只得升厅，聚集众军官商议进讨之策。魏虎臣道：“上宪若知道高知府被害，这个担儿都丢在我身上。叵耐刘广这厮十分猖獗！我想此等草寇，亦不用大队兵马都去，尔等谁去收捕？倘不能胜，那时本帅亲统大兵，与这厮决一雌雄。尔等有何良策？”当时自都监以下，一切大小军官，听魏虎臣这片言语，都面面相觑，做声不得。

真是人人泥塑，个个木雕。半晌，不觉恼了阶下一位少年英雄，走近阶前声喏打参，厉声高叫道：“相公休要担忧，小将不才，愿请发精兵二千，付与小将，到猿臂寨生擒陈希真，献于麾下。”魏虎臣与众将都吃一惊，看那人时，年纪不过十八九岁，脸如傅粉，唇如丹砂，声如鸾凤，分明是一位哪吒太子，正是那本贯仪封人，玉山祝永清。原来祝永清向在五郎镇做防御，因此地防御缺出，调他过来补授，正在魏虎臣标下，到任没多几日。魏虎臣屯兵神峰山时，亦不曾调他。当时魏虎臣把祝永清相了一相，沉吟半晌，说道：“本帅本要用你，因得知刘广是你亲戚，此事碍着。”祝永清道：“上覆相公：刘广虽与小将有亲，却不甚近；便近，他此刻已背叛朝廷，还去认他做甚！小将前去，便连刘广首级一齐取来。”魏虎臣道：“只是你年纪太轻怎好？”祝永清那股火从丹田里迸上来,叫道:“相公,不是小将夸口,只借精兵二千,悉凭小将主意,如空手回来,甘当军令。便责下军令状!”魏虎臣道:“他那里有四五千人,现在高知府五千多兵马都沉没了,你说只带二千人如何够?”祝永清道:“若是他处官兵,就派上二万,小将也不敢去。只此地军马,系云天彪相公调练惯的,况又是相公接手,他那里人虽多,都是乌合之众。小将因闻知得陈希真那厮亦善用兵,不然还不消二千人。”魏虎臣见无人肯担此任,只得用他,便取了军令状,问道:“何日动身?”永清道:“还挨甚么日子,今日请发大令,明日就走,还怕官兵甚么放不下!”魏虎臣道:“明日是往亡日,不利兴师,后日大吉,便在教场点齐人马送你起行。”方才传号令,教各营军马,后日一早教场听点。祝永清大喜,辞了总管回营,收拾军装,心中暗笑道:“待我擒了陈希真,好教那厮们吃惊! 就被那厮们冒些功去,也不值甚么。”当夜无话。第二日,各营得令,都吃一惊,道:“怎么叫一个孩子典兵,岂不误事?”

第三日,魏虎臣大排头踏,到了教场。那挑齐的二千人马,都备行装在教场里伺候。祝永清全装盔甲,请了号令。魏虎臣祭了大纛,付了兵符并花名册,把了上马杯,赏了一副花红表里,派了两员团练、四员提辖辅佐。那两个团练便是谢德、娄熊。又把四十贯钱、五十瓶酒,分赏众军。魏虎臣道:“我按宝镜图,选定今日午时,军马出西南方生门,大吉。”祝永清只得遵依,挨到午时,三个号炮响亮,鼓角齐鸣,三军一齐动身。那些军将们的父母妻子,少不得啼哭相送。祝永清引着人马往西南走了一遭,仍复转来,归东北大路,往猿臂寨进发。魏虎臣并众将巴不得他成功了。

当夜安营之时,永清教把那军令状写作一面大旗,竖在中军帐前,传谕各营道:“诸君听者:我祝永清虽官微职小,今当重任,军令是朝廷定制,不能不申明一番。诸君倘有过犯,莫怨不才作威。便是不才的至亲,也不能救他。不才自己犯罪,也无人替得。军法无亲,各宜凛守。”就叫军政官写下札劄,各营都付一通。谢德禀道:“各军因魏相公到任后,钱粮还支不到手,人人怨怅,怎好?”永清皱眉道:“这也难怪魏相公,我听得那运粮通判好生怠慢。如今公事要紧,只等凯旋后，赏赐外多加一分请奉，包在我身上。你再去晓谕他们。”那团练出去了，永清叹了一口气。当夜永清亲自出营查看，果然了得，真个是：令严钟鼓三更月，夜宿貔貅万灶烟。静荡荡的都遵他的号令，心中甚喜。

不日到了猿臂寨，前面探马报来道：“有一队贼兵来了。”祝永清传令把兵马约退二里，就靠山临水，扎下了营寨，点了两队人马，吩咐两个团练的计策，说道：“倘是陈希真亲来，得他中计，擒住了，功劳大家有分。”遂引兵出阵迎上去，正遇那枝人马。当头一将，正是刘麒，横着三尖两刃刀。只见那祝永清立马阵前，端的好装束：一顶喷银紫金冠，束住一头绿云发，后面一挂如意银牌，垂着五寸长短玄色流苏；穿一领白银连环铠甲，衬着白缎子战袍，系一条束甲狮蛮带；脚穿一双卷云战靴，骑一匹银合马；手里提一枝四十斤重镔铁炼就的水磨镜面方天画戟，左边腰下悬一口龙泉红镠宝剑，一张青桦皮雕弓放在麒麟囊里，右边一壶白翎凿子箭。旌旗影里，映着那傅粉脸儿，周身上下雪练也似的白，冠上又一颗酒杯大的红绒杨梅球。立在阵上，望见对面队伍整齐，也暗暗喝采。高声喝道：“兀那贼子出来见我！”那刘麒横刀纵马而出。原来二人虽有瓜葛，却未会面，故大家都不认识。刘麒骂道：“你这厮奶牙未退，浆水儿还不长足，便到这里来讨死么！”永清大怒，骤马挺戟，直冲过来。刘麒拍马舞刀迎住。战了七八个回合，永清抵敌不住，拖戟败走。刘麒见他武艺低微，追上去，官兵抱头乱窜。刘麒招呼军马，呐一声喊，一齐并力追赶。永清引了败兵逃命。赶了一程，遇着两边山脚，刘麒恐有埋伏，使人探了，却并无一人。永清已去了一段路，刘麒再追。看看追上，前面已是永清的营寨，刘麒传令放连环枪炮。只见永清的后面一层人霍地分开，前面乃是一片白地，枪炮都打入空地里去，并不见一个人，连永清也不见了。刘麒大惊，情知是计，即要退兵。只听号炮响亮，战鼓齐鸣，永清的兵抄两边杀来，刘麒的人马大乱。永清飞马挺戟，直取刘麒。刘麒奋力来迎，战了数合，大吃一惊，方识得他的真实本领。幸亏刘麒武艺还敌得他过，却不敢恋战，回马便走。永清追来，前面谢德、娄熊截住去路，刘麒道：“这番没命也！”忽然喊声大起，枪炮震天，刘麟、苟桓、范成龙一齐杀进来，救出刘麒，且战且走。祝永清追杀一阵，刘麒等大败亏输，折了许多人，带败残兵马奔回猿臂寨去了。

祝永清这一阵，只八百人，败陈希真兵马一千五百，真是个少年良将。当时掌得胜鼓回营，将猿臂寨的兵，生擒二百多人，斩首三百余级，夺了许多战马器械。查点官兵，只十几人带伤，不曾坏得一个。当时传令把首级号令，申报魏虎臣，把那生擒的都解了去。众兵将见祝永清如此英雄，无不敬服。

却说陈希真闻官兵杀来，传令教刘麒迎敌，自己正议点兵接应，忽见刘麒败回，伏地请罪。希真怒道："你为何挫吾锐气？时常讲论兵法，难道连埋伏计都不识得？"刘麒道："那厮并不用埋伏计，他诈败，甥儿追上，用连环枪攻打，不知怎的他变了片空地，人马却从两边抄出。我兵大乱，止遏不定，故此失利。"希真也吃一惊，道："这是虎钤阵。景阳镇什么防御，能用此阵？"刘麒道："那厮是个美貌少年，武艺了得，却不知其姓名。"苟桓道："我已探得，叫做祝永清。"希真大惊道："原来是他来了，怪道你们着他道儿。麒甥起去，下次将功抵过。"刘麒叩头谢了，立在一边。刘广道："他在五郎镇如何到这里？"希真道："想是近日调来。天下就有同名同姓，那得相貌武艺如此都同。既是他来，须得我亲自走遭。"正商议间，真祥麟也败上山来道："祝永清提兵杀来，把燉煌夺去。小将兵少，抵敌不住。现已逼近寨前。"

众皆大惊。希真道："请慧娘出来。"慧娘到面，忽又报来道："祝永清遣人下战书。"希真批来日交锋对阵。希真问慧娘道："敌人惯用虎钤阵，怎样破他？"慧娘道："何不用燕尾阵？"希真笑道："我也正这般想。只是我前日见你那燕尾阵，却胜似我的，可惜将弁们新学会，尚未熟谙。我只好照顾阵前，阵后须得你亲自去指拨料理，我才放心。"慧娘道："甥女上阵，必须要人照管，卿姊姊又不曾好，怎处？"希真道："你勿忧，我已安排定了。"便向刘广道："襟丈同麟甥护持令爱。"刘广应诺。希真又到净室中对丽卿道："你小心在意将息，我去破敌，不日就回。"丽卿笑道："孩儿近日照镜，影子全隐了，精神力气，觉得与平日无异，此刻出战也去得。我想何必定要守到四十九日，好不闷损人。”希真道：“你休要乱说。多的日子过了，恁地性急，又生后患。”丽卿应了。希真诫饬各处严紧守御，留真祥麟、苟英守山寨，自同刘广、刘麒、刘麟、苟桓、范成龙、刘慧娘，点了三千兵，同到山下，对着永清的营盘结下三个大寨。

当夜在寨安息，刘广说计道：“此人既与我有亲，何不写封信去，以理劝他？”希真笑道：“你看得伏他这般容易！此人义烈，不减云天彪。我想收伏他，好歹要片心血。我有一计，须如此如此。”刘广道：“此计太险，恐行不得。”希真道：“不妨，我算得他定，正好在他身上用。”便传齐众将，将前半截的计说了。众将都依令去行。

次日，祝永清对两个团练道：“我这虎钤阵，有好几番变化。我料陈希真被我胜了一阵，他必不防我再用此阵，我却偏要重用一回。不必定要诈败，只须交战浓酣，汝等便分兵钳他的后队。只怕那厮们会用燕尾阵，却也难胜。今日阵上，汝等看我的画戟为号：那厮们如不用燕尾，我把画戟一摆，你们只顾把虎钤抄去；我若不摆，切不可胡乱，只去阵后作奇兵伏着，接我的正兵。他若识破不追，我无大胜，亦无大败。”商量定了。

两家各饱餐战饭，一齐合阵。永清点了一千二百人，希真仍是一千五百人。两阵对圆，希真全装结束，挺丈八蛇矛出马，大叫：“请对面阵主答话！”只见两面盘金白绣旗开处，祝永清立马阵前，亭亭一表，希真暗暗喝采。希真横矛马上，欠身问道：“祝将军，你莫非是风云庄云威老相公的令外孙祝玉山么？”永清道：“然也。你既知我名，为何不降？”希真道：“我久闻将军大名，正要并个你死我活。斗你不过，降你未迟。”永清怒道：“你这厮莫非就是陈希真？”希真笑道：“上有皇天，下有后土，不敢相欺，老夫便是。”永清大怒道：“你这厮，朝廷有何负你，你敢背叛？”希真笑道：“朝廷怎样待得你好，你这般帮他？”永清大怒，骂道：“杀你这没良心的贼子！”把画戟往后一摆，直冲过来。希真唏唏笑道：“哥儿，老夫正要请教你的武艺。”交马战了十余合，不分胜负。希真道：“且住，我有话说。”二人各收住兵器。永清道：“你有甚话？”希真道：“上覆将军：希真也是朝廷赤子，戴发含齿的人，实因奸臣逼迫，无处容身，到此避难，须不比梁山上宋江，有口无心。望将军开一线之路，哀矜则个。”永清道：“好汉，我面前你须使不得乖觉。你既自己明白，何不归顺？不肯，便快把首级与我带去。”希真骂道：“你这厮颠倒不识好歹，看矛！”又战了十余合，希真拨马回阵。永清忖道：“这厮并未输，为何就走？莫非是计，不可追他。”只见刘麒出马，又战了十余合，又拨马便回。苟桓又来厮杀，范成龙亦出马夹攻，苟桓便回。永清忖道：“这厮们武艺又不平常，却为何不肯力战，莫非要溜我乏？”只听得本阵一片锣响，永清忙撇了范成龙就回。这边范成龙也不追赶。

永清回阵，问押阵官道：“何故鸣金？”押阵官道：“后队来报，左首林子里有猿臂寨旗号，恐有埋伏，故请将军回来。”永清道：“既这般说，且把阵脚扎定，防他冲突，待二位团练将军动静。”说不了，一骑马飞来报道：“两位团练抄进去，都失陷在贼兵的阵后了，六百人马一个都出不来。”永清大惊，忙传令后队先退，自己在阵上断后，缓缓收兵。那知希真并不追赶，却在阵前大吹大擂，吹打着那《将军得胜令》，明明是送他归营。永清兵马退远，希真方才收兵。

永清道：“这厮为何不追？”正走着，左首林子里战鼓大起，喊声大震，一派旌旗蜂拥杀出。永清拍马前来迎战，只见那彪伏兵，杀到一望之地，摆下队伍，齐齐立着，却不杀上来。军前大将乃是刘麒、苟桓，竖起一面大白旗，上面大书八个字道：“陈希真义释祝防御！”永清看见，又惊又怒，欲待上前厮杀，又恐中了计，只得回营。却安然无事，半个兵马都不失误。永清叹道：“我一时负气，魏虎臣面前夸下海口，不料陈希真果然利害。他明明得了胜，却不肯杀过来厮逼，这不过是要招致我。希真，希真，你枉自用了心计！虽承你爱我，要我祝永清降你，除非海枯石烂。如今折了两员团练，六百多人马，怎好回去见总管？不料我祝永清死于此地。除非用这一条计，看他何如。只是他见利不动怎么处？”——看官，原来陈希真用那燕尾阵，恐祝永清识得，不来上钩，特将连环一字露头，待他虎钤抄来，却都兜入燕尾。那里面自有刘慧娘相机施行，一个个都生擒活捉了，不曾走脱半个，叫做：皮笊篱下豆儿锅，一捞一个罄净。

阵里的玄妙，只有希真、慧娘二人识得，其余都是依计行事。永清竟被他瞒过。——那祝永清十分纳闷,心中想道:“就用这计,即被他识破,我也无害,况他正小觑我。我正好乘他不防备,攻进去。”当时传令,教各营预备,明日辰牌拔寨都退。又叫那四个提辖,都与了锦囊密计。

当夜永清闷闷不乐,灯下披甲观书。忽一牙将来报道:“两位团练,同六百军士,都回来了。在辕门外候令。”永清惊道:“怎得回来?快唤他两个进来,叫众将都在辕门外候着。”永清当即传云板升帐,只见谢德、娄熊背剪着进来,伏地请罪。永清忙下帐来,亲解其缚,扶起道:“非干二位将军不勇,皆我不识阵法之故也。”问起如何得归,谢德、娄熊道:“说起羞杀人!被他擒去,并不伤害,反用酒肉款待,一切军器马匹盔甲都送还,不知是甚么意思。又有书信一封呈上。”永清道:“书且慢将出来,且把那些军士都点扎归伍。”永清都亲自过目看了,退了帐,特唤谢德、娄熊问道:“怎地被他活擒?”二人道:“奉令抄到他阵后,只见两行疏疏朗朗的人马,侧斜列着。小将们看得不在眼上,便冲杀进去。他忽地卷了过来,里面无数人马,重重叠叠,都是门户。小将们眼都花了,地下绊马索绷满,无一个立得住脚,都被他捉了去。”永清听罢,叹服道:“此人的才学十倍于我,可惜朝廷不知,这厮心肠也忒变得恶。”便取那信来看,上面写道:“避难罪人陈希真致书于防御大英雄祝将军麾下:窃念希真系出名门,授京畿南营提辖,征讨西夏,亦获功绩。草木有心,何至背恩若此?无奈权臣煽威,四海虽大,无希真立锥之地,若不为瓦全,则先人血食,由我而斩,罪戾滋重。夏四月,道出风云庄,得瞻令外祖子仪世叔,并见将军所书《洛神赋》,心醉神驰者数月。”永清看到这段,却吃一惊。再看道:“令外祖谆谆训迪,言犹在耳。今万不得已,伏处草莽,苟延残喘,未敢忘朝廷累世厚恩、效宋江之为也。将军过听,兴师问罪,希真不敢与将军抗。且希真非不能为宋江之所为也,假使将军之主帅魏虎臣,亲统大军,辱临敝寨,非希真狂诞,当使其匹马不还。今欲保全首领,不得已惊侮部曲,敬归麾下,敢谢万死。希真虎口残魂,不足为将军用武也,惟望将军哀悯鉴察,速赐解围,则再生之德,无任感激。倘得奸佞伏诛,罪人无辜,侍教有日。天日在上,希真心口不符,愿他日肉腐平原，血膏斧锧。书不尽言，陈希真哀鸣顿首。”

永清看毕，暗想道：“这厮也到过外祖家。”又把那信看了几回，心中恻然。忽然大怒，骂道：“这厮欺吾太甚！”把信与诸将看了，对众人道：“这贼明是买服我。”便传令点一千二百人马去劫寨，叫那两个团练看守本营，四个提辖分六百人接应。吩咐道：“如见火起，并力进攻。他追来，须如此如此。”把以先锦囊都收回了。已是三更天气，自己引六百人，衔枚勒马，竟袭陈希真左营。只见三座营里，灯火照天，便喝令拔起鹿角。呐喊一声杀入去，却是个空寨。

永清知有准备，便把兵马约退。忽然号炮震天，火把齐明，漫山遍野兵马杀来。永清传令道：“按队收兵，乱动者立斩！”压定人马，那六百人并不惊惶，缓缓而退。只听得敌兵大叫道：“主将有令：祝永清由他自去，谁敢惊坏了他，军法从事！”永清又羞又怒，拍回马大叫道：“陈希真好男子，出来与我战三百回合！”由你喊破喉，没人睬你，那敌军只顾自己呐喊。永清气坏了，只得回兵，那四个提辖已来接应。永清回头看那陈希真的兵马，好似两条火龙一般，卷入营去，并不来追。永清叹道：“陈希真真大将之才也，可惜，可惜。”回到营里暗想道：“我本不去杀他，只道他不备防，得一胜仗，便好回兵。却又吃他料着，又不肯追上来。他这般多谋，只软困我，怎生赢得？这厮既发此信，必然不肯出战，如何死守得过？”坐坐想想，天已明了。忽报魏总管处有差官到，与差去的人同来。永清连忙接进。

那差官将着官兵的犒赏等物，并赐与永清大红战袍一件，又慰劳信一封，上写着：“汝初出阵，便大败贼徒，斩获颇多，本帅甚慰，现在记汝之功。陈希真、刘广能生获更好。荡灭之后，且勿旋凯，青云山强寇跳梁，汝可以得胜兵进剿。功成之后，一并从优保举。”等语。永清设酒款待差官。那差官动问近日军情，永清道：“方才去劫他的营，吃他知觉了，不能取胜。”差官道：“总管相公日日盼望捷音，将军切勿怠慢。”永清道：“陈希真那厮，尚有尺寸可取，吾欲用缓功收伏他。”便修了谢赏禀封，内并称述“陈希真才有可取，心肯归顺，杀之可惜，意欲招安”等语。那差官少不得要需索好看钱，各项开销，永清只得竭力发付与他。差官去后，永清料希真必不出战，想了一想，只得写了一封信,差人送去希真营里。

希真闻知永清差人来下书,便恭敬迎接,厚待来使。看那书之意,乃是写着"朝廷之恩必不可负,君臣之节必不可亏,祖宗之名必不可辱,窃据之事必不可为。如肯革面投诚,必有自新之路"等语。真是写得恳恳切切,言言珠玉,字字龙蛇。信后面又批了数行云:"永清受命征讨,有进之义,无退之辱。军谶曰:万人必死,横行天下。今永清有君子二千人,能令必死。倘永清得遂横草之烈,君亦不利。君如执迷,永清先死,君噬脐继之矣。"希真读罢,大喜,重赏来使,止问:"祝将军近日起居安否?"并不提起军务之事。殷勤送来人出去,也不发回信。刘广道:"襟丈太费手脚。既要他降,昨日他来劫营,何不就擒了来,以礼劝他?"希真笑道:"你不看见他退兵时的闲暇,后面必有准备。若去追赶,必中了他的机会。他断不肯轻临险地。即使擒住了,礼劝他,也决不肯降。我如今只教他心服,方能收他。"

正说着,忽报:"小姐在辕门外求见。"希真笑道:"叫他进来。"只见丽卿全装披挂,带着几个女兵,上帐来参见父亲。

不知丽卿到来,有何故事,且看下回分解。

第八十七回　陈道子夜入景阳营　玉山郎赘姻猿臂寨

话说希真闻丽卿到来,便传令宣他进帐。丽卿带着几个女兵,上帐来参见父亲,道了万福,又见了众将。希真见丽卿精神复元,较前更觉充满,心中甚喜,便道:“痴丫头,不在山寨,来此做甚?”丽卿道:“一者孩儿足足坐了四十九日,已将息好了,来爹爹前请安;二者闻知得甚么祝永清了得,孩儿要会会他,同他分个上下,决个雌雄。”希真道:“这事用你不着,你回去同真将军牢守营寨。大姨夫,并众将、表兄,我且不要他出战,何况你。”慧娘道:“姨夫要收降祝永清,只以智取,不用力敌。”丽卿笑道:“爹爹惯做气闷事。兵来将挡,为何不同他厮杀?既是爹爹要活的,也容易,孩儿不去弄杀他,只活擒来便了。”希真顿着脚道:“不要你管,只顾替我回去!”帐上帐下侍立的将弁,都暗暗的笑。丽卿恐怕老儿发作,只得退下来。忽然又转身道:“爹爹如要出战,千万来叫孩儿!”希真道:“晓得了,会来叫你。只顾回去,快走!”慧娘送丽卿出去,丽卿道:“秀妹妹,如果爹爹出阵,不来叫我时,你把我个信,待我抄入那厮阵后,杀他个落花流水。”慧娘道:“姨夫自有妙算,军营里论不得家人父子,姊姊切不可去乱做,着姨夫收罗不来。”丽卿笑道:“我怕不省得,不过这般说。”辞了慧娘上马,带着女兵怏怏而回。

却说永清的差人回营,说希真如此形状,永清默然。守了两日,永清那里耐得,便提兵马来攻打希真的寨子。那希真枪炮弓弩,守得铁桶也似,那里攻得进。一连攻了好几日,没个破绽,永清十分纳闷。

那魏虎臣不得捷音,只管雪片也似文书来催进兵。差官来一次,便滋扰一番,永清被他头也吵昏了。可怜那祝永清是武职,爵位又不大,平素又不贪赃,那里来得钱财,真弄得个左支右绌。最后来的一个,乃是魏虎臣的体己干办,叫做沈明,比前来的更凶,勒定了要若干银子,方肯去回话。祝永清那里打算得出,只得陪话道:“长官,并非我小气量,须念我永清此次系是苦差,那里是赚钱之处。我身上一切使用,都是公帑。兵马钱粮,丝毫不能侵蚀。长官能格外矜全,永清感泐在心,实非昧良之人。此刻现钱,实将不出。长官肯容纳,我这口红镠宝剑,系传家之宝,价值千金,你权且将去做质当。我凯旋后,便来赎取。你如等不得,竟去卖了,我也不怨。"那沈明那里肯收,发话道:"祝防御,你是晓事的!你说是苦差,偏我这差是甜的?自古道:天无白使人,朝廷不差饿兵。既要我替你出力,却又这般扣算。你不要把冷债抵官粮,这口铁剑,一时叫我卖与那个?祝防御,你得胜后也指望高升,不要大才小用。"永清忍气吞声,说道:"长官,非是我扣算。你看我的簿书上,钱粮支销之外,有多余的,你便尽数取了去。委实无从措办。"沈明道:"也也也,你这话明是撞我!总管相公不过叫我催你进兵,并不叫我来查账,你抬这话来压我。祝防御,你便丝毫不添,我也不好再说,便就此告辞了,你的干系你自己去剖。"

沈明正发作时,忽听得一片呐喊。永清大惊,忙出帐看时,原来众兵将闻得此信,俱大怒,说道:"我们在此不顾身家性命,他却来鬼混,便杀了这厮!"一齐拥入中军,鼓噪起来。永清喝住,道:"你们何故?"众军道:"我们要杀差官。"永清掣剑在手,道:"上司来人,谁敢无礼!我等强杀是他的属僚。你等既要妄为,先杀了我。"众军都不敢动。两个团练上前禀道:"众人非敢作乱,实为主将抱不平。"永清插了剑,道:"虽是诸君爱我,实是害我。差官我自开发,不劳众位担忧。"两个团练又道:"今众人情愿公派了,开发他去。"永清道:"这如何使得!诸君随我在此,同与皇家出力,只因我才力不胜,以致不速成功,岂可因我,累及你们。那个是有余的!"众军大呼道:"我们也出师几番,那有将军这般分甘共苦。今日便要我们的性命,有谁不肯,将军不必担忧。"那众官兵不由永清主意,都纷纷归到帐房,各人攒凑银两,须臾积少成多,都堆在面前,便请那差官出来,同他说明了。

那沈明一来见银两比所要之数差不多,二来也怕激变,当真做出来,便笑着说道:"都为将军的考成,并非沈某一人落腰。魏相公前你放心,我会替你包荒。"永清陪笑谢道:"全仗长官周旋则个。"那沈明收了银两,带了从人,回景阳镇去了。

永清送他出营,回中军升帐,便叫军政司:“把钱粮银两,透支了发还众军。将来有侵蚀后患,都我一人承当。”军政司禀道:“营里粮米草料只敷十余日,屡次行文去催,终不见到,怎好?”永清道:“我自有道理,你只管发与他们。”众军无不感叹。永清又恐他们心变,亲去各营伍安抚一番,方才议出战之事。永清道:“我等粮尽,利在速战,诸君鼓励锐气,随我去攻打寨子。”

当日永清提兵来希真营前挑战,希真只不出来,由你叫骂,只推耳聋。永清守到天黑,不见一个敌兵,只得回营。次日又去叫战,希真还你个老主意,只是不出。永清没奈何,仍就收兵。

到了第三日,永清叫众军预备冲车攻打。旗门开处,先放出四五辆冲车,直冲过去,却都颠入营前濠沟里去了。永清知不济事,不敢再放,喝令众军搬泥运土去填濠沟。怎敌得土围上的枪炮,撒豆儿般的打来。吃打杀了些军汉,其余的都逃了回来。只见希真营里一个号炮飞起,营门大开。永清只道他出战,便约齐队伍等待。往营里望去,远远中军帐上,希真同众将饮酒,帐下大吹大擂的作乐。永清大怒,叫把那三百斤的荡寇炮,对营门里打进去。这里方点旺门药,希真营里早竖起十几层的软壁。那炮子雷吼般的飞进去,吃那软壁挡住,都滚入地坑里去了。听那里面,鼓乐并不断绝。把个永清的肚皮几乎气得绷破。只见希真的营门闭了,土围里面忽然涌起一座飞楼,离地数丈。那飞楼上端坐着一位美貌佳人,手拿着一柄羊脂白玉如意,指着永清叫道:“祝将军听者:我乃刘将军之女刘慧娘也。陈将军叫我传令与你,道你辛苦了,且请回去将息。若要交手,你选个好日子,再来纳命。”永清大怒道:“你原来是云龙的老婆!我看云龙兄弟的面上,不来射你。你快去叫陈希真早早归降,倘再执迷,打破寨子,连你父女性命都不保,休怪我无情。”慧娘唏唏笑道:“玉山郎,你休恁的逞能!我同你是仇敌,谁稀罕你留情。你既技痒,要射便射。”永清骂道:“贱人,不识起倒!”认真一箭飕的射上去,那慧娘面前霍的飞出一片五色云牌,乃是生牛皮缉就,彩色画的,挡住了那枝箭。永清转怒,叫放枪炮。慧娘叫四健卒拔去桦车销儿,那座飞楼豁喇喇的溜下去了。看看天晚，永清忍着一肚皮气，只好回营。希真并不来追赶。永清想道："善攻者敌不知其所守，总是我不会攻他。那刘广的女儿果然奇巧，可惜都做了贼。"

次日一早，永清也不去攻打，便离了大营，带着百十骑军马，团团去看那猿臂寨的形势。只见各处防护得严密，叹息了一回，回到营里，对众将道："此地果然急切难攻。我的意见，若肯容我在芦川上流屯扎，左依高山，右据芦川。把沂州官兵调赴景阳镇，弥补额数；我们的钱粮，就在沂州汇支。各处附近村落都移徙了，由百姓自己据守险要，着那厮无处看相。他要出来抢劫，我就纵兵厮杀。他不出来，我只干守着。不过一年，那厮粮尽，饿也要饿杀他。只是魏相公怎肯信我的话？再不然，还有一法，我等把兵马四散屯开，分头据险。那厮攻我们不能，不得不分头把守，教他猜不出我何处进兵。我却忽聚做一处，攻打他一路。便擒不到陈希真，也杀他一个五星四散。然也须二十余日，方好成功。"谢德道："此计大妙，但只是粮草不敷。"永清道："我已差人赍信去沂州府乞借，尚未回来。"

正说话间，辕门官报进来道："陈希真遣人下书。"永清唤入，拆信来看，上写道："闻将军大军缺粮，特奉上粮米二千斛，以便相持，幸勿阻却。"永清大怒道："匹夫怎敢小觑我！本当斩你的头，今借你口去说你主将：早晚必为我擒，何得相戏！我不杀你，快走。"忽然又叫来人转来道："你再去说：如果他肯归降，但有山高水低，我一力承当。我顶天立地，决不食言。如其不能，早来纳命。快去，快去！"来人抱头鼠窜而去。

须臾，左右说："那厮并不把粮车收回，都丢在营前空地上。"永清去看果然，便传令都放火烧了他的，遂与众将商议分兵据险。忽报："魏相公处又有差官旋风般的来也！"永清大惊，连忙接入，乃是沈明的兄弟沈安，赍着一角公文，封着一口剑，递与永清。

永清拆封看时，上写着道："汝自立军令状，讨这差使，只道汝有多少了得。如今一月有余，靡费无数钱粮，只捉得几个小贼算甚么！现在合镇纷纷谣讲，汝受陈希真贿赂，不肯进兵。虽无确据，然究竟何故按兵不动？如所云'陈希真才有可用，欲以缓功收伏'，此言吾未发，岂汝所得做主，甚属混帐！今封来剑一口，再限汝三日，如不能擒斩陈希真，速将汝首来见。檄到如律令。”

永清看罢，气得说不出话来，少久开言道：“并非永清按兵不动，连日在此攻打，不能取胜。长官不信，帐上帐下大小将弁，那个不好问。说我受贿赂，一发影迹俱无。”沈安道：“那个我不晓得，只是魏相公钧旨，叫我守候，立等捉陈希真。三日后捉不得，便请将军尊裁。我也是奉上差遣，盖不由己。”永清道：“长官劳顿，且去将息，我自有道理。”遂着人去看待。

永清仰天大叹道：“我祝永清忠心，惟皇天可表。我本欲报效朝廷，不意都把祸患兜揽在自己身上，我直如此命悭！罢了，罢了，死于法，何如死于敌？做小卒的且为国家死难，大宋祖宗鉴我微臣今日之心。天彪阿舅，你不去，我何至有今日！”便召众将齐集，把檄文与众人看了，说道：“主帅如此严切，我如何再活得去，明日便是我致命之日。不要害了别人。”便把兵符印信交付谢娄二将军，“明日我只单枪匹马杀出去，不回来了”。众军一齐流涕叩头道：“望将军从长计较。便要出战，我等同去，便死也甘心。”永清道：“不可。诸君功名远大，岂比我一事无成。我意已决，诸君不要阻我。”众人见劝不住，都流泪而散。

当晚，永清叫预备了香案，朝东京遥拜了官家，又朝本乡拜了，止不住泪如泉涌，回顾两个亲随道：“我岂怕死，只恨的是这般死，陈希真不知谁来收伏他。此人日后必为天下大患，但愿他那封信是真话才好。我幸有哥子万年，祖宗之脉不斩，梁山泊的大仇也只好望他去报。我也无甚不了的事，只有云龙兄弟托我写一手卷，未曾与他写。今日却不携来，只好另取纸写与他。”便叫磨墨。执着笔相了一相，一时触动，便把诸葛武侯的《后出师表》写上。笔如龙蛇夭矫，一气挥完，诵了一遍，然后著款道：“仪封祝永清绝笔。”又看了看，叹道：“好死得不值！”把来卷好。又写了三封书信：一封与云天彪诀别；一封与兄万年，托以宗祠香火；一封与师父栾廷芳。写毕，都与亲随收了，便命取酒来痛饮，低着头周身看看，流泪道：“你明日此刻，好道粉碎了。”又看那口红镠宝剑道：“你不值伴我，何苦吃别人贱你？明日送你到万年兄处去。”又饮了数杯。

听外面更鼓,已是三更五点,头目来禀请过六次口号。忽见一个牙将入帐来密禀道:“适才伏路兵捉了一个奸细,他说是主将的至亲,有密计要见主将。小将们不好绑缚他。”永清疑道:“是谁?你见是怎般模样?”牙将道:“他把青绢包脸,不许我们看。他说恐走漏消息,待见主将,方肯照面。搜他身边,也无兵刃,现在帐外候着。”

永清叫押进来。只见那人身长八尺,凛凛一躯,青绢包脸,身穿一件大袖青衫,垂着手,立在面前。永清道:“你是谁?与我何亲?有甚密计?”那人道:“我是将军至戚,今特不避刀斧,来献此计。将军依我,管教立擒陈希真,只在今夜成功。”永清大疑,声音又听不出,问道:“足下究系何人,莫非是刘广?”那人摇头道:“不是,不是。机密不可泄漏,将军叱退左右,我与将军照面。”永清又叫身上搜了,果没有暗器,便叫从人都回避,立起身,撰着剑靶,说道:“有话但说。”只见那人不慌不忙,撮去了青绢,露出脸来。永清在灯光下一看,吃了一惊。你道是谁?更非别人,便是陈希真的正身。永清喝道:“你这厮黄夜来此何故?”希真道:“特遵将军教言,来此请死。”永清大怒道:“你休这般举止,快回去,明日与你阵上相见。”希真道:“将军容禀:不用阵上阵下,希真也是好男子,阵上吃你擒斩,我也不甘。大丈夫一身做事一身当,岂肯连累别人?希真被奸臣污吏逼得无处容身,不意反害了将军,左右为难,今特就英雄前请死,伏乞尊裁。”说罢,跪在地下。永清道:“好汉,你如今肯归降了?”希真道:“将军教希真归降那个?除非官家降诏,我便归降。不然,那怕蔡京、童贯、高俅都来,希真愿与他决一死战。我若肯降,须带了大众在阵前面缚,岂肯一人黄夜到此?今只是佩服将军,不忍二雄并灭,宁可我亡。你要斩便请刀斧,要囚便请槛车。希真死在英雄手里,誓不皱眉,只是不降。”永清沉吟良久道:“罢,罢,罢,杀你我不仁,救你我不义。陈将军,你日后果能不负前书之言,不忘君恩,我祝永清死也瞑目了。”说时迟,那时快,一面说,一面飕的抽出那口红镠剑,往喉咙上就勒。慌得希真忙抢上,扳住臂膊叫道:“将军快不要如此,希真实为来救将军!将军如此,希真罪愈重大,请先斩希真。”说罢放声大哭。永清道："将军，你莫非要我降你？"希真道："希真已误，焉敢再误将军？将军去就，我不敢定，只求早决了希真。"

看官，自古道："惺惺惜惺惺，好汉爱好汉。"永清已是佩服希真，又见了这般光景，心里忖道："不道世上竟有这等奇人，我若径直灭了他，不但吃天下笑，就是良心上也下不得。只是他的真假，还测摸不得，待我再探他一探。"永清道："这等说，只是我做负心人怎使得？"希真道："何妨！我自己情愿。"永清道："既如此，瞒生人眼，暂屈将军缚一缚，景阳镇山高水低尽在我。"说罢，便取出绳索。希真道："这有何难！"跪在地，反剪着手待缚。

永清见他面不改色，撇了绳索，抱起希真，推在座上，纳头便拜道："陈将军，我祝永清今日心服了你也！倘蒙不弃，愿终身执鞭随镫，供作仆隶，万死不辞。"希真答拜道："亡命希真，无处容身，作此避罪之举。将军前程远大，岂可如此？还望将军雄裁。如蒙见爱，得收残骨归土足矣，岂敢怨怅将军。"永清道："将军何出此言！永清蒙将军屡次生全，我今日宁可碎尸万段，岂忍伤害你，只望将军收录。"希真道："既蒙见赦，愿听教言。"遂磕头拜谢。永清道："陈将军且慢。也须要依我三件事，我便倾心吐胆归降了。不然，情愿自死。"希真道："莫说三件，三十件都依得。"永清道："第一件，你既说暂时避难，不敢背叛朝廷，日后必须受招安；第二件，梁山泊系永清切齿深仇，你不许和他连好；第三件，你日后俄延着不肯归降朝廷，我就飘然远去，你却不许留我。这三件依得依不得，只此刻便求明示。"希真笑道："将军口里的话，都是希真心里的话。我若背叛，何不竟去投梁山？他那里怕容我不得，何苦自立门户？梁山泊不是阁下的对头，却是希真日后的贽见礼。前二件依了，第三件自不必说。"

永清大喜。二人同拜了九拜，立起身，永清道："陈将军不可久留，便请归营。明日交锋，永清卖阵受擒便了。"希真道："不可。将军一世威名，岂好如此！"永清沉吟道："既这般说，将军暂留，明日并马同去便了。"永清让希真坐地，仍叫蒙了脸，各诉心腹。

听更鼓已是五更二点，少刻，两个团练入帐禀问道："主将，此人来献何计？"永清道："便是我的恩人，依他的妙计，恰能擒陈希真。

明日便见分晓。”二将无言各退。

天将黎明，忽听得营外呐喊震天，战鼓齐鸣，报进来道：“这番贼营里兵马来了。”永清便传令迎战。营前营后大小官军，齐声愿出。永清便叫都去。谢娄二将忙禀道：“那有全营兵马都出之理，万一有伏兵劫营，怎处？”永清道：“二位将军不知，上阵自见。”遂发炮出营，另备一匹马与希真骑了，并马而出。

众人都不知其故。出营列成阵势，只见刘广跃马横刀，大叫：“祝永清，我家陈将军怎地了？”希真纵马出到垓心，撒去青绢，叫道：“姨丈，我回来也！”众皆大喜。官军皆惊。永清随在后面，带了亲随，也到垓心，勒回马对本阵大叫道：“诸君听者：不是我祝永清心变，只因魏虎臣逼我太甚。陈希真大恩大德，轻入虎穴来救我的性命，我因此感激，已归降了他也。诸君回景阳镇，替我代回报魏虎臣，日后遣将调兵，不可恁地性急。我去了！”说罢，竟归希真阵里去了。

这边谢娄二将并众军都大惊。只听得一声大喊道：“我等没家小的情愿随祝将军归降！”有六七百人都纷纷的奔了过去，谢娄二人那里止得住？其余的在阵上，望着那边磕头不已，都放声痛哭。永清在那边也下马答拜。希真大吹大擂，掌得胜鼓，拥簇着祝永清回营。

这边谢娄二位团练只得收兵。二人对那四个提辖说道：“此事怎了？我等回景阳镇如何回话？魏总管心地窄狭，极多猜疑，我们身上怎得干净？看来大家都隐瞒着，只说祝将军同那干人都失陷遭擒了，此计如何？”众人都道：“也只好如此，不然怎了。”大家计议了一回，便去请那差官沈安出来，都求他包荒。那沈安听说反了祝永清，也吃了一惊，及见众人求他如此撒谎，他拿捏着，那里肯担承，说道：“这个血海的干系，我担不起。你们要说，自己去说。”众人再三哀求，他只是不肯依允。恼得谢德性起，飕的抽出那口腰刀，顺手一挥，沈安早已变作两段，骂道：“看你这厮依允不依允！”娄熊把他手下的人都结果了。四个提辖道：“杀了他怎了？”谢德、娄熊齐说道：“怕怎地！大家说他降了贼，众口一词，瞒得实腾腾地。倘走了风，魏虎臣不能相容，大家反他娘。”众人商议定了，遍告各营，拔寨都回景阳镇。谢娄二将尚未动身，众军已纷纷的先走了一半，前呼后叫，喧哗不止，一路抢夺粮食牛马。谢娄二将那里禁止得。

不说官军都回景阳镇。却说陈希真得了祝永清，如获异宝。原来希真早有细作在景阳镇，买通魏虎臣的近身人，凡永清营里的虚实，都尽知道；又布散谣言，说他受贿，离间得他上下不和，然后收了他。古人说得好：奸臣在内，大将断不能立功于外。况魏虎臣又是他的上司，一发掣肘。当时希真迎进大营，到中军帐上，希真先拜道："我陈希真素无贪着，今见将军，遏不住心中欢喜。"永清拜道："小将无知，屡次触犯威严，幸蒙收录，正如披云见日。"又与众人都见了。希真待永清以上宾之礼，对众将道："祝将军，老夫将性命换来的，诸位将军幸勿轻视。"众皆大笑。

当日杀猪宰羊，大开筵席，奏军中得胜之乐，犒赏三军。又差人打探官兵都拔寨去远，也收兵回山。真祥麟、苟英率领众头目来迎，希真道："小女如何不来？"真祥麟道："姑娘嫌闷，带了随身女头目，到山后围猎耍子去了。"众人都到了正厅上，希真开言道："祝将军，希真实敬爱你不过，与你结忘年交如何？"永清道："小将何敢妄僭？既承雅爱，愿拜将军为师。"希真还要谦让，众将都道："祝将军之言是也。"

当日祝永清拜希真为师，执弟子礼。众皆大喜，连日庆贺。希真把那新降的六七百人，都安顿了。永清道："弟子在此安居，家兄万年在永寿司寨，弟子投降，官司必然累他，怎好？"希真道："贤弟所虑甚是，何不就屈贤弟一行，劝他同来聚义。"永清道："不可。我这万年家兄，性最耿直，非言词所能动，只好用计诱他来。"希真道："计将安在？"永清道："魏虎臣的兵符虽已交出，他的印花弟子却有在这里，就描摹了他，捏造一角公移，到永寿司寨总管处，调他星夜来此助战。弟子再亲笔写一封告急书信。他闻知弟子受困，必不怠慢。诱他到张家道口，请几位将军劫了他来，那时再以礼劝他，自然归降了。"希真大喜道："此计最妙。你便写起信来，我有心腹人去。"永清又道："我这万年哥子，本事也了得，要生擒他甚不容易，须遣上将去才好。"希真道："我自有道理。"便当时做好假文、假信，差心腹人到永寿司寨去行事。这里希真差刘麒、刘麟、真祥麟三人，同去张家道口劫祝万年。希真吩咐道："如此如此，用蒙汗药麻得翻更妙；如不能，再和他力战。"众人领命，都扮做客商去了。

希真道："贤弟共有几位昆玉？"永清道："弟子同胞弟兄三人：长的是万茂，便是祝朝奉；次的就是万年；弟子第三，却是同父异母。起先弟子族分最盛，亲堂弟兄有二十余人，子侄不下数十。其余繁支，不能悉纪，也有三四百人。自那年遭梁山泊狂贼蹂躏，只剩得弟子兄弟两个了。幸亏同叔父在东京，若同在一处，也必不免。"说罢，切齿竖发，眼中流泪。希真亦叹息不已，又问道："贤弟与令长兄，何年纪相远？"永清道："弟子系是庶出的。弟子嫡母云氏，就是云威外祖的侄女，只生万茂兄一人。弟子庶母共三人：长王氏，无出；次张氏，生万年兄；弟子生母李氏，年庚最小。先君讳太和，在日曾官拜都虞候，晚年来隐居山林，潇洒诗酒。弟子生母系姑苏元和县人，诗词翰墨，无不精妙，最得先君的宠爱。凡是弟子的史书文墨，皆出自慈训，并不受业他人。先君见背，弟子那时方十五岁。先慈刲股治疗，不愈，哭泣失明，每日只饮蜜水数杯，哀毁而殁。次年弟子便同万年兄随叔父进京，家中就遭了大难。"希真听罢，又起敬叹息，问道："令兄都是万字头，贤弟为何取永字？"永清道："因先生母的讳，是'万珠'二字。"希真道："令叔今在东京作何贵干？"永清道："做祥符县的县丞，今年二月因病不在了。"

永清说明谱系，希真蓦然想起一件事来，问道："贤弟可曾完姻否？"永清道："四海飘荡，功名不就，那里讲到聘定妻室。就为宗祀起见，也一时不得良缘。"希真道："贤弟，你少坐。"

希真忙入后堂，叫从人道："请姑娘出来。"丽卿听得老儿呼唤，笑嘻嘻的忙出来，问道："爹爹呼唤孩儿，必有事故？"希真道："为你这孽障的终身大事。我往常看你的姻缘在此地，今日有了，与你寻得头好女婿。"丽卿惊道："爹爹又要把我许与那个？"希真笑道："便是云龙的表兄祝永清。他果然英雄，配得你过。我儿，你归了他，我也完了一条心，不知你心下如何？你若依允，我便出口。"丽卿道："爹爹怎说这话！你年过半百，又没有个儿子，只一个女儿，孩儿主意已定，要伏侍你到老，一世不嫁了。"希真道："虽然难得你这番孝心，但是婚嫁男女大事,如何废得。如今他又无家舍,招赘在此,同我的儿女一般。你两个都孝顺我,我无子而有子,你无夫而有夫,岂不是两全其美!”丽卿道:“爹爹既这般说,由爹爹与孩儿做主便了。只要他待得爹爹好,孩儿就把身子托付他。爹爹看得中,量必不错。”

希真听了大喜,当即出来,对永清道:“老夫有一言,未便启齿,贤弟须要依我。”永清道:“恩师有何清诲?”希真道:“贤弟既无妻室,老夫只有一个爱女,小字丽卿。今年也是十九岁,与贤弟同庚。若论兵机韬略,却远不及贤弟。若论武艺,也还去得。贤弟不嫌寒微,老夫愿备妆奁,招你为婿。”永清听罢,连忙道:“恩师容禀:久闻小姐乃是女中丈夫,永清何人,敢攀附神仙!”希真笑着说道:“我意已决,你不必过谦了。不用恩师弟子,竟翁婿称呼罢。”永清拜谢。

希真遂遍告众位头领,众头领都来贺喜。希真便商议择吉日合卺,永清道:“弟子有下情告禀:弟子有期服未满,须明年三月,方好合卺。”希真道:“既如此,就依你明年三月。只是我也有一言……”正是:百年伉俪双珠合,千里姻缘一线穿。有分教:两个多情种子,合成千古美谈;一对绝世英雄,配就神仙眷属。

不知希真说甚言语,且看下回分解。

第八十八回 演武厅夫妻宵宴 猿臂寨兄弟归心

话说当时希真对永清道:“你既说明年三月合卺,我都依你。只是我有一言:我这小女,也是一员猛将,摧锋陷阵少他不得。我这里厮杀用兵,早晚说不定你二人免不得相见,那里回避得许多。我的主意,先择个吉日,你们二人先拜见了,兄妹相称,可以省得回避,阵上又好照应。你不必只管称弟子了。”众将都道:“主帅之言极是。”希真道:“后日是重阳佳节,又是大吉日,便可行礼。”永清叩头拜谢。当晚众头领都公纠酒筵,与永清贺喜。永清欢喜得一夜睡不着,想道:“久闻女飞卫的英名,但不知他的性格何如。若武艺虽好,性子娇悍,也属无趣。真难得陈将军这般爱我,怎生报答他?”

日子最快,已是重阳了。一早,那厅上厅下都挂灯结彩。永清换了一身华服,上厅来先参拜了希真。众将都齐,刘慧娘也在内。当中点起臂膊粗的龙凤蜡烛,焚起一炉妙香。希真叫:“请姑娘出来。”少顷,环佩丁东,十几个女兵都插花带朵打扮着,捧拥丽卿出堂。永清望见,吃了一惊,低下头去。二人拜了,又同拜了希真。众人都见了礼。论年纪,一般都是十九岁,永清乃是五月初一日建生,丽卿乃是四月初九日建生。——那日过飞龙岭冷艳山正是他的生日。——永清小二十一日,呼丽卿为姐,永清为弟。

叙礼都毕,大家让坐。希真同女儿坐了主位两席,那边客位上,永清第一位,刘广第二位,慧娘在刘广肩下坐了第三位,苟桓第四位,苟英第五位,范成龙第六位,共八桌酒筵。阶下奏动细乐,安席已毕。丽卿仔细看那祝永清,生得伏犀贯顶,凤目鸳肩,脸如傅粉,唇如丹砂,嘴角边微微的现出两个窝儿;戴着顶烂银束发紫金冠,穿一领盘金白缎蟒袍,系一围红底金镶白玉带,脚踏一双乌缎朝靴,端坐在那边,果然是座玉山一般。丽卿暗暗道声惭愧,“果然是个英雄!看他这般气概,将来怕不是个朝廷的栋梁。他若不被魏虎臣那厮驱迫,怎能得他到这里。奴家把身子托付了他,真不枉了。爹爹真好眼力!”那永清偷眼看丽卿,真是画儿上摘下来的一般,怎不欢喜,自忖道:“天下世间那有这等人物,我今日莫非当真撞着神仙了!”那刘慧娘见那永清,也是喝采,暗想道:“远看不如近睹,他两个人好福气。不知我那云龙比他何如?”酒至数巡,食供数套,当日众英雄欢饮,直至二更始散。

连日众头领轮肩办酒贺喜,尽日价畅叙,不觉到了九月十五日。那日凉飙卷起,气爽天高,众英雄都在厅上高会。兴浓酒阑,刘广教众头目裨将,就筵前舞枪弄棒,比试取乐。众头领都欢喜,各出金帛利物打采。

那永清酒后耳热,便起身对希真道:“小婿放肆,愿舞剑樽前,以助一笑。”希真大喜。永清脱去那件白蟒,露出里面衬衫,从人捧上那口红镠剑,走下阶去,众人都让开了。永清使开那口剑,击刺有法,进退非常。丽卿暗笑道:“你看他,在我前卖弄精神!我休教他独自逞能。”也起身对老儿道:“孩儿要与兄弟并舞。”希真笑道:“我料得你必要献丑。”丽卿便叫侍奉的裨将:“取我那口青錞剑来。”便脱去了那件大红对襟三蓝绣花衫,卸去了鬓边的两排黄菊,簪紧了那麻姑髻,按一按珍珠抹额,扎起了百折宫裙,抹去了钏儿,露出那大红洋金窄袖衬袄。那员裨将捧过剑来,丽卿接了,也走下阶去。永清见他来,忙收了剑,立在一边。众将都立起来。希真道:“同舞何妨。”二人谦逊了一回,大家放开步位,理开解数,竟是一对穿花蛱蝶,寒光四射。厅上厅下,无不喝采。舞够多时,希真笑道:“收了吃酒罢。”二人那里肯住,各要显本事,渐渐的盖紧来,呼呼呼的只听得风雨之声。少刻,化作两道白光,一边白光里影着一个猩红美女,一边白光里罩定一个玉琢英雄,风车儿般旋转。众人看得眼都花了。又好多时,二人慢慢的一齐收住。从人上去接了两口宝剑。二人又见了个礼,一齐上厅来。众人大喜。希真哈哈大笑,便亲赐他们两杯。二人都拜谢饮了,各归坐位。

众乐工奏着细乐劝侑,又是数巡,永清启请希真道:“小婿贪而无厌,闻得姐姐的弓箭穿杨贯虱,一发求赐教。”希真笑道:“今日大家欢聚,又不是赌赛。过几日,到教场里去比试。”永清谢了。丽卿暗想道:“你看他,这般考核我,怎地待我索性显个本事,好叫他死心塌地。”又吃了回酒,众英雄都已面带春色,大家起身散步。丽卿私下对刘广道:“姨夫,你撺掇我爹爹到教场里去。”刘广点头笑道:“我理会得。”便对希真道:“这几日教场四面经霜的枫林,火锦一般赤,何不去赏玩一番?”希真道:“有理,大家都去。”就往大厅西首穿角门过去,没多少路,到了大教场。

众人到了演武厅上,看那丹枫,喝采一番。丽卿对希真道:“爹爹,兄弟说要比箭,何不就比?”希真笑道:“我晓得你有一点本事,再隐藏不住。叫他们设垛子。”从人忙去取了几副随用的弓箭。两个伴当去演武厅前按了步数,挂起三个金钱,一字儿横着。那金钱只得茶杯大小,是丽卿常射的。丽卿便去挑选了一副好弓箭送与永清,道:“请兄弟先射。”永清谦让。希真道:“自然贤婿先请。”永清接了弓箭,道声有僭。原来永清的箭也是百发百中,却不及丽卿的神化。他只道丽卿也不过如此,酒后高兴,也要卖弄,便吩咐那亲随到垛子边把金钱取了一个,又退了十几步。那亲随将金钱高擎在手里,远远对永清立着。永清拿着弓箭,侧立在演武厅心里,搭上箭,轻舒猿臂,扣满了,觑定那亲随手里的金钱。众人都替那人捏把汗。只见搜的一道寒星,往那金钱眼里穿过去。丽卿也暗暗的喝采。永清不慌不忙,连发三箭,都从那金钱眼里穿过。那亲随人这般伏侍惯的,擎着那金钱神色不变。众人齐声喝采。刘慧娘也吃一惊,忖道:“那日飞楼上亏我有准备,险些被他射个透明窟窿。”

永清当时把弓缴还。丽卿接了,便取两枝箭,一枝把来插在腰里,一枝搭在弦上。那亲随人见是别人来射,连忙避开。丽卿却走出厅下月台上去。希真道:“你到那里去射?”众人都下厅来。只见丽卿把着弓箭仰天看了一看,霍的扭转柳腰,拽满了雕弓,飕的一箭往那天上射上去。那枝箭直窜入半天云里,力尽了掉转头往下落来。说时迟,那时快,那枝箭方掉转头落得没多少,丽卿早搭上第二枝箭,飕的又射上去。箭镞对箭镞,射个正着,铮的一声,把上头那枝箭激开去,离却数丈,两枝箭都掉转头,滴溜溜的一齐落下来,厮并着插在教场心里。众人那一声惊采，暴雷也似的响亮。永清大惊，上前拜服道："姐姐岂但是飞卫，真乃天神降凡也。"丽卿连忙答拜。众人大喜，都仍上厅坐了。永清暗喜道："我得此人为妻，何愿不足，更有何求，真不知是那世里修得！"希真道："秋色实属可爱，我们就把酒筵移来此处。今日团圆日子，庆贺酒筵，便从今日圆满。"

当时演武厅上摆好，添些果品，撤去了歌舞，众人都脱去大衣，换了便服，欢饮至晚。月光上了，众人都告醉，谢了散去。只剩希真、永清、丽卿三人，从人掌灯火上来。丽卿道："今夜好月色，爹爹，我们多坐坐去。"希真道："最好。但我看你们二人，都拘拘束束，尚未尽兴，何不洗盏更酌。"永清道："泰山敬客，自己也未畅饮。"于是吩咐整顿了杯盘，三人重复入席。希真又饮了数杯，看他二人都斯斯文文，各无语言。希真暗想道："他们碍了我，有心腹言语不能畅叙，我不如避了。"便说道："我儿，你们今日是姐弟，将来不久便是夫妻，不必只管拘束。我明日五更要去祭炼那九阳神钟，不陪你们了。"二人都留道："正要孝敬爹爹几杯，怎的便去？"希真道："不必，我正事要紧。"便吩咐那几个裨将并众女兵道："你们好好伏侍。"希真起身便回去了。

永清、丽卿二人送了，转身来又都行了礼，让丽卿大首。丽卿道："我是主人，那有此理。"永清道："休论宾主，只是姐姐居大。"丽卿笑道："恭敬不如从命，今日我权且僭你。"二人对面坐下，女兵轮流把盏，那些裨将都按剑侍立。二人各诉心中本领，十分入港。正是：酒落欢肠，更不觉醉。永清问道："那一位姑娘是谁？是不是那日在飞楼上的刘慧娘？"丽卿笑道："你知道了还问他则甚。便是云龙兄弟未过门的娘子，还有那个。"永清称赞不已道："好个聪明女子，果然奇巧。"丽卿细问永清家中的事，永清又细细的告诉了一遍。

丽卿听到他母亲刲股疗病，绝食完贞，不觉滴下泪来。永清也洒泪不止。又说到全家遭梁山泊屠戮，只见丽卿那两道柳眉杀气横飞，说道："兄弟，将来奴家生擒了宋江那贼子，交与你碎割。"永清感激称谢。二人又痛饮一回，说些闲话。永清道："姐姐，这般好月色，我同你闲步一回。"丽卿道："妙哉。"便吩咐备马。

二人都到月台上，已是三更天气。那冰轮正当天心，照耀得那教场一汪水也似的清凉，将台上那面帅字旗，随着微风荡漾。沉沉夜色，万籁无声。丽卿见那旗竿顶上锡打的平安吉庆，忽然想起，问永清道:“兄弟那枝方天戟有多少斤重?”永清道:“四十斤。姐姐的梨花枪多少?”丽卿道:“比你的轻四斤，三十六斤。”永清道:“姐姐这般神力，何不再用得重些?”丽卿笑道:“兵器又不在斤两上分高低。古人说得好:四两能拨千斤重。当年吕布何等了得！有句老话:三国英雄算马超，马超还是吕布高。他那枝方天戟，只得二十四斤。关王八十二斤的大刀，他也敌得过。何在轻重!”永清点头。从人备好了马，牵到月台下。永清见那匹枣骝，称赏不已。丽卿道:“我这马，有名叫做穿云电。你那匹银合也了得。”永清道:“这是匹大宛马，战场上也熬过几次。”

二人都上了马，从人递过马鞭。八个马蹄，踏着月色，缓缓而行，从人都追陪着。永清道:“我们都在玉壶中也!”一时兴发，抗声歌道:“姮娥捣药灵霄阙，碧海亭亭澄皓魄。犹似人间离别多，上弦才满下弦缺。”丽卿听罢，笑道:“兄弟，你对着月亮，咿咿唔唔的念诵什么？好像似读唐诗，又像说这月亮，什么上弦下弦！今夜的月亮镜子般滚圆，那里还像一张弓?”永清笑道:“对此月色，偶动心曲，胡乱口占一绝，污了姐姐的玉耳。”丽卿笑道:“我不省得什么叫做一绝两绝。”永清道:“原来姐姐不善吟咏。”丽卿道:“你不要打市语，只老实说。”永清道:“便是做诗。”丽卿大笑道:“好教诗来做我！老实对你说，字，我也认识几个，便叫我写也还写得，只是苦不甚高。像你与那云祖公家写的四幅东绢，乱撇乱画的草书，却没几个认识。”永清大笑，说道:“姐姐恁般风雅，为何不读读书?”丽卿笑道:“书，我爹爹也教我读过一本《孝经》;后来又教我什么《孙子十三篇》，解说与我听，里面都是些用兵的法儿，这几年也忘了些。我是这般愚笨，你休要怪我。”永清道:“姐姐说那里话！姐姐是天上神仙，永清得侍奉左右，偌大福力，怎敢说怪字?”丽卿笑道:“神仙早着哩，我爹爹恁般讲究，尚不得到手。”

永清见他这般天真烂熳，十分欢喜。不觉已到教场尽头，照墙边二人兜转马并立着，远望那座演武厅，蒙蒙的里面灯烛辉煌。永清回头见那座参宿已从东方高高的升起，称赞道："妙呵，你看参星这般明亮，月光都夺他不得。参星大明，天下兵精，且多忠臣良将，何愁天下不太平哉！"丽卿道："便是，今夜半点云彩都无，月亮星斗分外明亮。兵马时常操演，自然精熟。"永清笑了笑。又看了一回，二人并马而回。

丽卿道："兄弟，你可会空手入白刃么？"永清惊道："闻有此事，并不曾见，那里去学。我师父栾廷芳弟兄也想学，却无处访师。姐姐，你可会得？"丽卿道："是我家祖传，有甚么不会。"永清大喜。丽卿道："这个法门学会了，那怕刀枪剑戟麻林一般，空手钻进去，不但无伤损，还好夺他家伙使用。只是这个法门最妙最险，要练习得极精极熟，方好应用。倘有丝毫生疏，为害不小。我家世代祖传，不教外姓。奴家从十四岁上学起，如今已是成功，你不信问他们这几个。我时常教他们把乱枪只顾搠来，我夺得他们一枝不剩。这法门，是越王时一个处女传留下的，那人想是个仙家。兄弟，你要学我便教你会，你却不许去传人。"永清欢喜得跳下马来，就草地里拜倒。丽卿也忙跳下马答拜道："折杀奴家。"二人便不骑马，往演武厅步行。永清道："又听说姐姐能空手接箭，可有此事？"丽卿道："便是这空手入白刃里的法儿。莫说一副弓箭，便是四五张弓射来，我两只手也接得及。若是百十张弓，却不能接，只好把枪挑拨。你但不信，你此刻射，我接与你看。"永清道："何必试？"

二人上了演武厅，散坐下，从人献茶。永清道："小弟有件东西要送姐姐，一则表心，二则权当聘礼，姐姐恰用得着。"丽卿问是何物，永清道："姐姐猜猜。"丽卿笑道："你肚里的东西，我如何猜得？我用得的，无非是钗钏首饰。"永清道："不是。"丽卿道："不是，决定刀枪弓箭军器之类。"永清笑道："也不是。对你说了罢，乃是两副猩红黄金锁子连环女甲。那甲又软又轻。莫说道刀枪弓箭，就是鸟枪铅子，急切也钻打不入，端的赛过狻猊。那两副甲，是在先我侄儿祝彪，托我家叔东京制造的，要与他浑家一丈青扈三娘做聘礼。量了身材，家叔替他选了上等材料，寻东京第一等好手的甲匠，费煞工本造就。尚未寄去,家下已遭大难,那扈三娘已降了贼。此甲一时卖又无人要,家叔故后,万年兄到永寿司寨去了,是小弟收藏着;小弟又补授五郎镇的防御,不便携带,寄放在师父栾廷芳家。我想如今只有姐姐用得着,小弟意欲禀明泰山,去取了他来奉送。顺便邀栾师父来聚大义。姐姐道何如?"丽卿大喜称谢,说道:"既蒙见赐,何不明日就去?"永清领诺。丽卿道:"残肴尚在,我们终了席。"永清道:"小弟有酒了。夜色已深,小弟告辞,姐姐也请归寝罢。"丽卿道:"你请自便,明日再会,我还有事哩。"永清别了,上马而去。

丽卿立在滴水边,看他出教场去了,重复转身坐下,心中说不尽那欢喜,叫温了酒,独自又吃了十几杯。觉得酒涌上来,吩咐收拾了。步出月台边儿上立着,叫取张椅子来,女兵连忙放在他背后。丽卿斜靠着坐下,一只左臂觯在椅背上,一只右脚搁在膝上,仰面看那轮皓魄,喝采不已。众人簸箕圈的侍立着,不敢擅离。丽卿回顾众人道:"我生平最欢喜的是月亮。这般月光下,两阵交锋,岂不有趣!"说罢大笑。又说道:"我东京的箭园,不知那个在那里造化。"众人都应道:"正是。"丽卿又笑着问道:"你们看我的本领,比祝郎何如?"一个女兵会搂沟子,插嘴道:"姑娘强多哩。祝将军与姑娘,真是才郎配佳人,天下没有。"丽卿道:"放你的屁!我是家人,他是野人不成?豺狼还有虎豹哩!"众人见他醉了,谁敢则声。

丽卿喉咙里汩的一声,望着地下吐出一口来,叫道:"取碗茶来吃!"一个女兵忙捧过一盏来。丽卿伸着嘴呷了一呷,骂道:"讨打的贱人,这般热茶教我怎吃!揪这贱人去月台下跪着。"一叠连声的催喝,那个敢拗他,只得推那献茶的女兵去月台下跪了。又骂道:"贱人,今日不来打你,明日和你算账,舌头被你烫得生疼。"又一个去取了杯凉茶来,一饮而尽,才不做声。少刻,又看着月亮说道:"我常听得人说,月亮里面有个嫦娥,是什么后羿的浑家。又说那后羿一手好弓箭。到底不知是真的假的?"众人那个敢答应。忽低头看了看,问道:"月台下是那个伏着?"众人道:"便是那献茶的翠儿姑娘,罚他跪着哩。"丽卿笑道:"饶他起来。"那翠儿磕头立起。丽卿笑道:"你上来。"翠儿走近前,丽卿道:"你去……你把……你去把那枝梨花枪取来。下次须要小心。"翠儿掮了枪来。丽卿霍的立起身,把那件红绣衫倒褪下来。一团糟递与一个女兵,提了枪跳下月台。众人只得跟随着。

丽卿把那枝梨花枪掂了掂,月光下烂银也似的闪亮,口里说道:"枪呵,我仗着你辅佐我的爹爹。日后扫荡尽了梁山泊那班狗男女,我爹爹得见官家,那时你也安闲了。"说罢,就那月亮地下丢开解数,飕飕的飞舞。众人忙都避开。丽卿舞了一回,绰枪在手道:"众位将军,那个取件兵器来,与奴家斗几合耍子。"众裨将一齐控背道:"小将们怎上得姑娘的手。"丽卿道:"耍子何妨,我不戳伤你们。"众将道:"小将们怎敢放肆。夜色已深,请姑娘将息罢。"丽卿喝道:"胡说!今日若出师打仗,你们也这般怯夜!既不敢来,速带我马来。"正要上马,只见远远的几对红纱灯,众人道:"主帅来也。"丽卿忙把枪丢与一个女兵。那女兵不防备得,吃碰了一交,连忙爬起,额角上打起了老大一个疙瘩。丽卿呵呵大笑,骂道:"无用丫头,怎去上阵!"

少刻,希真已到。一个忙把那衫儿与他披了,丽卿上前道个万福,已有些捉脚不定。原来希真并不曾睡,正叫人来看他们。有人禀道:"姑娘醉了,还在演武厅上。"只不敢说他缠不清。希真早已明白,便亲来看他。当时希真说道:"这丫头,怎的噇得这般醉!此刻为何还不去睡?"丽卿道:"孩儿正要去了。"希真道:"我恐你酒后闹事,特来看你,快上马回去。"丽卿道:"不用骑马,我会走。"希真道:"不要充硬好汉,只管骑了去。"丽卿告了个罪,上马。希真道:"酒越醉,礼数越多。你先走。"那马驮着丽卿,几个女兵随着去了。希真待他已去,便对众人道:"嗣后凡是姑娘饮酒,看他有七八分醉,便来禀知我,不可待到十分。"众人领诺。希真自去安歇,众人皆散。

次早,永清入后堂谢筵,因说道:"昨夜小婿贪杯醉也。"希真笑道:"你还好,你那夫人着实噇多了。"便叫左右去看姑娘来。且说那丽卿正起来梳洗,忽见那个女兵包着头,脸都青肿,惊问道:"你同那个厮打?"众人都笑。丽卿见笑得蹊跷,又问道:"莫非我昨夜醉了,怎的打了你?"一个说道:"并不打,姑娘把枪丢与他,他接得不好,打了一交,姑娘还笑他没用。”丽卿大悔道:“你看我却恁地吃到这般醉,都忘了。你余外不妨么?”那女兵笑道:“没事。”丽卿道:“休教爹爹得知,你们大家隐讳些则个。”

正说时,适值希真来唤。丽卿出堂见了礼,与永清相见坐了。希真果然说了他两句,丽卿笑道:“往常永不如此,昨夜不知怎地,下次再不敢了。”希真道:“并非禁你不许饮酒,只是要有绳墨。年轻女孩儿,那好如此!”丽卿道:“兄弟说有两副甲要送孩儿。”永清便把前言说了一遍,希真甚喜,道:“久闻令师栾廷芳英雄了得,得他来此相聚最好。但不知栾廷玉今在更生山何如。只是贤婿此时不可去,早晚得令兄万年来时,须你在此好说话。”永清道:“泰山所见甚是。”

当日午刻,报上山来道:“真将军等已劫了祝万年将军,解上山来了。”希真大喜,即把永清藏了,引了众将下山迎接。到了关下,只见真祥麟、刘麒、刘麟等一干人,刀枪拥簇着一乘轿子,抬着那位英雄,已是绳穿索绑。希真连忙下马,埋怨众人道:“叫你们好好相请,为何如此无礼!”一面上前扶出轿来,亲解绳索,拜倒谢罪道:“陈希真参谒。渎冒虎威,敢谢万死。”众将都拜。祝万年连忙答拜道:“头领何故如此?闻知舍弟永清与你交锋,今怎地了?”希真道:“请将军到敝寨,有话说。”万年道:“我与头领有何话可说?既有话,便请讲。”希真道:“此处非讲话之所。希真并不曾与令弟交锋,必须到小寨一行。”万年想道:“已到这里,便上去何妨。”遂穿了衣服,一同上山。希真另备好马,请他骑了。一同到了正厅上,大家讲了礼坐下,万年开言道:“头领有话但说,此处非万年坐地。既蒙不杀,领教了,便好告辞。”希真道:“我与令弟永清,系异姓骨肉,亲爱无比,岂有争斗之理?”万年道:“我与你何亲?你既不与我的兄弟厮杀,我的兄弟现在何处?”希真便教:“请祝将军来。”永清即从屏风后转出,拜道:“哥哥可好?”万年一见大惊,上前捧住道:“兄弟何故在这里?”永清便把归降陈希真的话还未说完,万年大怒,就那从人身边抽出口腰刀,便要杀永清,吃众人挡住。说时迟,那时快,只见屏风后丽卿提剑直奔过来,大喝道:“你这厮想杀那个!”希真连声喝退,众人劝他进去。

只见万年双眉竖起，大骂永清道："辱没祖先的畜生，何面见我！"永清跪在地下道："哥哥请息怒，听兄弟一言。"万年把刀指着兄弟道："你说，你说！看你讲出理来！"永清道："哥哥不知其二……"遂把魏虎臣怎地逼迫，陈希真怎地舍身入虎穴相救，不由人不感激，细细的说了一遍。一面把魏虎臣的催牒奉与万年观看。万年听了，又把那牒文看了几回，皱着眉，只把头来摇。永清又把未发的那一封信，与他诀别的言语，递上去。万年把封皮拆了，读了一遍，不觉手里那口腰刀跌了落来，也跪倒地下，抱住永清，只是痛哭。永清亦哭。引得众英雄无不下泪。万年道："哥哥那知你这般苦。"便转身向希真等拜道："舍弟深蒙将军与众头领这般爱惜，但是愚弟兄不合都是大宋臣民，断无在此地之理。何不把舍弟交还了我，同去隐落江湖，再生之恩，世世感戴。"希真道："将军，天下那有这等好所在。如有，希真也愿随往。希真心事，你问令弟尽知。"永清便将希真避难不得的话，并自己上山时约的三件事都说了，"今哥哥不肯在此，恐官司遗累"。万年叹息不已，说道："既这般说，我也只好权住在此，望陈将军带挈。"众人大喜，重见了礼。

希真吩咐酒筵接风，大家各谈衷曲。众人看那万年，也生得剑眉玉面，年方二十八岁，只是风流俊俏不及永清。真祥麟、刘麒、刘麟齐说道："万年兄好武艺，我等三人并他，兀自费力。幸坏了他的坐马，方擒得住。用蒙汗药那里肯上钩。"希真道："得英雄到此，山寨有福。"万年谦让，忽问道："兄弟为何叫主帅是泰山？"众人把永清招亲的话说了。万年大喜，出席唱喏道："原来主帅又是我的太亲翁，怪道方才说与我有亲。不知小姐与兄弟年齿谁长？"刘广笑道："便是方才提剑要同你厮并的那位姑娘。"因说及丽卿的了得，万年甚是惊异。希真笑道："一发叫这疯丫头出来拜见了。"刘麒进去没多时，引了丽卿出来相见了。万年道："适才小将误怪舍弟，一时粗卤，小姐勿罪。"丽卿笑道："亏你男子汉，半日方说得明白。嫡亲手足，你也下得。"众皆大笑。

真祥麟、刘麒、刘麟方才得知，都称羡道："果然才郎佳人，天下无双。"希真道："自此后权且兄妹称呼。"二人领诺。万年对永清道：

"我近来也对了头亲。"永清问是那家,万年道:"便是师父栾廷芳做媒,是他的外甥女儿。姓秦,现在父母俱无,乔寓在舅母家。闻知得那女子也甚贤德。"永清称贺,便说起:"泰山要请栾师父来聚义。"万年道:"你去不得,现在各处必然追捕。我代你一行,管请他来。闻师父近来情况也苦,正要去望他。"希真大喜。当夜无话。

次日,万年便带几个原随的仆从,下山去请栾廷芳。丽卿便嘱咐带那甲来,万年笑道:"他肯来,便连老小一齐到,何在这副甲?"当时希真等送了万年下山,回寨分派职事,与刘广、苟桓商议。

真祥麟仍把守山南墩煌炮台;刘麒把守山北炮台,照应山后事务;刘麟在东山下峥嵘谷口下寨,兼管水军;刘广、苟桓、苟英分做两翼,在西山下寨;范成龙管理钱粮出入,一切仓廒;丽卿在中军,做全军兵马总教头,掌管操演阵法,一切功罪赏罚;刘慧娘亦在中军,掌管一切工匠器械制造事务;永清参赞军机。

分派停当,招兵买马,积草屯粮,打造刀枪弓箭,铸炼鸟枪大炮,又挑选巧妙匠人百余人,交慧娘,凭他意想,制造攻守器具。希真道:"我等自此后,凡是官兵来战,只深沟高垒,可以守得,不许与他对敌。若梁山泊来,便同他厮杀。"范成龙道:"现在山上钱粮,不敷一年支销。主帅又不肯去借粮,又不肯攻打州县,万一被官兵屯守要害,觑我便利,一过年余,岂不困守死了?"希真道:"我非不知,但我自有主见。攻城抢劫的勾当,我情愿死也不做。"

不日,祝万年回寨,见希真说道:"见过栾廷芳,劝他聚义,他起先不肯,小将再三说词,他单身到此。现在山下萧王庙内,不肯上来,要请主帅到彼一会。他说言语投机,方肯归附。"希真道:"这有何难?"便同万年、永清二人,带了从骑下山来。到萧王庙见了栾廷芳,希真先拜,分宾主坐下。希真看那栾廷芳,生得方面大耳,虎背熊腰,海下一部虬髯,身上甚是蓝缕,果然是个英雄。谈论了半日,彼此都是天神下界,又系同部,自然情投意洽。当下栾廷芳大喜道:"早知如此,相见恨晚。二位贤弟且陪陈头领回寨,我归家收拾了,便一齐都来。"希真甚喜。只见廷芳又低头说道:"小可有一言奉告。"希真道:"愿闻。"廷芳道:"实因舍下寒微,来此盘缠俱无。"希真瞿然道:

"我几忘了。"忙教人山寨里去取到黄金二镒,又白银二百两,一并送与廷芳。廷芳收了。永清又道:"弟子所寄的两副女甲,望同携来。"廷芳道:"万年贤弟已对我说了,我此番便带来。"

不说希真等回寨,且说栾廷芳不日赶回家中,收拾起了,装了两辆太平车子,同了妻房并甥女秦氏,一齐起身,把些账都还清了。就把那两副甲用油纸包好,放入箱内,外面又用粗木板箱护着,装入车内。自己骑了那匹旧日的战马。行了一日,当日无话。

次日重复起行,忽远远望见一簇人,都骑着马奔来,手中俱有兵器,约有二三十众。栾廷芳道:"歹人来了。"便约退了车辆,取那两口日月钢刀悬在腕下。只见那伙人扑到面前,为首一个大汉,乃是个少年英雄,面如冠玉,军官打扮。那人见了栾廷芳,叫声阿呀,翻身下马,拜在道旁。廷芳观看,不是别人,原来是栾廷玉的徒弟傅玉,现为东平都监。廷芳大喜,也忙下马相见。廷芳道:"贤弟何往?"傅玉道:"奉枢密院札子,调往青州马陉镇,补授马陉镇都监。"廷芳道:"可喜,那里总管是云天彪。听说那人英雄,而且仁义待人,你去他标下却好。你此去想是过更生山?"傅玉道:"正要顺便去见师父。"廷芳道:"最妙,我正好托你带一封信。前面不是一座庙,我们就到那里去。"众人都上马,车仗在路上等着。

一行人都到庙里,问庙祝讨副纸笔。那庙祝见傅玉恁般轩昂,连忙捧过文房四宝来。栾廷芳备细写了那信,交与傅玉。傅玉问道:"师叔如今挈家何往?"廷芳道:"不瞒你说,我因困守不过,已与陈希真相订,投猿臂寨入伙去了。"傅玉大惊道:"师叔,你为何也起这念头？只要清白,贫贱何妨？师叔既苦不过,何不屈到弟子任上去,将来好歹博个功名,何必失足绿林?"廷芳道:"承贤弟美意,但我也不尽为贫困,世上的酸咸我也尝些过。那陈希真却不比别处草寇,他并不拒敌官兵,并不滋扰地方,他一心只指望胜得梁山,作赎罪之计,而且为人正直。我到那里,倒有个出头日子。况祝万年两弟兄也都在彼,昨日我已相订了。贤弟由我去罢!"傅玉见劝不住,又闻得万年、永清两兄弟也去了,长叹一声道:"天道何故如此!"便叫从人取出一包银子,送与廷芳道:"师叔权买些路菜。"廷芳道:"我盘缠尽有,你不要费心。”便起身道：“奉托之事，望勿迟缓。相见有日。”说罢，便出山门，仍就挂了双刀，傅玉相送上马，扬鞭竟去。

傅玉叹息不已，回头见那庙祝候送，傅玉吩咐谢了庙祝，带了从骑，奔青州去了。

那栾廷芳上了大路，带着老小进发，不日到了猿臂寨。众英雄迎接上山，聚义厅上叙了礼。希真早已收拾了房间，当时安顿了廷芳的老小。一面叫山前山后都来参拜了新头领，杀猪宰羊，安排筵席。栾廷芳就把那甲箱取来，交代永清，当厅打开。丽卿已立在老儿背后。开了箱，扯去油纸，取出那两副甲来。只见霞光灿烂，浑身上下都是金锁连环，九龙吞口，前后护心明镜，周身猩红衬底。众人一齐喝采，希真便教丽卿披上。丽卿大喜，叫那裨将脱去了罩衫儿，几个女兵上前取那甲来披在身上，搭好扣子，果然又轻又稳。丽卿叫声苦，不知高低，盼望了多日，取来却穿不着。

不知为何穿不着，且待下回分解。

第八十九回　陈丽卿力斩铁背狼　祝永清智败艾叶豹

却说丽卿得了那甲，为何穿不得？原来那副甲长出头二寸，背面两扇卷云披风，长过裙子，直拖着地。众人道："可惜忒长。"丽卿道："取那副来看。"栾廷芳道："两副都一样尺寸。"丽卿道："这却怎处？"希真笑道："这也不难。你今年十九岁，身子还要长添哩，再过几年便穿得。"丽卿道："却如何等待得，我想可以改得。"便唤了甲匠来看。那甲匠道："拦腰处狮蛮带下有接缝，抽短来不妨，只是改掉可惜。"丽卿道："你休管他可惜，只要改得看不出，仍旧要坚固，又要快。改得好，从重赏你。倘改坏了我的，要你两条腿回话。"甲匠道："姑娘放心，小人用心做便了。"当厅领了那一副甲去。丽卿吩咐尉迟大娘把这一副收好了，穿了衣服，拜谢了永清。

自此栾廷芳、祝万年都归了猿臂寨，权坐客位，每日办酒筵庆贺。希真问起栾廷玉的消息，栾廷芳道："家兄因那年祝家庄兵败之后，落荒逃到小将处，一同到泰安府求发官兵报仇。叵耐那知府贺刚，畏惧不肯发兵。家兄屡要自尽，经小将再三哭劝，就在小将署内住了，悔得大病了一场。过得几年，小将罢职闲居。家兄见小将家业萧条，自去奔更生山镇上，开了个酒肉饭店，不时有信来往，也说不甚赚钱。梁山泊那厮，当年只道家兄已死，也不来根寻。家兄恐被他识得，改换了姓名，别人也不得知，只有他几个徒弟，如永清、万年二位贤弟便晓得。"希真感叹不已，说道："他这般情况，何如也到这里来，贤婿与尊舅那位肯去走遭？"廷芳道："不劳主帅耽忧，小将来时，曾途遇他的徒弟傅玉，小将备细写了一封信去。他若得知与祝家庄报仇，又知小将与二位贤弟在此，必然肯来。"希真与众人听罢大喜。万年、永清齐声道："得师父、师伯来此相助，破梁山报仇有日了。"丽卿道："这两日秋高气爽，正好用兵。再落下去，天寒冰冻，动手不得。奴看众儿郎近来阵势技艺，也都纯熟了。乘此际会，便起兵去剿灭了梁山泊那伙男女,不但报了冤仇,也教官家识得爹爹是个好人。"希真道:"你不省得大事,休要多说。"

不日,差往梁山去的细作回来,报称:"梁山泊将兖州府、飞虎寨两处都打破了。知府被杀,飞虎寨总管真茂战死。城池地方都被梁山夺了去也。"希真大惊,数日间,东京细作也回,报称:"朝廷因宋江屡次攻打城池,天子震怒,特命种师道为山东安抚使,起兵征讨梁山。"希真大喜,因对众人道:"梁山泊势焰浩大,他招致我们不得,必来攻打。这厮又并吞了兖州,运粮甚便,若由青云山进兵攻我,势甚利害。我这里兵微将寡,粮草又不敷,如何抵敌?青云山正当冲衢咽喉,十分险峻。他若当做门户,进战退守,我等只好束手待毙。我的意见,乘种师道起兵,梁山泊照应西路官兵,天与我这机会,切不可失,可速去夺了他那青云山,先占了要害。南临芦川,北据虎门,这里四周围有肥田数千顷,就招抚流民耕种,梁山泊来攻时,我也进可以战,退可以守。老种经略相公三代名将,用兵如神,决能胜得宋江。我就到他军前首先投诚,助他夹攻梁山,求他在天子前为我等开罪,那时也不怕高俅、童贯怎的奈何我们。此议如何?"众将都道:"主帅高见极是。"刘慧娘道:"甥女每于夜色晴明之天,登山顶观看天象,见青云山东南方,有白光浮起,下面必有银矿,估来约有数百万之数。若剿了青云山,此矿亦好开作军饷用。"希真道:"如此恰好。便是青云山的钱粮,也甚富足。只是那厮兵马强壮,有一万多人把守,急不易取。那位肯守山寨,老夫须自去走遭。"只见永清立起身道:"割鸡焉用牛刀。小婿不才,蒙泰山这般爱怜,倘肯委用,愿提二千人马,代泰山一行。管取了青云山,双手献上,以作进见之礼。只是便得了青云山,那魏河以北,张家道口,离得芦川又远,都是平原圹野,散漫无收,梁山泊大众拥来,我兵少仍难把守。"希真大喜道:"贤婿肯去,吾甚放心。至于把守之说,我另有妙法。"丽卿道:"既是兄弟去时,孩儿愿同往。"栾廷芳道:"闻得狄雷那厮,使两柄赤铜锤,有万夫不当之勇,不可轻敌。"丽卿叫道:"他也不过是个人,你们都好去,单是奴家怕什么万夫不当!我便活捉了这万夫不当来,捉不得也割了他的头与你看。我偏要去!"永清道:"姊姊同去最好,只是要依着将令,不可混出主意。”希真道：“我也为此放心不得。你既要去，诸事都要听兄弟的号令，不可托阿姊身分。”丽卿道：“爹爹不怕碎烦，吩咐多次了。兵权在他手，那有颠倒做之理！他要我怎地便怎地，如何？”众人皆大笑。当日议定了，永清领兵，请栾廷芳、祝万年、真祥麟、陈丽卿四位英雄同往。

挑选了吉日，已是九月尽十月初的天气，衰草风高，霜华日暖，点了二千兵马，往青云山进发。那甲匠已将那副甲改好呈上，丽卿看了甚喜，重赏了甲匠。希真把了上马杯，送了他们起程，自己回寨。永清离山二十里扎下营寨，商议职事，栾廷芳要为先锋。丽卿道：“这先锋原是我的，你如何敢夺！”廷芳道：“姑娘虽是英雄，却不识阵上的利害。”丽卿道：“什么利害，只有你上过阵！”廷芳冷笑道：“姑娘既了得，为何败在高封手里？”丽卿大怒道：“高封只不过是妖法，并非人力，何足为凭，这也不是我短处。你如今敢和我并个输赢么？”廷芳道：“便与你比试，那个怯惧你。”丽卿越怒，便去尉迟大娘手里掣过梨花枪来。永清忙喝住道：“姊姊休乱弄！师父不可与他一般见识。此刻未到敌境，自己先这般乱，如何领众？我今不必用先锋，自有个道理。”丽卿道：“先锋不先锋且搁起，你师父笑得我高封都敌不过，他不曾遇着高封的妖法，只就本事上灭人。如今高封已死，不必说。我且同他分个上下，赢了他，先锋不做，打甚紧！”永清离了坐位道：“泰山怎地吩咐来？姊姊既这般不服气，小弟情愿告退，请泰山自己亲来。”丽卿怒气未息，一双星眼只睃着栾廷芳。廷芳低了头不做声。真祥麟、祝万年都来相劝，仍请永清升座。永清道：“我等把兵马分做三队：师父领了左队，真将军领了右队。”二将领了号令。永清道：“请姊姊帮我护持中军，哥哥也一同在此。”万年领命，丽卿只不做声。

少刻退帐，三人都到后帐坐下，丽卿告永清道：“奴家要请枝令箭回山寨去了。”永清上前陪话道：“姊姊息怒，小弟有话奉告。”丽卿道：“你有甚话，你只帮护你的师父，我是无用之人，放了奴家回去罢。”一面说眼泡里滚下泪来，把脸回了转去，只顾玩剑靶上的丝絛。永清只得陪着笑脸道：“望姊姊觑小弟之面，饶恕则个。他不合是我的师父,教我没法奈何他。”万年在旁边道:“栾廷芳虽是我们师父,他武艺又不见高。莫说妹子,便是我等,他也及不来。”永清道:“可不是哩,小弟们不过一日为师,故意让他些。”丽卿也明知是哄他,只好将就罢休,心里总不如意。当夜永清与万年商量,待丽卿睡了,请了栾廷芳来,把这事告诉了,因说道:“他是主帅的小姐,老子爱同珍宝,不争我们去得罪他,理正杀,也是我们的错。明日出阵时,只好屈师父如此如此,哄他欢喜,便了。”那栾廷芳也是懊悔,点头应允了。当夜无话。

次日,栾廷芳见丽卿说道:“夜来小将言语冒犯,幸勿芥蒂。”丽卿道:“是奴家不识好歹。”永清大笑。忽探马来报道:“青云山差铁背狼崔豪,焚掠王家村,百姓都四散逃命。”永清便集众人商议。真祥麟献计道:“那厮既出外打劫,山寨必然空虚,我等就速发兵攻打他的巢穴,马到可破。那厮闻风转来,我等反客作主,必获大胜。”永清道:“将军之计虽妙,此处却用不得。那厮去打劫,必不肯全伙都下山。我泰山以仁义为重,只要除暴安良,百姓遭殃,岂可不去救。乘那厮得意之际不防备,就去败他一仗,夺了财物还百姓,显得我们山上的恩德。激怒了那厮,教他来厮杀。只是崔豪那厮了得,非勇猛上将,必不济事,那位肯去当先,便算头功。”说罢,看那丽卿,只见丽卿看着别处不做声。栾廷芳道:“老夫愿往。”永清道:“师父虽然英雄,恐非崔豪敌手。”廷芳道:“输了,甘当军令。”永清道:“虽则如此,我却不放心,烦真将军也带一枝人马,半路上接应,我在此盼望捷音。这里便是青云山上一齐来,我同卿姊姊在此,也不怕他。”二将领令,各带兵去了。永清与万年请丽卿饮酒,共守营寨。

次日报入寨来道:“崔豪那厮正劫了村坊,待要回山。栾将军邀击过去,杀败了他一阵,子女牛马,尽皆夺还百姓。二位将军回营来也。”永清大喜出营迎接。献上首级无数,当时犒赏三军。廷芳道:“崔豪那厮好了得,我几乎战他不过,幸亏真将军来救,方才杀退了他。”真祥麟道:“可惜姑娘不去,不然总擒了那厮来。”丽卿只不开颜,心中暗自冷笑道:“我又不是三岁孩子,这般哄我。你们只管去立功,干我屁事。我只碍着玉山郎的面皮,不然早回山寨去了。”永清见丽卿全不俙睬廷芳,心中不悦。众将都心中不安。

当日拔寨进兵,直扣青云山下鹳鹊渡扎寨。晚上设筵庆贺,栾廷芳来辞席,称说有病。永清惊道:“怎地两个人都这般执拗?”便教万年去看来,万年到廷芳营里,只见那栾廷芳仰卧在胡床上,朝天吁气。万年道:“师父何故如此?当真有病么?”廷芳叹道:“我半世落魄,今遇陈道子,只道有出头日子,不合自己粗卤,得罪了这位公主娘娘。依你们夜来的话,特地放走崔豪,不敢贪功,看来也勾不转。大丈夫何至受女孩儿的闷气?我意欲投别处去。”万年道:“师父岂值与小孩子一般见识,他不肯出战,睬他则甚。”栾廷芳道:“非也。他是主帅的爱女,我强杀是他老子帐下的人。如今恶了他,便他老子待我好,我也没趣。”万年道:“师父且慢,待弟子再见兄弟说开,那丫头如再执拗,便归去告他父亲。他父亲再偏护,我们大家走。”万年遂去对永清说了,永清道:“我自有调处,你须依我如此,真祥麟我已吩咐过了。”万年领诺。

却说那崔豪收拾败兵奔回青云山,告诉狄雷道:“兄弟打王家村,正得了采。不意拦腰杀出一路兵马,为首一将,骑一匹劣马,手用双刀了得。兄弟吃他杀败,把财帛油水都夺了转去。一路打听,知道是猿臂寨陈希真差来的什么双刀栾廷芳。”那艾叶豹子狄雷正端正要自己庆贺寿诞,办酒演戏快活,听得这阵拗口风,气得三尸神炸,七窍生烟,大怒道:“我同你一般做大王,各自吃饭另开门,前日白胜兄弟吃他害了,我正要去报仇,只因不得公明哥哥的将令,权且耐着。你倒先来撩蜂拨刺,此仇如何不报!”便传令教兄弟瘦面熊狄云,并那饿大虫姚顺、铁背狼崔豪,一齐点兵下山,请病关索杨雄、拼命三郎石秀二位头领,代守山寨。原来宋江、吴用闻知陈希真占了猿臂寨,攻城劫狱,打杀白胜。吴用料得希真利害,狄雷不是对手,又闻得东京种师道起兵,特飞速差人止住狄雷,叫他且慢报仇,且待对付了种师道,然后亲统大队兵马攻打猿臂寨。又恐怕希真先来攻青云山,叫杨雄、石秀就留在青云山,助狄雷小心镇守。当日狄雷请杨石二人守寨。正纷嚷间,忽报上来道:“猿臂寨兵马已到山下鹳鹊渡扎营。”狄雷愈怒,当时点兵,如飞也似的下山,对面下营。崔豪上前声喏道:

“小弟败兵之仇,如何耐得,愿在前部。”狄雷准了。当叫崔豪挑战,狄雷亲出押阵。永清营内真祥麟出马。战了二十余合,真祥麟败了回去,两下收兵。

真祥麟见永清请罪道:“小将委实敌崔豪不过。”永清大惊,便对丽卿道:“姊姊何不去见一阵。”丽卿笑道:“你的师父装病,却推我出去。我不与他争能,只等你得了胜,一同欢喜回山。我去万一也输了,一发吃你师父笑。”永清道:“姊姊只不以公事为重。”丽卿道:“并非不以公事为重,奴家不因兄弟面上,竟回去了,谁耐烦在这里。你们没有我就不厮杀!”永清懊恨不已。天色已晚。

次日,崔豪又来讨战。万年道:“你们都怕,我去斩这匹夫。”当时提戟上马,引兵出迎。永清等只听得营外战鼓齐鸣,好半歇,万年败了回来,摇头道:“是利害,我又输了。”永清大怒道:“备我的马来。”当下装束停当,叫道:“哥哥、姊姊看守着。”永清大开营门,一马当先,列成阵势,大叫:“崔豪出来见我!”崔豪大骂道:“你们这伙奴才,无故侵我疆界,快来纳命!”永清大怒,拍马抡戟来斗,五六十合不分胜负,永清勒马回兵。

崔豪回营,狄雷见崔豪连日得胜,甚是欢喜,说道:“崔兄弟虽不曾斩将,也杀得他屁滚尿流。好笑那厮们这般不经杀,也来生事。”姚顺道:“那厮莫非是用计?”狄雷道:“这算什么计,明是不耐杀。明日我只须留崔豪兄弟在此把守,破他足矣,我便回寨去了。”姚顺、狄云都道:“崔将军连日辛苦,明日我们替换去战。”崔豪杀得性起,高叫道:“何劳二位费手,我一个就扫尽了他,大哥只顾回山吃寿酒快活。小弟破了他们,出口鸟气,再来祝寿尽够哩。”狄雷大喜,吩咐兄弟狄云同崔豪把守山口,退了那厮就来,自己竟回山暖寿去了。次日崔豪教狄云守寨,引了众喽罗,耀武扬威杀奔永清营来。

却说永清回营,对丽卿道:“我战了六七十合,丝毫不得便宜,那厮真个了得。”丽卿也是惊疑。永清次日早上对万年道:“敌人这等利害,卿姊又与栾师父不睦,我们不如乘机退兵,请泰山自来,免得大败。”万年、真祥麟道:“我等也这般想。栾师父又要散火投别处去,乘此退兵,就劝他回山,主帅或有法儿留他。”丽卿听了,心中也有些着急，暗想道："真个如此？……只是栾廷芳那匹夫忒小觑我，奴家原想同他憋口气，争奈他们都要退兵，那匹夫万一真个逼走了，他们说都是我搅了局，爹爹责罚起来，如何当得？拷打一顿，倒在其次；万一自此以后，永不许我上阵厮杀，却怎好？况他又是玉郎的师父，没奈何，只有奴家下头低，让这匹夫一头罢。但是怎样转湾过来？"想了半歇，便问道："你们都说那铁背狼崔豪了得，到底怎样一个人？"众人齐道："那人穿一副铁叶甲，骑一匹黑马，头顶乌油盔，脸如锅底，使一枝笔杆浑铁枪，端的英雄。"丽卿私下对永清道："你这人好呆，奴家又不真与栾廷芳寻事，只因他倚仗着师父身分，眼角里没人，不趁今日打下他头来，日后还放得他哩。奴家都为着你们……"永清呵呵大笑道："原来为此，姊姊真自高见，小弟却再想不到。如今他已不敢强了，姊姊开豁了他罢。"丽卿对众人道："不是奴家拿捏，叵耐栾廷芳小觑我，玉郎又不许奴家做先锋，奴家一时气不过，心就懒了。今我要会会那厮，只要栾廷芳押阵，奴家便出马。倘能斩了那厮，便省得退兵。"永清心中甚喜，说道："前日不敢屈姊姊做先锋，一者不敢驱遣，二者碍着栾师父，姊姊恕罪。要栾师父押阵，敢怕他不肯。"便叫："请栾将军来。只是崔豪那厮了得，小弟兀自战不过，恐姊姊也难取胜。"丽卿道："胜得胜不得你且莫管，我总去便了。"栾廷芳请到中军，丽卿道："玉郎有令，要奴家出马战崔豪。请栾师父押阵，照应奴家则个。"廷芳道："姑娘上阵，小将应得奉陪。但是小将输与那厮，尚不伏气，意欲先战几个回合。倘再战不过，望姑娘来帮。"丽卿道："也好。"永清甚喜，商议定了。

适值辕门外来报：崔豪又来搦战。栾廷芳挂了双刀上马，摇旗呐喊杀出垓心。崔豪见是他来，也格外当心，恐战不过，便拍马来迎。来来往往，战了十五六合，廷芳虚幌一刀，败下阵去。崔豪道："这厮今日为何不济，莫非有诈？"正要思量追赶，只见对面阵上战鼓大振，红旗开处，一员女将飞马挺枪，电光价射到。崔豪连忙接战，不上三五合，那里抵挡得住，大败而回。丽卿骤马追来，也防着他的暗算。那崔豪逃入阵里去，那阵上乱箭齐发。丽卿捻着梨花枪，搅开箭雨，直追入阵里去。栾廷芳望见大惊，忙叫鸣金。一片价的锣响，那里收得他住，冲开敌军，直杀入阵里去了。栾廷芳大叫："阿也，我害了他！"忙叫起鼓，合阵兵马一齐上前接应。廷芳抡双刀当先，一面差人速报祝永清，吩咐众军道："救不得小姐，休要回来。"正杀过去，只见敌军阵里大乱，那丽卿早已从西南角上杀出来，嘴边咬着一颗人头，杀得贼兵人仰马翻。廷芳吃了一惊，方识得他的本领。丽卿将崔豪首级挂在鞍鞒，与廷芳一同往前掩杀，贼兵大败。

却说永清闻报，说丽卿单骑陷阵，深恐有失，忙传令尽起大营兵马接应，只留祥麟带中军兵守寨。永清对万年道："倘卿姊已陷阵中，栾师父与他混战，我们去救也无益。我和你速分兵两路，抄他的营盘，卿姊的围自解了。"万年道："正是。"二人分头杀去劫营，正遇青云山败兵逃回。永清叫火器兵当先，枪炮如雷，往贼营里轰击。那边万年也放枪炮攻打。原来狄云见猿臂寨兵马屡败，不甚备防，竟被永清、万年杀入，夺了寨去。狄云从乱军中逃了性命。两面夹攻，杀得青云山的贼兵，尸横遍野，血流成渠，剩了几个好爹娘生下快腿的逃脱了。祝永清、陈丽卿、栾廷芳、祝万年四人，合兵一处，大获全胜。真祥麟率众来迎，掌得胜鼓回营。众英雄都到中军，丽卿提了那颗崔豪的首级，血淋淋地掼在永清面前，道："玉郎认认看，不知杀不杀错。"众皆大喜。栾廷芳上前拜伏道："姑娘，廷芳今日中心服了。怎的我们都战他不过，遇着姑娘，马到成功。"丽卿道："偶尔侥幸，算什么。你们都说他了得，我看并不见怎地。"少刻道："哦，我省得了！你们大家商量通了，特地让我去杀他。"众人都笑起来，丽卿亦大笑道："却着了你们的道儿。"便向栾廷芳深深的道了个万福，道："栾师父，奴家是这般孩子气，榾柮性儿，麦秆爆仗。你有年纪人，幸勿挂怀。"栾廷芳笑道："姑娘说那里话来，都是小将冲撞。"原来栾廷芳起先藐视他，后见他阵上了得，也当真敬服。那丽卿见众将这般让他，倒好生不过意，想道："奴不过一个女孩儿家，他们却这般敬我，都是爹爹面上，奴家越要谦下才是。"丽卿又去谢了众人。永清大笑道："幸亏师父与姊姊作喧，倒喧出一场大利市来。本意只为哄姊姊，却弄成骄兵之计。"众人都大笑。永清便传令拔营火速退兵。万年惊问道："我兵大获全胜，正要进兵攻打，那青云山一鼓可下，何故退兵?”永清笑道:“这事哥哥不知,只管依我速退。”祥麟道:“我识得了。我愿领一枝人马在左侧埋伏,待他追来,用计胜他。”永清摇头道:“不要埋伏,快快走,少刻贼兵追来也。”丽卿笑道:“他同我爹爹一般脾气,惯做气闷事,别人再没处摸头脑。往常他同爹爹说话,我在旁边听,一句也不懂。不依他,又是我们违令。”当时拔营都起,风驰电卷的退了。众人都不解其意。

却说青云山狄雷,正同杨雄、石秀、姚顺等在山寨饮酒看戏取乐,败兵报上山来道:“苦也!四哥吃猿臂寨一个穿连环金甲的女将,追入阵来,斩了去也。没一个人挡得定。大寨又被他两路兵劫了,杀成一片空地。”狄雷听罢,放声大哭。众好汉无不落泪。当时撤了戏筵,狄雷咬牙怒目道:“我不灭了猿臂寨,誓不回山。齐发山寨的兵,大家都去。望杨石二位头领助我。”杨石二人道:“这何消说?”忽又一起报来道:“猿臂寨拔营都退去了。”狄雷一发大怒道:“你得了便宜便走,好道教你走不脱,速去追赶。”石秀忙劝道:“那厮得了胜,反把兵退,其中必有诈。况且吴学究再三吩咐,说陈希真那厮诡计多端,不可轻敌。他必是用埋伏计诱我们,我们去追,必中他机会。不如暂息一时之怒,我去飞报公明哥哥,起大兵来报仇。”狄雷大叫道:“崔家兄弟被他白杀了去,还这般慢腾腾地,我不就与他报仇,誓不为人。”石秀道:“既这般说,我们把兵马先后分做两起,倘有埋伏,却好救应。山寨必须分兵看守。”

当下狄雷同石秀领第一拨人马先发,杨雄同狄云领第二拨随后,留姚顺看守山寨,旋风也似来追永清。到了鹳鹊渡,乱尸堆里寻了崔豪的没头尸首,大家哭了一场,叫抬回山去盛殓。狄雷道:“那女将不知什么名字。”石秀道:“就是所说的那陈希真的女儿,叫做女飞卫陈丽卿。那婆娘委实勇猛了得,我梁山上孔亮也死在他手,今日又害了崔兄弟。只有是他,更要备防,这厮会妖法。”狄雷咬牙道:“说起我也有些记得,那日我去接应张清,同武二撞着一个骑红马使枪剑的女子,兀是赢他不得,想必是此人。我如今捉住这贱人,劈尸万段。”当时催兵进发,一路却并无埋伏。前面探马来报道:“猿臂寨的兵马都在伍公坡,扎下三座营寨。”狄雷也勒住兵马,等后队到来,一齐安营。狄雷叫兵马略息，便要出战。杨雄、石秀都道："奔走辛苦了，明日交锋罢。"狄雷那里忍得，说道："他也是方到，我们乘此锐气，便去攻打。"当时留狄云看营，点齐喽罗，同杨雄、石秀一齐到永清营前讨战。

永清提兵出阵，左有陈丽卿，右有栾廷芳、真祥麟。两阵对圆，狄雷横摆两柄赤铜锤出马，大骂道："你这小畜生，无故犯我大寨，伤我大将。"祝永清亦大骂道："万死杀才，你认得祝家庄的老爷么！岂但捣你这巢穴，连梁山泊一班横死贼，都扫荡尽了，方泄吾恨。"正要出马，只见栾廷芳一马飞出，抡双刀直取狄雷。狄雷大怒，奋双锤来迎。鼓角齐鸣，两个好汉并了五十余合，不分胜负。只见两口刀如双龙戏海，两柄锤似赶月流星。又战了好久，永清见栾廷芳不能取胜，便拍马挺戟杀出垓心。杨雄、石秀一齐都出，这边真祥麟也到。六员将捉对厮杀，战鼓齐鸣。天色已晚，两下里只得权且收兵。

永清回营，真祥麟笑道："今日姑娘却恁地斯文。"丽卿笑道："你们大家都让我，我也让你们一次。"众人大笑。栾廷芳道："狄雷果然了得，却怎样胜他？"永清道："一勇之夫，取他何难。"便吩咐众将："明日仍用虎钤阵。"丽卿道："你们今日见一匹好马么？"永清道："在那里？"丽卿道："便是同真将军厮杀的，那白面后生骑的那匹白马。那将旗号上写着不知是什么命三郎？"廷芳道："便是那拼命三郎石秀，还有那病关索杨雄。"永清道："这两个便是害我家的火头。"丽卿道："咳，何不早说，便先结果了那厮！"

到了次日，永清对丽卿道："今日用虎钤阵，姊姊领正兵当先，须要如此。"丽卿点头道："我操演过几次，理会得。"当时放炮出营。狄雷仍领杨石二人齐来，射住阵脚。丽卿大叫道："什么拼命三郎，出来与你姑娘拼命！"石秀飞马出阵，大骂道："兀那婆娘，老爷正要对付你。"挺枪杀来，丽卿迎住大战。石秀虽然英雄，怎当得丽卿神力天生，枪法敏捷，自己又增出解数，无人测摸得。三四十合，石秀渐渐抵敌不住。狄雷见了，正要出马，只见杨雄早奔上去相助。两个好汉双战丽卿，兀是遮拦多攻取少。狄雷便拍马奋锤，三面夹攻。丽卿拨马往斜刺便走，杨雄当先追来，却忘了他的弓箭利害。石秀在后面眼快,大叫:"休放暗箭!"杨雄急闪,弓弦响处,左臂上早着。杨雄带箭勒马便回。丽卿收了弓,兜转马追来,石秀连忙挡住。狄雷见杨雄中箭,大怒,抡锤来助石秀。众喽罗救回杨雄。狄雷那两柄锤,直上直下劈进来。丽卿见他勇猛,又有石秀夹攻,听得本阵不住的鸣金,只得回马。狄雷、石秀也怕他弓箭,不敢便追。丽卿立马骂道:"两个匹夫,敢这里来领死么?"二人大怒,一齐追来。丽卿略迎了几合,竟奔回阵去,那阵便退了下去。石秀道:"这厮无故收兵,恐有暗算。"狄雷道:"我们人马多于他四五倍,怕他什么暗算!"便回阵叫起鼓追赶。青云山的兵呐喊摇旗杀来,猿臂寨的兵只顾奔走。忽然阵里拥出一彪步兵,都穿着虎皮衣服,手执钢叉,背着葫芦,一字摆开。只见那葫芦里都冒出黄烟来,霎时迷得对面阵里不见一人。狄雷恐是妖法,叫:"且慢追!"勒住兵马,聚在一处。只见黄烟散尽,却是一片空地,并没一个人影。狄雷、石秀都吃一惊,正要发探马,忽听得连珠炮响,四面喊声大振,猿臂寨人马已抄两边杀来,贼兵乱窜,狄雷那里收得住。左边是祝永清,右边是祝万年,带领虎衣壮士,旋风也似卷来。狄雷、石秀大败逃回。石秀手腕已被万年划伤,鲜血淋漓。正逃时,只见一队红旗,丽卿迎面拦住。二人那有心恋战,只管夺路而走。丽卿那些女儿郎,人人骁勇,个个争先,痛杀了一阵。狄云来接应回去。

狄雷领败兵逃回,折了无数人马,受伤的不算。那杨雄左臂被丽卿的箭把胭肉穿过,取出箭杆,血流不止,脸都黄了。狄雷气冲斗牛,道:"罢了,罢了!反叫二位受伤,请回本寨将息。索性教姚顺兄弟,尽起本寨人马来,与那厮并个死活。"石秀道:"小弟不妨事,只请杨雄哥哥回梁山大寨去,便禀过公明兄长,多请几位头领来报仇。姚顺哥哥镇守山寨,是紧要事,离开恐人暗算。"狄雷道:"此刻官兵不敢觑探我们,姚顺兄弟暂离不妨,只留七八百人把守,不害事。"便一面差人护送杨雄回梁山泊,一面差人叫姚顺尽起山寨兵,星夜来助战。石秀那里劝得住。早有做细的回报祝永清。永清闻知青云山的兵马齐来,大喜道:"我料这贼必然中计。"便吩咐众人道:"各处深沟高垒,休同他战,只趁他的便。数日内,便夺他山寨也。"众人都不信。永清一面申报陈希真。

次日，狄雷恶狠狠的领了兵马来挑战。众将依令，紧守不出，由他叫骂。狄雷连攻了三日，永清只同众将高会吃酒，不去睬他。第四日，忽报狄雷差人下战书。永清唤进来，拆书观看，上写着道："狄某与贵寨素无仇隙，不知何故，兴此无名之师。今狄某念兄弟情分，如肯将崔豪首级见还，情愿拜投大寨，杜绝梁山。如不俯允，请出营来厮并。"永清看罢，对来人道："梁山是我的切齿怨仇，杨雄、石秀更是火种头儿。你主帅之言，也难凭信。如果真心，先把杨雄、石秀的首级送来，我便退兵，永结盟好。"来人道："杨雄前日送回梁山去了，石秀尚在营里。家主曾说，如将军肯准讲和，便将他献出，另备花红表礼，一切犒劳奉上。"永清道："既这般说，我也不是生事的。你去对你主将说了，但送出石秀，我便将崔豪首级送还，再登门赔罪。"便付了回信，来人领命去了。不多时，转来报道："狄头领差姚头领来拜祝将军。"永清吩咐开门迎接。姚顺只带十几个伴当，摇摇摆摆进来，叙宾主礼坐下，呈上狄雷回书，写道："石秀那厮急切不能擒他，今晚灌醉，缚了献上。恐不见信，先送姚顺到贵营为质当。"永清看罢。大笑道："狄头领如此多心，我永清却最直爽。大丈夫一言既出，如白染皂，那有不信之理！崔将军尊首，我已用木匣装好，即先送归。"当时将崔豪首级请出，点起香烛，众好汉都拜了，当交从人送回。一面酒筵款待，姚顺喧得酩酊大醉，永清教扶归廷芳营里安寝。

丽卿从后帐出来，对永清道："爹爹教你取青云山做险要，你却与他讲和，得知他心是你心？今日退兵，他仍去帮梁山怎好？"永清大笑道："姊姊真是老实人，斩狄雷，取青云山，只在今夜，那个说要退兵！这厮到我手里来使乖，早哩。"丽卿又惊又喜道："兄弟，你使甚妙计？"永清正说时，只见真祥麟来见道："狄雷来讲和，恐防有诈。"永清笑道："待你说哩，我早已安排了。"便吩咐众将如此如此，"大小军卒随身各带干粮，只破了青云山，方收兵。今日下半日，各归帐房，将息精神，准备通宵厮杀"。丽卿大喜道："你的聪明真与爹爹无二，怪不得爹爹恁般欢喜你。"天色已晚，饱吃了战饭，一应杂役人等，都约退十余里。取出姚顺一干人，都就帐前斩了。大家分头去干事。

却说狄雷接了崔豪的首级,只道永清中计,便对石秀道:"石头领真是妙算。"便请石秀守寨,叫狄云取永清左营,姚顺取右营,自取中路。二更时分,衔枚杀入永清营里。扑进去却是空的,一人不见。狄雷大惊,情知中计,急忙退兵,却又并无埋伏兵杀出。行至半路,忽望见本寨火光冲天,数十喽罗来报道:"不好也,吃敌兵劫了寨也。石头领敌不住,落荒走了。"狄雷大惊,忙催兵来救。战鼓振天,火把影里,永清跃马挺戟杀来。狄雷、狄云、姚顺一齐抵敌。喊声大起,祝万年从左边杀来,栾廷芳从右边杀来,两军混战。栾廷芳钢刀闪处,把姚顺劈于马下。狄雷、狄云死命杀条血路,领败兵逃回青云山,只恨爷娘生得腿短,一步跨不到。走到天色黎明,人困马乏,半路上遇着守寨败兵说道:"石头领在前面不远,山寨已被贼兵攻破了。真祥麟堵住鹳鹊渡,回去不得。"狄雷、狄云只叫得苦。狄云道:"我们且会了石头领,商议投奔公明哥哥处,再来报仇。"正催兵前进,忽然炮声响亮,林子里飞出一队红旗,丽卿大叫:"匹夫留下命去!"狄雷大怒,把头盔丢在地下,道:"便死也要杀了你这贱人。"奋锤来迎,狄云随后也来。祝永清等一齐追到,真祥麟也来接应。混杀一阵,狄云被乱兵冲散。狄雷晓得不是话,大吼一声,往西北上杀去走了。

永清到鹳鹊渡,收聚得胜兵,会合栾廷芳、祝万年、真祥麟,攻打青云山。那山上把守的头目,情知抵敌不住,开关投降。永清准降,都进山寨,到聚义厅上坐下,把崔豪的棺木抬去焚化了。打破营寨,是祝万年的功劳;杀姚顺,是栾廷芳的功劳;诈称青云山已破,断截狄雷的归路,是真祥麟的功劳。打破了青云山,日才晌午,数内单单不见丽卿回营。永清忙叫人四下寻觅,并无下落。永清十分惊疑,不知他到那里去了。正是:军中英俊逍遥去,阵外风云遇合来。

毕竟丽卿去向何方,且听下回分解。

第九十回　陈道子草创猿臂寨　云天彪征讨清真山

却说永清不见丽卿的下落，十分着急，忙叫查问。少刻，丽卿跟随的那些女兵，随着尉迟大娘都回来，一个不少。都说道："大军混战之际，姑娘追一员贼将，往正北上去。姑娘的马快，婢子们赶不上，只好先回。"永清叫苦道："怎地只是孩子气，万一失陷了怎好？待我亲去寻他。"真祥麟道："将军不可轻动，待小将去寻。"祥麟请了令箭，带了百十骑人马，并同尉迟大娘那几个女头目，往他去的那条路上追去寻觅。永清又请万年也带些人，分头去寻。

原来丽卿在林子边混战之时，被他看见了石秀，挺枪骤马直奔过去。石秀见了大惊，带着伤那敢迎敌，拨马加鞭，落荒逃命。丽卿那里肯舍，狠命追赶。幸亏石秀也骑的是千里名马，那匹穿云电一时还追不上。正是：前面的飞云掣电，后面的猛弩离弦。一霎时追了二十多里，看看渐隔得近了，丽卿便放箭射去，却还射不到。面前已是一座大岭阻住，石秀顺着大路纵马上山。丽卿见他奔入树林，也飞马追上山来，那匹枣骝窜山跳涧，如履平地，有甚追不得？丽卿扑到林子里，那石秀几个弯转不见了。丽卿见林子那面路杂，没处寻查，盘过山岭，看那面岭下一片平阳，有几处人烟。丽卿想："这厮莫非走那里去，我已到此，索性再去寻一转。真寻不得，便饶了他。"遂纵马下山，顺那平阳路张望。忽见左侧山脚边来了一个大汉，骑着匹点子高头马，紫棠面皮，颏边几根虎须，戴一顶万字头巾，穿一领酱色战袍，系一条玄色战裙。随着四五个伴当，都跨口腰刀，挑着些行李。一个伴当掮着一口泼风九环大砍刀，都走到路口。那大汉见了丽卿，兜住了马，只顾看他。丽卿往前行，那大汉随在后面亦跟上来，不落眼的从头至脚细看。丽卿回头道："兀那汉子，有些傻角，不走你的路，只管看我做甚！"那大汉道："咦，我自己生了眼睛，你敢不许我看！怕人看，不要抛头露面。"丽卿大怒道："你这厮到我手里讨野火么？活得不耐烦，便上来领枪。”那大汉哈哈大笑道：“多少了得女郎都见过，稀罕你这雌儿。”丽卿大怒，挺枪便取那大汉。那大汉忙抢那口大砍刀架住。两人就那空阔所在，并了四十多合，两边毫无破绽。丽卿道：“你这厮好刀法！”那大汉叫道：“且住，有话问你。”各收了兵器。丽卿道：“快说！”那大汉道：“兀那红姑娘，你莫非当真是东京陈提辖的令爱陈丽卿小姐么？”丽卿道：“除了我，更有那个是他！”那大汉听了呵呵大笑，滚鞍下马道：“姑娘，你何不早说，想杀我也。”撇了大刀，在草地上扑翻虎躯便拜。丽卿恐有暗算，逼住枪问道：“好汉高姓大名？何处识得奴家父女来？”那大汉拜罢，立起身道：“姑娘自不认识我，我也只争得几日不会得姑娘。我便是江南风云庄上的风会是也。”丽卿叫声：“阿也！原来是风二伯伯。”忙跳下马，插了枪，折花枝的拜倒。风会忙回拜了。丽卿道：“适才侄女冲撞二伯伯。二伯伯却从那里来？”风会道：“从家乡来。方才恕小人无礼。姑娘何故一人到此？”丽卿道：“我那云龙兄弟可好？云祖公安否？”风会道：“都好。云龙同我往他老子任上去，从此经过。他在后面那人家处修刀鞘就来，是我先行一步。”丽卿大喜，道：“他在那里？”风会指着一处人家道：“他在那向，好道就来也。”丽卿道：“我们何不迎上去。”风会道：“何用性急。”叫一个伴当道：“你去看看云官人，为何还不来。见他可说东京陈小姐在此。”

那伴当跑上去，没多时，只望见那村口一个少年，带着两个人，骑匹白马，缓辔而来。风会道：“他已来也。”只见那伴当急跑上去，到马前回指着说了几句。那云龙把马加了两鞭，泼剌剌的赶到面前，飞身下马，与丽卿相见，满面笑容道：“姊姊，那阵风儿吹你到这里，伯父安否？”丽卿道：“一言难尽。我爹爹为你的丈人被贪官逼迫不过。愚姊同你分手之后，无一日不记挂你。我的爹爹没奈何，权去猿臂寨避难。你的爹爹又错怪了你的丈人。我又没处得你个信。”风会笑道：“这些事我们都知道了，只请问姑娘何故一人到这里来。”丽卿道：“我忧得你苦。如今我爹爹要夺那青云山用，教玉郎兄弟领兵，昨夜杀败了那厮们，有一个叫什么拼命三郎，说是我的仇人。我要杀那狗头，他却怕我，直追到这里不见了，兄弟可曾看见？是个骑白马的后生。”云龙道：“却不曾打眼，想是落荒逃脱了，追也无益。”丽卿道：“造化了这厮，我们回去休。”风会、云龙商量道：“我们就去转转。”丽卿大喜，就地上拔起枪，飞身上马。风会、云龙也都骑了马，带了从人，都过岭来，寻路回青云山。风会道：“方才见姑娘这般模样，又带着东京口音，也有些疑心，那知果然是你。姑娘真好枪法，怪不得云威相公都佩服。”丽卿道：“二伯伯的大砍刀端的整齐，奴家那里攻得进。”云龙惊道：“二位几时交过手？”丽卿笑道：“我是不认识二伯伯，你又不来，我们好杀得热闹。”风会大笑。云龙道：“姊姊方才说什么玉郎兄弟领兵，是那一位？”丽卿道：“便是你那表兄，会写字的祝玉山。我叫做兄弟，有时顺口叫他玉郎。”云龙、风会都惊讶道：“怎的玉山也到这里？”丽卿道：“来了多日了。”遂把永清的事从头说了一遍。风会、云龙都感叹不已。“如今我爹爹十分欢喜他，已把奴家许配了他也。你那表兄果然了得！”风会、云龙都称羡不已。云龙道：“姊姊，你又是我的嫂子。”丽卿大笑。

三人在马上说着话，已走了十多里。只见左侧拥出一彪人马来，乃是真祥麟、祝万年寻到。二人见了大喜，祥麟道：“害杀人的姑娘，那里不寻遍，快回去，把你那玉郎急坏了。”万年道：“我们已在青云山寨里。”丽卿笑道：“奴家又不是三四岁的孩子，敢怕吃那个拐骗了去，他却恁般干着急。既如此说，你们都来相见了，我先回去，叫他放心。”说罢，纵马加鞭，竟自抢先去了。

万年、祥麟、风会、云龙四人相见，各道姓名，方知是一家人。万年与云龙自幼曾会过，此刻也不认识。当时四人大喜，一齐回寨。

却说丽卿飞马跑回青云山，把关的忙去通报，放他上来。永清听得又喜又恨，见了丽卿埋怨道：“姊姊，你是怎地？军营里勾当，不是这般作耍。你万一犯了军令，教我怎生摆布？”丽卿缴了令，说道：“不是奴家多事，一者看见了那仇人，放不过他；二者要夺他那匹马来送你，却吃那厮走了。”永清道：“可会着真将军同二哥否？”丽卿道：“都见的。他们同风会二伯伯、云龙兄弟一齐来了。我恐你记挂，先跑回来。”永清惊问：“怎地却遇见风会、云龙？”丽卿把那项事说了。永清大喜，叫预备迎接。

须臾四筹好汉都到大寨,风会、云龙与永清见了,栾廷芳也通了姓名,众人大喜。风、云二人方识得栾廷芳。当晚就把贺功的酒席与风会、云龙接风。席上永清说到被魏虎臣逼迫,与云龙写《出师表》的话,云龙洒泪不止,众人都叹口气。丽卿说起安乐村全家逃难的话,对云龙笑道:“你那个浑家,我从千军万马里救出来,你却怎生谢我?”众人都大笑。风会说到希真父女离风云庄之后,“我等趁势荡涤了冷艳山,我等都因此得了功名,子仪不敢与尊翁叙功。我等官爵,皆出姑娘的威力”。丽卿不会说谦让的话,只说道:“这算得什么。”众人欢喜畅饮,至半夜方散。

永清恐降兵为害,把来四散屯开,将亲军保护中寨。破了青云山,得了粮米七十余万担,战马五千余匹,钱粮器械金银财帛不计其数。降兵四千余人,有受伤的,都叫去医治;战场上逃脱的,转来都准投降。一面将仓库封好,一面飞报希真。

不日希真带了五百多名壮士,将着犒赏物件到来。永清开关,大排队伍迎接。希真进寨升厅,慰劳犒赏都毕,退堂与风会、云龙相见,大喜。只见谢德、娄熊都过来参见永清,永清大惊道:“二位将军为何也在此?”希真道:“你出兵不久,景阳镇兵变,二位将军来聚义,那镇上六千多官兵都归了我们也。”永清忙问:“怎地兵变?”谢德、娄熊道:“小将们杀了沈安,只说将军是失陷在猿臂寨,魏虎臣倒被我们蒙过。怎奈魏虎臣那厮刻扣军粮,一味贪恶,自己置造花园,不管别人饥冻,人人怨恨。后来吃沈明那厮打听出杀他兄弟,他去首告了。那魏虎臣来捉我们,吃小将们先得知,索性把沈明那厮也杀了,同了百余人投奔大寨。谁想那魏虎臣捉小将们不得,却把别个来晦气。众人大家不服,杀了魏虎臣,一齐反了。那兵马都监也逃走了。小将们幸蒙收录。”永清听罢,嗟讶不已。

陈希真对永清道:“我接到你的文书,说青云山一齐都来,料道你破敌必在早晚,今日却成功了。那厮们必去梁山求救,万一梁山上当真来,我为此放心不下,所以亲到。慧娘甥女说这里有银矿,我本要带他同来采看,又好叫他在张家道口相度地脉,起造炮台碉楼。那知这妮子闻得云龙贤侄在此,却害羞不肯来。刘姨丈务要屈风二哥、云贤侄到彼一叙,贤侄休要推却。”云龙道:“小侄亦不敢久居,恐家大人记念。既蒙家岳相召,小侄前去拜见,就在那里动身,此处不转来了。”风会道:“此说甚是。你来走吴家疃,取路最便,我在那向客店相等便了。”云龙道:“二伯伯何妨同去。”风会道:“不必,你们翁婿相见,少不得有番谈论,不值我在里面鬼混。”众人都大笑。希真道:“卿儿,你在此没事,可送了兄弟同去;兄弟起身后,你可同了秀妹妹来。”丽卿道:“爹爹说梁山上那厮们就要来,却怎地不许孩儿在此?”希真道:“胡说。梁山上来不来未定,便是来,你去了回来尽够,不叫你落后。”云龙当日拜辞了众位好汉,带了几个伴当,同丽卿到猿臂寨去。

这里希真与众人相叙,一面多发细作,打听梁山消息。过了几日,山下报上来道:“关外有两个大汉,带着三五十人,斩了狄雷,将首级献上,要见主帅。”希真同众人都吃一惊,问那两个人叫甚名字。喽罗道:“他有手本在此。”希真取来一看,大喜,原来就是栾廷玉。众人无不欢喜。

希真同众英雄一齐下山,到了关外,迎接上山,厅上重见了礼。希真看那栾廷玉,方面大耳,五柳长须,八尺以上身材。那个大汉面如锅底,眼如黄金,须如铁丝,声如铜钟,身长九尺,威风凛凛,众人却不认识。希真道:“这位好汉高姓大名?”栾廷玉道:“是小人的结义兄弟,本贯南山镇上人,姓王,双名天霸,祖上也是军官。这位兄弟两臂有数千斤实力,惯使一枝笔挝,重八十斤,江湖上取他一个浑名叫做‘赛存孝’。小人得了廷芳兄弟的信,便邀他同到贵寨聚义,行至半路,遇见狄雷这厮正在那里剪径,吃小人两个并了他。方知青云山已是收伏,故而取了他的首级,径投这里来,望赐收录,愿执鞭随镫,剿灭梁山。”希真大喜道:“得二位英雄光辉小寨,破梁山有何难哉!”王天霸道:“陈将军用小人时,万死不辞。”万年、永清来参拜栾廷玉,廷玉跪在尘埃,痛哭不止。万年、永清道:“师伯何故如此?”廷玉道:“尊府阖家性命都害在廷玉手里,有甚面目敢见贤弟。但愿仗众位英雄威福,报尽了冤仇,便随令先兄于地下。”说罢,号哭失声。众人再三劝解,无不陪眼泪。希真道:“仁兄虽是忠义,但必要如此小见,竟是妇人之仁了。自古英雄豪杰,谁无失算之处?祝舍亲在九泉,断不怨怅仁兄。”万年、永清都道:“何尝是师伯错,休要这般引咎。”众人又再三说,廷玉方才收泪立起。希真吩咐办酒筵接风庆贺,叫大小头目都来参拜了。希真又吩咐道:“狄雷也是一寨之主,那颗首级不要暴露他,以礼埋葬了。”众人无不称赞希真仁德。

次日风会一定要行,众人挽留不住,只得祖饯相送。希真又修了一封书与云天彪,交与风会。风会谢了众人,辞别了,带着伴当,到吴家疃等待云龙。

却说丽卿同云龙到了猿臂寨,刘广接上山去相见了。刘广见女婿这一表人物,怎不欢喜?当时引到后堂,云龙参拜了丈母。刘广的夫人见了,甚是欢喜,对刘麒的娘子道:“惭愧,不弱于祝永清。”丽卿暗笑。当时问候都毕,仍出堂来。刘广办酒筵款待,自不必说。住了几日,云龙再三告辞,刘广只得备了些礼物相送。自己送到山下,又叫两个儿子代送一程,丽卿亦要送一程,四人同行。云龙私下问丽卿道:“你那表妹到底怎样一个?”丽卿大笑道:“不用记挂,比我好得多哩!他玲珑剔透的心肝,那似我这般愚笨。可惜我恐姨夫要见怪,不然,我该硬抱了他出来与你看了,好放心。”云龙大笑。天色将晚,刘麒道:“前面已是界外了,妹丈一路保重。”当时叫从人将带来的酒席摆下。四人席地而坐,都把了盏,大家起身洒泪而别。云龙星夜赶到吴家疃,与风会取齐,一同到青州去。慢表。

却说刘麒等三人回猿臂寨,已是二更天气,丽卿便催慧娘动身同到青云山。慧娘道:“姊姊赶甚死急,明日也来得及。”丽卿笑道:“你那人已去了,还怕撞着那个?”慧娘道:“怎地姊姊只管这般风风失失,我也有些行头要收拾起。不过去相度地脉,有甚紧急军务,大姨夫又没有限期与你。”丽卿笑道:“你那知我的喉急,万一梁山上那厮们已到,爹爹同他们厮杀,却吃别个抢了头功去。”慧娘笑道:“你放一百二十个心,我同你赌:梁山上如果敢来,我输与你。安稳睡觉去,明日早行!”

到了次日,慧娘叫侍女们带了随身行头起身,飞楼、青狮无用处,不必带着。刘广爱惜女儿,不许他骑头口,备了一乘飞轿与他坐了,点了百余名喽罗护送。那几个轿夫该晦气，丽卿嫌他们走得慢，直骂了一路。到了青云山，丽卿、慧娘同进山寨。慧娘与众头领都见了，希真便叫慧娘去探看银苗。慧娘道："白昼有日光映耀，看不清楚，须得夜静。何不先去看筑城的地基？"希真甚喜，便留众将守寨，同慧娘带了亲随壮士，连日下山相看地利。

那山南原有一座空城，向驻一员捕盗巡检，城内面开方五六里。后因移置别处，空城仍在。慧娘对希真道："这座城却也起得还好，就修理了，不必去改造他。却用不着四门，东门把来塞了，西门、南门外面都做了子城。"用马鞭指着道："这北门外起造两带土闉，接连着青云山脚，做个关防。"二人又进城去看一转，只见那城门的门扇都无了，城里的衰草撞着马腹，一个人都不见，一间房屋都没有。只有一座演武厅，也大半倒塌了，面前好似一个教场。照墙外边又有一座破庙，有识得的说道是座关王庙。后面还有个城隍殿。

二人看了出来，纵马往南去。一路上慧娘叫侍女们捧着罗经，擎着标竿，他忽然骑马，忽然步行，东边去张，西边去望，指指划划的说道：某处好造炮台，某处好起碉楼，某处好掘壕堑，某处好设立墩煌。但说来的言语，希真无不合意，无不佩服。一连两三日，把那周围的形势都看了，仍回青云山寨。

众英雄都动问形势的话，慧娘只是锁着柳眉，低头不语。希真道："甥女沉吟甚么，莫非为那张家道口？"慧娘道："正是。甥女看这局势，只有正北上的虎门最险要，两山来龙逼紧当中一条路，靠着艾山，真像虎爪踞地一般。那里起造两座炮台，只消千余人把守，任他数十万雄兵，也攻打不入。那芦川一带接连猿臂寨，多设立墩煌碉楼，也把守得。只是那张家道口，亘连十余里，平坦坦一个生根的所在都没有。梁山泊若全伙往这里掩来，休说把守，便是逃避，急切也没处躲。只有筑一带砖城，设立壕沟，直抵魏河，方是上策。这个功程又浩大，一年半载不得了。梁山上岂肯等我筑好了城方来？"

希真大笑道："贤甥女不必担忧，老夫早有安排了。只就那张家道口，居中起一座高台，要十二丈高低，上面盖造一座钟楼，把我祭炼的那口五千四百斤九阳钟，运上去挂了。那怕宋江那厮们都来，他要走这条路，捉得他一个不剩。"众人都请问其故，希真道："你等不知，我祭炼那口神钟，正为今日之用。那口钟上的符箓宝篆都包藏先天纯阳元气，善能收摄有情的精神。一声撞动，方圆九里之内，但是飞走活物，都如醉如痴，动弹不得。直待一个周时方能苏醒，却不伤性命。那怕你闷了耳朵，都不济事。只要太阴元精秘字镇住泥丸宫，便无妨害。我已制下几千顶巾儿，与自己的人戴了，看守此钟。那怕梁山的兵马利害，除非他不走这条路，但来时个个上当。本师张真人时常吩咐我说：都箓大法，不到危急时不宜轻用，到得人力不继之时用了，方不犯天律。正是谓此。"众人听了，都各骇异。

不日，那往梁山探军情的细作都回来道："宋江已知青云山破了，因闻云总管引青州兵攻打清真山，十分紧急，老种经略相公不日又要来征讨，宋江却不敢来救这里。"希真道："我也料那厮们未必敢来，但不可不防备他走冷着，各处仍要严密把守。"当晚慧娘要去看银苗，希真恐他辛苦，叫他早睡。

次日到夜分，希真吩咐多点火把，照耀着一同下山，直到青云山东南山脚银苗之处，看了一转，指点了表记回寨。慧娘估来，约有五百余万两白银，靠里面还有石青不少，可以采掘鼓铸青铜。众人都大喜。慧娘又把那起造炮台碉楼的图形绘出，呈与希真。希真看了甚喜，便依他的法儿：芦川一带建立碉楼二十余处，墩煌接连不断；虎门设立一座虎爪关，关旁起两座炮台；正西上先起造那九阳钟楼，一字儿造了四座炮台，八座碉楼，面前都掘了深濠。就采办木料，烧砖运土，叫祝万年监工起造。叫刘慧娘做开银矿的监督。慧娘道："开银矿的弊端最多，甥女不善查察，求另派精明强干之人。"希真道："也说得是。"便教真祥麟去替出范成龙来做银矿监督。希真又吩咐道："冬令将到，天寒地冻，须要并工赶办。"祝万年、范成龙领命。又教栾廷玉、王天霸统领铁骑，周围巡查，防有官兵冲突；遇有散亡失业流民，便招抚入寨耕种。

不日，范成龙来报："银矿内石青下面，又掘出白垩无数。部下头目侯达，系南昌窑户出身。他说识得此垩，可烧瓷器，弃掉可惜。特来禀知。"希真便唤侯达来问。侯达禀道："小人祖籍南昌，世代惯烧瓷器，小人也深晓得火法，因见此地白垩，不让于定窑细泥，若烧起来，定得好器皿。”希真道：“果如此，也是本寨出产，各处销售，可以添助军饷。”就重赏侯达，派做瓷窑总局头目，侯达领命谢了。侯达又举荐同乡数十人，都是窑户中塑坯、挂油、上彩等工匠，希真就都派作董事，教侯达管领。

范成龙将银两、铜斤煎出，陆续存库；祝万年督领夫役，昼夜兼工，建造各处碉楼炮台，修理新柳城池，俱草创完备。只有张家道口的钟楼要紧，已刻日告竣。希真将那口九阳神钟，由芦川运到张家道口钟楼上，依那选定吉日吉时悬挂。到了那日，希真率领众头领同到钟楼悬钟，宰太牢致祭。那钟上披挂五色彩缎。鼓乐吹打，众头领依次行礼祭毕，三声炮响，众军呐喊，用力拽起那口钟，端端正正悬在正中，盘好了千斤铁索。众人无不喝采。希真对众人道：“我用此钟，原是一时应急之事，砖城仍是要用。只是今年天寒地冻，夫役劳苦，断不可再兴工了，只好开春动手也。”

希真又于青云山顶，建盖一座万岁亭，供奉大宋皇帝牌位，朔望率领众头领朝贺。凡议大事，必到万岁亭上。山寨中又添了栾廷玉、栾廷芳、王天霸、祝万年、祝永清、谢德、娄熊七筹好汉，连前共是十七位头领。永清私下禀希真道：“谢德、娄熊二人，擅敢率众造反，杀死官长。这等人心胸叵测，泰山用他，须要留意。”希真道：“贤婿之言甚当。但我只安放二人于身边，听候调遣，恩威并济，不付他重权，谅他也不能为害。”希真遂命谢德、娄熊在帐前听用。请刘广、苟桓镇守猿臂寨。仓库钱粮尽屯在猿臂寨内，听候支用，着范成龙掌管。刘麒把守虎爪关，统理炮台事务，在猿臂寨北山下寨；真祥麟仍就镇守燉煌，增添军马，在猿臂寨南山下寨：两枝兵马都做刘广的辅翼，彼此呼应相通。苟英专管九阳钟楼，镇守张家道口，屯积下千万条麻绳，准备捉贼。刘麟统领水军，在芦川下寨，兼理河岸一带碉楼。祝万年、王天霸驻扎新柳城。青云山西面最是冲当要路，是全寨咽喉，兵马俱拣选精壮，教栾廷玉、栾廷芳兄弟二人统领镇守。陈丽卿仍领前部先锋，兼领猿臂、青云、新柳三营兵马都教头，掌管操演赏罚。恐梁山来攻伐，希真亲自带领祝永清提重兵镇守青云山，统辖三营头领，并留刘慧娘亦在青云参赞军机，兼督全军工匠。职事分派已定，众头领无不凛遵。希真派定各头领职事之后，连发数十处细作，打探梁山泊的动静；逐日操演人马，屯积粮草，准备与梁山泊厮并。按下慢表。

却说那日云龙离了猿臂寨，到吴家疃会合风会，同投青州。不说那晓行夜宿，一日行过了东泰山，一路听得人说，青州马陉镇云总管统领官兵，攻打清真山，将次得胜。风会、云龙探听得是实，云龙对风会道："我父亲既不在青州，我们何不就去军营里相见？"风会道："贤侄所说甚是。"便同取路投清真山来。

且说云天彪自到马陉镇接任办事，军政一新。凡是魏虎臣屈抑之人，察其实有贤能，尽皆擢用；魏虎臣选拔之人，察其果无才具，尽行斥革。游击将军曹松，本是土豪出身，无尺寸之功，只是趋奉魏虎臣，升授今职。天彪见他弓马平庸，性情乖张，便将他功名详革。谁知制置使刘彬亦曾受他贿赂，曹松连夜托人去制置使处打点，反将云天彪的详文批驳下来。天彪差心腹人私查曹松的劣迹。那一日心腹人查着曹松在娼楼赌博，暗地飞报天彪。天彪便亲带兵役，直掩至娼楼，捉住曹松，通详都省。检讨使贺太平遂将曹松拿问治罪，刘彬也无法奈何。众人无不称快，凡受过曹松荼毒的无不顶仰。

天彪一日因巡查乡镇回衙，渡一条溪河。在渡船上望见下流头溪滩上一条大汉，在那里扳罾取鱼。那大汉生得身躯长大，燕颔虎须，眼如晓星。那口大罾并没有翻山架，大汉只将两只手扳起放倒，毫不费力。天彪暗暗称奇，不落眼的看那大汉。那大汉也看了天彪几眼。不多时渡过溪河，天彪回衙，念着那大汉放心不下，暗想道："左右没甚公事，且再去看来。"便换了私服，带了几个伴当，离了本镇，仍到溪河边，远望见那大汉还在那溪边扳鱼。天彪将从人藏在松林内，自己缓步行到大汉背后，远看不如近睹，果然堂堂一表。

那大汉却不知背后有人窥他。连扳了几罾空，忽然自言自语，叹口气道："莫说去捉那些鸟强盗，鱼儿尚且这般难取！"天彪忍不住叫道："壮士，你好风流自在？"那大汉猛回头看见天彪，大惊，忙丢了罾，扑翻身便拜道："小人有失回避，相公恕罪。"天彪上前扶起道："壮士几时认识云某？"大汉道："本镇总管相公，为何不认识？"天彪道:“原来如此。我方才在渡船上,望见足下仪表非俗,料想是位英雄,公事已毕,特来访你。你姓甚名谁?家住何处?为何隐落江湖?”那大汉道:“小人复姓欧阳,名唤寿通,本处人氏。魏总管相公在任时,小人曾充汛地上铺兵,也考过几次钱粮,因无钱财使用,不能得缺。后因传递公文错误,队长将小人革役。小人家中吃口又重,无计谋生,因生平深知水性,胡乱在此取鱼度日。”天彪听罢叹道:“惜哉!今日我要重用足下,可从我否?”欧阳寿通跪下道:“恩相肯抬举小人,便是小人知己,小人怎敢不肯?”天彪便招呼从人,替寿通收拾了鱼罾,另备匹马与他骑了,一同回衙。天彪又问寿通道:“我见你膂力非凡,你可学过武艺?”寿通道:“小人幼年曾拜八十万禁军教头王升为师,十八件武艺尽皆学会。便是师父的儿子王进,也敬服小人。”天彪甚喜。

次日,天彪点军下教场,将欧阳寿通比较考试,果然武艺出众。天彪便当厅参授欧阳寿通为领军提辖,先与记名,遇缺即补,留在身边。天彪赏罚严明,大都如此,所以人人都畏服他。天彪又于公余无事之时,与标下军官开讲《春秋大论》,不问贤愚无不感动。天彪讲到那剀切之处,多有听了流泪不止的。不到数月,马陉镇上军民知礼,盗贼无踪。

那一日接到经略使种师道密札,调他发本部兵马夹攻梁山。天彪领了札谕,便与兵马都监傅玉商议起兵,一面移请青州知府应付粮草。那些官兵的妇女老小,闻得云总管要用兵,都赶紧把丈夫儿子的冬衣做起,准备干粮,只等候调发。那青州太守鲁绍和,与云天彪最称莫逆,同日接到种经略的密札,教他应付云天彪的粮草。当时鲁太守到马陉镇犒军,与天彪祖饯。席间,鲁绍和问道:“梁山泊势焰鸱张,总管只带八千人马,愿闻进攻之策。”天彪道:“兵无定法,因敌制变,预先却怎说得?”绍和道:“请问大意,先进那路?”天彪微笑道:“弟有愚见,太尊试猜一猜。”绍和道:“若直捣梁山,恐清真山强徒来救,腹背受敌。不如攻清真山,马元势危,宋江必来救,反客为主,胜他何如?”天彪大笑道:“太尊真知我肺腑也!愚见正是如此。只是太尊解粮,切不可由莱芜谷经过,长城岭一带地势最险,恐贼兵在彼,断我粮道。太尊可由高梁屯绕道解来。那里与博山县的青龙汛相近,即遇贼徒,官兵呼招便到,可保无虞。”鲁绍和道:“总管所见极是,下官遵依调度。”不说鲁太守回府。

这里云天彪命傅玉为先锋,并带欧阳寿通,提大兵八千,浩浩荡荡杀奔清真山来。清真山的为首头领锦鳞蟒马元,率领一万多人前来抵敌。可想马元如何对付得云天彪,交兵不到两三阵,被天彪杀得大败亏输,退入玄武关,死命守住。关上弓弩枪炮,灰瓶金汁,十分利害,天彪连攻十余日,不能取胜。天彪与傅玉商议,傅玉道:“何不用木驴直抵关下,栽埋地雷轰打?”天彪道:“此法虽好,只是关上贼兵甚多,木驴内能藏得几人,万一被他推下千斤石来,徒伤儿郎们的性命。”正在寨中商议,只见辕门官来报:“外面有相公的故乡朋友风会,同大公子齐到,在营外等候。”天彪大喜,教开门请进。风会与天彪相见,云龙上前请过父亲的安,禀知家中祖父、母亲都安好。天彪闻知老小平安,甚为放心。风会问及军事,天彪道:“吾兄到此,破清真山必矣。只是这厮们死守玄武关,攻打不入,未有良策。”风会道:“令郎贤侄有条妙计,何不用他?”天彪便问:“龙儿有何计?”那云龙不慌不忙说出那计来,有分教:少年英俊,献上此日奇谋;大将老成,改作他年胜仗。

毕竟不知云龙说出甚么计来,且听下回分解。

第九十一回 傅都监飞锤打关胜 云公子万弩射索超

却说当日云龙禀告天彪道："孩儿同风二伯伯路上来，见那清真山向东一面，衰草连天，树木丛杂，接连平冈不断。因对风二伯说，何不用火攻破他。便是上面有垒木滚石，火势浩大，冲上去，也不怕那厮们不走。此计不知可还用得？"天彪笑道："我道是甚么妙计，原来如此。我早已想到，所以不用者，有个原故：我早有细作，探得这厮的巢穴十分坚固，莫说那东面平冈，你外面看他平坦，里面却甚崎岖，峡路内都是苦竹签、铁蒺藜，人马难行。便是这玄武关，里面还有一座松门关，转弯山凹之处，都有炮位镇守。攻破此关，还不能就扫平山寨。我久已想要用声东击西之计，到彼纵火，诱那厮去救，此关可破。怎奈隆冬之际，没有东风，逆着风头，如何烧得！"众人都拜服。天彪道："早晚梁山救兵必来。我料贼兵来救，必经过西灏山。我儿与欧阳寿通领一枝人马在彼埋伏，放贼兵过去，却从他背后杀出，纵火烧他辎重。我引兵来接应，必获全胜。"云龙领命，同欧阳寿通领兵去了。这里天彪与众将并力攻打玄武关。

却说马元见官兵攻打得紧，梁山救兵不到，甚是惊惶，连夜差人飞奔梁山催救。那梁山泊宋江，自并吞了兖州府、飞虎寨，兵粮倍足。得范天喜信息，得知官家又用种师道领兵前来征讨，也甚经心！忙央梁世杰夫妻写信，求蔡京斡旋，并应许种师道退兵，即送还梁中书、蔡夫人，遣戴宗寄去。这里与吴用商议退兵之策。正说间，忽报杨雄从青云山回来，身受箭伤，众皆大惊。杨雄到厅上，宋江忙问其故。杨雄说起："陈希真来攻打青云山，崔豪兄弟吃他坏了。那厮得了胜，退兵而去。狄雷哥哥领兵追去报仇，小弟同去，吃陈丽卿射伤左臂。狄雷哥哥忿怒，尽起山寨兵与他厮并，送小弟回来，求公明哥哥发救兵。"说到分际，只见吴用一迭连声叫苦道："青云山休也！教你们不要出战，何故不听我的言语？"众人惊问其故，吴用道："这明明是调虎离山之计,并力追去,正中他的机会。陈希真那厮诡计极多,狄家兄弟必死在他手也。种师道又要来,我脱身不得,怎去救他?”宋江道:“军师在此,我自去救他。”吴用道:“哥哥且休轻动。我想此刻去救,已是不及了,且待戴院长回来。”

不数日,石秀、狄云都逃回,狄云身带重伤,诉说:“青云山吃猿臂寨夺了去。那领兵的小后生,名唤祝永清,便是祝家庄祝朝奉的兄弟。此刻陈希真招他做女婿。哥哥与姚顺、崔豪都中他奸计,吃他害了。”说罢,宋江大惊,对吴用道:“我东路用兵,全仗青云山做险要,今吃陈希真夺了去,我却怎好?”吴用道:“事已如此,不必说了。只是青云山既失,兖州一带都振动,深防那厮滋扰。倘或李应再失了兖州,真是心腹之患。兄长可速发号令,教李应严紧镇守。那兖州府城东镇阳关,两山陡立,中夹泗河,峻险异常,真是一夫当关,万夫莫开。那里只消用精兵千人把守,再有飞虎寨呼应,希真必不能飞渡。教李应切要遵守号令,不可再似狄雷鸟强。猿臂寨来攻打关口时,若擅敢发一人一骑与他厮杀,不问是谁,定按军法斩首。这里且待退了种师道,再与青云山报仇。”宋江依言,便差人到兖州府宣谕去讫。杨雄、石秀、狄云都教去养病。吴用又道:“种师道领兵来战,云天彪是他信任之人,现统青州马陉军马,恐老种教他策应,可速发细作去探。”细作去了。

不到数日,连接清真山告急文书,说:“云天彪攻打山寨,十分危急,求速发救兵。”吴用道:“果不出我所料。但他不直攻这里,先攻清真山,这明是掣我去救,反客为主之计。如今却不能不去救。云天彪极会用兵,必得上将去,方能敌得。”宋江道:“我与军师都不能分身,却差谁去?”说不了,只见大刀关胜起身道:“小弟不才,愿请一行。”宋江、吴用俱喜道:“须得关贤弟智勇足备,前去吾方放心。只是天彪那厮也了得,须要小心。”关胜道:“小弟也素知云天彪善于用兵,武艺了得。前者救嘉祥时,不及同他交锋,今日正好会他。”当日关胜奉了将令,带领五千人马,井木犴郝思文、丑郡马宣赞为副将,杀奔清真山,来救马元。宋江与吴用、公孙胜整顿军马,摩拳擦掌,只等抗敌王师。

却说关胜提兵，星夜来救清真山，不日来到西灏山地界。关胜望见山势险恶，树木丛杂，恐有埋伏，传令收住兵马，且扎下营寨。关胜亲带数十骑哨探，望见那山谷中隐隐有杀气。关胜道："里面必有伏兵，休要过去。"宣赞道："既有伏兵，为何不杀出来？"关胜道："他待我们过去，便来抄我后路，劫我辎重也。今休使他出来，我便引兵堵住谷口，把守各处险路，扪杀这厮们。"关胜便回营点齐人马，杀奔谷口来。

却说云龙同欧阳寿通领兵埋伏谷内，探马来报："有贼兵从大路上来，打着梁山泊旗号，将要到此。"云龙便亲自爬上高阜处探望，只见贼兵远远的就空阔处屯住，又见有数十骑哨探了便回。忙下来对寿通道："此计被贼人猜破也。这厮不肯前进，必来封我谷口。我等不如提兵出谷去，安营布阵，与他厮杀。若待他封住，进退不得，老大吃亏。"寿通道："不得主公将令，怎好造次？"云龙道："若禀了再行，岂不误事？如今一面禀，一面做，机会不可失。"云龙便同寿通提军出谷外安营，一面将改计之事飞报天彪。等得关胜大队杀来，云龙安营已毕，布阵等待。

关胜吃了一惊，忖道："这厮真有先见之明。"便摆开阵势，大叫道："唤云天彪出来！"云龙纵马横刀出阵，喝道："甚么臭贼，敢来欺人！"关胜道："你是何人？"云龙道："云总管公子，特来取你性命。"关胜道："乳臭小儿，非吾敌手，叫你父亲出来纳命。"云龙大怒，拍马舞刀，直取关胜，关胜举刀相迎。云龙武艺到底敌不过关胜，战到五六十合，渐渐气力不加，刀法散乱。欧阳寿通见了，骤马挺枪，前来夹攻。郝思文飞马来迎，敌住寿通。宣赞便从斜刺里闯入官军阵来。云龙恐阵内有失，不敢恋战，拨马便回。关胜随后追来。寿通也恐云龙有失，撇了郝思文便回。贼兵势大，一拥杀上，官军抵敌不住，阵势大乱。

关胜正追赶得紧，只见山脚边喊声大振，一彪军杀来，为首大将正是云天彪。天彪挺刀飞马，大喝："关胜背君鼠子，焉敢猖獗！"关胜更不答话，轮刀来迎。云龙转身来敌住宣赞，欧阳寿通亦转身来敌住郝思文。战到分际，寿通卖个破绽，抽出八楞虎眼钢鞭横扫过去，郝思文急忙躲闪,正中头盔,打得头盔飞去,头发披散。郝思文胆落魂飞,落荒逃走。且说天彪大展神威,酣战关胜,斗了一百多合,不分胜负。两军混战。欧阳寿通追了郝思文一阵,勒马便回,来助天彪夹攻关胜。关胜抵敌不住,收兵便回。又遇傅玉从横头冲杀过来,合兵一处,杀退关胜,收兵回营。

原来天彪正要来接应云龙,又闻知关胜识破伏兵,云龙改计而行。天彪大怒,令风会拒住玄武关,自己同傅玉来策应,恰好遇着关胜,大杀一阵。虽然杀退关胜,也伤了些官兵。云龙上帐,请违令之罪。天彪道:“此非你罪,教你独领兵马,原要相机行事。计已漏泄,速宜改图,与其保守将令而败,何如不遵将令而胜,此是一时从权。日后若无故更换我的号令,定按军法。”天彪谓众将道:“关胜贼子,真吾敌手。来日交锋,当用拖刀计胜他。”傅玉道:“关胜是蒲州名将,岂不识拖刀之计? 小将有件兵器,暗助恩相,决定胜他。”天彪道:“敢是你的流星飞锤?”傅玉道:“正是。小将不敢夸口,这飞锤端的百发百中。来日恩相与他交锋,假用拖刀计诱他追来,待小将隐在旗门边,用飞锤打他。”天彪道:“此计也好。明日我能斩那厮更妙,如斩他不得,便用你计。”

那夜朔风凛冽,天气甚冷,半空中降下一天大雪来。天彪教各营加意防守,恐贼兵乘大雪来劫营,并知会风会,一体小心。那宣赞果然劝关胜劫天彪的营,关胜笑道:“贤弟休看得天彪如此好欺,此人只好用正兵胜他。”宣赞不信,自己冒着大雪去巡哨一回,果然见天彪壁垒精严,料想难攻,只得回营。

那雪接连下了两日,不能开兵,第三日天色晴霁,天彪正要出战,辕门上来报:“关胜单挑相公厮杀,口出狂言。”天彪大怒,霍的提刀上马,带那五百名砍刀手出营迎敌,就雪地上摆开。傅玉亦提枪上马,腰带三个飞锤,随在后面。关胜横刀跃马,高叫:“天彪匹夫,今日必死吾手!”天彪一马飞出,大骂:“背君禽兽,万死犹轻,可惜我这口青龙宝刀砍你这狗头!”挥刀直取关胜。关胜大怒,舞刀相迎。两马相交,在雪地上斗经一百五六十合,只见一片寒光托住两条杀气,正是铜缸遇着铁瓮,毫无半点软硬。两军看得尽皆骇然。此时傅玉已隐在牙旗边，右手倒提着那颗流星飞锤，眼睁睁只瞟着关胜。郝思文、宣赞也恐关胜有失，都纵马到界限上防护。天彪、关胜又战够多时，大约已是二百余合。天彪生恐马乏，只得虚掩一刀，诈败回阵。关胜大叫："匹夫休使拖刀计，我岂惧你！"骤马追来。傅玉在旗门边等够多时，见关胜追来，觑得亲切，运动猿臂，一飞锤摔去，喝一声："着！"关胜只顾天彪的拖刀计，不防有人暗算，只见铜环响亮，飞锤早到，急闪不迭，胸坎上打个正着。关胜几乎坠地，回马便走。天彪勒回马追来，郝思文、宣赞杀出，死命敌住，救回关胜。傅玉驱兵掩杀，五百砍刀手奋勇杀上，贼兵无心厮杀，尽皆逃走，吃官兵杀死无数，满地都是红雪。官兵齐掌得胜鼓回营。

天彪方到中军，只见风会差人来报捷，献上黑裥神王伯超首级一颗。天彪惊喜，问如何斩得。来人答道："风老爷因天下大雪，掘下十数陷坑，埋伏挠钩手，假意退兵。王伯超开关追出，颠入陷坑。挠钩手去捉，伯超情急自刎。杀死贼兵七百多人，特来报捷。"天彪大喜，对左右道："我的将佐都如此英雄，何忧盗贼利害。"遂发回文慰劳风会，将王伯超首级去军前号令。忽报："贼兵营内扬起白幡，军士举哀，想是关胜已死了。"众将大喜，便请天彪速去打营。天彪道："且住。关胜武艺了得，虽中飞锤，尚能骑马收兵，必不就死，此必是诱我。且去探听虚实，不可妄动。"众将遵令。天彪自斩王伯超，打伤关胜，军威大振，贼兵尽皆丧胆。

却说关胜中伤败回，忙叫手下人卸甲，胸前掩心的甲叶都碎了，伤痕甚重，吐血不止。郝思文、宣赞都急得手足无措，洒泪悲哭。关胜喝道："你们休这般妇人腔！我误中奸计，死则死耳，军中事要紧，速去弹压，休教军心慌乱。快去报公明哥哥。"说罢昏晕了去，半晌方醒。宣赞忙叫随营医士调治。关胜又道："天彪知我受伤，必来攻营。索性将机就计，诈称我死，扬幡举哀，诱他来劫寨。即使那厮多谋料得，亦教他不敢正觑我。"郝思文、宣赞都依计而行，一面飞报梁山。天彪果然哨探数次，见得是诈，不敢来攻。

不数日，吴用亲带秦明，呼延绰、董平、索超，并精兵五千，星夜赶来。吴用见关胜病重，忙叫用暖轿送回梁山将息，便教去搦战。

早有细作报知天彪，说吴用带五千兵亲到。众将道：“吴用这厮多谋，贼兵又增添，恩相须要仔细。”天彪绰着美髯笑道：“此等鼠贼，何足道哉！这贼恐巢穴有失，利在速战。现在天色严寒，我只守住险要，不与他战。待老种经略相公大军渡过黄河，那厮腹背受敌，势必瓦解冰消，马元势孤，必为吾擒。那时直捣梁山，易如破竹也。只是老种经略相公此刻可到黄河，不知何故，还不见军报。”正说间，来报有贼将挑战，天彪只教坚守。

次日，吴用又叫索超、宣赞挑战，天彪又不出。一连三日，吴用对众好汉道：“这厮不肯出战，无非要等种师道兵来，教我腹背受敌。我若弃此而去，不但清真山不保，那厮若得了清真山，长驱直入，为患不小。我又不得戴宗消息，不得不与他速战。”沉吟半晌，问左右道：“这厮粮草往那条道路运解，是否由长城岭？”做细的禀道：“探得他粮草从青龙汛、高梁屯运解，不经长城岭。”吴用便唤呼延绰、索超吩咐道：“你二人分领两枝人马，虚张声势，去青龙汛劫粮。他若来救，你二人于半路上如此如此，休得有误。”二人领计去了。吴用又吩咐郝思文、宣赞道：“天彪若自去救，你二人便去攻他营寨，随后掩杀，夺他的险要。”

天彪连守三日，忽有伏路兵来报：“有一彪贼兵抹过桃花山，杀奔高梁屯去。”天彪道：“这厮见我坚守不出，却去绝我粮道。那里有博山县官兵策应，但亦不可托大。”便教傅玉领一千兵去接应。傅玉领命，带了一千人马飞投高梁屯来。将到半路，正是桃花山下，忽听一声炮响，一彪人马杀出，迎面拦住。那贼将乃是呼延绰，大叫：“匹夫那里走，粮草已被我取了。”傅玉大怒，挺枪来战。呼延绰舞动双鞭敌住。正酣战间，官军后队大乱，又一彪贼兵杀出，正是索超。傅玉首尾不能相顾，领败兵杀开一条路便走。呼延绰、索超乘势掩来，傅玉抢过一根溪桥，官军挤不过，都赴水逃命。贼兵齐放乱箭，官兵吃射杀无数。傅玉将败残兵马拒住溪桥，正苦斗之际，只见东北松林内飞出一枝兵马，为首那员将，身披铁叶甲，坐下卷毛赤兔马，手提大刀，十分英雄，杀入贼兵，无人敢当，贼兵大乱。众官军大叫：“傅将军，既有救兵，何不乘此决一死战！”傅玉大吼一声，冲过溪桥，官军奋勇上前,乱杀贼兵。那大将正遇呼延绰,战到三十余合,呼延绰抵敌不住败走。索超亦败下阵来。傅玉并那员将追杀一阵,贼兵大败而走。傅玉忙问那人高姓大名,那人道:"小将是大刀闻达,现为博山县提辖。"

正说间,只见天彪亲自来接应。傅玉禀天彪道:"若非闻将军来救,小将几乎陷于贼人之手。"便引闻达见天彪。天彪甚喜,邀闻达同回营去。原来闻达曾向云威处学过刀法,所以天彪认识。天彪道:"吴用这厮假用劫粮计诱我,我一时被他瞒过,累傅将军输此一阵。如今我即以假应假,自己引兵来接应你,却教龙儿与欧阳寿通埋伏两山,待贼兵追来,两路截杀。此刻好道得胜也。"说不了,流星马报到:"贼将宣赞、郝思文追赶相公,吃公子与欧阳提辖杀败。欧阳提辖用回马鞭打折宣赞右臂,官军大胜。请相公速去掩杀。"天彪忙催军前进,杀得贼兵尸骸枕藉,血满山溪。

官兵掌得胜鼓回营,天彪问闻达道:"贤弟许久不见,闻你失陷大名府落职,正忧得你苦,你几时复得提辖?"闻达道:"一言难尽。因那年大名府失守,小弟同李成都落了职。小弟在家无事,去一个相识哈兰生,系归化庄都团练。此人是个回子,有巨万家财。小弟助他剿杀山贼二百多人,承他一力维持,方授今职。到任未久,今探得兄长在此剿贼,特禀准上司,领本标兵八百名,前来助战。刚到高梁屯,恰遇傅将军受困,一同厮杀,遂与兄相见。"天彪甚喜,道:"妙哉! 我亦闻知得哈回子有万夫不当之勇,端的是条好汉。那天王李成,此刻在何处?"闻达道:"此人现在闲居在家,要复本身勾当,只是没个进步。兄长要用他时,可以唤他来。只是路途遥远,一二日不能到。"天彪道:"我正在用人之际,他肯来最好。既是路远,你可写下一封书信,我自差人将了聘礼去请他来。"闻达领命,便修了信。天彪差一员军官,将了聘金去聘李成,不题。一面犒赏三军,款待闻达。

次日,天彪正与众将谈论,忽报:"老种经略相公差心腹大将,中候将军康捷,单身到此,称有紧急军情,要见相公。"天彪惊讶道:"康中候亲来,必非寻常军报,快开门迎接。"看官,天彪因何这等郑重?原来这康捷是老种经略相公最得意之人。这人相貌奇异,生下地时,爹娘道是妖怪,不肯留他。经略相公却与他紧邻,极力阻住,留在身边。长大来筋骨轻便,纵跳如飞,又遇异人传授神行之术,举步有风火相助,一日能行一千二百里。现授经略府中候之职。老种经略相公但有紧急事,便差动他。今差他到此,必有非常军情。

当时大开营门,康捷秉着令箭直入中军。天彪接入,康捷高喝:"总管听令:经略使司有机密军令,着马陉镇总管云天彪火速退兵,毋得刻迟。有札谕一通,开拆细读。"天彪吃了一惊,参谒毕,请过令箭,接了札谕,与康捷叙礼相见。众人看那康捷,果然生得奇异,赤发巨口,脸色青蓝,眼珠碧绿,长不满六尺,骨瘦如柴,腰悬八楞双锏,英气逼人,都各骇异。天彪问道:"云某剿杀贼兵,已是得利,经略相公何故却又教退兵?"康捷道:"总管不知,现在朝廷准了童贯所奏,与金国讲和,夹攻辽邦,平分燕云。蔡京又奏称梁山不过疥癣之疾,燕云乃万世之利,请旨将征讨梁山之师,移向辽东,天子也准了。蔡京又请招安宋江,令其征辽赎罪,天子却不准。如今经略相公闻知得梁山贼目有神行太保戴宗,一日能行八百里,深恐宋江先得知这个消息,并力来与总管对敌。贼势浩大,总管兵少,难以抵挡。为此特差小可,不分雨夜,飞报总管,火速退兵为妙。札谕上都写明白,总管细看。"天彪听罢,叹道:"潢池岂是小害?却无故舍了,去结怨邻国。宋江这厮罪恶滔天,吴用、公孙胜都狡猾多智,生灵日遭涂炭。此时剿灭,已不容易,还待养到怎地?"众人无不叹息。

天彪便传令各营,并知会风会,一齐收兵。傅玉、云龙道:"显然退兵,恐贼兵知觉。"天彪道:"清真山贼人吃风会诱斩王伯超之后,锐气尽夺,此番公然退兵,必不敢再追。即使来追,我自有计。便是吴用多谋,却也怕我。这几番胜了他,必疑我退兵是假,未必敢追,所谓出其不意也。"众皆拜服。天彪要款留康捷,康捷道:"小将还要到滦阳一带,檄催各路征辽军马。军情紧急,不敢稽留。"便换了公文,依旧请了令箭,又讨些干粮,捎在包裹内,起身便行。天彪同众将送他出营。康捷拱手一别,取出那风火轮来,踏上脚,作起法来,看他脚不点地,眨眨眼已不见了,众人无不惊骇。

天彪回营,只见云龙问父亲道:"此去到青州马陉,可有甚险阻地利?”天彪道:“只有长城岭最险,两边都是颠山乱石,后通莱芜谷,当中只得一片空地。你问他,莫非要去埋伏?”云龙道:“正是。孩儿在彼埋伏,倘贼兵来追,爹爹如此如此诱他,必然中计。”天彪道:“此言深合吾意。你便领三千弓弩手去,依计而行。那里我原有滚木石炮准备,你便取用。诱敌我自有计。”云龙得令,领兵先去了。天彪见云龙晓得兵法,心中亦是欢喜。没多时,风会已从玄武关收兵回营。马元果然怕再中计,不敢来追。天彪便叫风会、傅玉、闻达、欧阳寿通四将,都授了密计,拔寨齐退。

却说吴用与天彪这一场厮杀,虽抢得些粮食器械,却因宣赞被打坏,折了许多人马,甚是懊恨。一面送宣赞回山养病,正在思量计策,忽报官兵都拔营退了。吴用不信,亲来观看,果然都是空地,只剩得些濠堑烟灶。吴用笑道:“这厮必不便走,且休追赶。”发做细的去探听。次日做细的回禀道:“官兵只退得三十里,便安营下寨。”吴用对众人道:“我说这厮必非真退。”次日又去探听,天彪已拔营走了。晚间来报,说天彪又退了三十里下寨,吴用甚疑。此时马元、皇甫雄等已来,与吴用相见,说道:“这厮们此番敢是真退,可趁势去追。”秦明、索超也都踊跃要去。吴用道:“且勿卤莽,云天彪智勇双全,我等宁可走稳步。”

第三日,又探得天彪又退了,仍是三十里。连前三日,共退了九十里。深林密箐之中,各处搜探,并无一个伏兵。吴用暗想道:“莫非真退了?他粮又不尽,锐气正旺,敢是种师道有甚消息?只是戴宗尚不回,他却怎的这般得信快?莫非戴宗弄出事来?”好生疑惑,便对马元道:“你且回山把守山寨,诸凡小心,我提兵缓缓的逼上去。”马元领命回清真山去了。吴用便同秦明、索超、董平拔寨前进,也到三十里便下了寨。一面飞报宋江,一得东京实信,便起大兵来相助。第四日,天彪又退三十里,吴用亦进三十里。

第五日,吴用正要拔寨起兵,忽报戴院长到。吴用大喜,忙唤进帐,问东京消息如何了。戴宗道:“蔡京、童贯已奏准官家,调种师道去征辽邦,不到这里。小弟先已报知公明哥哥,公明哥哥已教卢员外、公孙先生镇守大寨,自己带花荣、徐宁、杨志、穆洪、欧鹏、燕顺、李忠、周通一干弟兄，共起马步兵五万，先来对付云天彪也。军师再看蔡太师、范天喜的书信都在此。蔡太师已知范天喜入我们的伙，十分重用。”吴用惊道：“这等说，天彪是真退兵，他却如何先晓得？”秦明、索超高叫道：“不乘此刻追擒天彪，更待何时！”吴用道：“公明哥哥不日就到，待大兵齐集，一齐进兵，庶不误事。”秦明、索超两个火鬼，那里肯歇，都乱嚷道：“我等兄弟吃他伤了许多，听他自去，实不甘心。”董平道：“军师往日用兵，怕那个来！今日为何一遇天彪匹夫，却这般畏首畏尾？便是天彪利害，军师怕对付他不得，不乘此时追杀，却待他收兵回去，据了城池，再去攻打，却不是舍易取难？”索超道：“小弟受宋大哥厚恩，今日正要图报，万死不辞。”吴用拗众人不过，只是依从，道：“既是众位执意要追，也须小心。此处虽无伏兵，前去山势掩映，必有准备。秦索二将军引精兵先进，我与董将军在后面接应，以防埋伏。”一面又差戴宗回报宋江，速催大军来助。

秦明、索超大喜，当时兼程倍道追赶官兵。次日便追上，只见官兵在前缓缓而行。秦明、索超催兵杀上，大叫：“云天彪那里走！”只听一声炮响，左边山脚下一彪人马杀来，正是闻达、欧阳寿通，敌住秦明、索超。十余合，闻达、寿通败走。秦明、索超并力追赶，又一声炮响，傅玉、风会杀来，大喝：“贼子那里走！”秦明、索超大怒，拍马来迎。傅玉、风会战了十余合，拨马便走，官兵弃甲抛戈而逃。秦明、索超正追赶间，闻达、欧阳寿通又抄在前面，厮杀一阵，便望那树林山路之中，落荒乱走，贼兵夺了无数粮草辎重器械马匹。探听前面已是长城岭地界，秦明、索超大喜，便将军马歇下，埋锅造饭。正歇息间，忽听得对面山里炮响。秦明、索超亲自上马来看，只见那山坡上官兵摆开，正是傅玉、风会。傅玉大骂道：“贼子，我山后有数万精兵埋伏等你，你敢杀上来么？”秦明、索超大怒，大驱兵马掩杀过来，傅玉、风会回马便走。秦明、索超追过山坡，只听得连珠炮响，闻达、欧阳寿通分两路杀来；傅玉、风会回马来战。秦明、索超总仗着兵马多，全然不惧，分头迎战。

好多时，傅玉等四将绕着长城岭而走。秦明、索超追杀一阵，天色已晚，忽报后军流星马到，报道：“二位将军少歇，军师有令，说长城岭一带山势险阻,必有伏兵,且休追赶。军师在后面依山下寨,请二位将军也便下寨,再作计较。”秦明道:“伏兵方才都被我们杀退了。”来人道:“军师又吩咐说,伏兵必非真败,仍是诱敌。”索超道:“军师时常说,败兵往往将断后之兵诳作诱敌,教人疑惑,不敢追他。今天彪这厮,莫非就是此计?若不去追,岂不吃他哄了?”秦明道:“索兄弟虽见得是,但是我二人的见识,怎及得军师?既是军师这般说,我等不可违令。”索超依言,便传令就对着长城岭的山口安营。

那夜朔风凛冽,天上又飘雪花儿,但听得山谷之中,神号鬼哭。秦明、索超遣人打探路径,少刻军士们捉了两个农夫来。秦明、索超问道:“你既是本地庄家,可晓得此处路径,这山口内可通那里?此地离青州马陉镇还有多少路?”两个农夫道:“这长城岭下山口入去,直通莱芜谷,中有大片空地。出谷去不远,便是马陉镇。只是山路崎岖,雪深地冻,不便行走。投东大路,甚是平坦,到马陉镇,却远四十余里。”索超道:“你可见有官兵进山口去埋伏么?”农夫道:“山凹内雪没着脚膝价深,谷风又大,若进去吃冻死。”索超大喜,赏了两个农夫去讫。那知这两个农夫,正是天彪的心腹人,云龙差他来回话的。索超却着了道儿,当时对秦明道:“有一计在此:我同你各分兵一半,你领一半从大路去追;我领一半偷过莱芜谷,径取马陉镇,截他的归路,两面夹攻,今夜必擒云天彪也。”秦明道:“那农夫说山里雪深路险,如何去得?”索超道:“非也。你岂不晓得唐朝的李愬雪夜入蔡州,生擒吴元济的故事。今夜这机会,正复相同。你只管依我,同建奇功。”秦明道:“那庄家说谷内并无伏兵,也难尽信,我等何不亲自去探看。”索超道:“有理。”二人便上马,带领数十骑,冒着朔风进山口观看,只见白茫茫的雪光,映着那山骨层峻。索超大笑道:“有甚伏兵!哥哥,你但看地下的雪一望如镜,并不见一个人马脚印,伏兵怕他从天上飞下来不成?此真天赐我成功也。”秦明大喜道:“既如此,事不宜迟。”便速回营,分兵两路,吩咐道:“尔等休辞辛苦,今夜成功,定有重赏。”众贼兵都抖擞精神,摩拳擦掌,拔营都起,一齐动身。

不说那秦明领那一半兵往东追去,单说索超领了这一半人马往山口内进发。果然山路狭窄,七高八低,雪没着膝盖,众兵不能骑马,都下来牵着走。索超也自己牵马而行。那山川夜色,被雪光映耀,如白昼一般。好多时,行过山峡,前面四山环抱,地势开阔,雪也浅了。索超约定前军人马,待后军到齐再进。那些兵都冻得把兵器夹在怀里,疙搭搭发抖。只见山顶上有四五处火光明亮,四面树林内也有火光,仿佛人影走动。索超惊道:“莫非真有伏兵?”说不了,炮火连天,喊声大起,垒石滚木奔雷价倒下来,霎时间把山口塞断。索超大惊,待要寻出路,只听梆子乱响,四面杂树林内万弩齐发,箭如飞蝗骤雨。索超同那数千人马,休想走脱半个,都射死在长城岭下雪地里。原来云龙领那一枝埋伏兵,到了长城岭下,相度地利,见那山口雪地平坦,全无人迹,就料到贼兵必来探看。他恐踏坏了雪地,吃贼人看出破绽,却不从山口入去,却绕出林外小路,盘上山去。将天彪准备的垒石滚木,都运来山口应用,又教心腹人扮作农夫诱敌。当日盼得索超人马入来,依计而行,果然着手。

却说秦明领那一半人马,正追赶官兵,忽见山谷中火光照天,人喊马嘶,情知索超中计,忙收兵回来接应。只见山口塞断,才叫得声苦,傅玉、风会、欧阳寿通、闻达早已倒杀转来,贼兵乱窜。傅玉等四将把秦明困在垓心。秦明身中四箭,死战不得脱身,幸亏董平领生力军杀到,救出秦明。官军四将乘势掩杀一阵,大胜而回。

秦明、董平杀脱,踉跄奔走,到得二龙山下,已是五更天气,查点军马,连董平带来的,只剩得五六百人,大半带伤,朔风凛冽,血流成冰。董平道:“军师特教我来接应你们,早不听军师之言,果遭此败。”秦明道:“不知索超兄弟吉凶何如。”

正说话间,只听得二龙山里一个号炮飞入半天,山川动摇,无数官兵呐喊杀来。众人大惊,看那山坡上火光影里,现出一员大将,赤面长髯,青巾绿袍,手提青龙刀,身坐大白马。贼兵见是云天彪,心碎胆裂,纷纷的跌下马来。秦董二人那里止喝得住?这正是:老鼠逢猫魂魄散,羔羊遇虎骨筋酥。

不知秦明、董平性命又是如何,且听下回分解。

第九十二回 梁山泊书讽道子 云阳驿盗杀侯蒙

却说秦明、董平败到二龙山下，不防天彪领兵杀出，众贼兵那敢抵敌，惊得大半跌下马来。天彪见贼兵如此狼狈，便止住三军，且慢杀下。

天彪一马当先，大喝道："兀那鼠贼听者：既然这等不济，便杀尽了也空污我的刀斧，权饶你等性命，快去报知宋江，叫他早来纳命。"便传令将兵马摆开，放一条活路，喝令贼兵快走。董平、秦明只顾约束人马，那有功夫回话，只得同众人都逃走了。吴用引后队人马，接应了同回清真山去。左右问道："相公何故放走他？"天彪道："只得三五百个带伤的，杀了也于贼无损，也不算我强。放了他，教这厮们识得我的利害。"天彪将残贼放尽，方收兵而回。云龙同傅玉等四将都到，兵马齐集，天已大明，夺得器械马匹甚多，官兵大获全胜。

天彪教且安营下寨，将息三日班师。一面将索超首级，先行解上都省。这里缓缓收兵，果然旌旗严肃，队伍整齐，真个落日照大旗，马鸣风萧萧。不日到了马陉镇，青州知府鲁绍和亲自出郊劳军。天彪叫过风会、闻达、云龙，与太守见了，各通了姓名。太守大喜，当时把了下马杯。慰劳都毕，同到天彪衙署，发放三军。退衙，与鲁太守行礼坐地，众将侍立两旁。太守开言道："总管虎威出众，制胜裕如，虽古之名将不及也。但不知贼势强弱何如，请闻其详。"天彪道："决胜之策，果不出太尊所料。"遂把决战情形细述了一遍，"若是大兵不撤回时，眼见这贼难支，今实可惜"。太守道："总管虽不曾剿灭这厮，却也杀得他落花流水，教这厮日后不敢正觑青州。"天彪道："非也。宋江这厮假仁小惠，深得贼心，来春必然犯境，须要加意防备。孙子说得好：无恃其不来，恃我有以待之。只是这番交战之后，军装都有亏缺，虽夺得些器械马匹之类，仍是不足。若要弥补添修，款项库中又不敷支销，深是可忧。"

言未毕，只见闻达上前声喏道："相公勿忧，小将方才所说那哈兰生，有巨万家财，常有报效朝廷之心，又与小将至交。待小将先往劝捐，无有不从。青州城内不少财主富户，再劝捐些，便可敷用。"天彪、鲁太守一齐道："若得此人仗义，青州军民之幸也，闻将军速去走遭。"天彪又道："宋江若来救清真山，恐他料我人马困乏，连冬犯境，也未可定。归化三庄与这里有犄角之势，是紧要所在。闻将军此去，致意哈公，贼兵来时，务要彼此策应。"闻达领命，当日带了伴当到归化庄去了。天彪又叫傅玉提兵在城外安营，防梁山贼兵。

次日，鲁太守开筵与天彪洗尘，尽欢而散。没多几日，哈兰生遣兄弟哈芸生，解三十万银子，同闻达到来。天彪见芸生也是一表好人物，大喜，厚礼款待，将银子收下，写了回信，并实收文验，送芸生去讫。这里鲁太守去各富户处劝捐。那些富户却也好义，也捐凑到十余万之数。太守都造了花册，报上都省。

不到月余，朝廷明降下来：云天彪破贼有功，晋封加三级，加都统制衔；傅玉从优纪功；欧阳寿通实授提辖；云龙授武翼郎；风会旧授武翼郎，今升授振威校尉；哈兰生助饷有功，急公好义，升游击将军，遇缺即用。一应官兵有功及阵亡者，皆分别犒赏轸恤。青州助饷富户，分别大小之数，从优奖励。天彪见云龙也叙功在内，便唤过云龙吩咐道："你看，众将官都吃尽辛苦，你不过略动动，便同他们一样。须要自识惭愧，休得辜负天恩。"云龙叩头拜谢。

天彪探得梁山兵马都回，方收回傅玉。次年春气和暖，同鲁太守协力同心，将所助军饷，修筑城池，添补军装。器械马匹，有那梁山夺来的，也都编号收用。凡有军士死伤之家，天彪皆亲自去吊丧问病，军民无不感泣。天彪又发信与陈希真、刘广道："既要报效朝廷，建功赎罪，也须趁早了。"陈希真复信道："老种经略相公远征，佞臣在朝，恐不见容。待种经略奏凯后，未为晚也。"天彪见希真信中之言，知是实话，也不再催。不数日，天王李成已奉聘到来。天彪大喜，优礼接待。李成又荐他的朋友胡琼，亦是关西好汉，天彪也收了，同养在衙署内。自此以后，青州、马陉甲兵富强，马皆长膘，人皆可用，真个是金城汤池，一方雄镇。且按下慢表。

再说那日吴用见秦明、索超进兵，那里放心得，便同董平随后接应。果然索超失陷，秦明败回。当时接应了回清真山，遣人探听，回报索超并一千军马皆死在长城岭下。吴用顿足叫苦道：“众位兄弟不信吴某之言，果中奸计，今又丧一员大将，怎对得公明哥哥?”众头领无不伤感，遂到长城岭，寻着索超的没头尸身，用棺木收敛了，取回清真山。

不日宋江领大队兵马都到。宋江在半路便得索超死的信，大怒，催兵急进。到了清真山，先哭奠了索超一番，秦明送回山去养病，便与吴学究商议打青州报仇之计。吴用道：“天彪这厮多智，乘他新胜之后，军马不曾将息转，我等就将这五万生力军速去攻打。若待来春，他修治城郭，养成气力，就难动手了。”宋江道：“军师所言甚当。”便传令次日兴兵。也是天不佑他，连朝的大雪，翻翻滚滚下个不了，点水成冻，兵马起身不得。宋江见这般大雪不止，心中十分焦躁。马元连日整顿酒筵，与宋江解闷。那日正当饮酒之际，宋江说到那不能得志的话，长吁短叹，洒泪不止。众头领再三劝解。忽报大寨有公文到，宋江唤入问时，果然是报称五虎上将关胜病亡。宋江得了这信，大叫一声，跌倒在地。众好汉连忙扶救，半晌方醒，放声大哭道：“天丧我也!”磕头撞脑，痛哭不已。众头领无不悲伤。

宋江因痛哭关胜，又加连日忧闷，遂卧病上床。更兼大雪初晴，天气十分严冷，人马冻死无数。吴用只得同马元商量，到宋江榻前问候毕，请令道：“哥哥贵体如此，人马又多冻坏，耗费许多钱粮，恐军心怨嗟。想是天彪那厮数未该绝，不如且回大寨，再作计较，哥哥尊意如何?”宋江叹口气，点头应了。吴用便代宋江传令班师。将一乘暖轿，四平八稳的抬了宋江。马元等送了宋江起身，仍复回山寨把守。吴用同众头领护着宋江竟回梁山，一路秋毫无犯。不日到了梁山，众头领迎接入寨，都来问安。太公闻得宋江病重，甚是忧虑，早已约下地灵星神医安道全，待宋江一到，便同来看视。宋江见了关胜的灵柩，愈加悲痛。众人再三劝慰。安道全按症用药，调理医治，次年正月，才得复元。

那日正是上元灯节，梁山上众头领张灯设筵，请宋江到忠义堂上，一者起病，二者庆赏元宵。饮酒中间，宋江擎杯流泪道："我等聚义山东，替天行道。不料陈希真这贼道，窃据猿臂，夺了我的青云山，狄雷等弟兄俱遭其害。去岁救清真山，又连伤大将。此仇不报，夜不安席。今我便要兴师，还是先攻云天彪好，先攻陈希真好？"吴用道："小可已算定了，陈希真新定两山，兵力未足。近闻那厮假行仁义，不肯借粮，据守空山，而不为钱粮之计，此危亡之道也。昨日探事人来说，那厮乘春暖，在张家道口起造砖城，昼夜并工。若待他砖城已成，攻取便难。可火速进兵，大队并进。希真虽知兵法，我等兵多将广，与他野战，必能取胜。若吞灭了他，不但得其钱粮地利，抑且收取沂州、莒州等处，易如反掌。沂州、莒州收取之后，山东一带，尽归掌握，便是赵头儿御驾亲征，尚不足惧，何况云天彪！至于此刻，云天彪在马陉镇深得军心，已养成气力，不比去冬。那青州知府鲁绍和，又恭俭爱民。文武一心，无隙可乘。若就去攻他，希真窃发，我先有内顾之忧，战必不利。哥哥且再发信与蔡京，教他设法在天子前离间云天彪，待摇松了他的根，破他便易下手。如今且先取猿臂寨，此司马错劝秦王弃周攻蜀之计也。"

言未毕，只见狄云出席哭拜道："哥子狄雷为希真所杀，怨气难消，望哥哥先报青云山之仇。"原来狄云伤痕将息已好，故此时在坐。宋江道："军师之言，正合吾意。狄云兄弟休烦恼，我先灭陈希真，与你哥子报仇便了。"狄云拜谢了。当晚席散。

次日，忠义堂上鸣钟擂鼓，众英雄齐集听令。宋江正议那起兵之事，忽山下朱贵差人报上来道："有一位官人，是新任莱州府知府，路过山下，要拜见宋公明头领，且言有机密事相告，现在酒店候着。"众人都惊讶。那喽罗呈上名帖，上写着道："愚弟侯发顿首拜。"宋江道："素昧平生，既是位知府，且教请上来。"来人去了。

不多时，那知府带了几个从人到来。宋江领众人下厅迎接，只见那知府头戴乌纱，身穿大红员领，腰系玉带，脚踏皂靴，满脸油汗，与众好汉谦让着上厅来。知府便开言问道："那位是天魁星君忠义大王宋头领？"宋江道："不敢，小可便是。"知府便先下拜道："闻名不如见面，见面胜于闻名，今日得瞻虎威，三生有幸。"宋江忙答拜了，众位好汉俱依次相见。宋江让知府客位坐地,这边宋江为首,一字儿依次序坐下。

那知府通问了姓名,道:“久闻贵寨英才济济,还有几位何在?”宋江答道:“众弟兄各有职守,只这数人聚在里寨。”知府称赞不已,道:“皆济世良才,朝廷柱石也。”宋江道:“太尊贵乡何处?荣任几载?今日贵足踊下贱地,得近山斗,未识有何见谕?”知府道:“下官姓侯名发,现授莱州府知府。因路过宝山,一来渴仰山寨大忠大义,礼当晋谒;二来有一喜信,报于头领知道。”宋江道:“小可同众弟兄俱在此避罪,怎当得忠义二字。不知有何喜信,到得宋江身边?”侯发道:“头领有所不知,下官有一胞兄,名唤侯蒙,官任监察御史。素日钦慕头领,只是无路通款。去年十二月初一日早朝,因浙江妖人方腊造反,贼势猖獗,官兵屡败,边报十分紧急,官家叹无将材可选。尔时家兄侯蒙,素知头领忠义,不忘朝廷,日日指望招安。当即面奏天子,保称头领有盖世之才,必能剿灭方腊,求降一道招安旨意,启请头领建功报效。天子起先不允,家兄叩头出血,愿将全家性命保举头领,蔡太师亦出力奏请,官家方才准了。现在敕家兄侯蒙为东平府知府,赍招安明诏前来宝山,此刻已渡黄河,不日可到。因下官先行,家兄有一信,先着下官寄上,请头领们数日内切勿兴兵攻打城池,恐天子见怒。”说罢,袖中取出侯蒙的书信,深深的唱个喏,双手递与宋江。

宋江听了这篇言语,心中大惊。接了书信,满脸堆下笑来,对众人道:“好了,我等弟兄这遭得见天日了。”众人大喜。当将书信拆读,读罢满眼流下泪来,禁不住失声痛哭,道:“宋江与令兄并无半面之识,不意他这般错爱我,正不知宋江那世修下的,粉骨碎身,报他不得。”忙吩咐李云将山前断金亭改作迎恩亭,搭起芦厂,悬挂灯彩,预备接读纶音。一面叫办酒筵,款待知府。侯发道:“下官赴任限期紧促,不敢久留,就此告辞。”宋江并众头领那里肯放,再三款住。当日杀牛宰马,大开筵席。席间宋江又催李云赶紧办迎恩亭,李云道:“小弟已催趱夫役,三日内即可完备。”宋江道:“以速为妙。”侯发道:“家兄方渡黄河,到此尚有数日,头领缓些不妨。”宋江道:“太尊那知宋江的心！我等皆造下弥天罪孽，蒙令兄提救，天子法外施恩，我恨不得今日便见天颜，那里还再耐得！”侯发赞叹不已。宋江问道：“不知朝廷可招安陈希真否?”侯发道：“不瞒头领说，招安贵寨，家兄兀自费尽心血，又亏煞蔡太师的大气力，方得官家准奏。实缘家兄钦佩大寨忠义分上。至于那陈希真，有何好处，谁耐烦与他出力！”宋江听了，又称谢不尽。当晚，留侯发在客房安歇。宋江便密请吴军师到自己房里，屏退左右，商议招安之事。直议论到三更后，忽传吕方、郭盛二位头领进房内说话。

次日，宋江遂当厅吩咐吕郭二位头领：“带领五十名心腹伴当，赍了下程，一路迎上去，恭接天使，休要怠慢。”吕郭二人领命。那行装礼物早已备好，火速带了心腹伴当下山去了。侯发再三告辞，挽留不住，只得设筵饯行。宴罢，宋江又送出一大盘金银，权当路费。侯发那里肯受，再三逊谢，方才收了。带了原来的仆从，辞别下山。宋江直送过金沙滩，又把了上马杯，恋恋难舍，又洒了许多别泪，方才分手。回得山寨，东京范天喜的脚信亦到，信内称说：“官家已准招安，全亏侯蒙之力，又亏太师极力周旋，方回得官家之意。太师又参奏云天彪辜恩溺职，请旨降革。那知种师道先在官家前密保此人，天子竟听老种之言，不准太师所奏。后又接到贺太平的本章，表奏云天彪的军功。天子召入太师，大加申斥，几欲治太师参奏不实之罪，幸王黼等求免。今官家反将云天彪晋封三级，加都统制衔……”等语。宋江见了，愈加忧闷，知那招安之信，果是实了。差人去通知各处头领，来忠义堂上赴庆贺筵席。

却说李逵巡哨方回，闻知宋江要受招安，便来见宋江，大嚷大叫道：“做强盗不快活，鸟耐烦去受招安，又去受那奸臣的气！既要受招安，当初何必做强盗?”宋江喝道：“你这黑厮省得甚么，却来胡说！”李逵道：“倒是我不省得！你早也说要受招安，晚也说要受招安，我只道你嘴里只这般说罢了，那知你认真要做出来。在江州时，你何不早说了，也免得我直跟随你到这里。辛辛苦苦弄得个场面，又要改头换尾。只管说弥天大罪，既做下弥天大罪，须知没处改换。不要恼我性发，直赶到黄河渡口，一板斧砍翻那鸟侯蒙，把那个诏书扯得粉碎，看你们去受招安！昨日那鸟知府侥幸，不撞着我，不然也一鸟斧结果了他。”气得个宋江说不出话来，半晌道：“你看，你看，这黑贼好道疯了！不要道我认真不来斩你！”李逵道：“斩只管斩，我说总要说。”吴用道：“你这厮太不识起倒。浙江方腊猖獗，朝廷正要用人，你若去杀得人多，做个大官，只在眼前，你却不要？”李逵道：“我在梁山泊，怕没处杀人，要去替赵头儿出力！赵头儿敢是你的亲爷？”吴用对宋江道：“这厮真不通时务，嘴里说得出，防他真做出来，且关锁在一间房里。待受了诏，再放他出来。”遂教众头领把李逵推了出去。宋江道：“我不念这厮旧日之情，真斩了他。”宋江便和众好汉在鹰台上摆筵，众好汉俱开怀畅饮。众人道：“怎的公明哥哥酒量反不及往日？”宋江笑道：“便是一来病后，二来真个欢喜得酒都吃不下去了。”众好汉饮至半夜方散。

次日，宋江道：“侯知府教我不要兴兵，我想征伐猿臂寨，须不比攻打国家城池，兴兵何妨。”公孙胜道：“哥哥之言甚是。贫道想，兵有先声后实者，今我大振军威，布宣朝廷恩命，劝希真归降。希真若惧而来降，则日后在我掌握。若不从命，吾奉诏之后，据顺讨逆，必能灭他。”吴用、宋江齐说：“此计大妙！”宋江道：“须差一能言舌辩之士前去，谁当此任？”吴用道：“何用人去，但须一封书足矣。”便教圣手书生萧让，吩咐了柱意。那萧让顷刻写起，将草稿呈与宋江、吴用观看。那书信道：

> 梁山泊主替天行道天魁星义士宋江，拜书于猿臂寨陈道子阁下：忠义者，人生之大节；朝廷者，天下所依归。人无强弱，反道者死；国无大小，背顺者亡：自然之理，无足怪者。江久耳盛名，知道子为忠义之士，屡欲奉教。会道子遭高奸之迫，江使奉书不得通，饥渴终莫能慰。不谓道子不以忠义为念，弃我如遗，逞其才智，雄据一方，抚祝氏之余孽，与敝寨旗鼓相向，蚕食我青云，毁伤我羽翼，恣意横行，岂以江为木偶耶？方今天下豪杰，上应天星，不期而会，此非江足重也，特以忠义之心，人所固有，一唱百和，感应甚捷。是以闻替天行道之举，莫不鼓舞欢欣，影从云响，而道子独中风狂走，自弃良时，恃有乌合蚁附之众，甘为祝

庄、曾市之续,窃为智者不取焉。且夫梁山之兵力,何战不胜,何攻不摧,固道子所习闻者。况迩者朝廷明圣,赦江既往之罪,招安纶綍,已降九天,诛讨不顺,命江前驱。江奉诏兢兢,敢不祗遵。夫以忠义武怒之师,敌王所忾,扫荡区区一猿臂寨,车轮螳斧之势,童子所知也。素钦道子天姿英俊,用先布告。诚能明顺逆之分,奋忠义之气,倒戈束甲,共襄天家,江若仍修宿怨,愿指泰山。所贵知几之士,不宜迟滞其行也。昔田横得士五百人,议论不决,而淮阴东下。道子固执迷复之凶,必有噬脐之悔。他日江为殿上臣,公作阶下囚,是岂江之志也哉? 书不尽言,望左右留意省察。

宋江、吴用看了甚喜,道:“正要如此写,最好,不必更改了。”当时誊清封好,差一小喽罗赍到猿臂寨去投递。只见李云来禀道:“迎恩亭芦厂都修盖好了,只等恩诏到来。”宋江大喜,连日张筵庆贺。吴用道:“吕郭二位兄弟去迎接天使,此时亦好接着,为何不先差人来通报,烦戴院长去探听一回。”

戴宗领命,正要下山,忽报郭盛已回。只见郭盛气急败坏,奔回山来道:“哥哥,祸事了!”众皆大惊,忙问有何祸事。郭盛道:“小弟同了吕方哥哥,领命而去,已迎着天使。倒回转来,到得曹州府地界,天使侯太守,不合早在途间唤下一个跑解的武妓,一路同行。这日到了馆驿,晚间饮酒取乐,直到三更时分,伏侍的人都倦了。侯太守又叫粉头在筵前舞剑,不料那婆娘舞到分际,手起剑落,砍死天使侯太守,将天子的诏书抢去,又砍翻太守的伴当数人。吕方哥哥得知,忙领人救护。那贼婆娘骑匹快马,往山僻小路逃走,追赶不着。吕方哥哥一面叫小弟回报哥哥,一面差人报知地方官。更不料那曹州府知府盖天锡,反将吕方哥哥一干人都捉下了,又来追小弟,所以连夜逃回。”

宋江、吴用闻知失陷了吕方,俱大惊,叫苦不迭道:“这却怎好?倒害了吕方兄弟!”吴用道:“这武妓不是别人,一定是陈希真的女儿陈丽卿。这贼道忌我们受招安,故教女儿来刺杀天使,抢去诏书,截我们的归路。这厮打沂州时,亦是教女儿扮演武妓,里应外合。这厮惯用此计，一定是了。”宋江大怒道：“军师所料是也。这贼道屡次欺我，我与他势不能两立。”众头领无不咬牙切齿价忿怒，只有卢俊义道：“此时尚未分虚实。那封书去，陈希真若来归降，他女儿总要见面，是他敢辩到那里去！若那厮不肯归降，便剿灭了他的巢穴，活擒了陈丽卿来，不愁没对证。只是此刻吕方兄弟失陷，怎生设法去救他？”宋江道：“天子明诏赦我等之罪，前来招安。我去恭迎诏书，不到得有甚干犯。此事竟写信与盖天锡讨人，他若不还，便起兵先打破曹州府，救吕方兄弟。索性一不做，二不休。”吴用道：“盖天锡那厮不通情理，若写信去，他必要挑剔。我想为兄弟面上，也说不得，只有写张诉状去求告他。他若不允，先礼后兵，直道在我。”宋江依言，便商量了写起一张呈状，差人往曹州府投递。戴宗起身道：“小弟愿去。”宋江道：“此去吉凶不测，不如差孩儿们去。”戴宗道：“我等同生同死，兄弟有难，戴宗焉敢爱惜身命！”宋江依了，就差戴宗前往，又教取三百两黄金带在身边，觑便使用。戴宗领了呈状、金子，并随身盘川银两，下山去了。

却说盖天锡自做郓城县知县以来，大有政声，贺太平保举他坐升曹州推官。那制置使刘彬虽妒贤忌能，贪财好利，却因蔡京感激盖天锡还他通梁山的书信一节，倒嘱托刘彬照应天锡，所以天锡作推官，刘彬并不作难，半文钱都不取。不然，天锡是一个清贫县官，如何到得这一步。天锡自升推官以后，愈加砥砺。那日得知朝廷招安梁山，宋江差吕方带五六十人去迎天使，一路来俱禀报官府。天锡闻知这信，来见曹州知府道：“宋江有桀骜之才，与新莽、黄巢仿佛，不肯居人之下。今受招安，必非诚意。又遣贼目迎接天使，狼子野心，恐有意外之变，太尊宜多派公人弁兵防护。”那知府正是张甹的后任，进士出身，年纪老迈，素性懦弱，更兼读书太透彻了，左思右想，迟疑不决，不能听天锡的话，竟由吕方过去。天锡叹惜不已。却也凑巧，当夜那知府同夫人好端端的饮酒，不觉一个鸡头晕中风了，两眼直视，口不能言。举家着忙，一阵乱医，求神拜佛，不到两日，呜呼死矣。知府已死，天锡护理知府印务，一面申报都省。正是一朝权在手，便把令来行。

天锡一接了印,更不办理他事,便当厅挑选本衙军健一切做公的,共选了三百余人,即刻起程,奔黄河渡口来,护送天使侯知府。探得吕方已迎着天使回转,已过了东里司,将到云阳驿。天锡催趱人马星夜迎上去,半路上接着凶报,说天使侯知府在馆驿中遇刺身死,刺客系一武妓,逃走无获。天锡听罢,叹道:"早听吾言,何至于此!"当时火速饬兵役掩捕。吕方正欲差人报官,不防盖天锡已到,尽被擒捉。吕方大叫无罪,天锡道:"你是梁山大盗,怎说无罪?"吕方道:"我虽是梁山上人,现奉天子明诏,已赦了我们。我来迎接天使,不料天使被刺,正要来报官,为何反捉我?"天锡道:"天使遇害,生死不明。你同天使在一处,不论有罪,亦是此案要证,为何不带你去!"当时将吕方一干人都锁了。侯蒙的伴当,除被杀七人之外,其余亦有受伤的,都着将息。那不受伤的,分几个同自己的仆从办理侯蒙的丧事。余外亦一同带回府城。天锡恐吕方等被劫,先在馆驿屯住,移文营汛,调官兵一千多名一路防护,数日调齐,方才动身。

天锡回衙,先将吕方等一干人都管押在班馆内,也不上刑具,发放各官兵回去,唤过侯蒙的仆从问道:"吕方怎的迎接你主人?你主人怎的唤了一个武妓,却吃他害了?"仆从道:"小人的主人,在定陶地界,便遇着吕方来迎接,献上金珠下程。主人十分觑待他,教他随了同行。这武妓是将到东里司路上撞着。那厮见了主人,便求见参拜,他说曾伏侍过二主人侯发。说起二主人的行止,他都晓得,便要伏侍主人。主人本不要他,亦是吕方说道:'曾见过这粉头耍得好技艺,唱得好曲子,恩相一路寂寞,何不唤下了,也好解闷。'再三说,主人依了,带他到得云阳驲。当晚主人在馆中赏花饮酒。到三更天气,伏侍的人都倦怠了,只得十余人在旁伺候。主人又教那粉头舞剑,不料那婆娘舞到分际,竟下毒手,害了主人,又杀伤众人,将正中供的诏书抢去,跨马竟走。小人等喊叫,吕方睡梦中惊醒,急领人追赶,已是不及,便教小人等报知相公,他正要回梁山报知宋江。不道相公已是追到,捉住了他。"天锡道:"那武妓怎样一个人?姓甚么?"从人道:"那粉头自称姓陈,是一个美貌女子,身躯长大,是一双大脚,骑一匹枣骝马。多有人猜疑那女子是猿臂寨陈希真的女儿陈丽卿,到底不知是他否。”天锡听罢，低头一想，冷笑数声，吩咐预备下处，安息了众仆从，也不去审问吕方。次日一早，叫备马，带了数十骑出城外，把那府城周围看了一转，又把池濠也看了，只是沉吟不语。回到衙署，左右问道：“相公何不差眼明手快的公人捕捉那武妓？这是要紧人犯。”天锡道：“你们不省得，那武妓无处捉。”当日天锡只是负着手在厅上，走来走去的思维。左右又问道：“相公平日断案，如太阳照雪，怎么今日如此迟疑？”天锡道：“我看此案，洞若观火。只是有一件事，实是委决不下，张觷太守又去了，更无一人商量得。此刻是何时刻了？”左右道：“辰刻后了。”天锡道：“天色尚早，吩咐备马，我要到东里司去，寻那捕盗巡政张相公说话。”左右道：“张巡政相公夜来便来禀见，号房道天已昏黑，相公又有公事，教他今日来见，未曾通报。”天锡骂道：“不省事的奴才！他来禀见，为甚阻挡？既在客馆，快去请来。”左右不敢怠慢，忙传云板，教请张相公入见。不多时张巡政请到。

列位看官，你道这张巡政是何等样人？姓张，双名鸣珂，本贯河南开封府人氏，乃是名门旧族。他的嫡亲胞叔，就是北宋朝烈烈轰轰一位忠臣义士，精忠大节炳若日星的张叔夜。那天锡未成进士之时，曾在叔夜家就过西席，宾主最为莫逆。

当日鸣珂请到，天锡降阶迎接。鸣珂上前参谒，天锡忙捧住道：“仁兄是我旧东人，只须私礼相见，何庸如此。”当时分宾主坐下。天锡正说起这件案，忽外面传报道：“梁山泊宋江差人递呈状。”天锡吩咐：“将来人带定，取呈状来看。”须臾，左右将呈状取进来。天锡、鸣珂同看那状子道：“宋江避难水浒，罪应万死。昨奉天子明诏，赦罪招安。宋江等正如拨开云雾，重见天日，感激无际，誓愿竭力捐躯，尽忠报国，死而后已。特遣吕方恭迎天使，不期变生意外，天使遇害。此乃猿臂寨贼人陈希真，遣其女丽卿所为。彼深忌宋江投诚，故行此毒计。宋江愿率领部众，先灭此贼，一来报效朝廷，二来辨明是非。闻相公将吕方执下治罪，此事吕方实不知情，伏求释放，感恩无极。”等语，呈词甚是卑顺。

看罢，鸣珂对天锡道：“他事卑职不知，若说武妓是陈丽卿，则万万不是。那陈希真未曾落草，在东京时，卑职与他厮熟。那年征讨西夏，亦曾与他同事数年。卑职常到他家，那丽卿从不回避，见过多次，那模样画都画得下。前日天使侯太守从东里司过，卑职去迎送时，就见他身边带着一个武妓，何尝是陈丽卿，天壤迥别。”天锡道：“仁兄所说甚是。我也素知陈希真乃智谋之士，即使他忌梁山受招安，亦决不肯如此用计，留老大败缺。但此武妓究竟是何处人，仁兄料得否？”鸣珂道：“卑职胡乱猜去，这女子多有是宋江差来的。宋江这猾贼，包藏祸心，其志不小。朝廷首辅，草野渠魁，皆不足以满其愿。他堂名忠义，日日望招安，只是羁縻众贼之心，并非真意。那侯蒙想以朝廷恩德招致他，真是梦里。这厮恐诏书到山，摆布不来，所以行此断桥之计，却嫁祸于陈希真，以遂其兼并之志。太尊可道是否？”天锡大笑道：“仁兄所见，正与弟同。”鸣珂道：“此事本不难料，宋江亦是要人识破，好截断了招安一路。不然，这等藏头露尾之计，亦最粗浅。吴用那厮亦深有机谋，岂非故意如此？”天锡点头道：“仁兄真高见。只是有一件事委决不下：天使在我境内遇害，责任非轻。那武妓无处擒捉，虽捉得吕方，那厮恃无对证，必然抵死不招，熬审亦是无益。宋江来救吕方，必动干戈。贼势浩大，我看此地城郭不固，池濠不深，断难保守。城中武将，只得都监梁横可用，他一人也不济事。若不严治吕方，天使遇刺之案无着；若严究吕方，一郡之地难保。仁兄却怎地教我良策？”

鸣珂沉吟半晌，说道：“此处有一智谋之士，太尊何不问他。”天锡道：“其人安在？”鸣珂说出这个人来，有分教：奸邪伏罪，审明无限阴谋；官级连升，干出有为大业。

毕竟说甚么人来，且听下回分解。

第九十三回　张鸣珂荐贤决疑狱　毕应元用计诱群奸

话说盖天锡闻得张鸣珂说有智谋之士,急忙问是何人。鸣珂道:“便是本府押狱司狱官毕应元。此人足智多谋,也省得武艺,不在我二人之下,何不请他来商议?”天锡愕然道:“我竟不知。怪道常见此人一貌堂堂,仪表非俗,我已有五七分敬他,原来果是个豪杰。”忙唤左右:“快取我名帖,请押狱毕老爷来。”

须臾,毕应元到来,当阶声喏施礼。天锡忙答礼,请上堂来看坐。应元道:“恩相在上,小吏怎敢坐。”天锡道:“正有事请教,岂可立谈?”再三相让,应元只得谢了,在侧首斜着身子坐下。天锡将前情说了一遍,应元道:“详报都省的文书去否?”天锡道:“天使遇害的初报文书早已发了,捉到吕方一干人的文书还未去。”应元道:“如此却好。这件不难:那吕方,梁山上失了他无所损,我等捉了他却有害,小吏愚见,放了他去。”天锡、鸣珂都道:“是何言也!这厮是有名剧贼,此案的要紧把鼻,如何放得?”毕应元道:“相公容禀:放了无害,只是有个放法。昨日见那吕方伴当内,为首的名唤钱吉,是个喽罗头儿。小吏见那人色厉胆薄,其余五十余人更是无用之物。相公若依小吏时,但用一番犬伏窝之计:待小吏先去私和那厮们打成一路,与他一同私逃,却在东门外埋伏人马,连小吏一齐捉下,却不要去捉吕方。却将小吏同那厮们一处监下,小吏自有方法去漏他的真情实话来。那时相公再提出来审问,小吏便是老大一个把鼻,那厮们赖到那里去!解上都省,只说就捉得这干人,不必说到吕方,也见得相公能办事。那边宋江得了吕方,必不加兵于此地。岂不两全其美?”

天锡、鸣珂都喝采道:“此计大妙。”毕应元道:“还有一件事禀知相公:那武妓也有些下落了,那厮实是梁山上贼徒,男扮女装。”天锡惊问道:“足下何处采访得?”应元道:“有一云阳驿掌内号的驿使在此。此人复姓钟离,双名复环。本是独龙冈祝家庄人氏,也曾在小吏家做过几年庄客。夜来是他来报，说道认识来接天使的吕方，是宋江身边之人，还有同是一般的一个人姓郭，却不见同来。比后看见那武妓，确是那姓郭的嘴脸，那声音举动毫忽无二。”鸣珂道：“他却从那里认识？”应元道：“我也这般问他，他说当年梁山灭了祝家庄，曾教他父亲俵散粮米，他也在内相帮，厮伴了五七日。只这二人在宋江身边寸步不离，所以认得厮熟。又说彼时，只见众人都叫他郭将军，却不知他是何名字，不知怎的反是他害了天使。小吏见他如此说，已留下他在外面伺候，相公可唤他来细问。”

天锡听罢，对鸣珂叹道：“仁兄真料事如神也。”又对应元道：“足下之计甚妙，明日我便当厅签发，将这干人与你管押了，便好就中行事。城中引兵埋伏，就请都监梁横去。”只见鸣珂起身道：“何必去请梁横，多的惊人动马，卑职不才，愿去干这勾当。东里司数百名弓兵，都是卑职心腹，不致走漏消息。”天锡道：“仁兄去更好，如要体己公人，我这里尽有，不必东里司去调。毕押狱之言，我已尽悉，不必再唤钟离复环进来，事成之后，多赏他些金帛便了。”当时商议定了，已是下午时分，张鸣珂、毕应元都辞了出去。

天锡升厅，教把梁山递呈人带来。那戴宗怀着鬼胎上厅来，下面跪了。天锡吩咐道：“你梁山要释放吕方回去，此事我专不得主，日后都省问本府要起人来，教本府如何回报？”便将宋江呈尾批判道：“尔梁山已知招安，只合在山寨恭候纶音，无端遣人迎接，殊属多事。今天使遇害，凶人未获，尔所遣之人在场，合与应讯人等，同赴都省，候朝廷明降，不得擅请释放。原呈掷还。”又教取十两银子赏与戴宗，道：“我也久慕宋公明是好男子，待他受了招安，再与他相见。你可速去。”戴宗见知府不肯放还吕方，却又如此和颜悦色，明知求也无益，只得领了回批、银子，谢了知府去了。

天锡又教传吕方上来吩咐道：“宋江来求释放你，非我不容情，因你是此案要证，不争放了你，教本府如何回话。我想你等众好汉，虽未接到恩诏，朝廷已降恩光，你到了都省，不到得治你叛逆之罪。只要辨得明白，洗脱了身，那时或放你回去，或先留你在省，我你都没干系。”便唤押狱毕应元吩咐道：“吕方这干人，在班馆内狭窄，你领去管了,须要小心。我也素爱他们梁山上的好汉义气,你休得苛虐他们。”毕应元领诺,当厅将吕方一干人,并监册簿子,领了下去。天锡见他们都下去了,暗笑道:“此计虽瞒不得吴用,若弄这班男女,却值什么!”遂退了堂。

却说毕应元将吕方一干人带回司狱衙署,点过了名,监在一处。公人领吕方到那一个所在,吕方看时,虽是几间小屋,却也干干净净,比府衙里班馆强多。当时众人安放铺盖,正端整时,只见一个节级走来,说:“老爷吩咐,请那位吕头领上去说话。”吕方吃惊,只得随了那节级,直到上房。毕应元早已降阶迎接,堂上酒筵已是摆好。应元请吕方上堂饮酒,吕方惊道:“小人是阶下囚犯,怎当恩相如此?”应元道:“头领休要过谦,只我小可虽是风尘俗吏,生平却最爱结交江湖上好汉。况头领是忠义堂上来的,正有肺腑之谈奉告,怎敢不敬。”便唤左右:“取酒来!先立敬头领三大劝杯,然后入席。”吕方只得谢了,饮尽,告罪入席,坐下。吕方心下狐疑,暗忖道:“他这些光景,莫非是知府教他来探我什么口风?须留心应对他。”只见毕应元殷勤相劝,吕方恐酒后失言,只推量窄,不肯多饮。应元回顾那亲随道:“吕头领的伴当们,款待酒食,你去照看,休教府衙里人晓得。”亲随应了出去。

吕方又起身谢了。应元议论些江湖上许多勾当,比较些枪棒法门,吕方随口应对,却处处留心听着。应元又问:“宋公明究竟怎样忠义?久慕他是奢遮好男子,只是不能得见。”吕方遂将宋江如何尊贤重士,如何仗义疏财,济困扶危,如今只是替天行道,只等受了招安,报效朝廷,众弟兄如何英雄了得,上下一心,同患同难,说了许多好处。应元听一句,点头一句,听罢,只是垂头叹气。吕方道:“相公何故感叹?”应元道:“我叹我没缘法,不能到他那里。如能到得,便死也甘心。”吕方道:“相公差矣。小人等是出于无奈,相公是朝廷命官,又遇这等好上司,何犯着学我们!”应元道:“头领还道盖知府是个好人哩!”吕方道:“盖知府这般仁厚,怎么不好?小人被捉时,只道不知怎样动刑,那望到如此恩待。他捉住我们,也是有司责任,不得不然,也难怪他。”应元看看左右,叫都回避了,便走近吕方,耳边低声道:“你死在眼前了,为何还不省悟?”吕方顶门上浇了一杓冷水,忙立起身问道:“此话怎说?”应元道:“你不要着慌,我细告诉你:盖天锡那厮,他待你如此,不是好意。他与陈希真最好,闻知陈丽卿刺杀天使,他却都要推在你们身上。捉到头领时,便要严刑拷逼,反要在宋公明这边追武妓的下落。是小可恐头领受屈,使个见识,禀道:这些贼骨头,抵死不认,拷杀也是无益。不如不去审他,只把口供文书做死了,一齐报解都省,刘彬、贺太平那里拼用些钱,只照初供办理,显得太守能办事。吕方这些人,且用好饮食调养他,不要饿得难看。盖天锡都依了我。头领,小可这计,为要救你一时之急,希图稍缓几日,再设法救你。不想又是那一个短命鬼,在知府前献勤,他说既是口供都做死了,就将吕方一干人,本地先处了斩。又恐上司批驳,叫我假和你通同,漏你们些机密事来做把鼻。只待我去报了,不过明后日,就要将头领主仆下手,都省上已差人去弥缝了。那厮只顾自己没干系,又要回护陈希真,行这没天理的事。却不知小可倒真心要投大寨,奇逢偶凑,特将真情说与你。”吕方听罢,急得手足无措,见毕应元这般说,再不料是假,便双膝跪下道:“救小人一命则个!公明哥哥遣小人来迎天使,实无他意,不料遭此奇祸,只求相公救命。”应元道:“我也无法,除是三十六计,走为上计,我设法放你走了。只是怎生走得?”

正商议间,只见亲随报道:“有一位官人来拜见老爷,他不肯说姓名,说老爷一见自认得。”应元道:“既如此,请客厅上坐,我便来也。”应元便换了衣服,到客厅上来,见了那人,心中早已明白。那人看着应元便拜,应元答礼道:“有何见教?”那人道:“可借里面说话。”应元道:“有话此处说不妨。”遂分宾主坐下。那人道:“押狱休要吃惊,在下便是梁山上天速星神行太保戴宗的便是。今奉宋公明哥哥将令,差遣前来,打听吕方的消息。谁知知府不明,反将他拿下,监在押狱这里,一命悬丝,尽在足下之手。在下不避生死,特来告知:若蒙救得吕方性命,不忘大德;倘有山高水低,兵临城下,将至濠边,打破城池,不问贤愚,一概难活。久闻押狱是仗义好汉,无物相送,三百两黄金在此。倘若要捉戴宗,就此便请绳索。好汉做事,休要踌躇,便请一决。”应元听罢，鼓掌哈哈大笑，道：“我道是甚么大不了的事，值得这般大惊小怪。只不过要放吕方，算什么大事！你且把三百两金子交与我，我便还你活活的一个吕方回梁山去。”戴宗听了，甚是疑惑。

应元携着戴宗的手道：“院长且请里面说话。”一面口里念诵着道：“江湖上都称赞忠义宋三郎，果然名不虚传。”戴宗随到里面，与吕方相见了，说起知府不准呈状之事。吕方道：“院长不知，此刻知府尚要如此如此，害我等的性命。幸亏毕恩公相告，方才得知。”戴宗大惊道：“似此怎好？”应元道：“事不宜迟，如今戴院长到此，正是天凑其便。方才吕头领既说院长神行法神妙，又能带了人同走，你们二人何不先走了？”吕方、戴宗同说道：“好是好，只是害累了恩公。”应元道：“不妨事，我也久要投托公明哥哥，只恐贵寨不容。”戴吕二人齐道：“仁兄说那里话，公明哥哥爱贤重士，求贤若渴，巴不得英雄垂盼，现在招贤堂上又聚了多少位好汉，只恐仁兄不去。只是仁兄如何脱身？”应元道：“我有脱身之计，便弃了这官。二位哥哥先请。我的一切细软，都弃掉不要了，我有知府捕盗火签在此，二位将了去，改作节级打扮，路上有人盘问，只说奉知府火签缉盗。我这衙门后土墙外面，是一条短巷，出巷便是东门大街，二位快走，只在一二里程外等我。我还要设法救出这一干孩儿们一发来。”戴宗道：“你怎生救他们？”应元附耳低言如此如此。二人大喜道：“真是妙计。”

正说间，只见一个来禀道：“知府相公差人来问老爷话。”应元大惊，忙将吕方、戴宗藏在侧首套间内。那人已进来了，应元出去见他。吕方、戴宗隔板壁听那人和应元好似分宾主坐下，从人递茶上去，只听那人问道：“吕方那干人监在何处？”应元道：“都在外面一处监着。”那人道：“知府相公吩咐之事，专等你回话。今教我来催你，休要怠慢。”应元答道：“方才也盘问了一回，漏不出甚么来。我想晚间把来灌醉了，只要将他山泊中的女将盘问一个真名姓来，便好做了。”又听那人道：“我也见那口供单上填的是什么一丈青，只不知一丈青的真名姓。”应元道：“既如此，我便盘他一丈青的姓名年貌便了。”又听得那人道：“押狱何故神色改变，声音都发颤，敢是有甚不自在?”应元道:“便是,我一则为此事委决不下,恐怕误了本府限期;二则实是身上有些贱恙。”那人道:“既如此,押狱从容办理,我去回知府话也。”便起身去了。应元送出去。

戴宗、吕方在房里听得,都面面相觑,吐吐舌头。应元转身进来,吕戴二人问:“此人是谁?”应元道:“是盖天锡的心腹人。休去睬他娘,我们走我们的。”便将钱吉一干人都叫进来,说明了此计。众人只是磕头。应元便叫吕方、戴宗扮了节级。戴宗把那三百金子都付与应元道:“哥哥将了,我二人轻身好走。”应元收了,便领吕戴二人到后园土墙边,掇张梯子,爬上去看时,惭愧,墙外苦不甚高。吕戴二人张见巷内却好无人,先后跳下去。包裹、腰刀应元已隔墙掷出去。吕戴二人拾来,背跨好了,出了巷,头也不回,得命的一口气奔出东门,到了一个凉亭子上坐下,已是申牌时分。二人一面缚了甲马,一面说道:“真难得这个毕押狱,如此仗义,山寨中又得一个好弟兄,我们在前面等他。他脱得身,我们才放心同回。”二人缚好甲马,戴宗作起神行法来,腾云驾雾也似的去了。

却说应元放了吕戴二人,暗地里差人去报知盖知府,便到前面去对钱吉等多人说道:“戴吕二位头领已得命走了,此刻时候不早,我们也就动身。我这里有知府的信牌,将你五十余人姓名开上,只说奉知府钧谕,解你们到城外良安营管押。我扮做押解官,你们都上了刑具。待骗了出城,我已有心腹人在城外,雇下五六十头口,骑了便飞奔梁山去。”众人都大喜。应元将他们都上了锁铐,自己全身披挂,提了兵器,备了干粮盘费,点起三五十做公的。只见几个亲随在那里交头接耳价议论,应元问何事。亲随禀道:“方才在府前,听说知府相公捉着了那个武妓,原来是个男子假扮,都说那人姓郭,是梁山上的贼。”应元偷眼看钱吉等人,俱各失色。应元道:“此刻可审讯否?”亲随道:“今晚都监相公请本府赴席,想是明日早堂审哩。”应元道:“如此还好,若今日要审,来提吕方,岂不坏了?我等快走罢!”当时出衙门上马,押解钱吉等一干人到城门边。城上军官来查问道:“毕押狱解这干人那里去?”应元道:“奉知府相公钧旨,解去良安营收管,明日起五更解去都省,有信牌在此。”那军官索取信牌看了,便放应元等出城。

那时已是黄昏,城门上攒点,将要关城。应元带了这干人出得城来,对钱吉道:“惭愧,却逃出虎穴狼窝也。待过了前面凉亭,人烟稀少,与众位松了刑具,骑了头口好走。”众人都似出了鬼门关,谁不欢喜。刚走得一二里路,只听得一片喊声,路旁拥出一二百人。为首那人身骑劣马,手提大刀,全身披挂,正是张鸣珂,大喝:“毕应元,你领这干人想那里走?”应元道:“我奉知府相公吩咐,解这干人到良安营去,有信牌在此,你怎敢问我!”张鸣珂道:“胡说!现在你的家奴首告你通同梁山,放走吕方,又带这干人私逃,知府教我来捉你,在此守候多时了,你辨到那里去!”应元更不答话,拍马挺枪来奔鸣珂,鸣珂挥刀来迎,那一二百人擂鼓呐喊。钱吉等一干人只叫得苦。应元、鸣珂战了多时,鸣珂将应元擒下马来,喝令绑了。那些应元带的亲随并做公的,都四方逃散。钱吉等原带着刑具,都走不动,不费擒捉。便叫点齐火把,一齐解回城来,叫开城门,纷纷的解到府衙。此时哄动了曹州城,都说好端端的一个毕押狱,不知怎的痰迷心窍,同梁山上贼人私逃,如今吃拿了,眼见难活。

不多时,鸣珂将应元并钱吉等解入衙署,盖知府已坐堂等候。众人纷纷的跪满厅下,天锡见了毕应元,拍案大骂道:“你也有一命之荣,昧良至此,何故通贼造反?”应元只不做声。天锡又骂道:“是我弄巧成拙,不合委你这厮。你把吕方放走那里去了?究竟是何意见?”应元叩头道:“恩相容禀:犯官……”天锡喝叫:“掌嘴!”左右答应一声,却不就动手。应元忙改口道:“小人昔日曾受吕方救命之恩,今到此际,不得不救,一时胆大,将他放走了。望恩相施恩,小人甘罪无辞。”天锡道:“此等胡说,谁来信你!”便对鸣珂道:“此辈收在监牢里终久不稳,本府主见,即时都绑去市心里处决了,只留那扮武妓的郭贼头解去都省。这厮们不必细审了!”鸣珂道:“禀太尊:今日是国家景命,明日方可动刑。”天锡道:“就是明日,且去收监。”当时将毕应元并钱吉一干人,都是盘头枷、观音钮、鬼吹箫、马蝗绊,重重叠叠,银铛镣铐,结实枷锁了,推入死囚牢里章字号狱底,都上了匣床,收封好了。却故意将应元匣床同钱吉的厮并着。收封放水都毕,笼门上了大锁。当牢节级牢子们都在外面安歇,牢门外四周围提铃喝号价守护。

那钱吉见了此等光景,又见应元认真放走吕方、戴宗,那里料到是假,便叹口气道:“我等死是分内,却累了押狱官人。”应元也叹口气道:“莫非是劫数,只是我得见公明哥哥一面,便死也无怨。今如此了结,为着甚来?”说罢,哽咽了一会。又问道:“我们山寨中头领,有几位姓郭的?如今吃盖天锡捉住的是那位?怎么武妓却是他?”钱吉停了半晌,答道:“押狱官人,老实对你说了罢,那是我们山上赛仁贵郭盛。”应元故意惊道:“郭头领何故刺杀天使?”钱吉道:“天使怎说是他刺的?”应元见他不肯说,正要设法再问,只听那边一个人道:“钱大哥,你也省说些罢!押狱官人虽是自己人,不争被外人听了,多惹是非。”应元道:“我们眼见上天路遥,入地路近,可想活到明日此刻哩!我与众位弟兄前生有缘,今世一处结果,但愿来生仍聚一处。左右不想活了,还怕惹甚是非,落得说说解闷。”数中大半吃应元说得悲哭,钱吉叹道:“我们到底不知还有救星否?”应元也叹道:“不怕众位见怪,若是吕方不去,公明哥哥念弟兄之情,必来相救。今吕方已去,众位虽是他心腹体己,到底差了一层,他岂肯为我们这三五十人,兴兵动众!俗语说得好:爱将如宝,视卒如草。我们性命决是无望。况说明日就要处斩,即使公明哥哥肯来救,也赶不及。”

众人听了,大半失声啼哭,小半长吁短叹,只叫罢了。内中一人道:“你们休要鸟乱,钱大哥报个时辰来,我来占个大六壬,看看吉凶,到底有无救星。”众人道:“正是,倒忘了你的课极准。”应元道:“也不必占课,你们还有一线活路好走,只我是无望了。”众人问:“有何活路?”应元道:“众位不知,这盖天锡与公明哥哥有杀兄弟的切齿深仇,一心要与俺山寨作对头,只苦不知山寨虚实。众位既是公明的心腹人,何不投诚了,将山寨中不犯紧要之事,呈明几件。盖天锡必欢喜,留下你们性命,岂不免了杀身之祸?众位肯时,此地张孔目我最和他相好,知府又听信他,我便替你们托了他照应。只有我决无生路也。”众人叹道:“好怕不好,只是苦了押头。”应元道:“何谓押头?”众人道:“官人不知,凡是宋大王的心腹伴当,都要有老小做当的,名唤押头。倘若下山走泄山上机密,或投奔了别处,便将押头尽斩,毫不宽贷。”应元道:“如此却也是难,只好由命罢。”便不多说。

看官,但凡人到将死,谁不指望生路。况这干人虽是宋江心腹,宋江觑待他们好,毕竟都是乌合之众,那里是孝子顺孙,便当真大忠大义。众人被应元几番言语,都有些心活起来。钱吉便道:“只恐盖知府未必真识得我,若真个识得我时,便与他出些力,也不枉了。”应元道:“钱大哥如此一表人材,怕不动得知府。只是山寨中机密事,也泄漏不得。”钱吉道:“如某几桩事,说也无害。”众人见钱吉松了口,便你一句,我一句,都吐些出来。应元便乘机探问,郭盛与侯蒙有何仇隙,却去杀他。问到这里,那众人还有些遮掩。应元故意发恨道:“叵耐郭盛这直娘贼,害了我等性命,误了公明哥哥大事,怎肯与这厮干休?明日法堂上,我一口咬定了他,叫这厮吃个鱼鳞细剐!”众人都道:“官人也错怪了他,这也不干他的事,实是宋大王将令,教他如此行的。”应元道:“岂有此理,我不信。”钱吉道:“官人,便那知道,宋大王实是盼望招安,只因奸臣满朝,官家蔽塞,深恐受了招安,仍遭陷害,那时虎落平阳,益发吃亏。所以不得已,只好将天使害了,希图再缓三五年,奸臣败露,再受招安不迟。杀天使一事,并非我厮瞒你,便是山上众头领也不得几人晓得。就是我们这几人,也直到下了山寨,吕头领悄悄知会的。今官人活是我们会中人,死是我们会中鬼,说也不妨。知府便不杀我们,也休要漏泄。”应元听了,暗暗点头,又问道:“既要行此事,却何故扮武妓?”钱吉道:“陈希真是我山寨对头,落得推在他身上。”应元见题目正旨已漏到手,心中甚喜,又问些闲话,听来已是四鼓,便合眼养神。

须臾,天亮了,当牢节级等来开封放水都毕,忽听一片吆喝道:“知府相公叫提梁山一干人犯听审。”只见无数提牢手扑进牢来,将应元、钱吉等人皆带出来。进得府衙,只见一个人出来传话道:“相公钧旨:只带毕应元一人进去先审,其余都押在仪门外伺候。”提牢手一声答应,便把毕应元脚不点地价抓了进去。仪门却就关了,许久不听见里面动静。钱吉等都魂魄不得归位,不知凶吉何如,看那光景,又不像处决,没处讨问消息,都怀着鬼胎。看来太阳晒下墙脚,忽听大堂上云板响亮，鼓声传出头门，吹打三通，里面一声吆堂，只见呀的一声仪门开了，里面喝叫："带进来！"提牢手将钱吉一干人牵着进去。只见仪门内两旁边槐树阴下，排列着雄赳赳做公的，上面站的都是军牢、皂隶、虞候、差拨，个个如狼似虎；又只见厅下阶前，摆着胳膊粗细的夹棒、紫檀拶指、挺棍、脑箍、好汉架、美人桩、独笏朝天、夜叉望海，种种狠毒刑具；又预备下姜汁、酒、醋、新汲冷水、药材、童便，一切喷唤昏晕等物，看得令人魂销胆碎。只见正厅上三副公案，分明是森罗殿上阎罗天子：当中那公案上，明晃晃烂银的签筒笔架，旁边架起敕印，一色都是大红披围；旁侧两副公案，一样体面。正中虎皮椅上，坐的自然是盖天锡；左边的便是巡政张鸣珂；只有右边坐的那一位，更非别人，便是昨夜一处监禁的那个毕应元，已是冠戴的威威武武坐着。众人齐叫声苦，不知高低，方晓得着了毕押狱的道儿。

牢子将众贼推在厅下跪了。只见毕应元竖起双眉喝道："兀那贼子们听者！你们夜来那番话，我都一是一二是二的禀了相公，不曾捏诬你们半句，从实顺了供罢。你们鬼也鬼，吃了老爷的漱口水。若牙硼半个含糊字儿，你们看那阶下的家伙，便教你们每件尝尝滋味，我却不来奉陪了。"众人都目瞪口呆，做声不得。张鸣珂喝道："还不快供，务要等刑法上身么？左右准备着！"阶下两边爪牙轰雷也似的一声答应。钱吉等见不是头，情知赖不去，只得都从头到底供招了，痛哭哀求道："实不干小人们之事，相公可怜，只说别处得这真情，休题小人供招，免得老小受害。"鸣珂将供单呈与天锡看了，天锡吩咐仍带去监禁。不说钱吉等都懊悔不迭，到了监里，彼此互相报怨。

且说天锡审了这案，便起身向毕应元打了一恭，道："此等重案，竟不烦一鞭一笞，便得水落石出，丝毫无遁，皆毕兄之功也。"应元拜道："小吏皆仗恩相威福。"天锡道："只是无故累了毕兄，受此一通腌臜，本府实不过意。"应元道："为国家公事上，如何论得。"天锡道："虽如此说，礼不可缺，本府已备下了。"便教将出来。左右忙抬上花红表礼，天锡当厅与应元簪花挂红，亲自敬酒三杯，吩咐将自己全副执事舆马，送毕押狱回衙；又教两班优人送去押狱衙内，演戏解秽；又将酒食银两等物，赏了应元、鸣珂手下之人，及一切公人。应元、鸣珂谢了退出，天锡然后退堂。这里开锣喝道，鼓乐喧天，将毕应元从府堂上送归衙署。曹州合城军民人等，方知是盖知府用计，都喝采赞扬不已。

次日，天锡复请鸣珂入署，商量道："此案卷宗，我已教押司们连夜叠成，你看可着何人解往都省？"鸣珂道："此案事情重大，况且难保这厮们不翻供。贺检讨是明白人，不用说了。只是刘彬非贿赂不行。卑职愚见，须得太尊亲去，一者可以将细情面禀贺检讨，二者刘彬贿赂不足，也好求他商议。"天锡道："仁兄之言甚是，然我想毕应元亦须同去。"鸣珂道："卑职近闻亦有调动之信，想不久亦到都省，与太尊相见。"天锡大喜，遂吩咐打造槛车，挑选公人，整顿行装，带印上省，委督粮通判代行公务，择日起行。鸣珂禀辞，仍回东里司去。

到了这日，毕应元已准备好伺候太守同行。兵马都监梁横来送，天锡嘱咐道："我不在此，一切事务，将军格外小心。"梁横道："此乃小将分内事，太守请无过虑。"天锡辞了梁横，即便起身。只见天锡头裹洋蓝扎巾，身披砌银软皮铠，左边跨一口浙铁磬拔剑，右边悬一根二十七节八楞铜鞭，穿一双卷云战靴，坐一匹白额黄骠马。伴当们掮着那口薄刃厚背通天雁翎七宝刀。端的人材出众，相貌非凡。毕应元将钱吉一干人都下了槛车，一齐起解。

众百姓见天锡解这一干人赴省去，无不欢喜。只因这一去，有分教：贤父母从此高迁，一方失怙；俗官员前来接任，百姓生灾。

不知盖天锡此去如何，且听下回分解。

第九十四回　司天台蔡太师失宠　魏河渡宋公明折兵

却说天锡、应元押解了钱吉一干人赴省，一路无话。不日到了济南府，进得城来，头站伴当引入公馆歇下。提刑检讨贺太平早接到文书，已委员弁来查点人犯，收入监禁。一切公项使费，俱是毕应元去说合。那应元才本能干，又善说词，此次解犯费项，却不吃亏。

当日，天锡换了公服，到检讨司前禀参。恰好衙中发晚鼓时候，贺太平尚未退堂，当时放参。天锡随着那承局参见了，递上由册折子。贺太平看了，打鼓退堂，随教天锡内衙相见，赐坐，问道："此案人犯，尽可委员弁解送，太守何必亲来？"天锡便将恐群盗翻供，刘安抚处须得打点之事说了。贺太平道："此说也是，但不知太守带了多少打点银两？"天锡道："五百两银。"贺太平道："济得甚事！这刘安抚是个极要钱的人，一切房费、盘费、过堂公款、朱墨纸笔，都休算上，只是通内堂，极苦也须得一千两银子；兜底包到，里里外外，总须二千余两，方只看得过。"天锡道："似这般怎地好？"贺太平道："我也拮据得紧，不能全行替你成全。你再去商量得五百两来，我遮莫与你凑一千两帮助你。"天锡拜谢道："得恩相如此成全，卑府方放下心。"

当下天锡辞了贺太平，回到公寓，与毕应元商量，恁地再得五百两。应元道："前日卑职原说这点银子不够，此刻若回曹州，往返多日。不如想个树上开花的法子，安抚衙内当案王孔目，卑职与他厮熟，太尊只须立纸文书与他，待结案时交付，岂不省一番急迫。"天锡依言。应元便去见了王孔目说明，王孔目也依了。上下都打点明白，那安抚使刘彬方才挂牌放参。天锡带了由册折子，并检讨使的公文禀见。那刘彬升厅，验了案由，问了备细，天锡一一禀了。刘彬教天锡且退，带钱吉一干人上来审讯，钱吉等都供认了。

刘彬将钱吉等收禁，遂与那几个幕宾商议具奏，奏称大略云：宋江不受招安，阳遣钱吉等迎接诏书，阴遣贼目乔扮武妓，刺杀天使侯蒙,抢去诏书。钱吉等惧罪自首,供出乔扮武妓之贼目郭盛,在逃无获。臣伏查钱吉等,虽属贼党,讯据不知情由,且见天使被害,畏罪自首,应姑免死罪,刺配沙门岛。查取职名,侯蒙遇害在前,护理曹州府知府之推官盖天锡任事在后,应免其失察之咎。前任知府某虽有失察,已死无庸议。其贼目郭盛,讯据已逃回梁山泊,应俟就擒之日,归案讯结。是否允洽,伏乞睿断等语。缮毕,便请贺检讨一同会衔具奏。贺太平道:"此案事关大盗逆命,镇抚将军张继,亦须知会他。"刘彬道:"检讨说得是。"就命备文移知张继。那张继是勋戚之后,世袭侯爵,镇守山东全省地方。虽是督领重兵,为一方阃帅,却是为人懦弱无能,一切军务大事,全仗夫人贾氏替他决断。

闲话慢表,当日刘彬依贺太平之言,移知张继去讫。忽报新任曹州府知府,从东京到来禀见。刘彬见了手本大喜。你道这新任曹州府知府是谁?却是高太尉的儿子高衙内。原来高衙内自从被陈丽卿割去耳鼻之后,高俅谎奏称是收捕陈希真受伤,官家准记其功,且赐医药。所以他不以为辱,反以为荣。得他老子之力,铨选曹州知府。那刘彬本是高俅提拔之人,今见高衙内,怎不奉承他?当时参见罢,即请入内堂私礼相见,宴会赠送,自不必说。刘彬就教盖天锡将曹州府印信交代高衙内,留天锡、毕应元在都省公干。高衙内接了印信,辞了各上司,带了仆从,得意扬扬到曹州赴任去了。早有细作报与梁山,那林冲在濮州一闻此信,便有攻打曹州之心。看官且莫性急,按下慢表。

且说当日戴宗、吕方两个离了曹州府,行了二百多里,方才天晚。二人卸去甲马,寻客店歇了,就住在店内。等了三日,不见毕应元一干人到来,二人疑惑,戴宗道:"吕兄弟且在此等待,我迎上去看来。"当日戴宗拴了甲马,作起法来,仍转曹州,正撞着盖知府、毕押狱解钱吉一干人动身。戴宗大惊,飞忙回到下处,说与吕方。吕方也吃一惊,二人急回梁山,报知宋江。宋江见吕方已回,大喜,遂罢攻打曹州之事。戴宗禀说前因,吴用便道:"此是番犬伏窝之计,钱吉等如何省得,必然被害。他既放回吕方,必然谎奏朝廷,反说我们不是。可烦戴院长速去东京探听消息。"宋江道:"说得是。"戴宗领命,当日扎扮下山去了。宋江见吕郭二人都回山寨，并无损伤，稍为放心，遂简练军马，观看动静。

且说戴宗直到东京，径投范天喜家，具道来意。天喜道："怎的山泊里坏了天使，把这招安弄决裂了？"戴宗道："你怎么颠倒说是山泊里坏了天使？这都是陈希真那贼道遣女儿来刺杀天使，阻我梁山招安之路，现有公明哥哥与太师的书信在此。"天喜道："你休题太师，目下官家盛怒，已将太师贬去三级，现为工部侍郎了。"戴宗惊道："此却为何？"天喜道："说也可恨，那日官家御司天台，占望云气，忽见太阳中心有一颗黑子，有棋子大小，当问左右近臣。彼时道士郭天信在旁，侍陪圣驾。那厮深晓天文，当时奏道：日中有黑子，是大臣欺蔽君王之象，恐宰辅侵权，望官家留意。天子听信此言，深疑在太师身上，恩礼渐渐衰薄。昨接到山东安抚司奏章，称说钱吉等供认，刺杀天使侯蒙之武妓，乃是我山寨中郭盛头领。天子览奏大怒，当唤入太师，大加申斥。那陈瓘、宋昭等一班儿从旁和哄。若不亏童郡王、高太尉力救，定将太师发配州军编管，如今已降了侍郎。这不打紧，如今官家又悬一口上方剑在至德殿上，有旨说：再有敢奏招安梁山泊者，立斩不赦。此刻只等种师道征辽奏凯，便拜大将征讨梁山。圣意已定，天怒难回，谁敢多说！"戴宗听了大惊道："似这般说怎好？现在公明哥哥有信，多多拜上太师，求他鼎力周全，兄长可怎生引我去面见太师？"天喜道："太师此刻已是不在其位，况近日忧愁成病，未便引你去相见。这信，我与你呈递上去。"

当晚天喜留戴宗歇在家里，将书信传递入去。次早，太师唤天喜入后堂多时；天喜回家，将了蔡京的回书与戴宗，说道："太师吩咐，多多致意宋头领，千乞看觑我的女儿、女婿。此刻虽失天宠，童贯与我心腹至交，我的事便是他的事，我重托他好歹在圣上前周全贵寨，众位头领放心为要。"又有许多金帛赏赐戴宗。

戴宗收了，不敢怠慢，当时别了天喜，拽起大步，作法回梁山泊去了。一见宋江，备说一切，呈上蔡京回书。众头领听了，俱各大惊。宋江听了朝廷不准招安，蔡京却失了宠，又喜又忧，对吴用道："可恨陈希真害了天使，刘彬这伙奸贼竟横架在我身上。枉是冤屈难明，不如兴师去打猿臂寨，擒得陈希真父女来，不愁没分辨处。”吴用道：“兄长之言极是，小可所以说过，不乘此刻攻打陈希真，待他养成气力，急切难图。近日狄云兄弟又病故了，此仇更当报。”

正说话间，忽报差到猿臂寨去的下书人回来，有陈希真回信带转。宋江唤入问道：“那陈希真如何？”下书人禀道：“那陈希真一见了大王爷的书信，十分钦敬，留小人客馆安歇。连留三日，酒筵相待。小人恐误日期，苦辞要行。陈希真方付了这封回书，又与了小人好多金银。”宋江、吴用心中疑惑，且看那信面封皮上写得甚是谦卑，却也欢喜。当时拆信与众头领同目观看，只见上面写道：

总督猿臂、青云、新柳三营都头领陈希真，谨覆书于梁山泊主宋公明阁下：尝闻古人有言：浩浩阴阳移，年命如朝露。万岁更相送，贤圣莫能度。抚易尽之光阴，而不于其间作消遣法者，愚人也。希真有生之后，虎豹其姿，豺狼其性，目尽图书，心通鬼物。幸生当盛时，光天化日之下，为无可为，遂移情方外，从事于导引辟谷，与夫朝菌蟪蛄度长絜大，不过一消遣法也。既而见忤于当道，遂潜伏爪牙，苟全性命。不意公明方快心于沂州之野，蚩尤横飞，惊霆不测，地轴震荡，百川乱流，巅无安巢，渊无恬鳞，俾希真失其栖迟，于是啸聚猿臂，为逋逃渊薮，脍肝杀越，行所无事。希真初不知绿林为终南捷径，而逆天害道，公然行之者，亦不过为消遣法也。希真既有猿臂，而公明之青云山当我咽喉，希真规取形势，欲戎马出入之利，是以袭而取之。卧榻之下，原非人酣睡地，不足问也。卓哉公明！谈忠论义，天下英雄莫不俯首。又蒙谊不遐弃，虽不肖如希真者，尚不惮以此二字谆谆惠诲，此固希真所未尝习闻者也。虽然，往训有言：不背所事曰忠，行而宜之曰义。又曰：智足以欺王公，而不足以欺豚鱼；忠义足以感天地泣鬼神，而不足以动盗贼之心。何则？盗贼、忠义之不相蒙，犹冰炭之不相入也。希真与公明同为跋扈飞扬，千载定论，莫不共见为剧贼渠魁，亦何所用其深讳？以贼取贼，不得为窃；以盗攻盗，不得为讨。青云本非公明所固有，希真取之不为贪，而公明不怒不为厚也。天子未尝以征伐命公明，而公明私自发难于猿臂不为顺，而希真悉力拒战不为逆也。方今宋室无东周之衰，而公明欲以匹夫行威文庄穆之事，希真窃疑之。夫天下莫耻于恶其名而好其实，又莫耻于无其实而窃其名。公明忠义之名满天下，而不察杀人亡命，有司所宜问，无故而欲效法黄巢；血染浔阳，世人所宜骇，乃饮怨衔毒，报复尽情，行而宜之之说安在？啸聚而后，官兵则抗杀官兵，王师则拒敌王师，华州、青州、东平、东昌，皆天子外郡，横遭焚掠；黄钺白旄，赏功戮罪，皆朝廷王章，俱为僭用，不背所事之说又安在？如是而犹自称为忠义，希真虽愚，断不能受公明教也。且夫希真所为，非不大类公明，然逆料天下后世，必薄责希真，而厚疑公明者，何哉？希真不敢树忠义之望，而公明不肯受盗贼之名也；希真自知逆天害道，而公明必欲替天行道也。无盐自惭媸陋，人皆谅之；夏姬自伐贞节，适足为人笑耳！假使公明果能奉天子明诏，鼓行而东，希真束手就戮，夫复何言。若乃假忠义之名，徘徊观望，必有先公明而为之者。公明自顾不暇，奚暇为希真惜耶？夙慕梁山强兵百万，公明韬略渊深，倘惠然肯来，希真亦有羸卒万人，靖壁以待。两相攻杀，彼此无名，亦一消遣法也。或胜或负，等诸触蛮之得失。所谓盗弄潢池，无足重轻者，何用假朝廷，说忠义，陈天道，如此惊天动地为也？谨复左右，其熟图之。

宋江看罢大怒，吴用等也都呆了。宋江气得面如喷血，手脚冰冷，不觉昏厥了去。众人忙唤，方醒过来。宋江大骂："希真贼盗，我与你势不两立！"众头领无不大怒。只见李逵在旁冷笑道："哥哥不听我的言语，却吃这厮奚落。"宋江大喝道："黑厮省得甚么，又来胡说！"李逵道："我虽不懂文理，只看哥哥见了书信，气得这般光景，必是那厮笑我们受招安。早知不听那鸟知府哄，岂不是好？"宋江听了这话越怒，要斩李逵。吴用喝道："哥哥正在不快，你省说句，靠后去！"喝开了李逵，又对宋江道："哥哥息怒，那厮依仗有些人马，要和俺对敌。正要去擒他，他倒来吹毛求疵，定要洗荡了那厮的巢穴。"宋江道："军师说得是。"

次日，宋江教裴宣计较下山人数。正说间，忽报濮州林冲头领差人投文来。宋江唤入，取信看时，乃是林冲探得高衙内做曹州知府，林冲记念前仇，要求公明准其起兵攻打曹州，擒拿高衙内，“千万与兄弟作主”等语。宋江看了，与吴用、公孙胜商量道：“林兄弟此仇不容不报，只是攻打猿臂寨这机会不可失，其势不能两顾，怎好？”吴用道：“可写信与林头领，劝他暂忍数日之气，等打猿臂寨得胜之后，定然与他报仇便了。”公孙胜道：“林头领每提起高俅陷害一节，怒发冲冠，眼中冒火。今日仇人相见，分外眼睁，虽写信去劝他，恐他未必忍耐得。贫道想，何不遣人去替他回来，同去打猿臂寨。一乃仇人离开眼前，二乃林头领武艺超群，须知少他不得，岂非两全其美？”宋江道：“此论极是。”当日便令双枪将董平往濮州去替回林冲，这里且按兵等待。不日，林冲回到梁山。宋江接着道：“非是不许贤弟报仇，奈此番攻陈希真，机会不可失，望贤弟助我。俟胜了希真，攻打曹州，报贤弟之仇，都在宋江身上。贤弟休烦恼！”林冲领诺。

当日便写下告示，将下山打猿臂寨头领分作两起：头一拨宋江、花荣、李俊、穆洪、李逵、杨雄、石秀、黄信、欧鹏、杨林，共带六千步兵，六百马军；第二拨便是林冲、秦明、戴宗、张横、张顺、马麟、邓飞、王矮虎，又去兖州调回时迁，以备探路之用，也带领六千步兵，六百马军。两起共是一万二千步军，一千二百马军。教宋清先备得胜酒筵，众头领欢聚一夜。宋江向吴用道：“那年我打祝家庄，先是自己去，未能得利，幸亏军师到来，助我成功。今仍欲烦军师同往，早晚可以商议，未知可否？”吴用欣然领诺。便又派吕方、郭盛同行，宋万、郑天寿接应粮草。卢员外并一切头领镇守山寨。当日宋江领众下山，杀奔猿臂寨来，早有细作报与陈希真。

却说陈希真自从吞并了青云山，又开得银矿，煎炼铜斤，又招抚散亡流民，开垦地亩，四方无业饥民多来归附，又令侯达提调窑器，私通客商，发去各路销卖，官府几番也禁止不得，因此兵粮充足。众英雄见希真并不劫掠而自丰富，都各欢喜。陈希真恐梁山来战争，将三寨钱粮计会一切事务，都委刘广、苟桓在猿臂寨掌管，自提精兵驻扎青云山。

那时正是三月中旬，天气和暖，祝永清与陈丽卿已成合卺之礼，正在新婚之际,连日庆贺宴会。自希真复了宋江信之后,乃集众英雄议事。众英雄礼毕,分班坐了。希真笑道:"可笑宋江这厮,把这等信来唬吓我。我等岂是受他笼络的,吃我回他这封书。那厮见了,不怄个死,也有九分没气。他必然兴兵动众,拼命而来,当如何对付他,愿闻众位妙策。"只见慧娘答道:"迩年来梁山正强,兵精马壮,今被姨夫一激,来势必然凶猛。兵法云:避其朝锐,击其暮归。何不深沟高垒,守老了敌兵。待那厮退去,随后掩杀,可获大胜。"

语未毕,只见祝永清道:"秀妹妹之言,虽合兵法,但我更有一计在此。我早料这厮要来,已差心腹人在魏河西岸,如此如此安排下了。今求泰山与小婿三千精兵,渡过魏河,背水下营。那厮若打从这条路来,先杀他个下马威,再依秀妹之计坚守。"希真大喜道:"你二人之计都妙。贤婿去时,三千兵恐不敷用,竟带五千兵去。我在魏河这一岸,扎营等你。"众头领听了,无不忻然。慧娘道:"玉山兄既有此妙计,奴家索性再助你一件器械。"希真问是何物,慧娘道:"甥女前日曾教水军用捍水囊籥,可以伏居水底,姨夫已准用了。今就以此法变化,造成飞桥。此桥亦用黄牛皮做就。这桥若拆散了,军士们身边可以分带。凑起来顷刻成一座浮桥,千军万马,任意可渡。用毕,顷刻可以收拾,毫无形迹。奴已备好在此,今玉山要背水立营,这桥正得用。"永清听了大喜。希真道:"且待梁山去的探子回来,便知端的。"

不日,细作回来报道:"宋江等领一万多人马来厮杀也。"希真便传令先将砖城工作停了,张家道口,除荀英领三百兵镇守钟楼之外,不许存留一人。一面去新柳营调回祝万年;又去虎爪关调回刘麒;猿臂寨调回苟桓、王天霸,派谢德、娄熊权去代领。这里兵马分作两起:第一拨祝永清、祝万年、陈丽卿、栾廷玉、栾廷芳、王天霸,共领步军五千,马军五百,下山渡过魏河,背水下寨;第二拨只是希真同慧娘、刘麒、苟桓四人,领大兵随后下山,就魏河东岸下寨。另拨一千军,带着飞桥,接应祝永清。分派已定,只等梁山泊军马到来。

却说宋江带领人马杀奔猿臂寨来,离青云山尚有二十余里,下了寨栅。宋江在中军帐里坐下,和吴用商议道:"我听说青云山左侧张家道口，四边都无依傍，敌兵难以把守，我就那里长驱直进如何？”吴用道：“不可。陈希真不比等闲之辈，岂肯留此大破绽，那里必有防备，莫如夹魏河立寨。”宋江道：“夹河为阵，他不肯来，我不可往，守到几时去？”吴用道：“事难预定，只可相机而行。且先使两个分头去探听路径，才可与他对敌。”宋江便差戴宗、时迁去探路。

次日一早，戴宗回来道：“陈希真差他女婿祝永清，同祝万年领一枝兵在魏河西岸背水下营，希真自己却在河那一岸，倚山扎寨。魏河里并无浮桥，亦不见一只渡船。祝永清的营盘系是五营，分东西南北中，海棠花式样安扎，背后紧靠着魏河。”正说间，时迁亦回来，说道：“小弟去张家道口打探，那张家道口空荡荡的并无一人一马，正在那里修造砖城，满地堆着砖石，亦不见一个工匠，四面各处看探，人影也无。只有十里远近，正中间一座钟楼，旁有几间小屋，想有些少兵丁居住，余无别物。任凭生人来往，亦不稽查。”宋江、吴用听了，甚是疑惑。宋江道：“这也作怪，却是何故？”忽报祝永清下战书，吴用批刻日交锋。宋江道：“他背水扎营，必有缘故，军师怎样胜他？”吴用道：“拔寨前进，我自有道理。就前面险要处安营，我兵初到，锐气甚盛，休要斗将，可与他混战取胜。我兵即或不利，可以退守。那张家道口必有备防，休去睬他。”

宋江依言，当命三军饱餐战饭，拔寨都起，离祝永清不过三二里之遥，依着树林，一字儿扎下三个营盘。中军是宋江、吴用、吕方、郭盛、林冲、花荣、李逵，左营是李俊、穆洪、杨雄、石秀、张横、张顺，右营便是秦明、黄信、欧鹏、杨林、戴宗、马麟、邓飞、王矮虎、时迁。安营已定，吴用对宋江道：“既与他混战，可将军马分为四队，奇正相生，必获大利。”宋江道：“有理。”当时宋江与林冲、花荣、李逵领前队，李俊、穆洪领左队，秦明、黄信、欧鹏领右队，杨雄、石秀、杨林、戴宗领后队，只有吴用、吕方、郭盛、二张、马麟、邓飞、王英、时迁守营。

分派已定，宋江正待领兵出阵，忽听得右军营里喊声大振，枪炮震天，连次来报：“敌兵劫寨，已杀入围子里，兵马不知从何而来。”宋江、吴用大惊，忙传令道：“右营已中奸计，中军、左营休动，切不可去救，那厮必有外应。但有外应贼兵来抢中左二营，不问多少，只把神臂弓射去,休容他近寨。"道言未了,中营后面早已火发,粮草堆齐着,人马乱窜。吴用只教休动,妄动者立斩,只将神臂弓、佛郎机保住中军,又吩咐左营一样如此。果然陈丽卿来抢中营,王天霸来抢左营,三五番冲突,都被神臂弓射回,不能杀入。那神臂弓是两人分用一张,一弓发三箭,长六尺,发远五百步,乃是宋朝利器。当时祝永清、祝万年从宋江营后杀出,乘势纵火烧粮,也被神臂弓、佛郎机阻住,不能杀到中军。只有栾廷玉、栾廷芳,出其不意杀入右边营内,逢人便砍。右营贼兵不及备防,吃栾氏弟兄杀得马仰人翻,那马麟、邓飞、王矮虎、时迁都从乱军中逃出性命。祝氏、栾氏弟兄四人,合兵一处,斩首无数,掌得胜鼓回营。丽卿、王天霸已收兵而回。

这一阵杀得那梁山兵胆战心惊,更不知猿臂寨人马从何处杀入。细细查看,中营后面、右营围子里,都有七石缸大小地穴数十处。原来都是祝永清预先使心腹人掘下的地道,料得宋江必在此等所在扎营,果然中计。当时查点,损伤二千余人,烧坏粮草器械无数,幸亏军师吴用镇定中营、左营,不致失利。宋江大怒道:"祝小畜生焉敢如此!"便传令起合营兵马前去厮并。只见探路兵来报道:"祝永清得胜后,便拔寨都渡过河去了。扎营处只是一片空地,一物全无。"宋江、吴用惊讶道:"这厮又不备船只,不搭浮桥,却怎生渡得这般快?"当夜宋江与众头领在寨中商议,都疑惑不定。

次日,宋江差人渡过魏河,直到希真营内下战书。希真批来日渡河交战,书后又批道:"夜来小婿行小狡狯,戏弄足下,幸勿介意。"宋江愈怒。次日,宋江严整队伍,在魏河西岸,摆成阵势等候,希真并不出战。宋江着人去催,希真回书谢道:"小女于归,今日正当弥月,敝寨设酒庆贺,无暇厮杀,故而爽约,望改期明日。"宋江怒极。气得个李逵暴躁如雷,道:"为何不渡过河去,怕他甚鸟!"宋江道:"兄弟也说得是。"便传令搭浮桥渡河。吴用再三苦劝道:"哥哥,你忘了天书上明明写着:临敌休急暴,对阵莫匆忙;急暴难取胜,匆忙多败亡。古来兵家犯此取败者,不知其数,兄长岂可蹈其覆辙。请暂息一时之怒,从长计较。吴某不才,管取一条计胜他。"宋江只得忍一口气,收兵回营。

次日，宋江又陈兵西岸，遣人去希真处挑战，仍不见动静。直至下午，希真方批回战书道："公明既善用兵，何不渡过东岸一决胜负？希真若半渡邀击，非丈夫也。"宋江脑门都气破了，对吴用道："这贼道欺我太甚，当用何法攻他？"吴用道："小可算定了，这厮欺我不敢渡河。我一面只顾搭浮桥，假作欲渡之势。仍将兵马分作两拨，兄长领一拨，今夜悄悄从上流头黄叶村渡过去，小弟探得那个村坊有百十家烟灶，多是渔户，水势尚浅，渔船甚多，可借他作浮桥。但必须另留一枝兵射住岸口，方可过去。一到彼岸，先占地利，扎下营寨，然后进战。小弟自同众兄弟从此地进路。两面策应，此河可渡也。"宋江听罢甚喜。

当日黄昏时分，宋江仍同花荣、李俊、穆洪、李逵、杨雄、石秀、黄信、欧鹏、杨林，带一半人马，投黄叶村去；吴用分一半人马镇住河口，催督军士铺搭浮桥，假作渡河之势。当晚宋江领兵奔黄叶村来，叫穆洪、石秀带数十个喽罗，先到村中去晓谕百姓："休得惊恐，我不过借此渡河，决不烦恼村坊。各宜安静，妄动者立斩。"穆洪、石秀领命去了。宋江到得黄叶村，已是初更天气，那些百姓渔户都来焚香迎接。宋江都安抚了，就叫借众渔户的渔船，趁月光下搭起浮桥。二更时分，早已完毕。宋江留黄信、欧鹏带领弓弩手，射住岸口，宋江同众好汉渡过魏河东岸，果然神也不知，鬼也不觉。宋江甚喜，暗传号令，人皆衔枚，马皆勒口，顺流迎下去。走得五七里，已近半夜时分，宋江同花荣相了地利，倚山傍水之处，住下兵马。宋江对众好汉道："吾在此处安营下寨，希真坚守不出以为得计，今已入其内地，再夺得他几处险阻，更有吴军师策应，那怕这厮不败！明日众位弟兄与我努力。"众头领欣然领诺。

宋江正令军汉们搬泥运石，掘濠凿堑，安立营寨，忽听半山里一个号炮飞入云端，四面喊声大起，猿臂寨兵马漫山遍野而来，梁山兵慌忙迎敌。两下交锋，混战了一夜，天色大明，希真方才收兵。宋江帐房器械失去无数，安营不得，只得屯在一个林子内。正与众好汉商议间，只见戴宗赶来道："军师请大哥不如收兵回去，河口浮桥已被希真烧断了。昨夜贼兵渡过河来劫营，吃军师防备得紧，只伤了些伏路兵，不曾吃他得便宜。特请大哥回去商议。"宋江道："我已渡过此岸，正好与敌人决战，何故退兵。"花荣道："既是军师如此说，定有妙计，哥哥须要依他。现在黄叶村的浮桥，得黄信、欧鹏把守，虽不妨事，恐再中那厮奸计，老大不便。"戴宗道："那厮渡河，并不用船只桥梁，在水面上来去如飞，正不知是何故。"宋江与众人都甚惊疑。

宋江听了这话，只得收兵回黄叶村。希真亦知宋江军有纪律，兵势未衰，不敢追逼，亦自收兵而回。

那宋江到了黄叶村，黄信、欧鹏接应，仍过了魏河西岸，令花荣、穆洪、黄信、欧鹏断后。归到大寨，吴用接入。宋江问吴用道："贼兵虽与我混杀一夜，不过小失了些人马器械，并未挫动锐气，军师何故要我收回?"吴用道："那厮昨夜亦来劫寨，吃我防备，不被他着手。我因见彼军渡河，不用舟楫桥梁，大有可疑，真有神出鬼没之机。深恐兄长有失，所以请回，从长计较。如果胜他不得，小弟愚见，不如且归山寨，再候机会。若旷日持久，粮草不断，兵马守老了，一发吃亏。"宋江听罢，沉吟不语。众头领亦意见不同，也有说退兵是的，也有不甘心退兵的。看官，就是熟谙兵法的人，到此也难预决。

究竟不知梁山兵进退如何，且听下回分解。

第九十五回 陈道子炼钟擒巨盗 金成英避难去危邦

却说梁山大众正在进退未决,只见宋江道:“我兵到此,岂可轻退。我想那张家道口正是进兵之路,军师在未发兵之先,曾说此路砖城未筑,最易攻取,今日为何还不走这条路,却又攻此地,岂不是舍易求难?”吴用道:“我虽如此说,但事有变更。那张家道口平坦坦地,四面无处生根,敌人就用重兵把守,尚且不能挡我。如今他无故弃而不顾,方圆十余里,不立一营一栅,便是无谋下将,亦不至如此疏虞。我料这贼道必有意外诡计,切不可中他机会。”花荣道:“军师之言虽是,然太把细了,也是一病。昔年汉末三分,诸葛丞相因西城难守,曾用空城之计,晋宣竟为所愚。今希真莫非就是此计?”宋江道:“我也这般想,那厮必是故意如此。我等只顾大队人马杀去,就那里下寨,再观虚实何如。”吴用又再三不肯道:“只有看透虚实,然后进兵,那有先进了兵,再观虚实之理? 兄长不听吾言,必然有失。”宋江道:“我烦动众弟兄到此,不得半点便宜,退兵实不甘心。”众好汉都叫道:“我等既到此地,岂可不战而退,愿并力前进,死也不悔。”吴用吃逼不过,只得定计道:“既然要去,他那钟楼必然古怪,不是号令,定是妖法。我兵不可全进,先差精壮军,乘他不备,悄悄进去,拆毁了他那钟楼再进兵。”话未说完,李逵便道:“我去!”吴用道:“你去虽好,但你做事粗卤,我再教时迁助你。你二人乘黑夜,带五百人去拆了钟楼,就放起旗花来报信。倘贼兵追来,休要迎战,只顾回来。”二人领令。

当夜,吴用请宋江暗传号令,只留些少兵丁虚守老营,将合营军马悄悄移到张家道口,安下营寨。李时二人引了五百精壮喽罗,悄悄进口子去了。宋江、吴用亲在辕门外观望消息。那夜阴云四合,星斗无光,望那张家道口,里面黑洞洞的不见一物,只有那钟楼上点着灯火,十余里外都望见。

好半歇，约莫那李逵、时迁早已到钟楼边，许久并不见些动静，也不见旗花飞起。宋江、吴用一同直等到四鼓，不见动静，心中甚疑。又差几个探路小军去探听。那小军探了一转，来回报道："那钟楼安然不动，李时二位头领并那五百人，影迹无踪，不知那里去了。四周围十余里，都是空地，并无人迹。只有钟楼上并几间小屋内，却有几个人都睡着。"宋江、吴用听了都大惊。吴用道："我说这厮必有诡计，如今天已大明，李逵等人一个不回，必遭毒手了。此路断乎攻不得。"宋江道："非也。两个兄弟进去，不见虚实，如何便舍了这条路罢休。我只顾进兵杀入去，死也要救两个兄弟！"

吴用且教去各村口处，捉得几个乡人来，问道："尔等居此多年，可晓得陈希真在此建立钟楼，是何缘故？"乡人答道："小人等虽居此地，实不知其细底。那钟楼自起造到今，亦从未撞过。只听得那些喽罗们有四句歌儿，念诵道：好个九阳钟，只消一声撞；贼兵来一万，活捉五千双。亦不晓其意。"宋江道："这厮多敢是惑人之术，休去睬他，众兄弟那位去打头阵？"只见杨林、石秀、邓飞、王英一齐应道："小弟都愿去。"宋江大喜，便令四员头领分领四千兵马，当先杀入，先拆钟楼，再长驱大进。吴用无奈，只得将后军分作三队，随后接应。中队乃是宋江、吴用、花荣、穆洪、吕方、郭盛，左队乃是秦明、黄信、张横、张顺、杨雄，右队乃是林冲、李俊、欧鹏、马麟、戴宗。分拨停当，杨、石、邓、王四将当先进发。

却说苟英仗九阳钟，震倒了李逵、时迁和那五百人，活捉了解到希真大寨。次日，正在钟楼上观望，只见一大队贼兵，约有四五千人，飞奔杀来。苟英大喜，待他走入界限，便撞动神钟，镗地一声，只见那四千人都马仰人翻，七横八斜睡在地下。两旁小屋里奔出数百喽罗，各带麻绳，将众人慢慢的捆缚起来，一个个穿在杠子上，扛猪也似的抬了去。宋江等在后面，望见大惊。秦明、黄信两骑马急忙飞抢上前去救。那钟又是镗的一声，秦明、黄信连人带马也都倒了，都吃捉了去。

宋江只叫得连珠箭的苦，无法奈何，只得收兵回营。宋江大哭道："不听军师之言，果中这厮诡计。如今八个兄弟遭他擒去，性命在于呼吸，如何是好？"吴用道："已中其计，不必说了。这厮诡计多端，又有妖法，不如暂与他讲和，救回八个兄弟，再作区处。”宋江道：“与他讲和，须一能言舌辩之士方好。”便问那个愿去，只见帐下一人应道：“小人愿往。”宋江看时，乃是冷艳山的头目王俊。宋江道：“我亦深知你的才能，正要重用你。你若救得八位头领出来，决不负你。只是不可失我们梁山的体面。”王俊道：“爷爷放心，小人决不贻羞而回。”宋江当时修一封书付与王俊。

王俊领了书信，带了四五个伴当，竟投希真大寨来。辕门小校报入中军，希真唤入。王俊上前礼毕，希真问道：“宋头领差你来，有何话说？”王俊道：“宋头领特差小人来讲和。”希真道：“我原不曾来惹你梁山，尔主无故加兵，殊不合礼。不知尔主讲和之意若何？”王俊道：“宋头领传言：陈头领如肯放八位头领回寨，即刻卷旗收兵，永不相犯。现有宋头领书信在此。”希真听罢，大怒道：“宋江匹夫，焉敢藐视我！我这里兵强马壮，战将如云，岂惧怕你这梁山，谁希罕你收兵？”便喝刀斧手：“推出王俊斩了！”王俊大叫道：“头领且慢，听王俊一言。”希真喝道：“饶你有苏秦、张仪之舌，我这里也下不得说词。速与我斩来！”刀斧手不容分说，将王俊推了出去。祝万年道：“两国相争，不斩来使，主帅为何斩他？”希真道：“不斩其使，不足以示威。”少刻，刀斧手献上王俊首级。希真教付与他的从人带回，说道：“宋江要来打话，须着晓事的来。王俊无礼，我已斩了。”从人战兢兢的道：“……小……小人……去……去说。”当时领了首级，赶回营去报知宋江。

宋江气得目瞪口呆，做声不得。吴用忿然道：“待小弟前去，凭三寸不烂之舌，好歹要救八个兄弟回来，死而无怨。”宋江那肯放他去，说道：“这贼盗不达情理，万一连军师都害了，怎好？”花荣道：“不如小弟前去，那厮未必敢加害。即或害了，梁山少了兄弟，如九牛之亡一毛，军师岂可轻动！”宋江亦不肯教去，花荣执意要行。吴用道：“花兄弟可以去得，我料那厮未必就害兄弟。但须见景生情，随机应变。”花荣道：“小弟理会得。”宋江只得依了。

花荣当时带了仆从，直到希真营来。希真闻是花荣，开门接见。礼毕，分宾主坐下，花荣开言道：“公明哥哥深仰将军，欲通盟好，将军何故见弃,致动干戈?昨日八位兄弟被留,我公明哥哥又遣人求和,将军不听,竟斩使毁书,不知尊意待欲何为?"希真道:"两雄不能并立。我希真堂堂大丈夫,只有天在上,更无山与齐,岂肯寄人篱下?公明把忠义二字来哄我,我岂受他欺的?况舍亲祝氏所得何罪,惨遭剪屠,尤志士所同愤,我正待助小婿报不共戴天之仇,焉肯与你讲和!"花荣道:"非也。当年祝家庄与俺山上作对,不能不和他厮并。今与贵寨须无仇隙,而将军不肯相谅,率意谩骂,无故伤害和气,乃至交兵,将军又不肯出战,只仗诡计法术胜人,恐为天下英雄所笑。将军如果执意,我花荣愿与八个兄弟同就斧钺,由将军与公明厮并。天道难知,恐将军未必定是胜,梁山未必定是败也。望将军察之。"希真道:"贵寨虽与我无隙,只是窃据争夺之事,那里论得情理。况小婿灭族之仇,岂有不报!兵不厌诈,我自有胜公明之计,将军如何管得我来?至于八位头领在此,我佛眼相看,并不伤害。只要公明晓事,我便送归。一面只顾决胜负,公明不畏我,我亦不畏公明,何必讲和哉!"花荣道:"将军尊意,待如何还我八位兄弟?"希真道:"梁世杰夫妻,碌碌庸材,你们尚且取了蔡京十万金珠,兀自不肯放还。今贵寨八位英雄头领,岂敌不过蔡京的女儿女婿?物有定价,我亦只要八十万金珠,还你八位头领。"花荣道:"既如此,且待我回明了公明哥哥再说。"

即时辞了希真回营,见了宋江,具言此事。宋江道:"一时那得许多金珠?"吴用道:"可一面到兖州支取,一面去本寨移动,两处合来,何止此数!若破了猿臂寨,真所谓暂寄外府也。"宋江道:"军师之言甚善,速差人去办,兄弟们的性命要紧。"当下一面去办金珠,一面回复希真,带下战书。希真只不出战。宋江五七番下战书,责备希真失信,希真只是不睬。

宋江与吴用商议:"他不肯出战,这钟又不能破,怎好?"吴用道:"我想要破妖法,除非请公孙一清来。"宋江依言,正待发使去请公孙胜,忽报郑天寿解粮,有轰天雷凌振同来。宋江唤入,见毕,宋江道:"凌兄弟来此何故?"凌振道:"公孙军师已知敌人有妖钟挡路,我兵不能取胜之事。他说此钟名九阳钟,备先天纯阳之气,只有玄黄吊挂可以破得,奈此宝现在二仙山罗真人处,一时不能去取。特与卢员外相商,令小弟带了几种炮位来,倘能轰倒钟楼,敌军可破矣。”宋江大喜,当时点收了粮草,郑天寿仍去转运。

宋江见粮草充足,可以久持,颇为放心,即令凌振就张家道口筑起一座土山,将炮车载了一座劈山铜炮,数十名炮手推上山去,四面下了桩索。凌振去对准了照星,将火药、炮子、门药都装齐备,只等宋江号令。宋江引众头领出了营外督看。宋江令凌振开炮,一面严整部伍,只等得胜杀人。凌振领令举火,三军呐一声喊,火机落处,只见火门内的火光,要要要放花筒也似的冒出来。凌振大惊,识得炮要炸裂,忙滚入山下土坑内去了。只听得一声响亮,大炮崩炸,天摇地动。那些炮子铜片,满空飞开,反把自家军士伤了数百人。那些炮手逃得慢的,都被炮炸死。宋江只叫得苦,幸喜凌振脱了性命。宋江问凌振是何缘故,凌振道:“炮内毫无毛病,定是这妖法利害,炮不能伤。”吴用道:“我想妖法最惧秽污,何不将炮子污了打去,何如?”宋江道:“有理。”当取了些猪狗血、大蒜汁,将炮子染了,仍叫凌振再装起一座红衣架海炮,炮上也涂了秽物,依就举火开炮。这番不比前番,凌振早已备防,只将那药线接着火门,点火之人早已避开。宋江与众人都立在远处观望,只见药线着到火门,那火药依就冒出来,不多时一声响亮,大炮依然炸得粉碎,那座钟楼安然无事。幸防备在先,不曾伤人。

早有守钟楼的人飞报陈希真。希真听得,即带随身将吏,都佩了太阴秘字,齐到钟楼来。苟英迎上楼去,希真与众人遥望梁山兵马,只见阵势如云,却都不敢前来。希真笑对众将道:“吴用虽善用兵,岂知我的玄妙。我这五雷都箓大法,并非邪术,岂惧枪炮火具哉!”众将俱拜服道:“主帅神机,真不可及也。”希真就命苟英将那神钟连撞一百单八下,只见团团九里之内,祥云霭霭,瑞气纷纷。宋江那枝兵马,虽在界限之外,听得那钟声,兀自头晕心摇,立脚不定。料知利害,只得收兵。希真望见贼兵都退,就吩咐在钟楼上摆筵席,希真与众英雄欢饮至半夜方散。不说希真回营。

且说宋江收兵,闷闷不乐,正与吴用商议进退之策,只见林冲满面喜悦,领着一员新入伙的好汉,身长七尺,三十七八年纪,来参见宋江。宋江见了那大汉，问林冲道："这位兄弟是何处英雄？姓甚名谁？"林冲代答道："这位兄弟姓戴名全，本贯曹州人氏，端的一身好武艺。因他须发皆黄，江湖上都叫他做'金毛犼'。家中有巨万家财，专喜结交豪杰，久要来聚大义。兄弟当年在东京时，亦曾会过，有一面之交。今高衙内这厮做了曹州知府，庇护家丁，又贪他的家财，将他寻事陷害，现在把他兄弟、儿子都捉入监牢，又来捉他，所以戴全连夜投奔我大寨。因闻知小弟同哥哥在此地军中，所以竟到这里，特引他来见哥哥。"戴全又将高知府才庸性虐的行为，细诉一番，"现在儿子、兄弟在囹圄，命在旦夕，望乞救援"。宋江听罢，问吴用道："难得这位豪杰兄弟来聚义，怎好不去救他。只是我与陈希真相持，胜败未分，弃之不甘，食之无味，势难兼顾，如何方好？"只见吴用听了戴全之言大喜，叫道："哥哥，这个利市真是天赐的，如何不去取！所谓见可而进，知难而退。这猿臂寨枉是无隙可乘，不如丢开，去取曹州，一者杀了这班贪官污吏，为民除害；二者为林冲兄弟报仇；三者得他的仓库钱粮，可助山寨军需，岂不妙哉！"林冲亦求宋江道："望哥哥移兵向曹州，替兄弟出这口无穷冤气。"宋江道："曹州也是一府之地，急切如何破得？"吴用道："取曹州易如反掌。"遂附耳低言道："只须教戴全和凌振如此如此用计，曹州唾手可得。"宋江听了大喜，说道："此计果然妙绝，且等金珠到来，救出八位兄弟，便可收兵。"不日，梁山、兖州二处，先后解到八十万金珠。看官，这梁山虽是富饶，骤然提出八十万金珠，亦不容易。宋江也觉得肉疼，无奈为兄弟面上，顾不得空乏，只好使用。当时吴用、宋江商定主意，竟将八十万金珠先解去希真营内，然后讨还八位头领，就命花荣前往。

花荣到了希真营内，希真见宋江将金珠先送到，已知其意，就吩咐将秦明等八人放出，交还花荣。谢德谏道："宋江既将金珠先送来，正是错打主意。兵不厌诈，何不趁此际会，收了他金珠，不放人还他，日后梁山受我们的牵制，岂不是胜算？"希真道："非也。汝等不知，宋江非蔡京可比。蔡京先送金珠与宋江，是昏愚不省事机，所以蔡京终受宋江所欺。今宋江先送金珠与我，是欲示信于人。我若不还他八个人，我的理曲，他的理正，他的兵气愈壮，众心愈固。拼出了八个头领，破釜沉舟价与我死并，毕竟我的兵力尚不及梁山，一旦失利，真乃贪小失大也。两军气力相当，尚不敢使敌人有必死之心，况敌强我弱乎？”众将俱拜服。希真又吩咐将擒来的众喽罗，并马匹衣甲器械，尽皆付还，都交与花荣，不缺一件。仍以酒筵相待，送出寨去。

花荣等都谢了，同众人回到宋江营里。宋江见九个兄弟一同回来，悲喜交集。八人都拜谢宋江，宋江流泪道：“八位兄弟失陷，我痛不欲生。今得重会，实出万幸，八十万金珠何足惜哉！”众人无不感泣。秦明、邓飞道：“希真妖法如此可恶，必须设计破他。”宋江道：“此刻我已改图了。”遂将戴全之事说了一遍，众人大喜。宋江当时传令，将后队作前队，拔寨退兵。

早有细作报与希真，众英雄都要追赶。希真道：“不可。吴用多谋，闻知他粮草充足，忽而退兵，恐防有诈，且再探虚实。”数日内，连差去细作陆续来报：“宋江果真退兵，遣八员头领断后，就是放回去的那八个人。现在已去远了。”希真道：“这也古怪，这厮并不挫动锐气，何故便退？”祝永清道：“想是梁山有甚事故，这厮有内顾之忧，所以收兵。”希真道：“也未可定。吴用极会用兵，见难而退，不可去追他。这厮平白送我八十万金珠，我所获多矣，只顾培我们的根本要紧。”

那猿臂寨自梁山攻打不得之后，希真连夜催筑城垣，三月完功，亘长十三里，与新柳城接连，十分坚固。就将九阳钟楼移在新柳城西门外，离城七里，禹功山上建立。那里是个紧要所在，梁山兵来必由此路，所以希真将钟楼移于此处，以作新柳保障。希真又命在黄叶村渡口，添设一座炮台，令刘麒分管。希真见张家道口城郭完工，一切关隘坚固，银矿内瓷器十分得利，兵粮充足，众英雄各守旧职，戮力同心，乃欣然对慧娘道：“今而后我高枕无忧矣！”慧娘道：“虽则脚跟立定，那兖州不能恢复，未为得意。望姨夫早定妙策，若得了兖州，归降朝廷，真无愧也。”希真道：“甥女之言，正合吾意。只是那镇阳关十分险峻，急切攻打不下。不日我同你改装了，亲去踏看地利，再做计较。”于是希真大聚众英雄，于万岁亭上参谒龙牌，请众英雄各归职守。一面只顾招兵买马，积草屯粮。希真仍同慧娘驻扎青云。自此以后，希真镇守三寨，端的安如泰山，稳如磐石，威震山东，无人敢敌，专候梁山之变。放下不题。

单说宋公明拔寨退兵，不日到了兖州。那李应等头领都领兵出城迎接，宋江见那镇阳关十分险峻，兖州城、飞虎寨都守御得法，真是金城汤池，一夫当关，万夫莫入。宋江看了，心中甚喜，便把全军都屯在兖州，只差凌振同戴全先到曹州按计行事。

看官，须知说话的只有一张嘴，著书的亦只有一枝笔，若要交代两处事务，须得暂放下宋江这一边，且讲那戴全和兄弟戴春是怎样的人。原来他父亲叫做戴聚发，原是徽州典当中伙计出身，绰号“铁算盘”，真是丝毫不漏，那怕一文钱，情愿性命抵换。那典当东人胡华廷，与他性格相仿，却带几分呆气。戴聚发便浸润着他，格外做出诚实正经的模样。胡华廷爱他忠厚而又精明，倾心付托。铁算盘设法经营，生意越盛。不数年，胡华廷抱病，呜呼哀哉死了，孤儿寡妇，尽托于铁算盘。铁算盘连欺带骗，东边诓称折本，西边假说倒灶。那胡华廷的老婆女流之辈，儿子又年轻，专好游荡，那里去稽查得，听他冬瓜推在葫芦账上。铁算盘又趁势暗使他的党羽纪明，引诱胡华廷的儿子使钱，嫖赌吃着，无不全备。铁算盘却又故意在人面前苦言劝阻，使人不疑心。不数年间，铁算盘把胡华廷所有内外家资，一鼓而擒之，弄得胡家母子，寸草全无。几处亲友，素来都被胡华廷做绝了，到此无不畅快，谁来照应，老老实实，冻饿而死。

那铁算盘恐人看出破绽，也故意做出那倒灶行径，口口说“我吃胡家害了”。在徽州鬼混了许久，暗暗的带了两个儿子，溜到山东曹州府，将骗来的家私撑立起门户来。不数年，家财巨富，在曹州城里称得豪富，城内城外谁不晓得戴老员外。那时戴员外年已六旬，单单只有这戴全、戴春两个宝贝。这两个宝贝，虽是同这爹娘生下，却又情性迥别：那戴春生得风流花荡，三瓦四舍，大小赌坊，无不扬名，一切帮闲篾片，无不厮熟，曹州人取他一个浑名，叫做“翻倒聚宝盆”，取其一文不能存留之意；那戴全另是一家行为，身有千百斤膂力，专好耍枪弄棒，结交好汉，——不然，如何认得林武师？——不论偷鸡吊狗，好的歹的，都是朋友。两个拆家精，挥金如土，不务正业。那铁算盘年已老迈，平日熬茶熬醋，半文舍不得，今见儿子们狂费浪用，又奈何不得，气成一种症候，叫做反胃噎隔，看着饭吃不下去，又不肯舍钱医治。就是这一年，铁算盘因重利盘剥，逼出一件人命来，吃盖青天审讯明白，拘入死囚牢里。那戴全、戴春两个，那里肯为老子身上使钱，由老子在牢里受苦，不到一月，也呜呼哀哉死了。

铁算盘已死，这兄弟两个一发无拘无束，畅所欲为，一宅分为两院，同居异爨，各败各钱。场面上为老子的事务，少不得也有些假戏，都掼与帮闲篾片及家人们料理。那戴全早已自在逍遥去了。一日，到西门外一个结义弟兄处吃寿酒，座上朋友无非是江湖豪杰，至好弟兄，相见有何不喜，大家说些闲话。将要坐席，只见一个庄客上来道："小人又去催请过金大官人，金大官人说因身子不快，故此辞席。"戴全道："所说莫非就是天河楼前武解元金成英么？"主人道："正是。"戴全道："却也作怪，小可因此人端的一身好武艺，仗义疏财，所以十分敬奉他，近来不知何故，他却与我疏远，今日仁兄处又托故辞席。"主人道："这也奇了，想是我们有些不是处，改日见了与他陪话。天时不早了，我们且请坐席。"席间谈谈说说，也讲些江湖上的勾当。欢饮至夜，众人方散。

惟有戴全因酒酣路遥，就歇在那家。次早别了主人进城，因记起金成英，原欲到天河楼去，顺上大路，恰迎面遇着一个人，戴全却是认识。原来那人是安庆人氏，姓毛，并无正名，因他秃顶，人都叫他毛和尚。生得身轻步捷，纵跳如飞。那年在徽州胡华廷家行窃，胡家失物不少，戴聚发也便趁势干没了许多。后毛和尚因在阳湖县窃一富户破案，刺配到曹州，闻知戴全仗义，已来投拜过的，今日正好遇着。戴全见了便招呼道："毛兄多日不见了。"毛和尚道："正是，小人受大官人抬举，未曾报效。"一路谈谈说说进了西门，顺大街走，不觉到了天河楼前，戴全便同毛和尚进了一爿小酒楼。二人上了楼，拣副座头坐下。酒保上来问了，摆上一大盘牛肉，烫了一大壶酒。二人饮到分际，戴全指着斜边约有数十间门面远近一所门楼道："你晓得他家是怎么样人？"毛和尚道："大官人为何问起他？"戴全道："他是我仇家。"毛和尚忙问何仇，戴全一一说了。只见毛和尚目张眦裂道："竟有这等事！大官人放心。小人却知那厮也有些膂力，急切近他不得，求大官人宽限时日，总在毛和尚身上，管取他的头来。小人走得脱，便去赶办；若有祸来，小人一身承当，决不累及大官人。但与大官人从此长别。”戴全感谢。又吃了两大壶酒，毛和尚道：“不瞒大官人说，他家却是小人的亲戚。”戴全倒吃一惊。毛和尚又道：“他既如此欺负大官人，小人也顾不得了。此等不义之徒，留他何用！”戴全听了大喜道：“难得毛兄行此义事，倘有山高水低，我戴全自当竭力打点。”二人谈至肴残，方才会钞下楼，毛和尚竟一别而去了。此事放下慢题。

且说戴全顺步而走，一路想着毛和尚肝胆可托，不胜自喜。酒兴豪涌，恰好经过一个大酒楼，是曹州有名的叫做凤鸣楼。戴全身不由主的跨上酒楼，拣副座头独自畅饮，正在欣欣得意，只见一个刺眼的人也上来了。你道是那个？原来不是别人，便是他嫡亲同胞兄弟戴春。看官，他们弟兄两个为何如此不睦？自古道：孝弟，孝弟。孝弟二字，原是相连拆不断的，不孝又焉能悌？他两个待老子如此，待弟兄可想而知。若务要问个细底，连我也不晓得。只见那戴全也不则声，慢慢地吃完了残酒，大踏步下楼去了。

那酒保早已上来问过戴春酒菜，戴春道：“便是玉楼春取一壶来，一切按酒只拣好的搬上来。”酒保应了，须臾搬上来。戴春独自慢斟细酌了半日，方下楼来，付了酒钞，缓步上街。正在呆想出神，恰遇着一个人，那人正是徽州的纪明，戴聚发叫他引诱胡华廷儿子破家的。原来纪明排行第二，徽州有名一个帮闲的，也胡乱学些枪棒武艺。后来也因一起讼事，徽州站脚不住，听得戴聚发在曹州发迹，特来投奔他。那知铁算盘晓得他的行为，恐怕他反把自己的儿子引坏了，没奈何暂留他住了几日，便钻缝打眼，寻他一个错处，与他闹了一场，推了出去。

那纪二吃铁算盘赶了出来，只得东奔西走，鬼混了几时浮头食，不上半年，渐渐有些出头，也另外撑出个场面来。那日因有事到天河楼前，却与戴春遇着。

戴春见了便叫道：“纪二郎，许久不见，约有半年光景了，你在那里？怎的我家只不来？便是先君在日有点些小伤屈，你也不要见怪。”纪明笑道：“那个值得甚么，尊翁归天，我还不曾来吊唁。”当时纪二便盘住了戴春，又说了些投机的话，便邀戴春到一所酒楼上畅饮。戴春口风里但涉着嫖赌二字，他便逗引几句。戴春问道：“你此刻住在那里？”纪二道：“我住在莺歌巷一间楼房里，二官人要寻我时，须认明姚三郎的画店间壁便是。”戴春道：“敢是那丹青姚莲峰家么？”纪二道：“正是。”戴春道：“我也晓得那人年纪虽轻，丹青却是高手，我久要寻他画幅小照，你在那边好极。”纪二道：“你进了巷来，我和他是贴间壁。他那丹青手段，二官人赞得不错，莫说别的，就是这几笔春宫画，曹州第一有名。他近来很赚些钱，都是春宫画上来的。”戴春甚喜。二人又吃了几杯，又逗引戴春好些话儿。纪二夺会了酒钞，便道：“小可还有薄事，不奉陪了。”戴春猛想起一件事来，对纪二道：“二郎，要你坏了多钞，我同你到天河楼前凤鸣酒楼上去，回敬你三杯。”纪二道：“小可委实有件要事，改日奉扰罢。”戴春一把拖住道：“时候早得紧哩，二郎直如此见外。”说罢拉着就走。纪二口里还说有要事，那两只脚已跟了戴春去了。

须臾，到了凤鸣楼，二人上了酒楼，纪二便引戴春到临街窗一张台子坐下，酒保搬托酒菜上来。戴春对纪二道：“我酒是有了，你量海宽用几杯。”又说些闲话，戴春便指着对街一人家问道：“二郎认得这是甚么人家？”纪二道：“却不认识，二官人问他则甚？”戴春笑道：“我几日前也在这副座头上，看见他家楼上有个极标致的雌儿，不知他姓甚，家里作何生理。料你是个高人，必然晓得。”纪二听了，暗想道：“原来他见过这个人了，倒也妙极，只可惜不及打照会。”便答道：“这却不晓得。既是二官人要访问时，待我去打听实了，定来报命。”戴春甚喜道：“全仗妙计。”便取过酒壶来与纪二满斟一杯道：“先浇梅根。”纪二笑道：“知道成不成，怎的便消受？”戴春道：“托你焉有不成。”说犹未了，只觉得对面楼上人影儿一晃。戴春急看，果然是那个宝贝移步上来。戴春便对纪二道：“你看，来了！”说罢，只顾伸长了颈脖子张望，看见那女子手捧绣花棚子，走近窗前，将棚子支好，捉一把小椅子坐了，略卷衣袖，露出纤纤玉手，拈针刺绣。初夏天气，穿一件湖色藕丝衫，鬓边簪一排玫瑰花，金蝉压鬓，点翠耳珰，生就一张莲子脸儿，乌云细发，星眼樱唇。纪二道："敢是二官人所说的？"戴春只是点头。纪二轻轻喝采不迭，猛然忍不住咳嗽一声。那女子便回眸相看，便把秋波来二人身上一转，落落大方，毫无避忌，只顾刺绣。戴春悄悄道："二郎，你说何如？"纪二侧着脑袋把下颏连摇着道："我今日服煞二官人的法眼了。"

二人重复坐下，又吃了一回酒，纪二口里嘈道："二官人但放心，此事都在纪明身上，多则三五日，必要捞他个底里来。"戴春大喜。正说间，只见那女子楼上又来了一个婆子，年约五十以来，衣服却也清楚。那女子便向婆子笑着说了些话，那婆子也笑着，便帮那女子收了绣棚，同下楼去了。这一去，就如石投大海，再不上来。戴纪二人等了多时，酒肴已残，只好散场。下得楼来，戴春叫店主登记了账，同上大街，闲游了一回。将要分手，戴春千叮万嘱，务要打听那女子底里。纪二连声应诺，转订戴春明日到莺歌巷来奉茶。戴春应允而别。

纪二徘徊了片刻，见戴春去远，便回转天河楼前，径到那女子家里来。原来这女子祖籍徽州，本身姓阴，小字秀兰。他父亲名叫阴德显，因为人鬼头鬼脑，故尔出了个浑名，叫做"阴捣鬼"。阴捣鬼的浑家田氏，便是方才楼上的那个婆子。田氏年轻的时节，与纪二素有来往。再说那秀兰向有一个阿姐，名唤秀英，也是烟花阵里的主帅，在徽州时夺得好大锦标。纪二引诱那胡华廷的儿子，在他身上老大使钱。那时秀兰年纪尚幼。后来胡家败了，阴捣鬼携了家小到东京，又做了好几年半开门的买卖，结交些不三不四的人。乌龟真没造化，花娘一病死了，阴捣鬼只得改图，又同了家小一氽两氽氽到曹州，却改姓为杨。不上一月，阴捣鬼也死了。秀兰年纪渐长，田氏愁丈夫所遗囊橐不多，要求个久远之计。因见秀兰十分姿色，比阿姐更好，一心要干旧日的买卖，怎奈人地生疏，没处寻个拉皮条的马泊六。也是孽缘与劫数相凑，曹州府该有这番刀兵屠戮之惨，数月前田氏将他丈夫尸棺浮厝了，携了女儿，移在天河楼前居住。一日，正在门前闲看，恰好撞着纪二。两人本是旧好，一见甚喜，田氏便邀纪二坐谈，各诉离情。

纪二见秀兰长大,亦是欢喜。田氏便将心腹之事说与纪二,纪二便道:“此事容易。据我想来,莫妙如照当年纠合古月儿的做法,最为稳当,而且多有钱赚。不可像那东京时的胡乱,捞摸得有限,又吃那些破落户啰唣。”田氏道:“阿叔说得是极。有了阿叔调度,我便放心了。”自此之后,又是多日,恰好纪二兜着了戴春。其时不及关照,只好等戴春转背,飞奔秀兰家来。田氏迎着笑问道:“所托之事有了?”纪二笑道:“阿嫂怎地猜得着?”田氏道:“方才见你在酒楼上这副贼相,我便有三分瞧科着。”纪二便将戴春的事一一说了,田氏道:“何如?我早猜到。方才那个猢狲精,有点意思。”纪二只是嘻嘻的笑,田氏笑道:“这副嘴脸,倒亏你那里去寻来的!”秀兰立在娘背后,也笑道:“娘时常说害干痨,那人真像个害干痨的。”纪二道:“你们如果不要他,就罢,你自己去另寻个戴员外。”田氏道:“我不过取笑,谁去嫌他?他如今到底对你怎样说?”纪二道:“有甚怎样说,自然对路。我明日如此引他来,你只须如此如此而行,必然十全其美。”田氏大喜道:“全仗妙计。”纪二道:“他明日必然一早来寻我,我且明日来。”遂辞婆子回家。

纪二一路走,肚里暗想道:“可恨铁算盘这老贼!当年用得我着,何等买嘱我。胡家的家资,我又分得你没多少。今来曹州投奔你,你便如此相待,不留我也罢了,还要千方百计想害我。好呀,你如今拖牢洞死了,你的儿子却落在我手里。我想他那里帮撑的人多,我到他家必遭刻忌,不如兜他到这里来,如此切摆为妙,他一定上钩的。有理,有理!”纪二一路鬼划策,已到了莺歌巷里。只见姚莲峰正在收店面,上排门,相招呼了,又立谈了几句,各归本室。寸阴易过,看看红日落西山,不觉鸡鸣天又晓。纪二早起梳洗方毕,见戴春果然来了,甚是欢喜,请到里面坐下。戴春笑问道:“所托之事,有些信么?”纪二道:“二官人,信便有些了,只是二官人昨日吩咐的话,恐行不得。”戴春听了着实吃了一惊,道:“到底怎的?”纪二微微笑道:“其中有个缘故。”正是:痴蝶贪花,被一阵狂风吹去;娇莺织柳,用几番春色钩来。

不知纪二说出甚么缘故,且听下回分解。

第九十六回　凤鸣楼纪明设局　莺歌巷孙婆诱奸

话说戴春闻得事体行不得，吃了一惊，追问纪二怎的。纪二道："有个缘故。"戴春急问其故，纪二道："昨日桃花巷口与二官人分手，看看太阳尚高，小人便到那家左近邻居打听。却探听不出甚么，只知他家姓杨，说他家由金钗巷搬来的，小可奔到金钗巷，那里又打听不出甚么。正在无计访问，恰遇着张九朝奉，谈起他家，方知是个诗礼之家。他丈夫是个黉门秀士，今来山东游幕，好像是别省人，不甚清楚。其人前月身故，家惟母女二人，虽不富足，尽可度日。"戴春一腔欲火挫了一大半，纪二又道："二官人，非是纪明不肯出力，那话如果是真，此事如何行得！"戴春呆了半晌道："总仗二郎再去打听，自当重谢。我们且上街去。"

纪二请戴春先吃了些茶食，便同去几处窑子里姊妹行中鬼混了一回，又上街闲走。纪二一路看得戴春神不守舍的光景，不觉又行到天河楼前，重复到那凤鸣酒楼。戴春便邀纪二上去饮酒。上得楼时，只见靠窗那副座头，已被一伙酒客占去，二人只得另拣一副座头坐了。且喜斜望过去，对面那楼窗也看得见，只苦略远些，又可恨那楼窗却厮闭着。过卖搬托酒菜上来，纪二只顾劝饮，说些闲话。戴春那双猴眼，只钉在对面楼窗上，苦得钻不进去，只得收眼回来看着纪二道："二郎，你那信息，那里打听来的？"纪二道："不是说过张九朝奉讲来的。"少顷道："且慢，那张老九素来说话不大诚实，此信多敢不是真的，改日再捞个真底里来回报。"戴春听了心窍豁地一开，喜不自胜，说不尽仰仗话头。二人又对酌了一回，戴春道："我们且下楼去，此事总望商量。"那纪二忽的立起身来道："二官人且请坐坐，我有个计较在此，去去就来。"说罢飞奔下楼去了。

戴春等了许久许久，方见纪二上来，急忙立起笑问道："何如？"纪二道："啐，我道是那一家，原来远在千里，近在眼前，却是我家的亲戚。”戴春大吃一惊，道：“怎的是你亲戚？”纪二道：“他家是我的母党，那妇人是表嫂，他的公公便是堂房母舅，那女子是表侄女儿。”戴春故作惶恐，赔罪道：“倒是小弟放肆了。”纪二道：“这倒不打紧，虽是亲戚，却多年不转动了。疏失已久，所以昨日探知他姓杨，丈夫是秀才，都想念不到。方才记起一个人来，其人也姓张，是此地老土著，熟悉左近人家，因而去问他。”纪二说到此处，向对面楼窗努一嘴，道：“方知真是清白人家，他丈夫名唤士发，实是我表兄。”戴春听罢，呆得做声不出。纪二又道：“二官人，非是纪明不用心，即使此刻前去，与他见了，往来厮熟，亦难好启齿。”戴春道：“既如此，休再提了，另作计较罢。”言毕，出神呆坐。只见对面窗门豁地开了，却是婆子上来晾衣，戴春看那晾的是一件大红湖绉女袄。不多时，那妖精挪步上来，就在窗前与婆子打话。那张芙蓉粉脸，吃那大红湖绉一映，好似出水朝霞。他又把双星眼望着戴春眨了一眨，冉冉地随了婆子下去。

《老子》云：不见可欲，使民心不乱。戴春自从见了阴秀兰，本已神魂飞驰，当不得被纪明弄得忽起忽倒，昏天黑地，那把欲火只在肚里打团团。当此之时，怎好再经那妖娆当面一照，可晓得戴春的三魂七魄，早已零零星星提了一半过楼去了，还剩一半在酒楼上与纪二问答，又对纪二道：“二郎，你和令亲有几年不见了？”纪二道：“自从那年尊翁离徽州时，小弟也往苏州，算来与他阔别十四年了。”戴春道：“他和你交情如何？”纪二道：“我和他的交情，尊翁尽知。那年尊翁做五十大庆时，大官人又是十岁，小弟送的《百寿图》，还是表兄写的，敢道府上还不曾弃掉。后来大官人十八岁上恭喜完姻，当年生子，我那杨表兄又替我做了些诗章，后因我有要事出门，未曾送来作贺。至于我同他的交情，自不必说。”戴春道：“既如此，你此刻为何不去转动转动？自古道：千年不断亲。”纪二道：“咳！原是。不瞒二官人说，我一则初到，不曾打听出来；二则小弟两手空空，就是今朝晓得了，怎好白手白脚的到他家去呢？”戴春道：“你只不过要买些礼物，何不早同我说？”纪二道：“二官人肯借我银子时，我有个计较在此。既是你教我去转动，我只说方从东京下来，我们先在本处买些京货，只说是土仪，将去送了他。二官人只说是同伴，陪我同去走走。”戴春拍手大喜道：“此计大妙！”纪二道：“我还有一个主见在此，只是妄僭些，倒像讨二官人的便宜了，却不敢说。”戴春道：“你又来了，我同你共事，有甚话说不得！”纪二笑道：“事体倒巧的，小弟的拙荆恰好也姓戴，有一个内侄儿，名唤福官，自幼随他父亲到四川去，至今永无音信。这件事我那杨家表嫂尽知，二官人何不冒充了福官，只说由四川发大财回来，同我由东京一路到此。倘表嫂肯留我住，你便是亲眷，常常好来看望了。”戴春听了，笑得个嘴不能闭，连声叫妙，便道：“竟如法而行之，何不今日就去？”纪二道：“今日大家红着脸，不像样子。何争这一日，且到明朝，先把应用礼物买了，慢慢地同二官人去何如？”戴春听了，慢吞吞道：“也是。”

二人吃罢了酒，纪二又夺会了酒钞，离了那座凤鸣大酒楼。戴春又同到纪二家中吃茶。原来纪二的住房，是一排三间八椽楼屋：其一间是姚莲峰开画店，一间纪二居住。里面还有一个老婆子姓孙，只有母子二人，住居楼上，并后边小屋内。纪二住在堂前后轩。须知纪二与那孙婆子也是心腹，还有一间楼房空着。戴春顺便看了一回，又同纪二到姚莲峰处谈些闲话，要托画小照、扇面等事。姚莲峰极力张罗。看看天色将晚，戴春告别，约定明日再来。

次日一早，戴春又来，便邀纪二去买京货。纪二道：“二官人且听我一言，今日去是这般去，只是我那表嫂不是那些不正经人家，二官人断断啰唣不得。”戴春正色道：“二郎说那里话来！前日已说过是你的令亲，我戴春是顶天立地的大丈夫，怎肯干那亏心之事？只是爱你不过，如此却长好亲近。”纪二笑道：“如此最好，实是体恤小弟。但也不必十分拘束，只要随常大方些便好。”

二人同上街去，到了蒋大隆京货庄上，买了几色京货，都是轻巧细软值钱的东西。两人分携了，到那天河楼前，酒楼紧对门，楼房门首。纪二上前扣门三下，只听得里面问道：“是谁？”纪二道：“府上姓杨么？”里面道：“你们那里来的？”纪二道：“远方亲戚，特来奉拜。”只见那婆子来开了门，纪二道：“大嫂，多年不见了，还认识兄弟么？”那婆子定睛细看，叫声：“阿约，你可是纪二表叔么？”纪二道：“嫂嫂记性真好。”婆子道：“难得，难得，请里面坐。”纪二便招呼戴春同进里面，婆子道：“二阿叔那阵风儿吹到这里，多听人说阿叔发了财了，果然面庞儿比二十多岁时发福得多哩。这位官人是谁？”纪二和戴春先放下了礼物，纪二道：“说起话长，嫂嫂先请受纪明一拜。”那婆子回拜了，纪二便指着戴春道：“此人说起来，阿嫂也该认识。”婆子道：“是那一位？”纪二道：“便是兄弟的内侄，散金大舅的儿子。”婆子道：“哦，是了，莫非就是戴福官？”纪二道：“正是。”婆子道：“你看好快日子么，见他时不过三四岁，眨眨眼就是这表好人物，我们怎的不要老！”戴春忙上前以晚辈之礼见了婆子，婆子让他二人客位上坐。纪二便把礼物移到婆子面前道：“我等自东京下来，带得点土仪，请嫂嫂收了，不要见笑。”那婆子假意谦让了一回，道：“既是叔叔见赐，大胆领了。”婆子便叫声：“小猴子来！”只见里面走出一个僮儿来，婆子便叫把这几件礼物收拾进去。

不一时，那僮儿搬出两盏茶来，婆子又教安排些按酒果品。纪二、戴春听了立起身要走，婆子拦住道：“那有这个道理，至亲嫡眷，多年不见。这戴官人虽是你的亲，也就是我的亲，同在此吃杯水酒何妨。”遂将二人留定了。婆子又开言道：“阿叔自出门后，一向在何处？怎样得意？”纪二道：“兄弟出门多年，虽做几桩生意，也不见好。”指着戴春道：“倒还是他，随了大舅到四川，大获利息。前年大舅去世，他却满载而归。近来到东京，却与兄弟遇着，另因一起买卖，一同到曹州来。到此已有十余日了，原不知道大嫂住在这里，昨日恰好遇着张九朝奉，说起方知，所以今日来奉拜。只可叹大表兄不在了。”田氏叹口气道：“说不来，愚嫂的命该苦，又无儿子，只有秀兰一个女儿，将来只有靠他，又不曾许人家。倘能招个养老女婿还好，却那里拣得来！”纪二道：“秀兰侄女今年几岁了？”田氏道：“十八岁了。”纪二道：“怎的还没有人家？”田氏道：“便是高不成，低不就。据他老子的意思，家资要稳当，又说我家是世代书香，也要配个书香人家俊秀子弟，所以至今没处挑选。他的阿姊，那时全亏二阿叔做的媒，许得好人家，只可惜不到头。”

正说话间，只见那小猴子摆上杯筷果品。大家谦让一番，婆子笑着对戴春道："福官人，你休要客气，我同你不比外人。你的姑娘、母亲在日，我同他们都如亲姊妹一般的，你那时还在门槛边抓鸡屎哩。今日难得你姑夫同你到此，我正少个亲眷，一回相见二回熟，你自此也好长来看看我。"大家又是一笑。婆子敬酒，慢斟细酌。戴春坐在纪二肩下，生辣辣不敢多说话，只好拣纪二嘴里说剩的说几句。不觉又说到秀兰，婆子道："这小妮子生得单弱，昨日晚上教他到楼窗口收件晒晾的衣服，就感了些风了，今日竟不曾起来。不然，我便叫他出来拜见二叔叔。就是这位戴哥哥，也见见何妨。"戴春连称不敢当。那婆子留客却甚殷勤，惟戴春觉得无趣，又坐了一回，便与纪二辞别了婆子。婆子送出门来道："今日待慢了二位，务望改日再来，一则我本来少亲人转动，二来秀姑娘也须得见见。"纪二道："望望侄女，我便道再来。"戴春道："奉望贤妹，便道再来。"

二人离了婆子门首，行不数步，戴春问道："方才你那表嫂，说你替他大女儿做媒，是那一家？"纪二道："表嫂最相信我，他那大姑爷姓马，那家当虽不及府上，却还过得去。那时节，我去一说便成。"戴春听了，便把那心里这句话，咯咯的在喉咙头要吐出来，几次三番，却只得咽下去。又闲走了一回，约日再会。自后戴春日日来寻纪二，纪二只用腾挪之法。又耽延了几日，纪二吃戴春缠不过，只得又同了他到阴婆家来。那秀兰风寒果然好了，只见钗环叮当，轻移莲步，随了婆子出来，先拜见了纪二叔叔。婆子又将秀兰拉向戴春前，也拜了两拜，戴春慌忙回礼。少不得又是酒食相待，戴春依着纪二的嘱咐，只得规规矩矩的。倒是那秀兰，喜笑酬答，落落大方。有时眼角梢到戴春身子，那戴春好似蛆虫钻入骨里，里面异常受用，外面却动掸不得。彼此说些家常闲话，酒食已毕，又坐谈了一回，只得告别。

自此之后，戴春三日两头来邀纪二去转动，婆子无不款待，但说话之间，总不提及媒事。戴春实实按捺不住，有一日又到莺歌巷来，与纪二攀谈，大宽转说到媒事上去。纪明便拈着那两片狗嘴须，微微的笑，只不答话。戴春见他笑得蹊跷，便问道："二郎为何事只顾笑？"纪二道："我在这里猜一个人的心思。"戴春道："猜那个？"纪二道："二官人休见怪，我听你曲曲折折说到做媒，甚是蹊跷。"戴春正色道:“二郎怎说,我戴春岂是这等人!只是,只是……”纪二道:“似二官人这样身分,也不算辱没了我这侄女儿,只有一事却难。我表嫂不是说要配书香么?我那内侄福官,却是不读书的,连上账字还不学全,我表嫂都知道的。如今二官人既冒充了福官,便不是书香了,他怎肯把女儿许与你?”戴春听了,呆了半晌。纪二又道:“据我的意思,富与贵原是一样。难道登科及第的方是好女婿,千财万富的便不是好女婿了?倘我那内侄果真发财,我纪明有女儿便肯许他,只不知我那表嫂的意思何如,我且去探探他的口气看。”戴春大喜道:“全仗二郎周旋。”纪二道:“且慢,还有一事不妙。”戴春惊问道:“又有甚事?”纪二道:“我前日说你发了大财,我看那表嫂兀自有不信之心。”戴春道:“怎见得?”纪二道:“你但想你到他家不止一次了,他却从不问起你在四川、东京怎样经营,这不是不信你么?”戴春沉吟半晌道:“这也极好商量,前次几件礼物是你送的,我如今也送他些东西,比你送的格外体面,怕他不信么!”

看官,凡是大家游浪子弟,使钱如泼水,他并非和银钱有仇,却另有一种念头,最怕有人说他廉俭,有人说他没钱。所以篾片就从此处设法激他,一激一个着,十激十个着。那纪二将戴春激到手了,便道:“二官人这般计较,必定妥当。但此刻且缓,总待我去探探口气,再作计议。二官人且请稍坐。”说罢,即起身到阴婆家去了。约有半日方回,只见戴春在姚莲峰店内闲谈,一见纪二,便撇了莲峰,进纪二家来问道:“怎样了?”纪二笑嘻嘻道:“有点意思了。”戴春忙问何故,纪二道:“他说那老父在日,原要寻个书香人家,如今年纪大了,与其东不成西不就,不如拣个稳当的将就些罢了。又问我有甚好郎官,留意留意。你想,这不是有点意思么?”戴春听了这话,登时四体百骸都酥软了,大喜道:“二郎,这头媒事成功,我戴春定当重谢。”纪二道:“只是我说起戴福官发财,表嫂终是疑心。起先连我也不解,后来方知上年有人传到表嫂耳朵里,说那福官在四川已经潦倒不堪。我以前不知有这个信息,却谎说发大财。今日我忙说传来谣言不可凭信,现在同我一路回来,委实富厚,表嫂兀自半信半疑。”戴春踌躇一回道:“二郎,既是如此,连这送礼物之说也不必了。令表嫂既肯信你言语，你去说媒时，竟爽爽快快说明，一切聘礼与大众格外不同。你替我担认一句。”纪二道：“二官人说得极是，我去说媒时，竟说福官人亲口嘱咐的，许他重聘，谅他不再起疑了。”戴春大喜，纪二道：“二官人，此事在我身上，包管你成功，不必疑虑。今日我们且别处耍子去。”遂同上街，酒食闲走了一回。将要分手，纪二道：“二官人，且过几日来讨消息。”

戴春应诺而去，果真挨了三日，又到莺歌巷来。纪二道：“所事已谈过了，杨家表嫂说起福官，也甚欢喜，只是有一件事，要二官人亲口应允。”戴春道：“甚事？”纪二道：“我表嫂不是说的，他这女儿要招个女婿养老，二官人既要定他，务要吩咐一句。”戴春道：“这有何难，令嫂有缺长少短之处，我戴春无不竭力。”纪二道：“如此焉有不成！”戴春喜不自胜，就到莺歌巷口一酒楼内，沽了一角酒，拣些过口，叫酒保送到纪二家来。

正在堂前欢饮，只见里面孙婆笑着出来，对纪二道：“这碗梅汤到嘴了。”纪二举杯笑道：“就请大嫂尝尝何如？”戴春动问是那一位，纪二道：“是孙大嫂，与小弟同居。一切我的家常事体，都承他照看的，端的为人又精明又能干。方才我想起这起媒事，小弟只好做女媒，少一个男媒，何不就央他的令郎大光官做个男媒？”戴春道：“甚好。”满敬了孙婆三杯酒。孙婆也一同坐了，老老实实吃酒攀谈。纪二道：“此事还有个计较在此：二官人喜事成功之后，若说娶他到府上去，恐尊夫人处有些不便；若入赘到他家，他那里门临大街，来往人多，二官人进出恐有人打眼，走漏消息。依我看来，我们这条巷倒还僻静，又有间壁现成房子空着，二官人何不租了这房子，接他母女来同住：一者避了众眼，二者纪明就在间壁，三者孙大嫂诸事能干，都有照应。”孙婆笑眯眯的指纪二道：“怪物，怪物！有你这等聪明人，若把戴二娘子知道了，只怕要活活打死哩！”

当时纪二便去寻了房东，看了房屋，只见堂前、后轩、天井、过廊、灶披，色色都好。这房子与孙婆贴间壁，孙婆与姚莲峰贴间壁，后面还有一所小园，可以种些瓜果。望见孙婆那边，早已搭了一架瓜棚，绿阴齐放。中间却都有土墙隔断。戴春看了大喜，随即立了租约。

纪二便去说媒，自然顺顺流流一说便成。戴春连日匆忙拿出些银子来，托纪二、孙婆办了簇新家伙铺陈，一面赶办聘礼，足有三二千两的火气。戴府上的人都不得知，纪二、孙婆从中取利，沾润不少。纪明、孙大光两个媒人，赍送聘礼财帛，到天河楼阴婆家，道了吉期。

到了这日，戴春打扮得花簇簇迎接，阴婆母女离了天河楼，到了莺歌巷新宅，成合卺之礼。新丈母的孝敬，媒人的谢礼，格外从重，愈加体面，自不必说。那戴春得了秀兰，如得明珠，如饮醍醐，如登仙界，如归故乡，说不尽那鸾凤和谐，鸳鸯欢畅。那阴婆到曹州不上几时，又有鬼姓蒙混，况与戴春又是花烛姻缘，堂堂皇皇，端的无人识破。就是戴春平日的帮闲闻知此事，也不过道纪二瞒着他们，引诱东家娶了个两头大，心怀妒忌而已。但木已成舟，只得由他。纪二暗地对婆子道："阿嫂，我计何如？"婆子感激非常。

谁知乐极生悲，冤家路窄。一日，阴婆门前闲看，瞥见一个人来，阴婆认得那人是东京矮脚鬼富吉。婆子急避入去，忙关了门。原来阴婆在东京时，带着秀英干那个买卖，富吉曾诈过他的油水，所以避他。那富吉早已看见，便缓缓的踱到阴婆门首，立定了脚，看了一回，便转到孙婆家来。正值纪二在堂前独坐，富吉拱一拱手，便问道："借问间壁敢是姓阴么？"纪二听了，吃一大惊，便答道："间壁姓戴，不姓阴。"富吉道："可有姓阴的同住？"纪二道："只是一家，并无同住。"富吉回身便走。纪二见他如此情形，十分惊疑，看那富吉已去远了，便欻的走过婆子家来。此时戴春适在他处，阴婆见了纪二便道："怎好？"纪二道："方才有个人来问起阿嫂真姓，其情形又甚属可骇。"阴婆道："方才我遇见东京的富吉，我避得迟了，吃他看见，怎好？"纪二道："呀，是了！几日前，我闻知本府高大老爷从东京来到任，都说有个拿事的门上姓富，叫做富八爷。"婆子道："如此怎好？"纪二道："别的不怕他，只是方才我看他情形，早晚必来缠障，万一嚷到二官人的耳朵边，献出你的底里来，倒难摆布。"二人因此常常愁虑，那知竟不复来。阴婆心也安了。纪二道："我教戴春出名租产，原是安如泰山，谁敢动摇！"从此照常办事。

却说秀兰自从嫁了戴春之后，听他母亲的吩咐，端的欢欢喜喜伴着戴春。那孙婆自见了秀兰，好似前生有缘，不碰见倒也罢了，一见面时，便咭咭谷谷，你笑我说的总要半日。说的料想都是正经话。搬来不上半月，便打伙得火热，秀兰要拜孙婆为干娘，孙婆甚是欢喜，那阴婆也都依他。

不日，孙婆的儿子大光，染患时感症，里虚发斑。接了几位名医，医案上写着十四日慎防重变，一通升麻、柴胡、葛根，提得肝风鸱张，神昏痉厥；又是犀角地黄汤，牛黄清心丸，反领邪入心包，果然到了十四日，呜呼哀哉，伏惟尚飨。孙婆只得这个儿子，又无媳妇，哭得死去还魂。纪二、阴婆、秀兰都去劝慰，戴春也宽皮毛的劝了几句。那姚莲峰也过来问了，连称可惜可惜。殓事毕，那孙婆因连日侍奉儿子辛苦，又急又毁，弄出一场病来，卧床不起。秀兰日日过来伏侍茶汤，十分周到，在床前说些闲话，扯开心事，惟夜间只好归自己的洞房。阴婆也不时过来，门前自有纪二照应。

孙婆渐渐起床，一日和秀兰坐在后窗闲话。孙婆望见后园瓜棚，叹道："我多日不去理值他，不知糟得怎样了？秀姑，你到我家多次了，我从未曾同你到园里去过，今日我却健旺了些，就同你去看看。"秀兰道："甚好。"二人到了后园，只见瓜棚依然如故，惟撑柱有几根略歪了些，瓜蔓也有些憔悴。秀兰见那园里左边有一花坛，种些建兰、黄菊，右边土墙上摆着几盆葱，墙比左边的矮二三尺许。秀兰指着道："这墙为何比我们那边的矮这许多？"孙婆道："去年黄梅水大，此墙坍倒，同间壁通为一家。我屡催房主来修，那房主挨死挨活，直至八月，方来修筑。却又可惜工钱，筑得三尺多些，就不加高了。我想两家既有了关拦，也便不去催了。日子好快，此刻又是黄梅了。"

正在谈说，忽见乌云盖顶，雨点便如拳头大小，踢历朴落打将下来。孙婆、秀兰急忙避雨进内。秀兰便从侧门归家去了，正值戴春从街上飞跑进来，气急败坏。那雨登时倾盆直倒，街衢成河。戴春坐定，道："好运气！"秀兰道："哥哥亏得不着雨。"阴婆出来道："贤婿路上受了日头气还好么？"戴春立起道："还好。"阴婆道："宁可闻闻痧药，免得发痧。"便取出一瓶卧龙丹。戴春闻了，打了几个喷嚏。婆子道："贤婿可要燉酒吃么？"戴春道："方才小婿同二姑爷在桃花巷吃了几杯酒,他还要到别处去,小婿先回来。这番大雨,未知二姑爷濯着否。”婆子道:“如此说来,贤婿还好吃酒哩。”便叫猴子将热酒、过口搬在后轩,便教秀兰陪吃,婆子坐在旁边闲谈。

戴春一面吃着酒道:“我每每回来,秀妹总在间壁,待岳母叫回,今日却难得在家里。”秀兰笑而不言,婆子亦笑道:“这痴丫头,不知和孙干娘前世甚么缘分。倒也好,孙干娘一手好针线,教他去学学也好。”戴春笑嘻嘻道:“干娘处自然也要亲近,但只是不必长在他家。”秀兰听了,心中好生不悦,便笑道:“他家又无男子汉,我去怕怎的!”戴春道:“并非为此,我不过这般说。”婆子道:“这两日干娘因儿子死了,悲伤不已,我教你妹子去同他谈谈,解些心事。一来邻舍之情,二来结拜了亲,这点来往,也少不得。”戴春道:“这也是个正理。”秀兰肚里说不出的只是气,暗想道:“你这副嘴脸,我原是格外看待你的。我现在并不恁的,你便想监管我!”阴婆见女儿颜色不悦,正想设法调和,只见那雨早已住了,云消日出,满地晴光,那高的地面已有些燥了。戴春忽的立起身来道:“还有一句话要同二姑爷说,此刻他只怕还在那里,我去去就来。”说罢就走。婆子对秀兰道:“我劝你不要终日在孙家,如今惹得那厮动疑。乖女儿,总依为娘的话,将顺他些。”秀兰应了。

不一时,戴春回来,婆子问道:“贤婿寻二姑爷说甚要紧话?”戴春道:“有个曹县人,曾欠先父银两未清,二姑爷说认得他的,小婿要同他去走遭。”婆子道:“原来如此。”说罢,仍复入座。秀兰陪着吃酒毕,从此吃茶吃饭,谈天睡觉,自照老式。

从此秀兰竟依母教,足有三日不到孙家。过了三日,脚又痒了:第一日只来了一次,第二日已坐了三个时辰,第三日便照常忘反了。那孙婆闻知戴春那日这番说话,暗暗大怒,道:“这厮捕风捉影的疑到我身上来,我认真引诱了你的活宝贝,怕你怎样摆布我!如今我偏要替他寻个好郎官,待我慢慢留心。”

忽一日,天色将晚,孙婆到后园摘瓜为小菜,秀兰不觉随了进来。不去时,万事全休,只一去,蓦然见五百年风流孽障。

要知此去有甚么蹊跷,且听下回分解。

第九十七回　阴秀兰偷情酿祸　高世德纵仆贪赃

话说阴秀兰随了孙婆到后园去摘瓜。其时天色将晚，正值那邻居姚莲峰在墙头上摘葱，瞥见了秀兰，险些一个倒栽葱跌下去，连忙立定了脚。那孙婆问道："姚三郎烧夜饭未？"莲峰道："干娘，正要烧哩。"这干娘两字一叫，不觉提动了孙婆的念头，一时见机生情，便趁势把许多闲话兜住了。莲峰、秀兰便各相饱看了一回。莲峰下去了，孙婆回头看那秀兰笑道："你也好回去了，你那人正在那里等你。"原来姚莲峰是个俊俏后生。秀兰道："干娘休要取笑。"孙婆道："我取笑你做甚，这是正理。"果然阴婆来叫了秀兰回去。那孙婆自回厨下安排夜饭，一面肚里想道："我不是呆么，现放着眼面前一起好买卖不做！戴家这起媒，谢得我也不多。现在这起事，替他们成功了，少不得两边都有些捞摸。纪二郎处且厮瞒他。有理，有理。"

不说孙婆自己鬼划策。单说莲峰见了秀兰回去，心中不住的喝采道："果然一个绝色女子，远看不如近睹。只可惜物各有主，无庸妄想，况他又是正经人家的儿女。"莲峰心神不定，吃了夜饭，却去灯下赶要紧笔墨。你道甚么笔墨？原来曹州有个大家子弟，下了定钱，画三十幅春宫图，等紧就要的，不得不替他赶紧。那知心之所至，笔亦随之，画了一张，脸儿活像秀兰。越看越像，不觉大喜，便将自己的真容也画在上面。喜孜孜看了一夜，心中想道："我不过纸上作趣，也不算伤阴骘。"

次早，莲峰起来，铺设店面方毕，只见孙婆进来，莲峰忙叫请坐。孙婆道："无事不登三宝殿，老身要烦三郎画幅手卷。"莲峰道："干娘要画花卉，画人物？"孙婆道："我要画热闹些的故事，便是西施配越王罢。"莲峰笑道："干娘差矣，西施配的是吴王，不是越王。我看不论吴王、越王，总是冲天冠，赭黄袍，画来有甚分别。"孙婆道："咦，亏你做了画师，连吴王、越王的相貌都分不出。"莲峰摇头道："这却不晓得。”孙婆道:“吴王是个俊俏小生模样,那越王尖嘴高鼻,活像个猢狲精。”莲峰便笑道:“既如此说,那越王如何配得过西施?干娘,你这头媒替他们做错了。”孙婆笑道:“你这呆子,他岂是我做媒的?若教我做媒,早已不错了!”说罢便走,莲峰道:“干娘倒底要画不要画?”孙婆带走带说道:“你要我话,我去书香人家问个明白再来话。”莲峰暗忖道:“他这般言语,分明来作成我,只是我岂可干此亏心之事?”

孙婆回转家里去了,秀兰早已梳妆好了,在孙家里。孙婆一见便道:“你不在家里陪伴那人用早点,倒来我这里做甚?”秀兰笑道:“他兀自睡着哩。”二人上楼坐了,秀兰拿出新做的绣鞋一双来送孙婆。孙婆接了喝采不迭,称谢了几句,便道:“秀姑,你要时新花样,我倒寻了些来,你看看何如?”便将出一张枕头花样,看时乃是过墙梅。秀兰喜道:“这却不曾见过,干娘那里画来的?”孙婆道:“便是间壁姚家里,我看他方才画的,因其式样好,便描了一张来。”秀兰道:“是那个姚家?”孙婆道:“就是昨日墙头上摘葱的那个小后生。”秀兰道:“哦,原来是他。他为何也叫你干娘?”孙婆笑道:“这事久远了。我从小看他大的,他自小拜我做干娘,今年十九岁了。你来此只得一个月,自然不晓得。”秀兰道:“他虽叫你干娘,想来亦不甚亲热。”孙婆道:“怎见得?”秀兰道:“他如果亲热,为何这一个月来,干娘这里影也不打。”孙婆把脚蹬蹬楼板道:“他时常在这楼上的。这两日因你在这里,他不便来。”秀兰默然无言,少顷去了。孙婆想道:“他二人话多有意,此事可成。”心中甚喜。

次日,正值孙大光三七之期,延僧拜忏。适值纪二同戴春也拣了这一日起早动身,到曹县收账去了;秀兰随了阴婆,到城隍庙烧香去了。孙婆早一日向阴婆借那猴子,到间壁去央姚莲峰照应门前,并料理道场之事。孙婆回到后轩,收拾一切。

少顷,僧众到了,姚莲峰进来帮办一切。又是片刻,那猴子来讨茶叶。孙婆教莲峰道:“三郎,替我到楼上去一取,茶叶在窗口桌上。”莲峰应了,便上楼去。孙婆自往厨下去了。

正是祸事临头,奇缘偶凑。秀兰同母亲烧香已毕,阴婆道:“秀儿,你干娘今日有事,你先回去帮帮他,我从土地庙一转便来。”秀兰应了,便先上轿回到莺歌巷。门前住了轿,见自己大门闭着,便叫轿夫回去,少停来领轿钱,自己便过孙婆家来。正值和尚在那里法鼓铙钹乒乓叮咚的敲打。秀兰进了后轩,不见孙婆,只道孙婆在楼上,便挪步上楼。正值姚莲峰取了茶叶将要下楼,与秀兰迎面相觑,把个姚莲峰吃了一惊,蓦然想到春宫画上的情形,一个寒噤,登时酥软了,倒退几步,跌在椅子上。那秀兰在楼门边也酥了。莲峰知不是头,要想走,却吃秀兰碍在门边。秀兰也想回避,不知何故,那两只脚只是不肯走。两个人眼目迷离,顷刻间心不自由,秀兰不觉移步进前,只见那姚莲峰身边,便是孙婆的床。那莲峰也不觉渐渐的立起来了。

这时节,那孙婆还在厨下,想那姚莲峰还不下来,只道他茶叶寻不着,正待叫他,却值那猴子买些果物进来,道:“二姑娘先来的了。”孙婆道:“在那里?”猴子道:“此刻又不见了。”孙婆便有些觉得,放下厨刀,抢上扶梯。到了楼门边,却不见姚莲峰,暗惊道:“真个有些奇了。”又想道:“且慢扑进去。”立了一回,张见两个人整衣出床,孙婆忙掩进去,佯作大惊失色之状道:“怎么?你二人不是害了老身!”两人一齐大惊,跪下道:“求干娘方便则个。”孙婆怒道:“好,好,好!”说未了,只听见门前阴婆轿子回来了,正在那边开门,二人愈急。孙婆道:“这个干系我担不起。”二人只是哀求,孙婆转笑道:“你们要我方便,我想此事一不做二不休。”对秀兰道:“你自然是还要到我家来的。”对莲峰道:“你自此不来也罢了,你若要再来的呢……”说到此间,沉吟不语。

莲峰没口的应承道:“亲娘,你作成我,我儿子重重的孝敬你,先送上五……五十两。”孙婆道:“你只须从那矮土墙悄悄过来,不必门前进出,我替你们瞒得实腾腾的。”二人大喜。孙婆又对秀兰道:“这付重担子,是你作与我挑的。”秀兰也没口应承道:“娘救了我,我终身不忘记你。”又说了许多孝敬的话。孙婆便教莲峰快下楼去,从土墙跳回。孙婆笑着对秀兰道:“此事你娘前瞒他不得,倒是实说的好。又须关会你娘,纪二叔处说不得破。只有一事,那姓姚的并无家资,你娘若也要想他些,他却供应不起,便索性不来了。”秀兰道:“这事倒容易。”附着孙婆的耳朵道：“只消我向那戴家的取些货来，挪掩就是了。”孙婆道：“甚好。只是你在戴家面前，露不得丝毫马脚。”秀兰点头，便等孙婆取了茶叶，一同下楼。

阴婆已经过来了，会谈、帮忙。不一时僧人斋供，阴婆、孙婆、秀兰都在堂门口看和尚。那八个和尚嘴里同声念着：“唵，哧噜唵，哧噜钵唵哧噜，钵唵哧噜，娑摩诃。”那十六只眼睛轮流不住的只看秀兰。孙婆转到他儿子棺前，悲惨惨的哭起来，阴婆、秀兰劝解一番。到下午道场散了，消磨一日。

这里秀兰、莲峰自然借孙婆处日日幽会。阴婆有些需索，秀兰自会替莲峰打点。如是数日，纪二、戴春自曹县回来，冥然罔觉，安然无事。

忽一日，戴春上街，走过尽情桥，巧巧撞见一个起祸的冤家，是戴春旧日的一个帮闲。本城人氏，姓乌，小名阿有。上年往东京买卖，与那个没头苍蝇牛信曾相认识。那牛信与富吉又是至好。当时富牛二人随了高衙内赴任。那日富吉在莺歌巷撞见了阴婆，又听得纪二这样言语，便回到衙里门房内坐下，唤几个做公的进来问道：“你们可晓得莺歌巷内画店西首第二间，是怎样人家？”公人答道：“说起这家，小人们也曾去打听过。那家是个戴员外名春的外宅，别无闲人进出，所以小人们不好冒昧。”富吉道：“戴春是甚么人？”公人道：“是本城第一富户。”富吉暗暗点头，教公人且退，心中暗忖道：“阴婆子这厮好刁猾！”正想设法破他，只见牛信过来叙话。富吉就说起阴婆之事，牛信道：“这事容易，消停一月半月，定有法子。”

过了一月，那牛信撞见了乌阿有，便邀酒楼叙话，说到阴婆，那牛信便将阴婆底里一一的说了。乌阿有正为戴春这事妒忌纪明，一听此话，惊喜道：“他原来如此！他家还有一事，被小弟捞着了。”牛信亦惊喜道：“何事？”乌阿有也将秀兰、莲峰之事一一说了，并道：“这是他家买动的小猴子漏出来的信。”牛信暗喜，便一同去见富吉。富吉道：“妙极，巧极。乌兄，依小弟之见，如此如此而行，必然到手。”乌阿有会意了。

那日在尽情桥遇见戴春，便叫道：“二官人！”戴春也招呼了。乌阿有道："前面酒楼借话。"戴春便同到酒楼上，坐定了，闲叙了一回，乌阿有故意一说两说，引到纪明，便道："二官人，你道他是甚么人？"戴春道："他是先君的旧相好。"阿有便冷笑道："你晓得你那新岳家姓甚？"戴春道："说是姓杨，莫非姓错了？"乌阿有只是格格的冷笑。戴春道："乌兄端的为甚事笑？"阿有板着脸道："咳，不是小人多说，我同二官人情分不比别个，但说何妨：你岳家实是姓阴。纪老二将如此如此的人家厮瞒二官人，捏称甚么书香。这还不打紧，还有一事，实在不便说。"戴春听了这话，大怒道："竟有如此，乌兄还有何事，老实说不妨。"乌阿有道："他通同孙婆子，引你那如嫂夫人，和那姚画师来往。小人方才听得此言，心里不平，想二官人岂是当龟的人！所以直言相告。"戴春大怒道："纪贼，我待你不薄！怪道那贼贱人，时常到孙贼婆家里去。"便要去捉奸。乌阿有道："二官人精细着，捉贼捉赃，捉奸捉双。二官人今日胡乱扑进去，万一那人不在楼上，不是弄坏事了？据我想来，方才那传信的人，我正好教他作耳目。只是那纪贼一身好拳脚，二官人此去，恐枉吃了眼前亏。"戴春半晌无计。乌阿有道："二官人若须相助，小人处倒有一人。"

看官，这个人却一时不大猜得出，便是上年在玉仙观被陈丽卿打坏的那个鸟教头。戴春甚喜。乌阿有便教戴春老等，急忙到了府衙，邀了鸟教头，同至酒楼相会。乌阿有道："孙婆子不打紧，惟有纪明那厮须得教头敌住他，二官人领我二人进去捉拿就是了，我们三人日日准在此地左近相聚。"言讫而散。乌阿有道："还有一计：二官人从此竟不必回去，差一人到莺歌巷去，只说亲友家有事相留，改日方回。"一面差人回去。当日，阿有、戴春别了鸟教头，同到院子人家去吃酒饭，睡荤觉。

次日起来，闲游一回，走到昨日相会的地方，鸟教头已在，一番茶酒。不料事出凑巧，即日得了喜信，三人便飞也似进了莺歌巷，扑进孙婆家来。孙婆见他们雄赳赳的抢进来，当先便是戴春，情知不好了，大声叫道："阿呀，甚么人来了，快走！"言未毕，早吃鸟教头顺手一交推倒。恰好纪二在那头巷口闲步，不在孙婆家里。众人一哄进去，可怜一群狼虎队，冲散凤鸾俦。那秀兰、莲峰正在情酣，猛听得孙婆大叫，惊得豁地分开。戴春抢上楼去，便照秀兰脸上老大一个耳光。阿有上来，不见了莲峰，大惊。不知莲峰闪在楼窗暗边，一时遮着不见。楼上喧得一团糟。

那巷口纪二闻得喧传出巷，急忙飞奔回来，飞身进内，见孙婆正在那里挣扎。纪二忙问其故，孙婆不能回语。纪二便抢进去，见那鸟教头正在上楼。纪二赶上去抓，那鸟教头翻身便斗纪二。原来纪二虽有几分拳勇，却不是鸟教头的对手。那阴婆在间壁，只听得间壁女儿的哭，戴春的骂，又有无数声音的喧嚷，一片价闹个不住，大吃一惊，情知坏事，飞奔过来。到扶梯边，只见那纪二和一个大汉厮打，只叫得苦，那里敢上去。纪二连叫："我是纪明！"那大汉只顾打。戴春听见纪二，怒从心起，便撇了秀兰来打纪二。鸟教头一让，倒松了纪二一步。纪二不知所以，瞥见了莲峰，便去抓莲峰。阿有也看见了莲峰，把莲峰扨到楼门口。鸟教头仍去推打纪二，纪二一个踉踵，滑脱了，莲峰顺势一倒。把那赤条条的一个姚莲峰，脚在上，头在下，认真一个倒栽葱跌下楼去。孙阴二婆一齐大叫道："打杀人了！"鸟教头一听，便下了楼，大踏步去了。阿有也忙下楼去。纪二不知就里，只呆看着戴春。戴春指着骂道："从今识得你是贼！"慌忙下楼。孙婆急叫阴婆抓住戴春，阴婆抓个不及，吃他走了。纪二也昏头搨脑的走下楼来。秀兰穿了衣服，红着两只俏眼，也下来了。这间屋里，总共除去过，净存人阴婆、秀兰、孙婆、纪明四个，外姚莲峰尸身一个不列账。四人阴错阳差的互相埋怨，愁作一团。那阿有到茶坊里去等戴春会话，均各慢表。

且说鸟教头一径回署报知富吉，富吉笑道："今番看你这班鸟男女逃到那里去！这起官司，怕你不投到咱家这里来！"原来那本府高大老爷高世德，自到任至今，已近三月。但知行乐饮酒，并不整饬公务，一应大小事宜，全凭门上富吉播弄。每日高世德也要落佥押房一次，瞎七瞎八的也算看稿，并不晓得甚么案件，胡乱画个行字。若有嘱托富吉之案，富吉先行抽出，不在佥押房送阅，另送至内书房，逐件指点。教世德授意幕宾，无不照办。所以衙门内外，上上下下，倒不畏惧高世德，单只奉承富八爷。

那一日世德正在佥押房,忽投进首县菏泽县公文一角。富吉暗笑道:“戴春的事来了。”站在世德贴身背后,看世德拆开公文。富吉在后看时,乃是天河楼前民人钱士霄,呈报毛和尚戳伤钱泰聚身死,凶身、主唆逃避无获一案。上写:

据民人钱士霄呈称:身父钱泰聚,因事出城,在掷金山下,被姑表兄毛和尚用小刀戳伤身父左胁致死,有同行家丁李三、王四见证。伏思毛和尚与身父并无仇隙,惟有居住大义坊之戴全与身父积怨深仇,而毛和尚系戴全心腹,畜养多年。其为戴全主唆,毛和尚杀人无疑,等情。据此,除验明尸伤外,当即拘提凶犯,均属潜避无踪,现在勒限严拿。合将钱泰聚毙命情由,填明尸格,先行详报等因。

富吉看了暗想道:“戴春系大义坊人,这案内戴全莫非就是一家?休管他,此案定与他有些交涉。”便出去打听了全春二人是怎样眷属,心中暗喜道:“倒也凑巧,有了此案,要收拾戴春便容易了。”

不日,又接到菏泽县详文一角,投进门房,富吉拆开看时,方是戴春呈控纪明等因奸毙命之案。富吉看罢想道:“倒也办得好。我初意要把阴婆子办作流娼,显我手段。那戴春自然是个窝顿流娼、诱奸捉奸的罪名了。只嫌办法太狠,怕得没转弯处。如今开脱戴春,轻责阴婆,倒也活动。”便将详文亲送内书房,回本官去了。

看官,戴春这案,县里怎样办式?原来戴春那日捉奸之后,乌阿有在茶坊等着。戴春一到便要去递呈子,阿有道:“且慢,二官人可认识雪桥头的眼镜王三么?”戴春道:“我曾会过他,端的是一位好讼师,我们何不去寻他?”阿有道:“我想过了,非他不可。”二人便同往雪桥头。只见王三刚巧送一个县中的值堂房书办出来,乌阿有上前道:“运气,先生恰在府上。”戴春也上前相见,王三邀入逊坐。叙茶毕,王三开言道:“戴兄冒暑而来,定有见谕。”戴春道:“有事费心。”乌阿有坐在王三上首,便将两臂扑在茶几上,对王三耳朵悄悄的从头至尾说个明白,又道:“吃药不瞒郎中,这些都是实情,总要先生做主。”王三听毕,板着那张脸,一手不住的捋那两根狗嘴须,沉吟半晌道:“这事费手脚了。”阿有道:“总要先生费神摆布,戴兄说过重谢。”

戴春嘻着一张嘴道："总要费心，决然重谢。"王三道："都是相好，这倒并不为此。"又想了一会道："做是有个做法，只是此案情节太多，忒费斡旋。小弟刻有要事，二位少停再来。"戴乌二人起身，王三送至门首，忽又道："乌有兄请转来。"只见阿有、王三二人说了好一回。阿有笑着点头，别了王三，回身转来迎着戴春，教戴春先封个润笔之费。戴春便同阿有回家，封了八两银子，到白石街前饭馆中吃了酒饭，转至王三老家，送上笔资。

王三接了称谢，便将做就呈稿放在桌上，一手按着，一手指指划划的，对戴春说道："此事只得斡办，纪二那节诈谝媒事休要提起，就是那婆娘也不必提破他姓阴。"戴春道："这是何故？"王三道："且听我说来：那纪二这场人命，竟做他妒奸杀奸。若务要说破那节媒事，必须提出甚么流娼不流娼，情节太支离了。即使戴兄辨得明白实不知情，究费周折。那阴杨两姓不关紧要，词内叙他姓杨，也有个主见在内：万一到官时审出他姓阴，戴兄只知姓杨，也显得戴兄不知情。"乌阿有道："先生真是高见。"王三便把呈稿付二人看了。戴春问道："舍间是大义坊，先生这呈内为何单称莺歌巷？"王三道："你在莺歌巷捉奸，自然应住在莺歌巷。况且令兄现在这起命案追捕甚紧，令兄是大义坊戴，你呈内若又是大义坊戴，你不怕有老大不便处么？"戴春连称"是极"。

即日赴县具呈，次日检验，另日审问定案具详，一切内外，均是王三转托值堂房刘六先生照应。那刘六先生便是方才王三送出门来的县里朋友。此人在县里最为响当，里面门佥线索，外面差役公人，呼应极为灵验，所以县中竟照原呈大略定勘：纪明拟绞监候，孙周氏、杨田氏、杨秀兰俱杖决枷赎，等因具详。出详之日，刘六先生一篇大账，通连内线，着叠外场，一应计共须银二千四百六十三两。戴春如数找清，外又重谢了刘王二人。那乌阿有到刘六处去分了二厘头的引进礼，都不细表。

且说阴婆自从县里吃了官司，情知富吉老虎般的盘踞在府衙等他，可想逃得过，只得人上挖人，向富吉磕头赔罪，又教女儿千娇百媚的去奉承他，又送上许多孝敬，方舒了富八大爷的气。那乌教头原呈抹煞，县里不许供攀，竟是事外之人。那纪二可怜有口难言，竟屈打成招，坐了死罪。

县案一完，独有那戴春财多为累，又因哥子戴全遭了无头命案，富吉见机生情，一心要牵连他。当日接了县详，便亲身送内。只见高世德正在饮酒，富吉将文书递上，便指使从人走开，悄悄的对官说了许多情节，便教世德交幕友驳详提案。不数日，卷宗人犯解到，候讯。次日，即悬牌传审。富吉便密差心腹人向戴春说道："本府出东京时，早访得杨氏本姓是阴，今日提讯，立意要办你窝顿流娼、诱奸杀奸的罪名。"戴春听了，吓得魂飞天外。那人又道："你如肯将戴全与钱泰聚起衅缘由，老实招供，本府便肯超豁你。就是富八爷，也好在官前极力包含了。"把个戴春的魂灵重复叫回，喜出望外道："这有甚使不得，他的事尽在我肚里，我对官人老实说便了。"

那人便去回复了富吉，富吉便传令伺候，带齐人犯，听候本府审问。那本府高世德将次出堂，在内厅炕上向随从人道："你们都退出去，叫富吉进来。"左右一齐退出，一片声叫道："喊富八爷！"富吉突起个大肚皮，慢腾腾走上厅来一站。世德道："那件戴春的案，今日不是要问了么？"富吉道："伺候了，老爷可会意？"世德道："你前天说甚么流娼不流娼。"富吉道："那事不打紧。那杨田氏，老爷只问他女儿通奸是知情的，待他漏了口风出来，再逼问下去。那孙周氏，也好问他诱奸等情。那戴春，老爷只要说他不安分，不爱廉耻，纪二、姚莲峰是你平时纵放的么？这样问下去，看他怎么供。只是还有一事，老爷不要忘：那戴春有个哥子，名叫戴全，就是前天毛和尚案里的要犯，现在逃匿。老爷须在戴春身上问个下落，也见得老爷精明。"世德道："那个我会得，他如不肯实说，立毙杖下就是了。"富吉道："那也使不得。只要他说哥子畏罪潜逃，就好提戴全的儿子监追了。"言毕，世德立起身来。

富吉退出，快快先走几步，高叫道："喊伺候！"只听堂外齐声答应，宅门大开，三声点响，军牢健步吆喝三通。只见高世德簇簇新新大红圆领，腰围玉束，头戴乌纱，暖阁当中坐下。经承书办手捧案卷到旁，并将各犯名单呈上。

高世德坐在堂上,暗暗的把富吉吩咐的话想了一回,便提起朱笔在戴春名姓上点了一点。经承便喊一声:“戴春!”只听得两班衙役数十人,一片声“戴春”叫个不绝。只见戴春七蹱八跌的走上堂来,案前跪下。世德问道:“你是戴春么?”戴春道:“小人戴春。”又问道:“你弟兄几个?”戴春道:“小的只一个哥子,名叫戴全。”又问道:“他那里去了?”戴春便直口的供道:“他和那案内的钱泰聚有切齿深仇,因钱泰聚那年和小人的哥子比校拳棒,钱泰聚用重手点坏了哥子,病经一年,哥子因此怀恨……”世德拍案喝道:“有如此人命重情,你早为何不报官?”戴春道:“连日小的吃人命官司,忙得紧,不管闲事,不晓得他那里去了。闻知他的儿子戴默待,在西门外狭道巷,何不唤他来问声。”世德便喝道:“下去!”随将朱笔点了杨田氏。只见阴婆上堂,世德问道:“纪明、姚莲峰在你楼上与杨氏通奸,好不安分!”阴婆听了这话,全不接头。旁边经承回官道:“这人是杨田氏,这件通奸打人之处,是孙周氏的家里。”世德道:“原来不是他,出去罢。”又点了孙周氏。孙婆上堂跪下,世德道:“本府在东京时,知道你是个流娼,如今你又到曹州来干这个不爱廉耻的买卖么?吩咐掌嘴!”弄得孙婆一点不懂,不知官长说些甚么。左右不分皂白,就将孙婆揪转头来,一打四十。经承在旁,亦不知道孙婆是甚么人,亦不敢多说。

此时富吉在宅门后听得明白,连连顿足道:“这样不中用的东西,怎么做官!”便叫随人回官道:“内衙有要事,请老爷退堂。”世德即忙起身,两廊一声吆喝,各自退回。富吉假传内谕,着经承叙牌稿,差拘戴全之子戴默待,监追凶犯。又邀同牛信去寻乌阿有,告知戴春,说今日之审,官府十分庇护,须得怎样数目。戴春甚为情愿,立刻办齐赤金三十条,每条重十两,交与富牛二人,并道:“这点薄礼孝敬官长,牛五师爷同富八太爷,小可改日重谢。”原来牛信、富吉是高世德极亲近的密谝,那时一做官,便派牛信账房管总,派富吉为稿案门上,所以二人大权在手。此时接了金条,回署平分社稷,花了一千余文,买些水礼,送了鸟教头,只说是戴春送的,“我们二人还没得你这副的好看”。鸟教头快活已极,向二人称谢不了,承关切、承照应说个不已。二人得了金条,并不送官。外面谣言知府贪赃,实在世德并无丝毫到手。富吉得了这赃,便将戴春这案搁起,单把毛和尚案差两起公人:一面先提戴默待监追凶犯,一面严拿戴全正犯。

那戴全闻知钱泰聚被毛和尚刺杀之后,心中大喜,暂避西门外义友家中。那义友替他暗地打听信息,续后晓得钱士霄指名告他,又闻得戴默待拿去收禁,还要密拿正犯。他得了此信,便高飞远飏的去了。

一日,公人拘得戴默待到案,富吉便向他需索一切。过了几日,渐渐淡来,所有追拿一案,亦无非应名比较,把几个公人的屁股晦气而已。

一日,世德正在后花厅同两个美妾饮酒取乐,外面忽飞报梁山大兵杀来。世德大叫一声,往后便倒。众人忙上前急救,已是面如土色,丝毫余气。

究竟不知救得转否,且听下回分解。

第九十八回　豹子头惨烹高衙内　笋冠仙戏阻宋公明

却说高世德在曹州府署后花厅饮酒，闻报梁山泊兵来，大吃一惊，往后便倒。左右急忙叫唤，半晌方才苏醒，早已惊魂离体，荡魄去身，连话也说不出了，瞪着两只眼睛，向左右道："……这……这……这便怎处？"

忽又闻报道："贼兵在北门外杀狗岭，分三营屯扎。"原来那杀狗岭离城尚有五十余里，世德听了稍为放心，只是呆坐着椅子上，一无号令。忽报："梁都监亲来请见，已到厅上。"高世德只得出迎，一见梁横，也无别话，便问道："贼兵回梁山否？"梁横见他如此昏愦，心中暗急，便道："那有这等容易事？贼兵锐气方盛，明日小将拟开城决一死战。探得梁山贼军，先锋姓林名冲，好生了得。小将现已传令紧闭各门，赶运灰瓶石子，上城堵御，特请相公速为划策。战阵之事在小将，谋画之权在相公。军情紧急，小将要去分派营务，准于五鼓再来，一同上城罢。"高世德一听得"林冲"二字，已经三魂失了两魂；再听见要他上城，连那吓剩的一魂也不知去向了，战兢兢的对梁横道："小弟今日有些头疼发热，那个林教头之事，总托将军做主调停。明日如小弟退热，总陪将军同去。"

梁横料其懦弱饰避，只说"再会，再会"，即便起身去了。回到衙署，只见大小将弁兵丁，已在衙前听候号令。梁横进署，急闷异常，暗想道："一木焉能支大厦！贼势如此猖狂，曹州地方辽阔，偏又遇着这一个高知府，本城绅士中又无勇敢之才，又可惜天河楼的武解元上省去了，如何是好？"踌躇一回，便发令派将领兵镇守各门，左右将弁都纷纷得令而去。一面吩咐防御张金彪、提辖王登榜："速选弓弩手三百名，防守北门；再选精兵八百名，明日黎明随同出北门。齐心协力，剿除草寇。"二人同声答应。当夜分派已定，一面再遣细作探听梁山来将兵马人数。

原来宋江依吴用之计，将大兵屯在兖州，先遣凌振、戴全往曹州按计行事，再与吴用商议派将点兵之事。只见林冲立起身来道："小弟愿效微力，取这城池双手奉上。"宋江、吴用齐道："甚好。"便令林冲领二千人马为前队。一面传令到濮州，调刘唐、杜迁，带随身军汉四百名，来辅佐林冲，一同前去。卷旗息鼓，潜师进发。吴用便对宋江道："此事还须兄长同小弟亲自一行。"宋江道："这是何故？"吴用道："小弟初意，原不贪曹州土地。但曹州地近黄河，为东京出入之通衢。破得曹州，且弗退兵，看形势可据则据之。此亦兵家得尺则尺，得寸则寸之道也。"宋江大喜，便道："就是林兄弟这枝人马，也须小可与军师亲自策应。"所有兖州的兵将都不调动，攻猿臂寨的兵将都发回山寨，独留吕方、郭盛、戴宗、时迁四人，调拨二千人马，随同接应。

不日，林冲的前队已到了曹州府北门外杀狗岭，林冲便要攻城。忽闻后队流星报马飞到道："军师有令：凌头领在城内未曾两打照会，须先差心腹人潜入城中，暗递号令，然后内外合应施行。"林冲只得就在杀狗岭安营屯扎，先遣人密入城中去知会凌振。这里林冲领中营，刘唐领左营，杜迁领右营。安营方毕，只见戴全气急败坏奔来。林冲大惊，忙问何事。戴全道："自那日小弟同凌兄先到曹州，恐有人认识，在西门外张魁兄弟家里，便托张魁差人导引凌兄，入城行计。只道安排已毕，不知何人在那高知府前告出小弟潜匿之处。那高知府便来追拿，幸张魁兄弟先将我放走了，只是张魁已被拿入城去了。"林冲道："这事怎了？"戴全道："幸喜凌兄这条计尚未破出。小弟此来，特请林兄长急速攻城，深恐凌兄密计再泄，不但张魁兄弟及小儿性命不保，就是你我的冤气又不知何日出也。"正在商议袭城，只见先差去的那心腹人飞跑转来道："曹州府已各门紧闭，严兵把守，小人无从进去。"林冲惊道："我们潜师前来，路上人不知，鬼不觉，怎么吃那厮先晓得了？"戴全道："梁横那厮甚是精明，此地离城不远，焉有不知！"正说间，宋江、吴用后军已到。林冲便将心腹人不能入城的话告知吴用，吴用踌躇半晌道："如凌振失陷，我从前那番划策已置之无用了，只有烦众兄弟悉力攻城，再相机宜。如凌兄弟不曾失陷，我前计仍好施行。此刻曹州城里已晓得我梁山兵到，岂凌兄弟反有不知之理？我们只管攻城，也不必知会凌振了。今日已晚，孩儿们辛苦，何争这一夜，明日五更再行定计。但我本意原欲袭城，今番变作攻城也。”忽捻髭沉思一回，便吩咐左右快往后营，叫时迁前来。须臾，时迁进来，吴用道：“你从城角僻静处，悄悄越城进去。如会着了凌振，你可帮同举事；如已知凌振失陷，我计已破，有你在内，亦可相机策应。”

这边吴用正在施设事务，那边高世德在厅上见梁横已去，便一步步的挨进内房，对妻子道：“夫人，我真个有点发热了。”其妻愁容满面道：“怎好？相公素来心气不足，今日又受此大惊。”世德道：“那个林冲杀来了，梁都监要我同去。我早知道有这等祸事，那时节不该斡办曹州的。”世德懊闷非常，那两个娇妾不识时务，还要相公长相公短的温存，不知主人命在呼吸，那里还敢干那风流？世德足足的愁到五更，仆妇进来传言道：“外面请相公了，梁将军在厅上也。”世德似哭非哭、似笑非笑慢慢的走出外来，只见梁都监站在客厅当中，全身披挂，倒竖浓眉，满脸杀气腾腾，双手叉着腰间，开言道：“天将亮了，人马已齐，相公速请上马。”世德呆了半晌，回言道：“我只好不去。将军，你摸摸我的头看，当真受了暑热了。”

梁横大声道：“坏了，坏了！”也不回言，大踏步往外就走。上了马，出了知府衙门，带同张金彪、王登榜并大队人马，直到北门。只听城外喊声大振，贼兵已抵北门。梁横传令开门，放下吊桥，一马当先飞出，那张王二将督领人马随后渡过吊桥，摆成阵势。那边林冲、刘唐、杜迁早已列阵等待。梁横提枪先出，大叫道：“叛逆狂徒，快来纳命！”林冲挺矛而出，看那梁横身长八尺，年近五旬，额阔腮方，脸如重枣，颏下长须飘扬脑后，全身黄金盔甲，坐下乌骓名马，凛凛威风，真是一员虎将。林冲便横矛拱手道：“来者莫非都监梁将军么？”梁横道：“然也。”林冲道：“梁将军听者：俺林冲此来，不为别人，你速将那做知府的高小畜生捆缚献上，免你合城老小性命。”梁横大怒，骂道：“乱贼狂言，看枪！”说罢拍马过来，林冲挺矛相拒，两阵呐喊，鼓角喧天。二英雄怒马相交，枪矛并举，大战一百余合，不分胜负。

那边梁山营里恼动了赤发鬼刘唐，泼剌剌一马横冲，举刀助战。杜迁见刘唐出阵，也便拍马相攻。林冲、刘唐、杜迁三战梁横，梁横手里尚可招架，心中却也惊慌。这边官军阵上张王二将，也拍马前来帮助。六人六马，搅作一团，两阵喊声不绝。又战到四十余合，张金彪、王登榜原非梁山敌手，林冲看他二人渐渐软了，便顺手掣转蛇矛，向张金彪咽喉一刺，张金彪早已落马。王登榜见张金彪阵亡，慌得手法愈乱，被刘唐乘间一刀，砍伤右臂。彼时杜迁逼得梁横紧急，林冲抽空顺手一矛，刺入王登榜左胁，呜呼哀哉。梁横无心恋战，趁林冲矛尚未起，便把枪向前一架，偷缝儿跳出垓心，回马便走。行不数步，只见北门西偏城角天崩地裂的一声响亮，浓烟冲起，日暗天昏。那城砖巨石飞入九霄，磨盘也似的虚空旋转。城内人声鼎沸。却是凌振奉吴军师密计，在城内栽埋的地雷，至今发作。

原来凌振埋藏地雷，定了竹竿药线，方欲等梁山兵到，便好动手。谁知梁横防守严密，添设营房，那药线正在营房隙地。凌振无从措手，暗自叫苦。恰好时迁进城寻着凌振，凌振大喜，便与时迁说明药线所在之处，时迁会意。这日城外鏖战，那些官兵全神照顾城外，不防时迁带了火种，偷身踅到营旁，点了药线。吃小卒看见急捕，时迁早已跳出营后。地雷轰炸，城郭崩摧。林冲见地雷已发，心中大喜，同刘唐、杜迁催动全军杀上。梁横见城池已失，佐将已亡，长叹一声，道："天绝我也！"抛枪在地，抽佩刀自刎而亡。

吴用便教吕方、郭盛分兵管住各门，以防高衙内逃出。戴全统领三百步兵，护送宋江、吴用、戴宗入城。林冲教刘唐、杜迁在城门边迎接，自己领百余名喽罗，飞也似扑到府衙去了。戴全送了宋江等进城，便带了数十名喽罗扑到府监，打开牢门，救出儿子默待；又打入县监，救出义友张魁，见了纪明，一刀分作两段。

看官，既然说到纪明，趁此将阴秀兰案交代完结：那戴春是个花花荡子，平日只晓得糟蹋身子，又因大暑天吃官司，日中奔走，受惊着急，一场大病死了；乌阿有后来因投亲不遇，流落异地而亡；孙婆、阴婆、秀兰，破曹州时，乱中失散。城里通判、知县等官，尽皆殉难。前案已完。

再说那林冲率众扑到府衙，一声呐喊，拥进宅门，逢人便捆，将高衙内一门良贱，尽行捉下，单单不见了高衙内。林冲顿足懊恨道："怎么吃他走了？"随后宋江、吴用已到，吴用对林冲道："贤弟且请宽心，我已教吕郭二兄弟监守各门，这小畜生怕他插翅飞去不成。"

亭午，众头领在府衙开筵畅饮，戴全领张魁见了宋江，宋江大喜。宋江便同吴用商议占据曹州之事，正在开言，忽见辕门军校进来报称："有一人自称晓得高衙内藏躲处。"林冲大喜，忙令唤入。那人上前叩头，林冲急问："高小畜生那里去了？"那人道："小人住在府衙后墙小弄内，本年三月曾吃他的屈打，冤屈难伸。今日闻知头领……"林冲道："你但说那贼畜生躲藏何处？"那人道："正是冤家路窄，刻下小人登墙探看，望见那间壁毛厕里，正是他躲着。因见他身边有个教头，所以不敢……"林冲不及听完，放下酒杯，霍的立起身来，大踏步便走。吴用忙叫那人紧紧跟随上去做眼，又着小喽罗急忙备带麻绳，飞速追上。林冲已扑到那人指引之所，只听毛厕里叫声"阿呀"，猛见那鸟教头圆睁怪眼，大喝道："甚么人敢来！"林冲顺手抓来，掼出街心，早已头颅粉碎。那小喽罗早已走进毛厕里，将高衙内捆捉了出来，林冲大喜。只见高衙内没口的林伯伯林爹爹，叫饶命。林冲骂道："贼畜生！早知今日，悔不当初！"吩咐小喽罗好生捆来，自己先回府衙，宋江、吴用等众头领降阶迎贺。吴用便传令教吕方、郭盛收兵进城，同赴庆宴。林冲便吩咐重赏那报信人，那人道："小人不愿金帛，但愿将他两个美妾赏与小人足矣。"林冲道："这有何不可。"便叫左右将出高衙内的两妾，又加些金帛，赏与那人。那人领了，叩谢去了。林冲便请宋江军令，将衙内一门良贱，尽行斩首，那富吉、牛信自然也在其内。

林冲谢了众位头领，重复入席。只见小喽罗已将高衙内四马攒蹄，捆缚献上。林冲见了衙内，眼睁睁看了半晌，却没摆布处，恨不得夹生的碎嚼了他。忽然猛得一个计较，便叫左右："去访寻高衙内平日用的厨子，前来问话。"不一时，寻得厨子来。林冲便问道："你主人平时吃猪羊肉怎样吃法？"厨子道："猪耳卷如饺，羊眼熟油炒，羊肉做羊膏，猪肉做烧烤。"林冲道："好极。"便吩咐将衙内牵下去洗刮干净，再上来听用。宋江便吩咐撤去酒筵，当中供起林冲娘子的神位来。林冲逊谢。只见左右已将洗净的衙内钳口反缚献上，宋江便吩咐："先取三杯血酒来祭奠林娘子。"左右一声答应，衙内身上早已三个窟窿。左右将血酒捧上，宋江率众头领依次祭奠。林冲一一回谢了。送了神位，重开筵席，宋江、吴用、林冲、刘唐、杜迁、吕方、郭盛、戴宗、凌振、时迁、戴全、张魁，共十二位头领，依次坐列。林冲命先将猪羊牛马肉上来饮酒。饮至三巡，林冲方命用羊眼熟炒之法，一个喽罗便把尖刀向衙内眼眶一挖，鲜血满面。又命取耳朵，只见喽罗持刀复向衙内去割，不知这耳朵不消割得，一扯便落。喽罗持着笑道："启禀头领：这耳朵是假的。"林冲笑道："怎么假的，敢是那个先割过了？"众头领哄堂大笑。看那衙内，早已魂归乌有。吴用笑着劝道："林兄弟大恨已泄，这小贼尸身亦无用再割。"林冲一声长笑，把头向外一看，喝道："拉出去！"手下人同声答应，拖出尸首，扫净血迹。宋江便满斟一杯，献与林冲道："今日恭贺林兄弟报仇雪恨。"林冲起谢，一饮而尽。吴用也满斟一杯道："小可还有一事恭贺贤弟。"林冲起问何事，吴用道："小贼已死，老贼必来。老贼来时，就此设计擒住，劈尸万段，岂不更快人心！"林冲喜谢，亦接饮而尽。

三人复坐，宋江便问吴用道："军师，欲擒高俅，计将安出？"吴用道："此须临时应变，计难预定。小弟看这曹州形势，足可占据，小弟拟派董平在此安扎。所有仓库钱粮，不必运回山寨，就此交付董平，以便军饷支销，便宜行事。"吴用说到此际，注目宋江而笑道："倘从此因利乘便，渡过黄河，直取宁陵，则归德一府震动，而河南全省可图矣。"宋江大喜，便道："军师所见甚大，但此州南距黄河，尚有数百里，若无高山峻岭安顿人马，黄河亦未易渡。"只见张魁开言道："此地只有曹南山最为高峻，去黄河不远。"吴用便问张魁道："曹南山形势何如？"张魁道："论形势小弟不能理会得，至于路径，小弟却最熟悉。军师如欲往看，小弟愿为向导。"时迁道："说起曹南山，小弟也有些认识。"宋江、吴用皆喜，便议于明日同张魁、时迁共往曹南。计议已定，大家畅饮，尽欢而散。当令林冲、刘唐、杜迁、凌振、戴宗、戴全六位头领，权守曹州。一面差人去濮州调双枪将董平，又去山寨里调丧门神鲍旭、没面目焦挺,同来接理曹州军务。

次日黎明,宋江、吴用乘朝爽起行,命吕方、郭盛带领伴当四十名护送,命时迁、张魁为向导。一行人马徐出南门,只见一片平阳,浓阴缭绕,朝霭轻清,东山一带霞光异样鲜红。吴用叹道:“此霞赤如血色,东方杀气正旺。今我南行,须顾东忧。”宋江道:“云天彪、陈希真两路人马,固属可忧,但我梁山战将如云,谋臣如雨,四方豪杰悉来聚义,上应天道,下合人心,又何向而不利哉!”说罢大笑,便对张魁道:“贤弟来聚大义,我等增辉。不识贤弟交好中,才智膂力过人者,尚有几人?”张魁道:“小弟交好中除戴全兄弟外,武艺十分者,尚有一个姓真的,双名大义,曲阜县人,年方四十,力敌万夫,状貌魁梧,性情质直。此人现在东京,与小弟最为莫逆,时有书信来往。如果小弟修书招致,必来聚义。”宋江大喜。张魁又道:“只可惜这里武解元金成英,与我交情疏远,近又不在此地,这倒也是一位英雄。”吴用道:“说起金成英,我也晓得。此来曹州,正欲访他,他却往何处去了?”张魁道:“往济南府去了。”一路说说谈谈,早已烈日当空,炎光流烁。时迁向前一指道:“前面已是曹南山也。”只见眼前一条山路,微微弯曲,望去杳茫茫的接到那边山脚。骄阳栖岭,分外炎威,宋江、吴用一干人皆道口渴,急要取水。吕方、郭盛道:“此路并非无水,只是被太阳晒得火热,急切饮不得。”只见时迁捧上两个西瓜,宋江大喜道:“贤弟何处得来?”时迁道:“适才路上见有一所瓜园,顺便取了两个,准备止渴。”众皆大喜,分食而尽。张魁道:“前去到了山脚,抹转弯,便有一带树林,可以遮阴;下有清溪,可以止渴。”大众听了,便飞速冒暑前进。又走了一回,到了曹南山麓,众人急随了张魁,由山麓转湾,行不数步,果然千林绿荫,一派清泉。宋江众头领及四十个伴当,俱已走得喘息无气。宋江吩咐权且憩息,大众连人带马,共取溪泉畅饮,足息了半个时辰。

吴用道:“我等此来,为相度地势,并非耽玩山景,不宜久息了。”一声吩咐,张魁、时迁早已起身先行,大众随了,一路盘上山顶。张魁指着对吴用道:“此曹南山最高处也。”吴用便四边看望一遭,对宋江指指画画说了许多,宋江一一点头。吴用又道:“此山南面形势,尚未了了，尚烦张兄弟领路前进，大众随行。”张魁道：“山南一路都有树阴遮蔽，不比山北酷暑，没躲闪处。”

行不数武，果然流泉界道，万树蝉声，宋江一干大众如行绿幕之中。只见前面张魁已渡过一条大板桥，时迁也随了过去。众人追上，看那桥下流水，却浊如黄泥，不解其故。过得桥时，又是酷热平阳。张魁、时迁前导，宋江等在后，远远望见前面丛绿中，拥出一座牌楼。宋江、吴用看时，只见牌楼上鋈着斗大四字，乃是“清凉世界”。望见张魁等已进了牌楼，众人随着进去，里面一带长堤，槐阴夹道。长堤尽处，便是渡口。长桥斜渡，小屋如鳞，另是山居村景。张魁到了桥边，时迁赶上问道：“张兄，这是甚么地方？小弟却不认识。”张魁立住了脚，定睛四看道：“奇了，这是甚么地方，几时走错的？”随后宋江、吴用、吕方、郭盛一干人都到，吴用道：“登山迷路，亦是常事。前面渔村不远，且去问声。”

大众过得长桥，已是午牌时分。吴用上前便向一个渔翁问道：“此处是甚地名？”渔翁答道：“此甘露岭也。”宋江道：“离曹南山几里？”渔翁道：“不晓得。”又一个渔翁道：“你问曹南山做甚？曹南山远得紧哩。”众人道：“我们一干人方才此刻从曹南山来，怎么说远？”两渔翁哈哈大笑，其一道：“你们这班人敢是青天白日里做梦，你问的是不是曹州的曹南山？”宋江道：“正是。”渔翁道：“曹州乃山东地方，这里乃河南归德府宁陵县地界，与曹州路隔黄河，你们好道飞到这里的！”众人听了，各自惊疑。宋江对众人道：“休去睬他，我们只管回旧路去，不问怕他做甚！”

众人走转长堤，那张魁好生惭愧，也随了众人过桥。行不数步，乃是一带荆篱，万竿修竹，微风飒飒吹来，又迷失了槐阴长堤。宋江急命转路，众人急走，只道荆篱尽处便是长堤，却望见红墙一角。走近前时，乃是法王宫殿。宋江、吴用看那山门，高悬着“清凉寺”匾额。只见伴当数内一人叫苦道：“这里莫非真是宁陵县甘露岭？”宋江忙问其故，伴当答道：“那年小人往宁陵县时，曾随了母亲到这寺里烧香过的，今日记起来一点不差。”宋江道：“休得胡说！我们既然到此，且进寺内去问问何妨。”众人随宋江进了山门。那宋江嘴里虽强,心里却也有几分惊疑。但见数人在廊庑下乘凉,宋江正欲差伴当去问,忽见柏阴内立有碑石,宋江、吴用遂同去先看,乃是隋文帝驾幸宁陵,至此甘露下降,故赐岭名为甘露,立碑记瑞。宋江、吴用一齐大惊道:"真是河南宁陵县地界也,我们几时渡的黄河?"众人听了都面面相觑道:"这是何故?"吴用道:"此真天下未有之奇事。"宋江道:"此地果是宁陵。我等就从此问路回去,亦不过三四日路程,只是我等来时,并不带盘川干粮,如何是好?就是现在,自辰刻至此,尚未饮食,好生饥渴。"

众人正在踌躇,猛见一个僧人出来,便合掌问讯道:"众位客官,想是登山迷路的?"宋江道:"正是。弟子们自黎明至此,未曾饮食。"那僧人道:"客官既已来此,却是有缘,便请小寺叙斋。"宋江大喜拜谢,便问道:"大师想是宝刹方丈?"僧人道:"非也,贫僧乃是知客,本师却在里面禅房。"宋江对吴用道:"我们何不进去参拜?"吴用称是。那知客欣然领入。众人都在外面等候。

宋江、吴用进去,只见松篁交翠,轩宇清明,正是曲径通幽处,禅房花木深。到了里面,只见一老僧趺坐蒲团,宋江、吴用上前参拜。老僧起了蒲团,打个问讯,便请二人坐地。知客命侍者看茶,又命办斋。老僧开言道:"义士远涉黄河,来访荒山,定有事故。"宋江、吴用都暗吃一惊。宋江停了半晌,只得将曹南山迤逦到此情形说了,便道:"弟子等不解何故,乞老师指示。"老僧回顾知客僧道:"此必笋冠道人之所为也。"因叹道:"此老心肠太热。"宋江便问:"笋冠道人是何人?"知客僧道:"这道人开封人氏,生长名门,少喜谈兵,战阵上也去过几次。暮年无意功名,来此深山修养。却是道法圆明,神通广大,就中单表缩地一术,能令千里舆图,缩成跬步。义士由曹南顷刻到此,敝师所以料是此公也。"宋江、吴用听了,不能做声。老僧道:"义士既已来此,何不就去见见,休辜负他指引苦心。"宋江便问:"道人现住何处?"知客道:"出寺后不数步,有一道清溪,是甘露岭发源来的。义士但从此溪,傍石岸溯流前行,到了岭下,自有小桥接渡。岭上一路苍松,下有细径,可以步行前进。但见乱石墙边,藤萝掩映之处,三间茅屋,便是笋冠道人家也。"宋江、吴用皆欣然愿往。只见香积厨内饭头进来,告称斋已办齐。老僧便道:“请义士外面禅堂用斋。”即命知客奉陪。那吕方、郭盛、张魁、时迁及伴当一干人,俱请向斋堂赴斋。大众告饱,宋江、吴用复进禅房,向老僧深深道扰。便辞了老僧,领着众人,去访笋冠仙。知客送到寺后,告别回寺。

再说宋江等依知客指引的话,取路前进,一路清凉,竟忘炎热。吴用道:“这大仙引我们至此,不知有何见谕?”宋江道:“陈希真那厮妖钟挡路,我等无法破他,想这位仙人定有以教我也。”

一路谈说,不觉到了藤阴门首。只见一个童子在门前扫叶,见了宋江等一行大众,便笑道:“义士来也,本师恭候久矣。”宋江又暗吃了一惊,方知真是这笋冠仙戏他,心中十分凛凛。童子领宋江、吴用进去,众人在外等候。

只见里面十步茅廊,三弓隙地,苍松古柏,盘舞成阴。童子引二人到了精舍,见了仙人。宋江、吴用不觉肃然下拜,仙人急忙扶住,施礼逊坐,童子看茶。宋江看那仙人年近七旬,身长八尺,精神矍铄,面貌魁梧,目有余神,须垂银白,飘然仙风道骨。宋江开言道:“弟子偶玩曹南,不意到此仙境。因遇清凉寺长老,始知仙师神力,弟子等奉摄至此。想仙师必有指教,特此晋谒,伏望指示迷途,并详休咎。”仙人颔首微笑,因命童子,取书架上一卷《太乙雷公式》来。仙人翻出一页,命童子递与二人。二人看时,只见上写着:“引敌军深陷重地第三十六:凡敌军远屯境外,及隔河为阵者,但运式三转,将杜门移加敌人营后方位,以天大将军印封之,三呼敌人主将姓名,敌人自不觉从开门前行,陷入我重地也。但敌军在五百里以内,皆可以此致之。”宋江、吴用大骇,登时汗流浃背。童子将书收去。

宋江神定半晌,忽然心生希冀,便拜问道:“仙师此书,授自何人?弟子愚蒙,不识可指授否?”仙人道:“山人寂寞闲居,借此消遣,义士要他何用?”宋江道:“弟子宋江避居水涯,恭候招安,现在替天行道,到处铲除贪官污吏,为民除害。倘得仙人传授此书,以除残暴,各路生民幸甚。”仙人笑道:“贪官污吏干你甚事?刑赏黜陟,天子之职也;弹劾奏闻,台臣之职也;廉访纠察,司道之职也。义士现居何职,乃思越俎而谋?”宋江、吴用皆错愕无言。仙人叹道:“世路崎岖,运途变易，半生惊险，却为谁来？寓主开蒙汗之樽，梢公作板刀之面；山头逢燕顺，灯下遇刘高；王章幸免于江州，追捕潜身于还道：此皆义士之所亲为尝试者也。聚义而来，快心有几？昔日群英协辅，今朝勍敌成仇；战长岭而良将殒身，渡魏河而金珠输敌；寰中疆域，尽成支绌之形；寨内星辰，已见离披之兆；忧患倍增于曩日，存亡未卜于将来：奉劝回头，且请息足。”宋江、吴用都道：“仙师之言是也。”仙人道：“人寿几何，去日苦多。英雄无名死，不如栖岩阿。”宋江道：“蒙仙师指示迷津，实铭肺腑。惟弟子大伦未尽，暂且告辞。倘能摆脱尘缘，异日必依门下。但未知终身结果如何，还求指示一二。”仙人笑而不答，暗忖道：“孺子不可教也。”遂口占一律云：

到处干戈动鬼神，夜深人静忆前因。明如金镜超三界，渡得银河抚万民。遇合有缘随世运，渔樵无限乐天真。而今欲问前程事，终是朝廷社稷臣。

二人听罢，一一记了，都未解其旨，却又不敢多问，目中打个照会，起身告辞。仙人拱手道：“二位前程远大，沿途保重。”吴用道：“弟子们急回曹州，尚求仙师法力，途中保护。”仙人道：“无伤也，此去必然稳便。”遂长揖而别。童子送出门首，递一把小石子与宋江道：“沿途粮食，愿以奉赠。”宋江接了，不解其故。童子道：“但宜整吞，不可碎嚼。不然，不敷曹州路程也。”

宋江告别了，同众人下岭。只见夕阳在山，远远清凉寺暮钟撞动，途中谈论笋冠仙，众人互相诧异。顺路行来，大众又觉饥饿。宋江捻那手中石子，觉软如饭团，便取嚼一枚，清香绝胜，饥火顿消。宋江道：“妙哉仙粮！”吴用道：“看有几枚？”宋江将石子一数，不多不少，手中四十五枚，原来是一枚给一人的。宋江便分与众人吃了，大众都称妙不绝。一路行来，不觉几个转弯，不见了清凉寺，却好撞着那槐阴长堤。众人顺堤北行，晚雾朦胧，到了牌楼，张魁愕然片刻。吴用问故，张魁道：“此刻天暗，不辨字迹。起先进来时，众位见上面写着甚么？”宋江道：“是‘清凉世界’四字。”张魁顿足道：“怎的我这般糊涂！我进来时只道是曹南山的牌楼，那曹南山南面也有一座牌楼，錾着‘曹南第一山’五字。”吴用道：“悔他则甚！那时就晓得了，也是无益。"宋江等六位头领上了头口。少顷雾消月出，众人趁月光下拣北便行，腹内果然精神爽快。大众不辨路径，一口气走到天明，叫声苦不知高低，原来宁陵回曹州只是正北，却错走了东北。此地土名双棚，距黄河尚有六十里，渡河是定陶县地界。末伏初秋天气，喜得是日炎热顿消。行至辰牌时分，到一市镇，望见黄河渡口，大家又渐觉饥饿。宋江叫苦道："是我忘却仙童叮嘱，将那仙粮嚼碎，果然不能耐久，如何是好？"吕方、郭盛道："我们且去射些虫蚁儿，胡乱充饥。"时迁道："小弟有个计较。"说罢，看他下了马，踅到前边一爿米店里去了。饶你时迁手段高强，青天白日如何做得来贼？倒也亏他，偷得一袋米来。行至中途，吃店中人看见追来，时迁早已逃到宋江面前。店中一群人赶出，见他们大伙客人，身边都有军器，不敢逼拢来，只得远远地烂贼、臭贼、瘟贼的辱骂。恼得吕、郭、时、张四筹好汉一齐性起，杀奔前去。

不知这场厮杀有无奇文，且听下回分解。

第九十九回　礼拜寺放赈安民　正一村合兵御寇

却说宋江在黄河渡口被市人辱骂，吕方、郭盛、时迁、张魁四人皆大怒，一齐上前厮并，吴用忙招手叫住道：“我们渡河回家要紧，休要在这里生是惹非了。”众人只得依了吴用，渡过黄河，由定陶转回曹州。林冲等头领会着，喜出望外道：“兄长们游向何处，弟等在曹南山四路寻觅，杳无踪迹，真忧得苦也。”宋江将遇笄冠仙事一一说了，众人无不惊异。宋江因此断了渡黄河取宁陵之念，并曹南山屯兵之议，亦不敢举行。不日董平、鲍旭、焦挺领本部人马都到。宋江命林冲将兵符交付董平，一面修筑北门，收管钱粮，整顿人马，备御官兵。林冲领刘唐、杜迁并原来人马，回濮州去了。时迁仍归兖州。

宋江、吴用领吕方、郭盛、戴宗、凌振、戴全、张魁一干人马，大队回归山寨，正出北门，只见一骑报马飞到，乃是清真山马元的差人，呈上鸡毛文书一角。宋江、吴用一齐大惊，忙拆开看时，知是云天彪大兴马步全军，并会合归化、里仁、正一三庄回民，攻打清真山，十分危急，速求救援。宋江大怒道：“关胜、索超两兄弟被害，俺正要兴师报仇，他却先来撩拨我们，便活擒这厮们来祭旗。那班贼回子也要出头与俺作对，就一并扫除了他。”便与吴用重进曹城，商议兴兵救清真山之事。吴用道：“清真之役固然矣，但高俅那厮必定就到此间生事，虽董平兄弟对付得他，总费手脚……”说到此际，戴宗立起身道：“何不写封书去托那蔡京，教他在官家前阻挡师期，小弟星夜前去。”宋江道：“缓兵之计也可使得。”便修书一封，交与戴宗，飞速往东京去了。

这里宋江、吴用、吕方、郭盛、凌振、戴全、张魁七位头领，仍领本部二千人马，出北门向东进发。一面遣凌振回山寨，告知卢俊义，添兵助战。卢俊义便点杨志、李逵、徐宁、史进、陈达、龚旺、穆春、薛永、张顺、阮小七，带领水陆兵马共一万二千。正欲启行，只见郝思文上前道:“此次宋大哥攻伐青州,为弟之故主报仇,小弟亦愿同去。”宣赞臂伤已愈,也踊跃愿往。卢俊义便命二人带一千人马,随同杨志等,沿途迎会宋江。大众同由汶河进发,无分昼夜。

一日,到了秦封山下,为时已及三更,顺风朗月,扬帆直进。吴用对宋江道:“前去不远,已是汶河埠头,青州地界。云天彪那厮致我至此,沿途必然设伏,须逐路探听。”说犹未了,忽听外面蓦地一片喧嚷,前后百余号兵船,号叫之声,惊天动地。宋江急问何事,左右飞报道:“不知怎的,前后军船无端沉失十三四号,现在逐只还在那里沉下去,主帅速请上岸,须防坐船有失。”吴用忙叫道:“张顺、阮小七何在?速赴船底查看!”言未了,只见张顺、阮小七率领水军,早由河中跳起,捉得十余人,在岸上捆缚。

原来张顺、阮小七沿路照应,当沉船之际,不待命下,早已一齐赶赴水中查阅。见有一班人分头跟着船底,用铁锥凿洞,且行且凿。当即拿住,送入宋江大船。吴用当查沉船数目,共沉失兵船十三号,兵丁被沉下水者,均各抢救上岸,幸无死亡。宋江将这班挖船底的人一一看到,问道:“你们何路贼人?擅敢挠乱大军。除你们十二人之外,有无余党?你等是何名姓?从实说来!若有虚言,光刀立斩。”内中一人,面如圆镜,色若黄沙,赤条条雪白身体,肚大腿小,厉声叫道:“我沂州蒙阴人也,为商数十载。我主人姓召名忻,家财有恒河沙数,广厦千间,良田万顷,行商坐贾,生业繁多。上年差人运货到濮州观城一带,路经郓城北乡,被你们这班狗强盗抢掠一空。我主人恨极了你们,不惜盘川,叫我等分头专寻你梁山的事,不分水岸,遇便下手。那怕你吃了我下去,还叫你受些古怪。你问我名姓,我姓申,小名勃儿是也。”宋江大怒,叫把十二人推出岸旁,一齐斩首。宋江又道:“不料蒙阴人如此可恶,今救清真山要紧,只好缓图。”便传谕水军补好沉船,加紧防护,依旧进发。只见李逵大嚷道:“何不就杀到蒙阴,砍翻了那班鸟男女,出口鸟气!”宋江喝道:“你又来胡乱了!军务大事,不许乱说。”众人扯李逵下去。

次日黎明,到了汶河埠头,大众上岸。吴用传令教探子分头探看,有无伏兵。行不数十里,只见清真山有人报来道:“云天彪无故全军撤退,并归化三庄乡兵,亦尽行退去,不留一人一骑。现在马头领四路探看,并无一个伏兵,不解其故,请令定夺。"吴用叫苦道:"云天彪如此牵制,我军为其所困矣。"宋江忙问其故,吴用道:"此事显而易见。他分明以攻打清真为名,逼我不得不来。我等锐师远来,利在速战。他却将军马退去,使我进无可图。我若退归,他又必攻清真山矣。"宋江道:"我们偏不退兵,直攻青州何如?"吴用道:"毒蛇螫手,壮士解腕。今我拼将清真山送与他,我等全师还归,安然无事,倒是上策。"宋江道:"是何言欤!我梁山替天行道,忠义为心,今日岂可见难而逃,有乖大义?"吴用道:"兄长如不愿退,只得进兵。但此刻万无直攻青州之理,须防归化三庄前后夹攻,腹背受敌。且着人去探看三庄如何情形,再定计策。这里兵马且赴清真山住扎。"

且说那归化庄与里仁庄、正一庄毗连,地名通叫做正一村。一村三庄,都是回部,各有精壮乡勇一万五千多名。归化庄都团练便是哈兰生;里仁庄都团练哈芸生,乃是哈兰生的同胞兄弟;正一庄都团练沙志仁、冕以信。这三庄却都归哈兰生节制。那哈兰生祖上自唐时由西域徙居此地,世代巨富。兰生生时,满房兰花香,因此取名为兰生。幼时便有些膂力,十二岁时曾到二龙山下真武院内玩耍,不觉在灵官殿内睡熟,梦见灵官将一只玉蟹赐他,却被同伴小儿摇撼唤醒。兰生只吃得玉蟹右螯,所以至今右臂气力独大,使一柄独足铜人,重七十五斤,右手运动如飞,左手却使不得。迩来梁山侵扰山东,四方无业居民乘势聚众,依山傍险,打劫村庄。这正一村山中,也有一伙强徒出没,那归化三庄时被扰害。幸赖哈兰生首倡义举,会合三庄团练乡勇,同心剿贼,斩杀无数,那强盗方始不敢正窥。

说到此际,又须将兰生团练乡勇之法,实叙一番。却因篇幅狭窄,只好将那要紧的事叙说一件。这件事却在陈希真东京避难之前。是年春,青州大饥,道馑相望,菜色流离。正一村在青州西偏,大小烟户,虽然繁庶,却是土瘠民贫,庶而不富,所以这番饥馑,正一村受灾最重。哈兰生倡首捐赈,散给贫民。那正一村的人,忽听得本村四路有哈兰生的招帖,上写着:"本村乡民速赴礼拜寺,注明户口,本堂定日散给粮米。"众人都欢喜道:"我道这哈菩萨必来救我。"登时礼拜寺前人头拥挤。原来哈兰生世代是天方奉教良民,祖上初来时,即建造礼拜寺,延请掌教住着,几位老把八越七日赴寺,随同阿訇念经礼拜。因寺内屋宇宏敞,哈兰生弟兄议在寺内放赈。那正一庄沙冕二人,闻知哈家放赈,也欣然来助。

这日在礼拜寺注造户册,寺门大开,好生热闹。只见寺中大殿七开间,院子甬道甚是阔大,东西间相话不能听见,左右侧厅每旁三间。乡民分了左右,东村、南村人向东间注册,西村、北村人向西间注册。只见哈兰生、芸生、沙志仁、冕以信都在殿上督看。那大殿中央设立空座,并无神像牌位;梁上悬一匾额,斗大四字,上书"无形妙化";柱对上抱着十一字楹联,乃是:"道辟西方,惟一心天真不昧;教垂东国,历万年帝泽常沾。"满室彩画庄严,丹青飞舞。后面连进三层,俱是大厦余房,共计四五十间,兰生备作堆积粮米之处。是日众人注册已毕,因哈、沙、冕四人系本村土著,熟悉本村烟火,所以并无浮报滥报等情弊。哈兰生收了户册,给了凭支竹签,便教家中两个司账,带了银两,往各路赶紧采买粮食。这里请了几位老成董事,掌管放赈,便将家中已存的米麦杂粮,先行放给。议定章程,分本村为四路,四日轮给:一日赈东首,一日赈南首,一日赈西首,一日赈北首,周而复始。一轮给米,一轮给杂粮。大口每日给一升,小口每日给半升。每一轮大口给四升,小口给二升。杂粮亦分别搭匀散给,无非粟麦豆穇之类,总敷四日之粮。凡到某乡应轮领赈之日,各老幼大小男女等人,提筐挈袋而来。因先时给发竹筹时,筹上注明清晨、上午、下午等字样,此时凭筹按时给发,所以人数虽多,一无喧闹。赈了一月,现存粮食将次就尽,恰好接着那采买的粮食纷纷都到。足足的赈济了两个多月,天气渐热,地土亦可栽种,百工技艺皆可各务本业,方才停止赈事。众百姓赖此全活,不胜感激。

这一事不觉惊动了山中强徒,聚众百余人,直至村口,声言到哈家借粮,不干众人之事。众人大怒,一声招呼,一村壮丁都出,柴木棍棒一齐上,贼人望风逃遁。兰生道:"此非长久之计。"便与芸生及沙冕二人共议,不惜重资,聘得几位有名的教头,教他们枪棒武艺,自己也亲身指拨。一面到官,请准用兵刃枪炮旗号等物。众人踊跃愿从,不一日居然大队劲旅,入山剿贼,所向披靡。

至本年七月中旬,奉本镇云总管檄调乡勇,会同官兵剿灭清真山。哈兰生奉檄起兵,众乡人齐声愿出。那知云天彪并不调动全军,本镇人马只起二千名。其所以檄调乡勇者,特以各路兵马齐到之势,震慑清真山耳。那马元本已吃过云天彪的利害,今日闻知官兵与乡勇齐到,分外提心,登山探望,却望见马陉镇与归化三庄的旗号,漫山遍野,烟灶连绵不绝,望去何止四五万人!吓得马元与众强盗,人人胆战,个个心惊。

其实官兵、乡勇合计不满四千,那马元如何识得底里?又见官兵、乡勇的枪炮,雨点价向关上轮流打来,马元骇极,只得向梁山急切求救。天彪见梁山兵马已被牵到,便对哈兰生道:“本帅所以不调全军兵马者,为养息儿郎们气力,准备梁山厮杀耳。今梁山兵马道路奔驰,兼程飞至,我等且勿与战,守老其师而后破之。今日团练且请回庄。本帅料梁山贼人必来先攻正一,本帅回镇先调官兵来助团练。但有一言,团练切记:若梁山全队来攻,团练三庄只宜互相保守,本帅亲来策应;若偏师来攻,不妨开门迎战,不胜则退保村口,胜亦不须穷追。但斩首数级以激其怒,最为胜算。”哈兰生领命,云天彪领官兵先退。哈兰生亦领本部乡勇退归归化庄,便传总管钧谕,知会各庄。三庄各点齐乡勇,安排鹿角拒马,灰瓶金汁,矢石枪炮,专等梁山贼兵杀来。

这番情形传至清真山里,吴用皱眉道:“真是难事了。”只见马元拜求道:“总求军师妙策,保护敝寨。”吴用不便说退兵的话,便对宋江道:“云天彪那厮收兵回镇,其心叵测。他的意思是分明教我去攻正一,我去攻正一,是分明中他机会。他待我斗得疲乏,却用生力全军前来掩杀。如今务要进兵,却不得不先攻正一。”看官,吴用这番话,是分明与宋江递个眼色。只见李逵不识起倒,上前大叫道:“二位哥哥不必多说,这个小买卖,照顾照顾我的斧头。”吴用道:“你那里晓得正一村的利害。”李逵乱嚷道:“东不要我,西不要我,把我做甚么鸟人看待!这番既不用那神行鸟法,我死也要去走遭。你们不叫我去,我便不要你们派兵,看我一人去踏平了正一村来。”说罢,翻身往外便走。吴用道："李兄弟转来，去便派你去。"对宋江道："我们也只得去。"宋江道："为何不去！"吴用便吩咐李逵道："你去只不许吃酒，诸事格外小心。"遂派马军五百名，步兵五百名，教李逵率领前去，先打归化庄。

李逵领兵飞也似去了。吴用道："终防这黑厮坏事。"便教杨志带马军一千前去接应。杨志得令，飞速前行。不移时赶到正一村前，只见前面正一冈上，已有官兵屯扎，杨志吃了一惊。只见李逵兵马已近高冈，杨志远远大声叫住，李逵那里听见。急得杨志骤马追赶，口里不住的"铁牛转来"，"李兄转来"，只见李逵已抄过官兵左首，抹冈前去了。那冈上官兵一齐哈哈大笑，只见傅玉、云龙早已立马阵前。傅玉大声高叫道："兀那贼子，好生胆小，只得这千数个人，值得来杀你做甚，放心进去！"杨志大怒，便率兵向冈上仰攻官军，官军矢石雨下。杨志兵只得一千，官兵有四千人，又且官兵俯击，杨志仰攻，如何对敌得过？杨志急转马头，傅玉一飞锤早已打到，杨志坐马打坏，滚鞍下山，贼兵抱头乱窜。云龙大声高叫道："饶尔等贼子狗命，放心缓缓回去！"杨志草上爬起，约束人马飞奔。只见官兵在冈上扬旗呐喊，并不追来，杨志大怒，喝叫："孩儿们休退，就地上列成阵势！"一面差人飞速去告知宋江、吴用。只见李逵已从冈后飞奔出来，背后追来一员大将，脸如锅底，须如虎刺，浑身铁叶盔甲，手提独足铜人。追到冈下，逢人便打，贼兵死者无数。冈上傅玉、云龙齐声叫道："哈将军请住，前面无数贼兵来也！"只见杨志阵后，尘头翻翻滚滚，乃吴用领了宣赞、郝思文、穆春、薛永、戴全、张魁，率领四千人马杀来。哈兰生勒马回兵，退保村庄去了。

吴用等已到阵前，吴用道："冈上这枝官兵，设立得好利害。"众头领道："何不就抢他的高冈？"吴用摇头道："就使抢得来，我等力气必然用尽，如何去攻得三庄！此刻公明哥哥已领全部人马，并起清真山兵，去堵御云天彪了。倘若堵御不得，我等兵力又疲，不知如何结局矣！"只见李逵在旁自言自语道："晦他娘的气，那鸟人不知拿了甚么鸟东西！我正要劈杀那狗头，那知倒吃他打了一下，好生疼痛，我倒偏要再去寻他。"说罢，提着两斧便走。吴用急叫转来，那里叫得住。吴用只得叫道："你走转来杀那高冈上的人不好?"李逵便走转来,吴用对众人道："我看只得与公明哥哥商议退兵。"李逵大嚷道："怎么你骗我杀高冈上的人?"吴用道："杀是教你杀的,我却有个计较。"李逵道："你自己去计较,我先去杀一阵来。"说罢便提斧登山。杨志道："铁牛失陷,皆我等之罪也。且这正一冈并无树木遮蔽,怎见抢不得?军师太把细了,我等何不同去抢冈?"原来吴用虽说要退兵,但无故割舍这清真山,未免也有些肉疼,心中正在委决不下,却吃众头领这一嚷,嚷得心头无主,智乱神昏,便教穆春、薛永、杨志领兵三千人,堵住正一村口,以防三庄接应;这里派宣赞、郝思文、戴全、张魁领三千人马,协同李逵攻打正一冈。

冈上傅玉、云龙全然不惧,督兵抵御。这边李逵提着两柄板斧,大吼奔上,只当不得左臂疼痛难禁,使展不便。云龙见他上来,倒也提心,慌忙张弓搭箭飕的射去,恰好射着李逵右臂。李逵翻身下山,连滚带爬逃回性命。天色已晚,梁山只得收兵。

次日,吴用命戴全、张魁调齐弓弩鸟枪手,分十二路攻打正一冈。每路中间留出丈余阔的隙路,一面枪弩攻打,一面由隙路杀上冈去。只见官军早已竖起一带木城,吴用传令只顾攻打。自辰至午,枪声不绝,矢集木城如猬,梁山云梯兵已由隙路上山。云龙在木城内觑得分明,一个号令,官兵一齐把隙路的木城拔起,垒木滚石齐下,云梯兵尽行研成齑粉,山下枪声顿住。傅玉便传令尽拔木城,将灰瓶金汁,雨雹也似打下来。吴用料知利害,传令将人马权且约退。安排午食毕,吴用对众头领道："今日尽一日之长,悉力攻打。如果不胜,不如依我退兵。"众头领领诺,重复抖擞精神,率众向正一冈攻打。攻至傍晚,不能取胜,吴用退兵之念已决。忽接到宋江来书,言："马陉镇官兵调动之说,毫无动静,想云天彪来势必缓。军师可饬儿郎们努力前攻,倘能破得正一村庄,则我军大势成矣。"吴用接信,心中疑惑,到了黎明,只得饬众再攻。

那冈上依然坚守不下。两军相持,直到辰牌,忽听得东南上连珠炮响,殷殷隆隆,天摇地撼,一片声远远的震动,到正一冈下。云龙大喜道："我爹爹大兵到也!"傅玉看那山下贼兵,已有慌张欲退之状,便就冈上传起一个号炮，归化三庄登时知道了。那哈兰生、哈芸生、沙志仁、冕以信四员都团练，登时点齐一万二千名乡勇，一声呐喊，鸟枪、大铳、佛朗机潮涌般的向村口平地打来。杨志、穆春、薛永抵敌不住，纷纷逃出村口。前队人马已被枪炮卷去了六百余名，山下人声海沸。傅玉、云龙早已领兵杀下冈来，将杨志等截住。杨志、穆春、薛永一班人马裹在阵云之中，左冲右突，无路可出。哈兰生、哈芸生两马已到，杨志大叫道："我们左右总无生路，何不索性拼个死战！"穆春、薛永死力迎住。杨志提刀一马当先，重向乡勇这边杀去。哈兰生一铜人早已打到面前，杨志急用刀柄架住，吃铜人一振，杨志手筋也觉有些振动。杨志顺势一刀砍去，兰生急闪，杨志却砍个空。芸生提一柄五股钢叉劈面来刺杨志，杨志急闪不迭。穆春拍马来助，杨志头盔早已刺落尘埃。四边官兵乡勇，人声喊沸。杨志无心恋战，回马便走，只见薛永早被沙志仁、冕以信两马盘住，双枪并刺。杨志急前往救，薛永早已中枪落马。穆春慌得乱了，芸生钢叉十分勇猛，穆春招架不住，兰生一铜人横扫过去，打着穆春腰肋，一命归阴。三庄人马一齐上前痛杀。

杨志身受重伤，命在呼吸，忽见官兵队里两员勇将冒死杀入。杨志定睛看时，乃是戴全、张魁，三番冲入，却吃傅玉、云龙奋勇敌住。喊杀之声，天旋地转。杨志趁此偷缝儿冲出。张魁撇了云龙，转救杨志，逃出官兵阵外。戴全已没入阵中。傅玉手提烂银镔铁枪，苦战戴全。云龙既走失了张魁，便举大刀翻身转砍戴全。戴全急闪，肩上早着，又被傅玉对胸一枪，一道灵魂归地府，几番觍面会天亲。官兵乡勇会合一处，追杀贼军。贼军队里宣赞、郝思文见了傅玉，怒气冲天，不顾性命，回身转杀。乱军中吴用旗鼓招呼不及，二人已闯入官军。傅玉见了，却与云龙豁地分两路，抄击吴用。吴用身边只仗着杨志、李逵、张魁三个带伤头领，如何抵敌得住？那边宣郝两员健将却被哈兰生邀着，兰生铜人横扫，猛不可当，宣郝二人死命相争。乡勇队里左边早杀出哈芸生，右边早杀出沙志仁、冕以信，一齐冲杀。宣赞、郝思文知不是头，回马逃转，只见吴用兵马已被官军迅扫将尽。二人死命冲上，与傅玉、云龙辗转苦斗，会着杨志、李逵、张魁，保住吴用，率领数十残骑,落荒逃命。

那宋江见马陉镇全军齐出,便教众头领奋勇抵御。正在两相支持,忽闻报吴用兵马覆没,众人大惊,宋江忙押军马速退。只见云天彪全镇三万人马,已遮天盖地价掩杀过来。梁山兵马前后不能照顾,纷纷败下。那清真山头领周兴、来永儿,保着自己兵马,早已没命的逃回山去了。吕方、郭盛保着宋江先走,徐宁、史进领众死命抵住官军。官军阵里李成、胡琼挥动全军奋勇厮杀。梁山这边陈达、龚旺领左右翼往刺斜里埋伏。官军势大,徐史二将败走。官兵直拥进来,陈龚两枝埋伏兵全不济事。这一场大战,杀得贼兵尸横遍野,血流成河。

云天彪统领大军追亡逐北,贼兵抱首遁逃。那傅玉、云龙、哈氏弟兄等中途迎着,两下合兵,再行痛追一阵。

宋江等远远的走了,天彪传令收兵。哈兰生道:"何不再追一阵,倘能擒得渠魁,则一方之大害除矣。"云天彪道:"非也,宋贼虽然败衄,人马尚存小半,岂可使逼迫无容,激成死战乎?但令日后我攻清真,梁山不敢来援,吾事成矣。"慰劳兰生等四人,会同点查首级四千余颗,生擒贼众三千余名,夺得器械马匹不计其数,大获全胜。天彪道:"皆团练等力战之功也。"说罢,带领傅玉、云龙一干人马,随同大军,大吹大擂,掌得胜鼓回镇。哈兰生等亦收齐乡勇,整顿队伍,凯归正一村去了。不题。

且说宋江兵马,被官兵、乡勇杀得大败亏输,心惊胆裂,幸赖吕方、郭盛保着先走。只见徐宁、史进等都纷纷逃来,一同负命飞奔。中路遇着吴用等,一同逃走,马不停蹄,无分昼夜,直到汶河渡口,张顺、阮小七领水军接应下船,解缆顺流而下,大众喘息方定。宋江看那星月皎洁,明河在天,约是三更时分,忽闻秦封山背后,人喊马嘶之声遍满山谷中来,港内胡哨声声不绝,梁山残兵一齐大惊道:"蒙阴人来也!"宋江惊得面如土色,急忙架橹飞逃。饶你飞船驶下,前面港内又有胡哨飞出。宋江道:"吾命休矣!"

不知究系何路兵马,且听下回分解。

第一〇〇回　童郡王饰词谏主　高太尉被困求援

却说梁山兵马败回，行至汶河，忽听得秦封山喊杀连天，宋江大惊失色，急差人往探。

那知这枝人马，与宋江毫无干害，乃是一带疏林败叶，与金风鏖战。宋江听了，神志渐渐安定，却满面堆下惭愧，道："我梁山兵马无向不利，今日这场败衄，乃至风声鹤唳，尽作追兵，岂非贻笑天下！"众人相劝，无非说些胜败兵家常事等话而已。宋江泣下道："悔不听军师之言，又伤了三位兄弟，折了无数人马。"悲叹一回，忽恨道："这番出师，不料此地两受惊恐，我怎肯与蒙阴干休！我回寨将息数月，必来和他厮并。"吴用道："兄长宽心，回寨再议。"群舟稳棹前行，露华高洁，月明如昼。宋江浩然又叹道："不料这番徒伤人马，清真山仍救不得。"吴用道："这也是无可如何。"宋江道："此刻云天彪那厮，想已攻我清真山矣。"吴用道："这怕未必，此时天彪那厮兵马也乏了，即使此刻攻清真，清真山总支持得。"宋江道："不知还有方法救得清真山。"吴用猛然心生一计，对宋江笑道："兄长要救清真山，小弟却有一法。"宋江惊喜，忙问何法。吴用道："兄长方说要攻蒙阴，我想梁山离清真远，蒙阴离清真近，若得了蒙阴，遣上将镇守，以此策应清真，清真可保矣。"宋江大喜，道："既如此说，事不宜迟，我等就此住扎，着山寨里调生力军来攻这蒙阴。"

这里受伤头领杨志、李逵、徐宁、史进、张魁，并受伤兵丁二千三百余名，均着发回山寨将息，便教卢俊义派选上等头领，星夜前来。宋江、吴用、吕方、郭盛、陈达、龚旺、张顺、阮小七八位头领，统领未受伤人马二千八百名，就在汶河南岸安营下寨。吴用道："且慢，此中还有一层斟酌。东京虽有信去，而高俅因儿子如此，报仇心切，必然阻挡不住。我们在蒙阴，他去扰曹州，怎好？"宋江只是点头。吴用默想了一回，道："有了，高俅之来，非为朝廷也，为儿子耳；非为梁山也,为林冲耳。我们只须调林兄弟同来攻蒙阴,高俅探知,必假救蒙阴以为名,来向林冲打话,曹州可以无害了。”宋江连声称妙。吴用又道:“此次调人马,须在五万以外,方可济事。”宋江依了,便又差人去告知卢俊义。按下慢提。

且说高俅自从放了儿子出京,每日除早朝外,闲暇无事,无非与几个门客,在书房赌博闲谈消遣。一日,正与孙静叙谈,忽报到山东曹州府失陷,都监阵亡,知府不知去向。高俅大惊,忙问来人道:“衙内到底怎样了?”来人道:“不晓得。”孙静心中暗想道:“此人休矣。”却劝高俅道:“太尉且是宽心,衙内是个文官,决不交锋打仗,城破之后,或者相机脱身,也未可定。且消停数日,定有确信。”高俅心如悬旌,摇摇不定,因叹道:“咳,这畜生自己寻死!我一向教他不要出去做官,他偏早一句晚一句的在面前絮聒,定要出京去顽顽。后来曹州出缺,他便盯住了闹个不休,说甚么金曹州、银济南,是个上上缺,必定要去。我一则被他烦不过,二则孩子们功名心重,也是少年上进之心,因而托了吏部,将铨选名次掉了个头,让他去了。那知弄出这样事来,如今要想他生还,谅来不能得了。”说罢,泪随声落,众人互相慰劝。

高俅饮不沾唇,日日愁叹。过了几日,忽有两个家人自曹州逃回。原来他二人被难之际,混在百姓中偷逃出城,在附近耽搁了几天,探了些信息,身边一无盘费,剥衣典当而回,特地来高府报信。高俅叫二人进来,便问道:“衙内怎样了?”那二人中有一个年纪大点的,上前禀道:“衙内是尽忠的了。”高俅一听,蓦的立起来,阿呀一声,仰面便倒。众人哗然聚集,扶起了高俅,足有半个时辰,方才苏醒。孙静劝解了一回,高俅又开言道:“衙内怎样死的?”那家人原知林冲烹食之事,但此时不便直说,因伪答道:“衙内被贼赚去,逼勒投降。衙内抵死不从,厉声骂贼,自刎而亡。”高俅放声大哭道:“我的儿,你只知有君,不知有父了!”孙静心中暗想道:“这个家人很会说话,此人之死必不如斯。”便对高俅道:“衙内如此忠荩,虽死有光。恩相据实奏闻,此仇可报。”高俅道:“杀尽了梁山那班草寇,方泄吾恨。”

次日高俅具奏，并请即日发兵。天子览奏大怒，道："梁山泊如此猖獗！上年蔡京提兵征剿，适逢瘟疫流行，朕因体恤军情，传旨收兵而返。如今贼势愈张，岂容再缓！"只见左班内闪出一个大臣，俯伏启奏道："微臣有愚昧之见，伏乞圣心鉴纳。"天子看是童贯，便问道："卿有何奏？"童贯道："梁山罪大，王师进讨，此固理之所至，法之所在也。以臣愚见，利在缓，不利在急。"天子道："何故宜缓？"童贯道："战阵之事，贵有强兵，先贵有良将。我国雄兵百万，原有疆场戮力之人。而能驱策其人者，臣目中不过一二。经略种师道，才压千人；总管云天彪，威扬四海：此二人中用其一，梁山若草芥矣。无如种师道现在征辽，不能兼顾；云天彪马陉镇守，不可稍离。依臣愚见，或待种师道奏凯回京，或命云天彪相机恢复，得此二人运筹帷幄，可以一鼓而灭梁山。此臣之所谓利在缓也。"天子沉吟半晌，又问："何故不利在急？"童贯道："梁山贼势，猖獗异常，迩来攻取我兖州，盘踞我濮邑，夺我曹郡，占我嘉祥：此非寻常小丑之所能为者，万不可以轻视。况上将剿贼于梁山，而天加潦雨；太师统兵于曹县，而天降瘟瘟：未始非天心之谕我以弗急者。我若不相度其情形，观察其行止，而以匹夫之勇，兴重兵以入重地，臣恐不至于丧师不止也。此臣之所谓不利在急也。"天子听罢，又复沉吟。这边高俅忙奏道："圣上休听，童贯所言皆迂阔而远于事情。我皇朝养士百年，训练有素，谋臣如雨，猛将如云。以此铲除区区小寇，何向不济？乃无故畏葸迁延，坐令滋蔓难图，养成巨患，臣实不解。"天子道："所奏皆是。总之盗至于此，万无不征之理，高俅着加辅国大将军，统兵二十万，征剿梁山。"高俅领旨，谢恩出去。

童贯退朝即到蔡京家来，对蔡京道："所委之事，今日极力谏阻。怎奈高俅那厮，因儿子死了，大有以公报私之意，朝廷已准发兵，特来关照。"蔡京心中叫苦，即刻修书知照梁山，备述"力不从心，抱愧无涯，小女、狗婿蒙留贵寨，诸承照应，图报有日"等语，即着戴宗带转。

且说当日高俅领旨回衙，便以孙静为参谋，召令胡春、程子明二将。须臾，召到，高俅将衙内情事说了，便道："本帅奉旨征讨梁山，愿二位将军协力相助。"二将闻衙内被杀，各各眼里生烟，鼻端出火，厉声道："太尉放心，都在小将们身上，擒这梁山一班贼人，剖腹剜心，祭奠衙内。"高俅点头称好。

巴到钦定的八月十二日，辞了丹墀，统领大军出京。文有孙静，武有上将胡春、程子明，一路上浩浩荡荡，居然天兵征讨的模样，与上年的蔡太师无二。行到宁陵，先差心腹赴曹州探听，并密寻衙内的尸身。心腹人转来，河边迎着，进见高俅，竟一老一实把林冲烹食衙内的情形说了。高俅一听，面色登时雪一般的白将起来，两眼一瞪，胡子一翘，立时死去了。揪头发，掐人中，弄了两个时辰，渐渐的活转来，长叹一声道："罢了，罢了，我高俅不杀林冲，死不瞑目！"说罢，放声大哭。那心腹人又把林冲现在攻取蒙阴的话说了，高俅便传令大军向蒙阴进发。孙静忙阻道："趁宋江全神贯注蒙阴，这曹州攻取最易，机会断不可失。请太尉先攻曹州，无论曹州取得取不得，宋江必来反救。就是林冲有憾于太尉，闻太尉在此，他亦必前来。那时贼兵奔疲远来，我兵静壁以待，劳逸迥殊，取胜易易耳。"高俅道："林冲在蒙阴，我到曹州去做甚么？先生不要阻我，待我杀了林冲，再议军务。"孙静见高俅执意要往蒙阴，便道："太尉既欲前往，那蒙阴去青州不远，总管云天彪韬略渊深，足可依仗。太尉可檄调他来助战，庶望成功。"高俅道："多大的梁山，我们现有二十万人马，程胡二将勇冠三军，那边不过几个贼人，何足惧哉！"遂不听孙静之言，发兵直趋蒙阴。孙静退出叹道："这番正中那吴用的计了！"

且说高俅兵马未出京之先，宋江等兵马在汶河南岸，早已收到戴宗带转的信，又会合林冲、鲁达、武松、秦明、花荣五位头领，并六万人马。宋江便与吴用商议进攻之策，吴用道："先着秦明领一万人马，去绕云山屯扎，与清真山联合呼应，协力堵御云天彪；次着花荣领一万人马，到斗花林埋伏，如此如此，邀击高俅。"分派毕，秦明、花荣各领令去了。吴用道："据探子说，蒙阴县内文武官吏尽属凡庸，县城可以不攻自破。惟有召家村好生利害，须林、鲁、武三位兄弟，策三万大众，努力前攻，先吞灭了那厮，方可以对付高俅。"林冲、鲁达、武松飞速往召家村去了。

原来召家村的主人便是那申勃儿所说的召忻。那召忻世代名家,弱冠时曾遇着山阴道上仙圣,说他日后必有一番功业,只不可贪不知止。及长大来,为人情性纯正而刚,交游最广,却都是恭敬有节制的人。若和他亲近得上,却是历久不渝。有一等人过于讨厌了他,纠缠不清,惹动他的性儿,他便发作起来,打得你自不信自。任凭你一等一的好汉,只消四五十个回合,终打翻了。若不如此,怎对付得林、鲁、武三位英雄?再说他的浑家梁氏,武艺比召忻更高。因其本姓是高,所以双姓高梁氏。生得面色光白如镜,人都叫他做"镜面高梁"。平时最喜插带花枝,又名"堆花"。性情清洁,膂力刚强。不用长枪大戟,佩带十六口飞刀,倘有强人纠缠,遇着召忻,不过跌几个斤斗,若遇着了高梁,竟有性命之忧。高梁身边有四个丫头,皆以花草为名:一名桂花,一名薄荷,一名佛手,一名玫瑰。四人也都有些武艺,只是性情柔软,人物袅娜,若遇力量平庸的人,他也尽杀得翻。

所以召忻村中,无分内外,人人利害。那召忻在召家村团练乡勇,日日操演,本是有意与梁山作对,遵王敌忾,以尽食毛践土之诚。那日闻知申劾儿为宋江所杀,召忻便对高梁叹道:"申劾儿错了。我等这般武艺,尚且经不得水斗,申家兄弟如何想在水里去取他。只贪图沉船一着,取得他人数多,不想自己的力量减轻了。如今不必说了,只是梁山贼人必然前来生事,须预先准备方好。"高梁道:"何不请史谷恭先生进来商议?"召忻道:"有理。"便叫从人去外面书房请史谷恭先生。

原来史谷恭是召忻的书记,为人最有细心,深晓太乙壬遁,及游都穿地之术。当日闻召忻有请,即便进来。召忻便将御备梁山之法请教,史谷恭道:"此事大须斟酌。"捻髭沉思一回道:"贤梁孟武艺超群,即力战尽可取胜,所可虑者,梁山强兵数万,压境而来耳。愚有一策,可以必胜。召兄可于本村四面,筑起一千零八十个大圆坛,令花貂、金庄二将把守,按就九宫方位,愚自有玄妙方法,管教他入得阵来,人人昏迷。"召忻、高梁皆喜,依计安排。

未及一月,忽报:"梁山大伙贼兵来也!"召忻便点齐乡勇,四面把守,断住水口。召忻、高梁一齐扎抹停当,等待开战,又吩咐庄客:"预备麻绳千万条,贼兵来一千捆一千,来一万捆一万,一个不许放走。”召忻道：“我等捆一贼，梁山少一贼也，诸君各宜努力。”庄客齐声答应。

只听得村外人喊马嘶，贼兵已到。召忻手提溜金镋，浑身黄金锁子甲，骑匹黄膘马，当先迎敌。只见对面梁山阵里跳出一个莽和尚，一条禅杖早已飞到面前。召忻急用镋架住道：“来将通名！”鲁达一禅杖飞下道：“叫你认识洒家。”召忻大怒，便飕飕的舞起那柄溜金镋，浑身上下纯是金光，托住那枝禅杖，大战一百三十余合，不分胜败，杀气飞腾，天旋地转。那边召村阵上，高梁看得分明，便一飞刀瞥到。鲁达大吼一声，轮起禅杖一格，禅杖环上飞刀正着，火光四迸。说时迟，那时快，召忻早已一镋卷到鲁达胁下。鲁达禅杖急格，将那镋格开尺余。不觉恼动了武松，轮起杆棒飞奔前来。一飞刀早到，武松急闪，那飞刀飞出武松背后三丈余路，斜插在衰草地上。鲁达拖了禅杖便走。只见武松杆棒，召忻金镋，已搅做一团，但觉一片黄云，绕住青龙盘舞。又战了一百余合，两边阵上都看呆了。林冲大怒，挺着蛇矛拍马前来。只见武松巾上飞刀早着，武松急闪，忙退下来。林冲蛇矛刺入金光影里，大呼酣战。只见飞刀接连三口，从林冲头上飞过，末后一口飞刀，直射到梁山阵里，余力不衰，牙旗边一小将当心刺着。梁山阵上一齐大惊。鲁达、武松大怒，一齐上前厮斗。这边高梁见了，轮起日月双刀，浑身白银细砌甲，拍动银合白马，一条雪光冲到。召忻勒马回阵，这里林、鲁、武三人攒战高梁。

看官，高梁武艺虽然高强，怎当得三个英雄厮并？原因三人已被召忻溜乏，所以两口明刀，尽可敌得三般兵器。那召忻在阵中略定定喘息，重复出阵交锋。

这场恶战，直杀得天昏地暗，山岳动摇，饶林、鲁、武三人这般大力，也兀是有些头晕眼花。召村收兵，林冲吩咐众人将召家村团团围住，木不通风。只见史谷恭头戴葛巾，身披八卦道袍，手执拂尘，立在坛上，指着贼兵笑道：“量尔等贼子，有多少本领，敢撞入我九宫法坛来！”鲁达大怒道：“直娘贼，吃洒家三百禅杖！”武松拦住道：“师兄且休卤莽，看这般鸟男女逃到那里！”林冲道：“且待明日，众兄弟再去厮并，除了他这两个鸟男女再说。”当日收兵无话。

次日，召忻、高梁先来挑战。三人一齐大怒，前去厮并，自辰牌斗至午牌，不分胜负。连战十日，召村虽失些器械，林、鲁、武三人也兀自倦乏。忽报吴军师到来，三人出营迎接，同入中营坐地。吴用开言道："召家村的事怎样了？"林冲便将召村的情形说了一遍，吴用皱眉道："不料召村竟有如此利害。众兄弟休要厮杀了，养息几日，好对付高俅。"三人依了，按兵数日。

忽报花荣领人马转来，吴用大喜，传进。只见花荣身带重伤，吴用大惊，忙问缘由。花荣请罪道："小弟奉军师将令，前往斗花林埋伏。那高俅果然中计，小弟令军士放下垒木滚石，塞住两边谷口，乱箭齐下，高俅兵马失去无数。不料两山背后，忽抄出无数官兵。小弟忙约人马退回，前面又有官兵拦住。当先一员将官，旗号上是东城兵马司总管程，使一枝五指开锋浑铁枪。小弟自不小心，吃他刺中肩窝，人马损折二千。只可惜高俅那厮，险被小弟擒住，吃他走脱了，特来请罪。"吴用听了，又添得一重心事，忙请宋江来商议，先送花荣回山将息。少顷，宋江领吕方、郭盛、陈达、龚旺、张顺、阮小七，一万二千余名人马，来到召村，与吴用互相议论。忽报高俅兵马已离城不远了。吴用忙教武松领一万人马留住召家村，"只宜坚守，但求当得住召村兵马便好。切不可厮杀，倘或失利，大为不便"。

宋江、吴用统领全军去迎击高俅，从县城经过，只见城门紧闭。原来蒙阴知县胡图、防御符立，闻得梁山人马在村，唬得魂不附体，躲在城中抖作一堆，只求不来攻打而已。宋江等过了县城，望见高俅兵马，旌旗浩浩，杀气腾腾。原来高俅在斗花林败衄后，尚有十三万人马；一心要寻林冲，仍向蒙阴进发。

这边林冲望见高俅旗号，怒从心起，勃不可遏，便对宋江道："小弟愿即刻前去取这老贼头颅来！"宋江道："林兄弟且耐。"只见吴用笑道："林兄弟尽可去得。"便对林冲道："贤弟去时，只消如此如此，管取高俅到手。"宋江大喜道："军师真料敌如神也。"林冲领令，提了丈八蛇矛，带领五千人马便行。吴用又叮嘱道："贤弟切须依着言语，万不可因忿使性，不惟高俅捉不得，恐贤弟反有不利。"林冲点头。这里宋江、吴用约全军退过县城，安排下各路兵马。

那林冲早已领兵杀到高俅营前。林冲挺着蛇矛，一马当先，放开霹雳喉咙，大叫："高俅剥皮畜生！你林爷爷在此，快出来纳命！"营门开处，高俅出马，扬鞭指着林冲骂道："你这贼配军，犯了弥天大罪，本帅赦你不死，你倒……"林冲咬牙切齿大骂："奸贼休走，我捉住你生嚼！"骤马挺矛直抢高俅，高俅急逃入营。营边闪出一员大将，喝道："逆贼休乱闯，吾乃宣威将军柏能圣是也。"舞双刀飞马迎战，只三合，吃林冲一矛刺入胁缝，死于非命。林冲方拔得矛起，早有一将出马大叫："明威将军毕定书在此。"轮开山斧来敌林冲，不上六七回合，早已中矛落马。不觉恼动一位将官，轮着泼风大斫刀，跃马前来，大喝："林冲不得猖獗，你认得都虞候胡春么！"林冲更不答话，举矛直刺，胡春举刀迎住。战到十五六合，林冲却暗暗称奇。那胡春不住手斗到七十余合，不分胜败，林冲只得回马便走。高俅在营门上望见大喜，便叫道："胡将军努力，休放走这贼！"林冲大怒，重复拨马转来，恨不得直上营门，刺杀高俅，却吃胡春挡住。又斗三十余合，林冲奔回本阵。孙静在旁看了，便教高俅再辱骂，果然恼得林冲又转来厮杀。高俅便挥动大军齐出，孙静急阻不住。

林冲见高俅大军潮涌般过来，只得率领本部飞逃。高俅那里肯舍，死也要擒林冲，亲督全军尽力前追。孙静大惊道："必死可掳，此公是矣！"忙教一骑飞马追上，止住高俅。高俅道："怎的孙军师不许我捉林冲？"来人道："孙军师言林冲必非真败。"高俅恨道："你多说，便误我路程！"只见前面林冲兵马，已抹过县城去了。高俅直追上去，也过了县城。前面林冲已去远一段，高俅狠命相追。忽见左首林子内有旌旗闪动，高俅大惊道："防有伏兵。"急差人去探，只见地上虚插旌旗，静荡荡并无一人。高俅道："眼见这厮们怕我穷追，却故意诈装伏兵阻我。"便传令众将努力前追。又追一段，林冲忽然勒马回兵，挺矛大喝道："高贼，你休道我真败，你看后面伏兵已起了！"高俅忙教后面探看，毫无动静。

高俅依仗身边有七万人马，毫不怯惧，令胡春一马先出，催动军马，乌云也似的盖过去。林冲只得五千人，如何抵敌得过，纷纷败走。忽见前面三处号炮飞起，三路兵马齐出，乃是张顺、吕方、陈达，一字儿扎住阵脚。阵前密麻也似佛朗机、子母炮，乒乒乓乓，往前乱打。胡春督令军马冲杀，几次三番，上前不得。忽闻后面连珠炮响，报道："有两枝贼兵抄入。"高俅大惊，忙分后队接应。这边梁山郭盛由左路抄出，龚旺由右路抄出。合兵厮杀一阵，郭盛、龚旺分头绕出两傍，忽退去了。高俅因走失了林冲，又见有伏兵，忙令全军速退。

那张顺、吕方、陈达紧紧连环追上，胡春急切退不得，慌得高俅飞速领二万人马先走。走不数里，后面一枝兵马截住，将高俅与胡春的兵马剪为两段，前后不能照顾。高俅大惊，回头看时，就是那林子内虚插旌旗之处，杀出无数人马，当先一将是阮小七。高俅急忙飞逃，前面又是一枝伏兵杀出。高俅抬头一看，更非别人，原来就是那个紧对冤家林教头，领着八千生力军，由别路抄转来也。吓得高俅几乎落马，幸亏身边三个总管邬有、子谞、符諟恭，死命敌住林冲。不防阮小七已领兵在后面掩来，急得高俅不知所为。见那张顺、吕方、郭盛、陈达、龚旺杀败了胡春，也同来助战，把高俅围在垓心。

眼见高俅一命难保，忽然梁山西北角人马翻乱，一员大将带领二万兵马，如生龙活虎般杀入重围，正是东城兵马司总管程子明。原来这日程子明醉卧后帐，高俅轻于视敌，不去调他上阵。孙静闻知高俅失利，即催子明前去接应。子明睡梦中惊起，急忙提兵出营。只见胡春浑身血污，领着败残兵逃回，子明大怒，急催人马前往。高俅见了救星，没命的跟上来。程子明一枝五指开锋浑铁枪，搅开一条血弄堂，奋勇杀出。高俅仗着那御赐乌云豹，驰电般跟了程子明逃出重围。吕方、龚旺都纷纷退下。林冲那里肯舍，驱大队掩杀。高俅没命飞逃，正过县城，忽见前面一个胖大和尚，带领人马邀住。那和尚手提禅杖，劈面打来，程子明急忙架住。吓得高俅急忙跑过吊桥，叫开城门，躲入里面去了。那程子明并二万兵，也一同退入城中，拽起吊桥。林冲传令，将蒙阴县城团团围住。里面程子明督兵抵御，且喜城上也有些灰瓶石子等物，挡了一阵。

那孙静闻知这信，叫苦道："怎么被他们驱入城中了！且幸城外还有三万兵马，好作犄角，怎奈胡春受伤太重，厮杀不得。还有两个总管，一名何有勇，一名石少谋，懦弱无刚，恐不济事。"孙静沉思一回道:“干鸟么！我替他剜心的筹画,今日兀是头晕咳血,他自己去寻死,干我甚事!”待欲脱身远扬,忽想道:“且替他尽些人事,且叫这两位总管联名出信,去求求云天彪。我前日探得贼人已有重兵扼住绕云山,云天彪未必来得,来不来,且自由他。”遂写起一封信,两总管会名,求救于云天彪,差心腹人飞速递去。

不数日到了马陉镇,却好云天彪在署,公人将信递进。云天彪拆开细看,知是高俅被困,要请救兵,便叫云龙过来说话。有分教:数行翰墨,崛起山里英雄;几阵军兵,救出坑中宰相。

不知云天彪说甚话来,且听下回分解。

第一〇一回　猿臂寨报国兴师　蒙阴县合兵大战

却说云天彪接了石何二总管的信，方知高俅在蒙阴被困，要请救兵，当即叫云龙谕话。

云龙即忙到来，天彪道："高太尉被困在蒙阴县城，写信来请救兵，我等速宜往救。"便把信递与云龙，云龙看毕道："高太尉统兵出京，原说从曹州进发，不知何故忽来此地，反主为客，自取败北。"天彪道："可不是么！他到蒙阴，军报不通，骤然而至，在他以为出其不意，不知正入人之算中也。如今事已如此，不必说了。但太尉乃朝廷大臣，蒙阴乃天子疆土，我等现在邻境，理当速赴救援。"云龙道："此事不须爹爹劳顿，料那梁山兵马已疲，孩儿愿代爹爹领兵前去。兵法乘劳，可以一鼓而下。"天彪道："这也使得。现在清真山尘氛未平，我却未可轻离此境，就着你前去。"云龙道："此际倒有一巧事，一举两得。"天彪问何事，云龙道："陈道子身在猿臂，心在王家，只因奸臣间阻，而本身又无尺寸之功。此番救蒙阴，爹爹何不写封书，邀他同来协助。一则陈氏父女智勇双全，此去定可集事；二则陈道子救得蒙阴，就是王家出力之人，而高俅得命，必然深感道子，前仇可释矣，爹爹以为何如？"天彪道："此事亦妙，我写信专人到猿臂寨去。你先领八千人马，同李成、胡琼速赴蒙阴。"

云龙领命，遂带同李成、胡琼飞速前行。方出青州地界，前军探报，前面绕云山有贼兵埋伏。李成、胡琼都道："如此怎生过去？我们不如先杀散了那厮再说。"云龙道："二位将军且慢。"便问左右道："从此处绕道到蒙阴，当有几站路？"左右对道："从此岔出二龙山，抵小汶河渡口，尚有四站路。"云龙便对李胡二将道："我并非怕这厮们，只是蒙阴十分危急，我军此来宜于速进，若与他中途厮杀，即使胜他得来，已无及于蒙阴矣。"李成、胡琼同声称："公子高见。"便催兵向二龙山进发。云龙看那二龙山崖岸陡峻，岗峦绵亘，实乃青莱保障。阅了一回，忽看见绕云山杀气腾腾，猛想道："那厮若知我绕道，必然半路邀击。"便差人飞禀云天彪，再遣勇将，领一枝兵，扼住绕云山，使其不得进兵。众人见云龙如此智谋，无不佩服，便一同向蒙阴进发。按下慢表。

且说陈希真自九阳钟得胜之后，便有恢复兖州之念，日日操演人马，整顿军务。一日，操练已毕，希真与众人在后堂闲话，谈及梁山南剪曹州，东务青州，希真笑道："宋江那厮兵力疲矣。"丽卿道："那时可惜爹爹不肯去，不然斫他几个头颅来，一来帮帮云叔叔，二来也显得我们替官家出力。"希真道："你着甚急，那厮们少不得有事撞在我手里。"祝永清道："近闻那厮又复东图蒙阴，高俅统天兵东下曹州，那厮两边牵顾，真所谓罢于奔命也。"希真叹道："高俅如何对付得梁山！即如上年蔡京出师，不损梁山毫末，徒为朝廷损威耳。前后一辙，言之可伤！"刘慧娘道："近日蔡京竟不见动静。"希真笑道："蔡京就因招安宋江这起案闯了大祸，又被甚么道士郭天信说日中有黑子，是臣蔽君之象，因此官家愈疑，竟将他贬了三级。"慧娘笑道："如此说来，蔡京却是冤枉的。"希真、永清都道："为甚冤枉？"慧娘道："金水二星抱日为轮，有时在伏见轮之下，又适与太阳经纬同度，皆能令日中有黑子。此七政行度之常，不得为灾异，干蔡京甚事！"希真、永清都笑。慧娘又道："若将本年金水三年根，及平引、实引、初均、二均各各细查，便知这日中黑子，是金星是水星。"希真称是。

正在叙论，忽闻檐前喜鹊群叫，慧娘便袖占一课，道："天喜发传，天恩加日，必有喜信到来。"言未毕，忽报马陉镇云总管有信到。希真忙出厅接信，拆开众人同看，只见上写着：

> 道子仁兄阁下：久阔芳型，时深葭溯。近想道臻上乘，德茂玄门。修九转之金丹，炉开造化；通一灵于玉阙，品重神仙。犹复志切忠忱，力招义勇，迪无穷之训练，储有用之材能。他时博宠乎龙颜，实此日肇基于猿臂也。顷有倒悬一事，乞借仁威。只因太尉高公，领军剿贼，被困蒙阴。盖太尉出师之际，正梁山东去之时也。设彼时乘其不备，先复曹州，原可一鼓而擒，再追巨寇。乃竟计不出此，直抵蒙阴，以致贼势猖狂，官军竭蹶。现在

攻围甚急,危险非常,遣人星夜来前,哀号求救。弟因事关君国,分所难辞,已命小儿云龙,带兵前去。惟是梁山势猛,太尉事危,使非助以神兵,旦夕恐难奏效。因思道子勇能盖世,才智超伦,一到蒙阴,重围立释。用敢片言劝驾,谅不我辞。务即会合天兵,匡扶王室。兼且高公旧谊,从此修盟。既输力于天家,复用情于旧好:公私两得,倾耳捷音。顺请德安。柬红另具。

希真看毕,吩咐款待来人,便一面商议点兵。只见丽卿道:"爹爹,你怎的要去帮高俅?须吃别人笑我没志气,颠倒去奉承他。"希真笑道:"你不晓得,这云叔叔信里说,蒙阴是官家的地方,所以叫我去救,并不说甚么救高俅。"丽卿道:"既如此,我们就去。只是孩儿还有一句话:我们去杀退贼兵,保全这蒙阴县城,若高俅那厮想逃出城来,孩儿便一枪戳杀了他,休叫他回到东京,又去诈害百姓。那时节,爹爹休要阻我。"希真顿足道:"你怎的这般缠不清!自古道:打狗看主。他是官家的大臣,不争你杀了他,如何对付得官家?"慧娘道:"姐姐只管去。我们此去是杀贼救官,再不吃别人笑。"永清道:"他此番丧师辱国,官家少不得处治他,要姐姐费手做甚。"丽卿道:"既如此,就饶了他。"希真大喜,便派丽卿为先锋。希真亲统大队,猿臂寨去调真祥麟,新柳营去调王天霸,带领八千人马,即日兴兵。

不数日到了蒙阴,只见前面已有马陉镇旗号,知是云龙的兵马。希真便吩咐安营下寨,自己带了二百名伴当,前往相见。丽卿也要同去。

云龙听说猿臂寨兵到,大喜,急请希真父女进营。各人相见叙谈,丽卿便问道:"兄弟到来,打过几仗了?"云龙道:"我来此只杀得一阵。看那贼兵兀自疲乏,只是不肯休息。我来时他已环城筑了土阓,竟有除死方休之意。"丽卿道:"那厮不肯走,便杀他个罄净。"希真道:"吴用必不愚至于此。"便问道:"豹子头林冲在贼军中否?"云龙道:"正是他最利害。"希真道:"是了。他所以不退者,为高俅耳。高俅脱逃,他必不恋蒙阴矣。只是高俅好生无谋,无故潜入城中,又不设立犄角。"云龙道:"他退入城中,小侄也不解其意。若说起犄角,他原有一枝兵马,只是小侄方到,他已沉没。据逃来的几名官兵说，何有勇、石少谋二总管皆阵亡，总管胡春受伤深重，坠马而死，还有一个参谋孙静，当兵败之际，吐狂血而死。”说到此际，希真暗想道：“孙静原来死于此地。”云龙又道：“此刻小侄这枝兵替他代作犄角，专等老伯到来，一同攻那土闉。”丽卿听了高兴起来，道：“我们何不就去攻土闉？”希真道：“也是，我们锐师远来，贼人劳师已久，此刻机会，利在速攻。”说罢，便与丽卿起身辞了云龙。云龙道：“小侄还有一事奉告：小侄探知这里有召家村义民，甚为骁勇，可惜被贼兵挡住，不能同来救围。”希真道：“既如此，愚伯便发兵去接应他同来。”丽卿道：“就是我去。”云龙道：“闻得他那员贼将，是景阳冈打虎的武松……”语未毕，只见丽卿道：“怕他做甚！他会打老虎，我会打打老虎的人。”云龙大笑。希真与云龙约齐时刻，同攻土闉，遂辞别回营，先命丽卿带领二千人，用几个土著为向导，飞速往召家村去了。

这里马陉、猿臂两营，等到约定的时刻，各自三声号炮。马陉营里李成守寨，云龙领胡琼出阵；猿臂营里真祥麟守寨，陈希真领王天霸出阵，浩浩荡荡，直奔梁山土闉。枪炮矢石，骤雨般往上飞打，势不可御，眼见梁山人马支持不得了。——且慢，那边梁山作些甚么事情，也须得交代明白。

且说林冲见高俅入城，便同鲁达、张顺、阮小七、吕方、郭盛、陈达、龚旺，将蒙阴城团团围住，一面差人飞速报知大营。宋江、吴用皆喜，忙来城边看视。吴用笑道：“高俅入城，瓮中捉鳖矣。众兄弟协力攻围，不怕那厮插翅飞去。”林冲大喜。众人正在四面攻围，忽报召家村冲突甚急，武松独力难支。吴用忙教吕方、郭盛去帮助武松，又吩咐武松紧紧自守。令方发，忽报官兵分两大队杀来，正是何有勇、石少谋二总管，宋江、吴用慌忙设计迎敌。吴用差人飞速到山寨里，教卢俊义添派兵将前来。这里鲁达、阮小七与石何二总管轮战，互有胜负，直到第七日方才杀败官兵。众人方才筑土闉，尽力攻城。

攻到三日，忽报秦明领败残人马逃回，乃是被马陉镇风会纵火杀败，秦明身受火伤，宋江、吴用一齐大惊。惊犹未了，忽报有马陉镇官兵绕道前来。宋江道：“这便怎么？”只见林冲道：“此城弃之可惜。就是这高贼，平白放走了他，也不甘心。那官兵新来未定，小弟愿领兵先去厮杀一阵,如果胜他不得,再定行止。”宋江、吴用都道:“也可使得。”林冲领令前去。林冲虽然对付得云龙,只是手下兵将屡战疲乏,抵当不得云龙的生力军。杀了一阵,不分胜负,收兵回阃。

次日,林冲正待出战。忽报猿臂寨兵马亦到。弄得宋江、吴用不知头路,如在梦中,都道:“怎的……怎的陈希真这般举动?真是怪事!他难道和高俅没仇隙?”吴用道:“且看他的来意。”正待发人探听,忽见东南角上猿臂寨旌旗飞动,喊杀连天,陈希真领兵到来。林冲大怒,提矛上马。那边猿臂寨枪炮矢石,已到阃上。林冲急切冲杀不出,阃上死命抵御。希真攻了两个时辰,贼兵死伤无数;那东边亦被云龙攻打得十分危急,贼兵渐渐难支。

那希真、云龙都指望城内官兵杀出来,梁山土阃可以立破,谁知那高俅紧关城门,抵死不肯出来。你道这是何故?原来高俅自从被围之后,只仗程子明督兵堵御,三位总管协同扶助,日日盼望救兵。这一日闻得城外喊杀,高俅大喜,忙登南门看时,偏偏先见了猿臂寨的旗号。高俅问符立道:“猿臂寨是那一处该管的?”符立叫苦道:“又是一路贼兵来也。这猿臂寨的头领,便叫做陈希真,好生了得。”高俅一听陈希真三字,把魂灵吓出三千里外,半晌收不转来。程子明请开城出战,高俅急忙摇手叫住,躲入城下。就闻得马陉镇兵到,亦疑畏不敢出来了。

那宋江、吴用兀自心虚胆怯,深恐腹背受敌,将心先乱,士气自然不固。那希真、云龙见阃上纷乱,攻打愈急。正在危急存亡之际,忽见正西上炮声响亮,旗号飞扬,乃是梁山上新调的人马远远来也。希真见了,一面去报知云龙,一面忙约人马且退。林冲早已骤马挺矛而出,希真举矛迎住。林冲道:“陈将军且慢。将军此次来替高俅出力,甚不犯着。”希真大喝道:“蒙阴乃天子疆土,岂容贼子蹂躏!”林冲大怒,举矛直刺,两马盘旋,两矛并举,战到二十余合,希真逼住矛道:“林将军且慢,希真有实言奉告。希真为想受招安,不得不伤动众位好汉。为我回报宋公明:如此方是受招安的真正法门!”说罢勒马回马。林冲追上一段。

那梁山上黄信、燕顺领着八千人马,望见前面厮杀,便摧动人马,旋风也似的杀到面前，希真早已退归本寨。黄信、燕顺会着林冲，便议攻寨。林冲道：“二位将军且休卤莽，陈希真那厮诡计多端，攻寨必中其计，且与军师商议定夺。”二人听了，便约了人马，缓缓归闉。方才望见闉门，只听得猿臂寨号炮响亮，林冲等急回头，只见希真一马当先，左有真祥麟，右有王天霸，领着一行人马掩杀过来。个个都是养足气力，未曾厮杀的兵马，一声呐喊，一齐掩上，乱抢冲杀。林冲、黄信、燕顺大怒，乱军中林冲敌住陈希真，黄信敌住真祥麟，燕顺敌住王天霸。六人六马，六般兵器搅做一团。四面喊声震地，杀气影中，将斗将，兵斗兵，但见两枝矛如飞虹惊电，驰骤于刀枪剑戟丛中。梁山兵队已纷纷摇动，猿臂兵个个奋勇，大呼驰突，所向无敌。只见王天霸笔挝打处，燕顺的朴刀头早已折落，燕顺心慌，取腰刀抵敌。黄信丧门剑被真祥麟的枪逼得风旋云转。林冲见自己的儿郎们兀自厮杀不得，无心恋战，争奈和希真两矛盘住，不得脱身。但见梁山兵早已杀得尸横遍野，黄信、燕顺知不是头，便偷个空，抽身回马而走。林冲将矛向外一吐，顺势压住希真矛头，急忙带转马头，拖矛待走。希真矛起，早已点着林冲腰兜。林冲急闪，骤马加鞭而走。希真催军前追，一阵痛杀，那贼兵只恨爹娘生得腿短。

看官，这是那贼兵自己错怪了，须得替他剖明原委。原来那些贼兵跟了黄信、燕顺，望见厮杀，飞骤前来，本已走得百脉沸张，三焦喘满。那时希真若迎住厮杀，则贼兵仗着一鼓奔驰锐气，倒也无能抵敌。谁知希真早已料透，急忙避去，待他在前缓走时，心安神闲，锐气顿减，却将本寨未经厮杀的锐兵，调向前部，乘势追杀，是以大胜。兵法曰：“避其朝锐，击其暮归。”朝暮者，非时日之朝暮也。希真深知其意矣。

当下希真大队掩杀，贼兵走窜无路，前面闉门紧闭，贼兵急切叩闉不得入。希真纵兵掩杀，贼兵半个不留，只剩得林、黄、燕三人，绕闉落荒而走。希真便乘锐攻闉，只见闉门厮闭，绝无动静。前面云梯兵报称：闉内已虚无人矣。那云龙正在东首攻闉，忽得希真飞报，教其切勿退避。云龙督兵前攻，愈加紧急，忽见闉上枪炮顿歇，只是里面鼓角怒号，云龙大疑。半晌，胡琼怒极，亲身纵上闉门，只见悬羊击鼓，皮囊吹角，贼兵早已遁逃。云龙遂驱兵进阗。进得阗时，恰与希真会着。忽听得阗外人喊马嘶，希真、云龙登阗看时，只见无数贼兵，弃甲抛戈，没命逃来，随后一员女将，手捻一枝梨花枪，搅入贼兵队中，撞人仰腹，撞马翻蹄。

原来丽卿这枝兵马，从云龙营后掩杀过去，不惟吴用不及料，即武松亦不及防。当时武松被丽卿背后掩来，召忻、高粱奋勇前杀，如何抵敌得住？自然纷纷败走。那召村义勇随着丽卿大队杀来。贼兵见阗上遍插马陉、猿臂旗号，大吃一惊，情知进不得阗，急得走投无路。那李成又引兵出寨，当前截住。丽卿只顾领兵驱杀，希真忙在阗上叫道："卿儿住手！"丽卿那里肯歇。果然恼得武松转身来狠斗丽卿。云龙忙叫道："李将军住手！待他过去，追杀未迟。"李成忙将阵势一字摆开，放得贼兵过去。丽卿、李成、召忻、高粱合兵一处，追杀一阵，斩获无数，一同上阗厮会。云龙赞丽卿道："姐姐真神勇无敌也。"丽卿道："我捉得一员贼将，不知是谁，是个标致少年。此刻我已交付尉迟大娘，捆缚解来了。"希真大喜，召忻、高粱都佩服道："久闻姑娘威名，今日方才亲见。"马陉大小将弁也无不佩服。

当时马陉、猿臂、召村三路人马，会同一处，齐向县城进发。只见县城兀是紧闭，城墙上有些兵丁探望。云龙一马当先，高叫道："请太尉开城，贼兵已杀退了半晌！"那高俅方才上城俯看，问云龙道："小将军贵姓？"云龙答道："小将乃青州马陉镇总管云天彪之子，云龙是也。"高俅道："为何有猿臂寨贼兵同来？"恼得丽卿大叫道："你这老贼颠倒不识好人！我父女好生出死力来救你，你颠倒骂我！"希真连声喝住。云龙道："这陈义士实来协同剿贼，保护宪驾的。"高俅满面羞惭，备问其故。云龙道："父亲得石何二总管信。知太尉被困，父亲因境内贼氛未平，未敢擅离职守，特着小将前来。奈贼势猖獗异常，小将正在难支，幸这陈义士父女奋身前来，方才集事。"高俅听了，看着希真道："道子仁兄，不料你是我救命的大恩人。"声泪俱下，传令开城。云龙先入。希真对丽卿道："你怎地性急！高俅这厮嘴脸，可想还见得官家哩，你也落得看破他些。"丽卿笑而点头，一同入城。召忻、高粱也随了进去。当时云龙、希真等都参拜了高俅。

高俅被围将及一月,视这城如囚笼,恨不得早走,便命程子明领兵护送出城,云龙、希真等相送。高俅对希真道:“难得仁兄垂救,小弟此回定在官家前保举吾兄。”希真称谢,心中暗笑。高俅得了性命,连儿子之仇,林冲之恨,都记不起,欢欢喜喜的去了。云龙贺希真道:“老伯此来有功王家,从此建功立业,廊庙显扬,可预贺也。”希真谢道:“全仗贤乔梓鼎力周旋。”正说间,只见尉迟大娘缚了那员丽卿擒来的贼将献上。云龙便交与县官推问,方知便是假扮武妓刺杀天使的郭盛。云龙大喜道:“卿姐擒的,原来就是这人,真是天赐其便也。待小侄禀知家君,将这贼解赴都省,为老伯叙功。”希真大喜拜谢。

马陉、猿臂、召村三处将官,在县署内大宴三日。云龙辞希真道:“家君盼望已久,小侄先解贼前去也。”便将郭盛钉入囚车,亲身同李成、胡琼押解,提本部人马,起身回马陉镇去。希真父女及众将,与召村英雄,并县中文武官吏,都亲送出城。希真又说了许多感激语,洒泪而别。众人转来,希真亦提本部兵马起身,对召忻道:“此地须防贼兵再来滋扰,全仗贤梁孟保障。”召忻领诺。高梁请丽卿到山村一叙,丽卿欣然愿往。希真道:“高梁嫂情不可却,卿儿且去一叙,我在前面承恩山屯扎等你。”丽卿大喜。

当时猿臂、召村两处人马,辞了县官出城。那胡图、符立依旧放宽了心,照常办事。希真、真祥麟、王天霸带领人马,前赴承恩山去。

丽卿领红旗女郎同召忻、高梁到了召家村,史谷恭率众来迎,各贺胜敌之喜。丽卿看那召家村,后靠稽山,前临镜水,连云浮白,遍野堆黄。坛壝重重,连绵不断。每坛两面大防牌,每牌用木刻长人执持,状类西羌人模样,用松木支架。下面五只天狗,八枝胡笳。高梁对丽卿道:“这就是史先生的玄妙神机。”丽卿不解。只见前面一带碉楼,十分坚固。高梁引丽卿进了庄门,又进了内庄。原来内庄也有碉楼雉堞。召忻和史谷恭在外庄发放人马。高梁邀丽卿到了召府,进了还醇室,到清香亭。早有众女眷出来,竞问道:“这位姑娘那里来的?”高梁说了底里,诸女眷各各骇异道:“呀,原来就是女飞卫!”各道了万福,把丽卿围在中间,拖袖携手,细细的看了一回,都道:

“不信这位斯文姑娘,连那打虎的武松都上他手不得!”丽卿笑道:“你们不信,待下回奴家再做遭与你们看。”诸女都哈哈的笑。

逊坐毕,高梁与丽卿叙话,丽卿方知诸女眷都有些武艺。高梁道:“日前阵上瞻仰威风,实为钦佩。就是贵部下众女郎也骁勇非常,想见女将军训练有方。”丽卿道:“这算什么。贤嫂身边有四员女将,倒也了得。”高梁道:“这四个丫环,奴家平时也教他武艺,只好在家里顽要顽要,上阵时亦当不得正用。”丽卿称赞不已,高梁道:“女将军既是赏识他,愿以奉赠。”丽卿道:“使不得,贤嫂须寂寞了。”高梁道:“不妨,家中还有香雪丫头随身伏侍,并且还有一个女儿陪伴。”丽卿便称谢了。高梁便叫桂花、薄荷、佛手、玫瑰一齐进来,拜见了丽卿,丽卿大喜。高梁治筵相待,丽卿在众位女英雄中盘桓了一日。

次日,丽卿恐父亲等久,便辞了高梁诸女眷,并辞了召忻,都道深扰。高梁送出庄门,丽卿带了红旗女郎,并四个丫环,告辞而别。这里召忻、高梁依旧训练人马,备敌梁山。那丽卿领众便一直到承恩山,会着希真,一同回到山寨。众英雄闻知救了蒙阴,擒了郭盛,无不大喜,都随了希真,诣万岁亭舞蹈毕,各归职守,静候恩光。按下慢表。

且说宋江、吴用弃了土圍,直奔到斗花林,见林冲、黄信、燕顺、武松、吕方陆续败回,并知郭盛被擒。宋江放声大哭,怒气冲天,道:“陈希真,我和你前生无冤,今生无仇,怎么没事处来寻我的事!”林冲亦忿极道:“你这贼道,难道和高俅无仇?今日却特地来卖人情!”众头领无不大怒。吴用道:“我等兵马且休退远,待他们去后,再去袭取蒙阴。然后踏平召家村,剪除马陉镇,扫灭猿臂寨。”宋江道:“军师之言极是。且着人去探听郭盛下落。”数日,探人来报:“郭头领已被解赴马陉镇去了。”宋江大惊,对吴用道:“那厮敢道真要去受招安?”吴用皱眉不语。宋江便走近吴用前,附耳道:“这事便怎处?”吴用沉思半晌,便附宋江耳边道:“且教戴院长去托蔡老阻挡。如果阻不得,再想别法。”正在商量,忽接到董平差人飞报:曹州被官兵围困甚急。宋江大惊道:“莫非高俅回去,顺便去滋扰曹州?”吴用道:

“且着来差进来,问明便知。”来差进来,禀称道:“官兵打得山东镇抚将军旗号。”宋江道:“镇抚将军便是张继,那厮懒而无勇,焉能有谋,怎么董平兄弟对付他不得?”吴用道:“既然董平危急,我等且暂放下蒙阴,速去救援。”说罢,拔寨起身。看官,若说张继能败得董平,不特宋江不信,即看官亦不信,并说书的亦不信。

务要打听明白,再等下回交代。

第一〇二回　金成英议复曹府　韦扬隐力破董平

却说那攻曹州的官兵，虽然打着镇抚将军旗号，却不是张继亲身到场。若务要问他统兵的主将，就是前回中戴全、张魁口中所称，及梁横心中所钦佩的武解元金成英。

原来金成英是曹州人氏，生得剑眉虎口，七尺以上身材，两臂有千斤之力，家中有五六千金的财帛，最爱交游，慷慨好施，排难解纷。且略举他一件故事：

那年赴济南府应武乡试，作寓于南门大街悦来客寓。那寓主人年纪五旬有余，也是一身好武艺，见了成英十分钦仰；成英看那主人堂堂一貌，也甚佩服，当下谈说，情投意洽，便缔盟好。当乡试士子云集之时，各处赶集之人也纷纷而至，说不尽那走索的，跑解的，使枪棒卖药的。就中单表一种穿珠婆，系天津一路来的，手下有三十六门解数，无人敢惹他。一日，那寓主人在门首遇着两个穿珠婆，因点些小之事，一句两句，争闹起来。那穿珠婆出言无状，主人大怒，即便厮打。斗不数合，吃那穿珠婆一脚飞起，踢中心窝。原来那穿珠婆的鞋，系生铁衬底，主人挡不住，仰天就倒。那大街上无数来往行人，都立住了脚，不敢拢来。那金成英在房内闻知此事，大怒，飞身出来，轮开五指便去抓那穿珠婆。不提防吃那穿珠婆顺势用两指额上一点，成英也险些一个踉踵，说时迟，那时快，成英方凝定了脚，那穿珠婆一脚，又飞到成英面前。成英急闪，便趁势右臂龙探爪一卷，夹定那穿珠婆左脚往后一拖，卖进左脚，踏住那穿珠婆的右腿，穿珠婆仰面就倒。不防背后又有一个穿珠婆一脚飞来，成英忙使个蟒翻身，舒出左臂，顺势抓住。两边也都看得呆了。那主人已挣扎起，抖擞精神，来助成英。那寓中一群武生，初时未敢打头阵，到此也狼虎般大吼齐来。只见成英右手把那一个穿珠婆的脚尽力一撕，已变成两爿；左手把这一个穿珠婆的脚往外一掼，这一个只算侥幸，得个半死。看的人一齐喝采,震动了大千世界。穿珠婆的余党看见成英了得,又见他有无数帮手出来,叫苦不迭,都纷纷逃散了。成英便教唤里正来,将那一个跌坏的绑了送去报官,同众武生并店主进寓。那店主口里不住的吐出紫血,成英甚为着急。不数日,主人死了,成英痛哭不已。

那历城县知县,将金成英殴杀穿珠婆的文案,详上都省。检讨使贺太平看了案由,惊异道:"此人有如此神力,若使为将,怕不是朝廷柱石。"便提笔判道:"穿珠婆率众滋事,殴伤寓主致死,律应斩决。今已死,毋庸议。余党着驱逐出境。并原交里正受伤未死之穿珠婆,旬日亦愈,一并驱逐。金成英于寓主有同患之谊,因情急,格杀拒捕匪徒,可勿论。"那成英就是这场中了武解元。贺太平极爱他,收为得意门生。成英大喜,便拜贺太平为老师。贺太平赠金成英宝刀一口,名马一匹,成英大喜拜谢。捷报回家,诸友亲贺喜,设筵会客,竖旗上匾,一场闹热,自不必说。

过了数月,正值盖天锡去任,高世德接任之时,成英猛然记念贺检讨,便挈眷赴济南府。家人都不解其故。只得跟随同行。一路上晓行夜宿,一日行到济宁州南城驿。其时正是巳牌,成英忽命停车觅寓。车夫道:"日子早得紧哩。前面平坦道路宿头不少,何必此处早歇?"成英道:"你只管依我。"当下将家眷行李安寄客寓,造饭毕,只见成英身佩宝刀,步出街头,各处游玩。至晚,无事而归。娘子问道:"官人今日出去,端的为着甚事?"成英道:"我上省赴试时,来回于此地两次,遇见一魁伟异人。初次我不以为意,第二次我看他兀是英气逼人,拟欲前去一访,却因与寓主算账,俄延片刻,与他错过了。今日各处访寻,杳无踪迹,只好罢休。"当晚安歇寓中。

次日起行,经过济宁城北一带桑林,忽见前面一筹大汉,生得虎头环眼,八尺身材,骑着点子大马,伴当掮着一口泼风大斫刀,成英在后面远远望见。那大汉兀自眼不落放看他的行李箱笼,成英大疑。只见那大汉忽问脚夫道:"你这行李是那位客人的?"脚夫道:"是新科武解元金相公的。"大汉道:"金相公在那里?"脚夫道:"后面便是。"那大汉便拍马直到成英面前,滚鞍下马,扑翻虎躯便拜,道:"久慕吾兄盛名,不意今日得遇于此,实为深幸。"成英慌忙下马答拜,道："好汉高姓大名？贵籍何处？缘何闻知贱名？"大汉道："小可姓李，双名宗汤，长沙县人也。江湖上久传吾兄盛名，小可有缘相遇，请前面杨枹山中一叙。"成英又疑，便辞道："深蒙头领错爱，但小弟此行，赴济南而后，拟即上京会试，试期将近，王事为重，不敢逗留也。"那李宗汤听见叫他头领，便呵呵大笑道："吾兄何轻量天下士！天下大矣，俊雄豪杰，岂尽无良，何至人人视官家如仇雠，人人尽欲搜罗材能，以为抗命之地哉？彼挺而走险，据山聚众，拒捕抗官者，皆庸奴之所为也。吾兄何轻量天下士！"成英大笑，深深谢过，便问道："足下往杨枹山何事？"李宗汤道："山中有于潜主人隐居于此，是小弟的敝业师。小弟一身武艺，出自此师指拨者居多。小弟此番特去访谒，不意中途幸遇吾兄，因敝师亦慕吾兄盛名，故相邀同去一叙。"成英大喜愿往，便吩咐庄客将车仗行李在道旁等候。

金李二人并辔同行，李宗汤道："方才小弟见贵行李上标封，有'曹州金'字样，就猜是足下。但不识足下生长曹州，何故挈眷而去？"成英笑道："敝地有一群好汉，证盟结义，当时弟亦在会。后知此辈非安分之人，渐与疏远。怎奈此辈纠缠不已，弟待欲厉色拒绝，又恐太过。当今新来知府糊涂昏昧，而此辈作奸犯科又势所必至，弟深恐有意外之累，是以远而避之。"李宗汤大拜服道："仁兄真是卓见，此辈速宜杜绝。不然，不为官吏所陷害，必为盗贼所招致矣。"成英连声称是。宗汤道："仁兄见几，固是高见，然亦何必挈眷同行？"成英道："小弟祖籍并非曹州，先君某公始徙于此，彼时便有更徙济南之意，今弟适欲往济南，是以同行。"

说谈间已到了杨枹山，却遍访于潜毫无踪迹，二人只得出来，仍到桑阴路旁。成英拱手道："行色匆匆，未能多叙。此后李兄如有见教，可向检讨衙门一问，便知小弟住处。"李宗汤道："定来奉候。弟此刻在东京金匮街玉函弄，仁兄进京会试时，可来一叙。更有弟之师弟姓韦，名扬隐，亦在东京景岳街新方弄，兄如不弃，亦可共与畅叙也。"成英大喜。二人又立谈许久，方才各自上马，分路而别。李宗汤自回东京去了。

这金成英依旧同了家眷行李向济南进发。不数日，到了济南，先觅了一所住房，安插了家眷，遂去谒见贺太平。贺太平闻金成英到来，大喜，延入内厅，叙礼毕，备问原委，当时留饮畅叙。自此成英住在济南，每日进署请安，有时亦在衙中住宿。贺太平遂深知成英不特武艺高强，即韬略亦复渊深。忽一日，成英在署正与贺太平叙谈，外面忽投报曹州失陷公文，并报都监梁横阵亡。原来梁横与成英至好，成英一闻此信，不觉潸然泪下。贺太平道："梁山大盗如此猖狂，生灵涂炭，何时得了。贤契挈眷而来，真是吉人天相，避开大难，倒也罢了。"成英道："只可惜丧失了梁都监一员虎将。"贺太平亦叹惜不已，道："想朝廷必有天兵征讨，特未知胜负何如耳。"成英便陡然起了恢复曹州之念，当下却不发言，退出衙署，归到私宅，便唤过身边体己心腹人道："你到曹州去如此如此，替我探听消息。"那人应了，便往曹州去了。

等了一月，方来回报，成英一一听了，喜道："取曹州易为力矣。"正待献策于贺公，忽闻天兵征讨信息，成英且止。及闻宋江全军攻蒙阴，高俅亦全军赴蒙阴，成英跃然而起道："图之此其时矣！"遂进检讨署见贺太平道："门生有恢复曹州之策，望老师采用。"贺太平道："愿闻。"成英道："曹州有可乘之机五，请为老师陈之：曹州之保障，曹南山也，今贼不于曹南山屯兵镇守，则曹南无犄角矣，可乘一也；烽火营汛多不尽善，可乘二也；闻守曹州者为董平，董平虽东平名将，然勇则有余，而谋实不足，可乘三也；而更有天假之便者，宋江、吴用远在蒙阴，呼应不及，可乘四也；曹州、濮州疆域毗连，而贼乃将守濮州之林冲亦调向蒙阴，则曹州孤而无援，可乘五也。有此五得，而不乘机进取，则曹州又未知何日复矣。"贺太平道："贤契之见极是，但兴兵调将其权在镇抚衙门。贤契如果愿往，待愚与镇抚将军商之。只有一事却难，这镇抚将军张公，懦弱畏葸，恐其未必肯允贤契之议，将若之何？"成英踌躇半晌道："倘张公肯委任于我，则门生愿独当一面，剿此狂贼，复我王土。张公不出户庭而收奇功，谅亦肯欣然允我矣。"贺太平笑道："此法亦妙，我且为贤契引荐。然贤契身肩重任，大宜谨慎。"成英敬诺。

事出凑巧，适逢镇抚将军张继拈香便路，拜会检讨。检讨迎接进内叙谈，便提及曹州之事。贺太平道："将军享镇抚之名，奏鹰扬之绩，当此巨寇猖狂，逼临属下，将军其何以处之?"张继呆了半晌，道："小弟回去商量。"贺太平道："将军职任封疆，分应兴师征讨。如须智勇之人，小弟有一人奉荐。"张继又不吞不吐。贺太平便叫左右："请金相公出来。"少顷，成英出见。贺太平道："这是敝门生，上年武闱第一，现在弟处。因数月前上京，中途有采薪之忧，不遂礼闱之愿，此刻极欲投军，务望麾下录用。"张继实无出征之念，又无爱才之心，此时当不得贺公硬荐，只好随口说道："好极，贵门生便请到弟署来顽顽。"贺太平道："甚好。"即着成英随同张继回去。

原来张继是个世袭武职，勉强学了两枝弓箭。因其世世三公，门多故旧，一路上徇情保举，直做到这个分位。若要就他身上数件本事，只有一枝洞箫，却是绝世无双。至于讲武论兵，竟丝毫不懂，兼且性情懦弱，喜逸畏劳。幸得夫人贾氏才智超群，不但家务内政一揽包收，即张继在署演试兵将，惟仗帘内夫人照悉一切。升降进退，张继全不调度，只听夫人屏后注册，照依赏罚。所以军中大小将弁，倒替他取了个混号，叫做"公道将军"。

那日，张继带了金成英回署，吩咐外书房安置成英。张继进了内署，夫人接谈，张继便道："夫人，数月前我接到曹州失陷的公文，我原想这件事不必招揽，朝廷发兵，必然另选大将，胜负与我何干。今日我去拜检讨贺公，贺公倒劝我发兵，我想高太尉堂堂二十万天兵，尚且不取曹州，我去做甚? 贺老之言，未免多事。而且硬荐一个武举，说他可以出征。我害于同官情面，邀了回来，其实真正无用。"夫人听说，道："将军差矣，检讨之言是也。强盗逼近而来，目无王法，将军节制全省，岂可疏虞? 检讨劝征荐士，皆是公心，将军怎好不听?"张继道："夫人，我实在不高兴去。"夫人道："将军不必亲征，既是检讨有勇士荐来，不妨委之以重任，另外再点几员强将，派拨本营兵马，一面起兵，一面申奏，岂不名实两全?"张继听说自己可以不去，又得出征之名，倒也高兴起来，便道："夫人，你看该发几名兵?"夫人道："发兵容易，只是那勇士姓甚名谁，想贺公推荐的定必不错，将军何不邀他进花厅来叙谈，待我在屏后看他举止议论，便知可用。”张继便出厅吩咐左右：“请金解元进来。”

成英进见，张继逊坐。叙茶讫，张继问起曹州攻取之法，成英反复议论，滔滔不绝，口若悬河。张继一毫不懂，连声称是而已。张继进内，只见夫人笑贺道：“恭喜将军。此番出师必然大胜，可以上邀帝眷，下得民心。”张继道：“夫人何以见得？”夫人道：“吾观金解元威而文，恭而有礼，其智其勇，当不在云天彪之下，以此取一曹州，正如探囊取物耳：此所以为将军贺也。”张继大喜，便传令五日内办齐衣甲馀粮，演武场伺候点兵派将。

到了这日，难得张继竟起了一个大早，拖拖栖栖，打扮些威武行头。金成英骑马同往。到了教场，各将跪接，三军呐一声喊。三声号炮，鼓角齐鸣，张继升座。操演已毕，张继出令，点起一员都监，二员防御，十余员大小将弁，八千名营兵，给金成英游击将军职衔，带领人马，往曹州征剿，三军同声答应。只见金成英头戴束发紫金冠、凤翅闪云盔，周身黄金连环锁子甲，跨下追风铁连环大名马，便是贺老师所赠的，手提干红西缨镔铁龙舌枪，捧了令箭兵符，辞了张继。三声炮响，旌旗浩荡，出了南门。贺太平亲来送行，成英对贺太平道：“门生此去，拟七日内即取曹州。但兵家事难预料，倘或尚需时日，所有军中粮米，尚烦老师催解。”贺太平道：“贤契放心，此事在老夫一人身上。贤契努力，老夫恭候捷音。”说罢辞别。

金成英提了人马，星夜前行，不日，到了曹州，直抵北门下，只见城门已闭。原来董平自占据曹州之后，日日操演人马，备敌官兵。那日闻知天兵二十万，渡河压境而来，董平十分提心，点兵守御，亲身督阅，昼夜不解甲者五日。续知天兵抹境而过，方才放心。这日正与程小姐饮酒欢乐，忽报官兵已抵北门，离城仅得三里。董平大怒道：“营汛兵弁都睡死了，怎么绝不通报！”原来曹州北门外有埋枪谷，地最僻静，董平不以为意，故此处不置汛兵，成英便从此处杀入，出其不意，直抵城下。董平撇下酒杯，急取双枪，人不及甲，马不及鞍，直到北门，一面传令教鲍旭、焦挺备御各门，一面吩咐北门军士赶运灰瓶石子。只听城外连环枪声紧急，城上垛子已有几堵打坏。董平道：“待我单身出去抵当一阵，尔等速速备御。”说罢，放了吊桥，开门出战，只见金成英已在濠边，立马横枪。董平见了，更不发话，双枪直取成英。成英大怒，挺着单枪便战。这单枪如龙尾穿云，那双枪如凤翎盘彩，大战七十余合，不分胜败。只见官军一字列阵，队伍整齐，上面枪炮连声，城墙大震，下面沙泥连担，濠堑将平。董平见了心慌，只得撇了成英，舞着双枪，官军队里乱冲乱突，官兵纷纷自乱。成英见了，即忙鸣金收兵。董平亦不恋战，退入城中，赶紧备御。成英收兵，安营立寨。成英道："今日这番攻打，眼见此城必破，只可惜这贼搅乱队伍，不能取胜。"众将皆称可惜。成英便传令把曹州城团团围住。董平在城内披挂停当，对鲍旭、焦挺道："万不料张继如此了得。"原来金成英坐纛上只写着"山东镇抚将军"六字，所以董平误认成英即是张继。鲍旭、焦挺齐声道："明日待小弟等去会他一阵。"

次日清晨，金成英早已立马横枪，大叫："董平背君贼子，快来纳命！"董平大怒，提枪上马，开城迎战。鲍旭、焦挺两马都出城来。董平早已敌住成英，两马盘旋，三枪卷舞，战够多时。鲍旭、焦挺见董平不能取胜，一齐上前，成英一枝枪敌住三般兵器。成英武艺虽然高强，兀自撫拦多攻取少。只见城上不住的鸣金，董平、鲍旭、焦挺急忙回城。方过吊桥，成英马快，已扑到吊桥，手中呼的豁出软索挠钩，将吊桥铁索钩住。背后早已扑到二百名挠钩手，一齐帮同来钩。两员随将手出二十斤重锤，锤断铁索。说时迟，那时快，二百名挠钩手到时，成英早已撇了软索，一马飞过吊桥，扑到城门，守城贼兵关门不迭。董、鲍、焦三人知不是头，死命敌住成英，就在城门边厮斗。城上贼兵慌得手忙脚乱，看着城下混斗，又不敢发矢石，恐伤了自己的将官。那官兵早已扑上吊桥，董平等三人只得逃入城中。焦挺忙得手乱，被成英一枪撅出城外，挠钩手一齐上前，乱钩乱搭的捉去了。城上急放千斤重闸，成英急下马用手托住，忙叫身边一兵用铁棍支撑。方才撑定，董平在城内也急下马，赶出来一脚钩开铁棍，只听得天崩地裂的一声响亮，闸板下来，隔得城里城外两不照面，城上矢石齐下。成英只得收兵而回。董平见闸板已下，方问军士何故鸣金，军士道："东、西、南三门，被官军攻得十分紧急。"说未完，董平忙教鲍旭看守北门，自己飞速往三门去阅视，只见三门官兵都退。董平料知利害，飞速差人去报知宋江，这里加紧防守。

那金成英回营叹道："不杀董平，此城不可得也。"且升帐检点兵马，将焦挺上了靠锁，派三十名兵丁紧紧看守；一面吩咐安排午饭，三军饱餐将息。又是一日，成英又整顿士卒攻城，接连攻了五日，不能取胜。成英心急，正在踌躇无计，忽报营外有一大汉要求求见，并有书信投递。成英看那书信，写着"李宗汤拜缄"。成英大喜，忙问那大汉若何形状。军士禀道："那大汉身长八尺，腰大十围，双目有棱，面如渥丹，手提五指开锋三棱镔铁枪，骑着嘶风赤兔马，自称姓韦。"成英道："此必韦扬隐也。"忙叫开营请进。

那大汉从中门直入，成英下帐迎接。定睛一看，原来不是别人，就是前番在那济宁州南城驿遍访不着的魁伟异人，成英喜出望外，扑翻虎躯便拜。那大汉慌忙答拜。成英道："小弟在济宁州南城驿两瞻威容，无由接见，不意今日大驾亲来，实深万幸，敢问高姓大名。"大汉道："小弟姓韦，名扬隐，会稽县人也。"成英愈喜，道："原来就是韦扬兄，久仰之至。李宗兄好否？"韦扬隐道："李兄自从济宁道上，得接謦欬，不胜钦佩。回东京时，与弟言及，弟亦渴慕之至。今弟有事济南，李兄又有信致候，是以特到检讨衙门奉候。据门房说起，方知吾兄在此威讨狂贼。弟归东京，顺途拜谒。"成英大喜，便吩咐杀牛宰马，款待韦扬隐，就在中军帐分宾主坐下。成英道："日前济宁一役，李兄匆匆途遇，未遑细叙，不识阁下与李兄现居何职？"韦扬隐道："吾兄休问，弟与李兄皆本乡武举，生性刚愎，不善趋承。最恨那般鄙猥葸缩的小人，彼自以为规避尽善，凡事稳当，弟等却不可与一朝居。滔滔者天下皆是也，世无知我，我辈终于埋没，尚有何说！"成英亦大为感慨，又问道："足下此去，有无贵干？"韦扬隐道："此去尚欲寻访一友。此友姓颜，双名树德，表字务滋。此人却与梁山上的霹雳火秦明，系中表亲。那年因贫苦之故，往青州去投奔秦明，中途未至，秦明那厮已降于贼。此人漂泊无归，弟正无处访寻，近在济南得信，知他在河南归德府行乞，弟是以急欲寻访，即吾兄处亦不敢久留，少顷，便要告辞。"成英听了，蓦然动念，便道："吾兄何不少留，弟有一事奉恳。"韦扬隐道："吾兄敢是为杀贼的事？"成英道："正是。"便把董平的利害说了一遍,并道:"吾兄此来,是天佑我,拜恳助我一臂。"韦扬隐道:"小弟访友事急,今既承所委,小弟一斩董平就要上路。"成英道:"仗神力除此巨贼,小弟便无他虑。"当下欢饮畅谈。酒筵方彻,韦扬隐便请出战。成英便传令出阵。

营外三声炮响,成英当先出马,韦扬隐提枪亦出。成英高叫道:"董平贼子,快来领枪!"董平深恐城池有失,不敢出战。成英教军士一齐辱骂,董平只是不出。成英心生一计,教把焦挺浑身洗剥,绳穿索缚,驱出阵前。成英大笑道:"量你贼子万不敢出城来抢!"果然激得董平怒不可遏,提了双枪,开城骤马而出。韦扬隐一马飞出,单枪搦战。两边战鼓齐鸣,喊声大震。成英立马阵前,看那两人枪法,端的神出鬼没,大战六十余合,兀自胜负难分。成英性急,便挺枪上前。那董平双枪,韦扬隐单枪搅做一团。成英看得分明,乘势将董平左枪一压,董平忙将右枪架住了韦扬隐。成英枪头已起,对董平咽喉便刺,董平左枪急挑。成英枪头爆上,董平额角鲜血迸流。韦扬隐的枪已逼开董平右枪,对腹刺入;成英枪头又顺到董平胸前,双枪并下,把一员能征惯战的名将董平,登时死于非命。韦扬隐抽出带血的枪,拱手向成英道:"恭喜仁兄,我去也。"驱马向南而去。成英便传令攻城。

城上见董平已死,军心慌乱,如何守得住。鲍旭料知无济,领数十铁骑冲开东门,落荒而走。城上贼兵齐声愿降,城门大开。成英领大队入城,一面出榜安民,一面安置降兵,一面将董平的首级并焦挺正身,先请那都监解去都省报捷。成英恐贼兵再来夺城,便在府衙点兵派将,镇守各门,并一切营汛,严紧守望。原来成英攻曹州时,将各处山隘都虚设旌旗,堆积烟火。那刘唐在濮州,闻得曹州被围,急欲来救,怎奈林冲不在,又探得官兵众多,深恐救兵一出,本城先失,疑畏不敢出来,成英是以大获全胜。

那鲍旭逃出曹城,途中迎着宋江,哭诉曹州失陷,董平阵亡,焦挺被擒。宋江大怒,便欲再攻曹州。吴用叹了口气,劝阻道:"罢了,我兵力疲矣,一事无成。弟与兄长自四月至今,半载有余,未曾回归山寨,那厮既能伤我董平兄弟,必非泛常之辈,断不能一鼓而下。万一再有事故，我真罢于奔命矣。且归山寨养息，再思复仇之举。”宋江只得依从，一同回归山寨。不题。

且说都省检讨使贺太平，自从送金成英出师之后，日日盼望捷报。这日，忽接到两处的捷音：先接的是青州马陉镇捷音，乃是云龙亲解贼党郭盛一名，并贼徒首级八千余颗。云龙禀称：“猿臂寨义勇陈希真、刘广，极愿建功赎罪，归诚朝廷。今蒙阴被围，总管云某遣小将赴援。陈希真自领部众，前来协同剿贼，遣其女陈丽卿力擒郭盛，并斩获贼首，来镇献功。并有召村义民，亦来助战。谨将蒙阴剿贼情由具报。”贺太平大喜。又接到金成英遣人解上董平首级，及贼众首级二百余名，生擒贼党焦挺一名，并收复曹州的捷报。贺太平大喜，遂会同刘彬、张继审讯贼囚。讯讫，将郭盛、焦挺就在都省正法，枭首示众。郭盛已决，便将刺杀天使的一案归结。首级分各门号令。贺、刘、张三人将两处捷报，各会衔恭折奏闻。

不上一月，朝廷恩旨下降：“救援蒙阴案内，云天彪、云龙、风会、李成、胡琼，均加一级；陈希真、刘广等，准其赎罪，赏给忠义勇士名号，如再能斩盗立功，定予重赏；召忻着给防御职衔。收复曹州案内，张继知人善用，贺太平荐贤有功，均从优加三级；所有收复曹州之武举金成英，着实授曹州都监；其力斩渠魁之武举韦扬隐，着赏给侍卫，在京供职；将弁照例分别赏赉抚恤。所有曹州知府一缺，地当冲要，公务繁难，非精明强干之员，不足以资治理。查有海州知州张叔夜，心地明白，办事勤慎，着即补授曹州知府员缺。一应善后事宜，妥为赶办。”贺太平等领旨谢恩毕，即委差官恭赍恩旨，分头到猿臂寨、曹州府两处去。陈希真及众英雄接奉恩旨，欢欣忭舞，叩首谢恩，款留差官，设筵庆贺大喜。且按下慢表。

那金成英领旨，亦忭舞谢恩，进了旧都监署，哭奠了梁横一番，接印供职，专候新任知府张公到来。

不知张公系何等样人，到了曹州有无新政，且听下回分解。

第一〇三回　高平山叔夜访贤　天王殿腾蛟诛逆

却说张叔夜，字嵇仲，名臣张耆之孙也。父母生他时，曾梦见张道陵天师，送一粉团玉琢的婴孩到家，吩咐道："此乃雷声普化天尊座下大弟子神威荡魔真君。吾于玉帝前哀求，请他下凡，为吾耳孙。日后统领雷部上将，扫荡世上妖魔，大昌吾宗。汝等不可轻视！"父母领诺。醒来，便生下叔夜，满室异香，经日不散。长大来，八尺身材，貌若天神，博览群书，深通兵法，猿臂善射。因其祖父侍中张耆，历任建功，谨敏称职，天子大悦，荫锡其一子一孙，皆令叙职。嵇仲因此得为甘肃兰州录事参军，因平羌有功，升陈留县知县，随升知州。历任舒州、海州、泰州三处，大有政声，民心感戴，又加户部员外郎衔，升开封府少尹。又因召试制诰，赐进士出身，迁右司员外郎。那时已是蔡京当朝，奸党盛满。嵇仲有个堂弟，双名克公，正做御史中丞，为人刚正不阿。那日在天子前极论蔡京过恶，天子大怒，朝中人无不替克公捏把汗。克公面不改色，只是极口诤论，天子改颜动听，便训责了蔡京。蔡京恨极，便诬陷了克公一个罪名，把克公削职为民。蔡京兀自气不平，更寻事到嵇仲身上，将嵇仲也贬了监西安草场。不上半年，却得种师道极力保举，嵇仲又起为秘书少监，随升擢中书舍人、给事中。种师道知其非凡，在官家前一力举荐，直升到礼部侍郎。自种师道征辽后，蔡京又寻出嵇仲的事来，贬嵇仲仍为海州知州。

原来海州系嵇仲曾做过的，这番再来莅任，海州城里城外，一声哄传："张太爷重复来了！"登时阖州绅耆军民，老老幼幼，一齐都到境上焚香迎接。嵇仲进了州衙，那班百姓兀自磕头不迭。嵇仲升厅，便问众父老疾苦。数内，一老乡绅禀道："往年相公抚临本境，那时众民听得邻境东抢西劫，本境却安然无事，只道分所应得，谁知相公去后，本境渐渐不安，近有一伙江州贼徒，时常来烦恼村坊，弄得百姓们朝暮不得安息，众百姓方才记起相公。那知今日相公重复转来，真是天可怜见,来保佑我们也。”嵇仲叹道:“本州在中途已听得这信息,正忧得你们苦。”便唤过左右捕役来,备问了江贼的细底,便对众百姓道:“你等且归,明日本州便为尔等除患。”众百姓涕泣感恩而出。

到了次日,官眷都到,嵇仲便唤两个儿子来谕话。原来嵇仲有两个儿子,长名伯奋,次名仲熊,都是天生英雄,膂力过人。那伯奋生得额阔腮方,剑眉插鬓,瞳神闪闪有光,声如洪钟,使两柄赤铜溜金大瓜锤;那仲熊生得虎头燕额,颧方耳大,面如冠玉,唇若涂朱,使两口旋风雁翎刀,端的品貌非凡,人材出众。当日闻父亲叫他,一齐上来,嵇仲便将江州贼扰害本州地方的话说了,只见伯奋、仲熊齐声道:“爹爹放心,孩儿就此前去,扫尽那班毛贼,为民除害。”嵇仲道:“你们休要鲁莽。我闻知那贼,党羽有三十六人,都是江湖亡命之徒,官军几次三番,收捕不得。此次我去收捕,须要定个主见。”伯奋道:“那些官军,想都是惜命怕死的,自然近他不得,爹爹须知孩儿不怕死。”嵇仲笑道:“只得你一人不怕死,济得甚事,也须多寻几个不怕死的来帮你。”仲熊道:“这却不难,凡践土食毛之辈,都有良心。爹爹但须亲去剀切晓谕,必然召募得来。”嵇仲道:“你二人之言都是,但死士我早已募得也。”二子皆惊喜道:“爹爹怎地募得这般快?”嵇仲道:“便是你说他们都有良心,我此刻一募已得一千人。不但此也,那贼人趋向,我早已探得了。那厮全伙屯在海边,有无数战船停泊,一定是去劫海船客商的。我此刻叫你们来,有密计授你们。”二子道:“爹爹计将安出?”嵇仲谓伯奋道:“那厮因官军几番奈何他不得,胆子养的大极了。你领壮勇五百人,先去掩他,须痛杀一阵,然后退归。那贼必然空群来追。”便谓仲熊道:“你亦领壮勇五百人,带了干柴芦荻,悄悄出城,潜至海边。只看你哥哥退时,你便直趋海滨,烧那厮的战船。那厮望见火光,知道失利,必然复走转来,你便迎住大战。那时你哥哥在后策应,两下夹攻,贼人必败矣。”二子大喜,登时披挂上马,依了吩咐,分投干事去了。

嵇仲点起四十名民壮为护送,亲到东山上去观战。只见那贼果中其计。那伯奋、仲熊齐奋神威,转战厮杀,分明两只猛虎奔入羊群。

阵云中,但见两柄锤如流星闪霍,两口刀如惊电奔驰。锤过处尸林排倒,刀落处血雨横飞。前后一千名壮士,呼声振地,杀气冲天,登时那群贼兵扫尽无余。伯奋、仲熊一齐带领壮勇,到东山上来呈献首级。嵇仲大喜,慰劳壮士,掌得胜鼓回城。

嵇仲到任不及两日,便除了一方巨害,众百姓喜出望外,竞呼嵇仲为“张天神”。嵇仲既除了江贼,海宇清平,山村安宁。嵇仲率真办事,劝农桑,教礼乐,不上半年,那海州顿成为太平世界。

这日忽奉旨调升曹州知府,那班百姓听了此信,无不悲哭。嵇仲起身,众百姓个个攀辕卧辙,明知留不住,只得哀号相送。嵇仲亦潸然泪下,别了百姓上路。深知曹州逼近贼境,朝廷这番升调,是重重付托之意,便不敢怠慢,星夜兼程,不日到了曹州。

那金成英闻张公到来,大喜,率领众官员至马头迎接。见礼毕,先在官厅上叙坐。嵇仲便问成英曹州形势,成英便细细的说了一遍。张公一一领会,便一同进城。

嵇仲接了印务,便协同成英修葺城池,安抚百姓。不上数日,忽接到钜野县飞投紧急公文,报知妖人刘信民,盘踞麟山,聚众谋逆,现在纠率盗众攻逼县城,官兵不足抵御,求请救援等情。嵇仲接报,便速驾至都监署中,与金成英商议。嵇仲道:“曹州草创未定,城中兵马未可轻调,即将军亦未可轻离,须防梁山贼人乘间而来。弟意满家营附近钜野,弟欲轻车简从,星赴满家营,即调满家营兵剿贼。特未知满家营兵力何如,乞将军指教。”成英道:“满家营防御使叶勇,武艺也好,兵力亦足,相公尽可调用。若欲商议军务,小将有一人奉荐。”嵇仲问是何人,成英道:“此人高尚不仕,以医著名,日前小将收复曹州,偏裨有受伤深重者,延请此人来治。小将与接谈之下,方知此人韬略非常,特以医掩其名耳。”语未毕,嵇仲便道:“所说莫非是徐溶夫么?”成英道:“正是。”嵇仲道:“徐溶夫是小弟同砚友,后闻其隐居高平山,未知确否,今果在此,妙极矣。”便吩咐伯奋、仲熊同金将军保守曹州,自己带了一百名民壮,飞速赴钜野。

行至中途,闻知钜野已陷,知县曾扬殉难,提辖张永率兵民巷战,力尽而亡。张公道:“逆匪有如此猖狂!”便吩咐先向高平山进发。

左右报道:“前面不远已是徐先生府上也。”张公便吩咐民壮等都在溪口等候,自己只带了一个亲随,一名马夫,跨上头口,直到徐溶夫家。

原来溶夫姓徐,名和,自幼颖悟异常,一目十行。到十五六岁时,就博古通今,凡一切天文地理,礼乐术数之书,无不精究,虽未出兵打仗,而战阵攻取之法,了如指掌。只可惜命运不佳,犯着一个贫字,而性情又复清洁,把那些龌龊富贵看不上眼,所以年未四十,遂挈其妻子隐于高平之麓,卖药为生。

一日,傍午时节,薄冰初释,溶夫正在门前,汲溪水以浇款冬,听得背后马铃响亮,回头看时,只见马上坐着张嵇仲。嵇仲只望着溶夫家门,未曾留心。溶夫早已看得仔细,惟不解其为何经过此地,便叫道:“嵇仲那里去?”张公回头,见是溶夫,即忙翻身下马,走到溪边,大笑长揖。溶夫邀入内坐,只见五椽矮屋,三弓隙地,左侧一带荆篱,乃是药圃。嵇仲、溶夫带谈带走,进入内轩,松篁晚翠,爱日当轩。

溶夫与嵇仲逊坐,命其二子出来拜见,即命看茶。两人各叙寒温,溶夫方知嵇仲来临是境。溶夫笑道:“仁兄抚临此地,区区小匪,不足论矣。”嵇仲道:“逆匪猖狂如此,小弟身奉简命,惧不胜任,特来求教于仁兄,仁兄何言之易也。”溶夫道:“金将军同来否?”嵇仲道:“小弟托伊镇守府城,不曾同来。”溶夫道:“即此便见吾兄高见。曹州一府,可患者在梁山,不在此区区小贼也。但此贼来踪去迹,小弟颇传闻一二,谨为吾兄缕陈之,吾兄自知攻取之策矣。”嵇仲道:“愿闻。”溶夫道:“钜野之民情有二等:城市之民愚而直,乡野之民愚而犷。刘贼之来,不知其所自始,但闻无端竞传有刘天师,神通广大。及询其究竟有何神通,不过扶鸾请圣,咒水治病,及香烟灯光变现人物,占卜休咎而已。那些乡愚竟为其所哄动。彼时小弟闻他如此,便知其不过哄骗财物,并无大志。”张公道:“他哄骗之法若何?”溶夫笑道:“他在麟山顶上,起造宫室屋宇,供奉一位神道,唤做甚么多宝天王。他自称天王案下的掌教。却有许多条款,捐勒愚民。又刊刻许多教书,有一种名唤《天王度人宝经》,又名《开心钥匙》。弟处却有一本,是他手下信奉的人施送来的。内中造些破空老祖、达空老祖等名色，编成七言，似歌非歌，似诗非诗，句语十分俚鄙。”张公亦笑问道：“书内说些甚么？”溶夫道：“开口闭口，只说一句：凡所有相皆虚妄。因有相皆虚妄，所以有家财者万不可悭吝财帛，必须诚心输献于天王。天王欢喜保佑，现身延年益寿，死后超升天宫。其无家财者，并身子亦当勘破虚妄，须到天王案下舍身，供奉力得之货，并供掌教驱使，天王亦无不欢喜。那贼又有一种约束之法，凡归教者，须在天王案下立有重誓，如有叛教而去者，死后入十八重大地狱，刀山剑树，火蛇铁狗，受苦无穷。又立有醍醐灌顶、鹊巢重会、龙女献珠一切等等名色。那龙女献珠一项，系室女承当，不问可知矣。”张公听罢，叹道：“不料此地百姓如此愚蒙，竟受其欺。”

说到此际，溶夫的娘子已安排了山中便餐，叫两个儿子搬出来。溶夫见了，猛然记起一个人来，暗想道：“此番我倒好替他图个出身。”便逊嵇仲坐地叙饮，一面吩咐款待张公的从人。张公逊谢入坐，溶夫道：“仁兄扫除匪贼，佐将谅不乏人，未识尚须广募否？”张公道：“如有智勇之士，何嫌其多，吾兄意内有人否？”溶夫道：“小弟动问，正为此耳。弟有一友，姓杨，双名腾蛟。往岁在南旺营时，斩贼立功，投云总管麾下。叵耐蔡京不仁，阳遣人迎取入京，而阴于中途谋害。此友知觉，杀死奸党，避居弟处。每日山中采猎，至午而归，此刻好道就回来也。”说未了，只见杨腾蛟肩负鸟枪一杆，挂些野味，欣然而回。溶夫便指着对张公道：“这就是杨敝友。”张公见了这表人物，大喜，便上前深深一揖。腾蛟撇了鸟枪，慌忙回礼，便问溶夫道：“这位是谁？”溶夫将张公名姓来历说了，腾蛟大喜道：“久闻张公名震人寰，不意今日得遇。”扑翻虎躯便拜。张公慌忙答拜。

三人入坐同饮，溶夫便将腾蛟武艺细达，张公道：“得杨兄助我，吾无虑矣。”酒饭毕，张公告扰，三人重复散坐。张公对溶夫道：“得仁兄指教，那刘贼技量，一览可知矣。只还有一事，委决不下。”溶夫道：“甚事？”张公道：“此番纵兵剿杀，那刘贼固然死有余辜，只可惜这班无知小民，亦同遭惨戮耳。”溶夫停思半晌道：“无害也。此地人民胆子最小，闻官军大队剿捕，必然畏避。如其抗命逞凶，则纵兵掩杀，亦万不得已之事也。”张公点头称是，便邀腾蛟同往。腾蛟欣然，便选了那把蘸金大斧，牵出那匹马来，又进内告辞了溶夫的娘子，遂与张公别了溶夫。溶夫偕二子亲送出门。

二人上马，出了溪口，众民壮迎着，一同起身。众人看见杨腾蛟眉宇轩昂，只道是张知府起早去邀来的一个打手，及问了马夫，又道是药店里请来的一个猎户。须臾，到了满家营，那防御使叶勇出迎。张公进厅坐下，便一面点阅大小将弁，一面差探子往探刘信民行为踪迹。发使讫，张公便问叶勇道："逆匪徒党几何？"叶勇道："逆匪党羽有二万余。当其攻县城时，小将深恐本营有失，不敢往救。"杨腾蛟道："相公放心，贼众虽二万有余，然敢斗之兵闻说不满千余。目下县城失陷，实因城内疏失之故，并非贼兵强盛。"张公道："且待探子回报，自知真信。"

次日，探子回转，禀道："县城距麟山有四十五里。那刘信民自得城而后，只派了几个人在县里，名为监教将军，却并不懂武艺的。城中只开北门，其余皆紧闭不开。刘信民仍住麟山，将仓库中银两米石，均已搬在麟山。这边城中遍贴告示，小的偷揭一张在此。城中大小人家门前，都高高的贴一张符，上有天王敕令字样，其符不识得。小的又赶到麟山，山下有许多教匪管路，不能上去。后在一酒店中息足，闻说刘信民有四个勇士，都在麟山保护天王，名为护教将军，都是好本事。"张公听罢笑道："徐溶夫真料事如神也。"便与腾蛟看那刘信民的告示，只见上写着：

> 维持法界、统理阴阳、掌管天下水陆财源、多宝如意天王案下掌教大臣刘，谕在城士民知悉：盖闻皈依正教者，有福庆之多；信心天王者，赴龙华之会。本掌教奉天王金口亲谕，济度众生，盖以普天之下，共登安乐矣。是以回向天王，救度众生之本愿也。本掌教自开教以来，至于今日矣。且善男信女，岂可不信天王耳。现在奉天王面谕，奉托本掌教，劝化钜野县尔等士民，回心向善。岂可不信天王，死堕地狱云尔。为此晓谕。限七七四十九日之内，尔百姓陆续赴麟山宝殿，亲填名册，老幼男妇家丁年貌，务恳逐一注明。本掌教于圆满之日，代尔等回向天王，开脱一身穷苦之罪，加予百年福禄之缘。天王欢喜无量，岂有不生

福地之人也乎！岂可不信天王，并携带妻小，逃在辽远之遥者，那时天王震怒，使尔等穷苦而死，贬入无间地狱，万劫不复人身，悔之而不及耳。切切特谕。

二人看罢，哈哈大笑。腾蛟道："天下有这等奇事，真是把生灵做儿戏了。可怜钜野百姓如此愚蠢，甘为煽弄。"张公道："刘贼必非大器，其志我知之矣：得县城而住麟山，胆小也；移仓库而归本寨，贪财也。我等统大军直取县城，必无阻害。其中有几番鏖战者，却在麟山擒贼时耳。"遂传令起满家营兵，直抵钜野，竟到北门。最可笑，城门大开，一无防御。张公遂传令入城，叶勇忙禀道："相公再请斟酌，贼人不守城门，疑有奸计。末将请带兵先入，相公在后策应，不可全军深入重地。"张公微笑道："将军之言固是，但亦须看敌人之技量耳，何必以疑武侯者而疑刘信民乎！"遂吩咐大队入城。三军呐喊一声，浩浩荡荡，如入无人之境。

张公进了城门，一路在马上鸡犬不闻，只见家家闭户。张公便驻扎在知县衙门，不折一兵，不烦一矢，唾手而得，三军大悦。张公道："我们来时，不见溃散的百姓，家家闭户，莫非人人躲藏在家。"差人四路查探。不一时，都转来禀道："百姓果然都在家里。现有几家开门，查问明白，伊等看见大兵入城，吓得要死。那两个监教将军，有人看见，从西门爬城而出。百姓人家，无分老小，手执丈香，朝北礼拜，口念'志心皈命礼多宝如意天尊'，此刻尚在急拜。"张公叹道："可怜，好忠厚百姓！"便传军中刻字匠，刻就数十块印板，赶紧印好告条，差公人大街小巷，逐户敲门分给。百姓等战兢兢的接看，只见上写着：

特授曹州府正堂张谕：凡尔居民铺户，照常办事，切勿惊惧，决无干害。特示。

众百姓方知本府到了，渐有几位绅衿，一齐到县堂上来见本府。张公慰谕一番，便问百姓情形。中有一人做过湖北黄州府黄冈县县丞告老回家的，先禀道："百姓们不过一时执迷，原非甘心自外皇化。公祖但将科条剀切晓谕他们，自然弃邪归正，各安生理了。"又有个一等廪膳生员上禀道："邪说诐辞，坏人心术，浕棼胥渐，民心波靡，而天理民彝不可泯灭。公祖但率躬整物,教化有方,庶民自兴起而为善矣。”又有一个捐纳监生,现开信利、信顺、吉亨等铺面的,上禀道:“刘信民假设神道,哄骗财帛,那班百姓甘心将自己血本归销与他,真是呆愚之至。公祖但教他们勤俭营生,自然不为无益之费了。”张公一一称是,便道:“仰众绅士各去劝谕愚民,安居乐业。”众绅士诺诺,一齐退出。

那众百姓纷纷乱讲,有的说本府来同刘掌教打仗的,有的说本府来拜会刘老师的,有的说本府也来皈依天王的。渐渐开店者开店,行路者行路,遇见兵丁在路,便抖簌簌的从两岸回避。张公在署,传谕四门严守,一面出示缕细晓谕,一面点齐人马,着杨腾蛟协同叶勇,督兵前赴麟山剿贼。

那刘信民在麟山,忽见两个监教喘呼呼逃回山来,刘信民大惊。两个监教把官兵进城的话说了,刘信民呆了半晌,叹口气道:“咳,原来城里的百姓没有福气!”大众听了,都自问有福,个个快活起来。刘信民暗忖道:“官兵既夺了县城,必到此处来寻衅,倒必须要防备一番。”便叫:“请四位护教将军上殿。”刘信民当中坐了,便道:“昨夜五更,本掌教朝拜天王,奉天王面谕:下界官兵,不知罪孽,日内要来冲犯,着尔等护教人等,当心抵御,务要出力。天王欢喜,定将尔等名字注入仙籍,尔等不可怠慢。”

原来那四人,一个姓章,一个姓巴,一个姓计,一个姓陆,都有几斤蛮力,其中姓章的力气最大。当下闻叫他御敌官兵,四人即便同声答应,带领一千教兵,赶下山来,恰与官兵遇着。杨腾蛟让叶勇先出。原来叶勇见杨腾蛟草莽新进,与他齐战,心中好不自在,吃腾蛟这一让,便心平气和,欢欢喜喜,提着三尖两刃刀上马出阵。腾蛟不知就里,只道他公事当心而已。叶勇出阵,那对面章匪早提浑铁棍迎住,更无言语,两下便斗。斗到五十余合,不分胜败。腾蛟看那章匪,骨瘦如豺,身体耸直,头不过茶杯大小,圆睁二目,几茎微须,嘴尖耳竖。腾蛟暗想道:“有这种怪人,形同野兽,武艺却也不低。”便挥动蘸金大斧,拍马前助叶勇。那边巴、计、陆三人一齐赶上,那巴匪使一柄九齿钉钯,计匪使一把五股钢叉,陆匪使一面溜金镋,围住腾蛟。腾蛟一把大斧上护其身,下护其马,看那三人全是蛮力,毫无手法,便留心寻他破绽。战不多时,只见那巴匪性起,举钯向上尽力筑来,不防钯举太高。腾蛟便趁势拦腰一斧,那巴匪上半截身子在地上爬了一转,下半截因脚套在镫里,不曾跌倒,吃那马驮回本阵。计陆二人慌了,手脚愈乱。腾蛟斧起,砍断计匪叉杆,计匪负命飞逃。腾蛟撇了陆匪,尽力追赶,追到一所竹林,计匪滚下马爬进竹内。腾蛟追上一斧,将计匪屁股劈为两片,只见他爬进竹内深处死了。腾蛟正待回马,陆匪已提铣拍马赶到。腾蛟轮斧迎住,斗了二十余合。腾蛟斧背敲开陆匪的铣,便趁势左手抢进陆匪胁下尽力一搂,卷过来夹在怀里,那铣早已丢在一边。陆匪两只空手在腾蛟胸前乱爬乱抓,腾蛟大怒,便把斧照他头颈一剁。陆匪急用手挡,那颗头早已咯碌碌滚下地去,连半个手掌亦堕在地上。腾蛟撇下尸身,望见叶勇兀自与章匪狠命相持,便拍马飞速前去助战。章匪见巴、计、陆三人已死,叶勇又有帮手,心慌手乱,无心恋战,虚迎一棍,逃回本阵。叶勇追赶不及,也只得勒马与腾蛟回阵。

章匪败阵回山。刘信民闻知章匪战败,巴、计、陆三人皆死,吓得魂不附体,面如土色,说不出话来,足有半个时辰,方才到天王像前去捣了一个鬼,出来对章匪说道:“巴、计、陆三人为天王护法尽忠,天王已封他三人为护法天仙,现在如意宝地,快乐无量。天王传谕,叫章某仍领教兵下山搦战。”章匪领命下山。

杨腾蛟正与叶勇商议进攻之策,忽闻教兵又来,腾蛟便欲出阵,叶勇道:“吾兄杀得三个了,这一个让与弟杀罢。”腾蛟道:“昨日弟看那章匪,频将那棍挡将军的刀口,是老大破绽,将军若顺势劈去,必然得胜。”叶勇点头,提刀上马出阵。腾蛟亦出阵前,只见叶勇迎住章匪,战了三十回合。那章匪果然用棍挡住叶勇刀口,叶勇便将刀顺着棍子劈去,将章匪左手五指尽行削落。章匪阿唷一声,叶勇便不分事由,再起一刀蛮斫,那章匪半个脑盖斜削去。正在将倒未倒之际,叶勇又一刀斜削去那半个脑盖,一个尖头人儿倒在地上。腾蛟挥动全军杀上,那教兵杀死了一半,逃走了一半。

腾蛟知麟山无将,便同叶勇杀上山去,顺手捉了一个小匪。小匪乞命，腾蛟就叫他引路。那刘信民还不知章匪已死，直听得喊声逼近山顶，正待观望，腾蛟已到面前。那小匪道："这个就是掌教。"腾蛟便夹头一斧，不偏不倚，从顶门劈至肾囊，化作两片。众小匪跪满阶前，叶勇正待举刀，腾蛟道："叶将军请住。"便对众小匪道："怜尔等无知，不来杀你。从今已后，不可相信邪人。这天王是假的，我劈碎了他，断无灾害。"说罢，举大斧直上殿庭，将天王塑像剁落粉碎，众小匪还在磕头讨饶。腾蛟吩咐放火烧山，与叶勇带领兵马及归降的教匪，一同下山回城。

张嵇仲出城迎接慰劳，一同入城。嵇仲就在城中统理事务，镇抚百姓。那班百姓听了嵇仲的言语，无不感化归正，依然安居乐业，尽复良民。嵇仲将收复钜野事具详都省。

过了数日，都省选官员下来接理钜野印务。叶勇仍领本部人马回满家营。嵇仲便与杨腾蛟到高平山，辞谢徐溶夫。杨腾蛟便去收拾行李，并辞别得溶夫娘子及其二子。张嵇仲带了原来民壮，同杨腾蛟回曹州，金成英等迎接贺喜。不数日，朝廷恩旨下降：张叔夜加一级候升，叶勇亦加一级，杨腾蛟着实授曹州防御使。徐和着赏给学士，将弁兵丁赏恤照例。张叔夜、杨腾蛟舞蹈谢恩，阖城官吏贺喜。不数日，金成英修好城池墩煌，请张公阅视。张公四围巡阅，见杀狗岭新立两座炮台。成英道："此徐溶夫之所指教也。"张公叹服不已。曹州城里有了张嵇仲、金成英、杨腾蛟、张伯奋、张仲熊五位大英雄，端的威声远振，贼盗无踪。那梁山自此也不敢觊觎曹州。

看官，那梁山既不敢到曹州，他在那里干些甚么？看官不要心慌，待歇一歇力，再来交代下回。

第一〇四回　宋公明一月陷三城　陈丽卿单枪刺双虎

却说宋江自蒙阴败回,中途闻董平阵亡之信,便欲攻取曹州。吴用劝回山寨,养息几时,再图报仇。宋江只得依了,同众头领怏怏回山。林冲自往濮州去了。宋江等归到山寨,方知攻杀董平之将,实系金成英,宋江、吴用皆大怒。时张魁伤已愈,在座,闻知此事,亦大怒道:"不料这厮如此昧良。"吴用猛然记起那日在曹州南门外,与张魁论朋友之事,便对张魁道:"成英那厮且休论他,你那日说有贵友真大义,你说要写信去致他来聚义,此信去否?"张魁道:"未奉公明哥哥将令,是以不曾发信。"吴用道:"张兄弟怎地这般大意,万一真贵友也被那班官府罗致了去,也来与俺山寨作对,怎好?"张魁道:"这友情性质直,不似那成英交情反覆,军师可以放心,小弟就写信去叫他。"

不数日,闻知郭盛、焦挺二位头领均在济南府被害,宋江失声恸哭,恨陈希真、金成英十分刺骨。众头领无不忿怒。不上一月,戴宗自东京回来,方知天子竟准陈希真受招安,蔡京托童贯谏阻不得。据蔡京说,还亏童贯善辞,所以天子不加十分褒封。宋江、吴用惊得面如土色,面面相觑半晌。戴宗又道:"蔡京又说,总为郭盛一案,提动天怒,所以我们这边十分触眼,转显得陈希真那边十分凑趣。"宋江听了,登时手足冰冷,两眼上插,晕厥了去。

众人急忙唤醒。宋江一口气叹转来,又是半晌,看着吴用道:"陈希真这贼道,遣其女儿刺杀天使,绝我受招安之路,他自己倒先去受招安。"吴用道:"兄长且去房内将息。"吩咐众人休要进来惊扰,自己随宋江进了房中。宋江道:"这便怎好? 陈希真同云天彪联合攻我,吾无命矣。"吴用道:"小弟倒有一计。"宋江惊喜道:"何计?"吴用道:"再托蔡京撺掇赵头儿叫陈希真进京引见,中途刺杀了他,重重许他还梁世杰的心愿。"宋江道:"济得甚事! 陈希真不比等闲,蔡京手下有甚能干人,如何刺得杀他?你不记得那年托蔡京谋刺杨腾蛟的事,兀自一场空。”吴用道:“就教他照那年杨腾蛟的事,伤的是蔡京手下人,与我无涉。陈希真若闯出这场祸来,终受不得招安了。”宋江道:“终不济事。希真不受招安,难道他归不得猿臂寨?他仍旧暗联云天彪来攻我,我仍不得解忧。”吴用附着宋江耳朵道:“兄长何须心焦,只消通同了蔡京,如此如此,管取这贼道性命到手。”宋江大喜道:“军师真是妙计。这贼道无故心神反覆,要受招安,想是他大命将到也。军师既有如此妙计,我无虑矣,且缓缓图之。”便与吴用出厅,同卢俊义重复操演人马,整顿旗甲。

那清真山已被云天彪攻过两次,宋江那里还敢去救。第二次实在免不过意,差杨雄、石秀领二千人马到绕云山驻扎,分明是羁留马元之心。幸喜云天彪兵又退了,杨雄、石秀亦收兵而回。宋江、吴用在梁山泊足足休养了四个月,依然人强马壮,骁勇非常。

一日,宋江在忠义堂与众头领商议兴兵之策。宋江开言道:“清真山必为云天彪所得,去年军师议取蒙阴,以为呼应救援之地,奈被陈希真这厮搅坏了局。今我兵休养已久,我意仍欲袭取蒙阴,军师以为何如?”吴用道:“欲救清真,自然必取蒙阴。但召村最为负固,我得蒙阴,而卧榻之下有此阻梗,终非良策。”宋江道:“既如此,何不设计先并了召村?”吴用道:“且慢。我兵屡过汶河,小弟看那汶河上莱芜城,楼堞十分残缺。我等屡过他境上,从不去滋扰他,况近来我自蒙阴失利而归,他必不疑我复兴。据小弟之意,此番兴兵,不如先袭取了莱芜,再定行止。”宋江称是。

当日计议已定,便点鲁达、武松、杨雄、石秀、李俊、张横、欧鹏、邓飞八员头领,四千人马,宋江、吴用亲自督领,一同向莱芜进发。一路浩浩荡荡,竟无阻碍,渡河登岸,事事顺利。

不数日,将到莱芜县,离城一百二十里下寨。时值仲春之杪,宋江未下寨时,早已蒙蒙细雨,镇日不止;及至安寨,雨势渐大,接连三日,宋江营帐器械,粮米柴草,都淋漓透湿。宋江心焦,与吴用着了雨衣出营观看,只见四面山头云岚密罩,无数垂杨绿竹颠倒于烟雨之中。宋江道:“看这雨势,兀自十日不得了,如何是好?”吴用看那山头飞瀑，穿落重林，新涨横流，猛然心生一计，便回营，教探子冒雨前去，往探莱芜城水窦开否。到了次日，探子回报，称："新涨水大，各城门水窦齐开。"吴用便请宋江传令，拔寨冒雨前进。行了一日，去莱芜城只得三十里，前面探报城内已知了风声，城门已闭。吴用道："我们屯兵三日，自然吃他得知。我们只顾进兵。"便派李俊、张横带领水军六百名，从水窦入城；派杨雄、石秀带领一千二百名人马，马蹄、人脚俱裹了草鞋，飞速前去攻城。

莱芜城上军士见贼兵到来，当心抵御，灰瓶遇雨全无用处，只得把那滚石流矢，顺着骤雨之势，飞蝗也似下来。不提防李俊、张横六百名水军已由水窦杀入。李俊引水军四百名，由马道登城；张横领水军二百名，斩开城门。杨雄、石秀见了，便催军马速进。大雨之中，城上军士都濯得眼不能开，头不能仰。怎当得李俊、张横一干水军，水底习惯，眼明手快，霎时间，杀得城上纷乱，城门大开，梁山兵一齐拥入，县城顿破。宋江、吴用都进了城，将文武官员一齐杀尽，一面出榜安民，一面盘查仓库。

宋江顷刻得了一县，喜不自胜，便与吴用在县衙安息。

次日，就在县堂上摆设庆贺筵席，犒赏喽罗。看那雨势更大，宋江便有得陇望蜀之意，对吴用道："军师真是神算。今番雨尚未止，想是天意佑我，我们兵马并未劳顿，新泰县与此毗邻，过此即是蒙阴，我想何不就用此法去攻新泰？"吴用道："也可使得。"庆赏已毕，又是一日，宋江命杨雄、石秀领二千人马镇守莱芜，一面差人到山寨，教卢俊义添派兵将前来，以备攻袭蒙阴之用。

宋江、吴用、鲁达、武松、李俊、张横、欧鹏、邓飞带领二千人马起程。只见雨势渐小，到得新泰，雨已住点。只见湿云如幂，狂风怒号，摆得千林空翠飞舞。吴用教李俊、张横、欧鹏、邓飞照依莱芜之事，前去攻城，这里鲁达、武松协同镇守中营。不移时，只见李俊、张横转来道："不济事了。"宋江急问何故，李俊道："莱芜城破，新泰已得信息，现已紧闭各门，就是水窦也有准备，不能混入，请令定夺。"宋江踌躇无计。吴用道："无害也。合新泰一城兵力也看得见，没有内应也攻得破。即使攻不破，我等收兵而回，莱芜依然无恙。此时进退之权在我，我何患而不攻？”便传令攻城。城上把守严密，接连攻了三日，不能取胜，宋江这边也损折些人马。

宋江同吴用商议进退之策。只见天色晴霁，风势愈大，吴用道：“有了。近日积雨新霁，那厮必不疑我用火攻，我倒想得一火攻之法。”便传令军匠立时削齐粗竹箭一万枝，箭上都涂了松香、桐油、硫黄、焰硝之类，摆齐神臂弓百余架。一声令下，军士呐喊，那一万枝油箭，登时将敌楼射得同刺鼠儿一般，随后火箭亦到。那守城军士情知火攻，传取水龙不及，狂风之中，火势怒发，登时那所城楼已变了一座火焰山。吴用见城上已乱，便传令云梯兵飞上。十余架云梯一哄而上，登时梁山兵已满在城墙上，杀散官兵，下城夺门，文武各官均被刺死，杀坏兵民不计其数。城门大开，宋江、吴用统领全军进城，照依莱芜章程办理。

宋江连得二城，欢喜非常，便对吴用道：“一不做二不休，此城即交与欧鹏，邓飞镇守，我等大军再攻蒙阴。”吴用道：“且慢，我们且把莱芜、新泰两处脚跟立定了再商。况且山寨新派兵将，计日可到，那时再取蒙阴未为晚也。”宋江依允了，又道：“若兼有三城，联络呼应，不特云天彪不能攻取清真，即我联接清真，剪除云天彪，亦易为力矣。”遂大开庆贺筵席，开怀畅饮。又与吴用阅视两县城池燉煌，商议修缉。这信早已恼动了召村英雄。召忻便差人飞报蒙阴县内，赶紧准备；一面教高梁致书陈丽卿借兵；一面点齐乡勇，选好军器，个个摩拳擦掌，等待梁山贼兵到来厮杀。

那宋江在新泰县，不数日，接得张清、龚旺、丁得孙八千人马，并有李逵同来。宋江大喜，便对李逵笑道：“铁牛伤痕全愈了？”李逵答道：“铁牛真晦他娘的鸟气！我好久不杀人，连斧头都气闷杀了。”吴用笑道：“你来得正好，我放你一个杀人的处去。”李逵大喜。吴用便派鲁达、武松、李逵，带领三千步兵，去劫召家村，吩咐道：“他出来便尽力杀他，切不可杀进去，恐中其计。待我破了蒙阴县城，再来接应你们。”三人领令前去。宋江留欧鹏、邓飞领二千兵镇守新泰，自己同吴用、张清、李俊、张横、龚旺、丁得孙，带五千人马，去攻蒙阴。

那鲁达、武松、李逵已到了召家村。方到村口，召忻、高梁早已布阵等待，梁山兵都吃一惊。召忻、高梁不待梁山布阵，两马一齐骤冲过来。天色晴明，绿芜芳草，放出一片好战场。鲁达提禅杖大吼出来，召忻、高梁双马敌住。鲁达一枝禅杖龙盘蛇舞，召忻、高梁两般兵器一片烂银赤金之光，四围绕住。战到七十余合，不分胜负，高梁回马而走。鲁达只顾酣战，忘却飞刀利害。武松急上前大叫道："鲁兄精细……"语未绝，飞刀已到咽喉。鲁达急闪，飞刀便从武松左臂擦过，肤皮破损。武松大怒，便轮戒刀直取召忻。召忻一面镋敌住禅杖、戒刀。高梁大怒，便觑准武松咽喉，一飞刀过去，喝一声："着！"武松急闪不迭，刀锋飕的从颈上刮过。那李逵口渴已极，飞奔过来，巧与这飞刀撞着，赤膊身上手腕割开。李逵呵呀一声，大怒起来，两板斧着地卷上。召忻知不是头，虚晃一镋，回马而走。

李逵不得厮杀，那里肯歇，狠命追上。鲁武二人都喘着气厮看，只见李逵大吼奔上，那召村阵上一声鸣金，那班乡勇都云收雾卷的退了，露出那一带坛壝来。李逵看那第一坛上，立着军师模样的一个人，身边不过三五个兵丁，里面却有无数人马。李逵便望人多处杀进来，早已杀到第三坛。李逵并不晓得甚么阵法门户，只轮板斧乱斫。那花貂、金庄两员将官，只看第一坛上史军师指挥，东骛西驰。李逵看着许多人，却到一处一处空，心内暴躁，脚步乱蹦，不觉跌落一个丈余深的大泥潭，没顶的沉下去。花貂、金庄一齐挠钩搭去。

鲁达大怒，轮禅杖直上，召忻早已出马迎住。斗到五十余合，鲁达知不是头，大吼一声，倒拖禅杖便走。召忻追上叫道："好汉不要走，走的不算好汉！"鲁达大怒，转身复斗。召忻复叫道："你这秃驴，也敢进我第三坛么？"鲁达大骂道："直娘贼，洒家便杀进第一百坛待怎么！"禅杖、金镋重复狠斗，又是三十余合，鲁达已不觉深入重地。高梁见了，接连三飞刀，这个名色唤做"三花盖顶"。鲁达当不住，又吃绊马索脚下一绊，便虎倒龙颠的卧在地下。花貂、金庄两马齐出，捆捉去了。

武松大怒，轮戒刀直上。召忻迎住道："好汉休走，且战五十合再去。"武松大喝道："我值得走，便和你斗三百合。"戒刀、金镋扭合便斗。召忻兀自抵敌不住，幸武松颈上、肩上受过两飞刀的伤，所以两下支住。高梁见了,便轮两刀来助,叫道:"兀那头陀,你再战二十合便准你走!"武松见他二人已乏,料想不能多战,便抖搜精神力敌二人。不防两傍坛壝旗门开处,花貂、金庄领两枝生力军杀出来,声声叫道:"倒要试你这好汉的本领!"武松情知中计,进又不可,退又不甘,勉力招架,吃那四人四般兵器一齐上,杀得眼花撩乱,那武松不觉泰山崩倒,众人又一齐捆捉去了。那群贼兵,当鲁武二人战时,吃史谷恭用奇兵堵住,所以二人战斗被擒,他们都不能上前厮帮。召忻既擒了三头领,便挥动全军杀上,那些贼兵没命讨饶,四散逃去。召忻、高梁、史谷恭、花貂、金庄合兵一处,掌得胜鼓回庄。一面差人去蒙阴县城报捷,并探听消息。

谁知那知县胡图,防御符立,接着召村初次的报,早已吓得魂不附体。这日闻得梁山兵马杀进境内,文武二员抖做一堆。符立道:"莫说救兵路远,就是朝发夕至,也非长策。今日梁山,明日梁山,吓也吓不过。这番来,你我性命必然不保。"胡图道:"我看这个地方,所谓千年的野猪——老虎的食,看来终为梁山所有,竟不如开城迎接。我们二人为头,竟投降了他,宽叫他几句大王,或者强盗发善心,仍旧捞摸个一官半职,也好混混吃用。"符立道:"这也是个正理。但我们吃了朝廷多年俸禄,今朝如此报效,有点过意不去。依我愚见,不如弃官而逃,省了干戈之累。"胡图道:"足下孤身自在,原可摆脱得开。小弟上有老母,中有贱荆、小妾,还有三个小儿、四个小女,拖着了这一班人,如何逃得? 就算逃到他乡外府,我又毫无积蓄,叨祖上这点荫生,文不能测字,武不能打米,一门老小岂不活活饿死?"符立道:"既然如此,吾兄开城投降,小弟失陪逃走了。但愿吾兄邀蒙新主宠用,调个美缺,小弟也好来打搅打搅。"胡图道:"多谢金口。"二人计议已定,传谕开城。符立早已收拾了细软,带了一个体已伴当,着了草鞋,腿上涂些烂泥,披件破袄,一溜烟的去了。从此活不见面,死不送终。

这里宋江大队兵马方到城下,只见城门大开,并无守备,倒也不解。吴用道:"恭喜兄长,蒙阴到手了。此必知县投降,献城迎接……"话未了,牙门军将带领胡图进营,看见宋江坐在上面,随即跪倒磕了九个大头，便道："山东蒙阴县知县胡图，率领合城绅耆百姓，投献城池，伏望大王洪恩收纳。愿大王永保万年！"宋江大喜，正欲查问仓库户口册档，忽闻报鲁达、武松、李逵俱被召村所擒，三千人马大败溃散。宋江大怒，便骂胡图道："你这厮既有心投降，怎么叫乡勇来伤我将佐？"吓得胡图魂飞天外。吴用忙叫道："兄长快不要如此。"便附宋江耳朵道："兄长快依我如此如此，不特鲁、武、李三位弟兄可以生还，而且召村亦可一鼓而擒。"宋江点头会意，便堆下笑脸，下阶扶起胡图，道："宋某错怪长官，休要介意。"胡图道："不才下官，蒙大王容纳，实为万幸。"宋江道："召村系长官治下，如今逆我而行，抗不遵命，望长官设法劝谕。"胡图听了大惊，弄得担承又不好，不担承又不好。吴用接口道："长官不须疑虑，此刻军马哄乱，召村人未必知长官献城之事。我们将兵马退了，长官可亲到召村，便赚他说敌军已退，恐其再来，故特来商议。召村人必然不疑。"胡图没口的应了。吴用忙叫李俊、张横上来，与胡图照了面，又教胡图留下许多民壮号衣，便附胡图耳朵道："长官在召村时，若见二人如此如此前来，须如此如此照会。事不宜迟，长官快行。此事若成，定请长官坐第三把交椅也。"胡图欢欢喜喜飞速去了。

这里宋江将全军约退三十里。宋江对吴用道："军师神算，但此事机括最紧，稍一迟缓，便误大事。"便急忙教李俊、张横带了行装，飞速前去；一面便点张清、龚旺、丁得孙带领二千人马随去。

且说召忻擒了鲁达、武松、李逵回庄，端的欢喜得手舞足蹈。教把三人监下，吩咐花貂、金庄把守村口，正与史谷恭商议破敌之策，忽见那去城里的人转来，报称知县已献城降贼，召忻大怒。怒犹未了，忽报知县胡太爷来拜会。召忻在碉楼上大骂道："背叛庸奴，失心狂贼，还敢这里来浑充太爷！"那来的公人睁起怪眼道："也，也，也！你是奉法良民，怎么也骂官长？你听了那个的话，说太爷背叛？"召忻道："既不背叛，为何献城？"公人道："那个说献城？现在贼兵已被符将军杀退，太爷深恐贼兵再来，特来与团练相公商议，怎么颠倒说出这番话来，到底听了那个的嚼舌谣言！"召忻停口片刻，便唤过那报信人来问道："你端的那里得知太爷投降？"那人道："小人方到城边，贼兵已在城下。那城外的人都说,贼兵未到时,太爷早已传谕开城,此刻已到贼营投降,无一人不如此说。”那公人接口大叫道:“真是怪事奇事,影响全无!梁山上那个贼军师诡计多端,我想一准是他布散谣言,离间团练也。”召忻听了,半信半疑,便道:“既如此,却是我们错听谣言。”便吩咐开门迎入。待胡图一进庄门,召忻便吩咐关了庄门,严紧把守。一面请胡图碉楼上坐地,召忻身边从人都佩带军器。

召忻正欲盘诘胡图,忽见村外无数民壮,杂有逃难百姓,飞也似奔来。胡图看那人数内,有李俊、张横,便立起身来问道:“到底怎么了?”李俊、张横并一干人齐声叫道:“不好了!都监相公快请太爷进城商议!”胡图便叫开门。召忻那里肯开,还要待盘问,只见那班公人齐声道:“召团练,着他几个进来,一问便知备细。”胡图道:“这几个民壮,都是本县心腹,团练开门不妨。”召忻大疑,只见庄外烽烟突起,报知贼兵已到。一个公人早已传知县的口号,告知守门乡勇:“速速开门,收纳难民。”那李俊、张横及众贼兵一拥而入,张清、龚旺、丁得孙兵马齐到。乡勇措手不及,不知所为,吃那李俊、张横等身边抽出军器,搀在乡勇队里混杀。召忻听了,好似斗心泼了冷水,心神淆乱,令不及下,庄上大乱。张清大队已杀进庄门,召忻、花貂、金庄俱从乱军中逃出性命。召庄门面大破,胡图已死于乱军之中。

张清等叫声苦,不知高低,只道奉军师这条奇计,召村可以一鼓而灭,谁知召村里面还有一座碉楼,依然壁垒庄严,枪炮矢石,如麻如林。而且还有一事可恼,钱财粮米,外面丝毫无有。这还不打紧,那鲁、武、李三个兄弟,外面也影迹无踪,料想是监在里面。只见召忻、花貂、金庄都立在碉楼上,大骂道:“我误中了你奸计,你这班毛贼,休要得意,再敢进来领死么?”张清大怒,便传令攻打。那庄上枪炮如撒豆般下来,贼兵打坏了许多,张清遂不敢攻庄。召忻道:“你快回去,叫宋江那老贼来回话!好便好,不好便立宰你那三个贼将,来祭我阵亡的儿郎。”张清气得不能回话,只得叫龚旺、丁得孙前去报知宋江。

那宋江大队已进了蒙阴县城。宋江一月间得了三城,生平大得意事,只待吞灭召村,便要大开庆贺,忽听得龚丁二人报来的拗口风,气得三尸神炸，七窍生烟。吴用道：“召村不除，终非长策。这里且教龚旺、丁得孙镇守，小弟与兄长亲去剿除了他。这里只防陈希真那厮来管闲事，但他未必闻知得这般快，这事倒是以速为妙。”

说罢便留龚旺、丁得孙守蒙阴城，宋江、吴用亲统大队直到召村，天色已晚。到了次日，宋江亲到碉楼边寻召忻说话。召忻高叫道：“宋贼，你还是来讨饶，来寻死？”宋江大怒道：“我把你这村庄洗荡干净，方泄吾恨。”召忻道：“你若要讨饶，你须将新泰、莱芜、蒙阴三县还了朝廷，好好回去；再端正三十万金珠，来赎你那三个贼将；更另备十万金珠，为我申勃兄弟作祭奠之礼。这是你一向做落的定价，划一不二，老少无欺。你若要寻死，便快快上来领死！”宋江脑门气破道：“你早晚必为吾擒，还敢口出狂言！”便传令攻庄。只见下面枪炮卷上，上面枪炮盖下，两边互有死伤，那座碉楼依然不动。

宋江忍着一肚气收兵回转，对吴用道：“这便怎处？”吴用道：“我方才看那庄外九官坛的布置，这庄内煞有异人。鲁、武、李三位兄弟又留在他处，如何是好？”宋江道：“除非暂与他讲和，待他还了三位兄弟再说，只是他也要我金珠。那年陈希真这贼道，诈我八十万金珠，至今仇尚未报。那时我还富庶，如今我军屡次失利，损失器物无数，正是百孔千疮，如何还办得金珠。”吴用道：“且设法攻他，如攻得破更妙。”宋江点头。

次日又传令攻庄。那时天气清明，风和日暖，火攻水战都不得用。接连攻了三日，不能取胜，宋江忧闷不已。

那陈丽卿在猿臂寨，接得召村高梁的信，即送交希真开看，知是梁山贼兵连陷新泰、莱芜，大有兼吞蒙阴之势，召村兵力不足，望乞兵威，协同剿贼等语。希真道：“梁山贼人如此猖狂，倘若兼有三县，联络呼应，进退便捷，长驱直捣，则登、莱、青、沂皆震动矣。”丽卿道：“爹爹抵桩去不去？”希真道：“且商。”丽卿道：“爹爹既说贼人得了三县有如此利害，我们该趁早去夺他转来，方是报效皇上之意。况且高梁嫂送我丫头，他这般情分待我，我怎好不去帮他。明日孩儿便去，爹爹作速就来。一言为定，孩儿去收拾去了。”希真笑道：“且慢，就是要去也不是这样草率的。我点精兵二千，你为前队，我教你丈夫同了你去。我随后带了栾氏兄弟,领大军在后策应。如此前进,方有步骤。"丽卿道:"好吓！爹爹今晚点齐兵马,明日黎明就走。"

次日,丽卿点齐本部人马,奉了将令,催促玉郎速速起行。不日到了蒙阴县界,方知县城已陷,宋江全军正攻召村。丽卿便对永清道:"我近来听得你同爹爹讲些兵法,我也有些懂得了。你让我领一千兵,先去试试看。如若弄错时,你来接应我。"永清道:"且慢,我问你,此去还是先到召村,先攻县城?"丽卿道:"自然先攻县城。"永清拍掌道:"不错,不错。姐姐先请,小弟就来。"丽卿大喜,领一千精兵直向县城进发。丽卿令军马依常演的接官阵,靠后左右埋伏,自己领十数骑,直抵城下搦战。

龚旺、丁得孙在城上望见猿臂寨的旗号,又是一员女将,龚旺便对丁得孙道:"这必是陈丽卿。那年你我在安乐村时,错疑他会妖法,谁知不是他。今日他单骑来此,你我一同奋勇去捉住他,倒是莫大的功劳。"丁得孙大喜,二人便一同开城出战。龚旺一马当先,高叫道:"来者莫非陈丽卿么?"丽卿更不开口,枣骝马飞骤冲来,一枪刺中咽喉,龚旺不及提防,受枪而倒。丁得孙大怒,一飞叉标来,丽卿急闪,那飞叉从肋下溜过。丽卿骤马追上,丁得孙急忙飞逃,吃枣骝马快,追过丁得孙前头,丽卿回马邀住。丁得孙手无军器,忙抽腰刀抵敌。丽卿长枪骤刺,如何当得,吃一枪洞胁而死。丽卿顷刻刺了双虎,大喜,割了首级,提着笑道:"啐,早知这厮如此不济,我要想甚么计!"遂挥全军抢城,贼兵乱窜逃散。

永清闻丽卿得胜,亦领兵前来,两军会合,斩获贼兵无数,一同入城。永清便问丽卿如何得胜,丽卿将前事告知。永清道:"姐姐真聪明绝世,这是诱敌奇计。"丽卿道:"我道这不算计。"永清道:"怎么不是!"丽卿道:"你休要欺我。"永清道:"休管他,这城是你得的,终是你的头功。"丽卿大喜,盘查宋江兵器。永清出榜安民,分兵把守各门。陈希真、栾氏弟兄大兵已到,永清、丽卿迎接入城。希真备问缘由,永清将丽卿攻取县城的事说了,希真亦惊喜,正议赴救召村。

那宋江在召村,闻知希真夺了县城,杀了龚丁二将,宋江大惊道:"这贼道果然来管闲事,怎地来得这般快?"吴用道:"我危矣。若依理，只消退保新泰、莱芜，他也不能奈何我。只是撇了召村，我那三个兄弟无生还之日矣。”宋江道：“我拼个死，攻这召村何如？”吴用道：“无益也。这贼道来夹攻我，我已难当。更防他按兵坐视，骤乘我疲，我束手待戮矣。”宋江急得面如土色。吴用道：“依小弟只有一着，生死听之于天。”宋江道：“凭军师调处。”吴用吩咐全军退出召村，却又不退远，只屯在蒙阴北境，一面赶紧备齐四十万金珠。正在议拟，次日又接得一件紧急的信息，宋江急得小便顷刻失了三次。正是福无双至，祸不单行。有分教：半生忠义，顿弄成负义名声；一世雄威，逼写出失威盟约。

毕竟宋江闻的是甚么信息，又且眼前这桩事如何完结，且听下回分解。

第一〇五回　云天彪收降清真山　祝永清闲游承恩岭

却说宋江正在攻击召村,忽闻陈希真兵马夺取蒙阴,宋江大惊,急依吴用之计,将全军退出召村,屯在蒙阴北境。正思对付希真,忽接到清真山告急的文书,知是云天彪会合归化三庄,直攻玄武关,十分危急。宋江大惊,再细看那文书,原来马元因屡次请救不至,句语十分怨怅。宋江看罢,吩咐来人且退。宋江请吴用入后帐,宋江道:"我从此失清真山矣。"吴用道:"若论地利,清真山为我东路险要;若论人材,马元如何抵得过鲁、武、李三位兄弟。且我此刻若还救清真,陈希真必乘势会合召村,来夺我新泰、莱芜。那时鲁、武、李三人必不生还,而我又连失三城,兼且清真山未必救得,满盘败着矣。"遂假对清真来使道:"本寨救兵即日便来,你速去回报头领,教他放心坚守数日。"来人应命去了。宋江对吴用道:"此信若被希真得知,吾事去矣。"便严肃队伍,申明赏罚,约束众军,摆齐明晃晃枪炮剑戟,直抵蒙阴城下,震天震地的一声呐喊,一阵连环枪炮,震得蒙阴城岌岌动摇。一枝响箭,缚了书信,射上城楼。

此时希真已到过召村,因宋江已退,便回城与永清等在城上督兵守备。接到响箭,希真便与永清在敌楼上接看书信,只见上写着:

> 宋江今日有死无生,谨率士卒,亲诣城下,恭候道子歼戮。道子如以为未足,愿尽倾敝寨之人,以供军前斧钺。现有敝寨兄弟三人,被留召村,道子可先取以快心。道子意下何如,今日即求明示。

希真看罢,对永清道:"贤婿猜此贼来意何如?"永清道:"有甚难猜,显见此贼有意外之变,进退不可,故为死地求生之计。其意不过求还他三兄弟,即卷甲束兵而退矣。但我偏不由他计算,我但坚守城池,不去睬他,看他何如。"希真笑道:"计怕不妙,但人急悬梁,狗急跳墙,我们抑勒他太甚,万一失机,悔之晚矣。我看不如权让他一筹罢了。”便写起一封答书道：

顷接公明来书，尊意尽悉：退出召村者，万不得已而专事于希真也；屯北境者，示有新莱二县，将勉与希真久持也；来示提及召村者，欲希真以尊意致召村也。夫公明既有意外之虞，进退不可，希真亦何忍乘人于危，为此已甚之举。但希真既受朝廷褒宠，钦赐忠义字样，而畏公明必死之怒，引军退避，殊非所以副朝廷忠义之责望也。愿公明熟思之。

永清看罢称妙，便将信缚在原来响箭上，射出城外。

宋江得信，大为惊疑。吴用道：“我看此信，他亦有畏我之心。只是他不知尚有何事要勒揹我，且退军三十里，差一能言舌辩的人，与他面谈，便知端的。”宋江依了，便退军三十里，着帐下一头目入城去见希真。须臾，那头目转来，禀道：“陈希真述召村之意，如要还三头领，必须调还新泰、莱芜。小人答言，头领如要照旧例，金珠取赎，宋头领无不遵命；若有他事勒揹，那被留的三位头领任从处置，愿头领明示战期。小人说到此际，那陈希真口出蛮言，小人却不肯应许。”宋江、吴用问是何言，头目道：“陈希真说，金珠是要的，更要大王立一盟约，写明自今以后，永不敢再犯蒙阴。如再犯蒙阴时，但有头领被擒，立即凌迟碎割，虽百万金珠，不准回赎。三面言定，后无翻悔。大王想，此等狂言，如何听得。”吴用道：“你何不也勒他不许犯新泰、莱芜？”头目道：“小人何尝不说，那希真只信口乱说：这是要看的，势有可夺，不得不夺。”宋江大怒道：“这贼道欺我太甚！”吩咐攻城，忽又停令，退入后帐，与吴用商议道：“叵耐陈希真这贼道，如此抑勒我！我若不依他，三兄弟必不生还，我若与厮杀，枉是胜负难料，胜不得一发吃亏。我若依他，写出如此盟约，岂不是损我梁山一世威名？”吴用道：“这真难事。况且云天彪攻清真山，将次得胜，他若闻知此事，乘胜来袭新泰、莱芜，我仍是束手待毙。”宋江道：“如此怎好？”吴用沉思半晌，道：“英雄有忍辱之时。既不救清真，又失却三个上等兄弟，我此来为甚事，没奈何只得依了他。我但能守得新莱二县，再看机会，倘蒙阴有可乘之隙，背盟何妨。那时扬眉吐气，以偿今日之辱。”宋江长吁短叹，只得点头，又恨道：“何日得生擒云天彪、陈希真,并召村一般鸟男女,劈尸万段,方泄吾恨!”因复遣使入蒙阴城,允许金珠并盟约,兼乞还龚丁二将首级。希真大喜,便将龚丁二首级,用香木匣盛好,交付来人道:“已死减半价,五万金珠一个。价无二言,望勿失信。”发付来使讫,并知会召忻,先放还武松以示信。

宋江接到两处交还的死活三人,又听得希真这样言语,懊恼不可名状,对众头领道:“这贼道如此可恶,我誓必有以报之。”众头领无不忿怒。武松涕泣道:“皆由兄弟们不肯出力,以致大哥如此受辱。”宋江道:“贤弟何出此言,但兄弟得生还,吾愿慰矣。”武松感愧无地。宋江肉也疼落的抽出五十万金珠,四十万送与召忻,十万送与希真。那召忻建着钦赐军功防御职衔的旗号,希真建着钦赐山东忠义勇士的旗号,各自盛陈兵卫,到了地头,与宋江昭告天地,歃血为盟。宋江写了盟约道:

> 梁山义士宋江,与猿臂寨义士陈希真、召家村义士召忻,共昭告于天地神明日星河岳:自今日以往,既盟之后,宋江因厌弃蒙阴,兵马车徒不复涉蒙阴之境。如违此盟,明神殛之。

希真目视召忻而笑,竟收其盟约,送还鲁达、李逵,在坛上宴会,尽欢而散。

希真归途谓召忻道:“此盟约原不足为凭,然我料此贼,必不敢再犯蒙阴矣。”召忻道:“何故?”希真道:“贼至此地,犯县城必虞贵庄,犯贵庄必虞县城,贼于此失利二次矣。况马陉未必不赴援,敝寨亦分当呼应,是以料其必不来也。”召忻大喜。希真道:“虽然如此,亦不可不防,总俟新泰、莱芜恢复,方可无忧。”召忻领教。

探得宋江军马一齐退出蒙阴,召忻便请希真翁婿父女同到村中,治筵申谢。希真命栾氏兄弟守蒙阴,自己同永清、丽卿到召家村。高梁邀丽卿入内叙谈。希真与召忻商议,将恢复蒙阴之事具禀通报,说乡勇同生公愤,会剿贼人,请委员弁来城收复。禀折做就,开筵畅叙。内厅清香亭,丽卿为客,高梁诸女眷奉陪。桂花等四个丫环,随丽卿同来,见了旧主,一同众女使服侍。外厅还醇堂,希真、永清为客,召忻、史谷恭、花貂、金庄奉陪。召忻又吩咐送席至城内请栾氏弟兄,希真逊谢。酒阑席散,希真方闻知云天彪攻讨清真山之事,希真喜道:

“这番蒙阴可以无患了。”便对召忻道:“小可与召兄同去助云总管一臂。”召忻欣然愿往。

希真等在召庄歇了一宿,次日便议点兵。永清道:“泰山此去,还是助战,还是助个声势?”希真道:“助战利否?”丽卿道:“我们去帮帮云叔叔,多斫几个头颅。”永清道:“助战未免蛇足。我们不如直趋新泰,敌人不动,我亦不动;若敌人去救清真,我便攻新泰。”希真称是。召忻道:“贤翁婿兵法,真不可及也。”便一面差人赍了收复蒙阴禀折上都省,一面会齐猿臂、召村两处人马,共一万,希真、永清、丽卿、召忻、高梁统领全众,一齐到蒙阴北境小汶河上,将河船尽拘北岸。这里旌旗蔽日,鼓角喧天,扎成一字寨栅,专听梁山信息。

那宋江、吴用怏怏提兵退入新泰,闻知清真山尚未失陷,正商议拨兵去救,犹豫未决。忽闻猿臂、召村两路大队兵马,直抵小汶河屯扎,分明是牵制他,不许救清真之意。恨得宋江如窗纸上的冻蝇,一头无撞处,只得好好修理城池,一面千贼道万贼道的痛骂而已。

且说云天彪,自从去年七月,会合正一乡勇攻清真山,诱败梁山之后,料此后攻清真山,梁山必不敢来援,便于十月、十二月接连两次攻击清真,梁山果不敢发救兵。那马元因梁山无救,十分危惧,幸喜天彪把兵退了,方能兢兢自保。云天彪于本年春初,日日操演人马,整顿军伍。这一日正在署内饮酒观书,云龙侍立,忽见庭前树梢长风飒飒而来,不移时,大风怒号,刮得枝条柯叶,尽行西向。天彪停杯仰观道:“东风至也。”回顾云龙道:“那年你说火攻清真山之法,今番却用得着了。”云龙大喜,道:“今番东风,防有大雨,宜火速兴兵为妙。”天彪道:“正是。”便传令克日兴师。傅玉、风会、云龙,欧阳寿通、闻达、李成、胡琼,都随了天彪,统领一万二千人马,浩浩荡荡,直向清真山进发。一面檄调归化三庄哈兰生、哈芸生、沙志仁、冕以信,率领乡勇,同来助战。一路东风浩大,天日晴明。不日到了清真山,云龙禀道:“连日东风,恐贼人东山先有准备,我等宜潜师进攻。”天彪道:“何用潜师!”便传令大小三军一齐直攻玄武关。这番不比从前,众军轮流攻打,端的十分紧急。那马元与众头领,策众死命守住,足足攻了一日,相持不下。

至晚,天彪收兵回营。安排晚餐毕,天彪传点升帐,聚集众将,命云龙、欧阳寿通带五百名军士,十万枝火箭,到东山放火;命沙志仁、冕以信领五百乡勇,多携带鼓角,去助云龙呐喊扬威,不必定求攻破,只要引得贼兵去救,有逃来的,非捉即杀,便算功劳;命傅玉、哈芸生预备木驴地雷,只看守关贼兵乱动,便去攻关;命风会、哈兰生带领步兵埋伏,只待关破,便冲杀入去。分派已定,天彪领闻达、李成、胡琼,大兵都退后伏了,只扎空营,让贼兵来探。

却说马元同周兴、皇甫雄见天彪利害,紧守玄武关,教来永儿、赫连进明把守东山路口,一面飞报梁山求救。当夜五更天,望见东山火起,飞报有官兵杀来,顺风放火,掌管垒木滚石的孩儿们都把守不住。马元大惊,对周兴等道:"天彪见玄武关攻不破,移兵去攻我东山路口。那里虽有永儿、进明两位兄弟把守,恐官兵势大,我等快去救他。"周兴道:"我等都去,恐他这里来攻关口。"马元便差人打探天彪,果是个空营,里面都虚张灯火。马元道:"这厮果然去偷我东山路口了。"忙同周兴、皇甫雄带领大半喽罗杀奔东山去,只留一小半人守关。那时彤云密布,狂风大起,望那东山,火势蒸天价通红。

傅玉、哈芸生望见关上人少,急驾木驴直冲关下。每一木驴内,只藏掘子军二十名,地雷兵二十名。点齐火把,一声呐喊,将木驴推到城根。傅玉、哈芸生身披软铠,手提鹰嘴斧,各在木驴内亲身率领士卒,一齐动手。关上贼兵忙来救护。后面云天彪领闻达、李成、胡琼大兵拥到,令鸟枪兵雨点价的望上打。关上贼兵站脚不住,忙飞报马元,一面用防牌挡抵鸟枪,将千斤石推下。傅玉、哈芸生早已将地雷栽好,撤回木驴。没多时,地雷轰发,好一似地裂山崩,那关上敌楼女墙,夹着贼兵的尸骸,连排价倒下来。风会、哈兰生见地雷得胜,便领步兵杀入关来。

天已大亮,天彪大驱兵马拥进。马元闻知玄武关有失,大惊,忙转身来救,正遇官兵,两下混战。风会回阵上马。贼兵奔走辛苦,怎敌官军勇猛?周兴措手不及,被哈兰生一铜人打得头颅粉碎,死于马下。贼兵大败,官军乘势掩杀。风会冲锋冒险,追杀贼兵。马元、皇甫雄退入松门关。

风会勇猛,只顾追去,不防山凹里镇山炮横打出来,一声响亮,前队官兵有二百多人中炮,尸骸平地扫去,炮子从风会马头上飞过。风会大惊,忙收住人马。后面天彪、傅玉等都到,风会诉说如此,天彪道:“这厮巢穴,本不易捣。今已得了他的玄武关,险要已据大半,且就此安营下寨,再作计较。”风会道:“乘这厮喘息未定,待我带部兵去搜山,这里一面夺他松门关。”闻达、李成、胡琼听了,都精神奋发,一齐愿往,请令定夺。天彪依了,便命傅玉同哈氏弟兄助风会去搜山,将四山炮兵尽行杀散,闻达、李成、胡琼便统大兵抢关。欧阳寿通、冕以信领得胜兵回营,欧阳寿通禀道:“贼人东山树木尽皆烧毁,大公子望见贼兵已乱,便与沙志仁奋勇杀入。沙志仁将赫连进明刺死,小将斩得来永儿,冕以信力杀百余人。现大公子偕沙志仁领兵一半,直攻贼人东关,特遣小将等来请令。”天彪大喜,即命欧阳寿通、冕以信领生力军官兵、乡勇各五百名前去。

马元、皇甫雄十分震惧,看看天色,只见油云密布,微雨东来。马元满望大雨降下,官兵厮杀不得,庶可迁延以待救兵,谁知是日只微雨数阵,地皮都不能湿。马元急极,与皇甫雄勉力支持。天彪见官兵攻关不能取胜,传谕众军,权且将息,等待次日复攻。

接连攻了两日,马元已接得告急人的转信,以为梁山救兵,不日就到。又勉持了四日,马元对皇甫雄道:“看来梁山救兵又不到矣,不料宋公明如此不仁不义。前番不来,犹推路远,今近在蒙阴,犹不肯来救,不知出自何意?”皇甫雄道:“可知是哩,我们并没有怎么得罪他!”马元道:“我看此地,断难支持。云天彪智勇双全,手下一无弱将。我们六人已经失了四个,如何抵敌得住?依我愚见,不如竟献了此山,我二人投诚王国,亦是正理,贤弟意下何如?”皇甫雄道:“小弟亦作此想,但不知云天彪肯否准降。”马元道:“那事容易,我先修下一封降书送去。他如允准,不必说了;如果不允,再作计较。”二人商议已定,即刻写了书札,差人送至云天彪营内。

云天彪正与诸将商议攻取之策,忽接到马元来信,拆开看时,方知马元献地投降,便与众将议定,将马元文书批准发回。马元、皇甫雄接阅大喜,当日就命众喽罗弃寨下山。众人也因杀伐太重,皆愿投降。一行大众都到云天彪营外，营门将校领马元、皇甫雄入营进见。天彪排齐仪仗，升帐接见。二人跪下叩首，天彪吩咐左右，扶起赐坐。二人自陈罪状，天彪慰谕劝导。二人涕泣沾襟，自恨投诚太迟，天彪就命留在帐下听用。马元、皇甫雄见天彪如此宽洪度量，各各自喜，相见了各位将官。天彪安插了降兵，犒赏三军，大开筵宴，众将皆大喜。天彪道："近闻宋江占据新莱二县，其志不小，幸赖众将之力，收得清真，断其要路。此山必不可虚弃，我意就于此山屯扎重兵，设将镇守，一面探贼人行止，以图恢复二县。诸将军以为何如？"众将皆佩服。天彪遂将收降清真山情由，并欲于清真山设营置兵之议，一面详报都省，一面恭折奏闻。天彪慰劳哈兰生等四人，命其先领乡勇回村；命风会、闻达、李成、胡琼领六千人马，屯扎清真山，恭候旨下，再行定夺。天彪与傅玉、云龙、欧阳寿通，率领官兵，并马元、皇甫雄一干降兵，一齐回镇。鲁太守出郊迎接，贺喜，各归职守，恭候圣旨。

那宋江闻知清真山已降，也只得叹了一口气，自问难以两顾，亦出于无奈，只得与吴用赶紧修理新莱二城，商议镇守之法。

那陈希真、召忻等在小汶河口，闻知云天彪收降马元，并于清真山置设重兵，便与召忻拱手道："恭喜，蒙阴永保无患矣！"原来清真山距莱芜县不过百余里，此处有重兵扼住，宋江断不敢越莱芜而图蒙阴矣。召忻大喜。此时都省已有员弁下来收复蒙阴，栾氏弟兄交了城池。召忻、高梁谢了希真，收兵回庄。陈希真、祝永清、陈丽卿、栾廷玉、栾廷芳合兵一处，回归山寨。希真道："近来连日东风，天色阴霾，渐渐潮湿，日内恐有大雨，宜作速起行为妙。"希真、廷玉、廷芳先行，永清、丽卿后发。迤逦至承恩山，希真等已过山南，永清、丽卿还在山北，天色已晚，各自安营憩息。

永清、丽卿在帐内张灯饮酒，闲谈军务，因而议论宋江，丽卿道："宋江那厮军装，端的十分精致。莫说别的，就是这几枝箭，枝枝都是上等材料。"永清道："宋江那厮的辅佐，端的智勇俱备，要平定他，未知何日。"丽卿道："兄弟，你要好箭，我倒看得一处，有好材料。"永清道："何处？"丽卿道："就是这山的东面，无数竹林，枝枝都是好箭材。我来往数次，看得分明。待明晨禀知爹爹，我就同你去采办。"

永清应了。又说了些闲话,酒阑归寝。

次日,永清差人将采办箭料之事,告知希真。希真准了,永清便委军匠赍了银两前去。丽卿道:"你我何不亲去一走,左右没甚厮杀,前去看看景致也好。"永清笑而点头,便吩咐偏将看守营寨,自己与丽卿换了常服,带了随身伴当,同上头口,由承恩东岭而行,到了天环村,果然竹林茂密。永清便吩咐军匠前去采办,永清、丽卿并马游行,观玩山景,一路行来,果然山清水秀。永清、丽卿玩赏了一回,忽见四山云气密布,巨雷碾转,万木无声。永清道:"雨来也!"急忙避入一所山阁。侍从人都到了阁下,头口拴在廊边。永清、丽卿登阁,只见震天震地的一个霹雳,直向正西打去,雷火如栲斗大小,照得四山通红,金光百道飞射,大雨倾盆直下。但见万山树木,随着云气连排价奔走,雷声殷隆,撼得山楼动摇,檐前一片白茫茫的接到天边,不辨村庄屋舍,只是怒涛汹涌。足有两个时辰,雨势渐渐小来。永清看那山阁,却装折得精雅,壁上有无数题咏。永清一一细看,直看过后窗去了。

丽卿靠了栏杆,光着眼看那阁外雨景。雨势已小,望见前面一箭之地一所篱落人家,三间庐舍,一方天井,檐前水溜飞泻,静荡荡不见一人。须臾,忽见两个孩子,抱出一只泥老虎来耍子。耍了一歇,忽然走进去了,遗下那只泥虎。只见左边走出一个略小点的孩子,看见了泥虎,顺便捧了去。那起先两个孩子忽然走出来了,便来夺了泥虎,那小的孩子便哭起来。只见里面走出一个妇人来,不问事由,将那两个孩子一掌一个。丽卿看了,心中便有些不平。只见那两个孩子也哭起来,叫道:"姆姆,他偷我的老虎。"那妇人大喝道:"老虎现在你手里,他几时偷的?你这样放刁,大来还当了得!"便又是好几掌,喝令跪下。丽卿大为恻然。只见妇人身边,走出一个俊俏的小孩子,看了一看,飞跑到右间房子里去了。须臾,那个俊俏孩子同一个十三四岁女孩子出来,那女孩子只在右间房门口,哭着叫道:"他是没爹没娘的人,只靠着你姆姆,你朝也打,晚也打,抵桩弄杀他!"那两个孩子兀自跪着哭。那妇人听见那女孩子发话,便大骂道:"你这小贱人,做了个姐姐,不晓得教训兄弟,倒来我面前放肆!小时不禁压,到老没结煞。”丽卿方知是伯姆凌虐孤儿,心中大怒。只见那女孩子气得面孔紫涨,便向篱边叫一声:“二哥哥,快来救我兄弟!”只见那篱边走出四个大孩子,都是十多岁的,望雨里洗湿透卤的跑过来,一齐发话道:“你这老贱人,这样行为,雷公公来凿杀你!”不问事由,一家一个把那跪的孩子抱出来。只见那妇人大怒道:“要你们这班小喽罗来管闲账!”赶出来一手一个夺去。可怜那两个孩子,雨地下跌成两个泥汤团。

丽卿怒不可遏,便回顾尉迟大娘道:“你快与我捉这贱人来,我问他。”永清忙过来道:“姐姐为甚事?”丽卿道:“兄弟,你不看见这贱人的可恶?”便连催尉迟大娘去捉。尉迟大娘下阁,领几个伴当,直奔到那所篱落去,扑进堂前,那妇人大吃一惊。只见里面走出一个汉子来,大喝道:“甚么人到我家来乱闯!”吃尉迟大娘照脸一掌,跌在一边。尉迟大娘喝道:“猿臂寨陈小姐要拿人,谁敢阻挡!”把那妇人从雨地里水拖腌菜的提出来。只见一个小后生赶出来,叫道:“老奶奶,老奶奶!你说的陈小姐,是不是祝玉山郎的夫人?”尉迟大娘道:“是的,你问做甚?”那后生道:“老奶奶,请缓一缓。我是玉山郎的至好,容我去讨个分上。”尉迟大娘便立定了。“玉山郎在不在上面?”尉迟大娘道:“都在前面山阁上。”那后生道:“老奶奶请少停一停。”便张伞着屐,飞奔山阁来。

永清在阁上看见叫道:“魏贤弟,从那里来?请上阁来。”那后生上阁,与永清各唱个喏,道:“一向阔别了。”便指丽卿道:“这位就是嫂夫人?”永清道:“正是拙荆。”魏生便向丽卿唱喏道:“嫂嫂奉揖。”丽卿忙答了个万福。永清与魏生对坐,丽卿坐在下首。丽卿问永清道:“这位叔叔是谁?”永清道:“这位姓魏,是小弟世交,他的尊翁与先君最为莫逆。”便对魏生道:“贤弟久别,一向何处?为何从此地经过?”魏生道:“一言难尽。自从那年尊府惨遭奇祸,家君不胜惊骇,又无处探听仁兄消息,正忧得苦。家君是年徙居兖州甑山,续闻足下托足猿臂寨,得赘姻于陈道子先生,惊喜相半。近日闻知贵寨戮力王家,再救蒙阴,庆邀天贶,真可喜可贺之至。自兖州陷贼,家君急欲迁移,奈肺病缠绵,起居不便,是以韬光匿辉,与贼为邻。那李应时来亲近,即吴用亦见访数次,家君以病为辞,不与溷迹。迩年家舍寒微,小弟不得已,游幕诸城。近因东人解职,弟系念家君奉侍乏人,为此兼程还舍,于此地遇雨,避居于表嫂家。方才妇人,即是弟之表嫂,不知因何事得罪于尊嫂,以致尊嫂见怒。"丽卿道:"他原来是叔叔的表嫂。他庇护亲儿,凌虐孤侄,叔叔,你想可气不可气?"魏生道:"原来如此,待小弟去劝诫他。这里望嫂嫂看小弟薄面,暂恕则个。"丽卿道:"烦叔叔向他说:下次奴家统兵过此,定来察访,他若不改,立提军前斩首。"魏生道:"嫂嫂尊谕,小弟定去传述。"丽卿便吩咐左右道:"你去向尉迟大娘说,看魏官人面上,权饶恕这贱人。"左右应了下去,通知尉迟大娘放了这妇人,一同上来复命。魏生称谢了丽卿,便与永清叙谈,十分知己。只见雨已住点,永清请魏生到山北寨内一叙,魏生道:"小弟系念家君,归心如箭,仁兄处容异日再来厚扰。"永清知不可留,便道:"贤弟归路珍重,尊翁处叱名请安。"魏生告辞而去。

永清、丽卿并马回营。当晚军匠解到箭材,又在承恩山北歇了一宿,次日拔寨起行。永清想此番闲游,倒得知了魏老叔住在兖州一信,心中甚喜。只因这一信,有分教:一介书生,颠覆得蛟龙窟穴;孑遗庶系,施放出震电雄威。

毕竟后事如何,且听下回分解。

第一〇六回　魏辅梁双论飞虎寨　陈希真一打兖州城

却说祝永清在承恩山天环村，得知魏老叔住在兖州一信，心中大喜，便与丽卿统领本部，拔寨回山，一路不必细表。不日到了大寨，知希真等已早到了一日。永清、丽卿等一同上山，见了希真，随即卸甲韬戈，安兵刷马，大开筵宴。席间，希真对永清道："贤婿可知本寨出了一样奇货？"永清、丽卿齐问何物，希真道："瓷窑局内，今番窑变变出一张瓷床。据总局头目侯达说，此床四周的柱脚栏杆，有上等塑手，还塑得出；至于花纹楞角，格眼玲珑，这般细致，虽通天下寻不出这样好塑手。四面里外花卉人物，虽书画家极好手，亦不过如此生动。这还不奇，那床额上十二面瓷镜，日里看不过是洁白瓷面，夜里却满室生明，可以夺灯烛之光，细看实是瓷面。据侯达说，瓷上挂油，能令黑夜生光，祖上传说如此，实不曾看见。今现在安置西厢房内。"永清、丽卿一齐要去看。

众人同进西厢房，只见一张瓷床，高六尺，长七尺，阔四尺，一体浑成，毫无接笋；五福攒寿，四角花藻，玲珑剔透的天花顶；前檐垂着一带参差玉柱，中嵌十二面瓷镜的床额，六枝羊脂白玉也似的大圆柱，西洋柱的栏杆，卷云床脚；里面细花装出湘纹席模样的床面。浑身淡描细画，端的界线分明，花纹清刻，实是希有之物。永清、丽卿一齐喝采。欢喜得丽卿坐在床上只是笑。希真道："侯达说这样奇物，可惜急切没销售处。"丽卿道："不要销售了，这张床把与孩儿罢。"永清道："小婿倒有一个销售他去处，可以得大利息。"希真问何处，永清道："容酒后密禀。"希真早已会意。大众出了西厢，重复入席，尽欢而散。

希真唤永清进内问道："贤婿，你方才所说，莫不是要将此物送他到兖州去？"永清道："正是。"希真沉吟道："贤婿用甚妙计，我却猜不出。那李应并非虞公，岂肯受我璧马之诱？"永清道："休在此物上设想。现在先叫孩儿们四路传言播扬,使各处知本寨有此异物,日后便可相机使用。这里先重赏募几个乐死之士,放在一边。这边小婿另有个奇巧机缘,路上撞着,正欲与泰山商议。”希真大喜,道:“甚么缘巧?”永清道:“小婿有一个世交老叔,其人姓魏,双名辅梁,是个黉宫老宿,与先君最为莫逆。适才小婿在承恩山天环村,与他的儿子途遇,始知其徙居兖州。”希真道:“你说起此人,我同他也会过一面。那时在东京,不知那一家朋友有喜庆事,此刻想不起了,我曾与他同席,其人不是好酒量么?”永清道:“正是他。他那时与先君吃酒,总是一坛起票的。”希真道:“彼时我与他一席之会,听他谈吐,端的是有学问的人。贤婿究知此人何如?”永清道:“此人才富学博,心灵智巧,善于词令。江湖上的人,也有大半相好。不过性情之中,太梗直些,不肯趋炎附势,所以有些势利小人反忌惮他。迩年因家运不振,门庭多故,家资也淡薄了。但为人极爱朋友。泰山久欲与秀妹妹亲往兖州观看形势,因无寄寓之地,迟迟未行,今此公在彼,岂不是好机会。”希真听了,顿然心生计较,便问道:“令世叔才干智谋何如?”永清道:“较之吴用,足可并驾齐驱。”希真道:“贤婿既说到此,愚意不但借他作寓了。”永清沉吟一回,转笑道:“泰山敢是要他作内线?此意小婿亦想到,据他令郎说,他在兖州大为吴用、李应之所契重,他托病为辞,不去溷迹。只是他身分清高,性情恬退,未必肯从此役。”希真道:“且待我此去说说他看。烦贤婿作起书札,容我前去。”永清应了退出。希真便与慧娘商议,往看兖州形势,将永清的话细细说了。慧娘喜道:“既有此位魏先生,我们看不转的形势,但问他也尽够了。”希真亦喜。

次日,希真改扮了老儒生,慧娘改扮了少年公子。又教尉迟大娘改扮一个壮仆,以便贴身伏侍慧娘;四个精细心腹喽罗扮作脚夫。教永清、丽卿看守山寨。希真带了永清的书信,一行七众,三匹头口,一同起行。不日到了兖州,径投甑山魏居士家来。

希真叫慧娘等靠后一步,希真带尉迟大娘先到门首,向应门童子通了个假名姓,说有故人书信面交。童子进去通报,希真已走进中庭。只听得里面痰咳之声,一个五十余岁的老者出来,相貌清奇,骨格非凡。希真一看,果是魏辅梁。那魏辅梁一见希真,便皱眉熟视道:"面善得紧,竟记不起了。"希真道:"小可在东京时,曾与阁下同席过的。"辅梁把眼泛了一泛,顿然记起,点一点头,早已会意,便道:"张兄,久违了。"二人各唱了喏,逊坐。希真便叫尉迟大娘招呼慧娘等进来相见,各道了假名字、假眷属。辅梁随口答应,心中早已瞧科,便邀希真等后轩叙话。吩咐童子看茶讫,便对童子道:"你看门去,不叫你不必进来。"童子应了出去。辅梁道:"道子轻身来此,定有非常事故。"希真便将永清的密信交出,辅梁从头至尾一看,便道:"玉山贤侄之意,原来如此。仁兄既来,竟屈敝庐,权留信宿,不过粗茶淡饭而已。"希真道:"怎好打搅。"辅梁道:"都是至好,何必客气。我不说亵渎,君亦无须说搅扰。"希真称谢。辅梁道:"仁兄乃心王室,不惮跋涉道路,轻身入探虎穴,实乃可敬之至。但兖州百般坚固,李应又是将才,诚恐未能恢复。"希真道:"依兄所论,莫不成把王事弃置了罢休?倘其中另有高见,乞赐示一二。"辅梁道:"吾兄且慢,小儿少刻便来,弟当命其奉陪仁兄前去阅视。"说未了,魏生自外来,相见了,叙话。

希真等扰了午饭,辅梁便命魏生陪希真、慧娘去各处闲游。希真问辅梁道:"今日宜先向何处?"辅梁道:"东面镇阳关,关门陡立,中夹泗水,峻险异常,除飞鸟可以直上。惟西南飞虎寨一处,仁兄请往视之,仁兄高才,或有可乘之机。"希真谢教。当时三马并行,迤逦到了飞虎寨,只见壁垒庄严,十分完固。慧娘看了一回,便登高阜,四路观望,但见营汛烽火,无不如法。又顺路走过兖州西门。希真与慧娘一面看望,一面沉吟,大宽转走回甑山,辅梁迎入叙坐。辅梁道:"仁兄观飞虎寨何如?"希真道:"难,难,难。昔商之兴也,伊挚在夏;周之兴也,吕牙在殷。今此地无内间,断难破得。"辅梁听了这话,心中早已有些明白,只扯开泛论事务。希真亦未便下说。晚膳毕,又畅谈一切,各归卧室。

夜间,魏生对辅梁道:"孩儿观陈道子端的忠诚可敬,此番探视兖州,左难右难,其意实有求于爹爹,爹爹何不勉为陈元龙赚吕布之事乎?"辅梁叹道:"我非不知,亦非不能,但人各有良,李应虽是强盗,待我未尝失礼,我怎好算弄他?"魏生亦不再说。

次日黎明,慧娘起来,对希真道:"姨夫昨日说魏公,我看他有点心动,姨夫今日必须极力兜他来。有此人在兖州,那怕镇阳关是生铁铸成的,也要打他破。"希真点头。梳洗毕,登厅复见辅梁,故意与辅梁谈得投机,陈说肺腑。希真便乘势将李应契重他的话问了一句,辅梁便将李应怎样礼貌,自己怎样瞧他不起,怎样泛常应酬他的话说了。希真便又泛论古今兴亡得失,以及贤才不遇之事,说到分际,希真便接口道:"即如吾兄,如此学问,如此才智,不能见用于王朝,小弟亦代为抱恨。"辅梁道:"功名富贵,我倒也看得平淡。所可叹者,世事不平,人心颠倒,只管趋财奉势,不顾曲直是非。况且我辈命运不佳,亦无意出而问世。"希真道:"仁兄说那里话来,大丈夫生于今日,正当拨乱反正之时。至于命运一层,时有利不利也。叨在至好,奉劝吾兄,万不可心灰。即如我陈希真,吃尽多少苦头,尚且不敢作退休之想,总想除奸锄暴,报效朝廷。若吾兄年纪比我少壮,才能又在我之上,将来事业正未可料。若就此怀宝迷邦,终于岩壑,希真不为足下一人惜,窃为朝廷惜之。"辅梁愕然片刻,笑道:"道子兄欲用我乎?我非不屑为君用,不过我恬退多年,世务生疏。"希真道:"足下若不忍于李应一人,而置山东数百万生灵于不顾,未免妇人之仁。总而言之,须看朝廷面上,吾兄决不可辞。"辅梁道:"也说不得了,欲报朝廷,不得不灭梁山;欲灭梁山,不得不取兖州。日后辅梁见李应于地下,辅梁亦有以借口。然有二事,道子务要应允。"希真道:"愿闻。"辅梁道:"一者,事成之后,乞留李应一命,望勿快心歼戮;二者,阁下勿为辅梁叙功邀赏,以使天下后世知魏辅梁之除李应,非为一身求荣,实为朝廷除患也。"希真知其意不可夺,一一应了。辅梁道:"先请教道子妙计。"希真道:"正要先求指教,吾兄何出此言?"辅梁道:"非也。梁山畏惮吾兄,上年宋江于李应,已有坚守不出之谕。近闻宋江在莱芜,尚未回寨,而盐山解运之粮饷,被官兵所夺,盐山又被官兵攻围十分紧急。宋江自问难以兼顾,特又加紧飞报通知兖州、濮州、嘉祥等处,谆嘱坚守。仁兄想,彼遵令坚守,辅梁将奈之何?攻敌者,攻其所必救。飞虎寨为彼所必救之区,吾兄须自思一破飞虎寨之法，方为尽善。”

希真听罢，便与慧娘絮议，良久道：“得之矣。”便转身对辅梁道：“烦吾兄如此如此，可以集事否？”辅梁笑道：“仁兄此计，并能使其不及救，真是妙极。再依我如此如此，定可集事，只有一事，尚须预备。”希真问何事，辅梁道：“尚须心腹勇士一员。”希真道：“此事容希真徐求之。”当下密议，色色停当，希真、慧娘皆大喜拜谢。又饮酒畅叙，希真道：“费魏兄如许苦心，希真一毫无报，何以自安？”辅梁道：“道子说那里话来。各为朝廷大事，道子何必报我。”希真叹服不已，便道：“我等不便久留，就此告辞。”辅梁拱手道：“请了。道子征鞭三策，兖州寇盗一空矣。”

当时希真、慧娘辞了魏家父子，带了众人，出了甑山，一路欣欣得意而归。祝永清迎接上山，知了这信，也是欢喜，便依计行事。慢表。

且说魏辅梁自送希真起身，到了次日，备乘轿子，进兖州城，到报恩寺去一转。拈香毕，寻寺内方丈僧闲谈。原来这方丈僧最趋奉李应，当日见辅梁到来，知辅梁是李应契重之人，李应屡请他不得进城。这番进来了，方丈接待十分恭敬，便问道：“老居士府里转来的么？”辅梁道：“不曾。”那方丈听了，便想献勤于李应，便暗地叫侍者去通报李应，这里盘住了辅梁，谈个粘长天。

须臾，听得寺外鸣金喝道，报称李头领到来。方丈慌忙披搭大衣出来迎接，李应道：“魏先生在那里？”方丈道：“在禅房里。”李应随进了禅房，辅梁立起拱手道：“李兄久违了。”李应大喜道：“贵恙全愈了？”辅梁道：“前蒙吾兄荐来张履初先生，的是妙手，小弟服药二十余剂，诸恙渐平，惟喘嗽未除。深蒙雅爱，尚未致谢。”李应道：“岂敢。”二人在禅房逊了坐，寺僧献茶。二人叙谈，李应便请辅梁到府中去，辅梁道：“小弟此来，便道不诚。今既与吾兄会遇，就此告归，容异日专诚奉谒。”李应道：“先生直如此见外。”辅梁道：“非也。天色已暮，甑山路远，吾兄不必留我，现在贱躯粗适，不时好来亲近。”李应暗想道：“吴军师教我招致此人，又诫我只可待以诚敬，不可强逼，叵耐他托故不来。今日难得这番机会，若放了他去，又不知何日进来哩。”便道：“日暮何妨，便请草榻委屈。”再三苦留，辅梁道：“如此说,小弟再不趋府,却是不恭了。”李应大喜,便同辅梁回府。方丈僧鞠躬合掌而送。

李应请辅梁进府,时已掌灯。李应吩咐治筵,辅梁逊谢入席。席间,辅梁只是应酬闲谈。李应想:“不乘此说他来此,更待何时?”便打起精神,与辅梁谈得十分投机,便渐渐倾吐肺腑,只见辅梁口角渐渐有些松动。酒阑席散,请辅梁书房安置。李应竟不进内,与辅梁连床共语,渐说到“公明哥哥忠义无双”的话,只见辅梁不觉深深叹服了几句。渐渐论到军务,辅梁却逊谢不敏。李应道:“仁兄何必过谦!仁兄这般奇才,埋没蓬蒿,岂不可惜?”辅梁道:“非辅梁不屑从事,实缘樗废已久,世务生疏。”李应道:“总而言之,须看忠义面上,吾兄万不可辞。”辅梁道:“既蒙仁兄错爱,小弟苟有一隙之明,无不奉告。至于弟生性疏野,吾兄若欲宠之以爵位,拘之以职守,是犹捉辅梁入樊笼也,断难遵命。”李应十分叹服。次日,辅梁道了深扰,辞别回山。一月无话。

忽一日,李应在府内闲坐,只见鬼脸儿杜兴,领着一人气忿忿地进来。李应认得此人,是杜主管的亲戚,忙问道:“有甚么事?”杜兴道:“猿臂寨那伙人,直是天外的蛮子,大官人且问他说来。”那人便道:“小人是贩运瓷器的,是义兴字号。因闻知猿臂寨瓷器,较大众价值,格外公平,所以前去发运,已有多次。这次小人又带了三千银两,前去存买瓷货。那头目侯达,忽然开出一盘账来,说尚有前欠银六百三十四两有零,未曾清结,须得扣除。小人大诧异。那侯达递出一纸凭票道:正月里你着人来取的,现有你义兴字号的戳记。小人叫苦道:你着了诳子也,那个冒我的戳记来的!那侯达便报怨小人疏忽,小人也报怨他疏忽。正争嚷间,忽见一个头领,旗号写着栾字,巡哨方回,查问甚事喧哗。侯达与小人同去告知,那头领便教委范头领查核。那范头领却极和气,说:这账既无对问,且权搁起,俟查出再行归结,烦客人也去查查,这里照常交易。到了次日,小人付了银两,正待装载瓷器,那栾头领忽差人来,问小人与兖州李头领是否有亲。小人不知就里,便答道:与杜头领略沾点亲。那人又问道:瓷器想是李头领委办的?小人答言不是。那人便去。须臾,那栾头领到来大喝道：老爷昨日见你面貌，已有些疑忌，你这厮原来是做细作的！小人分辩几句，那厮变了脸，骂道：信你不得，快走！那侯达便走出来道：你这厮既不是好人，那六百余两定要扣了去。小人叫起屈来。栾头领那厮发话道：休要惹老爷们性发，把你那李……下文便是爷爷的大名……说连首级也扣下了去。小人见不是头，只望收回银两。那老栾道：休想！你这银两既是李某人的，除六百余两补前欠外，所存二千三百余两作为李某人租存首级之费！那厮银两不还，瓷器不付，竟把小人热赶出来了。还有许多不堪的话，糟蹋头领。"

李应听罢，那把无明业火高举三千丈，按捺不下，道："猿臂寨那班毛贼，有如此可恶！"那人道："爷爷息怒，那厮还有一件可恶的事，小人不敢尽言。"李应道："你只管说来，甚么事？"那人道："那厮还有一个头领，姓祝的，将木头刻做爷爷的像，教他喽罗们演射，作箭垛用。"气得李应暴躁如雷道："我不把这厮们碎剐，誓不干休！"便同杜兴商议破猿臂寨之法。杜兴道："据敝亲说，那厮有张瓷床，是无价之宝，小人也有些闻知。据他探得，那厮要把这床进贡，又有甚么金珠十万，献与刘彬，此刻已打点起行。小人想，先劫了他来再说。"李应道："是极。那厮屡次诈我金珠，此仇尚未报。今番先劫他瓷床，以报金珠之仇。"那瓷客人道："小人来报，正是为此，爷爷取他瓷床以报前仇，小人也出口怨气。"

李应即刻便派杜兴、孙立，带领五百名喽罗，飞速由泗河进发，去劫瓷床。只见猿臂寨瓷贡船只，已到泗河渡口。中间一只大船，旗号上写着"猿臂寨瓷贡"，有四只兵船护送。杜兴见了，便一声胡哨，杀上前去。那猿臂寨兵船内，箭矢夹着鸟枪，骤雨飞蝗价过来。怎当这边将勇人多，孙立早已提枪跳上大船，猿臂兵一半驾兵船飞逃，一半赴水。原来那赴水的，有刘慧娘的捍水橐籥，不会死的。只见稍后一个头目，挟了一个拜匣，却错跳过杜兴的船，叫声阿呀，慌忙赴水。吃一个喽罗夺下拜匣，那头目下水去了。杜兴、孙立及一干人杀进大船，却不见那瓷床，遍搜舱内，只得许多小色瓷器，并四万金珠。仔细一看，那船门上贴着一张条子，上写着"猿臂寨瓷贡前站第一号"，方知瓷床尚在后站。杜兴、孙立自悔太卤莽，使人探听，猿臂寨中站瓷贡方才出寨,今已闻变回转。

杜孙二人料知等候无益,喽罗呈上拜匣,一同回兖州。李应接了,也不高兴,只看那拜匣,九道铜丝缠扎,三套锁镆封固。李应劈开看时,只见中有一角文书。李应吃一惊,细看乃是呈上刘彬的,无非求其官家前斡旋,赏个大官等语。却有一个皮纸卷折的方胜,李应拆开看时,只见上写着:"下城知士飞曹陈虎州稀寨知真安府久排张思停俟报妥士效现一朝拟破亭择兖今吉州得兴便一兵同奇日力计内进数必剿月取梁之兖山前州伏已祈乞于大恩兖人准州檄三元捷报",共计七十五字。众人看了,尽皆骇然。看他有破剿取伏等字,料是秘密军务;又有三兖字,料是有事于此地,却详解不出他的句语。众人互看多时,又唤部下头目喽罗中心思灵巧的来看。内中一个头目,细细看来,见三兖字下,隔两个字各有一州字,恍然大悟道:"他原是隔三字成文的,怪道唤做'三元捷报'。"李应便教依他隔三字顺下录出,只见写成:

> 下士陈稀真,久思报效朝亭,今得一奇计,数月之前,已于兖州城飞虎寨安排停妥。现拟择吉兴兵,日内必取兖州。祈大人檄知曹州知府张,俟士一破兖州,便同力进剿梁山。伏乞恩准。

众人看罢,一齐大惊。吓得李应战战兢兢,如临深渊,如履薄冰,正不知希真用出甚么计来,李应凝思半晌道:"我猜这贼道必是用奸细,不然断无别计。快一面搜查镇阳关,一面飞速通知飞虎寨邹家叔侄。"众人称是。李应道:"休乱!我等关上素来盘诘严密,即有奸细混入,必无多人,搜查甚易。"便一体知会二邹,拨快役,悬赏格,忙了一日。到了傍晚,忽见东南上烽火接连,直报到镇阳关下。急得李应不知所为,猛记起魏老先生,便速将此事备细缘由,写了一封书札,差一人飞速赴甑山去。时已起更,李应凝定神志,亲身弹压关中,休教惊乱,严谕守城军士,只顾防备外面。这里面大街小巷,都派兵将镇守,堵御奸细出路;又传齐水龙,准备奸细放火。安排妥当,等待敌兵。

那邹渊、邹润接得李应传谕,便乱忙忙搜捉奸细。又见烽火报警,分外惊乱。忽报头堡汛兵捉得两个奸细解来,方知烽火是奸细妄举，并无来军，邹渊、邹润心中稍安。看官，你道这是何故？原来是刘慧娘的巧法，每人身边只带尺余长的炮筒，内藏机括药物，当时在他营汛傍施放起来，像煞烽火。故意淆乱他的号令，又故意教他捉了去，好去带信。那邹渊、邹润如何识得，便教传进奸细来，再三审问，将要动刑。一个慌了，招出实情道："陈头领于数月之前，陆续有心腹勇士混进镇阳关、飞虎寨两处，并买通本处土著，合计约有一千二百余人，关中、寨中都如此。"邹渊、邹润大惊，便叫喽罗领这两人作眼，分头去捉奸细，一面飞报李应。忽见烽烟又举，二邹疑惑，忙差人去探。探马未及回报，猿臂兵马已由别路抄到寨前。二邹急忙登城守备，只见无数火把，照耀出大队人马，先锋陈丽卿当先攻寨，祝万年、祝永清分两翼抄出，鸟枪大铳潮涌也似的卷上来，喊声震天。那寨上贼兵，一面防外，一面顾内，纷纷淆乱。城中讹言沸腾。弄得二邹忽而登城，忽而下城，城上大乱。猿臂兵由云梯一拥而上，杀得贼兵尸满城上，血溢濠中。寨门大开，陈希真、刘慧娘、栾廷玉、栾廷芳领中队，刘麒、刘麟领后队，呐喊振天，拥入寨中。邹渊、邹润无心恋战，乱军中逃出，直奔兖州去了。时方夜半，飞虎寨已破。希真大喜，与众英雄一同入寨，留永清、万年、廷玉、廷芳领八千兵守寨。希真、丽卿、慧娘、刘麒、刘麟领一万人马，绕道过南山，直抵镇阳关，距关五里安营下寨。

那李应在镇阳关，强打精神，亲身弹压。忽接得二邹飞报，知烽火是假的，心中大疑；又知有千数奸细在关内，心中大惊，暗想道："此信若一播扬，关上守备必懈，关中人心必乱。"便将此信捺下，谕来人快报二邹勿乱，又戒切勿喧扬。来使应了去。忽报甑山去的差人转来了，李应忙教传入。那人喘呼呼地，汗雨通流，走上前来便把手掌递与李应看。那时天气炎热，又兼急走之余，大汗淋漓，掌上墨迹模糊，竟辨不出甚么字。李应急问那人，那人答道："是'希真狡狯，坚守勿睬'八个字。"李应看了，尚有一半不悟，便问道："魏老爷怎样对你说?"那人道："小人到魏老爷门首，急忙敲门，大叫李头领有紧急军务相商。只见他的少爷提灯出来开门，一面说他的父亲今晚喘嗽甚重，动掸不得。小人叩头呈上书信，说无奈何，且将此信呈上魏老爷一看。那少爷道:你坐一坐,待我递进去。须臾一童子出来,叫小人快进去,引小人进了内房。只见魏老爷卧在床上,忙叫小人舒开手掌,写了这八个字,便叫小人快走。小人忙问何故,魏老爷道:你只管快走,少迟定中那厮奸计也。我喘息少定,随即就来。小人不好再问,便飞速回来。"

李应听了,十分纳闷,便吩咐快浓煎人参胡桃汤,等待魏辅梁。说未了,西南上烽火烛天,枪炮震地,敌兵已到了飞虎寨。李应只叫得苦,料知陈希真利害,那敢发兵去救。未及四更,邹渊、邹润逃来,知飞虎寨已破。五更将彻,希真兵已在关外安寨。李应只得督兵严守。忽报魏先生到也,李应大喜,如同患病人家,巴得名医到家的模样,忙叫迎入。魏辅梁便开口问道:"飞虎寨不曾失陷么?"李应道:"子正三刻时分,已失陷了。"辅梁顿足叹道:"仁兄如此将才,怎地今日没主张?仁兄但想:他既是如此机密文书,难道不好报马飞递,务要同瓷贡船同走?"李应恍然大悟,拜倒在地,发恨道:"使仁兄肯居城中,李应何至有今日之事乎!"辅梁道:"因这点破绽,满盘是假:瓷床有意播扬,瓷贡船有意诱劫,又有意假描图记,捏称欠项,寻杜头领贵亲的衅,有意教他传言激怒仁兄。而仁兄来札,反称天诱其衷,军机漏泄,真所谓聪明一世,懵懂一时也。"

李应懊悔无及,便请辅梁入坐,献上参汤,问了起居,便道:"为今之计奈何?"辅梁道:"飞虎寨已破,我们犄角已失,只有安抚民心,鼓励士气,坚守镇阳关,再相机宜。"李应称是,便传令撤去盘查奸细之兵,并吩咐严紧守关。辅梁又道:"那厮既得飞虎寨,进袭西门最便……"说未完,李应接口道:"那里先生放心,小弟已派将严守了。"辅梁道:"西山一路,卖李谷,宋信店,陈通桥,送邹君湾,仁兄发探子去过否?"李应道:"已差时迁去了,未来回报。"须臾时迁转来,报称那一路并无伏兵。李应大喜,便对辅梁道:"我想就从此路发兵,去劫飞虎寨。"辅梁道:"仁兄精细,陈希真那厮不是好欺的。"李应道:"难得此路不设伏,不成坐弃这好机会?"辅梁捻髭沉吟道:"那厮必有所恃而不设伏,寨内必有甚么奸计。"又沉吟一回,便对李应道:"小弟得一计较,未知合用否?"李应大喜请教,辅梁道:"那厮不设伏者,诱我攻寨也。其关外之兵,乃是待我去接应飞虎寨,便好抢关耳。不然,那厮趋西门最便,何苦绕道过南山,来此关下乎?小弟此猜当十不离九。"李应道:"先生真料事如神也。但计将安出?"辅梁道:"今我即以假应假,竟发一枝兵,由西山一路,直攻飞虎寨。切不可卤莽攻入寨中。那厮闻我攻寨,道我中计,必来抢关。殊不知我兵虽去攻寨,却并无大队去接应,则精兵尽在关内,如何抢得?我却突发奇兵,由南山抄其左翼;再发奇兵,出关北狭道山抄其右翼;关中出精兵,直攻其前队:那厮猝不及防,三面受敌,不败亦只得逃走矣。"

李应大喜,忙传令点将。只见邹渊、邹润上前道:"小弟败兵之仇,如何不报?小弟愿领兵抄西山路,夺飞虎寨回来。"辅梁道:"将军休卤莽,此去不必定求攻破寨子。"二邹一齐厉声道:"他好夺我的寨,我偏夺他不得!"李应道:"且听魏先生的话。"辅梁道:"夺寨须精细,他若弃寨得快,必是奸计。"二邹应了,心中好生不然,领令带五千人马去了。辅梁道:"再派两员将前去,俟邹将军攻寨时,便抄南山袭希真左路。"李应便派解珍、解宝带三千人马前去;再派孙立、孙新领三千人马出狭道山袭希真右路,二孙领令去了。

李应亲统大队,登关上,传号令,派精锐,计已定,听炮响,等得胜。辰刻发令,到得巳刻,飞虎寨果然连珠炮响,希真果然抢关。李应大队杀出,希真等迎杀一阵,果然败走,二孙、二解果然从希真阵傍杀出,大众果然合兵痛追,猿臂兵马果然弃甲撇戈落荒逃走,李应统大军接应,果然大获全胜。李应大喜,会合众将,大吹大擂,掌得胜鼓回关。见了魏老先生,深深拜倒称谢。忽远远听得飞虎寨百万雷霆震响,急忙登关一望,只见黄沙蔽日,黑焰障天,李应大惊。正是:败衄偏随兵胜后,忧惊每逐喜颜来。不知飞虎寨到底怎样了,且听下回分解。

第一〇七回　东方横请玄黄吊挂　公孙胜破九阳神钟

却说当日李应在镇阳关上，望见飞虎寨烟尘陡乱，震响之声不绝，大惊失色。魏辅梁登关一看，惊道："此必地雷轰炸也。怎的二位邹将军，不听我言语，中了奸计？"李应及众头领听了，无不骇然。不移时，有几个败兵逃来道："不好了！飞虎寨敌兵坚守多时，忽然枪炮绝声，寨门大开。二位邹头领统众入寨，那厮重复转来夺寨，相持许久，那厮退去。全寨地雷轰发，邹渊首先轰死。邹润急忙夺门逃出，不防脚下地雷又发，亦随即殒命。小人幸不当地雷道路，得以脱命，看那城墙，已尽行轰陷。"李应听罢大怒道："万不料陈希真这贼道，放出如此毒计来！"辅梁道："二邹真卤莽！枪炮忽绝，寨门大开，显是奸计。但此事却也奇怪，邹将军进城多时，地雷方发，点地雷的果是何人？"

看官，原来这巧法亦是刘慧娘的，名唤"钢轮火柜"。其法用五寸正方铜匣一个，下铺火药，上有一轴，轴上一轮八齿，每齿含一片利锋玛瑙石，旁有一枝钢条，逼近玛瑙尖锋。那轴一头有盘肠索，连着一个法条大轮，又一头有小捩子捺住，旁设机轮，与自鸣钟表相似。走到分际，拨脱了捩子，那法条轮便牵动盘肠索，拽得轴轮飞旋，玛瑙尖锋撞着钢条，火星四迸，火药燃发。当日希真与慧娘等破了飞虎寨，欲依辅梁密计，诈败一阵，以使辅梁深见信于李应，又不甘心空弃这飞虎寨，清晨差五千掘子军，将各城墙上都栽埋了地雷，通了药线，只等贼兵到来，便将十数个钢轮火柜，开好机括，四路按着药线处埋下，弃寨而逃。二邹不知就里，果中其计。当时地雷炸发，将飞虎寨城垣雉堞，尽行化为灰烬 。祝永清等重复入寨，廷玉到希真处报捷，兼请再攻镇阳关。希真道："目下未有心腹勇士，魏老一人恐其掣肘，不如缓图为妙。"当时希真假攻镇阳关，永清假由飞虎寨攻卖李谷，攻了五日，辅梁替李应设了一计，夺回飞虎寨。希真、永清一齐收兵，回归山寨。

那李应因二邹阵亡，飞虎寨城郭尽坏，懊恼之极，便对众头领道："自今日以往，有不听魏先生吩咐者，定以军法治之。"众头领无不凛然。辅梁道："陈希真那厮真是名不虚传，他于既败之后，尚能覆我偏师，毁我城池。"李应便请辅梁住城中，辅梁道："小弟山野疏散，烟霞成癖，不乐嚣居城市，吾兄必如此留我，是又拘囚我矣。吾兄勿忧，脱有风吹草动，小弟无不前来。"李应知不可留，因叹道："先生真高人也。"辅梁辞别，仍坐着香藤轿回山。李应率众头领到飞虎寨，招魂哭奠了二邹，安抚兵马，一面差人将此事并辅梁谋划，报知宋江。

且说宋江在莱芜，与吴用督修城池燉煌，又闻知天彪等俱已奉旨升任，兵权愈大，清真山已奉旨改为清真营，设兵一万六千名，又调登、莱、青三府兵丁各一万二千名戍守，合计清真营兵，共五万二千名。宋江、吴用震惧，商议新泰、莱芜亦用重兵把守，便差人到山寨调花荣、史进、穆洪、黄信、朱武、杨林、鲍旭、孟康、陶宗旺、陈达、李忠、周通十二位头领，带十万人马前来，合计现在新莱二县之鲁达、武松、李逵、张清、杨雄、石秀、李俊、张横、欧鹏、邓飞，共有二十二位头领。宋江便与吴用议定，派史进、朱武、陈达、鲍旭、孟康、陶宗旺、李忠、周通领五万人马，镇守莱芜；花荣、李俊、穆洪、李逵、杨雄、石秀、黄信、欧鹏、杨林领五万人马，镇守新泰，其余发回山寨，仍守旧职。分派已定，吴用又教传取李云、汤隆、凌振三人前来，以便制造器械。令方发，忽接到一件信息，乃是盐山紧急事务。

原来宋江自那年盐山败绩，施威、杨烈被斩之后，即派朱仝、雷横帮同镇守。宋江与吴用商议，教盐山且自坚守，俟这里东南两处头绪清理之后，再到北方用兵；又每年拨运梁山钱粮，去养给盐山，以免其无食借粮，扰动官军，所以盐山一向平安。这日合当有事，同时撞出两起祸来。

一起是梁山解运钱粮上的事。原来梁山运粮到盐山，分两路进发，一路由运河直达盐山，一路由大清河出海口，海运送到。都系扮作客商，私通关津，一路无阻无碍，习以为常。这日，那河北广平府总管陶震霆，到清河县阅兵，查出宋江运河解粮一事，大怒道："我境下岂容盗贼私行运粮!”便饬将弁严拿将来。陶震霆手下岂有弱将,一声令下,将弁飞速前去,将贼兵打杀无数,拿得几个活的,交县严刑审讯,方知宋江还有大清河一路解运钱粮,便飞速移咨山东大清河一带将官,一体查拿。适值张应雷调任山东济南府总管,接得移文,大怒道:“官兵如此怕贼,还当了得!我拿了他,看他敢来犯这济南府!”便发兵由大清河追上,把宋江的粮船都追拿转来。将宋江两路钱粮,一概没入官府,这是一起。

还有一起,乃是盐山自己撞的祸。那邓天保、王大寿、朱仝、雷横谨遵宋江的命,紧紧自守。无端有两伙好汉,慕公明哥哥大义,要来入伙,因梁山路远,就在盐山结纳。一伙是山东海丰县蛇角岭的头领蟠海龙秦会、喷雾豹张大能、铁臂熊万俟大年;一伙是河北吴桥县虎翼山的头领拔山熊赵富、搅海大将赵贵、索命鬼王飞豹,各啸聚六七千人,两家各在本山附近村坊,搜括些油水,作贽见之礼,到盐山来聚大义。不觉恼动那位天津府总管邓宗弼,即刻点起本部人马,不取他处,直攻盐山。那虎翼山赵贵、王飞豹率领喽罗来救。那邓宗弼早已在他来路上,埋伏停当。笨贼不知就里,正中其计,伏弩齐发,赵贵及一干人马,俱死于乱箭之下。王飞豹领后队,没命鼠窜逃回。那武定府总管辛从忠闻报,也不同剿盐山,便点本部人马攻讨本治下蛇角岭。谅那伙贼人,如何对付得这位辛天将?交锋一阵,万俟大年吃辛从忠蛇矛洞胁而死。众贼大惊,退入山寨,死守不出。那盐山两路援兵俱断,邓宗弼兵势浩大,将盐山团团围住。邓、王、朱、雷四人力战几阵,兀自没半分便宜,只得到梁山求救。

卢俊义闻报,忙遣燕青、呼延绰领兵赴援,中途被张应雷邀击,只得逃回。卢俊义差人到莱芜报知宋江。宋江闻报大怒,与吴用商议道:“新泰、莱芜形势未成,军师未可轻离,待小可亲去一走。”便抽动新泰头领杨雄、石秀,领兵八千名,由小清河出海口,沿海赴盐山,与邓宗弼大战一阵。邓宗弼兀自当不住,忽陶震霆领兵前来助战,杀得宋江大败,兵马损折二千。宋江退入盐山,官兵悉力攻围。正在危急之际,忽然盐山四面大雾,密密层层,迷得咫尺不辨人影,喜得宋江连称天佑,忽报公孙军师来也。原来数月以前,公孙胜因想起陈希真九阳钟利害,便辞了山寨,径赴蓟州,寻罗真人去。此日转来,路过盐山,闻得宋江被官兵攻围,十分紧急,忙使个逼雾法,挡住官兵。既说到此,且将官兵如何措置,权搁一搁起。

且说公孙胜那日到了蓟州二仙山,未进路口,遇见一个邻人,知道老母半年前已经去世。公孙胜大惊,放声大哭。奔到墓前,恸哭不已。坐了好歇,遂拔步到紫虚观来。守门童子远远望见,定睛一看,道:"清师兄回来了,昨日师父正说起师兄。"公孙胜道:"师父在松鹤轩么?"童子道:"在那里。"二人一路说,一路走。公孙胜是走惯熟路,便进了紫虚观,转弯抹角,径到松鹤轩来。看见真人正在云床上定性,公孙胜便参拜了,问了安。真人开言道:"一清,你也倦而知返了。"公孙胜道:"正是。一向违了师范,未来请安。老母弃养,一切殡葬,深蒙师父照应。"真人便与公孙胜叙话,却绝不问起山寨中事务。公孙胜未便开言,只得陪着诺诺答应而已。便在观中净室住下,早晚伺候真人。

忽一日,真人论及形气源流,公孙胜忆及九阳钟一事,便请问道:"水能载舟,亦能覆舟;正法邪法,同是一法。世有妄人,偷窃正法,以诈害万姓,为害不浅。他不具论,只恐有一种炼就纯阳异宝,绝非阴魅之伦,不畏烈日,不畏雷霆,不畏污秽,却公然于光天化日之下,肆其毒害,实无法以御之。因想吾师有玄黄吊挂,乃纯阴至静之宝,未识可以制之否?"真人道:"可。玄黄吊挂乃先天静一之气所成,故能以静制动,以定胜器。但我辈炼此法宝,原为深山修养时捍御外魔,若用此以与世人斗法,窃恐外魔未除,内魔先起了。"公孙胜听罢,遂不便再说下去。

又是数日,公孙胜却耐不得,便对真人道:"东京陈希真,吾师知之否?"真人道:"陈道子乃得道之士,汝等远不及也。"公孙胜道:"吾师尚未知其详,现在他啸聚猿臂寨、青云山两处,害生灵,诈财帛,无所不为。"真人愕然道:"陈道子怎么也错了念头?"公孙胜道:"不但此也,他仗些道术,于要路祭炼九阳钟,诈害百姓。倘能破除了他,使他改悔,亦是无量功德。"真人叹道:"同是道中人,何苦伤些和气!况且你急须回心,从此也不必再出山了。宋公明气焰将终,汝尚不知悟耶?”公孙胜汗流浃背,从此不敢复则声。退入私室,每静夜思想真人之言,颇觉毛骨竦然。真人又每日与他谈些玄妙,如此多日,渐把公孙胜心猿伏锁,意马收缰。自此公孙胜便随真人日日行些内观之法,倒也静而忘返。

忽一日,罗真人赴邻县一道友之请,吩咐公孙胜与童子看守洞府。真人去了三日不返,公孙胜在观中,忽想来此一月有余,未曾观玩山景,遂信步出山门。一路松阴下,转弯抹角,各处闲观,清幽之趣,果然不减当年。在一亭下略坐,望见前面一带楼阁,公孙胜认得是移情楼,便闲步过去。原来这楼已有人改造过,较当年分外壮丽。公孙胜又闲步一回,不觉出了一片苍莽长郊。公孙胜正欲回山,腹中觉饥,又去观已远,因想前面村市人烟繁密,不如就彼买些糕饼充饥,便走到前村。忽听得有人说:“我们去渔阳驿看闹热去。”公孙胜暗想:“是甚么闹热?”吃了糕饼,便顺路到渔阳驿,果然人头挨挤,异常热闹。公孙胜就在一茶棚坐下,茶博士过来泡了一碗茶。公孙胜坐着,听那些人哄哄讲动,方知是种经略征辽得胜,红旗报过此也。公孙胜猛然想起梁山之事,心中暗惊道:“不好了,赵头儿原说待老种征辽得胜,便要教他来奈何我梁山,今番到其时了。叵耐云陈二处又专喜和俺山寨作对,我此来原为求本师道法,先破那希真,本师不肯付法,如何是好?”想了一回,没摆布处,猛记起真人的话道:“既如此,且管了自己要紧,他们的事只好由他。”便坐下吃茶闲看。

也是合当有事,忽听得背后有人叫道:“你这人好无信!只说就来就来,等了你两个多月不来,你那哥哥急坏了!”公孙胜吃一惊,猛回头看时,乃是两个后生,自在那里打话,并非山寨中人寻来。公孙胜念头被他提动,好生焦急,只得重复坐下。背后真有一人寻来,叫道:“清师兄,为何在这里?”公孙胜回头一看,只见一个道士从人丛中挨将过来。公孙胜定睛一看,认得那道士复姓东方,单名一个横字,是通州白云山师伯张真人的徒弟。当时相见了,叙了些阔别的话,便会了两处茶钞,两人携手出了茶棚,离了渔阳驿,到了一所僻静凉亭。东方横道:“久闻师兄聚义梁山,今日为何仍归此地?”两人本极知己,公孙胜便将陈希真九阳钟怎样利害,宋公明怎样受困,自己怎样来求玄黄吊挂,罗真人怎样不许的话,说了一遍,便道:“如今我只得再求本师,借我吊挂,方可复到梁山。”东方横道:“这使不得。令师既如此说,不可不依,将来诚恐悔之不及。”公孙胜道:“我非不知,争奈宋公明哥哥处失了信,如何是好?”东方横道:“既如此,待我假称本师张真人之令,向令师借这吊挂与你,你去一破那钟,随即回来。”公孙胜道:“这使不得,岂可欺骗师长。”东方横道:“且待我通州去了转来,再作计较。”公孙胜便邀东方横到前村沽饮三杯,又谈些闲话。东方横谢了,告别赴通州去。公孙胜仍回紫虚观。真人已归,各无言语。

过了半月有余,东方横自通州来,与公孙胜观前松阴下遇着,便在石上坐地叙谈。东方横问起玄黄吊挂求到否,公孙胜道:“不曾。”东方横道:“怎好?我在本师张真人前,亦替你求过,求本师来说个情。奈本师的话,也和你令师的话一样。看来只得依我起先的法儿,赚了来再说。”公孙胜只是踌躇不决。东方横道:“由你!你既要你那哥哥处不失信,又要师父前不说谎,那有两全之道?”公孙胜道:“只好缓商。”东方横道:“有甚商!你既怕去,待我替你到梁山去一转。”公孙胜道:“吾兄肯替我去,却是妙极。只是须本师前禀明,方可行得。”便同去见罗真人。

东方横参拜了,禀了安,先叙了些别话,公孙胜便提起玄黄吊挂,因拜禀道:“弟子并非好勇斗狠,不过与宋公明结义一场,也难为他伦常不谬,如此次破了九阳钟,也算报答他过了,此后入山,可无遗憾。”真人道:“你为谁来?”公孙胜道:“此次不必弟子亲往。”东方横接口道:“弟子愿代清师兄一往。”真人叹道:“业缘所到,虽铜墙铁壁阻挡不得。一清,你既锐意欲往,我岂能留你?东方贤弟乃张师兄高足,岂是我可以遣发的?一清,你自去罢了。”便到室内取出玄黄吊挂,付交公孙胜,肩上拍了两拍,道:“自爱,自爱。”公孙胜大喜,顶礼拜谢,便到住房中草草收拾了一回,叩别了真人,与东方横同出观门,东方横道:“师兄早去早回,勿忘令师慈训。”公孙胜应了,拱手辞别,取路下山。到了一柏阴亭下,公孙胜便息一息肩,忽想玄黄吊挂在包袱里,恐致秽亵,不如放在箱里,便打开包袱取将出来。忽见一鹿,到亭边迎面来张。公孙胜猛抬头，不防那鹿将手中玄黄吊挂衔去。公孙胜急前去夺，那鹿已飞奔而去。公孙胜大惊，急就那行李上，掣出那把松文古定剑来，那鹿已跑到前面岭上，走远了一大段路。公孙胜忙使天罗法，遁住了那鹿，只见那鹿在岭上乱窜。公孙胜急追上去，那鹿见有人来追，一发乱逃，不觉坠落陡壁之下。公孙胜在壁上看时，那鹿与玄黄吊挂同在溪边磐石上。公孙胜纡途盘下，到了溪边，取回那玄黄吊挂，那鹿已不见了。公孙胜喘息略定，知是真人指醒他，心中十分凛凛。收了玄黄吊挂，觅路到了亭下，喜行李一物不失，便收束好了。不说一路晓行夜宿。

单表那日到了盐山，知公明连战十余日不利，被困山中，忙使逼雾法护住盐山，便进寨内见宋江。宋江喜出望外，忙教迎入。宋江便将前番几疑公孙失信，今番果不失信的话，叙了一番。公孙胜也将上项情事述了一番，与邓天保、王大寿相见了。宋江便吩咐治筵，与公孙胜接风。公孙胜将取到玄黄吊挂的事说了，宋江大喜。当时公孙胜在盐山聚义厅上，连作了七日的法，起了七日大雾。那邓宗弼与陶震霆只得商议收兵而回，辛从忠亦早退兵去了。宋江等在盐山安息了十余日。宋江、公孙胜、杨雄、石秀提了原来人马，由盐山起行，邓天保、王大寿、朱仝、雷横候送。

宋江等仍由海道进小清河，不日到了莱芜。吴用等见了公孙胜，又闻得了玄黄吊挂，皆大喜。吴用告知陈希真打兖州，扫平飞虎寨，坏了邹渊、邹润。宋江大怒，便传令即日兴兵，就请公孙军师同行。公孙胜道："且慢，那吊挂虽然到手，用法却费周折。"宋江、吴用齐问何故，公孙胜道："本师说此宝若挂在钟上，其钟无故自碎。今此事如何做得到？其次，须在一百八步以内，但任用一人，只待其钟响时，将吊挂向钟招展，口念'灵宝元宗粉碎虚空'八字，其钟亦应声而碎。若出一百八步以外，须步斗布罡，持咒掐诀，许多禁法，方可破得。至出三百六十五步以外，无济于事矣。那钟系纯阳炼就，响彻九里之外，虽持吊挂之人无所妨害，但一吊挂不能广庇众人，进了九里界内，持法之人早已孤身只影，如何布置？当思良法。"吴用皱眉道："若如那年张家道口，任凭生人行走，并不稽查，我们只须黑夜进去，莫说一百八步,再近些也可去得。今闻其移在新柳营,不知他如何情形。”宋江道:“且待我统兵到彼,发人去探看形势。”吴用道:“是极。但不可打草惊蛇,哥哥此去须假作回兖州之势,俟探得形势,骤然进兵。”宋江便教吴用仍守新泰、莱芜。这里再抽动新泰头领黄信、杨林,随同宋江、公孙胜、杨雄、石秀,带领一万人马,向新柳营进发。

不日到了新柳西境外,距新柳尚有三站多路,前队杨雄、黄信早已假向兖州去。当日宋江传令安营下寨,便教石秀去新柳营探路。石秀道:“非是小弟不肯去,委实那年陈希真夺这青云山时,小弟在此地厮杀过数次,恐有人认识小弟面貌。”宋江点头,便差杨林去。杨林去了五日转来,回报道:“小弟探得那钟在新柳城西门外禹功山上,离城七里。小弟便到禹功山去,在山脚边一小酒店坐下。闻说那钟楼周围一百四十四步,都是红墙拦住;里面外面,守钟军士五百名;那守钟头领,姓苟名英,也甚了得。”宋江道:“你混进他三百多步内去看过否?”杨林道:“他山上都有稽查,不能混入。”宋江道:“山高几何?”杨林道:“山高二里,那钟正在山顶。”宋江看着公孙胜道:“这便怎处?”公孙胜亦踌躇无计。杨林道:“那山脚边,却任凭生人行走。”宋江道:“终在三百六十五步以外,何济于事。”公孙胜忙道:“杨兄弟,你且说山脚边如何情形。”杨林道:“那里是个客商聚集之所,五方赶集之人却也不少,所以有三五爿酒店、饭店、茶店,还有一个肉铺,并有菜行、油行、粮食行之类,一切炊饼果糕摊,也有好几处。却都是店屋,并无住家。”公孙胜道:“你在酒店时,望见钟楼否?”杨林道:“望得逼明,六角挑起,彩画壮丽。”公孙胜道:“山势陡峻否?”杨林道:“山势却陡峻。”公孙胜道:“山脚坡上还可上去否?”杨林道:“小弟到的酒店,正在山坡上。”公孙胜道:“如此,还好设法。”宋江忙问何故,公孙胜道:“望见钟楼逼明,其近可知。山高虽有二里,然因其陡峻直上,并非平地,若计其平距,当不过三四百步。又坡上尚可进去,定当在三百六十五步界内矣。”宋江道:“既如此,只好烦贤弟改扮了,亲去一走。须早一日进去,小可统大兵随后就来。”公孙胜领诺。

当时宋江传令召转杨雄、黄信,安排人马。公孙胜扮作一个小行贩,着了草鞋,穿一件旧短布衫,内系麻布抹胸,中藏那玄黄吊挂,挑一副旧萝担。缓缓取路,走了三日,到了禹功山边,叫声苦,不知高低,那些店面尽行收拾,房屋尽行封锁。原来苟英因探得宋江逗留境外,七八日不去,便知他不怀好意,一面飞报青云山上陈希真,并新柳城内祝万年、王天霸,一面传谕山下商贾等尽行徙去。公孙胜见了如此情形,只得撇了箩担,拣条僻路上山。天色已晚,且喜不撞见一人,便留心寻个安身之所。且喜走出小路,接着大路边有几个空篷庐,公孙胜便踅将进去,掩好篷门。

新秋天气,一夜微凉,直到黎明,公孙胜挖开后窗一张,却喜那钟楼紧对看见。公孙胜晓得宋公明进兵就在此刻,便取出玄黄吊挂在手,就在篷庐内,将一切禹步禁咒,色色准备停当。只听得山下人喊马嘶,那钟已喤地飞声。公孙胜忙开篷窗,将吊挂向钟招展,却也作怪,那钟安然不动,山下却震倒了二百名前冲的喽罗。山上公孙胜,山下宋江等,一齐大惊。公孙胜晓得脚下必在三百六十五步界限之外,趁那钟声未绝,不暇多计较,便飞步出庐抢上山来,将吊挂再向钟招展,方才听得那钟山崩崖倒的一声响亮,好一似铙钹下地,金鼓喧天,一片声纷纷坠落,把那口九阳神钟化作粉碎铁片。苟英大惊,众军士尽皆失色。宋江望见钟破,便催动全军,排山倒海价杀上。苟英对众军士道:“事已如此,新柳城危在顷刻,我只得和你们拼死挡他一阵,让新柳营好准备。”众军士应了。苟英仗着短剑,领众杀下山来,与宋江大队迎着,呐喊混战。苟英力杀二十余人,宋江前队大乱。怎奈寡不敌众,苟英并一千军士,都死于阵云之中。那班被钟震倒的贼兵,也都踏成烂泥。公孙胜早由小路逃回本阵。宋江见苟英已死,便催军飞速攻新柳营。祝万年、王天霸早已准备停当,两下敌住。

却说陈希真自打兖州回寨,奉得朝廷褒宠收复蒙阴的恩旨,陈希真加都监衔,祝永清、陈丽卿、栾廷玉、栾廷芳均加防御衔,其部众亦照官兵例赏恤。希真等舞蹈谢恩,大开庆贺筵宴,众英雄无不欢喜。七日宴毕,休息军马,满拟再过半月,重整戈甲,再攻兖州。不料事出意外,这日忽接到苟英飞报,知宋江屯兵新柳境外,希真当时升厅,聚集众将商议。希真道:“那厮知我新柳营有九阳钟,却胆敢打从这路来,我料他必有破我之法,此事我须亲去一走。”说罢,便教祝永清、陈丽卿、刘慧娘守寨,自己带领真祥麟、谢德、娄熊,并五百名军汉,到新柳营来。行至中途,离禹功山有八里之遥,忽听得一片声响亮,震天盈地,便道:“不好了,九阳钟坏了!”便催众人速赴新柳营。只见宋江兵马已蚁附南门,希真领兵绕道进山脚土垒,由新柳北门入城。祝万年等迎入,希真方知苟英力战阵亡,悲伤不已。

希真守城,宋江攻城,两边都是勍敌。相持五日,毫无破绽。宋江对公孙胜道:“陈希真手下真无半个弱将,我只道破了他的钟,这新柳城唾手可得,谁知竟有如此难攻。”公孙胜道:“请再攻几日,如若不破,待小弟与他斗斗法看。”宋江依了。一面四路设伏,防青云山、猿臂寨两处兵马来袭。这里加紧攻城,又是三日,宋江毫无半分便宜。公孙胜已将丁甲神将祭炼停当,宋江大喜。

是日天高气爽,风清日暖,宋江将兵马出营,在新柳南门外列成阵势,高叫:“对面城主出来,今番和你分个输赢!”只见陈希真已在城上,大笑道:“宋贼,我岂惧你,你要来便来!”宋江大怒,把鞭向后一挥,左有杨雄,右有石秀,领兵呐喊一声,直到濠边,一面将箭矢往上飞射,一面掘土填濠。那边希真,左有谢德,右有娄熊,策众一面用防牌抵御,一面矢石飞下。宋江见不能取胜,只得鸣金收军。那公孙胜早已披发仗剑,出马阵前,口中念念有词,那天地登时昏暗,喝声道:“疾!”只见大风怒起,彤云中众目共见,无数金甲神兵杀奔城上。宋江大喜。忽见城内万道金光射出,那些神将个个都倒戈控背而退,霎时不见,只见希真披发持镜立在城上。希真便将罡气尽布在乾元镜上,那万道金光直射到宋江阵前,耀得宋江人马眼光瞀乱,不能抬头。只听得城上擂鼓呐喊,希真兵马已开城杀出也。宋江大惊,忙传令拔阵飞奔。公孙胜忙使个太阴云道法,就地起了十里祥云,蔽住金光,宋江兵马方得归营。希真亦收兵而回。两边各收了符法。

宋江对公孙胜道:“这贼道如此利害,怎好?”公孙胜道:“行军打仗原不可全仗法术,我兵锐气未堕,且设法攻击,休要退却。”宋江道:“军师之言甚是,我亦想此番劳师远来,不得半分便宜,就此退兵,实不甘心。况且兖州飞虎寨被他轰成白地,现在赶紧修筑,工程浩大。我若此处退兵，他必随去滋扰，兖州飞虎寨永无完工之日矣。"当时宋江、公孙胜两人商议攻城之法，接连攻了七日，不能取胜。这日黎明，忽然大雾，须臾雾势紧密，迷得目无所见，竟同黑夜。宋江前营，忽然人声大乱，喊杀连天。宋江大惊，弄得不知甚么头路。若不亏这番雾气腾腾，怎生教新柳城边，杀退雁行鹳阵；镇阳关下，重看虎斗龙争。

毕竟那雾中喊杀是甚缘故，且听下回分解。

第一〇八回　真大义独赴甑山道　陈希真两打兖州城

却说宋江攻打新柳城不下,正在踌躇无计,这日黎明大雾,忽闻前营喊杀连天,宋江大惊。公孙胜道:"此必陈希真那厮作法也。"原来陈希真见宋江兵马不肯退去,心中十分焦急,对众将道:"本师张真人常说,道法不可轻用,惟危急用之,庶可不犯天谴。今贼兵与我旷日持久,不肯退去,直待兖州飞虎寨修筑完备,我攻取难为力矣。"是夜五更,传令取净水一大缸,希真掐诀持咒,念念良久,书成四十九道朱符,焚化入净水中。教三千名锐卒,各各前来蘸水洗眼。又教真祥麟、祝万年也洗了眼。祝万年问何故,希真道:"此水能令大雾中视物如同青天白日。少顷,我要逼起大雾也。"众将皆喜。

天方黎明,希真登城,取净水一碗,念动真言,吸一口向宋江营里喷去。放下水钟,天已起雾。少顷雾大,那些不蘸法水的兵丁,早已茫无所见。希真便派祝万年、真祥麟领三千锐卒,杀入宋江前营。大雾中个个眼明手快,正如亮子杀瞎子,跨濠堑,登土垒,开营门,事事任意胡做,无人禁得。逢兵便斫,逢将便捆。黄信知不是头,依稀认着一条路。没命逃来。前营人声乱沸,宋江大惊。公孙胜急忙作法退雾,宋江忙传令拔寨都退,霎时四边喊乱。等得雾势消尽,宋江前队已尽沉没,猿臂兵漫山遍野杀来。宋江等飞速遁逃,兵马已不成队伍,鸟兽迸散。祝万年望见杨雄单骑失伍落荒乱窜,万年便骤马加鞭,挺戟追去。杨雄无心厮杀,策马飞逃。万年仇人相见,如何肯舍,直追入林子去了。真祥麟统人马只顾掩杀前去,希真、王天霸亦领兵会上,一同追赶宋江,痛杀一阵。宋江兵马大败,逃回兖州。

且说祝万年追杨雄入林子,杨雄前逃,万年紧追。追了一段路,杨雄马蹄被树根一绊,杨雄掀下马来。万年追着,杨雄大怒,飞身上马,挺手中朴刀来斗万年。两个就在树林边,刀来戟往,斗到三十余合,杨雄被万年逼得风旋云紧。杨雄脱身不得,万年也寻不出杨雄破绽。两下搅做一团，正在性命相扑。忽听得林子边有人议论道："那使刀的，晓得从后三路扫去，手脚便松了。"杨雄被他提醒，便从后三路扫去，托地跳出圈子，不敢再战，回马加鞭而走。

万年大怒，回头看那林子边，立着一个大汉，身长八尺，眉如剑锋，眼如铜铃，虎须倒竖，凛凛威风，头裹一顶万年巾，身系一件酱色战袍，手提一枝镔铁齐眉棍，与一客人模样的，在那里谈论。万年见了，便不追赶杨雄，挺戟直奔那汉，喝道："你是何路贼党，擅来放走巨贼！"那大汉睁起怪眼道："你自不能擒捉他，却来怪我！"万年怒极，挺戟直刺那汉，那汉急用铁棍架住。斗到二十余合，万年暗想："这厮手法真个不低。"便抖擞精神，与他奋力狠斗。忽远远一个少年挺枪跃马而至，叫道："狂贼不得无礼，我来也！"赶近前来，正是真祥麟。祥麟便挺手中枪，斗那大汉。

斗不两合，祥麟忽将枪逼住那汉铁棍，定睛一看，道："你莫非是我的大义哥哥?"那大汉亦定睛一看，道："呀，原来是祥麟兄弟！"两人皆大笑，掷下兵器，下马相拜。万年急收了戟，忙问："怎的?"祥麟道："这就是小可同曾祖的哥哥，双名大义，膂力过人，浑身十八件武艺，无不精熟。"万年忙插了戟，翻身下马便拜。真大义慌忙答拜，问了万年姓名。英雄相会，有甚不喜！大义便顾那个客人道："起先我道甚么强人，原来都是认识的，你去照顾行李，我与他们谈谈就来。"那客人颜色方定，应声去了。

大义便问祥麟道："兄弟，我闻得你弃官而逃，甚为着急，疑你出游方外，记挂得紧，到底你在那里？现作何事?"祥麟道："说起话长，现在住处去此不远，请哥哥一同前去，耽搁几天以便长谈。"万年道："仁兄如谊不我弃，便请到敝寨一叙。"大义道："我现有要事到郯山去，不能久留，祝兄贵寨是甚地名，小可一去就来。"万年道："离此不过十余里，仁兄只须问猿臂寨青云山。"大义道："猿臂寨是那一营该管？二位做得甚么官，还是当差效力?"祥麟道："不是官，不是效力。"大义道："称到营寨，总是用武的事，如何不是官?"祥麟道："另有事业，改日细谈。"大义道："甚么事业，怕他做强盗不成?"祥麟道："哥哥且慢猜疑，既有要事，速去速来，不可失信。"大义务要盘问底里,祥麟只得将逃官之后,同苟氏弟兄及范成龙投奔猿臂寨,并了强大力,来了陈希真的话,一一说了。大义哈哈冷笑道:“有什么噜噜哧哧,总而言之,竟做强盗。你还不晓得,那曹州府西门外的张老魁,也做了强盗了。他的东家,比你这里名望更大,唤做梁山泊。说也可笑,他还写封信与我,叫我去入伙,你想可笑不可笑?我把书却撕坏了,省得惹祸。你如今也做强盗,我实在不懂你们,好好的本事,都要这般不习上,干这些勾当。但有一句,张魁不干我事,你是真家门里的子孙,快快收拾,同我回去,不要发糊涂。”万年笑道:“敝寨之事,仁兄真个一无闻知?”大义道:“甚事?”万年道:“论起先,却也似乎强盗。但我这强盗,与众不同,从不抗杀官兵,从不打家劫舍,现在戮力王家,再救蒙阴,蒙朝廷钦赐忠义勇士名号,又蒙钦赐都监、防御等衔,刻下又拟恢复兖州,以为进身之地。如此举动,却非强盗之所能为。方才小弟所追的贼将,便是梁山泊上的病关索杨雄。仁兄请详察之。”祥麟道:“哥哥路上去打听去,如此言一有虚谬,哥哥便来取兄弟头去。”大义道:“既如此,却也还好。我住东京七年,但闻得山东盗贼横多,至于如此备细,我却如何晓得?现在有伙郯山大客商,在东京获利而归,因路中歹人多,不好走,邀兄保护同行,所以到此。”万年、祥麟齐声道:“郯山去此不远,吾兄早去早来,弟等在寨恭候。”说罢,三人各取兵器上马,拱手告别。大义自去了。万年、祥麟同回山寨。

希真已将兵马发放,万年、祥麟同缴了令,说起途遇真大义之事。说到梁山张魁邀大义入伙,大义撕毁书信一节,希真便入耳关心,忙问道:“你们何不邀他同来?”祥麟道:“他有要事赴郯山,小将已叮嘱他务转从这里来。”希真听罢甚喜。当时在禹功山下,寻得苟英的尸身,安葬了,哭奠了一番;又抚恤阵亡军士家属,修理新柳城垣,添设墩煌,备御梁山。

过了数日,忽报山下有大汉,自称姓真,名大义,要来求见。希真大喜,忙同祝万年、真祥麟亲身下山迎接。真大义见希真一表人物,不觉拜倒在地。希真慌忙答拜,便相邀一同上山。进厅分宾坐下,希真开言道:“今日得仁兄光降,敝寨增辉。”大义道:“一介武夫,何足挂齿。今日得近山斗,三生有幸。”众英雄便依次通款。希真吩咐杀猪宰羊,款待大义。席间彼此相谈,十分投契。

席终,希真邀大义到后厅叙话,希真道:“吾兄如此奇才,未解何故高尚不仕。”大义道:“说不得。宰相不明,反是盗贼生眼。当今江湖上,营务中,市井内,但本领略高些的,都被盗贼招去。即如大义,自问无甚本领,却早吃那梁山贼徒有书信招致,正不解仕途中倒无此等人来汲引我。”希真叹息不已。渐说到取兖州之事,大义道:“陈将军此事若成,真是莫大功劳。”希真便立起拱手道:“此事之成败,其权操之吾兄。”大义愕然立起道:“将军此话何来,小可一介武夫,如何有关于重务?”希真笑道:“仁兄请坐,老夫有细情奉告。若说力取兖州,不知何年何月。镇阳关异常坚固,李应又守御得法,端的是件难事,所以只有智取一法。现有一个秀才姓魏的,在兖州府城外甑山下居住。此人品行极高,足智多谋,大为李应之所契重。此人却深恶强盗,一心要扶助朝廷,现与老夫密计停当,与老夫里应外合,攻取兖州。但魏先生系是文人,尚少一员武将。今仁兄既有梁山招致之信,梁山必深信仁兄,倘仁兄不弃朝廷,俯肯周旋大事,希真不揣冒昧,欲请吾兄乘此机会,伪入梁山,与魏先生呼应联络,共襄大事,剿除狂贼,肃清王土。则盖世奇功,尽出吾兄一人之展施也。”大义听罢,呆了半晌,做声不得。希真又道:“仁兄不必细索,尔我所商之事,总断只有八个大字,叫做:扶助朝廷,扫除强梁。”真大义道:“陈将军,不瞒你说,论别处小可却生疏,若论兖州,小可本是兖州人,兖州地方小可认识的人不少。小可若在兖州,要照那年杨腾蛟倡率义勇,恢复南旺营故事,小可尽做得到。”希真听得喜极。只见大义又道:“只是我此去,必然因张魁而进。将来事毕之后,宋江必然恨大义,恨大义亦必恨张魁,倘竟置之于死地,大义未免对付不得张魁。”希真正色道:“吾兄休如此小见,令友张魁,失身从贼,死不足惜。总而言之,吾兄须看朝廷面上。若如此瞻徇朋情,殊非食毛践土、戴德报恩之义。”大义道:“是极,是极。”

希真出来,与祝永清、刘慧娘等说了,无不大喜。当下写起一封致魏辅梁密信,信内开明两条计,请辅梁择用。希真与永清等商议停当,便将信交与大义,又厚厚送些金银。大义那里肯收,吃希真逊不过,只得收了小半。住了两日,作别起行。希真叮嘱道:"凡事须与魏先生商就再做。至吾兄倡率义勇一事,可行则行,如不可行,还是把细为妙,恐人多易于泄漏也。"大义点头,径赴兖州甑山去了。众人皆喜,这里希真商议起兵,慢表。

且说真大义单身匹马,取路向甑山而行。不日,到了甑山,只见车骑满谷,原来是宋江、李应在那里拜会魏辅梁。真大义只得远远地一茶店坐下,等了好歇,宋江、李应去了,真大义方起步走到辅梁门首,向应门童子唱个喏,说道:"有张辟邪书信致候。"童子应了进去。

辅梁一听见张辟邪三字,便知道那话儿到了,忙教请来人进内叙话。大义进了内轩,与辅梁相见了。大义呈上希真密信,魏辅梁拆开从头至尾细看一遍,笑逐颜开道:"吾兄来此,真是天赐成功也。"便又细问了大义来历,大义一一细说了。辅梁留大义酒饭毕,便引大义进了密室,吩咐魏生与童子应门。辅梁道:"道子先生初计,欲吾兄假擒令弟劝降,从此一引两,两引三,就中取事。计非不妙,但此事极险,宋江那厮外貌假仁假义,心地极多猜疑,万一被那厮猜破,大事休矣。我看还是依他第二计。我明日也须得回拜那厮,你只须由别路进去,我与你两不相识最妙。"当下两人将暗相照会的话,议个停当,真大义便投别处客店里去了。

次日,辅梁坐乘小轿,进兖州城去回拜宋江、李应。宋江、李应大喜,迎入。辅梁道:"山野愚夫,有何奇才?频劳大驾枉顾,实形惶恐。"宋江、李应齐声道:"区区兖州,全仗先生保护,先生何必过谦。"正在岂敢、不敢的鸟乱,忽报:"有一大汉,自称姓真,名大义,要来求见。"宋江惊喜道:"这真大义便是张魁兄弟所说的,今番来了。"忙教迎入。真大义一见宋江,纳头便拜道:"小可聚义太迟了。"宋江见大义一表伟岸,心中大喜,慌忙答拜。众头领都相见了。大义道:"蒙张魁兄有信相招,本欲即速便来,奈俗务羁身,是以迟迟。因闻头领在此,特来此地投纳。所有张魁原信,小可恐漏泄招祸,已经烧毁。适才关上疑小可来历不明,望头领叫张魁来识认便了。"宋江道:"好汉何出此言!小厮无知,冲撞休怪。据张魁兄弟说起贤弟本领,小可不胜企慕，今日光临，实深万幸。”当下请大义与辅梁坐了客位，宋江、李应等坐了主位奉陪。辅梁与大义假相问了姓名，彼此又各相谦逊，辅梁坐了首位。宋江吩咐杀猪宰羊，款待新头领。筵宴已毕，宋江吩咐拨间住房，安置大义。宋江与辅梁商议道：“陈希真那厮，必然要来滋扰，愿求退敌之策”辅梁道：“希真那厮，不能禁其不来，惟有将一切守备之法，计议停当，俟其来时，设法破他而已。”宋江称是，又问该再留几员大将帮同李应镇守。辅梁道：“留将镇守，亦是要着，公明意下欲留几人?”宋江道：“现在杨雄、石秀、黄信、杨林四人，愚意俱欲留守兖州。”辅梁道：“甚好。”又道：“我料希真那厮日内必来，小弟拟在尊府搅扰数日，以便倾吐谬见，报效知己。”宋江大喜道：“吾兄肯居城中，真万幸也。”

次日，辅梁私对宋江道：“适才新来头领真大义，小可有些疑他。”宋江道：“何故?”辅梁道：“用人之际，虽不可如此疑忌，然亦不可大意。此人小可略有些风闻他，他的堂兄弟名唤祥麟，现在猿臂寨为头领。虽日后各为其主，未可便以小人心胸测他，只是目下切须留意，且待希真来时，看他对阵交锋的情形，便知此人心意。”宋江极口称是。

傍晚，忽报：“猿臂寨已起兵来也。”宋江道：“飞虎寨尚未修筑起，怎好?”辅梁道：“我原劝李兄暂作土圉把守。土圉工省易就，石城工大难成。今希真果然乘我工程未就，兴兵前来也。为今之计，只得赶紧筑带木城。然数日，亦不能完工，惟有公明统兵扼住泗河渡口，断其来路，俟木城筑就，再作计较。”宋江便催筑木城，一面点杨雄、石秀、黄信、杨林、孙立、孙新、顾大嫂带领八千人马，宋江、魏辅梁督领，由泗河进发。李应、公孙胜及众头领保守城池。真大义起身道：“小弟新来聚义，曾无半点功劳，愿在前部充当小卒，杀贼立功。”辅梁道：“贤弟请留守镇阳关。”大义不悦。宋江道：“真贤弟同去最好。”辅梁私对宋江道：“今番好看他真伪也。”宋江点头。

众将连夜起行，次日，到了泗河渡口射月村，前面不过五里，猿臂兵已安营立寨。宋江也传令安营，请魏辅梁商议交战之事。辅梁道：“我军后到一步，险要已被那厮占去，若与他斗兵，必不得利。据愚见,不如先与他斗将。我在阵后埋伏几枝精兵,如斗将得胜,便乘势掩杀过去。这伏兵可作后应,脱或不胜,我便乘势诈败而逃,那厮追来,我伏兵邀杀,那厮必中我计也。”宋江道:“魏先生真韬略非常。”便令杨雄、石秀领二千精兵靠后埋伏。这里差人到希真营里下战书。

且说陈希真自遣发真大义赴兖州后,即日便议兴兵,派陈丽卿为正先锋,真祥麟为副先锋,祝永清为左翼,祝万年为右翼,栾廷玉为左将军,栾廷芳为右将军,谢德为中军左副将,娄熊为中军右副将,王天霸为后将军。希真亲统大队,刘慧娘为军师。请刘广镇守青云山,苟桓镇守猿臂寨,范成龙镇守虎爪关,刘麒镇守新柳营。这里二万四千马步全军,浩浩荡荡杀奔兖州。

到了射月村,接着宋江战书。原来这战书是辅梁写的,中有几个暗字号,希真一望明白,便批刻日交锋斗将。来人赍书回去,希真与众将商议道:“魏先生之意,是用我第二计。但此计须真祥麟斩他一将,方才醒豁,此事如何必得定?”只见丽卿开口道:“这有何难,只消孩儿助他一箭罢了。”希真道:“这也却好。”当下议定。

众将纷纷将自己军器备好:真祥麟提上干红西缨镔铁龙舌枪;祝永清、祝万年各选起烂银点钢方天画戟;栾廷玉带了五指开锋浑铁枪;栾廷芳悬了凝霜飞雪日月双刀;谢德提了泼风雁翎刀;娄熊挂了三隅铁脊矛;陈丽卿挺着古定梨花枪,腰悬青錞宝剑,右边排着雕翎狼牙箭,左边套着桦皮鹊华塔渊弓。个个摩拳擦掌,等待厮杀。只有王天霸倚着八十斤笔捧重挝,在后押阵,不曾前来。只听得营外人喊马嘶,营门牙将报称:“梁山贼兵来也。”希真便传令出战。

营门外扑通通号炮响亮,鼓角齐鸣,众英雄一齐上马,缓缓出营,在营外列成阵势。却好两阵对圆,各把强弓劲弩射住阵脚。三军呐一声喊,丽卿一马当先,纵出垓心,高叫:“会厮杀的贼子,上来领枪!”对阵宋江见是丽卿,倒也惊心,顾众头领道:“这婆娘倒要当心抵敌,谁人出马?”只见孙新大叫道:“哥哥为何张他人志气,灭自己威风!”将要出马,只见背后一员女头领叫道:“二哥不须费心,待奴去斩这贱人。”宋江看时,正是顾大嫂。顾大嫂舞动双刀,直奔丽卿。丽卿展开一枝梨花枪,敌住顾大嫂。两个枪来刀往,斗到三十余合,顾大嫂虽有些实力，怎敌得丽卿手法神明变化，不可测摸。正在难支，只见这边真祥麟跃马而出，高叫："姑娘不须费手，待小将来斩这婆娘！"挺枪直取顾大嫂。那边孙新见顾大嫂敌不住丽卿，对阵又添一将，忙带鞭枪出阵。丽卿见了，便撇了顾大嫂，直取孙新。祥麟敌住顾大嫂。战场上四筹好汉，各奋神威，大呼酣战。那边孙立见了，忍不住提枪便出。栾廷玉一见孙立，心头那把无明业火高举三千丈，按捺不下，挺枪大叫道："昧心狂贼，今番遇着我也！"带枪挂锤飞马直取孙立。正还未到，丽卿已撇了孙新，直斗孙立。孙新便助顾大嫂斗祥麟。栾廷玉已到，挺枪便刺孙新，孙新忙敌住廷玉。战到分际，只见那边祥麟枪起，将顾大嫂头盔刺落尘埃。顾大嫂大惊，不敢恋战，拨马回阵。丽卿见祥麟斩顾大嫂不得，猛记起放箭之事，便虚晃一枪，撇了孙立，骤马回阵。孙立骤马追来，吃廷玉挺枪拦住。战场上四枝枪如四条神龙飞腾出没，两边阵上都看得目眩心骇。丽卿已在旗门边，看得分明，忙挂了枪，左取弓，右搭箭，觑准孙新飕的一箭射去。孙新正在苦斗祥麟，不防丽卿一箭射来，急闪不迭，左肩早着，手法一乱，吃祥麟一枪刺中心窝，翻身下马。孙立、顾大嫂见伤了自己眷属，一齐大惊。孙立被栾廷玉逼紧，不能脱身。顾大嫂骤马出来，抢孙新尸身。不防丽卿又是一箭，顾大嫂急闪过，真祥麟已将孙新首级割了，勒马跑回本阵。希真大喜。

那边真大义挺刀出马，大叫："祥麟不得猖獗！"骤马追来，祥麟已回入阵中。祝万年挺戟迎住，大骂："贼匹夫，那日你放走杨雄，你还矫辩不是贼党，今日尚有何说！"大义更不答话，舞刀直取万年，两个便斗。宋江方知杀孙新的就是真祥麟，心中大怒；又知方才杨雄所说指点他出路的就是真大义，心中暗喜。那一边黄信见孙立与栾廷玉狠命相扑，胜负不辨，便挺剑出马直取廷玉。这边谢德看够多时，更耐不得，便舞刀上前夹攻孙立。黄信已到，当时廷玉和黄信，谢德和孙立，四筹好汉斗作一团。这一边真祥麟缴了孙新首级，重复出阵。顾大嫂怒气填胸，舞双刀已扑到万年马前。真大义抽身提刀，直奔祥麟。那一壁厢，栾廷玉战到分际，卖个破绽，勒马逃回。黄信骤马追赶，栾廷玉一飞锤，从黄信头上飞过，直打中孙立坐马。孙立翻身便倒,谢德提刀便斫。黄信大惊,忙回马救孙立。顾大嫂亦大惊,忙撇了万年转身来救。真祥麟恐失了孙立,便拍马直追顾大嫂。黄信、孙立一齐逃回本阵。真大义正独斗祝万年,忽然猿臂阵内闪出一员大将,舞动双刀,正是栾廷芳,来替万年,万年便抽戟回阵。栾廷玉打倒孙立,见孙立已走,也舞枪来取大义。那边祥麟一枪,谢德一刀,敌着顾大嫂双刀飞舞;这边也是廷玉一枪,廷芳双刀,绕着大义单刀盘旋。那边厮杀是真的,这边厮杀是假的:宋江一时如何辨得,希真早已看得分明。只见那谢德武艺究竟平常,单靠真祥麟绕住顾大嫂。顾大嫂因祥麟斩了他丈夫,心中恨极,狠命相扑,真祥麟苦不得抽身来对付大义。丽卿见了,便舞枪直取顾大嫂,替回真祥麟。只见栾氏弟兄都敌不过真大义,逃回本阵。大义正待闯阵,祥麟已回转,用枪逼住大义。那边谢德亦勒马回阵,单剩丽卿与顾大嫂厮杀。

祥麟将枪逼住大义的刀道:"哥哥,那日林子边怎样对你说来?你今日却甘心从贼!"大义道:"兄弟,你不晓得公明哥哥忠义双全,一心替天行道。你那陈希真是个草贼,如何及得来,你却教我没长进!"祥麟大怒道:"你这厮真不生眼,你不看旗号上我们有钦赐字样,他有没有?我今日看你是哥哥,权让你一次,你快快心中思量,弃邪归正罢。"大义气得暴躁如雷,道:"你这厮直如此颠倒说,你坏了我孙新头领,我今日看你是兄弟,不来杀你。你识得的,赶早下马受缚,我在公明哥哥前保你不死。"祥麟大怒道:"你这厮既做了强盗,辱没我真家祖宗,我认识你甚么哥哥!谁稀罕你不杀!"说罢挺枪直刺大义,大义亦怒极挥刀便斗。斗到三十余合,只见祥麟渐渐气力不加,枪法散乱。大义喝声:"着!"一刀劈去,祥麟急闪,已将一顶束发紫金冠劈落尘埃。祥麟大惊,披发回阵。大义紧紧追来,祝永清急忙提戟出阵,万年亦出阵前,两枝戟挡个不及,大义已枪入二祝背后。阵上因自己将官在外,不敢发矢,大义已闯入阵中。

宋江大惊,忙挥军马掩上去救大义。永清、万年忙挥戟,拨两翼精兵迎住。丽卿见了,便撇顾大嫂,单枪闯入宋江队里,宋江军马大乱。只见希真阵内亦人声乱喊,真大义已从永清左翼中,提着一颗人头,冲杀出来。宋江见大义出来,慌忙鸣金收军。丽卿亦从宋江阵中出来,迎着大义,假意邀杀。大义忙将手中人头,掼过在宋江面前,挺刀迎斗。永清、万年也一齐上前追杀大义。大义喘乏,无心恋战,拨马便走。永清、万年追个不及,收兵回阵。丽卿那里肯歇,直追上去。顾大嫂见了,怒不可遏,便出马敌住丽卿,放回大义。丽卿、顾大嫂重复狠斗。两边都不住的鸣金,丽卿、顾大嫂只得各归本阵。

方才宋江见大义掼过一颗头来,倒也唬了一跳,急令拾来细看,正是真祥麟面目,惊喜出于望外。见了大义回阵,便道:"真贤弟,你真个公而忘私,国而忘家了。"大义请将祥麟首级掩葬,休要号令,"务求俯准,略尽弟兄情分。"宋江叹服,众人都佩服大义真是英雄豪杰。辅梁埋怨大义道:"真将军错了。令弟既有心招致将军,将军大该将计就计,诱他过来。小可自有妙法,不但劝令弟归诚,而且管教希真全军覆没。今将军不忍一时之忿,竟把令弟杀了,虽见将军事主之忠,却于希真无损,徒坏了令弟。"大义懊悔不迭,宋江也懊悔,从此深信大义。

看官,这个头怕他真是真祥麟的?须记那年希真擒高封的时节,高封有个兔子,是阮其祥的儿子,名唤阮招儿,面目与祥麟相像,希真曾说有个用处,今番把来如此用过也。宋江如何识得,正在欢喜,忽闻外面喊声振天,报称:"猿臂兵马来也。"宋江道:"今日胜负相当,此番务要胜他一阵。"辅梁道:"如胜他不得,不如依愚见诈败诱他。"宋江点头,便将此话吩咐众将,众将领诺。

宋江传令出阵,只见丽卿早已立马垓心,高叫:"忍心杀弟的贼,快来纳命!"大义大怒,正要出马,只见顾大嫂叫道:"真大哥少歇,待奴家去结果了他。"一马飞出。丽卿道:"你这贱人,非吾敌手,着好厮杀的出来!"顾大嫂咬牙大怒,直取丽卿,两马相交,军器并举。孙立见了,怒气填胸,正待出阵,杨林叫道:"前番我不曾厮杀,今番待我去。"一马纵到垓心。只见希真阵里,王天霸倒提铁挝,大吼出来。原来希真因天霸不曾厮杀,此番特叫祝万年、谢德去替天霸押后军,调天霸到前阵。当时天霸敌住了杨林,奋勇酣战。孙立见了,飞马出阵。怎奈栾廷玉仇人相见,分外眼睁,不待他到垓心,已一马驰出,迎住厮杀。两阵上喊声振天,鼓角齐鸣。真大义见顾大嫂斗丽卿不过,便挺刀直取丽卿。廷芳见了，便舞双刀去取顾大嫂。丽卿和大义不是真厮杀，心中不乐，只得勉强如演戏般，斗了十余合。希真深恐露出破绽，忙教娄熊一马出阵，挺矛上前叫道："前番小将因保护主帅，不曾出阵，今番来替小姐厮杀也。"丽卿听了，便勒马回阵。娄熊与大义大呼厮杀。

希真立马阵前，永清在左，丽卿在右，看那战场上八位英雄，分作四对儿厮杀，真是云崩电骇，日暗天昏。丽卿见了，忽对永清道："一不做，二不休，前番既用暗箭斩得贼将，今番我想再用，你看射那个好?"永清道："擒贼先擒王，射群贼何如射宋江。"丽卿道："路隔得远，恐射不到。"希真听了，便道："趱到牙旗边去，便好射。"丽卿便去壶中拣一枝上等直干的雕翎狼牙箭，趱到牙旗边。只见场上喊声大震，两阵上鼓角喧天，丽卿左手抽那张宝雕弓，将箭搭在弦上，拽开那弓，正似一轮满月，端的虎口过肩，凤眼到铁，觑定了宋江的咽喉，飕的一箭射过去。霹雳声中，流星迸到，正是明枪好躲，暗箭难防。宋江正看那场上厮杀，那里留心到有人暗算，那枝箭已射到宋江喉咙前。喉咙不比别处，乃是致命之所，又无衣甲阻挡。

看官，不要替古人担忧，当年那枝箭与宋江的喉咙相去尚隔三五寸远哩，宋江死不死伤不伤，尚未可定，且看到下回，便见分晓。

第一〇九回　吴加亮器攻新柳寨　刘慧娘计窘智多星

话说当日宋江不防丽卿暗算，吃丽卿一箭对咽喉射来。这也是宋江命不该绝，恰好黄信立马在右侧，瞥然被他看见，大叫："休使暗计！"话未绝，那箭已到宋江面前，黄信忙抽腰刀挑起。那枝箭吃这一挑，余势不衰，直爆在宋江左边的大眼角上，宋江撞下马来。

那枝箭已落在一边。黄信忙就地上抓起宋江，抱在马上，回阵便走。丽卿要放第二枝箭，见黄信已抢了宋江去。孙立等正在苦战之际。听得本阵人声沸乱，知道失利，一齐忙奔回来。栾廷玉、栾廷芳、王天霸、娄熊四将，都不解其故，立马观望。真大义早已瞧科，也勒马回阵。只见希真、永清、丽卿已押大阵兵马杀上来。希真对廷玉等四将说了，四将皆喜，当时擂鼓呐喊，杀奔过去。梁山军马无心恋战，果然大输一阵。猿臂兵追到分际，希真传令教住，只将枪炮弓矢等远器，雨点价打去，梁山兵飞速遁逃。原来起先真大义闯入猿臂阵里时，有一蜡丸掷到希真面前。希真拆看，乃是魏辅梁通知，宋江阵后有精兵埋伏，所以希真追到分际，便传令止住。

当时魏辅梁见宋江受伤，忙传令军心休乱，火速退兵。宋江亏黄信挑起那箭，只爆在眼睛上，幸不深入，却已将山根射伤，眼珠撅出。黄信急抱他回营，已昏晕了一回。辅梁劝他勉强支持，休乱军心。又替他传令："教军士按队伍退回，失伍者斩。"军士退到分际，只见希真军马止住不追。辅梁佯作大惊道："埋伏计被他猜破也，希真那厮真有先见之明。"便对宋江道："那厮既不直追，必有奇兵抄入林子，杀我伏兵，快教杨雄、石秀一齐退回。"宋江呻吟应道："凭先生调度。"辅梁忙传令："教杨雄、石秀一齐出林子，严整队伍，将伏兵改作断后之兵。"杨石二人得令，飞速出了林子，只听得林子里炮火连声，果然猿臂奇兵抄入。宋江深服魏先生高见。当时宋江军马合成一处，缓缓退去。希真见宋江军有纪律，不敢穷追，约军马缓缓跟上。

宋江等退入镇阳关，希真兵亦到镇阳关下。那飞虎寨方才木城筑好，李应正拟派重兵镇守，希真兵已到关下。李应急问辅梁道："如此怎好，不是又空弃了这飞虎寨？"辅梁惊道："我道仁兄安排已定，所以路上不计及。为今之计，快由卖李谷一路，发精兵猛将到飞虎寨。如那厮已占了飞虎寨，切不可攻寨，再照那日的吃亏。只可守住卖李谷，再相机宜。"李应忙教解珍、解宝领五千人马赴飞虎寨去。宋江只是躺在床上嘶唤，李应道："哥哥贵体如此，岂可军务烦心。"忙教备乘暖轿，派了数百名兵，就请公孙胜、黄信、杨林督领护送，回归梁山。宋江临行，向魏辅梁拱手道："区区兖州，奉托先生。"辅梁唯唯，心中暗喜，道："不乘此时取他兖州，更待何时。"

希真闻得宋江射伤一目，还未曾死，已送回山寨，大喜，与众将商议，一鼓便取兖州。忽接到本寨紧急文书，乃是吴用统领一万二千人马，直趋新柳营，现在刘广与刘麒极力在禹功山堵御，贼兵尚未逼近城下，诚恐机宜有失，特请大兵速回等语。希真与诸将皆惊，只见刘慧娘道："姨夫放心，甥女请领六千兵回去，遮莫在那里与他支持一月半月。这里姨夫与众将依旧攻夺兖州，看他失了兖州，还有甚么法儿对付我。"希真听罢，沉吟半晌道："吴用那厮诡计绝人，此番攻我新柳，分明是解兖州之围。但他不到兖州，而取我新柳，其计正是可畏。我守寨的兵力微薄，不但新柳难支，即猿臂、青云两处，亦在在可图。倘被那厮随处夺了一处，我便吞灭了兖州，亦兑他不过。"永清道："如此只得退兵。只是此等内间密计，利在迅速成功，岂可辗转逗留，万一军机泄漏，大事去矣。"希真道："不妨。吴用那厮不救兖州，分明亦信魏老。只是真祥麟一事，务要机密而又机密，现在知此事者，实无几人，都是我心腹，必不泄漏。我此番回去退敌，务求迅速。我想此刻我等已受朝廷褒封，官兵处亦可求救，不怕那厮久持也。"众将称是。

当时传令三军，拔寨都起，坦坦荡荡，公然退兵。

那李应已接到吴用飞报，并教李应与辅梁商议，如希真退兵，便须相机追逐。当时李应见希真退兵，便要追赶。辅梁止住道："且慢。你看他退得如此彰明较著，难道他不防备追兵，就是无谋下士，不至于此。且发探子去探看虚实,再定计议。"李应听了,便发探子去。半日,探子来回报道:"希真已飞速退了八十余里,四边并无伏兵。"辅梁疑虑道:"奇了,那厮真个一无防备,吃他白走了,倒不甘心。仁兄且点齐兵马,待小弟奉陪仁兄追上去。"李应点齐兵马,天色已晚。辅梁教李应缓缓追上,行不十余里,只听得前面林子里,探子说没有伏兵的所在,忽然连珠号炮响亮,李应大惊。辅梁晓得又是那钢轮火柜的法儿,却对李应道:"仁兄放心,此事定是那厮狡狯,必非伏兵。但前去虚虚实实,竟难猜测。我们黑夜进兵,断非所宜,不如就此扎住营寨,明晨再议。"到了明晨,探子探得林子内果非伏兵,希真却连夜又退四十里。辅梁道:"不好了,我中他计也。这厮分明令我疑畏不敢追他。"便教李应快追。看官,凡是天下的人,脚步大略相同,不见得李应的兵比希真的兵两腿分外生得长些。希真早已退了一百多里,李应如何追赶得上?况且一路上,每逢山路崎岖,林木掩映,辅梁还有许多探路搜伏的事务敷演他。当时李应追希真不及,只得怏怏提兵而退。

且说吴用在莱芜,自从送宋江、公孙胜等起身后,便与朱武修缉新泰、莱芜两处墩煌营汛,端的十分如法,众人皆喜。续闻得宋江、公孙胜仍为希真所败,心中十分懊恼。又闻得希真重复攻打兖州,惊道:"这厮如此冤冤相报,节节相缠,万一兖州真个失手,大事去矣。"便与朱武商议救兖州之策,朱武道:"那厮空群争兖州,他本寨必然空虚,我去袭他猿臂寨何如?"吴用道:"此计固妙,但那厮岂有不防备之理。我想他那新柳营在青云山南面,我兵由北而南,路颇迂曲,他那里或不甚防备,亦未可知。况且那钟已被我们毁破,路上更无阻碍,我等不如潜师进发,直攻那处。"朱武称是。只见凌振起身道:"军师既要攻城,何不仍用地雷之法?"吴用道:"那里没有内线,你如何混得入去?"李云道:"适才小弟想得一攻城栽埋地雷之法,取名'铁穹庐',自问胜于木驴。"吴用道:"你且将图式与我看。"李云呈上图式,吴用道:"甚好,只须略改数处。这里且发兵到彼,待我相机使用。"

说罢,便教朱武与花荣镇守二县,抽莱芜头领史进、陈达、李忠、周通，带领一万二千人马，并带李云、汤隆、凌振，及各项工匠，各种材料。将人马分为二队，吴用、史进、汤隆、李云、凌振领前队，陈达、李忠、周通领后队，偃旗息鼓，包戈束甲，向新柳进发，一路悄悄前进。

这日到了下马桥，距新柳尚有两站路，忽然后队发喊，一彪人马杀来，风飘旗号，正是猿臂寨。当先一员大将，跃马横刀，大叫："逆贼敢乱闯，吾乃刘广是也！"陈达、李忠、周通大惊，一齐迎杀。刘广轮刀大战，三人都敌不住。更兼梁山兵不及取甲，吃猿臂兵箭矢枪炮，骤雨飞蝗价攒上。这场厮杀，幸亏吴用出师素有警备，不致十分大败，但人马器械，已损折许多。刘广晓得吴用不是好欺的，得了这胜仗，连忙收兵而回。原来刘广自希真伐兖州去后，深恐梁山来走冷著，便一体知会苟桓等，小心防御。苟桓与刘广密议，梁山如来，必是新泰、莱芜一路，便遣精细探子，密到新泰、莱芜去探吴用行止。这日探得吴用潜师出境之信，苟桓便去通报刘广。刘广便挑选了八百名精细壮勇，到下马桥埋伏，只候他前队过去，掩他后阵。

吴用一时不防，正中其计。吴用大怒。众头领无不忿怒，便请直攻新柳城。吴用道："且慢，休中其奸计，这场他不是正战，乃是挑敌之兵。那里他必定还有甚么诡谋。"当时点阅人马，便传令扎下了营寨，一面发探子到新柳城去。过了一日，探子回报："猿臂兵屯在禹功山上，四面林子水草边都有伏兵，也有几处假的，虚插旌旗，堆积烟火。"吴用听了，便传令拔寨进兵，离新柳营西面六十里下寨。史进道："军师何不就从他没有伏兵处杀进去？"吴用道："你不晓得，他没有伏兵处定有伏兵。我们且就此屯扎，不出十日之外，我有条计，管杀得他退入城中。"便对李云道："你那攻城铁穹庐，比木驴果然较好。木驴是圆顶，逼到城下时，最怕城上推千斤石压碎木驴。今你改作尖顶，心思却好。但用四斜柱架一梁，总嫌顶平，千斤石终压得断。况你用铁柱、铁梁，又重又硬。重则难运，硬则易断。今我意改用粗大浑猫竹，猫竹粗而软，胜于铁杆；又三柱便结成一庐，顶尖且锐，自然不怕千斤石了。至于你用生牛皮绷篷，内衬乱发丝绵，不受枪炮矢石，最妙。至里面支架也须用浑猫竹，可以万全无弊。"李云及众头领皆喜道："军师神智，真赛过诸葛也。"吴用便教李云聚集工匠，赶紧制造;又教凌振赶紧置办地雷,在营后搭厂,限日办齐。吴用号令机密,自不泄漏。这里且按兵不动。

那刘广见吴用按兵,三日不进,便知吴用另有诡谋,飞速通知希真。原来希真兵马,系分作两队退回,刘慧娘同陈丽卿、真祥麟、祝万年、栾廷玉先退。不日,回到新柳,知刘广兵马已为吴用所败,弃了禹功山,退入新柳,慧娘也进了新柳,协同保守。吴用领兵直逼城下。城下吴用派陈达、周通领四千人马攻西门,李忠、史进领四千人马攻南门,吴用和李云等领四千人马在后策应。那新柳原无东门,单留北门不围,这是兵法围师必阙。那城上刘慧娘早已识得,便将北门塞了。刘慧娘同陈丽卿、刘麒守西门,刘广同祝万年、栾廷玉守南门。真祥麟因避众眼,已回青云山去了。这城内器械俱备,就是竹箭之材,新得永清采办,亦不忧不足,足可与吴用相持。

当时吴用传令攻城,城上刘广等守御得铁桶也似,接连攻了三日,毫无破绽。那运铁穹庐的军士,脚步方才练齐。吴用升帐阅看,端的齐如蚁行,捷如鸟飞。那穹庐每一辆,中藏掘子军二十名,地雷兵二十名,共四十名人手。其傅城时,即用此四十人负之而趋。当时点齐人马,并穹庐三十辆,吴用亲自督领,直抵西门。城上刘慧娘见贼兵又来,传令小心抵御。只见城下喊声振天,贼兵一字儿翻翻滚滚杀来,突放出三十辆铁穹庐来。原来那穹庐,前有两枝不驾马的空辕,名为跨濠辕,那怕丈余阔的濠沟,但将两辕搭过,众兵便好循著这辕,推穹庐直到城根。当时贼军品三通鼓,呐一声喊,三十辆穹庐一齐冲过来。城上军士不知是甚么器械,各各心惊。刘麒忙传令开炮。令犹未下,慧娘忙叫道:“开炮无益,快将石子一齐掷下去!”一声令下,城上大小石子雨点价下来。吴用大惊,忙教鸣金收回穹庐。李云忙禀道:“这穹庐连枪炮都不怕,怕他石子做甚?”吴用道:“你不晓得,快收回来,不然枉送这班儿郎们性命也。”便疾忙收回穹庐,扎住阵脚。李云不解,再请其故,吴用道:“我一时不检点,这穹庐旁用两翅,使军士负翅飞行,是老大毛病。方才我见那厮专用石子打来,那两翅盛受石子最便,石子盛满,穹庐必重,儿郎们均被压死矣。”李云方才省悟。

那城上见一阵石子,果然打退贼兵,众皆大喜。慧娘道:"且慢欢喜,那厮识破那两翅的毛病,必将两翅去了,于庐中设几个车轮,教军士在庐内推运,仍可扑到城下。"刘麒、陈丽卿都道:"怎好?"慧娘笑道:"你们休要着急,我猜那厮庐内除了地雷,更无别物。可传令速备水缸二百只,教军士运水上城,又备下牛喉水龙六十条听用。"一面告知南门上刘广照样准备,一面照常守备。那吴用见穹庐不得利,只得传令军士硬攻一番。但见城上城下,枪炮矢石鸟乱得一天星斗,终是无益,吴用只得传令收兵。那边南门李忠、史进悉力攻打,怎敌得刘广、万年、廷玉守御得法,如何攻得。李忠倒吃栾廷玉飞锤打坏左臂,也只得退兵。吴用闻知李忠受伤,大怒,便传令到兖州取杨雄、石秀、孙立,带领一万六千人马,速来助战。

那陈希真、祝永清、谢德、娄熊、王天霸、栾廷芳等早已到了山寨,深知吴用诡计绝人,且不救新柳,但分派兵将各处镇守,以防吴用来袭。那吴用退回本营,查点军马,送李忠回莱芜将息,这里聚集精锐,专攻西门。那刘慧娘亦深畏吴用利害,端的衣不解带,昼夜巡阅。当时彼攻此守,又是一日。那吴用果然将穹庐式制改造了。

次日黎明,吴用将铁穹庐在营内排齐,传谕众将道:"今番必破新柳城了,众兄弟与我努力。"众将齐声答应。当时饱餐战饭讫,营外三声炮响,兵将出营,列成阵势,蜂拥而进,直抵西门,放出那铁穹庐,跨濠过去,直傅城根。只见那城上军士毫无惧色,须臾间,城上数十道瀑布飞下。那穹庐内军士,方将地雷栽得少些,不防青天忽降大雨,将火药尽行湿透,毫无用处,这唤做枉费心计。吴用大怒。只见城上涌起一座飞楼,端坐着一位美貌佳人,手秉如意,指着吴用道:"吴用,人人说你是智多星,但到我女诸葛手里来领死,却早哩!快回去尽心学习两三年,再来罢!"吴用怒极,便叫:"那个上去与他厮并?"说未了,那座飞楼豁喇喇早卸了下去。周通正待出马,只见城上又立出一位佳人,黄金锁子甲,梨花古定枪,正是陈丽卿。周通见了,便不敢上前。陈达不识高低,出马大叫道:"你这婆娘下城来与我厮……"言未毕,一箭射来,急闪不迭,肩上正着,急忙勒马回阵。吴用见连日将官受伤,不敢催战,只得忍着一肚皮气,收兵回营。

次日，吴用对众人道："攻城之法，终要令城中不得休息，人困马疲，方可取胜。此次我虽两将受伤，锐气未挫，今日众兄弟、众儿郎仍与我努力攻城。"众人一齐答应，重复列成阵势，呐喊攻城，足足攻了一日。吴用道："诸君休辞劳瘁，明日尽力再攻。况且兖州兵不日就到，可轮替攻打。"众人应诺，当夜回营将息。

那陈希真将各处守备之法，俱已安派停当，一面点兵守新柳北面土垒，一面发通禀到景阳镇总管处求救。谁知那总管寇见喜，正活是那年的魏虎臣，说起点兵二字，便似当头打下霹雳，吓得魂不附体，那敢来救，新柳营所以任凭吴用尽力攻围。那希真在土垒内设法想袭吴用，吴用防备得紧，那里袭得。

那吴用连日攻打新柳，一日接到杨雄、石秀、孙立一万六千人马，并粮草等物。吴用大喜，誓必灭了新柳，方肯退回。只见凌振献计道："地炮不利，不如改用天炮。"吴用道："何谓天炮？"凌振道："小弟与汤隆已造了一个，请军师察看。"吴用便教取来。须臾，凌振取来献上，只见是一个正方铁匣，长阔高各一尺，中藏火药铅子，内有一道药线盘入。吴用问怎样用法，凌振道："仍用铁穹庐载过去。只须穹庐前竖起一竿，比他城墙略高些，上用一滑车儿，穿一根长索，一头系了这炮。只待穹庐将到城根，便将药线点着，扯上竿头，搭上城去，下面将绳索割断。那炮自在城上炸开，打得他千人辟易，我兵便将云梯爬城也。"吴用道："此器固妙，但用时尚有一层斟酌：此炮未搭上城时，先被那厮用长刀、长镰割断，坠下城来，岂不误事？"凌振道："军师计将安出？"吴用道："这事容易，但将穹庐改大些，中藏四十名鸟枪手，将近城时，悉力向上打去。那厮无处立脚，怎能割我绳索！"众人称妙。吴用吩咐凌振、汤隆去照式制造，便点派兵将，留杨雄、石秀在西门，派孙立到南门去。不数日，天炮办齐，分派停留，只待明日再攻。

且说刘慧娘目不交睫已有十余日，刘广爱惜他，教他且去睡睡养神。慧娘那里肯，吃刘广再三催不过，只得下城到营房里就寝。正是困倦已极，一睡却睡得起不来了。时方黎明，慧娘睡梦中忽听得城上发喊，大惊而起，疾忙上城，只见那个尖顶的庐儿又来了。刘麒忙问道:“妹妹,这番怎破?”慧娘猛想到丽卿神箭,忙叫道:“卿姐,卿姐,快将他竿上绳索射断!”丽卿忙用连珠箭射去。慧娘又道:“卿姐一手不及遍射,怎好?”丽卿一面射一面说道:“这里我一人尽够,只怕南门上不好,快传桂花等四个丫头去射,他们近来箭法狠好。”慧娘忙传桂花、薄荷、佛手、玫瑰四丫头到南门去,又吩咐:“万一有一架不射到,被他扑上城来,可教本段避入左右段,但用弓弩远远射住,不容贼兵上城。其左右不准乱伍。乱伍者立斩!飞速赴南门去!”这边西门上天炮绳索都断,城上平安无事。那边南门上却有两架打上城墙。史进、孙立见城上炮炸,浓烟障天,急推云梯上城。不防浓烟中乱箭射来,登城之兵尽被射死。浓烟方散,城上早已列队守备,推下千斤石压断云梯,贼兵死者无数。史进、孙立懊恨而返。吴用叹道:“陈希真辅佐,个个如此,真吾心腹大患也。”传令攻打一番,毫不得便宜,又只得收兵。

慧娘见贼兵又退,对刘麒道:“那厮必然再用此法,一而再,再而三,我其危矣。”刘麒道:“怎好?”慧娘道:“此刻我城垛尽被那厮打坏,我兵守御甚难。为今之计,速将整枝粗竹,扎成竹笆子,苫盖城上。”言讫,便传令营中竹匠,立时扎起无数竹排。慧娘教将竹排平铺城上,只留竹根三尺余在城内,其余都吐出城外,竹梢参差,枝枝外指。

那吴用收回穹庐,正拟铸炮换绳,再行攻打,忽见城上盖满竹笆,不觉失声叹道:“这番新柳城取不得了!”众人忙问何故,吴用道:“竹梢软而滑,这炮如何搁得上?更兼参差不齐,云梯如何上得?况且他平铺吐外,不受枪炮矢石,更有何法攻他?”众人面面相觑,各各无言。半晌,石秀道:“何不放火箭烧了他?”吴用道:“火箭怎能奇奇巧巧射在他竹笆上?”石秀道:“但放得多,总射他着了。”吴用意本无聊,且准了石秀所请,令备数万火箭,领兵直赴城下。一声号炮,数万火箭雨点价上去,却只有百十箭着在竹笆上,尽被城上水龙浇灭。

吴用又收兵而退,是夜独坐帐中,闷闷不乐,心中暗忖道:“此番攻新柳,不料毫无便宜。意欲退兵,又恐此番一退,希真必随即来滋扰兖州。”好生委决不下。想了好歇,忽生一计,便传凌振、汤隆进帐,吩咐道:“你们速将那天炮改造圆的应用。”二人问何故,吴用道:“你去造来,我有用法。”二人诺诺而退。吴用便传令选齐一百副炮架。

看官,你道炮架是怎样的?原来就是古法石炮的架子,春秋时郑子元旝动而鼓,范蠡发机运石,即是此物。自元以来始有火炮,虽仍袭炮名,其发放却用不着炮架。前传施耐庵先生写凌振支炮架放炮,实系失据。盖缘当时火炮之法最为秘密,设禁甚严,所以耐庵不得而知,以己意推测之,只道仍是石炮之法而已。这原怪不得耐庵。今此处却实以石炮之架施放火炮。盖石炮从架上发去,不过落到敌阵内,打坏数人而已;今火炮借用石炮架子发放出去,到敌时,炮炸四迸,所伤实多。当时吴用算计已定,只待圆炮制齐,便要施放。

且说刘慧娘见竹笆已盖好,稍为放心,忽想道:“且寻思寻思,看他还有甚么法儿攻我?”寻思一番,道:“惟有石炮尚可打上城来。”因想挡御石炮之法,沉思半晌道:“有了。”便传令教军匠立时制起竹扇一千副。其法用粗竹编成,状如掌扇,柄短扇长,下用神臂弓张开绊脚,另有机括小栝。当时一日办齐,慧娘看了甚喜。忽想此器也好施放炮火,便又传军匠连夜打造炮子,以多为妙。其法正如吴用圆炮之法,而中藏小炮,又有毒烟,比吴用的更妙。当时吩咐军匠照式去做了。慧娘对众人道:“有了此器,不但御敌,兼可退敌矣。”便请刘广派兵。当时派刘麒管城上神炮;丽卿领三千铁骑在城门边,只待神炮得胜,便冲杀出去。那边祝万年、栾廷玉也摩拳擦掌,等待冲杀。又遣人縋城出去,潜到土垒,通知希真。那希真在土垒内,已与吴用游骑战过几次,只是不得便宜。今日一闻此信,大喜,便安派兵马,等待追袭。那吴用虽然多智,如何料得?

次日黎明,吴用点齐人马,又到城下,将炮架一字摆齐。一声炮响,三军呐喊,那圆炮如雹子般打上城去。只听得城上哈哈大笑,那圆炮个个都打回本阵来了,满天炮炸,吴用前队大乱。原来那竹扇脚下神臂弓弦,系活栝子张开。这圆炮打在竹扇上,将扇子一振,活栝脱落,那弓弦便尽力往后一兜,自然扑得这圆炮爆回本阵了。吴用忙传令止住。却不解何故无数圆炮络绎不绝而来,雷霆四震,烟雾迷天,吴用大惊,疾忙退兵。陈丽卿已领兵杀出。那边史进、孙立已被刘广、万年、廷玉三人杀败。又被希真、永清两路人马从土垒杀出,直杀得大败亏输。永清便抄到西边来袭吴用后营。

且说吴用见飞炮失利,便教按队退兵,怎当得丽卿勇猛冲杀。毒烟散处,丽卿一马冲来。周通手酥脚软,那敢迎敌。吴用忙教扎住阵脚,只用佛狼机打去。丽卿正在冲杀不入,忽见吴用阵后发起喊来,全阵俱乱。丽卿见了,便挥人马杀上。吴用兵马大败四散,露出背后一队人马,当先一员少年勇将,却是云龙。丽卿大喜,当时合兵掩杀。杨雄、石秀保着吴用,飞速逃回本营,恰又与永清兵马遇着,混杀一阵。吴用等退入营内,营门急闭,枪炮齐下。永清正待设法攻击,只见枪炮忽然绝声,永清大疑。半晌,差勇将登营观看,吴用兵已遁去矣,永清遂不敢追。那边万年、廷玉追击史进、孙立,正在不遗余力。背后刘广望见前面林木掩映,恐有伏兵,忙教鸣金收住。果然林子里枪炮撒豆般打来,刘广、万年、廷玉亦不敢追。两枝人马一齐扎住,都等希真号令发落。

且说希真见刘广已得胜仗,便也抄过西边掩吴用前队。见丽卿却与云龙合兵,一处痛杀贼兵,希真喜出望外。但见云龙邀住周通,轮刀大战。不上十余合,云龙刀起,斩周通于马下。丽卿已挥军扫灭了残贼。希真谢了云龙助阵退兵,不暇多叙,便入城去了,教丽卿陪云龙随后进来。

那刘慧娘同刘麒正在城上督理军务。丽卿同云龙一路说说谈谈,到了城边。云龙猛抬头见了慧娘,便问丽卿道:“城上那位女将军是谁?”丽卿笑道:“你问做甚?除是你那浑家,还有那个!你看那城上的竹笆竹扇,都是他想出的。”云龙大喜,便目不转瞬的向那城上看得仔仔细细。慧娘做梦也想不到云龙来了,所以眼睁睁只看那个小将,不知何人。及至进城,云龙先入中军去见希真。丽卿撇了云龙径上城来,慧娘便问丽卿道:“姐姐同了那里的一位少年将军同来?”丽卿笑个不住,道:“就是你的……你的……”接连说了两三个你的,慧娘早已会意,便啐的一声,便道:“贼兵怎样了?”丽卿带笑道:“回去的了。”刘麒亦暗笑。慧娘传令撤退兵将下城。

却说希真接见云龙，正欲动问诸事，忽报祝永清差人来请令。只因这一番，有分教：强将更逢强将，残贼寒心；高才偏遇高才，仇雠授首。

不知永清请令待欲如何，且听下回分解。

第一一〇回　祝永清单入卖李谷　陈希真三打兖州城

话说陈希真在新柳营内接见云龙,正欲动问事务,忽闻祝永清差心腹人来请令。希真教唤入,那来人上前叩首起禀道:“祝头领禀上主帅,说探得吴用向兖州退去,必是去守兖州。吴用那厮机警绝人,万一我们机务泄漏,大事去矣。现在我们兵马、衣甲、糇粮,无不悉备,今日得胜,便算吉日,就此起兵直捣兖州,使其迅雷不及掩耳,此议未知可否,请令定夺。”希真早已会意,便道:“有何不可。”便派陈丽卿、栾廷芳领四千人马,会合祝永清、祝万年、栾廷玉八千人马,共一万二千人马,即日起行。请刘广回守山寨。传令讫,祝永清等便拔寨飞速向兖州进发,追吴用去了。

且说希真接见云龙,彼此各相问候。刘麒亦与云龙相见了。云龙道:“小侄久要来叩安,近得召家村报称梁山贼兵滋扰贵寨,小侄禀明父亲,特领部卒六千,来从剿贼。召忻因兵力微薄,强寇比邻,不敢轻离部落,托小侄致意问候。”希真称谢,又问道:“闻尊大人荣升统制,入京陛见,未知系何日回任?”云龙道:“家君于旬日前回署,正有一喜信要报知老伯。”希真忙问何信,云龙道:“家君入觐时,正值种经略凯旋。家君即将老伯归诚之谋,商于经略,蒙经略极口允许。有此位巨公在朝,又何忧乎奸臣阻格哉!”希真大喜,称谢道:“承令尊如此周旋,愚伯何以为报。”

正说间,忽报刘广进城,希真传令迎入。云龙上前请刘广安,彼此通问。刘广大喜,相邀入坐。希真吩咐治筵,又命犒礼云龙来军,云龙谦谢。云龙坐客位,希真、刘广、刘麒坐主位。希真对刘广说起云天彪恳托种师道之事,刘广亦大喜称谢。云龙道:“老伯两次蒙阴之捷,所有奏牍,实仗贺检讨一人调度。刘安抚虽唯唯从命,其实不无眈视。据家君之意,以为此等处,只由他去,未识老伯以为何如?”希真道:“令尊固是至正之论。然委蛇从俗,君子亦有时不得已而为之，刘安抚处，愚伯自有理会。”当时开筵畅饮毕，希真对刘广道：“我于明日当起兵去接应小婿，烦姨丈镇守此地，修缉新柳城池，并款留令坦，盘桓数日。”刘广应诺。当夜备客馆安顿云龙，及一干军马。

次日，希真、刘慧娘率领真祥麟、刘麒、王天霸、范成龙，并一万二千人马，即日起行。刘广、云龙候送，云龙道：“恭听老伯捷音。”希真道：“此次若侥幸成功，所有归诚之事，还仗尊大人费心一切。”云龙道：“老伯放心，家君无不尽力。”希真告谢，上马起行。这里刘广留云龙住了数日，云龙告别起行，刘广修缉新柳城池，不必细表。

且说吴用约败军退了三十里，方知周通阵亡，痛惜不已。令史进、陈达领本部回莱芜，李云、汤隆、凌振回梁山，自己与杨雄、石秀、孙立领兖州人马，由邹峄一路回兖州。次日又退三十里，忽报祝永清领大队人马追来，吴用只顾缓缓退去，第三日又退三十里，谁知永清并不力追，大约吴用退三十里，祝永清便进三十里，这个名色唤做“送王归殿”。如是者五日，吴用大怒，便教军士休退，当时扎下营寨。谁知吴用不退，永清亦不进，当时彼此相距一日。

次日，吴用潜师退去，永清却早已探得确实，便拔寨追来，只是相距三十里左右便住。吴用大怒，又教扎住营寨，遣人直叩永清营前挑战。永清便提兵与混战一场，各无胜负。次日，吴用又挑战，永清便坚守不出。吴用恍然大悟，道：“我中他计也。”说未了，接得兖州告急公文，乃是陈希真领万余人马，由泗河顺流而下，直攻镇阳关。众将皆惊，吴用道：“不妨，那里有魏先生助守，倒怕这里失利。”便传令分军马为二队，奇正相生，火速退去。永清果不敢穷追，俟吴用已退入兖州，然后领兵直攻飞虎寨。

且说李应自追希真不及之后，与魏辅梁提兵而返。辅梁教李应安顿诸务毕，辅梁又欲回山，李应道：“魏先生，非李应好溷高躅，此时希真必深恨于先生，甑山孤悬城外，万一希真偏师直犯尊府，先生危矣。依愚见，何不挈宝眷暂居城内，一者小弟可旦晚领教，二者避了希真之患。统俟东方平定，定送先生白云高卧也。”辅梁道：“甑山道远而路僻，希真未必能至。但仁兄所虑，亦不可忽，谨遵台谕，容数日携眷来城。”李应大喜。原来吴用有密信致李应，言辅梁好居山野,深恐被希真招去,为害不浅,所以李应此日固留辅梁。谁知辅梁竟脱口应承,群疑顿释。过了数日,辅梁遂移居城中,日日与李应会晤。那众头领亦时来问候,真大义也在其内。真大义已暗集心腹二百多人,个个与大义同心合意,辅梁暗喜。此时大义尚未与心腹诸人说明内间之事,只待希真到来便可举事。

这日辅梁正与李应闲谈,忽报猿臂兵马叩关而来,李应惊道:"吴军师未见退回,怎么那厮们来得这般快?"辅梁道:"休慌。那厮想袭我不备,主意却打错了。我这镇阳关,陡峻异常,贼兵岂能飞越!快点将守关,再相机宜。"李应道:"须得先生偕小弟亲去为妙。"辅梁道:"这个自然。但贼兵若由卖李谷袭我西门,老大不便。快教真大义领二千人马守住卖李谷,此为要着。"李应忙令真大义领二千兵,赴卖李谷去了。这里李应同魏辅梁、杜兴、乐和领兵六千名守镇阳关,端的防守严密,希真如何攻得。那希真不数日,已探得真大义守卖李谷,大喜,正拟遣将袭卖李谷,适值吴用已领兵退到卖李谷了。

吴用见有将守卖李谷,大喜。进得谷来,真大义率众出迎,吴用问了姓名,便叫:"真将军小心防守,俟小可入城后,再定计议。"说罢,便同杨雄、石秀、孙立进兖州西门去了。进得城时,吴用命杨雄、孙立守城,自己同石秀赴镇阳关,一见魏辅梁,深深一揖,许多费心的好话。魏辅梁心中一惊,佯作大喜之状道:"小弟在此,蚊负徒劳。今先生亲来,辅梁幸甚。"吴用道:"先生休过谦。"辅梁道:"非也。刻下军务傍午,使小弟果胜于先生,定然当仁不让;今弟抚衷自问,实知小智不及大智,先生勿以辅梁痴长,而有所逊让也。"正说间,忽报祝永清兵马已将飞虎寨团团围住。原来飞虎寨在兖州城西南十五里,卖李谷在西门外五里,镇阳关在正东偏南五里。辅梁道:"不妙,那厮名虽围飞虎寨,其意实欲袭卖李谷。那厮诡计多端,窃恐真大义一人守不住。"吴用道:"我看再派石秀去助真大义。"辅梁道:"固好,但守关岂可乏人,城中现有杨雄、孙立二将,不如就近调遣为妙。至于那厮诡计,端的不可胜防。今日弟与先生同肩巨任,而镇阳、卖李东西睽隔,不可兼顾。弟有愚见,请一人镇守城中,以应西路;一人镇守关中,以备东面,先生以为何如?"吴用道:"甚妙。未识先生愿居城中,愿居关上?”辅梁道:“关上任重,先生居之;城中守易,辅梁居之。”当时吴用自问才胜于辅梁,便口里谦让几句,竟从辅梁所议。辅梁心中暗喜道:“这厮在我掌握也。”便回兖州城。

不说吴用与李应等守镇阳关,单说辅梁到了城中,便发令派杨雄领兵一千去助真大义,又派孙立领兵一千镇守西门,又遣人到飞虎寨围师阙处,递口号与解珍、解宝,以便彼此呼应,又教将口号密告真大义、杨雄。只有顾大嫂、时迁陪辅梁在城中。辅梁又差心腹,将着两个锦囊,去授真大义、杨雄。真大义收了,当夜拆看,早已了了,杨雄如何识得?当时魏辅梁、真大义密计已定,只待猿臂兵发作。

且说祝永清围飞虎寨,闻知真大义在卖李谷,甚喜。当时教栾廷玉押营,自己亲到希真营内,商议袭卖李谷之策,问希真道:“泰山处有无魏老密信?”希真道:“没有。”永清道:“想是吴用那厮关防严密,以致于斯。”希真道:“非也。你只管攻卖李谷,我料魏老必有道理。我这里且按兵不动,待你夺得兖州城,我与你夹攻镇阳关罢了。”永清会意,便回本营去了。当晚永清传令,只留祝万年领三千兵围飞虎寨,又教他二更时分,将军马骤然约退,“那厮如追出,便用埋伏计擒他。他如乖觉不追,便按军勿动,待我号令施行。”万年应诺。当时永清将九千人马分为三队:永清与丽卿领中队,栾廷玉领左队,栾廷芳领右队。分派已定,吩咐三军饱餐,准备通宵捉贼,三军领命。不多时,忽报杨雄领兵来挑战。永清大喜,吩咐坚守,休要迎战。杨雄依魏辅梁锦囊中密计,教军士辱骂。永清会意,三军齐出,陈丽卿一马当先,大战杨雄。杨雄见是丽卿,心中畏惧,抖擞精神,尽力招架。永清便令三军一齐掩上,兵势浩大。杨雄佯作抵敌不住,领兵败走。永清领军飞追。栾廷玉谏道:“那厮防有诈谋。”永清道:“只管追去!”但见前面杨雄飞奔,猿臂兵擂鼓呐喊,直追到卖李谷口。

二更时分,阴云四合,一天如墨。真大义在卖李谷上,望见杨雄入谷,大喜,一声令下,两边垒木滚石齐下,塞断谷口。黑影里,众人不问好歹,乱箭射下。杨雄并众人一齐大叫道:“是自家人!是自家人!”真大义佯作大惊道:“怎好?”众军皆惊。真大义道:“诸君听我说,事已如此,只得将错就错,休要歇手,我自有道理。”二百多名心腹齐声答应，众军不知所为，乱箭不住手，将杨雄一千人，尽射死在卖李谷下。真大义道："诸君听者：我等进必为敌兵所杀，退必为本寨所诛，进退无路矣。我想我等究是大宋人民，不合从了宋公明，被天下万世唾骂。你看陈希真，他倒现成已受招安，将来定有出头之日。我们既害了杨雄，不如就趁势归附了他，倒好充个头功。诸君显亲扬名，断在此会，真乃不幸中之大幸也！"二千人齐声答应道："听真将军调度。"说罢，祝永清已领兵由谷口小路登山，大义忙教迎入。

原来永清起兵时，伏路兵捉得梁山奸细，正是真大义心腹，已将魏辅梁密计一一说了。此时永清、大义相见，各已会意。大义将口号告与永清，永清急令栾廷芳将三千人马，授了密计，赴飞虎寨去。大义急令就本山放火。永清急令栾廷玉领三千人马在谷口北面埋伏，待有贼兵来救，即便擒捉。大义急令本部人马拔寨起身。永清、丽卿急令本部人马，随大义直趋兖州南门。

魏辅梁在城中，望见卖李谷火起，大喜，急传令教孙立带本兵一千，又加精锐兵一千，飞速出西门，去救卖李谷。孙立领令出城去了。随令顾大嫂领精锐三千，飞速出北门，绕道去助孙立。顾大嫂领令去了。便令时迁飞速出东门，直赴镇阳关去告知吴用。时迁领令去了。时迁方去，真大义已领了祝永清、陈丽卿大队，杀进南门。南门上只得些须老弱残兵，如何抵当得住，当时被真大义赚开城门，猿臂兵一拥而进，登时杀个罄净。真大义领本部，杀向东门去了。祝永清、陈丽卿领兵扑到府里，魏辅梁儒冠儒服，恭候已久。见永清进来，急忙教流星飞马追顾大嫂转来，还救城中。便问永清道："那位往北门去截杀那厮？"丽卿道："就是奴家去。"说罢，便飞速领兵赴北门去。恰值顾大嫂得令转来，方过吊桥，丽卿骤马飞出。顾大嫂一见丽卿，弄得不知头路，不防备吃丽卿一枪刺中心窝，撷下马来。三千贼兵，一齐大惊，吃猿臂兵一赶而散。丽卿取了顾大嫂首级，领兵进城。

不多时，只见栾廷玉捆缚了孙立，领兵进西门来了。原来廷玉得永清密计，领兵在卖李谷北口埋伏，又分兵一千到卖李谷南首呐喊。其时二更将毕，天昏地黑，星斗无光。孙立望见卖李谷火势蒸天，谷南喊声不绝，只道事在前面，一直往前厮杀。不提防走到谷北，四面喊声大振，绊马索齐起，栾廷玉领挠钩手一齐上前，捉得一个不剩。孙立见栾廷玉，待要战斗，早已无能为力，吃栾廷玉手到擒拿，和众贼一齐捆缚，领兵解进城来。永清大喜。

不多时，只见栾廷芳带了解珍、解宝两颗首级，领兵也进西门来了。原来栾廷芳受永清密计，当即到祝万年营里，告知万年。万年便离了飞虎寨，速赴卖李谷南口埋伏。廷芳便飞速到飞虎寨，假传魏军师号令，称敌兵全队攻卖李谷，十分紧急，速分兵一半前去救援。解珍、解宝一来见口号不错，二来望见卖李谷认真火起，三来见万年的兵果然尽去，如何不信，便开门请入。栾廷芳领四百名勇士直进飞虎寨，差解宝领兵出寨，约已去远，便袖中突出利刀，砍杀解珍。三百勇士一齐动手乱砍，打开寨门，放起旗花，寨外两路伏兵，一齐杀进寨内。

那边祝万年已用乱箭将解宝及一干人马，尽行在卖李谷南口射死。得了胜仗，回转飞虎寨来，见飞虎寨已破，大喜。廷芳将兵马都交与万年守寨，自己领兵五百，带二解首级进兖城报捷。永清大喜。这番袭卖李谷，破兖州城，夺飞虎寨，擒捉众贼，尽出魏辅梁一人定计，永清深深拜谢，便与辅梁出榜安民，商议遣将攻镇阳关。慢表。

且说吴用在镇阳关，与李应等协力保守。那希真兵马，远屯关外，毫无动静。吴用正在疑虑，忽回头见卖李谷上红光浮天，大惊道："不好了，魏先生失手了！"便教石秀："快进城去，通知魏军师，须用计保城为妙。"石秀领令，飞速前去，中途撞着时迁。石秀问了一声，不暇多说，便两来势跑过。石秀直到东门，猛抬头见真大义立在吊桥，大惊道："你守卖李谷的，为何在这……"还未说完，真大义手起一刀砍去，石秀左臂已断，滚于桥下。石秀从人不满百余，如何敌得，真大义手下人一齐上前砍杀，只剩一两个爹娘生下快腿的，黑影里逃了性命。

那吴用既遣石秀入城，忽然叫苦不迭，教追石秀转来。令未发，时迁已到，将辅梁的事说了。吴用大惊失色道："吾命休矣！"李应亦大惊道："怎地魏先生这般没兵法？"吴用道："叫甚魏先生，我中他内间毒计也！"众人皆一半惊骇，一半狐疑。吴用对李应道："我与你趁早逃命罢。”说未了,忽关上乱叫:“鬼来!”只见真祥麟披发流血,骑着一匹狰恶青毛兽,领着无数鬼兵,逼关而来,漫山遍野,尽是绿映映的火光。黑夜里,不辨真假,吓得贼兵胆碎心惊。

原来希真屯兵镇阳关外,既与永清约会攻关,便教刘慧娘提心探望。三更将彻,望见西南上红光,隐隐散漫,慧娘告希真道:“卖李谷火起已久了。”希真忙令真祥麟借骑了慧娘的青狮,扮作鬼兵,又带了慧娘素日制造的假磷火,直攻镇阳关。关上大惊大乱,吴用忙叫:“是陈希真的诡计!”贼兵又错会意是妖法,人心愈乱。背后陈丽卿、栾廷玉、栾廷芳已领大队人马,由兖州东门杀来。吴用忙叫弃关逃走。陈希真已领云梯兵,由鬼兵队里登城,人兵、鬼兵一齐上城。吴用、李应、杜兴、乐和乱军中逃出性命。吴用、李应领着六百余名亲兵,望西北狭道山飞奔,又与杜兴、乐和相失。

杜兴、乐和从僻处越出关外,黑影里,领数十骑一溜烟逃脱。不料假鬼引出真鬼,前面无数青磷,青磷中看得个个鬼兵胸前都有一个大祝字,十分明白。乐和惊倒,回头已不见了杜兴,却见一队猿臂兵马杀来。乐和爬起待走,早吃那队中大将王天霸一挝挥来,拦腰打断,早已了账。那杜兴失了乐和,昏黑中不辨东西南北,一味乱闯,背后无数青磷赶来,不觉闯入一队猿臂阵中。那阵中将官,正是范成龙,将杜兴擘胸揪住。杜兴急抽腰刀待砍,范成龙急将矛柄敲去,振落腰刀。众兵已取绳索上前,将杜兴捆了。原来这些真磷、真鬼,猿臂兵都不看见。那天霸、成龙两将,系希真留他在关外巡捉逃贼的,却好打杀乐和,活擒杜兴,一齐进关。刘麒也保护了慧娘进关。镇阳关已破,希真已与丽卿等兵马会合。栾廷玉道:“眼见李应保吴用从西北角上逃去,待小将去追斩了他。”刘麒道:“众位辛苦了,待我去。”真祥麟道:“我虽力斩百余人,却不疲乏,我愿同去。”丽卿道:“我不曾大厮杀,我也要去。”丽卿、祥麟、刘麒一齐请令去了。

那李应保着吴用,方从东北狭道山逃出,不防刘麒一马追到。吴用急从山坡滚落,李应挺枪敌住刘麒。刘麒轮着三尖两刃刀,大战李应。战到四十余合,正在性命相扑,忽见丽卿跃马横枪而来。李应大惊,急忙两边招架。不防刺斜里杀出一个活鬼来,正是真祥麟,李应道:“吾命休矣!”忽听得有人大叫:“家君致意三位将军:看家君薄面,休伤吾友!”其时天已黎明,李应抬头一看,只见魏生骑下一匹白马,背后还有一位少年将军,正是祝永清,大叫道:“李应听者:看魏先生面上,饶你一次!”说罢,丽卿等三人一齐住手。李应只剩单骑去了。丽卿道:“可惜走了吴用。”永清道:“几时走的?”刘麒道:“我们厮杀时,已不见了。”永清顿足道:“你们太不精细,开手厮杀时,便该着一人往西北追搜。”三人皆大悔。祥麟道:“我去追去。”永清道:“不及了。”祥麟追上一段,果然不见吴用而返。当时,永清、丽卿、祥麟、刘麒、魏生领兵一同进兖州北门。

李应得命,单骑逃下狭道山,仰天长叹,择径便走,一路饥渴风霜,会着吴用,回梁山泊去了。

希真在镇阳关,收齐人马,大排队伍,掌得胜鼓进兖州城。魏辅梁、真大义及祝永清等,一齐迎接。希真一见辅梁,拜倒在地道:“仗仁兄妙计,剪除狂贼,肃清王土,其受赐正不仅希真一人也。”辅梁谦谢。当时升厅计功,引前军进卖李谷,袭兖州城,射死杨雄,生擒石秀,是真大义的功劳;派兵将分袭兖州城,飞虎寨等处,是祝永清的功劳;生擒孙立,是栾廷玉的功劳;赚开飞虎寨,斩得解珍,是栾廷芳的功劳;诈退诱敌,埋伏陈通桥,射死解宝,是祝万年的功劳;奋勇斩开兖州南门,又直趋北门斩顾大嫂,又追逐李应,是陈丽卿的功劳;诈作鬼兵,当先破镇阳关,又追逐李应,是真祥麟的功劳;斩乐和是王天霸的功劳;擒杜兴是范成龙的功劳;砍天富星扑天雕李应大旗一面,是刘麒的功劳;制造异兽青磷,惊乱贼军,是刘慧娘的功劳。统计前后兖州三战,新柳两战,祝万年、祝永清、陈丽卿、刘麒兼有袭飞虎寨的功劳;刘麟亦有袭飞虎寨的功劳;刘慧娘兼有制造地雷,轰坏飞虎寨,震死邹渊、邹润的功劳,又有制造诸器,守新柳的功劳;苟英有御敌身死,捍卫新柳的功劳;祝万年、真祥麟、王天霸又兼有追逐宋江,斩获群贼的功劳;真祥麟又有斩孙新的功劳;谢德、娄熊亦有斩获贼首的功劳;苟桓有探吴用踪迹,先机胜贼的功劳;陈丽卿兼有助祥麟射倒孙新,又射伤宋江的功劳。其众将追亡逐北,擒斩小贼之功,及部下头目卒伍,各有奋勇斩获之功,皆照军政司行法,一体从实纪叙。

惟有魏辅梁功劳最大，只因自不愿叙功，所以纪功不及。永清请魏辅梁上坐，纳头便拜。辅梁慌忙避开，希真拦住道：“仁兄如此苦心，襄成大功，希真因仁兄高尚，不敢挽留芳躅，于心实抱不安。今仁兄并一拜而不受，希真将何以为情！”永清道：“老叔听禀：小侄今日之拜，其故有三：一为祝氏祖宗衔感九原，二为猿臂诸君子庆邀荐拔，三为山东数百万生灵咸蒙庇佑也。老叔坐当其位，休要推辞。”辅梁听了，只得侧立在上面，受了永清九拜。

希真令刘麒、王天霸守飞虎寨，替回祝万年；又派真祥麒、真大义去守镇阳关。将一切事务安顿毕，日方亭午，希真吩咐在府堂上排起桌案，供起祝家庄祝朝奉并祝龙、祝虎、祝彪，一应眷属的神位。万年当先主祭，永清、丽卿以次行礼，希真、辅梁、廷玉等以次助祭。礼毕，左右献上活三牲，乃是孙立、杜兴、石秀。原来石秀被真大义砍断左臂，滚入桥下，并不曾死，吃众兵捆来。栾廷玉一见孙立，便叫道：“且慢动手，快传一应刽手屠户都上来。”须臾，传到，栾廷玉便问道：“你们想得出极惨毒慢慢死的刑法么？”内有一个刽子手答道：“请老爷暂放他宽活一日，小的便想个法儿献上。”廷玉道：“很好，你们退去。”便卷起衣袖，手提尖刀，指着孙立骂道：“你这害国殃民、叛君负友的内间奸贼，今日见我，尚有何说！”孙立扬眉叫道：“今日高高上坐的魏辅梁是何人？内间二字须知忌讳。”辅梁捻髭看着孙立笑道：“人苦不自知耳。子所助者何如人？辅梁所助者何如人乎？天下万世，自有公论，何烦今日哓哓。”廷玉持刀拣孙立身上不致命处，搠了三个窟窿，取出三杯血酒，献在祝朝奉位前，拜道：“祝兄，今日皇天垂佑，凶仇授首，吾兄英灵不灭，尚其来飨。”祝罢，声随泪下。万年、永清一齐泪落，众英雄无不悲感。永清双眉剔起，飕的提起尖刀，指着杜兴道：“待我亲割这个巧言败义、甘心从贼的奸贼！”便扑到杜兴面前，将杜兴乱割。廷芳拦住道：“一阵乱割，登时死了，不是便宜了这厮。”永清听罢，便慢慢细割。石秀大怒道：“无知小厮，何得无礼！”万年大怒，也提起刀来道：“你这贼胎贼骨、甘心下流的贼，敢说甚么！”石秀不住口小厮、小贼的骂，万年怒极，便把刀撬开石秀牙齿，割去舌头，道：“你这贼再骂！”便接连在石秀身上，搠了十七八个洞。看那石秀兀自出气多进气少了,万年便一刀通进石秀心窝,直割下小肚子,取出心肺,捧向神位前来。永清也将杜兴心肺取来,一齐献上。希真叫刀斧手来枭去杜兴、石秀首级。廷玉指着孙立道:"饶你宽活一日,明日好好来领死!"喝左右牵孙立下去。永清将孙立、杜兴等眷属,尽行杀戮,不留一个。当时送了神位,扫尽血迹,大开庆功筵宴。希真传令飞虎寨、镇阳关一齐开宴,大众开怀畅饮,至夜方毕。

次日,希真命绑孙立赴十字路口听刑。刽子手来禀道:"小的想了一法,用细钩钩皮肉,用刀小割,备下盐卤浇洗创口。倘有昏晕,可将人参汤灌下,令其不死。如此缓缓动手,自然够他受用了。"廷玉大喜,重赏那个刽手,便教他照这法儿施行:那孙立自辰牌割起,直至申末,方才绝命。刀斧手枭下首级。统计阵上斩获,并昨日所枭的首级共八颗,乃是杨雄、石秀、孙立、解珍、解宝、顾大嫂、杜兴、乐和。并计前次之斩获,除邹渊、邹润尸骨无存外,尚有孙新首级盐封未坏,总共首级九颗。

希真大喜,众人皆贺。希真一面报捷本寨,一面便将恢复兖州献馘投诚的事,修了一封书,教刘麒由飞虎寨来,将书信、首级带往青州去,求云天彪办理。只因这一去,有分教:龙颜大悦,崛起了群力群雄;虎旅宣威,削尽那假忠假义。

不知后事如何,且听下回分解。

第一一一回　陈义士献馘归诚　宋天子诛奸斥佞

话说刘麒奉希真之命，持书到青州，将梁山泊强盗首级封匣标签一同解去，点二千名壮兵沿途护送，不数日到了青州。

且说云天彪自收降清真山之后，朝廷大加褒宠：云天彪升授登莱青都统制，加忠武将军衔，赐翚尾紫罗伞盖一顶、玉带一围、黄金百两；傅玉升授马陉镇总管；闻达升青州兵马都监；胡琼实授青州防御使；欧阳寿通升马陉镇防御使；风会升清真营都监；李成实授清真营防御使；云龙加游骑将军衔；哈兰生加定远将军衔；哈芸生、沙志仁、冕以信均加游击将军衔；马元、皇甫雄准其赎罪，嗣后如能立功，仍予一体升赏；其余将弁兵丁，从重分别赏赉抚恤。天彪进京引见毕，回署，闻知陈希真力图恢复兖州，甚喜；又闻新柳营被梁山攻围紧急，便准云龙之请，带兵前去解围。云龙转来说陈希真奉托办理归诚之事，天彪点头。

这日，天彪正在署内与云龙论说事务，忽报猿臂寨刘麒到来。天彪父子皆大喜，出厅接见刘麒。刘麒参见了天彪，并与云龙相见了，呈上希真书信。天彪大喜，一面逊坐，一面拆看书信。看毕，又备问刘麒细底情形。刘麒备述一番，天彪、云龙一齐称贺。刘麒又说些拜托仰仗的话，天彪诺诺连声。便吩咐云龙去查点了首级，又命云龙引刘麒去青州拜见文武各官，众人无不欣羡称贺。

当晚，天彪治筵款待刘麒，邀集各官相陪，又吩咐犒赏猿臂兵丁。席间，天彪对刘麒道：“道子来信，我都知道了。但此事须得安抚使、检讨使、镇抚将军一同会衔，开单具奏，必得我亲自带印上省走一遭。贤侄且留敝署盘桓几天，待我转来再回兖州罢。”众官员都称是，刘麒称谢。众官员又与刘麒谈说一回，尽欢而散。刘麒就在天彪署中歇宿。

次日，天彪整顿起行，叫云龙在署接待刘麒，另点营弁护送首级。

刘麒、云龙并众官员等，齐送天彪起身。路无耽搁，到了济南，便到文武各衙都拜会了。那检讨使贺太平，闻知义士陈希真果然恢复兖州，斩获群贼，大喜之至，便与安抚使刘彬查点了首级。那刘彬已得了希真的打点，更兼贺云二人义气深重，出言正大，只得依从。那镇抚将军张继，随了大众，唯唯诺诺，自不消说。众大员轮流请酒，一面商议把强盗首级用铁笼装盛，每笼上签标贼名，就在都省各门号令，一面拟稿具奏。议毕各归本署，天彪亦归公馆。贺太平当晚在署，便请幕宾缮起奏稿。

次日，贺太平请天彪进署，并请刘彬、张继同来会衔。众人看那折子上写着：

山东安抚臣刘彬、山东检讨使臣贺太平、山东镇抚将军臣张继、山东登莱青都统制臣云天彪谨奏，为义勇斩盗献馘，收复城池，恭折奏祈圣鉴事：窃臣等仰邀简畀，自到任以来，首严盗贼。因曹州府郓城县所属梁山泊地方，强徒占据，肆行剽掠，不就招安，甚至戕官拒捕，割据城池；而兖州一区，尤为冲要所在，亦被贼众占据，三载于兹。臣等前次奏闻，已邀睿鉴。缘有沂州府兰山县义勇陈希真，原籍东京开封府人；刘广，沂州府兰山县人，团练乡勇，倡募经费，前于政和六年十月十一日，率众救援蒙阴，擒获贼目郭盛一名，臣等专折奏闻。奉旨：陈希真、刘广奋勇斩贼，准抵前愆，着加忠义勇士名号。如再能斩盗立功，定予奖励。钦此。臣等凛遵，当即饬知去后。嗣于政和七年三月十八日，梁山贼徒攻陷蒙阴，又经陈希真率众收复，斩贼目龚旺、丁得孙二名，臣等又专折奏闻。奉旨：陈希真等忠勇报效，可嘉之至，着赏给都监职衔；祝永清等均加防御职衔。如再能奋勇斩贼，定予不次重赏。钦此。臣等领遵，又复饬知。该义勇奋勉报效，兹于本年正月初八日，据义勇陈希真、刘广报称：于去年十二月二十三日，率领乡勇，将前占兖州府城力攻收复，所有贼目首级九名，封送前来。臣等据此，除委令文武干员前往兖州妥办收复事宜，贼目首级在省号令外，谨将陈希真、刘广奋勇报效各情，合词专折具奏。所有陈希真及所率各勇士等应宠加优叙之处，臣等开列名单,伏乞圣裁。

众人看毕,天彪称是,当即会衔封固,差官赍奏上京。众人都辞了贺太平回署。次日,天彪往各衙门辞行回任。不日,到了青州,与刘麒说知具奏之事。刘麒拜谢。次日,刘麒辞别了天彪、云龙并各官员,便领本部二千壮兵,回到兖州,报知希真。按下慢表。

且说宋江自被陈丽卿箭伤左目,即回梁山大寨,幸有安道全内用托里消瘀之剂,外敷安筋定痛之药,不数日,居然无恙。惟自问损了一目,五官有缺,不大舒服,终日长吁短叹,怅恨不已。众头领与他闲谈消闷,宋江又日夜提挂兖州之事。一日,时已傍晚,忽报军师同李头领单身回山来了,宋江大惊。吴用、李应已到,具言失兖州之事。宋江蓦地一惊,狂叫一声,往后便倒。左右急扶入榻上,早已昏厥了去,左目流血不止,箭疮迸裂。卢俊义急请安道全到来诊视,安道全道:"不妨,不妨,列位不可慌乱。"忠义堂上灯烛辉煌,照耀如同白日,一面灌汤药,一面敷灵丹,足足一个时辰,宋江方才醒转。众人团箕般侍立,声息全无。吴用、卢俊义忙令扶宋江入卧室。太公早已出来问过数次。宋江进去了,外面各头领吃了酒饭,谈些失兖州之事,无非把魏辅梁、真大义两个名字,千贼万贼的痛骂而已。众人道:"且等主帅好了再说。"众人各散。

次日,忽报时迁回山来了。原来时迁当镇阳关破之时,乱军中潜身躲入僻处,当时猿臂诸人亦不查及。比至次日,时迁偷越关外,一路偷鸡摸狗,吃饥伤饱,溜回本寨。吴用见了大喜。

过了数日,宋江起来,觉得身体好了,坐出忠义堂,召集各头领相叙。少刻,群英毕集,李应上前跪倒,纳首于地,口称:"李应溺职失城,不敢私逃,求主帅正法。"宋江一言不发。吴用起坐道:"此事主帅亦休怪李应。那魏辅梁、真大义二人,不但李应失眼,即吴用亦粗忽;不但吴用粗忽,即主帅亦过于忠厚待人矣。"说到此间,只见张魁亦俯伏于地,大叫:"张魁该死!误荐真大义。"宋江亦起坐叹口气道:"事已如此,说他做甚,总是我们梁山气运平常之故。"说罢,亲扶李张二人起来道:"二位兄弟休得如此。"便把李应、张魁二人只记个公罪。李张二人俱叩谢,仍各就坐。众人相视无言。只见宋江对着吴用道："怎好，怎好？"吴用沉吟良久，开言道："兖州已失了，且提开，只是陈希真不除，我忧患无已时矣。"

宋江便邀吴用入内议事。宋江道："那年军师曾议一托蔡京令希真引见，中途刺杀之计，嗣后希真那厮夺我蒙阴，我曾托蔡京照计举事，叵耐赵头儿不教希真引见，以致此事中阻。今梁氏夫妻又相继亡故，无可通信于蔡老，奈何？"吴用道："那倒不妨，只须将此事瞒过，教萧让摹仿笔迹，前去致信尽好了，今日时迁不死，实为哥哥万幸。"宋江忙问何幸，吴用附耳低言道："有了时迁，便好中途如此如此引线。"宋江接连点头。吴用又道："只是下手行刺之人，尚须斟酌。算来陈希真即使上京，也还有时日，慢慢再议。刻下且教萧让写起信来。"遂复出厅，教萧让摹了梁世杰笔迹，写起一封书信，宋江亦自修一封书起来，无非教蔡京在天子前，耸陈希真引见，以便中途行刺而已。便差戴宗送书上京，择次日起行。当晚众人各散。

到了次日，戴宗持了书信，作起神行法，不数日，到了东京，径投范天喜家来。天喜接待一切，自不必说。当日同去见蔡京。蔡京见萧让假信，只道女儿、女婿无恙，甚慰，便对戴宗道："宋头领来意我都知道了，你且去安息，消停数日，来领回书。"戴宗随了天喜退去。蔡京暗忖道："上年天子曾说，陈希真须再能立建殊功，方予引见施恩。今日希真这场功劳，可谓大极矣，要他引见，正如顺水推舟，何难之有！且待折子到了，再看机会。"

忽一日，山东省保举陈希真、刘广折子到京。天子览奏，龙颜大悦，朱批："陈希真、刘广均着加总管衔，先来京引见。"蔡京心中暗喜。童贯不知就里，忙跪奏道："陈希真恢复兖州，固应升赏。但所率部众，皆亡命凶徒，名单中臣知二人焉，苟桓、苟英非逆臣苟邦达之子亡命落草者乎？此辈滥邀恩赏，岂不为患？伏望圣明裁夺。"天子拍案大怒道："童贯何得颠倒至此！梁山贼众割据城池，肆逆无忌，尔等尚劝朕赦令自新。今陈希真、刘广奋勇报效，献馘收城，其忠诚已可共睹，而汝等反力阻不容，出自何意？至所说苟桓、苟英，一谋贼制胜，一御贼忘身，忠智如此，即有前愆，亦当蠲免，朕子惠万民，断不为此已甚。"言及此处，遂旁顾群臣道："可是？"童贯尚想奏称加总管衔，宠赉太优，未及开口，种师道早奏道："圣论至是。陈希真实系志念忠忱，才能超俊，使为一方大将，必能建立殊功，报效朝廷。"天子颔首，高俅在旁无言。原来高俅自蒙阴败绩之后，亏陈希真救出，逃到济南，便嘱门生刘彬奏称高俅招致陈希真，协同击贼得胜，又将败仗报得极轻，因此得以免罪。彼时高俅因救罪要紧，不得不保举希真；而因希真杀他兄弟高封，又辱他儿子，心中终不舒服，但既已保举，不便又从中阻隔，是以默然无言。惟蔡京奏称："陈希真合行引见。"天子点首降旨，诸臣退朝。

蔡京回衙，即令范天喜通知戴宗，速往梁山，报知陈希真引见已定。

戴宗得信，飞速回归山泊。宋江闻知此信，便与吴用商议。吴用道："我计已定，此事只有武松去得，力气最大，心思最细。"宋江道："希真那厮战蒙阴时，久已认得武松，怎好?"吴用道："不妨，只须如此如此而行。"宋江称妙，遂密传萧让、时迁、武松，授计而去。按下慢表。

且说陈希真在兖州，接到刘麒带转云天彪回信，知归诚之事，业已具奏，众将无不大喜。不数日，都省员弁下来，一番交割，不必细表。

又不数日，奉到圣旨加总管衔，来京引见。希真舞蹈谢恩，当即差人到青云山通知刘广，一同束装起行。派祝永清、陈丽卿、真祥麟领兵一万名，助委员戍守兖州；其余都回山寨各处镇守；独点范成龙一人随护，又带亲随数人，轻车简从，与刘广一同上京。丽卿上前道："爹爹此去，孩儿不放心，要陪爹爹去。"希真笑道："一路平坦道路，有甚不放心。你又不是吃奶的孩子，跟我去做甚！"丽卿被老子说得没趣，只得歇了。只见魏辅梁向希真拱手道："恭喜仁兄，此去功成名就。辅梁有言在先，今日告辞去也。"希真道："吾兄何须如此汲汲，且请与小婿盘桓数日，俟希真上京转来，再与吾兄畅饮快谈而后别，何如?"永清道："老叔此去，甑山未必可居。刻下贼人深恨于吾叔，甑山孤悬城外，倘贼人潜来谋害老叔，将奈何？据小侄之意，老叔何不竟居城中，小侄亦可早晚求教。"辅梁道："我此去不住甑山，另有去处。前小儿自诸城回来,言及九仙山奇秀绝胜,愚意本欲扶疾徙去,会逢令岳委以间贼重图,是以中止,此番决意前去也。”希真道:“既如此,诸城路远,何不少留,俟希真转来,陪吾兄到了沂州,再从沂州送吾兄入九仙山也。”辅梁见他翁婿二人留得十分关切,只得暂住了。后至希真引见回来,与永清同送辅梁到了沂州,又差人护送到诸城九仙山。辅梁自此隐居九仙山,终身不仕,枕流漱石以自终。后魏生出仕,官至徽猷阁学士,颇著才名。这是后话。

且说当时陈希真、刘广被了命服,带了范成龙并仆从,由兖州起程。祝永清等并文武各员恭送启行,一路上州县营汛无不迎送,已是大员行程身分。这日正是二月十五日,行至仪封县地界仙厄镇上,正是未末申初时候,头站范成龙回转马来,禀希真道:“小将前行,探得此去须有一百余里,方有站头,来往客商,到此尽皆住宿,故而小将已看定歇寓,就请此处宿夜。”希真道:“既如此,且住了罢。”遂同到前面日升客寓安歇。

原来这仙厄山是东京大路,两边有突兀小山,绵亘七八十里,山名仙厄,来往行人惧有贼盗,所以在镇上住止。希真、刘广、范成龙统了仆从进寓,寓主早已在门前接候。希真等下了马,那捣家早来笼马,到后槽去喂养。当请陈大人、刘大人到上房,早已打扫干净,众仆从去安置了行李。希真看那上房一排三间,都是西向,院子空阔。店中管家又引众仆从到右间厢房安歇,那左间厢房已有别人行李放着。那管家上前来禀希真、刘广道:“禀上二位大人:适有太师府里旗牌官范老爷公干过此,要住上房。小人们因大人前站范老爷早已吩咐过,不敢应许。那范旗牌也只将行李放在左厢,特将上房恭让大人。特此禀知。”刘广道:“知道了。”希真道:“那范旗牌是不是范天喜?”管家道:“不晓得,只知他姓范。”希真便吩咐造饭。当时刘广独住右间;希真、范成龙在左间,分上下铺同住;中间客厅坐谈吃饭。

不多时,外面进来一个客官。希真在厅上一望,却不是范天喜,只见那人相貌文雅,带了一仆,是个鲜眼黑瘦子,共进了左厢房。只听那客官向仆人道:“你到门口招呼招呼,恐怕文老爷认错了店家。”那仆人答应一声出去。店小二送了茶水,问了酒菜,也出去了。不一时，只见那客官步出院子来闲走，一面看见希真、刘广、范成龙在正屋闲谈，便步进堂内，向上长揖，通问姓名。希真等共忙还揖，逊坐。那人谦逊一回，也就坐了。希真问其姓名，那人便称姓范，是乙酉举人，“上年上京会试，投托舍亲萧旗牌家，即在伊家设馆。近因试期尚遥，故尔返舍。还有一个敝同年同行，因其车子走得缓，所以落后”等语，乃知希真等系引见之人，便格外谦让，大人、先生不绝于口。希真见他彬彬儒雅，举止从容，又因他说是个举人，便十分敬重。彼此谈些闲话，不觉上火。那仆人进来道：“文老爷来了。”那范举人告辞道：“敝同年来了，明早再见罢。”希真等送出檐外，在黑影中望见外面踱进一个汉子，带了风兜，身躯壮伟，那范举人邀进厢房去了。忽听得外面喧嚷，店小二被打。希真命范成龙出去打听。

成龙出外，见有一个东京差官，生得奇形怪状，到店投宿，要住上房。店主覆他已有贵官住了，那差官便嚷道：“我难道不是官！”出手就打。成龙见来人不凡，上前劝住道：“请问客官尊姓大名，上房是小可等住着，即要相让，亦甚容易。”那差官道：“咱们种经略相公差到云统制那边去的，你们是谁？”成龙道：“我主人是收复兖州，奉旨加总管衔，进京引见的陈刘二位相公，你可晓得么？”那差官道：“是不是陈希真、刘广？”成龙道：“一点不错。”那差官忙道：“我进去见见。”说罢，也不烦成龙导引，一直走到上房，大叫道：“那位是陈总管？”范成龙已随了进来，对希真道：“这位是种经略的差官。”希真、刘广一齐起身道：“贵官尊姓？”那人走到面前，随说随拜道：“我姓康名捷，在种经略相公门下充当中候之职，因奉枢密院札付，往山东打探军务。久闻壮士大名，愿得一拜。”希真即忙逊坐，愿以上房相让。康捷道：“外面尽有好房子，小可告辞，明日相送。”不由分说，往外去了。希真等含笑相送。

吃了夜饭，各自安息，希真对范成龙道：“方才我到后面一看，是个旷野，窃匪最易外入，夜间须警醒为妙。”成龙应了。希真又命成龙持烛在房屋内外，都照了一转，方才掩门就寝。

不移时，听店中均已寂静，刘广已在右房睡着，范成龙已在床上起鼾，希真在床闭目坐息一回，也就睡了，上房鼾声齐起。希真睡梦中忽听得窗下鼠斗，忽提耳静听，那鼠也渐渐不响了，希真又阁阁睡去。四更将尽，忽听得后槽有隐隐班马之声，希真道："怕他有盗马的不成？"正要唤范成龙起来，只见灯已灭了，月光射进窗来，蓦见窗下人影一闪，开了房门，引进一个大汉，手提明刀，直到床前。希真忽地坐起，那汉已一刀砍入床来。希真见他砍了个空，急从床上立起，飞出一脚，吃那汉左手用力抱住，右手明刀疾刺，希真急揝根床柱子来挡。范成龙不及取剑，急起来，房内月光下夺那汉的手中刀。不防那汉顺起一脚，成龙跌倒在地。希真一足难支，正在危急万分，只听得一人飞也似进来，到那汉身边。那汉便把希真左脚一松。希真跳出床外，见那来的却是刘广。范成龙已立起来。三人在月影里攒击那汉，那汉当不住，大吼一声。只听得门边一人叫道："武二哥快走，我先去也。"店中人一齐惊起，右厢仆从已点齐火把，扑到上房。那汉早已一面格斗，一面走出厅上，希真、刘广、成龙已一齐赶出。火光下，希真大叫："这是梁山贼武松，休放走他！"语未毕，武松已纵上瓦檐。只见中庭门外打进一人来，大叫："贼在那里？"两眼往上一瞧，飞身跳过瓦檐去了。众人仰面看时，正是康捷。

须臾间，康捷手提一人，掷到希真面前。那左厢客人已不知去向了。店内客人都起来看那捉着的贼，希真的仆从已将那贼捆了。希真、刘广、范成龙整理衣服，一面看那贼，就是方才左厢房的仆人。康捷对希真道："我上瓦四望，见这贼和一大汉，落屋后平阳同走。急追上去，那大汉手段溜撒，吃他走了，只捉得这个贼回来。"希真逊康捷坐了，刘广、范成龙皆坐。希真问那贼道："你这梁山贼叫甚么名字？"那贼跪着道："小的不是梁山人。"希真笑道："你同武松来的，还说不是梁山贼么！"范成龙在旁道："我看此人贼头贼脑，小将久知梁山有个有名窃贼，叫做时迁，莫非就是此人？"那贼忙说道："你们诸位大老爷不要认错，那时迁是梁山大盗，小的不过是个剪绺贼，若还送到当官，罪名大有轻重，断断弄错不得。"范成龙道："你分明是时迁，还要混说甚么。"那贼道："时迁已死过的了。"刘广笑道："时迁几时死的？"那贼道："今年元旦，他去拜贺宋江，宋江留他吃了几杯新年酒，回转家里，一路上受了暑气，当晚发痧死了。"希真笑道："元旦有暑气的么?"那贼道:"不是暑气,是寒气,是我时迁说错了。"大众皆笑道:"原来你是时迁。"希真便吩咐传本地里正,将时迁锁链拘禁。

那康捷便拱手走出道:"天已大明,小可要赶程去了。"希真等不便强留,称谢送别,康捷出了外房,打起包袱,店家已烧好热汤热水。康捷讨口热汤,吃些干粮,踏起风火轮,向山东去了。

希真、刘广、成龙各说些梁山利害的话,一面盥洗早膳,一面将时迁送官,众人也哄哄讲说而散。马夫来报后槽失了一马。原来那范举人即是萧让,方才班马之声,即是萧让盗马先走。仆人是时迁,方才鼠斗,即是时迁进房。那文同年即是武松,特地黑夜进来,以免希真打眼。吴用计非不妙,争奈蔡京报信疏忽,并不提及刘广亦同引见,以致吴用单遣武松,独力难支,不能成事,于是弄巧成拙,反断送了一个时大哥。那宋江、吴用的懊恨,且在后慢题。

单说时迁被希真拿了,当即差人送到仪封县里去。却好仪封县知县,正是那做过曹州府东里司巡检的张鸣珂升任来的。原来张鸣珂才能出众,大为贺太平所契重,一力保举,直提拔到知县地位。这日清早,接到希真、刘广名刺,送一名梁山贼来。料得案情重大,且不审问时迁,叫请希真差人进来,备细问了踪迹,叫差人先回寓去,便将时迁严行拘禁。一面吩咐备马,亲到日升寓来拜谒陈希真、刘广。希真、刘广接见,谦让逊坐,希真开言道:"久违了,几时荣任到此?今日降临,有何见教?"鸣珂道:"卑职上年到任。今蒙大人获交梁山剧贼时迁一名,卑职因思,梁山党羽星夜皇遽遁逃,必有粗重行李遗落寓所,未识大人查检过否?有无内外私通书札?"希真听了这话,暗暗佩服道:"鸣珂此人原有胆识。"答道:"适才弟已检查此贼房内,毫无形迹。此贼党羽,谅已逃归,无由弋获,仁兄但请就事发落罢了。"鸣珂道:"大人屏退左右,卑职请禀明其故。"希真、刘广便教左右退去。鸣珂道:"蔡京因为其女质于梁山,而班师媚贼,又为贼谋刺杨腾蛟,想大人知之深矣。今时迁来寓,而称太师府旗牌官,则今日之事,安知非此大奸贼之所为乎?"希真道:"仁兄高见。但彼乃当朝大臣,仁兄将奈之何?"鸣珂道:"大人容禀:昔盖天锡审杨腾蛟一案,得蔡京通贼手书，不敢发详，实因此贼势大，难以动摇。今此贼日失天宠，大有可乘之机，不趁此除灭，将来残焰复炽，为害非浅。”刘广道：“仁兄之言固是，但不得那厮真凭实据，如何措手？”希真叹道：“朝中人人皆蔡京也，杀一蔡京何益。”鸣珂接口道：“一蔡京不能除，百蔡京不知何日除矣。昔家叔克公，有志剪除此贼，奈时未可为，反为所倾。今此贼有可乘之机，断断不可再缓。卑职位小才疏，思欲除奸锄佞，以报国家养士之恩，奈力有不逮，故愿与大人商之。”希真便对刘广道：“我想要除此贼，必用两头烧通之计。”刘广道：“何谓两头烧通？”希真道：“这里烦张兄且去审讯时迁，张兄才高，必能究得踪迹。惟张兄仅系百里之尊，不能直达天听。我想此事，朝中除种经略相公外，无可商者。我此番进京，本合去拜谒，就将此事和他商量。那时张兄上详，天子下访，自然做倒这老贼了。”鸣珂大喜。当下计议已定，鸣珂辞了希真、刘广，回署去了。

这里希真、刘广便依旧命范成龙打头站，众仆从收拾行李，一同启行。不日，到了东京，范成龙寻觅寓所。希真、刘广往谒吏部，又持门生名帖去拜谒种师道。种师道久闻云天彪赞扬他二人，今日会面，又见二人品貌非凡，十分欢喜，当下叙谈，大为投契。希真、刘广说些仰仗的话，种师道一口应承。希真便密将蔡京这桩事一一禀明，种师道点首会意。希真、刘广辞退，便去谒蔡京。蔡京还有些需索，希真心内暗笑，打点了他。又去见童贯，亦如蔡京之例。又去见高俅，高俅却十分恧颜。又见了各大臣，到晚回寓无话。

不一日，正是重和元年三月初五日，黎明，天子御紫宸殿，吏部引陈希真、刘广陛见。天子嘉宠二人功绩，又问梁山怎样情形，希真、刘广剀切奏对。天子颔首，又有整饬戎行，训练士卒，肃襄王事等谕，希真、刘广领谕谢恩而出。天子忽回顾蔡京道：“梁世杰是你女婿么？”这句话分明青天打下霹雳，蔡京心有暗病，直吓得汗流浃背，魂不附体，只得忙跪答道：“是臣的女婿。”天子道：“他自那年失陷梁山，至今生死存亡何如？”蔡京不知天子捞着甚么根底，一时又无处测摸，只咬着牙齿奏道：“梁世杰自失陷以后，杳无存亡信息。”天子微笑道：“你不知他存亡，亦难怪你。至仪封县知县张鸣珂通详拿获梁山贼一案,何故壅不上闻耶?”蔡京伏地无言。

原来希真与鸣珂商议,料定此案详上,必被捺住,希真便就他捺住上生计。那日张鸣珂回署,传上时迁,一通刑吓诱骗,时迁竟一老一实将蔡京私通梁山的细底,并范天喜入伙的原委,供个明明白白。鸣珂竟照案发了通详。那些上司大半是蔡京的党羽,但见了这一角详文,如何识得暗藏玄妙,竟照老例隐瞒,反怪这知县不通时务。却不防希真将这根线,递与种师道,直达到天子面前。当时天子大怒,一面将蔡京拿交刑部,一面便敕种师道督领锦衣卫抄扎蔡京家私,一面敕提仪封县盗案,交三法司会审。

那种师道奉了圣旨,即统锦衣卫兵役,飞也似到蔡京府里。事出凑巧,蔡京的儿子蔡攸,已由登州府升直阁学士。这日正在蔡京府里,忽接得蔡京啮指血书衣襟一角,教快把内房复壁中拜匣内书信烧毁,蔡攸大喜。忽听外面人喊马嘶,锦衣卫来抄扎也,蔡攸大惊,两脚早已僵了。种师道已进中庭,问蔡攸道:“你父亲的笔迹书信,藏在那里?”蔡攸跪求道:“恩相若容蔡攸减罪,蔡攸即当奉出。”师道道:“准你自首免罪。”蔡攸挖开复壁,寻出一个金线八宝的匣子。

原来这复壁是蔡京最秘密之所,蔡攸也素来不知,幸这日血书通知,因得探囊取出。种师道便吩咐将蔡京房屋箱笼一齐封起,只将这匣子先行呈上御前。天子启匣一看,里面除陷害忠贤,鬻卖官爵,私通关节等信不计外,却有梁山书信七封。天子阅了一遍,大怒道:“这奸贼竟如此昧心!”便将书信发下三法司,教蔡京质对。蔡京一见此信,便无别话,但叩头在地道:“蔡京该死,请皇上正法。”三法司拟罪已定,即日奏闻。至第三日,天子降旨,将蔡京与时迁一体绑赴市曹。东京城内外民人无不称快。不一时,蔡京上前,时迁随后,两道灵魂血沥沥的不知去向了。蔡京家私尽行没入官府。蔡攸因自首,加恩免罪。范天喜逃亡不知去向。朝中坐蔡党,发军州编管者二十三人,削职者四十六人,贬级者八十五人。童贯、高俅等当严治蔡党之时,吓得屁滚尿流,幸而没事。

次日,天子复召见希真、刘广,下午降旨:陈希真授景阳镇总管,刘广授兖州镇总管,各赐玉带、金爵;祝永清授景阳镇都监,特加壮武将军衔；真大义授沂州府都监；祝万年授猿臂寨正知寨；栾廷玉授青云营防御使；栾廷芳授新柳营防御使；王天霸授猿臂寨副知寨；苟桓授兖州都监；真祥麟授飞虎寨正知寨；范成龙授飞虎寨副知寨；刘麒、刘麟均加致果校尉衔；谢德授沂州东城防御使；娄熊授沂州西城防御使；苟英追赠宣威将军；陈丽卿诰封恭人，加电击校尉；刘慧娘亦诰封恭人，敕赐智勇学士。

陈希真、刘广奉旨谢恩。次日，辞别了种师道并各大臣，遂带了范成龙并仆从，同日出京。不一日，过仪封县地界，张鸣珂早已沿途迎接。原来鸣珂因办蔡京一案，天子嘉其胆识，特升归德府知府。当时与希真、刘广相见，彼此贺喜，又畅叙一回而别。

那张鸣珂赴归德府上任，大有政声。后来伊胞叔张叔夜征讨梁山时，鸣珂正做龙图阁直学士。至靖康改元，金人南下，叔夜奉钦宗手札，率众三万人勤王，鸣珂为参谋。与金人连战四日，斩其金环贵将二人，大获全胜，其计谋半出鸣珂，帝大加褒宠。奈诸道援兵不至，以致城陷，二帝北狩。鸣珂从叔夜赴金军，叔夜一路不食粟，惟饮汤以待死。及到白沟河，正是金人地界，鸣珂矍然起道："过界门矣！"叔夜便仰天大呼，绝吭而死，鸣珂亦拔刀自刎。当授命之日，天昏地暗，山岳震动，精忠大节，彪炳千秋。这是书外之事，日后之语。

且说陈希真、刘广辞了鸣珂，一路晓行夜宿，取路山东。一日到了宁陵县地界遇贤驿，夕阳在山，寻寓安歇，自然又至上房。希真等吩咐仆人安放行李，店小二送了汤水，问了酒饭出去。希真正与刘广、成龙坐谈，不多时外面进来一个客官，带了二仆，到左厢来安歇。只因这一个人来，有分教：相逢萍水，聚谈此日经纶；同事干戈，建立他年事业。

毕竟这个客官是谁，且听下回分解。

第一一二回 徐槐求士遇任森 李成报国除杨志

却说陈希真,刘广等在遇贤驿客寓上房,正相坐谈,又见一位客官,带了二仆进左厢房来。希真看那客官,剑眉秀目,方额微须,中等身材,满面和光,深藏英气,却未知是谁,只见他已进厢房了。希真闲步下阶一回,只见那客官也负手出房。希真便上前唱喏,那客官慌忙回礼。希真请问名姓,客官拱手答道:"小弟杭州徐槐。"刘广在堂上,慌忙下阶,与徐槐深揖,问道:"仁兄府居,是西湖午桥庄否?"徐槐答揖道:"正是。"刘广大笑道:"远在千里,近在目前,原来就是徐虎林兄,久慕之至,幸会之至。"希真便问刘广道:"姨丈何处闻知此位徐兄大名?"刘广道:"此徐兄表字虎林,居杭州西湖午桥庄,乃高平山徐溶夫之令从弟也。"徐槐转问二人姓名,二人一一答了。

当时三人一见如故,希真、刘广便邀徐槐上堂叙坐,范成龙亦相见了。逊坐毕,刘广对希真道:"徐溶夫才名,姨丈所知也。小弟那年往高平山会晤溶夫时,溶夫说起虎林兄经济满怀,深通韬略,能为人所不能为。彼时弟已心醉,不期今日幸遇。"徐槐道:"经济二字,弟何敢当,特遇事畏葸以误君国,所不忍为耳。"希真称道不绝。范成龙也说起溶夫称述徐槐之事,并道久仰之意。希真请以上房相让,徐槐谦谢。希真再三逊让,徐槐便移至上房与希真共住。当晚共用晚膳毕,徐槐与希真等畅谈竟夜。希真方知徐槐曾在东京考取议叙,归部以知县铨选,因选期尚早,故游幕于山东;近得京信,知名次已近,所以上京投供。希真暗想道:"山东正当干戈扰攘,此公倘得选山东,必大有一番作为也。"

次日早起,两家仆从各收拾行装,徐槐与希真等各盥洗毕,用了早膳,又谈了一回。为时已不早了,徐槐与希真、刘广、成龙拱手告别,希真等赴山东,徐槐赴东京。

话分两头,先说徐槐辞别希真起行,不日到了东京,觅所房子,安顿了行囊，又就京中雇了两名车夫。次日即赶办投递亲供之事，又拜了几日客，应酬了一番。初夏将近，风和日暖，是日闲暇无事，徐槐独坐斋内，看那庭院青藤架上绿阴齐放。徐槐忽叫车夫进来，问道："神武门外元阳谷，我幼年曾到过，一路藤阴，景致甚好，此刻你可晓得藤花放否？"车夫道："不敢晓得。"徐槐喝道："甚么说话！不晓得便不晓得，有甚不敢晓得？"车夫忙答道："是小人说错了，小人说不敢打听。"徐槐道："怪哉，怎么不敢打听？"车夫道："老爷不知道，近来这谷内进出不得了。"徐槐道："却是何故？"车夫道："近来这谷内有一伙强人，为头的一个叫做千丈坑许平升，一个叫做冰山韩同音。这两个魔君，聚集一千七八百人，占据了元阳谷，打家劫舍，无所不至，所以这山进出不得。"徐槐愕然道："元阳谷乃京都北门锁钥，岂容盗贼盘踞，收捕的官兵怎样了？"车夫在旁笑道："官兵还敢近他！"徐槐叹道："天下盗贼如此横多，安望太平。"车夫道："只有一人，想该斗得他过。"徐槐听了，忙问是何人。车夫道："这人姓颜，名叫树德，号叫务滋。那年小人送一起大客商，路过蓟州府寒积山，突遇一伙强人，望去何止二三百人。这边客人，无一个不吓得手脚冰冷。幸喜路旁酒店走出一个大汉，正是颜树德，手提大砍刀，直奔过去，登时杀得那强人四散逃走。当时客人问了他姓名，又重重谢了他，他也老实收了，又留客人酒饭，歇了一日。小人因此识得他本领。"徐槐道："这人现在那里？"车夫道："倒也巧极，这人向来东飘西泊，不知住处，恰好前日小人在不远亭边来复弄口撞见他，可惜不问他住处。"徐槐道："你下次遇着了他，速来通报。"车夫应了出去。

一日，有一贵官来拜见徐槐，正在厅上分宾叙坐。那车夫急走进来，见主人正在会客，不敢上来，只得站在阶下。徐槐一见，便问道："你有甚事来禀？"车夫上来道："禀告老爷：那颜树德正在巷口酒店里，老爷说要见他，此刻要不要叫他来？"徐槐大喜，不觉立起道："你怎说叫他，须我去见他才是。"那贵官笑道："原来是那个乞丐颜树德，徐兄见他何为？"徐槐道："小弟闻知此人武艺超群，故爱敬他。"贵官道："此人武艺却好，但仁兄叫他来也罢了，何必轻身礼接下贱。况此人武艺虽好，性情卤莽，本是故家子弟，自不习上，甘心流落，一味使酒逞性,行凶打降,所以他的旧交,无一人不厌恶他。小弟久不闻他消息,只道他死了,谁知今日还在。仁兄若见了他,便晓得此人不好了。”徐槐道:“仁兄所说,谅必不错。但此人或有一长可取,亦未可知,总待小弟见过了他再看。”车夫道:“老爷不必自去,待小人去请他。”徐槐道:“也可,但须说得恭敬。”车夫应声了出去。那贵官起身告辞,徐槐送至门首,贵官拱手升舆而去。只见车夫领着一个黑大汉过来。徐槐看那汉,面目黝黑,虎须倒卷,威光凛凛,身长九尺,腰大十围,身上十分蓝缕。车夫指着对徐槐道:“这就是颜树德。”树德向徐槐一揖,顾车夫道:“这便是徐老爷么?”徐槐暗暗称奇,便答揖道:“小可正是徐槐。”路上人见一华服官人与乞丐施礼,都看得呆了。树德对徐槐道:“小可落魄半生,知己极少。今日老先生见召,有何教言?”徐槐道:“请壮士进内叙谈。”便携了树德的手,一同进内。那些仆从尽皆骇然,连车夫也呆了。

树德到了厅上,向徐槐扑翻虎躯纳头便拜。徐槐慌忙答拜,便吩咐:“浴堂内备好汤水,请颜相公沐浴。”又吩咐:“取套新衣服与颜相公穿了,然后请颜相公出厅叙话。”颜树德道:“小可承先生过爱,不知先生因何事看取?”徐槐道:“小可在山东时,久闻足下大名。但不知足下运途蹇晦,一至于此。”树德浩然叹道:“小可是四川人,自幼游行各处。那年小可在河北蓟州,因生意亏本,往青州奔投表兄秦明,正还未到,不料那厮失心疯了,早已降贼。小可失望,意欲仍回蓟州,更不料还有个失心疯的贼,就是传言秦明降贼的人,劝小可也去降梁山,吃小可一掌打死。小可犯了人命,只得一口气向南奔逃。路至济南,盘缠乏绝,只得沿路行乞,迤逦到了河南归德府,小可初意,原想到这京里来投奔一个好友。后想世间都是没志气的人,我这副铜筋铁骨埋没了也就罢了,便一口气回四川去了。恰得奇兆:小可到了四川之后,为人佣工度日,一日往景岳山去,走进一所庙宇,十分宏敞,只见里面一个老者,相貌魁梧,向小可说道:“你是洞天中大将军,岂可置之无用之地!’又说我遇午当显。说罢,那老者并庙宇都不见了。小可感此奇兆,因重复一路行乞到东京来。到此方才七日,不意便遇先生。先生果知我,异日为先生冲锋陷敌,万死不辞。”说罢又拜。徐槐急忙扶起，感慨一回，便问道："足下那位好友姓甚名谁？"树德道："小可未曾和他会面，据另一个好友，姓韦名扬隐的在蓟州说起他，性情仁厚，韬略渊深，慷慨好施，谦光下士，现在槚树村神明里居住。他姓任，名森，表字人衔。小可久记在心。那年因思归故乡，不去见他。今番去见，叵耐他管门的这班鸟男女，不容我进去。我想，就不去罢了！"徐槐道："想是下人之过，足下休怪他。且请用了便饭，改日小可与足下同去见他。"当日徐槐请颜树德酒饭，又打扫一间房屋安置树德，又畅谈半夜。

次日早起，徐槐在外面应酬了些事务，大约无非贵官贵客，一番常套，不必细表。

到了傍午，与颜树德用了中饭，便叫备个名帖，带同颜树德，直到槚树村神明里去访任森。原来任森世居皇城，先代显宦相继，世沐恩光，家居神明里，资财巨万。任森生得相貌清正，长须五绺，丰裁儒雅，勇力过人，性情仁厚，却又严正，所以一切富家龌龊子弟，无不刻忌他。更兼他深居简出，不喜趋走，所以朋友极少。这日任森正静坐书斋，外面忽投进徐槐名刺。任森接了细细观看，恍然悟道："那年先师陈念义夫子仙驾来临，谓我道'能用汝者，与余有二人也'。言讫而去，语在可解不可解之间。今想'余有二人'，非'徐'而何？且待我出去接见他。"便命邀徐槐进厅，颜树德一同进来，任森接见逊坐叙茶。徐槐与任森略谈几句，任森便大悦服，便请徐槐上坐，纳头下拜。徐槐忙谦让道："岂可如此！"任森道："我观先生才德超群，必建非常功业，日后但有用小弟处，无不效劳。"徐槐谦让答拜，重复入坐。任森便指树德问徐槐道："这位大英雄是谁？"徐槐代树德通了姓名，树德便向任森下拜。任森大喜答拜，道："那年韦扬隐回东京，向小弟说知颜兄，小弟甚为钦佩。又说在归德府寻访吾兄不着，小弟亦代为纳闷。不期今日得瞻虎威，实为深幸。"树德听了大笑。当时任森留徐槐、树德酒饭，畅谈一切，十分知己。

席间徐槐开言道："仁兄贵庄设立碉楼，整顿戈甲，想是为元阳谷贼人之事么？"任森道："正是。那厮见俺庄上丰富，常来滋扰，是以小弟不惜重资，募练乡勇，保护村庄。那许平升吃小弟诱败一阵，从此不敢正觑我村。只是那厮还有个党羽韩同音,把守得紧,所以不能直捣他巢穴。"徐槐未及开言,树德忙说道:"那韩同音本领甚低甚低!小弟一到东京,闻知此事,就去与他厮会。那韩同音身披铁叶甲,手执刀牌。小弟赤膊空拳,打得那厮斤斗频翻。只可惜许平升来帮他了,不然小弟活打杀他。"徐槐捻须微笑道:"二公既同生公愤,敌忾杀贼,小可不才,取条妙计,管扫得那厮影迹无踪。"二人一齐请教,徐槐道:"火攻而已矣。"二人大喜。颜树德便要前去,任森道:"且将器械备好再去。"一面席上劝酒,一面吩咐庄客准备干柴芦荻,并一切衣甲之属,徐槐又指划些攻取之法,又畅论一切,尽欢终席。徐槐、颜树德就歇在任森家。

次日,徐槐替他禀明当官,请了号令,便坐在庄内听信。任森披起黄金锁子甲,手提烂银点钢枪,又取副狮蛮铁叶甲与颜树德披了。树德自去架上选一把七十二斤镔铁大砍刀。任森跨上火炭枣骝马,树德跨上追风乌骓马,点起八百名庄客,一齐杀奔元阳谷去。那许平升、韩同音正在商议打劫之事,忽报神明里乡勇杀来。许平升、韩同音一齐大怒,便各持兵器上马,点起喽罗们,杀出谷口。恰好两阵对圆,韩同音当先出马,高叫:"神明里牛子,敢再到这里来领死么!"这边颜树德一马飞出,大骂:"贼子,今番你休想侥幸了!"同音见是树德,心中大惊,许平升慌忙出马,二人攒战树德。树德毫不惧怯,共斗十五六合。任森早已立马阵前,两边战鼓齐鸣。那贼兵后队忽然叫起苦来,只见元阳谷烟焰齐发,火光已蒸天价通红了。贼军大乱,韩同音被树德一刀砍于马下。许平升大惊,拖枪而走。任森早已指挥两翼壮士掩上,将贼兵团团围住,杀得一个不剩。许平升已死于乱军之中。那些放火的壮勇都有斩获,纷纷上来献功,任森大喜。内中一个壮勇的头目禀道:"可惜徐老爷不防及谷后,眼见还有两员贼将从谷后逃走了。"任森愕然片刻道:"只好由他。"当时与树德会合乡勇,同掌得胜鼓回庄,徐槐接见甚喜。任森说起不守后谷,可惜走了两员贼将,徐槐笑道:"任兄还怕不识此计玄妙,我计正妙在不守后谷。若前后合围,不留出路,那厮必然拼命,困兽犹斗,非兵法所忌乎?"任森大服,从此拜徐槐为师。徐槐将任颜二人恢复元阳谷功劳报官,任森，颜树德都得了防御职衔。自此任森、颜树德都归依了徐槐。

不数日，韦扬隐自睦州回来，来见任森。任森方知韦扬隐奉童贯差征方腊，不料诸庸将掣肘，以致败绩。罪归韦扬隐，削职。任森大为叹息，韦扬隐毫不介意。

因贺任森得胜之喜，见了颜树德，悲喜交集，各问原委。又闻知了徐槐英雄，便求任森介绍来见，一见大服，便拜徐槐为师。又引李宗汤见徐槐，亦拜徐槐为师。徐槐与任森、颜树德、韦扬隐、李宗汤日日盘桓，徐槐遂深知四人性情才能，日后各有用处。不题。

且说那元阳谷后逃走的两员贼将，一个是扫地龙火万城，一个是擎天铜柱王良。这二人见满山火起，料知事败，不敢去接应前军，只得率领四百名喽罗，保着一位军师，向山东而走。路上改换了捕盗官军旗号，所以一路无阻无碍，直达梁山。

谁知那宋江吃了魏辅梁、真大义的作弄，见有新来弟兄，十分胆怯；更兼刺陈希真不成，枉送了时迁性命，杜绝了蔡京、范天喜门路，懊恨非常。迩日希真又奉旨荣任，跨有兖沂，众将遵旨就职，日日简练军马，宋江大小头领无不震惧。这日早上，忽报有火万城、王良二位好汉前来求见，却未提起入伙的话。宋江正在烦恨，不得已接见了二人，却于礼貌言辞间失于关切，觉得疏淡了些。二人不悦，托辞告去。宋江又不苦留，二人便同那军师并四百喽罗去了。

吴用在后山阅视炖煌，中午转来，方才知道此事，急来见宋江道："兄长为何拒覆新来兄弟？兄长真是奈何不得东瓜，只把葫子来磨。那魏辅梁、真大义二人，小可自失眼了，怕他真个人人如此！那新来兄弟，诚伪真假，我自有照察之法，何必遽行拒绝。兄长如此疑人，现在辅佐业已残缺，未来豪杰裹足不前，我梁山其孤危矣！"宋江大悔，急命杨志、徐宁二人去追火王二人转来，与他赔礼。杨志、徐宁领令火速追去，早已不及了。

宋江看着吴用一言不发，吴用道："此事休提，且着人去探听他下落，再作计较。只是陈希真那厮跨有兖沂，兵势浩大，逼近为患，极非小耍；更兼新泰、莱芜隔绝兖州之东，我戎马出入大为不便，所当速定大计。"宋江矍然道："这事怎处？"吴用道："处此之势，用兵或有生路,不用兵直坐以待亡耳。”宋江道:“我去恢复兖州何如?”吴用沉吟一回道:“陈希真何等利害,此番去夺兖州,定然枉费力气。我想此番我们新失兖州,云天彪必不料我有事青州,不如乘势去恢复清真山为妙。”宋江道:“此一路被刘广在兖州当我咽喉,进出不利,怎好?”吴用道:“我自有道理。且我此去夺清真山,亦不专为清真;如果清真山夺不得,我亦另有算计。若从事兖州,则是舍远守近,地势愈促,不惟兖州不可必得,而失却新泰、莱芜,大非计也。”宋江点头,便从此日日加紧操演,鼓励士卒。统计梁山兵马尚有十五万,并嘉祥、濮州两处十七万人马,及新泰、莱芜十万人马,合计共四十二万人马,钱粮尚可支三年。吴用对宋江道:“似此尽可有为,兄长放心。”宋江亦喜,对吴用道:“只是我良将消亡了许多,以此担忧。”吴用道:“再看机会,倘再能收罗几位豪杰,便可补数了。”宋江称是。过了半月,兵马操演已极精熟,宋江箭疮亦早已全愈。

是日初伏天气,宋江升忠义堂,聚集众英雄,请吴用点兵派将。吴用请卢俊义率李应、徐宁、燕青、段景住,带三万马步全军,先行攻围兖州北门及飞虎寨,不必定求攻破,只待大军过时,便将兵马约退,拣择险要扎住,一面为大军作援,一面接应粮草。卢俊义应诺,领徐宁等三万人马去了。吴用便请公孙胜守寨,点起秦明、杨志、鲁智深、武松、燕顺、郑天寿、王英、孔明、吕方,带三万人马,宋江、吴用亲自督领,即日起行,由汶河进发。

那卢俊义率领徐宁等三万军马,正在攻打兖州。刘广悉力防守,不暇他顾。宋江、吴用已领大军,抹兖州北境过去,一路无阻无碍,直到莱芜,朱武等迎接入城。歇了一日,宋江便同吴用率领秦明、杨志、鲁智深、武松、燕顺、郑天寿、王英并三万人马,直趋清真山。早有探子报入清真营里,都监风会闻报,便与防御使李成商议道:“俺这里五万人马,训练精熟,尽皆有用之才。李将军速派令战守兵数,严行防备。”李成道:“相公且请镇守,待小将带三千精锐兵,由后山抄过赤松林,至野云渡埋伏。待其兵过,便袭击他后队,先杀他个下马威。”风会道:“此计亦好,但不可十分恋战。”李成领诺,便提兵赴赤松林去了。

且说宋江、吴用将兵马分为三队：秦明、鲁智深领前队，宋江、吴用、杨志、武松领中队，燕顺、郑天寿、王英领后队，一路由野云渡进发。宋江中队已过了赤松林，后队方到林边，吴用猛叫："林内恐有埋伏！"说未了，只听背后林子里炮响，伏兵果然杀出，梁山后队郑天寿慌忙应敌。李成早已一马当先，挺枪直刺，郑天寿举刀急迎，两下便斗。不上二十余合，郑天寿刀法已乱，那里是李成的对手。燕顺拍马来助，只见官军呐喊齐出，杀气影中，郑天寿中枪落马。燕顺大惊，只道郑天寿一命休了。幸王英马到，救了天寿。官兵奋勇冲杀，贼兵大乱。吴用急命杨志还救，那李成早已领兵退回去了。郑天寿左肩中伤，折兵八百余名。宋江大怒，便催军马飞速攻清真营，吴用谏道："不可，恐前去尚有奸计。总之行军万不可因怒任性，一旦有失，悔之晚矣。"宋江依言，整顿了后队，依旧按队徐行。到了前面，果然风会已设伏等候，幸吴用料着，不曾中计。

且说风会接得李成捷报，大喜，便教李成守营，自己领精兵二万人，扎住西灏山口。宋江兵马屯在平地，相拒一日。风会见贼兵不中计，便起早领兵，直叩宋江营前搦战。宋江大怒，便命前队迎战。秦明领命，便提狼牙棒一马先出。风会早已倒提九环泼风大砍刀，立马垓心。两人相见，各无言语，交锋便战。七十余合不分胜负，风会拖刀便走，秦明狠命相追。吴用大惊道："这厮分明有计。"忙教鸣金收住。风会见了，亦不追转，便收兵而回。次日，风会一面告知云天彪，一面又来讨战，鲁智深当先迎战。饶你鲁智深本事高强，和风会只战得个平手。宋江、吴用都看得呆了。二人狠斗一百余合，只得收兵。第三日又战，宋江命武松出战，也只是平手。话休絮烦，那风会与秦明、鲁智深、武松连战五日，不分胜负。当晚收兵，吴用与宋江商议道："风会这厮，真正了得，不如用计擒他为妙。"宋江问何计，吴用道："他明日再来，便用如此如此擒他。"宋江称是。当夜安派已定，只等风会再来。

且说风会回西灏山寨内，正拟明早再出，只见李成前来道："相公连日辛苦，明日待小将出战。"风会应允。次日，李成领兵直叩宋江营前，大叫："狂贼快献上头颅来！"宋江大怒，命燕顺出马迎战。

李成举枪急刺燕顺，燕顺举刀敌住，一来一往，酣战四五十合。宋江暗暗称奇道："李成真个不弱于风会。"只见燕顺气力渐渐不加，虚晃一刀败走，李成狠命相追。风会大惊，急叫鸣金，李成已追上一段。深草坑里，绊马索齐起，燕顺挥众军掩上，将李成捆捉去了。风会急命起鼓进兵，来救李成，吃贼军两翼挡住，风会冲杀不入，只得懊恨收兵而返。

且说宋江收兵回营，燕顺解着李成进来。宋江随即喝退燕顺，道："我教你去相请李将军，谁教绑缚将来。"燕顺诺诺而退。宋江连忙跳离交椅，走下帐来，亲自解了绳索，扶上帐来，纳头便拜道："兄弟们不识尊卑，误有冒犯，切乞恕罪。"李成答拜毕，大笑道："宋头领，你此等诈术，可以网罗俗子，不能结纳英雄，竟敢如此唐突李成，无怪你眼睛戳瞎了！"宋江心中大怒，众头领同声共愤道："俺哥哥山东、河北驰名，叫做及时雨宋公明，你这厮不知忠义之人，如何省得！"宋江猛然得计，便喝住众人道："休得伤犯李将军！"便问李成道："小可宋江，怎敢背负朝廷？盖为官吏污滥，威逼得紧，误犯大罪，因此权借水泊里随时避难，只待朝廷赦罪招安。不想起动将军，致劳神力，实慕将军虎威，今日误有冒犯，切乞恕罪。"李成笑道："宋公明，你须受招安，李成现是军官，未免多此一番招安。你想李成受你的招安，你还想受那个的招安？"

宋江未及开言，只见郑天寿大叫道："哥哥休与这不明理的打话，小弟吃他伤了，哥哥反要与他赔礼！"说罢，提刀上帐。宋江忙拦住道："兄弟若要如此报仇，皇天不佑，死于刀剑之下。"李成拱手道："忠义宋公明！俺乃不知忠义之人，杀亦何妨。"宋江见李成口软，便怒视众头领道："都是你们得罪了李将军，快与李将军赔罪。"与众头领丢了眼色，宋江先跪，后面众头领排排地都跪下。宋江道："小可久闻将军大名，如雷贯耳，今日幸得拜识，大慰生平，却才众兄弟甚是冒渎，万乞恕罪。"李成亦拜倒在地道："公明尊意究欲何为？"宋江笑道："且请将军坐地。"众人皆起，只见后帐转出杨志，向李成叙礼，诉说别后相念，两人执手洒泪。宋江便命置酒相待，用好言抚慰道："李将军，你看我众兄弟，一大半都是朝廷军官，若是将军不弃，愿求协助宋江，一同替天行道。”

李成看到此际，暗暗想道：“我若任性拗他，白白的送了性命，与国家毫无益处，不如趁他笼络之时，我便将计就计，投降了他，就中取事。或除得来宋江更妙，万一不能，就剪灭他几个羽翼，也胜于白死。”便对杨志道：“杨兄，公明哥哥好意，我非不知。但我李成梗直一身，断不肯无功受禄，现在既蒙招留，我却不敢附居众英雄之列，倘一旦立得一二功劳，显得我李成本领，然后再叙大义。”宋江又起坐长揖道：“将军在此，山寨有光，又肯为我立功，莫说众兄弟钦服，就是我宋江这把椅儿也当奉让。”大众欢谈了一回，李成对宋江道：“公明哥哥大义，小弟十分钦佩，现在小弟还有一个知己，倘能邀得他来，亦可一同聚义。”宋江问是何人，李成看着杨志道：“就是大刀闻达，现在云统制帐下。”杨志接口道：“此人真有万夫不当之勇，惜乎不能招致。”宋江道：“想云天彪日内必来，闻将军必然同来。”便对吴用道：“何不用计擒之？”吴用捻髭微笑道：“且看。”当时众人又谈一回，酒阑而散。吴用私对宋江道：“李成此意，真伪难测。今小可已定主见，来日调杨志为先锋，即以李成为副先锋。我看杨志和李成交情却好，必能联络得李成。阵上我教杨志与李成寸步不离，他亦无所施技。李成倘肯奋勇斩获，便是诚心归我，如或有退缩，便见其伪。至招致闻达一层，小弟另看机会。”宋江称是。当下计议已定，吴用便教将李成手下被擒的官兵放走几个，回去通知李成投降，以绝李成归路。

风会在西灏山，闻知李成降贼，大惊。正在踌躇无计，次早忽报云统制领傅玉、云龙、闻达、欧阳寿通，并三万人马前来，风会忙令开营迎入。

原来天彪自接到康捷传枢密院札子，令其收复莱芜、新泰，正在调集各路人马，忽接到宋江攻清真营之信，便飞速统兵赴清真营来。风会禀称：“李成追贼被擒，闻得已降于贼，殊为诧异。”傅玉、闻达等亦个个呆了，齐声道：“万不料李成有此一事。”天彪沉吟了一回道：“非也，吾料李成决不出此。他从我年余，《春秋》大义闻之熟矣，何至今日昧心。且统兵前进，以观行止。”说罢，便命闻达为前部，密谕道:"此去如见李成,不可卤莽,须细心察看行止。"闻达领令起行。

天彪便命傅玉守营,众将齐出。天彪三万人马,并风会二万人马,共五万人马,浩浩荡荡杀奔宋江营前。宋江见天彪兵马果到,又是闻达为先锋,大喜,便命杨志领李成当先出马,宋江领全军齐出。两阵对圆,这边官军队里,五百名砍刀手拥天彪出阵,大骂:"宋江瞎贼!因你目无朝廷,故尔天加大罚,尚不悔悟,还敢猖狂!"宋江大怒,出阵大骂:"你这厮早晚必为吾擒,尚敢口出狂言!"便叫杨志出马。这边闻达提大刀迎住,两下便斗。两阵呐喊,战鼓齐鸣。李成在杨志背后看着杨志,立马挺枪待刺,心中忽然不忍,猛咬牙道:"今日如此徇情,臣多一友,君少一臣矣!"骤马上前,一枪直透杨志背心,穿出前胸,大叫:"杨志,我顾你不得了!"贼军一齐大惊。天彪大喜,急挥前军杀上。李成抽出枪头,与闻达并马杀奔贼军,贼军前队大乱。官军一齐奋勇大杀,直杀得贼兵尸横遍野,血流成河。宋江、吴用忙约后队飞逃,怎当得官兵势大,遮天盖地的杀来。正是:泰山压卵,不须辗转之劳;螳臂当车,岂有完全之理。

不知宋江、吴用等性命如何,且听下回分解。

第一一三回　白军师巧造奔雷车　云统制兵败野云渡

却说宋江领后队兵马飞逃，云天彪领大军追上，宋江前队早已沉没。但见官军各奋神威，大呼冲杀，四边尽是青州、登州、莱州旗号，翻翻滚滚，铜墙铁壁价裹来。宋江等逃过赤松林，天彪驱军直追那林子内。吴用原有孔明、吕方两枝伏兵，此时见了官军，便袭杀出来。官军抽出两翼迎敌：左翼是云龙，敌住吕方，不上十余合，云龙格开吕方画戟，右手抢入吕方肋下，擒过马来；右翼是欧阳寿通，敌住孔明，不三合，吃寿通一鞭打去，死于马下，两枝伏兵都败。官兵一齐痛追，宋江、吴用等纷纷逃入野云渡原寨。天彪亦传令住扎。众将兵丁齐来献功，计斩首五千余级，擒获三千余名。李成献上杨志首级，伏地请罪，天彪亲自扶起道："今日这番大胜，皆防御一人之功也，岂可言罪。"众将见李成果然杀贼回来，皆深服天彪巨识。天彪吩咐军政司将众兵将功劳从实纪录，一面将杨志、孔明首级，并吕方正身，解去都省，这里传令三军安营造饭。慢表。

且说宋江收聚败残人马，在野云渡寨内，对吴用道："万不料中了李成毒计，害了杨兄弟性命，又失陷了吕方、孔明两位兄弟，人马损折一半，此仇如何不报，军师可有良策么？"吴用沉吟道："我军锐气已挫，兄弟们受伤者不少，敌势方张，若舍了此地而走，新泰、莱芜拱手而去矣。为今之计，速调新泰、莱芜兵马各一万二千名，同来把这野云渡守住，再作计较。好歹要报这败阵之仇，兄长且宽心勿虑。"宋江依言，查点受伤头领，燕顺、王英并前次受伤之郑天寿，俱送回山寨养息。这里调新泰头领穆洪、李俊，莱芜头领史进、陈达、李忠，各领一万二千人马，前来助守营寨。次日纷纷都到。宋江与众好汉饮酒解闷，吴用正于座间商议进攻之策，忽报："金枪手徐将军，带领紫盖山新降火王二位头领，并四百人马到来。"

原来火万城、王良因宋江不礼貌他，忿然而去，直到东平府占据了紫盖山。宋江探听的实，便教萧让写下一封赔罪的书信，差徐宁亲自赍去。这是一月前的话。那火王二人自得了宋江书信，自相商议，因本寨兵微力薄，断难久守，不如仍旧归顺梁山。二人便奉了那位军师，并带四百人马，投到梁山。适宋江不在山寨，便径投兖州卢俊义军中。那卢俊义三万人马，已由兖州北门退出八十里安营下寨，当时接到火王二人，一番慰劳犒赏，自不必说。那火王二人，并那位军师、四百人马，在卢俊义营内歇了一宿，卢俊义便差徐宁护送他到宋江营里来。

宋江闻报大喜，忙叫请入。只见徐宁领着火万城、王良进来。火王二人俱全副披挂，进来见了宋江，便拜倒在地。宋江亦拜倒在地，自责道："宋江不识英雄，前次实属简慢，千乞恕罪。"火万城、王良齐声答道："不才下将，得蒙收录，实为深幸。"二人又与众头领相见了。宋江逊了坐位，看那二人都是少年英雄，火万城状貌魁梧，王良骨格劲秀，使的军器都是金钱豹尾熟铁点钢方天画戟，端的威风凛凛。宋江一见了两人的戟，蓦然想起郭盛久已被害，吕方现又遭擒，止不住一阵心酸。因想得这两位英雄，又晓得他实是诚心归顺，也是欢喜，提过慰劳谦逊的话头，说到："官兵利害，我等新挫锐气，怎生报仇？"火王二人道："公明哥哥放心，我等有一位军师同来，系是一位异人，乃大西洋欧罗巴国人氏，名唤白瓦尔罕。系彼国巧师唎哑呢唎之子，专能打造战攻器械。他现在制造一等战车，可称无敌。据他说来，此车可以横行天下。现在带了二十辆在此，他在后面押着就到。"正说间，只见报来道："新军师白瓦尔罕到了。"宋江忙吩咐请来。

白瓦尔罕到内帐相见，众人看那人中等身材，粉红色面皮，深目高鼻，碧睛黄发，戴一顶桶子样浅边帽，身披一领大红小呢一口钟，像杀西洋画上的鬼子。宋江与他见了礼，问候毕，说到战车一事，白瓦尔罕道："我这车法有一丈四尺阔，二丈四尺深，三丈高矮，三轮，八马，一辕，中分三层，上一层大铳，中一层强弩，下一层长矛利钩，车后还有四个翻山轮……"话未说完，只见吴学究接口说道："据军师说来，仍是吕公车的格式。不是小生多说，若是在边庭之外，沙漠地上，千里平坦的所在交兵对阵，用那吕公车最为胜算。如今却在内地，山林映掩，七高八低的路途，即有平原，亦不过十数里开阔，此等处亦用吕公车，岂非大器小用?”白瓦尔罕听了笑道:“怪得老先生不晓得，只知你那中华吕公车利害。吕公车虽好，却如何及得我这车法！这车，我国唤做色厄尔吐溪，你们汉字翻译来，却是‘奔雷’二字。那吕公车四轮六马，四根车辕，马在前，车在后，转折最笨，四平八稳的所在，方好驰骋。况且马既在前，最易受伤，一马伤损，全车无用。又遇着小小坑堑，便跌倒了，再也扶不起。怎比这奔雷车，却是车在前，马在后。平坦处，马驾车；险难处，车带马。三轮八马，只用一根车辕，妙处只在那小轮上，转折最灵。车下有辒板，轮边有尖脚，那怕八尺阔的壕沟，五尺高的拒马，都阻他不得。毂后又拖两扇铁篦，防敌兵撒铁蒺藜搠马脚，遇着铁篦便扫了开去。若是收兵回时，将马头带转，仍可马前车后，倒退而回。弓弩铳矢仍向着外面，敌人不能追逼。随地扎营，便将车来作围垣，人马都歇在里面，车内便是帐房，胜如铜墙铁壁。只有高山不能上，杂树林内不能进去，余外都去得。那吕公车如何及得?”说罢，便教手下人:“把色厄尔吐溪驾一辆进来，与大王爷过目。”火万城、王良齐道:“贤弟也须要请了宋大哥将令再行。”宋江听了，大喜道:“这有何不可，便教驾来。”

不多时，轮鸣毂响，白瓦尔罕手下人驾了一辆奔雷车进来。宋江同众头领起身观看，只见那车正面刻作一巨兽头面，油漆画成五彩颜色，两只巴斗大小眼睛，直通车内的上一层，便当作两个炮眼；巨口开张，中一层军士俱在口内，那弩箭便从口内喷射出；下一层便是巨兽颏下，六枝长矛、四把挠钩当作须髯，里面钩矛壮士俱披铁甲。车的周围俱用生牛皮，蘑菇大钉钉牢，里面垫着人发，头发里层又铺绵纸，所以枪箭铳炮万不能伤。车后一辕四衡，驾着八匹马。车上又有小小一座西洋楼在兽额上，里面立得一个人，执着一面令旗，为全军耳目。白瓦尔罕又教将那车打开了，请宋江看里面的机括。下一层钩矛，中一层劲弩，是不必说。惟有那上一层的两座火铳，甚是利害。那铳名唤“落匣连珠铳”。上面一只铜戽子，容得本铳四十出火药、四十出铅子。但将铜戽内火药、铅子加足，又将下面铳门火药点着，那铜戽中的火药、铅子自能落匣，溜入铳管，向外轰打，不烦人装灌，便铳声络绎不绝，直待四十铳发完了方止。若四十铳不足用，只顾将火药、铅子加入铜戽，那怕千百声，陆续发出不断。更防铳管热炸，铳下各备大水壶一把，频频浇灌。那铳能发一千余步远近，都从巨兽眼眶中发出。车后又有四个翻山轮，激那石子飞出去。石子大小不等，小者飞得远，大者飞得近，也有数百步可发。那车每辆共用三十人：六个人在上层用铳，八个人在中层使弩，十个人在下层用钩矛，五个人在车后步行驾马，一个人在西洋楼内掌令旗。军士不须习练，一指拨便会。只要进退有序，那车发动了，分明是陆地狻犴，果有轰雷掣电之威，倒海排山之势。

宋江同众人看了，十分欢喜，便吩咐并十九辆都藏入中军，一面杀牛宰马，重整杯盘，庆贺新到头领。那紫盖山新降四百人马，俱着犒赏。宋江因火王等人新来，俱让在右边客席，自己同众弟兄在左边主位上奉陪。火王二人又让白瓦尔罕坐了首席。轮杯换盏，开怀畅饮。宋江问白瓦尔罕道："小可万幸，得遇军师降临，不知军师离贵国几年了？"白瓦尔罕道："我虽西洋人，实是中华出世。我祖上原系渊渠国人，因到欧罗巴国贸易，流寓大西洋，近因国王与中国交好，生意往来，我爹娘也到中国，居于广州的澳门，方生下了我。我爹名唎哑呢唎，是西洋国有名的巧师，五年前已去世了。我学得爹的本事，广南制置司访知了我，将我贡于道君皇帝。我是中国生长，所以中华礼仪、言语、风俗都省得。天子却爱我，怎奈蔡太师、童郡王需索利害，我供应不迭，他便在天子前进了谗言，几乎被杀了。幸官家圣明，赦我死罪，发回广南编管，一路又受尽差官的腌臜气。恰好从大庾岭经过，吃火王二兄来劫了，杀死差官，取我上山。原因我与火大哥在广南时便厮熟，我回去不得，就在那里落草。不料官军追捕得紧，不能容留，火王二兄因此弃了山寨，与我同投东京元阳谷。到彼未久，又被乡勇所破，今日幸遇公明哥哥。只我是个粗汉，兵法韬略，却都不晓，只会造些攻战器械罢了。我还有沉螺舟之法，水战最利，将来我做了与哥哥应用。"众人大喜。宋江对众人道："攻新柳城时，白家兄弟若在，何惧刘慧娘哉！"只见吴学究只是不语，低头拈髭，出神价寻思。众人不解其意，宋江只道他筹划破敌之策，便笑道："有此战车,何愁不胜,军师还想甚么?”吴用笑道:“非也。”又想了半晌,笑道:“白先生此车,果是妙绝。非吴某夸口,也省得些战守器具,机括巧法,今我在这车上反复要寻他破绽,设法破坏他,委实算计不出。此法再以兵家奇计驾驭,真可以横行天下也。”白瓦尔罕笑道:“我的法儿,你如何能破坏得!我算得千稳万当,便是我自己寻破绽也难。”吴用道:“我想只得二十辆,破敌如何够用,我要照样多造数百辆,不知随军工匠可做得否?”白瓦尔罕道:“我带来巧匠有三十余人,若本地有巧匠,可以照样帮做。”吴用对宋江道:“既如此,可速传令广备材料。这里随营粗细匠人有一千余人,便连夜并工制造,勒限二十日内,要打造二百辆奔雷车。一面挑选壮健头口骡马一千六百匹,惯战头目军兵六千人听用。”白瓦尔罕道:“军师且慢。这车虽照样打得,便是车内钩矛弓弩也都容易,只有那两座连珠铳,非比等闲,却极工致。略带粗糙,便不合用。又没得这许多上好镔铁,那怕匠手多,二十日工夫要造二百座,如何赶得及?”吴用听了,寻思道:“有了,且打起来,看有多少可用。如不够时,我想佛郎机可以代得,每一辆车上用两架佛郎机如何?”白瓦尔罕道:“佛郎机虽好,只是六个人如何使得转两架?若多添人,车上窄狭挤不开。而且人多了,那车便上重下轻,用不得。我想你们用的一种神臂弓,倒也利害。旧法那弓是横用,两人合用一张,箭长六尺,发五百步。今我改作竖弓,三人合用一张,箭长八尺,发八百步。这等做来,仍是六人够了。”宋江便催连夜预备。宋江亲与白瓦尔罕把盏,众头领欢饮至五更方散。

次日,随营军匠去赶办材料。吴用请宋江传令,在后营空地上搭起庐厂,当了作场,尽选随营工匠共一千余人在内打造,就请白瓦尔罕在内作提调,又派两员头目做监督,都关了二十日的口粮。将现成的奔雷车,拆了两辆作式样,其余十八辆都在中军听用。又调金枪手徐宁领三千步兵,周围昼夜巡查,作场内不许半个人进去,半个人出来。又传令坚守,不许出战。

却说云天彪自大胜了宋江,遣人报与都省。不数日,贺太平文书转来,言吕方已就都省正法枭示,所有统制战功已恭折奏闻。天彪便赍发了来使。这里日日遣将挑战,宋江坚守不出,一连十余日。天彪与众将商议劫宋江的营，又被吴用料着了，不能取胜。天彪对众将道：“这厮不肯出战，又不退去，必然有谋。”傅玉道：“末将之意，乘此时移檄景阳镇，教陈希真发兵屯在白沙坞，牵制这贼，却是胜算。”天彪道：“总管之言甚是，陈希真此刻一切部署都妥了，可以调动。但我深防这贼抄过赤松林去取二龙山，他占了二龙山攻青州最便。可分一彪人马去赤松林后扎营，那贼若来，便可截杀。我在这里不妨。”便令风会、欧阳寿通分八千人马投赤松林去讫。一面发公文调陈希真发兵进白沙坞，一面又去宋江营挑战。宋江只不出，不觉又有十四五日。

却说宋江营里赶紧打造奔雷车，至十八日晚间已皆造完，共造成二百零二辆，连中军那原有的十八辆，共是二百二十辆。内中新造者，六十辆有连珠铳，其余都用神臂弓。连原有的算来，七十八辆用连珠铳，一百四十二辆用神臂弓。那新造的与白瓦尔罕所造原车，毫忽无二。宋江大喜。吴用便传令，将二百二十辆奔雷车分作四队：中间二队是扫地龙火万城、铜柱王良，每人各领马军五百，步军一千，奔雷车五十辆，内用连珠铳者十五辆，用神臂弓者三十五辆；又令没遮拦穆洪领六十辆在左军，霹雳火秦明领六十辆在右军，各带马军五百，步军一千。那六十辆皆是二十四辆铳，三十六辆弓。宋江同李俊、史进领三千兵为前军。吴用道：“天彪若败，必投赤松林，可令鲁智深、武松分两路步兵，往彼埋伏。徐宁领马军抄出林后，断他归路。”分派都定。

云天彪那料到这件战器，当日正亲领大队兵，直叩贼营搦战，留傅玉守寨，阵上带的大将是云龙、胡琼、闻达、李成，当时在贼营前列成阵势。宋江早领兵出迎。天彪远望见宋江阵后的尘土高而且锐，早猜疑道：“这厮半个多月不出，莫非习了车战之法与我厮杀？”忙吩咐李成、闻达道：“我看贼兵阵后的尘土，好似战车，你快将后军约退，多多准备下鹿角、拒马、铁蒺藜，防他冲突。”李成、闻达领命。宋江已将人马摆开，大叫：“对面阵主答话！”天彪骂道：“杀不尽的贼子，快来纳命！”宋江大笑道：“前误中你的奸计，今日与你分个胜负。”天彪大怒，命胡琼出马。宋江阵上并不发人交锋，便把军马退后,放出那四队奔雷车来。天彪看时,果是战车,都做成恶兽模样,中间一辆顶上立着一人,皂衣披发,手执一杆七星旗,指挥全军。天彪急将前军调转,那奔雷车已到,弓弩铳石好一似轰雷骤雨打来。李成、闻达忙叫撒放拒马、蒺藜,那知那车山崩岳倒价拥来,拒马、蒺藜全不济事。但见火铳到时,尸骸粉碎;矢石落处,血雨纷飞。那神臂弓的羽箭,八尺长短,横射来,遇着人马,五六七八个的平穿过。官兵如何抵敌得,都弃甲抛戈,叫苦连天,各逃性命。那胡琼已中火铳,连人带马死在阵里。宋江同花荣、李俊、史进分两路抄杀,官兵死者无数。天彪料得那车不能入树林,忙同云龙、李闻二将奔入赤松林内。那林子里面树木丛杂,马匹难行,马军大半弃了马奔入去。宋江见官兵避入林内,便大驱奔雷车,杀奔天彪大营去了。

这里天彪败兵方入林中,只听喊声大起,一队步兵杀来,正是武松。天彪无心恋战,只顾奔走。前面喊声又起,鲁智深领一枝步兵拦住去路。天彪见贼人俱是步兵,也与众将下马步战,争奈官兵受伤者多,难以力斗,正被困住。幸而一枝官兵杀到,正是风会、欧阳寿通,也是步战,杀开贼兵,救天彪一干兵将,出了松林来,一齐上马,投北便走。风会道:"西灏山大营已被贼兵夺了,原来那厮战车不怕壕沟,拒马都挡他不得。傅玉敌不住,败回清真营去了。且请主帅回清真营,再作计较。"那鲁智深、武松见天彪走了,那里肯放,并力追来。天彪且战且走,不到一二里,一彪马上贼兵,呐喊摇旗截杀出来,兵马甚多,正是徐宁。一个个兵强马壮,大喝:"云天彪想逃那里去,官兵都被老爷们杀尽了!"天彪叹道:"天亡我也!"云龙道:"爹爹断后,让孩儿同风二伯伯当先,与他决一死战。不带伤的儿郎们都随我来!"

云龙正待向前,忽见徐宁阵内都叫苦价乱起来。云龙定睛看时,只见一队猩红飞火旗,从贼兵阵后杀出来,当先一员女将,黄金锁子连环甲,枣骝火炭飞电马,烂银梨花点钢枪,领着那一班女儿郎,火杂杂的闯进来,好一似虎入羊群。云龙认得是丽卿,大喜,忙叫天彪道:"爹爹,陈道子兵马到也!"天彪大喜。众败兵听了,都精神百倍,一齐舍命杀奔上来。那丽卿一枝梨花枪,飞花滚雪价卷来。天彪、云龙已杀到,合兵一处。丽卿道:"云叔叔,我爹爹得了檄文即便起兵,未到白沙坞,闻知官兵失利,爹爹却教奴家夫妻分兵两路来此策应,我那玉郎也就来了。”说不了,西北上尘土障天,金鼓震地,祝永清领一彪兵马杀到。天彪传令,叫受伤者靠后,其余一齐向前,协同永清、丽卿的兵马,奋勇厮杀。那徐宁见官兵有救,又复凶猛,料知胜不得,便会同武松、鲁智深收兵去了。天彪问丽卿道:“你父亲何在?”永清道:“泰山恐新营再失,忙去保护。他说我兵已挫锐气,赤松林切不可弃了,且守住此林,再商量。”云龙道:“孩儿也这般想,须得守定林子,方好议破敌之策。”天彪便分下闻达、欧阳寿通把守赤松林,众人一齐收兵回新营来。陈希真已到,与天彪毗连下营。陈希真与天彪相见,查点兵马,三停折了两停,带伤者无数,失去器械马匹的更不必说。天彪道:“若非风都监、欧阳防御来救,吾已失陷了。此刻坏了大将胡琼,伤兵二万多人,大营沉没,这贼必然乘势来攻,宜早定良策。这车不知何名,便是吕公车,亦无此利害。”李成、闻达道:“若非主将先几,将后军约退,势必全军覆没了。”云龙献计道:“赤松林虽可守,那厮若顺风烧林,或由上坂坡攻来,仍没阻挡。我想他虽能跨沟,毕竟沟窄之故,若是沟宽,未必就跨得。何不于这几处掘下阔沟,筑起土垒,竖起软壁,可保无虞。”天彪道:“你这痴子,亏你想,也须要设法破灭他,那个同他来死守过日子!”希真道:“令郎之言不为无理,我等此刻锐气正堕,只好暂守几日。”天彪依言,便传令去上坂坡、松林后等处,开掘阔沟,连夜凿打土垒、软壁。希真道:“要破灭这车,只除请这一个人来,再无第二能者。”天彪问是谁,希真道:“除了你的令媳刘慧娘,更有何人。”天彪道:“小儿尚未完娶,怎得他来相助?除非速去知会刘亲家,教小儿去赘婚,只好草草成礼,聘了他来。破敌之后,我自与刘亲家陪话。”希真道:“完姻倒好讲,只是他此刻病势甚是危笃,如何来得?”天彪道:“是何贵病,如此利害?”希真道:“便是他自从兖州破贼之后,得了吐血症,不曾好得,日甚一日。我来时,渐渐不能起床了。”天彪道:“既如此沉重,何不延请孔厚医治?”希真道:“刘广夫妻日日念诵孔厚,知他在那里,何处去请!”天彪道:“惜不早说,他现在马陉镇姬公山内。”便叫:“龙儿,休要再慢,快请孔先生到兖州镇去,全军之危,在此解也。”云龙领命,忙请了令箭，带领伴当，奔姬公山请孔厚去了。天彪道："刘小姐虽病，若还可商议计策，何不先去问他一声？或有妙策可用，岂不强于困守到他病好！"希真道："贤弟之言甚是，待希真即写信去问。"希真当将此车情形，备细写了一封书信，差人飞递兖州刘广处，问慧娘去了。这里派闻达、欧阳寿通紧守赤松林，又教风会去上坂坡把守，又传令教傅玉坚守清真营。

却说宋江大获全胜，掌得胜鼓回营。奔雷车陆续收齐，毫无破损，都把来摆在营外，就如连城一般。军士、马匹都卸去将息、教军匠赶紧添补铳石箭矢。众头领都来请功，杀死官兵无数，夺得器械战马极多。徐宁道："天彪将要擒住了，却吃两路官兵救去。"宋江道："今虽逃脱，不久便为吾擒。"遂大开庆贺筵席，犒赏三军。白瓦尔罕见大胜了一阵，欢喜得手舞足蹈。宋江与众头领都与他把盏称谢，白瓦尔罕吃得酩酊大醉，支撑不得，先扶去睡了。众头领尽欢而散。

次日，报事人禀道："探得官兵在上坂坡开掘壕沟，都有二丈余宽。分里外两层，相去一里远近，内藏八卦线路。隔沟竖立软壁，凿打土垒。赤松林内树木，都用铁索横贯拦截，里面也掘壕堑屯兵，林内排满枪炮把守。"宋江便请吴用、白瓦尔罕商议。吴用道："他道我奔雷车不能入树林，所以用此法坚守。殊不知近日天气乍热，必有南风，准备下干柴芦苇，顺风烧林，看他如何！"白瓦尔罕道："这车二丈多宽的沟果然跨不过，若是直逼近沟边，他也不能奈何我们。我们且把奔雷车都逼近壕沟，堵住了他的线路，再一面用枪炮攻打，一面填壕。他那软壁、土垒虽不怕枪炮，却能守远不能守近，逼近了打，有何不能破。"宋江道："两计都妙。"便令秦明、穆洪、火万城，王良仍统领全队奔雷车，攻打上坂坡，每车二乘，中夹火器兵一队，各带金轮炮，风火炮、过山鸟、九节铳；又令李忠领掘子军，各带搬土器具，一面填壕，待壕平垒倒，便大驱奔雷车掩杀。这里便令李俊、史进带军马二万，攻打赤松林，多聚干柴芦苇，灌了硫黄焰硝，只待风起纵火。

众贼领命，依计攻打，甚是凶勇。风会抵敌不住，雪片价报与天彪道："贼兵逼近壕沟放炮，软壁、土垒都被打通。我军枪炮打在他车上，分毫不能伤动。军士死伤甚多，小将等力守不住，请令定夺。"

接连又接到闻达、欧阳寿通报道:“贼兵数万来攻赤松林。探得贼人广聚干柴芦苇,恐南风骤起,贼兵乘风纵火,势难抵敌,请令定夺。”天彪与希真商议道:“贼兵既能逼近壕沟攻打,土垒、软壁又挡他不住,早晚必有南风,如贼用火攻,势难把守,不如暂时退兵。我想贼兵要图青州,必经二龙山。别处都是陂荡港汊,他用车战,不能得利。二龙山八面险阻,亘长数百里,贼兵必不能全围。哈兰生营内钱粮军需,可支数月。我兵屯守在彼,扼其咽喉。贼兵进战不能,久屯兵疲。乘其疲时,再设计破他,自能取胜。”希真道:“统制之言甚是。我等退兵,须分两路:统制在左,我在右。我的队伍俱用青龙牙旗,统制俱用八卦斗方旗。倘贼兵追来互相策应,各认自己旗号。”便传令叫风会、闻达、欧阳寿通都收兵,一齐退回。

正说间,只见正南上火光冲天而起,闻达等都败了回来,说道:“贼兵已用火攻烧入林子来了。”风会等也收兵回来,说道:“贼兵已将土垒攻倒,那厮的车子已过沟了。”官兵尽皆失色。天彪吩咐拔营都起,三军得令,都纷纷动身。忽一骑流星马飞来,看时乃是差去兖州镇的人回来了。那人禀道:“有刘小姐紧急回书在此。”希真、天彪忙取书信拆看,上写着:“据所述战车情形,大约亦吕公车之类。车上执旗之人,乃全军耳目。若令善射者先射杀此人,则全军可破矣。甥女之病不过如此,既去请孔先生,望以速来为妙。”天彪对希真道:“兵之胜败,不可轻试。教辎重病弱只顾先走,我与总管各统精兵,分为两翼,看贼势头。如刘小姐之计果验,我等分抄袭杀。若是不验,我兵已是远走,万全无害。去射贼兵头目,只有烦丽卿侄女前去,善射之人更无出他之右。”希真道:“此言甚当。”遂将辎重病弱先退回青州去。希真一面选八名精壮防牌军,护着丽卿,前往射贼。

只见火光冲天,呐喊动地,梁山兵马已是杀来。天彪、希真分兵两路便退。丽卿领命,贯弓插箭,带着八名防牌军,纵马往那奔雷车迎上去。希真教永清、万年各引一枝兵接应丽卿,又令真祥麟将慧娘的新法连弩手五千人,拨在赤松林后埋伏,军中尽挂起青龙牙旗。天彪亦将火器弓弩都调在面前,全军都换了八卦斗方旗,只等丽卿手到成功。望见贼兵已攻透上坂坡,大驱奔雷车掩来,只见丽卿匹马迎去,防牌军紧紧护定。丽卿不待他奔雷车跑发,早将一枝箭搭在弦上,拽满雕弓,对那正中执七星皂旗人的咽喉射去。那人中箭,往后便倒。二百余辆奔雷车,没了这皂旗人,就像人无眼目,行动不得,都乱起来。天彪、希真望见大喜,忙麾两路兵马杀出。正是:将军虽有弯弓技,利器须防变法多。

毕竟奔雷车破得与否,且听下回分解。

第一一四回　宋江攻打二龙山　孔厚议取长生药

却说天彪、希真望见丽卿射倒奔雷车上皂衣执旗之人，奔雷车不战自乱，当时发两路兵杀出。却不防左边车上，又钻出一个人来，一样身穿皂衣，手执七星旗，指挥三军。丽卿待要再射，见右边车上也钻出一个人来。霎时间，十数乘车上共钻出十数个人来，都一样装束，手执七星旗，随你去射那一个，那奔雷车依就轰雷掣电价掩杀过来。丽卿见不是头，勒回马便走，幸亏那匹穿云电快，又亏不顶着连珠落匣铳的车道，背后神臂箭一迭连射来，都吃他用枪拨落。饶你这般溜撒，右手腕下还着了一石子。那枣骝马已飞出十余里之外，窜过里沟，奔雷车追赶不上。八名防牌军，只有一个逃得性命。万年、永清两枝兵忙来接应了丽卿。天彪、希真连忙退兵而走。赤松林内烈焰障天，李俊、史进领兵杀来，却不防深草内伏下五千张连弩，一弩发九矢，都是药箭，贼兵射杀无数。李俊、史进从乱军中逃脱性命。火万城等渡过里沟，大驱奔雷车追杀时，官兵已去远了。火万城等便在天彪扎营之处屯下，等候宋江、吴用到来定夺。

不多时，梁山兵马都纷纷到齐，宋江、吴用升帐商议。吴用道："天彪此去必守二龙山，众位兄弟且休歇马，可乘此胜势，速去攻打。若破了二龙山，取青莱易如反掌也。"当时都起，将奔雷车为前部，直奔二龙山来。

却说天彪、希真等收兵回二龙山，哈兰生接上去。希真却在山口平地上，据河下寨，为犄角之势。又教风会、李成速赴清真营把守，以便联络呼应。等得梁山兵马到来，天彪、希真营已安妥。这番幸亏天彪备下退步，虽败了一阵，却未伤失人马，亦不遗失器械。宋江、吴用追到，见天彪、希真已据了形势，便也下寨。

吴用道："官兵一半据山，一半临水，为犄角之势。吾当先攻陈希真的营，破了他犄角，然后并力攻天彪。"定了主意。次日，便整顿奔雷车来攻希真。希真守住河口，急切攻打不入。天彪请希真上山，商议破敌之策。天彪道："夜来细作探得此车名唤奔雷车，是什么西洋人白瓦尔罕替他制造。刘小姐之计，竟不济事，却更用何法破他？"希真道："此车既已利害，更加吴用这厮善于调度，如虎生翼，实难破他。今我愚见，定下一计，不知如何。"天彪道："计将安在？"希真道："这厮欲先攻我营，破我犄角之势，却吃我守定河沿，奈何我不得。我看这条河下流头，水浅而窄，河这面平阳空阔，这厮必由此而渡。若用一万人马在彼守住，营内暗埋地雷，用竹竿通出药线。这厮用奔雷车来，诱他到地雷之所，用刘慧娘钢轮火匮之法，点着总药线，从地下直打车底，必然可破。此横攻不利，用直攻之法也。"天彪道："此计大妙。但你紧守河口，兵势分不得，待我分兵去诱敌。"遂问："那位将军去？"闻达道："末将愿往。"当日领了将令，分军马一万，带了地雷火炮，下山扎营，依计行事。

却说宋江、吴用攻打希真营寨，因河深水溜，一连数日不能取胜。吴用果然亲来踏看地利，见下流头河道狭窄，水势平漫，车马可渡，又探得河那边一派平阳，可攻希真寨栅，便请宋江引大军渡河。闻达见宋江等都渡过河来，大喜，便领兵出营，在地雷之所，布成阵势，等待贼兵。梁山兵马出营，见有官兵，报与宋江。白瓦尔罕便教休管他，只将奔雷车上冲过去。吴用忙止住道："且休卤莽。这厮明知奔雷车利害，却在此安营布阵，前后并无依傍；我兵骤到，彼军并不惊惶，且有欢幸之意：必然有谋。这厮见我奔雷车不能横攻，却用直取之法，若非陷坑，必用地雷。但陷坑之法，他先不敢在彼行走，必是地雷无疑。且将兵马屯住，一面埋锅造饭，一面叫李忠领掘子军，并力去打地道。若地下遇着竹竿，便是药线，先与他点着了，再驱兵掩杀。"宋江大喜。当时李忠领掘子军刨掘地道。那片地却是土厚而松，不消半日工夫，掘到闻达阵脚下。闻达见宋江按兵不动，领兵挑战。宋江将奔雷车横截军前，只不出战。闻达领兵辱骂，贼兵亦骂，只是不出。

却说希真与天彪都全装盔甲，立马山上观望，约定三军，只待贼兵中计，并力杀下。希真望见贼兵将奔雷车横截面前，欲进不进，车后游骑往来不定，隐隐望见有泥络担走动。希真大惊，对天彪道："此计被吴用料破也！他若掘地道，先放地雷，反受其害，快传令叫闻达火速收兵。"一员军官忙领了令箭，飞马下山，直到闻达阵里。闻达得令，急忙退兵。只退一半，早已乒乒乓乓天崩地塌价响亮，地雷一齐发作，一霎时天昏地暗，日月无光，但见那半空中血肉纷飞，肢骸乱舞，闻达前队官兵，已化飞灰。宋江大驱奔雷车掩杀，喊声震地，闻达落荒逃走。奔雷车拥来，祝永清、祝万年、陈丽卿、真祥麟屯扎不住，弃寨而走。天彪、希真忙接应众将上山，折兵无数。希真的营寨尽被贼兵夺了去。

宋江领兵直逼山口，将奔雷车围在山下，仰上攻打。幸这座二龙山山坡陡峻，而且山上垒石、滚木、灰瓶、炮子甚多，奔雷车不敢逼近山脚。宋江道："可惜这山亘长，不能全围。"吴用道："不必全围，只须加紧攻打，打得这厮守不住，往山后逃走，我跨过二龙山，大事成矣。今且教徐宁分兵退后，屯扎野云渡，多多采办材料，添造奔雷车应用。这里再设计攻打。"宋江依言。

白瓦尔罕又劝宋江将这车后翻山轮上，多加石子，往山上飞打。那石子好一似骤雨雹子般的飞上来，防守军士叫苦不迭，只好各人将防牌遮护身体，那里展得手脚。希真见了，记起慧娘守新柳时用竹笆子之法，忙传令将宝珠寺后竹林内的青竹尽数砍来，连夜编成笆子，苫盖在上面。那石子打来，都溜了开去。比及黎明，宋江已用云梯来爬山崖。却不防希真已将笆子盖好，军士们松了手脚，便将垒石滚木一齐打下，把云梯打折了数十架，云梯兵一千余名，尽皆研成齑粉。自此，贼兵方不敢来厮逼。

天彪与希真商议，希真道："不料被这贼猜破地雷之计，反送了儿郎们性命。"

正说间，忽报："大公子已请得孔先生到了。"天彪忙叫请来，二人俱从山后小路上来，天彪、希真接入相见，云龙缴令毕，孔厚与希真、天彪相见了。孔厚道："刘小姐之病，据云公子粗述大概，情形凶多吉少，恐小生前去，亦属无益。今且尽心谋干，事不宜迟，须火速前往。"天彪、希真齐声道："全仗先生妙手回春。"孔厚道："那一位将军同小生一行?”天彪对希真道:“此非仁兄不可,一者可与刘亲家商议破敌之计,二者探刘小姐之病。今贼势虽然猖獗,吾观此山险峻,军械全备,钱粮充足,又有风会等在清真营策应,遮莫也与他守得数个月。倘刘小姐一时不得全愈,还望再来相助。”希真领诺。孔厚将药囊已收拾起,作辞便行。天彪请他用了酒筵去,都不肯。希真将原带来的兵马都交与天彪,自己止带五百名军健随行,又吩咐丽卿道:“你与玉郎在此听候云叔叔调遣,休要怠慢。”丽卿料道不久要大厮杀,欣然领命。希真、孔厚辞了天彪,带了从人由山后小路下山。

不说天彪与宋江相持,且说希真、孔厚下得山来,出了大路,向兖州进发。不日到了兖州,报入刘总管署内。刘广夫妻闻得孔厚到来,真是神仙下降。却又喜里带忧:喜的是孔厚医道高明,当能起死回生;忧的是只恐孔厚也说没法医治,真是心断念绝。

闲文少说,当时刘广和两个儿子刘麒、刘麟到马头上迎接孔厚、希真,众官员都来相见了,刘广便直延至署中花厅叙坐。刘广先问近日贼势,希真将贼人猖獗的话略说一番。刘广道:“卢俊义那厮犯我北门,一攻而走,现在屯住境外北固山。我饬各处严紧把守,十余日前我用火攻之法烧那厮后营,还是秀儿病中替我划策的,却不能十分得利。如今病势日重,孔兄降临,深慰渴念。”孔厚道:“小弟自被高封斥逐之后,在敝乡居了年余,又因访友到姬公山,兜缠许久,久疏音问。吾兄荣升尚未道贺,并不知令爱小姐贵恙如此沉重,云公子来追寻,小弟恨不插翅飞来。”

刘广称谢,便延希真、孔厚进后堂,刘夫人也出来相见。孔厚问近日病势,刘广摇头叹气道:“这两日我也不望他活了,百计千方,真是有增无减,日甚一日。虽承贤弟远来相救,看来只是尽人事耳。”遂将慧娘自初至今的病情细说了一番。刘夫人道:“只望孔叔叔仙手,救他的性命。”说着满眼流泪。刘广对希真道:“我已探知破奔雷车之计不成,秀儿前恐他耽忧,并不提起,只说已得胜了。少刻你也休提起。”希真点头。孔厚便请诊视,刘夫人道:“房中都预备妥了,只等孔叔叔进去。”

于是希真、刘广同夫人引了孔厚,齐到慧娘卧室。里面自有侍女们伏侍，将罗帏挂起。只见慧娘斜靠在枕上，云鬓蓬松，花容憔悴，两颧被虚火烧得桃花霞彩也似通红，气促痰喘，十分危重。希真、孔厚至榻前问候，慧娘口称万福。刘夫人请孔厚诊脉，孔厚调息静气，细诊那慧娘的六部脉息，俱散乱如丝，也分不出至数，但觉撇撇霍霍，如火燃鼎沸，心中大惊，却不敢直说，因问："胸中闷滞否？"慧娘道："甚是饱闷，亦有时忽然松爽。"又问："泻利否？"慧娘道："便是泄泻利害，饮食不进，痰如膘胶，昼夜咳嗽不绝，通夜不能安睡。每夜发热，天明盗汗不止。心中不敢想事，一想便觉头晕欲倒。血却有四十余日不曾吐。"孔厚道："此小姐因军机重事，用心太过，以致水火不交，须宽心静养，服小生之药，可以全愈。"慧娘知是孔厚假言安慰，因叹道："孔叔叔，生死有定，有何足惜。况奴家素来参究内典，了达生死，色身去留，毫不介意。只是我家俱受朝廷厚恩，奴正要竭此一隙之明，佐我父兄报效国家，今狂寇未灭，此志不遂，含恨入地，真可悲也。"众人听了，无不慷慨下泪。

慧娘果然问起奔雷车之事何如，希真道："正要教甥女放心，用你的妙计，叫卿儿射杀那头目，果然大破了那车。宋江大败而走，逃入莱芜，早晚可就擒也。"慧娘听罢笑道："却是姨夫哄我，甥女早已知道此计不济，贼势正在猖獗。"刘广、刘夫人惊道："是那个走漏消息，吃你知道了！"慧娘道："何用走漏消息，若使官兵大胜，大姨夫必在彼办贼，岂能与孔叔叔同来？前日爹娘之言，孩儿倒信了。方才一听说大姨夫亦来，便知此车尚未曾破，爹娘恐孩儿忧苦，特地瞒我。爹爹昨夜说探得此车，系西洋人白瓦尔罕所造。孩儿却晓得此人，是西洋有名巧师唎哑呢唎之子，最善制造攻守器具，端的心思利害。此人不除，真官军之大害也。我又守着床上，用心不得，如何是好？"希真安慰道："贤甥女病势如此，切勿再忧念军国，宜息心静养，服孔先生之药，及早全愈，破贼未晚。"慧娘点头。觉得多说了几句话，气冲上来，喘嗽不已。孔厚道："我等且出外面议方。"刘夫人叫侍女仍把罗帏放下，都一齐出来。

孔厚已先到了厅堂上，顿足捶胸，叫起撞天苦来。众人惊问道："敢是真不可救了？"孔厚道："还问甚的！再是十八日便归天了，更有何法可救。今日二十七日，这个月大尽，下月十四日，那想再留得。”众人都哭起来。刘夫人只是向孔厚下拜哀求，孔厚道：“嫂嫂揣理，小生并非不肯出力，只我不是神仙，那有灵芝仙药，所用不过树皮草根，油干灯尽，大命已终，如何救得？”刘广道：“我疑莫不是从前之药吃坏事。”孔厚道：“从前是何人医治？”刘广道：“此间医生不少，最有名的两个都来看过，用药全不济事。还有一个老医陈履安看过一次，却不曾服他的药。因众医士都说他的药太霸道，所以不敢用。”便叫：“取从前服过的药方，并那老医未服之方，一齐取来，与孔先生看。”孔厚逐一看了，拍案叫苦道：“这样药，岂是医这样病的！令爱小姐贵恙，实由前番力守孤城，捍御强寇，昼夜焦劳，心脾耗伤，以致二阳之气郁结不伸，咳嗽发热，吐血不寐。当时若用甘平之剂，调和培补，无不全愈。却怎的把来当做了风寒症候，一味发散，提得虚火不降；却又妄冀退热止血，恣意苦寒抑遏，反逼得龙雷之火发越上腾，脾肾之阳已被苦寒药戕贼殆尽，所以水火不交，喘泻不已。且因天癸虚干，认为阻闭，谬用行血破瘀，血海愈加枯竭。近日想必没处摸头路，故将一派不凉不热、不消不补的果子药儿，搪塞了事。此等虚实不明，寒热不辨，胡猜瞎闹，误尽苍生。这陈履安的方儿，虽非十分神化，却也洞明本源，不失规矩，早用他的药，何至于此！却怎地胡说他是霸道，请问霸在何处？真是燕雀笑鸿鹄，糊涂颠倒，至于如此，这病怎的不是这一派药医坏！”孔厚正骂得高兴，刘广不听则已，一听孔厚这番言语，便叫军官：“去锁那两个名医来，发中军官重责一百棍再说。”夫人、孔厚再三劝阻。刘广耐了半晌，方着人持了名刺，到地方官衙门去，传那两个名医来，每人处责，顺腿四十板，以泄忿恨。一面速教人去请陈履安来。谁知那陈履安有人聘请，到济南去了。当时孔厚只得独自定方，以心问心，足议了一个时辰，才酌定了君臣佐使，天色已晚。孔厚亲自制药，直至三鼓，方才煎好，送与慧娘吃下。孔厚又陪了半歇，刘广相劝，方去就寝。

当夜孔厚那里睡得着，翻来覆去的筹画这病势。看看窗纸发白，只见刘广慌张出来，直到榻前，放声痛哭道：“今番休也，吃了你的药，索性气都绝也。”孔厚大惊，忙问其故。刘广道：“药下去，不多时，满腹搅痛，连呛带呕，把颗心都呕出来，人已是死了。”孔厚好似跌在冰窖里。只听里面一片哭声，叫道：“孔厚，还我女儿命来！”却是刘夫人奔出来，披头散发，撞入孔厚怀里。

孔厚蓦地窜醒来，却是一梦，扼不住心头乱跳，冷汗如雨，心内愈加忧煎。披衣出房，只见晓风刁刁，残星在天，听上房却静悄悄地，入房又坐了许多时，侍从人方都起来。只见刘广与夫人一齐出来，笑容可掬，称谢不已，道：“先生真是仙手也，昨夜小女服了妙药，竟得安睡，不过泻了一次，咳嗽亦减了大半。今早醒来，竟思饮食。”孔厚闻言大喜。刘夫人道：“小女这番重生，皆孔叔叔再造之恩也。”

须臾，希真亦出来，说道：“且请先生再去一看。”孔厚欣然，一同入慧娘卧室，重诊了脉，又细问了几句，仍到前厅上。刘广问道：“如何？”孔厚只是摇头叹气，道：“不是真好，脉气丝毫不转，不过因这药性鼓舞脏气。待药性惯了，仍然不济事。”刘广同夫人一段欢喜，听了这话，依然一块石头压在心上。希真垂头不语，无计可施。

少刻，合署闻知慧娘病有转机，都来问候称贺。刘广、孔厚将脉气不转的话说了一遍。众人道：“或者孔先生加意小心，脉气渐渐会好，也未可定。”刘夫人道：“我昨夜对天许下愿心，今日须得邀请道众，设醮禳解，请主帅号令，传齐人手，禁止屠宰，大小军士各持斋三日，务求神天垂佑。”刘广道：“似此病入膏肓，恐禳解亦是无益。”希真道：“夫人所见亦是。”大众均称是极，遂差人邀下道众。希真道：“既如此，吾当亲来朝真进表，秉诚求祷。”便传令持斋断屠，又吩咐备下香汤，沐浴更衣，将都箓道宝请出正厅供养。

不说众人去安排醮事，这里孔厚仍旧尽心竭虑，按方进药。下昼慧娘服了药，还能安睡，到半夜后，果然外甥打灯笼，其名曰照旧，依然诸病复转来。

三日醮事圆满，看那慧娘日沉一日，希真无计可施，孔厚束手无策，刘广只把脚来跌，垂头叹气，刘夫人只是哭，他两个哥子刘麒、刘麟也只是愁眉相向。吃药下去，好一似石头上淋水。看官须知：这番慧娘端的上天路远，入地路近，并非孔厚前番做梦。只见刘麟道：“那年卿妹妹被高封妖法逼坏，大姨夫曾用乾元镜照看有影无影，以定吉凶，今何不试试以决疑惑。刘夫人道："此说甚当。"便同到外面与希真商议。希真道："又没有救他的方法，照看也是无益。我往常定中观看，甥女根基不薄，今不幸如此，真不可解。方才我得个计较在此：我那乾元镜，圆起光来，能测未来吉凶，有趋避之术，而且人人可看。不比世上圆光，定要用童子。我今夜便作用，你们都来看，或有生路，也未可知。"众人听了甚喜。

当晚打扫净室一间，用香花灯烛供起那面宝镜，希真引了众人，到净室里面行礼参拜了。希真念动真言，镜面上布了罡气，教众人凝神静观，休要指点喧哗。众人依言，都静心息气，看那铜镜，只三寸大小，空空无物。注目良久，正看得眼花缭乱，但见那镜面渐渐的有车轮大小；再看时，只见镜内黑云涌起，满镜黑暗，黑云影里电光飞舞，闪闪不定；许多时，电光渐歇，黑云亦漫漫地散开了，镜子里面现出一座高山。众人都不敢则声。只见那高山上，一个三四岁大小的小孩子，赤条条不着一丝，在山上跳上跳下，来去如飞。山凹里蹲着一只金钱豹子，十分狰狞凶猛。山脚下又一个男子，坐在牛背上吹笛，两个童子随在后边。众人甚是惊异。只见那山渐渐改变了模样，那些人物通不见了，山上却涌出一座宝塔来。那座塔金壁庄严，共有七层。却一种作怪，没有塔顶。塔下又有三间茅庵，蒲团上坐一老僧；山脚下无数兵马营寨帐房，旌旗满野。再看时，塔顶忽全，那老僧面前，又添一个青年女子，顶礼膜拜，行状举止，仿佛慧娘。众人正惊讶间，只见里面天上跌下一团火来，直落在塔前，霎时间满镜都是火光，像一轮太阳一般，夺目耀眼，众人都不能正视。不多时，火光敛歇，依旧三寸大小一面铜镜，空空无物。

看毕，希真将宝镜收好，问众人时，所见皆同。大家都揣拟不出，只见刘夫人道："莫不是那里有寺院建修宝塔，不曾完工，丈夫何不差人各处访问，可有宝塔不曾安顶。想是佛天要女儿身上去圆满功德也。"刘广道："你休乱说，据我看，那初次所现的山，确是高平山乡境界，那骑牛吹笛的人，必是徐溶夫。我时常听孔兄弟说，徐溶夫医道不在他之下……"话未说完，只见孔厚把脚连顿道："我正忘了，他在钜野县高平山，离此不到三站路，当初仁兄何不请他来诊视？"刘广听了大悔,因恨道:“都被那两个狗头医生,说得绝不要紧,所以我也不想到他。”刘夫人、刘麒、刘麟也兀自懊悔不迭。

正说间,只见慧娘差侍女来问圆光之事。希真道:“我们且去告知了他,或者他心中之事自己了悟,我等如何猜得。”众人听了,便都起身到慧娘卧室,将圆光之事细对他说了。

慧娘听罢,便道:“既是如此,请爹娘与孩儿安排后事,此病决不起也。”众人惊问:“何出此言?”慧娘道:“但问姨夫,他知道我,往常说我的功行似七层宝塔,只少一顶。今圆光中无顶之塔忽然有顶,又是我向僧伽皈依顶礼,此种景象岂不是我的结局了。”希真道:“非也,贤甥女休如此解。圣人云:言不苟造,论不虚生。若依甥女所说,只解得末后一段,上头那些景象,岂非虚言空文?神明之兆,必不如此。我想圆光中既现出高平山境界,甥女之命必应在徐溶夫来救。若七层宝塔之说,或应在甥女日后功程圆满也。”孔厚道:“我时常听得徐溶夫说,高平山钟灵毓秀,内多仙药,可以续命延年。那小孩子同金钱豹,想必是草木的精灵。神明既示应兆,想小姐必然有救星也。”慧娘点头。

众人一齐退出,孔厚道:“此去钜野县三站路程,回往须得五六日。我看小姐病势,断挨不到十日工夫。为事紧急,小弟愿星夜趱程前去,与徐溶夫商量,或请得同来更妙。”刘广道:“小女全仗贤弟诊视,你如何可去。我想不如央范成龙去,他也与溶夫厮熟,不必迟疑。”便请范成龙来说了。范成龙道:“如此说,事不宜迟,小弟带些盘费干粮,挨到天明便动身。”希真道:“此去钜野县,若走正路,恐误日期;若抄近走,那山僻旷野,无人之地最多,恐遇狼虫虎豹,贤弟休一人去。”范成龙道:“只消带五七个精壮军健,并选好头目,带了弓弩鸟枪,同了我去不妨。”当时议定了。刘广、希真、孔厚三人,联名写下一封书,付范成龙收好。看看天将明亮,范成龙等饱餐已毕,辞了众人,带着伴当,取路便行。

不说孔厚等仍按方进药,医治慧娘,却说范成龙离了兖州,一行人马取路直奔钜野县来。此等紧要事,范成龙怎敢怠慢?端的马不停蹄,一气奔赶。当不得天气炎热,太阳当空,汗如淋水,人马喘乏。

到了西牌，已过了栖霞关，从人道："今日可投孤云汛安歇。"范成龙道："若住孤云汛，明日又须得走一日。今日初五，已有月光，我们趁些光亮，过孤云汛宽走几程，遮莫那里去权宿一宵，明日傍晚可到高平山乡，第二日就打个来回才好。"当日范成龙赶过了孤云汛，往前又走，却已都是山路。那轮炎日已渐渐下去，听的是万树蝉声，见的是千层浓绿。范成龙主仆走够多时，人马枯渴，却又遇不着个溪涧。一个从人指着那边说道："深树里微微有些烟，想必是村人家，我们且去讨口水吃。"范成龙依言，便岔将过去，不上半里之遥，已到那人家面前。却是一座半大不小的庄院，有数十椽瓦屋，里面也有些园林楼阁，门前却有一带清溪，八字门首立着一个五十余岁的妇人，衣裳清楚，大家风范，扶着一个小丫鬟在门首闲看。范成龙一干人见了那道清溪，都去取水吃。妇人见了他们这伙人，便扶着小丫头，近前几步，看了看范成龙，问道："你这官人上姓？"成龙答道："姓范。"妇人笑道："大名敢是成龙？"范成龙吃了一惊，看那妇人却不认识，便拱手道："老奶奶何处晓得贱名？"那妇人笑道："果然是的么，你认不得我。"那老妇人说出来历，有分教：高平山中，杀翻窜山跳涧猛恶兽；猿臂寨内，更添冲锋陷阵勇将军。

毕竟这妇人是谁，且听下回分解。

第一一五回　高平山唐猛擒神兽　秦王洞成龙捉参仙

却说那范成龙因口渴溪边取水，不觉遇着这妇人认识他，当时请问那妇人姓名，那妇人道："衙内不认得我，龙马营知寨唐天柱，便是老身的先夫。"范成龙听了又惊又喜，忙唱喏道："再不知恭人在这里。"原来这唐天柱也是一员勇将，在边庭多立功绩，后授龙马营知寨，在任上病故。在日曾与范成龙的父亲相识，更喜爱范成龙，常对人说："此人是个英雄。"范成龙开骡马行时，多得唐天柱的看觑。当时范成龙道："恭人却为何居在深山里？"妇人道："这里原是我家的祖基，先夫亦对你说过。"范成龙道："一位衙内何在？"恭人笑道："在我身边，此刻入山打猎去了。他如今改名唐猛，今年二十三岁，也学了一身好武艺，只是不肯读书，最喜满山采猎。他旧年完娶，今年也生下个儿子了。"范成龙道："却是可喜。小人记得那年在知寨相公衙署里，衙内只得十来岁，花园里一颗杏树，碗来粗细，他连根拔起来。如今正在英年，怕不有数千斤的神力。可惜小人今日有紧急公事在身，不能同他相会。"

正说间，那恭人遥指山凹边道："兀那小厮回来也。"范成龙看时，果见凛凛一位壮士，披一件秋罗小衫，着一条水绸短裤，踏一双多耳麻鞋，袒着胸脯，手提一杆五股托天叉，上面叉着一只青草狼；后面跟着十数个庄客，拿着些猎具，挑着些虫蚁，一齐走近前来。那唐猛将叉递与庄客，唱了个喏，回头看见范成龙等，问道："列位何来？"恭人笑道："这位你可认识？"唐猛细细看了范成龙，沉吟道："足下敢是兰山县范大哥？"范成龙笑道："衙内真好记性。似衙内这般魁伟，我却不能认识了。"唐猛大喜道："那阵风儿吹你到此，何不请入草舍！"范成龙道："小弟此来，实是不诚，并不知尊府在此。现在有紧急公干，不敢刻延，待转来再登堂奉谒。"唐猛那里肯，一把拖定道："甚么大不了的公事，天已晚了，前面并无宿头，仁兄直如此见外。"恭人亦留道："阔别十余年，难得衙内到此，休嫌怠慢。"

范成龙本不肯住，一来看天色已晚，料想赶不过孤云汛，二来人困马乏，天气炎热，三来当不得唐猛母子苦留，只得称谢了，同唐猛母子齐进庄来。到厅堂上，范成龙请恭人上坐，以晚辈之礼参拜。恭人连忙答拜道："衙内是甚么道理！"范成龙道："小将深蒙知寨相公爱怜，怎敢忘心？"恭人道："衙内休这般说。尊翁任开封府时，寒舍也深蒙照拂。"范成龙与唐猛相见了礼。

唐猛请范成龙主仆净了浴，头口牵去喂养。庄客掌上灯来，先切了两大盘西瓜来止渴。恭人吩咐厨下整顿酒饭款待，唐猛教将来摆在院子中心凉棚下，分宾主坐下。恭人道："我是吃过饭了，坐在此听你们讲讲。"便坐在廊下陪话。唐猛道："我记得与仁兄分手，彼时我才十一岁，我那套金枪短跌，还是仁兄指教的。"范成龙大笑。恭人道："彼时衙内到先夫处来，老身时常在后堂望见。"范成龙道："正是，小人失于亲近。"恭人道："衙内现居何职？"范成龙就把怎样救荀桓兄弟落草，后来随陈道子投诚，钦授飞虎寨副知寨的话，一一说了。

恭人称贺道："老身也听得有人说起，果然如此，真乃可羡。我亦时常教小儿探望衙内，就衙内处图个出身，他是这般脚懒，总不肯去。"唐猛道："不是孩儿懒，不成把娘抛撇在家里。"恭人道："敢怕猫儿拖了我去，要你瞎记挂！大丈夫功名要紧，我想不如趁范衙内在此，你就拜他为兄，衙内倘肯提拔小儿，老身也完了一条愿了。"范成龙大喜道："此事深中下怀，可惜今夜匆匆，不及了。待小侄转来，完了这起公事，再证盟也。"唐猛道："阿哥，是何公差，如此 火急？"范成龙遂把梁山奔雷车如何利害，云天彪吃他困住在二龙山，只有刘慧娘破得，那慧娘又病在危急，神医孔厚无法可施，他说只有高平山内多有灵草仙药，特差我飞速到徐溶夫家采取等语，细说一遍，"如今不知仙草有无，正是捕风捉影。那慧娘又命在呼吸，所以不敢刻延。"唐猛道："原来如此。那徐溶夫我也认识，他曾医过我母亲，端的好手段。只是你去高平山里面采药，须要仔细，近来那座山里，出了一件古怪东西。"范成龙道："出了何物？"唐猛道："是一个锦纹独角金钱豹。"范成龙笑道："我道是甚么了得的东西，原来是虎豹之类。不是愚兄夸口,自己也仗着千百斤实力,便是这几个孩儿,也都是挑选来的。那畜生若还撞着了我,一鸟枪先结果了他。”唐猛摇头吐舌道:“哥哥,你休轻觑了,这畜生端的凶猛利害,莫说人畜猪羊伤得不少,高平山内原有几只大虫,都吃那厮吞食了。那厮不但凶猛,且通灵性,一切窝弓弩箭,地铳坑阱,他全不上当。更兼额上生出一角,坚利无比。有人来说,有尺余长短,光明如水晶一般。数月之前,他们想尽巧法,做了个双闸笼诱他,难得他竟落了阱。那知反被那厮的角利害,只消五七挑,臂膊粗的毛竹都齐齐折断,仍吃他逃走了。如今一发弄得滑了,竟捉不得。这恶物,正不知他是那里来的,钜野县知县只顾限比猎户捕捉,量那些猎户如何近得?不知吃过多少限棒,枉是去送性命。”

范成龙听了,暗自心惊,想道:“陈道子的圆光直如此灵异!豹子之兆既应,灵药必有著落了。”问唐猛道:“贤弟何不与他去耍耍?”唐猛大笑道:“哥哥不知,说起倒有场好笑。若使小弟去时,或者捉得,亦未可定。叵奈钜野县几个鸟公人,不识高低,他竟不知我爷做知寨,我是个衙内,把来做猎户看承,将知县信牌行落我家,要取我出去充役。我当时大怒,喝令庄客们将那厮捆了,若非母亲喝住,我活活打杀这几个狗男女。那知县得知了,差体己人拿名帖来陪话,我方才罢休。如今由那厮们捉得捉不得,我何犯去出力?”范成龙听罢,也大笑道:“且待我到彼再商。”连饮数觥,又问道:“贤弟近来弓马何如?”唐猛道:“鸟耐烦去骑马,我最喜步战,我学的都是步下生活。不瞒哥说,我上阪下坡,追赶野兽,来去如飞。我用的兵器,请哥哥看。”遂教庄客取来。范成龙看时,乃是一扇偃月铜刘,重六十五斤。范成龙道:“这兵器最利步战,长枪、朴刀都攻不入。”唐猛当时出了坐位,双手轮动,就在天井中舞了一回,盘肩盖顶,路路精熟。舞罢,范成龙喝采不已。

只见恭人开言道:“我儿休要只顾缠障不了,你哥哥行路辛苦,又有要紧公事在身,夜深了,吃了饭,请哥哥安歇罢,明日可赶路程。”范成龙道:“伯母之言甚是。”唐猛道:“母亲说教孩儿随哥哥去,可收拾起,待哥哥转来,孩儿便同去。”范成龙大喜。恭人道:“那事容易。”庄客送饭上来,大家吃饱了。床席已安排好,恭人、唐猛告了安置,进内去了。范成龙上床去睡,略眬眬眼,天色大明,忙起来唤起从人。唐猛亦起来,陪用了些饮食。范成龙向恭人、唐猛都称谢了,提了铁脊矛,上马便行。唐猛亦骑了头口,送出山口。唐猛道:“此去徐溶夫家,不过五十多里,哥哥早去早回,兄弟在家相等。”范成龙道:“不须贤弟吩咐。贤弟既要同我去,可回府先收拾起。”唐猛应了,分手回家,整顿行装,不题。

且说范成龙别了唐猛,飞速前行,不过未牌时分,已到徐溶夫家。恰好徐和在家避暑,不曾他出。徐和见范成龙来,吃了一惊,问道:“仁兄远道冒暑而来,必有事故,敢是有甚军务,又来寻我。”范成龙便将那封书信递与徐和道:“仁兄但观此信便知。”徐和将信拆开看罢,呵呵笑道:“原来如此。”回顾两个儿子说道:“想是那参仙这番要出世了。”范成龙道:“甚么唤做参仙?”徐溶夫道:“陈道子圆光,真乃灵异。你道那镜子里的孩儿是那个?便是这高平山里一件稀世奇珍,乃一千多年一枝成气候的人参。形如婴孩,风清月朗之夜,时常出来参拜星斗,各处峰峦溪涧游戏,名曰参仙。若能取得他到手,如法服食,可成地仙。病人垂死,得他的血饮一杯,立能起死回生。只是他的身子轻如飞鸟,窜山跳涧,来去如风。他又不吃饮食,最难捕捉。我也守了他多年,兀自算计不到手。据今日看来,这宝贝想是刘小姐的救星,因缘莫非前定也。”范成龙听了大喜道:“妙哉,真乃未闻之事。既有此等至宝,今夜好歹想个法儿去捉,刘小姐有命了。”徐溶夫道:“说得这般容易!如今这山里进出不得了。”范成龙道:“敢是为着一个豹子?”徐溶夫道:“正是。你敢是为镜中现出豹子猜疑着?”范成龙道:“我并非猜着,我来时遇着唐猛,他向我说的。”徐溶夫道:“我为了这孽畜,多时不能入山采药,必须先驱除了他,才好再去取参仙。”范成龙沉吟道:“此地可有出名好手猎户?”徐溶夫摇手道:“休题,休题。这豹子不是胎生的,乃虎鲨鱼所化。虎鲨在深潭底下,潜修三百年,能化独角豹,勇猛胜于凡豹。这些猎户纵有高手,如何近得?多少吃比不过,都挈家逃走了。”范成龙道:“有不搬去的,且邀几个来,我与他们商量。”徐溶夫便教大儿子去邀本山猎户,一面吩咐妻子安排酒饭,款待范成龙。

不多时,溶夫的儿子已邀了七八个人来,都是本山有名猎户。

徐溶夫对众人道:“这位范将军,是兖州总管相公差来的,有公事与众位商议。”众猎户见成龙是位官人,都上前施礼。范成龙让他们坐地,说起捕豹子的话,众猎户都咬着指头说难难难。范成龙道:“我因公干紧急,只得央求众位格外出力,能驱除了这东西,除本地知县相公赏赐外,我另有重谢。”众人道:“非是小人们不贪赏赐,委实做不到,官人便送俺万两金子,小人们也没设法。为这畜生,没有的苦不吃过了。官人不知,我这里多少吃不过比的都溜了,只小人这几家走不脱的,不知花了许多使费,才得告病在家。若使好做,何待官人上紧。”范成龙皱眉良久道:“既如此说,我自己去捉,央众位相帮何如?”猎户道:“这有何不可!只恐官人也未必捉得来,枉费力气。”范成龙道:“捉得捉不得,众位休管,只是本山路径,我不认识,早晚央众位同去,切勿推却。”

众猎户都答应了,告辞回去,却都在背后说道:“倒要看这官人怎去摆布他!”徐溶夫问范成龙道:“仁兄怎生去捉他?”范成龙道:“我想此事,只有去请了唐猛来。”徐溶夫道:“他未必肯来,前者我也去请过他,怎奈他与钜野县憋了口气,立誓赌咒不肯来。”范成龙道:“虽如此说,今日为军国公事面上,他正在求功名之际,未必推却,明日我去走遭。”

当晚,范成龙在溶夫家歇了一夜,次日一早,单枪匹马竟到唐猛家里。唐猛正在收拾行装,交代家务,见范成龙转来,欢喜道:“哥哥转回得好快,我们下午便可动身。”范成龙道:“早哩,早哩,《百家姓》不曾开簿面哩!”唐猛问其原故,范成龙把那上番话说了,“如今不除这豹子,怎去取参仙?所以转来拜请贤弟。”唐猛沉吟道:“我去不难,只是吃那钜野县官人笑我没志气。”范成龙道:“他怎笑得你,你这番是救刘小姐,去助军国大事,并不去他那里讨赏钱,干他甚事!”唐猛道:“兄长也说得是,如此我们就去。”当时进内向娘说了,唤了十多个精壮庄客,各带了器械。唐猛指着那杆三眼枪对范成龙道:“哥哥你看,我这家伙是镔铁炼就,一排三管,重三十六斤,每管吃火药一两，铁标八钱。一道火门，发时三枝铁标齐出，声如雷霆，那怕人熊、狒狒，穿胸直过。”范成龙称赞不已。便一同动身，都到徐溶夫家。

唐猛与溶夫相见了。范成龙央徐溶夫的儿子，仍去邀了众猎户来，须臾到齐，约有四五十人，都是精壮后生，连唐猛、范成龙的庄客、伴当，约六七十人。范成龙早已将出银子，央徐溶夫去近村买下十数瓶酒，杀翻一头肥牛，请众人都吃饱了。

天色已晚，众人都拽扎起动身。唐猛问山里路径，众猎户道：“那厮巢穴在山后的里凹，进出有三条路：一条是大王庙背后，一条是大树湾，一条是碎石坡。那碎石坡在秦王洞后面，一直上，最不好把守，路又狭，两边都是深草，当中一片空地，滑塌塌的碎石子，又没半株树木可以藏身。那厮单单喜走这条路上来，多少松手的都送在那里。”原来猎户们忌说失陷虎口，凡伤于野兽的，只说是松手。数内，又一个猎户道：“便是昨夜山南李家村李太公家的两条黄牛，又吃那厮拖了去，正是由碎石坡上落，今夜那厮又必走那条路。”唐猛道：“既这般说，待我独自去守这碎石坡。”范成龙道：“贤弟休卤莽。”唐猛不听。

说话之间，已入山里。唐猛教人直引到碎石坡，举眼看时，只见两边茸茸绿草，一带细路，直通山脚下。猎户指点道：“这草内我们时常埋窝弓，再也射他不着。”唐猛再看那坡，旁边一块巨石，高有二丈余，周绕数十围，危危的立着，月光下好似个巨灵神扑来一般。唐猛道：“有此巨石，还怕没处躲闪！你们都去守那两条路，这条路上让我一人在此。只愁这孽畜不来，来时不能活捉，也结果了他。”众猎户道：“唐衙内不可造次，还让我们惯家在此把守。”唐猛听了，睁着怪眼，看了众猎户道：“咦！”半晌道：“亏你们恁地颠倒说！”范成龙道：“贤弟既要在此，也须留庄客们帮你。”唐猛道：“不要，不要，半个都不要！你们都去！”众猎户又苦劝，唐猛焦躁道：“休要管我，都是你们这些脓包不济，宠得这畜生这般横行，今日还要试试缩缩。我若吃他拖去嚼碎了，不要你们偿命。”众人见他发作，只好由他，便留下一枝画角，道：“得了手，可吹起来，我们好来策应。”唐猛收了画角，将那三眼枪灌了火药，下了三条铁标，点旺火绳，奋身一纵，早跳在大石上，拖着枪四面观望。

众人都纷纷去了。范成龙领了伴当、庄客并几个猎户，投大王庙背后去，其余都投大树湾去。那两处树木却多，众人都去深草里，密麻价的埋了地弓药箭，整顿了弓弩鸟枪一应猎器，也有上树的，也有乘凉的，四面照应着。范成龙倚了铁脊矛，坐在树根下，暗想道："此刻参仙若出来，一把捉住了，岂不省了与豹子缠障？"

却说唐猛催他们去了，独自坐在巨石上四面观望。只见星月交辉，山上山下流萤万点，风吹草树，洒洒的似落雨一般，果然山有猛兽，狐兔獐鹿之类踪迹全无。唐猛不转眼看着那条路上，只等那豹子出来，只见星移斗转，已有三更天气，满身上都是露水。唐猛想道："这厮莫非不从这条路上来，那两条路也不见响动，敢是今夜不出来？"又是半晌，只见天上都上了云，霎时间把那半轮明月遮盖，满山昏黑。唐猛放下了鸟枪，取出腰间那把扇子来扑凉，忽听得山下人声啼哭。唐猛道："这里又没人家，必定是伥鬼哭，想是那行货来了。"定睛细看，并没些影响。猛回头，忽见背后山脚边两盏碧绿灯，慢慢地向细路上移过来，唐猛认识是虎睛，说道："豹子不来，山下倒来了个大虫，且就结果了他。"便撇了扇子，取起鸟枪，扑地跳落大石背后，闪开身躯，张着那绿灯渐渐上来。近看时，只见额上一枝水晶角，那里是大虫，正是那话儿到了。唐猛叫声惭愧："我只道他不曾出窝，只顾前面，险些被他后面掩来！"那豹子一步步慢慢地上山来，口里呼呼的喷着气，身体甚是壮大。唐猛从不见过这般大豹，也是心惊，索性藏过身子，待他走过了头再下手。不多时，那豹已上了山坡，就在那大石边挨了挨痒，慢慢地踱上山去。唐猛屏住了气，待他走过了，将门药加足，吹旺火绳，钳紧在火机上，伛偻着身躯，从大石背后踅出来。黑影里，只见那豹子拖着斗来粗细的尾巴，在前面慢走。唐猛轻轻踅上几步，擎起那杆三眼枪，正待……——那豹子好似屁股上有眼睛，早知背后有人暗算，唔的一声，身子倒调转来。唐猛急待仍闪入大石后，怎奈离得大石已远。那豹看见有人，大吼一声，半空中起个霹雳，四爪一纵，离地二三尺直扑过来。唐猛留不住那枪，早已机落火发,三管火标齐放,声似雷吼,三枝铁标不知射向何处。那豹就那声枪里扑到唐猛身上,两只前爪搭着肩胛,张口待咬。唐猛撇了鸟枪,就势子向那豹的胸腹下抢进去。恰好那豹的两只前爪挂落唐猛背后,唐猛两条铁臂膊从豹子两胁下穿出脊梁上,双手交叉抱住。那豹子张开血盆也似的巨口,待咬唐猛的头颈,恰吃唐猛的头拄定下颏,颐不倒头来。那豹又吼了一声,提起后爪来抓唐猛,那唐猛早将两腿缩起,夹住那豹的腰跨。唐猛和豹子都跌倒在坡上,那豹子项下的毛片滑溜,唐猛的头滑在一边,与豹颈脖子交叉着。唐猛用尽生平的神力,贴胸搂住,不敢松手。两个只就坡上颠倒打滚,不觉滚落深草坑里去。两个都挣扎不得,只得呼呼的喘气。唐猛心生一计,待咬断豹子的喉管,一时汇不转头来,只在颈脖边着力啃咬。

却说范成龙在大王庙后,同众人都听得那碎石坡劈雷价鸟枪响亮。半歇不听见吹画角,众人惊疑,范成龙道:"敢是豹子中了枪,不死逃走,他追了去,我们快去看来!"霎时大树湾众猎户也都到齐,吹起火把,大声呐喊,扑到碎石坡来。范成龙挺着铁脊矛当先,大叫:"唐兄弟,我来也!"不见答应,只见三五个庄客先叫起苦来,说道:"苦也,那地下不是衙内的鸟枪,火绳兀自明亮,人到那里去了?"范成龙轰去了三魂七魄,那颗心摇铃价晃起来,忙叫:"快寻是那条路!"又只见几个猎户叫道:"你们休乱,这深草内有人做声。"众人听时,只听哼道:"我在这里,你们快来!"

成龙同众人大惊,忙上前将火把照时,只见唐猛同一只大豹贴胸抱定,卧在草坑里。众人都吓了一跳,惊得倒退。范成龙忙挺手中矛,觑定了那豹的肋缝里,用力戳进去,矛锋从下面透过,签入地内。那豹子已吃唐猛钢牙啃伤颈脖,奈何得没了气力,又吃这一矛,吼了一声,登时丧命。范成龙放了矛,又去腰间取出那柄铁锤,去豹子的耳根边连打十余锤。那豹子鲜血迸溅,乌珠突出,脑骨损碎,动也不动了。范成龙道:"兄弟放手,好了!"那唐猛那里肯放。成龙又叫道:"豹已死了,兄弟只管放来!"唐猛才放开了手,坐在草地上喘做一团,满口里都是豹子的毛血。众庄客上前搀扶了,走出深草。范成龙拔起铁矛,众多猎户上前将死豹扛出坑上。范成龙问唐猛道:"兄弟受伤否?”唐猛道:“没事,两肘好似擦伤了些。”范成龙道:“兄弟不听吾言,早是叫几个人帮你,何用如此费力。”唐猛道:“不瞒哥说,我去年也曾两次空手活捉两只大虫,却不恁地费力。这畜生果然利害,怪道众人近他不得,我也险送了性命。”众猎户都拜服道:“唐衙内真是天神降凡也。”

当时众人见除了这豹子,欢天喜地,把来扛抬了,并派人收了窝弓,庄客收了唐猛的鸟枪,一阵下山回徐溶夫村上来。

原来徐溶夫家里也不曾睡,都秉烛相待。五更时分,只见三五个庄客猎户先跑回来报道:“那豹子已吃唐衙内结果了。”徐和大喜,忙叫妻子预备下酒饭。不多时,远远一簇火把,只见众人吆吆喝喝,扛了那只独角锦纹豹,范成龙、唐猛都随在后面,一齐奔回庄上来。将那死豹安放在厅中间,东方已发白。徐溶夫与众人都向唐猛道乏,唐猛笑道:“快把酒来,与我接一接力。”溶夫忙叫搬出来摆在厅上,大盘小碗价酒肉,众人都一齐乱吃。天已大明,惊动村前村后无数老少男女,都到徐溶夫家看豹,见了唐猛,都夸奖不已道:“只道戏场评话里这般说,那知真有如此壮士。”那里正也到来,遂与众人商议,要将这豹子送到唐衙内府上去。唐猛道:“我要他做甚!只顾扛去,献与你们那知县,也教他放了心,省得比较。倒是这畜生的一只水晶角可爱,对知县说,可要取下来还我。”众人大喜。唐猛道:“我觉得有些筋骨酸,头脑发胀,打熬不得,与我个好床铺,要去睡一睡。”徐和道:“衙内辛苦了,正好草榻上将息。”唐猛滚入床内,放下纱帐,齁齁的睡着了。里正已差人去飞报知县。范成龙与徐溶夫商量道:“今此豹已除,却怎样去取参仙?”溶夫道:“仁兄放心,我已准备下了,须如此作用,今夜管取他到手。”成龙大喜。当时成龙与众人也都困乏了,都去睡睡将息。

下午时分,那钜野县知县差一名都头,带了几个士兵,前来取豹;又差一个体己亲随,将着一封书信来,启请唐衙内到县里,置酒申谢。此时唐猛、范成龙已都睡起,那亲随向唐猛声喏,呈上知县书信。拆开看时,上写道:“深蒙世兄神威,扫除一方巨害,下官感激之至。本欲亲自登堂拜谢,因公事在身,望屈世兄到冰衙一叙,勿却是祷。”唐猛对来人道:“你去上覆相公:我有紧急公干,要往兖州镇去,不及相见了,多多拜谢。”遂叫庄客取几两银子赏那亲随。又叫庄客用利斧将那死豹的脑盖骨凿开,取下那支水晶角来。看时,果然坚利无比,非铜非铁,赛过金钢石。唐猛甚喜道:“你去对你相公说,这豹的一只角我取了。你去罢!”那亲随也不敢多说,取了赏银,自回县去。范成龙又取出些银两谢了众猎户。那都头同里正押督众猎户,士兵扛了那只死豹,辞了徐溶夫并唐范二位,解豹到县里去了。

唐猛问取参仙之事,徐和道:“我已说过了,今夜去取。那参仙最喜扑灯光,最爱的是木香,最怕的是五灵脂。我早已准备下五七斗五灵脂,数十斤木香屑,只须用红纸糊一个绣球灯儿,用长绳拴了。此处山这面有一洞,名秦王避暑洞,最是幽深。那一头洞口,先用五灵脂截住去路。他生长之处,我却认识,在中峰左侧,只将木香屑迤逦洒至秦王洞。将灯放在前面洞口,一人躲在里面牵住绳索,待他来扑灯火时,将灯牵入洞里,引他进洞。须得一快走的人,速将五灵脂截断归路,然后进洞去捉,他自不能逃走也。”唐猛道:“妙哉!撒五灵脂,须得我去。”范成龙大喜。

当日无话,看看天色将晚,众人都吃过了饭,徐溶夫的娘子已糊好一个绣球灯儿。溶夫道:“去的人多不得,只消两三个伴当,负了药布袋去足矣。”众人依言。当时徐和留两个儿子并不去的人在家里,自己同了范成龙、唐猛,带了药布袋、红灯、绳索,缓步进山。到得山里,星斗满天,月明如昼。看看已到秦王洞口,徐和立住脚,指着一处峰峦道,那里便是参仙根本之地,此去不远。二位不必上前,只须在此安排,我上去散木香屑。”范成龙听了,便去洞后撒下五灵脂,余多的都交与唐猛。徐溶夫同那几个伴当背了木香口袋,到中峰左侧,将木香屑倾出,迤逦洒下来,直洒到秦王洞口。那范成龙已将红灯点起,放在洞口,将绳拴好了,拿着绳头走入洞里去。徐溶夫同唐猛等众人都走下山坡,在树林里躲了,只留范成龙一人在洞里。

徐溶夫在深树内,眼不转睛的盼望那参仙。星移斗转,直到三更时分,果然隐隐的望见一个孩子,从峰后跳舞出来,光赤着身子,望去约有四五岁大小。唐猛喜道:“来也!”徐溶夫忙叫:“休高做声,快躲了。"那参仙出离了地面，朝礼了星斗，参拜了四方，跳舞一回。蓦地闻见一阵木香香，各处寻觅，寻着了木香屑，跳跳舞舞，一路寻来。不觉到了秦王洞口，看见了那绣球红灯，甚是欢喜，便远远立定了看，慢慢的上前，用手来取，只见那红灯滚入洞里。可怜草木精灵，初成气候，那里料得人心机诈，便追了红灯也进洞里去。徐溶夫望得明明清清，叫声惭愧，忙叫唐猛快下手。唐猛提了五灵脂袋，三脚两步趱到洞口边，把五灵脂撒满地面，更无隙缝。那参仙觉得有人，忙逃出来，见了五灵脂，不能跨过，急反身入洞里。范成龙从里面扑出来，参仙大惊，前后无路，只是四面乱撞。唐猛撇了布袋，抢入洞来。那里面黑洞洞地，只听得参仙哭叫，没处捉摸。少刻，徐溶夫同几个伴当点了火把，一拥进来。参仙乱哭乱叫，走头无路。众人七手八脚，乱扑乱赶，逼到一个狭窄所在，吃范成龙一把抓住。徐溶夫上前看时，更喜是个男子身，忙叫："哥哥手放轻些，看捏杀了。"当时范成龙大喜，抱入怀里，忙出洞来，齐回旧路。

那参仙一路啼哭，只叫饶命。徐溶夫老大不忍，叹道："也是你的劫数，为国家大事，也顾你不得了。"范成龙既得了参仙，众人无不欢喜，飞奔回来。下得山时，平地上行不得百十步，离徐溶夫家已是不远，听那参仙，声息全无，动也不动。范成龙道："不好了，想是抱得紧，捏死了。"教把火把来照看。却不防那参仙尽力一挣，范成龙捉不住，好似有人夺去的一般，吃他挣脱落地，一溜烟往山下飞跑的去了。唐猛忙飞步追去。饶你唐猛脚步如飞，那里奔得他过，只见他在前面好一似断线的风筝，轻如禽鸟，往山上一直飞去。范成龙、徐溶夫同众伴当只叫得苦。唐猛赶了一程，已是无影无踪，追赶不上，气急败坏回来。范成龙目瞪口呆，罔知所措。正是：水银入地难收取，鹞子钻天没处寻。

不知那参仙究竟如何，且看下回分解。

第一一六回　陈念义重取参仙血　刘慧娘大破奔雷车

却说范成龙央求徐溶夫，用尽方法，取得参仙到手，仍吃他逃脱。范成龙懊恨欲死，徐溶夫道："事已如此，恨亦无益，且回舍下再商。"范成龙道："仁兄你想，教我怎生回兖州去？"唐猛道："我被蚊子叮得一身老大疙瘩，仍扑了一场空。早知如此，捉住时先弄杀了，倒没这桩事。"范成龙只是呆想，徐溶夫再三相劝，只好回家，真是一步懒一步。到了家里，徐溶夫的娘子并两个儿子得知，也是纳闷。范成龙问溶夫道："何不就去一掘，且试如何？"溶夫道："仁兄不信，夜来说过，此物端的在地下游行无碍，只是出入的路必从生根发苗之处。若在那里刨掘，他先走了，掘亦何益！如果好刨掘，何用费如许力气？如今他着了这番惊恐，三五个月不敢出头，却怎好？"范成龙道："舍了这参仙，仁兄可另有何法治得刘慧娘好？"徐和道："这个实难，我的学问，怎能加乎孔厚之上？他兀自没摆布处。除此参仙之外，都自草木凡品，却如何换得命过！"范成龙沉吟叹气，唐猛道："哥哥，今夜心焦也是无益，不如且睡了，明日再商。"溶夫道："也说得是。"便劝范成龙安置。

众人都去睡了，范成龙那里睡得，巴到天明，爬起来。见众人都还未起，却开门出去小解，一面看那高平山上，山光岚气，晓色苍苍，好鸟乱鸣，泉声清冷。成龙感叹不已，想到："慧娘命在旦夕，奔雷车怎生解围，我却如何回猿臂寨？"看看那山上，只是吁气。正在出神呆想，只见山脚边幽林深处，一个老人走来。成龙看那老者，道家装束，拄一枝过头藜杖，穿一领旧葛道袍，首顶竹冠，脚踏麻鞋，腰悬两个葫芦，生得仙风道骨，鹤发童颜，缓步而来。到了成龙面前，把成龙一看，笑道："足下是何处英雄，不去与国家出力，来此深山何干？"范成龙见他形容古怪，言语非常，便答道："小可委是兖州府军官，有公干到此。"那道长大笑道："我省得了，想是山东干戈未静，又来寻徐溶夫商议甚么。”成龙道：“正是为此。”道长道：“他已是额外之人，各有正事，只顾缠他做甚！不瞒将军说，徐溶夫乃是老拙的小徒，我适从此闲过，正要来探他。”范成龙听了，吃了一惊，连忙施礼。

只见徐溶夫的小儿子跑出来见了，忙报进去道：“老师父来了。”徐和忙出来迎拜道：“师父长久不来了，快请进来。”那道长便同范成龙一齐进来，只见他更不谦让，就去上面坐了。徐娘子同两个儿子都来参见。此时唐猛已起来，亦来相见。那师父问了范唐二人姓名，称赞道：“皆济世英豪也。”徐和便对范唐二人道：“我这师父，姓陈，名念义，道号通一子。本是吴越名医，深明阴阳消长之理。七十岁上，厌弃尘世，入山修道，得地仙证果，今年一百四十岁了。现在隐居天台山中，是小弟受法恩师。”范成龙称羡不已。徐和问道：“师父何来？”陈念义道：“我到蓟北赴龙沙会，比较赤书玉字，意欲通诚张真人，保持劫运。又因金云门仙子，借我丹母，久不见还，前往索取，今已取得，仍归天台。道从青州经过，见官兵与寇贼鏖战，杀气冲满，遂绕道而行。因久不与你相见，特留残步相看。昨夜到孤云汛，见月光可爱，遂住于松林之下，所以今早才到。”

范成龙眉峰一皱，私对徐和道：“令师既是现在神仙，刘慧娘病何不求告于他，必有妙术相救。”徐和道：“我也正如此想。”便拜问陈念义道：“有一俗事拜求老师，伏望慈悲救济。”陈念义道：“又是甚么？我一切俗缘俱已生疏，你这般热肠，何时得了？”徐和道：“此实不得已之事。”遂说起慧娘病症如此沉重，孔厚不能医治。陈念义叹道：“造物枢机，岂凡庸所可窥弄，卤莽粗工，举眼皆是，实轩岐之大魔，生民之劫运也。孔厚无法可施，求我亦是无益。”只见范成龙再拜道：“小将奉令而来，不但为刘慧娘一人，现在逆贼宋江，仗奔雷车之势，横行无忌。若慧娘一死，再无胜他之人，眼见山东百万生灵尽遭涂炭，望老师大舍慈悲，拯救则个。”陈念义道：“将军不知，非是我怠惰。我的本领并无私藏秘妙，开着大门由人搬取，不但小徒尽得我法，便是孔厚亦莫不尽知。今慧娘已为庸医所误，势难挽回，正所谓一个人轻轻推得倒，十个人用力扶不起。孔厚束手，老拙更有何法？”范成龙道：“陈道子圆光，照出此地有参仙可以救命，小将昨夜与徐唐二兄如此用计，已捉到手，自不小心，仍吃他逃脱了。”陈念义愕然道：“你们老大卤莽，此事岂可乱做！幸众位都是大根器人，不然自家性命休矣。”众人大惊，忙问其故。陈念义道：“凡生于天地之间皆曰命，上天好生，一切飞潜动植，无不覆育。而于其中能修养灵根，不扰世界者，尤为钟爱。上苍之爱护道种，如慈母之保赤子，岂容人魔加害！那人参在地下三百年，秉上天瑶光之精，感山川灵秀之气，全具人形六百年，便外开九窍，内生脏腑；九百年，能出地面，参拜星斗，游戏山川。此时便有山灵地祇守护，不许凡人欺害。倘故违禁忌，便是捉得到手，犯了神怒必死。一千二百年，能吐人言，天神诵章，脱离根株，游行十洲三岛，成全大道，与人之修成阳神无异，你们却如何胡乱惹他！那只独角豹子，未尝不是他的护卫，却吃你们硬结果了。我看众位都是天神下界，本处神祇一时亦拗你们不过，所以安然无事，不然如何做得到。虽然做被你们做了，毕竟不能取他到手。”众人听了这话，都呆了，做声不得。

陈念义道：“范将军既不为一己之私，救那一方生灵，也是一件大事。既是陈道子圆光见此参仙，不为无因。老拙此来，不为无缘。将军一定要这参仙救刘小姐，须依老拙言语。”范成龙欣然请教。“切切不可害这参仙性命。范将军须熏沐斋戒，办一片真诚之心，须用白鸡玄酒做篇祝文，昭告本处山川神祇，求这参仙一杯白血，亦可以起死回生。倘得天心眷顾，老拙使个方法，管取他来。”范成龙大喜。徐和道：“他经这番惊吓，如何再肯出头？”陈念义道：“不妨。参仙每当瑶光朝天门之时，他必然出来朝元。你休用五灵脂蛮做，只须去备一张兔网，再备几根竹竿，糊七盏红灯，扎成北斗七星形象，把来竖在他出路的南首。须将斗柄瑶光星，指着西北乾地。却将兔网张在面前，人都躲过了。他出来礼星之时，见了此灯，必认是本命星君下界接引。待他扑去，踏着机关，兜在网里，便好捉了。你要准备下盛血的家伙一件，务要洁净，休得临时匆忙。”

溶夫听了，便忙准备下白鸡玄酒，做了祝文，向猎户家借了张兔网来。范成龙去沐浴更衣，带了香烛祭礼，去山神庙内祭山。范成龙换了公服行礼，做个主祭官。徐和读祝道：

> 维年月日，信官范成龙，奉命致祷高平山主尊神：宋江造孽，仗奔雷车之势，不可向迩，非刘慧娘不能克。慧娘沉疴，非参仙不能救。成龙奉大帅之命而来，神不听许，以致得而复失。仰见天道好生，恩及草木，敢不祇念。但不得参仙，则慧娘必死；慧娘一死，则青莱数郡苍生，俱不得命。今遵地仙陈师所教，只取其血，勿陨其命，实乃两全。惟尔山川鬼神，咸受朝廷封锡，望显威灵默助，毋俾神羞。神其鉴之。

祭罢焚祝，祝文升上树杪，香风飘动，隐然似有鬼神受飨。

众人出庙，仍到徐和家中。徐和寻了竹竿，将斗星灯扎好了。陈念义道："此时节气，斗柄指乾方，须得四更以后。我们前半夜且去睡，交五更动身不迟。"众人依言，早吃夜饭，都睡。将近五更，大家起来，带了有用的行头，一同入山。徐溶夫在前面带路，直到中峰下，看那天上，斗柄横斜，已向西方下垂，正近天门。陈念义道："是这时候了，你们快去安排。"徐和等忙去将星灯竖好，唐猛去张了兔网，大家都去左近深林内躲了。

没多时，只听得兔网上铜铃儿乱响，众人忙出林看时，只见那参仙已兜入网内。众人大喜，忙扑上去取。陈念义忙止住道："你等休要卤莽，都随我来。"陈念义拄了藜杖，引众人缓缓走近网前。那参仙挣扎不脱，只叫饶命。陈念义道："参仙休惊，有我在此，决不伤你性命，只求你一点纯阳白血，救个要紧人的性命。"说罢，便把参仙隔网抱定，衣襟边取出一把玛瑙石砭刀来。徐溶夫忙捧过那个羊脂白玉瓶儿。陈念义将参仙左臂砭破，流出白浆来，滴入瓶内。那参仙啼哭不止。又将右臂亦砭破，流了许多。看时，已有小半瓶，陈念义道："足有一酒杯，够了，够了。再取恐伤了他。"便去葫芦内取出丹药，与他敷了疮口，又吩咐道："参仙，你干了这场功德，虽迟了些路程，日后证果了，却缴销一起大公案，亦不失便宜也。"便解开了网，抱到他那生根发苗之处，放落地下。那参仙委委悴悴的钻入土去了。陈念义对范成龙道："这点无价之宝，人死了脏腑不坏，灌下去尚可回生，何况有气未死。"范成龙称谢不尽。陈念义道："若非神灵默佑，焉能到手得如此容易！天已明了，可速回去。"

众人收拾了行头，一阵回家。到了后轩，范成龙道："小可不敢久留，就此告辞，星夜驰归，不知刘总管怎生盼望也。"陈念义道："此物最娇嫩，你飞马回去，也须两三日，天气又热，深恐变坏。你另用个瓦钵儿，将这玉瓶坐入，四围用冰护住，路上没冰卖之处，可用冷井水坐定，小心提在手内，方保无事。"范成龙道："老师说得是。"

范成龙正待动身，只听前面厅上发起喊来，只见徐溶夫的娘子同两个儿子，跌跌爬爬的进来。众人忙问其故，娘子面如土色道"一个山神赶来我家也。"徐和喝道："青天白日，休要胡说！"娘子道："那个胡说，一个青脸山神，发如朱砂，在前面厅上朝我唱喏，叫你出去哩。"众人不信，都哄出去看，果见一个青脸獠牙的立在厅上。唐猛拔刀上前，大喝："你是何方鬼魅，敢白昼出现！"那人大叫道："我好端端的是人，你等不要鸟乱！"范成龙在后面，认得是康捷，忙叫道："这是康中候，你们休要造次。"众人方才省悟，都大笑起来，唱个无礼喏，让坐。娘子道："怎的康老爷恁般相貌？险些吓碎我娘儿的苦胆。只道他们掘参仙，得罪了，山神发作。"康捷笑道："我恐嫂嫂吃惊，连忙唱喏，嫂嫂兀自害怕。我一路问到此处，路上还有许多人诧异哩。"

众人又笑了一回，徐和忙叫娘子去看茶。成龙问道："康兄何来？"康捷道："我奉枢密院札付，去青州打探军情。云天彪在二龙山十分危急，东昌、德州两路官兵来救，皆被宋江用奔雷车杀败。天彪教我到兖州探信，那刘小姐的病已是不中用了，性命只在旦夕，现在后事已都备齐。刘广心肠不死，央我到这里来探问吉凶，你等办的事怎的了？"范成龙将上文之事，约略说了一遍，"如今亏这位陈念义老师，取得参仙血在此，可以起死回生，正待动身要去。"康捷道："何不交与我带去，今日便可到。"范成龙大喜："我也这般说。"徐溶夫取了瓦钵，用冰块将那玉瓶坐好，交与康捷，小心提了。康捷道："此事火急，我不敢多坐，就此告辞。"众人送出门外。康捷别了众人，作起法来，踏开风火轮，飞也似去了。众人无不称羡。

徐和对范成龙道："康中候此去，仁兄可以放心，且将息一日再去。"范成龙果然疲倦，便依言住下。陈念义辞别道："天台道侣盼望,更要去会张紫阳真人,老拙去也。”徐和与众人再三苦留不住。徐和道:“师父此去,何时再来?”陈念义道:“且看。只你也须得了便了,与其力能打虎,何如避虎更妙。一旦失足,悔不及矣。”徐和听了。陈念义又道:“取参仙一节事,哄动了村坊,恐有那不晓事的希图长生,去刨掘胡弄,触犯鬼神,性命不保,可告诫他们。”徐和应了。来对唐猛道:“你那只豹角,用芝麻油浸三日,便绵软如泥,随意捏成刀剑。再用水浸去油,坚利无比。此乃水晶天兵,非凡铁可比。只怕的盐卤,犯了全体都霉烂。”唐猛听了甚喜,称谢。众人相送出门,范成龙再拜流涕道:“恩师去了,大恩何以为报?”陈念义笑道:“老拙此来,真是因缘生法,莫之为而为,岂望报哉!将军能劝世人,非大英雄大豪杰,夙具慧根者,切勿胡乱学医,此将军之功,亦老拙之深望也。”说罢,曳杖飘然而去。范成龙叹道:“真当世神仙也。”范成龙遂同唐猛在徐溶夫家又住了一夜。

次日饭罢,二人谢别溶夫,带了原来伴当,回到唐猛家里。唐猛行装,已收拾好了。唐母闻知唐猛打了豹子,范成龙公事了毕,也甚欢喜。唐猛辞了母亲,嘱付了妻子,带了三五个庄客相随,范成龙亦辞了唐母,一同起身回兖州。不题。

且说康捷将着那瓶仙药,驾起风火轮,真个是飞云掣电,已牌时分已到了兖州,不待通报,直入署内。那刘慧娘自从范成龙去后,步步沉重,气冲上焦,睡眠不得,已是三昼夜不贴枕席,只靠在侍女们的身上,饭食全不能进,一切后事俱已备齐。孔厚诊脉道:“不过明日寅时之局。”刘夫人听了,心如刀割,只是儿天儿地的痛哭。刘广、希真只搓手捻脚,没抓痒处。众人面面厮觑。刘广道:“女儿的病已是无望了,且丢过一边。我想卢俊义的兵屯我境北,我们何不大发兵马去攻击那厮?”希真道:“我同你前两日不是亲去探看过的,他把守得铁桶也似,如何攻得?”

正在议论,忽报康将军回来。刘广、希真、孔厚都怀着鬼胎,不知吉凶祸福,齐出厅来。只见康捷提着个瓦钵儿进来道:“好了,仙丹到手也。”众人吃了一惊,忙问原委。康捷将瓦钵放在桌上,把那唐猛怎地打豹,范成龙、徐溶夫怎地捉参仙,得而又失,怎地亏得遇着了陈念义老师父指点，只取得参仙的血，我到了高平山，他们正才得手，细细说了一遍，“如今小姐贵体何如了?”众人听了，都大喜，看那玉瓶内，好似乳酥一般，清香扑鼻。孔厚大喜道：“有此异宝，何愁不起死回生，趁早安顿来与他吃。”

当时送到慧娘房里，取一只细瓷杯儿，把那宝贝倾入杯内，刘广战战兢兢地捧了，递与女儿。那慧娘恐怕打翻，不敢用手去接，就着老子手里，一口口的呷完了。孔厚又将现成预备的人参汤，倾入玉瓶内，洗荡得干净，倒在瓷杯内，慧娘又呷完了。刘广放下杯儿，坐在外间，看他何如。房内寂然无声。得不到半顿饭顷，只见慧娘道：“妙阿，这仙药下去，真是甘露沁心，虚火痰涎都挫下去也。精神觉得疲倦，我许久不睡，且卧倒试试。”刘夫人便教那侍女慢慢的抽出身子，将慧娘放倒头来，搁在枕上。果然仙药不比凡草，不多时，下归元府，上达三关，追魂魄于已失散之后，复真元于无何有之乡，水火坎离，登时聚会，慧娘瞑目凝神，齁齁的睡去。就中快活杀了孔厚，说道：“房内不可多着人，留一两个伏侍足矣。其余都出去，由他静睡。”众人依言，都到外面。刘夫人问道：“孔叔叔看这景象何如?”孔厚道：“嫂嫂放心，他服药后能安睡，生机已转也，切勿惊动他。”

那慧娘这一觉，直睡至次日黎明还不曾醒。刘夫人轻轻的去摸了他一把，浑身冰冷，又惊惶起来，忙来问孔厚道：“不要竟是这般沉了去也?”孔厚去轻轻偷诊了脉息，说道：“不妨，恭喜嫂嫂，此乃真阳内敛，已是得手了。”众人听了这话，都欢天喜地。慧娘直睡到午末方醒，口里叫饿。刘夫人忙将人参粥与他吃了。慧娘坐起来道：“孩儿今日觉得神气清爽，与前几日大不相同，母亲可以放心也。”刘夫人道：“我儿，亏了众位叔伯出力救你转来，须要小心将息。”慧娘道：“孩儿前日正在二龙山办贼，母亲何故只管哭我?”刘夫人道：“你说梦话哩！你病到如今，何曾离床，几时到过二龙山。”慧娘想了想道：“怪哉！我前日灵灵清清地在二龙山，见那奔雷车都做成巨兽模样，又见白瓦尔罕造作火老鸦，飞上山来烧竹笆子，幸而天降大雨，烧不成功。怎说都是假的？想是我的真魂离舍也。”刘夫人道：“只为你往日用心太过，以致如此，还不静养！”慧娘应了。刘夫人出来与众人说起，孔厚道："此乃神不守舍，亦可见小姐的尽忠尽瘁，真乃可敬。"

正说间，忽二龙山军报飞到，果说是某日贼兵用纸造成火鸦数千，内藏火药，齐飞集竹笆上焚烧，人不能救，幸天降大雨扑灭。所说的日子时辰，与慧娘所说无异。众皆骇然。那文书上又说，恐天晴后，贼兵复用故智，要希真商议良策。这话传入慧娘耳里，慧娘便请希真、刘广到榻前道："既是这厮真用火鸦，此法不难，孩儿也会得。此法是用勾股法算定尺寸，恰好地位落在竹笆上。但火鸦的两翅最无力，只能飞不能冲突，碰着东西便坠落地，再飞不起。我兵只须在竹笆前张挂罗网，火鸦自不能过。"刘广道："须得铁网方好，军中一时间那里备得许多。"慧娘道："不必铁网，只用丝绳足矣，现在的鱼罾兔网都可用。"刘广道："丝绳遇火岂不烧了？"慧娘道："用盐卤浸透，再也不能烧。况且那火鸦不落实地，不能发火。"希真喜道："此计妙极。事不宜迟，可速办回文，就教康中候去。"刘广道："我看女儿的病渐渐好来，可知会云亲家，酌宜良辰，请云公子来做了亲，送他过门，好去破贼也。"希真道："姨丈说得是。"当即发了回文书信，交与康捷去飞报天彪。这里孔厚用心医治，这番不比从前，那药帖帖灵验。不日，范成龙、唐猛俱到，闻知慧娘服了仙药渐愈，也甚欢喜。成龙领唐猛见了希真，说了来历，希真亦喜。

到了七日上，那慧娘身体已是复原，较前更觉精灵。当日，康捷又从二龙山来，说天彪得知刘小姐病愈，不胜之喜，先备来礼物数件相送。将出天彪回信，说："不敢再迟，择日命小儿云龙迎取鱼轩"；又说："用网截住火鸦之计大妙，贼兵竟不能害"等语。刘广亦喜，收了礼物。希真见慧娘已是全愈，又得了唐猛一员大将，甚是欢悦，办个庆贺筵席，犒赏三军。慧娘命侍女设香案，先望空拜谢了参仙，并拜谢陈通一、徐溶夫，然后拜谢孔厚、范成龙、唐猛、康捷诸人，众人无不欢喜。席上说起唐猛打豹一节，众人无不钦佩。又说到参仙得而复失，亏通一子陈念义指点一节，众人无不感叹。希真叹道："凡事莫非前定：不是孔先生，不能医治得法；不是我圆光，亦不知高平山有参仙；不遇唐兄弟，谁能除那豹子？不是徐溶夫并念义老师，谁来指点？康将军不来，虽有仙药，到不得恁地快，亦无及于事。诸缘辐辏，非偶然也。”

过了两日，真祥麟同云龙到了。刘广迎接上山，备外馆安息，带来三百人马都镇上驻扎。云龙拜见了刘广，呈上天彪书信，道：“家父说干戈匆忙之际，一切聘礼，都是草草，只好平定之后补备，望泰山恕罪。”刘广道：“我处一切妆奁，亦不能备齐，都苟且了事，等大事已毕，再补送上。”云龙去见了希真及众位英雄，刘广先办个接风筵席。希真问起军情，真祥麟道：“自从主帅到兖州，未及一个月，宋江那厮又添造奔雷车三百余辆，来轮番攻打。幸亏二龙山上粮草充足，器械不缺，云统制设计坚守，方得保全。”希真道：“待我慧娘甥女到彼，奔雷车尽成齑粉矣。”

刘广选择吉日良辰，乃是六月二十七日，云龙、慧娘合卺成礼。到了那日，鼓乐喧天，挂灯结彩，说不尽那锦绣荣华，一段富贵。众官员齐来庆贺。婚礼已毕，大宴三日。过了三朝，云龙不敢久留，告禀岳父、岳母，要请慧娘于归讨贼。刘广与希真商议，备了香车宝马，精兵一千，教刘麒、刘麟统领了送亲，克日动身。慧娘拜别父母，刘夫人凄惶道：“方才望得你的病好，又离了我面前，你诸事须要保重。那孝顺公姑，敬重丈夫的话，我屡次教过，今亦不必再说了。”慧娘领诺。又拜别嫂子，少不得都流些眼泪。刘夫人又对刘广道：“女儿病体才好，我要孔叔叔同去，早晚看视，我才放心。”刘广道：“有何不可。”便对孔厚说了，孔厚欣然应诺，收拾药囊，一齐动身。

慧娘又别了希真及众位英雄，希真叹道：“贤甥女去了，我折一臂矣。”大家都送出署。那一千兵马，并二龙山原来的三百人，同慧娘的妆奁行头车辆，俱已在外伺候。当时发炮起马，鼓角震天，金戈曜日，一齐护送刘慧娘去了。希真、刘广等送别回镇，希真对刘广道：“甥女此去，奔雷车必为齑粉矣。姨丈前说要击卢俊义，今番正好相机进攻。我亦要回景阳镇去，调猿臂、青云两处兵马，出秦封山去，邀击贼人归路也。”刘广大喜。希真辞刘广回景阳，慢表。

且说云龙、刘麒、刘麟、真祥麟、孔厚五位英雄，一千兵马，保着刘慧娘，往二龙山去。不日，到了二龙山，祝永清、陈丽卿先来迎接。众皆大喜,各相见了。丽卿见慧娘已愈,又与云龙成了亲,十分欢喜,笑对云龙道:“我不骗你么?前日城上还是远看,今日近看,我这妹子端的如何?”云龙大笑道:“卿姐又来疯了!”众英雄都上了二龙山,进宝珠寺,参见天彪。天彪先迎接刘麒、刘麟二位舅爷,慰劳毕,然后受儿媳参拜。云龙、慧娘以新婚之礼拜见。礼毕,天彪赐坐。夫妻二人谢了坐下。慧娘抬头见那天彪,神威荡荡,天表亭亭,心内暗自喝采:“怪道他们都说公公仪表非常,真乃天神下界,当世英雄也。”天彪开言道:“闻说小姐贵恙沉重,为舅的甚是忧虑,今喜全愈也。”慧娘答道:“仗公公洪福,现在已是复元,仍服孔叔叔的药。”天彪道:“本不敢催娶小姐,怎奈宋江这厮奔雷车难破,为舅不能胜他。小姐已到寒舍,是一家之人,家无常礼,不必繁文多仪,愿闻破敌良策。”慧娘道:“官兵失利之由,丈夫都对媳妇细细说过,已定得个主见在心。只因未曾亲身临场,不敢便决。今日便请公公带了丈夫、媳妇去登高一望,以观其局势,再行定计。”天彪道:“既如此,今日且不必了。今日龙儿与小姐喜庆之日,我们且只顾庆贺,明日再商。”于是天彪命排酒筵,大会诸将,奏军中得胜之乐,大犒三军,尽欢而散。

次日,天彪带领云龙、慧娘,三骑马到二龙山高巅之处,望下面观看。但见那红尘滚滚,惨雾漫漫,那梁山兵马,寨栅连云,奔雷车摆在山前,好似一字长蛇,端的是孤云随杀气,飞鸟避辕门。慧娘恍然记得出神时所见,正是如此景象,不觉叹息,因问道:“这带水是何处?”天彪道:“是二龙河。”遂用鞭稍指道:“那一片地,便是误用地雷,失陷三千人马之所。”慧娘道:“那面望去一片白茫茫的,是何所在?”天彪道:“在何处?”慧娘用马鞭指点,天彪、云龙都看不见。慧娘笑道:“是媳妇忘了,此去有三十多里。媳妇是慧眼,所以望到,怪得公公、丈夫都不看见。”天彪教左右取千里镜来照看,说道:“那里是白沙坞。”慧娘道:“水土何如?”天彪道:“都是沙土,松而且浅。”慧娘笑道:“如此正好就那里用计破他。”天彪惊讶道:“你休作戏言,那白沙坞已是失陷了,你不看见贼兵直逼山下,如何得能到彼破敌?”慧娘道:“媳妇怎敢戏言,这奔雷车若在平地下,破他极其容易。如今平地尽被他占去,从山上破他较难些。然亦不妨,待媳妇先同他小耍耍，赶这厮到白沙坞去受擒便了。"天彪、云龙听了，都吃一惊。天彪道："我的儿，你真有神鬼不测之机！"慧娘道："不瞒公公说，非是媳妇夸口，媳妇有件兵器，十日之内，管教把这厮的奔雷车，尽数夺了来与公公使用。"天彪道："既如此，且回军中去说。"就中欢喜杀了云龙。

三人回到宝珠寺坐了，慧娘教侍女取出一个罗钿匣儿，呈与天彪观看，道："破奔雷车，只在这匣儿里。"天彪打开匣儿看时，只是一副象牙算筹。天彪道："此是算筹，怎去破敌？你方才说是兵器，怎么又说是算筹？"慧娘道："便是那件兵器，须要这算筹做主。那件兵器，名唤飞天神雷。媳妇在新柳城时，已曾用过，来时曾带了十架在此。公公可速教军中工匠，照样制造，却又价廉工省。这奔雷车若在平地上，破他另有巧法。今在山上，必须飞天神雷。"说罢，便请纸笔，将那飞天神雷画出图样，呈与天彪。慧娘指着说道："这飞天神雷最为利害，用坚木作架，上用粗绳四十道，踏板二十块。每架用精壮兵二十五人，五个人替换雷子，二十个人踏杠。雷子用生铁铸就，大如西瓜，五分厚薄，里面空心，藏毒烟神火，又包三十六个小雷子。小雷子内，又藏火药铅弹。用螺旋将药线盘到里面。雷子落处，四面迸打，雷轰霆击，不问人马，皆成齑粉。媳妇看那奔雷车上的西洋楼，上开一穴，有桌面大小，乃是老大破绽。他虽是用盖门封住，我兵放神雷时，只消擂鼓呐喊，那厮必然开盖门观望。我这雷子已是从天而降，从盖门打入车肚里，管教他土崩瓦解。"天彪道："你说得虽是，怎能雷子奇奇巧巧都落入他盖门里？"慧娘道："此所以必用算筹也。媳妇会勾股算术，算那雷子落处，远近尺寸，不爽分毫。前日白瓦尔罕用火鸦，亦是此术。不然，那火鸦如何都落到竹笆上，不飞到别处去？"天彪道："恐你万一算错，岂非白费神思。"慧娘道："公公不信，媳妇来时，后面军装车上现有十架，可取一架来，媳妇算与公公看。"天彪便令军士拆了一架飞天神雷来。慧娘请天彪随意指一处，掘个坑潭，如桌面大小。慧娘用标竿线索布在地上，窥望定了，布上算筹。不多时，已是算就，按定远近步位，定下线道，支起炮架，教军士放上雷子，不必点火，只拽足了，踏转杠子发炮。只见那雷子飞去，不偏不斜,正落在那坑潭里。若是点好火线,发出去方炸响轰打,此刻不过试个样子。天彪见了大喜道:“吾儿工巧如此,虽周髀、鲁班不及也!”这飞天神雷最要紧,便传令教军中匠人连夜打造。

次日,慧娘早起,见了云天彪,请了令,去各山坡测望,便教侍从人扛出那面象限仪来。众人问了原委,慧娘说了。众皆惊异道:“贼军未放火鸦之前,曾见那鬼子也用这件家伙向上窥望,我们都不测何故。不一日,那火鸦来了。由今思之,原来就是此法。”云龙问道:“娘子,你昨日为何不用这件仪器?”慧娘道:“此仪大而重,我昨日因贪省力,故用标竿绳索代之。但是,系从平测远,此番乃从高测深,用法两途,前番可代,此番不可代也。”当时慧娘和云龙领一班侍女仆从,去各处山坡测望,算定地步,较准线道。军匠昼夜并工,到了三日上,已造成三百余架飞天神雷。慧娘禀天彪道:“破敌足矣。奔雷车破其大半,贼兵自乱,可出奇兵攻营劫寨。此一举不妨全师俱出,媳妇同孔叔叔、康将军守寨,在后面策应。”天彪道:“我儿之言极是。”当时把兵马分为两翼:天彪带领闻达、云龙、欧阳寿通、哈兰生为左翼,祝永清、陈丽卿、刘麒、刘麟、祝万年、真祥麟为右翼。命慧娘同孔厚、康捷领一千人守寨。慧娘又令军士堆积柴草,待官兵得胜之际,举火助战。

却说宋江自杀败官军之后,连日宴会。东昌府、德州两路官兵来救,宋江都用奔雷车掩过去,那两路官兵那里敌得,都大败而去。宋江一发放心,对众头领道:“我若得成大事,白军师当居头功。”忽探子来报兖州刘慧娘抱病将死,宋江一发欢喜。数日后又探得慧娘已愈,与云龙成亲,已迎取到二龙山,宋江请吴用、白瓦尔罕商量道:“前日火鸦,被官兵用网截住,不能取胜,今闻女诸葛来了,须防备他。”吴用道:“不妨事,我想此车,莫说女诸葛,便是女轩辕来,也未必破得。我想再是几日,如真攻不破,便且去攻打别处。现又添造的三百多辆,不日可成。八百多辆,足以横行天下矣!”遂不以官军为意。

那日二鼓时分,宋江正与吴用、白瓦尔罕在中军帐内,忽听得二龙山上,连珠炮响,鼓角喧天。忙出帐看时,只见山上并无半点火光,只是鼓角闹热。吴用恐官兵突围,忙传令奔雷车应敌。不移时,只见奔雷车尽皆崩炸。霎时间,乒乒乓乓,好一似地裂山崩。火光冲天,官兵呐喊震地,分两翼杀下山来。贼兵大惊。原来慧娘日里定下线道,到夜间黑影里,将飞天神雷架好,却先放炮擂鼓,惊起贼兵,然后暗传号令,齐放神雷。那雷子从西洋楼盖门里直滚入车肚,火到炮炸,母炮内又有小雷子,乱迸乱打。车内原有火药,一齐都着,四面轰裂。一霎时,但见碎板断木同人马的尸骸横飞乱舞,众英雄大奋神威,两路杀入贼营,贼兵大乱。正是:虎豹常愁逢獬豸,蛟龙又怕遇蜈蚣。

不知后事如何,且看下回分解。

第一一七回 云天彪进攻蓼儿洼 宋公明袭取泰安府

话说云天彪分兵两路杀入贼营,慧娘又教军士各山头堆积柴草举火,照得那座二龙山通天彻地,如同白昼,众英雄奋勇杀贼。宋江等见那奔雷车已破,魂飞魄散,人不及甲,马不及鞍,弃寨而走。天彪驱兵掩杀,追赶二十余里。宋江亏得徐宁来救,都逃入野云渡营里去。天彪依慧娘之言,就白沙坞扎住营寨,杀死贼兵无数,大获全胜。

比及天明,慧娘同孔厚、康捷领那一千兵,护着兵符印信,带了一百多辆不损坏的奔雷车都到。天彪对慧娘道:“今贼兵虽败,其众尚有数万,尽在野云渡,探得还有奔雷车数百辆,须及早剿灭。”慧娘道:“二龙山下的奔雷车,除神雷打坏之外,还有未损坏的一百三十余辆。媳妇同孔叔叔、康将军都夺取了来,车上的贼兵尽行杀光,已教军士驱驾来也。公公可挑选精兵,先看熟了方法,待他那新的做好,一发取来破贼。”天彪道:“前日奔雷车在山下,系埋轮系马,安插不动,所以用飞天神雷,可以取胜。如今这厮陆地上掩杀过来,系是行动的,我想飞天神雷未必济事,你说另有巧法,当用何计?”慧娘道:“公公放心,越是陆地上越好破。只愁他乖觉,不掩杀过来。若来时,有一辆取他一辆,有两辆取他一双。不但那飞天神雷此番用不着,这厮经这一跌,那西洋楼必然改造了。媳妇却另有一法,教那厮没处 捉摸,名曰陷地鬼户。此法比飞天神雷更为省力,奔雷车四五百辆,只消做一千扇鬼户,足以擒他。如今营中工匠二千余人,若材料足备,不过一日便可完备。”当将图样呈上。

原来陷地鬼户,但用粗木制造,如门户一般,阔二尺,长八尺,枋厚四寸,下面还有擎天柱、推山轮、千斤索等机括,上面可以安营跑马,下面可藏伏精兵,最利沙土地面。号炮响亮,拽动千斤索,轮转柱倒,数十里之地一齐都陷成深坑。总而言之,飞天神雷者飞炮之变法也,陷地鬼户者陷坑之变法也,就是那钢轮火柜亦是地雷变法。慧娘技巧过人,能化常法为神奇,往往如此。慧娘又对天彪道:“用了此法,贼兵见我千军万马在上面任意行走无碍,必不想到是陷坑;见此地沙松水多,再不疑是地雷。公公可请众位将军如此如此,再教丈夫带一彪军去那土山后面,虚设旌旗,多置烟火,那厮必猜是那壁厢算计他。待他掩到此地,媳妇却去土山上放起号炮,一齐动手,破敌必矣。”天彪听了大喜,一面差人到清真营,传谕傅玉、风会、李成,领兵截住天长岭,休教莱芜贼兵出来接应;一面采办木料,制造陷地鬼户,如法藏埋;一面教云龙去土山背后埋伏,并吩咐众人都依慧娘如此如此。天彪号令机密,那有半点透风。

云龙私问慧娘道:“娘子遣兵调将,为何置我于无用之地?”慧娘道:“怎地是无用之地?”云龙道:“你教我去山后摆样,不是置我于无用之地。”慧娘笑道:“我爱惜你,特留此安耽差使与你,你颠倒不识好人。”云龙不悦道:“我随爹爹出师多次,不曾落后,你却小觑我,那个要你爱惜!”慧娘大笑道:“官人兀是认了真哩!这是最紧要差使,你只听我的炮响,奔雷车陷住了,全仗你引兵杀出来奋勇擒捉,是第一有功劳的勾当,怎说是摆样?”云龙方省悟,欣然道:“不道娘子如此深心,须要精细着,号炮休误了。”慧娘笑道:“待得你吩咐哩!”当时都去分投干事。慧娘身骑青狮,手秉如意,领二十多名军士,并侍女们去那土山顶上,支几间帐房住了。天彪安排已毕,只等贼兵来攻,不题。

却说宋江被官兵杀败,退入野云渡,计点军马,伤了七千余人,五百余辆奔雷车尽皆失陷。宋江道:“巨耐刘慧娘这贱人,奔雷车竟被他所破,此仇岂可不报,却如何胜他?”白瓦尔罕道:“不料这厮从盖门内打入炮子来,以致失利。这刘慧娘果然利害,竟亦有如此勾股精算。如今将西洋楼都改造尖顶,自然不怕他。”宋江依言。

忽报官军都在白沙坞下寨,宋江问吴用道:“这厮敢是又要用地雷?”吴用道:“非也。那白沙坞沙土地面,掘下去都是水,地雷如何埋得!待小生同仁兄亲去一看。”宋江遂与吴用带了数十骑出营登高观看,只见官兵一字安营,并不设立壕堑垒壁。吴用沉吟道:“这厮莫不是用陷坑诱我?但既是陷坑,他却为何自己有军马来往行走?”再远望那土山边,只见树林内隐隐有旌旗烟火,吴用笑道:“是了。”遂归营对宋江道:“这厮不从营内使计,必是诱我奔雷车追过土山,那面不知又用甚么生活,我等休追他到彼。仁兄只顾选将去挑战,却将奔雷车悄悄从下坂坡抄出他背后掩杀,面前再设伏兵接应,天彪可擒也。”宋江道:“军师真神算也。”遂令鲁智深、武松去官兵营前挑战。天彪坚守,不发一将迎敌。一连三日,宋江三百辆奔雷车西洋楼已改造好,就令秦明、徐宁、王良、火万城统领了。当夜饱吃战饭,二更时分,人皆衔枚,马皆解铃,从下坂坡鱼贯而进。宋江同穆洪、李俊、史进、陈达一万二千人马,在官兵前面埋伏。

却说刘慧娘在土山顶上,昼夜提心探望。那夜愁云惨淡,星斗无光,怎当得他那双慧眼,看得清清白白。当时远望见那奔雷车从下坂坡一条线悄悄度过来,慧娘笑道:“笨贼,自道刁哩!你恐中计,却从背后掩我,岂知我这陷地鬼户,由你进那一门,俱可擒你。”慧娘恐天彪不知,忙遣小校飞报大营。那知天彪见贼将连日挑战,早料道有诈,多差伏路兵查探。当夜伏路来报下坂坡有贼兵行动,天彪早已准备。秦明等领了奔雷车掩到官兵寨后,见官兵寂然无声,遂擂鼓呐喊,大驱奔雷车杀入营来。天彪领众将弃甲抛戈而走。贼兵以为得计,随后掩杀,直入官军营内,已进了鬼户界限。只听得土山上一个号炮,飞入九天云里,埋伏壮士发声喊,拽动推山轮。那贼兵只叫得苦,不知高低,三百辆奔雷车都平地陷了下去,车轮马脚都穿入地内,休想拔得出。后队看见连忙收缰,便使立得定脚,争奈车下的地无故自陷,急放艎板不及。还有那不曾踏着鬼户的,只道无事,那知都吃地穴内的壮士钻出来,用利矛乱搠马腹,一马倒地,全车动不得。云龙已领那彪军,摇旗奋勇杀出,鼓声震天,贼兵乱窜。秦明、徐宁等一齐大惊,正不知官兵多少。云龙混杀一阵,秦明等落荒而走。奔雷车上贼兵走投无路,齐声愿降。云龙都教绑了,将奔雷车提出鬼户,都驾到平地上。

却说宋江望见官兵营内军声大乱,不知头路,只道是秦明等得胜,正驱兵前进。忽见连珠炮响,左边登莱二州兵马杀来,右边沂州、景阳镇兵马杀来,天彪领青州兵从中路杀来,三面夹攻。宋江首尾不能相顾,大败而走,踉跄逃入野云渡。正拟悉力守寨,只见官军豁地分开,阵后喊声动地,四面八方,火光照天,云龙放出那三百辆奔雷车,遮天盖地杀来。宋江不知头路,还要探望,官兵已驾奔雷车直逼营前。宋江大惊,忙令众将丢了营寨便走。

官军势如潮涌,杀死贼兵不计其数,直追到天长山,道路崎岖,奔雷车难进,官兵方才收住。

天色将明,宋江收聚残兵,略定喘息,对吴用道:"不料奔雷车尽被那厮夺去,秦明等无一人回来,不知存亡何如。"吴用道:"且进了莱芜城,再相机宜。"说不了,只听得天长山里号炮响亮,鼓角大震,一彪官军杀出,大叫:"逆贼休走,马陉、清真众位老爷都在此!"宋江几乎落马。众头领舍死忘生,冲围突阵,且战且走。傅玉在阵云影里,望见宋江,撇了史进,骤马追去,一飞锤对宋江后脑打去。可惜高了些儿,将宋江头上金盔打落尘埃。李俊、史进双马敌住傅玉。那风会也随后掩到,陈达不识高低,前来迎敌,斗不三合,风会刀起,斩陈达于马下。官兵痛杀一阵,大获全胜。李成接应傅玉、风会,一齐上山,依旧堵住了莱芜。

宋江等进不得莱芜,只得领败兵向梁山逃去。一路马不停蹄,走到秦封山下,追兵已远,宋江方才心安。只见秦明、徐宁、王良、火万城领数十残骑奔来,见了宋江,诉说奔雷车平地自陷,宋江、吴用、白瓦尔罕一齐大骇。宋江且教安锅造饭,饭熟未食,只听秦封山后又是一个号炮,山内旌旗飞出,乃是猿臂寨、青云山旗号,陈希真一马当先,左有栾廷玉,右有栾廷芳,大叫:"休放走宋江!"宋江胆落魂飞,弃食逃走。秦明、徐宁、王良、火万城舍命敌住希真,苦斗了数合,只得逃走。李俊、史进紧紧保护了宋江。那希真领兵追上,宋江、吴用、白瓦尔罕由小路逃脱了性命,兵马已被希真杀完。宋江等会着了众头领,败兵不满三百骑,狼狈遁逃。希真已收兵回景阳镇去了,宋江道:"不知兖州卢员外兵马又是如何了。"说未了,只见前面一彪人马飞来。宋江等大惊,正想再逃,只见来将乃是段景住,领着八千人马前来,宋江喜出望外。段景住道:"卢头领寨内,已被刘广冲突几次,十分难守。又知大军败衄,特遣小弟前来接应,一同回归山寨。"宋江长叹一声，就在段景住军中吃了饭，一同会上卢俊义等，收兵回梁山去了。

且说天彪在野云渡扎住大营，众将纷纷献功，风会差人呈上陈达首级，傅玉差人献上宋江金盔，其余众将官、众兵丁斩获立功者无数。天彪请祝永清一同慰劳将士，记功录簿。云龙将奔雷车上投降的贼兵五千八百人，请天彪发落。天彪道："此等憨不畏死之徒，留之何益，都斩决报来。"云龙道："爹爹常说为将不可诛降戮服，今贼兵已降，何故斩他?"天彪道："你只知其一，不知其二。此辈势穷无路，方才投降，与诚心归服者不同。况这班贼，害我官军无数，应得偿命，休要赦他。"祝永清谏道："舅父虽是正论，但此辈中难保无胁从者。此次若不赦了他，恐日后贼兵遇困，求生无路，必然死斗矣。"天彪道："吾奉天讨逆，岂怕鼠贼拼命！只是贤甥的言语，亦是仰体上天好生之德。也罢，侥幸这厮们，吩咐每人割去耳朵一只，发与有功的官兵为奴，再有罪犯，立即处死。"

正说间，报来道："小娘子刘恭人回营，在辕门外候命。"天彪吩咐云龙，将自己那柄御赐的翚尾紫罗伞盖，迎慧娘由正门进营。云龙领命。辕门外众军官见是主帅伞盖，都肃伍伏道迎接。慧娘大惊，忙下坐骑，侍女上前接了如意，走上中军帐，参拜天彪道："公公如此恩赐，折杀媳妇也。"天彪教云龙扶起赐坐道："全仗吾儿妙计，大伸国威，为舅焉得不喜？那时天子赐我这翚尾紫罗盖时，曾面奉圣谕道：军中有建奇功，大振军威者，即以此盖赐之。我赏不私亲，如今正合赐你，休得推辞。我奏闻天子，拜你为军师，总督全军事务。"慧娘拜谢领命。天彪传令大开庆功筵席，三军休养三日，班师。慧娘禀道："今日乘胜，正要去擒贼，公公何故班师?"天彪道："你怎不明白兵势，此刻宋贼虽大败而回，梁山根本未动，我不过数万之众，如何平定得？况官兵久暴于外，费用浩大，今清真之围已解，得胜不回，是画蛇添足矣。"慧娘道："公公虽是高见，但白瓦尔罕不除，终是后患。媳妇亦深爱此人的技巧，欲生擒了来应用，望公公依媳妇进兵。"天彪道："他已归巢穴，深藏不出，你怎去擒他?"慧娘道："只须如此如此用计，管擒此人到手。前日媳妇问水军，正是为此。"天彪听罢大喜道："吾儿真有鬼神不测之机，得你为军师，我何忧哉！"便传令傅玉、风会、李成仍旧扼住莱芜，这里请景阳镇兵马一同进剿。祝氏弟兄欣然领诺。次日一齐拔寨，大刀阔斧杀奔梁山泊来。

却说宋江败回梁山，众头领都来问安。宋江道："胜败军家常事，不足计较，只可惜伤我杨志、陈达、吕方、孔明四位兄弟，吾当整顿军马，誓报此仇。"不日伏路军报上山道："官兵大队杀来，隔水泊下寨，将夺去奔雷车分作两翼，遣人来挑战。"吴用大怒道："这厮直如此欺人！我已误输于他罢了，他还不知足。不是夸口，我这座梁山，金城汤池，待要吞灭我，休要妄想！"众头领人人忿怒，都愿死战。宋江道："他用我的奔雷车，怎生敌得？"白瓦尔罕道："这个不难，可多差细作去彼军打听，怎样陷地之法，即用他法儿挡他。我劝哥哥将水军船只尽拘在南岸，待小弟造几只沉螺舟，从水底下延过彼岸，出其不意，劫他营寨，此军可破也。"宋江、吴用问道："沉螺舟怎样？"白瓦尔罕道："此舟形如蚌壳，能伏行水底。大者里面容得千百人，重洋大海都可渡得，日行万里，不畏风浪。人在舟内，里面藏下灯火，备足干粮，可居数月。进出之处，用沥青封口，水不能入。今在内河，只须照样做小的，藏得百十人足矣。"宋江道："恐牵延时日，彼军得利奈何？"白瓦尔罕道："不过月余，便可完备。"吴用道："且一面与他厮杀，相机决胜，一面请白军师造舟。若用此舟时，一半渡过北岸劫寨，一半由夹河抄出官军背后，绝其归路，使他不知我兵从何而来，必然大乱，可报败兵之仇也。"宋江大喜，便教白瓦尔罕画出图本制造。白瓦尔罕道："此舟不能画图，须小弟自去监督指点。"宋江便教水军头领张横、张顺、李俊、童威、童猛、阮氏三雄，齐去金沙滩下寨，就岸边搭起作场，选备作料，请白军师制造；一面发细作去打听慧娘陷地之法，与吴用商议破敌。

却说天彪立营北岸三日，因天降大雨，彼此不能交兵。当夜晴霁，慧娘上飞楼观望对岸水寨，但见一簇灯火明亮，远远闻斧斤锯凿之声。慧娘下了飞楼，禀天彪道："白瓦尔罕必在对岸，不知又做甚么器械哩。请公公发令，媳妇明日此刻光景，必擒此人到手也。"天彪甚喜，准了。次日，慧娘便教刘麟、欧阳寿通授了密计，带领一千名水军，都付了捍水橐籥，腰带铁弩，临期如此行事。刘麟道："我不认得白瓦尔罕，怎好？"慧娘道："此人西洋装束，容易辨识。"欧阳寿通道："我昨日追杀贼兵时曾见过，是个三十来岁的鬼子，我识得这厮的鸟脸。"二人领计去了。慧娘又吩咐随身侍女，将两只红板箱开了，取出那狮兽架子，"须如此如此作用"；又将标竿算筹去测量了水泊的宽狭，水寨的远近，备下粗麻绳一根，长短与水泊相等，一头系了铜铃，选壮士二十名领去，安排停当。

当日黄昏时分，各营掌火，那白瓦尔罕正与李俊等头领讲论，忽听得水泊中央浪声如雷，涌出两个怪物来，似龙非龙，似虬非虬，在波心里斗成一处，身耀金翠，口喷火光，推得那白浪如山。岸边把守的喽罗见了大惊，正不知是何物，忙去报与李俊等众头领。众头领不信，齐出寨来看时，互相诧异。那时候晚色朦胧，也辨不出真假。白瓦尔罕道："不是甚么怪物，必是刘慧娘做覅虎，待我看了明白。"便跳上木排，腰内取出那管千里镜，正待照看，不防水里钻出两个人来，一个捉住了左脚，一个捉住了右脚，喝声："下来！"扑通一声，把白瓦尔罕拖下水去。那两个人便是刘麟、欧阳寿通。张顺并三阮大惊，忙抽短刀，跳下水来。刘欧二人早已将白瓦尔罕按入水底，腰里解下那根带过水的绳头，把白瓦尔罕拦腰拴定，尽力扯动北岸铜铃，岸上二十名壮士，拽着巨索便走，不由分说，把白瓦尔罕着河底拖过北岸来，好似钓着个大团鱼。刘欧二人随着都回。那边李俊、二童等忙招呼水军二三百人一齐下水，齐来抢夺。

此时暑月天气，入水最便，众人未曾赶到中流，北岸上一个号炮，水里钻出千余官军，呐喊一声，铁弩齐发。李俊、张顺等见有备防，回身便走。水军喽罗已射死百余人，中箭者无数，阮小二、阮小七、张顺都带了箭逃回。白瓦尔罕已被捉上北岸，解回大营去。这边众头领看了对岸，只叫得苦，忙去报与宋江。宋江听说失了白瓦尔罕，大惊，与吴用商议，要连夜大发兵渡过水泊，与官军决一死战。吴用再三谏道："天彪既已得计，必有准备，攻杀必不见利。我想天彪知兵，无故入我重地，乃是专为白瓦尔罕，今已被他得利，不久必然退兵。乘他退时，以倾寨之兵追袭，必获全胜。"宋江只得依言，懊恨不已。

却说刘麟、欧阳寿通捉了白瓦尔罕,收齐水军,一齐回营。慧娘大喜,教侍女收了巨兽,禀知天彪。天彪亦大喜,当时升帐,刀斧手将白瓦尔罕绑上帐来。天彪大喝道:"你这厮既是夷种,何故敢助盗贼,速速推出,凌迟处死!"白瓦尔罕魂不附体,刀斧手将他推出帐外,将要行刑。忽见火光里一位佳人从外进来,连叫:"刀下留人!"刀斧手立定,那女子上帐禀道:"白瓦尔罕虽然该杀,念他是为权奸所逼,不得已为盗,望公公宽宥。"天彪道:"这厮用奔雷车伤害官兵无数,如何赦得?"慧娘道:"此人尚有一技可用,留下他将功赎罪。"天彪道:"既如此,喝教放回。"白瓦尔罕忖道:"此人必定就是刘慧娘,难得他救我性命。"天彪喝道:"你罪本当处死,少夫人再三求情,饶你一命,你可降么?"白瓦尔罕道:"小人蒙不杀之恩,怎敢不降。"天彪道:"既如此,着少夫人领了去。"

天彪退帐,慧娘把白瓦尔罕带到自己帐里,先令他拜见了云龙,命手下人替他换下了湿衣服,赐酒食压惊。白瓦尔罕磕头拜谢道:"小人是该死的人,蒙夫人救了性命,但有用小人处,敢不效命。"慧娘道:"久慕先生乃唎哑呢唎之贤嗣,必知《轮机经》的来历,务望指教,幸勿隐瞒?"白瓦尔罕道:"小人也佩服夫人巧夺天工,又感救命大恩,既遇知音,怎敢欺瞒。小人祖传这部《轮机经》乃西洋欧逻巴国阳玛诺真传,不立书册,小人都是记熟在肚里,情愿录出来,献与夫人。但都是西洋番字,必须翻译汉文,方可与夫人应用。"慧娘大喜道:"我久慕此经,不意今日得遇,望先生速与翻出,决不相负。我又闻得他国巧师亚尔几默特,能制造火镜,引太阳真火烧数十里之物,先生可晓得此法否?"白瓦尔罕道:"此法亦在《轮机经》内,总不外勾股而已。镜光的凸凹远近,另有玄妙,小人录出,夫人一览便知也。"慧娘听了,喜不自胜,重赏白瓦尔罕,另立一帐,拨人去伏侍他,手下人都称白教授,不呼其名。

慧娘得了白瓦尔罕,甚是得意,取酒与云龙欢饮达旦。次日,禀天彪道:"白瓦尔罕已擒得,可以班师也。"天彪道:"这个自然,我定于今日退兵。"祝永清道:"吴用见我退兵,必来追袭,舅父须先发辎重,选猛将率领奔雷车断后。"丽卿便道:"云叔叔同众位将军只顾先行，贼兵敢来追时，侄女与玉郎断后。”天彪道：“不须断后，此刻宋贼恨我已甚，见我退兵，须防空群来追，贤侄女虽然骁勇，也恐抵当不易。我有一策在此：玉山弟兄可领贵镇人马，押了全军辎重先退，不可去远，只退二三十里，选那依山傍水险要所在，立下营寨等我；我却于明日提本部兵都退六七十里，险要处下寨，等玉山；玉山却于后日，拔营再退六七十里，立营等我。如此轮番更替，以守为退。贼如来追，动者应敌，静者策应，动静相因，奇正相倚，追兵虽强，吾何惧哉！”众将听了，都拜服道：“相公韬略，真不可及也。”

当日，祝永清便提本部人马，押了全军辎重，先退二十余里，在那卫家山扎下寨栅。那刘慧娘是斯文人，不能厮杀，也从了永清营内去。次日黎明，天彪严肃部伍，造饭饱餐，去水泊边呐喊摇旗，巡哨一转，用红衣荡寇大炮隔水泊打去，连发九炮，炮子都打入水寨里去，方拔寨退兵，用奔雷车为后殿。到了卫家山，将奔雷车都交与祝永清。永清将辎重都交与天彪，慧娘带了白瓦尔罕，又随在天彪营里。天彪离了卫家山，又行三十余里，到了良济集，相了地利，扎下营寨。祝永清仍在卫家山安营不动。次日，永清方拔寨退兵，仍将奔雷车为后殿，离卫家山，到了良济集，又把奔雷车交与天彪，永清仍同慧娘押着辎重再退数十里安营。次日，天彪拔营又退，去替永清。

话休絮繁。天彪、永清轮番更替，或二三十里，或三四十里不等，总拣险要有依傍之处安营，以防贼兵来追。

早有探子报入梁山寨里。宋江便问吴用道：“他如此退兵，我们须怎样法儿追他？”吴用沉吟道：“这却是难事了。且点起人马追去，再看机会。但人马须在八万以上，方可济事。这里仍派上将，领兵三万，攻围兖州，以便我们大军飞渡。”宋江惊道：“军师休要戏言，此次清真一役，除新泰、莱芜二万四千人马外，本寨三万人马尽没于外矣。现存人马仅得十二万，依军师所言，寨内镇守之兵，不是尽行扫空了？”吴用道：“兄长休要慌急，我此次进兵，名虽追云天彪，其实别有所图。兄长可暗调嘉祥、濮州两路人马，各四万来守山寨，此事便好部署了。”宋江道：“嘉祥、濮州力薄了怎好？”吴用道：“我们南路自曹州失陷以来，目下尚属平安，嘉祥、濮州暂调不妨。即使有事，嘉祥尚有五万,濮州尚有四万,尽可抵御。至小弟所谓别图之事,中途再说。"宋江依言,便先差人传令至嘉祥、濮州调兵。这里逐日有探子来回报,末一报知天彪兵马已退回青州,傅玉等亦由天长山退归,祝永清等也领兵回沂州去了。吴用道:"且待嘉祥、濮州两处人马调来,再议进兵。"

次早忽报嘉祥单廷圭、魏定国领兵四万名到了,下午濮州刘唐、杜迁也领四万兵马到来。吴用便与宋江商议,教单廷圭、魏定国仍回嘉祥,又派宣赞、郝思文同去,留刘唐、杜迁在山寨。这里派秦明、戴宗、张横、张顺、马麟、邓飞去濮州,助林冲镇守,并替回宋万、曹正。那燕顺、郑天寿、王英伤痕未愈,留寨将息。宋江、吴用、公孙胜领刘唐、阮小二、阮小五、阮小七、杜迁、宋万、朱贵,点起八万人马。吴用道:"且慢,须添上等勇将几员同往。"宋江便点鲁智深、武松、呼延绰,并原来新泰头领穆洪、李俊,莱芜头领史进、李忠,又新到头领火万城、王良,共十六位头领,八万人马。

不日,部署停妥,宋江、吴用、公孙胜率领了起行,派李应、徐宁、张魁领三万人马,攻围兖州。宋江便统大军抹过兖州北境,向青州进发。不日,到秦封山下,天色已晚,八万军马,连营立寨。帐中吴用对宋江道:"云天彪那厮已退,清真山守御得法,断难攻取。小弟前番来此,早探得此处泰安府城,新任总管叫做甚么寇见喜,本领凡庸,性情畏葸。小弟之意,将大兵就屯在此处,只须遣勇将数员,领兵一万,前去袭取,必然到手。若得了泰安,兄长可就将这几位兄弟、八万人马住扎于彼,联络新泰、莱芜,东南西北可以乘间图取,又可与本寨遥相呼应,从此成功立业,可计日而待矣。"宋江大喜,便请公孙胜领穆洪、史进、鲁智深、武松、呼延绰、王良、火万城,并一万人马,直趋泰安。

且说泰安府知府鲁绍和,便是上年在青州与云天彪同事的。自天彪收降清真山之后,奉旨加文渊阁直学士衔,调任泰安。端的清正持身,严明治下,合境竞颂神明。不料到任不上半载,忽总管寇见喜从景阳镇调来。鲁绍和一见寇见喜如此举止行状,便生忧虑,暗想道:"此地乃梁山强寇出没之所,这等总管如何靠得住?"因此常常愁虑。那日梁山大队攻清真时，鲁绍和深恐贼兵来走冷着，便请寇见喜赶紧备御。寇见喜一听，便慌慌忙忙运了些灰瓶石子上城。及贼兵败回，鲁绍和力劝寇见喜邀击，寇见喜只是不敢发兵，鲁绍和叹气而已。

这日忽报梁山大队贼兵都屯秦封山东面，鲁绍和大惊，忽命驾至总管署见寇见喜。此时大小将弁，已都集总管衙门请令，鲁绍和开言道："请总管将军速统大兵，扼住秦封山，使其不得转来。秦封西面，谷口狭隘，一人守谷，千人不得飞渡。请总管速速定计。"寇见喜早已魂飞天外，目瞪口呆，半晌答道："这……这……这自然。我……我明日出……出城押阵，请……请……请都监将军，去建……建头功。"鲁绍和道："明日恐无及矣，总管今晚速去为妙。扼谷口乃是要紧之着，总管请勿迟疑。"寇见喜道："我……我就去。"鲁绍和道："请总管速发号令。"寇见喜对都监道："快……快……快请都监点齐人马，本……本帅就去。"都监领令，立时传齐兵马，都在总管衙门处伺候起行。

鲁绍和辞别回署，仰天长叹道："微臣鲁绍和，明日见危授命矣。"一面传令点齐民壮，并本标兵丁守城，一面叫衙内出来，谕话道："我明日碎身报国了。我世受皇恩，分所应尔。你却不可随我同死，你祖宗血脉攸关，快去寻个逃走的路罢。"衙内惊道："父亲何出此言？"鲁绍和道："你只依我，休多问。"又自叹道："云统制，我与你官船一别，不料从此永诀了。"说罢上马便行。

且说寇见喜见兵马已齐，怎好不去，且入内去诀别夫人，道："夫人，我今夜就要升天了。"夫人道："相公何出此言？"寇见喜道："夫人，我的三十六路斧头，当初原是有名望的，近来有了些年纪，恐济不得事。更兼梁山贼兵，好生利害，如何敌得！我此去，包管你有头而去，没头而归。我也细细想过，活在这里，做这官儿，倒也担惊受吓，不如咬了牙齿，飕的一来，忍了一时之痛，免了一世之愁，而且落个好名望，总算为国忘身；儿子好谝个荫生官儿做做，又是一代衣食饭碗到手，岂非上算！"言毕，拍拍自己的头颈道："脑袋，脑袋，我同你打伙一场，明日分手了！"正在合家言别，哭的哭，愁的愁，只见都监飞报道："本府相公业已上城，请将军出师。"寇见喜伸伸舌头道："险了，险了！"歪戴头盔，斜披铁甲，背了一把斧头，别了夫人上马，跟着大队兵将，一齐杀到秦封山。

公孙胜已领兵杀出西谷，天已微明。寇见喜望见贼兵火把齐明，鼓角震天，兀自心惊，只得硬着头皮出阵，大叫："泰安府总管寇大将军在此，草寇快来纳命！"贼军队里早飞出一个莽和尚，一禅杖打来，都监慌忙迎住。寇见喜便躲在都监背后，捧着斧头待劈，早吃王良、火万城看见，一齐骤马追来。只听得寇见喜阿呀呀一声，两戟齐施，早已了账。都监大惊，勒马回阵。公孙胜已领大队掩上，官兵失了主帅，无心恋战，大败而走，都监死于乱军之中。

公孙胜领兵直逼城下，督众悉力攻打。鲁绍和督兵抵御，枪炮矢石齐下，打坏贼兵无数。怎奈城内一无勇将，贼兵攻打不息，鲁绍和足足与贼兵相持了一日一夜。次日辰刻，武松、李俊已领兵由云梯上城，城上贼兵已满。鲁绍和料知事去，便向东京叩头道："微臣今日致命了。"抽佩刀自刎而亡。城门大开，贼兵一拥而入。公孙胜一面差人到大营报捷，一面盘查仓库，吩咐众将："这番休行杀戮。"便教李俊、史进速领四千铁骑管住各城门，安抚百姓，便将阖城壮丁，尽编名册，收为兵卒。

那鲁绍和的儿子逃出城外，奔上都省，朝廷哀荣恤荫，后来也做得显宦。寇见喜的儿子也逃脱性命，受朝廷荫锡。不必细表。

且说宋江、吴用闻公孙胜得了泰安城，大喜，便教刘唐、三阮领兵二万，守住秦封山以备天彪，自己领大队进城。公孙胜等迎接，宋江一一慰劳，便入城大开庆功筵宴。席间，宋江对吴用、公孙胜道："深仗二位军师，得此雄城，以是左制天彪，右击希真，无往而不利矣。"吴用、公孙胜皆称"兄长洪福"，众人无不大喜，尽欢而散。吴用便请宋江传令，教李应、徐宁、张魁将攻兖州的兵马撤回梁山，所有梁山事务，并嘉祥、濮州两处的策应，尽请卢俊义一人调度；命史进、李忠仍回莱芜，就命二人拨莱芜兵一万镇守天长山，以作莱芜保障；命穆洪、李俊仍回新泰；命刘唐、三阮就将二万人马驻扎秦封山，保护泰安。宋江领吴用、公孙胜二位军师，并鲁智深、武松、呼延绰、杜迁、宋万、朱贵、火万城、王良八员头领，统六万人马，坐镇泰安府。又到山寨调施恩、曹正同来协助，策应新莱，雄视山东。并知会梁山副都头领卢俊义，一体招兵买马，屯积粮草，以图振兴事业。计议已定，宋江喜不自胜，便问吴用道："军师请看此时攻击何方为利？"吴用道："且将基业立定了再议。"正说间，忽报："云天彪领大队人马来也。"

正是才称高枕卧，又遇叩门惊。有分教：秦封谷口，权充铁壁铜墙；汶水流头，翻作尸山血海。

不知云天彪如何部署而来，且听下回分解。

第一一八回　陈总管兵败汶河渡　吴军师病困新泰城

话说云天彪自大胜宋江,进攻梁山擒得白瓦尔罕之后,与祝永清收集人马,掌得胜鼓回青州,各文武及守将都来迎接贺喜。天彪发放人马,把兵器旗帜,并奔雷车都收藏库内。众人看那奔雷车,正如一群巨兽,怪状狰狞,无不称妙,便议照式多打造百十辆,以备日后应用。刘慧娘道:"行军全仗机谋韬略,区区器械不足恃也。他若识得我陷地之法,奔雷车无用处矣。"天彪称是。当时将破宋江之事,申报都省,表奏朝廷,这里大开庆贺筵宴。

次日,祝永清等辞别了天彪,领本部兵回沂州去。天彪传谕众将,各归职守,休养训练,以图恢复莱芜,众将各领命而去。

不数日,忽报宋江领大队贼兵杀来。天彪大怒,便传令点兵。众将都请坚守以避其锐,俟其气衰而后击之。天彪道:"非也。贼兵此来,未必专为青州,必有他图。不然,为何待我兵已退尽,然后徐徐而来?我此去大军掩击,使其不得他顾。若深守不出。他必恣意蹂躏我邻邑矣。"众将皆服。

当时天彪与傅玉、云龙、闻达领兵四万名,浩浩荡荡,一直西向杀出。方到二龙山,忽报贼兵已陷了泰安府,总管、知府等皆殉难。众将齐惊道:"果不出元帅所料。"傅玉道:"寇总管真是庸才,怎么守着堂堂一府,竟待不到救兵,就失陷了。此时泰安已陷,我兵后到,已成倒拔蛇之势,如何是好?"天彪沉吟道:"趁这厮部署未定,且去力攻收复。"众将领令,一齐大刀阔斧,杀奔泰安府去。到得秦封山下,已有贼兵堵御,天彪传令攻打。那刘唐、三阮遵吴用吩咐,坚守不出,一面报知宋江。宋江大惊,当与吴用商议,请公孙胜镇守泰安府,部署一切,自己与吴用亲到秦封山,设计坚守。

相持一月有余,天彪道:"贼人必将泰安早部署了,我们久暴师于外,军需浩大,无济于事。不如收兵而回,加紧训练,再看机会。"

众将称是,遂传令严整部伍,拔寨退兵。不日,退回青州,发放人马,并传谕风会、李成严守清真营,简练军马,以为恢复莱芜之举。众将各归职守。

不日,朝廷恩旨下降,云天彪并众将均加一级,各有赏赐:孔厚授青州益都县县丞;胡琼追赠明威将军。其余将弁兵丁,均分别赏恤。惟刘慧娘特赐显谟阁学士衔,赏宫锦一袭,玉如意一柄,紫诰一轴。众人皆舞蹈谢恩。那边沂州陈希真、兖州刘广,并部下效力将士,亦有褒宠赏赐,不必细表。

且说宋江见天彪兵退,深恐有诈,不敢追袭。续探得天彪认真退回青州,亦不敢发兵攻击,只吩咐刘唐、三阮小心防守秦封山,自己同吴用回转泰安府,赶紧修理诸务。忽探子来报:景阳镇陈希真传谕蒙阴县防御使训练军马,又委祝永清亲来阅视,并檄知召家村一体练兵。宋江听了,便对吴用道:"那厮此意,分明是觊觎我新泰,军师将何法以御之?"吴用道:"新泰为希真所觊觎,莱芜未尝不为天彪所觊觎。我两边策应,本是难事,所幸天长山绵亘数十里,足为莱芜保障,可饬史进、李忠守备毋得疏忽,天彪亦不能飞渡。至希真想图我新泰,我不如用先发制人之法,攻他蒙阴。休管那厮善用兵,我总去攻攻他看,天命难测,未必那厮定是胜,我们定是败也。"宋江连声称是。只见公孙胜道:"去年兄长攻新柳时,小弟曾用丁甲攻城,却吃那厮破了。刻下小弟将此法加练精熟,又练得吼风、混海、火光三大将法,两法并用,谅可破得希真矣。"宋江甚喜。吴用道:"公孙兄弟既说到此,小弟倒有一必破希真之法。"宋江、公孙胜齐问何法,吴用道:"只消如此如此一法。"宋江、公孙胜齐声称妙。宋江便传令到山寨取樊瑞、项充、李衮前来。

不日,三人到了泰安府,参见了宋江。宋江便议点将兴兵,吴用道:"哥哥须坐镇泰安府,不可轻动,待小弟与公孙兄弟一行。"便点鲁智深、武松、樊瑞、项充、李衮,带兵四千名。吴用、公孙胜统领了,辞了宋江,直到新泰,花荣等迎入。吴用正与公孙胜商议发兵偷渡汶河,袭取蒙阴,忽报前面汶河南岸,已有召家村兵马屯住。吴用大怒。公孙胜道:"我们且发兵屯住汶河北岸,与他隔河敌住,再相机进取。”吴用道：“所议亦是。”便教花荣守新泰，自己同公孙胜带领新泰头领李逵、黄信、杨林，一万二千人马，随同鲁智深、武松、樊瑞、项充、李衮，并原来四千人马，一同到汶河北岸安营立寨，与召村兵马隔河敌住。

且说召忻探得梁山贼兵将到，与高粱、史谷恭领本村乡勇八千名，在南岸下寨，将船只尽拘南岸，一面报知希真。希真闻报，便与祝永清、陈丽卿、栾廷玉、栾廷芳、真大义、王天霸，领景阳镇官兵一万名，猿臂寨乡勇一万名，星夜赶到蒙阴，直赴汶河北岸下寨。与召忻相见了，便与祝永清亲到河岸巡阅一转，回营对永清道：“我此来为收复新泰也，贼军与我隔河相拒，我不可往，彼不肯来，两边相守，旷日持久，如何是好?”永清道：“且与他拒守数日再看，刻届严冬时节，天寒地冻，河冰将合，我可以往，彼可以来，亦未必常相守也。”希真称是，传谕各营并召家村一体严禁防守，并谕蒙阴文武各官，小心照应城中事务。当晚发令讫，河上数万貔貅听遵号令，寂静无声，但见皓月之下，熊旃鸟帜，列伍整齐，一片声画角悲鸣而已。

与贼军相拒十余日，两边各无动静。希真与永清商议渡河劫营，永清献计道：“我等且虚设旌旗，堆积烟火，沿河一字长蛇势，连营列栅，将上下河边一齐布满。吴用必道我增兵，必然分兵防我。待到月尽夜，天地昏暗，可教上下阵乘黑夜悄悄鼓舟前进，又故意微露破绽，令其知觉。那厮必尽力防我左右，我却以全军渡河，直取他的中营。泰山以为何如?”希真道：“甚好。但渡河时，尚须一层斟酌。可将所拘船只，尽付左右阵，为渡河之用。我全军渡河，却用慧娘甥女的飞桥，不用船只，又须用雁行阵渡过去。如得利，则全师进捣；万一不得利，则退归亦易易也。”永清称妙。当下计议停妥。

至十一月三十日夜间，天昏地暗，星斗无光。希真传令，教左阵、右阵各用二百人，每五人驾一只大船，右阵从上流过去，左阵从下流过去。果然被贼人哨探的军士知觉了，急忙报入贼营。吴用日里见希真增兵，本是警心，至夜间闻报，昏黑中不辨虚实，忙传令教左右备御。不多时，希真全军已杀到中营。吴用忙教军心休乱，齐心应敌。众军急忙登闉，昏黑中望见对阵列炬烛天，照跃出一群猛兽，正是奔雷车模样,吓得贼兵胆碎心落,却不知奔雷车身重,如何渡得过飞桥。这都是希真、永清连日造下的大防牌。吴用也一时辨不真,急忙弃寨而逃。丽卿当先抢寨,希真、王天霸领左翼,永清、真大义领右翼,火光烛天,翻翻滚滚杀上。召忻、高梁亦分两队,随左右翼登岸。丽卿已抢入寨中,忽见寨后狂风大起,满天火球火团,火光中无数神兵神将,身披金甲,手执戈矛,驱着火龙毒兽,杀入寨来。丽卿即忙领兵退出,那些鬼兵兽卒,随着狂风烈火,一齐杀出寨来,官兵大惊。希真忙传令道:"此贼人妖法也! 本帅道法高强,众军休怕!"急忙叠起印诀,念念有词,向前放去,喝声道疾,一道白光冲去,那些鬼兵烈火尽皆退了。众军大喜,重复起鼓前进。

吴用见公孙胜道法被破,忙教众军抵敌。怎当官军势大,抵敌不住,吴用忙传左右营齐来助战,黑夜火光中两阵混杀。公孙胜见丁甲法不能取胜,忙祭起三大将来,摄神兵百万垓,前来助战。希真见吴用亦用全军合战,料想劫不得营,便传令按队退回。未及中流,公孙胜神兵已到,大风怒吼,波涛汹涌,彻天彻地都是大火,但见数千万的长人,望去身躯何止丈余,统领无数熊罴军隔河杀来,众军胆裂魂飞。希真传令休乱,只管渡河退去,自己替众人断后,捏起真武印诀,镇住对岸神兵,只见风平浪静,那些神兵果然纷纷立住对岸,不敢过来。希真兵马已有史谷恭及栾氏弟兄接应登岸,就在南岸一字扎住阵势。那对岸神兵也不住的在北岸边巡行,火势蒸天,只是不敢过来。

看官,那丁甲、三大将,并非邪术小法,公孙胜又非等闲之辈,如何还斗不过希真,只因希真系奉天讨逆,堂皇正大,公孙胜乃是盗贼一边人,那些神将如何肯替他效力,抗违天朝,当时虽迫于符檄不能不到,却只是不敢过来。

希真见他们虽不过来,只是不退,心中大怒,便教丽卿快回营去取乾元宝镜来,丽卿骤马回去。这里只听得对岸贼兵不住的呐喊,这边官军、乡勇也一齐呐喊,两边喊声大振。这边只因对岸长人巨兽利害,个个心惊。丽卿已取了宝镜转来,只听得对面起了一个震天动地的霹雳,希真即将罡气布在乾元镜上,金光向对岸射去。忽见那些长人、熊罴纷纷都退,却转一群虎豹来,黄烟浓雾在火光中斑烂照耀,径直渡过河来。希真不住的印诀禁咒,那虎豹竟不退避,从水面直冲过来,南岸军马一齐大惊。希真也不解其意,正想加用禁咒,那群虎豹,已扑到南岸,浓烟中杀出一彪蛮牌兵,个个蓝面赤发,杀上岸来,希真兵马大骇溃乱。吴用已统全军杀过河来,樊瑞、项充、李衮领着鬼兵,用蛮牌当先掩杀,那群虎豹也各有鬼兵驱策,四边冲突。这边官兵、乡勇个个胆碎心惊,那敢迎敌,都纷纷败下。黄信从左边杀来,杨林从右边杀来。丽卿叫起苦来道:“爹爹,我怎的这般昏了?你那乾元镜上,虎豹兀自毫无影子。爹爹常说,镜子有影的方是神奇鬼怪,这虎豹镜里没影,怕不是假的。”希真猛回头时,天已大明,看那虎豹,正是马上蒙了张皮,那鬼兵也是假扮的,夜间看不清,却着他的道儿。只见那些蛮牌兵、虎豹队都退去了,大队贼兵遮天盖地价杀来。

这边兵马大败,召村乡勇尽行沉没,幸亏高梁飞刀利害,标伤了杨林,召忻方与高梁领数十骑逃脱。祝永清、真大义已识得贼人妖法是假,率众奋勇还斗黄信,不防斜刺里杀出武松一彪人马,驰骤冲突而来。祝永清当不住率众败走。真大义已受重伤,厮杀不得。贼兵紧追不舍,正在性命呼吸,忽一彪救兵杀到,乃栾廷玉、栾廷芳,奋勇杀退贼兵。栾廷玉领永清、大义并数千败兵奔黄鹄山,史谷恭接应上山去了。栾廷芳便领一半兵马去接应希真。

且说希真识破贼人假妖法,正欲策众御敌,奈敌人势大,铜墙铁壁价裹来。李逵当先领着步兵,手提两把板斧,着地卷来,锐不可当。丽卿大怒,骤马挺枪迎去。希真待欲收兵,奈贼人逼近,已无可收,便还军去接应丽卿。不防斜刺里杀出鲁智深一彪人马,横冲截断。希真正待冲杀,更不防武松、黄信已由黄鹄山转来,邀住希真。希真前后受敌,丽卿已呼应不及,没入阵去了。希真只叫得苦,仗着一枝蛇矛,数千败兵,左驰右突,不得冲出。忽见贼军一面人马大乱,喊声大起,希真定睛看时,正是栾廷芳,舞着两刀,飞花滚雪价卷来,贼兵当不住,被他杀开一条血弄堂进来。希真大喜,领兵杀来。忽听背后贼兵又乱喊,希真回头看时,只见一条笔挝,流星价从贼军里卷进来,正是王天霸。希真愈喜,当时与廷芳、天霸合兵一处,共杀贼兵,那武松、黄信都纷纷败下。只见前面鲁智深一队兵马,喊声震天,希真指着道:“小女陷入此军中,不知性命何如,待我冲杀进去,接应他出来。”王天霸道:“主帅不须亲劳,待小将杀进去救小姐出来。”栾廷芳道:“闻贼人正在夺堂阜,主帅须速去策应为要。这里要救小姐,待小将与王将军同去。”希真听罢,便领兵赴堂阜去了。王天霸已倒提铁挝,虎吼般向贼军奔去。栾廷芳正待同去,忽栾廷玉一骑飞到,叫住廷芳,道:“玉山郎已守住了黄鹄山,叫我来探听主帅与小姐的,如今主帅、小姐怎样了?”廷芳具说主帅去夺堂阜,小姐陷入阵中,正待去救。廷玉道:“既如此,你助主帅去,我去接应小姐。”廷芳听了,也便领兵赴堂阜去了。栾廷玉提枪挂锤,直奔贼军,去救丽卿。

且说丽卿单枪匹马敌住李逵,一马一步,旋风也似的战斗。李逵舞起两板斧,在马前马后,马左马右,乱劈个不住。丽卿一枝梨花枪,放出三花大撒顶手段,浑身一片银光,敌住李逵。吴用见了,便挥两翼掩上,裹住丽卿。丽卿大怒,撇了李逵,便骤马直取吴用。吴用大惊。公孙胜忙作法,遣神将来斗丽卿,谁知那些神将经希真一番镇伏,都呼唤不灵了。丽卿马快,已到吴用面前。吴用、公孙胜急忙领兵飞逃,一面用乱箭射来。丽卿正待冲去,忽背后扑到一只疯老虎。丽卿回头一看,正是李逵。丽卿便转身斗李逵。吴用、公孙胜重复驱兵杀转来。武松、黄信斗希真不过,已回到后阵。吴用大喜,忙叫:“武二弟休要歇力,快上前去,协同李兄弟活擒这贱人。”武松便舞动戒刀,直奔丽卿。丽卿正斗李逵,忽见武松杀来,丽卿不慌不忙,一枝枪敌住两人。斗到十余合,丽卿方才叫得苦,分明两只猛虎,盘住马前。丽卿抖擞精神,苦战二人,正在性赌命换,忽见前面又杀进一条咆哮大虫。丽卿定睛一看,一枝禅杖卷舞,正是鲁智深。丽卿大惊道:“吾命休矣!”吴用大喜。喜犹未了,只见前面军马大乱,一员大将一枝笔挝着地打进,随着鲁智深进来,大叫:“姑娘休慌,小将王天霸来也!”吴用、公孙胜一齐大叫:“鲁智深,快转身敌住天霸!”丽卿已架住李武二人,偷空走出,扑到鲁智深面前,武松、李逵一齐大吼奔来。丽卿、天霸敌住鲁、武、李三人大战。

吴用本意想生擒丽卿,看到此际,只得设想暗箭之法,却苦得急切没神箭手,恐反伤自己将官。丽卿已跃马跳出圈子,看那王天霸独战三人，便把枪挂了，拈弓搭箭，射那三人，只可惜气力已尽，左臂又伤，箭发无力，射不着了。吴用忙传令教前队齐放乱箭。丽卿取枪不及，忙把弓梢来拨，一时措手不及，中箭落马。王天霸大惊，急待还救丽卿，却吃鲁、武、李三人逼紧，不得脱身。贼兵一拥而上，来捉丽卿。只听得贼兵又乱喊起来，栾廷玉一马飞到。丽卿飞身上马，撇弓取枪，随着栾廷玉杀出阵云。丽卿道："可惜王天霸陷入阵中了，待奴家与栾将军再杀进去救他出来。"廷玉道："姑娘身受重伤，厮杀不得了，快回黄鹄山，这里待小将进去罢。"丽卿那里肯听，正要同去，行不数武，果然觉得伤重，展手不得。廷玉替丽卿拔下了箭，丽卿弃下那副黄金锁子甲，廷玉撕条战裙，替他裹了疮口。

忽见前面枪炮震地，杀出两彪人马，丽卿、廷玉一齐大惊，定睛一看，左边乃是祝永清，领猿臂乡勇并蒙阴官兵四千名杀来；右边乃是陈希真，领景阳官兵并召村新调乡勇五千名杀来。丽卿、廷玉大喜，一齐奔上，诉说天霸陷阵，须得速去救援。希真、永清急挥军马去掩杀贼兵。

原来官兵、贼兵自二更战起，直至未牌时分，两边都人困马乏，惟有蒙阴官兵并召村新调乡勇是生力军，贼军当不住，纷纷败走。王天霸已由贼军中杀出来，浑身血污，伤痕遍身，一见希真，大叫："小将王天霸今日绝命了！"言讫，大吼一声，口喷鲜血，卧倒于地。希真失声恸哭，忙教数卒舁了尸身回去。栾廷玉已护送陈丽卿回黄鹄山去了。

希真、永清合兵一处追贼，贼兵退到汶河渡口。吴用传令前队背水死战，鲁智深、武松、李逵三人应命，转身迎敌官军。樊瑞、项充、李衮抢堂阜不得，已领兵回来。吴用教公孙胜督阵，自己同樊瑞等渡河回去。原来吴用自既胜官军之后，原想择地安营，占住南岸，奈被丽卿、天霸搅入阵中，不得住手，以致希真、永清领生力军杀来，抵敌不住。吴用懊闷非常，心乱目昏，不觉登舟时失足落水，众人急忙救起。只见北岸一彪军马渡河过来，正是花荣、李俊领军接应。吴用大喜，便叫樊瑞等休退，会齐了花荣、李俊兵马，重复杀上南岸。那边希真、永清见贼兵死斗，不敢十分追逼，便领军退回。希真领景阳、召村两枝人马退守堂阜去了，永清领猿臂、蒙阴两枝人马退守黄鹄山去了。

原来黄鹄山在蒙阴东北，堂阜在蒙阴西北，两处险要，足为蒙阴保障，希真、永清所以用军保守。

那吴用同了花荣、李俊、樊瑞、项充、李衮上了南岸，与公孙胜等屯扎南岸。吴用早已有手下人替他换了湿衣，便与公孙胜升帐，计点军马，查核战功。众将纷纷报上，计杀死官兵、乡勇无数，虽然杨林受伤，黄信中箭，却喜未曾亡失一将，就是兵丁损折也不上千余名，只可惜黄鹄、堂阜两处险要，不曾夺得。吴用道："且就此安营立寨，休养三日，再作计较。"当时送黄信、杨林回新泰将息。这里安营造饭，已是酉牌时分了。

看官，这一日一夜的大战，前后关键，都交代清楚。惟有吴用的虎豹阵并一彪人马，为何从水面上渡得过来？原来军机虽然秘密，日久终成泄漏。记得那年刘慧娘的飞桥利害，吴用在芦川渡口吃尽苦头。此刻被他探得，他便用此法装载马只，蒙了虎皮、豹皮，渡过河来，当时又有公孙胜法术掩盖。希真竟一时看不破，被他杀败。吴用安排此计，取名为聚兽阵，原待十二月初一日夜分应用，不料希真于三十夜里已来劫营，所以不及调度人马，慌忙用过。

当时两边各安兵静守。是夜朔风陡发，天地凛冽，山川树木一色寒威。次日大风住了，严寒愈甚，点水成冰。那希真已将王天霸盛殓了送回景阳镇，陈丽卿、真大义也送回景阳镇养息。这里希真与永清商议破敌之策，永清道："那厮力争汶河之渡，其意盖欲取蒙阴也。今我据险要，彼据平地，我无内顾之忧，彼朝晚，难保无事。小婿想，不如用后人之法，以待其衰。彼现在之势，利在速战。我偏坚守不出，看他来意如何，以定计议。"希真道："我亦料他必速来求战也，贤婿坚守之法极是。"当时议定。希真、廷芳、召忻、高梁守堂阜，永清、廷玉、史谷恭守黄鹄山。守到七八日，贼军毫无动静。永清道："奇了，这厮既不肯退，又不肯进，却是何故？"便到堂阜来问希真。希真道："这厮的意思，我也猜不出。且着人持书去催战，并责背盟，看他回书如何。"永清道："吴用那厮最精细，岂肯有破绽被我看出？小婿因其如此情形，深恐大有诡计，或又是制造甚么器械，不可不为预防之计。"希真道："此亦当虑。但我守御得法，亦不怕他。总之我此刻锐气新挫,更兼我手下勇将一死二伤,他那里鲁达、武松等都在,我与他搦战,未必得利也。且多发细作四边打听,这里再坚守数日以观动静。”当时众将互相猜疑,都猜不出吴用的主意。永清也回黄鹄山去。慢表。

且说吴用兵马屯在汶河南岸,十余日不动,端的有甚主见?哈哈,原来并无主见。只因渡河落水,受了寒气,当日头痛壮热,气粗无汗,浑身拘急,神情恍惚,忙接医士来诊。医士大声道:“此伤寒太阳经症也。”开了一帖麻黄汤。当晚煎好,吴用服了,一面请公孙胜、花荣到床前道:“烦二位贤弟督兵严守,千万不可轻弃这南岸。待我病好了,再设计破敌。”说罢,拥被而卧。公孙胜、花荣出去弹压事务,一面差人到泰安府报知宋江。

是夜五更,吴用竟出大汗,身热退了,气喘亦定,众人皆喜。花荣与公孙胜商议道:“吴军师虽吩咐坚守,但险要尽被敌军占住,我兵背河为阵,不得地利,未必守得。今日吴军师病机已转,不如商议退兵为妙。”公孙胜道:“甚是。”当时二人进了内帐,问候毕,便说起退兵之事。吴用睁起怪目,厉声大喝道:“谁敢言退兵,退兵者立斩!”公孙胜、花荣一齐大惊。只见吴用一片声大骂道:“你们白白的要把新泰送与陈希真,我问你受了陈希真的多少买嘱,替他做内间?你不看见魏辅梁、真大义两颗首级,帐下兀自号令着?”说罢,呼的豁开被头,立起身来。众人齐声叫苦道:“却是发狂也,怎好?”公孙胜,花荣一齐退出,吴用已赶出来。鲁智深、武松忙上前劝住,抱他进帐,只听得帐内兀自一片声大骂。花荣看着公孙胜道:“怎好,怎好?”公孙胜道:“此是中邪,待小可用符法镇镇看。”当时公孙胜在帐前布罡运气,呵笔书符。众人看那张符,有五个大虎字,其余篆文萦带,都不识得。众人持去吴用床前挂了,公孙胜又进去念了几遍咒语,吴用果然安静,只是还有些喃喃妄语。花荣已到各营去弹压军心,休得慌乱。

这里已邀集了好几位医生,齐来诊视,有的说邪入心包,宜用牛黄、犀角之属;有的说痰火聚于胆中,乱其神明,宜用竹茹、胆星、菖蒲之属;有的说汗乃心液,汗多而心液亏,宜用归脾定心之剂;有的说谋虑伤肝,志郁不遂,宜用郁金、香附之属;有的说阳明实热,宜用大黄、芒硝之属，议论纷纷不一，各有一方，正不知服何方为妥。此时花荣已回中营，众人说起如此情形，花荣皱眉半晌道："此事只有速发人到山寨，去请安太医来方好。"公孙胜道："正是。但此去山寨，回往极快，也要十日左右，快发人赶去，今日便动身。"李逵立起身道："就是我去。"花荣道："李兄弟休去，这里早晚厮杀，论不定正有用你处。"当时留住了李逵，便差项充飞速到山寨去请安道全。花荣便对公孙胜道："这里军心慌乱，惟有公孙军师作主，传谕各营退兵为妙。"公孙胜道："此事我也想过，用了如此大鏖战，方才杀过南岸，今若退兵，岂非全功尽弃？不但此也，我若退过北岸，希真那厮亦必随迹杀，过北岸，吴军师所谓送他新泰之说，正当深虑。"花荣沉吟不语，公孙胜道："刻下河冰已合，甚为坚厚，我兵进退极便，不必担忧。或者日内吴军师病就好，可以定计破敌，便省得退兵也。"花荣点头。

当日众人共议，就那各医所开之方，拣择稳当的暂用一帖。吴用吃下了，毫不济事，身子依旧发热，昼夜谵妄不息。众头领个个愁眉相向。花荣叹道："好容易渡到此地，正欲进取，不料天不容我。"樊瑞对公孙胜道："此事想上天定有谴谪，老师何不表天祈禳？或者从此得有转机，亦未可知。"公孙胜道："也是。"当时在营后设起醮堂，邀集几员道众，公孙胜亲自到坛持法。三日醮事圆满，吴用也一面服了三日不凉不热、不表不里、不轻不重的稳当药，倒也神色渐清。众人皆喜，齐称天佑，纷纷进内帐问候。吴用终吩咐休要退兵，又道："我此刻心思实在用不起。"众人都道："军师宽心养息数日，我等遵令严守，断不疏虞。"吴用道："你们看退兵好否？"花荣道："退兵亦是。我们只要保得新泰，至于克取蒙阴一着，且从缓图。"吴用道："兵究竟退不得。"众人诺诺而出。宋江已由泰安遣人来问病。又是数日，众人因吴用神气未曾复元，终是担忧。又日日盼望安道全，真是心如悬旌。

这日，忽闻营外战鼓振天，喊声动地，陈希真领兵杀来也。召忻当先叩营，大叫："诈称有病，规避战阵的贼！今番定要出来分个输赢！"公孙胜、花荣一齐失色，鲁智深、武松、李逵都咬牙切齿价忿怒，齐要迎战。公孙胜忙传令坚守，不许出战。花荣道："这厮已晓得俺军师有病，断不肯与我干休。我若不退，全军性命难保矣。”说未了，北岸营汛兵丁，雪片也似的报过河来道：“祝永清已由上渡口涉冰杀过，抢北岸望蒙山也。现有欧鹏头领把守，诚恐抵挡不住，请令定夺。”众人一齐叫苦。吴用吃此一惊，依然旧病复作，狂言乱语，神情颠悖。花荣道：“此真天亡我也。”咬了牙齿和公孙胜督兵死守，与希真相拒了一日。那边北岸欧鹏也与永清死命敌住，黄信裹疮相助，幸未失守。公孙胜道：“不妙矣，花兄弟快领一枝兵回去，扎住北岸，一面先保吴军师回去，一面可以声援欧鹏，一面可以接应我们。”花荣急领兵二千余名，保着吴用退回北岸。先差二百壮兵送吴用入新泰城，这里二千名在北岸按队扎住。公孙胜见花荣已过北岸，便统全队弃寨退回，希真已领兵追上。公孙胜兵马方到北岸，希真已领兵过河。公孙胜大怒，传令就冰上迎杀。那知希真并不厮杀，只传令枪炮弓矢雨点价打击过去。

公孙胜兵马纷纷登岸，时已黄昏，月色朦胧，只见岸上飞出无数旌旗，火把影里看得分明，都是猿臂寨、蒙阴县的旗号，花荣大惊，接应公孙胜等一齐退去。希真兵马已杀上北岸，登时北岸上布满了景阳镇、召家村旗号。公孙胜叫花荣道：“快联住欧鹏兄弟，保住望蒙山。不然，敌兵逼临城下矣。”花荣忙与公孙胜领兵赴望蒙山。祝永清兵马正在攻击望蒙山，花荣领鲁、武、李三人与永清混战，公孙胜领樊瑞、李衮偷空上了望蒙山。希真、召忻、高梁已领兵掩来，花荣等也即忙退入望蒙山去了。原来那岸上猿臂、蒙阴旗号，尽是永清虚设的。花荣不知虚实，是以大惊退去。

当时希真、永清合兵一处，攻击望蒙山。公孙胜、花荣极力把守。直至夜半，希真、永清方才收兵，屯住北岸。次日，栾廷玉、栾廷芳、史谷恭都领兵渡河过来，与希真等轮替攻望蒙山。接连攻了七日，不能取胜。天气严寒，两边人马冻死无数。希真与永清商议道：“严寒如此，士卒不堪其苦，久役必非所宜。况我背河为营，不得地利，敌人深据险要，我亦难与久持，不如退兵为妙。”永清称是。当时希真率领景阳、猿臂、蒙阴、召村四路人马，退回蒙阴。命召忻、高梁、史谷恭领本部兵回庄，休养训练，以备来春剿贼。召忻等领令回去。命蒙阴文武各官坚守蒙阴,希真领景阳兵回景阳镇去了。

公孙胜、花荣见希真兵退,也不敢追击,只带同鲁智深、武松、李逵、欧鹏、黄信、樊瑞、李衮收兵回新泰。项充同安道全到新泰已有两日了,众人皆喜。项充道:“小弟一到山寨,说起军师之恙,安先生拔步便来。奈河冰坚凝,安先生霜夜坐冰车渡出水泊,受了寒气,有些不自在。一路上只得迟起早宿,日子又短,以此到得迟了。且喜安先生诊过军师之脉,说还不妨事。”众人喜问其故,安道全道:“军师之恙,乃是内外合邪。一日一夜鏖战,谋虑、忧惊、忿怒兼而有之,五志之动,五火交燃,乃骤焉失足堕水,寒气骤侵,以致阳火骤束,更兼惊气归心,寒水亦伤心。心主血,心伤而血滞矣。是以外虽现太阳之症,内已具蓄血之形。其始治不得法,撤其表而遗其里;其继又误认发狂,而汤剂妄投,药不中病,遂尔贻患。夫军师之狂非真狂也,名曰如狂。如狂乃蓄血之明征也。观其语言皆实事,绝无神灵鬼异之语可见矣。今参脉合症,确宜逐瘀为主。惟心君大伤,复元终须来春,非可旦夕速效也。”众人听了,却又喜里带忧,深恐军师未愈,希真先来,大非妙事。

这里安道全按方进药,外面众头领吃酒饭。项充说起:“近有新任郓城县知县,亲到俺山寨内,口出大言,说要除灭我们。”众人大笑,惟花荣担忧道:“既有此事,恐他认真做出来,倒不可不防。”众人都道:“多大一个郓城县,怕他强到那里!”大众说说笑笑,饭毕而散。

且说吴用日日服安道全之药,果然渐有转机,只是用不起心思。安道全道:“不妨。赶紧调理,自然渐渐复元也。”众人皆喜。这里公孙胜、花荣加紧保守新泰,防备希真。那黄信、杨林二人的伤痕,也经安道全治愈,便协同训练防守。一面差人至泰安府,将吴军师病有转机之说,报知宋江。宋江亦喜。这里安道全日日诊视吴用,处方进药。忽一日山寨中报来说:“近来山寨兵马与郓城县官兵交锋一阵,寨兵大败,五虎上将霹雳火秦明阵亡。”众人一齐大惊。看官也惊问道:郓城县来了甚么人,这样了得?

看官既然性急要问,只好将吴用的病情搁一搁起,下回先交代郓城之事。

第一一九回　徐虎林临训玉麒麟　颜务滋力斩霹雳火

话说山东曹州府郓城县，于重和元年八月间，新换一位知县。你道这知县是谁？就是在东京时，指使任森、颜务滋收复元阳谷的虎林徐槐。原来徐槐自上京投供之后，不上一二月，适值山东省请拣发知县十员以供委用，吏部即将应选人员内遴选引见，天子挑得十员发往山东，徐槐在内。当时束装起行，任森、颜树德、李宗汤、韦扬隐都愿追随同行，徐槐甚喜，便一同出京。到了山东都省，已是五月天气，刘彬已考终正寝，贺太平坐升山东安抚使。当时徐槐参见了贺太平。贺太平一见徐槐，便晓得徐槐才能不凡，便委了一起差使，又委署了一次事，适逢郓城县出缺。当时郓城县系调缺，而通省县官因此地境下大盗盘踞，公务掣肘，人人畏恶此缺，若果要调，都愿告病。上宪正在无计，早惊动了这个有作有为的徐虎林，因他也是应补之员，遂禀见上司，请补此缺。贺太平颔首许可，惟徐槐系未经实任之员，即补是缺，与例稍有未符，因援人地实在相需之例，专折奏闻。

徐槐退归公馆，任森等闻知此事，都有难色。原来梁山泊一区地界，乃是三府二州四县交辖之地：其东面是济宁州该管，前传施耐庵已交代过；还有正东一面，是兖州府汶上县该管；东北是东平州该管；正北是东昌府寿张县该管；西北是范县该管；惟有西、南两面最当冲要，偏落在曹州府郓城县管下。此时曹州府知府张叔夜，因蔡京对头已死，种师道极力保举，已奉旨复还礼部侍郎原秩，进京供职。两个儿子伯奋、仲熊也随同进京。金成英升京畿东城兵马指挥使，杨腾蛟升京畿兵马都监，曹州府城中虚无人材。任森因郓城地小，曹府无援，是以惊疑，便劝徐槐不可轻肩此任。徐槐笑道："吾求此任，正为此耳。贼心不忘曹州，其不敢举动者，畏张公也。张公去而贼人肆然无忌矣！从此卷去曹州，南则渡黄河到宁陵，西则剪开州向陈留。云统制、陈总管两路锐师，都阻绝在东方，不能呼应。此地若无人出身犯难以作砥柱,东京未可知矣。”任森、颜树德、李宗汤、韦扬隐听了,都精神奋发起来道:“老师既有此志,我等无不效力。”徐槐甚喜。

不上一月,朝廷降旨,允准贺太平所奏,徐槐着授郓城县知县。时已八月,徐槐禀辞了贺安抚及各上宪,带了任森、颜树德、李宗汤、韦扬隐赴郓城县上任,接理印务。当案书办滑中正,呈送须知各册,并面禀梁山向有免征一项。原来宋江自啸聚以来,各处抢掳,就是本治内如东平、东昌、汶上、范县等处,亦无不侵犯,独不来扰累郓城县。你道这是何故?因宋江是郓城生长,这郓城是他父母之乡,所以他约众人勿得侵犯,以存恭敬桑梓之谊。兼且凡有本县到任,送他银子一千两,名曰免征费。得了他这一千两银子,不来催钱粮,并永不捕获示禁,两无干涉。如此多年,习以为常。历任县官听见,无不依从。惟有徐槐一听此言,勃然大怒,暗想道:“且慢。我初临此地,本根未曾培固,不宜轻露锋芒。”便严辞正色对那书办道:“这事休提。本县虽两袖清风,岂肯收此不义之财?你下次休得胡言。”书办不敢再提,诺诺而出。

次日,徐槐带了任森阅视城池,盘查仓库。任森道:“不料此地城郭如此坍坏,钱粮如此匮乏。张嵇仲统属此县,不早为之部署,真不解其意。”徐槐道:“张公正是卓识。此地逼近盗乡,修城储粮,无损于盗,而反生盗贼觊觎之心。今日我临此地,却不可不振作一番。”任森道:“此事老师放心,门生自能调度。门生家财颇称殷富,若破家以报国,钱粮足而城郭亦可完固矣。”徐槐极口称许,又道:“我看此地民风刁敝,也须得振作起来才好。”任森道:“此事老师亦放心。昔年张嵇仲海州下车,一募而得死士千人,所以然者,人人俱有忠义本心。我以忠义感之,自然响应桴鼓。况现有李韦二兄弟,智勇之才,左提右挈。颜树德勇气迈伦,足为三军倡导。至于训练之法,门生不才,可效微劳。如能赶紧调度,不数月而郓城一区,蔚为强国,数万劲旅所向无前矣。”徐槐大喜,便一面照常办理公务,一面派令任森筹画经费,一面倡募义勇。

自八月初旬起,至十月底,三个月工程。任森报称:“仓库钱粮,衣甲器械,俱已完备,足支三年之用;城郭墩煌修理告竣,义勇军士得五万人,坐作进退,无不如法。”李宗汤、韦扬隐都禀称:“似此劲旅,足可踏平梁山。”徐槐甚喜。到了十一月十五日,徐槐吩咐备马,亲赴梁山。任森不解所谓,请问其故。徐槐道:“梁山以忠义为名,若不先破其名,虽死有所借口。我初临此地,不可不教而诛,且去面谕一番,使他死而无怨。”任森道:“老师高识,但尚须选一人随护而去。”李宗汤挺身愿往。徐槐许可,便带了李宗汤一同出城。李宗汤全装披挂,佩了弓箭,提了大斫刀,跨下大宛名马,随从了徐槐,一路上鸣金喝道,军健公差前后簇拥,直到水泊边。

此时朱贵已在泰安府,这泊上酒店委石勇兼管。当时,遥见官来,便悄悄探问带多少官兵。公差回言:“没有官兵,徐老爷有话面谕你们头领,速即备船。”石勇见这县官不带武备,便一面报上山去,一面备船请官渡了水泊,一路吆喝上去。卢俊义在寨中闻报,寻思道:“这官儿倒也奇了!前番不来要免征费,本来有点古怪,今番亲来,又是何意?大哥、军师又不在这里,我且见他。”便教取冠带来迎接。

不一时,徐槐马到忠义堂,卢俊义上前深深打恭道:“治下梁山泊居士卢俊义,迎接父台宪驾。”徐槐首颔,下马进厅,见忠义堂上中设炕坐,徐槐即便上坐。李宗汤扶刀侍立。卢俊义也在下首坐了,众头领都在堂下。徐槐问卢俊义道:“你就是梁山泊里副头领么?”卢俊义道:“治生卢俊义。”徐槐道:“宋江那里去了?”卢俊义道:“到泰安办抚恤去了,有失恭迎,多多有罪。”徐槐道:“尔梁山聚集多人,名称忠义,可晓得忠义二字怎样讲的?”卢俊义道:“伏处草茅,以待朝廷之起用,忠也;会集同志,以公天下之好恶,义也。老父台以为然否?”徐槐道:“焚掠州郡,剪屠生灵,又是何说?”卢俊义道:“贪官污吏,乃朝廷之蠹,故去之;土豪乡猾,乃民物之害,故除之。非敢焚掠剪屠也。”徐槐道:“如此说来,是尔等心心不忘朝廷也?”卢俊义道:“正是。”徐槐道:“如此,又何故刺杀天使,自毁招安纶綍乎?”卢俊义接口道:“冤哉!陈希真遣其女儿刺杀天使,绝我招安,至今负冤不白。”徐槐道:“且住。姑无论钱吉口供可据,郭盛面貌可凭,万无可妄言称冤。即使果冤,当初何不自行面缚,叩阙陈辞?乃尔饮恨曹州，肆行侵犯。似此行为，分明自实罪状。况犹志不自足，东侵蒙阴，抗拒天兵。以致希真义旗北下，借手而先取招安。拙何如矣，愚莫甚焉！哀哉！尔等若不顾忠义，将不有于天子，又何有于本县。若其犹顾忠义之名，则宜敬听本县之训。本县初临此地，不忍不教而诛，尔可传谕宋江，即日，前来投到。那时本县或可转乞上宪，代达天听，从宽议罪。若再怙恶不悛，哈哈，卢俊义，卢俊义，恐你悔之不及了！即据你所说，宋江到泰安抚恤去了。这抚恤二字，足见荒谬绝伦。泰安乃天子地方，抚恤是官长责任，与你何干，轻言抚恤？”卢俊义道：“父台且缓责备，姑容缕叙下情。当今天子未尝不圣明，而奸臣蔽塞，下情冤抑。父台荣临此地，未察其详，我梁山中一百余人，半皆负屈含冤而至。倘父台不嫌琐碎，容俊义等逐一开单，将我辈被官长逼迫之由，叙呈原委，恐老父台设身处地，亦当怒发冲冠。缘我等皆刚直性成，愿为天下建奇功，不甘为一人受恶气。是以推而广之，凡闻有不平之处，辄拟力挽其非。此心此志，惟可吁苍天而告无罪耳。”徐槐道：“你错极了！天子圣明，官员治事，如尔等奉公守法，岂有不罪而诛？就使偶有微冤，希图逃避，也不过深山穷谷，敛迹埋名，何敢啸聚匪徒，大张旗鼓，悖伦逆理，何说之辞！大名之百姓何辜？东昌之官员何咎？因一身之小端不白，致数百万生灵之无罪遭殃，良心苟未丧尽，亦当寝寐难安。即如你卢俊义，系出良家，不图上进，愿与吏胥妖贼同处下流。我且问你：万里而遥，千载而下，卢俊义三字能脱离强盗二字之名乎？玷辱祖宗，贻羞孙子，只就你一人而论，清夜自思，恐已羞惭无地矣。尚敢饰词狡辩，殊属厚颜。本县奉天子之命，来宰郓城，梁山自我应管，一草一木，任我去留。我境下不容犯上之徒，我境下不畜逞凶之辈。遵我者保如赤子，逆我者斩若鲸鲵。自此次面谕后，限尔等十日之内，速即自行投首。如敢玩违，尔等立成齑粉矣！”卢俊义竦然不语。

原来卢俊义原晓得宋江口称忠义，明是权诈笼络，此时当不得身子已落水泊，只得顺着众人，开口忠义，闭口忠义。经此番徐槐诘驳，本是勉强支吾。不期又经徐槐羞辱了一场，心中大为悔闷，十分委决不下。彼时忠义堂下，好几个头领轮流观听，交头接耳，个个骇异。

燕顺、穆春听得不平,皆欲逞凶行刺,又看李宗汤提刀在旁,凛凛威风,有些怯惧。想来者不愚,愚者不来。李应、徐宁都道:“使不得。”众头领目视卢俊义,卢俊义授之以色,似乎不许声张的模样。只见徐槐立起身就叫带马,李宗汤同出厅前。徐槐看见那“替天行道”的大旗,便对李宗汤道:“这个替字荒谬万分,将军为我除之。”李宗汤将刀付与从人,抽弓搭箭,向上飕的一声,把那个替字对心穿过。堂下各头领人人咋舌。卢俊义也看呆了,便向徐槐打一躬道:“恭送宪驾。”徐槐上马,张着华盖,鸣金喝道。李宗汤也插弓提刀,上马随从,缓缓的下山去了。渡了水泊,一路上观看形势,回到郓城。慢表。

且说卢俊义自送徐槐去后,各头领一哄而上。忠义堂上七张八嘴,议论徐槐之事。也有忿怒这县官,不肯与他干休的;也有笑这县官说大话的;也有说口出大言,必有大事,须得防备一番的,卢俊义只是默默无言。众人见卢俊义无言,便问卢俊义定何主见。卢俊义点头而已。众人各散。

是晚卢俊义退入卧室,挑灯独坐,叹口气道:“宋公明,宋公明!你把忠义二字误了自己,又误了我卢俊义了,众兄弟兀自睡里梦里哩!算来山泊里干些聚众抗官、杀人夺货的勾当,要把这忠义二字影子占着何用?今日却吃这县官一番斥驳,弄得我没话支吾。当初老老实实自认了不忠不义,岂不省了这番做作之苦。”便看着自己的身子道:“卢俊义,卢俊义,你是个汉子,素来言语爽直,今番为何也弄得格格不吐?”叹了一回,猛然提起一个念头道:“宋公明既不愿受招安,卢俊义料无出头之日。我看今日这位徐县官,虽声色并厉,却中有顾盼之意,我看竟不如一身独自归投了他。他果知我,我就在他身边图个出身也。”想了一想,便自己吩咐自己道:“卢俊义,主意已定,休要更换!”想定片时,忽转一个念头道:“只是舍不得公明哥哥这个情分!况且现前这基业,无故弃舍了,亦是可惜。”想到此处,便心中七来八往的辗转了一回,竟定依了后来的主意,便思量对付徐槐之事。

一夜踌躇,窗外早已鸡鸣,卢俊义便上床去略眬了一眬。天明起来,梳洗毕,便出忠义堂,聚集众头领,商议事务。卢俊义开言道:

“公明哥哥因张叔夜已离曹州,教我简练军马,观看曹州动静。不争这徐官儿坐在郓城,当我咽喉,须得先对付了他,方好再议别事。”穆春道:“碟子大小的一个郓城,卢兄长顾忌他做甚?”卢俊义道:“非也。月前闻知他修理城池,今番又亲来宣扬威武,此事断非小耍。今日就差人到泰安府,速去通知公明哥哥。这里一面差探子往郓城去探听消息,一面简选起兵马来,准备厮杀。”李应道:“兄长所议极是。”当时卢俊义便差人分头而去。

不日往郓城去的探子转来回报道:“郓城县城池燉煌,果然修理得十分整齐,钱粮器械也十分充足。那徐官儿身边有三员勇将,好生了得。一个叫做李宗汤,便是方才陪徐官儿亲到我们山寨的;一个叫做韦扬隐,闻说是那年在曹州刺杀董头领的;还有一个叫做颜树德,却不晓他甚么来历。”燕顺听了,接口问道:“这颜树德,是不是号叫做务滋的?”探子道:“正是。”燕顺回顾郑天寿道:“这人原来在他身边,倒要当心抵御。”众人齐问燕顺:“缘何认识此人?”燕顺道:“小弟原不认识。小弟那年同郑天寿、王英两位兄弟在清风岭时,秦明兄长同来聚义,据秦兄说起,此人是他表兄。秦兄又说此人武艺端的在他之上,有一事为证:秦兄与这颜树德同处家乡时,村上有两铁鼓,各重千余斤。秦兄两手擎得起,却不能行走;那树德却高擎两个铁鼓,奔走百余步。那时弟等听得无不骇异。”众人听了,各各咋舌道:“这事倒认真不是小耍也。”卢俊义道:“当时既说得如此,何不早邀他入伙,免得今日贻患。”燕顺道:“早时何尝不邀他,秦兄长差人去邀他,却吃他把差去的人打死了。秦兄长气极,抵桩当面邀住他理论。却因公明哥哥劝归这里大寨要紧,所以不及了。如今他恰落在那边,秦大哥又不在这里,倒要商量谁人抵御。”卢俊义道:“可作速差王英、扈三娘往濮州去替回秦明,再定计议。”说罢,便差王英、扈三娘往濮州去替回秦明。等得秦明转来,一往一返,早已出了十日限期之外。

那徐槐在郓城县,早已与任森简选了一万人马,派颜树德为先锋,任森为参谋,徐槐亲自统领出城,一路浩浩荡荡,杀奔梁山来了。探子报入梁山,并言官军的先锋正是颜树德。秦明一听,便眼里冒烟,鼻端出火,道:“这厮来得正好,俺正要和他理论。”卢俊义道:“贤弟且耐,此去二虎相争,必有一伤,小可想令表兄如肯受劝,还是劝他来为妙。”秦明点头。当时卢俊义便派秦明为先锋,自己同李应、张魁领中队,燕顺、郑天寿押后军,也点起一万人马,出了山寨。

此时,天气连日严寒,河冰已坚凝七日,贼军涉过冰泊,迎敌官军。徐槐兵马已到导龙冈下,前军探报贼人先锋乃是霹雳火秦明。徐槐大喜,对任森道:“霹雳火撞在我手里,管教他坠崖不返了。”便传颜树德进帐授计。树德进来,徐槐道:“务滋此番当心。探得贼军来将,正是那霹雳火,人人畏他,惟将军可以制之也。”树德高声道:“恩师放心,小将不才,管取那背君贼子来献麾下。”徐槐道:“将军且慢。须依我言语,管教将军独建奇功。”树德道:“请恩师吩咐。”徐槐道:“我已将这导龙冈形势看阅分明,这冈北面坡势峻削,可速将全军移屯冈顶。好在来将秦明与将军有亲,又有批杀使者之仇,此时一见将军,必然冲冈直上。将军且勿与战,可将朝廷顺逆大理,剀切晓谕。彼若顺从弭伏,吾又何求。若其不伏,那时我冈上俯击,彼冈下仰攻,本县又有如此如此妙计,必得大胜矣。”任森、颜树德一齐拜服。

当时传令,营外三声炮响,大军一齐登山。山头爱日当空,冰道微融,流澌涓涓。官兵在冈上列成阵势,旌旗喧赫,戈甲盛明。颜树德挺着大砍刀,立马阵前,望见前面大队贼兵,已背着朔风来也。须臾,到了冈下,当先队里飞出一枝旗号,乃是“天猛星霹雳火”六个大字。树德一见,便大叫:“我那表弟秦明快来听谕!”秦明在队里一听此言,怒从心起,不待布阵,便一马飞出,舞着狼牙棒,恶狠狠杀上冈来。不防磴道冰滑,马失前蹄,秦明掀下马,滚落冈来。官军大笑。秦明大怒,爬起来,重复上冈。此时任森亦在阵前,高叫:“霹雳火何须性急,缓缓上来何妨?”秦明怒不可遏,舞狼牙棒直取树德。树德正待迎战,任森急忙出马,用枪逼住秦明,回叫树德道:“务滋,你有话向他说,便好先说了。”秦明气忿忿道:“颜表兄,你那年打死我伴当,今日有何话说?”树德把徐槐吩咐的话想了一想,便道:“表兄别来无恙,昨奉手书,藉审眠食安康,伏惟万福。”秦明睁起怪眼道:“怪哉!我几时有信与你?”任森忙接口道:“是务滋听闻传言。今系军务傍午之时，寒温已毕，速速两下厮杀。”说罢，抽枪退出。树德便轮刀直取秦明，秦明用狼牙棒急架。两个各奋神威，在冈上战了三十余合，端的性斗命扑，毫不相让。

那边卢俊义及李应、燕顺等在冈下，看得这番情形，都疑惑起来。只见任森在马上大叫：“务滋战得够了。”树德便用刀架住狼牙棒，勒马奔回本阵。秦明那里肯歇，直追进来。这边阵脚乱箭齐发。秦明冲杀不入，只得远远立住了马，大叫：“你这厮休用反间计！你快出来，我倒有话向你说。”这边阵上无人答话，只是放箭。好一歇，方见官军阵里一个号炮，乱箭齐歇，旗门开处，依旧任森、颜树德并马而出。树德高叫道：“秦贤弟，有何见谕？”秦明道：“你休使这等反间计！你如不忘兄弟之谊，且听小弟一言。”树德道：“谨领教。”秦明道：“你这身武艺，跟了这点点知县，也不值得。不如同了我去，俺堂堂山寨，足可展施骥足，仁兄以为何如？”树德高声道：“谨领教。”任森低声道：“将军请回，今夜三更准来报命。”弄得秦明目瞪口呆。任森道：“将军快回，此等劝降密事，岂可军前声张耶？”秦明不知所为，只得勒马下山，一路暗想：“今日这事奇了。我依了卢头领言语，劝了这几句话，他竟居然唯唯从命，且看他三更来如何情形。”一路想，一路缓缓的下山去了。那任森、颜树德已收兵回营，就冈顶安营立寨。卢俊义等在冈下接着秦明，心中十分疑惑。只见秦明开言道：“这厮们想用这等反间计来离间我们，真是好笑。方才我劝了他几句，他却唯唯从命，倒是奇事。他说三更准来报命，且看他真假如何。”卢俊义诺诺，心中却十分摇惑不定。

当晚，各自归帐，卢俊义召李应、张魁入帐。卢俊义道：“今日秦兄弟如此举动，大是可疑。我想他在我山寨多年，情分十分交洽，今日也不到得有此内叛之事。”李应道：“败军之将不可与言勇，亡国大夫不可以图存。小弟自受了魏辅梁、真大义之欺，今日实难参末议。”张魁也凛然变色道：“近来世上人心难测，不可不深为之虑。”卢俊义口中不说，心内踌躇道：“即如我卢俊义，方才听了这徐官儿的言语，也险些心动。今日的秦明，岂能保他心肠不变？或者他受了这官儿的密嘱，也未可定。只是军师不在这里，无可商量，怎好？”想了一回，便教传燕顺、郑天寿进帐。卢俊义问道："二位贤弟今日看这秦兄弟心意何如？"燕顺道："小弟正在疑虑。他初入伙时，系花荣兄长用计将他衣甲着别人披了，打劫了村庄，以致慕容知府冤他叛逆，杀其妻子，他回去不得，勉强归投我们，实非出于诚心。今日他或者陡然心变，正未可预测。"郑天寿道："他初来时，心中好生不自在，小弟兀自防他发作。但现在他已与公明哥哥投契多年，或者不至于此。"卢俊义道："他自说三更时分敌人必然潜来，且看他如何布置。"众人称是，各自散去。

次早，卢俊义升帐，请秦明进来，问道："秦贤弟，夜来三更之事何如？"秦明道："那厮竟不来，毫无信息。"卢俊义大惊疑，正待诘问，忽报颜树德单骑到营外，大叫请秦贤弟单骑上山叙话。卢俊义愈加惊疑，便道："秦兄弟，你休怪我说。我和你巧言不如直道，你夜间三更之事，端的何如？"秦明大叫道："兄长果误信那厮反间计也。三更端的无事，兄长不信，今日他叫我单骑上山，我偏大队上山；他要和我叙话，我便趁他不防，斩了他来，以表秦明今日之心。"卢俊义道："甚好。"众人一齐称是。遂传令拔营齐起，大队人马随了秦明登山。

颜树德早已回山，与任森并马立在山顶。秦明气忿忿登山，后面大队贼兵潮涌上来。只听得山上一声号炮，官军一齐呐喊，垒木滚石一齐打下，打倒了一半，滑跌了一半，满山但见贼兵尸首，好一似下水的汤圆，纷纷的滚落冈下去了。却留出了秦明的一条马路。秦明大惊，急回马奔下冈去。任森急叫道："秦将军快请转来，你干了这场奇功，无俟反戈杀贼矣！"下面众头领见秦明果叛，一齐大怒，只听得一片声骂："秦明反贼！""秦明失心狂贼！"下面骂个不住，上面叫个不住，弄得秦明立在山腰，上又不得，落又不得。

看官，秦明既到此地，回去不得，大可趁势归顺，你道他何故不肯？一来石碣有名，分当诛戮；二来朝廷恩德，断敌不过公明哥哥的情分；三来终想斩得颜树德，回去好表明自己心迹。便对山下大叫道："众位息怒，待我斩得颜树德，回来表心。"说罢，舞狼牙棒杀上冈来。颜树德在冈上望见贼人大骂秦明，满拟秦明必来归顺，忽见秦明杀上，便心中遏不住蓬勃大怒，举刀直斫秦明。两个就在冈上，展开兵器大斗。任森大叫:“二位少住!”树德大叫道:“住甚么! 这种透心糊涂的贼,留他何用!”秦明亦大怒道:“你行这毒计害我,我怎肯与你干休!”树德圆睁怒目,轮大砍刀直攻秦明;秦明直竖飞眉,舞狼牙棒转斗树德。两个在导龙冈上,官军阵前,大展神威,横飞杀气,一来一往,一去一还,酣斗了六十余合。冈上冈下,两边阵上都看得呆了。

卢俊义已看出秦明无他意,只见树德刀光挥霍,力量纵横,深恐秦明失手,大叫道:“秦贤弟请回,小可错疑你也,快回来从长计较!”秦明那里肯歇? 但见冈上四条铁臂盘旋,八盏银蹄翻越,早已酣战到百三十余合。秦明把棒逼住树德道:“且慢,我的马乏了。”言未毕,树德大喝道:“就同你下马步战。”将刀指着秦明,翻身跳下马来,秦明亦跳下马。两马都跑回本阵去了。这里刀来棒往,棒去刀迎,约莫将到二百余合,兀自转战不衰。任森看那霹雳火杀气腾腾,颜务滋力量却尽够压得住。卢俊义等深恐垒木滚石利害,不敢上冈来帮,只叫得苦。看看已斗到二百四十余合,贼军阵上不住叫免战,两人只是不肯住手。此时任森亦出阵前,看那颜树德一片神威,愈战愈奋;那秦明气焰已有些平挫,只是怒气未息,狠命厮扑。卢俊义、李应、张魁等在冈下只叫得苦,看那秦明渐渐不是树德的对手了。到得四百合头上,任森长啸一声,骤马冲出,神枪飞到,镇住了秦明上三部。秦明措手不及,树德的刀已从下三部卷进。只听得官军阵里欢天喜地的一声呐喊,贼军一齐失惊,霹雳火早已咯碌碌直滚下山麓去脑浆迸裂了。冈上官军摇旗擂鼓,大呼杀下。贼兵无心恋战,纷纷败走。颜树德奋勇当先,一口大刀奔雷掣电价杀下。贼兵个个心碎胆落,那敢迎敌。任森挥两翼精兵,一齐掩上,杀得贼兵僵尸遍野,流血成冰。卢俊义身受重伤,李应、张魁死命保住,燕顺、郑天寿领败残兵,渡过冰泊,踉跄逃入山寨,张清等接应上山去了。官军直追到岸边,方才收住。计斩贼人上将一员,杀死贼兵五千余名,生擒贼兵一千余名,夺得器械马匹不计其数,大获全胜。

众人无不钦佩本县徐相公韬略神妙,三军欢呼动地。原来颜树德当力战秦明之时,徐槐左右都深恐树德失手,齐请徐槐传令免战,徐槐不准。及战到二百余合时,左右又苦请免战,徐槐大喝:“无知小厮,安识颜将军本领!”厉声叱退。左右看那树德苦战不休,都料要受伤,暗暗叫苦,再向徐槐说,徐槐大怒,传令:“有敢言免战者立斩!”果然秦明授首,树德成功。左右方晓得徐相公眼力过人,深深佩服。

当时徐槐传令,在水泊上发了九炮,整齐部伍,大吹大擂,掌得胜鼓回归县城。防御使莫知人出城迎接。原来莫知人见树德莽撞,任森迂重,深恐徐槐此去不能取胜,谁知居然大捷,心中十分惊异。徐槐、任森、颜树德领兵进城,发放人马,一面申报曹州本府,一面通详都省,并将秦明首级一颗,及生擒贼徒一千余名,派得力将弁,督兵护送解去。这里郓城县文武各官,都来贺徐槐战胜之喜,大开庆贺筵宴,众人无不称羡徐槐韬略。徐槐笑道:“未可恃也。”众人请问其故,徐槐不慌不忙说出一番话来,有分教:郓城县里,重添两位女英雄;宛子城中,破却几重深险阻。正是:巨盗生腹心之患,苍生凭保障之功。

毕竟徐槐说出甚么话来,且听下回分解。

第一二〇回 徐青娘随叔探亲 汪恭人献图定策

却说徐槐席间对众官员道:“本县此番克贼,其故有三:一者盗魁宋江远在泰安,所有勇将雄兵,尽离本寨;二者吴用病困新泰,贼军主谋无人;三者梁山群贼藐视我们,以为无害。故我军一出,得以大获全胜。但贼人根本未动,经此一跌,必然空群而来;更防吴用病愈,必转来对付我们;即宋江闻报,亦必盛怒前来,以报其仇。那时贼人势大,区区郓城,未易轻撄其锋也。”众人听了,都担起忧来,道:“怎好?”徐槐道:“诸君不必耽忧,本县自有调度。”大众无言,酒阑而散。

徐槐对任森道:“近日天气严寒异常,人畜冻死无数,贼兵亦是血肉身躯,未必熬得寒气,涉冰如飞;况闻贼魁卢俊义已受重伤,养病不暇,亦何暇与我拼命来争乎？惟来年春暖,贼人武怒而来,那时梁山全队当我前面,又有嘉祥、濮州两路夹攻,绝非小耍,所当预思良策。”任森踌躇良久道:“此地邻县钜野,有一位隐君子,具知人之识,人人乐为之用,也与老师同姓,表字溶夫……”任森词未毕,徐槐点头道:“是吾族兄也。现在高平之麓,我却忘了。若我去请他,谅不我却,须差何人去走遭?”只见颜务滋上前道:“恩师要请溶夫先生,小将愿去,这溶夫最知我的。恩师何不写起信来,待小将星夜前去,包管一请就来。”徐槐大喜,当时修起一封书札,次日交与颜树德。树德佩了宝刀,跨了乌骓马,一路冲风破寒向高平山而去。

你道颜树德为何认识徐溶夫？原来徐溶夫有个侄女,小字青娘,是嫁在颜家的。丈夫名唤颜釐,即树德之堂叔也。颜釐幼小聪明,读书成诵,过目不忘,稍长便通诸子百家,更兼举止娴雅,处事精详。父老见者无不许为少年英器。惜乎天不永年而夭,族中无不惜之。树德无赖使酒,诸事逞性,不务正业,族中无不恶之。惟青娘深知树德日后必成大器,颜釐在日,时常劝颜釐好生看觑这侄儿,树德因此常感戴这位婶娘。且举一事为证:

那颜氏族中有一个名唤颜之厚的，较树德长一辈。有个儿子叫做颜赤如，性情极其暴躁，胆子却极懦弱。颜之厚因其性躁，深恐其学了他哥子树德的坏样，因此禁止树德，不许上门。又延请了一位先生，姓黄名涟，在家中日日教赤如读书，又兼教赤如举止须要谨慎，凡事须要忍耐等语。这黄先生教法极严，板子、界方不少贷。赤如忍气吞声，胆子越小，烦恨越深，想想左右终是一打，索性瞒着父师，三瓦四舍，无不游荡。也是合当有事，那年颜氏移居钜野，钜野县内有一家姓井的，住居泥水弄。赤如不合一时慷慨，私借与他十两小货银子。那井家探知赤如父师严紧，料此事必不敢声张，便赖了他。赤如去讨过数次，那井家只是不还。赤如深畏声张，忍了气不敢发话，想了一想，猛记一个父辈朋友来。那个朋友姓何，双名见机，极会商量方法的。赤如想到了，便径去寻他。

原来那何见机也与树德相认识，当时一见赤如进来，各相施礼。何见机开言问道："赤兄有何见谕?"赤如将井家的事情说了，并求妙策。何见机叹道："我往常常说令尊家教太严。吾兄质地本是醇谨，大宜开拓胸襟，畅展怀抱。不期令师黄先生，只知一味拘束，弄得神气萧索，人人都生戏侮。我也向令尊前说过多次，令尊总说足下性情暴躁，不可不禁，我看足下何尝暴躁哉？如今此事，只有央令兄务滋同去。令兄一貌堂堂，声如巨雷，那井家必然怕他，此去定可集事。"赤如道："家父得罪了他，恐他未必肯来。"何见机道："令兄义气深重，况足下又与他手足至亲，我料他断不膜视。"

赤如领教，当下，辞了何见机，去寻着了树德。赤如拖住树德道："哥哥，闲常我家少礼貌，总看祖宗面上，休要介意。"树德道："贤弟，你说那里话来！今日你有甚事求我?"赤如将井家的事说了，还未说到求助的话，只见树德双眉剔起道："我家兄弟，直被外人如此欺侮！贤弟休走，我同你去和他理会。"当时，同赤如直奔井家。井家一见树德，早已吓杀。树德一把揪住问道："你这厮欠我赤如兄弟十两银子，是真的么?"井家道："……是……是……是有的。"树德道："既有的，今日便还。"井家不敢不依，只得先还了五两，说："那五两，求恳缓到明日，再行奉上。"树德教赤如收了五两银子，方才放手，与赤如去了。那井家不伏气,直去告诉颜之厚,说:“赤如通同树德,到我家来逞强,勒掯了五两银子去。”之厚一听“赤如通同树德”六字,怒从心上起,便夺那赤如的五两银子还了井家,将赤如交与黄先生结实打。赤如一口气回不转,竟登时殒命。黄涟大惊,一溜烟逃走,不知去向。之厚见儿子死了,恨树德入骨,竟将树德赚到书房,一索捆了,做了一张呈子,称树德殴死堂弟赤如,买嘱几个家人作见证,竟直送到钜野县去。

徐青娘在颜氏别宅,一闻此事,便柳眉对锁,疑了半晌道:“树德,树德,我看你性虽刚勇,却断断不是逞性杀人的野蛮子。况且你与赤如无仇,何故杀他!之厚叔有深恨于你,你今日这起案,定有奇冤。况且你这身本事,从此埋没了,岂不可惜。只可叹我丈夫已故,我是一个女流,如何能救得你?”想了一想道:“有了。”便吩咐备乘轿子,径到高平山徐溶夫家来。徐和一见便道:“贤侄女许久不见了,你婶娘兀自常常记挂你。”青娘道:“正是,一向不来请叔叔、婶婶的安,两位兄弟都好?”当时徐和的娘子并长生、伟生都相见了,到后轩坐地,青娘开言道:“今日有件要紧事来求叔叔。”徐和道:“甚事?”青娘道:“寒族颜树德,想叔叔素常也晓得的,今日遭了不白之冤。”徐和惊道:“这颜务滋,我素常闻知他是位英雄,只因我深山修养,懒于应酬,不曾见他。他今日端的遭了甚么冤事?”青娘便将上项事说了一遍,便道:“赤如怎样死的,不晓得他。但侄女看来,断断不是树德打杀的。如今他身在囹圄,性命难保,叔叔可有方法救得他?此人如果冤杀,真是可惜。”徐和道:“贤才遭难,岂容不救!只是此事,非钱不行,可恨我现在瓶无储粟,家徒四壁,如何做得?至于当道官吏,我素常又懒于往来,今日有事,却无门路可寻。”青娘道:“如此说来,这树德竟救不得了,又沉没了一位英雄。侄女想,如要用钱,侄女典鬻些簪珥,可以凑得。至于如何设法之处,还望叔叔费心。”徐和道:“侄女休着急。我想只是买上告下,挖寻门路一法,弄得极好,只落得务滋免得死罪,脊杖刺配,终受了恶名。今我须定个主见,竟要令务滋洗脱冤枉,释然无事方好。”沉吟了好一歇,道:“有了。此去邻县郓城中,有一家姓汪的,系是世家大族,当道大为契重,我也有人认识，且去寻寻他看。只是他族中与我最亲近的一个，名唤汪往然，为人却模愣无主见，此事他未必耽承得。”只见青娘笑逐颜开道：“这汪家，原来叔叔认识的，妙极矣。不瞒叔叔说，这汪家与我颜家也有好几门亲，所以他家的人侄女都晓得。叔叔所说的汪往然，他有个亲叔，是戊子科举人，现在曹州府里办刑名，府尊最契重他，且喜是钜野县顶头上司衙门。他为人最有义气，叔叔去托他，无不成功。”徐和道：“既如此，事不宜迟。便作速写起书札，到郓城去先投汪往然，托其转恳。”只见伟生立起身道：“此去先到郓城，再到曹州，曹州又到钜野，路作迂回，须得星夜持书赶去为妙，孩儿愿去。”徐和道：“甚好。”当将书信交与伟生。

伟生持到郓城县面交汪往然，又再三恳托；汪往然当即差人赍书到曹州府里去，求他的叔子；他叔子一见，便将冤枉情由诉与本府；本府当即修起一封书信，投递到钜野县。等得伟生转来，钜野县已将颜树德一案昭雪；颜树德无罪释放；颜之厚依诬告人死罪反坐律，未决，减一等拟罪；井家被审出赖债诬陷等情，亦依律拟罪；何见机原案株连，因树德无罪，亦不追究；黄涟现在逃避，俟获日另结。青娘谢了徐和，仍回夫家。

树德出了重罪，过了数日，方才晓得，是溶夫与他的婶娘救他的，感恩涕泣，叩谢了青娘。又直奔到高平山，向徐和叩谢。徐和一见树德，果然闻名不如见面，见面胜于闻名，当时大喜，留饮叙谈。自此树德常到徐和家来。徐和家有事，树德常为出力，徐和因此称树德为“我家御侮之臣”。

这都是十余年前的话。其后树德远游四海，惟徐青娘常来转望徐和。

原来徐和得了本师陈念义先生的真传，深晓火候还丹之术，只是累着一个贫字，衣食操劳，以故下手不得，闲时且参究内典禅乘。青娘见了，也殷勤动问。徐和便与说些四果的修证，便道：“这是中小两乘的工夫，再上去还有大乘工夫，最上乘工夫，古人面壁十年，方能顿悟，从此，直超无生法忍。我辈根浅智薄，如何攀得上。所以我佛无量慈悲，特于三乘之外，开一异胜方便法门：因凡夫不能无念，而命之曰念佛；不能无生，而命之曰往生；又示以胜妙光明之境界，名之曰极乐国土，又曰净土。使之系心一缘，直抵净境，及至诞登彼岸，方恍然悟念佛之本无念，往生之本无生也。此法无智无愚，无闲无忙，皆可行得。智者以圆悟而速证，愚者亦以纯一而竟成；闲者以积功而徐至，忙者亦但以念切而直前。世人不信，哀哉！贤侄女如有意求脱生死，愚叔书架上有天台智者《十疑论》、永明禅师《宗镜录》、天如祖师《或问》、飞锡禅师《宝王论》、龙舒居士《净土文》、莲池大师《弥陀疏钞》，以及近士所辑之《净土归源》《净土辑要》《莲宗辑录》《净土圣贤论》等书，都是发明净土妙义的，贤侄女俱可参阅。"青娘听了大喜，从此不时到徐和家转往，听受净土妙义。那徐娘子性地质直慈祥，时常听徐和讲些净土，早已深信行持，又得了青娘为道侣，彼此互相谈论，大为精进。徐和亦甚喜，又教青娘行持观佛之法。青娘一一领悟，从此年年岁岁，神游于琉璃宝地、七宝行树间也。

一日，徐和正与青娘谈说妙道，时已将晚，只见长生自外入报道："颜务滋来了。"言未毕，颜务滋已大踏步进来，一见徐和纳头便拜。徐和急忙扶起，看时大喜道："奇了，务滋从那里来？"树德道："恩公容禀。"徐和道："且慢，且请坐了说话。"树德又拜了青娘，青娘道："久不闻你消息，真忧得你苦也。"树德在末下一位坐了。伟生道："颜大哥远客，请上坐。"溶夫道："务滋最爽利，由他自坐适意，不要同他客气。"便对长生道："你母亲在厨房，你向他说，端正一个火锅，随便添些荤菜，请颜大哥在此吃便饭。你再去烫一壶酒来。"只见青娘道："我进去向婶娘说罢了。"便立起身来，又向树德道："你先将那年去后情形告知你外祖，我进去了就来。"说罢进内去了。树德便取出书信来道："虎林相公有信呈上，恩公请看，我去带马进来。"徐和道："马，我教伟儿去着叠，你只管坐坐。"便一面看信，看毕便向树德道："原来你在虎林处，好极了。任森又在那里，甚好，甚好。务滋，务滋，你好好的听虎林相公驱策，料不负你一身名望。"树德道："刻下虎林相公诚恐梁山利害，因请恩公前去。恩公万不可辞。"徐和道："我去亦可，但亦何必我去。"

正在谈说，只听里面青娘叫："伟弟进来。"伟生进去，须臾，搬出一个大火锅来。长生自外面提了一大壶酒来，伟生又安排了杯筷。徐和自己首坐，树德也随便坐了，长生、伟生也坐了同吃。树德道："虎林相公专等恩公，恩公若不去，树德亦不回。"徐和微笑道："我去，我去。"遂顾二子道："虎林叔要我去，我去去就来。"二子唯唯。酒阑饭毕，务滋在外房安歇。

徐和进内，娘子问道："闻相公要出门，到底何事？"徐和道："就是那虎林叔做了郓城县，要灭梁山大盗。此刻贼人势分，自有可乘之机。但据我的意见，尚须迟一步为妙。如今他既性急要做，又要我去，我也只得去一遭。"青娘在旁道："虎林叔叔原来就在这里做郓城县，树德是在他手下么？倒也不枉了。今溶叔叔既要到虎叔叔处去，侄女愿同去，一则望望叔叔，婶娘，二则虎叔叔向谈韬略，侄女借此看看，庶使才归实际。"徐和点头。

次日，青娘回到钜野县里夫家去，收拾些行装，禀告了尊长。第二日重复转高平山来。下午，溶夫、务滋两马，青娘一轿，几担行装，一同起行。不日到了郓城县署，徐槐接见大喜，又见青娘同来，便喜问道："想是吾兄特地邀他同来也？"徐和笑道："他自己要来看看你，说你到底有多大的本领。"徐槐大笑。青娘拜见了徐槐，便进内署去了。

任森、李宗汤、韦扬隐都来拜谒徐和，徐和各道契阔。原来这三人徐和都认识的。徐槐命备酒为徐和洗尘。席间，徐和开言道："吾弟勇敢过人，此举端的常人所不能为。但以愚兄观之，似乎嫌太早些了。"徐槐道："弟非不知，所以卤莽而先为之者，正是有见张公解曹州任，曹州虚无人焉，贼人眈眈虎视；若使曹州再失，贼人长驱直捣，驶不可御，为患大非浅鲜。惜乎我秩止县官，是以仅乞得区区一郓城，以与虎狼相驰逐。杯土弹丸，聊为东京保障。其济，则君之灵；不济，则微臣陨首以报国耳。人谁不死，有司死职守，乃分所宜也。"徐和叹服，满座皆动色。徐和道："今日为吾弟决策有二：一曰守，一曰战。郓城一邑，经任人衔修理完备，若以议守，足可与贼人久持。但贼若偏师围郓城，仍可大队以卷曹州，非策也。必议战而后可，战则必须捣贼人巢穴而后可，吾弟于梁山图形，能审悉其曲折否？"徐槐道："吾所踌躇，正为此耳。"徐和道："此中就里，吾弟当于手下六部中细求之。"徐槐领悟，想是须知册原分六部，明日当传六房书吏访察。当下酒饭毕，又谈说些事务，任森等各退去。

徐和与徐槐入内，与徐槐眷属相见了，又问些安好，谈些家中度日景况。徐槐道："不料吾兄情形如此拮据，如有须弟相助处，无不效劳。"徐和称谢道："若论逐日度日，倒也天赐其缘，无有欠缺。特心中所歉然者，诸亲友恩钱义债，一承慨挪，辄永无还期耳。兄尝有句曰'贫穷只觉负人多'，正谓此也。"说说谈谈，又说到梁山事务，徐槐道："吾所虑者，不仅在舆图。此地贼人形势，梁山、嘉祥、濮州鼎足而立，蕞尔一郓城孤立其中，环应三面，大非易事。"徐和道："此三面中，有一面吾弟不必耽忧。兄于路上曾与青娘侄女谈过，刘总管虎踞兖州，精兵勇将正压嘉祥东境。彼嘉祥之贼除是不动，动则刘总管雄兵直下矣，故曰此一面吾弟不必耽忧。"青娘道："此地距濮州，中间有无险阻地利？"徐槐道："濮州在魏河之北，魏河南岸有一座截林山，那年金成英恢复曹州时，就于此处置设疑兵，阻截刘唐。端的绵亘百余里，山崖峻险。"青娘道："如此说来，这一面吾叔又不必耽忧了。只消五千精兵，扼住此路，贼人虽有数万雄师，不能飞渡。叔叔如果乏人，侄女愿去。"徐槐喜形于色。

当时一番谈说，早已漏下三更，大家各自安歇。

次日，徐槐传集各书办谕话，问及梁山地利情形。那滑中正上禀道："梁山地图，曾经于原册内呈阅。如须洞明此中曲折，只有城中汪学士藏有秘图。可惜其家现惟妇女，不知此图存否，相公须往访之，或有玄妙。"徐槐道："我就即刻亲访何妨。"便命滑书办传谕号房汪府住址，立时往拜。

原来那汪家世代书香，名门旧族。这汪学士便是方才说过的戊子科举人，曹州府游幕的，端的是个不凡之辈。后来家遭颠沛，有学问者尽不永年，剩了一班无赖子弟，专门嫖赌吃着，偏偏永远不死。汪学士已故，遗下少年妻室，便叫做汪恭人。这汪恭人也是名门淑女，不幸青年早寡，矢志守节，端的有胆有识，才德兼全。自从丈夫亡故之后，大遭这班无赖之扰，汪恭人却从从容容，因人布置，无不得宜。若要问他这地图从何而来,这事却久远了。

原来这梁山,宋江未至之前,先有晁盖;晁盖未到之时,乃有王伦;王伦未来之日,这梁山原是一片清平世界,熙皞乾坤。里面说不尽那清泉碧涧,怪石奇峰,暮霭朝云,春光秋色,端的一座好山水。那汪学士在日,素有山水癖,时常纵游梁山。又请了一位有名丹青先生,画了数十幅,裱成册页,藏在家中。但有一层,凡画家写山水,每要就自己的布置,虽复尽态极妙,却与真地形大同小异。况且汪学士所图,不过择其丘壑最好的画了些,也不是梁山全图。那滑书办所晓得的,就是此图。若将此图献与徐槐,只好持去拓大了,张屏挂壁,何补实用?反不如须知册中地图,还有三分真形。看官不要心慌,却好那汪学士有个朋友,与汪学士最知己,又同有山水癖,他却将梁山景致用西洋画法画出。原来这西洋画法,写山水最得真形,一草一木,一坡一塘,尺寸远近,分毫不爽。更兼这个朋友最高兴画山水,竟将梁山泊前后、左右、里外、正面、背面、侧面,一一画出,共计图六百三十余幅。汪学士也爱他的图,借来观看,不料借来不上半年,那朋友亡故了。汪学士想倩工临摹好,再将原图还他的儿子,不料因循耽搁了一年有余,他儿子又死了。那家无人,此图无从归还。又未几而汪学士亦故,此图落在汪恭人手里。此时王伦已据水泊,汪恭人晓得此图大有用处,便什袭珍藏。那班无赖子弟弄得嫖赌精空,起心此图,想赚去卖了,陶成几个嫖赌本钱,向汪恭人来聒噪,汪恭人只说已还了那友家了。无赖晓得恭人收藏,又诈称那友家有人来取,汪恭人只托故不与。后来纠缠不清,吃汪恭人结实发挥了一顿,从此无人敢来问了。年复一年,此图依然无恙。

这日,恭人闲坐内室,忽见苍头进来报道:“本县徐太爷亲自到门拜望。”汪恭人道:“奇了,我家虽是乡绅,现已无人做官,久不与当道来往。既如此,且去挡驾,改日差人谢步罢。”苍头出去禀覆讫。徐槐回署,见徐和道:“汪宅惟内眷,宜其不见。但我此次往拜,亦明知其不见,不过我先尽敬贤之礼。我想青娘侄女颇有才智,可教他去往见罢。”徐和称是。徐槐进内与青娘说了,青娘领诺,并道:“这汪家原与我有亲。叔叔所说这位汪恭人,侄女深知他才智过人。侄女此去，不但求图，兼可与他面商一切也。”徐槐甚喜。

到了次日，青娘乘舆径往汪府。苍头报入里面道：“今日徐小姐来拜会也。”汪恭人想了一想，点头会意，便教请进来。青娘进来，汪恭人出堂迎接，一见青娘便道：“我道是那位徐小姐，原来就是颜大娘，一向久别了。”青娘道：“正是，少来奉候。”当时邀进内室，逊坐叙茶。汪恭人道：“寒家自先夫去世，祚薄门衰，既无叔伯，终鲜兄弟，又乏子嗣，是以当路贵人，久不来往。乃荷令叔大人，玉趾降临。寒家托在治下，只好求父师官长，俯恕失礼之罪。”青娘道：“何敢！家叔前次造府，一则仰慕家声，二则亦有所求。”汪恭人道：“令叔征讨狂贼，威震人寰，虽深闺亦有所闻。今日小姐亲来，愿请其详。”青娘遂将临训卢俊义、斩秦明的话，一一说了，并道：“这斩秦明的颜树德，便是舍侄。那年身罹冤屈，深赖汪大兄出力救拔，今日果真不负知己。”汪恭人道：“小姐眼力亦端的不差。那年令叔溶夫信到时，先夫见吾嫂求救此人，如此其急，便料到此公必是大器，所以有当于小姐青睐也。如今令叔父台荣临此地，首斩巨寇，威名震动。但贼人根本未拔，经此一跌，必然盛怒而来，想父台必有备御之奇策。以愚妇人之见，似宜乘此直捣巢穴，方为上策。”青娘道：“家叔奉访，正为此也。欲捣贼巢，必须先明地利，闻府上有梁山极准舆图，故来求赐一观。”汪恭人微笑道：“寒家却有舆图，只是用时尚须斟酌。令叔既是当道英雄，此图当以奉献。”

言谈间，仆妇摆上酒饭。恭人逊坐道：“千里远亲，便膳相留，殊嫌简慢。”青娘谦谢就坐。坐间，汪恭人问青娘道：“镇抚将军贾夫人，贤嫂可晓得否?”青娘道：“不错。这贾夫人便是张将军的夫人。这张将军那年做兖州总管时，其少君有病，曾请家叔溶夫去诊视。据家叔转来说起，他少君之症系是虚弱，家叔用三钱人参，这张将军畏惧不敢用，家叔亦见机辞退。家叔又言，这位将军懦弱偷安，恐非将才。又说闻知他的夫人贤明才智，却是个女中丈夫。今恭人晓得他端的何如?”汪恭人道：“这贾夫人便是我的表姐。幼时与他同居盘桓，端的见识非常，他母家童仆使令不下百余人，他一见便辨贤奸，日后无不应验。自从嫁了这张将军，却似凤凰配燕雀。如今张将军渐有羸病，即使不病亦无能为。这贾夫人掌握兵权，凡有兵将调遣，尽出其手。今日我所以提及此者，为令叔献条愚策也。”青娘喜问何策，汪恭人道：“此刻贼人吃令叔斩其上将，来春必然倾寨报仇，其锐不可当。愚意欲修书致贾夫人，托其提兵坐镇梁山后路，贼人自不敢轻动了。”青娘大喜，称谢道：“得恭人如此设策，家叔尚有何忧。”当下谈说十分投契。青娘道：“恭人惜与我等同系女流，不然岂非国家柱石。”

酒膳毕，又谈说些事务，青娘便请舆图一看。恭人应诺，又道：“舍间图有两本，一本乃画家山水，无补实用，我将那西洋画图取出来。”说罢进内室去。良久，同仆妇捧出一个锦包，放在当厅桌上，打开来与青娘看，乃是六本册页。青娘翻开看时，果是西洋画式的山水。青娘看了一回，心中踌躇起来，暗忖道：“此图有一层不合用。”便问道：“恭人，此图地形虽细，却是太平时山水之形，无贼人盘踞之状。如此山中，刻下未知设关隘否？彼山中，刻下未知设炮台否？图中皆无之，恐于攻取情形未合，怎好？”汪恭人道：“这却不难，只须令叔大人捉几名小贼，赦其不死，诱之以恩，胁之以威，令其将山寨中现设之关隘，就图中一一指出。又须分作两三贼，各开指认，如彼此稍有不符，即便斩首。如此，则贼人盘踞之真形势，了如指掌矣。”青娘大喜道：“恭人真高见也。”当时将册页叠好，锦袱包了，放在上首琴桌上。又坐了谈说一回，青娘起来道扰谢教，携图告辞。汪恭人送出中庭，青娘又拜托：“致贾夫人之信，望作速为妙。”汪恭人应诺，青娘升舆而去。

不说汪恭人仍回内室，且说徐青娘回署。入内，徐槐问何如。青娘一面说，一面将图呈上，徐和亦入内共看。看了一回，只见徐槐忽绉眉道：“此图尚有一层不合用。”青娘道：“叔叔敢是为图中没有关隘守备情形，这却不难。”便将汪恭人捉贼指认的话说了。徐槐道：“不但为此，这图中并不注明道里丈尺，更兼他是洋画，远近阔狭，大有伸缩，又不可用方格硬取，如何是好？”徐和亦沉吟了一回，道：“有了。长儿知勾股之法，可作速写信到高平山去叫他来，他定算得出。”青娘道：“正是，不错。”徐和当时便写起信来。尚未写完，忽报长生自高平山来也。徐和诧异道:"他来何事?"徐槐叫请进来。长生入内,一一拜见了,命坐。长生开言道:"前日陈通一太夫子来家,说为父亲选得一个修道的大机缘,择于下月可行。因父亲不在家,太夫子便去了,说再过半个月又来,故此孩儿特来告知。"徐和道:"这却失候了。"便对徐槐道:"既如此,愚兄明日告辞回家,静候老师。"长生道:"父亲何须汲汲,太夫子说过半个月再来,此刻缓缓动身回去,尽够哩。"徐和点头,便对长生道:"你恰来得凑巧,替虎叔叔效一微劳。"长生问何事,徐槐将梁山舆图,须算道里的话说了,并道:"正欲写信来邀贤侄,贤侄恰自来,真天赐其便也。"长生请看图,徐槐便将那册页交他看了。长生道:"这事容易,小侄可效微劳。"徐槐甚喜,当日款留酒饭,不必细表。

次日,长生将那洋画中道里远近,一一算明了。徐槐便命就监中取出那审别胁从,未曾斩决的贼,叫上来指认画图。不日将那梁山前前后后,里里外外,所有关门营寨,炮台燉煌,一一指出。竟将宋江严密盘踞之所,显而登之几案之上。众人皆喜,徐和道:"吾弟得此真图,破贼必矣。家中老师旬日将来,兄深恐又致失候,就此告辞。"徐槐知留不住,遂命治酒相饯,又谈说了一夜,并厚赠金银以助修道之资。次早,徐和别了虎林、夫人及青娘,又辞别了任森、颜树德诸人,率同长生起行,回高平山。徐和遇着了陈通一,受了妙诀,安插了家眷,便同陈通一入山去了。

且说徐槐送别了徐和回署来,接到朝廷恩旨:徐槐着超升曹州府知府,加总管衔,得调动全曹兵马,仍驻扎郓城;任森、颜树德均授游击。原来徐槐破贼事,贺安抚奏入朝廷。张叔夜在朝,一见此奏,便力保徐槐宜付重任,故有此旨。徐槐奉旨谢恩,对任森等喜色道:"这遭贼人无奈我何了!曹州兵马经张公训练极精,今番归我调用,是我又添劲旅数万也,何敌不克,何攻不破。"任森、颜树德、韦扬隐、李宗汤皆大喜。徐槐接曹州知府印,委推官代行事务,自己驻扎郓城,便日日操演人马。按下慢表。

且说卢俊义自导龙冈败回,身中六箭,流血满身,众头领保着了,率领败兵逃回山寨,口里不住的说道:"不料这点点知县,有如此利害！秦明兄弟又吃坏了，怎好，怎好？”侍从人上来拔箭卸甲。众头领都要兴兵报仇，卢俊义道：“目今天气严寒，我又伤重，动弹不得，且待来春，定当倾寨之兵，对付那厮。”说未了，那去泰安的差人持了宋江回文转来。原来宋江还不晓得徐太爷的利害，所以信内只说：“区区县官有何伎俩，卢兄弟太把细了。目下曹州情形何如，可图则速图之。贤弟如顾忌郓城，不妨遣将先围郓城，大军直趋曹州。”云云。卢俊义看罢叹道：“公明哥哥兀自不尝着酸辣哩。刻下这郓城不知怎生对付，还想甚么曹州！”便教萧让写起一封告败文书，差人赍送到泰安去。忽报：“神行太保戴院长到了。”只因这一来，有分教：湖泊填平，惊倒堂堂头领；雄关击破，追回赫赫军师。

毕竟戴宗到来说甚么话，且听下回分解。

第一二一回　六六队大攻水泊　三三阵迅扫头关

却说戴宗一到山寨，闻知郓城利害，寨兵大败之事，吃了一惊。进来见卢俊义，卢俊义已重伤卧病。戴宗忙问缘由，众人将徐知县亲到山寨发话，及导龙冈交锋大败，秦明阵亡的话说了。戴宗道："怎好？我自奉公明哥哥将令，由濮州起身，一路去开州、东明、考城、陈留，细细打听了一月有余，端的将弱兵微，大有可图。不争被这郓城从中作梗，大事不成，怎好？"卢俊义道："戴兄弟所说，且权搁一搁起。待我病体养好，来春必去报仇，终等除灭了郓城再说。"戴宗道："小弟想此刻不如去泰安，飞速请公明哥哥回来。"卢俊义道："不必。此刻天寒地冻，开兵不得，公明哥哥回来，亦是徒然。况且公明哥哥此刻，亦离不得泰安，公明哥哥托我本寨重任，我今番经此一跌，自己不图振奋，便去惊他贵体跋涉，亦大非所宜。只是吴军师抱恙新泰，未识全愈否，我却记挂得紧，院长消停数日，去探看一遭。"戴宗应诺。卢俊义道："此刻寨中军务紧急，贤弟可留山寨，走报消息，不必回濮州去了。"戴宗领命而退。卢俊义在床养伤，吩咐各头领当心守备。不数日，戴宗从泰安、新泰两处都走转回了，说公明哥哥闻报兀自心惊，只因自己不敢离泰安，教卢俊义哥哥调治身体，来春力图报复，吴军师病未痊愈等话。戴宗一冬在外，抛风冒霜，亦觉疲乏。

日子最快，不觉又是一年春暖，卢俊义病体早已痊好，正在聚集众头领商议报仇之举，只见石勇领着数十名喽罗，气急败坏奔上山来，报称："曹州阖府属官兵杀到水泊也！"众人皆惊。卢俊义兀自心中震惧，且定定心，对众人道："诸位兄弟休怕，我这湖泊里港汊最多，路径甚杂。他道来过一次，便深知地利，大胆进来，真是可笑。卢某不才，施条小计，教他只船不返。"说罢，便传令童威、童猛领六千水军，当港抵御。石勇忙禀道："探得官军来者，约莫有六七万人马。这里只拨六千水军，怎够抵御？"卢俊义道："你不晓得，那年晁天王哥哥初到水泊时，只得刘阮等兄弟七个人，杀败官兵一千名，原因地利险阻，深可依仗，所以得胜。如今我因这徐官儿利害，所以加派六千名水军，不然正不消得。”李应道：“兄长固是高见，然亦不可大意，望添派水军，更须点陆军接应为妙。”卢俊义道：“也说得是。”便再派六千名水军，连前共一万二千名水军，教童威、童猛率领了，受了密计，到各港去排好了，抵御官军。

二童领令，登时点起八员头目，乃是归福、佘禄、俞寿、毕喜、罗富、彭贵、秋安、单康。原来这八人都是二张、三阮的徒弟，端的水法精熟，武艺高强，领了二童的谕，都分头去干事了。再说卢俊义在山寨中对众人道：“我今得一计较在此：他既倾城而来，内地必然虚空。我意这里也倾寨出去，却只用四万人马接应二童兄弟，另拨四万人马去抄袭他的郓城。”张清道：“兄长真是妙计。”当下卢俊义领徐宁、燕青、燕顺、郑天寿，四万人马去接应二童；命李应、张清、朱富、李云领四万人马，由西路小港抄出去袭郓城。

分派已毕，大众领军出寨。忽后山小校飞报前来道：“后面无数官兵，打着镇抚将军旗号，隔水泊杀来也！”卢俊义失惊道：“他原来先有准备，我后面无人，深恐失利。”忙收回抄袭郓城之令，教李应、张清、朱富、李云领本部四万人去守后山。李应等领令，忙赴后山去了。原来贾夫人在镇抚署内，得了汪恭人托兴兵牵制贼人的信，便请张继发兵。张继怕起来了，夫人言：“不必将军亲去，又无须打仗，只须虚张声势。”张继方才放心，点起八万人马，差一员兵马都监率领了，直攻梁山后泊。旌旗遍野，烟灶连绵，望去竟不止十余万人马。李应不识虚实，心中大惧，只得督众坚守而已。这边卢俊义等四万人马到了金沙滩北岸，徐槐兵马已在南边水口。

原来徐槐自升了曹州府加总管衔之后，便将属下各县水陆军马一一校阅，端的步伐整齐，队伍严肃。徐槐甚喜，到了正月中旬，便与诸将议剿梁山，留颜树德守郓城，并教如有事务，可与汪恭人商议；教任森领曹州兵五千去守截林山，听徐青娘调度。

按地图，攻梁山惟石碣村为进兵之路，自石碣村达梁山，两边有二十四条汊港。徐槐便点起曹州府、菏泽县、郓城县、定陶县、曹县、城武县、钜野县、单县、满家营九路水陆人马,分为三十六队:第一队,郓城县中营水路官军;第二队,郓城县中营陆路官军;第三队,郓城县北村水路乡勇;第四队,郓城县北村陆路乡勇;这四队人马为前军向导,所以特用郓城土著,每队各二千人,合计得八千人,驾小船五十只。第五队,菏泽县水路官军;第六队,菏泽县陆路官军;第七队,定陶县水路官军;第八队,定陶县陆路官军;第九队,曹县水路官军;第十队,曹县陆路官军:这六队人马,沿途堵守各港,以截贼兵进退之路,每队各二千人,合计得一万二千人,驾小船六十只。第十一队,曹州府左标水路官军;第十二队,曹州府左标陆路官军;第十三队,曹州府右标水路官军;第十四队,曹州府右标陆路官军;第十五队,曹州府忠武水村乡勇;第十六队,曹州府义顺旱村乡勇;第十七队,曹州府曹南山水路乡勇;第十八队,曹州府曹南山陆路乡勇;第十九队,曹州游击府水路官军;第二十队,曹州游击府陆路官军;第二十一队,曹州府中营水路官军;第二十二队,曹州府陆路官军:这十二队人马,沿途策应,直攻梁山,每队各二千人马,合计得二万四千人马,驾大船二百四十只。第二十三队,城武县水路官军;第二十四队,城武县陆路官军;第二十五队,钜野县水路官军;第二十六队,钜野县陆路官军;第二十七队,单县水路官军;第二十八队,单县陆路官军;第二十九队,满家营水路官军;第三十队,满家营陆路官军:这八队人马,随着曹州兵前进,沿途把截内港,以与菏泽、定陶、曹县兵马轮替攻守,每队各二千人,合计得一万六千人,驾小船一百只。第三十一队,郓城县左营水路官军;第三十二队,郓城县左营陆路官军;第三十三队,郓城县右营水路官军;第三十四队,郓城县右营陆路官军;第三十五队,郓城县南村水路乡勇;第三十六队,郓城县南村陆路乡勇:这六队人马,随着曹州大军进攻梁山,以作后军接应,每队各二千人,合计得一万二千人,驾大船一百二十只。统共一府七县一营,水陆官军乡勇计七万二千人,大小船只计五百七十号。每单数队内尽是水军,备一应火攻器械,命韦扬隐统领指挥;每双数队内尽是陆军,备一应挑土驾梁的器械,命李宗汤统领指挥。

安排停妥,择于正月十八日兵宝吉期,徐槐统领全军征剿梁山,浩浩荡荡，向石碣村进发。三声号炮，三通鼓角，三十六队大军震天震地的一声呐喊，五百七十号兵船一字儿摆列南港。中军船后一声炮响，七万二千貔貅寂静无声。只听得对面西大港芦苇里，远远地呜呜咽咽画角之声，徐槐笑道："又是诱何涛、黄安之故智也。"

原来这西大港向西北进去，北岸有头港、二港、三港，南岸有分叉港，再过去便是断头沟，何涛失陷于此。那二港、三港、分叉港都是绝港。当时徐槐临训山泊，是从头港进去，转东进黄云西港，过黄云荡，出北口转闹鱼湾，直北进十字渡，到金沙渡上岸。那头港最隐狭难认。进了头港，还有笋尖港、鼠尾港两条绝港，与黄云西港蒙混。卢俊义料徐槐必从此地进来，所以教童威领归福，佘福诱徐槐进港，教童猛领俞寿、毕喜埋伏黄云西港，只待诱进二、三港，便出头港截杀。这两处都是重兵。其余派罗富、彭贵、秋安、单康分头巡绰。安排早定。

当时童威、归福、佘禄依计，驾小船三只，从西大港出来。这边官军第一队旗号招飐，鼓角齐鸣，韦扬隐横枪船头而出。童威等三只船渐渐出离港口，官军第一队船里一声号炮，呐喊追去。三只船唿哨一声，一齐便回，钻入芦苇里去了。韦扬隐道："呸！你躲在铜墙铁壁内，俺也要取你性命，如今不过依仗这点点芦苇，待要怎的！"吩咐举火，十余号兵船一齐答应，火箭如流星掣电价齐发。韦扬隐提着一面白旗，指东烧东，指西烧西，霎时间对岸一带芦苇齐着，李宗汤领第二队已出。韦扬隐船上一个号炮，第三队水军乡勇飞出。韦扬隐旗向西指，第三队飞也似追入西大港去了。对岸烟焰障天，刮杂杂烈火怒发。李宗汤也燃起号炮，招动第四队陆军乡勇，随着第三队由西大港杀进去了。此时号炮响亮，旗带招动，各队都纷纷得令，第五队呐喊投东，截银鱼港放火，第六队随着第五队登银鱼岸去了。号炮又响，第七队投西，杀入西小港，第八队随着第七队去了。号炮再响，第九队投直西去抢斜港，第十队随着第九队去了。韦扬隐、李宗汤见各队俱动，便率第一队直取东港。李宗扬领第二队随进东港登岸，进东北烧陈家港。此时各港火势齐发，满泊通红。韦扬隐第一队进得东港，前面李家港已烧成白地，只见第六队早由银鱼港抄在前面接应，第五队已抄在桃花港口了。水上第一队、第五队、岸上第二队、第六队,从火光中雁行鱼贯而进,一齐会集陈家港口。后面第十一、十二两队,已分水陆两路,由东港口进来。一路旌旗浩渺,静荡荡不见一个贼兵,但见四边浓烟烈火,刮杂杂满泊怒发,陈家港已变成火弄。

那童猛、俞寿、毕喜在黄云西港,望见陈家港火起,大惊道:"不好了,官军从东路杀进来了!"原来东港最是僻路,向东北一路左弯右曲进到陈家港,转弯向西,过来又是许多弯曲,方接着黄云东港。俞寿道:"怎么这条僻路被他寻着?"毕喜道:"官军若杀进黄云荡,我们全泊地利都失。为今之计,也等不得卢头领将令,快去截住黄云东港。"童猛道:"不妙,他若从陈家港分出五圣港,就不进这黄云荡,也好过闹鱼湾,抄我山寨。为今之计,还须得我去截住闹鱼湾方好。"说罢,便领三千水军赴闹鱼湾去。俞寿也领三千水军赴黄云东港去。

一面差人飞报卢头领。这黄云西港,只留毕喜一人领二千兵把守。不防这里西大港口,炮火连声,第十三队官军由头港杀进黄云西港也。此时岸上芦苇烧尽,头港一弯一曲无不显出。第十三队水军呐喊杀进,毕喜慌忙应敌。第十五队水军也到,两下喊斗。毕喜正在勉力相拒,不防岸上又飞出两队,正是第十四队、第十六队。岸上、水中一齐攻杀,贼兵大败,毕喜死于乱箭之下。

童威、归福、佘禄在断头沟内,被三四两队堵住二港,冲杀不出。童猛在闹鱼湾,闻毕喜阵亡,大惊,急抽身转来,复截黄云西港。那边韦扬隐、李宗汤大队水陆军马,已由五圣港整渡闹鱼湾。童猛一手按不得两处,叫苦不迭。忽见俞寿奔来道:"黄云东港被官军挑土塞断,小人想他既塞断港口,自己亦必不过来。这一路不必防了,所以抽军转来。"童猛道:"你来得正好,快替我堵截这里西港。我仍去黄云北口,杀出闹鱼湾,截击官军。"俞寿领诺。童猛便领兵赴闹鱼湾,方到得黄云北口,叫一声苦,原来第十八队官军也到了,夹两岸枪炮矢石齐下。童猛即忙退转,又叫声苦,原来第十七队官军决开黄云西港土堤,杀进黄云荡也,正邀住了童猛。童猛手下兵卒早已杀尽,童猛回转头,单身冲冒矢石,仍出黄云北口,抢闹鱼湾。正撞着李宗汤,迎住战斗。不数合,李宗汤刀起,斩童猛于水中。韦扬隐已进了十字渡。

这里黄云西港枪炮动地，呐喊震天，须臾间，一队战船杀进黄云荡，风飘旗号，正是第十九队官军。那俞寿并三千水军，都了结在笋尖港口。第二十队也由笋尖港登岸，进黄云荡。第一、第二、第三、第四、第五、第六、第十一、第十二、第十三、第十四、第十五、第十六、第十七、第十八、第十九、第二十，共十六队水陆军马，都陆续向闹鱼湾进发。此时黄云荡以外，一片茫茫新烧白地，大港、小港、长港、断港一一清出，一望都是官军旗号。第二十三队、第二十四队守住东港内陈家港，第二十五队、第二十六队守住西大港内二港、分叉港，第二十七队、第二十八队已陆续进东港口，第二十九队、第三十队也衔接进了西大港。其余诸队亦纷纷拔动。黄云荡外，贼人已尽。李宗汤也到了十字渡。

正值卢俊义率领徐宁、燕青、燕顺、郑天寿四万人马，在十字渡，与韦扬隐大队兵马，就水上交锋大战，崩雷骇电，震海翻江，一片喊杀之声，天摇地动。李宗汤兵到，就岸上枪炮助战，但见洪涛中，两边战船摆列，旗帜飞扬，枪炮矢石织梭，船来往喊呼不绝。岸上李宗汤督率大队陆军，一片大炮、鸟枪、佛狼机、子母炮、乒乒乓乓，卷着浓烟黑雾，齐向战船轰打。足足战了两个时辰，不分胜负。火器已尽，长枪接战。韦扬隐挺枪在船头，与卢俊义切近厮杀。

徐宁挥两路水军杀出，乃是罗富、彭贵。原来这二人是守闹鱼湾的，官军进湾时，兵势浩大，将他冲退，所以在徐宁队里。当时领着水军，直抄在官军前面夹击，十分勇锐。韦扬隐左旁飞出第十一队队长，乃是曹州府左标提辖，邀住罗富；右旁飞出第十三队队长，乃是曹州府右标提辖，邀住彭贵，各各奋勇大斗。李宗汤正在岸上督战，忽见了罗富，便挂了刀，抽弓搭箭，飕的射去，喝一声着，罗富贯项而倒。贼人皆惊。卢俊义蓦然记起李宗汤弓箭利害，不觉一个寒噤，险些被韦扬隐一枪刺着。燕青大惊，急来相助。

贼兵早已大乱，卢俊义连忙押齐各船，不许乱伍，徐徐向后而退。

韦扬隐正待追逐，只听得背后朴通通九个号炮。韦扬隐晓得本官令到，便领所属水军，呐喊一声，进左边藏龙港，杀向天王渡、长枪埠去了。背后一队大军杀到,坐船上一枝大纛,写着“钦加总管衔曹州府正堂徐”十一个大字,正是第二十一队曹州府中营水路官军。飞起一个号炮,李宗汤率领所属陆军,呐喊一声,向右边伏雷港沿岸进去。徐宁大惊,忙教彭贵领三十号战船去追截。李宗汤大怒,率众在岸上尽力打击。李宗汤霍的跳到彭贵船上,一刀砍彭贵于水中。官兵一齐登船,杀尽贼兵,就把那船搭作浮桥,渡到对岸小王港,填塞蘑菇港,杀向大刀坪去了。

卢俊义大惊道:“不好了!”忙令燕顺领八千人去堵御长枪埠,郑天寿领八千人去堵御大刀坪。二人领令,分头而去。卢俊义对众人道:“这里既是这徐官儿亲到,我与众兄弟协力进去擒他来。好在他两员勇将自己遣开了,这个机会是天与我。”众人一齐答应,呐喊追去。只见对面官军掌起号筒,纷纷退后,贼军奋呼前追。岸上一个号炮,第二十二队官军一字排齐,枪炮齐下,卢俊义忙收住了前军。只见官军一声号炮,第三十一队水军杀出,贼军慌忙迎敌,第三十三队水军也到。两队官军,一齐迎战。忽听阵后鸣金,两队都退了。卢俊义又率众追进,只见左岸排列第三十二队,右岸排列第三十四队,枪炮一齐卷下。原来卢俊义人马虽多,俱已战乏,怎当这几队生力军。当时策众努力前攻,忽水上又杀到第三十五队,岸上又杀到第三十六队,卢俊义失惊道:“这官儿人马共三十六队,此地不见到齐,莫非是留着几队去抢我别路也?”说未了,忽报燕顺已大败也。原来韦扬隐到了长枪埠,迎着燕顺厮杀。这燕顺本敌不过韦扬隐,正在死命相争,不防二十七、二十八两队兵马,由桃花港掘通了藕梢港,领着二十三、二十四两队,上东滩头,抄转背后。韦扬隐领众登岸,奋勇前杀,前后夹攻,是以燕顺大败。卢俊义闻报大惊,惊犹未了,忽报郑天寿又大败也。原来郑天寿截大刀坪,正悉力对付李宗汤,忽得燕顺败信,军心大乱。李宗汤乘势掩杀,是以郑天寿又大败。卢俊义、徐宁、燕青一齐大惊,率众急忙退回。徐槐策众军追上,连环枪卷进。卢俊义等逃到金沙渡,纷纷弃舟登岸。徐槐兵马已夺岸杀上,直杀得贼兵尸横遍野。卢俊义、徐宁、燕青率领败残人马,会着燕顺、郑天寿,逃回山寨去了。

徐槐大队登岸，韦扬隐、李宗汤都来率众献功。徐槐传令安营立寨，只见第七队、第八队自西小港到来；第九队、第十队自斜港到来。那第八队的队长提着秋安首级献上。禀称："小将奉令抄西小港，遇着贼人当路。小将一面放火烧珊瑚港，一面乱箭射贼。这秋安用青狐皮挡箭，吃小将一箭射透狐皮，贯脑而死，因此取得首级。"第七队的队长捧上血淋淋的手指一大捧献上，禀称："小将杀入珊瑚港时，贼人从水中扳船，小将喝令众军乱刀砍去，因此砍得许多手指。"第九队的队长提着一条人手臂献上，禀称："小将奉令由斜港抄入鹿角港，正欲登岸，不防水里伸出一手来扯小将左腿，小将急抽刀砍下，因此砍得一臂。"第十队的队长提着单康首级献上，禀称："小将率众登岸，遇这单康在岸上提着一个锄头，十分凶猛。这边军汉，吃他一锄头一个，打死了七个，众人都怕。经小将督领众人一齐上前，乱枪搠死，因此取得首级。"众军士亦各有首级献上。徐槐一一慰劳记功。只见第二十五队、第二十六队、第二十九队、第三十队的队长，共差人来飞禀道："小将等守扼二港、分叉港，斩贼无数。惟贼将童威，委实凶猛，又有归福、佘禄为羽翼，小将进逼断头沟，该贼将潜入水中。小将等在岸上水口团团围住，驱水军入水擒捉，均被杀死。现在无人敢入，只得将断头沟外水口拥土守定，深恐该贼逃走，请令定夺。"徐槐听了，问："谁去斩这贼来？"韦扬隐道："小将愿去。"徐槐许可。

韦扬隐便飞也似到了断头沟，先看了一看情形，便吩咐戽水。众军答应，一齐车戽。须臾，水干贼现，童威、归福、佘禄一齐大惊。原来人怕虎，虎怕人。当时童威潜躲水中，本是惧怕官军；今吃官军戽水觅出，无从回避，只得大呼杀出。韦扬隐挺枪迎住，大斗七八合。韦扬隐长枪卷舞，童威一口短刀如何抵敌，一个破绽，吃韦扬隐一枪刺腹而死。归福大惊，退入泥中，众水军一齐上前搠死。佘禄逃向西岸，吃西岸上第二十六队、第三十队两队的队长邀住战斗，不上六七合，两矛并下而死。韦扬隐收聚四队人马，齐回金沙渡，到徐槐前献功，徐槐大喜。

当时水泊尽行夺得，三十六队人马齐到金沙滩北岸，按队列寨，次序严明，齐候徐槐号令。徐槐检点军士，连死带伤共计不上千名，计斩贼人首级得八千余颗，生擒四千余名，夺器械、船只，马匹不计其数，大获全胜。众人皆喜。徐槐吩咐众军造饭饱餐，一面差人到都省及曹州报捷。这里便与韦扬隐、李宗汤议攻山寨，韦扬隐道："我军新得胜仗，锐气正旺，不如乘此大队进剿。"徐槐道："甚是。但我按此地图，梁山头关峻险异常，尚须想一善攻之策。"李宗汤道："他那半山上断金亭子，地当四山道路之交，我先用全军占住了他，以便四面策应。"徐槐道："亦是。但本帅得一计在此。当时初临郓城，一见那须知册内地图，便早定这主见；今看了汪恭人所藏地图，此计愈决。"李宗汤、韦扬隐齐问何计，徐槐道："我按地图，此处有一条坎离谷，进通梁山内地。但一路乱峰怪石，上无跬步可容；叠莽丛榛，下无只身可过。贼不能守，而我亦不能入。我曾将此地情形，问过那几个贼囚，据他们供称：这坎离谷谷上一无守兵，惟内面北口，却有一枝军马屯守。众口一词，谅必不错。我想此路既不可入，何必内守？现在他既内守，必有可攻之道。不过攻法极难，然大丈夫为其难者。"说到此际，韦扬隐眉飞目舞，立起身来道："待小将去探看一遭，再定计议。"徐槐许可。

韦扬隐奉了将令，带了十几个伴当、各色登山行头，到那坎离谷去。在山脚下阅视一转，果然峻峰峭壁，怪石嵯峨，无路可登。韦扬隐看了半晌，但见半壁已上枯松倒挂，藤萝纠蔓而已。韦扬隐忽吩咐取一把钩镰枪来，伴当献上钩镰枪，又吩咐取条长绳系在枪底。韦扬隐便把那枪，向半壁里直标上去。只见那枝枪冲上四十余丈，枪钩恰搭在一株枯松根上。众人无不称奇。韦扬隐便叫伴当内一个身躯轻小的，缘绳先上。那个伴当上了半壁，便将那枪钩拔出了松根。下面众人便将一条巨絙系在绳端，那半壁上的伴当便收上这根巨絙，把那巨絙紧紧的吊在松树上。韦扬隐便同众人一齐缘絙而上。上了半壁，或缘藤，或系绳，顷刻到了山顶。韦扬隐一见道："呸！我道甚么奇险，你们不看这一片缘茸茸芳草地，屯着二三千军马也不见得挨挤，怎么说跬步不容？可笑这班贼人，久居此山，未曾探到此处也。"便命众人向前寻下山的路，只见暮色苍苍，浓霭已起。

众伴当禀称："天色已晚，昏暗难辨，不如明日再来。"韦扬隐道：

"也是。"便与众人转来,重复缘绠下山,径到大营来,将这番情形,禀报徐槐。

徐槐甚喜,当晚传令,把军马分为九队。所有水军共计三万五千余人:曹州府水军一万余人为一队,守水泊南面;菏泽、曹县、城武、定陶四县共七千余人为一队,守水泊东面;郓城、单县、钜野三县及满家营共一万五千余人为一队,守水泊西面。这后军三队,守住水泊,以防贼人乘间偷袭。又教他一面相机填港筑堤。计陆军队内,郓城县九千余人,每三千余人为一队:中队乃是郓城中营官军,带南北村乡勇各一千名;左队乃是郓城左营官军,兼北村乡勇;右队乃是郓城右营官军,带南村乡勇,交韦扬隐、李宗汤二将率领。曹州府陆军一万余人为一队;菏泽、曹县、定陶三县陆军共五千余人为一队;城武、单县、钜野三县及满家营陆军共七千余人为一队:这三队徐槐亲自率领。陆军六队,都屯在金沙岸上。所有起先三十六队旗号,尽插在曹州队内。众人遵令。

次日黎明,徐槐教韦扬隐仍去探看坎离谷那面下山之路。只见李宗汤躬身道:"这番何不委小将前去?"徐槐道:"也可。"便命李宗汤前去。李宗汤领了十数名伴当,直到坎离谷,缘绠而上,到了山顶,便四边寻觅下山之路。望下去尽是悬崖陡壁,无路可下,又无些毫树根可坠绳索。李宗汤转辗寻觅,数内伴当寻着一个洞口,便道:"这洞不知通不通下面的。"李宗汤看时,只见一座危崖,下放着四五顶桌面大小的一个大洞,里面黑沉沉,其深无底。李宗汤道:"休管他通不通下面,且寻将下去。"众人依命,敲火秉炬而入。里面曲曲折折,转了好几个弯,忽然一派亮光透入,众人叫声惭愧,果然通下面的。李宗汤一看,却又是悬崖陡壁。众人道:"无路可下怎好?"李宗汤细看道:"兀的不是一条石梁!"便命众人系了一条巨索,李宗汤与众人缘绠而下。到了平地,李宗汤定睛细看,道:"呀,这里原来就是图中所画的幽洞天!"只见远远地一带旌旗,乃是关内夹道摆列之兵;又回头望见远远一队旌旗,乃是坎离谷北口守备之兵。众人都个个心骇色变。李宗汤面不改色,按着佩刀闲闲地四边观看,将四周路径阔狭转折,两旁有无陂塘泥淖,一一细看,一一紧记,却不撞见一个贼人。

李宗汤将情形看得十分仔细,便与众人缘绠而上。转落山头,直回大营,报知徐槐。徐槐大喜道:“仗二位将军探得此路,今番破关必矣。那厮只防我从谷下入,不防我从谷上进也。我看地图内,从幽洞天通关内夹道最易。韦将军可将郓城左右两队,从此路下去,多带枪炮火药,轰击那厮夹道后面。”韦扬隐领令。徐槐又道:“李将军可将郓城中队,也从此路下去,多带火箭芦荻,截守那厮夹道中路,见有营房粮草,即便放火。”李宗汤领令。徐槐又道:“二位将军可检点本部人马,有昨夜力战困乏的,拣出另为一队,就教他在那山上举火呐喊,以疑乱贼人。这是安耽差使,留与他们疲乏的做罢。”二将应诺。

徐槐便传众将进帐,告以袭关之计,并道:“一俟韦李二将得手,仰诸位将军率领曹州、菏泽等三队,努力攻关。”只见众都监都凛然变色,一齐跪禀道:“此计太险。两位勇将一齐深陷重地,恐非所宜,望主帅三思。”徐槐笑道:“诸位将军休怕。凡用兵之道,有者求之,无者求之;虚者责之,实者责之。今幽洞天下情形,既已虚隙可乘,更兼吴用病困新泰未归,山寨贼内无人,不乘此出奇制胜,迁延坐误,后悔无及矣。”只见韦扬隐、李宗汤一齐开言道“主帅若要攻关,还是叫颜树德来。斩关夺隘,断非此人不可。”徐槐道:“正是。”便传令飞速到郓城召颜树德来。这里安排兵马,只等颜树德一到便要攻关。

且说卢俊义从金沙渡败回,众人都面面厮觑道:“水泊被他夺占了怎好?”卢俊义道:“快点兵严守关口再说。”便点起三万人马守住头关。一面对戴宗说道:“戴兄弟,这番只好快去泰安,请公明哥哥回来也。”戴宗应命,作起神行法,从山旁小路出去,飞速到泰安去了。这里众头领抖擞精神,把住头关。卢俊义又传令,教后山李应等严紧把守,休教失利。李应等闻知水泊已失,也惊得呆了。这边卢俊义及众头领端的吓得把卵立在肩头,紧紧保守头关,那里还敢放松。只见官军两日不见动静,卢俊义心中十分狐疑,不知这徐官儿又有甚么法儿来制度他,却又没处捉摸。猛想起吴军师置兵守坎离谷口之举,当时颇笑其迂,今日想起,莫非认真此路不可疏虞。便传饬坎离谷北口兵丁当心防备,又加派一千名精兵协同相助。这关上卢俊义及众头领,轮替巡绰,昼夜络绎不绝,只是不见官军动静。不知徐槐只等颜树德到来,便要举事。

次早,颜树德到了军中,徐槐与他说了攻关之事,树德大喜。徐槐吩咐待夜分举行,所以本日又按兵不动。直待申牌时分,韦扬隐、李宗汤率郓城部众陆续动身。徐槐也传令拔营齐进,三声炮响,鼓角齐鸣,曹州府、菏泽县、曹县、定陶县、城武县,单县、钜野县、满家营兵马,按队而出,颜树德倒提大砍刀,勒马在前,徐徐前进。卢俊义在关上,望见官军队里,三十六队旗号历历分明。卢俊义道:"那厮原来养了三日气力,用全队前来攻关也,众兄弟与我努力守关。"又将头关内兵丁尽点上关,枪炮矢石摆得密麻也似,严紧守住。只见官军已到半山,摆列队伍,明整旗号,只是踌躇不进。卢俊义那敢疏忽,只是提心督率严守。看看时已傍晚,官军只是按队不动,卢俊义心中越慌,眼不落放的照顾四面。到了三更时分,瞥见坎离谷上火把乱明,声声呐喊,大惊道:"敌兵果然杀进坎离谷也!"忙传令教谷口兵丁当心备御。说未了,只听得关内枪炮之声,乒乒乓乓,一片震天动地价响亮,人声乱喊,粮房营房,一齐大火怒发。关外官军一声号炮,潮涌般杀上关来,火把丛中,颜树德一手提刀,一手高擎着那"钦加总管衔曹州府正堂徐"的一枝大灯纛,已由云梯奔上关也。官军、乡勇见大纛登城,便一齐呐喊奔上。两边山上贼兵见了,急放垒石滚木,官军、乡勇吃打坏了许多。怎当得颜树德奋勇倡先,正是一夫善射,百夫决拾,都个个拼死忘身,一齐登关。关上徐宁、燕青、燕顺、郑天寿还想抵御,卢俊义忙叫:"不必了,快回去保二关要紧!"说罢,急与四人逃下关门,向夹道直奔二关。不料两旁乱箭齐发,李宗汤横刀迎住。五人拼命死并,卢俊义奋力架住李宗汤,那四人并力冲开官军逃走,卢俊义也抽身飞奔。只听得四边枪炮动地,呐喊震天,前面韦扬隐已在攻击二关也。卢俊义等五人拼命冲入,韦扬隐转身邀住大斗。卢俊义等如何敢战,架住韦扬隐,一抹地逃入二关,疾忙登关守备。外面徐槐大队尽入头关。

天色未明,头关已破。徐槐在头关,收集关内、关外并坎离谷上人马,大奏凯歌。众将兵丁都纷纷上来献功,斩首一万三千余级,擒获五千余名，三军欢呼动地。徐槐传令就关内安营立寨，一面记功录簿。天已大明，徐槐吩咐叠起文书，差人到都省及曹州各路报捷。这场大功业，端的惊动了山东、河北，无不闻名。这里徐槐吩咐三军休养数日，再议攻取二关之策。

那卢俊义逃入二关，骇得目瞪口呆道："……这……这……这官儿真有神出鬼没之机，这枝兵从那里杀进的？"众人都面面厮觑，不能做声。卢俊义道："今日头关已破，只有力守二关，等待公明哥哥回来，再定计议。更须得请军师同来方好。"众人都惶急无计，只得打起精神，点兵守住二关。

且说宋江在泰安，自闻知秦明阵亡之后，识得徐槐利害，本是日夜挂心。这日忽见戴宗奔来，报称水泊已被徐槐夺去，还未知失头关之事，宋江早已惊得一身冷汗，瞪着只眼道："怎么，怎么，怎么？"戴宗道："卢兄长说，快请兄长回去计议。"宋江定了定神，看着天叹一口气，便教传令到新泰，请公孙胜、鲁智深、武松、樊瑞、项充、李衮前来保守泰安。即日起身，改扮了轻衣小帽，同戴宗飞速奔回山寨。回到寨时，小路进山。卢俊义等迎入，伏地请罪，方知头关失陷之事，宋江惊得跌倒在地。众人急前扶起，宋江定神片晌，向众人细问了一番情由，便道："甚么官儿，竟有如此利害？现在吴军师病体新愈，正商议攻取蒙阴，不料这里弄出如此心腹大患，我看没奈何，只得烦戴兄弟飞速去请他来，退了这里，方好再议别事。"众人称是。当时便命戴宗飞速赴新泰去请吴用回来。只因这一去，有分教：多谋足智军师，终作瓮中之鳖；称忠道义头领，竟成油里之鳅。

不知吴用回寨时事情如何，且看下回分解。

第一二二回　吴用智御郓城兵　宋江奔命泰安府

却说上年冬季,吴用因病困在新泰城内,得安道全医治,渐有转机。适接到山寨中徐槐临训之信,彼时吴用神识尚昏,此话传入耳中,倒也不十分着急,只说些不怕他,不关紧要的话;又说些必须防备,不可大意的话。到了次日,却早已忘了。安道全议方进药,吴用渐渐神识清了,恰又接到秦明阵亡之信。安道全一听见,忙出来关会众人道:"此信千万不可嚷入军师耳中了。军师心疾暂得平安,若一闻此报,忧惊齐至,神明再被扰乱,为害不小。"众人称是。大家约会了,瞒得实腾腾地,一面安道全赶紧处方调理,吴用无事扰心,倒也无思无虑,其乐陶陶,所以服药帖帖得益。众人倒替他日夜提心,深恐又有甚么警报,扰乱了他的心思。且喜连冬过春,徐槐一边久无消息,更喜云陈两处亦无动静,一路顺风,无些毫打叉之事,以是吴用渐渐向愈。安道全已开了一张补心养神的方,说道:"此方即有加减,亦不过一二味而已。服此方三十剂,可以全愈。"众人皆喜。

不料骤然起了一桩大打叉的事,你道是甚事?

原来安道全系好色之徒,肾元素亏,更兼上年冬季星夜渡冰,受了寒气。《内经》云:"冬伤于寒,春必病温。"又云:"冬不藏精,春必病温。"安道全既不藏精,而又伤于寒,寒邪乘虚袭入少阴,深藏不出,日久蕴酿成热,至春时少阳气升,再经外感一召,内邪勃发。那日安道全诊视吴用毕,出来觉得有些困倦,便上床去躺了一躺。天晚起来,觉得身子发热。次日便口渴咽痛,神思不清。众人忙来问候。安道全提心诊了自己的脉,便道:"不好了,此名春温症,来势不轻。"众人都担起忧来。安道全自己开了一张药方,众人看时,乃是薄荷、杏仁、桔梗、枳壳、淡豆豉、牛蒡子之类,方味极轻,众人不解。当日,安道全还扶病出来,到吴用房里诊视吴用,说道:"原方不必改易,仍可守服。"吴用劝安先生归房养息。安道全退出,到了自己卧房,上床便睡。侍从人将他自己开的药方配药煎好，与他吃了。当夜无话，第三日病方渐渐沉重，觉得指头蠕蠕微动，眩晕惊悸，腰膝痿软，齿燥唇焦，口渴不解。安道全道："不好了，此肾虚亡阴，将成痉厥之候也。"此时已起床不得，便叫旁人书方，用生地黄、麦门冬、元参、知母、炙甘草、龟板、鳖甲。众人都进来看望，看那药方分两太重，又不解其故，只是问候数语而已。安道全道："小可贱恙，竟大是险症。可惜两个小妾都远在山寨中，此处无贴身服侍之人。"原来安道全这两妾都有羞花闭月之貌，是山寨中抢掳来的，当时安道全看得中意，向宋公明讨了来，此时病急，还记挂这两个宝贝。众人都道："这事容易，今日便差人到山寨去迎取两位如嫂夫人来。"道全点首，众人退出。是日吴用守服安道全原方，闻知安道全病重，也兀自记挂，亲自扶病出来，探看安道全一次。

安道全上午服了药，至下午病势不少衰。安道全便吩咐用熟地黄、生地黄、芍药、石斛、麦门冬、五味子、元参、阿胶、炙甘草，其生、熟地分两竟用出二三两以外。众人看了，尽皆骇然，道："怎么外感症，好吃这种大补药？算来快刀不削自己的柄，一准是他昏了，开错的，须接位高明先生来评评看。"须臾，请到泰安城内一位极行时的先生，叫做过仙桥，前来诊视。众人求他直言。那过先生诊了安道全的病，出来看了安道全的方儿，拍案道："安先生误矣！此症内外邪气充塞，岂可服此滋腻收敛之药？此药如果下咽，必然内陷。他起初这张方原是不差，不知何故忽然更改。"说罢，便就他起初的原方，加了柴胡、葛根、钩藤、黄芩、连翘，并批了几句慎防内陷痉厥等语，用了茶，拱手升舆而去。安道全索看那医之方，便道："杀我者，必此人也！众位休睬他，只顾煎了我那个方药来。"众人诺诺而出，主见难定。吴用亦踌躇无计。只见旁边一个小厮禀道："此地东门头大王庙大王菩萨，最为灵验。庙内设有药签，何不去求帖神药来吃？"花荣喝道："你省得甚么，却来多嘴！"吴用道："也是。但我想天道远，人道迩。药签不必求，可将那过先生与安先生的药方写了阄儿，就神前拈卜罢了。"

众人依言，即忙做了两阄，备副香烛，花荣亲去，到了大王庙里，拜祷拈阄。也是梁山一班魔君业缘将尽，理当收伏，安道全本在地煞数内，如何免得，当时偏偏拈着那过先生的方。花荣转来，众人主见遂定，也不去问安道全，便将那过先生的方配药煎了。时已掌灯，安道全病势大重，已催药好几次。众人忙将那药煎好，递进去。原来那两张方气味判然不同，安道全上嘴呷了一口，便叫苦道："你们果听那庸医之言来杀我也！"推开药盏，叫："快煎我那方剂救我！恐怕不及了！"语言已觉蹇涩。众人听此言语，急迫无计，便将他方剂减取三分之一，说道："且试试看。如不错，明日依他原剂不迟。"岂知时不待人，当夜煎好与他服了，到了天明，安道全已舌卷囊缩，四肢抽搐，不能言语。急请了过先生并几位名医齐来诊视，吃药不瞒郎中，竟将昨夜安道全不肯服过先生的药，先服自己的药等话说了。过先生道："果然补坏，内陷了，我说何如！"当时众人共议了一张药方，无非羚羊、犀角、柴胡、钩藤之属，灌了一剂，全然无效。吴用此时虽守服安道全原方，然因安道全病危，心中连日着急，也觉得病重了些。那安道全竟不言不语的卧了一日。

次日，众医竟至，过先生已辞不开方。还有几个不知死活的，在那里开方议药，所有药味也记他不得这许多。不上三日，竟把一个神圣工巧的地灵星神医安道全送入黄泉。当时盛殓好了，送回山寨。

吴用的病，正是为山九仞，功亏一篑。骤然失却良医，莫能措手，不免也请那班过先生之流来酌议方药。可怜那班先生，还不敢十分改易安道全的原方，不过略略增减了几味，吴用服下，便觉乖张。众人都惶急起来，吴用道："我想安先生病急时曾说，此方可以守服。如今安先生已故，又无人能增减，只好老守他这张方吃过去。"众人称是。吴用仍服安道全原方，日复一日，不必细表。

吴用觉得精神复旧，这日正在商议攻取之策，忽报宋江差人来请公孙胜、鲁达、武松、樊瑞、项充、李衮同守泰安，并报知徐槐攻入水泊之信。吴用大惊道："这话从何而来？"公孙胜便将上年冬季，徐槐亲到水泊，又导龙冈交锋，秦明阵亡等话说了，并道："那年因军师贵恙沉重，所以厮瞒。"吴用道："原来先有此一事，当初何不早为防备？"花荣道："那时小弟一闻此信，便禀知公明哥哥，知会卢兄长，饬嘉祥、濮州夹攻郓城。那时因寒冻开兵不得，今已春暖，他们不知为何按兵不动……”说至此时，吴用凛然变色道：“濮州可动，嘉祥万不可动。缘刘广在兖州虎视眈眈，倘呼延兄弟偶一离开，必遭毒手。就是濮州林兄弟进兵，也须相机施行，不可卤莽，我料这徐官儿必有备防。只是现在水泊已失，大非所宜。但愿保得头关，方可无事。公孙兄弟此去，便将我这番言语，致意公明哥哥为妙。如今我病体新愈，难以道途跋涉，这徐官儿未必一时退得。俟数日后，我稍可行动，即便拔步而来。”公孙胜应诺。即辞了吴用诸人，领鲁达、武松、樊瑞、项充、李衮赴泰安去了。吴用对花荣道：“不料又遭了意外之虞，看来此处剪除云陈之举，只好暂搁一搁起。我歇数日，必须亲往。”花荣道：“我们山寨头关，地形峻险，料想那徐官儿未必一时破得。他不得头关，也不能常守水泊。”吴用道：“贤弟之见固是，然我终心内记挂得紧，必须亲去走遭。”二人因此时时忧虑。

不数日，忽报戴院长到。吴用大惊，急问戴宗：“甚么急务？”戴宗报称头关已失，并具言：“官兵从坎离谷上面杀入，以致失利。现在公明哥哥急遽无计，速请军师回山，商议退敌之策。”吴用惊得几乎跌倒，众人尽皆失色。吴用道：“这官儿真有神出鬼没之奇！这坎离谷上，乱峰怪石，跬步不容，他却如何进来？现在事已如此，我只得速去也。”花荣便命欧鹏点五千兵护送。吴用忙叫：“不可，不可！此去路过兖州，刘广在彼，我虽有五千名兵，如何敌得，却反打草惊蛇。我想不如青衣小帽，同戴院长偷渡过去为稳。”花荣道：“军师贵体新痊，岂可如此奔劳？”吴用道：“也说不得。”便教侍从人打起包袱，众人送行，尽皆凄咽无色。吴用对花荣道：“花兄弟善守新泰，并知会泰安公孙兄弟，莱芜朱兄弟，三处联络把守，千万不可失利。我回去退了这徐官儿再来。”说罢，与众人别了，同戴宗拔步上路。不说花荣等送别吴用，自回新泰，与公孙胜、朱武联络保守。

且说吴用同了戴宗回山，一路晓行夜宿，不日到了兖州地界。时已昏黑，寻个客店安身。不防刘广早已料他要来，十余日前已差苟桓在境上严行查察。这日吴用方到境上，苟桓早已访着，便饬兵役直到店中来拿吴用。幸亏吴用机警，早一时先已觉得，忙与戴宗拴上甲马,星夜皇遽遁逃,神行法快,荀桓追不着而返。

吴用、戴宗一口气奔驰,脚不暂停,一日一夜逃出兖州西境。吴用已觉得喘乏眩晕,缓缓地到得梁山,只见前面水泊尽筑了堤岸土垒,一带旌旗戈甲,严紧守备。吴用叫苦道:“他这意,分明要永远和我厮并也。”便绕转梁山东面,寻入山的路。戴宗叫苦道:“方才小弟出来,是走这条路的,此刻又被他用兵堵住了,我们归去不得,怎好?”吴用道:“后山何如?”戴宗道:“后山有镇抚将军兵马堵住,难以进出。”吴用道:“在水泊以外否?”戴宗道:“在却在水泊以外。”吴用道:“这却不妨事。这路兵马,一准是徐官儿邀他来虚张声势的,我可以设法偷渡进去。”

当时吴用、戴宗从东泊曲曲弯弯,左回右避,渡到后山,果然不被官兵所觉,直到后关。关上李应见了吴用,急忙开门迎入,一面差人报知宋江。宋江闻吴用到了,急忙迎见。宋江、卢俊义一齐诉说徐槐利害:“此刻他将头关上筑了土垒,悉力攻我二关。他手下三员勇将,骁勇异常,无人近得,怎好?”吴用道:“且守住了二关再说。小弟走了这番急路,兀自有些头眩心悸。”说未完,宋江忙道:“我正忘了,军师贵体何如?”吴用道:“旬日前贱躯竟已精神复旧,叵耐此番回来,兖州境上吃刘广那厮搜根剔齿价寻来,不是小弟先机逃走,性命几伤他手。现因与戴院长连走了两夜一日,兀自疲乏得紧,打熬不得了。”宋江及众头领听了,都咬牙切齿价忿怒起来,道:“誓必生擒这厮们来碎割,出口恶气!”宋江道:“既如此,军师且请安睡养息,改日再议。”吴用便进房去睡了。宋江、卢俊义及众头领登二关守备。

且说徐槐自渡过水泊,攻破头关之后,贺太平本章奏入,天子大悦,便加徐槐壮武将军衔,特赐紫罗伞盖,金爵玉带;李宗汤、韦扬隐、任森、颜树德均加都监衔。张叔夜又奏:徐槐此番深入梁山,窃恐兵力不足,请敕山东镇抚将军酌拨全省兵马前去协助,并敕山东安抚使酌拨钱粮。天子准奏,便传旨往山东去。徐槐奉旨谢恩,感激奋勉,不等各路兵马到来,便与韦扬隐、李宗汤安派人马,将军分为二队,韦扬隐、李宗汤分领了兵,轮替攻打二关,昼夜不息。颜树德兼领二队先锋,勇锐冲突。宋江、卢俊义饬众人死命把守,那里还敢松手。只等吴用养息好了,商议退敌之策。

吴用却足足卧病了三日。幸亏安道全原方将根本培足了,所以不致败坏。三日之后,渐渐养转,便请宋江到床前来议军务。宋江到了床前,先问候了几句。吴用便开言问道:“坎离谷上官兵,到底怎样杀进的?”宋江道:“我前日方才探得,那厮实从幽洞天悬绳而下。”吴用变色道:“这里原来有如此老大破绽,我当初兀是防到谷下,却不防到这谷上也。兄长快派精细头目四面巡察,现在二关内并四面隘道山谷,再有没有这样漏洞?”宋江道:“卢兄弟已巡察过一遍,小弟回山时也巡察了一遍,却没有甚么漏洞看得出。”吴用道:“虽如此说,宁可再寻寻看,倘或有之,不惟我可预防,并且乘那厮不知,就可从此处出奇制胜。”宋江称是,便传令帐下各头目仍去分头巡看。吴用又道:“兄长,你后山如许防堵重兵设他做甚?”宋江道:“军师,你不看见后山现有镇抚将军兵马十万压境立阵,此处岂可疏虞?”吴用笑道:“十万便如此怕他,若百万压境待怎地? 兄长可晓得,镇抚将军张继有甚伎俩? 这枝兵马怕不是这徐官儿邀他来虚张声势,牵制我们的? 我们用重兵把守,岂不是正受其欺?”宋江恍然悟道:“军师真是高见,如今依军师调度将如何?”吴用道:“他既虚张声势,我亦何妨虚作备御。如今前面既如此紧急,我们且丢开后面假局,尽倾寨内之兵对付前面。这徐官儿一面要正觑我山寨,又要兼顾嘉祥、濮州,我料他兵力必然不足。如今我以全寨之力对付他,何患不胜!”宋江喜道:“得军师此策,吾无忧矣。军师且请安息,我去如法调度。”说罢,便出厅传令,教后泊旱寨、水寨各各虚插旌旗,只留少许兵丁把守。这里将寨内所有兵将,尽数点齐,杀向二关。

徐槐正在攻关。宋江传令,开关杀出,韦扬隐、李宗汤督兵奋勇迎战。徐槐见贼兵势大,便传令先约后队,退入头关。宋江督率众头领,与韦李二人拼命大战。徐槐传令,教韦李二人左右呼应,徐徐退回头关。宋江领众紧紧逼上,韦李二人领兵先后按队进了头关土垒。宋江兵马直逼土垒,那土垒上枪炮矢石,已密麻也似守住。宋江大怒,顾众兄弟道:“我兵马四倍于他,若三日之内破不得这土垒,我宋江也无颜立于山寨了。”众兄弟受这番激动的话,端的督率众兵,舍死忘生,亲冒矢石,攻打土垒。攻到第二日,忽报后山水泊各港火发,官兵已杀入水寨。宋江大惊。

原来徐槐数日前探知吴用回寨,便差人到郓城,教徐青娘与汪恭人商议。汪恭人道:"不妨。吴用虽然多智,并不是上界天神,令叔但当心抵御,尽够敌得,未见定是他胜我败。只有一着,山后镇抚兵马本是虚张声势,他既来了,必然料破此计;被他料破,他必倾寨而来。那时令叔寡不敌众,却是老大费手了。"青娘沉吟道:"他既料我那面是假,必然不设防备,我何妨叫他弄假成真!"汪恭人笑道:"我也这样想。那贾夫人才智超群,他的兵马训练有方,尽可用得。那年金成英突起草野,只借他八千名兵,便能迅扫强敌,成效彰彰可睹。如今我便屈他亲身下场,显点手段,有何不可。"青娘听了甚喜,道:"既如此,烦恭人作速写起书札,我回署去即将梁山后面舆图携来,一并寄去,以便贾夫人相势进攻。"汪恭人称妙。

青娘当即回署,取了梁山后面舆图,复到汪府来,汪恭人已将书信写好。当时看毕封好,即差人赍送到镇抚署内去,青娘辞别回署。那贾夫人接到汪恭人书信,并梁山地图,暗想道:"此事却难,我从未亲临戎行,今日骤然用兵,我与将士不曾相习,深恐呼应不便。但此番系国家大事,我家世受皇恩,未有涓埃报答,今日汪恭人大义劝我,我怎好不去!"想了一回,便与张继说了,请了令箭兵符,大摆镇抚将军仪仗,装束起行。不日到了营中,大小将士一齐接见。贾夫人升中军帐坐了,便先将皇朝恩德,现在情势,剀切宣谕了一番,众将齐听命。贾夫人按地图水泊各港道路,将战守兵丁一一派定。次日,传令一齐进攻,八万人马力势浩大,火攻水战,枪炮卷电般打进水泊。

吴用闻报大惊,急差人报与宋江道:"今番只好撤回军马,不然头关未得,后关先失了。"宋江便传令退兵。来人忙禀道:"军师尚有一言:退兵须要舒徐,切不可露出急遽之态。若吃那厮并力追来,深恐后关未保,二关又失了。"宋江依言,便将军马分作数队,陆续退入二关。宋江一退入关,就即教卢俊义同了张清、燕青、张魁保守二关,自己带同李应、徐宁、燕顺、郑天寿,率领后半人马,同吴用飞速去策应后关。镇抚兵马已登北岸。吴用教宋江且守后关,待军心稍安,再定计议。守了一日,贾夫人探得宋江已到后关,便收兵退去了。徐槐已在那边力攻二关。宋江对吴用道:“如此怎好?”吴用皱眉不语,半晌道:“且两边都坚守了,过几日再看机会。”宋江、吴用当日在后关看守了一日。次日,教李应等当心防御,宋江便同吴用到二关。官兵力攻,贼兵力守,两下拒住。

且说林冲在濮州,上年冬季奉到卢俊义夹攻郓城之令,等到本年春暖,便差邓飞、马麟领兵一万二千名,偷渡魏河,袭击郓城。邓飞、马麟领令前去。到了魏河,邓飞与马麟商议,马麟领兵一半先渡魏河,邓飞在后策应。商议停当,马麟先渡。渡得河时,正想择地安营,忽听得,对面截林山一个号炮飞入九天,四边林子内大炮、鸟枪、佛狼机、子母炮,乒乒乓乓,潮涌般卷进来。马麟大惊,率众飞逃,却不见一个官兵追来。马麟大怒,重复杀转来。邓飞在对岸望见马麟兵败,大怒,领兵尽数渡河,与马麟合兵一处,只不见一个官兵。邓飞、马麟大怒,催兵杀进,三番冲突,都被林子内枪炮打退。贼兵死伤无数,锐气已坠,只得领兵渡河回去。方才过得一半,只听后面又是一个号炮,大队官兵杀来,贼兵此时已无心恋战。任森一马当先,挥众杀贼,南岸贼兵尽死,邓飞、马麟领着北岸败兵,逃回濮州去了。

任森派兵守住截林山,自己领百余骑到郓城报捷。徐青娘在署正与汪恭人接谈,忽接到任森报捷,汪恭人称贺道:“小姐以五千兵胜贼兵一万二千,真妙才也。”任森道:“小将现在仍派那五千兵丁守截林山,深恐贼人经此一跌,盛怒而来,这边兵少,抵当不住,所以特来与恭人、小姐商议。”青娘未及开言,汪恭人道:“任将军所见甚是,今可速禀徐相公,调定陶、曹县兵马守住魏河,西连截林山兵马,东连水泊土垒兵马,隔河与郓城,范县又相呼应,贼兵自不能飞渡也。”青娘笑道:“恭人全不顾嘉祥一面耶?真是大胆。”汪恭人亦笑。当时任森将魏河捷音,并汪恭人之议,报与徐槐。

徐槐闻报甚喜,答书慰任森,并教依汪恭人之议,安排各路。任森得信,便传徐知府令,檄调各路人马,安排去讫。忽报嘉祥贼兵杀来,任森差人往探,乃是韩滔、彭玘领三千兵到来。任森报与汪徐二夫人,汪恭人道:“今番又有三千颗首级,请任将军建功也。”任森传令军士各处坚守。众将道:“濮州贼兵一万二千,主将尚欲迎战,今嘉祥贼兵只得三千,主将何故反要坚守?”任森道:“诸君未知其故。濮州贼兵一万二千,其气甚锐,若不先破其锐气,使他全力逼近攻围,何时得解?今嘉祥贼兵只得三千,其气甚馁,必不能与我久持。我但坚守以俟其退,退而击之,必得大胜。今日不消得性急也。”众将皆称是,遵令各处严守,拒住贼兵。

原来呼延灼在嘉祥,本欲夹攻郓城,自接到宋江教他防备刘广,不可轻动之谕,便不敢兴兵。这日闻得徐槐杀入水泊,破了头关,林冲兵马又败,大为骇异,便集宣赞、郝思文、韩滔、彭玘商议,只得违了公明将令,发兵攻郓城。却又心下难决,只遣韩滔、彭玘带领三千名出去。那韩滔、彭玘攻郓城,攻了五日,官军坚守不出,毫无便宜。呼延灼见刘广一边毫无动静,便教宣赞、郝思文守嘉祥,自己领兵一万,去接应韩滔、彭玘。谁知那兖州的刘广,自闻徐槐攻梁山,又得徐溶夫转致牵制嘉祥之信,便教苟桓日日差人探听嘉祥信息。这日探得呼延灼大队出境,刘广便与苟桓、刘麒、刘麟点起兵马四万,即刻起身攻击嘉祥,一日即到城下。呼延灼闻报大惊,即忙转来,与刘广兵马遇着。刘广、苟桓的兵马本是训练有素,呼延灼被他牵制奔劳,如何敌得?当时交锋一阵,贼兵大败。刘广等四人率众奋勇厮杀,斩获无数,大掌得胜鼓回兖州。韩滔、彭玘闻报大惊,忙抽军回救嘉祥。任森见了,便驱大队锐骑掩杀出来,韩滔、彭玘大败。任森挥军痛杀,杀得贼兵全军败覆,韩滔、彭玘领百数残骑逃回嘉祥。任森收集人马,仍与汪恭人、徐青娘商议守备之法,差人报捷于徐槐。

徐槐闻报大喜,便策众力攻二关。宋江、卢俊义同吴用费尽心机,协力守备。徐槐兵马在二关下毫不相让。自春历夏,此攻彼守,相拒四月有余。中间彼此各有小胜小负,徐槐只是不退。此时徐槐已陆续收齐镇抚将军调拨的人马,又得贺安抚接运的钱粮,势力愈大,便将军马调作十余拨,匀派劳逸,轮替相代,竟将梁山四面合围。

宋江、吴用在围城中百计守御,十分焦急。宋江道:“这徐官儿兵势愈大,竟与我永远相持,怎好?此刻我寨内兵粮尚不见缺乏,但日久攻围不解,终属不妙。”吴用道:“不但此也,他三四月间还用力攻打,此刻他竟按兵四守,坐困我们,此其意不可测。我被他四面合围,弄得一人进出不得,外面消息竟无从探听,如何是好?”宋江愁急万分,不上几时,头发白了许多茎数。吴用仍教头目喽罗们去寻四边的僻路。忽一头目禀称寻着一洞,在后关外,北山下。宋江、吴用皆喜,忙问恁样的。那头目道:“小人见这山下榛棘中,好像有洞。便扫除了榛棘进去,果然是洞。小人随即进洞细探,果然通外面的。”吴用道:“外面通甚路?”头目道:“只有一条崎岖狭隘小路,直到运河。”宋江道:“运河寸寸节节都有坝闸,对岸密麻的都是东平州营汛燉煌,如何用得来兵?”吴用道:“用兵虽用不得,但有此一路,可以探听消息,亦是天赐其便也。”便差戴宗出去,先往东京打听,转来便往泰安、新泰、莱芜、嘉祥、濮州各处,都打听些消息,速即回报。戴宗领命,即日由后山洞偷出,飞速往东京去了。

原来种师道自征辽奏凯回京之后,天子本要就命他征讨梁山。那时蔡京尚未正法,一心要替梁山出力,便奏称:“边庭重地,不可无人,仍请命种师道去镇守。”天子竟准其奏。吴用也闻知此事,所以一向不以东京为虑。自蔡京正法之后,种师道仍出镇边关,因力保张叔夜可当征讨梁山之任。天子准奏,便召张叔夜内用。适因高俅奉差误事,辜恩溺职,天子便将高俅贬了三级,削去太尉之职,便命张叔夜升授太尉,因与叔夜议征讨梁山之事,便命兵部先行检点军马。戴宗一闻此信,惊出一身大汗,急回头便走,也无暇往泰安等处,便取路急回梁山。正走到东平地界运河岸边,忽回头见一人徘徊岸上,戴宗认得是公孙军师的心腹,吃了一惊,悄问其故。那人悄答道:“公孙军师有紧急文书差我投递,如今我到了此地,无路可入,怎好?”戴宗便邀他同取后山小洞,到了大寨。

宋江得闻张嵇仲将放经略之说,吓得魂不附体,看着吴用道:“怎好,怎好?”吴用道:“且慢。事至于此,已危急万分,兄长急坏无益,待小可想一法来。”宋江只顾自己口里嘈道:“可惜蔡京已死,不然求他斡旋最好。”吴用正在低头沉思,一闻宋江此言,便顾宋江微笑道:“既失大龟,盍求小子?”宋江恍然大悟,便教萧让赶紧修起一封求童贯的信来。萧让领命退去。那随戴宗同来的差人,便呈上公

孙胜的文书。宋江拆开看时,只见上写着:

> 云天彪率领大队人马来攻泰安,小弟策众守备,幸未疏虞。因探知陈希真女儿伤已平复,希真日日操演人马,想不久亦便要来滋事矣。小弟两边策应,深恐疏失,特请兄长与吴军师教之。

宋江见了,又添一重焦急。吴用道:"这泰安三城,本是紧要所在。我此来本欲速退了这徐官儿,便去策应那边。如今本寨兵围不解,泰安又军报紧急,为今之计,只有兄长亲赴泰安,助公孙兄弟协同保守方好。"宋江听罢沉吟。吴用道:"泰安三城乃紧要所在,若使此处疏失了,云陈两处兵马无阻无碍,直达本寨,为害不小。小弟因公孙兄弟未必支得,所以请兄长前去。这里山寨,小弟同卢兄长在此协力保守,力想一法,破这徐官儿,兄长勿忧。"宋江点头依允。只见萧让将信稿呈上,宋江、吴用一看,都称甚好。便命萧让即速誊清,又命即速办齐贿赂。次日,便命戴宗带了书信、贿赂,飞速往东京求童贯去了。戴宗已去,宋江也随即起身,带了几个伴当,由后山洞出去。

不说吴用与卢俊义守山寨,且说宋江出了后山,不数日,到了泰安。公孙胜等迎入城中,诉说:"云天彪全队在秦封山下攻打,已有五十余日,十分利害。弟等百计守御,幸未失守。现在探得陈希真兵马已起,小弟已急教花荣赶紧备御。但如此两路受敌,如何是好?"宋江道:"吴军师筹画此处,三城联络呼应,四面险要,各设重兵,本是尽善之法。今日叵耐山寨被徐官儿所困,以致如此紧促。为今之计,只有各处严守,谅此地尽云陈二人之力,未必一时拔得。我但求保守得定,统俟山寨围解之后,再定计议。"公孙胜称是,便一面传知新泰花荣、莱芜朱武,这里请宋江同往秦封山督守。忽报官兵已尽行退去。宋江、公孙胜都大为诧异,亲赴秦封山去,差人再去探看,果然去远了。宋江不解其故,又不敢追击,只得督令加修寨栅,训练兵丁。忽报陈希真差上将领兵一万,直奔新泰,花荣在望蒙山协力堵守,闻得后面还有官兵,希真父女亲自要来,为此特来请令。宋江大忧,先差人去教花荣且自严守。这里日日去探天彪兵马,果然尽行归镇了,宋江方委公孙胜督众保守泰安、秦封,自己领鲁达、武松并泰安兵五千名,星夜趱程赶到新泰,直趋望蒙山,只见花荣远远迎来,并无官军。宋江见了花荣,便问道:“官军何在?”花荣道:“连日攻望蒙山,昨日小弟还与栾廷玉厮杀一阵。收兵后,三更时分,他营里尚是火光烛天,渐渐澌灭。及黎明后,探得尽剩空寨,所有人马一齐遁去。”宋江大怒,便传令追击。花荣忙谏道:“我们今日只求没事罢了。追上去,万一中其奸计,悔不可及。”宋江只得依言。领军马进了新泰城,住了十余日,忽报云天彪攻莱芜紧急。宋江忙令花荣紧守新泰,自己领兵往救莱芜。及到莱芜,说也不信,竟又是新泰的老戏法。宋江怒极,领兵追去,果然中伏,大败而归。天彪也不追转,只顾领兵退去了。看官,你道这是何故?原来天彪起初攻泰安时,本想一鼓而下,不料贼人守御得法,攻了一月有余,只是不动。天彪便遣人与希真商议。希真想贼人三城联络,四面险要,一时本难猝拔。为今之计,不如用春秋伍子胥疲楚之法,各将兵马派匀,轮替攻击,令其无一日之安。又不择东南西北,随处攻击,令其茫然不知我所图者在何处。待其疲乏厌怠,然后突用大军,并力进剿一路,必得大胜。当时想停当了,便修书答报天彪。天彪大喜,便依计施行。宋江大受其困,半年之间,奔命九次。明知天彪、希真用计困他,亦叫做无可如何,只得恨恨而已。后事按下慢表。

且说徐槐围梁山,自二月至六月,围得梁山十分危急,又接到张嵇仲书信,言不久便有天兵征讨,劝其守待天兵,万勿疏虞。徐槐得信大喜,众将皆喜。徐槐传谕各营,严禁守备,静候天兵。不料自六月至八月,日日盼望天兵,只是不来,徐槐大疑这一事,不知为何助逆弃顺,真叫做无巧非书。有分教:群盗残魂苟续,留须盈贯之诛;真仙大愿渐成,终著精忠之望。

毕竟天兵不到是甚缘故,且听下回分解。

第一二三回　东京城贺太平诛佞　青州府毕应元荐贤

话说徐槐接到张嵇仲书信，静候天兵，眼睁睁望了几个月，只不见天兵到来。徐槐正在疑惑，忽一日接阅京报，方知睦州方腊造反，贼势浩大，童贯奏请将征剿梁山之师，改征方腊，奏稿剀切详明，申言梁山现有勇干大员进剿，不日可除，似可无庸专伐。其奏词内有云："陈希真才冠三军，云天彪威扬全省，刘广统强兵以压盗境，徐槐率轻旅以捣贼巢，小丑就擒，指日可待"等语。天子动听，朱批："所奏甚是。"即命张叔夜为经略大将军，统领二十万人马，赴睦州去征剿方腊。张叔夜明知童贯中有诡诈，只因方腊势力猖獗，征讨亦不容缓，今日已奉简命，不能不去。当日受命谢恩，回府沉思道："童贯奸贼，默右梁山，其意叵测。我令奉旨远征，独留此种奸佞在朝秉政，将来为害不浅，如何是好？"又想了一回道："有了，古人有荐贤自代之法，今山东贺安抚，其人深能辨别贤奸，外貌虽委蛇随俗，而内却深藏风力。若使此人在朝，必能调护诸贤，潜销奸党，我明日便在官家前，力保此人内用罢了。"

次日，叔夜入朝，便请召贺太平内用。天子允许，即日便传旨加升贺太平为吏部尚书，兼理太尉事务，来京供职。叔夜谢恩。待到天子所命的出师吉日，便率领张伯奋、张仲熊、金成英、杨腾蛟、邓宗弼、辛从忠、张应雷、陶震霆，统领天兵，辞朝出征。原来这邓、辛、张、陶四将于上年秋冬，本年春初，陆续调京内用。四人恰做了四城兵马司总管。张叔夜见四人才勇超群，此番出征，必须此等上将方可成功，便奏准了天子，调拨四人，一同协征。当时天子御饯叔夜。

叔夜领旨，率诸将天兵进趋睦州。途中伯奋请道："睦州路远。军情事重，防有紧急事务，父亲尚须遴选专事往来差官一员为妙。"张公沉吟点头道："有了。我记得种经略处有一人，姓康名捷，为种公驱驰多年，甚为得力。我今日不妨备文移调，谅种公必不我却。"

说罢,便缮起一角文书,差人赍到种公处去。这里一面督兵起程。果然行至中途,康捷奉命而至,一同向睦州进发。讨平方腊,这是另一起公案,不涉水浒之事,不必细表。

且说一件事来,也是国运兴隆,合当除奸削佞。这件事却是衅启闺帏,功归廊庙。原来童贯因蔡京引进了梁山路头,近来因宋江事急相求,又得了宋江的油水不少。童贯实是老奸,一点不露形迹,即如阻张公征讨梁山之师,反以攻方腊为词,又极力赞扬云陈诸人,外面看来,岂非一片公道?不知从中包藏奸宄,误国卖权,实实罪无可逭。当时圣明天子以及在朝诸臣,一时都看他不出。谁知天道昭彰,自古无不破之奸凶,那童贯百般诡秘,却不知不觉弄出一件事来。原来童贯自富贵之后,娈童季女,充室盈房,虽不能举行实事,但意淫目构,倍胜于人。就中有个最钟爱的小子,名唤珠儿,年纪十有七八,生得曲眉丰颊,俊俏异常,又粗通文墨,作事乖觉,童贯派在内书房管理一切书札。至于上房姬妾虽多,也只有一个极宠爱的,本是童府里乳娘带来的女儿,小字阿绣。后来长得十分标致,性情又极伶俐,童老便消受了,合家便称为绣姨。童贯在他身上,真是百般优待,千样温存。谁知那绣姨因徒受虚声,都无实惠,未免心内有些不自在处。童贯全然不觉得,只是日日照常过去。那珠儿素常掌管笔墨,递送书札,有时童贯在绣姨房内时,珠儿便进房内投递,童贯宠爱他,也不呵斥,也日日照常过去。

从此人不知,鬼不觉,那珠儿同绣姨,竟不待父母之命,媒妁之言,两相交易了。起初时把个童老头儿瞒得实腾腾地,困在鼓里撒擂。日后也渐渐有些刮到他耳朵里,因想这阿绣终不是真妻室,且装个假聋,由他们去;忽念无故弄出个当龟的名声,心中大为不悦,便一心要处治他们。

也叫做天网恢恢,合当有事。往常童贯回府,必先由外通报,内外大小各守职迎待。这一日童贯回来,绝无消息,一脚直奔到阿绣房中,只见阿绣斜靠妆台,珠儿在后,为其整理簪珥。童贯蓦地一惊,放下那张不好看的面孔来。珠儿见颜色不善,丢开了手,往外一跑。童贯在屏门前见他跑出,便对着珠儿粪门两靴脚踢去,珠儿只顾一溜烟的跑出去了。阿绣也立起身，红着两只俏眼，低声作泣道："珠儿害我，他无缘无故走进来。"此时童贯又气又爱，倒弄得毫无主张，进房坐下道："你们这般不要好！"阿绣道："珠儿害我，我不要做人的了。但这回并不曾同他怎的。我今晚死了，还要求你好好的收殓我。"说罢，呜呜咽咽的啼哭起来。看官，这番情形，如何骗得过老奸巨猾的童贯？只因童贯十分钟爱这阿绣，又恐怕这事声张出去，弄得名声不好听，便堆下好面色来道："你也不用哭，下次不可就是了。"阿绣还要哭个不住，童贯又抚惜了几句，方才无事。童贯便在阿绣房中同吃了午饭，方才出去，便到书房，只见珠儿也红着两眼，见了童贯，只是抖个不住，似乎怕打的模样。童贯道："不必装腔，下次不许进出罢了。"珠儿又陪了许多小心。童贯便吩咐老苍头、老仆妇，以上房石环门为界，男妇毋许混行出入，立了章程。那知童贯章程虽立，珠儿进出依然。日复一日，又有些刮到他耳朵里来，童贯无可如何，也只得大度包容，只求不声张出去而已。那珠儿和阿绣因为童贯上回一番发作，又立了这样章程，弄得进进出出十分碍手，真所谓畏首畏尾，身其余几。所以两人当情酣意浓之时，或闻人声，或闻狗叫，必惕然惊起，苦不可言。两人时常相对愁叹，也叫无法。

话中单表珠儿每当府中无事之时，常常上街闲行，戏馆茶坊，寻些快乐。众人因他是个相府亲随，仪表又好，谁不想结识他，所以珠儿到处，有人夺会酒钞，会茶钞。珠儿少年高兴，也喜欢结识些朋友。

正是天假奇缘，奸臣数当伏法。那贺太平奉旨升任吏部尚书，将要进京，适值当家管总的一个老仆因病亡故，无人堪任此职。此时盖天锡已升东昌府知府，与贺太平本来最为投契，闻得贺府少一得力家人，遂荐一个姓高名鉴的。这高鉴是盖天锡亲信的人，为人有才识，有智量，生性朴忠，又最和气。贺太平一见，便极欢喜，当时收用了，一同进京。原来贺太平生得面皮黄绉，须发苍白，腰背微偻，举步安详，声音幽静。童贯辈素来叫他做贺鼻涕，所以此番进京内用，那些奸党，竟没有人来畏忌他。那家人高鉴在府中，也不过掌管些家常事务，公忠勤谨而已。

一日，那高鉴出来闲行，忽被那珠儿看见了。珠儿便叫声："高二伯伯!"原来珠儿本是山东人,他的老子曾与高鉴同事过的,所以认得。当时高鉴也回叫了一声,两人便相邀茶店叙坐,彼此各问了原由。那珠儿本来欢喜拉扯,又见高鉴是父辈朋友,更兼高鉴也是相府仆从,同声相应,同气相求,便邀高鉴到酒馆里去。那高鉴本来和气,又与珠儿多年不见,今日珠儿又邀得亲热,不忍拂他的意,便随了珠儿同去。当时酒馆中两下谈说,倒觉知己。次日,高鉴也回请珠儿。数日后,珠儿又回请高鉴。由是彼此盘桓,往来月余,便觉得十分亲热起来了。

一日,同游承天寺,静室闲谈,不觉谈及主人的知遇看承。高鉴便将贺相公如何听信他,如何委任他的话,说了一遍。珠儿蓦地记起童贯踢打之耻,便道:"老伯福气好,遇着这样精忠主人,得展才猷。"高鉴全然不觉,便道:"贵上人身居相位,国家柱石。吾弟协理公务,亦是勤劳王事。"珠儿沉吟半晌,道:"老伯真所谓但知其一,不知其二。"高鉴听到此际,心中大疑,便问道:"此话何来?"珠儿道:"咳,说他做甚!"高鉴不好逼问下去,遂将此话放在肚里,那口里却说向别处去了。

当下闲谈一番,高鉴肚中寻思道:"我时常闻得旧主人盖相公说,童贯那厮是个奸臣,只是访他不着真凭实据。今日我听这珠儿口中的话,大有蹊跷。莫非这奸人,合当天败?休管他,待我赚他一下。"便对珠儿道:"贤弟今日有没有公事?"珠儿道:"没有公事。"高鉴道:"既如此,何不请到舍间一叙。"珠儿应诺。

当时二人出了寺门,高鉴竟邀珠儿到了自己家中。高鉴道:"今日屈驾来舍,一因贵务闲暇,可便长谈;二因家有薄酿,聊申微意。"珠儿称谢,叙坐。高鉴吩咐家里治酒。

须臾间,里面搬托出来,主客谦逊就坐。果然好酒,珠儿称赞不绝,高鉴不住的劝侑。酒后话多,扯东拉西的已说了一大片。高鉴乘势又提起那主人知遇的话头,那珠儿口里终不提及自己主人。高鉴已瞧科到七八分,便道:"贵上人童郡王精忠报国,中外咸仰。吾弟在他手下,真个不枉。"珠儿听到此际,本不肯说出童贯阴谋,奈因一来酒后,二来年轻,三因高鉴打伙之情,四因童贯阻奸之隙,便开言道："老伯，你兀自道他忠臣哩！我同老伯情分，不比别人，但说何妨。"便将童贯怎样怎样私通梁山的话，从头至尾，细细说了。高鉴故作愕然道："贵主人有这等举动？"珠儿道："梁山书信，常常往来。"高鉴道："嗄，那书信怎样写法的？"珠儿道："明日拿来与你看看便知。"高鉴道："倒要瞻仰瞻仰。"说到此处，又另谈别项事了。当时两人畅饮而别。临别时，珠儿相邀，明日酒楼上回请。高鉴领诺。

到了次日下午，高鉴果不失信，直到童府来寻珠儿。珠儿甚喜，便一同出去，到一所酒楼上去。酒至数转，珠儿笑嘻嘻的向怀中取出那封梁山寄与童贯的书信来。原来是珠儿同阿绣商同了，向内室去偷出来的。高鉴一接此信，心中倒蓦地诧异起来，暗想道："这封书来得直如此容易！"便收了那信，立起身来，附着珠儿的耳朵道："这里人多，此信不便开看。"一面说，一面便将那信揣在自己的怀里了。方将坐下，忽贺府中一个亲随气急败坏进来，一见高鉴，便道："高二爷果然在此，老爷有件要事，等你已久，快去，快去！"高鉴一听，便立起身对珠儿道："敝主人既有要事，只好改日再会了。"说罢，便同那亲随离了酒楼，一直奔到贺府。见了贺大人，完结了那件事。高鉴便请屏退左右，将那封书信呈上，并禀说如此如此得来。贺太平听了，并将那信从头至尾细看了一遍，又看那信内接到日期，确是童贯亲笔标写，勃然大怒道："我说童贼大有蹊跷，原来如此。"便教高鉴退去，吩咐备马。

原来贺太平作事，凡样迂徐，惟有涉到举贤、除奸两桩事上，便刻不停留。当时怀了这封书信，直达宫前，叩阍请见。时已酉牌，天子正在内宫，黄门官报入，天子急忙召见。贺吏部进前，便将出童贯书信，面奏童贯奸慝误国。天子听了贺太平所奏，又见了童贯亲笔，不觉大怒道："怪道这厮时常谏阻征讨梁山！"便立刻传旨，召童贯当面。天子一见童贯，也不说话，只将宋江之信掷与童贯。童贯一看，吓得魂不附体，俯伏金阶，一言不发。天子便命拿交刑部。可怜一个位极人臣的童贯，早上还烜赫朝中，晚间已拘囚狱底了。京中臣民，骇异之声，不绝于耳。那珠儿方自酒楼回来，闻得童老已吃拿了，喜出望外，便同了阿绣，卷了细软，见几而作，腾云价不知去向了。

次早，圣上传旨，将童贯家私尽行抄没。第三日，三法司汇奏童贯罪状，天子便传旨，将童贯绑赴市曹正法。童贯临刑之时，方晓得此案系贺太平所奏，浩然叹道："我素常笑他是个鼻涕，不料今日死于鼻涕之手！"须臾间，一道灵魂往业镜台去了。士民无不称快。天子便命贺太平供枢密院使之职。贺太平因高鉴举事敏捷，得除大奸，甚为欢喜，便重赏了高鉴，从此大为重用。又深服盖天锡知人之明，便在天子前密保盖天锡。天子也深知盖天锡才能可用，山东检讨使缺出，天子便命盖天锡特升山东检讨使，传旨山东去讫。按下朝中之事。

且说盖天锡奉旨升任山东检讨使，端的秉公率事，去佞举贤，政声愈著。其时济南府推官毕应元，就是那年在曹州府做押狱的，因其才能强干，深得贺太平器重，一力提拔，直做到这个位分。今又值盖天锡做检讨使，毕应元本是旧属中之知己，此刻上下相孚，更为莫逆。因青州知府缺出，盖天锡特保毕应元升任。真个是人地相宜，才能称职。时值初夏，毕应元收拾了行李，禀辞了盖天锡，由济南赴青州。

当时出了济南城东门，一路车仗马匹，平坦道路，到了接龙山，按站歇宿。次日行抵集凤村，弃岸登舟，由沉鼋港一路直抵章丘县南境梦熊河。时已傍晚，到了站头，泊舟堤下。毕应元吩咐仆人造饭，自己负手出篷，四边闲看，只见群舟停泊，一片灯光与水光相映，大小桅樯密麻也似的排列堤下。那堤岸高二三丈，连云屹峙。

毕应元看了一回，走进舱来，吃了夜饭，就在灯下观书。夜分已深，方将就寝，忽听得人声喧嚷，群舟纷纷解缆，十分忙乱。毕应元急忙出问甚事，舟子道："老爷快请舱内安坐，这里堤岸将倒，小人们解缆急避也。"说未了，群舟已纷纷离岸。不多时，只听得天崩地塌的一声响亮，那条长堤已坍倒了四十余丈。幸喜各舟回避得快，未曾打坏一只，只听一片声叫运气，叫个不绝。

毕应元问舟子道："这堤岸我方才看他好好的，为何忽地崩坏？你们为何预先晓得？"舟子道："老爷有所不知，这河里有个猪婆龙作怪。这猪婆龙最喜攻决堤岸，方才小人们听得堤下水声异常，便晓得这孽畜作怪也。"应元道："原来如此。这倒是一方巨害，理合速行设法驱除。”舟子道:“数日前这里地方上共想一个钓他的法儿,原来明日举行,不料今夜他先作怪了。”应元道:“今夜他既如此,想明日一发要捉他了。”舟子道:“正是。”应元道:“这猪婆龙怎样捉法,我明日且看他们捉了再去。”当夜无话。

次早舟子进来禀道:“老爷要看捉猪婆龙,他们此刻来也。”毕应元甚喜,便叫推开船窗。应元凭窗看时,只见一只小艇,五六个渔人,载了钓具,到了江心,便将那棍子粗细的一根钓索,钩了香饵,投下江去。众人都静悄无言。不移时,只见数内一人叫道:“有了!”众人急收绳索,却叫声苦,原来这猪婆龙力气倍常,众人收索子时,他尽力往后一退,这船上五六个人险些都被他拖下水去。众人急忙将索子吊在船上,那只船已被猪婆龙拽得飞也似去了,众人皆惊。只见那船随了水中的猪婆龙到了一处岸边,那船汩的往水里一沉,吓得众人面如土色。幸喜那船却不认真沉下,渐渐在水面浮定了。众人将船拢岸,大家都上了岸,就岸打了个桩,将索子头在桩上系牢了。毕应元暗想道:“这猪婆龙真个大力。方才这船在水上一沉,分明是他寻着了石骨,忽的钻入水底去据石骨之故。他在水底一钻,这船自然在水上一沉了。但他已据了石骨,一时倒难取他,且看他们如何设法。”只见众人在岸上,略歇了一歇力,便再邀几个帮手,在岸上一齐拿了索头,一声打号,众力齐举。只见那条巨索,好像水底下生牢的一般,休想拽动分毫。众人拽了好歇,力气已尽。岸上看的人已团箕般立拢来,数内有几个人不服气,便一哄哄起了三十多人,再来协力共拉。只见呼喊连天,烟尘陆乱,拉了好半歇,那根索子动也不动。那三十多人一半还拉住索子,一半已丢了手,喘呼呼地看着水里,束手无计。

毕应元在船里,也看得呆了,替他们想不出法儿。那对岸看的人,也如围墙般立着,正想渡过河来帮他们。忽见这岸人丛中有一个老翁,须发苍白,精神矍铄,臂长腰挺,面赤耳长,挨近岸旁,扬声道:“你们做甚?”连问数声,一个壮汉道:“你问他做甚!我们拉龙,你可来帮帮么?”那老人冷笑道:“甚么叫做拉龙?只怕你们这样拉式,就拉蛆也拉不起来!”内中有几个不服道:“你这老儿不懂人事!我们多少人拉不动,你有多大本领,来说风凉话!”那老人道:“嗄,原来如此,我倒不信了。”那群壮汉呼的将绳索递与老人道:“你不信,便是你拉。”毕应元在船内暗点头道:“这人倒有些古怪。”只见那老人不慌不忙,接绳在手,却并不拽动,反将岸上一大橛绳索放入江内。约有半时之久,旁人冷言微笑半多不解,忽听得水中硼然一声,众人都吃一惊。只见那老人迅手拽起绝大一件东西提到岸上,两岸齐声喝采。众人急忙上前,乱钩乱搭,竟是一个大大的猪婆龙。只见那猪婆龙左爪已断。原来猪婆龙的前两爪,深据沙中,最为有力,所以任凭牵扯,只是不动。待老人将绳索放松片时,他却拔松了一爪,去挖上颚的钓钩,吃老人猛然一拽,应手上来。但一爪据沙,力已非常,若非老人大力,亦断不能拔断其左臂也。

毕应元见了,大为惊异,忙令亲随上岸,请那老人登舟相见。那老人笑道:“致谢相公,老夫现有要事,容日再当禀见罢。”毕应元在舟中又打发第二次人上岸道:“请老先生少留,容主人登岸亲见。”应元一面便出舟登岸。那老人见其至诚,便随着应元同到舟中。应元逊坐道:“适见老先生神力异常,不胜钦佩,敢问尊姓大名,仙乡何处,高寿何年,愿领大教。”老人深深长揖答道:“老夫姓庞,名毅,小字致果。祖贯泰安人氏,现在暂居此地章丘县界。虚度七十三春。自幼不成一艺。”应元恭敬道:“先生武技绝伦,词论高雅,必有一番著绩,敢问幼壮年间,曾有若何功业。”庞毅道:“长官谬赞了。老夫乃汉臣士元之裔,业儒数世。老夫幼年,也曾攻读诗书,暇时习练些武艺。记得那年嵇仲张公做甘肃兰州录事参军时,老夫正做兰州提辖。那时年富力强,正值张公平定西羌,老夫备员行列,效得微劳,因迁团练,升授防御。后张公内用,老夫仍在兰州,只以性情刚戾,与上司不相投合,以致沉滞多年。后闻张公为蔡京所害,贬谪西安,老夫闻信之下,愤惋不食者数日。又因自身现在地位,亦毫无功业可建,便辞退原职,告休回家了。回家之后,无所事事,少年狂态未除,聊以入山采猎为戏。当世英雄中,老夫素所称许者,乃是蒲州大刀关胜,窃以为此人忠勇轶伦。续闻那厮竟降于贼,诧异不绝者累月。因叹世上人心难测如此,遂不敢出而问世了。家居多年,倒也躁释矜平。

那年云将军攻讨清真山，老夫在泰安，正是咫尺之地，颇有人劝老夫投军。老夫因想，年纪老迈，还有何用，况且云将军手下谋士如雨，勇将如云，也不少我庞毅一人。因此俄延不出。今日闲游过此，偶见孽鼍害人，未免又使少年豪兴。适被长官见之，窃恐为长官所笑。”应元道：“先生说那里话来，眼见得文武高才，老当益壮，定是笑傲当世，不屑屑于荣禄者。如不见弃，愿订金兰。”庞毅道：“承长官过爱，只是老夫痴长。未免妄僭了。”当时在舟中便焚香证盟，订为异姓昆仲。毕应元便吩咐舟中治筵席。庞毅道：“既承仁弟不弃，一见如故，可以无须如此客套。舍下离此不远，愿请行旌小住一日，未知可否。”应元欣然应诺。

庞毅家在章丘县东境，应元此去正是顺路，遂命舟解缆前行。只听得岸上那班人还在那里哄哄的讲说猪婆龙的利害，老头儿的本领。毕庞二人自在舟中畅谈。不多时，同到了庞氏草庐。庞毅请毕应元登岸，只见三间矮屋，斜临江口。庞毅指着对应元道：“这就是愚兄舍下也。”相邀一同进去，里面院子极其空阔，廊下排列些弓矢刀枪，叉钯棍镋。只见面前三间平屋，左首窗前倚着一把厚背薄刃截头大斫刀。毕应元近前看时，约重六十余斤。应元道：“想是老兄军器也。”庞毅点头道：“正是。”当时逊应元进内坐地。只见有十余人供奉驱策，内外肃清。

少顷，摆上酒肴，庞毅逊了坐。应元见他珍馐百味，不同于人，异样品类，异样烹饪。应元一一问了，庞毅一一答道：这是豹肝，这是虎脑，这是狼臂，这是豺髓。诸如此类，真是尝所未尝，应元极口称许。庞毅道：“山肴野味，不足供君子之餐。今仁弟既是通家，勿嫌亵渎。”应元谦谢。

席间应元问起：“老兄贵贯泰安，何年迁居此地？”庞毅道：“说起来，倒也一大段缘由。愚兄自兰州退归之后，泰安境下伏处多年，舍间就在秦封山内。这山外面峻险异常，入内蹊径弯杂，所以那年三山闹青州时，各处村坊均被扰害，独有此山安然无事。后来梁山巨贼每犯青州，必经秦封，却因地势险阻，从未敢来。愚兄生性怀安，也因循不迁。上年忽闻泰安来了一位姓寇的总管，懦弱凡庸。愚兄看到此际,深恐不好,便挈眷避居在此。谁知迁避不上半年,泰安已陷,愚兄真深惭天幸也。”应元佩服其先见,便动问秦封山形势。庞毅道:“此是愚兄朝夕进出之所,岂有不知?”便将山前、山后、山左、山右的形势细说了一遍,又道:“那时愚兄因贼兵新到,情形未必熟悉,愚兄原想募集乡勇,杀退强贼,恢复此山。但因经费烦多,难以召募。即使募得几名,不加训练,亦未必可用,为此观望中止。况且云将军现在节制青莱,雄兵十万,韬略如神,料想泰安不久亦当恢复,正不必草野愚夫多此一事也。”应元听到此际,暗暗点头道:“天诱其衷,应元得遇此公,想云统制合当添一臂也。”当时与庞毅谈起云统制智勇双全,才能出众,手下一无弱将,制胜万里,真是朝廷柱石之臣,你谈我说,兴会淋漓。庞毅又深羡毕应元际此名将属下,真可大展才猷。毕应元又说些当此群贤际遇之时,理当少竭愚才,报效王国;便说到大丈夫乘时建业,休错机会,因劝:“庞兄奋建暮年功业,追迹鹰扬。”庞毅奋髯而起,慨然应诺。当下一番畅谈,正是酒逢知己千杯少。

看看夕阳在山,两人俱不觉颓然醉倒。夜间,毕应元就在庞宅安歇。次早起来,应元因上任程期迫促,只得告辞,相订一月之内,庞毅到青州府盘桓,恋恋不舍而别。

毕应元即由章丘东境起岸,不日到了青州,接理青州知府印务,谒见了云天彪。天彪见应元仪表非俗,十分敬重,接谈之下,异常投合。应元连日进见,一日忽论及泰安之事,天彪道:“总须审明秦封山形势,然后进兵,方为上策。”毕应元便特表庞毅深悉秦封形势,兼且武艺超群,提及路上如何得遇,如何捉猪婆龙之事。天彪亦甚惊喜,便教毕应元写起一封书札,差一心腹官,赍了聘仪,持了书信,径到章丘县去聘请庞毅。

不数日,庞毅携眷同了差官来到青州。差官去统制署中销了差,庞毅先到知府署内见了毕应元。应元甚喜,欢谈一回,便与庞毅同去见天彪。天彪接见庞毅,叙礼逊坐。接谈数语,天彪大悦,吩咐内厅治筵相待,邀毕应元相陪。三人聚谈,甚为投契。酒毕,天彪命送广宅安置庞毅,又送衣服器具之类,甚为周备。

数日后,天彪请庞毅进署,细问秦封山形势。庞毅一一具对,了如指掌。天彪大喜，便聚集众将商议攻取泰安之策。忽阍人传进江南家报到来，天彪慌忙拆看。看得未及数行，只见云统制阿呀一声，往后便倒。吓得众人目定口呆。

不知为甚缘故，且听下回分解。

第一二四回 汶河渡三战黑旋风 望蒙山连破及时雨

却说云天彪接到江南家报,拆看数行,立时晕倒。大众不知家中有何祸事,毕应元便即携书一看,知是云老太公于七月初七日仙逝之信。一时众人齐集上前,唤醒天彪。云龙在内闻报,飞速出来,一看书信,也即放声恸哭。天彪苏醒转来,大叫道:“生不能奉事,殓不能凭棺,云天彪万死莫赎了!”大众齐声劝慰。天彪号痛一番,饮泣一番,神气稍定,与云龙同取家报,重复从头至尾细阅,方知子仪太公因年高颓热,殁前三日神情微觉不适,忽传集家人面谕道:“我梦不祥,去期将至,后事应得如何如何办理,毋违丧制。我有遗训一通,可寄至青州毋失。”天彪阅至此处,忙索信后,果有太公亲笔一纸。天彪持训号哭,匍匐于地,泣血看视。云龙亦随在后面,俯伏地上,拭泪同看。只见上写着:

> 嘱天彪大儿知悉:人谁不死。我年老矣,死固其所。况一生上不愧于国,下不愧于家,我死亦无遗憾。愿为我子孙者,居家则孝,为官则忠,勿陨家声,毋坠我志。至于毁身哀瘠,徒自伤怀,于九泉何益哉?况汝致身事国,此身乃国家驱驰奔走之身,若令哀毁废没,则上负乃君之知遇,即下负乃父之属望也。戒之!陈道子颇知自爱,是我之所最爱企者,为我道辞。七月初五日,子仪特谕。

天彪看毕,同云龙一齐起来,又痛泣一番。大众又劝其仰承遗嘱,不可过哀。天彪即时将兵符印信交与总管傅玉护理,一面叠起讣状,报知各镇。惟陈希真处,附寄一封专信,提及遗嘱道辞之意。这里就都统制署内设座守孝,开丧致客。各官员赠赙吊奠络绎不绝。风会在清真营接到讣信,大惊,即时备下仪物,亲来吊奠。想起风云庄聚首之情,不禁悲从中来,就灵前恸哭一番。又慰劝天彪一番,仍回职守。天彪开丧事毕,择日率领云龙、刘慧娘及众眷,奔丧回江南风云庄去了。

且说陈希真自那年汶河渡战败之后，回镇休养训练。待至春和，陈丽卿养伤亦愈，惟真大义伤未痊可。希真见自己兵马精足，而新泰等处守御得法，因与云天彪商议亟肄多方之法。年余以来，云陈两处钱粮不费，兵甲不顿，又且小有斩获，宋江早已被他溜得奔走疲乏。这日，希真在署内后堂，祝永清、祝万年都在。希真正议致书与天彪，夹攻新泰，忽接到云太公讣信，并知遗嘱后提及道辞，不觉失声恸哭道："子仪叔，自那年风云庄一别，不料竟成永诀了！"万年、永清也都悲泣起来。丽卿追想到风云庄一番厚待情节，放声恸哭。因此父女二人索性想到逃难时的苦楚，不觉血泪并流。希真道："我为职守所羁，不能往吊，速备厚实礼仪，写下恳切祭文，差人前去。"丽卿道："这个自然。但我处先须设位祭奠。"希真称是。当即遥向江南风云庄，供立云太公神位，三牲五鼎，虔备香烛，父女二人泣叩祭奠，真所谓如丧考妣。

事毕，希真复集诸将商议道："本帅初意，欲与云统制夹攻新泰。不料事出意外，云统制丁艰回籍，我处失一帮手。现在贼人盘踞新泰等处，已有年所，若不速行剿灭，必至养痈贻患。看来此处，只有我们独任其事了。"众将称是。当时便传谕各营将弁，检点军士马匹，一应粮草器械。令方下，忽报护理都统制傅玉差人投信，希真即时拆看。原来傅玉诚恐智谋不及天彪，与众将商议，此番如欲兴兵征讨，究当请教老将，因此专信前来。希真见信，便默想了一回，令来差且暂休息。次早给与回文，信内言："贼人泰安、新泰、莱芜三处联络相守，势难猝拔。为今之计，请傅统制领重兵扼住秦封山、天长山等处，以便景阳兵攻取新泰。如新泰收复之后，泰安、莱芜势孤，攻取自易也。"差人领回文去讫，傅玉自然奉教而行。

这里希真点齐景阳、沂州、猿臂、青云四处大小兵将，乃是祝永清、陈丽卿、栾廷玉、栾廷芳、祝万年、唐猛、谢德、娄熊八员大将，四万人马。又移文至兖州镇刘广处，调真祥麟、范成龙二人，率领二千人马，前来助战。择日起行。真大义上前禀道："上年主帅屡次兴兵，因系设计诱疲贼人，不是真厮杀，所以小将不从戎马。今主帅此番兴兵，志在吞灭贼人，小将也愿同去。”希真道：“闻将军伤未平复，如何去得。”真大义道：“休管他，且去去看。”希真踌躇一回道：“将军卧病年余，未曾一试臂力，今日何不且试试看。”真大义欣然请令。希真命取十六力硬弓交与真大义。真大义接弓在手，尽平生气力，开得大半，觉右臂痠痛异常，支持不得，撇弓在地，大叹道：“大丈夫生于圣世，不能报知遇之恩，惭恨已极。”原来真大义那年在汶河渡与武松鏖战之际，因急闪不迭，右肩受伤，百般调治，创口虽合，筋骨已损，竟不可用。希真劝慰道：“那年恢复兖州，全出将军之力，将军也不为无功于国了。如今事已如此，也叫做无可如何，休要烦恼。”真大义叹了口气道：“罢了，魏先生与我同事，他功劳才智十倍于我，尚且退居山林，不乐仕进，我想望甚么。”遂就希真前告退了原职。后来希真替他表奏朝廷，给予都监半俸，养其终身。真大义自此叩别了希真，拜辞了各将，竟奔九仙山，与魏辅梁隐居去了。希真厚厚赠了资粮，洒泪而别。

言归正传，且说陈希真统领诸将兵马，由景阳镇浩浩荡荡向新泰进发。起程了一日，正欲安营栖宿，忽报检讨使盖天锡递到通行文书一角。希真即忙拆看，只见内开：“奉枢密院面奉圣谕，嗣后所有梁山大盗，就擒之日，讯系盗中头目，一概随地监禁，统俟巨魁获到之日，以备献俘”等谕。这角文书，是通行各镇、各地方衙门的，自然一体遵照。陈希真领了此谕，便吩咐众将努力擒贼，以副圣心。次早拔寨起行，不日到了蒙阴。早有喽罗探了信息，飞奔泰安，报知宋江。宋江自上年屡次奔命以来，这番闻希真又来，竟猜不出来意，只得飞速传谕花荣，率领李逵、杨林、黄信，先行拒住汶河，自己领鲁达、王良、火万城星夜奔命，到了汶河。希真兵马已在汶河南岸，又檄调召家村召忻、高梁、史谷恭、花貂、金庄，率领乡勇齐来下寨。西岸寨栅连云，旌旗蔽日，夹河相拒。足足拒了三日，并不开战。

李逵大肆咆哮，对宋江道：“他不过来，我不过去，等到几时？谁肯耐这股鸟气！万一等了几日，这厮们又鸟躲了去，我们又吃他哄了，实在不甘心。趁今日一直杀将过去，活捉那厮们来下酒！”宋江道：“你休乱说，陈希真那厮不是好惹的。此刻他对岸列阵，三日不见动静,不知又是甚么诡计。我今番只有静守,若直奔过去,必中其计。”李逵不敢再说,忍了一肚皮气,怏怏而退。

再说希真在营中,与祝永清商议道:“我与贼兵如此相拒,胜负难分,总须设计渡河决战,方可成事。”永清道:“昨晚卿姐想得一法,倒也用得。”希真问是何计,永清道:“他说请岳父在此严守,小婿分兵暗地抄到渡尾,由颛臾岭袭望蒙山。”希真点头微笑道:“若使吴用在彼,此计断难行得。如今彼军幸无吴用,且差精细探子去汶河渡尾探看形迹,再定计议。”永清称是。当时发探子去。不一时,探子转来回报,那里毫无贼兵。永清倒疑惑起来,道:“宋江智谋虽不及吴用,然何至疏虞如此,莫非另有诡计?”希真笑道:“贤婿休用心过头,反高看了这厮。这厮不守此路之故,我晓得了:他被我多方所误,待欲分兵四守,又恐我乘其力薄,用全力专攻一处,他却抵御不住,因此不敢兼管这路也。总而言之,吴用不在营中,此路进去,必无妨碍。”永清点头。

当时希真派永清、丽卿、真祥麟、范成龙、花貂、金庄,领兵一半,悄悄前去。丽卿得令,闻知竟用其计,大喜,便欲飞速进去。永清忙止住道:“不可。”当晚部署了人马,三更时分,掩旗息鼓,直到渡尾,抄过颛臾岭,约计行了数十里,果然无人知觉,渐渐到了望蒙山。只见望蒙山灯烛辉煌,却有贼兵把守。原来宋江守汶河,花荣深恐望蒙山有失,便请了令,带了鲁达、王良、火万城去守望蒙山。祝永清见了,心生一计,便令军马火速进去,直逼山下,枪炮弓矢一齐骤发,仰山攻打。花荣大惊,急忙督兵抵御。祝永清便差百余名兵丁,诈作败兵,直奔宋江营前,报称望蒙山已失。宋江闻报大惊,急令后队改作前队,令杨林先行,黄信护中军,李逵断后,飞速赴望蒙山救援。又吩咐李逵道:“你后队且慢动,使对岸不露消息。若敌军晓得我退,必然全师过渡,一时难御了。”李逵道:“哥哥不要管他,我在后边,只管放一百二十个心。他若敢追来,包管你来一千死一万,出出李伯伯的鸟气。”宋江再三叮嘱休得卤莽而去。

且说陈希真自遣永清等去后,约计永清兵马将到望蒙山,料得宋江必然退军,密令水军探子偷渡彼岸,探看形迹,晓得贼军业已拔动,惟留后队缓行。希真便率领祝万年、栾廷玉、栾廷芳、谢德、娄熊、唐猛、召忻、高梁、史谷恭，人马齐到岸边，呐喊振天，只是不杀过河。李逵见官军不过来，便想道："这厮一定见我走得慢了，所以不敢来追。如今鸟耐烦和他等过去，不如我走得快些，让他赶来，便好恶斗一场。"便传令速退。退不到数里，果见官军飞流竞渡，霎时间兵马盈岸。李逵大喜，急转身狠命来战。此时天已大明，陈希真见是李逵，便教唐猛、召忻、高梁道："你们三人快去，盘住这黑贼。须依本帅之计，如此如此，今番定可生擒也。但须先去其手中板斧，方可集事。"三人领令前去。希真便率领众将豁地分为两路，从李逵左右两边抄去。李逵不省事机，只顾虎吼般迎杀唐猛、召忻、高梁三人。希真兵马已抄出背后。此时宋江先行一步，与李逵中间脱节。希真急令军马从中截断。宋江见希真兵马已到，明知李逵失陷，不敢还救，便一直向望蒙山去了。

且说唐猛、召忻、高梁奉希真将令，敌住李逵。召忻一马当先，先与李逵厮杀，那唐猛、高梁都退去了。李逵见对面只得一人，便抖擞精神，轮动双斧，直劈召忻，召忻举镋相迎。两个就在衰草地上，一步一马，一来一往，一去一还，斗了六十余合。这金镋使展开来，如一片黄云；那板斧耍圆过去，如两团白雪。狠斗多时，不分胜负。召忻便诈作力乏，虚晃一镋，回马而走。

李逵见他去了，略略站定，把上身衣服卸去，脱得赤条条的，提起两柄板斧，如飞也似的赶上去。只转得一个林子，召忻早已不见。急得李逵暴躁如雷，大叫道："鸟贼那里去了！"言未毕，只见背后一人狂笑道："黑贼休急，俺等久也。"李逵急回头看时，正是唐猛。李逵更不答话，劈面就是一斧。不防唐猛一面铜刘早已卷到肋下，李逵急忙跳离数丈。唐猛见李逵闪开，便舞动那面铜刘，旋风也似卷进去。李逵大怒，轮起手中双斧，直上直下，挥霍撩乱的砍过来。唐猛毫不怯惧，耍开那面刘，浑身上下化作一轮满月，将李逵双斧敌住。气得李逵舞着双斧，急切没砍处。须臾间，那两柄板斧，盘旋左右，也化两条闪电。此时斧光、刘光早已熔成一片银光，不辨人影，但闻喊呼之声，震天动地。只见后面一员女将，舞动双刀，飞也似杀来，须臾冲到面前。

唐猛见是高梁，便将刘一闪，跳出圈子，让高梁去战李逵。高梁轮着双刀直取李逵，李逵双斧、高梁双刀扭合便斗。斗到三十余合，只见一片刀斧之光，飞腾穿插，变作四条杀气。正在狠命相扑，忽见召忻跃马舞镋而来，大叫："黑贼，你也好少息了！你那兵马已被咱们杀完，你还要恋战做甚？"李逵大怒，翻身又斗召忻。召忻舞镋敌住。那高梁更不住手，助召忻同战李逵。李逵战了几合，托地跳出圈子，大叫道："我也识得你们这班鸟贼，用车轮战的法儿，想弄杀我！我如今也不要命了，你们也休想好好的回去！"说罢，舞动双斧又杀入来。只见唐猛从右边卷舞铜刘，飞也似杀到。唐李二员步将，劲敌相逢，作个正战。召忻、高梁两马盘住李逵的左右，策应唐猛。

李逵一人敌住三员上将，力气虽乏，还能勉力招架。高梁见他如此，想道："此时若要伤他，却也不难。只是主帅务要生擒这厮，如何下手？"便把双刀一晃，纵马而出。召忻、唐猛盘住李逵。李逵见少了一个对头，略略放心，正在奋身鏖战，不防着耍的一响，一飞刀正中右手背上。李逵阿呀一声，丢了右手板斧。唐猛便乘势旋转一刘，卷过李逵后三路。李逵急忙转身，单只左手一斧，招架唐猛。不防召忻一镋，已卷进左胁，李逵急闪不迭，早吃那镋割开左腕，赤膊身上腕筋割断。李逵狂叫一声，左手斧也掼去了。唐猛撇了铜刘，忙将两手叉住李逵后颈，掀倒在地。不防李逵飞起右腿，正中唐猛膝盖。唐猛急闪，把手一松，几乎放起李逵。召忻即忙下马，撇了军器，拘住李逵两脚。高梁也飞马来助。任李逵万夫不当，到此也难为力，军士们蜂拥而前，把李逵同野猪也似捆绑牢紧，抬了去了。召忻、高梁、唐猛各收了自己军器，统领本部人马，押了李逵正身，并群贼首级，缓缓的随了大军，去见希真。

且说希真自将兵马截住宋江之后，宋江明知后队有失，不敢转来，只得直趋望蒙山，袭击祝永清。陈希真见了，即令祝万年、栾廷玉、栾廷芳去追击宋江。此时陈希真前面，是宋江的兵马；宋江前面，是祝永清的兵马；祝永清前面，是望蒙山上花荣的兵马：四队军马，五花三层价间错着。就中最吃苦的是宋江，夹在中层，左冲右突，厮杀不出。这边万年及栾氏弟兄纵兵掩杀,杨林、黄信二人一面迎敌,一面要保宋江,危急万分。陈希真已遣谢德从左边杀来,娄熊从右边杀来,希真同史谷恭分头指挥,众军大呼冲杀。

花荣在望蒙山上,正策众力拒永清,忽望见宋江被围,大惊,急令鲁达、火万城领兵杀下山来。祝永清急与陈丽卿、真祥麟、范成龙奋勇迎住,又令花貂、金庄去抢望蒙山。花荣与王良将望蒙山死命守住。鲁达、火万城在永清官军队里乱冲乱突。宋江在后面望见,便叫杨林、黄信奋力向永清一边冲去,与鲁达、火万城会着了,一同奔望蒙山,花荣、王良接应上山去了。

当宋江冲突之时,祝永清见贼兵舍命死闯,忙命军马分开,让出一条走路,放宋江过去。宋江已过,便合兵追击一阵,斩获无数。即将花貂、金庄收回本阵,与后面希真军马合在一处,就望蒙山下安营立寨。唐猛、召忻、高梁押解了李逵献上。希真大喜,当时升帐计功。这一战,夺过汶河,擒获贼人上将一名,斩首二千余级,擒获贼徒一千余名,夺器械马匹不计其数。虽望蒙山未能夺得,贼人军马未能全覆,然此场战功已非小可。希真记功录簿,慰劳三军,一面将李逵钉入陷车,差营弁押解到沂州寄收府监,严行拘禁。这里三军安营造饭,商议攻取望蒙山之策,慢表。

且说宋江上了望蒙山,方知望蒙山并不曾失,乃是为敌人所误,又知李逵遭擒,大怒,叫:"众兄弟儿郎休要息力,尽杀下山,决一死战,夺这汶河北岸!"花荣忙谏道:"陈希真诡计绝人,未可轻敌,况我军锐气新挫,惟有坚守数日,再行设计报复。"宋江那里肯听。花荣再三苦谏,宋江只得忍了气,依从了。当时查点死伤,补缉队伍,将望蒙山严行守住。

次早,陈希真果统大队来攻望蒙山,宋江听花荣之劝,坚守不出。希真攻了一日,毫无破绽,只得收兵。次日又攻,宋江只是不出。接连攻了五日,不能取胜。

希真与永清商议道:"这厮坚守不战,如何是好?"永清道:"我去攻他,他死守,我为其难;他来攻我,我力战,我为其易。须得诱他来击,方为上计。"希真点头道:"甚是。但诱他的法,总不出于大激其怒而已。贤婿可想得一激他的法么?”永清沉吟道:“宋贼此刻恨我已极,但用其深仇之人以激之,必然盛怒而来。”希真道:“我亦想得一法。昨晚接到青州傅总管军报,知青州、马陉等处兵马已出。我们这里不如遣人辱骂他一场,却诈作退兵,使他又疑我是亟肄多方之法,必然盛怒而来。”永清称妙。

希真便叫丽卿进帐,授了密计,吩咐如此如此。丽卿道:“孩儿理会得。”当时带了五百名精兵,骤马直到望蒙山来,高叫:“宋江瞎贼,出来说话!”宋江大怒,即刻点起三百名亲兵,护送出营,大骂:“贱人来此何干?”丽卿在马上大笑道:“瞎强盗,你还不曾死么?上年新泰、莱芜奔得好有趣,如今我们又要去了,特来通报你一声,快回去守泰安去,这个地方冬季一定再来。”宋江不听则已,一听此言,不觉三尸神炸,六窍生烟,大喝道:“小贱人安得胡言!你老头子如果好汉,不要再走,好歹大战一场。如再躲来躲去,便比狗彘不如。”丽卿大笑道:“瞎贼,不要夸口了!我还未曾动手,你这里一员上将李逵已经献上来。若再战一战,连你瞎贼的性命也难保得了。我老实通知你,这番我是特来诱你出来。你若害怕,不敢出来,便吃我白骂一顿,我就要走了。”说罢,带转马头便走。宋江气得脑门几乎炸破,叫道:“我怕你不是人!”便将望蒙山上兵马尽数点齐,恶狠狠杀下山来。丽卿回头见贼兵已潮涌般下来,晓得锐不可当,便不敢使性邀击,飞速奔回大营。希真已将兵马拔退,丽卿也随同走了。

宋江兵马杀到营前,见希真营前一无人马,只是垒上旌旗插满,静荡荡声息全无。宋江便传令杀进营去。花荣忙谏:“深恐有诈,不可遑忿中计。”宋江那里肯听,三军一齐呐喊,杀进营内,竟是空营,贼军一齐吃惊。宋江忙令四边探看,不见一个伏兵。只见中军帐前悬着一匹白布,上有大字数行道:

> 陈希真谨奉劝宋公明:贵寨被困有年矣,本根重地,心腹大患,何故弃而不顾,尚恋恋于此数邑之地耶?希真不忍乘人于危,劝公明大宜慨然割爱此地,速救本源。若犹忍而不舍,大祸必至,数万雄师尽折于外,毫无补救于本寨,亦非计之得矣。

宋江看罢,倒也怦然动念。忽想起丽卿辱骂情形,重复大怒,便催军马杀出营后，追击希真，道："休教那厮白手走了，好歹要与他混杀一场。"三军得令齐起，杀出后营，又追上十余里。希真军马已在岸边背水布阵。

只见真希军马分为三队：希真横矛立马，亲押中军，丽卿当先为前部先锋，谢德、娄熊二将分护左右，一字儿尽是红旗；左军乃是栾廷玉率领，栾廷芳为副将，一字儿尽是青旗；右军乃是召忻统领，高梁为副将，一字儿尽是白旗。端的旌旗严整，盔甲鲜明。军中大将个个全装披挂，佩带军器，立在阵前，威风凛凛，等待厮杀。

宋江见这样军容，方知他志在厮杀，并非退兵，心中暗地叫苦道："这番我又中他计也。"既已到此，不得不战，便将军马也分为三队：宋江、鲁达领中队，黄信领左队，杨林领右队。布阵毕，将要出战，宋江叫花荣密议道："我不合逞一时之忿，不听贤弟之谏，以至于此也。我看这贼道诡计，必是又去夺望蒙山。我此刻若即速分兵去保望蒙山，必然疑乱军心，弄得人人顾后，厮杀不力，大非年宜。若不救望蒙山，我进退无路了怎好?"花荣道："不防，小弟分兵一半回去，只说去抄袭敌人右路，却令军士不知不觉，忽到望蒙山罢了。"宋江称是，急令花荣、王良、火万城带兵一半去了。

这里宋江传令三军，奋勇开战。三军得令，呐喊齐出。希真见宋江踌躇良久，然后出战，便晓得其气已馁，即将此意宣谕三军，一齐出阵迎战。丽卿当先搦战，鲁达飞禅杖出来敌住丽卿。二人大奋神威，狠斗六十余合。谢德、娄熊两骑飞马骤出，不助丽卿，直取宋江。宋江大惊。鲁达急忙撇了丽卿，转救宋江，转身敌住谢德、娄熊。丽卿见了，便骤马直取宋江。杨林在右队，急忙来救。栾廷玉骤马飞出，一锤过去，杨林闪个不及，头颅上正着，脑浆迸裂，死于马下。贼军大惊。栾廷芳已驱左军掩杀贼人右军，召忻、高梁也驱右军掩杀贼人左军，贼人大乱。宋江急得面如土色，幸喜鲁达一枝禅杖，一面敌住丽卿，一面兼战谢娄。杀气影中，禅杖一闪，谢德翻身落马，娄熊惊退，官军亦稍却。宋江方得收集军马，急忙飞逃。希真已约全军追来。宋江急逃，希真急追，追上十数里，直到望蒙山下。只见花荣已与祝永清、祝万年等兵马大呼厮杀。宋江见了，便急忙迎上去。

原来花荣方到望蒙山时，祝永清兵马也正到望蒙山下。花荣忙令王良领兵先去占住山顶，谁知永清一见花荣，便也速令唐猛领兵去占山顶。当时王良与唐猛在山顶上厮杀，花荣、火万城与永清等在山脚下厮杀，山上山下，苦斗不解。花荣正在惶急，忽见宋江到来，便与宋江合兵一处，急忙上山去会王良。永清见了，也即便招呼希真，一同上山去接应唐猛。官军、贼军一齐都在山上。宋江兵马已大半带伤，厮杀不得，花荣也独力难支，只得一齐从望蒙山北面奔落山下去了。希真、永清合兵一处，占住了望蒙山，就在山上安营立寨。原来望蒙山在新泰城东南，离城四里，山高五里，实为新泰保障。希真夺了此山，心中大喜。当日，三军在山上休息，无话。

那宋江同花荣等逃过了望蒙山，到了新泰城下，李俊、欧鹏、穆洪出来迎接。宋江喘息方定，收集败残人马，正要入城，猛想此城保障已失，如何守得？便对花荣道："我今番要与陈希真拼命了，今日可将受伤力乏的军士挑开，另选精锐的补数，明日就攻望蒙山。若夺不转望蒙山，誓不为人！"花荣道："哥哥请从长计较。"宋江道："此番非我愎谏，这望蒙山既被希真夺去，新泰如何可保？今城中粮草器械，虽然备足，但保障已失，那厮旷日持久与我攻围，大非妙事。如今我也急切无计较处，只有乘这厮新得此山，安排未定，我便尽力攻之。我细细想来竟无别法，贤弟如有妙计，小可无不乐从。"花荣无话可答，宋江主意遂定。到了黎明，宋江部署人马，领了花荣、欧鹏、王良、火万城四筹好汉，一万人马，直到望蒙山下。宋江叫军士一齐辱骂，叫希真下来厮并。永清对希真道："瞎贼此来，必因我夺了他险要，他晓得退守必至坐困，所以情急求战也。但拼命而来，其气甚锐，我们且坚守以避之。"希真称是。当下便传令坚守，不许出战。宋江攻了一日，希真不出，宋江忿忿而返。到了次日，宋江又来讨战，希真只是不出。第三日，宋江怒气填胸，一定要大厮杀一场，又来山下讨战。希真笑着对永清道："这瞎贼叫骂了三日，可怜喉咙都干了，今日准了他罢。我今日与他厮杀一场，若是我胜，便可直逼城下；若我不胜，便退保此山，左右无妨害也。"永清称是，便道："请泰山保守此山，俟小婿下山去，与他小耍一阵罢了。"希真依言，便命祝永清、陈丽卿、祝万年、栾廷玉四员大将,领兵一万,杀下山去。

永清到了半山,见宋江军马逼近山脚,便大叫:“宋公明,你太不晓事,既要我下来厮杀,为何不放片战场与我?”宋江一听此言,便扬眉答道:“你要下来,我便让你。你若欺人,便不是人。”永清笑道:“我值得欺你!”宋江便将军马约退。永清等四人领兵下山,就在山下扎住阵脚。

两阵对圆,鼓角齐鸣,一声呐喊,祝永清倒提方天画戟拍马先出,高叫:“对阵谁人出马?”花荣挺枪而出。两人更不叙话,举器便斗,战场上一戟一枪,来来往往,斗到四十余合。丽卿挺着梨花枪出来,直取花荣,替回永清。丽卿与花荣两马盘旋,两枪卷舞,战够多时,欧鹏见花荣不能取胜,便拍马挺枪来助花荣。丽卿不慌不忙,一枝枪敌住花荣、欧鹏。这边栾廷玉见了,也提枪跃马去助丽卿。战场上四条枪神出鬼没,虬舞龙飞,化作一团杀气。两阵都暗暗喝采。那边王良看够多时,更耐不得,便托戟在手,骤马奔来,替回花荣。宋江见了,便叫火万城也去替回欧鹏。火万城挺戟便出,两戟两枪,飞花滚雪价往来厮并。丽卿统计前后,已战经二百余合,生恐马乏,便抽身回阵。栾廷玉一枝枪敌住火王两戟,转战不衰。两阵战鼓振天,喊声动地。

宋江见栾廷玉枪法神明变化,火王两个敌他一个,兀自遮拦多,攻取少,正想再着人去帮,只见对阵祝万年已横戟跃马而来。栾廷玉见火王二人本领不见甚高,便抽身而出,让万年且去厮并几合再看。万年便挺戟向前,敌住火王二戟,大呼厮杀。万年摆开那枝画戟,忽左忽右,迎敌火王;火王二人各奋一戟,左旋右转,攒刺万年。战到二十余合,那三枝画戟上的金钱豹尾幡,忽然搅作一处,各人都要家伙使用,急切挣拆不开。对阵小李广花荣,却看得亲切,连忙将枪挂了,拈弓搭箭,拍马向前,拽满雕弓,觑定万年咽喉飕的一箭射去,喝声:“着!”

看官须也识得花荣弓箭不比寻常,今射万年咽喉,又复觑得亲切,岂有不着之理?当时那枝箭去万年咽喉也只不过一尺光景,前回陈丽卿射宋江时幸有黄信在旁救护,今日万年却并无那个救护他。

然则万年性命怎好,且待下回交代。

第一二五回　陈丽卿斗箭射花荣　刘慧娘纵火烧新泰

却说祝万年与王良、火万城三枝画戟搅做一团，花荣看得亲切，对万年咽喉一箭射来。这也是祝万年名列雷宫，不容妖魔加害，早被阵上陈丽卿心明眼快，瞥然看见，即忙撇枪在地，抽弓搭箭，大叫："对阵休使暗计！"语未绝，花荣一箭已到万年咽喉。说时迟，那时快，花荣箭到，丽卿一箭也到，两箭相遇，当的一声，箭镞和箭镞射个正着，将那花荣的箭射开数丈，两枝箭都滴溜溜的斜插在衰草地上。官军一声喝采，惊得那贼军个个目瞪口呆。连花荣也骇得倒退数步。丽卿长笑一声，又是一箭，电光到处，那三枝戟上豹尾豁地分开。王良、火万城吓得汗雨通流，不敢恋战，两马飞速跑回本阵去了。祝万年精神振奋，挺戟追去。花荣插弓提枪，慌忙迎住。祝永清飞马杀出，那边欧鹏也慌忙出马。丽卿将弓插了，拾了那枝枪，正待杀出，只见万年、永清和花荣、欧鹏战得不分胜负，各自勒马回阵，两阵一齐收兵。

先说宋江回营，烦闷异常，满拟此番大胜官军一阵，便好夺望蒙山，不料希真将佐如此利害，不能取胜。想起来，不觉忧从中来，长吁短叹。众头领各无言语。花荣见宋江如此，便起身对宋江道："哥哥休要心焦，陈丽卿箭法却高，小弟倒气他不过，何不竟去下个战书，订他明日专来斗箭。先除了这人，阵上之事就容易了。"宋江依言，当夜修起一封战书，差人往希真营里。

且说当日祝永清收兵回来，希真在山上迎接入营，安放人马。少顷，设酒叙宴，谈论本日战阵之事。万年深谢丽卿救命之恩，丽卿道："花荣那厮端的好箭，名不虚传。此人不除，将来阵上好生不便。"言未毕，忽报敌军有战书呈上。希真拆开看时，只见上写着：

山东义士宋江致书于总管阁下：窃以两将相争，各为其主。人各有技，将各有能。贵营中陈丽卿，决拾专能，仆姑擅妙。每挟关弓之术，常图暗箭之施。但正士不尚阴谋，君子何妨争射。与其潜身以取事，不如明奏以图功。敝寨中有花荣者，艺亦成名，学能志彀。兹届两军相见，何妨一矢加遗。各尽其才，各施其技，专诚斗箭，共睹张弓。余器不列于阵前，他将不容乎助战。纵有死伤而勿论，必分胜负以收兵。肃沥奉陈，立请时日。

希真看罢，回顾丽卿："花荣要与你斗箭，你意何如？"丽卿听了这句话，正如天上脱落一个大宝贝来，欢喜得五脏开张，对希真连称道："有何不可，有何不可！爹爹就批了今夜何如？"希真笑道："无此理也。你既愿去，竟批明日。"当时将战书批了，交来差带了转去。

次日黎明，宋江部署人马，黄信、鲁达等头领，均着保守新泰。这里先调齐鸟枪兵、长枪兵、短刀兵，列为三层，派欧鹏、王良、火万城管领，都藏在阵后，只等花荣射杀了丽卿，便乘胜冲杀过去。调弓箭兵做了头阵，花荣领兵，宋江押阵先行。当时三声号炮，鼓角齐鸣，拔寨齐起，杀到望蒙山下。早有营门小校报入希真中营道："贼兵来也。"希真便传弓弩兵簇拥了丽卿。这里安排枪炮、剑戟、刀牌各队，埋伏阵后，等待丽卿得胜，即便冲杀。祝永清、祝万年、栾廷玉、栾廷芳、召忻、高梁随着希真齐出，只留史谷恭率领唐猛、娄熊、花貂、金庄看守山上大营。当时三声号炮，官军一齐下山，就山下一片大空地上扎了阵脚。恰好两阵对圆，各品三通画角，震天震地一声呐喊。须臾，两军静荡无声，两边无数勇将俱在阵脚边远远观看，静待陈丽卿与花荣斗箭。只见贼军一边旗门开处，花荣先出。那花荣头带一顶铺霜耀日红缨凤翅金盔，身披一副榆叶钩嵌唐猊铠，腰系一条镀金狮子蛮带，前后兽面掩心，系着一条绯红团花战袍，下穿一双卷云黄皮靴，左佩一口赤铓剑，右悬一壶修干铜牙箭，手中持着一张桦皮青鹊弓，坐下一匹惯战能征大宛名马，不带别项军器，拍马直到垓心，等待斗箭。这边阵上丽卿见花荣不带军器，也不带那梨花枪，只一副弓箭，放辔而出。那丽卿头戴一顶闪云凤翅金冠，身披一副连环锁子黄金甲，腰系一条镀金夔龙钩心带，前后两面青铜护心镜，系一条大红湖绉绣凤战裙，下穿一双盘金飞凤鞋，左佩一口青錞剑，右悬一壶雕翎狼牙箭，手中持着一张塔渊宝雕弓，坐下一匹飞电枣骝马，缓缓纵到垓心。两阵上寂静无声。

那边花荣见丽卿出阵，便在马上横弓欠身道："女将军听者，俺花荣久慕神箭，愿请赐教。"丽卿道："既是将军先愿比箭，就请将军先射。"花荣纵马放开，厉声道："有僭了！"言未毕，翻身开弓，飕的一箭。丽卿即忙抽箭，搭在弦上，紧对着花荣箭头，一箭射去。杀气影中，电光飞到，将那花荣的箭对头一激，两箭力不相让，箭锋错过，丽卿的箭斜向花荣一边去了，花荣的箭也斜向丽卿一边去了，两箭都不伤人，空掷在衰草地上。两阵上都看得呆了。花荣道："女将军且住。若照如此，只管箭镞对箭镞射过去，射到几时。须得另议章程，立分胜负。"丽卿道："花将军意中待要恁样射法？"花荣道："此次后，你三箭，我三箭，轮流代换。你射时，我不动手；我射时，你也不许动手。"丽卿道："甚好，仍请将军先射。"说罢，便带转马头，泼剌剌向东而走。

花荣纵马赶上，右手放下缰绳，便去壶中拔箭。丽卿的马已驰电般去了，幸亏花荣的马还追随得上。花荣在马上扣弦搭箭，暗想道："这贱人很不易取，我须用声东击西之计。"便把那扣好的这枝箭取下，交与左手和弓一并捏了，右手便将弓虚扯一扯。丽卿听得脑后弓弦声响，急忙闪避。花荣便从他闪避这边一箭射来。丽卿闪了个空，晓得中计，便索性往闪的一边再闪过去。那枝箭恰恰的往耳边拂过了。希真在阵上替丽卿捏一把汗，宋江连称可惜。

丽卿的马已跑到围场尽处，把马一兜，霍的回转身，望西边路来。花荣也勒转马头，就势里赶将来。地上八盏马蹄，斗风击电价奔走。丽卿识得花荣利害，十分提心。花荣因初计不成，心内已有些虚怯，抽箭在手，又生一法，想道："我用送往迎来之计，看他何如。"即忙搭箭弦上，却将马一拍，往斜刺里便走，便把那弓拽满，却不去觑准丽卿，偏将那箭锋向丽卿马前过去少许地方一箭射去。丽卿见他马向刺斜里走，早已识得，偏却要蹈险逞奇，竟放心一马冲去。那枝箭已横飞的到了胸前，丽卿只把身子往后一仰，顺便用手将那枝箭杆一扑，那枝箭远远的跌落在地下了。宋江及众贼将都大吃一惊，希真及诸将都同声称奇。

花荣心中十分焦躁。丽卿见花荣如此利害，因想："再闪了他一箭，须要让我射了，好歹要结果了他。"只见那马跑到西边尽头，忽地又回转身来。花荣见丽卿转马，猛想得一个移远就近之计，便将自己的马立住了，将箭藏在身后，只等丽卿的马迎过来，霍地翻身，飕的一箭，向丽卿劈面射去。丽卿不慌不忙，张开樱口，将那箭头轻轻的衔住，面不改色。花荣及两阵上的人一齐失惊，一片骇声不绝。

丽卿见花荣失惊，即将花荣的箭搭在弦上，飕的射来。花荣急忙闪过。这箭出人意外，若非花荣急避得快，当下便已断送性命。当时花荣闪避了这箭，拍马便走。丽卿的马奔雷掣电价追上，第二枝箭已发。花荣不及提防，箭锋已到后颈，花荣急闪，那枝箭已从头颈边贴肉的刮过，花荣惊出一身大汗。背后弓弦又响，花荣急扭过身子，把手中的弓忙去一隔。丽卿第三枝箭早到，只听泼剌一声，花荣的弓干已被那箭劈碎。这是丽卿的连珠箭法，神化无比，精妙绝伦。花荣看得目瞪口呆。丽卿高叫道："花将军，且请回阵换弓，再来比较！"花荣更不答话，拍马回阵去了。

丽卿也放马归本阵。希真、永清迎接丽卿入阵，都咋舌称险。丽卿道："爹爹休慌。只是花荣这厮好生了得，他头一箭险些着他的手。"希真道："你此时劈碎了他弓干，已算得胜。我看斗箭一事就此停止，速将阵后鸟枪兵放出，乘其不备，掩杀过去，倒好得个大胜。"丽卿道："不可。孩儿已约他再来比箭，岂可失信！"永清道："兵不厌诈，但能得胜，失信何妨。"丽卿道："我也不但为此，这人不除，终是大患。今日好歹要射杀了他，以便日后阵上放心。"希真拗他不过，只得依了。丽卿在阵中少息，等待出阵。

那边花荣回阵，宋江迎入，只是摇头咋舌。花荣下了马，略坐坐定了神。宋江口里不说，心中踌躇，想："此番若再教花荣出去，深恐万一失手，又送一个兄弟；若不再出，又实实气他不过。"只见花荣开言道："这陈丽卿果然利害，待小弟略歇歇力，定要去除灭了他。一来为兄长去一大患，二来小弟方才折弓之耻也须泄忿。"宋江未及回言，只听得对阵起鼓，丽卿已出。花荣急忙换张新弓，又添了几枝好箭，飞身上马，纵出阵前。

两人相见，更不答话，开弓便射。但见两骑奔轶，一似飞电相追；两箭往来，一似流星相逐。各逞本领，各显神奇，足足的放了七八枝箭，你来我闪，我去你逃，两边各无伤损。丽卿心下焦急起来，因想："此番若不射他的马，断难济事。"此时花荣马在前奔，丽卿马在后追。当时搭箭弦上，拽满雕弓，眼睁睁觑定花荣坐马后跨，一箭射去。花荣回头看时，只见那枝箭向着下三部风也似的追来，便识得是射马，即忙把缰绳一偏，那马霍地一跳，那箭从马腹下过去了。花荣大怒，便也飕的一箭，向丽卿马头对得准准地射来。那匹飞电枣骝马，见有箭来，不待人去照应，急窜向斜刺里去，那箭却射到空处去了。丽卿大怒，一箭往马左射去，花荣急忙避得；一箭又从马右射去，两箭幸而都射不着。花荣心里惶急起来，暗想："这番认不得真了，不如乘他射马之时，他正全神照顾下面，我却出其不意，射他头盔，不管他死伤何如，我便算得胜回营。"算计已定。谁知丽卿心中也生算计，一心要借射马作样，略放高些射他的肚皮。正是人各有心，各不相知。

此刻两阵上的主帅将官兵卒，都静悄悄的提心观看。只见两弓齐开，两箭齐发，花荣的箭略早些儿，一箭过去，丽卿头盔飞去。希真阵上一齐大惊。花荣大喜，蓦地里一声狂叫，一箭中腹，仰后而倒。宋江大惊退后，希真挥军杀上。丽卿得意已极，插弓在袋，挽了头发，抽剑当先，杀入贼军。贼军见花荣阵亡，个个心胆碎裂，那敢迎敌。希真、永清已统领大军，枪炮夹着箭矢，潮涌般杀上来。宋江又气又惊，神识已昏。欧鹏、王良、火万城只得紧紧保着宋江奔逃，那有余神约束全军。只见官军个个精神奋发，大呼掩杀，贼兵早已尸横遍野，血流成河。黄信在新泰城内，闻报大惊，即忙领兵出城接应宋江。宋江、欧鹏、王良、火万城纷纷随着黄信逃入城中。官兵已到城下，贼军把城门急闭。官军乘势攻城，幸喜城上早有准备，攻了半日不下。希真传令收兵，就把新泰城团团围定，四周扎下了营寨。天色已晚，希真传令各营，开筵畅饮。酒席之间，众人赞扬丽卿，声不绝口。丽卿摇头道："今日之事，只好算个侥幸。其实那花荣端的好箭，当今之世，只怕再要第二个花荣断没有了。想今番也是他命该绝，不然，这箭有何难避?”希真、永清都道:“花荣真个利害,今番除灭了他,我们真大放了心。”大众各各欢喜,酣饮尽欢而散,准拟次日攻城。

且说宋江逃入城中,急得神昏气败。黄信代他料理登城守备之事。宋江半晌神定,想到花荣阵亡,兵马大败,官军逼临城下,事势危急万分,真是无法可施,不觉放声大哭道:“天绝我也!”众人急前解劝。宋江收泪痴坐,浩然长叹道:“花兄弟与我患难至交,不料今日和他分手了。”不觉大哭。众人又慰劝了一番,宋江方问起守城之策。黄信答道:“方才敌人逼攻城下,小弟和众人协守,挡御一阵,此刻已退去了。现在已探得,他已沿城筑营,竟把我们团团围住。”宋江听了,接连顿足道:“不好了,不好了。我这新泰城内,虽然钱粮充足,器械完备,只是被他久围不解,终于难支。况且此刻泰安、莱芜两处,也被官兵大队扼住,不能来救。望蒙山又被希真夺去,他若从望蒙山窥探我城中虚实,最为便捷。我却如何守得?”众人皆相向无言。宋江叹道:“使吴军师在此,我何至于此?徐官儿真害杀我也!”当晚无话。

次早黎明,忽报陈希真兵马攻城。宋江急忙与众将登城守备,只见官军数万蜂拥而来。丽卿当先一马飞出,见宋江在城上,便哈哈大笑道:“瞎强盗,我教你不要夸口,今日何如又是一员上将决送了?”气得宋江暴跳如雷,便要开城决一死战。忽想前日为不忍一时之忿,失将亡师,今日锐气新挫,未可轻出,只得将那股气捺了一捺,捺下去了,便当心守城。

希真见宋江此番激他不动,只得传令硬攻一番,但见城上城下枪炮之声,乒乒乓乓,震天动地。这边希真攻法十分勇猛,那边宋江守法亦十分严密。攻了一日,不分胜负,只得收兵回营。希真道:“攻城原无猝拔之理,只有将马兵分为数队,轮替攻打,昼夜不息,方可集事。”永清道:“正是。只是我早上教史谷恭在望蒙山探看城中虚实,为何此刻还不来回报?”说未了,忽报史谷恭差人来报知城中之事。希真即叫传来人进来。来人将城中情形,细细的禀述了一番。希真道:“据此说,这城倒一时难破,如何是好?”那来差献上一封小禀,希真拆开看时,乃是史谷恭拟一攻城之策,希真点头称是。次日,希真依了史谷恭之计,点兵攻城,攻了一日,只是不动。当晚,永清想了一法,第三日又去攻城,仍然不下。

话休絮烦,那希真、永清督令官兵,接连攻新泰城,攻了十余日,那城楼雉堞,虽然也攻坏了数处,宋江坚守得法,随坏随补,终是无隙可乘。希真、永清日日登望蒙山窥探城中,有时就在望蒙山与史谷恭商量计策。

这日,希真正在望蒙山,忽报江南云龙公子同刘慧娘到来,前来请见。希真讶然道:"这事奇了!云统制丁艰回籍,久已挈眷同行,今日何以复来此地?"急请入见。云龙、慧娘都上前请了安,希真道了契阔。二人又与永清、丽卿等相见了,逊了坐。希真问道:"贤梁孟随同尊人回籍已久,此际何来?"云龙道:"父亲回家不多几日,正在料理祖公窀穸之事,特奉圣谕,因山东正在整饬戎行之际,不可疏忽,即着父亲夺情办事,仍回原职。因此,父亲赶办葬事已毕,随即起行。先令小侄奉母率眷,先行抵署。因闻大军在此,特来进谒。"希真道:"原来是尊大人奉旨复任,这于梁山事宜,大有裨益。二位此来,亦是奇遇。"便吩咐备酒,就在山上摆开筵席,与云龙夫妻接风。席间云龙、慧娘问起破贼之事,希真从汶河渡鏖战之事,逐节说了,说到活擒李逵,二人俱啧啧称奇;说到箭射花荣,二人俱深深佩服丽卿。渐渐说到目下攻围新泰已有十余日,总不能破,慧娘回眸一望,便对希真道:"这山下望城中,历历分明,形势为我所据,理宜即速可破。"希真道:"就是这城中钱粮充足,器械俱备,无从设法。"永清道:"秀妹慧眼,想必分外看得分明。今日既已来此,合是天赐其便,何不就请贤妹探看一遭,或有破绽可寻。"慧娘欣然首肯。当时席间,希真、永清、丽卿、云龙、慧娘等人,各各细叙些别况。

酒阑席散,日方过午,慧娘一时高兴起来,便道:"趁今日天色未晚,甥女就去探望一遭。"希真、永清皆喜。当时希真、永清、丽卿、云龙、慧娘五骑马同出营前,望下去,只见新泰城雉堞圈围,鳞居比列。云龙道:"贼中莫说无人,这点碟子小的城池,却这般守御得法。"丽卿道:"可惜没有这样长的火箭,不然放火烧了他。"慧娘一听丽卿的话,猛回头看一看,那营前这枝旗竿横影在地,欣然得计,便吩咐随从人去行李内取那算筹、标杆、象限仪三件家伙来。随从人应了去。慧娘忽走近旗杆前，细细将那影看了又看，又向城中一望，皱眉道："这座山恐防用不得。"踌躇了一回，又纵目四望，忽见东边一座高峰，慧娘指着问希真道："这座峰头是何名字?"希真道："叫做东高峰。就同这山相连的。"慧娘道："既如此，我们且往那里去看看来。"当时带了算筹等三件家伙，便一同到了东高峰。慧娘拣了一片平地，立起标竿，量了日影，布了象仪。向城中一望，布开算筹一算，又将象仪向影上一量，口里自言道："这山在城的正东偏南十五度，正是乙山辛向，一定好用了。且待算这山的高低，并离城的远近看。"当时又竖起标竿，挂起象仪，测望一回，布了算筹，道："这山原来高七里，离城中十二里。"又算了一回，便笑着对希真道："姨夫快去安排人马，来日巳初三刻，此城立破矣!"四人一齐惊喜，希真、永清忙问其故，慧娘道："回营去再说。"当时五人一齐回营，进帐坐地，慧娘道："那年公公收降白瓦尔罕之时，甥女得其火镜之法，能引太阳真火于十数里外，射入贼营烧毁诸物。方才甥女听卿姊说想放火箭，回头蓦想到此法。但此法须山之高低远近方向，与太阳地平经纬，一一符合，方可应用。甥女见这望蒙山在新泰之南，太阳到南方，总是午正前后，其影最高，这山不见得高，所以不合用。那东高峰一处，说也奇极，竟是天生成烧这新泰城的。缘此地北极距天顶五十四度，此时在白露节后，太阳距北极八十四度。甥女算定明日巳初三刻，太阳地平经度系正东偏南十五度有零，却好这东高峰向城中是乙山辛身，也是正东偏南十五度有零，与太阳地平经度符合。至于太阳地平纬度，系高三十度稍强，却好这山高七里，离城中十二里，用切线法取之，也是高三十度稍强，与太阳纬度符合。到了这时刻，只须在这峰头安施火镜，那太阳真火便直射城中。更有巧极妙极者，甥女算其火光所射之地，正是粮草房；稍移一度，便是火药局。城中无故火药自炸，粮草自烧，贼军必然惊乱。乘其惊乱，一攻而破矣。"

希真大喜，便请云龙、慧娘少留一日。当夜升帐，分派将官兵马：祝永清、祝万年领六千人马攻北门；栾廷玉、栾廷芳领六千人马攻南门；召忻、高梁领六千人马攻西门；主帅亲带陈丽卿、娄熊、花貂、金庄领八千人马攻东门。查得新泰西北有清江渡一区，宋江如失城逃出，必奔泰安，此路必经之所，便派真祥麟、范成龙、唐猛领兵四千名前往埋伏；又派史谷恭前去司掌瞭望信号之事。其余老弱带伤之兵，均着看守望蒙山，即请云龙督领，并护从刘慧娘在东高峰上审候时刻，安置火镜。分派已定，从将纷纷领令而去。个个摩拳擦掌，只等明日巳初三刻，便要一齐动手。

且说宋江在新泰城中，日日提心守御，真是目不交睫，衣不解带。所幸城中钱粮器械，通盘计算，还可支持一年，略为放心。不料这一日宋江正在东门，看见希真全队人马早已围住各门。宋江全神照应外面，忽城中迭次报来，粮草房无故火发。宋江急回头一看，其时天高日晶，万里无云，诸物风燥，只见粮草房中烟焰障天，烈火横飞。宋江大惊，急令黄信镇守东门，弹压军心，休得惊乱，自己急忙下城，方要查问何人失火，忽见前面震天动地的一个冲天霹雳，房舍屋宇，砖瓦椽木，尽得腾空拔起，黑焰障天，乃是火药局内数万斤火药无故崩炸。城内大惊大乱，人声鼎沸，只听得乱哄哄讲说，有人亲眼看见天上射落一团大火，以致火发。宋江惊得不知所为，四门官军早已呐喊登城。鲁达、李俊、王良、火万城率领八百名锐骑，保着宋江，冲突北门而出。正遇着祝氏弟兄率众攻城，鲁达手提禅杖，大吼一声，当先冲出。李俊保了宋江，紧紧跟了鲁达先走。永清、万年两骑已拦腰遮来，把王良、火万城截留城中。万年挺戟邀斗王良、火万城，永清飞也似追宋江去了。万年与王良、火万城奋勇厮斗，正在胜负难分，永清因斗不过鲁达，便撇了宋江转来助万年力战。王良正在舍命苦斗，不防永清一骑冲到，王良急忙招架，永清已一戟刺入左胁，往外一摆，死于马下。火万城大惊，急忙与万年虚架一戟，勒马向人丛中便走。万年骤马追去，对后心一戟，早已了账。永清、万年各取了首级，领兵进城去了。

那南门欧鹏闻城中沸乱，大吃一惊，正欲差人查问，只见栾廷玉、栾廷芳已率众登城。霎时官兵布满城上，见有贼兵，即便砍杀。欧鹏知不是头，欲待逃去，早被廷芳邀住。欧鹏只得转身厮斗，不防廷玉已杀到背后，一枪刺入左腿，欧鹏扑翻于地，众兵急前捆住。廷玉、廷芳便押了欧鹏,领兵进城去了。

那西门穆洪见城中火发,急差人往探宋江,已无消息,召忻、高梁已领兵直到城下。穆洪急忙下城,开城冲出。召忻提锐拦住穆洪便斗。斗不数合,穆洪早已手软。高梁骤马追来,穆洪急忙招架。早被高梁看出破绽,便将右手的刀挂了,就势卖进,轻舒玉臂,将穆洪摘离雕鞍,生擒过来,掷于地上,众兵急前捆住。贼兵早已杀尽,召忻、高梁便押了穆洪领兵进城去了。那东门黄信奉宋江命,弹压军心。

宋江去后,贼中愈乱,军心愈惊,陈丽卿已当先抢入城上,娄熊、花貂、金庄一齐随后杀上。黄信不及招呼宋江,急忙逃入城下。花貂、金庄便统兵在城上杀贼,丽卿、娄熊追黄信下城。黄信迎住丽卿巷战。战不到十合,丽卿一枪杆敲黄信落马,娄熊急前缚了黄信。丽卿便开门迎接希真,与花貂、金庄一同领兵进城去了。

再说鲁达、李俊保着宋江,从北门逃出重围,一路马不停蹄,约计走了一个时辰,却逃到清江渡。正欲奔到渡口,觅船过渡,谁知早被史谷恭在高阜处看见,便燃起一个号炮。真祥麟从左边林子杀出,范成龙从右边林子杀出,大喝:“瞎贼休走! 咱们等候已久。”宋江惊得魂飞魄散,鲁达、李俊急忙迎敌,不防唐猛已从背后杀来。鲁达因保宋江要紧,无心恋战,轮起禅杖,在重围中冲出一条路,带着宋江,一溜烟向小路走了。李俊失了宋江,又与三勇将相遇,如何抵敌得住,只得卖个破绽,抽身跳出圈子,一口气奔向清江渡,正要赴水逃命。唐猛脚步如飞,早已赶在他前路,当面拦住,背后真祥麟、范成龙两骑亦到。三人攒住李俊,不由分说,把李俊横拖倒拽的捆捉了来,与史谷恭一同收兵,回转新泰城来了。

希真已在城中收合各路兵马,救灭了余火,计杀伤贼兵二万余人,生擒贼目四员,并贼兵五千余人,收复了新泰。希真便出榜安民,一面差人到望蒙山迎接云龙、慧娘入城,深谢慧娘助计破城,设筵庆贺。当日将李俊、穆洪、黄信、欧鹏四人钉入囚车,派随营干员解往沂州府,监内收禁了。随将收复新泰事具折奏闻,一面申报都省。希真在城中妥办善后诸务。不日云天彪到来,闻知希真已收复了新泰,甚喜,便入城道贺。希真邀留叙宴,谈些事务。天彪因王事紧急,不敢稽留，便别了希真，带领云龙、慧娘及各眷属，赴青州去了。希真住在新泰，不多几日，都省已委员弁下来。

希真交清了事务，率领诸将官军回景阳镇去，命真祥麟、范成龙仍回兖州镇去，召忻、高梁也领兵回蒙阴，静候朝廷明降。按下慢表。

且说宋江仗着鲁达保护，逃回泰安，想起失了新泰，送了许多兄弟，内中死的且自丢开，只有几个活的现在牢里受苦，又不能兴兵去劫牢救他们，真是束手无策。想到这里，心内好不凄惶。歇了数日，方才将新泰失守之事，写了一封书信，差人回梁山报知吴用，并动问近日徐槐情形何如。只因这一问，有分教：外患方兴，内忧复发，好一似雪上加霜；人谋已竭，天意难回，真个是水中捉月。

毕竟梁山消息何如，且听下回分解。

第一二六回 凌振舍身轰郓县 徐槐就计退头关

却说宋江差人赍书回梁山,报知新泰失陷之信,并问近日吴用与徐槐相持情形何如。看官,徐槐破梁山头关,吴用力守二关,是上年三月间的事。到得本年八月,相持已一年有余,中间你攻我守,我攻你守,想已不止数十次了,断非一句二句说话交代得清楚的,须细细的数说与众位听。

且说徐槐自闻知张叔夜大军移征方腊,这里梁山之事,竟独委于徐槐一人。徐槐大为踌躇,当时召集韦扬隐、李宗汤商议,当时议将梁山紧紧围住,毫不放松,统俟张公凯旋之日协征梁山,或俟云陈协力来助等语。徐槐依议,便派拨兵马将梁山团团围住,声息不通,四面扎营立寨,严紧管束。

这是上年七八月的话,到了九月,吴用闻知叔夜移征方腊之信,心中略安,怎奈徐槐只是不退。吴用因差数十名精细喽罗,偷出左关,放火烧徐槐的右军左营。天色风燥,芦苇齐着,右军果然惊乱,吴用派万余名锐骑,开左关冲杀出去。徐槐闻变,便差颜树德领兵去救,与贼军厮杀一阵,官军虽有些伤损,贼军亦毫无便宜,右军依旧围住了左关。吴用设计坚守,到了寒冬,朔风凛冽。

这日忽降大雪,严寒大甚,两边各开兵不得,静守壁垒。吴用忽心生一计,派精兵潜出右关偷劫左军,果然人不知鬼不觉,直到官军营前,擂鼓呐喊,杀入营中。官兵慌忙迎敌,两下混杀一阵。不防营前伏兵齐发,将贼兵围住。幸系吴用接应兵到,救出重围,收兵而返。左军依旧镇住了右关。吴用两番苦心用计,不能解围,真是急迫之至。众头领亦无法如何。

及至次年春暖,徐槐整顿戈甲,鼓励兵将,直攻二关。这番不比从前,端的十分勇锐。吴用率众尽力守御,徐槐只是昼夜不息的攻打,只见关门左隅,渐渐将倒,吴用忙催众人在里面补筑城墙,并工赶筑，一日而就。外面的墙已坍坏了，幸喜里面一层挡住。徐槐策众又攻，不数日里面这层又要攻破。吴用又催众在里面补筑。筑一层，打透一层，直打到第七层。徐槐见吴用如此防御严密，只得收兵少息，当时退保头关去了，吴用怒气不平，率众直攻头关。徐槐守住头关，枪炮矢石，密麻也似堵御。原来徐槐的粮草器械，自有都省及曹州府下官府，周流不绝的解送前来，所以不忧匮乏，尽够备御。当时吴用攻头关，徐槐守头关，又是一月有余，已是四月天气，吴用无可如何，只得退去。谁知吴用一退，徐槐随即进攻二关。

自夏历秋，彼来此往，竟无休息。这日，徐槐攻关正在紧急，吴用百计防御，真是心血费尽，忽接宋江报失新泰之信。吴用大吃一惊，跌倒于地。众人急前唤醒，吴用长叹一声道："天之亡我，不可为也。"众兄弟都相向无言。吴用定神半晌，传令二关严紧把守，这里以心问心，足想了一个时辰。初意欲教宋江弃了泰安、莱芜，收集两处兵马，速回本寨，协力相助，退这徐槐；继想此刻还亏得泰安等处拒住云陈，若收兵而回，云陈二处必随迹协攻山寨矣，便写起一封书信，着原差赍回泰安，呈与宋江。书内言"新泰既失，莱芜万不可疏虞，须要小心防守"等语，来使赍书去讫。

吴用仍登二关去看守了一回转来，十分纳闷，暗想道："外患如此之紧，本寨被困一年有余尚不解围，如何是好？"寻思良久，竟无妙法，便命蒋敬将山寨中钱粮通盘核算报来。蒋敬领命，次日将寨中钱粮彻底清查，禀复道："寨中钱粮，业已查清，如果一无增减，仅敷一年支销。"吴用听了这话，心内愈加忧煎，想："此刻被官军四面攻围，如此紧急，如何出去借得来粮。若非速出奇计，退了徐槐，万无生理。"想了半歇，竟想不出法儿，只得登关守备。守了三日，徐槐攻打愈急，竟有一鼓而下之势。吴用亦险些失守，众头领死命抵住。看看天色已晚，关门幸未失陷，徐槐也收兵回营。

当夜，吴用在帐中聚集众头领商议道："徐官儿这样攻打，终非妙事。我想欲解此厄，计非伤动郓城不可。郓城一动，那徐官儿顾本要紧，必然分兵还救郓城，这里头关便可图了。但此地人马不能杀出，濮州兵又被截林山阻住，惟有嘉祥一路尚可暂时分兵。只是郓城没有内应，嘉祥出兵进袭，亦属徒然。众兄弟可有妙法否?”众头领闻言，均各低头无计。只见张魁开言道:“军师容禀，那年军师破曹州时，曾有遣凌振兄长入城埋放地雷之计。彼时戴全兄为内线。戴全因进城不得，托小弟做主安排;小弟因家在西门之外，难以设施，幸有一心腹至交，姓李名仁，住在北门之内。凌兄作寓其家，潜地行计，因得成事。只可惜大军进城之日，这好友李仁已急症亡故了。他的兄弟李义，却在郓城县内管理火药局事务，也是小弟的至好，倒好借作内线，就中取事。”吴用听罢，只是沉吟。只见石勇悄悄的问张魁道:“你所说的李义，是不是绰号叫做直头老虎的?”张魁道:“正是。”石勇便对吴用道:“军师不必疑虑，这李义也与小弟有交情的。”吴用便问怎样交情，石勇道:“那年小弟到郓城县投奔公明哥哥时，是他指引路的。他起先不是郓城火药局的司账，是个做客为商的。小弟在大名府开赌场时，他常到赌场里来，因此认识得他。小弟后来打死了人，承他庇护，得以脱逃。端的是个有义气的朋友。”吴用听罢，又复沉吟良久道:“他既是张兄弟心腹朋友的兄弟，又有放救石兄弟一桩事，此去定然不妨。但虽是至好，多年不通往来，交情变迁，人心难测，你二人前去，切须精细。须先看他交情何如，再行相机行事。他如果肯同心合意，便妙极了。我想他既在火药局内，火药携取极便，仍差凌振同去栽埋地雷。”二人领诺。吴用便教凌振上来，又密嘱了许多话，又道:“此时事不宜迟，你等今夜便由后山洞口出去，绕道先到嘉祥，见了呼延灼，与他说明此计。你等先混进郓城去，善觑方便，待到事已办妥，再去约会日期，教其派上将二名，带兵三千，飞密而来。同这时辰，地雷内发，嘉祥外袭，郓城可破矣。”三人依计，带了干粮银两，当夜起身。

不说吴用依旧登关力拒徐槐，且说三人出了后山，星夜赶到嘉祥，见了呼延灼，说知此事。呼延灼领会了。三人不敢逗留。便一直奔郓城去。张魁虽是曹州人氏，却不曾到过郓城，石勇虽到过郓城，但住得没多几日，凌振更不必说，与郓城毫无交涉，所以三人取路郓城，端的无人识破。更喜寇警一年有余，那些关隘上专司盘诘的军士也有些厌倦了，虽有稽查，亦不十分严密，所以三人倒松松爽爽的直到郓城。那张魁到了城门边,忽听得有人高叫道:"老魁那里来?不要走得快,吃三大碗去。"张魁吓了一跳,急回头看时,认得此人是快嘴张三,却在这里做守城军士,便答道:"有点要事,不奉陪了,少停城里吃罢。"言毕,即领了凌石二人进城去了。

那群守城的军士见有同伙人认识,也就不来盘问。张魁等三人进了郓城,深恐再有人认识,便急忙忙赶到火药局去寻李义。满拟会着了李义,便有个闪藏之所,不料走到局前,向把门的问了一声,方知李义已奉差出去,不在局里。三人心内一齐叫苦,只得走到一条僻巷内一个小酒店里,叫酒保烫了一壶酒,随便拣些过口。

三人坐下叙饮,一面交头接耳悄悄的商议今夜何处安身,三人都相向无计。忽见一人走进店来,大叫道:"你们三个好呀!怎的躲在这里自己吃酒,不来邀邀我?"三人急看时,又是那个快嘴张三。张魁只得立起身来邀他同饮,那张三更不客气,便坐下同吃。张三便问张魁道:"魁兄,闻得你在梁山入伙,如今强盗做不做了?"张魁摇手道:"老三,怎的这般乱说!小弟在东京住了几时,方才同至好兄弟出来干些沿路买卖,特到此地。遇见了老哥,甚是有兴。——有甚么梁山不梁山!"张三道:"谁不知道你在梁山!如今你做你的强盗,我管我的城门,两不相干。我也不来管你,且吃酒罢。"张魁因他一向醉糊涂,也不敢和他纠缠下去,只得胡乱吃了些酒。那张三左一碗,右一碗,嘴里夹七夹八,东扯西拉的说了许多时节。张魁与凌振、石勇以目相向,商议不得,心里叫不迭那连珠箭的苦。

天色已晚,方才酒罢。张魁立起身来会酒钞,那张三却厮夺着会了去。张魁称谢了,离开了这个厌物,与凌振、石勇缓步出巷,心中筹划今夜的住处。不觉走到东门直街上,忽石勇向二人道:"好了,李义来也。"张魁一看,果是李义,大喜。石勇便叫声:"李二哥!"张魁忙扯了他一把衣袖,只见李义也招呼了一声,不多说话,便走过了。张魁待他过去了,方才与凌振、石勇缓缓地走到火药局,重去访李义。李义接见,张魁等三人各通了假名姓,李义引入静室坐地。李义对张魁、石勇道:"方才街上遇见二位,休怪我不来理睬,实系街上人多,二位系从梁山上来,小弟深恐被人看出,不得不急忙避过,千乞恕罪。”张魁、石勇都称“是极”。李义又问了凌振姓名,便道:“三位在梁山上,来此何干?”张魁踌躇了半晌方才答道:“小弟与石兄均系吾兄至好,老实说何妨。弟等三人,奉吴军师将令,特来此地探听消息。吾兄放心,决不来干害这城池。弟与石兄与吾兄至好,岂肯有妨碍于吾兄?吾兄放心。”李义听说与己无碍,方放了心,便道:“三位现寓何处?”张魁沉吟道:“弟初意原欲另觅下处,今天已晚了,竟无处寻寓安身,不识尊处,可借宿几宵否?房金总谢。”

李义听罢,心内踌躇,暗想道:“叨在至好,倒不为房金起见。只是他住在我处,万一泄漏了,为患非浅。”张魁见其沉吟,忙道:“吾兄不必过虑,弟等三人来此,端的无人认识,断不至决裂了,贻累老兄。”李义道:“既如此,就请在舍间有屈数日。只是三位切不可出去,恐怕被人打眼。三位要探甚么军报,小弟代去打听罢了。”张魁等三人皆称谢。

当时李义留三人夜饭,极其欢洽。李义便问三人要探甚么事务,张魁道:“承吾兄仗义,感激之至。但此一事,敝军师本意,实来有求于吾兄,特未便启齿耳。”李义道:“端的甚事?既是至好,但说何妨。小弟力有可为,无不遵教。”张魁道:“敝寨被官军围困年余,火药甚为缺乏,又无处采办。因知小弟与吾兄至好,吾兄现在又总司火药,因此特来奉求。谨奉上白银若干两,向吾兄乞拨火药若干。此银所以便吾兄随即弥补,另有银若干两奉谢吾兄。小弟所谓不干郓城之事,与吾兄决无妨碍者,此也。”李义道:“我道甚事,原来不过要些火药,这有何难,此事尽在小弟一人身上。吴军师谢礼我却不必。”三人齐道:“这是军师之意,吾兄必不可却。”当时谢了李义。

李义就在局中拨间住房安置了三人。房内张魁对凌石二人道:“计便有一半了,只是一样,尚在不便。那年曹州之事,凌兄长在他令兄处栽埋地雷,系与他令兄说明了,一老一实相帮挖掘地道的。如今不与他说明,如何掘得?”石勇道:“何不竟与他说明了做,岂不爽快?”凌振道:“有个难处,方才他见我们借宿,尚且沉吟半晌,若说破此事,岂不骇杀了他?”张石二人都想不出计较,凌振道:“且待明日,我去屋后看看形势,再定计议。好在这屋后面也离城墙不远。”二人称是。当夜无话。

次早,张魁悄悄地将银两送与李义。李义收了,便悄悄地将火药交与张魁,便对张魁道:"吾兄带这火药出城,恐有人盘查怎好?"张魁道:"仁兄勿虑,小弟自有运他出去的法儿,只须借尊处宽住几日便好了。"便向李义诡说了一个运出法儿,又道:"为此所以要宽住几日。"李义也相信了。张魁收了火药,放在自己房内,李义便往官府里销差去了。这里房内凌振对张石二人道:"方才小弟私到屋后看过,屋内有所废园,园内有口枯井,端的人所不到。我们每夜就从此处打地道,直到城墙。所有掘出的泥土,就填在井内,却是毫无形迹。魁兄既已与他说过宽住几日,这几日的夜里,我们便赶紧私办此事,竟不必通知他。"二人皆喜。

当时在火药局内住了几日,端的足不出户,日里与李义谈天,夜里专做掘地之事,不上两日,已将地雷埋好。张魁道:"地雷已好,我去嘉祥通知日期了。这里李兄处,究竟瞒他不得,临期石兄可知会他,好让他早作回避。"石勇应了。那张魁便向李义造了一个必须先去一步的缘故,便偷出城门,直奔嘉祥,通知呼延灼去了。按下慢表。

且说那快嘴张三,自那日会见了张魁之后,次日又入城去寻张魁,却寻不着。第二日便去城里大街小巷各处寻觅,杳无踪迹。第三日再去寻觅,每逢店头店脑,便问声:"看见张老魁否?"无人晓得。如是接连几日,有一个住在东门直街的,姓宋名信,是在东城营当兵的,当时见张三连日问张魁,便转问道:"你说的张魁,端的甚样人?作何生业?"那张三已有八九分酒,便大声道:"说起这个人,我张老三上不瞒天,下不瞒地,这人是个梁山上的朋友。"那宋信听了,吃一大惊道:"你当真,还是作耍?"张三道:"我耍做甚!那张魁便是曹州府西门外人,他有两个人同来,内中一个生得八尺身材,淡黄色查脸,一双鲜眼,微有髭须,十分怪丑,我此刻想起来,画都画得出。"宋信一听此言,猛记数日天晚时节,曾有这个人和火药局里的李义相叫,"彼时我看见他有慌张情形,早已疑惑,今日方知如此。"

原来这宋信最有心计,便别了张三,悄悄地到火药局左右邻舍人家,将这样状貌细细说了,便问:"数日前此人见不见过?"据邻舍答言:“这日果有此人,同着两个人进火药局里去了两次。当时也不留心他出入,此后也没得看见了。”宋信听了,暗暗点头道:“是了。”便急去禀了本营提辖,并言:“先提张三来一审,便知其详。”提辖一听,便立提了张三来审问。张三竟一老一实将张魁怎样来历,怎样见张魁带了两个人进城的话,当面招供了,“此后却不晓得张魁躲藏何处。”提辖将供单录了,便即具禀将张三解送到县里去,并差宋信同去伺候质讯。那郓城县知县一闻此信,即忙升堂审讯,先将张三覆问了口供,便传宋信上来。宋信将亲眼看见那张魁同来的怪丑面貌人与李义相叫,又亲去火药局前探问邻舍,据说确有此人进火药局两次的话,一一供了。

那知县便立时点齐军健捕役,带了宋信、张三作眼目,飞也似扑到火药局里,不问事由,即进里面捉出石勇。李义骇得面如土色,早吃县官喝声:“拿下!”几个健役上前将李义锁了,和石勇一并提回县衙。凌振早已闻变脱逃。那县官当即升堂,全副刑具摆列阶下,公差皂隶侍立两旁。县官先将石勇提上审讯道:“你这贼人,系何名字?来此城内作何诡谋?老实招来,免得动刑。”石勇招了个假名字,并抵赖并不是贼。那县官便喝结实打,左右一声答应,将石勇一索捆翻,打得皮开肉绽,石勇只是不招。

县官见石勇不招,便叫传李义上来。此时石勇已将地雷之谋告知李义,只未说嘉祥兵袭之事。当日李义见严刑可怕,又深恨张魁、石勇瞒着他作此不法之事,以致害及己身,便一老一实将凌振怎样栽埋地雷的话,一一供招了,并道:“小人私卖火药,则诚有之。至于藏埋地雷,实不知情。实系临期方知,正欲自行投首,不期已被拿获。相公如容减罪,小人便将地雷所藏之处,招供出来。”县官听了,大吃一惊,忙道:“本县恕你死罪,你快将地雷埋藏何处供来。”李义便将地雷藏在某处的话供了。县官大惊,当即差人飞速到行台,告知任森,一面差人浇灭火药,并捉凌振。这里将石勇、李义、张三一并监禁。

且说凌振闻县里来拿人,即忙从屋后逃出,计算嘉祥兵到,距此不过两日之期,因此恋恋不舍,不肯走远,总希冀地雷之谋,尚可侥幸，便逃到后园，躲入地道之中。在口内数尺地步，伏了好歇，不闻外面动静，心中稍安。正愁身边不备干粮，两日难度，忽见外面废园有人寻来，急忙逃入洞内深处。只见洞口已有人窥张欲进，凌振吓得几乎死去，猛起意道："左右终是一死，不如点火先轰了他的城墙，也胜于白死。"当时心慌神乱，不暇多计较，便就身边取出火绒火石，敲了一个火，将那药线点着了。须臾间，轰天震地一声响亮，将城墙掀去数丈，城砖巨石飞上九霄，凌振已死于地道之中。那些健役，避个不迭，也吃打死了几个，其余都飞跑的逃回县里去了。

却说任森在总管行台上护理事务。忽闻县里报称有贼人藏埋地雷，正在惊疑，只见东门已被地雷轰陷，城中人心慌乱，人声鼎沸。任森急忙出去弹压，一面点齐兵将，防守各门，却不见半个外来的贼兵。任森各处巡视弹压了一转，便到汪府里来请教汪恭人，将上项情形一一说了。汪恭人道："贼人既有内奸，岂有绝无外兵之理，此必是误了日期耳。现在他既误期，是我之利。不如趁此即速带兵埋伏要路，邀击贼人，必获大胜。将军以为何如?"任森道："恭人之言甚是。但贼人来兵不知何路，此刻四路兜拿，亦非善举。"恭人沉吟一回道："我想梁山现在被围，何能出兵；濮州一路，又被截林所阻。只有嘉祥一路，距此不远。贼兵若来，除此更无别路。任森点头称是，便辞了汪恭人，回到行台，点起精强士卒三千名，即日出了东门，相择地里，在离城二十里断流村后，暗暗埋伏，只等贼兵到来。果然到了第二日，嘉祥贼兵来了。原来是呼延灼派韩滔、彭玘两员头领，带兵三千名，随了张魁，卷旗束甲，飞赶而来。任森早已在高阜处看得分明，等他走到地头，便放起一个信炮，两边林子里官军，一声呐喊，乱箭如骤雨飞蝗的射出来。贼兵甲不及披，弓不及弯，早已惊窜无路。任森杀到阵前，大喝："嘉祥贼人，胆敢自来投死!"韩滔、彭玘、张魁那敢回答，勒马飞逃。任森骤马追赶，韩滔、彭玘、张魁转身迎斗数合，只得又逃。任森已挥兵把贼人杀尽，率众尽力追赶，韩滔、彭玘、张魁都溜向小路，逃得性命去了。任森收集兵马，大掌得胜鼓，回到郓城，查点首级，发放人马，便即日将东门修理起来，一面差人报知徐槐去了。

那韩滔、彭玘、张魁逃出了小路，见追兵已远，方才神定，都面面相觑道："不料这番竟反中了奸计，竟至全军覆没，真是不解其故。"那韩滔、彭玘大有怪得张魁报信卤莽之意，张魁竟无可剖白，便道："二位请先回嘉祥，小弟要回山寨去报知军师也。"当时便与韩彭二人分了手。不说韩滔、彭玘奔回嘉祥。

且说张魁别了二人，一口气向梁山奔去。行至半路，一想道："不好了！军师教我眼见了郓城攻破，飞回本寨报信，不料今日将这败信报他。况且我前番荐一真大义，误了他的兖州，今番我荐一李义，又误他两个兄弟。虽此事不知虚实，想未必是李义之故。但我如何分剖明白？"前后一想，进退无路，便咬紧牙齿道："我自恨一生不识得人，至有今日。"拔刀自刎而亡。

且说吴用自遣张魁、凌振、石勇去后，这里依旧登关力拒徐槐。徐槐只是分毫不肯放松，吴用在关内百计备御。过了数日，约计张魁等已到郓城，便日日盼望张魁回报。那徐槐却接到任森的飞报，知是贼人埋放地雷，幸喜先期破出，东门虽被轰陷，却不妨事；又乘机设伏于断流村，邀击嘉祥贼兵，得一胜仗等语，众将齐称天幸。徐槐将那文书重复从头至尾细看一遍，又沉吟了好一回，便微微笑着对众将道："不但郓城天幸，就是此地也好邀一天幸。"众将齐问其故，徐槐道："此事显而易见。他本根重地，被我大军攻围年余不解，其心腹之患可知。受此心腹大患，其忧可知。日夜抱此大患，其百计千方求解此围可知。因围终不解，乃万不得已而图我郓城。诸君但想，我郓城一区，虽夹在嘉濮之间，但濮州为截林所阻，嘉祥为兖州所牵，我郓城安如泰山。今此贼挖空心思，用到如许密计，图我安如泰山之郓城。如今郓城依然平安无事，即使不幸，竟为所破，不过掳掠一番，剪屠一番而止，岂能据而有之。此事于他府他县，尚无干害，况我这枝攻围梁山之兵，何能撼动分毫？而此贼乃汲汲于此，苟非欲我还救郓城，借以夺取头关，更有何样肺腑乎？"众将齐服主帅高见，便请何计。徐槐道："此刻若使郓城失陷，我倒偏不退兵，使他佩服我的见识。如今郓城安然无事，我却要退兵也。"便密与李宗汤、韦扬隐说知如此如此，韦李二人会意领诺。当时传令前队在二关下放了一阵枪炮，又悉力攻打了一个时辰，然后将后队徐徐拔退；后队已退，前队方才退撤;退到头关土垒,又在垒上布满旌旗,不住的巡绰。

吴用在二关上望见徐槐兵退,大喜道:“郓城事发了。”众头领皆喜,个个奋勇起来,都要杀出去。吴用道:“且慢。且等张魁的回报,得知了确实信,方可进兵。这里且着人去分头探看虚实。”到了傍晚,去探头关探子回来报道:“土垒上巡绰军马络绎不绝,里面虚实难以猜测。”说未了,那偷出头关去的探子也转来回报道:“亲见头关尘土障天,人马奔走不绝,确是退兵的模样。”吴用听了,略略点头。众头领都道:“如此情形,确是退兵无疑,却虚守头关,掩我耳目。我们休为所瞒,就此便杀进去。”吴用道:“好歹总须明晨动手,何争一夜。我料张魁今夜必来,等了他的实信,一发放心些。”当时吴用诸人等张魁的信,直等到天明,绝无回报。吴用心焦,亲自带了护从兵将,出二关去探看。看了足有两个时辰,暗想道:“这厮确是真退也。我看他土垒上巡绰的兵虽然络绎不绝,却换来换去,只得这几个人,几匹马,这不是分明里面无人。只是张魁如何还不见来回报?如今我却等不得了,呼延灼被刘广所牵制,他那路兵马岂能与郓城久持?我此计不过瞒他一时,若只管迟疑过去,他若定了郓城,随即转来,守住头关,我不是空费了一番心计?”想到此际,便咬一咬牙道:“休管成败利钝,竟去抢他一抢看。”便回转二关,传令派燕顺、郑天寿作前队,带兵六千,当先去抢土垒。

燕顺、郑天寿领兵起身,吴用又叫住吩咐道:“你二人进得土垒,须先搜查里面有无伏兵。如无伏兵,即放起号炮,招呼后队同进。若情迹可疑,即忙退出。”二人应了,即便带兵前行。吴用便派李应、张清、徐宁带兵一万,以作后应。当时同出二关,呐喊摇旗,杀奔头关。燕顺挥众尽登土垒,果然土垒上只得几个老弱残兵,如何抵御得住,不待厮杀,早已抱头鼠窜的四散逃走了。燕顺兵马早已由垒上杀进垒内,只见里面并无兵马。燕顺便燃起一个号炮,拽开垒门。郑天寿便领兵杀进垒来,只听得头关上也是一个号炮,那垒上硐楼土穴内的壮士,一声呐喊,那垒门一声响亮,一块千斤重闸砰然而下。郑天寿正到垒门,奇缘巧遇,那块闸板当头打下,早已连人带马化为齑粉了。燕顺在内大惊,急想退出,李宗汤已从头关上领兵杀来。李应等在外大惊,急挥军前救,韦扬隐已从土垒旁侧领兵杀来。外面韦扬隐横枪跃马,保住土垒,迎敌贼兵。李应等三人大怒,直攻韦扬隐。韦扬隐一枝龙舌枪,神出鬼没,架住三人。两边奋威呼喊,舍命恶斗,各不相让。韦扬隐只是拦住关门,不许放半个人上土垒。那里面李宗汤提着大刀,挥众掩杀贼兵。燕顺急不得出,左冲右突,四边尽是伏兵,真叫做关门捉贼。不一时,燕顺兵马早已杀尽,只剩了单人只马。早被李宗汤大刀逼紧,卖进一步,左手揸开五指,揪住燕顺甲上的狮蛮带,尽力拖来,掷于地上。众军上前捆捉去了。垒内贼兵已尽,李宗汤便叫拔起闸板,杀出垒外去助韦扬隐。韦李二人合兵一处,奋呼斗贼。吴用望见如此情形,料知无益,急叫鸣金,收转李应等兵马,退回二关去了,只是仰天叹气,一言不发。后方探知张魁兵败不回,料其已死,十分懊怅。

且说李宗汤、韦扬隐也收兵回转土垒,照常守备,遣人迎接徐槐进关。众将兵丁纷纷献功,计生擒贼目燕顺一名,闸死贼目郑天寿一名,斩贼众四千余名,大获全胜。徐槐大喜,当时计功录簿,慰劳犒赏,大开筵宴。一面将郑天寿并贼众首级解去都省报捷,并到郓城通报任森,又谢汪恭人定计致胜;一面将燕顺钉入囚车,解往曹州府监内收禁。同日接到郓城县通禀梁山贼人施放地雷一案:石勇讯系梁山贼目,当即详解曹州府监禁;李义委系不知情因,已在监病故,应毋庸议;张三讯明并无故纵情弊,实系醉酒糊涂,当即移营责革;贼党凌振一名,业已震死地雷之下;尚有贼党张魁一名,在逃未获;宋信察贼预报,应予奖赏;提辖某人先期觉察,应免其议处,各上官一概如详完案等语。

徐槐知悉了,便与诸将商议攻守之策。不数日,又有飞报自郓城来,徐槐急问何事,不知截林山火势大作。正是一波未平,一波又起。有分教:连连用计,老学究两地图谋;事事先机,贤总管一心运划。

欲知截林山火事如何,且听下回分解。

第一二七回　哈兰生力战九纹龙　庞致果计擒赤发鬼

却说徐槐闻报截林山火起，忙传来差进来细问缘由。那人道："小的在郓城行台听差，适有官军由截林山逃来，报称截林山南北两边，尽行火发。任将军已领兵出城，速去救援，特差小人到这里来禀报，请令定夺。"徐槐听了，便问："青娘小姐安在?"那人道："这日小姐正在截林山巡阅官军，及至报火之时，却不见小姐回来，所以不知下落。"众将闻得此言，尽皆失色。徐槐也踌躇了好一回，便对众将笑道："无害也。山北放火，或是贼人纵火夺山；山南放火，是何缘故？他已杀过山南，还要放火做甚?"众皆恍然大悟。徐槐便将任森的文书批了一行道："走报火发之兵，着拘住细审情由。所有截林山之事，饬即妥为办理。"批毕，便交来差带转。众人都问何故，徐槐道："这分明又是吴用诡计。其意不在截林山，仍想赚我回去，以便夺我头关也。如今既有青娘在彼策应，必然无事，我这里依旧照常办事。"众人皆称是极。只见韦扬隐道："主帅既料他又是诱我回去，我们何不仍旧将计就计，退出头关，反诱他进来，杀败他一阵?"徐槐笑道："这却画蛇添足了。前番我之退兵，不过瞒他一时，岂有一而再，再而三，他还不识得之理？我如今只须不动声色，使他惊服，就是胜他了。"当时传令各营，照常守备，毋许乱动。

吴用恶狠狠地调齐精兵，设了奇计，只等徐槐再一假退，便要按计行事。不料这番徐槐只是按兵不动，吴用叹道："这徐官儿真奇才也！此人常镇头关，吾亡无日矣。"

先是，林冲在濮州奉到吴军师密计，即差张横、张顺带兵五千，速赴截林山，依计放火。就喽罗中选个郓城人氏的，带了假造的官军号衣，从远道绕过山南，只等火势一透，便到郓城报火。张横、张顺依计安排，果然着手。徐青娘在营中，忽报山下火发，急忙出看，果见山下火势浩大，烟焰火鸦直向山上冲来，山下官军惊慌。青娘急传令：

"不许乱动,违令者立斩!"便教按齐队伍,移营退后;又调齐弓弩手,分两边先行埋伏。便令就山头也放起火来,登时山上山下火势齐发,烈焰蒸天。那假扮官军的贼,已飞报郓城去了。徐青娘在官军队后,坐在交椅上,旁侍着几个丫环,围立着数十员裨将,手中捧着令箭,观看火势。只见火势渐渐矬小,早有贼兵冒火冲烟,杀上山来。见山上一片火地,官军已退,只道火延上山,官军被火冲退,便欣欣得意的直追过来。不防官军乱箭齐放,贼兵不知高低,叫苦不迭。只见官军在火光中声如虎吼,箭若蝗飞,约计一千六七百名贼兵,死于乱箭之下。张横、张顺各带箭伤,领败兵逃下山去。青娘正欲下令追赶,忽报任森领兵到来。青娘大喜,便令任森下山追贼。任森率众追杀,贼兵不敢恋战,没命飞逃。任森追杀一阵,斩首无数,收兵而回,即将余火熄灭,安置了营盘。任森仍回郓城,查出那假扮官军报火之贼,立时斩讫,一面报捷于徐槐。

徐槐闻报大喜,众将都服主帅卓见。徐槐复书慰劳青娘、任森,一面与众将镇守头关,商量攻取二关之策。忽报新任河北冀州都统制经过郓城,徐槐问道:"便是景阳镇陈总管么?"报人道:"正是。"徐槐大喜道:"陈公来此,吾无忧矣。"便吩咐韦扬隐、李宗汤守住头关,自己即到郓城,迎见希真。

原来贺太平自云天彪丁忧而后,大虑山东统武乏人,正拟举荐陈希真升补登莱青都统制之缺,续已奉旨着云天彪夺情复职。因思濮州为贼人所据,徐槐专制梁山,不能兼顾,即请以陈希真升任冀州都统制,以便攻讨濮州,并准其移调旧属得力将弁,随营听用。天子准奏。陈希真接旨谢恩,交卸了景阳印务,便去猿臂寨闲游一转。丽卿因在此居住有年,今当分离,大有恋恋不舍之意,希真戒勉了几句。丽卿又吩咐旧属将弁兵丁:"好好看守那张瓷床,待太平之后,着人来取。"大众应诺。希真便择日起行,从此永远拜别了这猿臂寨。一路行来,道经郓城,希真素来企重徐槐,今日过此,便命驾亲赴梁山头关往访。

恰好徐槐出关迎着,两遇于导龙冈前,相见大喜,说起遇贤驿一别,不觉寒暑三更,彼此叙些渴慕的话。徐槐便请希真入郓城行台中，开筵接风。席间深论梁山之事，希真道："梁山大势就衰，尽出仁兄之力。水泊头关，得其要领，贼胆自寒，但愿国家洪福，不日扫除净尽。"徐槐道："晚生才疏力薄，蚊负徒劳。今闻大人荣升冀北，仰见圣明神武，倚重老成，一方幸甚。今贼人穴巢虽破，而犄角未除，嘉祥、濮州，交攻迭击，晚生在此，实形支绌。总仗大人虎威，迅即扫除，贼人势促，自可就擒。但未知现在泰安、莱芜情形，作何办理？"希真道："小弟奉调至此，不能兼顾。料有云统制在彼，必不容贼人久踞，且听捷音。现闻濮州系林冲盘踞，其将佐智勇何如，仁兄久莅此地，必悉其详，愿请赐教。"徐槐道："林冲力敌万人，手下将士亦颇不弱。若论智谋，则与大人相遇，螳斧当车矣。"希真点头道："梁山之事，全仗吾兄。至于剪除濮州，弟当竭力为之。惟愿云统制收复泰莱而后，乘胜攻拔嘉祥，尤为妙妙。"二人谈论良久，尽欢而散。次日希真起行，各官相送一程，希真领永清、丽卿赴任去了；徐槐仍去镇守头关，均各按下慢表。

且说云天彪到了青州之任，闻得陈希真升任冀州，又喜又虑，便集诸将商议道："陈道子此番升任，料得濮州、嘉祥两处，必当就剿，这是好处。但这里泰安、莱芜，原拟与他分路进攻，如今他既去了，少一帮手，这两处贼兵我们独任其事，须得作速计较。"傅玉道："主帅之意，拟欲先攻莱芜，先攻泰安？"天彪道："起先贼人三城联络，其势浩大，今陈道子去其一城，力量自然较薄了。为今之计，我从清真营趋莱芜最便。那里虽有天长山阻隔，只须临期设法破他。本帅之意，先攻莱芜，倘泰安贼兵来救，也只须临时堵御。破了莱芜，泰安势孤，便可一鼓而下矣。"众将称是。天彪遂命傅玉、云龙、闻达、欧阳寿通随同出征；刘慧娘带领白瓦尔罕随营参赞；调毕应元，带领孔厚、庞毅，随营听候差用；檄调哈兰生、芸生、沙志仁、冕以信，率回兵前来助战；檄知风会、李成，俟大兵过清真营时，一同起行；又移调唐猛前来。部署已定，共起马步军六万，浩浩荡荡，杀奔莱芜。

早有细作探知此事，飞奔到泰安，报知宋江。宋江大惊，急令公孙胜、樊瑞、项充、李衮、朱贵镇守泰安，又派武松、呼延灼、施恩去助刘唐、三阮把守秦封山，保护泰安，对公孙胜道："这泰安乃是根本重地，贤弟须提心保守。我当速赴莱芜，去备御天彪也。"公孙胜应诺。宋江便带领鲁达、宋万、杜迁、曹正，五千人马，星夜赶到莱芜。也不进城，便向城北直趋天长山，史进、李忠迎接上山。天彪兵马已在北面山下，宋江登高一望，只见官军营里旌旗严肃，队伍整齐，足有十万人马气焰。宋江心中畏惧，便传令到莱芜城里，教朱武与鲍旭、孟康、陶宗旺紧守城池，自己与史进、鲁达等提起全副精神，备御官军。

当日两军按兵不动，次日天彪率领全队直攻山下。宋江对众头领道："云天彪这厮不比寻常，此番大队来攻，兵马三倍于我。我若与他斗兵，必不得利，不如与他斗将。"便对鲁达道："鲁兄弟可当先出去，斩他一将，先杀他个下马威。"鲁达道："洒家便去。"宋江便点兵将，一声令下，杀下山来。鲁达手提禅杖，当先出阵。三通画角，两阵对圆。天彪顾众将道："这和尚素常利害，谁人出马？"言未毕，只见左边队里闪出一员白须老将，提着一柄厚背薄刃点钢大斫刀，放开霹雳喉咙，大叫："末将愿去！"天彪看时，正是庞毅。天彪大喜道："老将军前去甚好。"庞毅一马纵到垓心。鲁达一见，便收住禅杖，大喝道："你这老头子来干甚么？不快回去，洒家一禅杖直打杀你！"庞毅大喝道："贼秃驴有多少技量，焉敢出言无礼！"说罢，举刀便砍。鲁达挺手中禅杖，急架忙还。步马相交，刀杖并举，一片鼓角之声，震天盈地。只见刀来杖往，杖去刀迎，一边使拔柳威风，一边逞拉鼍神力，足足战了七十余合，不分胜负。两阵上多少勇将，都看得呆了。

宋江初见庞毅出马，皤然白发，满拟鲁达手到成功，谁知鲁达使尽平生本事，只得个平手，心中大为诧异。云天彪见庞毅如此神威，暗想道："毕知府眼力果然不差。"看那二人已辗转斗到一百余合，天彪想二虎相争必有一伤，便鸣金收军。宋江见庞毅回阵，也不敢纵兵，亦将鲁达收回本阵去了。宋江对众人道："今日这老将，不知姓甚名谁。向来老云身边，从不见有这个人，不知他那里收罗来的，竟有如此了得。"众人相觑无言。那边庞毅回营，天彪大赞不了。庞毅道："这和尚端的利害。要知梁山大盗，也未必个个如此。但此人不除，终是后患，明日待末将再行出战，定要斩他。"天彪道："果好。来日阵上，老将军力能斩他则斩之；如其不能，本帅另有胜他之法。"

次日,宋江又领兵下山搦战,仍是鲁达出阵,专要昨日那老头子厮杀。庞毅便请天彪发令。两阵对圆,二人相见,更不答话,举器便战。这番不比昨日,两人翻翻滚滚,大战两百余合。两阵将兵一齐细看,只觉两人丝毫不相上下,彼此一无破绽。至晚收兵。第三日又是照样一场,两军无不咋舌。宋江见鲁达连战庞毅,三日不能取胜,大为焦急,方拟用计力取庞毅,全副精神筹划此事,忽报莱芜朱武差人投进紧急文书。宋江即忙拆看,方知朱武探得官军悄悄从东北抄来,大有占据嶅山之势。嶅山为莱芜保障,此山被占,大非所宜。现因守城兵马寡薄,不敢调动,特此飞速请令定夺。宋江看罢,大惊道:"原来天彪这厮,一面与我相持,一面在那里用计。"急令史进、杜迁、宋万领兵六千名,迅往嶅山,占住山头,勿令官军过来。史进等奉令,飞速带兵到了嶅山,只见山前山后,山左山右,尽是归化庄、里仁庄、正一庄的旗号。

原来哈兰生、哈芸生、沙志仁、冕以信四人,奉天彪密令,率领回部乡勇,星夜前来,早把嶅山占住。史进大怒,便传令全队军马奋刷精神,一齐呐喊,恶狠狠来夺嶅山。哈兰生见有贼兵杀来,便传令回兵各按队伍,摆列枪炮矢石,等待贼兵。史进已领兵逼山仰攻,哈兰生一声号令,枪炮矢石齐下。史进鼓励锐气,几番冲突,都被回回兵打退。史进忿忿收兵而回,就在山下扎了营寨。天色已晚,哈兰生与众回回商议道:"主帅将令,教我们占了嶅山,便须进围莱芜。如今被贼兵挡住了,如何围得莱芜?明日须得下山,与他决战一场方好。"众人称是。计议已定,当时差人到史进营前,告知明日下山决战。史进大喜。当夜无话。

次日黎明,史进与宋万、杜迁点起人马,一齐出营,就营外列成阵势。史进居中,宋万在左,杜迁在右,前面让出一片大围场,高叫:"哈兰生下山快战!"哈兰生便教芸生守寨,自己同了沙冕二将,领四千回回兵杀下山来,摆齐队伍,纵马出阵,高叫:"无知草寇,快来纳命!"史进大怒道:"贼回子敢如此猖獗!"便轮着三尖两刃四窍八环刀,直取兰生。兰生急举独足铜人,敌住史进。两下各显武艺,奋勇大斗,一个是师传本领,一个是天授神威,大战三十余合,不分胜负。

这边沙冕二人看够多时，更耐不得，一齐上前。宋万、杜迁见对阵添人，也急忙前来助战。当下六人六马，六般军器，搅作一团。只见史进使个解数，乘间一刀，扫到兰生胁下。兰生大吼一声，一铜人扫去，将史进的刀格开数尺，刀锋缺落。史进吃一惊，拖刀便回。兰生见史进法门纯熟，也不敢穷追，勒马而回。其余四将见主将回马，也各自回阵。两阵各自收兵。兰生对众人道："久闻史进那厮法门纯熟，果然名不虚传，来日我当用全力胜他。"芸生道："明日待小弟去战他一阵，倘能除得此人，便可直逼莱芜了。"兰生道："也好。我看此人实力，却略略逊我一地。只是他门户旗鼓，变化不测，所以一时不能取他。幸亏我这铜人，也有一十六种解数，对付得他。明日兄弟如能胜他更好。不然，仍是我来取他。"芸生称是。

次日，兰生、芸生、沙志仁、冕以信一齐下山，列成阵势，高叫："草贼快来领死！"史进大怒，率领宋万、杜迁一行人马，出营列阵。史进换了一枝点钢丈八蛇矛，骤马出来。哈芸生见了，便挺着手中五股托天叉，一马冲来，直取史进。二人也不打话，两马相交，叉矛并举，一来一去，一往一还，斗到三十余合。只见史进那枝矛，忽高忽低，忽前忽后，忽左冲，忽右掠，挥身上下，尽是一片矛影。芸生搠他不着，焦躁起来，提起那五股钢叉，尽平生气力，划开矛影，直向史进面门刺来。史进霍地闪开，芸生搠了个空，身子和叉直撷入史进怀里。史进用个拖篙势，抽转矛头，趁势往上一挑，那矛头直点到芸生胸前，芸生急转身，叉开矛头。矛头被叉一拨，恰打偏落在左腿上，史进就将蛇矛一送。芸生腿后早着，急忙负痛而归。

史进正欲追赶，兰生飞马已到，大喝："休伤吾弟！"一铜人照着史进打来。史进忙将蛇矛一架，不料铜人力猛，将矛头直压到在衰草地上。史进抽出矛头，往上一旋，早已搠到兰生咽喉。兰生铜人早已飞转，又把那蛇矛打转左边去了。史进矛尚未起，兰生飞过铜人，打向史进脑袋上。史进急忙闪过，抽起矛头，又点到兰生咽喉。兰生闪个不迭，将铜人往上一架。沙志仁、冕以信望着阵中，大吃一惊，两马齐出。这边梁山营里宋万、杜迁见官军添了两将，一齐杀出阵来。兰生、史进仍复狠命搅住。六条好汉，奋呼厮杀。哈芸生裹疮立马阵前，看得甚是分明，张弓搭箭，窥定宋万咽喉，飕的一箭射去，喝一声着，宋万应弦而倒。兰生回头一看，史进乘空跳出圈子，辖喇喇一马跑回本阵去了。兰生随后追赶，早有梁山兵射住阵脚。兰生回马，见沙冕二人裹住杜迁，杜迁正在难支。兰生入阵助战，早见冕以信一枪，刺杜迁于马下。说时迟，那时快，史进早已手提流星锤，换了一匹高头大马，赶到阵前。兰生飞到铜人打去，沙冕二人一齐攒上。史进耍圆那颗流星锤，挡住三人。须臾间，只见兰生那柄铜人，被流星锤索子绕着，两人尽力相扯。沙冕两枪已刺到史进面前，史进一手急抽腰刀相抵。只听得硼的一声，流星锤上索子拉断，史进一个跳踵。兰生掉转，一铜人将史进马头劈碎。史进跌倒在地，沙志仁、冕以信上前。此时任你史进武艺通天，也难为力，早吃官军齐声呐喊，捆捉去了。芸生急挥全军杀上，贼兵胆落魂飞，无心恋战。抛戈弃甲而逃。众回兵个个奋勇追杀，直杀得贼人四散乱窜。兰生等一口气直追到莱芜城下，便将莱芜城团团围住。朱武大惊，急同鲍旭、孟康、陶宗旺登城守备。哈兰生也不攻城，只将军马安营屯扎。回回兵纷纷献功，兰生查点记簿，便差沙志仁押解史进，并宋万、杜迁首级，到天彪大营报捷。天彪闻报大喜，修了慰劳文书，令傅玉、闻达赍了，并带本标兵马前去，会同兰生等围城。二人领令前去。按下慢表。

且说天彪差人押解史进往青州府监禁，一面将宋万、杜迁首级号令营前，策众人加紧攻打天长山。那宋江在天长山，正在打起精神，抵御天彪，忽后面雪片也似的报来，有的说莱芜城已经失陷，有的说莱芜城现被攻围，十分紧急。宋江大惊失色，急忙差人再去往探，方知史进兵马全军覆没，史进被擒，宋万、杜迁阵亡，回回兵直逼城下。宋江闻报，面色大变，沉吟一回，拍几皱眉道："这一遭我进退无路了。"鲁达大叫道："哥哥休慌，洒家一枝禅杖，打开一条血弄，包管你进得城来。"宋江对李忠、曹正道："我此刻若回转城去，天彪这厮必然跨过天长山，随迹追来，我那时腹背受敌矣。回想前次我在新泰汶河渡口的时节，因望蒙山有失，即忙回救，以致希真得以渡河。如今我既失军于希真，岂可再失军于天彪？只有老守这天长山，与天彪死命相拒，更无别法。"李忠、曹正也无言可答。宋江独自凝思，连声叫苦道："军师不在这里，我和那个商量？"又想了一回，便差人飞速到泰安秦封山去，教刘唐、呼延绰、施恩分秦封山的守兵五千名，速去掩袭天彪后军。发使去讫，一面在天长山安排人马，只等天彪军乱，便要冲杀下去。

天彪在天长山下，见宋江兵马只是坚守不出，并不退兵回救莱芜，众将都不解其故。天彪笑道："宋贼自误矣。他所以不救莱芜者，怕我大军掩上，前后夹攻之故。但此地岂与我死守得过？如今既与我死守，必然有个计较在内，我想秦封山在我营后，他必然从此路出兵，来掩袭我后军。"遂令毕应元带领孔厚、庞毅、唐猛，领精兵六千前去，如贼人果来掩袭，便可相机迎敌。毕应元等领令，即日前去。果然刘唐、呼延绰、施恩领兵杀来，这边庞毅打头阵，正与贼兵遇着。庞毅提刀出马，大喝："无知草寇，来此何干？速速下马就死！"呼延绰大怒，挺着双鞭直取庞毅。庞毅不慌不忙，展开大刀迎住。二人各展威风，狠命厮杀。贼军队里刘唐、施恩一齐上前；这边唐猛见了，也飞身前去。五人并力厮杀，战到分际，只见唐猛的铜刘飞旋过去，已把施恩左肩划伤，急忙逃回。刘唐、呼延绰无心恋战，抽身而回。庞毅、唐猛也不追赶，一齐转来。刘唐、呼延绰回阵商议，就地扎营，一面送施恩回秦封山将息去了。

这边庞毅、唐猛回转阵中，毕应元、孔厚迎入，便传令安营立寨。毕应元与孔厚商议道："方才我看那两员贼将，力气虽猛，却甚是卤莽，大可用计擒他。仁兄可有妙策否？"孔厚道："适才见贼人鏖战之时，也想到此。记得那年在二龙山时，见刘小姐用陷地鬼户之法，陷贼人奔雷车，甚为奇妙，今番正可借用。"毕应元道："小弟也闻得此事，特未知其详，愿仁兄细谈之。"孔厚便将陷地鬼户如此形状，如何制造之法，细细说了一遍，并道："此法较陷坑更妙，装好时，我军在上面，千人万马，可以任意奔驰。待贼兵到此地界，只须一声号令，地穴内的壮士拽倒轮柱，能使数里之地，顷刻变成陷坑也。"毕应元道："此法果好，但此地山根石骨，树木纵横，现在贼兵有五六千人，如何掘得这偌大陷坑？"孔厚沉吟一回道："有个计较在此：陷坑不必过宽，只须丈余开阔就够了。可先令庞将军前去诱敌，唐将军设兵埋伏。但诱得贼兵半过地界,便将鬼户拽倒。那时贼兵中队跌入陷坑,其在陷坑以外者,前后隔绝,不能相顾。庞将军遮其前,唐将军袭其后,贼人全军就获矣。”毕应元连声称妙,计议已定。

次日黎明,计点材料,派人制造鬼户,忽报贼兵叩营而来。毕应元大怒,便教孔厚在后营监造鬼户,自己亲身押阵,庞毅、唐猛齐出。两阵对圆,只见刘唐当先横刀出阵,大叫:“庞毅老匹夫,今日必死吾手!”庞毅大怒,飞刀出马,大喝:“鬼贼,焉敢狂言!”轮刀便砍,刘唐用刀架住。步马相交,两刀卷舞,战到十余合,刘唐性起,一朴刀和身扑向庞毅马前。庞毅展开大刀,早已在前三路将刘唐朴刀格住。刘唐急不得入,心中愈怒,托地抽刀跳身而退。庞毅马已追上,轮大刀照准刘唐面上砍去。刘唐从刀口闪过,狠狠的一朴刀,向庞毅马腹搠来。庞毅看得分明,不待他搠到,便带转马头翻身而走。刘唐纵步追来,庞毅将刀向后三路虚闪一闪,刘唐霍地跳开。庞毅已掉转马头,轮刀如旋磨般横截过来。刘唐急忙俯首避过刀口,忽地将朴刀直向庞毅嗓子搠上来,早吃庞毅横刀镇住。二人一来一往,已并到五十余合,毫无半点输赢,两阵上都看得呆了,毕应元暗暗喝采。只见庞毅忽然变了手法,将大斫刀挥挥霍霍,飞腾旋舞,横劈竖劈,向刘唐这边劈过去。刘唐大怒,也将刀乱劈乱砍,攻取庞毅。两口刀如天旋地转,星斗撩乱的又战了二十余合。忽听得庞毅喝一声:“着!”一大刀横旋过来。幸刘唐闪避得快,那口刀向刘唐顶门上恰恰挥过。刘唐吃了一惊,跑回本阵去了。庞毅哈哈大笑。呼延绰大怒,骤马扬鞭直取庞毅。庞毅正待迎敌,只见唐猛舞着铜刘,飞步而至,庞毅便勒马回阵。唐猛敌住呼延绰,奋勇大斗。唐猛一面铜刘,盘肩盖顶,进攻退守。呼延绰两鞭迭换相御,兀自抵挡不住,只得勒马回阵。唐猛飞步追去,毕应元深恐有失,遂鸣金收军。两阵各自收军。毕应元回营,便差人到后营去问孔厚,陷地鬼户怎样了。孔厚回言:“今日黄昏,准可办好。”毕应元便对庞毅、唐猛道:“二位将军且请安息,明日准备擒贼。”二将诺诺而退。

次日黎明,毕应元升帐,分派兵将:令唐猛领兵一千名,到营旁林子里埋伏,听候号炮,即便冲杀出来,袭贼人后军,唐猛领令去了;令孔厚带兵二百名,在高阜处瞭望贼军,施放号炮,孔厚领令去了。这里将一切辎重,并杂役人等,移出营后,尽在鬼户后面,远远安置,然后令庞毅带兵二千五百名,前去贼营诱敌。庞毅领令,便到贼营搦战。刘唐正要出战,闻得官军已到,勃然大怒,便教呼延绰押后队,自己领前队出来。不待布阵,大踏步抢到垓前,大叫道:"老匹夫,今日同你并个死活,若留一个,不许收兵!"庞毅托须笑道:"毛贼有何技量,敢来领死!"刘唐大怒,举刀直取庞毅,庞毅轮刀相敌。大战三十余合,不分胜负。忽见庞毅虚晃一刀,回马便走。刘唐飞步追来,大叫:"贼匹夫,你休诈败,我岂惧你!"庞毅忽翻身挥众迎击,刘唐挥众来追,官军、贼军大杀一阵。庞毅将刀一掩,众军会意,都纷纷诈败下来。刘唐率众狠命相追,呼延绰也拔动后队随上。庞毅只顾前走,贼兵只顾追来。毕应元已将营中兵马早行退去了。贼兵追上一程,已过了鬼户限界。孔厚在高阜上看得分明,一声号炮,只见贼军队里尘土障天,山崩地裂的一声响亮,中间一带地面,凭空陷下去了。刘唐急回头看时,只见呼延绰已隔绝在陷坑后面,唐猛兵马已从林子边呐喊杀来。刘唐急欲抄过陷坑去救呼延绰,不料庞毅已从背后杀转来,刘唐急忙转身迎斗。此时刘唐进退无路,只得狠命相扑。战不数合,庞毅心生一计,便乘间虚闪一刀,回马而走。刘唐不知是计,拼命追来。庞毅拖刀前走,刘唐力猛心急,飞步追上。庞毅回手一刀,向刘唐腿上砍去。原想砍断其腿,不防刘唐步快,已抢过刀锋,庞毅大刀到时,正将柄上龙吞口处直打着刘唐腿弯。刘唐闪个不及,大吼一声,推金山倒玉柱的扑翻在地,众军士一齐上前捆捉去了。毕应元指挥众军,将陷坑以内的贼兵提捉上来,尽行杀绝。那陷坑以外的贼兵,被唐猛兵马袭击。呼延绰不敢恋战,飞奔逃回秦封山去了。唐猛追赶一阵,斩获无数,收兵而回。毕应元、孔厚收集两处人马,填平陷坑,安营立寨,一面差人将刘唐解往天长山大营。

天彪大喜,即发慰劳文书,并添拨四千人马,教毕应元拒扼秦封山,一面传令,将刘唐捆缚笆竿之上,悬于阵前。宋江望见,大叫一声,昏晕在地,众人急忙唤醒,大叹道:"气死我也!"连夜收兵退去。云天彪便统全军,浩浩荡荡,杀过天长山来。宋江亟欲入城,几次冲突不进，只得离城下寨，作犄角之势。天彪兵马直到莱芜城下，与傅玉、哈兰生会合，商议攻城之策，一面差营弁押解刘唐到青州府监禁。只见宋江扎营在外，天彪大笑道："宋贼那日不退天长，我早知其有今日也。但他在此作一犄角，亦于我军大为不便，必须速行驱逐。"便顾左右道："谁人愿去？"言甫毕，只见李成挺身而出道："小将愿去。"天彪称好，即付精兵四千，令其前去。只因这一去，有分教：捐躯报国，克成勇将勋名；丧胆潜逃，甚削强徒羽翼。

究竟宋江逐得去否，且听下回分解。

第一二八回 水攻计朱军师就擒 车轮战武行者力尽

却说云天彪令李成领兵四千去驱逐宋江犄角之兵,李成领令而去。不一时,直到宋江营前,李成先安了营,便点军马出营,摆开了阵势,当先出马,叩营搦战。宋江不知虚实,那敢出兵,只传令坚守,不许出战。李成见宋江不出,便在营外大叫道:“戳瞎眼睛的贼,今日你李爷爷在此,何不再出来会会!”宋江听了,怒不可遏,忽想到望蒙山前之事,为因不忍一时之忿,以致失地丧将,便只得忍辱守营。众人都恨得咬牙切齿,宋江只叫休动。李成在营外叫骂了好歇,见宋江只是不出,便大声道:“瞎贼真庸才也,躲在营里待怎地? 咱老爷团团围住了你,不出十日,活活的饿杀你!”宋江听了这句话,便忍守不住,吩咐李忠、曹正出营迎敌,又道:“这厮一勇之夫,我誓必生擒这厮来细割,以报杨志之仇。”便密谕二人道:“你二人战到分际,可诈败诱他进营,我教鲁兄弟伏在营门边擒他。”

李忠、曹正领令出营,大喝:“甚么小厮,敢来欺人!”李成道:“你那瞎强盗,为何不亲自出来?”李忠、曹正一齐大怒,直取李成。李成展开神枪,敌住二人。两阵擂鼓呐喊,三人奋呼战斗。斗了二十余合,这二人如何是李成的对手? 李成神威愈奋。二人因心中气昏了,一时竟忘却公明哥哥诈败之令,只顾抖擞精神厮并。李成看出破绽,乘势一枪向曹正一边卷来,曹正闪个不迭,咽喉早着,翻身下马。李忠大吃一惊,拖枪便走。李成骤马追上,李忠急忙飞枪回刺。李成不慌不忙,将身一闪,那李忠的枪已撷过数尺。李成顺势将枪杆夺住,只一拖,李忠向前一踵,李成掉转自己的枪,将枪柄用力一敲,李忠翻身落马,众军一齐上前捆捉去了。宋江见李忠已擒,诱敌之计不成,大怒,急叫鲁达赶出营来。直取李成。李成奋勇迎敌。两人大展神威,斗到一百余合,李成力气不加,只得虚架一枪,勒马回阵去了。鲁达正要追赶,宋江深恐有失,鸣金收住,鲁达回阵。

那李成回阵,将兵马收回本营,差人将李忠正身并曹正首级解往大营,并请再派一员勇将,共来协斩那鲁秃贼。天彪闻报大喜,便派营弁将李忠解往青州府收禁,这里将曹正首级号令军前,便派风会前去协助李成。风会到了李成营里,李成迎见。当晚安营无事。

次日黎明,风会、李成一齐出阵,叫宋江出来厮杀。宋江到了此地,战亦亡,不战亦亡,只得统兵出营,亲自押阵。两阵对圆,鲁达出战。风会一马当先,与鲁达大战。李成见宋江立马阵前,便骤马挺枪,直取宋江。宋江大惊倒退。鲁达急忙撇了风会,还救宋江。李成已到宋江面前,鲁达急忙一禅杖打去。李成一心要取宋江,不防脑头一禅杖打来,头颅迸碎。说也奇极,那李成已死,尸身还骑在马上,巍然不仆,挺枪在手,那匹马驮着他,直向宋江冲去。宋江惊得几乎坠马,贼军一齐大惊,连鲁达也惊得倒退几步。风会挥军杀上,贼军早已溃乱。鲁达保宋江要紧,那里还敢恋战,当时一枝禅杖,紧紧护住宋江,从乱军队后逃出。风会一心要捉宋江,单刀匹马,直冲出贼军队后,飞追宋江。那群贼兵已被官兵杀尽。宋江见风会追来,吓得魂胆飞扬,幸亏那匹照夜玉狮子疾如风行,远远走脱。鲁达在后头立定了,邀住风会,大战一场。风会见宋江去远,也无心鏖战,勒马转来。鲁达一路回去,会着了宋江,渡过大汶河,回泰安去了。

风会收聚兵马,带了贼人首级,命数名小卒舁着李成尸身,回转大营。天彪闻宋江已逐去,大喜;闻李成阵亡,大为惊悼。风会细述李成死状,天彪叹道:"壮哉此人,死犹不死矣!"众将皆惊叹,遂命营中具棺含敛,送回青州去讫。天彪对众将道:"宋贼犄角虽已逐去,然泰安贼军尚有数万,必然复来。现在秦封山一路,有毕应元堵御,必不能出。只防大汶河一路,可着欧阳寿通带领水军四千名,往彼堵截。"众将称是。天彪便令欧阳寿通带水军四千前去。这里会集大军,四面协力,攻围莱芜。

且说宋江与鲁达逃回泰安,公孙胜等迎接入城,动问莱芜情形。宋江只是垂头叹气,众人也定不出计较。公孙胜且教设酒散闷,宋江长叹一声道:"看来莱芜又不保矣。只是朱武、鲍旭等四位兄弟,我怎舍得不救?吴军师又不在此,竟无良策,如何是好?"公孙胜道:

“朱兄弟亦非等闲,莱芜尚可死守,但须急解外围方好。”宋江踌躇良久,待酒饭毕,大众散坐,宋江对公孙胜道:“我方才左右思想,这里泰安将佐,未可轻动。惟秦封山上,有武松、呼延绰在彼防守,那里阮氏三弟兄,暂时调动不妨。我意欲召他三人前来,就带这城中的水军,前去救援莱芜何如?”公孙胜称是。

当时传令到秦封山,召阮小二、阮小五、阮小七齐来泰安城。不多时三人都到。宋江密谕道:“尔等速领水军三千,由汶河过去,进攻官军,退则背水靠滩扎营,又须时时过去攻击。诱得他移军来攻,便可就水中取事也。”三阮领令,便带领水军直趋莱芜。

且说天彪大军在莱芜城下,将莱芜城四面攻围,前后统计已有十余日。

看官须知:这十余日中,官兵外攻,贼兵内守,端的昼夜不息,十分紧急。当时傅玉、云龙、哈兰生等率众奋勇冲击,刘慧娘与白瓦尔罕费尽心机,想造器械。那朱武在城中百计守御,破他不得。这日天彪正与诸将商议破城之策,忽欧阳寿通差人报称:“前日有泰安贼人来到渡口,吃小将隔岸堵住,不能渡河。但夜来贼人屡次偷渡过河,前来劫寨,吃这边觉得,一声哄逐,他随即逃过河去。如是者数次。续探得贼将来者三人,名唤阮小二、阮小五、阮小七,系彼处有名水军。小将诚恐不能抵御,请令定夺。”天彪听了便道:“可加派二千名水军前去协助,总须拒住他,不得渡河。”令未发,刘慧娘在旁忙请道:“彼军既是水军,涉波涛如平地,难禁其不渡过来。依媳妇之见,不如就让他过来,可以就中取事。”天彪道:“既如此,须得你亲去,方可相机行事。”说罢,就命云龙统领水军二千,护送刘慧娘,并带白瓦尔罕,一同前去。

当时云龙、刘慧娘、白瓦尔罕到了欧阳寿通营里。慧娘架起飞楼,四周看望一回,将河岸上下形势,一一细看了,下来对云龙道:“这河岸形势,我已看得。只是水军决战,非水将不可。这里欧阳将军一人,恐不济事,还须得到兖州镇去,叫我二哥哥来方可。”云龙称是,又道:“我方才也得个计较在此。”慧娘问甚计,云龙道:“就依你让他过来之说。我想既已让他过来,就与他岸上决战一阵;又诈败诱他,令他离水已远,欧阳将军便传水军,从上流水底,抄到此处上岸,截其归路。使他入水不得,就陆地擒他,岂不省力?”慧娘称是。当时一面禀知天彪,移文兖州镇,调刘麟星夜前来。这里便教欧阳寿通拔寨都退。

那边三阮见官兵退了,便拔寨都渡过河来。却遵依宋江密谕,将军士屯在岸边,离水不远之处,相择沙滩扎营。云龙见了,不待他营盘扎好,便领兵直赶过来,就在沙滩上纵兵掩击。三阮大怒,一齐上来迎敌,两军就在沙滩上擂鼓呐喊,大战起来。云龙提刀出马,三阮一齐厮并。云龙战不数合,虚晃一刀,回马便走,官军一齐都走。三阮领贼兵喊呼追来。官军只顾前逃,贼兵只顾后追,追不上一里,贼兵忽然停止。原来云龙轻看三阮无谋,诱敌之法装得不十分相像,却吃三阮觉得。当时三人商议:阮小七领兵一停,转去把守水口;小二、小五仍旧领兵追击官军。云龙见贼人停止片刻,便晓得此计被贼人识破,大怒,命众军整顿旗鼓,还击贼军,紧紧逼定,令其不得退去。刘慧娘在高阜处望见,道:“非然也。”便急派千余名游军向左右林埋伏了,急差人至阵中,教云龙再行诈退诱敌。云龙依言,便又率众转身飞逃。这番小二、小五只道官军真败,尽力追来。慧娘就高阜上放起一个号炮,两边林子里伏兵一齐杀出,截住去路。云龙率众转来邀击。小二、小五叫声苦,方晓得中计。官军四面围住,喊声振地。那小二、小五在陆地与云龙拼命死斗,正如失水蛟龙,虽有伎俩,亦无可施。阮小二被云龙一刀劈去,小二急闪过刀口。云龙就势里将大刀摆开,舒出左臂,揪住小二搭膊,只一拖,拖过来掼在地下,众军上前捆捉去了。阮小五大惊,急忙上前,死命冲突。云龙骤马追去,可惜前面没有勇将挡路,竟被阮小五冲破重围,领着数百人逃出去了。云龙挥军掩追,直追到渡口。阮小五和那百余人扑通通都跳入水中。云龙不识水性,只得在岸上立住了。只见水中波浪汹涌,翻天掀地,东一阵血波,西一阵红水,乃是欧阳寿通率领水军,在水底与阮小七鏖战。云龙不能助战,只得在岸上呐喊。又是好歇,只见阮小五、阮小七领兵登了那岸,欧阳寿通也领兵登岸。计点官军五百,伤了一百余名。那边阮氏查点自己水军,在陆路战者,死伤无数;水中战者,三百名水军，也死了八十几个。两军依旧分两岸，各自安营。云龙差人将阮小二解往大营里去。是夜，阮小五、阮小七因哥子被擒，忿怒已极，连夜渡过河来劫营。云龙传令坚守，小五、小七无可如何而返。

这里慧娘与白瓦尔罕商议道："水中相战，教授可有妙法否？"白瓦尔罕道："若在水面打仗，小人倒有舟船之法。如今在水底打仗，船只却用不着，请夫人宽限数日，小人管想个法儿来。"慧娘点首，白瓦尔罕退去。这里官军与贼军夹岸相持，忽然连日大雾，不能开兵。不数日，刘麟从兖州来了，先从大营见过天彪，再到渡口来与云龙、慧娘相见了。一番叙阔，不必细表。刘麟便问起贼军情形，云龙、慧娘一一说了。刘麟道："既然他三人折了一人，我们这里现有两人，何不就与他水中个对个厮并？"慧娘道："也须想个必胜之法。"说未了，只见白瓦尔罕进来道："小人想得一法了。"慧娘忙问："何法？"白瓦尔罕道："他既能水中游行，我就以取鱼之法取之。"慧娘道："怎样取法？"白瓦尔罕道："只须造一张大铁网，网上扎水藻青苔之属。又撒网下水时，须令人下水去，将网眼都深深的埋入沙中，令其看不出水底有网。待其走入网中，将网拽起，自然擒得矣。"慧娘道："此法固妙，只是拽网之法，须是两岸上人一齐动手，如今那一岸被他占了，如何动得来手？我那日瞭望河岸形势，我这岸东首有条小港，又探得那港水底纯是细沙，两岸又尽属我们掌管，就于此港设网擒他罢了。"云龙道："他怎肯走到我这港里来自投罗网？"慧娘道："我有个驱他进来之法，名唤水底连珠炮。就是军中常用的炮位，炮内重重叠叠做了门隔，每一隔装一出铅子火药，通了药线。炮口用沥青封住，可以入水不濡。里面用机括，装了玛瑙石自来火，外面通出一线，但将线一扯，机括自动，其炮子自在水中络绎不绝的放出。故名水底连珠炮。如今可将此炮装起百余位，悄悄的到水口排好了。却用计诱他从水底杀来，待他抢过这边，我便传下暗号，将机线一齐扯动，那时满水底炮子乱打。他回去不得，又无路可奔，怕他不驱入我这港里来？"云龙、刘麟、欧阳寿通、白瓦尔罕都一齐称妙。当令铁匠并工打造起铁网来，又赶紧装起水底连珠炮。两日一夜，那连珠炮并铁网都造好了。慧娘就请云龙传令，就黑雾昏夜里，将这两般器械都安排停当，贼人毫不知觉。

到了黎明，刘麟、欧阳寿通领着水军，到了岸边，正欲渡河，只见那晓雾漫漫，咫尺不见人影。云龙道："如此大雾，怎生杀得过去？"慧娘道："不妨，我适才占得一课，此雾顷刻当散。"便教刘麟、欧阳寿通并一行水军身边都带了指南针，一齐杀过河去。到得那岸，刘麟、欧阳寿通将水军在雾中列成阵势，暴雷也似的一声呐喊，那雾应声而散，登时天气清明。

官军大喜，一齐奔杀贼军。贼军大惊，慌忙迎敌官军。杀气影中，刘麟敌住阮小五，欧阳寿通敌住阮小七，众官军各各奋勇敌住贼军，混战了好一歇，两边杀伤相当，刘麟、欧阳寿通即忙收军而回，从水底逃过河来。阮小五、阮小七怒极，也领兵从水底追过来。刘麟、欧阳寿通都潜身岸内石穴中。阮小五、阮小七不知就里，狠命追来。不防水底连珠炮已发，那炮火在水底横冲乱击，好一似数万雷霆，震得满江波浪，翻滚沸腾，不似龙宫旋转，定像蛟窟翻身。那阮小五、阮小七无可容身，急要登岸。岸上官军布满，密麻也似的铁弩射来。阮小五、阮小七只得潜入小港里去。早吃石穴内刘麟、欧阳寿通看得分明，就水中放出数十道旗花，港边官军一齐呐喊，众力齐举，霎时间一张巨网拽出水中，网内贼军三十余人，阮小五已在其中。云龙道："阮小七漏网了。"忽呼岸上水军入水擒捉。

此时汶河内炮声已绝，波平浪静，忽见港口水声汹涌，浪挤千重，波堆万叠。云龙知是刘欧二人在水中捉贼，便教军士们在岸上呐喊助威。足有两个时辰，只见刘麟、欧阳寿通带领水军，捆缚了阮小七，并数十名贼军，一齐上岸。小七右腕已折，寿通左腿亦伤。云龙忙问缘由，方知阮小七本已入网，吃他腾身跳出网外，幸二人在石穴内看见，即忙拦住。那知阮小七勇猛异常，在水中格斗多时，寿通与小七交伤，刘麟方能获定。

当时云龙、刘慧娘、刘麟、欧阳寿通、白瓦尔罕一齐聚集水军。收了铁网及水中炮位，捆了阮小五、阮小七并众贼，投大营来。天彪大喜，慰劳诸人，教寿通在营中将息。那阮小二已解往青州，今将阮小五、阮小七也解往青州，一同监禁。刘慧娘问起攻围情形，天彪道：

“这厮真个刁猾,前日傅将军想得一飞梯之法,昨日闻将军想得一地雷之法,都几乎着手,却吃那厮堵御住了。”慧娘道:“媳妇倒想得一破城之法。”天彪问何法,慧娘道:“媳妇连日看得汶河形势,较莱芜高下悬殊,不如用决水灌城之法:只须将汶河下流壅住,又将通莱闸的闸眼尽行闭塞,这里便将汶河上流堤岸掘开,汶水下泻,此城顷刻变成巨浸矣。”天彪称善,传令各军先行预备小杉板船、蜈蚣梭船等一应船只。

到了下昼,便传令下流筑堰闭闸,上流开堤放水。官军已先登船上,只听得汶河上流水声如雷转车鸣,从决堤处汹汹而来,一夜水声不绝。比及黎明,水势浩大,漫山遍野,一望汪洋。那莱芜城已如碗子般浸在巨海之中,只留着城楼雉堞,尺余城墙,尚未浸没。官军驾着船只,摆齐行伍,飞棹竞渡,直抵城边,城上军心大乱。傅玉飞身登城,官军一齐呐喊杀上。孟康手无所措,被傅玉一枪刺中心窝,撅向水里去了。闻达早已提刀上城,遇着陶宗旺。宗旺迎斗,不数合,被闻达一刀挥为两段。此时众将兵士,尽皆登城,呼喊杀贼之声,震天盈地,云龙、风会已杀入城中。鲍旭无计可走,急与身边兵卒数人,夺得小杉板船一只,驾橹飞逃。不防遇着刘麟,率领十数只小船巡哨过来,将他团团围定,连船带人捉拿去了。莱芜已破,朱武在城中一无帮手,任你神机活泼,到此瓮中捉鳖,吃云龙叱众拿下。

天彪统大军一齐入城,差欧阳寿通至下流督开通莱闸,掘通汶河上堰;差刘麟至上流堵筑堤防,城内出榜安民,不日水势退尽。天彪委差官押解朱武、鲍旭往青州府监禁,这里在城中开设庆贺筵宴,众将无不尽欢。天彪命众军休养了三日,便命傅玉、闻达领兵二万,乘锐进攻泰安,并知会毕应元协力攻击秦封。傅玉、闻达领令去了。事涉凑巧,傅总管兵临泰安之日,正毕知府计袭秦封之时。

话分两头,先说毕应元定甚么计策袭秦封山。原来秦封山上系武松、呼延绰、施恩把守,与毕应元相拒,已非一日。这日闻得莱芜已失,众人皆惊。呼延绰陡然动念,暗想道:“不好了,我当初只因不忍一时之忿,杀死长官,无地自容,为此投奔梁山。今官军如此利害,山寨危亡在即,我一身铜筋铁骨,死而无名,真不值也。”想了一回,便与武松说明要去劫寨，便领精骑二百名下山去了。

且说毕应元正在帐中，忽营门小校进来报说："有贼兵百余人，叩营而来，为首一将要见相公。"毕应元道："来者作何装束？"小校道："他全装披挂，约有头二百兵卒相从。"毕应元道："奇了！"踌躇了一回，便差一员将官出营答道："来将如欲入营取事，本营防守严密，无可下手；如欲营外厮杀，即当遣将相应；如别无他意，便请入营相见。"呼延绰道："有话相告，并无歹意。"那将官道："既如此，请从骑暂住营外，将军入营相见。"呼延绰随将官入营，到了帐前，一见毕应元，纳头便拜。毕应元扶起一看，道："原来是呼延将军，来此何干？"呼延绰道："请退左右。"应元道："左右尽是机密之人，将军有话但说不妨。"呼延绰道："罪人呼延绰，不合胸无主见，失身从贼，自悔无及。惟求相公开一线之恩，予以赎罪之路，呼延绰愿领部骑为大军向导，趋入秦封。相公建立大功，呼延绰亦借以赎罪，伏望俯准，不胜万幸。"应元听了大疑，便道："我方才定了一计，要袭秦封，只因制造梁山衣甲不能相似，为此迟疑。今将军来此，真是天赐成功也。但应元尚有一言，将军休要见怪：云统制忠厚待人，不以负心教天下，所以马元、皇甫雄准降赎罪之后，现在一为登州防御，一为莱州防御，却从不调他从征梁山。今将军既一心归诚，云统制无不容纳，只是返攻梁山之举，云统制必在所不许。今应元进攻秦封，自有向导，但请借将军及从骑之衣甲，便可集事。事成之后，仍为将军请头功，断不侵冒。将军若谓我疑忌，应元愿单骑从将军巡游一转，以示不疑之意。"呼延绰愕然道："呼延绰今日归降，实出至诚，一惟相公所命。"说罢，便将盔甲弓刀一齐卸下。应元忙取副袍服，亲手与他披了。呼延绰招呼那二百从骑尽行进营，输纳衣甲。众人错愕，不知所为，本将吩咐，怎好不依，都纷纷的献上衣甲，一齐归降。应元便命开筵接待呼延绰，又将呼延绰从骑按名派散各营，酒食款待。帐中命孔厚陪呼延绰饮酒，自己便退入后帐，传庞毅、唐猛授了密计，带了梁山衣甲，即刻向秦封山去了。应元却仍出帐前，与孔厚同陪呼延绰饮酒闲谈。不题。

且说武松自呼延绰领兵下山，等了一个更次，不见回来，心中十分疑惑,正欲差人下去打听。忽听得营后蓦地一片声喧嚷道:“老虎来了!”武松道:“山中有虎,亦未可知。”急忙拿起棍子,赶向后营。只听左营、右营一片声都叫有虎,武松方识得并没有虎,大叫道:“谁人造此谣言,拿来立斩!”言未毕,各营一齐火起,一片喊杀之声,遍满山谷。武松急赶到中营,只见施恩已扶创出来。武松急赶上去,忽营旁闪出一员白发老将,将施恩一刀砍死。武松大怒,提短棍直打过去,道:“造谣言的一定是你。”只听背后霹雳般一声大吼道:“造甚谣言,现有虎在此!”武松急回头,只见一个大汉从营后跳将出来,那白发老将已不见了。武松急搦住那汉问:“你是何人?”那人道:“你莫慌,我姓唐。豹子乃是虎中王,你打老虎我打豹,算来还是我逞强。”武松道:“休得胡言,且打死你再说。便轮手中棍子直取唐猛,唐猛挺手中朴刀直取武松。两人正在狠斗,忽唐猛背后杀出无数披梁山衣甲的人,手执明刀,一刀一个,将梁山兵杀死。武松大惊,情知坏事,大吼一声,逃出营外。唐猛步快,早已追出营外。此时贼营兵马惊乱无纪,不上一个时辰,被官军杀死的杀死,赶散的赶散,一片营房,早被大火烧成白地。唐猛与武松已斗了一百四十余合。各官兵蜂拥上前,打个圈子,四边呐喊,中间一片空地,只留唐猛、武松奋呼厮并。武松一心要打杀唐猛,使出那平生天字第一号的神力,将一条铁棍左右上下横扫过去。唐猛也起了斗心,使尽神力,紧紧逼住,毫不相让。两个在圈子里一来一往,一去一还,又并了一百五十余合。

庞毅已领兵杀尽贼人,在圈子边看够多时,更耐不得,提刀上前,大叫:“唐将军且住,待老夫来斩这贼人。”唐猛托地跳开,庞毅直取武松。武松见换了个新手,却也心惊,只是不甘心退让,便振刷精神,与庞毅奋力厮并了一百余合。天已大明,武松暗想:“这二人真利害,只好由他夺了山去。”便虚架一棍,撇了庞毅,一抹地打出重围,落荒而走。唐猛大叫道:“庞将军,再烦你指引路径,该往何路追去?”庞毅道:“他走的是小路,唐将军向谷口杀出,管邀得他着。”唐猛应声飞步去了。

武松逃到山下,方将坐坐略定喘息,只听林子里狂笑一声道:“俺唐猛等候已久,再战三百合去。”武松大怒,托地跳起便斗,觉得已有些疲软,幸亏唐猛力气也乏。两人又斗了动百合,不分胜负。那庞毅在秦封山,已接应毕应元、孔厚等上了山,便单刀匹马追上来,追着了武松,便替唐猛来斗武松,斗到四十余合,武松真个挡不住,只得走了。唐猛那里肯歇,只顾追去。恰好前面一彪大队人马拦住去路,风飘旗号,正是马陉镇,方知傅玉、闻达领大兵到来。傅玉见唐猛、庞毅共追武松,便叫闻达前去替他们厮杀,叫那庞唐二人一齐上来,问了缘由。傅玉方知三更时分,毕应元已克复秦封,大喜。忽然看看日景已有巳牌时分,便道:“你们三更夺他秦封,为何此刻不见泰安贼兵出来,想泰安城必然有变。你们二人都辛苦了,权且将息,让闻将军斩这贼将。我当统大军,急趋泰安也。”说罢,便领大军向泰安城去了。

这里闻达斗武松,又是五十余合。武松手里只有几路架隔遮拦,端的支持不住,仰天叹道:“我武二一生正直,不料今日如此死法。”说罢,天上忽起了一阵怪风,尘土障天,武松方得乘机逃脱。闻达失了武松,只得与唐猛、庞毅同趋泰安城去。傅玉大军也到了泰安城下。那知泰安竟剩空城,贼兵早已尽行遁去了。傅玉、闻达等一齐惊讶,陆续差人入城细细探看,果然没有半个贼兵。傅玉道:“既如此,一定是此贼遁去了。”便领大军进了泰安城。毕应元、孔厚带领呼延绰也进泰安城来。傅玉将收复泰安一事报知天彪,天彪闻报大喜。当时天彪在莱芜城,傅玉在泰安城,各自办理善后事宜,一面表奏朝廷,一面申报都省。一方巨害荡平,诸将无不欢喜。刘麟辞天彪回兖州,唐猛便留青州。各将恭候圣旨,按下慢表。

看官,你道宋江为何弃了泰安遁去?原来宋江自遣三阮救援莱芜,续闻阮小二被擒,急得无计可施,只得遣樊瑞去助他作法。谁知樊瑞到了河边,作了连日的雾,毫不济事,阮小五、阮小七仍然被擒。樊瑞逃回泰安,诉说此事,宋江方知天意难回。不数日,那莱芜失陷之信,官军乘势来攻泰安之信,并毕应元攻破秦封山,武松不知去向之信,陆续而来。宋江对众人道:“不好了,军师叫我严守三城,今已仅存泰安,我看孤城苦守,前后无援,何苦在此束手待毙,我决意弃城而去了。”说罢,放声大哭。

众人无言可慰,相对痛哭一场,趁天色未明,立刻收拾起来,一齐弃城遁去,计点人马,尚有四万,头领只得六人,乃是公孙胜、鲁智深、朱贵、樊瑞、项充、李衮,一同督众而行。行至申末酉初,已走得六十余里,且喜无官军追来,一行人马陆续前行。忽后队报称有三骑马飞速追来。宋江吃了一惊,忙问何人,原来是自己的伏路探兵,宋江弃泰安时,一时慌急,不及招呼收拾,所以遗落在后。宋江忙唤到面前,问有甚事。探兵道:"小人方才在拔松山,见武头领独自一人,执棍挺腰,怒目圆睁,踞坐石上。小人们呼他,只是不应。小人们又不敢惊动他,特来通报。"宋江叫苦道:"武兄弟怎地这般胆大,这拔松山在泰安东南,我此刻已西行六十余里,如何回去叫得他来?"想了一回道:"有了,我们现有四万人马,不如转去攻围泰安。一俟招呼着武兄弟同来,便仍旧退兵。"算计已定,便立刻掉转马头,直向泰安。

次日到了城下,一面教公孙胜攻城,自己带兵二百名同那三个探子绕到拔松山来寻武松。只见一个探子一齐叫道:"奇了!武头领为何还是这般坐在这里?"宋江一看,只见他挺棍怒目,威风凛凛。宋江叫他几声,只是不应,近前向他脸上一按,冷如凝冰,方知他早已亡了。宋江放声大哭,众人都痛哭了一场,就近市棺盛殓,就于拔松山掘土安葬。

次日,宋江会了公孙胜,拔队起行。城内傅玉、闻达、庞毅、唐猛领兵掩杀出来,宋江兵马都无斗志。官兵个个忿怒,一场纵击,被官兵斩获无数。宋江领兵飞逃,那些兵马乘势逃亡溃散。宋江严行约束,不能禁止,众兵只顾自己逃命。等到追兵已远,喘息方定,计点人马,已溃散了三万,仅剩一万了。计点头领,失了朱贵一名。原来朱贵当兵溃之时,坐马受伤,步行落后,吃傅玉快马追上,手到擒拿。审系贼目,便发青州府监禁。宋江也无言可发,只得与公孙胜、鲁达、樊瑞、项充、李衮,带领那尚未溃散的一万兵马,飞速前行,端的风霜雨露,饥渴奔劳。不日到了永安山,正是兖州地界,只听得山上一声号炮响亮,一派兖州官军旗号,声声叫:"休放这瞎贼!"宋江吓得魂飞魄散。正是:狱囚遇赦重回禁,病客逢医再上床。

不知宋江性命如何,且听下回分解。

第一二九回　吴用计间颜务滋　徐槐智识贾虎政

却说宋江自泰安逃回，至兖州永安山地方，忽遇大队官军杀来，打着兖州镇旗号。宋江道："不好了，刘广那厮又来作对了！"原来刘广在兖州，闻得云天彪收复莱芜，进攻泰安，料得宋江必难保守，势必逃回，特遣刘麒、真祥麟领兵一万，分头埋伏，专等宋江到来，协力擒拿。

这日恰好刘麒邀住宋江。刘麒手提三尖两刃刀，一马当先，高叫："瞎贼休走！快快下马受缚！"宋江吓得魂飞天外，策着那匹照夜玉狮子当先飞逃。只见那些兵已纷纷离伍乱逃。不防前面又是一个号炮，真祥麟领兵迎面杀来，见了宋江，不问事由，长枪直刺。宋江急忙带马横逃，真祥麟已一枪刺入马腹。宋江攧于马下，真祥麟抽枪急刺。鲁达、项充、李衮舍命抵住祥麟，救得宋江，背后刘麒已掩杀过来。鲁达、项充、李衮保了宋江，杀出重围，夺匹马与宋江骑了。公孙胜、樊瑞已用土遁法遁出重围，会着了宋江。刘麒、真祥麟合兵一处，痛追过来。宋江忙扯公孙胜道："兄弟快作法挡他一阵。"公孙胜道："小弟自蒙阴汶河与陈希真斗法以来，每想用法破敌，都不灵验。"宋江道："事急了，休管他，再试试看！"公孙胜即忙叠起印诀，豁琅琅放起一个青天霹雳。宋江喜得灵验，正要杀上前来，那知刘麒、真祥麟本是雷将降凡，得这霹雳助他威势，精神愈奋，一齐大呼杀入贼军。宋江起先逃出重围，系仗着项充、李衮蛮牌遮护，如今经这霹雳，刘麒、真祥麟奋勇异常，蛮牌竟不能御。须臾间，只见刘麒刀口飞时，项充头颅滚落；祥麟枪锋到处，李衮窟窿全明。宋江失却蛮牌，大惊飞逃。战将惟鲁达一人，只好保住宋江，那敢迎敌。一万官兵喊声振地，翻翻滚滚杀上，那些贼兵不待厮杀，早已分头乱窜，霎时溃散。公孙胜、樊瑞到了此际，也顾不得众军士了，只得仍用土遁法，将宋江、鲁达遁过，一睒眼逃脱。刘麒、真祥麟正追宋江，忽然不见了宋江，急忙分头到各处林子里寻觅，杳无踪迹。只得取了项充、李衮首级，及贼众首级，收齐人马，回兖州镇去了。

且说宋江、鲁达仗着公孙胜、樊瑞的土遁，遁过永安山一百余里，公孙胜方收了符法。宋江、鲁达、公孙胜、樊瑞憩息树林之下，略定定神。宋江想起今日泰安三郡尽行失陷，十余万雄师无一人还，二十余个兄弟仅存四人，山寨围困将近二年，依然不解，真是危亡在即，无法可施，便痛哭了一场。公孙胜等也无言可慰。宋江哭罢，又长叹一回，略坐坐，吃些干粮，深恐又有追兵，不敢逗留，便与公孙胜、樊瑞、鲁达一口气奔走。不一日，到了山寨，从后关进去。后关头领相迎，宋江问道："后关官兵为何不见？"左右道："前日因张继死了，他夫人贾氏便不管事，即时将兵撤退了。"宋江点首，直到忠义堂。吴用却不在彼，只见柴进、萧让等迎见。惊问缘由。宋江说起泰安三郡失陷之事，众人尽皆惊骇。宋江见众人惊骇，便道："失了这三郡不打紧，只可惜丧了我这许多兄弟，我誓必报此仇。但不知近来山寨中与徐官儿相持，胜负何如？"柴进道："正要禀告哥哥，刻下得一好机会，吴军师与卢兄弟并诸兄弟都在二关，我等在此守候捷报也。"宋江惊喜，问何机会，柴进等一一说出。宋江亦甚喜。便就在忠义堂与众人设酒叙谈，等候捷报。原来吴用与徐槐相持，攻战已非一次，目下却望着了一个机会。

这机会须从徐槐一边说起，方有头绪。且说徐槐重用颜树德，斩关夺隘，陷阵冲锋，梁山群贼端的个个望而心惊。徐槐称为飞虎上将，破格看待。树德性好斗，三日不厮杀，便悒悒不乐，每在自己营内轮舞大刀，酣呼纵谈以解闷。喊声彻中军帐，徐槐绝不顾问，有时反叫他上来，赐酒三大斗，以助其兴。

左右或言：此人在军中扰乱纪律，恐不可用。徐槐必叱之。树德性易怒，亲随下人略不如意，便加鞭打。徐槐常乘机训诫他几次，有几句话直中树德心坎，树德深深佩服，从此性格便平定了许多。树德性嗜酒，酒量十倍于常人。徐槐每日必封好酒二坛，赐树德酣饮。树德因无人禁他，端的酌以大斗，鲸吞虎咽，畅其所欲。却不料旁边多出一个小酒监来。你道是谁？原来这个人姓庞，双名泰述，本是颜家的旧仆,从小服侍树德的。此刻闻得树德发迹,仍来随侍。因见树德使酒逞性,与幼年无异,便使出老仆的身分,时常在树德面前絮絮叨叨,说些酒能成事,亦能败事,不可不饮,不可过饮的话。树德因其是个老仆,当作老生常谈,也不去计较他。这日,树德奉将令巡绰垒外,与梁山二关游骑相遇,树德单刀匹马,斩杀十余人,径投中军帐来呈献首级。徐槐甚喜,就帐前赐酒畅饮,韦扬隐、李宗汤共席。当下谈说,树德兴到,便请主帅宽赐,纵性狂饮。徐槐含笑连点首许之。树德因此吃得酩酊大醉,谢了主帅,归帐。时已三更,又舞了一回剑,又舞了一回大刀,便叫:"再烫酒来!"庞泰述在旁道:"相公请明日用酒罢。"树德圆睁两目,厉声道:"大胆狗才,休得碎烦!"扑的坐下交椅,拍案催酒,左右即忙奉上。树德扯着大块牛肉,接连又是十几碗的陈酒,一边吃,一边口中哓哓不住的骂道:"混账狗才,阻我的妙兴!下次再敢多烦,一刀挥为两段。"又吩咐:"再烫热酒上来!"庞泰述不知高低,又上前劝道:"相公明日用酒罢,可请安睡去。"树德听了勃然大怒,道:"你这厮真个讨打!"庞泰述尚欲回言,树德呼的立起身来,照着庞泰述脸上只一掌,只见庞泰述早已跌出一丈以外。树德便喝左右:"叉出去!"左右怎敢不依,只得将庞泰述赶出帐外。树德坐下道:"这种脓包,要你何用,落得我身边清净!"便畅饮了一回。

且说庞泰述被树德赶出,独自一人在帐外走来走去,心中好生惭恨;更兼时当严寒,冷风砭骨,足足受了一个更次的寒冻,越想越怨恨。看看天色已明,听得树德已酒罢就睡,本要回入帐中,因想主人如此暴烈,日久必被他结果性命。想到此处,踌躇了一回,便起了个念头,不如乘势走脱。当时便在帐下吃了些烧酒炙饼,挡御了饥寒,便拟进帐取些细软,以便逃走。猛想道:"且慢!如此走法,恐走不脱,不如暂且出去看个机会。"便闲步出去,只见垒门已开。守垒将士见他是颜将军的亲随,自然再不盘诘。当时庞泰述走出垒外,只见垒外游军络绎巡绰。庞泰述走过了,也没人盘诘。庞泰述心无主见,纵步而行,行不多时,忽又遇着一队游军。庞泰述一看,乃是梁山的号衣,正欲走避,只见那游骑队里一员头目,叫他一声"庞大哥"。庞泰述急抬头一看,原来这人姓贾,双名虎政,是庞泰述曾经会面的朋友,便也回叫他一声。贾虎政便问道:“吾兄从何处来?”庞泰述道:“实不相瞒,小弟现在官军营里。”贾虎政道:“既如此,你为何单身大胆来此?”庞泰述道:“仁兄休问,小弟幸遇仁兄,正要问你现居何职?”贾虎政见他话里藏机,便道:“小弟现在山寨中军帐下,做个总巡头目。仁兄请到前面林子里一叙。”

庞泰述便随着贾虎政到了僻静林子里。二人坐下,贾虎政道:“仁兄怎地到此?现在何人帐下?”庞泰述便将如何跟随树德,如何吃树德打骂的话说了。原来贾虎政为人甚是狡猾,未落草时曾经领过树德的利害,今日一闻此言,喜不自胜,便道:“贵主人一时之误,仁兄谅亦不十分介意。”庞泰述叹道:“如此暴虐的主人,深恐一命难容。”贾虎政道:“仁兄休如此说,贵主人或未必如此。如果如此,仁兄竟舍了他,别寻路头,亦是容易。”庞泰述道:“小弟也这般想。贵梁山头领最肯容纳众人,小弟只是自恨无寸功可进。”贾虎政听到这里,暗暗点头,便道:“这事也容易。仁兄只须自思,你们寨中何人与你有仇,你能设计取他头来,投我本寨便好了。这是本寨的老例,唤做投名状。有了这投名状,便再不疑忌你了。”庞泰述道:“便是这颜野汉,我就把他下了手来。只是他力敌万人,我恐怕枉送了性命怎好?”贾虎政道:“不是我教人为不善,你既肯替我山寨建大功,我军师必然重用,容我去禀了军师再行。这里我先教一计,你只放心回去,只须他前加意认罪求饶,做出悔过的模样,他必受你计。你便加意小心服侍他,待到五日后,便再潜身来此地,相见定计罢了。”庞泰述甚喜,便重托了贾虎政,告别回去了。

先说贾虎政,得了这个消息,却好这几日吴用带各头领住在二关,虎政径进二关去,禀知吴用,并道:“这个机会,该怎样取法,请军师定夺。”吴用听罢,沉吟了一回,又暗想道:“有便有个计较在此,只恐未必赚得这徐官儿。如今休管他,且做做看。”便对贾虎政道:“你见庞泰述时,只须如此如此向他说,教他依计而行。”贾虎政领会了,只等五日后庞泰述再来时,便与他说。

且说庞泰述别了贾虎政,一路回转营来。进了树德帐中,只见树德正在饮酒,庞泰述便走到旁边垂着双手一站。树德回头一看道:

“你不走,来此做甚?”庞泰述忙跪下道:“小人服侍相公多年,怎敢逃走?昨日小人冲撞相公,相公见责,小人深知罪愆,总求相公宽洪饶恕。”树德道:“罢了,去叫拿酒菜。”庞泰述叩谢了,称是是,从此照常办事。那庞泰述端的小心服侍了五日,树德毫无疑忌。庞泰述却将贾虎政的约会紧记在心,到了那日,便假讨了一个差使,出了垒门,径去那约会之地,会着了贾虎政。两人相见大喜,贾虎政便将吴用的密计一一授了庞泰述。庞泰述甚喜,便受计回营去了。

原来徐槐每日申刻赐颜树德酒,必差一名亲随押来。这日差一亲随,姓刁,行二,送酒前来。正走到树德营门口,忽见一个人从东垒门进来。原来树德营门北向,紧对东垒门,一望相通。只见那人进来时,身披中营号衣。守垒军士问了口号,那人答应得不错,又称有机密事务,守垒军士便放他进来。刁二暗想:“中营司机密的军士,我都认识的,何曾见有这个人。”心中疑惑,却不便查问,便送酒进树德帐中去了。树德收了酒,付了使力钱。刁二退出帐外,只见那个口称机密的人,并不进营来。刁二心中愈疑,走出营外,只见那人还在营外僻静处远远立着。庞泰述飞跑到营门口,面色有慌张之状;那人也甚属慌张,即忙将一物揣在怀里,飞跑出去。不觉那一物从腰带边脱落在地,那人也不回头,跑出垒外去了。刁二去拾看时,乃是一个小布包。启开一看,里面包着一封书信,信上写着“藉覆贵军师密启”七个字。

刁二吃了一惊,想了一想,便将这书信藏在怀里,走回中营去了。原来那个进垒来的人,就是贾虎政,刁二却不识得,便持那书信到徐槐处献功。顷刻到了中军帐,见了徐槐,销了差,便请屏退左右,密禀道:“小人得一个奇文,禀上相公。”徐槐道:“甚么奇文?”刁二即将那信呈上,并将营门外遇着那个人怎样形迹,怎样脸色,说了一遍,便道:“个中就里,小人却不晓得。所有书信,不敢拆动,谨呈相公开看。”徐槐听了一番,当将书信拆看,只见上写着:“所嘱义不容辞。但此人与仆有恩,仆不忍负,容俟缓图。名不具。”共二十四字。字画龙蛇飞舞,确是树德笔迹;下盖图章一方,系篆书“淡泊明志”四字,是徐槐赠树德的,细细看来,印花丝毫不错。徐槐反来覆去看了,大称奇事,"这人怕他真个反了?"便教刁二退入帐后,不许走开,静候呼唤。刁二应声转后帐去了。徐槐又沉吟了一回,莞然道:"非也,此中必有诡诈。且去叫他来,定知端的。"便差左右:"请颜将军进帐。"

此时已及黄昏,树德正在饮酒,闻呼即至。一见徐槐便道:"今日无事,恩公莫非又赐畅饮?"徐槐道:"然也。"便叫备酒。席间,徐槐将那封书信递与树德道:"你的笔迹向有何人能套?图书从何处泄漏?"树德一看了信,双眉直竖,大叫:"这信从何而来?我的图书无人敢动,就是这几个字,也竟像我写的!"大叫奇事不绝。徐槐道:"你休躁乱,且吃酒着。你细想近来身边有怀恨挟仇的人么?"树德道:"都是心腹,并无仇雠。"徐槐道:"既如此,你且吃酒。"说罢,便进后帐去问那刁二道:"你见那人揣怀书信时,身边有无别人?"刁二道:"小人见他时,只有庞泰述从他身边站了一回。这庞泰述便是颜将军的亲随,小人因不曾见他传递书信,所以不好妄供他。"徐槐听了,便重复出帐与树德饮酒,便问树德道:"你身边亲随有个庞泰述么?"树德道:"有的。"徐槐道:"这个人何如?"树德道:"这人倒也忠直的,只是嘴口太碎烦些。"徐槐道:"近来你训斥他过否?"树德想了一回道:"不多几日前头,吃我打了一掌。"徐槐暗暗点头。树德畅饮,谢赐而行。

徐槐便教传颜将军帐下亲随庞泰述上来。庞泰述闻得元帅传令特召,吓得不知头路,怀着鬼胎,进帐战兢兢叩见了。徐槐屏退左右,霁颜和色问道:"闻得你主人私通梁山,这个罪名不浅。你贴身服侍他的,必定晓得踪迹,你可从实说来。"庞泰述呆了半晌道:"这事小人实不知情。"徐槐听到此际,便换个怒容,厉声道:"你怎地说?现有告人在此,说你与主人同相商了,私通梁山!"便将那书信掷下去,"这是你主人亲手写的,你亲手传递的,如何赖得?如今你这种狗才,杀也无益。你肯将这书信怎样来踪去迹,细细供来,饶你不死。若不招,便先斩了你再说。"庞泰述到了此际,想道:"我若说了,料也难免一死。但不说,死在目前。说了或可延挨,再图机会。但主人,我死不饶他。"便信口道:"恩相台下,小人不敢隐情,这信却是主人写的,教人小传递,小人不敢不依。”徐槐怒喝道:“这信还说是你主人写的么?”吩咐:“斩讫报来!”门外一声答应,早拥进几个勇士,将庞泰述一索捆了。吓得庞泰述只是磕头求饶。徐槐道:“你快将这信怎样来的,从实招来,免你一死。若再说这信是你主人写的,休想饶命。”庞泰述便将私通贾虎政,暗递这信的原委,一是一,二是二说了。徐槐道:“依你说来,信是梁山里拿来与你的了。但此信究系何人所写?”庞泰述道:“这却不知。惟前日贾虎政来要颜相公的字迹,并图书式样,小人就偷了主人一张写而未发的旧信送去。次日贾虎政即拿此信来了。”徐槐点头道:“是了,久闻梁山有善镌图记、善写字样的人,想必一定照样套冒了。”静想了一回,便得了一个将计就计的法儿,便教解了庞泰述的绑缚,吩咐左右再退去,便对庞泰述道:“你图谋反叛,罪该万死,如今你肯悔心么?”庞泰述叩头无数道:“小人下次再不敢了,求恩相开恩。”徐槐道:“你须依言办事,开你一条生路。”庞泰述又叩头应命了,并请吩咐。

徐槐心中暗喜,便密谕一条计,庞泰述没口的应了。当夜徐槐将庞泰述留在帐下。

次日黎明,徐槐召见树德,将庞泰述的事说了。只说得一半,树德早已双眉剔起,怒目圆睁,便要亲手去杀那庞泰述。徐槐急止道:“且慢,现在正须用他。”便与树德说个将计就计的原委,说得透透彻彻。树德倒笑起来,便遵依徐槐所议。按下慢表。

且说吴用着叠了颜务滋的假书去后,与卢俊义及众兄弟在二关听候消息。过了数日,只见贾虎政上前有禀。吴用便问如何,贾虎政悄悄禀道:“昨日小人见着庞泰述来,说那徐官儿接了假信,便拿问庞泰述,庞泰述畏刑招认。谁知这徐官儿倒想将计就计,便教庞泰述来说,只说颜务滋已被徐官儿见疑,务滋情愿投降我们,想我们中他的计,诈败一阵,务滋便乘势领官兵杀入二关,便可里应外合。如此计较,小人不知从中有何便宜,特来请令。”吴用听罢,冷笑一声,便教贾虎政且退,少刻进来受计。贾虎政应声退出。

卢俊义便问:“此事何如?”吴用道:“这徐官儿真是高的。至于想出这条计,却没见识。”卢俊义问故,吴用道:“我这反间计,他能不受，岂非高的？无故想将计就计，要我误信其言，甘心诈败，他便好乘势抢关，这心思太迂曲了。不但迂曲，而以勇将锐卒轻入重地，亦是冒险之道，此我所以笑他没见识也。为今之计，不去睬他最为稳当。但我山寨被困将近二年，如今得此机会，岂可错过，我也只得冒一冒险了。”卢俊义问：“如何计较？”吴用道：“他想我诈败，我便依他诈败；他想进关，我便依他进关。待他人马进得一半，我便放下千斤重闸，闸住了他。他里面军马任我瓮中捉鳖，他计便左了。这唤做他将计就计，我也将计就计也。”卢俊义称是。即命贾虎政传言庞泰述，依计而行。这里吴用请卢俊义与徐宁、张清在关内协捉颜树德，令燕青、朱富、李云严守关上，令李立专司千斤重闸。分派已定，吴用又道：“这事两下冒险，成败枢机全在一闸。”便亲自去踏勘那千斤闸，将闸板闸槽轴头都细细察看了一遍，又演试了两遍，果然滑利无碍，方才放心。便将诸事安排停妥，等待官军。

且说徐槐、颜树德在头关土垒内，闻得吴用果肯就计诈败，树德大喜，便要领兵出去。徐槐道：“且慢。你此去只有一味奋勇杀贼，不暇他顾。须得一人保你同去，方为妥善。如今我想郓城一路，向委任森镇守，此刻陈统制已要兴兵进攻濮州，云统制也要乘胜来讨嘉祥，这两路贼人方当自顾不暇之际，任森离开郓城，必无妨害。不如调他前来，共行举事。”树德称是。徐槐便传令到郓城去调任森。不数日，任森到来，参见了徐槐。徐槐便将上项的话从头至尾一一说了，任森大喜，便请徐槐发令。徐槐便令颜树德为先锋，领步兵五千名，都暗带了火器。任森即同在步兵内，以便策应。这里派韦扬隐、李宗汤带领一万五千人马，乘势抢关。部署已定，便教庞泰述去通知日期。

到了这日，徐槐传令进攻二关。三声号炮，众军一齐起身。颜树德横刀纵马，当先而行。须臾到了二关之外。那边吴用差张清在关外布阵等待。树德见了张清，也不发话，提刀直奔过去；张清见了树德，也无回言，舞枪直迎过来。两马盘旋，枪刀并举，彼来此往，斗到不上二十合，张清便虚晃一枪，勒马便走。树德纵马追去，五千步兵一齐潮涌而前。贼兵呐喊一声，都随着张清纷纷逃入二关。树德便令那五千步兵杀入关来。此时吴用在关上十分提心，一眼看望，见颜务滋已进关门，官军后队已汹汹而来。吴用即忙放起一个号炮，关上贼兵一声呐喊，放下那千斤重闸。任森急从步兵队里飞到，不先不后，不早不迟，闸板下来，任森托住。徐槐大喜，急教韦扬隐从关上杀入，李宗汤从关门杀入，官军喊声振天，潮涌而入。树德五千步兵已在关内放火，登时火势透明。

吴用见闸板不下，官军尽入，惊得罔知所措。军师一惊，众将无主，众军皆乱。树德在关中轮一口大刀，从烈焰飞烟之内，酣战卢俊义、徐宁、张清。那燕青、朱富、李云只得保着吴用逃入关内，与卢俊义等三人会合了，一面共战树德，一面且保吴用向三关退去。韦扬隐、李宗汤已一齐杀入二关，来助树德。二关已破，贼兵纷纷崩溃。李立不知就里，因见闸板不下，便冒死杀到关下。此时任森已教众兵用棍将闸板托住。李立一见，便去直搠任森，大叫："我催命判官在此，谁敢收闸！"任森道："有我救命将军在此，谁敢放闸！"言毕抽剑直取李立。李立不识高低，前去迎战，斗不六七合，吃任森轻舒猿臂，生擒过来了。卢俊义、徐宁、张清、燕青、朱富、李云已保着吴用，退入三关。徐槐统大军杀入二关，收齐兵马，扑灭了余火。那贾虎政早已死于烈火之中。关上官军早已将重闸收起。徐槐传令就二关内安营下寨，众将纷纷献功，徐槐大喜。原来徐槐定计之先，也料到放闸之事，所以教任森混入步兵，抉此千斤重闸，果然冒险成功。

当时得了二关，众人无不欢喜。徐槐便命就二关内筑起土垒，严行把守，一面将李立解往曹州府监禁，一面申报都省，表奏朝廷，这里大开庆功筵宴。刁二本无功劳，念此事实起于他，亦与赏赉。树德见此，蓦然想到庞泰述不是好人，便请徐槐斩了他。徐槐想了一想，此人留在帐中必为患害，便传令将庞泰述即行斩首。看官，这庞泰述兄弟共有四人：庞泰述当长，次名泰良，三名泰圃，四名泰表，名为庞氏四泰。这四泰是天下有名的帮闲，害人真真不浅。只杀得一个，尚有三个未曾除灭，却大为可忧。如今说结水浒正事要紧，那三个既不干梁山之事，只好不说了。

言归正传，当时徐槐庆筵已毕，仍旧安排攻守之事。那边吴用与卢俊义逃入三关，众头领急忙登关。此时吴用已懊恨欲死，只得勉强把心神一定，料理守备事务，忽闻得宋公明逃回山寨之信，大惊失色。那宋公明在忠义堂上，眼巴巴望吴用成功，不料忽报到二关失陷，也惊得几乎死去。吴用回转忠义堂，与宋江相见，一番怎好、怎么了的话，不必细表。且说徐槐攻进二关之时，陈希真正由大名府起兵攻打濮州，云天彪正由泰安府移兵攻打嘉祥。

看官，须谅作书者只得一枝笔，不能双行夹写，且待下一回，先说陈希真攻打濮州。

第一三〇回　丽卿夜战扈三娘　希真昼逐林豹子

话说陈希真自恢复新泰之后，奉旨升调河北都统制，驻扎大名府；祝永清升调大名府总管，陈丽卿晋封夫人，加无敌折冲将军，俱赴河北；祝万年、栾廷玉、栾廷芳均以都监遇缺即补，留在山东沂州。希真、永清到任后，日日训练部属兵将，端的十分加紧。不上月余，早已行列严明，武艺演熟，人人可用。希真便与永清商议进攻兖州之策。正在议论，忽报濮州镇刘广奉调广平府总管，携带刘麒、刘麟同来，过此求见。希真闻报，欣然道："天赐相逢，刘姨丈也调到此间也。"忙命开门接见。叙礼毕，邀入内厅相叙。原来刘广也奉得遇有征讨准其移调旧属得力将弁之谕，希真甚喜，当日留刘广在内署饮酒畅谈。

次日，刘广率二子辞别了希真，赴广平府上任，赶紧训练兵马。又是一月有余，希真便令刘广、祝永清点起人马，征讨濮州。当时备文至山东景阳镇，移调祝万年、栾廷玉、栾廷芳、娄熊，刘广也备文至山东兖州镇移调荀桓、真祥麟、范成龙。且慢，那蒙阴县召家村的召忻、高梁等五个人，也是希真旧属得力将弁，今日为何不见移调？原来召忻自随从希真收复新泰之后，召忻因记起那年山阴道上仙圣的指示，曾教他功成之后，急流勇退，切不可乘兴直前，自取沉溺之祸，又有"归隐东浦，名扬万古"之谶。召忻因此请于希真，归田就隐。希真留其平定梁山，再行退归。召忻志愿已决，不可挽留。希真暗想："此人与我有同志。"便替他报了病状，乞旨退休。希真赐他红袍锦袄而回。

自此召忻、高梁、史谷恭、花貂、金庄一齐辞了希真及众将，归隐东浦。后来召忻、高梁都羽化登仙，其族盛于天下。不题。

只说荀桓、祝万年等奉希真札调，不日都到了大名府。陈希真便统领刘广、祝永清、陈丽卿、荀桓、祝万年、栾廷玉、栾廷芳、刘麒、刘麟、真祥麟、范成龙、娄熊，四万人马，自大名府进发，一路浩浩荡荡，进攻濮州。早有探子报到濮州去了。林冲闻报,集诸将商议道:“数月前我闻知陈希真调来此地,我早料他必然来此生事,我所以曾教众位兄弟各处防备。如今他果然来了。那厮诡计多端,手下人多有本领,须得筹划个备御之策。”众人踌躇良久,只见邓飞道:“他此来必定藐视我们,如今我们先发兵迎上去厮杀他一阵,叫他也识得我们并不怕他。”马麟道:“迎上去也不是个道理,我们点起精兵锐卒,离城十里安营下寨,等待他来罢了。”当时传令,教张横、张顺保守本城,林冲带领邓飞、马麟、王英、扈三娘,点起三万人马,出北门十里外纪侯桥,安营下寨。众人奋振精神,等待希真。希真大兵已到,闻林冲背城下寨,便相距二十里,也传令下寨。

林冲与诸将商议道:“陈希真距我二十里下寨,须用何法制他?”马麟道:“我们可阵后都伏精兵,遣将挑战,诱他过来。”林冲道:“甚是。但挑战须得上将前去方好。”言未毕,只见扈三娘立起身来道:“奴家愿去。”林冲许可。扈三娘便带三百名锐骑,直到希真营前挑战。正值娄熊在营前巡绰,见贼军到来,大怒,挺手中铁脊矛直刺三娘,三娘舞动双刀敌住。娄熊斗了三十余合,三娘卖个破绽,让娄熊铁矛直刺过来,攧入怀里,三娘将右手刀挂了,舒开玉臂,将娄熊尽力一扯,顺势卷过来,便拨马领那三百骑回转贼营去了。

官军大惊,一齐报入营里。希真大怒,众将齐要拔阵追去。希真道:“不然。他既来挑战,那里必有准备。如今我也只须遣上将前去挑战,务要生擒一贼将,以便对调。”丽卿愿去。希真便命祝永清、刘麒领两枝人马,随着丽卿,以作后应。丽卿带领三百锐骑,直到贼营挑战。贼营内王矮虎听说来了一个女将,喜不自胜,即讨差出战。三娘嘱令小心。王英一团高兴,一马跑出阵前,一见丽卿便叫道:“好女儿,我同你来好好的战一场!”言讫骤马冲去,与丽卿交马只三合,被丽卿右手摆开枪,左手轻舒粉臂,把王矮虎提过鞍鞒,掂了掂,只一卷,已夹在怀里,拨转马仍回旧路。那些喽罗都惊散了。那矮虎吃丽卿把他头向前,脚向后,连一只右手仰面朝天卷住,那只左手却散着,便上来摸丽卿的下颏。丽卿大怒道:“你这贼还敢无礼!”便把右手的枪挂了,促住矮虎的左手,往外只一拧,只听得咔擦一声,王英一声叫，左臂早扭出的臼腕，把来一并用力夹在怀里，毫不放松。半路上遇着祝永清、刘麒兵马，一同合队归营。到了中军，希真升帐，各将参见，丽卿把矮虎掷于地下道："孩儿活擒了一个，不知是谁。"众将看时，只见夹得七窍冒红，已是死了。有认识的道："这是矮虎王英，就是扈三娘的丈夫。"丽卿道："啐！这贱婢颠倒嫁出这一样东西。"便叫刀斧手来枭首。永清上前看道："你们眼花了，是活的，说他死。"希真已知其意，上前看道："果然晕转来了，快抬去后面将息，好去换娄熊。"希真进帐，不多时，林冲遣人来下书，要将娄熊换矮虎。希真批："天色已晚，来日一早阵上交换。"希真对永清道："他矮虎已死，怎好去换？"永清笑道："泰山放心，小婿自有妙法，医他活来。"便叫随营铁匠，连夜打造一枝铁杆，比了尺寸，鸡子粗细，下面分个八字脚，打好了眼，取副鞍鞒来，把铁杆直竖在鞍鞒上钉牢了。当夜无话，次早永清叫牵匹马来，那钉铁杆的鞍鞒背上三条肚带扣紧，取过那王矮虎的尸身，七窍的血都拭抹干净，仍与他穿着衣甲，反剪绑了，擎将起来，把那枝铁杆尖头往粪门里套入，插将进去，直通到胸口，两腿跨在鞍上，两脚套在镫内，又把条绳子吊住了两脚，兜在马肚下，扎抹好了。众人看那王矮虎时，直挺挺的骑在马上，颐倒了头，闭着眼，好似酒醉汉一般，把个陈丽卿笑得打跌，众人都不住的笑。丽卿忍着笑道："头这般挂着，恐看出破绽。"希真、永清都道："不妨，倒像害羞的模样。原是瞒他一时。"遂传令出阵。恰好林冲也引兵出来。

两阵对圆，扈三娘已在阵前。林冲在马上高呼道："快把我王矮虎送出来，还你那娄熊！"对面陈希真立马阵前道："你把娄熊与我看了，方肯换与你。"林冲叫把娄熊推出阵前，却是穿件单衣，散着手，步行出来。只见那边陈希真阵上放出王矮虎，反剪了手，骑在马上，低着头，只不做声。一声鼓响，娄熊跑回本阵。这边把那马加了一鞭，那马驼着矮虎，泼剌剌的跑出阵去。原来那马没人驾驭，竟叉到斜刺里去了。一个喽罗连忙带住，矮虎那颗头被马颠得往后仰了倒去。扈三娘大惊，忙赶上前，叫他不应，看时方知死了。扈三娘放声大哭，抱他却又扳摇不动。众喽罗上前解了绳索，直待松了肚带，鞍鞒滚落，方抽出那枝血淋淋的通条来，血和尿粪一齐流出。陈希真阵上的大小兵将,都哈哈大笑。林冲大怒,吩咐左右:“抬枪过来,待我去生擒这厮。”言未毕,扈三娘早已拍马横刀飞出阵前,大骂丽卿:“小贱人,出来见我!”丽卿挺枪出马,骂道:“无耻贱婢,你还舍他不得!”扈三娘咬碎银牙,抡那口绣鸾刀直奔丽卿。

两马相交,战了一百多合,饶你扈三娘狠命相搏,也战得个平手。二人战够多时,扈三娘抵住丽卿道:“且慢,并非我怕你,我这匹青鬃马来不得了,回阵换了马,再来和你别个上下。”丽卿道:“好汉子不赶乏兔儿,你也去将息气力,再来领死。先着别个来替你并几合。”三娘飞奔回阵,正待换马,林冲叫道:“贤妹耐一耐,且回营去安殓了矮虎兄弟,待我取这婆娘。”正要出马,三娘叫道:“林冲哥哥休去,待奴殓了丈夫,亲捉这小贱人来碎割。”林冲扬鞭道:“陈希真听者:正人不做歪事,你省得的,今晚叫你女儿来纳命,我如今不来逼你。”希真此时亦到垓心,一只手挽住女儿的辔缰,一只手把蛇矛,指着林冲道:“谅你这厮也逃不出我的掌握,你欢喜斗兵,斗将,斗阵法,由你拣,你们回去计较。”说罢,牵了女儿的战马回阵,吩咐鸣金收兵,亲自同女儿断后。那边林冲也收了兵。

却说希真回营,丽卿对众人道:“久闻得一丈青了得,果然名不虚传。看他武艺虽强,气力却不如我,若再几十回合,必得他的破绽。”正说间,忽报林冲下战书,乃是扈三娘单搦丽卿今夜交锋。丽卿大喜。希真恐丽卿辛苦,说道:“我儿权将息一夜休。况且将在谋,不在勇,何必同他力战?”丽卿那肯依,说道:“爹爹休怕他,孩儿今夜便叫他夫妻团圆了。孩儿并不困乏,今夜好月色,岂可空过。若一百五六十合赢他不得,甘受重责。”希真道:“虽如此说,也须小心。”便将战书批回,当夜交战。祝万年道:“趁他此刻全神贯注出战,何不两翼都伏精兵,待得胜,便抄他后路,夺他的寨子?”希真笑道:“林冲也是久历沙场的,此计他岂不防备。我想不如请刘总管带领精兵,伏在清水溪,我等这里厮杀,那里一面攻打濮州。倘得了城池,胜夺寨子多矣。”计议已定,当命丽卿入营将息。当时刘广父子三人与苟桓、真祥麟、范成龙领兵去讫。

丽卿依令,便吩咐马夫将枣骝剔拂,上匀水料,溜了几转,将息着。那女兵们将梨花枪、青錞剑都泡洗拭磨了一番。丽卿用了饭食，自己先全装披挂停当，吩咐女兵都去吃饭将息，预备阵上伏侍，便在中军帐后侧首放一把交椅，叉着手坐着，同永清说些闲话，看看天色，笑嘻嘻的只等晚来厮杀。正说话间，只见希真出来，夫妻都忙立起。希真看了丽卿结束了等候，也是欢喜，因说道："我儿，你这般与国家出力，我甚欢喜。左右取酒来，我劝你三杯，壮你的英雄气。"丽卿跪下接饮三杯，谢了，立起笑道："爹爹纵着孩儿野性，索性赏孩儿吃个畅。"希真笑道："痴丫头，噇醉了，怎好厮杀？"丽卿道："便是古怪，孩儿的本事好似藏在酒瓶里的，吃了酒越使得出。"希真笑道："倒要看你。前日御赐的那坛真乙酒还未开用，赏你吃了罢。"丽卿大喜，拜谢。希真对永清道："贤婿陪他，管着他，休叫十分醉了。"永清领令。希真入后帐去了。夫妻二人就吩咐在中军帐后金龙大纛下排一张桌子，二人对面坐了，裨将们摆上按酒过来，二人畅饮，说些战阵上的事务。

却说林冲回营，扈三娘把丈夫用棺木殓了，浑身换了素服，祭奠了，痛哭了一场，着人送回城去。林冲已得希真批回，等天晚决战。扈三娘道："我不斩陈丽卿，誓不回营。"林冲道："贤妹不要太气苦，将息些，好去鏖战。更且不可太猛，倘那厮诱敌，切不可追去。那小贱人好弓箭，也须防备。"扈三娘点点头，说不尽怨气冲到牛斗。看看天晚，东山上推上那轮玉镜，林冲等饱吃战饭，领兵出阵，同邓飞、马麟押阵，扈三娘一马先出。到营外，把人马列成阵势，齐奔希真营来。希真营前小校飞报中军，丽卿正饮得高兴，听见了，立起身道："玉郎，不要吃了。吩咐把残酒收过，待我擒了一丈青来祭他开刀。"当时希真出帐，传令开营迎战，叫永清道："贤婿帮我押阵。"永清领命。朴通通号炮响亮，希真、永清领兵齐出，丽卿就中军帐前上马，众多女兵拥簇着随后出营。到了战场，两阵对面，都把强弓劲弩射住了阵角，发擂已毕，品了三通画角。

那边林冲阵上，邓飞在左，马麟在右，扈三娘在前面，居中立马，竖着一面大白旗，上面八个银字，写道："地慧星美人一丈青。"那一丈青不戴头盔，把那万缕青丝绾着个朝天大髽髻，把一匹白绫齐眉上缠裹了头额,摘去了珥珰,洗去了脂粉,披一副本色白缎衬底烂银细鳞铠,系一条白罗粉蝶裙,骑着银鬃白马,背后四面白绅方旗,垂着两条清水绡的威风,右胯下斜挂着法宝囊,横着那两口錾银熟钢绣鸾刀,浑身上下雪练也似的白。这边阵上希真、永清左右分开,让丽卿出马。只见红旗飘动,丽卿从阵里纵马而出。那丽卿头戴闪云凤翅金冠,耳上垂着赤金点翠明月珰,穿着那副猩红衬底连环锁子黄金甲,背上四面三尖赤火飞豹旗,大红湖绉花绣着两条文武威风,系一条猩红紫微缎百折宫裙,左手揽辔,右手倒提着那枝干红西缨梨花古定枪,左胯下悬着一口青锌宝剑,一张宝雕弓,右边麒麟袋内排着雕翎狼牙箭,坐下那匹枣骝火炭飞电马,醉颜微酡,笑嘻嘻的来到阵上,浑身上下好似洪炉里钳出一块赤炭,背后一面大红猩猩旗,泥金大书着:"敕授无敌折冲将军飞卫红娘子"十三个大字,字画飞舞遒劲,想是祝永清与他写的。

那时月色明亮,两阵上点起成千的火把,照耀如同白昼。只见战鼓响处,扈三娘出马,大骂道:"狠心毒肺烂坏五脏的小贱人,把出这般毒手来,不要慌,吃你老娘一刀!"丽卿笑道:"不知死活的贱丫头,将息好了,不要杀到半儿不结,又推甚么事故。"三娘凤目圆睁,拍马轮刀直取丽卿。月光之下,两个女英雄扭成一堆,搅成一块,鞍上四条玉臂纵横,坐下八盏银蹄翻越。这单枪好比神龙出海,那双刀好似快鹘穿云。那一个只为夫主报仇,不顾生死性命;这一个要替皇家出力,那管利害吉凶。两边阵上,战鼓震天,呐喊扬威。厮并了一百多合,全无半点输赢,两边兵将都看呆了。希真、永清称赞不已,林冲等也都叹服。丽卿战够多时,不能取胜,心里焦躁,想道:"不这般诱他,如何得手。"便把那枝枪搅了个花心,往后面吐出去,这个势子是杨家秘传,叫做"玉龙晾衣"。三娘也识得,正要他盖来。丽卿故意不用,反往下一捺。三娘见了破绽,忙使个"金蛟劈月",掠开那口刀,往丽卿嗓子上刷的喝声着,横劈过来。只道着手,那知丽卿正要他如此,便把腰一挫,凤点头,霍地往三娘刀口下钻过。三娘劈个空,丽卿早钻到三娘背后,顺手抽转枪,拖篙势往三娘腰眼里便刺。三娘见劈空,吃了一惊,忙转马,把刀横往后面下三路扫去。说时迟,丽卿的枪已刺着三娘的护腰兜儿上，只争得未曾透入；那时快，三娘的刀掉转来，恰好当的一声，刀背格在枪的古定上，这叫做大勾手。丽卿吃他扫开枪，也抢了个空，往侧边打一个踅踵，豁地两匹马都分开。丽卿抢在林冲那边，三娘抢在希真这边，中间隔得不远，都兜转马头立定了，喘着气厮看。但见满地月华，露水明亮。希真、永清望见，都连叫可惜可惜。那边林冲替三娘捏了把汗，叫声惭愧。三娘喘呼呼地骂道："险些儿着了贱人的手。"丽卿道："造化你这婆娘。"两个又交马斗了二十多合，仍是一样，大家都不济事，都带转马回本阵去了。

丽卿到阵里下了马，解去了裙子，女兵接去收了，露出大红湖绉单叉裤，盘膝坐在月亮地上，说道："且等马收收汗，再去战这婆娘，不赢他誓不回营。"永清也下马道："姐姐何苦如此，再战时，待小弟放一枝冷箭，射倒他罢休。"丽卿道："不要，不要。若是暗算赢了他，也吃人笑，这厮死了也不佩服。"希真道："你也厮强，就着兄弟帮你打甚紧！"丽卿道："不妨，我自己好射他。方才可惜，已诱得进了路，却被他溜撒滑了去。"说罢，便绰枪上马。军士们添换了火把，仍就起鼓出阵。扈三娘回阵也下了马，叫军士取水来吃了几碗，解下白绫缠头，抹抹汗，松下了背上方旗，略坐坐，喘息定了。听得对阵起鼓，仍提刀上马。林冲道："贤妹如果不见输赢，不如罢休，还是用计的好。"三娘道："林哥哥放心，奴定要结果这小贱人。"当时纵马后出，丽卿已在阵上。

两个更不打话，交马便战，刀来枪往，枪去刀迎，又并了五六十合，毫不分上下。丽卿想着法儿诱他，三娘再不上当。丽卿带转马头往斜刺里便走，三娘叫道："识得你的臭弓箭，谁来怕你！"纵马追来。丽卿挂了枪，拈弓搭箭，回身便射。三娘月光下看得箭来，把刀去一隔，只听铮的一声，正射在绣鸾刀的龙口上，火光四迸。那时最快，说不了，丽卿第二枝箭又到。三娘却不防到丽卿的连珠箭，急忙躲闪，那枝箭从耳朵边擦擦的穿过，觉得箭翎拂着有些疼痛。三娘吃一惊，不敢追赶，回马便走。丽卿兜回马，第三枝箭对三娘后心射来。三娘听得背后弓弦响，使一个镫里藏身。丽卿又射个空，大怒道："我射倒你马，看你走那里去！"

这分际，希真、林冲都放马过垓心界，各照顾自己的人。只见丽卿倒追三娘转来，正待放箭射那银鬃马，弓未开满，三娘早已将右手的刀挂了，取出那五爪锦龙套索翎的撒过来。丽卿闪不迭，忙把弓来隔，左臂上早被搭住，三娘便收了丝绦。丽卿撇了弓箭，要用手去夺，月光影里，看见丝绦上近身数尺都是利钩，手近不得，急抽出宝剑要去割那丝绦。吃三娘尽力一拖，丽卿用力一挣，两骑马都打了个蹭蹬。林冲见搭住了丽卿，骤马挺矛直奔过来。三娘见有帮手，便将左手的刀也挂了，索性两手用力来扯丽卿。正还两相凝住，希真早已挺矛出马，挡住林冲。丽卿却心生一计，便顺着三娘拖势直冲过去，手起一剑，向三娘面门劈去，三娘急起左手，夺住丽卿的剑，丽卿左手便扭住三娘，三娘急撇丝绦回手相扭。那两马八蹄在场上打了几个团团。只听得丽卿喝声下去，两人一齐翻下马来。林冲大惊，急撇希真来救三娘。丽卿早已翻身上马，插剑取枪，与希真一齐刺林冲。林冲无心恋战，就地下抢了三娘，飞马逃回本阵。看那三娘，早已被丽卿颈上扼死。林冲大怒道："丽卿这贱人，下出如此毒手，我今日不报此仇，誓不为人！"便教数卒舁三娘尸身回城里去。这里急挥全军，尽力掩上。

此时希真、丽卿已回阵中，见林冲大队掩来，希真便吩咐众将道："你们轮流抵御，只许败，不许胜，诱他数十里。待他自退，然后再追，自有妙遇也。"众将领诺。林冲已杀到面前，祝永清一马当先敌住林冲。林冲大叫："那狠心毒计的贱人出来见我！"永清大喝："贱配军，到此还不服输！"林冲大怒，振奋军威，挺矛直取永清。永清不慌不忙，展开画戟迎斗。一边计在诱敌，自觉安闲；一边志在报仇，独奋武怒。两边一来一往，斗到四十余合，永清诈作力乏，虚晃一戟，勒马而走。林冲骤马追上，左边邓飞，右边马麟，一齐挥众掩来，官军挡不住，纷纷逃走。林冲追上一段，栾廷玉挺枪骤出，挡住林冲，大喝："贱配军，休得无礼！"林冲道："你将毒心的贱人献上，便饶你不追。"栾廷玉道："你且将王氏夫妻头颅还了我再说。"林冲听了这话，怒气填胸，不顾死活杀上来。栾廷玉斗了二十余合，林冲勇猛异常，廷玉只得拖枪而走。贼军喊杀动地，蜂拥而来，官军不敢迎战，飞速前逃。

此时西山月落,天已黎明,林冲望见丽卿在官军队里,大叫道:“贼婆娘转来,与你并三百合!”丽卿大怒,抡枪回马,直奔林冲,大叫:“你们两个死得不够,还要来讨添头!”林冲咬牙切齿道:“我今日不戳杀你,誓不回城!”丽卿一味笑嘻嘻的迎斗林冲。斗不数合,丽卿回头见本阵已退远,急忙勒马奔回。林冲那里肯舍,与邓飞、马麟领兵狠命追来。丽卿马快,早已远远逃去。林冲又追上一大段路,只听得官军队一声鸣金,一齐立定,万年从左边杀出敌住邓飞,廷芳从右边杀出敌住马麟,希真从中央杀出敌住林冲。六人六骑,六般军器,扭住便斗,两阵鼓角喧天,呐喊振地。

大战了好一回,太阳离地三尺,已是辰牌,林冲早已追上六十余里。林冲忽然想道:“陈希真只望后退,必有诡计。我此刻人马大半在此,城中所留无几,却不稳便。”想至此际,大为着急,只见希真又退去了,林冲便止住军马不追,忙改后队作前队,叫邓飞、马麟断后,自己领一半人马飞速回城。希真见林冲一退,即便挥军掩杀过来。邓飞、马麟见官军杀转,即忙率众奋勇拦住。谁知起先盛气而来,此刻顾后而返,军心惶惑,锐气顿消。希真吩咐各队擂起战鼓,画角齐鸣,官军呐喊一声,杀气风生,二万名锐卒,风驰电卷而来,霎时间喊杀连天,贼兵纷纷溃散。邓飞、马麟严行约束,不能禁止。陈希真、祝永清、陈丽卿、祝万年、栾廷玉、栾廷芳一齐追上。娄熊念被擒之耻,见邓飞在前,便骤马追去,邓飞急忙还斗。两人奋力相敌,狠斗数合,娄熊搠伤邓飞,邓飞却打死了娄熊。栾廷玉急忙追上,救娄熊不及,顺手一枪,刺邓飞于马下。马麟逃入乱军丛中,吃栾廷芳看见,骤马追入阵中。马麟急回头一看,廷芳一刀,早已头颅飞去。贼军鸟骇兽走,霎时溃散已尽。希真便命全军火速赶上,追击林冲。林冲一心记挂城中,那里还敢返斗,况且此时离希真已远,便一口气赶到城下。到得城下,方才叫声苦,只见那城上已尽是广平府官军旗号了。

原来刘广领了荀桓、刘麒、刘麟、真祥麟、范成龙,由清水溪一直抄入,黎明时节已到濮州城前。当时领兵直逼城下。城内张横、张顺得了清水溪的伏路探报,早已晓得,见官军到来,悉力备御。刘广见贼军备御,便传令奋勇攻城。城上灰瓶石子,铁桶也似守住。刘广与荀桓踌躇商议,荀桓道:"我们既已到此,且只管尽力攻打。此刻贼人强打精神拒敌我们,我们休要让他。况且林冲那枝军马,我料陈统制必定破得。若此路一破,城内军心惶惑,此城立破矣。"刘广称是,又道:"我此刻可将兵马分作四队,其三队分攻东西北三门,留出南门,使他有条出路,他自然弃城得快了。我却用那一队人马伏在魏河渡口,邀击其归路,可令他全师覆没。"

当下计议已定,便派刘麟率领水军二千截住魏河,荀桓领兵四千陆地埋伏。这里真祥麟攻东门,范成龙攻西门,刘广领刘麟亲攻北门,一齐枪炮弓矢,卷上城去。自黎明攻起,到了巳牌时分,城中不闻林冲消息,果然人心惶惑。刘广见贼兵守法渐乱,便命布上云梯,刘广亲自当先登城。刘麒见父亲登城,即忙跟了上去。众将见主帅及公子俱已登城,便舍死忘生一齐冲上。刘广勇猛当先,一柄大刀横砍贼人,贼人大乱,登时官军布满城上,北门已破。贼兵不待主将号令,早已纷纷奔出南门。张横、张顺知不是头,也急忙从南门逃出。那边真祥麟已杀入东门,范成龙已杀入西门。刘广入城,城中贼兵溃散已尽。刘广便传令将旌旗插在城上,派兵登城守备,一面出榜安民,一面差真祥麟、范成龙去追捉张横、张顺。

那张横、张顺逃出南门,身边尚有千余名从骑,一抹地奔到魏河。正还未到渡口,只听得林子里一声炮响,一彪官军杀出。为首一员将官,手提黄金双锏,正是刘麟,大喝道:"逆贼逃向何处!"张横、张顺大怒,回顾众人道:"我们杀了这厮再去,走的不算好汉。"众人一齐奋勇迎杀。正在呼斗,忽背后一声呐喊,又是一彪官军杀来,乃是真祥麟、范成龙从背面杀来。众贼前后受攻,支持不得。张横、张顺一面苦斗,一面叫:"众儿郎休要走!"那众贼早已不由分说,纷纷溃散。二张即忙舍命杀出,夺条血路而走,身边从骑只剩三百。行不数里,林子里又是一彪官军杀出,荀桓跃马横刀,拦住去路。张横、张顺正欲迎敌,回头一看,那三百从骑已逃走不知去向了。张横对张顺道:"兄弟,今日我和你同死。"一齐杀奔荀桓。荀桓见他只得二人,便叫众军士打个圈子,团团围定,自己单刀匹马,直取张横、张顺。二人本是好手,更兼今日有死无生,拼命死斗,自然十分凶猛。幸系荀桓手下亦不平弱，足足抵敌得住。当时围场三骑马，团花簇锦的斗了四十余合，不分胜负。此时刘麟、真祥麟、范成龙已到。苟桓战了多时，不能取胜，便又斗数合，诈作力乏，虚掩一刀，回马而走。张横骤马追上，张顺急叫："哥哥休中他拖刀计！"话未绝，苟桓一刀劈去，张横急闪过。张顺救哥哥要紧，骤马赶上。苟桓刀劈个空，却又撞着张顺，苟桓便乘势刀背打去。张顺闪个不迭，翻身下马。张横急救张顺，刘麟一马早到，将张顺就地抓去。张横急追刘麟，苟桓便从后追上，摆开大刀，舒出左臂，将张横背后勒甲丝绦揪住，用力一扯。张横用力一挣，苟桓便用刀柄尽力一敲。张横挡不住，翻身下马，众军一齐上前捆捉去了。苟桓便会合刘麟、真祥麟、范成龙，押解张横、张顺，一齐回转濮州，由南门进城。

那边林冲已在攻打北门。刘广接着苟桓等，解到张横、张顺，大喜，便将二张捆绑了，押到城上，指与林冲看。林冲大怒，恨不得跳上城来乱砍，奈贼兵早已志丧气尽，毫无斗心。希真大军已由背后杀来，刘广便令开门出战。林冲到了此际，腹背受敌，饶你武艺通天，早已无能为力，更兼手下兵卒散亡已尽，官军四面杀来，如何抵挡得住，只得大吼一声，舞着一枝蛇矛，落荒而走。祝永清、刘麟见了，一齐追上。林冲一枝蛇矛，带招架，带逃走，溜脱了性命，身边只剩得几十个人。逃出濮州地界，暮色已深，栖身古庙之中，打了火食。渐渐月轮推上，照得殿庑明亮。林冲抬头看那庙中神灵，想起那年雪夜草料场之事，宛然这般景象，一阵心酸，不觉泪如泉涌，渐渐定了神志，看旁边几个兵丁伴着，也是没声没气。林冲前情后节想了一回，又想到今日之事，暗想："这事怎好？公明哥哥把濮州交付于我，原是万金重任。我因王英夫妻死得太惨，急图报仇，却是卤莽了些。不料陈希真串同刘广，袭取城池，直弄到兵散将亡，一败涂地，我林冲直如此命慳。如今欲图恢复，实实无计可施。若回梁山，有何面目。又不知山寨中被困情形，近日怎地模样，好生记挂，只有且回山去。"等到天明，林冲一路垂头丧气，意懒心灰。不日到了梁山，诉说濮州失陷之事，宋江、吴用等一齐惊倒。林冲自此终日长吁短叹，眠食减损，渐渐颓唐。按下慢表。

且说陈希真逐去林冲，与刘广会合兵马，一同进城。众将见两日之内收复一城，无不欢喜。当将张横、张顺解往大名府监禁，谨将恢复事宜，申奏朝廷，这里开筵庆贺。不数日，朝廷恩旨下来，加封陈希真怀化将军、顺诚子，标下众将均各按功升赏，从优奖励，就敕兴兵进剿梁山。希真等谢恩讫，便回本任，简练军马。

这一回已将濮州之事交代明白，下一回再说云天彪攻复嘉祥。

第一三一回　云天彪旗分五色　呼延灼力杀四门

话说云天彪收复泰安、莱芜之后,全军将士都在莱芜尚未发放,已奉到褒嘉圣旨:云天彪着升山东留守使,封忠勇伯,节制全省,移驻兖州,即命进攻嘉祥;傅玉、风会、毕应元等均加升衔,遇缺即补;庞毅授马陉镇防御使;李成追赠宣威将军;哈芸生给予都监职衔,俟养伤平复,再行就职。天彪及众人均各谢恩。此时天彪已将泰安、莱芜善后事宜办理清楚,都省已委员弁下来接理。天彪即将所有克复泰莱之将弁军马,即日起行。一路上军容阔大,武备威严,万队旌旗,雁行鱼贯,联行驲道,飞渡壕梁,端的是胜军之卒,勇气百倍,不日间浩浩荡荡直抵兖州。早有细作飞奔嘉祥,报知呼延灼去了。

且说呼延灼自那年嘉祥失守,幸蔡京潜地通谋,因而复得。呼延灼因想起前番因城小壕浅,以致官兵攻围,难以支持,便将城基拓大了一里多,又比旧城加高丈余,城壕也开阔了一丈,掘深了五尺。呼延灼亲自阅看,端的雉堞巍峨,连云蔽日,真个是金城汤池,万夫莫开。呼延灼心中甚喜:"这番官兵无奈我何了!"近闻云陈两处攻复梁山外郡,势如破竹,呼延灼倒也心惊,便教众兄弟们加紧防备。这日忽报云天彪已由莱芜起兵到来,呼延灼集诸将商议道:"云天彪新克泰安、莱芜,乘胜而来,锐气正旺,锋不可当,我们只得严紧把守,再定计议。"韩滔道:"以小弟愚见,兄长所议恐有不妙。此刻他新战之后,劳乏未定,又复奔驰远来,是其失着。我们可速发精锐迎击,先打他个下马威。他锐气一挫,自然受我所制。若自保城池,他必四面攻围,我外面一无救援,直待旷日持久,粮尽力敝,束手就擒,悔之晚矣。"彭玘道:"韩兄议是。但发兵迎击,亦非胜算,不如屯兵城外,安营列寨。一俟他到来,营伍未定,我便纵兵掩击,这是以逸待劳,必然得胜。"宣赞、郝思文都称彭玘议是。呼延灼依议,便传令至南旺营,教单廷圭、魏定国加紧防守。这里命宣赞、郝思文守城,自己与韩滔、彭玘精选雄兵二万，出城扎寨，分为三队：呼延灼领中营，韩滔领左营，彭玘领右营。分派已定，个个摩拳擦掌，等待官军。

这日傍晚，前面探报云天彪已到了卧龙山。呼延灼忙问："已安营否？"探子答言："方才到的，尚未列阵安营。"呼延灼道："趁他尚未列阵，我们一鼓前行，先去袭击一场。"说罢，传令三军，一齐拔动，飞速进去。顷刻到了卧龙山，时已掌灯，只见官军方在安营。呼延灼便传令三军，呐喊一声，一齐冲去。官军慌忙迎敌。呼延灼勇猛冲先，早已杀到阵前。只听得官军阵后一声号炮，霍的竖起一枝海棠式的大灯纛来，当先一员虎将，手提九环泼风大砍刀，正是风会。大喝："逆贼休乱闯！"一刀对呼延灼的面门砍来。此时呼延灼仗着冲驰怒气，也无回言，舞着双鞭，直斗风会。韩滔、彭玘见了，一齐上前相助。只见官军左边，又是一派蝙蝠式的灯纛，翻翻滚滚出来，直抄贼军右边来了。呼延灼看到此际，晓得官军有备，袭击无益，急忙与韩滔、彭玘收集军马，飞速退回。只见右边林子里又是一队葫芦式的灯纛，声声呐喊，山岳动摇，贼兵个个惊骇，纷纷离乱。呼延灼严行约束，保军退走，只见官军也不追赶，那几队灯纛煌天绚地的收归卧龙山去了。

呼延灼、韩滔、彭玘收兵回营，安插了人马。呼延灼对韩滔、彭玘道："我此番出去，原想乘他不备，得个胜仗，不料这厮仓猝应变，有如此纪律。我此计不成，如何是好？"韩滔、彭玘都踌躇了一回，韩滔道："这厮经我此番冲突，必然盛怒而来，须得厚集其阵以待之。"彭玘道："还须两翼都伏精兵。"呼延灼道："且慢。方才我看儿郎们一闻官军邀击，早已纷纷惊窜，毫无斗志，这大非好处。我如今只得严申赏罚，约齐队伍，方可厮杀。至于天彪那厮要来，我也只得和他拼命一战，生死存亡尽在今日，更无他顾。"韩滔、彭玘都变色点头。当夜呼延灼传令三军，分派旗色：呼延灼用红旗，将中军，大纛、副纛、领队旗、门旗、牙旗尽是红色，大小将弁尽是红缨狮子盔、猩红衬底连环甲，枪上尽是朱缨，箭翎尽是赤羽；韩滔用青旗，将左军，大纛、副纛、领队旗、门旗、牙旗尽是青色，大小将弁尽是青铜兽面盔、青狮铁叶甲，枪上尽是青缨，箭翎尽是青羽；彭玘用白旗，将右军，大纛、副纛、领队旗、门旗、牙旗尽是白色，大小将弁尽是铺霜白铁盔、烂银细砌鱼鳞甲,枪上尽是白缨,箭翎尽是白羽。呼延灼申明号令,摆列队伍,鼓励士气,等待官军。

一夜部署,天已黎明。云天彪在卧龙山部署营伍已定,聚集众将商议道:"呼延灼这贼,甚是卤莽,今日进兵,当用何法破之?"刘慧娘道:"他背城列营,先期冲突,分明自知难以坚守,故为此力战之法。如今公公可拔寨徐徐前进,容媳妇看其列营之法,便可设计取胜也。"天彪称是,当时传令三军拔寨,缓缓而行。不一时,已望见呼延灼兵马。天彪便传令众军扎住阵脚,教刘慧娘驾起飞楼,先行观看形势。

慧娘领令,就中军阵内驾起飞楼。慧娘在飞楼上闪开慧眼一看,只见贼人阵列三军,旗皆一色。看了多时,四周并无杂骑,暗点头道:"此乃春秋时夫差争盟之法。贼人用此,其背城死战之意,不问可知。"便下了飞楼,走上帐来,将这番情形告知天彪。天彪便道:"他既如此,我军亦可分为三队,严明旗鼓,与他鏖战一场。这里另派回部兵马分伏左右,如大军得胜,便一同协力攻城;如未能取胜,可诱他穷追过来,却教回部兵马从间道抄袭嘉祥,此城可破也。"慧娘道:"公公如要分三军鏖战,媳妇有一布阵之法,可以胜他。"天彪问何法,慧娘道:"他中军既用红旗,红乃火色,我中军可用黑旗以胜之;他左军青旗,青属木,我右军当其左,可用白旗以胜之;他右军白旗,白属金,我左军当其右,可用红旗以胜之。我每军装束也令与旗帜一色相同,只须每军各添向导兵一队。其向导兵旗帜,亦各如本军旗帜之色,但须边镶杂色为别。各军进退,全凭镶色旗为号。又另设三队间色旗,乃是紫旗、淡红旗、月白旗。中军用紫旗盖头,左军用淡红旗盖头,右军用月白旗盖头。紫者,水克火也;淡红者,火克金也;月白者,金克木也。这三色既与本军旗色各相似,而又有克制之妙。此三队正军,旗色如此。此外可设游骑数队,旗用绿色。回部伏兵可用杂色。公公以为何如?"天彪道:"吾儿真有神化不测之机也。但游军绿旗,不如老实用了青旗。你左军既用红旗,可即教回部为左军,不必另作伏兵,另换旗色矣。"慧娘称是。

当时天彪便传令众军列阵布旗,一一如议。天彪与傅玉、云龙以黑旗领中军，风会、闻达以白旗领右军，哈兰生、沙志仁、冕以信以红旗领左军，毕应元、庞毅、唐猛以青旗领游军。四队人马，整齐明肃。另派孔厚与欧阳寿通领五千人马保护刘慧娘，在高阜瞭望。

次日黎明，天彪传令三军一齐出营。三声炮响，画角悲鸣，杀气横飞。呼延灼闻官军出营，也传令三军一齐迎战。当时品了三通鼓角，两阵对圆。呼延灼见官军旗帜尽是间色，毫不为意。便一齐擂鼓振天，呐喊动地。呼延灼早领着红旗兵直取天彪中军，天彪紫旗兵大呼奋击。只见尘沙起处，戈甲齐明，这边红旗好一似飞扬烈火，那边紫旗好一似烂漫英霞。红紫二队历历分明，大呼酣战，足有半个时辰，不分胜负。呼延灼怒极，舞动双鞭直冲官军。只见官军队里那位总管傅玉，将枪往后一摆，紫旗队里一声鸣金，那群紫旗兵豁地分为两队，向中军阵后抄回去了。呼延灼定睛一看，只见官军队里露出一大队黑旗兵来。呼延灼见是黑旗，晓得官军以水克火，但心中毫无顾忌，只是挥动红旗兵卷杀过来。红旗、黑旗搅做一团，红旗冲黑旗，正是惊电穿云；黑旗裹红旗，却像浓烟蔽日。两阵中千人呼喊，万马奔驰，直杀得天旋地转，电骇雷崩。官军早已退了五六里，贼军也不知不觉的追了五六里。

呼延灼正待力追，忽报后面左军青旗兵来了。呼延灼大喜，便差人飞速传令到青旗队里，叫韩滔便将青旗兵抄入官军黑旗背后去，使人去讫，呼延灼得意扬扬，尽力追击黑旗。只听得自己后队一片声叫起苦来，原来那青旗兵竟把呼延灼的使者杀了，一派强弓劲弩单拣他红旗射来也。呼延灼目瞪口呆，罔知所措，急教后队看望。又叫声苦，那青旗队里何尝有韩滔的魂灵？正是毕应元、庞毅、唐猛领着游军翻翻滚滚的杀来。呼延灼大惊，那队红旗早已大乱。云天彪、傅玉、云龙一齐领黑旗兵掩杀转来，前面黑旗，后面青旗，将呼延灼的红旗裹在当中，正是重虹斗彩，叠锦争光。呼延灼整整一队红旗，看看已乱行错伍。呼延灼严申号令，约齐了阵法，教众儿郎一齐立定，且看门户。只见官军青黑二队打个圈子，喊声振天，却并不掩杀过来，呼延灼看那官军西南角上队伍疏乱，便领全队红旗兵向西南冲去，一声呐喊，一带红旗透出重围。回看官军，那队青旗兵已不见了，只是大队黑旗扎住一个大方阵，鼓角怒号。呼延灼无心还斗，只领着那队红旗，望回嘉祥的路便走。行不数步，前面早有白旗挡路。呼延灼约定红旗，细细看认，前面旗色极像彭玘的白旗兵，便不管生死吉凶，直迎上来。走近前时，方叫声苦，只见是风会、闻达驱着那白旗掩杀过来，呼延灼大惊，急忙走转。那风会、闻达已领白旗兵追来，前面又撞着那队黑旗兵，急得呼延灼进退无路。只见那队黑旗只是不动，白旗队里一声鸣金，那群白旗顷刻云收雾卷的不知去向了。背后人喊马嘶，尘土障天，飞到一队青旗。

呼延灼此时已目迷五色，不辨风尘，只得押定红旗，且看来势。那队青旗已顷刻飞到面前，呼延灼定睛一看，方才大喜："这番真是韩滔的青旗兵到也！"韩滔却大吃一惊，忙问："呼延哥为何在此？"呼延灼忙问怎地了，韩滔道："方才初交兵时，小弟见哥哥陷阵，小弟急忙冲进阵来，却吃官军白旗，月白旗裹住，混战多时，不能得出。等得他收兵而退，小弟却闻得后军飞报有一队红旗冲出官军阵里，奔向嘉祥城去，小弟只道是哥哥突阵回城去了，为何还在这里？"呼延灼此时神昏气乱，不知所答，只问："我那彭玘的白旗兵怎样了？"韩滔答言不知。呼延灼道："不料云天彪这厮如此利害，我被他旗色一乱，弄得不知所为，不知他自己怎生认得。为今之计，只有他的黑旗一队我们没有此色，料他不能相混，我与你并力去击他的黑旗。"韩滔道："适才向嘉祥去的那队红旗，不知是何路兵马。"呼延灼道："云天彪大军在此，那红旗料不过是游骑之军，且是由他。"说罢，便将青旗、红旗并为一队，望着官军的黑旗尽力追来。

云天彪在黑旗队里望见贼军商议多时，忽然并力追来。天彪大笑道："呼延灼果然追我黑旗，真没见识也！"便教傅玉、云龙拔寨齐退。呼延灼那里肯舍，与韩滔狠命相追。只见黑旗前走，青旗、红旗后追，又追上六七里。此时场上旗帜，净存青、红、黑三色。只见官军黑旗队里一声鸣金，军马一齐立定，阵边画角齐鸣，阵中战鼓好一似数万雷霆一时并发，黑旗兵呐喊震天，云飞潮涌般卷上来。天彪居中，傅玉在左、云龙在右，一齐杀奔贼军。呼延灼慌忙敌住天彪，韩滔慌忙敌住傅玉，那云龙已挥两翼兵马直抄贼军。霎时间，四边鼓角喧阒，烟尘驰突，贼兵早已纷纷惊乱。韩滔在阵云中苦斗傅玉，瞥见自己兵马已乱，心中一慌，吃傅玉乘间一枪，刺中心窝，翻身下马。呼延灼斗天彪，本领原敌得过，怎奈佐将已亡，兵马已溃，到此也难为力，大吼一声，冲出阵云，一抹地向西北方去了。贼兵早已纷纷溃散，霎时间那班青旗、红旗的贼兵逃亡无踪。天彪、傅玉、云龙统领着黑旗大队，掌得胜鼓向嘉祥进发。到了城下，只见红旗、青旗、白旗插满城上，果然哈兰生夺得嘉祥城也。

原来哈兰生、沙志仁、冕以信领着右军红旗兵，与彭玘白旗兵相敌。这边官军前队是淡红旗，先与彭玘白旗鏖战。哈兰生领红旗在后督战，背后却是毕应元的青旗游军。那前队淡红旗已与白旗战够多时，正值贼军红旗、青旗都已被官军诱入重地。毕应元在后面望见，便与庞毅、唐猛领青旗游军从空隙处冲出，抄击彭玘白旗。彭玘见是青旗，只道自己的人马，不防毕应元驱青旗兵直冲过来。贼人不知就里，大骇溃乱。毕应元青旗，哈兰生淡红旗，夹击彭玘白旗。彭玘慌得手乱，吃毕应元抽弓搭箭，飕的射来，彭玘闪个不迭，中箭落马。官军大呼掩杀，贼军白旗顷刻沉没。哈兰生便收过了淡红旗，单用了纯红旗，故意从毕应元青旗队里冲出去袭嘉祥城。毕应元见了，便聚集青旗兵转来掩击呼延灼，故尔呼延灼后队吃官军乱箭冲射。

再讲哈兰生、沙志仁、冕以信领着红旗兵直取嘉祥城。宣赞、郝思文正在城上，见有一队红旗从官军队里冲杀出来，只道是呼延灼突阵回城，急忙开城迎入。哈兰生见了，便将红旗兵直入城中。进到城时，宣赞、郝思文大吃一惊，方知中计。回回兵早已尽入城中，城中贼军大骇溃乱。哈兰生铜人横扫，所向无前，沙冕二人长枪卷舞，回兵奋勇厮杀。宣赞还想抵御，吃哈兰生展开铜人，舒出左臂，龙探爪抓住勒甲丝绦，尽力一扯，宣赞翻身下马，众回兵一齐上前捆捉去了。郝思文大惊，急想逃出城外，恰吃沙志仁拦住了，一枪刺中肩窝，掀下马来，后面扑到冕以信，就地一抓，生擒去了。城中贼兵吃众回兵纷纷乱杀，早已有一大半向别门逃走了。

嘉祥已破，贼兵已尽，哈兰生便命完封仓库，点兵登城，等待大军。不多时风会的白旗兵，毕应元的青旗兵，都陆续进城。随后天彪黑旗大军也到,孔厚、欧阳寿通保着刘慧娘一同进城。天彪到了县堂,众将纷纷献功。天彪一一慰劳,记功录簿,传令众兵将就在城中休息一日,以便进攻南旺营。按下慢表。

且说呼延灼与天彪鏖战大败之后,单骑逃出重围,初意欲奔回嘉祥,仔细一想,此刻嘉祥必已失陷了,便拨转马头直奔南旺营。那单廷圭、魏定国在南旺营闻得嘉祥鏖战,正欲发人去探听胜负,瞥见呼延灼浑身血污,单骑奔来。二人都大吃一惊,一齐问道:"城中之事怎样了?"呼延灼将上项鏖战之事说了一番,便道:"我此刻全军覆没,单骑脱逃,城中之事,不知如何了。我此刻须得速去救嘉祥,宣郝二兄弟性命要紧,快取些干粮与我。我单骑先去,你二人尽发营中兵随后就来。"单廷圭劝道:"天色晚了,不如且请营中歇一夜再去。"魏定国道:"城中谅未必就至失陷。如果失陷,此刻赶去亦是无益。不如权歇一夜,从长计较。"此时呼延灼也觉有些头目昏花,筋力疲乏,只得依了二人的话,就在营中安息。

次日黎明,探子报到,嘉祥城已被官军夺去,宣郝二人遭擒。呼延灼、单廷圭、魏定国都一齐大惊。单廷圭、魏定国面面厮觑道:"这怎生是好?"呼延灼道:"二位贤弟听我说,事已如此,我们死守南旺也是无益,不如尽发本营兵马前去尽力攻城,倒还有一层希冀,除此别无良策。"单魏二人想了多时,果然无法如何,只得听了呼延灼的话,尽数点起南旺营兵马,杀向嘉祥城来。到了北门,只见官军在城上,队队旌旗,青黄赤白,插满城头。城楼上端坐着一位天神,丹凤眼,卧蚕眉,赤面长髯,青巾绿袍,正是云天彪。呼延灼一见,大怒道:"奸计匹夫,快快还我城来!"云天彪抚城温谕道:"呼延灼听者:去顺效逆,所以速祸。尔出身何等,竟乃丧尽天良,甘为强盗,玷辱祖宗,贻臭万世。似此毫无羞耻,一刀何足蔽辜。况今日身无立锥,尚不知自反,真所谓怙恶不悛。料尔死期不远,本帅也不穷逼你了。这城中寸草尺土,皆天朝固有之物,你若想兴南旺之余党来此撒泼,你且看看,如此城高壕阔,那能攻打得下?梁山贼寨,失在目前,那有粮草接应与你?你细思量之!"呼延灼一听,又气又羞,又怒又悔,只在城下暴跳如雷,回顾单廷圭、魏定国道:"二位兄弟且随我尽力攻城。"单魏二人一齐答应，吩咐众军擂鼓呐喊，直冲北门。城上枪炮矢石，一齐打下，下面贼军喊声振天。足足攻打一个时辰，那里动得分毫。呼延灼只得收兵，且行暂时休息，再定计议。

呼延灼看着那城墙如此高大，壕沟如此深阔，越想越气，越想越悔，不料当年费尽心机，用了如许工程，竟被官兵来趁现成。想到此处，气上心来，便立刻传令军士再行攻打。众军一齐进攻，又攻打了一个时辰，那座城池依旧安然不动。呼延灼气坏了，又只得收军，与单廷圭、魏定国都坐在沙碛上，看着城池，只是叹气。只见呼延灼霍地立起身来，双鞭匹马，直到北门，大叫："天彪匹夫！敢下来同我并三百合么？"天彪绰着美髯笑道："量你鼠辈小贼，有何技量？本帅部下强将如云，你既要逞血气之勇，我便委员勇将下来，教你就在城下领死。"说罢，便教庞毅开城迎战。

庞毅骤马抡刀，直取呼延灼。呼延灼挺双鞭拦住，叫道："且慢，你年老衰迈，可想有甚本领，着换个壮年力健的人来罢。"庞毅大怒，一刀劈下，呼延灼急忙挡住。那单刀如逸电流光，这双鞭如游龙盘彩，大战四十余合，不分胜负。傅玉看够多时，更耐不得，一条枪卷雪也似的冲来，只见对面也是一条枪流星价赶到。傅玉一看，正是单廷圭。傅玉便搦住单廷圭。当时北门外四人四马，搅做一团，酣呼厮杀。云龙在城上望见对阵魏定国横着那口熟钢刀，闪舞金花，大有纵马杀出之势。云龙便纵马飞出，一口大刀，平飞银练，直奔魏定国。魏定国见是云龙，即忙横刀敌住。三对儿在阵前厮杀，刀对刀，迸万道寒光；枪搠枪，起一天杀气。城上官军，沙边贼众，齐声呐喊，鼓角喧天。围场上六位英雄酣战多时，天色已晚，两边只得收兵而回。

傅玉、云龙、庞毅回城，云龙禀天彪道："贼人不守南旺，却空群来此争城，真是失算之甚。为今之计，何不派将领兵，从间道过去，取了南旺，使他进退无路，必然不战而走。"天彪笑道："此等无谋鼠辈，何须如此算计。他屯兵城外，力战求胜，一鼓锐气，似乎锐不可当。由我看来，正如草上游魂，不久自散耳。我若间道袭他南旺，倒反示以不武。如今他高兴杀四门，就让他杀个四门。待他四门杀毕，我自有逐他之法。"便派傅玉、云龙、庞毅守北门，派风会、欧阳寿通、唐猛守东门，哈兰生、沙志仁、冕以信守西门，毕应元守南门，闻达领铁骑游巡城外。分派已定，众将均各无话。

再说呼延灼、单廷圭、魏定国收兵回阵，三人商议不决，都说："城池如此坚固，攻打不下，如何是好？"呼延灼道："当初我造城时，这北门分外坚固，所以攻打不下。如今想来，只有东门还是旧城基，我当初不过略加些工。明日我就去攻这东门，魏兄弟在此管看北门。我与单兄弟分兵一半前去。"单魏诺诺。当夜无话。

次日，呼延灼、单廷圭领兵，绕道到东门，只见风会早已立马横刀在吊桥边等待，一见呼延灼便大喝道："贼子那里走，俺老爷等候已久也！"呼延灼大怒，拍马直取风会。风会也怒马相攻。只见银涛忽泻，这单刀乘势横飞；金电斜穿，那双鞭掣风还架。两个一来一往，斗到四十余合，不分胜负。单廷圭在后面正待出马助战，忽见南边一队铁骑兵奔雷掣电价冲来。单廷圭急忙押住了阵脚，那队铁骑早已冲到面前，为首一员大将，手提大刀，声如巨雷，大喝："贼子，你认识大刀闻达么！"单廷圭也不回言，挺枪迎住。此时呼延灼正斗风会，不暇返顾，单廷圭独挡闻达。两个斗到三十余合，闻达暗想："此人枪法却好，我当用计擒他。"便又斗了六七合，闻达勒转马头，慌忙便走。单廷圭随即赶来，追了一大程。闻达回头喝道："你这厮不下马受缚，更待何时！"单廷圭挺枪直取闻达后心。闻达使出神威，拖起刀背只一拍，喝一声："下去！"单廷圭翻身下马，官兵一齐上前捆住。闻达大骂道："背叛庸奴，死恨晚矣！"廷圭默默无言，被官军剪着两手，解进南门去了。

呼延灼闻知此事，大惊，急忙撇了风会，来追闻达，早已影迹无踪。呼延灼懊悔之极，只得收兵而返。风会也不追赶，自回东门去了。呼延灼领兵绕道到北门外，魏定国迎见，问所事如何。呼延灼大叹一声道："罢了，今日不惟不胜，反送了单兄弟。"魏定国大怒，道："我今日不与单兄长报仇，誓不瞑目。"呼延灼道："明日我和你出其不意去袭西门。"定国点头。

次日，呼延灼、魏定国领兵潜地移向西门，果然神不知鬼不觉，直抵城下。呼延灼暗传号令，众贼一齐布上云梯。只听得城里一声号炮，官兵一齐立出，城上枪炮卷驰，矢石齐下，贼人纷纷惊退。呼延灼大怒，骤马出阵，大叫道："贼匹夫，来与我厮杀一场!"哈兰生开了城门，提着铜人打出。呼延灼即忙迎住。两马相交，军器并举，两个各使出本身神力，狠命相争。只见铜人一振，真是重鼎千钧；鞭影双挥，但觉寒光两道。两个一来一往，一去一还，也斗到四十余合。忽听得阵后人声沸乱，呼延灼只顾前面，不敢还顾，魏定国即忙转身押阵，闻达已冲入阵中。魏定国即忙指挥阵骑，豁地分为两队，两队各用强弓劲弩射来。闻达那边冲突一回，不能取胜。闻达暗想道："此人本是一勇之夫，不难取他，只是攻击得紧，他必死命相拒。看来此事，事宽则圆，急难成效。"便急领铁骑退出阵中。魏定国果然骤马追出，闻达转身迎住。斗到二十余合，闻达卖个破绽，勒马便走，仍使出那个擒单廷圭的手法来。说也不信，那魏定国果然照样上钩。闻达挥转刀锋，砍伤左腿，魏定国翻身下马，官军一齐上，捆捉去了。呼延灼正与哈兰生厮杀，忽闻报魏定国又被擒，大惊，急架住了哈兰生，纵出圈子，无心恋战，急领军马走了。闻达带领铁骑，押着魏定国，随了哈兰生，一同进城。天彪见连日擒获两将，大喜，对诸将道："来日呼延灼若再不走，可用全军逐之。我看他兵卒离心，必不能相持也。"众将领诺。

到了次日，呼延灼果恶狠狠领兵来攻南门。天彪吩咐开门，倒提青龙偃月刀，一马先出。呼延灼正待迎敌，只听得城上接连九个号炮，擂鼓振天，官军呐喊齐出，势如潮涌。疾如风生，骇如雷崩，奋如电掣，贼兵不及迎战，早已溃乱。呼延灼大惊，无心恋战，拨马飞逃。官军遮天盖地价杀来，贼兵纷纷四散，霎时间长风扫箨，开除净尽。呼延灼匹马落荒而走。

天彪收聚大军，掌得胜鼓回城，一面便差傅玉、云龙去收复了南旺营。这里天彪进城升厅，计功行赏，大开庆贺筵宴。众将见六日之内收复两城，无不欢喜。天彪计点生擒贼目四名：宣赞、郝思文、单廷圭、魏定国，均发往兖州府监禁，因将收复嘉祥、南旺事宜，申奏朝廷。不数日，朝廷明降，大加褒宠，云天彪晋封侯爵，众将或有锡爵，或有加官，均按功酬庸。天彪便备文咨会陈希真，起兵同剿梁山。按下慢表。

且说呼延灼匹马双鞭,从乱军中逃出性命,一路上饥餐渴饮,晓行夜宿,蓦地想起一件事,不觉仰天放声大哭。原来他的族弟呼延绰,自归降官军之后,曾寄一封书与他,言此时梁山势不可为,如依违不去,必至身败名丧等语。呼延灼当时大怪其忽投梁山,忽投官军,反复无常,今日丧师失地,单身脱难,想起从弟之言,大声叹道:“我悔不听兄弟之言,以至如此。但事至今日,有何面目再投官军。不如死也跟着宋公明休。”一路垂头丧气到了梁山,从后山洞进去。

看官,须知这时节,正是林冲前一脚到,呼延灼后一脚来,彼此同见宋江,真叫做流泪眼观流泪眼,断肠人看断肠人,也算得豪杰伤心,正是个英雄失路。从此梁山外郡全无,仅存山寨。

不知后事如何,且听下回分解。

第一三二回　徐虎林捐躯报国　张叔夜奉诏兴师

话说林冲失了濮州，呼延灼失了嘉祥，一齐奔回山寨。此时宋江正失了二关，一闻此报，正是祸患频仍，忧惊迭至，嘴里叫不出那连珠箭的苦。吴用及众头领都个个目瞪口呆，罔知所措。林冲、呼延灼一齐伏地请罪。宋江略定定神，急忙扶起，道："贤弟休如此说。二位失了城池，便要问罪，我宋江失了泰安三城，向谁请罪？"林冲、呼延灼都谢了，就坐。宋江、吴用以目相视，想到外郡全失，云陈两处乘势进攻，徐槐如当门巨虎，刻不容宽，真是急极万分，计较毫无。

这晚宋江且教置酒，众头领相聚，大众同吃闷酒。席间，吴用说起兵卒溃散，大为不妙。呼延灼道："目下儿郎们不知怎的，不比从前。即如我嘉祥，和官兵对阵的时节，看见胜仗，尚肯奋追；但只前阵一失，后面随即慌乱，立时溃散，军令都弹压不住。"林冲道："我濮州正是这样。追奔之时，大众踊跃；前锋一挫，立刻都溃散了。"宋江听到此际，凛然变色，想到自己逃出泰安时也是这样，兵马整整四万，吃傅玉一追，顷刻散了三万；再被刘广一邀击，便一人一骑都不见了。那吴用听那二人所说情形，正与二关溃散相同，口中不说，心中惶急，便叫："众兄弟休提！"

大众听了，均各无言，个个闷闷而散，仅存几个机密头领，乃是宋江、卢俊义、吴用、公孙胜、林冲、呼延灼。宋江传谕，叫裴宣查点现在实存兵马数目。传谕去讫，六头领在堂上相视无言。须臾，裴宣进来禀报道："自兄长分驻泰安时，本寨人马实存十二万。后与徐官儿屡次交锋，我军失利居多，所有人马，随丧失，随补缉，到今通盘查核，却只得八万有零，不能符合原数了。"六头领听了这话，个个心中着急。宋江叫裴宣退去。裴宣退出了，宋江便教左右都退去。

宋江看着吴用道："这事怎好？"吴用只是沉吟，不发一言。卢俊义开言道："为今之计，进退两难。若再如俄延过去，必遭奇祸。但儿郎们数万生灵命悬呼吸，就是我们弟兄，难道竟如此了账不成？军师有何妙法？”宋江未及回言，呼延灼早说道：“我们到了此刻，难道从新去受招安不成？我们好弟兄死亡无数，我们厚着面目倒去乞哀，却于心有所不甘。”林冲道：“事已如此，说他做甚。”宋江正色道：“众兄弟何如此颓唐！古人一成一旅，尚可中兴。今我虽丧师失地，而现存人马尚有八万，岂不可以有为？为今之计，但求军师设法打个胜仗，便好固住众心了。”公孙胜道：“此事胜则为王，败则为贼。归诚的话，尽可不必。只是人心如何收拾，须得速定大策。”吴用道：“众兄弟何用纷争，我们素来替天行道，岂有不邀天佑。只须尽人事以待天命罢了。”宋江听罢，默然无言。

众人各默坐了一歇，见吴用只是沉吟，不发一言，夜分已深，各归寝室。宋江留住吴用，重复入内，商议良久。又请公孙胜进内共商。商毕，也各就卧。

不多时，天已黎明，宋江起来到忠义堂，仍聚众英雄商议。吴用道：“迩来山寨被兵有年，儿郎们辛苦已极，自今以后，须立个抚恤章程。凡儿郎们在关上供役一年者，令其归内寨休息。并分别有功无功，有功者除例应赏给之数外，再加奖赏；其无功者，亦酌有赡给。其在关战守兵丁，所有关领粮食，与主将不分粗细。有受伤者，与主将一体调治。所有阵亡军士，均厚恤其家属，并为设醮追荐超度，主帅亲自拈香，以示肫诚。”宋江称是，便即起身亲到各营，将此意宣谕了一番。回转忠义堂，先将抚恤经费筹划了，随议及设醮之事。宋江对公孙胜道：“此事须得贤弟亲自临坛，方有利益。”公孙胜道：“这个自然。但我们遵奉九天玄女多年，我想不如先在玄女宫设坛大醮，公明哥哥虔祈赐兆，以卜本寨气运。然后再行另设一醮，追荐儿郎。”吴用称是，众人无不称是。只见宋江道：“我既先说追荐儿郎，自然应得先做。所有祈兆之事，后举不妨。”大众都遵依宋江，便先将追荐的醮设了。公孙胜便密传那玄女宫司殿头目包灵，暗暗谕话，着其打扫收拾。

原来宋江那年自得了天书之后，即于寨内启建一座玄女宫，正在忠义堂背后，特派头目专司香火。宋江每月行香，十分致敬，至今不息。当时公孙胜选择了一个设醮吉日,大众先期都沐浴持斋。到了这日,玄女宫内道士已将香花、灯水、钟磬、铙钹一应法器,摆列得整整齐齐。公孙胜入坛主醮,宋江及众人随班行礼。七日醮事圆满,宋江及众头领都宿在殿下,虔祈赐兆。次早醒来,都叩谢了玄女娘娘,同到忠义堂。宋江自言无梦,吴用、公孙胜亦言无梦。众头领或有梦,或无梦。其几个有梦的,说出梦来各各不同,而且模糊影响,难以凭断,众人都狐疑不决。宋江道:"莫非我等祈祷不诚,以至于此。"公孙胜道:"今日容贫道再去拜祷,容我独一人再祈祈梦看。"宋江称是。

公孙胜当日在忠义堂吃了素斋,便独自一人到玄女宫去。直到次日早上,宋江及众头领都在忠义堂等公孙胜转报。忽见那头目包灵径上堂来,跪禀道:"昨夜三更时分,小人遇一奇兆,本要就地禀公孙军师,因公孙军师吩咐,不许惊睡,所以特到这里来禀告。"宋江惊喜,忙问何兆。包灵道:"昨夜……"宋江忙叫道:"你且站起来说,这是圣母金言,岂可教你跪说。"包灵站起来,宋江也立起身来。众人见宋江起身,也都立起。

只见包灵说道:"昨夜三更时分,小人正在廊下,忽见正殿大放金光。须臾间,变作金银宫阙。宫阙中现出玄女娘娘法身,仙童彩女,侍立两旁。只听娘娘传谕,教小人进去谕话。小人便走近阶前,俯伏恭听。娘娘因教小人传告各头领,并令大小喽罗,即日各赴殿前,叩首明心,又须备一百单八只水缸,满盛净水,娘娘自来洒入法水。众人领了法水,各回本室。夜间用右手三个指头,在左胁下搭三千下,次早共看有无字迹。如有主帅名讳现出者,定卜主帅隆隆日上,大众毋许稍有异心。如无字迹者,去留听之。"众人闻听骇然。宋江勃然大怒道:"大胆匹夫,擅敢造这谣言!左右斩讫报来!"吓得包灵只是磕头。卢俊义道:"这话似是而非,再须问个明白。"宋江道:"何须问得!凡人身体之中,岂有现出字迹之理?分明捏造怪事,惑乱军心,断不可容留。"吩咐速斩。吴用踌躇不下,左右早将包灵推出。须臾间,一颗首级献于阶下。众人均各无言,宋江兀自怒气未平。

忽听得玄女宫里大风怒吼,尘雾蔽天,宫殿中瓦片榱桷凭空飞起,直打到忠义堂来。公孙胜面如土色,飞奔而来。宋江忙问怎的,公孙胜道:“小弟方才朦朦睡去,似梦非梦,忽听得大声喝道:‘何故不听吾言!’小弟蓦地窜醒,不料起此怪兆。”宋江听罢,也面如土色。吴用道:“莫非包灵这厮实是真言,兄长杀了他,干动神怒也。”公孙胜惊问:“怎杀包灵?”吴用略答几句,急得宋江望空跪求,不知所为,只是跪在尘埃,自陈卤莽冲犯之罪,并重重许下愿心。吴用、公孙胜及众头领一同跪求,好半歇方才渐渐风息。众人神定,大众共议,欲依包灵之说。宋江只是口中呐呐,答应不出。吴用也踌躇了一回,方才开言道:“我看玄女娘娘如此显应,此法必然可行,兄长不可过疑。”宋江没奈何,只得依了。当时先到玄女宫里叩头无数,告罪谢恩。

次日,便依了包灵的话,到玄女宫安排停当,教关内所有大小头领头目,一切军士人等,派定班数,以次到玄女宫内行礼,五日而毕。是夜,各领法水,回去照办。说也奇极,次日一早,哄然群集,裸体相示,果然每人身上都隐隐一个红文反写的“江”字,数万人一式无二。大众无不称奇。自此以后,共信玄女真灵,一心归向宋江,有死无二。宋江将上等头领之礼安葬了包灵,亲身拜奠,抚棺痛哭,又择日在玄女宫建坛设醮,谢答鸿恩。

看官,这件事到底真的假的,我却不必直说。缘列位看官中,尽有见识高远的,一望了然;其次,也但须略一思索,便早已领悟。我若务要说明,反觉瞧低了看官了。至于像罗贯中这班呆鸟,却一万年也猜不着,我说明了,也是无益。

闲话休提,言归正传。当日宋江暗对吴用道:“军心已固,能趁此打一胜仗便好。”吴用道:“且与他开关厮杀一场再看。”宋江称是,便整顿戈甲,调派人马。宋江按队去亲自抚谕一番,众军士个个都感激非常,沾襟涕泣,愿为效力,死而无怨。宋江心中暗喜,便派徐宁带领八千名精锐军士,开了三关,冲杀出去。徐槐官军正在二关土垒之内,贼军呐喊一声,杀气飞腾,直奔官军。任森、颜树德即忙迎敌,两军大战一阵。徐槐见贼兵个个舍生,人人拼死,便鸣金收军,退入土垒。贼兵拼死攻垒,徐槐严紧守住。这一场幸亏徐槐军政素有准备,不然当日便被贼军抢入土垒,夺去二关了。宋江见自己儿郎们被官军枪炮矢石打死无数,却毫不退却。吴用对宋江道:“此番不如鸣金收军为妙。我看这徐官儿守法严密,一时未必攻得破,儿郎们如此舍生忘死,必然被他杀尽。不如收回来,再行设计破他。”宋江依言,便传令收军而回。

徐槐见贼军已退,便传令修筑土垒,列兵严守。徐槐巡阅一番,退归帐中。任森入帐密禀道:“贼军与我相遇,大小战阵已不下百余次,从未有这一次的凶猛,却是何故?”徐槐道:“此必宋江行了甚么要结之术,买服了众心,以致于此,但我也不怕他。我当初做郓城县时,原不过想力守城池,障蔽狂寇,拼着一死以报皇恩。如今邀天之福,竟得头关,贼人大势已去,想大经略不日到来,进取易易,现在总以严守为要。”说罢,便派韦扬隐、李宗汤把守头关,自己与任森、颜树德镇守二关,昼夜巡绰。

那宋江这边却有七日不见动静,徐槐只是吩咐各营当心防备。这日正在帐中默坐,不觉朦胧睡去,到了一所宫殿,朱门黄壁,炫丽巍峨。徐槐走进大门,只见左右廊庑诸神列坐,看那殿阁之上,端坐着一位冕旒王者。徐槐便走近阶前,伏地叩首,王者命青衣童子扶起赐坐。只见那王者默无言辞,徐槐起立敬问:“梁山狂寇何时殄平?”王者颔首,便着那青衣童子领至一所,乃是一座楼阁,彩画壮丽。青衣引徐槐登阁,只见两旁排列书架,架上叠叠书卷,尽是牙签玉轴。童子问了徐槐名姓籍贯,即至架上检了一幅,递与徐槐。徐槐接展看视,幅中四个大字,字画纵横,龙蛇飞舞,乃是“成功者退”四字,览毕,忽回头一看,屋宇都冥然无迹,连那青衣童子也不见了,只见有几对执幡童儿在前,前面化为一片青山绿水。徐槐正欲前行,忽听得背后有人叫道:“启禀相公!”徐槐一惊,蓦地窜醒,乃是南柯一梦。只见颜树德在旁道:“启禀相公:关上蓦然烟雾迷空,三关上有兵马喊声,请令定夺。”徐槐急令备马,带兵与颜树德亲登土垒,任森已在关上督兵备御。只见关上妖雾迷漫,雾中贼兵喊呼不绝,乃是公孙胜作的妖法。

原来公孙胜自汶河渡与希真斗法，被希真用诀镇压之后，罗真人授他的五雷天心正法，竟从此呼唤不灵。今日只得将他起先学得妖法，用心祭炼了七日，特来兴雾作怪，袭取二关。徐槐见是妖术，急令堵御，吩咐将镇关大炮五座，直向黑雾中打去，那雾中贼兵兀自喊声不绝。忽然几阵狂风扑关而来，最后一阵有一股恶臭腥膻之气实不可耐，这边官军被臭气扑倒数十人。只见徐槐一个寒噤，浑身飞出万道红光，直向黑雾中射去，黑雾纷纷尽散。颜树德急前一看，那徐槐两目已定，鼻息全无，原来浩然丹气已归太虚了。颜树德大惊。任森急叫休乱，便教颜树德掖住徐槐。自己只顾督兵抵御。只见贼兵连声呐喊，云梯满布，翻翻滚滚杀上土垒。为首一员贼将，乃是金枪手徐宁，指挥众贼奋勇喊杀。任森料知难支，便叫树德道："我在此挡御一阵，你快保主公回头关去，并通知韦李二将严守头关。"树德应了，急忙扶了徐槐，带兵八百名，奔入头关去了。

这里任森挺着单枪挡住徐宁，徐宁舞动钩镰枪直取任森。两个就在关上奋勇厮并，两枪卷舞好似两条怒龙，挥挥霍霍的左右盘旋。关上天摇地动，贼兵已纷纷布满，官军奋呼喊杀。贼兵后队李应、张清也纷纷杀到垒下。此时任森、徐宁已力战了三十余合。任森因势危拼命，情愿有死无生；徐宁因兵胜逞强，定道有赢无败。这一边任森的枪怒如雷发，只有攻取，绝无遮拦；那一边徐宁的枪疾如云飞，但顾钩攒，却忘挑拨。两个又斗了数十合，徐宁吃任森一枪刺中咽喉，任森吃徐宁一枪刺入腰胁，说也凑巧，两杆神枪交搠，两员勇将齐休。官军、贼军各抢尸身而回。贼军乘势杀入二关，官军退守头关去了。

且说颜树德保着徐槐尸身入了头关，韦扬隐、李宗汤接报，一齐大惊，急忙点齐兵将，登垒守备。不一时，二关上官兵都纷纷奔来，数卒舁着任森尸身，与众兵一齐到了垒下，韦李二将开垒迎入。官兵进毕，韦李二人正待闭垒，只见宋江领着李应、张清，大队人马已乘势来抢头关。韦李二将在垒上悉力守住，与贼军足足相持了一日，不分胜负。里面随营军弁，将徐槐及任森均如礼安殓。颜树德哀毁之余，跌足捶胸，神丧色沮。忽到自己帐中，敲开一瓮陈酒，连吸数斗，趋入徐槐棺旁，大哭道："君在我听用，君死我心痛，从今无知己，地下永相从。"言毕,以头触棺而死。众皆流泪,当时亦为安殓了。韦扬隐、李宗汤在土垒上彻夜防堵,不敢轻离。贼兵亦在垒下彻夜哨探。

次早,宋江又策众贼军努力攻打,自辰至午,一片枪炮之声,轰阗盈耳。贼兵愈斗愈奋,官军渐渐不支。韦李二将正在慌急,忽然贼营内人声沸乱,二关上历乱鸣金。宋江急忙收聚兵马,纷纷退回,急问何故。大众俱称三关上有一枝人马自天而降,见是徐槐手执令旗,颜务滋横刀跃马,挥军杀来,故尔兵心惊乱。宋江急令查明,寂无影响。但二关上大众万口同声都说如此,宋江也无可如何,只得保守了二关,再行定议。

那韦扬隐、李宗汤保守头关土垒,见贼人无故自退,不解其故,也不敢追击。只将防守事宜一一经理了,便下垒入帐,向徐槐棺前行礼举哀,痛哭一场,又痛哭了任森、颜树德,便派营弁将三柩护送郓城。这里韦李二将协力保守头关。慢题。

且说徐青娘在郓城接报大惊,当时随同徐府官眷齐来迎丧,尽哀痛哭。待到治丧事毕,青娘叹道:"我在此,所以助吾叔也。吾叔志愿已成,我自今亦无事矣。"便去往访汪恭人。恭人接见,谈起徐虎林捐躯报国之事。恭人道:"令叔因公积劳,此日捐躯报国,梁山大事,业已三分有二。将来经略到来,不日凯旋,令叔之功亦序列不朽矣!惜乎我生多病,不及见贼人授首。"青娘道:"恭人近来多恙,宜养息安神,不可过劳。至家叔为国捐躯,虽死犹生,诚有如恭人所云名垂不朽者。即恭人伟谋卓识,亦当名列青史,万古传流。婢子自今无事,追忆溶夫家叔授我净土法门,至今不忘,拟即日退居高平山,遵依溶叔所教,持名修观,以终其身。异日有缘,再当拜谒。"恭人道:"小姐有志退修,定当早证妙果。刻下且请在舍间盘桓月余,然后告别何如?"青娘依从。

当时在恭人家中聚谈月余,恋恋不舍而别。从此徐青娘依于高平山,与徐娘子同修净土,后来青娘与徐娘子先后月余,都是先期三日自知时至,沐浴更衣,西向念佛,自称"莲花满室,佛来迎我",泊然而游。这是后话。

且说云天彪大军在嘉祥,陈希真大军在濮州,各自办理抚恤事宜,正拟择日进兵,与徐槐协力同剿梁山。忽接到二关失守、徐槐阵亡之信,都吃一大惊,不待抚恤事完,便各自起兵迅赴头关。韦扬隐、李宗汤闻云陈两路兵到,即忙迎接参见,天彪、希真也各相见了,共问韦李二将备细情形。韦李二人细细说了一番,天彪、希真齐叹道:"徐虎林真人杰也!"当时会议,将徐槐赴难之事,与山东安抚使盖天锡会同具奏,这里一面派兵严守头关。

天彪部下傅玉、云龙、刘慧娘、风会、闻达、毕应元、欧阳寿通、哈兰生、孔厚、庞毅、唐猛。其沙志仁、冕以信,因攻城受伤,回村将息,故不在列。希真部下刘广、祝永清、陈丽卿、苟桓、祝万年、栾廷玉、栾廷芳、真祥麟、范成龙、刘麒、刘麟。天彪、希真各自分派将佐,各路防守,一面相机攻取梁山,一面等候天兵。不数日,朝廷降旨下来:徐槐功绩最深,此日捐躯,不胜震悼,着赠太子太保,锡爵定远侯,赐谥忠武;任森锡元功伯;颜树德锡威烈伯。云天彪、陈希真着缵徐槐前功,镇住梁山,统俟大经略张叔夜率领天兵征讨时,协同进剿巨寇。云陈奉旨,便一同围住梁山,静候天兵。慢题。

且说张叔夜自上年七月奉旨征讨方腊,八月到了睦州,方腊抗命迎敌。可想方腊如何对付这位张天神?但与官军一遇,动辄败衄。那张伯奋、张仲熊、邓宗弼、辛从忠、张应雷、陶震霆、金成英、杨腾蛟八员大将,雷轰电击,云卷风驰,不及五个月,早已扫平贼寨,方腊就擒。本年正月奏凯回京,天子郊迎慰劳,告庙献俘,举行一切大典。张叔夜封燕国公,从征诸将均各按功锡爵,从征军士均从优分别赏恤,大赉天下,百姓大悦。天子谓群臣道:"朕凉德藐躬,抚驭失道,以致盗贼蜂起,生灵涂炭,此皆朕之罪也。今幸赖祖宗积累之厚,皇天保佑之深,浙江巨寇,竟已扑灭;山东残贼,亦将荡平。朕承兹天眖,敢不祗惧,可降罪己之诏,以使中外臣庶,咸知朕悔悟自新之意。"群臣咸称圣明。天子乃下诏道:

朕获祖宗之德,仰蒙苍昊之庥,首出四民,于兹一纪。虽兢业惕于中心,而过咎形于天下。盖以寡昧之资,藉盈成之业,言路壅闭,导谀日闻;恩幸恃权,贪饕得志。缙绅贤能陷于党籍,政事兴废拘于纪年。赋敛竭万姓之财,戎马困三军之役。多作无益,侈靡成风。利源酤榷已尽,而牟利者尚肆诛求;诸军衣食不时,而冗食者坐享富贵。灾异迭见而不悟,闾阎怼怨而罔知。追溯已愆,悔之何及。自今以后,有各直省官员,能率众勤王,捍边立功者,优加奖重,不限常制;草野之中,怀抱异材,能为国家建大业,定大计,出使疆外者,不次任用。中外臣庶,并许直言,虽有失当,亦不加罪。朕惟仰副上苍,俯恤下民,毋敢逸豫。宣和三年正月诏。

诏下之日,士民称颂,咸仰圣德。

次日,有一太学生,姓陈名东,应直言之诏,挺身上疏。天子闻有谏疏,甚喜,看其疏中写道:"今日之事,蔡京坏于前,梁师成阴贼于内,李彦结怨于西北,朱勔聚怨于东南,王黼、童贯结怨于辽金,败祖宗之盟,失中国之信:惟此六贼,罪恶贯盈。今蔡京、童贯既已伏诛,而梁师成等四人犹在,愿陛下明昭睿断,速正典刑。"天子览毕,便传张叔夜、贺太平进宫,问:"此奏何如?"张贺二人极言陈东所奏甚是,因共陈六人劣迹。天子叹道:"朕为此辈欺蒙久矣。"便传旨将梁师成、李彦、朱勔、王黼尽行正法。叔夜因奏:"朝中尚有一贼,望陛下去恶务尽。"天子问是何人,叔夜便将高俅劣迹一一陈说。天子道:"纵此人于朝端,皆朕之不明所致,今日岂可尚逭典刑。"便立将高俅拿下,将家私尽行抄没,不日将高俅发配沧州去了。此时奸邪尽去,君子满朝,士民欢呼相庆。贺太平进言道:"今日之事,恭逢陛下圣明神武,睿断严明,小人道消,君子道长,四海升平,万年康乐,实基于此。惟有梁山一区,群盗盘踞,积恶贯盈,所宜速行扫除,庶使宇内清平,万民乐业。"天子道:"上年朕本有着张叔夜统军征讨梁山之命,嗣因方腊事急,遂命移征方腊。今方腊既除,宋江未灭,可即着张叔夜领兵往讨。"说罢,便传谕兵部先行调集兵马,以备攻讨。数日后,兵部尚书奏称二十万兵马均已调齐。

次日五更三点,景阳钟响,百官各具公服,齐集丹墀。天子升殿,净鞭三下响,文武两班齐。天子命宣张叔夜升阶谕旨。叔夜趋进丹宸拜跪。天子开言道:"嵇仲,率事公忠,戎行宣力,经谋伟划,朕实依赖。前者方腊猖狂,命卿征讨,役才五月,遂奏肤功。今梁山宋江,肆逆已甚,特命卿率师往讨,尚其敬慎,以襄大事。钦哉!”叔夜稽首承命谢恩。天子便传谕,于二月十五日躬行大阅,兵部尚书领旨。当日退朝无话。

到了这日,张叔夜全装披挂,五更上朝,伺候官家大阅。只见那左右羽林军、龙武军、神武军,各自按着班次,摆列在魏阙之外。旌旗明丽,剑戟如林。里面御道两旁,都是神龙卫兵马,豹尾枪排得密麻也似。那些驯象也一对一对的侍立在御道旁边。左右金枪班将官,都个个披挂着,执持军器,排列两旁。四员陪辇大臣,早已全装披挂,从立龙墀之下。殿上黄罗伞盖,龙凤仪仗,无数内官擎着提炉,燃着龙涎,香烟缭绕,簇拥着九龙宝辇。那三十六个校尉,都齐整整侍立着,伺候车驾启行。须臾间,只听得殿上撞钟伐鼓,奏动起一派仙乐,殿头官引喤传出午门,朴通通九个号炮响亮,午门外前站军官纷纷起行,天子出殿升辇,四员陪辇大臣都趋出阶旁。车驾启行,张叔夜在车驾前面旁阶趋行,众扈从护着龙辇徐徐的出了宫门。张叔夜在宫门外上了马,做那车驾的前驱。一路上,卤簿庄严,天威肃穆。不移时,到了御教场,只见那将台大吹大擂,鼓角齐鸣,兵部尚书率领部属,并那二十万大军,早已在御道两旁俯伏接驾。天子法驾直上正殿,转身朝外大座。张叔夜等众大臣都上金阶,依班蹈舞,分列左右。兵部尚书献上阵图册本,天子命张叔夜传旨开操。两员大臣捧了令旗,传谕兵部。须臾间,那将令号炮响亮,鼓角齐鸣,二十万貔貅遵令开操,端的威严出常,武怒超群,说不尽那旗旆招飐,枪炮轰阗,马嘶人喊,动地惊天。那些龙虎杂阵,云梯技击,都依次操演。群臣看那操演步伐整齐,进退有方,端是有制之师,都以必胜为天子贺。天子大悦,当时传旨发放,着户兵二部遵制赏赉。车驾回銮,号炮明动,鼓乐悠扬。兵部官员并二十万天兵,依就俯伏送驾。张叔夜仍旧陪辇还宫。群臣嵩呼。退朝,天子与张叔夜论议军机。

次日,天子传旨,命张叔夜为经略大将军,贺太平为参赞,十九日告庙誓师,二十日辰时出师。张叔夜舞蹈谢恩。到了这日,天子亲诣太祖告庙,遵依古制,陈设辉煌,仪度敬慎。张叔夜受了兵符印信。到了二十日,天子出郊行御饯礼,送大经略祭纛兴师。满朝文武官员随送出城。一时震动京都,异常炫耀。其时天日晴和,风光明丽,士民聚观,欣欣色喜。只见那旗旆连云,戈矛耀日,祥光万道,飞上九霄,须臾间天上庆云聚集,五色缤纷,结成"天下太平"四个大字。万目共观,欢呼雷动,群臣齐庆圣德,天子感仰天恩,龙颜大悦。当时教场上九声号炮,经略大将军张叔夜叩辞御驾,与参赞贺太平,率张伯奋、张仲熊、邓宗弼、辛从忠、张应雷、陶震霆、金成英、杨腾蛟、康捷诸大将,并二十万天兵,一齐起行。

不说天子还宫,只说张经略统领大军,浩浩荡荡出了京都。一日行到归德府遇贤山地方,忽报种经略相公有书呈上。张经略接展看视,原来荐一勇士。张公大喜,即令进见。只因这一个人来,有分教:三十六员雷将,齐辅天朝;一百八道妖气,仍归地窟。

毕竟不知种经略所荐何人,且听下回分解。

第一三三回　冲头阵王进骂林冲　守二关双鞭敌四将

却说张经略统大军行至半途，接阅种经略荐书，原来荐到一员勇将，乃是曾做过东京殿帅府下八十万禁军教头的王进。因高太尉要寻事陷害，便见机逃避，奉母出走，投奔种经略，大为录用，屡立战功，已奉旨给与兵马都监衔。种经略因闻得张公征剿梁山，料其用武需人，特此荐来。张公甚喜，传令进见。王进参见了，张公见他一貌堂堂，仪表非俗，心中愈喜。王进略述履历毕，张公道："你来此甚好。但查种老相公发信月日，何以延至此刻才到？"王进道："末将因奉侍老母到京，因此迟了三日，这是乌鸟私情，求恩恕罪。"张经略道："这也是个要事。移孝作忠，定然不负种公之举荐也。"当时将王进收入帐下，仍复一路大刀阔斧向山东进发。

不日，到了梁山，二十万天兵直抵头关，驻扎行台。云天彪、陈希真齐来接见，张公相见了，叙坐。张公道："梁山寇盗，猖獗有年，二位将军久经攻讨，徐总管捐躯报国，共建殊功。今贼人大势就衰，扫除在即，皆诸君戮力之功也。徐总管攻克二关，惜其复失，今二公驻兵于此，必悉其详，现在贼人形势如何？"天彪答道："论贼人形势，其初盘踞梁山，剪屠州郡，锐不可当。赖有徐总管出身犯难，制其心腹，天彪始得与陈将军分军攻剿，乘势迅扫。今梁山占踞各郡，俱已恢复。惟此地头关虽得，二关复失，尚成得半之势，贼人险阻尚多，克复犹需时日耳。"张公道："贼人徒党何如？"希真答道："贼人徒党，枭桀鸷悍之才，颇亦不少。自徐总管直捣贼巢后，贼人大势分崩，所有贼目陆续就擒斩获。然现在贼目中，犹有强且鸷者，须先设计擒拿，方可扫平贼寨。"张公道："贼人兵力何如？"天彪答道："自徐总管制胜之后，贼人势蹙，人心涣离，天彪与陈将军兵戈所指，无不奔溃。今日攻及梁山，贼人情形迥与前殊，人人舍命死战，无有异心。似此死命抗拒，我军攻讨，尚费周章。"张公道："贼人粮草何如？"希真答道：

"贼寨被徐总管攻围年余，所有粮草，既无增添，谅必匮缺，然其中备细真情，却难悬揣。"张公听了，一一点头，因叹道："徐总管真天下奇才也。为今之计，可先将贼寨四面围困起来，再看动静。"天彪、希真都称是。

当时张公便请云天彪领所属部将兵丁作左军，攻围右关；陈希真领所属部将兵丁作右军，攻围左关；自己领众将驻扎头关，攻围二关。云陈各领令而去。

张公便传徐总管旧将韦扬隐、李宗汤进来，细问徐总管攻守的章程。韦李二将一一具答，张公甚喜，便教仍依原章程办理。张公与贺太平部署人马，贺太平因言安抚使盖天锡智略过人，张公便即移请盖天锡共来参议军务。不数日，盖天锡到来，相见礼毕，分军办事。张公与伯奋、仲熊统领亲兵，监督三军。贺太平、盖天锡与邓宗弼、辛从忠、张应雷、陶震霆、金成英、杨腾蛟、韦扬隐、李宗汤、王进、康捷，督领中军人马，就二关外相度地宜，安营下寨。那边云天彪、陈希真已各领人马，分屯左右关外。三军联络呼应，将贼人进出路口，都密密层层的守定，只是按兵不动。

且说忠义堂上群盗，闻得朝廷点大经略张公统兵到来，把个宋江吓得尿屁直流，寝食俱废。真个是人人咋舌，个个摇头。宋江与吴用到二关上登高一望，只见旌旗蔽日，杀气腾空，四面八方，重重密密，都是官军旗号。宋江看着吴用道："这事怎处？"吴用只是皱眉，一筹莫展。当时只得将各关隘严紧守备，忠义堂上日日早聚晚散，咨嗟不决的议论。看看一个月来，不见官军发作，吴用大惊道："不好了，这经略真正了得！我等粮食将尽，若照如此情形，他可以不折一兵，不烦一矢，使我等束手就毙。为今之计，好在儿郎们个个乐于效死，可趁此决一死战，方好集事。"宋江便请吴用定计。吴用便令林冲领头阵，朱富作副将；呼延灼领二阵，李云为副将；张清领三阵，汤隆为副将。每阵带兵一万。头阵出战，二阵守二关，三阵守三关，层层策应，更番替换。众皆领命。

次日，林冲、朱富带领一万人马，三声号炮，杀出二关。原来林冲自失了濮州之后，志气颓唐，吃宋江好言安抚，吴用巧言激劝，便拨开愁怀,勉强振刷起精神来。此时奉着将令,便直趋经略大营,当先搦战。早有营门小校报入中军帐里。那张经略正与贺太平、盖天锡坐在帐内议事,忽闻贼兵杀来。贺太平道:"贼兵果然耐不得了,其粮尽食竭可知。"盖天锡道:"贼人志在死战,我等且宜坚守,仍照经略原主意,干封杀他。"张经略道:"非也。我原意不过要探看贼人粮竭与否,今贼人既来求战,粮竭之情被我探得了。只是贼粮虽竭,未必竭尽无余。倘再相持一年半载,我军劳师费财,亦非善策。今可乘他来战,就与决战一场。"便问那小校道:"来贼是谁?"小校道:"是个姓林名冲的,绰号豹子头。"张公点了点头,便传王进入帐谕话,又点起金成英、杨腾蛟两员勇将,同王进领一万人马,张公亲自押阵。

三声号炮,金龙大纛下无数猛将精兵,簇拥着大经略张大元帅出营列阵。只见对阵上林冲全装披挂,挺着丈八蛇矛,立马阵前。张公回问左右道:"这人便是林冲么?"左右答言:"正是。"张公便叫王进道:"王将军可当先出马。"王进领令,挺着浑铁笔管枪,一马纵出阵前。林冲见王进出马,便定睛一看道:"来者莫非王武师么?"王进道:"原来正是林兄。咳,我久闻得你本事高强,为何这等没有见识?如今你既为强盗,虽有万夫不当之勇,也只算丢在粪窖里了。"林冲怒道:"你未知其详,擅自出口伤人,是何道理!"王进道:"道理不道理,我且生擒你,放马过来!"言毕,挺枪直刺林冲,林冲奋矛相迎。两个本来都是八十万禁军教头出身,本领岂有高下?但见枪来矛挡,矛去枪迎,两人各奋神威,各逞本领,来来往往,翻翻滚滚,斗到四十余合,杀气飞扬,人影倏忽不见,但见两条神龙飞腾变化,银光穿乱,金彩盘旋。两阵上都暗暗喝采。阵云影里,鼓角声中,两人酣斗已有一百余合,兀自不分胜负。忽见白光一闪,王进一枪飞出,将林冲蛇矛压住,厉声喝道:"且住!我你同是教头,忽分一官一贼,今日既已相见,岂可无话!"林冲横矛勒马高声道:"有甚话说!再战一百合,我与你定分胜负。"言毕,挺矛直刺王进。王进大怒,持枪直搠林冲。两英雄扭住,重复狠斗。王进心生义愤,一条枪武怒直前;林冲心已焦烦,一枝矛飞腾相架。一来一往,一去一还,又斗了五十余合,王进托地拖着长枪,纵马跳出圈子,急勒马回身,用枪指着林冲,正待开言,林冲已一马冲到,挺矛直刺。王进举枪相迎,合拢又斗。斗到十余合,王进暗想道:“主帅教我出马,原要我指陈大义,先行斥骂一顿,以宣朝廷顺逆之意。如今这厮死战不休,只好搠杀他罢了。”便抖擞精神与林冲厮杀,足足的又战了一百余合,两人勇气未衰,两马筋力已疲。又交了数合,林冲只得托地跳出圈子。

王进见他走出,也不追赶,立住了马厮看。林冲怒气未平,看见王进不退,便也勒转马头看着王进道:“且待我换了马来,再与你分个胜负。”王进哈哈大笑道:“今日胜负已分,何须再分胜负?”林冲圆睁两目道:“此话怎讲?”王进道:“有甚怎讲!当初我在东京,闻得你有些本事。后来我在延安,闻得你充当教头,又说你犯了王法,刺配远方,又说你投奔梁山,做了强盗。我只道你是个下流,不过略懂些枪棒,今日看你武艺,果然高强。只可恨你不生眼珠子,前半世服侍了高二,吃些军犯魔头;后半世归依了宋江,落个强徒名望,埋没了一生本事,受尽了多少腌臜。到如今,你山寨危亡就在目前,覆巢之下,岂有完卵?我王进作朝廷名将,你林冲为牢狱囚徒,同是一样出身,变作两般结局,可惜吓可惜!”林冲道:“这事都休提了。朝廷用了奸臣,害尽良人受苦,直到无路可投,只好自全性命。你不曾亲尝其境,还来说些甚么。”王进哈哈大笑道:“好个自全,如今全得全不得,只教你自己思想!至于你说我不曾亲尝其境,足见你糊涂一世。你做的是殿帅府教头,我做的也是殿帅府教头;你受高俅的管束,我也受高俅的管束;高俅要生事害你,高俅何尝不生事害我?我不过见识比你高些。不解你好好一个男子,见识些许毫无:踏着了机关,不会闪避;逼近了陷阱,尚自游衍。以致拷打监囚,受尽许多苦痛;贬解收管,吃尽无数羞惭。贼配军,人人骂得;好家声,个个羞称。即此一事,你我比较起来,天渊悬隔。如今事已到此,且休来责备你。可怪你一经翻跌之后,绝无显扬之念,绝无上进之心,不顾礼义是非,居然陷入绿林。难道你舍了这路,竟没有别条路好寻么?就说万不得已,暂时容身,也当早想一出离之道。朝说招安,晚掠州郡;晚说招安,朝抢村落,这等处所,岂有出头之日?你又不生眼珠,死挨不去,随着那般不肖狂徒,不轨不法,横行无忌,豺狼野性,日纵日长。到如今天理昭彰,强梁必灭。你但思想,你山寨中和你本领一样的,吃我天朝擒斩无数,谅你一人岂能独免?你想逃罪,今番罪上加罪;你想免刑,今番刑上加刑。不明顺逆之途,岂有生全之路?种种皆你自取之咎,尚欲衔怨他人,真是荒谬万分,今日你也乏了,不须再战了,回去细思我言。"林冲听到此际,大吼一声,面色登时雪白,两眼上插,手中蛇矛不觉抛落在地,仰鞍而倒。朱富即忙出马来救林冲。

张经略见林冲果被王进骂倒,便教金成英、杨腾蛟挥军杀上。贼兵见主将如此,个个心慌。金成英、杨腾蛟分两翼直抄贼军。朱富早命几个喽罗驮了林冲回去,自己挺身迎敌官军。金成英、杨腾蛟已奋勇大呼杀入贼军阵里,逢人便砍,逢马便搠,贼军大乱。乱军中,朱富正遇着王进,谅一个朱富如何抵敌得王进,幸而王进已与林冲苦斗力乏,所以两下交锋,到也战到二十余合。朱富见自己军阵已乱,无心恋战,急欲抽身退回,却被王进得了破绽,一枪洞胁而死。

呼延灼在二关上,急教李云守关,自己领兵开关出去接应,遇着金杨二将,大战一阵。呼延灼毫无便宜,只得收聚了头阵的败残人马,急回二关去了。金成英、杨腾蛟合兵一处,斩获无数,掌得胜鼓回到大营。王进已在营门边卸甲息马,坐了好一歇了。当时一同进中军帐,到经略前献功。经略大喜,当时与贺太平、盖天锡查点了首级,安插行伍,一一记功慰劳,便商议进攻二关之策。按下慢表。

且说林冲回到忠义堂,已是奄奄一息。宋江闻得头阵沉没,大吃一惊,急忙问:"林兄弟缘何如此?"林冲早已神气溃散,不言不语。宋江便教送林冲归到卧室,急召寨中医士前去诊看,一面传谕呼延灼严紧把守二关,一面召那林冲的随阵军士上来细问缘由。军士具说王进如此如此辱骂,以致林头领忽然气翻。宋江听罢大怒,看着吴用道:"叵耐王进这厮,出言无状,挠乱人心,林冲兄弟竟被他气坏了,我今誓必设法驱除了他。"吴用道:"林兄弟是个直性人,一口气回不转了。待他稍定,小可去慰劝他一番罢了。"当时宋江、吴用先到二关上巡看了一转,回途时已二更,说些官军形势,忽一喽罗迎上来报称:"林头领口吐鲜红,势已危急。"宋江大惊,即忙与吴用飞马赶入寨中,急到林冲卧室,只见林冲卧在床上,神气毫无。宋江忙问医士是甚缘故,医士都说这是神志之病,药食难疗。宋江听罢,泪如雨下。吴用上前止住宋江哭泣,便到林冲床头向林冲劝解了一回。林冲勉强点头,泪如雨下,只是无言。宋江、吴用各散去。次日,宋江又来看林冲。林冲仍然吐血,饮食不进,委顿异常。宋江无言可慰,只得走回来,到了忠义堂上,与吴用及众头领商议退官军之策。又因林冲病情,也有些挂肚牵肠,说不出那心中的焦急。正是日月如飞,略眨眨眼不觉已有十余日,官军毫无动静,林冲的病日重一日,竟无起色。

这日,宋江正在忠义堂议事,忽报朱仝、雷横自盐山回来。宋江急令进见。朱仝、雷横一齐进来,与宋江及众人相见了。宋江开言问道:"近日盐山之事何如?"朱仝、雷横齐道:"仗哥哥洪福,盐山近日倒十分兴旺。缘邓、辛、张、陶四将都调开了那里,我们因得联络了蛇角岭、虎翼山两处人马,借粮屯草,招兵买马,重复整理事业。近闻大寨被兵如此紧急,小弟们却日夜记挂。若非戴院长到来,说出后山小洞之路,弟等正无从进来。不识寨内情形如今怎样了?"宋江叹口气,将所有情形一一说了。朱仝、雷横都道:"如此怎好?"吴用道:"二位兄弟休要着急,小可自有调度。只是二位兄弟来得正好,就在寨中办事,不必回盐山去了。"宋江便吩咐开筵为二人接风。席间,朱仝、雷横捧出一个大圆包来。众人启看,乃是一颗首级,细细一看,正是高俅。众人齐问何处取来,朱仝、雷横道:"小弟在盐山时,闻得这奸贼犯了事发配在沧州。小弟因与邓王二兄弟商议,起了兵马,去打沧州,活捉了这个贼来,照那年林兄长处治小贼的法儿处治了他。因想林兄长与他切齿深仇,特地取来与他舒气。"众人嗟叹不已。吴用道:"这颗头来得正好。林兄弟现在患病,大半由于旧时的怨气,难得二位兄弟取了这高贼的头来,何不与他看看,以解其闷。"朱雷二人忙问:"林兄长患了甚病?"宋江将王进辱骂的情由说了。朱仝、雷横道:"既如此,这颗头与他一看,必定霍然病愈。"大众称是。

当时吃了酒饭,同到林冲房内。林冲卧床半月有余,仅存一丝一息,不能起床。忽闻朱雷二人来探病,便勉强应酬了几句。朱雷二人齐道:"恭喜林兄长,有一件事,小弟们报得仇来。"林冲问是何事,二人便将高俅首级捧上道:"这是高俅的头,小弟如此如此取来,特为兄长解闷。”林冲一见，呼的坐起身来，接了高俅的头，看了一看，咬着牙齿道：“我为你这厮身败名丧，到今日性命不保，皆由于你！”言毕，将头掷出窗户之外，掼为齑粉。林冲狂叫一声，倒身仰卧而绝。众人大吃一惊，急前看时，果然气息毫无，认认真真的死了。大众痛哭一场，惟宋江哭得个死去还魂。当时收殓安葬了，宋江仍与吴用等商议拒敌官兵之策。

却说张经略自掩没梁山头阵之后，收军回营，与贺太平、盖天锡商议，再按兵数日以观动静。见贼兵也不出来，张公便道：“贼人经此一跌，死守巢穴，不敢出来，当用何法以挠之？如今可将中、左、右三军，分派队伍，轮流攻关，四面迭击，方可集事。”贺盖二人称是。当时先将中军分为六队：张伯奋、张仲熊领第一队，邓宗弼、辛从忠领第二队，张应雷、陶震霆领第三队，金成英、杨腾蛟领第四队，韦扬隐、李宗汤领第五队，王进、康捷领第六队，每队一万五千人马，按日攻打二关。每前一队攻关，后一队作策应，六日轮流，周而复始，移前作后。移咨左右军照样办理，云天彪、陈希真各领令讫。云天彪将左军分为五队：云天彪领云龙为第一队，傅玉、风会领第二队，毕应元、庞毅领第三队，闻达、欧阳寿通领第四队，哈兰生、唐猛领第五队，只留刘慧娘、孔厚在营中协理事务。这里五队轮日攻打右关。陈希真也将右军分为五队：陈希真领祝永清、陈丽卿为第一队，刘广、刘麒、刘麟为第二队，荀桓、祝万年领第三队，栾廷玉、栾廷芳领第四队，真祥麟、范成龙领第五队，每日轮流攻打左关。统计数十万大军，三面合围，轮日攻打。

梁山二关、左关、右关，枪炮轰阗之声，彻日不绝。惊得宋江面如土色，看着吴用道：“这事怎处？”他分三面环攻，分明弄我三面防备，他却好乘我力薄之处杀入也。”吴用皱眉道：“还有那后面一关，他留出不攻，大有毛病。如今先传令，教后关水泊军士小心防守，更派李应去守后关，侯健为副将，速去紧紧把守，这里再商议环应三面之策。”宋江依言，派李应、侯健去镇守后关，宋江、吴用亲去策应二关、左关、右关。可怜那宋江、吴用，弄得如热锅蚂蚁一般。忽听得右关被哈兰生、唐猛几乎攻破，便急忙去策应右关；忽听得左关被栾氏兄弟险些杀入，便飞速去顾救左关。

就中单表前面二关，被中军攻打，最为紧急。这一日，正轮着第二队邓宗弼、辛从忠率众攻打，第三队张应雷、陶震霆为后应。关上呼延灼、李云悉力守备，自辰至午，枪炮之声不绝。邓宗弼、辛从忠见关门将破，便教后队张应雷、陶震霆齐来攻关。那边张清、汤隆在三关上，闻得二关危急，急来策应。此时二关枪炮已绝，矢石一空，楼垣雉堞尽行毁坏，眼见顷刻难保。呼延灼见张清到来，便叫："张兄弟，你和汤兄弟领三阵守住这关，赶紧修筑城墙，我同李兄弟领二阵开关出战，拼着一死，以冀保关。"张清应了，呼延灼便与李云领兵杀出关去。呼延灼挺着双鞭，匹马当先，众贼军大呼振天，奋勇冲杀。直杀得天旋地转，海覆江翻，官军被他冲退三百余步，两下列成阵势，对仗厮杀。

邓宗弼大怒，对三将道："今日二关业已唾手而得，叵耐这厮冲突出来，如今我与众将军协力，斩了他再说。"三将称是。邓宗弼一马当先，直奔呼延灼。呼延灼已起了必死之心，那管你来将骁勇，大吼一声，敌住邓宗弼。两英雄怒马相交，军器并举，一边惯使双鞭，一边善舞双剑，酣斗拢来，却是两将两骑，使着四条军器，化作一片寒光，挥挥霍霍，翻翻滚滚，斗到五十合以上，不分胜败。李云见了，便拍马舞刀，前来夹攻邓宗弼。邓宗弼展开双剑，敌住二人，不慌不忙，又斗了十余合。只见陶震霆舞着双锤，骤马上来，大叫："邓将军少住，看我来擒捉这厮！"邓宗弼听了，忽然虎吼一声，剑光飞处，李云头颅倏的滚落。邓宗弼取了首级回阵去了。陶震霆敌住呼延灼。呼延灼愤怒已极，舞着那两条闪电也似的钢鞭，直上直下打进来。陶震霆要着两柄卧瓜锤，正似两团火球。敌住钢鞭。两个又斗了五十余合，陶震霆使尽两臂神威，呼延灼也用尽一身勇力，却只得个平手。两人各起斗心，死不相让，一来一往，一去一还，又斗了三十余合。背后张应雷看够多时，更耐不得，舞动铜刘，拍马过来，高叫："陶将军少歇，看我战三百合却理会。"展开那扇铜刘，直奔呼延灼。陶震霆勒马回阵去了。这里呼延灼独战张应雷，两个又是对手，征尘影里，杀气阴中，大战六十余合。呼延灼急切赢不得张应雷，心中焦躁起来,急卖个破绽,把双鞭分开,回马便走。张应雷纵马追上,一铜刘横飞过来,呼延灼只一闪,那面铜刘却直向呼延灼的面门,恰恰的劈过。呼延灼便把双鞭一旋,旋到张应雷面前,提起右手钢鞭,望张应雷顶门上打下来。张应雷眼明手快,早将铜刘收转来,旋风也似的卷到,刘口正与钢鞭遇着,镗的一声响亮。张应雷就此送进一刘,顺着鞭势削去。呼延灼手指几乎割断,急忙收回右鞭,那左鞭却早已叶底偷花打进来。张应雷急将铜刘一压,跃马跳出圈子。辛从忠在阵前,立马多时,看看天色已晚,心内焦躁,便大吼一声,拍马纵到垓心,一枝蛇矛分开双鞭,直取呼延灼当胸。呼延灼急忙叉鞭敌住,张应雷已回阵去了。辛从忠搦住呼延灼,大奋神威,酣呼厮杀,枪来鞭去花一团,鞭去枪来锦一簇。两个足足的斗到一百余合,呼延灼虽然力乏,尚能招架,辛从忠一时不能取胜。

天已昏黑,杀气弥漫,愁云惨淡,星斗无光,神号鬼哭。呼延灼看那二关尚未修筑完就,只得仍就拼着个死力并辛从忠。辛从忠怒极,使出浑身的本领,一枝蛇矛龙飞虬舞,攻取进来。怎奈呼延灼两条钢鞭,兀自挡御得定,算来还差一分火候。辛从忠却等不得,心生一计,霍的把矛一晃,勒马便走。呼延灼不顾死活,骤马追来。辛从忠待他追到分际,便将右手去豹皮囊内取出一枝标枪捏在手里。呼延灼轮舞双鞭,早已追来,昏黑中,只听得要的一声,辛从忠喝一声:“着!”呼延灼志急心慌,不及备防,一标飞到,急闪不迭,正中咽喉,落马而死。

邓忠弼早已传令军士们点起成千成万的火把,大呼振天,潮涌般杀过来。贼兵抵挡不住,纷纷大败。官军个个奋勇,杀人如斫瓜切菜。贼兵叫苦不迭,已杀死了一半,那一半纷纷逃入二关。邓宗弼、辛从忠、张应雷、陶震霆乘胜驱兵抢夺二关。邓宗弼、辛从忠攻击关门,贼人将败残兵马放入,即忙闭门抵御。张应雷、陶震霆领兵急抢,关上张清急将那新运到矢石打将下来。火光中,喊杀连天。

这番幸赖张清将城垣楼堞粗粗修好,官军几次三番攻打不破。张经略在后面看见,便传令鸣金,收回官兵,回营休息。邓宗弼等得令,便领着官军回转大营来。

张经略与贺太平、盖天锡升帐,众将兵士都纷纷上来献功。张公一一查点了,与贺盖二人记功录簿,分别犒赏,谕令各回本营养息,一面将首级号令了。邓宗弼禀道:“末将等今日攻关,眼见此关必破,可惜被这呼延灼出关死战敌住。我们待得斩了呼延灼,那二关早吃贼人修好,这个机会失了,实是可惜。”贺太平道:“如今虽不得关,但贼人上将已吃诸位将军斩得,却是一场大功劳,日后攻关定容易了。”盖天锡道:“但使贼人有败无胜,取关定必易易。”张经略道:“善攻者敌不知其所守。此番关之不破,总由我不善攻之故也。”贺盖二人齐问其故,张公不慌不忙说出一条计来。正是:求己不责人,的是圣贤之学;知彼兼知此,定是战胜之师。

不知张公说出甚么计来,且看下回分解。

第一三四回　沉螺舟水底渡官军　卧瓜锤关前激石子

话说张经略对贺盖二人道："我把贼人三面攻围，独留后关，原有主见在内。贼人尽力顾我三面，那后面必然空虚，可从此进攻，必然得手。"盖天锡道："贼人吴用，智计殊胜，未必不防及此。为今之计，可用一声东击西之法，遣偏师数队去击后泊，他必然增备后面；后面增备，前面力薄了，然后我用全力破他前面。"张公道："盖兄之言固是，但我料贼人后面必然空虚。缘他前关如此攻击不破，其重兵严守可知。因其前关之力守，可卜其后关之无备。即使有备，料不过数千兵卒而已，与空虚无备何异。为今之计，可一面令中军加紧攻打前关，一面分拨左右两军兵马，出其不意，去袭击后关：如此两路齐攻，贼人招架不及，必有失手之处。无论前关、后关，但被我破得一处，便可直捣贼巢矣。"贺太平道："经略欲攻后关，可与左营云将军商之。他营内刘慧娘，善制攻守器械。后关水泊，险阻最多，非器械不济。"张公称是，便吩咐左右："速去请左营云将军前来议事。"

不一时，云天彪到来。张公接见叙坐，便将上项谋划向天彪说了。天彪道："此事在天彪身上，只须请舆图细细一看，便可施行。"张公便取出那徐总管遗下的梁山地图，拣出后泊一册，授与天彪，便道："此事悉请将军调度。惟攻关之日，须前后约定时刻。"天彪应诺，受了地图，退回本营去了。

不说张公部署中军，且说天彪回到左营，便与刘慧娘共看地图。原来梁山形势，四面水泊环绕，但前、左、右三面，与后面水泊情形迥别。前三面水泊，系一水相连，里面陆路也一望相通，所以徐槐攻进前泊，分抢左右两关，官军都在水泊以内，那左右两水泊早已虽有如无。惟有后关，有东西两座大山，抱住一所水泊。那东山一带直接运河，那后山洞就在此山之内，图中不载，所以官军都不晓得。只是此山横截水泊，水陆两路都不通。就是西山下水路，也都是浅溜急滩，舟船难行,陆路自不必说。天彪看到此处,对慧娘道:“若要攻打后关,惟有移军到后水泊,从泊外杀进去,先破了水泊,然后可达后关。”慧娘道:“正是。但既攻水泊,那白瓦尔罕沉螺舟之法,可以水底潜行,今日正好应用。”天彪喜道:“有此妙器,何愁水泊不破,便传令分派众将移军后泊。”慧娘道:“不可。经略之意,要乘贼人不备袭取水泊。我若先行移军到彼,待得沉螺舟造成,然后进攻,极快也须十余日,贼人岂有不觉之理。”天彪道:“你说固是,但我在这里将船造成了,舁到彼处,岂非笨事。”慧娘道:“不妨。可先将舟中所有散料,一一做好了,然后携到后泊去,一凑好便可落水。如此计算,到彼不过一日之期,仍出敌人不意也。”天彪称妙,便传令就右泊里面择一空地,搭起庐厂,制造舟船。天彪对慧娘道:“此事本可委白瓦尔罕监督,今白瓦尔罕已死,只有你亲去监督。”慧娘道:“正是。”当时天彪派慧娘作监督,云龙作提调,率领工匠三百五十名,都关在厂内昼夜并工赶造,限十二日须造齐沉螺舟六十号,又派庞毅、唐猛领五百铁骑,绕厂外昼夜巡绰,端的号令机密,毫无泄漏。

到了十二日上,六十号沉螺舟早已办齐,却只是散料,尚未装成。慧娘与云龙同来禀告天彪。天彪早已把兵将分派停当,傅玉、毕应元、风会、孔厚领一半人马,仍留在右泊攻击右关。天彪自领云龙、刘慧娘、闻达、欧阳寿通、哈兰生、庞毅、唐猛,领一半人马,带了沉螺舟散料,悄悄地由西山外移到后水泊。又去右营里移调刘麟同来。当时在后关泊外安营下寨,一面差人去告知张经略,一面教刘慧娘监督工匠,将六十号沉螺舟一齐装好,又办齐杉板船只,派拨了队伍。

天彪按览舆图,见那后泊有四条港口:一名红荷荡口,进去是红荷荡,转采荷湾,直南进西口渡;一名螺蛳港,进去有两条路,一条过新开港口,转西与采荷湾相通。一条从新开港分路,向南过鸳颈荡西口,由西南进大中渡。一名穿心港,进老庙湾,过鸳颈荡东口,直南进小中渡。这三条港各有对渡,其中来往相通。还有一条名为单渡港,两边虽有汊港,不通别处,只直达梁山东口渡。东口渡在后关之东岸上,地势散埏。天彪料此处贼兵必不把守,便于次日黎明,先派哈兰生领沉螺舟四十号,每号一百人,共四千人,先由单渡港水底进去,直到东口渡岸下伏住，静候外三路炮响，便突出岸上，直抢后关。

哈兰生领令去了。随派闻达带领杉板船五十号，每船兵丁五十名，共二千五百人，杀进单渡港，遇贼兵即便厮杀。如贼兵战败，便去接应哈兰生。闻达领令去了。又派刘麟领沉螺舟十号，兵一千名，由穿心港进去，一到鸳颈荡东口，便出岸袭击贼人水寨。刘麟领令去了。又派唐猛领杉板船四十号，每号兵丁六十名，共二千四百人，进穿心港接应刘麟。唐猛领令去了。又派欧阳寿通领沉螺舟十号，兵一千名，由螺蛳港直到鸳颈荡内，助刘麟夹击贼军。欧阳寿通领令去了。又派庞毅领杉板船八十号，每号兵丁一百名，共八千人，由螺蛳港进去，直取鸳颈荡西口。庞毅领令去了。天彪委刘慧娘看守大营，自己与云龙统领大军二万，驾齐大小兵船，直取红荷荡。七拨军马一齐起行。

原来，吴用防着官军进攻此路，早已派水军在各港把守。派李应、侯健镇守后关，督察水军事务，嘱令小心防御。吴用因保二关要紧，不暇兼顾，诸事尽委于李应。李应便点起四员头目，乃是张鼋、王鼍、李蛟、赵龙。这四人乃是童威、童猛的徒弟。当时奉令，各带兵一千，分守各港。张鼋守采荷湾，堵住红荷荡；王鼍守新开港，堵住螺蛳港；李蛟守老庙湾，堵住穿心港；赵龙守顺水湾，堵住单渡港。依傍水草处，安营下寨。

到了这日，张鼋正在采荷湾瞭望，忽听得红荷荡口炮火连声，喊呼振天，云天彪亲统大军杀进红荷荡了。张鼋大惊，急忙约齐那一千喽罗，枪炮弓矢，密排在采荷湾口，等待官军。只见官军巨舰百余号，已排列在红荷荡内。贼军望见，个个心惊，谅一千水军，如何敌得二万雄师。张鼋一面提心备御，一面飞速去报知李应。

这边官军看见贼兵势弱，都要一齐杀过去。天彪止住道："且慢！"便传令兵船都约齐了，一字长蛇势，鼓角怒号，只是按住不进。云龙请问其故，天彪道："你怎地不知兵机？只得这几个贼兵，杀尽何难。所贵待他少须，守关之兵齐来策应，方可乘虚抢关也。"果然，张鼋吓得几乎要死，一叠连差人去催李应去了。

那穿心港口，唐猛领着二千四百名官兵杀入。李蛟在老庙湾看见,即忙迎敌,唐猛已领兵杀到。原来这老庙湾水面最狭,七八只兵船早已挤满。唐猛在舟中与李蛟厮杀,却教后队登岸;李蛟也教后队登岸。岸上对岸上,舟中对舟中,两下喊杀。李蛟不知就里,只顾向前狠斗,不防后面水底杀出一彪官军,正是刘麟,大驱那沉螺舟里一千官军,呼喊振天,从贼人背后掩杀过来,贼人大惊。李蛟一个手慌,吃唐猛一刘砍入水中。贼军大乱,刘麟与唐猛齐力夹攻,不一时将贼兵扫除净尽。

欧阳寿通已由鸳颈荡杀出东口来,见刘麟业已得胜,便道:"闻得庞将军在新开港口,被贼人阻住,进不得鸳颈荡,我们何不齐转鸳颈荡去接应他?"刘麟、唐猛一齐称是。当时三路兵将合齐,杀转鸳颈荡去。出得西口,只见波涛汹涌,鼓角喧阗,贼目王鼍正在奋力与庞毅大战。原来王鼍本领胜于李蛟,所以庞毅一时不能取胜。刘麟、唐猛、欧阳寿通见了,一齐喊上去,王鼍正在苦斗庞毅,不防背后掩到一枝官军。王鼍抵敌不住,不一时全军覆没。王鼍被庞毅一刀挥为两段。这两处贼兵,都是前后受敌,吃官军掩杀罄净,无一脱命,所以没人去报后关。

那李应在后关,只闻得张鼋急报,心中早已大惊,暗想:"那年卢兄长守前关,因兵马不早出水泊,以致水泊失利,我今日不可蹈其覆辙。"便教侯健守关,自己领兵一万二千名,飞速出关,杀到采荷湾来。天彪见李应果然到来,便传令全军杀上。李应与张鼋合兵一处,杀出采荷湾来。两军就在红荷荡内,摆列战舰,桅樯蔽日,旗帜连云,两边枪炮矢石,如卷如扫,如撒如驰,直杀得天崩地裂,海覆江翻。李应吩咐众儿郎道:"今日若被官军杀进采荷湾,我也不要性命了。"众儿郎听了,个个舍死忘生,力战官军。官军也个个奋勇,迎杀贼军。

洪涛中喊呼振天,杀气飞扬。忽听官军坐船上一个号炮,官军战舰豁地分开,露出中间一只大坐船,船头立出一员大将,青巾绿袍,倒提青龙偃月钢刀,正是云天彪,大喝:"李应叛国庸奴,敢与吾决一胜负么?"李应见是天彪,也不答话,便取出背上一口飞刀,觑准天彪头颈飞也似标过来。天彪提起大刀一扬,那把飞刀激起丈余,滴溜溜的堕入水中。李应大惊。云龙大怒,张弓搭箭,对李应的咽喉射去。李应急闪,那枝箭从李应盔旁拂过,却射杀背后一员头目。李应大怒,又一飞刀向云龙标来,云龙也闪过了。李应正待再取飞刀,两船早已逼近,两边将对将,兵对兵,长戟短剑,切近攻杀。

阵云中云龙提刀直取李应,张鼋见了,即忙跳过船头,举枪来迎。战不数合,吃云龙一刀,挥于水中。李应怒极,举枪直刺云龙。此时官军贼军,已逼近相杀。云龙在剑戟林中转斗李应。

李应正待厮杀,忽听得后队人声沸乱。原来是刘麟、欧阳寿通领兵由采荷湾掩杀过来,那庞毅、唐猛已分头去抢大中渡,小中渡了,西口渡汛兵雪片也似的报来。李应惊得不知所为,此时采荷湾已被刘欧堵住,回去不得,只得率领众军,且战且走,逃回西口渡去。云天彪、云龙与刘麟、欧阳寿通合兵一处,紧紧追上。李应那敢恋战,只得督众船驾橹飞逃,等得逃到西口渡,天彪大军已追到西口渡了,庞毅、唐猛早已在岸上邀住。李应进退无路,只得上岸率众舍命死战。官军前后掩击,贼兵死伤无数。李应一条枪奔驰冲突,夺出一条血路,望后关而走,身边已只有百余人随从。到得关下,方叫声苦,乃是哈兰生、闻达已在那里攻关也。

原来哈兰生领四十号沉螺舟,进伏东口渡,却分了两号在顺水湾头。闻达领军由单渡港杀入顺水湾,那赵龙慌忙迎敌,水中交战。不到半个时辰,那水底沉螺舟中一百名水军,已分头走出,掘通船底,赵龙和一千水军尽行淹没。闻达便领兵船与哈兰生登岸,一路如入无人之境,直逼关下。李应见到此际,只得奋勇突围。那侯健在关上望见李应突围,便开关出来接应。方才杀出关门,早被闻达邀住,斗不数合,吃闻达一刀,挥于马下。关内早有卢俊义、燕青急来守备。关外李应尽力冲突,云天彪在后看见,抡刀追上,大喝一声。李应吃了一惊,回头一看,刀光飞下,头颅已去。天彪已得水泊。便一面移大军尽入水泊,一面乘锐攻关。卢俊义、燕青系仓猝到来,手脚忙乱,后关渐渐难支。卢俊义把守不住,只得差人飞速报知吴用去了。

谁知扑天雕后泊阵亡之际,正没羽箭前关鏖战之时。

且说张清与汤隆保守二关,宋江、吴用亲临关上,昼夜守备。张经略大军攻打,已非一次,宋江、吴用、张清、汤隆死守不下。这日,张经略知云天彪已定计于是日潜攻后关，便命邓宗弼、辛从忠、张应雷、陶震霆四员大将，率领二万人马，加紧攻打二关。贼兵不防后关有事，只见前面来势汹涌，便十分提心抵挡。那邓宗弼、辛从忠、张应雷、陶震霆已领兵直到关下。宋江对吴用道："官兵似此攻围不解怎好？"吴用踌躇无计。只见张清开言道："我看他们兵将个个骁勇，我们端的敌他不过。为今之计，小弟拟开关与决战一阵。小弟自问这手石子百发百中，且把他勇将个个打伤了，便好用计进取。"宋江听了，看着吴用道："张兄弟此议如何？"吴用沉吟一回，也定不出别样计较，只得应道："张兄弟此议亦好。只是此去，切须善觑方便，不可因得胜而大意，亦不可因失利而胆怯。"张清应诺，当时请令开关出马。

邓宗弼见贼军杀出，便与辛从忠等约齐阵势等待。张清将兵马背关列阵，右提长枪，左悬锦袋，一马纵到阵前，指着四将道："河南没羽箭张将军在此，敢来决一战么？"邓宗弼大骂："反叛庸奴，何足道哉！"舞剑骤马，直取张清。张清见他来势勇猛，便急去锦囊中取一石子，呼的打向邓宗弼面门过来。邓宗弼眼明手快，急起右手用剑一拨，石子礰开丈余，骨碌碌滚向草地里去了。张清见一石不中，心内早有几分焦躁，便骤马挺枪直取邓宗弼。邓宗弼舞剑直劈张清。两马相交，枪剑并举，一来一往，斗到十三四合，张清勒马便走。邓宗弼纵马相追，晓得张清又要掷石，便大叫："掷石小儿，何足为道！"话未绝，一石子已到面前，邓宗弼急急伏鞍，那石子却从背上四面令旗缝里打过，抛向马后去了。邓宗弼愈怒，挺身抡剑直奔张清。张清见两石不着，怒气填胸，兜转马来，挺枪直刺。邓宗弼举剑相迎，又战二十余合，不分胜负。邓宗弼卖个破绽，勒马便走。张清故意立住了马，不来追赶。邓宗弼见张清不追过来，霍的勒转马头重复杀转。张清早已手藏一石，急忙照着邓宗弼颈脖子上一石飞来。邓宗弼看见石子过来，急使个镫底藏身，那颗石子果然又落了空际了。邓宗弼大喝："无知小儿，弄砖抛石，成何事体！敢挺身与我斗三百合么？"说罢，舞剑直奔过来。张清此时正没好气，便举枪相迎，重复狠斗。

此时宋江、吴用在关上，见张清三石不着，心中大为懊躁，又不便收回张清，只得凭关看战。那边张大经略也立马在阵前，正是胸有定见，气暇神闲，左捧令箭，右挽紫缰，闲闲地看那二将鏖战。那邓宗弼舞动双剑，武怒非常；张清一枝长枪，却还对敌得过。两个一来一往，一去一还，足足的又并了七十余合。邓宗弼一心要砍杀张清，却寻不进破绽。张清见邓宗弼双剑神出鬼没，不能攻取，便想又用石子，却被邓宗弼逼得极紧，无从偷空。

两人斗到兴起，正难分舍，只见官军队闪出一员大将，舞动铜刘，飞马向前，大叫："邓将军少住，待我来杀这贼人！"邓宗弼大吼一声，跳出圈子，勒马回阵。张清得了个空，急起一石子飞来。邓宗弼急忙一闪，那颗石子却从肋缝飞过，抛向草地去了。张清接连一石，向张应雷眉心打来。张应雷早已防备，用刘一挡，只听得镗的一声，那石礴起一丈多高，向后面空地上跌过去了。两马已交，铜刘直进。张清正待用石，铜刘早已卷到面前，张清藏石袖底，急忙举枪相迎。两位英雄怒马盘旋，枪刘飞舞，大战二十余合。

张清深恐力乏，不敢恋战，抽身待走，却被张应雷铜刘一步步逼进来。张清心中焦躁，只得一手提枪招架，一手早取那袖底的石子出来。张应雷见他一手提枪，便急忙照顾石子。那石子早已飞出，直从下三部同张应雷马头打来。张应雷急忙倒提铜刘护住马头，向外一拦，石子打着刘背礴落在地。张清乘势一枪，向张应雷面门刺来。张应雷急起一刘挡住，便乘势卖个破绽，回马而走。张清挺枪跃马追来，一面早已就锦囊取得石子。张应雷一面诱敌，一面提防着石子。张清故意延了少刻，却飞起一石子，觑准张应雷脑后打来。张应雷向左边一闪，那石擦耳根过去了。张应雷在马上未及闪正，张清一石又到。

看官，须知张清石子非比寻常，今日为何不济？原来张清七石不着，心中早已慌乱，心内一慌，任凭你高手，那准头早已减了成色。只见那石子准准地从张应雷后面打来，却无故高了些许，张应雷将头一俯，那石子早从盔上高飞过去了。张应雷大怒，急转身还斗张清。

两马重复扭住，大战二十余合，官军队里早有一员大将骤马而来，大叫："张将军请住，看我与这厮并三百合！"张应雷见是辛从忠，便将铜刘一晃，让辛从忠蛇矛飞入，张应雷勒马回阵去了。辛从忠搠住张清，枪矛并举，只得三合，辛从忠手内一标枪飞出。张清急闪不迭，那标枪早已穿在头盔凤翅上。张清大惊，不敢恋战，即忙回阵去了。

辛从忠料他必然复出，便立马横矛，等待厮杀。那张清回入阵中，除下那盔上飞标，所喜并不受伤，便下马略定定喘，心中暗想："这番怎好？我此出原想用石子打坏他几员大将，不料如此不得手。"想了一回，便咬牙道："只得且向前杀去。"便讨口水吃了，提枪上马。

那关上宋江、吴用见张清不能取胜，却不肯入关，便商议收张清回来，却又不甘心退避，拟议未决，只见张清早已提枪出阵，大叫："对阵辛将军，我与你力并三百合，休得使用暗器！"言毕，骤马挺枪，奔出垓心。辛从忠知他是诈，便高提蛇矛提防石子。果然张清奔至三十余步，手中一石子早已打来。辛从忠眼明手快，用矛尖只一拨，那石子早已横飞到空地上去了。辛从忠大喝："无知小厮，安敢行诈！"骤马挺枪直取张清。张清举枪相迎。两条枪阵上交加，四只臂环中撩乱，约斗了十六七合，张清怕有飞标，不敢偷空。辛从忠生力手，张清却因连战数将有些疲乏，只得虚幌一枪，跳出圈子，带转马头便走。辛从忠骤马追赶，大喝："贼子休要行诈，我岂怕你的石子！"言未绝，一石子早已飞到。辛从忠早已备防，不慌不忙，将那石子闪过，却顺手一标飞去。张清也预先提防，飞标到处，张清也闪过了，去锦囊中摸一个石子，对准辛从忠的马颈打来。辛从忠急将缰绳一兜，那马凭空一跃，石子往马腹底下恰恰的过去，贴着地滴溜溜的打向青草堆里去了。辛从忠的马早已扑到张清背后，张清已到了自己的阵前。辛从忠提起蛇矛，望张清后心便刺。张清急忙一闪，辛从忠的矛搠了个空，那矛直搠过张清面前。张清急回转身来，将矛夺住，两下一拧。张清急将那手中枪平搠过来，也被辛从忠顺手夺住。两人尽力一拖，那两匹马早已旋风也似的打了几个团团。

官军阵上早恼动了陶震霆，舞动双锤，大叫："贼子不得无礼！"一马飞到。张清知不是头，急切与辛从忠分拆不开，只得撇了两枪，空手逃入阵中。辛从忠掷去张清的枪,舞蛇矛直追入阵去了。张清见他追来,急取一石在手,待他马近,一石飞去。辛从忠忘却提防,瞥见石子打来,急忙一闪,那石子打着左肩狮兽鼻上,礴转脑后去了。

辛从忠急忙勒马跑回本阵。陶震霆杀入阵来,张清急忙换一枝枪,杀出阵来。两马交锋,斗不五合,张清早已手藏一石,觑准陶震霆咽喉打来。陶震霆见石子过来,急忙将身一矬,高提卧瓜锤迎准石子一击,那石子打了转去,飞过张清头上五六尺,礴回贼军阵里去了。张清吃了一惊,咬一咬牙齿追杀过来,陶震霆迎住便斗。两人各奋神威,战了十五六合,陶震霆勒马便走。张清藏石在手,骤马追赶。陶震霆正待挂锤,取那洋枪,背后一飞石已到。陶震霆急忙一闪,石子飞到左旁,陶震霆顺起右手瓜锤一击,石子往左边去了。陶震霆急回转身来,张清手起一石猛飞过来。陶震霆看得极准,急起左锤向右一击,石子往右边去了。张清急去袋中一摸,只得一颗石子。张清提石在手,眼睁睁只望这一石成功,忽听关上一声鸣金,后关急报已到。

吴用急忙止住宋江休要鸣金,张清心中早已惊乱。那番急遽之态,早被张经略看见,便传令教金成英、杨腾蛟从左边抢关,韦扬隐、李宗汤从右边抢关,张伯奋、张仲熊、王进、康捷随着大军一齐掩上。宋江、吴用心慌意乱,急急嘱咐汤隆严守二关,自己早已飞速赴看后关去了。关下张清急得不知所为,邓宗弼、辛从忠、张应雷一齐杀到。张清手中一石不觉自发。陶震霆在阵云中见石子飞来,急提那卧瓜锤追准了一锤击去,那石子回势愈大,不偏不倚,礴转去正着在张清鼻尖上,血流满面。张清几乎跌倒,勒马逃转。陶震霆急挂双锤,取出洋枪,扳开火机,砰然一响,正中张清后颈,翻身落马。

张经略早已统押大军,潮涌般杀到二关。关外贼兵如何抵挡,如汤沃雪,如火燎毛,登时杀尽无余。金成英、杨腾蛟从左边,韦扬隐、李宗汤从右边,均已上了二关。王进随邓、辛、张、陶也杀上关去,汤隆一人如何挡得住?王进登上二关,遇着汤隆,交手不三合,王进一枪搠入胸前,早已了账。伯奋、仲熊、康捷拥着张经略,尽行登关。二关已破,众将无不大喜。张经略到了关中,日方挫西。张经略急召韦扬隐、李宗汤,问徐虎林在二关内安营立寨之法。韦李二将一一具对,经略便命照此章程安营。

众将纷纷献功,经略一一慰劳,记功录簿,大行犒赏,便议明晨进攻三关。按下慢表。

且说宋江、吴用从二关奔到后关,急与卢俊义、燕青守住后关。云天彪率大军攻至傍晚,不能取胜,只得在关下安营立寨。宋江、吴用闻得二关已失,只叫得苦,且将后关守备事宜安排停当,委燕青当心督守,宋江、吴用、卢俊义都回转三关。公孙胜已带领鲁智深、樊瑞在三关守备。宋江、吴用、卢俊义将守备事务督看了一番,便教公孙胜等三人在关上看守。宋江、吴用、卢俊义都回忠义堂去,策应四面事务。不提。

且说公孙胜在三关上,又各处巡阅了一转,时已三更,退入帐中,提心吊胆,那敢就睡,只得带了衣甲躺在交椅上。正欲朦胧睡去,忽见帐前黑影一闪,走进一个人来。公孙胜立起身来定睛一看,吃了一惊。正是:仙机指引当回首,业障昏迷错用心。

不知公孙胜所见何人,且听下回分解。

第一三五回　鲁智深大闹忠义堂　公孙胜摄归乾元镜

话说公孙胜坐在帐中,正欲朦胧睡去,忽见一人掩入帐来。公孙胜急忙定睛一看,更非别人,原来就是二仙山内,同道师弟兄,双姓东方,单名横的便是。公孙胜吃了一惊,急问:“师兄何来?”东方横道:“清师兄别来无恙否？今有要言奉告,请屏左右。”公孙胜便教左右退去,与东方横逊了坐。东方横道:“咳,清师兄还记得那年紫虚观前,临行时,令师怎样嘱咐,小弟亦有数言奉劝,今日师兄为何还在这里？那年小弟曾奉令师钧旨来取玄黄吊挂,令师又教小弟寄语劝驾。今日令师又教小弟特地来此,余言说不得许多,只有四个大字,叫做‘速离火坑’!”公孙胜道:“小弟受宋公明厚待一场,今日事急,与他丢手,自问心上过不去。帮他复了二关,我即退归矣。”东方横微笑道:“师兄既要复二关,小弟有数言奉赠。”公孙胜道:“愿聆教言。”东方横道:“二关复在眼前,关上无须厮杀。不必剑戟刀枪,能使官军退却。复得二关之后,了手当为上着。”言毕,袖中取出一方青罗帕,铺于地上。东方横踏上了,变成一朵青云,冉冉腾空而去。

公孙胜欲送无从,因细细将他六句谶语思索一番,恍然道:“东方兄此言,莫非教我用法取胜？这倒也是一条正路。”便一面去密告宋江,一面与樊瑞商量用法。立法未定,忽报官军大队杀来。鲁达便要开关迎战,公孙胜忙止住了,传令众兵将把三关严紧保守,一面去报知宋江、吴用。宋江、吴用急极无计。

原来此时梁山已四面攻围。云天彪委云龙、刘慧娘、刘麟、欧阳寿通、唐猛留攻后关,并移调右营荀桓、祝万年、真祥麟,领右营兵马三分之一,同来攻关。天彪令刘慧娘总督全军事务,于后关外东山上建立行台驻扎。云龙统领众将,指挥全军。云天彪领闻达、哈兰生、庞毅回到右关,与傅玉、风会一同攻打,派毕应元、孔厚随后策应。陈希真领刘广、祝永清、陈丽卿、范成龙、栾廷玉、栾廷芳、刘麒攻打左关。张经略请贺太平、盖天锡坚守头关、二关,自己领伯奋、仲熊、邓宗弼、辛从忠、张应雷、陶震霆、金成英、杨腾蛟、韦扬隐、李宗汤、王进、康捷攻打三关。阔大军威,兼着新胜锐气,贼兵如何敌得。宋江、吴用亲到三关来看了一转,与公孙胜略议了几句守备之法,又转到别关去了。这三关上委公孙胜一人主政。

公孙胜奉宋江嘱咐,督领群盗,拒敌官兵。张经略金盔银甲,佩弓插箭,立马阵前,亲司旗鼓。众将奉元帅之命,舍生忘死,攻击三关。自辰至午,枪炮震天,矢石蔽地,贼兵死伤无数,只是坚守不下。经略见贼兵如此,便传令权将兵马收回。

鲁达提起禅杖,向公孙胜大叫道:"鸟耐烦再让那厮,洒家开关出去,活打杀那班撮鸟!"公孙胜道:"贤弟请坐,且听……"鲁达睁起怪眼道:"直娘贼,洒家偏要去!死也要和那厮并三百合!"说罢,抡起禅杖,飞步到关,大喝:"开门!"公孙胜约勒不定,只得开关,派兵送他出去,一面飞报宋江去了。

且说鲁达杀出关外,张经略正在收兵,见有贼将杀来,便教伯奋、仲熊出去迎战。旗门开处,二人一齐出马。众将共看,两位公子一样装束,各具神威:伯奋头戴喷银束发紫金冠,凤翅闪云盔,后面一挂五福攒寿银牌,垂着五寸长短紫红流苏,披一副白银细砌鱼鳞甲,衬着月白紫微缎子战袍,系一条束甲狮蛮带,穿一双绿皮卷云战靴,骑一匹银合白马,手提一对赤铜溜金大瓜锤;仲熊也是头戴喷银束发紫金冠,菊瓣细钩软砌盔,后面一挂福庆银牌,垂着五寸长大红流苏,披一副连环锁子甲,束一条镜面镀金带,穿一双青皮卷云靴,骑一匹嘶风赤兔马,手捧一对厚背薄刃雁翎刀。

两位少年英雄立出阵来,真个是天生一对玉孩儿,人间上得无三谱。只见那对阵一个莽和尚舞着禅杖,口出喊声,飞奔而来。伯奋舞动双锤,骤马而出,大喝:"贼秃驴,休得乱闯!"鲁达大怒,抡起禅杖便打。伯奋见他来势莽撞,便急将身子一闪。鲁达一枝禅杖和身子打进伯奋怀里来,却早打了个空。伯奋眼明手快,早提起右手大铜锤,照鲁达光脑袋上打将下来。恰好鲁达一禅杖飞起,将那铜锤格住。伯奋却早已左手一锤打进鲁达胁下,鲁达大吼一声,托地跳开了数丈。伯奋骤马追去，鲁达舞动那枝禅杖，神出鬼没的打转来；伯奋也使圆那两柄铜锤，天旋地转的打过来。马步交加，杖锤并举，两人各奋神威，大战五十余合。伯奋使出平生大神力对付鲁达，鲁达也狠命相搏，打个平手。

仲熊在阵上，看够多时，更耐不得，便舞动双刀骤马而前，大叫："哥哥且住，待我来斩这秃驴！"说罢，展开双刀，好一似两条白练冲杀进去。伯奋一马跳出圈子，却不回阵，只立在垓心边观看。只见仲熊双刀已从鲁达禅杖底下直透进去，鲁达险些被他戳着，急忙跳开，便抡转禅杖对仲熊囟门打来。仲熊眼快，早已飞起双刀交叉架住。两人便展开解数，奋勇大斗，杖来刀迎，刀去杖挡，又斗到五十余合。鲁达神力未衰，仲熊一身武艺也尽够敌得过。杀气影里，战斗愈酣，只见伯奋骤马又来，大叫："兄弟且住！你我二人索性用车轮战，战杀这厮。"仲熊退回，伯奋杀入。

此时宋江、吴用已到关上，见来将如此骁勇，便教鸣金收回鲁达。谁知关上一片鸣金，鲁达只是一片呼喊，和伯奋扭住便斗，足足又斗了三十余合。仲熊重复杀入，替出伯奋，合拢又斗。宋江对吴用道："鲁兄弟住居山寨有年，颇知纪律，今日为何几番鸣金收他不回？"吴用也不解其故。只见仲熊与鲁达斗到三十余合，伯奋又杀过来，伯仲二人，循环轮替，直战到日下西山，暮色朦胧。张经略在阵前看够多时，见天色已晚，二子不能取胜，只得鸣金收回。

鲁达倒拖禅杖，大吼而回。宋江急命开关迎入。鲁达一见宋江，撇下禅杖，向宋江唱个大喏，道："兄长要杀上东京，洒家明日先杀张家两个娃子，后杀张家老儿，一路打进东京，拆毁了金銮殿，回来同你吃酒。"宋江回顾吴用道："今日鲁兄弟为何精神异常，语言不伦？"吴用道："想是力战了半日，力疲神乱也。且取酒肉来与他接力。"左右捧上牛肉十斤，陈酒一大桶。鲁达坐下便吃，气呼呼的吃一碗，又是一碗，不一时，一桶酒完，又添了一桶，直吃得沉沉睡去，送他归帐。

宋江、吴用就歇在三关上，商议守备之事，便教调朱仝、雷横来同守三关。公孙胜、樊瑞归入自己帐中，同去祭炼符法。

且说张经略收兵回营，众人共论本日战阵之事，贺太平道："方才这莽和尚,即是鲁智深。贼人勇将,仅此一人。倘能除得此人,破贼寨易如破竹。”盖天锡道:“此人鸣金不住,足见莽撞。明日交锋,可用计擒他。”伯奋、仲熊齐声道:“这莽和尚果是猛勇,但战到后来,乱喊乱叫,破绽迭出。明日交锋,孩儿必斩得他。如若不能,再用计诱他不迟。求爹爹明日仍委孩儿出去。”张公颔首。当夜无话。

次日黎明,张公传令起兵攻关,仍命伯奋、仲熊叩关搦战。宋江、吴用闻官兵又来,急忙登关守备。伯奋、仲熊在关下大叫:“贼秃驴出来纳命!”原来鲁达此时还醉卧帐中。宋江与天兵相拒,伯仲二人叫骂万端,宋江只是不出。忽报后关被官军攻得十分紧急,势在垂危。宋江、吴用大惊,急教公孙胜好生看守三关,宋江、吴用急赴后关,又回顾公孙胜道:“鲁兄弟如要出战,烦贤弟相机定夺,横竖死守关内亦无益也。”公孙胜应诺,宋江、吴用赴后关去了。

公孙胜、樊瑞、朱仝、雷横严守三关,与官军足足相持了两个时辰。鲁达忽由关内手提禅杖飞奔出来,见官军攻关,便向公孙胜大叫道:“为甚么不杀出去?”公孙胜未及回言,鲁达早已抡起禅杖,大叫:“你不去,洒家一人自去!”飞奔下关,喝令开门。公孙胜禁止不住,鲁达已飞奔出去。伯奋、仲熊见鲁达出来,便约齐后面人马等待。鲁达大吼一声,早已直冲过来。伯奋、仲熊双马敌住,酣呼大斗。斗到一百余合,鲁达果然禅杖忙乱,看他只是乱划乱打,绝无法门。吃伯奋得个破绽,一铜锤打着左腿,鲁达狂叫一声,跌倒在地。仲熊急前一刀砍去,鲁达早已霍然跳起,却吃仲熊一刀砍入乳肋,仲熊也险些被鲁达禅杖捎着。鲁达霹雳般一声狂吼,跑回三关,便将禅杖向关上一掷。那禅杖好一似稻草般飞上关去,打死了关上贼兵三四个。旋转身来,赶到阵上,乳肋下鲜血迸流,若无其事,口中大叫道:“儿郎们随我来!”那些随阵喽罗跟他上来。伯奋、仲熊见他杀转来,正要迎敌,只见鲁达霍地将自己的儿郎,一手一个,提起两个,向这里抛来,接连抛了十余个。喽罗着慌,叫苦连天,逃回本阵。关上众人见了,都一齐叫苦。伯奋、仲熊见他如此,也大为诧异,只得远远招架。可怜那些掼出的人,个个脑浆迸裂。经略在后望见,道:“此人神气,是着了疯魔,不可与战。”便鸣金收军而回。

鲁达见官军退阵,便哈哈大笑道:“原来败了,洒家趁此杀上东京去也!”便回到关上道:“拿我禅杖来。”左右只得将禅杖捧上。公孙胜见他着疯,便温语道:“鲁兄弟请少歇。”鲁达大喝道:“放屁!我奉智真长老法谕,要帮宋公明杀上东京。”言毕,提杖直奔忠义堂去。

恰好宋江、吴用安顿了后关,正在忠义堂议事,瞥见鲁达提杖浴血而来,大吃一惊,忙问甚事。鲁达大喝道:“洒家要帮宋公明拆毁金銮殿。”便将忠义堂摆设的桌椅乱打乱掼,便指吴用道:“你是高俅么?今日洒家打杀了你,为民除害。你们这班狗才,教你们死个爽快!”说罢,提杖直打吴用。吴用急躲,忙叫道:“鲁兄弟疯了,那个去按住他?”此时山寨中有些力气的头领,公孙胜、樊瑞、朱仝、雷横现在守三关,燕青现在守后关,张青、孙二娘现在守左关,段景住现在守右关。忠义堂仅有柴进、裴宣、萧让、金大坚、宋清、蒋敬、皇甫端、戴宗、蔡福、蔡庆,一班没甚力气的人,单靠着卢俊义一人,如何抵挡得住。只见鲁达一条禅杖,在忠义堂横冲乱打。众人跌跌踵踵,急忙闪避,叫苦不迭。鲁达禅杖早已将忠义堂上所有物件尽行打得粉碎。卢俊义见他凶猛,心胆已怯,因见众人没个上前,只得硬着头皮抢上前去。只听得天崩地裂的一声响亮,忠义堂已打倒了一角。卢俊义赶将入去,鲁达见了大吼一声,一禅杖打来,卢俊义险些着手。众人见了,一齐叉钯棍镜打上前去,忠义堂喧得一团糟。卢俊义已将鲁达禅杖夺住。鲁达见众人上来,便撇了禅杖,去拾了两根折椽子,大喊一声,打将出来。卢俊义就把禅杖将他拦住。鲁达舞起两根椽子,直打卢俊义。众人一齐呐喊,却又不敢伤他。鲁达狂奔酣呼,不觉绊着地上折木,扑的跌倒在地。众人急待前去按住,只见鲁达霍地立起来,刀伤迸裂,面色改变,大叫道:“洒家今番大事了也!”仰后而倒。众人急前一看,早已圆寂了。宋江长叹一声,绝无言语,便与吴用入内议事,一面收殓鲁达。吴用又教卢俊义去各处弹压军心,休教惊乱。按下慢表。

且说张经略收兵回营,发放军马。伯奋、仲熊卸甲安息,众将竞赞二位公子神威。张公对众将道:“今日我看这莽和尚确是着疯,又兼受伤深重,无论他回去死与不死,终不可用。据贺参赞说,贼营勇将,仅此一人。今此人既除,来日破关易易矣。众将军及兵丁,各各饱餐安息,准备明日努力攻关。”众将领令,又去传谕左右两营去讫。张公在帐中与贺太平、盖天锡计议攻关之事,分派兵将。正在议论,忽见皂衣二人阶前跪报道:“有贼人劫营,请相公速去巡视。”张公道:“奇了,你是何人?”那二人忽然不见,左右皆骇然。张公便与贺盖二人一齐立起身来,道:“速至外营查看。”离座不数步,只听那原座交椅上,砰然一声响亮,一块磨盘大的石头,当顶打下,将交椅打得粉碎。众人皆惊,张公大悟道:“此神人赐我离座也。”左右齐称:“相公洪福!”张公谢了神明,重复换把交椅坐下。贺太平道:“贼营内有一名公孙胜,善会妖法,此石必是他运来,如今邪不干正,妖人枉用心机。但此妖也必须除灭了他,方可集事。”张公问何人能除,盖天锡道:“右营陈将军深明仙术,可请来与之商议。”经略便传令:“去右营速请陈将军来。”

少顷,陈希真自右营到来,经略迎入相见,礼毕叙坐。经略告知妖人运石之事,并须收伏等语。希真道:“明公一代正人,奉天讨逆,何惧邪魔! 即不先除此人,来朝鼓行而前,谅此贼亦不能为害。今明公既有钧谕,不敢推辞,待明日与他斗法,收伏了他。”张公道:“闻得道家追魂摄魄之法,吾兄能行之否?”希真沉吟道:“这倒也可。此法只须静室中为之,免得阵上惊世骇俗。”又沉思了一回,便道:“尽可,尽可。此法今夜便可行得,无俟明日也。容回营遵办,明晨即来报命。”张公甚喜。希真当即辞归。

不说张公部署人马,且说希真回营,刘广、祝永清迎入帐中坐下,便问:“经略有何密谕?”希真便将用法摄公孙胜魂魄的话说了。永清道:“闻道家追魂摄魄,须要本人生年月日,今公孙胜的生辰何处探听?”希真笑道:“这厮的生辰,我却已探听得也。”永清忙问从何处探来,希真道:“我在大名府时,无意中得了他来。那大名府城内龙华寺的住持大圆,曾经到梁山做过道场的。我到任后入寺行香,据他的徒弟妙果说起,那年晁盖死时,他师父在山设荐,他亦在列,因说到晁盖生死年月日时。我当时便蓦然想到公孙胜,探问一句,果然被我探得。原来吴用、公孙胜、刘唐、三阮,与晁盖情意最深。彼时晁盖病笃未死，吴用等六人都开列自己生辰，具疏借寿。尚未举行，晁盖已死。因此疏章未曾焚送，却吃这妙果僧看见。因内中公孙胜八字最容易记得，所以至今不忘。说来乃是庚申年辛酉月壬戌日癸亥时。”刘广、永清都大为惊异，因叹道：“事非偶然也。”

希真便吩咐将后营帐内打扫清洁。希真即去安排法器，按着十二雷门，挂起十二面大圆镜，中间设起香案，按八卦摆列八面方镜，就正中焚起一炉旃檀。希真诵起净坛诸咒，四围都洒了法水，然后将那面乾元宝镜正中供起，摆列了香花灯果。希真叩齿念诵真言，拜跪行礼毕，走出帐来，幕色已苍。希真便教永清就营中选十二人，都要命带丁甲的，前来听用。当时在前营吃了素斋，只见永清已将丁甲命的十二人带上来。希真便书了十二道丁甲符，分与十二人佩戴了。传谕刘广、永清监营，自己却带那丁甲人入帐登坛。那十二丁甲手执五色旗幡，按着方位侍立帐门之外。帐内坛上星烛灿烂，宝镜光明。希真登坛，将那备好朱笔黄纸，摆在坛上，口中念念不绝，书成了数十道符篆。只见希真叫侍从人进来，收去了香案。希真将那所书的符，向左右前后，坛上坛下，一一诵咒焚化了，便披了头发，右手执持宝剑，左手高提起那面乾元宝镜，念念有词。少刻，希真忽地将宝剑插于地上，便从袖中取出公孙胜的生命一纸，并一蓬乱发掷下来，急将右脚踏住。重复拔起宝剑，念声愈厉，只见四边灯光镜光，都霍霍闪动。念够多时，喝声道：“疾！”那四壁光芒，一齐射向公孙胜命纸上来。希真急将乾元镜一照，愕然道：“咦！”疾想片时，便将那宝剑放于地上，右手捏起一个剑诀，向那乾元镜上不住的书符，口中不住的念咒。约有许久，便又向镜上嘘了一遍罡气，放了剑诀，重复提起宝剑，左手高提着乾元镜照于地上，凝然不动，寂然无声。不多时，只见那乾元镜内，蓬蓬勃勃金光发现，泻如泉流，逸如电发，明如硫焰，响如雷鸣。希真用右手宝剑东点西指，那光便东飞西迸。又是许多时，那团火渐渐淡去。希真向地上一看，又向镜中一看，目定口呆，半晌道：“这厮真个如此难捉！”良久道：“我晓得了。”便将宝剑与乾元镜一齐放下，挽了头发，重复叫帐外从人进来，摆设香案，并叫那十二丁甲命人都进坛来。香案摆毕，希真命从人都出帐外，只叫那十二丁甲命人依班侍立左右。希真就案上写起一张疏牍，又书了几道符，便于案前拱手诵起九天玄女宝诰。诵了九遍，稽首九拜，便跪在案前，将疏牍念诵一遍，就于烛上焚送，又再拜稽首。立起来，便将那所书的符四面焚化，便叫侍从人进来收去香案。希真重复披发仗剑，左提宝镜，照前作法。不多时，只见那乾元宝镜神光三闪。希真定神一看，喜形于色，道："在矣。"便命那十二丁甲解下坛中所有的镜，都移入坛心，将公孙胜的命纸重重叠叠压住，便将乾元宝镜镇压在上面，宝剑插在坛前。希真带那十二丁甲齐出坛来，将那十二人发放。时已四更，希真就在前帐内默坐定神。少刻，已转五更，希真便传令请刘广督理本营事务，凌晨攻击左关，自己带领范成龙径到大营来通报经略。经略闻报，即忙传令开营迎入。希真进见，禀告公孙胜魂魄已经摄得，张公甚喜。希真又道："此时尚镇在坛中，未曾处斩。若斩了他的魂魄，此人可以立死。不识经略意中何如，特来请令。"张公道："此人亦系贼魁，理宜生擒他来明正典刑，方为不错。"希真道："既如此，须希真随营攻入关中，亲去擒他。他还有一个徒弟，虽无甚利害，也须希真去擒。"张公称是，便拨中营兵马一万，交与陈希真，同范成龙率领了，从关左袭入。

张公传令安派中营兵将：贺太平系文人，请他弹压游骑，在关外巡捉逃贼，无须入关；盖天锡本有武艺，便随同大经略督押中军；张伯奋同邓宗弼、辛从忠为左翼，张仲熊、张应雷、陶震霆为右翼，王进、康捷为前锋，直抢中路；金成英、韦扬隐为左队，抢关右；杨腾蛟、李宗汤为右队，抢关左，一面接应陈希真。陈希真与范成龙领了经略号令，又去传令右营：刘广与祝永清、陈丽卿攻左关正面，栾廷玉、栾廷芳攻左关之左，刘麒攻左关之右。那边左营云天彪也得了经略的令，天彪与傅玉亲攻右关正面，风会、哈兰生攻右关之右，闻达、庞毅攻右关之左，毕应元、孔厚在后策应，巡捉逃贼，一面传谕后关。云龙等得令，便也派拨队伍：刘麒护着刘慧娘，在东山看望，云龙、欧阳寿通、唐猛领左队，荀桓、祝万年、真祥麟领右队，分头抢击后关。分派已毕，天已大明，霞光灿烂，一天瑞色，祥光捧出那轮红日，战鼓渊阗，人马欢呼，四关枪炮之声，如数百万雷霆同时并发，官军一齐攻关。

且说公孙胜自昨夜初更巡阅三关，回入帐中，正与樊瑞再议用法，忽觉得头晕眼花，精神恍惚，便诧异道："今日我为何如此眩晕？"樊瑞道："想是老师用心太过，精神疲乏也。"公孙胜道："既如此，待进静室中去定一定神。你替我去弹压军务，休来惊我。"樊瑞领令而出。公孙胜退入静室，掩上了门，急忙入床定神默坐，不觉头痛如劈，元神渐渐飞扬出舍。公孙胜大惊道："这是为何？"又思索了一回道："必是陈老道在那里撮弄我也。"便急念起秘咒，特行内观之法。原来这法门是罗真人传他的，今日幸未忘记。当时修持起来，元神渐渐定了。暗想道："陈希真这厮好利害！此番吃我守住了，难保其不复来。"便诵咒召集神将，在室内室外密密层层保护。安排方毕，精神又复昏乱，较前更甚，险险凝持不定，幸亏那些神将协力保守，争持了足足有一个更次，方得渐渐安定。公孙胜心中焦急道："如此相持怎了？"正想设法，想了一回，不得计较。忽听得耳畔有人告道："我们奉法旨在此保护，奈九天玄女圣旨降来，责我等弃顺助逆，要治我等之罪，如今只得舍了吾师去也。"公孙胜大吃一惊，正欲再持禁咒，不觉一灵神光霍的飞去，悠悠扬扬不知去向了。公孙胜在室内僵倒，樊瑞、朱仝、雷横在外面绝不知觉，轮更守关。比及天明，官军杀气振天，枪炮震地，大阵杀来。樊瑞、朱仝、雷横一齐大惊，樊瑞急去请公孙胜的号令，朱仝、雷横登关迎敌。王进、康捷当先攻关，关上贼兵霎时间都已得知公孙军师僵毙的信息，乱兵无主，人情汹汹。王进奋勇先登，力杀百余人，破关而入。康捷随上，大军一齐登关。朱仝遇着邓宗弼，即忙迎战。邓宗弼就在关上展开雌雄双剑，奋勇大斗。张经略已与盖天锡、张伯奋、张仲熊杀进关内。雷横挡不住，正遇着张应雷。张应雷舞动铜刘，直取雷横。辛从忠、陶震霆见朱仝、雷横死战不退，便各去相助。辛从忠助邓宗弼战朱仝，朱仝敌不住，邓宗弼飞起长剑，砍着左腿，朱仝跌倒在地，邓宗弼就地一抓，生擒过来。陶震霆助张应雷战雷横，张应雷神威愈奋，忽地摆开铜刘，就势卖进左手，抓住雷横，尽力一拖，生擒过来。邓、辛、张、陶四将会齐了杀入关中，三关已破，张经略大军已在前面。陈希真、范成龙早已擒得公孙胜、樊瑞献上。原来樊瑞见公孙胜僵卧，大惊无措。陈希真、范成龙已带领兵马，从关右乘乱杀入。范成龙抢入公孙胜帐中，缚出公孙胜。樊瑞正想用法，早吃希真用真武诀镇定，众兵捆捉过来。杨腾蛟、李宗汤已随后杀入，那边金成英、韦扬隐也从关右破进，贼兵均已杀尽。张经略会齐大军，日方巳牌。张经略便传令乘势攻寨。陈希真将公孙胜、樊瑞交与经略，便领范成龙带兵杀向左关去，接应右营兵马去了。

早有喽罗飞报入忠义堂，众人闻得三关已失，一个个面面相觑，急得手足无措，大众一齐看着吴用。只见吴用眉头一纵，道："不妨，众兄弟齐心守着，戴院长随我进来，自有妙计。"众人闻听，各执器械，带了在山喽罗齐出迎战。戴宗跟了吴用进内，不知吴用说出甚么计来，且听下回分解。

第一三六回　宛子城副贼就擒　忠义堂经略勘盗

话说梁山忠义堂上群盗，各执器械，分头杀出，与官军死拼，独戴宗跟了吴用进内，一直到了吴用卧房。戴宗道："军师有何驱策？"吴用一言不答，只是忙忙碌碌，凑集些散碎银两，打了一小包，递与戴宗，便道："你的神行符随身有否？"戴宗道："尽有。"吴用用手一招，急走出房外隙地上，附耳道："大事去矣。我同你还在这里做些甚么？快把神行符来，我带你寻别路去，否则性命难保了。"戴宗呆了一回，问道："公明哥哥三日不见，不知何往。"吴用道："你跟了我去，自会见面。"戴宗无可如何，取出神行符与吴用缚好了，飞也似偷到后关。官军正在攻打，燕青正在把守，见了吴用、戴宗，急问："军师、院长何往？"吴用道："你在此牢守，我去探看一回形势就来。"说罢，从关旁僻处缒关而出。正欲走洞，却叫声苦，原来官军大队进来，各处都屯了兵马，那条趋洞的路，也被官军占住了。戴宗道："怎好？"吴用立定了，踌躇一回道："不妨，且随我来。"便与戴宗故意慢慢地行走，看望官军空隙处曲曲弯弯走出。官军望见他们慢走，误道他是自己的人，不是逃贼，又因攻关要紧，不来追查。吴用、戴宗一抹地溜出官军营后，作起法来，飞也似的抹过东山脚下去了。却不防刘慧娘在东山行台上瞭望，瞥眼看见，便道："久闻梁山有神行太保戴宗，前面走的必定是他，同走的必定是宋江。"急教刘麟骑匹快马，飞也似追去，"如追不着，便飞速去报知大营，教康捷即速追拿。"刘麟听罢，提起双锏，飞也似追去了。云龙已与苟桓督率军士，亲冒矢石，力攻后关。燕青见吴用出去，本来疑惑，忽闻得三关已失，急得上天无路，入地无门。云龙、苟桓已各率本部人马杀上关来，欧阳寿通勇猛先登，正遇燕青，力战数合。燕青心慌意乱，那袖弩也无从发，早被欧阳寿通一鞭打着囟门，脑浆迸裂。官军潮涌登关，后关已破。云龙、欧阳寿通、唐猛领左队，苟桓、祝万年、真祥麟领右队，一齐杀到关中。

六将一齐奋呼杀贼，逢人便砍，逢马便搠，一路杀到梁山内寨后门。

再说陈希真领范成龙从三关内杀到左关，去接应自己的兵马。范成龙仗着铁脊矛当先开路，遇有贼人游骑军马，立时斩获。顷刻到了左关，刘广已身先士卒，破关而入。祝永清、陈丽卿一齐入关，张青、孙二娘死命敌住。陈丽卿一条梨花枪飞花滚雪，战斗孙二娘。孙二娘究竟力气平常，交锋不上十余合，丽卿得个破绽，刺中腿跨。孙二娘翻身下马，众军一齐上，捆捉过来。张青正在苦斗祝永清，忽见浑家被擒，一个心慌，吃祝永清摆开画戟，轻舒猿臂，只一提，脱离雕鞍，生擒过来。背后栾廷玉、栾廷芳、刘麒都杀进关来，正似三只猛虎，狂吼畅杀，登时贼兵扫尽无余，左关已破。刘广与陈希真合兵一处，杀到梁山内寨东门了。

再说云天彪率领左军，亲司旗鼓，策众攻击右关。段景住不知就里，正欲死命相敌，忽闻得三关已失，贼兵一齐大乱。闻达已从关右云梯攻上，力斩百余人而入。庞毅登关，直抄中段。段景住措手不及，吃庞毅刀背一敲，扑的跌倒在地，众军上前活捉过来。风会、哈兰生已从关左杀上，二人猛勇当先，杀贼无数。天彪、傅玉也领兵杀入，傅玉长枪卷舞，杀贼无数，右关已破。天彪领兵直杀到梁山内寨西门了。

且说张经略领大兵直攻梁山内寨前门，伯奋、仲熊两马当先。正遇卢俊义，挺着朴刀，把住门中。伯奋、仲熊大怒，一齐奔上前去。此时梁山大事已去，卢俊义也明知难活，只是不甘心白死，便挺朴刀直斗伯奋、仲熊。二子一齐大喝道："贼子到此，还不下马受缚！"卢俊义也无言回答，挺刀直砍过来。伯奋急用双锤架住，仲熊已一刀搠入。卢俊义不慌不忙，轮转刀来，敌住了仲熊。伯奋又一锤打进，卢俊义托地跃马跳出圈子，展开了朴刀，重复杀进来。伯奋、仲熊一齐迎敌，三马盘旋，大斗六十余合，不分胜负。张经略、盖天锡都在后面，看那伯奋、仲熊力战卢俊义，杀气飞腾，神威酣畅。卢俊义舍死忘生，兀自转战不衰。

盖天锡便对张公道："经略在此督战，我不如分兵去袭他寨子去。"张公称是。盖天锡便率领金成英、杨腾蛟、韦扬隐、李宗汤、王进分兵一半,抄击贼寨。韦扬隐、李宗汤得令,一来为皇家出力,二来为故主报仇,便率众抢寨,奋呼杀贼。金成英、杨腾蛟、王进也鼓舞锐气,大呼而前。五员上将杀上寨去,寨上仅有蔡福、蔡庆把守,如何敌得。五人奋勇入寨,金成英顺送一枪,搠死了蔡福;杨腾蛟斜劈一斧,砍杀了蔡庆。韦扬隐、李宗汤、王进杀贼无数,夺门而入。盖天锡也驰马进去了。

卢俊义已与伯奋、仲熊力战到一百三十余合,忽见寨子已破,却不慌乱,只顾死斗。伯奋心焦,想道:“只好诱他一诱。”便展开双锤,摆出那擎天按地的势来。卢俊义如何不识得?便将计就计,一刀搠将进来,原想他一锤打下,便闪过去砍他背后。伯奋却故意不打,托地退回数丈。仲熊眼明手快,便使个旋天转地势,一刀觑准卢俊义左肩砍来。卢俊义刀搠个空,急忙掉转刀来,扫转左三路,却好将仲熊的刀架住。伯奋、仲熊立意要擒拿此贼,力战不舍,卢俊义此时也拼出了性命,三骑马不住的恶斗。背后邓宗弼、辛从忠、张应雷、陶震霆已将三关上的游贼,都搜捉净尽,押解了朱仝、雷横及一切群盗,并无数首级,随后上来。见伯奋、仲熊力战卢俊义不下,便要一齐上前去帮。张公道:“无须也,看本帅亲去擒这贼。”便提鞭策马,飞出垓心,取出左边麒麟袋内一张铁胎桦皮宝雕弓,右手便去飞鱼壶中抽出一枝修干雕翎狼牙箭。只看那伯奋、仲熊和卢俊义奔雷骇电厮杀,张公搭箭弦上,暗想:“若要射杀他不难,只是生擒正法为是。”便举起雕弓,拽开来正似一轮满月,端的右手如抱婴儿,左手如托泰山,觑定了卢俊义,撒放过去。弓如霹雳鸣,箭如逸电飞,不偏不倚,正中着卢俊义右肩。卢俊义狂吼一声,往后便倒。伯奋急忙下马,奋勇按住,仲熊一同下来协捉。张公大喜,便统大军杀进寨内。此时左军云天彪、傅玉、风会、云龙等将,右军陈希真、刘广、祝永清、荀桓等将,都一齐打破了寨子。盖天锡率金成英、杨腾蛟、韦扬隐、李宗汤、王进,一路杀贼而入。刀如猬集,箭若蝗飞,官军喊杀之声,贼兵号哭之声,并作一片喧闹。刀斧丛中,血尸堆里,左右指着一人,对盖天锡道:“前面那个穿黄金甲的,便是小旋风柴进。”盖天锡一听得“小旋风柴进”五字,便止住左右,休得乱杀,挺着父亲遗留的那口佩刀,骤马追去,大喝:"柴进逆贼,快快下马受缚!"柴进此时已是三魂出舍,七魄离身,再经盖天锡一喝,早已撞下马来。盖天锡亲手抓来,掷与众军士捆了。裴宣见了,挺着双剑,骤马来救。王进早已挺枪拦住,单枪双剑,合拢便斗。可想裴宣是不是王进的对手,不上三合,王进顺手舞枪进去,拣他不致命的左腿上一枪搠着,撅于马下,众军士上前捆捉过来。云天彪统左军杀入,正遇着蒋敬,持了一束账簿,意在潜逃。被云龙手起一刀,挥为两段。众军大呼杀贼而入。陈希真统右军杀入,陈丽卿骤马当先。皇甫端正抱头飞逃,猛回头看见那匹枣骝马,称赞道:"好一匹马!"早吃刘广一刀砍去,头颅滚落。众军杀入,时维宣和三年七月初六日申刻,殿帅府掌兵太尉、经略大将军、燕国公张叔夜,统领中左右三营并二十万天兵,杀到梁山泊忠义堂上。

且说宋太公在上房内,宋清侍立,闻得外面喊杀振天,吓得魂不附体,遍问左右,均说官军已杀进寨内,主帅不知何往。太公道:"昨日他们都说我的儿子在前关打仗,此刻不见,莫非有三长两短了么?"大众慌忙之中,也没有半个人理他。太公急叫宋清出去探看。宋清去了一回,面如土色,抱头鼠窜而来,道:"爹爹,不好了!官军杀进来了,我哥哥谅来已死。外面杀人如切菜一般,怎生是好?"太公放声大哭道:"我的江儿呀,我害了你了!那时节,我大不该依你来此。到如今,你死我亡,懊悔不及。"说未了,只听外面喊杀逼近,已到忠义堂下。宋清不住的发抖,口中只叫:"怎好,怎好?"太公情急,拄了拐杖走到后面院子里,大叫一声道:"天呀,保佑我儿好好的,我今朝代他死了罢!"言毕投井而亡。宋清见父亲入井,官兵已到,没奈何,只得一灵儿相随着老父去了。

忠义堂上千军万马奔驰而入,张经略已与盖天锡、云天彪、陈希真同登忠义堂上。张公急问:"盗魁宋江,何人获着?"只见众将齐到阶下,纷纷献功,或首级,或俘虏。张公一一查点,内中却并不见宋江。张公急令众将军士,在寨内寨外,分头细细的搜查。须臾间,只见左军部下毕应元、孔厚率领部众押解了三百余名逃贼,并一百二十余颗首级,进来献功。张公又一一查点了,却又不见有宋江。贺太平也督领无数将官,押解了无数俘虏、首级进来,张公起身迎入忠义堂。

张公问:“获得宋江否?”贺太平道:“只是小贼,不见渠魁。”

当时忠义堂上设立起五公座来,五副公案:正中一位大经略张公坐下,左边上首贺太平,右边上首盖天锡,左边下首云天彪,右边下首陈希真。众将士堂上堂下分班侍立。簇新新旗旆飞扬,明晃晃戈矛排列。张公叫传现在所有擒获的一齐上来,左右轰雷也似一声答应。不一时,只见左右驱着那班贼目,一个个绳穿索缚,推到阶下,向忠义堂上跪着。内中卢俊义看到此际,宛然是那年梦中景象,不觉心酸泪落。公孙胜却形同木偶,不言不语。直待后来希真将那法坛神将发放,收了乾元镜及诸法器,方能言语,所以此刻勘审不及。经略见贼目已齐,便勘问宋江逃向何方,一一问来,众盗都供称三日前已不见宋江,实不知其去向。

经略正要用刑,刘麟从前关进来,禀称:“小将见二贼从东山下飞奔而去,必是宋江、戴宗。小将急追过东山,看其踪迹,实向东平府一路逃去。小将追不上,即忙回转来。因后关道路不通,又未知大军已破贼巢,故不回后关,却从泊外绕转来,以此来迟。”张公听了,便急叫康捷向东平府追去。康捷领了令箭,飞速去了。张公便教将卢俊义、公孙胜、柴进、朱仝、雷横、裴宣、樊瑞、张青、孙二娘、段景住,共十人,一概拘入陷车。

张公正待退座,只见刘广捉了两名贼目解上来。诘问名姓,乃是萧让、金大坚。左右禀称:“这两个人,一个会描仿笔迹,一个会假雕印信。”张公道:“既如此,且就把两贼勘问一遭。”只见陈希真道:“此刻不但宋江逃逸,即吴用亦尚未获。据刘麟禀称,眼见逃贼只得两人,或就是宋江同吴用,均未可知。此事必须再行勘讯。”云天彪道:“久闻贼人有天降石碣一件妖事,大有可疑。今此萧让、金大坚二贼,既一系善写,一系善刻,这桩妖事,定于二贼身上有些交涉,也须勘问。”张公称是。

此时天色已晚,堂上堂下,点起无数火把蜡烛来,提萧让、金大坚上来勘审。先问宋江逃向何处,萧金二人供称不知。再三推问,实不知情。张公便叫:“抬过那石碣来。”盖天锡看那二人听到这句话,面色顿然改变。盖天锡早已心中瞧科。只见那块石碣抬到面前,张公与贺盖等四人一齐观看。贺太平道："此非古迹，确是新镌。"张公道："不但此也，上面'忠义双全，替天行道'八字，果系天言，岂有如此荒谬绝伦？"便喝叫将石碣抬在二贼面前，厉声问道："此石碣从何而来？从实招供，免用刑法。"萧金二人疙搭搭的将那番虚皇坛设醮，宋江祈晴感应，是夜天上开眼，射落一团火光，变为石碣的话说了。盖天锡便喝叫左右用刑，萧金二人叫起撞天屈来。盖天锡对张公道："这班贼骨头，不打如何肯招！"张公便喝左右动手。两旁转过数名兵卒，将二人一索捆翻，各打了一百讯棍，早已皮开肉绽，血流满地。萧让熬刑不过，只得从实供道："这石碣上字是小人写的，因楷书恐人识得破绽，所以改写古篆。又特访得那道士何元通善识蝌蚪，所以特写蝌蚪古篆，又特邀他设醮，以便认识。至于那年天上认真开眼，认真有火光翻落，万目共睹，却不解其何故。"金大坚也将怎样密镌石碣的话说了，又道："这是宋江想与卢俊义争位，故与吴用、公孙胜议得此法，特将卢俊义名字镌在第二。此碣自卢俊义一到山泊之后，就已镌定。彼时张清、董平等尚还未到，原想就部下头目中选出几个，以满一百八人之数。后因张清等到来，却好天罡数内余第十五、十六两行未镌，因将张清、董平镌人。所以董平在五虎将之列，名次却在十五，顿与关胜、林冲、秦明、呼延灼离开，实为镌刻已定，难以改易故也。"贺太平又问道："那董平、张清本位，原拟镌刻那个？"萧让道："一个拟刻孙立，一个未定。至于地煞数内多有未定，所以龚旺、丁得孙尽有空缺可填。就是蔡福、蔡庆、郁保四、王定六等，也都是临时填上去的。此一事，惟有宋江、吴用、公孙胜及小人等知悉，余人都不晓得。"张公大笑道："妖言惑众，一至于此。"陈希真道："你二人同做此诡密大事，那宋江、吴用逃走之处，岂有不晓得之理？"二人都叫："实不知道。"经略喝打，萧让、金大坚磕头求饶。左右不由分说，拖下去一顿拷打，二人登时毙命。

云天彪道："这石碣是妖盗来源，速宜碎之。"张公道："便叫那位将军为我一击而碎。"只见左军队里闪出一员大将，正是哈兰生，提起独足铜人，猛力向前，砰然一击，那块石碣应手而碎。左右搬了出去，抛入河中。张公道："宋江逃处，看那二人打死不招，必是宋江瞒着群盗私行先逃了。且俟康捷回来,再定计议。料渠魁指日可获,一面先行报捷。”众皆称是。当时会议了报捷奏本,九声炮响,张公率领贺太平等拜本,差官赍奏上马,飞速往东京去了。

张公等俱退了堂,时已黎明,各进茶点毕,忽报康捷到。瞥见康捷如飞而来,两胁下夹了两人,上前道:“末将擒得两贼在此。”手指一个道:“这是戴宗。”又指那个道:“这是吴用,不是宋江。”经略笑向天彪、希真道:“这果是吴用、戴宗否?”二人同声称是。经略便吩咐一齐禁押了。

原来康捷出后关,直向东平路上追去,逢着村坊小市,便向人问讯道:“见有如此如此服色的二人过去否?”乡人或言不见,或有几处说看见的,也是模糊影响,似是而非的话。更兼康捷相貌古怪,遇着几个胆子小的,不待他开口,早已跌跌撞撞抱头鼠窜而走,因此无从查究。康捷只得飞速前行,向一路关隘盘问,也无影响。

走到傍晚,约行了四百余里,又趁着月光下走了八十余里,月色渐落,心中想道:“黑夜追寻,料想难得。不如权且安歇,待到天明,再作区处。”便趁那月光未减,又走了二十余里,遇着一所小小市镇,见有一爿饭店,正在上排门,里面灯光明亮。康捷走上前去,正要开口借问,那店小二狂叫一声,吓得跌倒在地。康捷忙叫:“休慌。我是经略麾下康将军,公干过此,到你店里歇宿。”店小二闻听,方才定了神,爬起来,请康捷进内坐地。店小二问了茶饭,当即安排上来。康捷一面吃,一面暗想道:“问服色枉是无处寻觅,况且我过了几重关隘,无处捞摸,一定是那厮改换了服色了,不如问走得快的,定有下落。”想到此际,便向店小二问声道:“你们今日见有走路极快的两个人,经过这里么?”店小二答言不见。康捷道:“你听邻舍有人说起么?”店小二道:“不听见说起。”康捷也不再问,吃完了饭,对店小二道:“我黎明便要动身,先会了房饭钱。”店主应了,忙去着叠一张床铺。

康捷和衣而睡,一觉醒来,恰好黎明,抽身便起。店小二道:“官人稍坐,就有热水了,净了面,吃盏茶走罢。”康捷道:“无须了。”背上包袱,插了令箭,拔步出了店门。走了数步,觉得口有些燥,便走转来,到了店门口,便道:“吃口热茶也好。”店小二应道:“就有了。”康捷进内,放了包袱,复出门外空地小便。小便未了,望见西边两个人如飞而来,眨眨眼已过了店门。康捷大疑道:“这两个人服色不是,为何走得这般快,却又落在我后头?休管他,且追上去。”便扱了裤子,也不转店中,迅速赶去。只见二人前面速走,康捷大叫道:“宋公明慢行,有话相谈!”二人同回头一看,一个青面獠牙的追来。就是常人,也当两脚飞跑,何况脚下有神行甲马,便射箭也似的去了。康捷赶上几步,早已追过二人,前面转身拦住,道:“二位慢行,张经略有话面谈,特请二位转去。”内中后走的一个开口道:“各走各路,甚么张经略李经略,你不要认错了人。”康捷道:“我不认错,但是行路快的,便要同我转去。”言毕,便将二人一手一个揪住,厉声道:“我奉谕严拿宋江,不容稍缓。”那前走的人道:“将军不要啰唣,我们二人并无宋江在内。”康捷道:“你二人姓甚名谁?如果是梁山散头目,不是宋江,我便放你。”二人慌急已极,前走的道:“我叫戴宗。”吴用见戴宗叫出真名姓来,忙接口道:“我叫张三,宋江在后面便来。将军如要拿他,在此稍等就到。”康捷哈哈大笑道:“与其等他,不如同你转去寻寻罢。”两人那里肯走,恼得康捷性起,一手一个夹在胁下。飞转身走到客店门内,将二人放下,取了包袱,对店主道:“我昨夜问走路快的,就是这两个。今已捉得,不停留了,改日再会罢。”言毕,夹了两人飞也似走了。一路上康捷问戴宗道:“你这同伙到底是谁?”戴宗道:“他叫李四。”康捷笑道:“他说张三,你说李四,究竟是谁?若不实说,立取你命。”说罢,将臂膊一紧,戴宗夹得痛极,便狂叫道:“阿呀呀,他是吴用,他是吴用。”康捷方才松手,便飞也似回大营来。

贺太平见宋江未获,便道:“渠魁漏网,怎样办理?”张公道:“且将贼党名数查核一番,看还有几个漏网。”便将搜得之梁山忠义堂、招贤堂两本名簿,并向陈云二处吊提历年战阵册子,并传上现捉的小贼兵,齐到忠义堂讯问查核。

先将招贤堂名目查来,计查:冷艳山贼目四名:邝金龙、沙摩第、邓云、诸大娘,均被陈丽卿斩讫。清真山贼目六名:马元、皇甫雄业已归诚,周兴为哈兰生斩讫,王伯超为风会斩讫,来永儿为欧阳寿通斩讫,赫连进明为沙志仁斩讫。青云山贼目四名:狄雷为栾廷玉、王天霸斩讫,狄云中伤身故,姚顺为栾廷芳斩讫,崔豪为陈丽卿斩讫。盐山贼目四名:施威为邓宗弼擒获,解送京师正法,杨烈为辛从忠斩讫,惟邓天保、王大寿现存盐山。蛇角岭贼目三名:秦会、张大能现存蛇角岭,万俟大年为辛从忠斩讫。虎翼山贼目三名:赵富、王飞豹现存虎翼山,赵贵为邓宗弼乱箭射死。紫盖山贼目三名:火万城为祝万年斩讫,王良为祝永清斩讫,白瓦尔罕业已归诚,现经身故。梁山本寨散贼目四名:范天喜逃亡自尽,呼延绰业已归诚,戴全为傅玉、云龙斩讫,张魁在郓城县逃亡自尽。统计招贤堂贼目,除归诚、斩戮、自尽、病故外,净存邓天保、王大寿、秦会、张大能、赵富、王飞豹六名,现占盐山、虎翼山、蛇角岭等处。

再将忠义堂名目查核,计查贼目一百单八名:卢俊义为张伯奋、张仲熊协擒;吴用为康捷擒获;公孙胜为陈希真擒获;关胜中傅玉飞锤,回寨病故;林冲与王进战后身故;秦明为颜树德斩讫;呼延灼为辛从忠斩讫;花荣为陈丽卿射死;柴进为盖天锡擒获;李应为云天彪斩讫;朱仝为邓宗弼擒获;鲁智深中伤,疯狂身故;武松在秦封山打仗,力尽自毙;董平为金成英、韦扬隐斩讫;张清为陶震霆斩讫;杨志为李成斩讫;徐宁为任森斩讫;索超为云龙乱箭射死;戴宗为康捷擒获;刘唐为毕应元、孔厚、庞毅擒获;李逵为唐猛、召忻、高梁协擒;史进为哈兰生擒获;穆洪为召忻、高梁协擒;雷横为张应雷擒获;李俊为真祥麟、范成龙、唐猛协擒;阮小二、小五、小七为云天彪将佐擒获;张横、张顺为荀桓擒获;杨雄为真大义乱箭射死;石秀为真大义斩讫;解珍为栾廷芳斩讫;解宝为祝万年斩讫;燕青为欧阳寿通斩讫;朱武为云龙擒获;黄信为陈丽卿擒获;孙立为栾廷玉斩讫;宣赞为哈兰生擒获;郝思文为沙志仁、冕以信协擒;韩滔为傅玉斩讫;彭玘为毕应元射死;单廷珪、魏定国均为闻达擒获;萧让为刘广擒获杖毙;裴宣为王进擒获;欧鹏为栾廷玉、栾廷芳协擒;邓飞为栾廷玉斩讫;燕顺为李宗汤擒获;杨林为栾廷玉斩讫;凌振在郓城县炮炸自毙;蒋敬为云龙斩讫;吕方为云龙擒获,解赴都省正法;郭盛为陈丽卿擒获,解赴都省正法;安道全患病身故；皇甫端为刘广斩讫；王英、扈三娘均为陈丽卿斩讫；鲍旭为刘麟擒获；樊瑞为陈希真擒获；孔明为欧阳寿通斩讫；孔亮为陈丽卿斩讫；项充为刘麒斩讫；李衮为真祥麟斩讫；金大坚为刘广擒获杖毙；马麟为栾廷芳斩讫；童威为韦扬隐斩讫；童猛为李宗汤斩讫；孟康为傅玉斩讫；侯建为闻达斩讫；陈达为风会斩讫；杨春为云天彪斩讫；郑天寿死山泊头关闸下；陶宗旺为闻达斩讫；宋清投井自尽；乐和为王天霸斩讫；龚旺、丁得孙均为陈丽卿斩讫；穆春为沙志仁、冕以信斩讫；曹正为李成斩讫；宋万为哈芸生射死；杜迁为冕以信斩讫；薛永为哈兰生斩讫；施恩为庞毅斩讫；李忠为李成擒获；周通为云龙斩讫；汤隆为王进斩讫；杜兴为范成龙斩讫；邹渊、邹润中飞虎寨地雷死；朱贵为傅玉擒获；朱富为王进斩讫；蔡福为金成英斩讫；蔡庆为杨腾蛟斩讫；李立为任森擒获；李云为邓宗弼斩讫；焦挺为金成英擒获，解赴都省正法；石勇在郓城县就擒；孙新为陈丽卿、真祥麟斩讫；顾大嫂为陈丽卿斩讫；张青为祝永清擒获；孙二娘为陈丽卿擒获；王定六、郁保四均为杨腾蛟斩讫；白胜为孔厚拿获，死沂州府狱中；时迁为康捷擒获，解赴京师正法；段景住为庞毅擒获。通计忠义堂贼目，或斩戮，或擒获，或病故，得一百单七名，惟有盗魁宋江一名在逃未获。

张公便向云陈二人道："元恶渠魁，岂容漏网，公等剿捕有年，可知其出没否？"云陈二人不慌不忙，说出一番话来。有分教：万里江山，从此江山成永固；一生忠义，居然忠义了残生。

不知云陈二人说出甚么话来，且听下回分解。

第一三七回　夜明渡渔人擒渠魁　东京城诸将奏凯捷

却说张经略查点梁山贼目，或斩戮，或擒获，或病故，却是一百单七人，只不见了一个盗首宋江。张公对云陈二人道："这是元恶渠魁，岂可漏网，公等可知其出没否？"云天彪道："贼党惟有盐山一处，料此贼必然逃向此方，可速向此方追捕。"希真道："此贼射瞎一目，最易辨识。"张公称是，便图绘宋江面貌，差康捷飞檄东平一路关隘，严行查缉。康捷领令去了。随命邓宗弼、辛从忠、张应雷、陶震霆领兵四万名，飞速前去，剿灭盐山，沿途查访宋江。邓辛等四将领命去了。

原来宋江自那日鲁达疯死之后，便邀吴用入内议事。二人密室对坐，宋江长叹一声，隐隐的流出一行泪来，道："军师，你看大事如何结局？"吴用默想一回道："但凭天数。"宋江道："依我看来，天之亡我，不可为也。先生作速为我划策。"吴用又沉吟良久，目视宋江，将中指在桌上书一"走"字。宋江摇头道："这个断断不可，我一走如何对得住众兄弟。若挈了大众同走，官军必然追来，仍与不走何异。"吴用道："兄长且去，只要我不走就无害了。"宋江道："这便更荒唐了，岂有我得保全，先生受累之理。"吴用道："兄长且去，小弟见机而作。至于众兄弟，亦只好付之大数而已。"宋江道："还有一事甚难，我此刻单身出走，老父在堂，断难窃负而逃。若不禀知老父，于心何忍；若说明了，老父必然牵挂，如何是好？"吴用道："这也只好从权。太公面前，万无说明之理。兄长且去，太公如果问起，总说兄长在前关就是了。"宋江道："我兄弟老清，与我同胞，此刻远别，须得告知他方好。"吴用道："这个更可不必，兄长且去。老清是纯厚人，易于安慰，可以放心。"宋江道："万一事变，这些儿郎们我不能照顾，如何是好？"吴用道："古人说得好：慈不掌兵。兄长且去，此刻非慈悲之时节了。"宋江浩然叹道："盐山情形，据朱仝、雷横说起，十分兴旺。如果如此,尽可去得,我且先去。”吴用道:“兄长须带一人同去,以便沿途服侍。我看兵目中史应德,乃是小窃出身,兄长带去大利。出后关时,也省得告知燕青。”宋江称是,急忙收拾,带了史应德去了。故尔梁山内外寂无知觉。

且说宋江同史应德由洞内曲曲折折爬出洞外,只见一片乱石纵横。幸喜史应德窜山蓦洞,如履平地,一路扶掖了宋江过去。过得乱石,又是一道山隘,两边陡壁,中间仅有只身可过。过了山隘,又是细路一条,两边都是深塘及烂泥潭。又接着一片荒山,四围榛棘。宋江到了此处,时已黄昏,便道:“今夜无处栖身,怎好?”史应德道:“渡过此山,山脚下便是运河。更喜昏黑渡河,无人辨识面貌。渡得运河,那岸便有宿头。”宋江依言,随了史应德,跨过荒山,早已昏黑,不辨人迹。史应德敲火觅路,到得河边,茫茫白水,无船可渡。宋江立在岸边,踌躇无计,想了半晌道:“我竟昏了,此路戴院长进出多次,曾说自造一只小船,藏在山洞里,今日何不取来一用?”史应德也恍然大悟,便去寻着了那山洞里的小船。宋江上了船,史应德划船,平平安安,稳渡中流,登了东岸。宋江与史应德上岸,黑路中又行了一程,遇着一个小小桑村。时已夜半,那些人家尚在绩麻,灯火未熄。史应德上前去敲一家的门,里面一老妇人问是谁。宋江答言:“过路客人,特来借火,恳求方便。”那老妇人来开了门,宋江同史应德进去了,故意坐着与老妇扳谈,方知此家只得一婆一媳居住。宋江看他情形朴陋,是真实乡村人家,料不致踏着甚么机关,便取出二两来重一锭银子,“告求老奶奶造饭借宿。”那老妇接了这锭银子,欢欢喜喜的应允了,便与媳妇去厨下烧茶煮饭。须臾间搬出来,请宋江主仆吃了。

宋江深恐露出破绽,只推害眼,背灯光坐了。吃了饭,又推困倦,那老妇急忙让出床铺,宋江先去睡了。史应德也进去睡了。婆媳自在堂前绩麻。宋江心虚胆怯,那里睡得着,只听得隔板壁有人说话道:“这遭天下太平了。宋江那厮何等了得,今番也要吃张将军拿了。”一人道:“宋江到底为射瞎了眼睛,一路倒运,直到如今。看来凡有一人破了相,终不讨好。”一人道:“若拿着了宋江,把来千刀万剐，方泄吾恨。那年我外祖家好端端住在沂州安乐村，吃他杀得不知去向，至今提起来头发直竖。”宋江听了这番话，分明如卧针毡，周身冷汗，心中跃跃，提起了耳朵，离着枕头三四寸，听他们说，却渐渐说到别件事去了。须臾间，堂前婆媳熄灯就寝，四邻亦寂静无声。宋江提心吊胆，如何睡得着？望到窗格微明，一骨碌爬起来。喜那乡村人家起早惯的，那婆媳两个早已起来。宋江托言赶路，向那老妇讨些汤水茶饭，道声打搅，同史应德走了。

一路平安，无人盘问。主仆二人过了东平，满耳朵听得街坊村落间，纷纷的讲梁山讲宋江。宋江心中十分虚怯，同了史应德只拣僻路走，夜间仍就小僻村落歇宿。宋江心中提挂，又是一夜不睡。天明又行，行至申牌时分，走过肥城县界的陶山，忽听得路上纷纷讲动，张经略大将军查拿宋江的文书到了。宋江暗暗叫苦道：“想是我的梁山休也。我到此进退不得，如何逃命？”便引史应德到僻处道：“今日怎好？”史应德道：“休管他，有路且走。”宋江只得依了，一路不问山高水低，荒榛丛棘，只拣僻路便走。天已晚了，看看四边无可栖宿。时方七月初八日，前半夜有月，宋江、史应德趁着月光下，脚不暂停的只顾走。走至半夜后，已是长清县地界。宋江困乏已极，松树下栖息了，打个眬瞳，不觉东方已白，主仆二人急忙又走。一路弯曲荒僻之径，又走了一日。宋江道：“我实在来不得了，今夜有可安身之处，遮莫稳睡一宵再走。”史应德连打呵欠应道：“正是。”二人说说走走，时又黄昏，到了一处野渡，一水茫茫，又无舟船可济。二人同立岸边，徘徊四顾，忽远远望见芦苇丛中灯火之光。宋江与史应德奔去，乃是一只鱼船。宋江便上前叩篷，问：“此处是甚地名？”篷内渔人转问道：“客官是到何处去的？”宋江道：“我们是往大清河去的。至此失路，故借问声。”只听得又一个渔人道：“这条河是直通大清河去的，客官多与我们些酒钱，便直送你到大清河。”宋江喜极。只见篷内两个渔人开篷出来，宋江疲乏已极，也不顾吉凶祸福，一脚跳进舱来。史应德也随了进来。宋江讨口水，吃了干粮，在舱内铺席便睡。史应德也睡了。两渔人撑篙离岸，驾橹搭桨，咿咿哑哑的摇出中流。原来这两人是两兄弟，专靠打鱼为业，兼以济渡客商，却是循良百姓，并非歹人。此番合当有事,那哥子在船头,兄弟在船梢,正当转汇之时,史应德忽立出船舷小便。那哥子将篙子打转来,却打在史应德背上。史应德瞌睡正深,立脚不定,不觉一个斤斗,翻下水去。两弟兄齐叫声“阿耶”,急要赴水捞救,苦于河水急溜,那史应德已影迹无踪了。听那舱内,客人兀自鼾声连绵。两人把船停了,商议道:“此事若吃这客人晓得了,怎肯与我干休?”哥子道:“他和我前生无冤,今世无仇。不然,我今夜若一发做了他,倒是安耽无事,只是天理难容。”兄弟道:“我得个计较在此:我看他困倦已极,未必就醒,管他娘,摇出了大清河市镇去。待他醒来,只诳说那人因叫你不醒,自先上岸去买物事,在某店等你。但只赚得他几个酒钱,哄他上了岸,我们便走他娘。”

正说间,忽听那客人做声起来。两人大惊,提耳静听。只听那客人哼道:“军师,你看从盐山兴兵杀来,还是逃出海外?”兄弟道:“兀自说梦话哩!”那哥子忽然福至心灵,便问道:“兄弟,这客人落船时,我在后篷,看不仔细,你看是恁样人?”兄弟道:“是个黑矮子,一只眼睛瞎的。”哥子道:“想是我们合当发迹,天送这大利市来也。”兄弟道:“怎见得?”哥子道:“你不晓得,我今朝进长清城卖鱼时,听说张经略大将军有文书到此,说有人捉得宋江,赏钱三万贯,而且还有甚么官做。今日这客人,莫非就是宋江?”兄弟道:“咄,你休痴想! 那有这块肥羊肉落来你嘴哩!”哥子道:“运气来了,那里论得定。方才我听他的梦话,又听你说出他的面貌,这人定是宋江,端的十不离九。我得个计较在此:我进去如此如此,你进来如此如此,管赚出他真姓名。”

两人计议停当,那兄弟便上了岸。哥子便取了绳索,轻轻的走进舱内,将宋江一索捆了,便大叫:“兄弟快来!”宋江睡梦中惊醒道:“你们是甚么人? 怎么捆我?”那哥子喝道:“咱老爷生在深江,一生只爱银钱,你问做甚? 兄弟快来!”宋江急极叫道:“好汉,我身边银钱尽行奉送,只求饶我一命。”哥子道:“闲话少说! 兄弟快来,帮我抬出去。”只听那兄弟从岸上叫来道:“我已将那个牛子捆在泥潭里了。”一面说,一面持火进来。宋江哀告饶命。那兄弟将火一照,忙叫:"阿耶!哥哥休卤莽,不要伤犯好人!这位客官,好像是及时雨忠义宋公明。"哥子道:"胡说。忠义宋公明,现在梁山做大王,今夜单身来此做甚?"宋江到得此际,不知虚实,想左右终是一死,因回忆那年浔阳江、清风岭等处,曾经得过此等侥幸,今日说出名姓,或者尚有生路,便开言道:"二位好汉,何处认识宋公明?"那兄弟道:"哥哥,你快把绳索解了。你此番得罪了上天星宿,大有罪孽。"哥子道:"且慢。你说他好像是宋公明,到底是不是宋公明?万一不是宋公明,我两人着了这个鬼,倒是一场笑话。"宋江忙接口道:"我真是宋公明。"那哥子道:"客官,你休要冒认宋公明!宋公明现在梁山堂堂都头领,单身到此做甚?"宋江道:"不瞒二位说,我梁山被官兵攻围紧急,十分难支,我想逃到盐山,重兴事业。路上怕人打眼,特拣僻路走,所以走到此处。今恳求好汉……"话未说完,那两人呵呵大笑道:"你原来真是宋公明!你休要慌,那张经略大将军等你已久,我们一俟天明,便直送你到他营前。"宋江听得这话,方晓得着了他们的道儿,惊得魂飞天外。

那两人便加了一道绳索捆缚了他。宋江半晌定神,剪着两手,瞪着单眼,看那两人。那两人坐在舱内,扼不住心中欢喜,笑嘻嘻的看那宋江。宋江叹一口气道:"不料我宋江今日命绝于此。"便问那两人道:"这里端的甚么地名?"两人答道:"老实对你说,这里长清县管下北境夜明渡。这里有件奇事,水中石壁到五更时便放光明,因此唤做夜明渡。"宋江一听得"夜明渡"三字,便长叹一声道:"宋江该死久矣。笋冠仙,笋冠仙,我悔不听你言,致有今日也。你那八句谶语,分明是'到夜明渡,遇渔而终'八个字,我迷而不悟,一至于此。"说罢,一口气悔不转,竟厥了去。那两个人忙替他揪头发,掐人中,摩胸膛,摆布了好歇,方醒转来。那兄弟忙去烧口热茶与他吃了。三人各相呆看了一歇,天已黎明。宋江又开言问道:"你们二人是甚名字?"那哥子笑着答道:"咱老爷三更不改名,四更不换姓,咱老爷姓贾,唤做贾忠。"指那兄弟道:"这是咱兄弟,唤做贾义。"宋江听罢,又浩然长叹道:"原来我宋江死于假忠假义之手。罢了,天色已明,你们送我去罢。"两人汲水烧饭,各自吃饱了。

二人将船摇出大清河，只听得西边炮火连声，鼓角齐鸣，大队兵船到来。贾忠忙教贾义将船退入港内。贾忠道："兄弟，这兵船不知那里的，你紧紧在此看守，待我出去探听明白了再来。"贾义应了。贾忠便上了岸，走出港来。原来这贾忠本是识字的，当时向兵船旗号一望，只见上写着的经略大将军左右翼旗号。贾忠暗喜道："原来果是官兵也。"便立了一歇，等得前队兵船到来，便在岸上跪禀道："长清县渔户贾忠禀报大将军：那梁山大盗宋江已有了。"船上先锋官一闻此报，便叫小船接渡贾忠。上船问了缘由，便教将贾忠送到大船去见大将军。那邓宗弼、辛从忠闻报，便叫传贾忠进来。贾忠禀说了缘由，邓宗弼、辛从忠等皆大喜，便差一小校同贾忠去取宋江来。须臾，贾忠、贾义随了小校，押解宋江前来。邓宗弼一看，果是宋江，大喜，便先取两副金帛赏了贾忠、贾义，随将宋江上了靠锁，推入囚车，派一员随营官押送大营，并将贾忠、贾义亦送往大营。随营官领命。贾忠、贾义叩谢了，一同前去。

这里邓宗弼依旧同辛从忠、张应雷、陶震霆催动人马，杀向盐山。不日到了盐山，邓宗弼传令安营下寨，与辛从忠、张应雷、陶震霆商议攻取之策。辛从忠道："这盐山有虎翼山、蛇角岭两处羽翼，须先破其羽翼，方可直捣盐山。"张应雷道："如此，恐盐山贼兵来救，反生牵制。今我们现有四万人马，不如四人分领了，三处一齐下手。"陶震霆道："分兵恐怕势弱。如果要三处齐攻，可再檄调天津、河间等处兵马前来助战。"邓宗弼道："我看无须，不如仍依辛将军原议。只须分别奇正接应，假作三处齐攻之势，盐山畏我齐攻，必不敢出兵来救。而我兵有奇正接应，亦不忧势弱也。"众人称是。

张应雷愿攻虎翼山，便领兵一万，杀向虎翼山去；陶震霆愿攻蛇角岭，便领兵一万，杀向蛇角岭去。这里邓宗弼领兵一万，守住盐山西北要路，接应张应雷的兵马；辛从忠领兵一万，守住盐山东南要路，接应陶震霆的兵马。

先说张应雷领兵到了虎翼山，传令一字按队扎营。那虎翼山头领拔山熊赵富、索命鬼王飞豹，闻官兵杀来，大怒，便尽数点寨兵，杀下山来。张应雷早已布阵等待，倒提铜刘，立马阵前，大叫："虎翼山栖魄游魂，速就扫除！"王飞豹大怒，舞着狼牙棒一马飞出，直取张应雷。张应雷舞刘敌住，大战十五六合。赵富在阵上望见王飞豹不是张应雷的对手，便拍马舞刀来助飞豹。张应雷不慌不忙，展开铜刘，敌住二人。只见阵云影里，那面铜刘耍圆来，变成一团大金光，赵王二人目眩心骇。只听得张应雷一声铜刘过去，王飞豹嗓子割断，倒于马下。赵富大惊，拖刀便走。官军一齐大呼杀上，杀得贼兵大败。赵富急忙领后半人马逃上虎翼山，张应雷率众直逼山下。天色已晚，张应雷传令，就山下安营，一面报与邓宗弼。次早策众攻山，接连攻了三日，赵富坚守不下。

那邓宗弼闻张应雷得胜，正拟前去助战，忽盐山头领截命将军邓天保、铁枪王大寿率兵六七千杀来。邓宗弼大怒，一面报与辛从忠，这里一面传令迎战。贼兵已到，两阵对圆。对宗弼出马阵前，高叫："杀不尽的草寇，速来纳命！"邓天保、王大寿一齐大怒，两马并出，敌住邓宗弼。邓宗弼展开雌雄双剑，虎吼般杀出。邓王二人曾吃过邓宗弼的利害，今日见了十分当心，抖擞精神，并力厮斗。大战六十余合，不分胜负，两阵各自收兵。

次日交锋复战，连战了三日。那辛从忠接了邓宗弼的报，便一面报与陶震霆，一面点齐人马，直攻盐山。山上几员头目，策众死守，垒木滚石齐下。辛从忠一马当先，抢上山来，一枝蛇矛龙盘虬舞，拨开垒木滚石，直到关门，纵身上关。关上只得几个二三等的头目，如何抵敌得住，吃辛从忠一矛一个，撅稻草也似掼落山下。关上贼兵大乱，官兵一齐大呼杀上，杀得贼兵尸满关上，血流山下。辛从忠指挥众兵开关齐入，盐山大破，山内贼兵尽行杀绝。那陶震霆正在攻击蛇角岭，那蟠海龙秦会、喷雾豹张大能死命抵住，不敢出战。陶震霆正欲设计攻击，忽接到辛从忠的报，便率众退去，假作助攻盐山之势。那秦会、张大能见官军退去，便领兵杀出。只见陶震霆兵马已退远了，秦会、张大能便并力直趋盐山。不防半路上陶震霆兵马截杀出来，众贼大惊，方晓得中了陶震霆的计。陶震霆两柄卧瓜锤，流星驰电般当先杀入贼军。秦会、张大能死命敌住。战不数合，两人知不是头，约兵马退转，官兵已潮涌般杀上。陶震霆见秦张二贼去远，便挂了双锤，取下那杆溜金火枪，扳开火机，只听扑通一声，阵云中张大能中枪落马。秦会大惊。官兵紧紧追上，秦会领败兵退入蛇角岭。官兵已到山下，四面攻围，秦会死命守住。陶震霆正拟悉力攻打，忽接到辛从忠破盐山的捷报。陶震霆便传令军士少息，次日再行攻打。

却说辛从忠破了盐山，便委偏将守山，自己领兵五千去接应邓宗弼。那邓天保、王大寿两员贼将，日日苦斗邓宗弼。邓宗弼天生神力，转战不衰，那二人兀自筋疲力尽。这日重复交锋，邓宗弼见他二人力气已尽，便大奋神威，展开双剑，分明双龙飞舞，卷入贼军。邓天保措手不及，剑光撞着，头颅早已飞去。王大寿大惊飞逃，邓宗弼驱兵杀上，贼兵大败。王大寿逃出阵云，恰好辛从忠大队兵马掩来。王大寿舍命冲突，辛从忠见了，一飞标过去，正中咽喉，撷下马去。邓宗弼、辛从忠合兵一处，杀得贼兵一个不留。忽报张应雷带领得胜兵，持着赵富首级转来。邓辛二将皆喜，忙问缘由。张应雷道："小弟攻虎翼山，连攻了七日，贼人坚守不出。小弟使个见识，教偏将假扮救兵，冲入重围。这赵富果然杀出，吃小弟诱入阵中斩了，便驱兵杀入虎翼山，将贼兵杀尽，寨栅尽行烧毁，得胜回来。"众人齐声称妙。

当时邓宗弼、辛从忠、张应雷合兵一处，回到盐山。忽报陶震霆持着秦会首级，带了得胜兵转来。众人喜问其故，陶震霆道："小弟攻蛇角岭，只攻了一日，贼人锐气已尽。小弟见了，便策众奋力攻关。关上贼兵守了山，小弟破关而入，秦会情急自刎。小弟挥众杀尽贼兵，焚毁寨栅，得胜回来。"众人都叹服。当时邓、辛、张、陶四人共议，檄天津、河间、武定三府官员前来妥办善后事宜。这里盐山寨栅，亦烧毁净尽，四人统领人马，大掌得胜鼓，回大营去了。

却说张经略在梁山，接到邓宗弼等送来盗魁宋江，并擒贼有功之渔户贾忠、贾义。张公大喜，便教左右取出三万贯钱，加了两套花红，赏那二人，又各赐防御职衔，就以长清县下北境三百户封那二人。二人叩谢领赏而去。当将擒获渠魁之事，恭折奏闻，差康捷赍奏前去。张公便与贺太平、盖天锡、云天彪、陈希真查点就擒贼目名数，计现在梁山就擒十三人：宋江、卢俊义、吴用、公孙胜、柴进、朱仝、雷横、戴宗、裴宣、樊瑞、张青、孙二娘、段景住；曹州府监内三人：燕顺、石勇、李立;大名府监内二人:张横、张顺;兖州府监内四人:宣赞、郝思文、单廷珪、魏定国;青州府监内九人:史进、刘唐、李忠、阮小二、阮小五、阮小七、朱武、鲍旭、朱贵;沂州府监内五人:李逵、穆洪、李俊、黄信、欧鹏:共计三十六人。张公传令提取。不数日都陆续解到,张公吩咐装起三十六辆陷车,把那三十六人推入钉固了。传令将忠义堂烧毁,伐倒替天行道杏黄旗的旗竿,所有宋江伪造违禁之旗伞袍服兵符印信一切等物,亦尽行销毁。前所抄出梁山之钱粮金帛,一半入官,一半赏赐随营效力将弁兵丁,并阵亡家属,被难人民。然后与贺太平、盖天锡、云天彪、陈希真统领大兵,押解三十六贼,并一切俘虏首级,尽出梁山,驻屯曹州,一面等待邓辛等四将捷报,一面恭候圣旨发放。

且说天子自二月二十日郊饯大经略张叔夜出师之后,自四月初一日起,便日日命驾亲登朝阳门一次,以望山东,躬自祷告:"皇天深仁,祖宗厚德,保佑此番师出成功,狂寇殄平,士民安乐。"到了七月初十日,天子正在朝阳门,忽远远望见一张红旗,须臾流星掣电价到了面前,正是经略报捷本章。天子大喜,传旨取张叔夜奏章进览。黄门官领旨下城,取那奏章上呈御前。天子览毕,龙颜大悦,命驾还宫,差官随驾入城。城中文武大臣,及众官士民,俯伏道旁,齐呼万岁。天子还宫,先命具仪恭诣天坛、太庙谢恩,各大臣恭贺。同日又接到康捷赍来擒获渠魁的奏章。天子愈喜,即日传出褒嘉张叔夜等的恩旨,着康捷先行赍去。所有一切庆典,着该部查明具奏,俟奏凯之日,一体施行。按下慢表。

且说张叔夜统大军到了曹州,当日即逢康捷赍着恩旨转来。张叔夜率领诸将跪迎,恭听开读毕,所有赏赍恩典,悉遵颁诏。叔夜等舞蹈谢恩,各官庆贺。贺太平、盖天锡、云天彪、陈希真等同在曹州,与山东制置使清万年办理善后事宜,一面等待邓辛等四将捷报。到得八月初旬,忽报邓辛等四将荡平了盐山、虎翼山、蛇角岭,领兵转来,张公大喜,众将皆喜。此时山东、河北,一应强梁寇盗,扫除尽净,四方道路平通,商旅行李游行无碍,一应城乡村落,士民老幼,共享升平,安居乐业,所有营汛兵弁,个个韬戈束甲,从此不复用兵。万姓三军,欢呼动地。

张叔夜又拜本章,差康捷上京报盐山之捷。康捷赍着恩旨转来,叔夜与诸将恭迎开读。内载“所有临阵有功各大臣,一体来京,候朕施恩”等谕。张叔夜谢恩毕,宣谕各官知悉。即日张叔夜率领诸将,一齐起身,奏凯还朝。只因这一去,有分教:放牛归马,共成王室功勋;跨鹤骑鲸,表出天曹来历。不知后事如何,且听下回分解。

第一三八回　献俘馘君臣宴太平　溯降生雷霆彰神化

却说张叔夜在曹州，聚集平灭梁山文武各官，择了吉日，班师回朝。中军参赞大臣，并各队领队大将，及二十万天兵，均从曹州起行，云天彪、陈希真率领部下督阵的文员武将随从。

当时发炮起马，第一拨，左营十二员军将云天彪、傅玉、云龙、刘慧娘、风会、闻达、哈兰生、欧阳寿通、毕应元、庞毅、孔厚、唐猛分领天兵六万；第二拨，右营十二员军将陈希真、刘广、祝永清、陈丽卿、苟桓、栾廷玉、祝万年、栾廷芳、真祥麟、刘麒、范成龙、刘麟，分领天兵六万；第三拨，中营军将十二员贺太平、盖天锡、邓宗弼、辛从忠、张应雷、陶震霆、金成英、杨腾蛟、韦扬隐、李宗汤、王进、康捷，分领六万人马：三拨共军将三十六员，人马十八万。第四拨，张经略率领二子伯奋、仲熊，分领中营亲军二万人马，解着宋江等三十六贼，一齐起身。大小三军齐掌凯歌，鼓乐喧阗，队仗纷纭，戈甲庄严，旌旗明丽。正当天晴日晶，秋风高爽之时，大队得胜军马，耀武扬威，浩浩荡荡，出了曹州南门。山东制置使清万年，率领所属文武官员，肃具仪注，出郊饯送。张叔夜辞了清万年，率领众将军马奏凯东行。清万年自在曹州办理善后事宜。张叔夜大军一路向东京而去，地方沿途迎送，说不尽那一切威武荣耀。

那数十员功臣大将，几十万得胜天兵，按站行至九月初一日，到了东京。天子命驾郊迎，在京大小文武各官一齐随驾出城，只见威仪严肃，礼制辉煌，那些神龙卫士，金枪班，羽林军，一切威严仪仗，扈从圣驾，齐到东郊。张叔夜率领出征诸将，已在东郊恭候圣驾。只见三军分列，队伍整齐。

中军将校一十五员：经略大将军总督三营军务张叔夜；参赞大臣贺太平；参赞大臣盖天锡；中军第一队左将军张伯奋，中军第一队右将军张仲熊；中军第二队左将军邓宗弼，中军第二队右将军辛从忠;中军第三队左将军张应雷,中军第三队右将军陶震霆;中军第四队左将军金成英,中军第四队右将军杨腾蛟;中军第五队左将军韦扬隐,中军第五队右将军李宗汤;中军第六队左将军王进,中军第六队右将军康捷。

左军将校一十二员:经略左军大将军云天彪;左军参谋官刘慧娘;左军副参谋官孔厚;左军第一队副将军云龙;左军第二队左将军傅玉,左军第二队右将军风会;左军第三队左将军毕应元,左军第三队右将军庞毅;左军第四队左将军闻达,左军第四队右将军欧阳寿通;左军第五队左将军哈兰生,左军第五队右将军唐猛。

右军将校一十二员:经略右军大将军陈希真;右军参谋官兼第一队副将军祝永清,右军第一队先锋将军陈丽卿;右军第二队正将军刘广,右军第二队左将军刘麒,右军第二队右将军刘麟;右军第三队左将军苟桓,右军第三队右将军祝万年;右军第四队左将军栾廷玉,右军第四队右将军栾廷芳;右军第五队左将军真祥麟,右军第五队右将军范成龙。

当时齐在东郊,天子法驾到来,齐呼万岁。大经略张叔夜先行进见,拜跪礼毕。天子降座,亲与张叔夜解甲,亲赐御酒慰劳,叔夜谢恩。天子覃敷恩礼,遍劳三军将官,众将各各谢恩。此时鼓乐悠扬,仪文炳焕。那些赞礼官、司仪官都侍立御前,一切内官侍臣趋走御道之旁,宣召赏赉,纷纭络绎,非常闹热。

那宋江等三十六贼,都反剪捆缚,远远跪在御道之外。那班城里城外的百姓,早已邀张唤李,挨挨挤挤,都来看热闹。前番征平方腊奏凯时,百姓都已见过张经略的威风,今番再看,愈觉惊异。又不知宋江怎样一个三头六臂的模样,都要来瞻仰瞻仰。

有的说:宋江可怜,被官府逼得无地容身,做了强盗,今番却又吃擒拿了。有的说:宋江是个忠义的人,为何官家不招安他做个官,反要去擒捉他?内中有几个明白事体的说道:“宋江是个大奸大诈的人。外面做出忠义相貌,心内却是十分险恶。只须看他东抢西掳,杀人不转眼,岂不是个极凶极恶的强盗!众论纷纷不一。

不多时，天子回銮。经略率领功臣进了城。各盗犯尽交刑部监禁。各官员朝请圣安毕，回寓。

次日，天子便册封张叔夜为开国郡王。初三日，论功行赏，各功臣有爵者晋爵，无爵者赐爵。初四日，大犒从征军士，抚恤阵亡家属。

初五日庭讯，三法司及大将军汇奏：宋江、卢俊义、吴用、公孙胜，元凶渠魁，罪大恶极。其余三十二贼：柴进为逋逃渊薮；李逵、刘唐、阮小二、阮小五、阮小七、石勇、段景住，怙恶不悛；李俊、穆洪、张横、张顺，土猾倡乱；朱仝、雷横、史进、戴宗，吏胥通贼；黄信、宣赞、郝思文、单廷珪、魏定国，身受皇恩，忍昧本良；李立、朱贵、张青、孙二娘，身为市侩，潜蓄异谋；裴宣、欧鹏、燕顺、朱武、樊瑞、鲍旭、李忠，啸聚山林，倡为盗首。均属罪无可逭，合拟凌迟。天子依仪，即于初六日恭诣太庙献俘毕，即将宋江、卢俊义、吴用、公孙胜、柴进、朱仝、雷横、史进、戴宗、刘唐、李逵、李俊、穆洪、张横、张顺、阮小二、阮小五、阮小七、朱武、黄信、宣赞、郝思文、单廷珪、魏定国、裴宣、欧鹏、燕顺、鲍旭、樊瑞、李忠、朱贵、李立、石勇、张青、孙二娘、段景住，一齐绑赴市曹，凌迟处死，首级分各门号令。群臣齐庆升平。天子分官受职，遂颁恩诏，大赉天下，举行一切庆典。又诏将那平定梁山泊的文臣武将从始至终的功绩事实，发入乐部扮演。天子御天章阁赐筵，率群臣观剧，观至某臣建功之处，便赐某臣酒一杯。天子又亲洒宸翰，歌咏诗章，赞群臣之功。诸臣中有善吟咏的，都恭和奉答，颂扬天子功德。天子命群臣必须尽欢，群臣谢恩，无不遵旨醉饱。

次日，张叔夜率出师诸臣，同在朝文武官，入宫谢恩。天子道："朕欲图画三十六臣入徽猷阁，以张叔夜为领袖。"张叔夜等谢恩毕，天子遂传旨着该部图画功臣。不日，部臣将张叔夜及二子伯奋、仲熊并贺太平等三十六臣的真容献上。天子见了甚喜，便亲提御笔题签：

> 中书政事府同平章事、殿帅府掌兵太尉、开国郡王张嵇仲，（字而不名，仿麒麟阁霍光不名之意。）左龙武大将军、辅国公张伯奋，右神武大将军、定国公张仲熊。（以此三臣为领袖。）中书政事府参知政事、吏部尚书、魏国公贺太平，骠骑大将军、知枢密事、越国公云天彪，辅国大将军、同知枢密事、鲁国公陈希真，镇

军大将军、河北留守司、顺诚侯刘广，镇军大将军、山东留守司、壮勇侯傅玉，冠军大将军、京畿五城兵马大总管、智勇侯祝永清，忠孝武烈一品夫人陈丽卿，云麾大将军、京畿五城兵马副总管、果勇侯云龙，忠智英穆一品夫人刘慧娘，辅国大将军、兵部尚书、南阳侯金成英，端明殿大学士、刑部尚书、宣城侯盖天锡，忠武将军兼领左神武大将军、建威侯邓宗弼，壮武将军兼领右龙武大将军、扬威侯辛从忠，宣威将军兼领左羽林大将军、怀远侯张应雷，明威将军兼领右羽林大将军、定远侯陶震霆，山东镇抚将军、宣化伯风会，河北镇抚将军、怀化伯荀桓，定远将军、兵部侍郎、宣威伯杨腾蛟，龙图阁大学士、刑部侍郎、济阳伯毕应元，西城兵马司总管、忠勇子祝万年，南城兵马司总管、平南子庞毅，河北天津镇总管、归化子哈兰生，山东马陉镇总管、长城子刘麒，左龙武副将军、高阳子韦扬隐，右龙武副将军、中牟子李宗汤，山东兖州镇总管、襄武子栾廷玉，河北大名府总管、忠毅子闻达，卫尉兼焕章阁直学士、任城男真祥麟，大司农兼天章阁直学士、范阳男范成龙，东城兵马司总管、协忠男栾廷芳，左神武副将军、武阳男刘麟，右神武副将军、武定男欧阳寿通，殿中侍御史、谏议大夫、昌平男孔厚，振威将军、致忠男王进，游击将军、奋武男唐猛，游骑将军、新城男康捷。

共三十九幅功臣图像，御笔又亲题赞语，都送入徽猷阁以垂不朽。群臣庆逢非常际会，感激谢恩，各归职守。

过了数日，天子忽忆："今春出师之时，感天上庆云瑞兆。朕曾访问于张天师，据奏称：此番出征诸臣，皆系雷部神将，上帝敕令降生，辅佐朝廷，殄灭妖氛。今日果然群凶扫灭，四海升平，其言验矣。"遂传旨到江西龙虎山，宣召张天师入觐，备问雷将来历，以昭天恩，而志盛事。着值殿指挥司官赍诏前去。指挥官领旨，即便赍诏赴龙虎山去。

不日到了龙虎山，张天师恭迎诏敕，开读讫，将圣诏供奉了，一面接待钦差，一面吩咐道众收拾行装。因系特诏宣召，不敢怠缓，次日便同了钦差起程。路上州县迎送，不必细表。不日到了京师，钦差官入宫覆旨。

次日,天子御天章阁召见。天师稽首请安,并贺圣喜毕。天子赐坐,天师谢恩就坐。天子开言道:"今春朕命张叔夜征讨梁山,尔时卿曾奏称:此番命将,皆上天敕令降生之雷部神将,出师必然大捷。今妖氛殄灭,海宇升平,卿言果验。仰见昊天覆育之仁,祖宗积累之厚,朕凉德藐躬,获承天贶,敢不祗惧。所有雷部神将,谅卿必深晓来历,可一一具奏,以昭天恩,以彰圣化。"天师躬身答道:"恭蒙清问,臣谨具奏。"天子道:"且慢。着宣天章阁待制进来,备录天师之言。"须臾待制进来,铺纸阶前,磨墨拈笔,候天师奏来。天师奏道:

张夜叔乃是雷声普化天尊座下大弟子雷霆总司神威荡魔霹雳真君降生;张伯奋乃是雷声普化天尊左侍者青雷将军降生;张仲熊乃是雷声普化天尊右侍者石雷将军降生。(此三人在雷祖座下,不与三十六官之列。其余三十六人乃是三十六雷府中神将。)云天彪乃是正心雷府八方云雷都督大将军降生;陈希真乃是清虚雷府先天雨师内相真君降生;邓宗弼乃是太皇雷府开元司化雷公将军降生;辛从忠乃是道元雷府降魔扫秽雷公将军降生;张应雷乃是主化雷府阳声普震雷公将军降生;陶震霆乃是移神雷府威光辟邪雷公将军降生;庞毅乃是皓帝雷府雷师皓翁真君降生;刘广乃是广宗雷府五雷院使真君降生;苟桓乃是升元雷府报应司总司真君降生;毕应元乃是希元雷府幽枉司总司真君降生;祝永清乃是神霄雷府玉府都判将军降生;陈丽卿乃是琼灵雷府统辖八方雷车飞罡斩祟九天雷门使者阿香神女元君降生;云龙乃是庆合雷府威灵普遍万方推云童子降生;刘慧娘乃是梵气雷府驱雷掣电照胆追魔纠察廉访典者先天电母秀元君降生;风会乃是左罡雷府先天风伯次相真君降生;傅玉乃是玉灵雷府雷部总兵将军降生;盖天锡乃是洞光雷府雪冤辨诬卿师使相真君降生;金成英乃是安埠雷府万方威应招财锡福真君降生;哈兰生乃是极真雷府灵应显赫扶危济急真君降生;刘麒乃是岐阳雷府九垒总司威灵将军降生;孔厚乃是丹精雷府调神御气燮理阴阳司命天医真君降生;真祥麟乃是青华雷府祥光瑞电天喜真君降生；栾廷玉乃是紫冲雷府啸风鞭霆天冲真君降生；康捷乃是符临雷府传奏驰檄追魔摄怪九天雷门律令使者降生；范成龙乃是变仙雷府总司九龙真气神变普应将军降生；杨腾蛟乃是历变雷府总司五龙真气飞腾显应将军降生；祝万年乃是升极雷府延寿保命辅圣真君降生；刘麟乃是元宗雷府水官溪真驱邪使者降生；欧阳寿通乃是元冲雷府水官溪真摄魔使者降生；韦扬隐乃是定精雷府火部司令五方显应将军降生；李宗汤乃是保华雷府火部司令中山真灵将军降生；唐猛乃是天娄雷府五方蛮雷将军降生；闻达乃是景琅雷府元罡斩妖将军降生；栾廷芳乃是微果雷府元罡缚邪将军降生；王进乃是辅帝雷府雷部总兵使者降生；贺太平乃是敬皇雷府侍中仆射上相真君降生。

天师奏毕，待制一一录就，进呈御览。天子览毕，大喜道："原来如此。仰见昊眷洪深，莫可名状。"便谕待制道："你可将此张雷将封号，用凤尾笺录好，就藏天章阁，用诏来兹，以志盛事。"待制领旨。又传谕礼部，择日具仪，恭诣天坛谢恩。天师又奏道："尚有一事，未曾具奏。"天子道："何事？"天师道："玉帝因这伙妖魔力大，又去十洲三岛阎浮世界得道高真数内，召集一十八位散仙，齐来协助这三十六员，共成大功。这十八位中，也有愿转轮回，忠义捐躯的；也有遁迹山林，留形住世，指点筹划的。功劳大小，各有升赏，恭候玉旨定夺。一切英贤辅佐陛下，荡妖灭寇，非偶然也。"天子道："此三十六臣，朕已知悉矣，更有那十八位客星散仙是何人？现在俱存何处？"天师道：

山阴道上通一真人陈念义；山阴道上游戏真人徐和；湖山三竺五桥药上真人徐槐；鉴湖东浦普天欢喜真人召忻；清凉法界指迷笋冠真人刘永锡；贵陵深处保虚无上真人任森；西陲蜀道纯阳真人颜树德；蓬莱仙阙正觉真人张鸣珂；紫霞仙阙妙明元君汪恭人；琉璃法界净修元君徐青娘；紫罗仙岛镇海真人李成；峨嵋山下缚邪真人苟英；九华金阙降魔真人王天霸；青华仙府妙正元君贾夫人；太行洞府定光真人鲁绍和；青龙峰下保胜真人梁横；兖州甑山佑正真人魏辅梁；曲阜凫山辅正真人真大义。

天师述散仙来历毕，又将各人事实略述一番。天子闻奏愈喜。

待制录单呈览，天子谕令与雷将封号一并联录，收藏天章阁内。待制领旨讫。天子问天师道："想天下从此永远太平了？"天师道："陛下敬天法祖，圣明郅治，亿万年太平无疆。惟那伙妖魔身虽就戮，而业魂冤障未平，终须百年而后，方就收伏也。"天子道："如此，生灵涂炭，何时得了？"天师道："与生灵决无妨碍，请陛下勿廑圣虑。陛下记臣此言，百年之后，臣言自验也。"天子退朝，传旨赐天师玉如意一柄、道服一袭、黄金二百两，谕令回山。次日，天师入宫谢恩，辞驾回龙虎山去。

越数日，天子恭诣天坛谢恩，传谕诸臣。诸臣竞赞盛事，恭颂圣德。天子又传旨将那一十八位散仙均加敕封：

> 陈念义封传忠度世真人；徐和封守真度厄真人；徐槐封神功广济真人；召忻封和中鬯化真人；刘永锡封觉迷醒世真人；任森封元功赞化真人；颜树德封纯阳翊化真人；张鸣珂封靖和端化真人；汪恭人封妙明静正元君；徐青娘封慧明妙悟元君；李成封真灵显应真人；苟英封保真解厄真人；王天霸封保真救急真人；贾夫人封佐命佑国元君；鲁绍和封报国淳佑真人；梁横封报国显佑真人；魏辅梁封正修密迹真人；真大义封协修密迹真人。

其无住处可稽者，就此遥加封号。其有住址者，均遣使赍敕去讫。

天子复思盗众虽获，余党尚恐未尽，翼日复召张叔夜、云天彪、陈希真进见商议。只因这一议，有分教：普安疆域，立功者阐发儒宗；永奠苍生，老成人退修道术。

毕竟后事如何，且听下回分解。

第一三九回 云天彪进春秋大论 陈希真修慧命真传

话说天子召见张叔夜、云天彪、陈希真三人,问道:“宋江等巨寇已就荡平,四方安乐,但奸人潜匿,何处无之。朕恐此辈乘间再发,所宜预定良策,以图永奠。”张叔夜等一齐俯伏奏对道:“宋江之乱,因文臣失御于前,武臣玩寇于继,因循坐误,遂成大患。今陛下圣明,文臣武将,尽选贤能,治法精严,教化大行。从此金汤巩固,盗贼消除。如陛下治益求精,应如何加意办理之处,臣等谨遵。”天子道:“朕意欲查明从前各盗占踞深山穷谷之处,再行勘明基址,随地制宜,设官备兵。如有后起宵小,俾知国法森严,无从聚迹。且兵为民之卫,足兵亦政之大经。朕意欲着云天彪前往各地,相机办理,务期章程尽善而止。”张叔夜等均称圣议至是。

天彪谢恩领旨,随保刑部侍郎毕应元、天章阁直学士范成龙、谏议大夫孔厚为参赞。天子准奏。叔夜、希真与天彪一齐出宫,先查明前经用兵,及叠次聚盗各山,开单奏明。天彪带领毕应元、范成龙、孔厚辞驾起行,在京文武各官出城相送。天彪先将北门外元阳谷形势查勘一番。元阳谷经张叔夜办理,一切墩煌炮台,营兵额数,无不如法,应无庸再议。天彪遂与毕应元等一同出京,一路按站行止,地方官迎送。不日到了梁山泊,先坐落郓城行台。

原来梁山前面水泊,经徐槐填平,大半尽为陆地。此时梁山平定,这一片地亩任居民管业。那些居民却在郓城县具呈,请仍复开通各港,以为渔业,府县持议不决。适逢钦差云公到来查勘地址,府县官便将此议上禀。天彪听毕,便与毕应元、范成龙、孔厚同去踏勘。天彪叫范成龙丈量了地亩,便命吊提从前梁山泊渔户租税册子,交与范成龙核算。范成龙细细较算,便对天彪道:“此地若改为田亩,其租税正与渔户相当。”天彪道:“是了。从前梁山所以多寇盗者,为水泊内叉港太多,奸人易于藏匿,出没无常故也。今改为田亩,其利相当，而无藏奸之弊，又何苦而必欲开港业渔哉？”便命那班居民开垦地亩，又为他们相度地势，经理沟渠。不数年间，良田万顷，民赖其利，因呼为“云公田”。

且说当时天彪经划田亩毕，便同三位参赞进了梁山。只见那三座关门及左右等关，楼垣尽皆毁损，一切墩煌炮台亦皆残缺。当时原拟削平地址，因兵役劳顿，而此又系不急之务，所以置之不动。天彪将前后细细的阅视了一转，便道：“此关不但无须毁拆，而且可以再加修理。”毕应元请问其故。天彪道：“我看此地大宜建营设官，以杜盗源。既要设营，这些关楼墩煌，都是有用之物了。”毕应元称是，便道：“此处地形辽阔，既要设营，必须多置兵丁，须得先将粮饷先行筹划。”天彪便与范成龙将里里外外所有出产，通盘查核了一番，便与毕应元、孔厚共议，将梁山泊改为梁山营，设兵马都监一员，防御使二员，提辖四员，兵丁三千二百名，又设督粮理事通判一员，巡检一员。所有关内寨栅，大兵进剿时，已焚毁大半，今俱为补筑。后水泊未经填塞，仍听百姓捕渔为业。梁山经划已定，先行恭折奏闻，又教毕应元分往钜野县去阅视麟山，孔厚分往寇州去阅视枯树山。

不数日，毕应元从麟山转来，对天彪道：“麟山一区，离钜野县城四十五里，地形辽阔，却与满家营相呼应，可于此处设提辖一员，置兵四百名，可以永远奠安。”天彪依议。又不数日，孔厚从枯树山转来，对天彪道：“查得枯树山一区，山形险阻，虽为聚盗之所，但未能容受多人，又且逼近州城，苟营汛兵捕率真办事，何至疏虞。为今之计，可酌拨寇州兵一百二十名屯扎于此，以便呼应。”天彪依议，当即奏闻讫，便将梁山营里应如何修理之法，交代了曹州府及郓城县。天彪与毕应元等就从梁山起行，绕道过紫盖山。查看紫盖山形势，四面孤悬，乃是小盗出没之所，大盗断难容足，笑火万城、王良当时占据此地，毫无识见，便议置立几处墩煌谯楼而去。路经对影山，天彪遥遥望见山形险峻，便道：“这山却是大盗盘踞之地，倒须细细阅看一番。”当时一行人马徐徐前行，到了山边，天彪吩咐仪从退后，自己与毕应元轻骑简从，登山四面观看，果然崖谷峥嵘，地形险要。天彪看了一回，便与毕应元等议设营弁。议毕，便再去相地安营。原来这山地形虽险，水口却老大不便，若使一月不雨，千军万马可以活活的渴死。天彪道："如此看来，此山亦非要地也。"便罢设营之议，仅于四面要道置设墩煌，添汛兵数十名。当时办理已毕，一行人马离了对影山，向东进发。

早有青云、新柳、猿臂三营官员出来迎接。天彪进营，到三处逐一阅看，所有一切寨栅门关，土垒城郭，炮台墩煌，经陈希真办理妥善。惟当时为防堵强寇起见，三营兵丁额数，合计得八万有零，及泰安、新泰、莱芜三处平定之后，陆续裁汰，尚有二万名。天彪因与毕应元等商议，就此抽出三千二百名，移置梁山营，以充兵额之数。此地尚有一万六千八百名，猿臂寨设兵四千名，青云营、新柳营各设兵三千名，余六千八百名，分置沂州府各属县下编收，统俟疮痍平复，再行陆续抽退。查得青云营有瓷窑一局，先归青云营征收租税，后划归沂州府兰山县征收，今将各窑户编查清楚，特设巡检一员，督理窑务，官名理窑巡检。余俱悉照旧章，无须更改。

天彪等即日起行，不日到了青州清真营。此时清真营内所有登、莱、青三府戍兵，已尽行撤回。天彪查点了本营兵丁，原来这些兵丁，当时原系各路召募的乡勇充当。今日查问，内中有愿归农改业者听之，其有愿充兵卒者收入兵丁册，共计得八千名。便议清真营置设兵丁二千名，营中原设有防御官，今仍其旧。便与毕应元、范成龙、孔厚分巡二龙山、白虎山、清风岭、桃花山。巡视毕，四人会议：二龙山设防御使一员，兵丁八百名；白虎山设提辖一名，兵丁五百名；桃花山亦设提辖一员，兵丁六百名；惟查清风岭旧设文武知寨各一员，今已废，天彪便议复设武知寨一员，兵丁一千二百名，其文知寨一缺不必复设。此四营兵丁，即以清真营羡额之兵充数。尚有羡额兵二千九百名，就分置泰安之秦封山、新泰之望蒙山、莱芜之天长山。其召家村、正一村两处，俱已撤散，无庸复议。哈芸生、沙志仁、冕以信均分发各营授职。

安派完毕，天彪等就从青州起行，一路上观看形势，凡遇山林险阻，可以藏奸之所，虽未经盗贼占据，亦为经理一番。顺路到登州府查勘，登云山台峪却是海疆要害，便议改为登云卫，设防御使一员，拨登州兵四百名驻扎防守。就将海疆各卫所一齐整顿一番，所有营汛墩煌，一一修理复旧，便驾海舰巨舶，出海口，渡洋面，但见各岛屿星罗棋布，洪涛万顷，蛟宫鲸窟，出没烟雾之中。天彪一路观看，长风迅利，直达天津，又将各卫所阅视一番。顺道至辽疆经略府，去谒见种师道。师生相见，有何不喜？当时种师道以钦差大臣之礼待天彪及毕应元诸人，设筵相待，席间说些天子圣明，四海清平的话。云天彪将现在奉命查勘各处地址，今已将山东一区如此如此的经划说了一遍，便请教老师指示。种师道都一一点头称好。众人畅谈一切，尽欢而散。

次日，天彪辞别了种师道，率领毕应元、范成龙、孔厚一同起行，便往饮马川去查勘地址。只见青山回抱，绿水湾环，当时大盗盘踞，此刻游人玩赏，说不尽那楼阁连云，人烟繁集。天彪看了一番，便对毕应元道："我看此处无须置兵，只须设立巡检一员足矣。"应元称是。便将饮马川改为饮马司，置设巡检一员而去。便到了盐山，只见兵燹之后，败垒遗栅，木焦石裂之状，仿佛犹存。天彪与毕应元等巡视一番，又派范成龙去分巡蛇角岭，孔厚去分巡虎翼山。不数日都转来，一同会议，便将这三座山都改为营寨，各设立防御使一员，兵丁六百名。因将河北所有一应山林险阻都查明了，或设汛，或置营。绕转大名府，跨过黄河，到了江南。先将徐州芒砀山一区查勘。芒砀山冈峦起伏，云气联绵，实为险阻之地，便议于此设立游击一员，兵丁二千四百名。天彪便教毕应元去巡视黄门山，孔厚、范成龙去分巡各山。天彪亲去巡视冷艳山，只见冷艳山四面墩煌营汛，一一如法。原来是云太公在日，禀明当官设的。天彪见了，不觉怆然，便一依太公的经划，又添设了三座墩煌，将冷艳山改为冷艳营，置防御使一员，兵丁一千二百名。不数日，毕应元自黄门山转来，说起黄门山形势，议于此处建立五座炮台，设提辖一员，兵丁三百名管守。天彪依议。

又不数日，孔厚、范成龙都转来，将江南各山形势一一说明。天彪与毕应元等会议了，各处都如法安排讫。

公事已毕，天彪由冷艳山回风云庄去省墓。那云氏族中故老子弟，并邻舍亲戚，齐来迎接贺喜。东家请酒，西家设筵，真个是锦衣归里,说不尽那些荣耀辉煌。天彪应酬了三日,因回朝覆旨要紧,便不多停留,辞别了亲友起身,已是宣和四年二月。

天彪与毕应元、范成龙同行,不日回转东京,差孔厚往少华山查勘,天彪与毕范二人先进京城,入朝见驾。天子已陆续收到天彪的奏议,此时天彪见驾覆旨,又将所有情形面奏了一番。天子大喜道:“朕固知非我越国公不能也。朕于去年十月初十日,有第宅赐卿,卿可就第。”天彪方知出使之日,天子已有恩赐,即忙叩首谢恩。天子又颁内府器玩,赐与天彪、毕应元、范成龙三人。三人均各谢恩而退。

天彪回到新赐的第宅,地方官早已打扫铺陈,焕然一新。天彪到了私第,各官都来庆贺,三日筵宴,非常的闹热。不数日,孔厚自少华山回来,先见了天彪,将少华山形势告述了一番,便同去朝见天子,将少华山形势奏闻。天子便准少华山设游击府,置兵一千六百名,又重赏了孔厚,复归本职。

单说云天彪朝罢回第,云龙、刘慧娘及一切眷属都移居住在新第内。天彪吩咐就第中打扫精舍,排列群书,每日早朝罢回,就在精舍内博观群籍。因想列年戎马倥偬,所有手著《春秋大论》一书,尚未脱稿。今天下太平,朝野无事,便于退朝之暇,取出那卷稿子来,细阅一遍。周十四王,鲁十二公,五霸,七大战,俱有成论,只须改易数行,便可无疵。其余会盟征伐,亦有论断,便博采先贤名论,补缉参订。

书成之后,携去请教于张嵇仲,嵇仲细阅一遍,击节称赏,便劝天彪速将此论恭呈御览。天彪依言,便回第每日亲手缮录,约计一月有余,录成装订,亲自赍献御前,恭呈圣览。天子见天彪有著作,欣然首肯道:“卿之手著,必大有可观。”便收入宫内披览,果然议论崇闳,断制精确。天子大悦,临朝见天彪道:“卿所著书,朕已披览,具见学力宏深,真儒教中之功臣也。此缮本可收入四库,卿所家藏副本可速付梨枣,以广流传。”天彪稽首谢恩而出。

当时遵谕刊刻,张嵇仲恭纪圣言,弁诸简端,贺太平、盖天锡、陈希真都赠序言,刊刻刷印。天子传谕颁布天下,天下士子无不钦佩,家家传诵不朽。天子又赐天彪“功崇学正”匾额。天彪谢恩,谨将赐额悬钉新第中堂。原来此第系是蔡家的旧宅,极其宏敞。

当时天子赐宅之际，同日以童贯之宅赐张叔夜，以高俅之宅赐陈希真。此时天彪出使未归，叔夜与希真一齐出班谢恩。叔夜受赐迁第，惟希真跪奏道："未出师之前，臣曾奏过皇上，臣成功之后，不愿富贵，只求入山修道，已蒙天恩俯准。今臣暂时栖止，求恩免赐第宅。"天子笑道："卿当真要如此？"希真磕头道："辜负洪恩。"天子又笑道："卿何须这般性急，且待云天彪出使转来，大功告竣，你再去罢。"希真道："既蒙圣恩暂留，敢不凛遵。臣自有房屋在西大街辟邪巷内，那年因高俅陷害，抄没入官。天恩浩荡，察臣无罪，赐还臣故居，臣私愿足矣。"天子便叫查出原卷，即速赐还，不必覆奏。又谕希真道："高俅之宅，朕言已出，卿不可违，你那故宅做了别墅罢。"

希真叩头谢恩，感激退朝，回到智勇侯府来。祝总管同陈夫人一齐接入。二人请安毕，希真道："我儿，今日承蒙圣恩，赐还了辟邪巷的故宅，又另外赏了一座宅院。天恩浩荡，言语难尽。"丽卿欢喜道："爹爹，我们何不今日就先到故宅看看。"希真道："我正为此，来叫你们同去。"

二人大喜，当即起身，只带了随身的仆人亲随，同到西大街辟邪巷来。进得巷时，先有几个虞候都管在门前候着。希真吩咐开进去，就去把那封皮揭开，打断那锁。原来那所房子被高俅封锁之后，发官变卖，那个敢来买。高俅要送与几个亲友，都是怕里面有鬼，不敢去居住，所以还封锁着。三人都跳下了马。丽卿想："那年乘雾逃难的时节，父亲从那边墙上跳下来，如隔再世。"三人一同进去，看那里面好不凄凉，庭上庭下，天井墙边，青草莓苔长得挨挤不开；梁上倒挂尘垂满，许多鸟雀在里面做窝，见人来都飞了出去；家伙什物，半点都无；窗门格子有些都倒在地下。希真道："你们在此，我去探望邻佑。那年官司，都累了他们，须得去谢谢。"

丽卿引永清到了那楼上，指着对永清道："这间是我的卧房，外边这间还有个养娘住的，你看尘土这般厚了。"口里说话，止不住眼里滚下泪来，凄惶不已。永清劝道："我们如今大仇已报，富贵功名俱已成就，不要只管伤感了。强如我家，片瓦都无。"丽卿收住泪道："玉郎，我同你到箭园里去看看。"二人下楼来，那些都管已督押夫役在那里打扫,拔草搬土。二人到了箭园里看时,只见那些桃树,也有枯死的,也有跌倒的,剩得不过一半。那三间箭厅和那座亭子,都精空的,一物俱无。丽卿和永清在那亭子扶栏台上坐下,叹息了一回,侍从人来禀道:"公爷拜客转了。"二人到了外面,希真道:"我们去休,让他们打扫铺陈了再来。"三人同出,又到了御赐的宅第内,赏玩了一回。当晚,父女翁婿都息在新宅内,希真就在虚明阁歇息。

不数日,亲随来禀道:"旧府第已修理铺陈完毕。"希真大喜,当日便吩咐旧宅内准备酒筵,酬谢高邻。

那日正是十月十五日,遂带了丽卿,各坐大轿,同往故宅,里面果然铺陈得焕然一新。原来都是祥符县知县官极力办理,派得力公人、体已干办收拾得无微不到,丽卿十分欢喜。文武各官都来贺喜。散去后,陈希真不脱公服,挨门逐户去启请了众位高邻。那个敢不来,有几家搬去的都搜寻了来。须臾之间,老的,少的,贫的,富的,厅上坐满。希真朝上拜倒,说道:"陈希真那年深蒙众位高邻提拔,脱离大难,累了高邻,感谢之至。"众人连忙回拜道:"相公,折杀我们!"希真都依年齿让了坐位。众人齐说道:"那年高太尉寻事害相公,我们忧得你苦,大家都不服气。今日天可怜见,做了大官,正所谓皇天不负善心人。"希真谢道:"全赖高邻福庇。"首坐一个龙钟老人,肿着两个眼泡,掬着一嘴白胡子,说道:"我早说提辖必然发迹,今日果然做了大官。像提辖这般人能得几个!"希真只称不敢,众人都笑。亲随人抬上了金帛礼物,按着人数,一人一分,希真亲手送过去。众人起先那里肯受,只听得满耳朵都是"阿也也"的声音,推让了好半歇才得定了。酒筵摆上,阶下奏动鼓乐,大家坐了。酒至数巡,一个亲随禀道:"郡主出堂。"只听得环佩丁东,六七个使女拥着丽卿出来,凤冠霞帔,玉带禁步,金装的命服,走上庭前,朝上立着。希真道:"我儿,可与众位高邻见个礼。"吓得众人跌跌踵踵的避了开去,都说:"什么道理!"阶下细乐奏动,丽卿依次序都道了万福。众人都拜下去,丽卿也连忙跪倒回礼。希真道:"这不是折杀也!"也回拜了。丽卿告辞进去。希真极其殷勤酬劝,众邻舍只是拘拘束束的,都不终席,纷纷告辞了。希真只得送出,又叫每一家另送一席去。

希真退入后轩，与女儿说话。听得外面开道之声，丽卿道："想是玉郎来也。"须臾报进来道："郡马到。"希真甚喜。祝永清进来拜见道："泰山，小婿叩贺。"希真呵呵大笑，连忙扶起。夫妻都见了礼。希真道："如何这般晚？"永清道："官家在天禄阁叫儒臣讲书；讲毕，又观武臣校射，故此归迟。"希真吩咐家宴，便对永清道："贤婿今夜歇在这里。"永清回顾那员裨将道："发放他们回去。"看看月光上了，丽卿要到箭园亭子上摆宴。那座箭园收拾得比前更好，只是不开桃花。当日，父女翁婿在亭子上开怀畅饮，说起从前的一番事业，大家都叹息了一回。永清道："卿姐可还记得，那年我同你在猿臂寨演武厅上步月饮酒，也同今日一样月色。"丽卿道："可不是么！真是光阴如箭，日月穿梭，今夜月亮同那年的一般。"

永清对着那片清景怎不动情，便起身对希真道："小婿酒后放肆，欲歌舞一回。"希真道："应得请教。"永清便揽衣下了亭子，在月光里舞了一回。端的阶下玉山倾倒，樽前素影翩跹。舞罢，上来入坐。希真、丽卿都喝采。侍从之人无不暗暗称羡。永清抗声歌一篇五言，句道：

> 人生无百岁，朱颜能几何？斗酒争芳夜，清光摇婆娑。感叹古豪杰，俱已归山阿。当其曜质时，自命一何多。拔剑击大荒，开边厉长戈。经纶捷雷雨，法术奠山河。更有岩居子，独寐发寤歌。金筋并玉骨，岁久终消磨。何如天上月，亘古扬清波！

希真听罢，击节叹赏，暗暗点头，丽卿笑道："我近来几年被玉郎缠障死。"永清笑道："怎的是我缠障你？"丽卿道："没来由，你捉定了我，要我学做诗。我又不好拂你的意，胡乱读了些。今我对此良辰美景，吃你害得摆布不下，心里想了几句，要说出来，你却不许笑我。"永清笑道："便请教些何妨，谁敢笑你。"那丽卿酒遮了脸儿，也不怕不好意思，便顿开喉咙，莺啭燕语的吟道："明月照桃花，依然还我家。"永清大笑道："直是高的。还不谢我师父，反要怨我，真没良心，先罚你一杯！"希真笑道："你不要打岔，听他说下去。"丽卿道："明月照桃花，依然还我家。回想猿臂寨，又在天一涯。"永清喝采道："真好！"丽卿接下去道："去时何悲伤，归来何欢喜。欢喜与悲伤，只在这片地。”永清道：“意思实好，可惜地字不叶韵。”希真笑道：“不要管他，只顾做下去。”丽卿道：“今日归故乡，故乡空断肠。怎比深山里，仙家日月长。”永清听罢，也不觉凄然下泪，说道：“姊姊真是夙根人，在干戈戎马之间，略一沾唇，出口便恁般风雅。只是章法字句尚未磨琢，然已亏你。”丽卿笑道：“正要你与我琢磨。”永清道：“‘怎比’二字，诗家少见，不如改了‘何如’二字。‘只在这片地’，不如改了‘只此风光里’，泰山可是否？”希真点点头。听他二人的诗意，都是物穷思变，知他们玄机已动，因缘已到，便默坐定神，观他二人的根基，暗喜道：“到了。且消停月余，定有机会到来，好点破他们也。”当时且不发言，大家说谈别事，尽兴畅饮，直到二更，方才吃了饭，收拾归寝。

次日，希真依常早朝，与张叔夜、贺太平共议军国重事。朝罢归来，入静室趺坐，修观内丹。

原来希真于金丹一道，已有一半工程。虽历年戎马倥偬，未暇修炼，但根基已十分坚固，所以在千军万马丛中，真性凝然不动。今当太平闲暇之日，便先将那丹经秘笈参究一番，将前进的路程探看熟悉了，再等机会。

这日，希真正在静室默坐，外面忽投进一个名刺，希真接手一看，乃是“王子静”三字。希真大喜，忙教请入客厅。希真换了衣服，出厅相见，王子静已在厅上。希真唱喏道：“贤弟违别多年，此番光降，大慰阔怀。师父安否？现在何山？”王子静答揖道：“小弟正奉师命，来访师兄。”希真逊了坐，侍从献茶。希真开言道：“贤弟亲炙师长，迩来功业定然精进，可炼养些甚么工夫？”子静道：“承蒙下问，惭愧之至。师父虽不弃蠢顽，惟小弟憨拙性成，毫无长进。”希真笑道：“贤弟何其过谦，将来同养元功，正是自己弟兄。”一面吩咐备酒，邀入内花厅坐地。俄顷酒筵齐备，希真相逊入坐。席间希真又问：“师父现居何山？遣吾弟前来有何见谕？”子静道：“七年以前，小弟从师父隐入庐山。那时师父曾说起师兄，尚有七年世缘未了。今屈指已届其期，不知这七年中吾兄事业如何？”希真道：“那年小弟为高俅陷害，正欲访寻吾弟，同避深山。不料魔障未尽，世缘相牵，七年中竟有如此如此大事业。”便将怎样落猿臂寨，怎样与宋江作对，怎样恢复了兖州，献馘归诚，怎样平定新泰、濮州，怎样从张经略平灭梁山的话，细细说了一遍，并道："此刻献俘奏凯，大功已定，小弟早已在天子前辞职告退，拟欲到师父前侍从学道。惟是圣恩深重，留我暂住几时，只得遵从，看来不久就可入山矣。"子静道："师父遣小弟前来，正为此语。师父说，金丹真传吾兄俱已领会，无庸多嘱。就是成功之后，急流勇退，吾兄谅亦能之。惟修道之处，师父为吾兄选得嵩华两山，可以安身。又，令爱亦是道器，可付真传。吾兄努力进修，勿负师父属望。成道之后，再行聚会。"希真连声诺诺。酒筵已毕，又叙谈一回，子静告辞。希真相送出门，寄请师父道安，子静相订后会而别。希真送别了王子静，仍入静室修观。

这日，希真正与祝永清、陈丽卿同在辟邪巷旧宅箭亭上饮酒欢谈，忽报猿臂寨知寨官差人到来，希真即叫唤入。看官，你道这差人为何而来？原来丽卿自到京之后，记念那猿臂寨这张瓷床。适因云天彪奉命出使，范成龙随行，丽卿因嘱范成龙到猿臂寨时，教知寨官着人舁这瓷床来京。范成龙依言，到猿臂寨吩咐了那个知寨，所以此刻有差人上来，呈递知寨官的禀折。希真拆开看时，内写着："某月日，西厢房忽然坍倒，将瓷床压为齑粉。"丽卿大吃一惊，连称可惜，不觉掉下泪来。希真急忙劝谕。只因这一番，有分教：玉阙瑶台，两父女飘然远引；安邦定国，一部书告厥成功。

究竟《荡寇志》怎样完篇，且等下回结束。

第一四〇回 辟邪巷丽卿悟道 资政殿嵇仲安邦

话说陈丽卿闻知猿臂寨瓷床压碎,大惊垂泪,大有不忍弃舍的意思。希真急忙劝止道:“吾儿何必如此,万物无常,人生有尽。就是天地也有毁坏之事,何况这点点玩好!”丽卿道:“这瓷床是最难得的,如今压碎了岂不可惜。”希真笑道:“既已压碎,你待怎的? 不要痴想了,且吃酒罢。”当时便开发了来使,重整杯盘,三人再饮。丽卿又自言道:“这班男女真是可恨,难道墙要倒了,不留心看看。”永清道:“这也不关他们不小心,自是成毁有数。如今既已碎了,多说亦是无益,只好罢休。”丽卿道:“罢休是只得罢休……”永清忙接口道:“卿姐,我们且说别件事。”希真看他二人说话,只是捻髭微笑,不发一言。

只见他们二人你说我谈,有时同希真扳谈,希真只是随口答应。永清不觉说了猿臂寨,便提起那年怎样的经营,某处有炮台,某处有墩煌,某处有砖城,某处有土垒,如今却归他们在那里镇守。丽卿又说到寨内怎样的华丽,某处是亭台,某处是楼阁,如今也归他们受用。

希真听到此际,便叫侍从人退去,便对二人道:“你们都随我到箭厅上来。”夫妻二人都随了过去。希真居中趺坐,便问丽卿道:“此地是何处?”丽卿道:“是箭厅上。何须问?”希真道:“你那年割高衙内的耳朵在何处?”丽卿惊道:“爹爹怎的健忘?”一面指着亭子说道:“就是这里。”希真道:“你杀魏景、王耀在何处?”丽卿笑道:“爹爹帮孩儿在廊下动手。今日好道醉了,都不记得。”希真道:“我自不醉。我因坐在此地,不见游廊,故问你。你既说游廊,游廊在何处?”丽卿大笑道:“爹爹既不看见,孩儿领了你去。”希真道:“飞龙岭、冷艳山、风云庄、猿臂寨等处,我同你在此地都不看见,你可领了我去看。”丽卿道:“此刻飞也到不得。”希真道:“为何说游廊要领我去?”丽卿道:“路近。”希真道:“路近为何同飞龙岭等处一般看不见?”丽卿道:“我的爹,摆在眼前,自然看见;隔了一层,自然没处看。我们此刻都到游廊下，便连这箭厅亭子都不见，岂不是一样?”希真道:“却又来，你此地不见游廊，同到那游廊不见此地一般，然则与飞龙岭同一不见，何故去分他远近? 你们二人方才说话，忽想到猿臂寨就在你眼前，你何不由猿臂寨想到此地?”丽卿道:“我的老爹，怎地这般缠不清! 身子到的所在是真的，想的所在是假的，想到那里都在眼前，分他什么远近?”希真喝道:“倘没有你的身子，何处是真的?”

丽卿、永清都吃了一惊。永清道:“卿姐，泰山点化我们，洗耳恭听。”希真道:“你们都不要执着了。你道这箭园便是你的，那日玉郎说得好:人生无百岁。这箭园却不肯同你都尽，怎见便是你的? 且不必等到百年，你到了游廊，这箭园亦在天涯，与你无涉了。不但此，我们三人在此，都是因缘遇合。你深恨高衙内，他如今已死，与你何涉? 你同玉郎打得火般的热，一旦大地分张，他不能顾你，你不能顾他，那时与高衙内何异? 恩仇岂不都是假? 又不但此，玉郎还隔你一层，他人打玉郎，你身子不知痛疼，杀玉郎，你未曾死。至于你这身子最亲近的，你舞剑使枪，诸般服你使唤，一旦地水火风各自分散，他就不来理你。你今年二十五岁了，你想二十五年之前，你在何处? 那时晓得什么是梨花枪? 什么是宝剑弓箭? 什么是空手入白刃的诸般武艺? 颠倒说我醉，你们却一世不曾醒!”

夫妻二人听罢，冷汗如浴，说不出话来。希真又道:“当年高衙内调戏你，受过的闷气何处去了? 逃难时受过的惊惶何处去了? 一切战场鞍马，汗血风霜，受过的辛苦，何处去了? 可见已往之我都已变灭，只剩得今日的荣华富贵;今日的荣华富贵，岂就永不变灭了么? 茫茫浩浩，大化无情。电卷风驰，谁拉得住? 略眨眨眼，我们三人都不知归于何处。如今这张瓷床，你们看他成功，今日忽然消灭，就是眼前一个式样。”夫妻二人都恍然道:“我们也时常念到这里，只是没摆布处，强他不过，只好由他变灭。所以我们在先摧锋陷阵，不顾性命，料得终必变灭，落得变灭得好些。”希真冷笑道:“战场上不过变灭得轰烈，富贵中不过变灭得安耽，同是变灭，分甚好歹? 我如今自有不变灭的妙道，你们不来问我，教我怎说!”

夫妻二人大惊，一齐跪下哀求。希真道:“同是会中人，不必瞒你们:色身终须变灭,法身万劫不坏。何为法身? 真性、慧命是也。吕祖云:命须传,性可悟,入圣超凡由汝做。三教虽然并立,而儒教最大。儒能入世治世,又能出世。仙佛二家只能出世。然以打破生死为事,则仙佛二家最切近,故好长生者多归二家。不知儒家亦有长生之术,其法身与仙佛无异,人不留心。孔孟二圣悲悯天下后世,性理而外,只论经济。其经济仍从性理中流出,而真性处间或流露一二句,见仁见智,令人自悟。”

看官,须知此段言语,并非希真嚼舌,亦非仲华杜撰。但此中之理,一二句也交代不了。今日说此书,只管把这话说下去,知音者谓我是深谈,不知者以我为迂阔,不如把希真的言语,权且收起。只说当时祝永清、陈丽卿夫妻二人,只顾哀求不已道:“求大仁大慈与我等做主。”希真道:“做主要你们自己,我不能代劳。我只好与你们引路。我如今已入仙教,此条路熟谙,引了你们进去罢。但只是天律严重,不敢妄泄。我今看你们二人都夙根不凡,因缘已到,我亦何忍隐讳。待选个吉日,焚香告天,再告了我的本师张真人,我将周天进退火符抽添,都传了你们,便从慧命先入手。但是你们慧命成功之后,切须了悟真性,务要十分圆明,不可稍有懈怠,致再堕落。”夫妻二人叩头顶谢不已。希真又指着丽卿道:“只为你这孽障,误了我七年的路程,这也是前定的数。今日大家休息也。”丽卿道:“秀妹妹恁般聪明,他夙根如何! 爹爹可否指引他?”希真笑道:“用得你忧哩! 他从性功入手,常对我说,七层宝塔只少一顶。你们记得那日功臣宴后,他无故死了七日的事么?”二人都道:“这是没多几日的事,如何不记得。”希真道:“那日云家老小惶急,刘家也从山东遣人来问,你们也相帮着忙,我只说不妨,如今你们猜着是甚缘故?”二人都道:“不晓得。”希真道:“这是禅门七日大定的工夫,已得了如来正法眼藏。再不数日,好道了当也。”永清、丽卿都恍然大悟,惊骇不已。永清又问:“云天彪等日后何如?”希真道:“云天彪已得仲尼宗旨,不由仙佛这条路,将来他到无声无臭地位,广大不可思议。张嵇仲当从精忠大节上解脱,也不由仙佛这条路。所谓殊途同归,及其成功一也。其余诸人皆守儒门枝节,将来俱不失人道,大小不同,各有正果。”祝永清、陈丽卿被希真一番点悟之后，身心冰冷，一切富贵功名外慕之相俱已消灭。希真道："夜深了，大家吃饭睡觉罢。"三人入席，从人去温了残肴，又吃了一回，都收拾归寝。希真仍归那间静室安身。永清、丽卿夫妻二人都到楼上，一同进床去睡。

看官，原来他们夫妻二人一向不以色欲为事，今又经希真一番点悟之后，一发正经，都安魂定魄的熟睡，辜负了良宵美景也说不得。正是：仙家自有真夫妇，何必形骸接后天。

过了几日，希真教二人同进净室。希真焚香证盟，步罡踏斗都毕，便升座趺坐，祝永清、陈丽卿都参拜毕。希真便将大小周天火符都传授了，二人拜谢。出了净室，外面忽报进来道："越国府差虞候来禀紧急事。"希真道："着他进来。"那虞候进来禀道："忠智一品夫人刘于昨日三更归天。"丽卿放声大哭。希真喝住道："你又糊涂了怎的！"丽卿笑道："真个忘了。"希真对虞候道："晓得了，你先回去。"虞候去了。

三人缓缓的吃些饮食，慢慢的换了衣服，都到越国府来。此时天彪出使已回，正在府内，闻希真到来，迎入里面，听得哭声聒耳。只见那刘慧娘梳妆严肃，垂眉闭目，面色如生，端坐在当中，许多人围着，哭做一团糟。云龙含泪迎着希真道："周身还火热的。那日的事，老伯说不妨，今日还可不妨么？"希真笑道："他大事已毕，你只管要他活在这里做甚？"云龙闻言甚是骇然，想道："恁的同他有仇！"希真上前，止住了众人啼哭，叫把他头发打散，两路分开，露出囟门。希真拱手笑道："贤甥女，恭喜！你时常对我说，七层宝塔只剩一顶，今日完功了，可喜可贺。"又见他手里还拿着日常用的一把钳儿，一柄锤儿，希真劈手夺来，丢去一边，喝道："你还把持着他则甚！"遂说偈曰：

无丹无火亦无金，抛却钳锤没处寻。还你本来真面目，未生身处一轮明。

说罢，丽卿上前拍他的囟门，叫道："秀妹，化也，化也！"那慧娘端坐不动。希真道："咦！"又对他念了些真言，慧娘只是不动。丽卿又要去拍，希真挡住道："不要只管催他，我知他的意了。"遂喝道："贤甥女听我的话！此地不是你卖弄阳神的所在，你要去便去，不可惊了大众,弄得他们如醉若狂,将来一盲引众盲,相将入火坑,都是你的罪孽,你可省得么?”只见慧娘的尸身,把头连点了好几点。众皆大惊。丽卿又拍着叫道:“化也!”只见慧娘颜色顿变,豁地囟门十字分开,霎时间身体冰冷,气息俱无,果然化了。希真对众人道:“你们这番只管哭罢。”众人被希真一番做作,倒弄得哭不出来,都问希真道:“这是何故?”希真道:“什么河故井故!贤甥女顿渐两路都到了尽头,他已虚空粉碎,只等我来,他就要大显神通而去。是我不许他如此,他悠悠的走了。个个人能学得他来,还说甚么。”

众人方才明白,转悲为喜。只有云龙兀自痛哭不已。永清上前劝解,云龙一面哭,一面说:“总然生天,人世却不能再见。何不就教他显了神通,也教我好放心。”希真未及回答,天彪高叫道:“痴儿子,不要着迷了!什么相信不相信,你也不必悲伤,也不必欣羡,你读儒书,可晓得孔子曳杖、曾子易箦的故事?”云龙道:“晓得。”天彪道:“却又来,你能做到那个地位,岂逊于他们?他又不来惊大众,各人走各人的路,由他去休。”希真回顾永清、丽卿道:“我那日说的话何如?”永清、丽卿都点头。天彪称谢希真道:“费仁兄盛心。但小媳如此全归,棺木不便盛殓,只好用佛龛罢?”希真道:“也不必,我教他自来收拾。”便走出天井高叫道:“刘慧娘,你自赤洒洒地去了,这幻壳还留着他做甚?”不多时,只见慧娘的幻壳口里、鼻里、眼里、耳里都冒出火来,焰腾腾的把四肢百骸脏腑毛发化得干干净净,归于太虚,一毫不见。却又奇怪,周身衣服做一堆儿脱落,连线脚都不焦。这叫做戒火自焚。后来的和尚道士学他不来,只于死后堆起柴来硬烧,这叫做死尸该晦气。天彪具棺木将衣服殓了,率众人举哀行礼。希真等辞别回去。

天彪一面申奏天子,只说病故。天子亦震悼不已,降旨追封忠慎淑惠楚郡开国县君忠智一品夫人,又赐御祭一坛,坟墓准用禁器,又遣公主赐吊。天彪、云龙都上表谢恩。

过了几日,希真上表再三乞休归山。天子留他不住,只得问道:“卿要入何山?”希真道:“嵩山。”天子道:“乃祖陈希夷先生华山成道,你却为何爱嵩山?”希真道:“嵩山近帝都。”

天子叹息不已，遂传旨饬令该处地方官，择嵩山吉地，建造一座忠清观，送希真到彼修炼。希真谢恩，就天子前缴了辅国大将军、鲁国公的印信。次日，祝永清、陈丽卿亦上表乞休，随希真去。天子不悦道："陈希真有言在先，朕已应许。祝永清年正富强，正当报效，何得亦要退闲？朝臣都如此效尤，成何体统！"传旨申斥。永清不敢再奏。丽卿又上表奏道："臣妾系女流，战阵之外，一无所长，叨沐圣恩，过分逾格。今臣妾父希真老而无子，臣妾不亲侍朝夕，实为魂梦难安。臣妾夫祝永清，哀臣妾之请，亦无异言。伏望天慈，听许乌私。设或天威有事四夷，臣妾犬马余生，报效有日，临表涕泣。"天子念其诚悃，竟批准了。

希真、丽卿都入宫谢恩辞驾，转来收拾行装。祝永清叹道："泰山与卿姐都脱离尘俗而去，惟有我无此福缘。"希真道："非然也。官家如此倚任于你，你岂可负恩？虽要出世修道，也不可乖背伦常大义。如今你已受真传，只须刻刻不忘，先将炼己工夫做起来，因缘到了，自有脱离之日。"永清领诺。

次日，希真、丽卿都束装起行，天子命众公卿祖饯。那丽卿已改道姑打扮。众人都道他们年少夫妻，不知怎样分别，那知全然无事，都喜笑颜开。此时郊外一片热闹，自不必说。众人送别回去，独天彪父子又送他们父女一程，到了地头，各自分别。天彪领了云龙回去。

后来云天彪匡辅天朝三十余年，治绩昭彰，享寿八十四年而终。史馆中名臣、儒林两传，均载其名。云龙从父阐扬儒教，亦名列儒林。祝永清勤王事四十余年，告老退归，隐入浙江西湖韬光山，修养丹道，终成正果。

话中单表陈希真同女儿陈丽卿辞朝起行，身边随从只有一个尉迟大娘。其桂花、佛手、玫瑰、薄荷四个丫环，在京中伏侍永清，都不同行。当时两主一仆，取路嵩山。所过州县一切迎送礼仪，不必细表。

不日到了嵩山，只见那所敕建的忠清观，已在那里并工创造，希真、丽卿且在就近道观中暂住了。不一月，忠清观告成，希真与丽卿进去。只见三间三清正殿，两带游廊，进去三间精舍，两座厢房，后面一所小园，一副厨灶。基址不大，却装折得十分精雅，都是地方官遵旨干办的。希真叹道："天恩深重如此，真无可报答也。"地方官送希真父女进了观，又拨二名道童来观服侍，县官回去。希真自与丽卿在观安息，道童担水挑柴，尉迟大娘料理厨灶，青山绿水之间，别具幽闲逸趣。希真在观内，日日修炼内丹，根基既固，传授又真，精进勇猛，十月之久，大周天火候已全。丽卿亲受指示，路程早已熟悉，且只修习些筑基工夫，有时出观外观玩山景，苍松云树间，逍遥闲游。端的是白云深处隔断红尘，一切扰累摒除净尽，心境安闲，工夫自然纯熟。希真见他如此用功，也甚欢喜。

光阴迅速，倏已三年，希真早已功成行满，便对丽卿道："我明日将去也。"丽卿道："爹爹到那里去？"希真道："我去庐山访本师张真人去。"丽卿道："爹爹去了几时再来？"希真道："我来则决定来，到则实不到。"丽卿吃了一惊，恍然大悟。希真便携了书剑，离了忠清观，飘然而去，从此杳无消息。

且说陈丽卿自送他父亲希真去后，不上半年，便遣去了那两个道童，也辞别了忠清观，携带尉迟大娘，到天柱峰下，筑一茅庵隐居。除侍仆尉迟大娘外，只有烟霞作伴，猿鹤为邻。先是嵩山南首有一离宫潭，潭内有条赤龙作怪，时常出现，伤人性命。希真在时，丽卿曾请希真用法斩除了他。希真默观因缘，知此龙须女儿来驱除，所以自己不动手。及至去庐山时，将都箓大法、乾元宝镜、大周天火符，尽传授了女儿。那丽卿又费了许多苦功，祭炼了那口青錞宝剑，方才到那离宫潭，运飞剑斩了赤龙，除了一方大害。众百姓感激，都称他为救苦真人，到忠清观里布施供奉，络绎不绝。丽卿恐累了道心，故此避居天柱峰下，一意修持，遂圆满大周天火候，圣胎已成，婴儿已能出现。他却把细，不敢远行，只在草庵前后演习，行那三年乳哺，以待阳神坚固，忽被人踪迹到来。

原来天柱峰有一条小径，两边藤萝峭石，云路湾环，接到一座溪桥，这日尉迟大娘出来临溪汲水，忽见一老妇人在溪边，一面哭一面寻觅物事。尉迟大娘认识是忠清观的旧施主，正欲闪避，已吃那老妇人猛回头看见，急忙拖定了，问丽卿去处。尉迟大娘不会说谎，便老实说出来。那老妇人只道丽卿仙去，忽闻得他还在山中，喜出望外，便随着尉迟大娘,直到天柱峰下草庵里来。一见丽卿,跪下磕头无数,放声大哭,口里只叫:"活菩萨救救!"丽卿忙问甚事,那老妇人带哭带说道:"活菩萨还在这里,求活菩萨慈悲救救!"丽卿道:"端的甚事?"老妇人道:"老身年纪七十,只有一个孙子,只他一脉相传。如今患病要死,起课的说要到这里溪边来,寻株九死还魂草,方好救命,如今又没处寻。可怜那些医士先生,都说大命只有三日了,求活菩萨救救!"丽卿道:"阿呀,老奶奶错了,我又不会医病的。"那老妇人只哭着磕头,口里不住的菩萨救救,师父救救。丽卿老大不忍,却又没摆布处,便叫:"老奶奶,你且起来。"便想到都箓大法本有咒水治病之法,只是不曾见父亲用过,自己又不曾试验。想来却只有这条路,便对那老妇人道:"我救便有一法救你,如果灵了,却不许外面声张。"老妇人听了,欢喜非常,磕头不迭。丽卿便叫尉迟大娘取碗净水来,念动真言,嘘了生气,着老妇人持去。次日,那老妇人欢天喜地的进来,叩头拜谢。原来孙子竟忽然全愈了。丽卿也代为欢喜。不料此事一传两,两传三,哄传开去。不消数日,那班乡民,老的,少的,男的,女的,一齐哄到天柱峰来。张家求保福,李家求保寿,把一所清净茅庵,忽变作香火神庙。丽卿叹道:"我此刻还未到普济众生的分位,如何在这里与他们打混?万一自己真性把握不定,忽然失足,悔之晚矣。"当下且任众人兜缠了几日。

这日,那溪桥东村有一富户,为其亡父设醮追荐,想到丽卿是个真修成道的人,所念的经卷,必然有益,便来求丽卿念些经咒。丽卿应许了,又道:"难得你们这般敬重我,我明日亲自来一遭。"那富户喜出望外,口里说道:"要屈动师父亲身劳驾,实在罪罟,如何敢当?"丽卿道:"这有何妨。"富户拜谢而去。丽卿对尉迟大娘道:"我寿限已终,明日黎明我要去也。你可去通知溪桥西村那些施主,好教他们来安殓我。我无可保佑他们,如今与你一颗丹丸,你可投在溪涧中,教他们饮了这溪水,都去病延年。"说罢,便取出一颗丹丸付与尉迟大娘,教他出去报信。

尉迟大娘听罢,大为惊讶,一面接了丹丸,一面问道:"姑娘方才说明日要亲自到东村去,怎么又教我西村去报这个信?"丽卿道:"你休要问我,我明日决定要去也。"尉迟大娘道:"姑娘还是真话,还是假话?"丽卿道:"我说甚么假话!"尉迟大娘听得丽卿认真要死,止不住泪如泉涌。丽卿道:"你何必如此?你服侍我多年,情分深重,我教你一个养形法儿。你回东京去尽心修炼,倘能道心坚勇,可以证个小果。若只不过泛常修习,亦可寿登百岁,尽终天年。"尉迟大娘跪下听教。丽卿细细教了他一番。尉迟大娘叩谢了,当时走出溪桥,将那丹丸投入水中,便取路到西村去。到得西村,天已薄暮。尉迟大娘左一家右一家的去报得来,早已掌灯。尉迟大娘回去不得,就歇在乡村。

次日,西村人家一大群男妇,随着尉迟大娘到天柱峰茅庵来,只见茅庵门只是虚掩着。众人推进去,直进后槛,只见丽卿换了新衣服,枕着右胁,卧在床上,面色如生。众人看了,都疑惑起来,走近前去一看,早已气息全无,浑身冰冷了。尉迟大娘放声大哭,众人中有几个老妇人也哭起来。有一半人都骇异嗟叹,便商议市棺盛殓,茅庵中乱哄哄的忙了一日。到了傍晚,已将丽卿尸身完殓入棺,尉迟大娘哭拜了。众人都个个叩拜讫,各自回去。只留着两三个人,同尉迟大娘伴灵。

到了次日,尉迟大娘对众人道:"东村人家也须得报信与他。"众人称是。尉迟大娘便去东村,先到那富户家里报信。那富户听了骇然道:"奇了,他昨日亲到我家来诵了七卷清净经,又用了午斋,午后还往各处一转,方才去的。怎么说清晨就死了?"尉迟大娘听了也自骇然,道:"奇了,昨日灵灵清清送他入棺,西村人都在那里送殓,敢道是做梦不成?"登时一村人哄集拢来,都道:"昨日午后尚兀自看见他的,怎么说清晨已死?"个个不相信,便一齐奔到天柱峰茅庵里去,只见西村人已都在那里跪拜祭献。两村人相见,各道缘故,互相诧异。西村中有几个不相信的说道:"怕他是假死不成?"东村人道:"我们敢是说谎不成?"两边争执了片时,便道:"我们且开棺来看一看。"大家都说有理,便启棺一看。只见衣衫宛然,并无尸骨。

大众惊异,以为成仙成佛,议论纷纷,便去县里报信。县官据实上详,转奏朝廷。天子、诸臣一番叹息,遥加封号,都不必细表。

只说当时东西两村人,共将丽卿衣服入棺,封好,安葬了。又将那座草庵地址,改造了一座观院,供奉丽卿神像,香火不绝。尉迟大娘不愿入京,便就终老观内。后来两村人家都个个寿考,无八十以内之人,皆由饮丽卿神丹灵泉所致也。看官,陈丽卿一生事迹交代已毕。若务要追究仙迹,且待《荡寇志》完了,再看百年后结子。

且说张叔夜自平灭梁山之后,位晋三公,秩隆太傅,天子十分隆重。一日,圣驾御资政殿,特谓张叔夜道:“朕藐躬凉德,赖尔等臣工,匡扶不逮。前次梁山盗起,横扰有年,幸卿等为朕分劳,扫除匪迹。但子孙坐享承平,积久须防生玩。况高俅、童贯、蔡京等在朝日久,难 保无引进余流,倘后日故智复萌,岂非贻患。趁此整饬之时,贤卿尚须筹划万全,俾国家景运常新,苍生永奠。”叔夜奏道:“臣才本疏庸,性兼拙滞,荷蒙圣上优容,宠加拔擢,清夜自思,愧无报称。前次梁山弭患,实赖该武臣云天彪、陈希真等勇敢有为,该地方官徐槐首先拔帜。臣叨陛下洪福,随众成功,滥邀赏赉。今蒙圣谕,筹及万年,仰见睿鉴洪深,无微不烛。臣世蒙宠渥,敢不竭尽棐忱。伏思君者,民之归也;民者,国之本也。观民心之归化,由君德之建元。陛下天纵圣明,励精求治,私昵不干政柄,则朝廷无幸位之臣;玩好不扰聪明,则左右绝夤缘之路;本慈祥以总庶狱,则囹圄之冤抑无闻;尚明察以简群僚,则朝野之贤能竞进。此诚夙夜宥密,以为亿万年丕丕基也。一人建极于上,则庶尹承流于下。仰承圣德,共肃官箴:勿以升平久享,而学校视为具文;勿以寇患久安,而操演渐成虚务;勿谓国课宜充,而频谋加赋;忽谓下民易虐,而苛弊烦刑。凡百臣工,各勤职守,率真办事。如有贪酷疏茸之官,责令该上司立时斥革。大员互相参劾,不得稍徇私情,亦不得借词滋累。所贵责成各宰臣递相查考,振刷精神,毋自暴弃。至于保甲之法,弭盗之方,各宜率由旧章,认真办理。应请圣上申谕中外,即以梁山事务为前鉴:为武员者,当以云天彪、陈希真为式;为地方官者,当以徐槐为式。其或藐视晓谕,仍前阘茸,立予重惩。臣鄙俚妄议,伏乞圣裁。”天子闻奏大悦,道:“卿言实为国家攸赖,速着京外各地方遍行示谕,实力遵行。”叔夜谢恩退出。不数月,内外颁诏,声震海隅,共见圣君、贤相郅治无为,从此百姓安居,万民乐业,恭承天命,永享太平。

结子 牛渚山群魔归石碣 飞云峰天女显灵踪

话说那嵇仲张公,统领三十六员雷将,扫平梁山泊,斩尽宋江等一百单八人之后,民间便起了四句歌谣,叫做:“天遣魔君杀不平,不平人杀不平人。不平又杀不平者,杀尽不平方太平。”这四句歌,乃是一个有才之士编造出来的,一时京都互相传诵。本来不是童谣,后来却应了一起奇事。

这事乃在江南平南府,府城北面燃犀浦上。原来这浦名牛渚浦,浦上的山名为牛渚山。山有一谷,尽是乱石,大者五六尺许,纵横谷内。有那些好事探奇的务要进去,往往跌得头破血出,因此名为不平谷。这不平谷虽是人迹难到,却无甚鬼怪。自梁山一百八人伤缺之后,这谷内起了一团黑气,后来渐渐大来。及至梁山破灭,宋江正法,这团黑气竟大如山谷。有时冒出谷外,却只在阴夜里。至于青天白日之下,并无影迹。只是吓得那班居民日日提心,时时挂胆。

原来这牛渚山本是名胜之地,向来游人玩客络绎不绝,自有了这团黑气,都怕来了。这谷口紧对一个矶头,附近村庄渔人,向来都聚集于此,今番也没人敢来。那黑气出谷时,散漫各处,却是以这钓矶为界。钓矶对岸一个市镇,名叫繁昌镇,乃是人烟稠密之所。当时见了对岸有这团黑气,人人畏惧。年复一年,这黑气却从未曾冒过钓矶。只是黑气中渐渐有腥恶之气,繁昌镇上行人坐贾,都有些闻得。忽一日,时已傍晚,阁影未灭,那黑气忽地冒过钓矶来,直到半江上。里面那股腥气播散开来,这镇上街头市尾,大小店面,没个人不叫苦连天,掩鼻不迭。足足的一个时辰,方才散去,黑气亦退。次日,镇上大小人口,无不患病。本领强的,还能带病做事;本领低的,早已呻吟床蓐。群医莫知其故。有一樵夫住在东市头的,传言道:“你们都是中了蛇毒也。”众人忙问何以知之,樵夫道:“我们伙伴六七人,时常到那对面牛渚山南峰去砍柴的。近因有了这黑气,我们便不敢多逗留。这黑气虽不到南峰,我们却深怕他,一到申酉时分,即便回来。数日前我在南峰山砍柴,日已沉西,伙伴皆回,我不合依仗胆大,逗留少刻。忽遥遥望见这谷口黑气,已汩都都冒出谷来,黑气中现出一条庭柱粗细五花斑烂的锦鳞大蛇。那蛇昂起头来,好一似丹青彩画的宝塔。张开那血盆也似的巨口,仰天嘘气,忽见天上一群乌鸦飞过,离那蛇还有三四丈远,便一只只的投入蛇口里去。那时我心胆吓碎,幸而不被那蛇看见,急忙抽身逃回。又幸而我在上风,虽闻得些腥气,却不怎地。此刻众位闻了腥气,个个害病,怕不是蛇毒么?"众人听了,个个骇然。因想到雄黄能解蛇毒,便家家户户吃起雄黄酒来,次日都渐渐起来,内中有受毒深重,急救不及的,已死了二十多人。众人都吓得魂胆消烊,登时那些临浦的铺面,都尽行关起,避入后街去了。镇上里正去禀知了太守,太守也踌躇无计。因想蛇怕雄黄,更兼他日里不敢出来,便收买了数百斤雄黄,亲自督押差役,乘白昼里直到谷口,将雄黄铺满了。果然那蛇腥不复出来,连那黑气也不出谷口了。百姓皆喜,竞颂太守之贤。从此浦上店面,都渐渐开设出来,依然复旧。

光阴迅速,不觉又有三年,众人都习以为常,毫不觉得了,忽一日,天色未晚,那谷里陡然起了一阵大怪风,满谷震动,登时冲出谷口,卷砂飞石,一条路开到钓矶上。那黑气一齐随着大风,翻翻滚滚的卷出来,直过江面,扑到镇上。黑气中猛听得震天动地的一声狂吼,早已吓得那班人钻房入户,床下就是床下,桌底就是桌底,纷纷的都躲了进去,并不晓吼的甚么东西。抖蔌蔌躲了许久,听得外面声息渐无,方有几个胆子略大的出来一张,见那黑气已退去了。众人渐渐出来,只听东边西边,纷纷的觅爷寻子,失去的人不计其数,渐渐定来,方知吓死的有十余人,认真不知去向的三人。众人都不知是甚怪物,却有几个在后街高楼上的说道:"远远望见黑气中亮光一闪,现出一只吊睛白额的大虫。浑身锦毛斑烂,其大如象,竖起那枝斗大的尾耙,正似一枝大桅竿。我们也几乎吓杀,后看他退去了,方才心安。"众人听了这话,方晓得三个人是被大虫拖了去也,个个叫苦不迭。

里正即忙去禀太守。太守大怒,即便移知营里,装载了两门红衣大炮,会同营弁兵丁一同前来。到了镇上,将炮位摆好,对准了照星,装了火药炮子。只见那黑气在谷外蓬蓬勃勃,惨若窑烟。这边众人,无不畏惧。太守喝令开炮,众兵只得动手,只听轰雷霹雳的一声,炮子直向黑气里打进去,那黑气只是不动。太守怒极,再命换那一门炮打去。两炮轮打,接连打了六出,只见黑气影里,忽然涌出一大团红光,有如初出旭日一般。众人皆惊。那团红光徐徐行出钓矶上来,吓得众人跌跌踵踵都逃了转来。太守也目瞪口呆,罔知所措,只得同着众人,收了炮位,慌忙避去了。回头看那红光渐渐淡去,现出一个老妇人来,衣衫装束皆古,亭亭的立在钓矶上。太守和众人也不敢转来,一直回去了。

那镇上人都收拾物件,挈带眷属,纷纷移去。只听那妇人忽开言道:"要不要收?"镇上人如何敢回话,只顾自己慌忙收拾,尽行移向后街去了。自此,临浦一带地方,废为墟落。那后街离钓矶虽远,亦不过两箭多路,但有高楼高台处,都望得见。那妇人一见这面有人,总叫一声:"要不要收?"这边人那里敢答应。内中有几个自称有识见的都道:"他望见这里,只叫要收,必然不妙。据我看来,连这后街都住不得了。"

此时人心惶惑,一闻此言,个个都怕起来,又复纷纷移去。内中有几个不肯移的,夹在大众队里,也不能不移。从此,后街又废为墟落。那群市人都聚集在后面三里路外,名为繁昌新镇,遂与牛渚山钓矶隔绝。年深代远,故老消亡,所有蛇虎作怪之事,也不过传为闲谈。惟有那黑气还在谷口,妇人还立钓矶。有几个探奇好事的,亲到旧镇墟落上去看过,都转来作一件奇事说说,又各各相诫:"那妇人问要不要收,千万不可答应。"

不觉又是五六十年,已到了理宗皇帝淳祐年间,那些人有到故镇墟落上游玩的,切记了故老传留的嘱咐,见那妇人叫要不要收,终没个人去答应他。这日,有一牧童,骑着一头青牛走过。那妇人又叫声:"要不要收?"也是天降奇缘,合当如此,那牧童戏答道:"要收。"

话方毕,天地风云忽然变色,雷电齐至,骤雨奔腾。吓得牧童屁滚尿流，把那牛连鞭几鞭，没命逃去。那妇人也不见了。只见满天乌云压下，将那牛渚山团团围住，数万雷霆砰訇震响，电光如逸火流金，大雨倾盆。这边繁昌新镇及牛渚山前后左右村落，都吓得不知所为。只听得牛渚山雷雨中无数龙吟虎啸，足足的三日三夜，方才雨止云收，一天晴霁。

众人渐渐安定，便到牛渚山去探看。只见那钓矶上已凿成一条平坦道路，直通进谷去。那谷口所有乱石，尽行铲削，里面一片镜面也似的平地，那团黑气丝毫全无。众人料知无害，便一齐走进谷去。只见谷内正中立着一个石碣，约高五六尺，下面石龟趺坐，前面都是龙章凤篆，天书符箓，人皆不识。那背后却有四个大真字，凿着“永镇妖精”。众人看了大喜道：“原来百余年妖精，今早收伏，从今这不平谷可改称太平谷了。”当时禀报了太守。

此时太守姓任，双名道亨，四川重庆府长寿县人氏。为人极有孝行，博雅能文。当时闻报甚喜，便亲到牛渚山来踏勘了，便将此事缘由详报都省。都省专折奏闻。天子大悦，便传旨改平南府为太平府，即今之安徽太平府也。那太平谷内有了这件奇事，四方远客纷纷而至，咸来观看。有些好事的，各将天书摹拓了，携去分赠亲友。那符箓，端的没有一个人识得，只是极有威灵，悬之凶宅，妖魅都纷纷潜避，所以人人珍为至宝。三年之后，太平谷忽然又是一夕大雷雨，竟将谷口封闭，那石碣便从此永藏。

且说任道亨莅任太平府，勤敏称职。是年奉旨升任龙图阁直学士，入京供职。不上数月，奉命出使岭南。闻知罗浮山仙景极佳，公事已毕，也不央别官陪奉，换了私服，带了几个仆从，入山寻胜。行至飞云峰所在，果然神秀天生，迥异凡世，喝采不迭。望那飞云顶上，云气缥缈，似有神灵往来，叹赏不已。

忽闻雷声殷殷，云影里飒飒地大雨点洒下来。任道亨对从人道：“山雨将来怎好？”数内一个侍从，乃是岭南博罗县派来伏侍的公人，说道：“前面不远，就是洞真观了，好去避雨。”主仆们紧走，那知已是奔不及了，大雨渐紧，衣服都有些淋湿。只见路左一丛古松林，里面露出几间白茅草屋，主仆只得奔那里去。到门首看时，却是个草庵，上面横着一块白粉匾额，写着“归元庵”三个字。

众人齐去叩门，里面一个人出来开了门。众人看时，乃是一个龙钟老道婆，问道：“众位官人何事？”一个公人道：“这是御前钦差相公，到你处避雨的。”道婆道：“请进来。”众人早已哄到草厅上，道婆随后进来。众人看那道婆，伛偻着背，白发蓬松，面黄肌瘦，鸡皮折皱，身上十分蓝缕，相貌十分猥催。众人道：“道婆，我们一者避雨，二者借杯茶吃。”那道婆聋着耳朵，又问了一遍，说：“茶有，官人们请坐。”一面说，一面扶墙壁往后面去安排。从人们道：“茶叶好些，多赏你几钱不打紧。”道婆应了一声。任道亨道：“庵里只你一人么？”道婆道：“便是。”任道亨倒有些不过意。

等了片刻，雨倒不落了。任道亨看那庵里却也精致，上首供奉着几位圣贤，侧首悬挂一幅小楷书。近前看时，乃是《黄庭内景经》，端的笔法精严。任道亨喝采。看到那款识，写着“宣和元年仪封祝永清书”，任道亨惊道：“这字却像他的真迹，为何埋没在此？”又看上面有“宣和御府”小印，一发骇然。只见那道婆捧着个桶盘，七个八玎珰的泡了好几碗茶出来，放在桌上，叫道：“官人们吃茶。”当中又一个玉杯儿，道婆取来双手捧与任道亨道：“这杯好茶，与众不同，是老妇人奉承相公的。”任道亨忙接过来，看那杯时，果是羊脂白玉，雕刻得玲珑剔透，心中大疑道：“看他这般贫穷，却怎的有此珍玩？”又看那杯儿里，却是一杯白水，并无茶叶。任道亨响喉咙笑问道：“为何我这杯儿没茶叶？”道婆笑道：“比有茶叶的高多哩，你吃吃看。”任道亨一来口渴，二来省得换，取来一饮而尽，咂咂舌头，也不过如此，放了玉杯。众人也都吃了茶。

任道亨道：“兀那道婆，这幅字那里的？”道婆道：“是我家里的。”任道亨道：“晓得是你家里的，你从那里得来的？”道婆道：“是祝永清写的。”任道亨道：“怕不省得。你总有个来处？”道婆笑道：“甚么来处去处，便是祝永清写了亲手送我的。”任道亨听罢，哈哈大笑道：“你这婆子，倒是个古董鬼儿！教了你的乖罢：那祝永清乃是宣和年间人，款上明明写着，现有御府小印，乃是宣和墨宝，到如今一百四十多年了，你纵然寿长，也会他不着，这谎太撒得决裂了。”道婆笑道：

"你看我有多少年纪了?"任道亨道:"不过八十岁。再多些,就算了九十岁。"道婆大笑道:"估不着,估不着!我老实对你说了罢,你道我是谁?我便是祝永清的浑家,武烈一品夫人陈丽卿也。"任道亨吃了一惊,半晌道:"你当真还是作耍?"道婆道:"我同你耍甚!我等三十六员雷霆上将,那年奉玉旨,随霹雳真君降凡,收伏了众妖魔,只有五员不归本职:吾父陈希真在庐山羽化;我丈夫祝永清在浙江西湖韬光山内羽化;刘慧娘明性见心,已皈依西方莲座,证果妙应广慧菩萨;云天彪直入儒宗。他们四人都位臻无极,不归本部,永不再降。他们的员缺,玉帝另选仙官补授。云龙、刘广、邓宗弼、辛从忠、张应雷、陶震霆、傅玉、风会、祝万年、庞毅、荀桓、刘麒、刘麟、毕应元、真祥麟、范成龙、金成英、杨腾蛟、栾廷玉、栾廷芳、欧阳寿通、哈兰生、孔厚、唐猛、盖天赐、闻达、韦扬隐、李宗汤、康捷、王进、贺太平,都归本位,候玉旨迁升。前年闻得云龙已选入披香殿侍奉。刘广在世,忠孝无亏,合眼已得天仙证果,今又高迁。我因那三十六天罡,七十二地煞,一班魔君尚未收伏,特留在牛渚山监管他们。今已收得,本要飞升,只因爱恋之心丝毫未尽,愿留此山。昨蒙玉帝敕我为氤氲使者,专管世上男女姻缘,和合喜庆,弥补人间恨事。役满之后,便升迁离恨天宫,亦永不再来了。只有那张叔夜,精忠大节的因缘已了,还该受人间香火二千五百年,圆满之后,超升常静天宫。伯奋、仲熊也永随父亲,为左右侍者。我等形神俱妙,变化无穷,欢喜多留几年,甚么稀罕!这幅字,你既说官家的,我便送了你带去。"说罢,取下来,一束儿卷了递过来。

任道亨听毕,大惊失措,仆从伴当也都惊骇。任道亨接了那幅字,拜谢道:"夫人原来留形住世,弟子何幸得识仙颜。"正要哀告皈依,忽又疑虑道:"功臣图上我曾见过,陈丽卿是个绝色女子,即使老了,也不至这般憔悴。莫不真是这道婆捣鬼,着他撮弄,岂不可笑?待我再盘驳他看。"便问道:"弟子闻得夫人当年英雄无敌,平定梁山泊的功绩,并那当年的诸将事实,可约略说与弟子听听否?"道婆笑道:"已过的事,只管提他做甚!本待同你细谈,一者仙凡路隔,二者与你萍水相逢,你又公事匆忙得紧,那段因缘一二句如何说得尽!你要识得底里，五百年后，我去教忽来道人俞仲华撰一部《荡寇志》与你们大家看。我不是陈丽卿，那陈丽卿从庵外来了。”

众人不信，都到山门外看时，道婆把他们演了出去，扑的把庵门关了。任道亨怒道：“这婆子好没道理，这般捣鬼演样，我们再敲进门去，还了他茶钱，问他一番。”正要打门，忽然刮喇喇的起了个大霹雳，山岳震撼，红光曜目，那草庵变了片绿芜空地。众人大惊，只见那空地上现出一员女将，依然玉貌花容，头戴闪云金凤翅冠，身披猩红连环锁子黄金甲，骑着那匹枣骝火炭飞电马，挂着那口青錞宝剑，贯弓插箭，右手倒提那枝梨花古定枪，左手揽着辔缰，高叫道：“吾乃陈丽卿也！任道亨，我念你孝行可嘉，特赐你灵霄九转琼浆一杯，你寿可三周花甲。可惜你无仙缘，当面错过。你进京见官家，可与我寄请圣安。我去也！”说罢，把马一拎，一声长啸，骑着枣骝，泼喇喇的往那叠嶂层峦之上，轻云缦雾之中，凭空飞去，好似一条电光，霎时不见。

但见松涛哀泻，涧水悲鸣，灵雨空闲，云气奔走，那四面的山光围绕，空翠欲滴而已。是人，是仙，是真，是梦，是笔，是墨，都不可辨。众人呆了半晌，只是望空礼拜，懊悔不迭，慢慢的下了山去。

任道亨回京面圣，据实将这事奏闻，并将祝永清的墨迹恭呈御览。理宗看了惊道：“这是宣和内府之墨宝。那年朕悬寝宫，被雷雨凭空摄去，今日却回来，真仙家之宝也。”重赏了任道亨。那任道亨果活到一百八十一岁，直到元顺帝至正末年还有其人，仁宗曾封他为故宋遗民，人咸以为忠孝之报云。

仲华又曰：那梁山上一百八个好汉，便是如此了结，正应了那年卢俊义之梦。在下听得施耐庵、金圣叹两先生都是这般说，并没有甚么宋江受了招安，替朝廷出力，征讨方腊，生为忠臣，死为正神的话；也并没有甚么混江龙李俊投奔海外，做暹逻国王的话。这都是那些不长进的小厮们，生就一副强盗性格，看着那一百单八个好汉十分垂涎，十分眼热，也要学样去做他，怎奈清平世界，王法森严，又不容他做，没法消遣，所以想到那强盗当日的威风，思量强盗日后的便宜，又望朝廷来赔他的不是，一相情愿，嚼出这番舌来。在下又听得一位高明先生说："那一百单八个好汉，并非个个都是光棍，人人没有后代，当时未必杀戮得尽。传到日后，子孙知他祖宗正刑之苦，所以编出这一番话来，替他祖宗争光辉，替他祖宗出恶气，也未见得。"这话也在情理上。

看官，在下的《荡寇志》七十卷，结子一回，都说完了。是耶非耶，还求指教。诗曰：

续貂著集行于世，我道贤奸太不分！
只有朝廷除巨寇，那堪盗贼统官军？
翻将伪术为真迹，未察前因说后文。
一梦雷霆今已觉，敢将柔管写风云。

雷霆神将列圜邱，为辅天朝偶出头。
怒奋娉婷开甲胄，功收伯仲绍箕裘。
命征师到如擒蜮，奏凯歌回颂放牛。
游戏铺张多拙笔，但明国纪写天庥。

图书在版编目(CIP)数据

结水浒传/(清)俞万春著. —长沙:岳麓书社,2019.10
(中国古典小说普及文库)
ISBN 978-7-5538-1103-1

Ⅰ.①结… Ⅱ.①俞… Ⅲ.①章回小说—中国—清代
Ⅳ.①I242.4

中国版本图书馆 CIP 数据核字(2019)第066679号

JIE SHUIHUZHUAN
结水浒传
作　　者:[清]俞万春
责任编辑:曾　倩
责任校对:舒　舍
封面设计:浙江有观文化创意有限公司
特约插画:田刚强

岳麓书社出版发行
地址:湖南省长沙市爱民路47号
直销电话:0731-88804152　0731-88885616
邮编:410006
岳麓书社网址:www.yueluhistory.com

2019年10月第1版第1次印刷
开本:890mm×1240mm　1/32
印张:25.25
字数:728千字
印数:1—5 000
ISBN 978-7-5538-1103-1
定价:49.00元

承印:湖南天闻新华印务有限公司

如有印装质量问题,请与本社印务部联系
电话:0731-88884129